Von Tilman Röhrig sind in der Verlagsgruppe Lübbe folgende Bücher erschienen:

14431	Wie ein Lamm unter Löwen
14826	Der Funke der Freiheit
15122	Übergebt sie den Flammen
15326	Die Ballade vom Fetzer
15415	Solange es Unrecht gibt
3-7857-2223	Ein Sturm wird kommen von Mitternacht

Über den Autor:
Tilman Röhrig, 1945 in Hennweiler/Hunsrück geboren, lebt heute in der Nähe von Köln. Nach einer Ausbildung als Schauspieler und Engagements an verschiedenen deutschen Bühnen ist er seit fast drei Jahrzehnten als Schriftsteller tätig. Dabei hat er sich vor allem als Autor historischer Romane für jugendliche und erwachsene Leser einen Namen gemacht. Für sein literarisches Werk wurde er mit zahlreichen Preisen ausgezeichnet, darunter dem Deutschen Jugendliteraturpreis und dem Großen Kulturpreis NRW.

Mehr zu Autor und Werk im Internet unter www.tilman-roehrig.de

TILMAN RÖHRIG

Wir sind das Salz von Florenz

HISTORISCHER ROMAN

Illustrationen von Tina Dreher

BASTEI LÜBBE TASCHENBUCH
Band 15200

1. Auflage: Oktober 2004
2. Auflage: September 2005
3. Auflage: Januar 2006

Vollständige Taschenbuchausgabe der im Gustav Lübbe Verlag
erschienenen Hardcoverausgabe

Bastei Lübbe und Gustav Lübbe Verlag
in der Verlagsgruppe Lübbe

© 2002 by Verlagsgruppe Lübbe GmbH & Co KG,
Bergisch Gladbach
Umschlaggestaltung: Guido Klütsch, Köln,
unter Verwendung eines Ausschnitts aus
»Die Auferweckung des Sohnes des Theophilus«
von Masaccio (1425/28) und
Filippino Lippi (1481/83),
S. Maria del Carmine, Florenz
Foto: akg-images/Erich Lessing
Illustrationen: Tina Dreher, Alfeld/Leine
Satz: Bosbach Kommunikation & Design GmbH, Köln
Druck und Verarbeitung: Ebner & Spiegel, Ulm
Printed in Germany
ISBN-13: 978-3-404-15200-1 (ab 01.01.2007)
ISBN-10: 3-404-15200-X

Sie finden uns im Internet unter
www.luebbe.de

Der Preis dieses Bandes versteht sich einschließlich
der gesetzlichen Mehrwertsteuer.

INHALT

Erstes Bild   6
DIE EITELKEIT

Zweites Bild   44
DIE UNKEUSCHHEIT

Drittes Bild   218
DER ZORN

Viertes Bild   370
DER NEID

Fünftes Bild   556
DER GEIZ

Sechstes Bild   698
DIE UNMÄSSIGKEIT

Siebtes Bild   848
DIE TRÄGHEIT DES GLAUBENS

ANHANG   889
Personen
Karte

Sturzbäche waren in den frühen Morgenstunden über Florenz niedergegangen. Dann, wie auf ein unsichtbares Zeichen hin, hatte der Regen jäh aufgehört. Gewaschen glänzten die Pflasterquader auf der weiten Piazza della Signoria, da und dort spiegelten noch Pfützen. Der Tag roch frisch.

Kaum näherte sich Hufschlag, huschten Ratten unter dem Balkenpodest am Fuß des Galgens vor und flohen hinüber zum Palast, in dessen Kellern sie hausten, dessen Stockwerke und Säle sie bis hinauf zu den Zinnen und dem lohfarbenen, in den Himmel ragenden Turm bei Tag den Regierenden der Stadt überlassen hatten. Eine stille Übereinkunft, an die niemand rührte.

Aus der letzten Gassenschlucht zwischen den Prachthäusern am Nordrand drängte ein Trupp der Stadtwache auf den Platz, trabte an der Richtstätte vorbei, und erst vor der offenen Säulenhalle rechts des Steinkolosses ließ der Hauptmann anhalten. Seine Befehle schlugen von der hohen Loggiawand zurück. »Ordnung will ich!«, schloss er und warnte: »Gebt kein Pardon! Für jeden Zwischenfall ziehe ich euch persönlich zur Verantwortung. Habt ihr mich verstanden?« In Vierergruppen schwärmten die Reiter aus, Brustharnisch und Helm blinkten, die blauen Umhänge bauschten sich, und wenig später war jede Straße, jede Gassenmündung abgeriegelt. Stille.

Als die Domglocke schlug, das Morgengeläut von Santa Croce, von Santa Maria Novella und das anderer nah und weiter entfernter Kirchen herüberklang, sammelten sich mehr und mehr Menschen vor den Reitersperren. Bunte Hauben, Schleier, Hüte und Samtmützen, die Mienen heiter, es wurde gelacht und gescherzt. Einige Hausfrauen trugen mit Tüchern bedeckte Picknickkörbe unter dem Arm. Eine Hinrichtung nahmen die Florentiner ebenso dankbar als Gabe der Mächtigen an wie ein Turnier oder andere Belustigungen. »Hoch lebe Seine Magnifizenz Lorenzo de' Medici, unser Wohltäter!« Selbst der Frühlingswind schien dem Namen Respekt zu erweisen und vertrieb die letzten Wolkenballen. Sonne und blauer Himmel stimmten mit ein: »Hoch lebe Lorenzo!«

Die Verschwörung in Prato auf den nahen Hügeln nordwestlich der Hauptstadt war zerschlagen, die Rädelsführer und deren Gefolgsleute waren gleich dort geköpft oder gehenkt worden, mehr als vierzig an der Zahl. Nur einen von ihnen hatte der Hohe Rat herbringen lassen, er sollte vor den Augen des Volkes hingerichtet werden: den heimlichen Unruhestiftern zur Abschreckung, den Rechtschaffenen zur Erbauung. Nach seinem Namen fragten die Bürger nicht. Warum auch? Lorenzo, der neue Herr des mächtigen Bankhauses, hatte bereits wenige Monate nach dem Tod des Vaters bewiesen, dass er sich tatkräftig um das Wohl von Stadt und Republik kümmerte. Dies allein zählte; und die Hinrichtung heute sollte ein Zeichen sein, wie eng die Medici nach wie vor mit der Signoria, dem Kollegium der höchsten Staatsmänner von Florenz, verbunden waren.

Die Wachen lenkten ihre Pferde zur Seite, und einzeln durften die Bürger passieren und sich im Halbrund um den Galgen die besten Plätze sichern, nur Frauen, Männer und Familien mit ihren sittsam gekleideten Söhnen und Töchtern. Die zerlumpten Halbwüchsigen wurden zurückgehalten. »Ihr wartet!«

Empörte Rufe, Flüche, die jungen Kerle drohten den Wachen, schwangen ihre mitgeführten schweren Leinenbeutel, vergeblich, an den gesenkten Speerspitzen gab es kein Vorbei. Jäh ließen einige der Älteren kleine Holzrasseln ums Handgelenk wirbeln, andere setzten Stummelflöten an die Lippen. Schnarren und schrilles Pfeifen teilte die Horden vor den Sperren. »Sammeln!« Durch enge Brandgassen zwischen den Häusern hetzten die Jungen und vereinigten sich in zwei Straßen. Die Schnarrer versuchten von der Via Calzaioli, die Pfeifer gegenüber von der Via Condoni die Sperren zu durchbrechen. Ohne Vorwarnung ritten je zwei der Wachen gegen sie an. Da wie dort trafen Hufe die Anführer. Ins Schnarren und Pfeifen mischte sich das Geheul der Verletzten. »Ihr wartet!«, schrien die Berittenen. »Gebt Ruhe! Wartet, bis unsere Herren ihre Plätze eingenommen haben! Gebt Ruhe!« Im Lärm verhallten die Befehle, doch keine Meute wagte erneut einen Angriff.

Selbst mit roher Gewalt war den herumstreunenden Jungen der Stadt kaum beizukommen, meist Söhne der Lohndiener und Arbeiter in den Tuchfabriken. Sie hatten sich zu Banden zusammengerottet; an den Grenzen ihrer Bezirke bekämpften sie sich gegenseitig, stahlen in Kirchen, plünderten Warenlager und bedrohten Geschäftsleute; sie führten ihr eigenes Leben auf der Straße. Die Brigata war ihr wahres

Zuhause. Sie kannten jeden Winkel der Stadt, jedes Hurenhaus, jede verschwiegene Taverne der Spieler; sie wussten, wo in der Dämmerung die ehrbaren Handwerker, Vornehmen und Mönche der Stadt schlenderten, um sich einen Knaben zu kaufen. Möglichst jung musste das gesuchte Wild sein, eifrig die Zunge und weich das Fleisch. So unterwies ein Sechzehnjähriger auch den neunjährigen Bruder und dessen Freund, wurde ihr Beschützer und bot sie der lüsternen Kundschaft neben dem eigenen Körper als zusätzliche Köstlichkeit an. Im Schatten eines Torbogens oder hinter einem Treppenaufgang war die Lust für die Herren schnell und billig zu befriedigen. Den Lohn teilten die Kleinen dann mit ihrem Beschützer. Oft genug aber mussten alle drei den Verdienst daheim abliefern, damit genügend Brot und Fisch für die Familie auf den Tisch kam.

Die Menschentrauben an den Reitersperren waren spärlicher geworden. Jetzt wogte ein unruhiges buntes Meer auf der Piazza, schwappte bis ans Podest der Richtstätte. Streng hatte der Hauptmann für freies Sichtfeld zwischen Säulenhalle und Galgen gesorgt.

Stadtmusikanten verließen im Gleichschritt den Palast und säumten farbenprächtig die Terrasse vor dem Portal und die Stufen der Freitreppe. Ihr Erscheinen dämpfte das ausgelassene Geschwätz auf dem Platz. Umso deutlicher war der Lärm zu hören, den Schnarrer und Pfeifer verursachten. Kaum jemand aber nahm Anstoß; diese Banden waren ein Übel, mit dem sich die Florentiner abgefunden hatten.

Ein Signal der Wachen drüben von der Nordseite! Sofort straffte der Hauptmann nahe der Säulenloggia den Rücken. Sein Handzeichen galt den Spielleuten. Fanfarenstöße und Trommelwirbel! Alle Köpfe wandten sich zur schmalen Einmündung der Via dei Cerchi, ohne Befehl wich das Volk auseinander, gab eine Gasse frei, und dort kam er, Lorenzo, große federnde Schritte, gefolgt von seinem jüngeren Bruder Giuliano und einigen Künstlern und Gelehrten aus dem engsten Freundeskreis. »Hoch!« – »Dank sei Lorenzo!« Hände streckten sich ihm entgegen. »Gott schütze Euch!«

Das einundzwanzigjährige Oberhaupt der mächtigen Medici-Familie nickte lächelnd nach rechts und links, dabei verschlang seine Unterlippe beinah ganz die zu schmale obere Lippe und vertiefte die scharfen Falten um die Mundwinkel. Gelb und fleckig spannte sich die Haut über hohen Wangenknochen; von der aufgestülpten, platten Nasenspitze wuchs ein klobiger Rücken bis zwischen die weit auseinander stehenden braunen Augen. Unter der Samtkappe quoll schwarzes Haar vor, sorgfältig in der Mitte gescheitelt, und zwei gekämmte Strähnenvorhänge fielen bis zum Stirnwulst über den Brauen. Das schwarze, lange Gewand war hoch geschlossen und ließ am Hals nur einen weißen Stegrand seines Hemdes erkennen. Schön war Lorenzo nicht. Selbst das Lächeln half ihm heute wenig, den Anblick zu mildern, denn sein Bruder Giuliano schritt hinter ihm, farbenfroh gekleidet; trotz der übernächtigten, blassen Miene strahlte der Siebzehnjährige jungenhaften Charme und Eleganz aus. Er zog die schwärmerischen Blicke der Damen und Mädchen auf sich und nahm sie mit, auch den Gelehrten und Künstlern wurde keine Beachtung geschenkt.

»He, Giulio.«

Bei dem verhaltenen Ruf wandte der junge Medici den Kopf nach links, sein Blick suchte in der vordersten Reihe der Wartenden.

»Hier bin ich.« Wenige Schritte vor ihm hob eine Frau die Hand, unter dem bis weit in die Stirn gezogenen, nachtblauen Kopftuch brannten dunkle Augen, die vollen Lippen waren halb geöffnet. Kaum hatte Giuliano sie entdeckt, schmunzelte er kurz und blickte wieder geradeaus. Als er auf ihrer Höhe war, forderte sie mit verhaltener Stimme: »Sei jetzt kein Feigling, du hast es versprochen.«

Besorgt sah er auf den breiten Rücken seines Bruders, seufzte und schnippte die Finger. »Also gut, Fioretta«, raunte er, »aber bleib dicht hinter mir.« Schnell trat die Frau vor und reihte sich ein. Über die Schulter bat der junge Medici: »Sandro, nimm sie an deine Seite, bitte. Sie gehört zu dir, wenn Lorenzo fragt.«

»Was meinst du?« Sandro Botticelli rieb die Speckfalte unter dem Kinn, aus grauen Augen starrte er verwundert auf die Gestalt, deren geschlossener Umhang die Brüste und Rundungen nur erahnen ließ. »Ich kenn sie doch gar nicht.«

Sein Nachbar, der schmächtige Luigi Pulci, rümpfte die Nase. »Streng deinen Kopf nicht an, Sandro«, und setzte hinzu: »Das überlasse anderen, mein Fässchen. Gehorche einfach.« Damit ließ er

Platz und zog die Schöne zwischen sich und den schwergewichtigen Maler.

Sobald die Gruppe aus der Menschenmenge herausgetreten war, salutierte der Hauptmann und geleitete sie weiter bis zur Säulenhalle. Vor der untersten Stufe wandte sich Lorenzo um, er grüßte mit erhobener Hand die Florentiner, dabei fiel sein Blick auf die Fremde. Eine steile Falte wuchs von der Nasenwurzel in die Stirn, doch er sagte nichts. Erst als die Herren in den Schatten getreten waren und sich anschickten, zwischen den hohen Säulen ihre Plätze zu suchen, tippte Lorenzo dem Maler auf die Schulter. »Lieber Freund, ich wusste gar nicht, dass dir die Damen nachlaufen.«

»Denke nicht falsch von mir.«

»Wer ist diese Person? Als wir losgingen, habe ich sie nicht gesehen.«

Sofort deckten Giuliano und Luigi die Frau ab. Botticelli blies die Lippen. »Tja, also …«, mehr wusste er nicht zu antworten. Neben ihm lachte Luigi leise. »Ein Modell für sein nächstes Bild. Trotz aller Verbote der Sittenwächter will er sie nackt darstellen. Eine dringende Auftragsarbeit.«

Hastig pflichtete ihm Giuliano bei. »Unser Sandro ist so verträumt, dass er sogar den Namen vergessen hat.«

Lorenzo sah den Bruder scharf an. »Ich verstehe. Du schon wieder.« Er senkte die Stimme. »Bei Gott, Giulio, gib Acht auf deinen Umgang. Die letzte Nacht steht dir noch im Gesicht. Wie kommst du dazu, diese Hure mitzubringen?«

»Fioretta ist keine Hure. Sie ist die Gemahlin von …«

»Schweig. Ich will den Namen der Familie nicht wissen. Warum hast du sie hierher eingeladen?«

Giuliano hielt dem Blick stand. »Ich habe es ihr versprochen. Es soll eine Probe sein.«

»Was redest du da?«

Entwaffnend lächelte der Jüngere und schob sich dicht an den Bruder. »Nun, sie behauptet, beim Zusehen einer Hinrichtung besondere Lustgefühle zu erleben. Falls du verstehst … Und davon muss sie mich überzeugen. Bei mir ist es reine Wissbegierde.«

»Unfasslich. Wieso wirst du nicht rot vor Scham ?« Für einen

Augenblick zuckten die Mundwinkel. Gleich wieder ernst, sagte Lorenzo: »Halte sie möglichst im Hintergrund. Ein Skandal ist das Letzte, was wir uns an diesem Tag leisten können.« Im Weggehen warf er noch einen Blick auf die Frau, schüttelte den Kopf und nahm neben seinem engsten Freund Angelo Poliziano, der ihn an Hässlichkeit noch übertraf, und seinem tüchtigen Berater Soderini unter dem mittleren Säulenbogen Aufstellung.

Ein Wink des Hauptmanns zu den breiten, sich gegenüberliegenden Straßenmündungen. Gleichzeitig wurden die Sperren aufgehoben, und flankiert von den Reitern stürmten die Banden auf den Platz. Wie Wespennester scharten sie sich hinter der Volksmenge zusammen, setzten ihre Leinenbeutel ab, die Kleineren kletterten auf die Schultern der Größeren. Kein Geschrei, kein Schnarren und Pfeifen mehr, ihre Zeit würde kommen, das wussten sie und schwiegen.

Nach einem Trommelwirbel traten nun die neun Mitglieder des Hohen Rates aus dem Palast und blieben nach wenigen Schritten auf der Veranda stehen. Wieder wirbelten die Trommelstöcke.

Der Beichtvater schritt voran. Am Strick zerrten zwei Blutsknechte den Verschwörer hinaus; er schrie und fluchte, drohte mit der Faust zu den Vornehmen in der Säulenloggia. »Lorenzo! Du Ausbeuter!«

Neben ihm ging der Scharfrichter, gleichmütig, die Arme vor der Brust verschränkt. Den Schluss bildeten zwei Richter.

»Tyrann! Blutsauger!«

Ein harter, blitzschneller Hieb ließ den Gefangenen straucheln und zu Boden stürzen, sein kurzes Hemd verrutschte nach oben und entblößte ihn bis zum Nabel. Als wäre nichts geschehen, verschränkte der Henker wieder die Arme. Das »Ah!« und »Bravo!« der Menge nahm er ohne Regung hin. Seine Knechte rissen den Mann wieder hoch. Er schwieg jetzt und taumelte willenlos zur Galgenstätte.

»Ist dieser Mann nach Gesetz und Recht verurteilt?«, wandte sich der Henker an einen der Richter. Die vorgeschriebene Frage- und Antwortzeremonie war rasch beendet. Tod durch den Strick wegen Aufruhrs und Verschwörung gegen die Republik Florenz.

Während der Priester dem Weinenden noch letzten kirchlichen Trost spendete, blickte sich Giuliano in der Säulenloggia nach seiner

Gespielin um. Fioretta trat einen Schritt vor, der Busen drückte sich gegen seinen Rücken. Leicht fasste sie die rechte Hand des Medici und führte die Finger durch den Schlitz des Umhangs und weiter durch eine Falte ihres Kleides. Kaum ertastete Giuliano das gekräuselte Haar, flackerte ein Leuchten in seinen Augen, doch er zwang es sofort nieder, die Miene wurde starr und ernst, so wie es der Augenblick vom Bruder des mächtigsten Herrn der Stadt verlangte.

Auf dem Balkenpodest lehnten die Knechte zwei Leitern an den Galgenbaum und übergaben ihrem Meister den Halsstrick. Der Henker erklomm einige Sprossen. Doch sein Kunde weigerte sich, ihm auf der anderen Leiter zu folgen. Geübt schlang der Scharfrichter das Seilende ums Handgelenk und zog, während die Knechte mit kleinen Messerstichen ins Gesäß des Verurteilten nachhalfen. Schreiend und heulend kletterte er jetzt hinauf. Als er die halbe Höhe erklommen hatte, verdrehten die Gaffer in der vordersten Reihe den Kopf. Jeder wollte möglichst früh einen Blick unter das Hemd werfen.

»Wie sieht er aus?«, fragten Neugierige von hinten. »Nun sagt schon.«

»Noch hängt er schlaff!«, kam die Antwort. Gleich setzte eine Frau genüsslich hinzu: »Er lässt Wasser ab.« Urin floss die nackten Beine herunter und troff von den Leiterholmen. Da ging ein Raunen durch die Menge, das Schauspiel nahm einen guten Verlauf.

Sobald der Henker unter dem Galgenarm die Schlinge um den Hals seines Kunden knüpfte, brandeten Spott und Hohn für den Verurteilten hinauf.

In der Säulenloggia sah Lorenzo mit den Vornehmen zu, keine Miene regte sich. Giuliano spürte im Nacken den Hauch kurzer Atemstöße; und tiefer wühlten sich seine Fingerkuppen.

Der Scharfrichter stieß den Mann von der Sprosse. Ein Ruck fing den Fall auf. Weil aber die Schlinge zur Freude der Gaffer nicht fest genug saß, zappelte der Körper heftig, und der nackte Unterleib baumelte über ihnen hin und her. Das Johlen der Menge nahm zu, während sich der Darm entleerte und das Geschlechtsteil sich im Todeskampf versteifte. Endlich hörte das Zucken auf, die Augen waren dem Mann vorgequollen, seine Zunge hing blau und lang heraus wie ein letzter, verächtlicher Gruß an die Lebenden von Florenz.

Giuliano vernahm hinter sich unterdrücktes Keuchen, spürte das Beben und fühlte, wie Wärme seine Fingerkuppen nässte. Unmerklich wandte er den Kopf und flüsterte: »Erstaunlich, *cara mia.* Du hast Wort gehalten.« Halblaut setzte er hinzu: »Ich bewundere deine Fähigkeiten.«

Neben ihm runzelte Botticelli die Brauen. »Sehr freundlich, mein Freund. Aber vielleicht ersparst du mir in Zukunft solche Peinlichkeit.«

Gleich ging Giuliano darauf ein. »Es soll nicht wieder vorkommen.« Verstohlen zog er seine Rechte aus den Kleidern der Schönen. »Mehr noch, Sandro, du hast mir einen Gefallen getan, und ein Medici vergisst dies nicht, das weißt du. Vielleicht erhältst du von meinem Bruder schon bald einen neuen Auftrag. In unserm Palast gibt es noch viele Wände, die auf Gemälde von der Hand eines Meisters warten, wie du es bist. Götter und Göttinnen …«

Diese Aussicht beschäftigte den Maler sofort: »Pallas Athene. Ja, ich sehe sie vor mir. Sie steht auf einem brennenden Schild.«

»Wunderbar, Sandro. Sogar mit wenigen Worten zauberst du ein Bild in mir.«

»Lebensgroß werde ich sie malen …«

Giuliano überließ Botticelli seinen Plänen, denn unter dem mittleren Arkadenbogen löste sich Lorenzo aus der Reihe der Edlen und gab den Freunden einen Wink, ihm zu folgen. Der offizielle Teil des Hinrichtungs-Schauspiels war beendet. Ein letztes Mal erklangen Fanfarenstöße, wirbelten die Trommelstöcke.

Gelassen näherte sich Lorenzo nur wenige Schritte dem Palast. Dann blieb er stehen. Diese Geste war Befehl. Die Ratsherren auf der Terrasse vor dem Portal rafften ihre Roben und eilten über die Freitreppe zu ihm. Den Moment nutzte der junge Medici. Geschickt hatte er es eingerichtet, hinter Botticelli als Letzter mit seiner Gespielin noch im Schatten der Säulen zu bleiben. »Du musst dich jetzt entfernen, *cara mia.* Möglichst unauffällig.«

Fioretta hob den Kopf nur so weit, dass er ihre Augen sah. »Na, hat es dir gefallen?«

»Mehr als das.« Giuliano fächerte sich den Duft seiner rechten Hand zu. »Solange dein Gatte auf Reisen ist, will ich noch viel mehr davon. Warte heute Abend auf mich. Den Zeitpunkt wird dir der Diener ausrichten.« Damit folgte er dem Maler ins Freie; rasch holte er ihn ein, und gemeinsam gesellten sie sich zur Gruppe der Vornehmen.

Sie lachte dunkel und zog den Schleier tiefer in die Stirn. »Ich geb dich nicht mehr her, Giulio«, flüsterte sie. »Mit immer neuen Spielen werde ich dich zu mir locken.«

Das Volk hatte inzwischen auch den freien Raum zwischen Loggia und Richtstätte belagert, und niemand schenkte Fioretta Beachtung, als sie entlang der Säulenhalle in Richtung Neuer Markt davonschlenderte. Alle Augen blickten erwartungsvoll zum Galgen. Noch stand der Scharfrichter oben auf der Leiter, noch hing unter ihm reglos der Verurteilte.

Schnarren und Pfeifen!

Überhastet wichen die Florentiner zur Seite, und durch eine breite Schneise stürmten die Banden in Richtung Galgen. Zu spät, nur der Form halber brüllte der Hauptmann seine Befehle, und den Stadtreitern war es unmöglich, die Horden aufzuhalten; sie wollten es auch nicht. Was nun folgte, war kein Zwischenfall, der später von ihrem Vorgesetzten geahndet würde. Jetzt begann der zweite Teil des Schauspiels, und wehe dem, der wagte, ihn zu verhindern!

Noch im Lauf öffneten die Kerle ihre Leinenbeutel. Als sie das gezimmerte Podest erreichten, hatten sie Steine in den Fäusten. »Henker! Schneid ihn ab!« – »Gib ihn uns!« In wildem Tanz vereinten sich die Banden, jede Feindschaft untereinander war vergessen, die zottigen Haare flogen, und Gier ließ die verdreckten Gesichter aufleuchten. »Runter mit ihm! Gib ihn her!« Mit dem Rhythmus der Schreie drehte sich der Ring gefährlich langsam um die Richtstätte. »Schneid ihn ab!« Zu lange widerstand der Henker. Die Meute löste den Kreis auf und scharte sich an einer der Ecken des Balkenpodests zusammen. Der erste Stein, er traf den Bauch des Gehenkten. Jetzt rissen alle Halbwüchsigen die Arme zurück, und ein Kieselhagel gegen den Galgen setzte ein. Fluchtartig brachten sich die Gaffer auf der gegenüberliegenden Seite in Sicherheit, gaben Raum, um nicht von herunterschlagenden Geschossen getroffen zu werden. »Schneid ihn ab! Henker!« Eine Weile noch zielten die Halbwüchsigen genau, wenn ein Stein gegen den Kopf des Leichnams schlug, dann johlten sie und johlten lauter, als mehr und mehr Rufe aus der Menge sie anfeuerten, doch schließlich verloren sie die Geduld. Nun richteten sie ihre Geschosse auch auf den Scharfrichter. Getroffen an Rücken und Beinen, fügte er sich der Gewalt. »Wartet! Ihr sollt ihn haben!« Zum Beweis zückte er den langen Dolch. Sofort brach das Schreien und Toben unter ihm ab. Auch der Pöbel hielt den Atem an. In der Stille glaubte jeder das Schaben der Klinge zu hören.

Der Henker wusste seinen Part gut zu spielen. So langsam wie möglich zertrennte er den Strang direkt unter dem Galgenarm. Die letzte Faser hingegen überließ er dem Gewicht seines Kunden. Ein Windstoß oder eine Berührung würden nun ausreichen. Hastig nutzte er das gespannte Warten, glitt an den Leiterholmen hinunter, und ohne Halt zog er mit seinen Knechten in Richtung Stadtgefängnis davon.

Wann riss der Strick? Die Ungewissheit wurde zur Lust. Fahrig nahmen Hausfrauen die Tücher von den Picknickkörben, verteilten Brot und Würste an Mann und Kind, einige Familien ließen sich auf den sonnenwarmen Pflasterquadern nieder, und während sich die Mäuler füllten, blieben alle Blicke unverwandt bei dem Gehenkten.

Wie hungrige Hunde hechelten Schnarrer und Pfeifer nach oben. Zum Vergnügen der Umstehenden bliesen die Kleineren von ihnen vereint hinauf, allein der Erfolg blieb aus. Da sprang einer der Anführer aufs Podest, schwang seinen noch halb gefüllten Steinbeutel und schleuderte ihn hoch. Er traf den Unterleib. Der Strick riss. Der Gehängte stürzte hinunter. Ein Aufschrei ging durch die Zuschauer. In sinnloser Wut fielen die Halbwüchsigen über ihr Opfer her, zerschlugen das Gesicht, brachen die Knochen und trampelten auf dem Körper herum. Als der erste Rausch sich legte, packten zwei Anführer das Strickende und schleiften den Zerschundenen hinter sich her über den Platz zur Via Calimala. Johlend umringten sie die Brigatas. Am Ufer des Arno, nahe dem Ponte Vecchio, würde das rohe Spiel weitergehen.

Ohne Notiz vom Geschehen drüben auf der Platzmitte zu nehmen, hatte Lorenzo noch einmal den Dank der Signoria über sich ergehen lassen. Sein hartes, schnelles Durchgreifen gegen die Rebellion fand einhellige Anerkennung. Damit war im Frühjahr des Jahres 1470 die erste Probe seiner Verbundenheit mit den gewählten Regierenden bestanden.

Er, Lorenzo de' Medici, auch wenn er keinen anderen Titel trug als Gonfaloniere, Bannerträger der Gerechtigkeit, galt nun als Oberhaupt der Republik Florenz. In nächster Zukunft würde er unverzüglich mit jedweder militärischen Unterstützung rechnen können, wenn es galt, gegen Feinde von Stadt und Land anzugehen, und nicht zuletzt auch, wenn Neider und Verschwörer seine Familie oder das Bankimperium bedrohten. Dies wollte er mit dem heutigen Tag erreichen, und es war gelungen. »Ich bin nur ein Diener unter den Dienern unseres geliebten Florenz«, beendete Seine Magnifizenz die Unterredung vor dem Palast. »Der Dank für die rasche Beendigung des Aufstands gebührt Euch allen.«

Zufrieden strebten die Ratsherren zum Steinkoloss der Macht hinüber, dessen Glockenturm dem Himmelsblau trotzte. Lorenzo wartete, bis sie die Freitreppe erstiegen, dann erst löste sich seine Miene. Mit der Fingerkuppe rieb er leicht über die platte Spitze seiner Nase. »Nach solch einem Auftritt sehnt es mich nach geistiger Erbauung.« Heiter wandte er sich an seinen Freund Poliziano. »Was meinst du, Angelo? Wir sollten uns am Abend mit den Brüdern des Zirkels treffen, in meinem Studio zusammen speisen und uns bei gutem Wein mit dem Denken der antiken Philosophen beschäftigen. Auch Gäste sind mir heute willkommen.«

Der Dichter hob die Achseln. »Das nächste Treffen der Plato-Akademie ist erst für nächste Woche anberaumt. Abgesehen von den hier Anwesenden weiß ich nicht, wie viele Mitglieder ich so schnell benachrichtigen kann. Ich fürchte, einige werden den Abend bereits anderweitig …«

Ein kühles Lächeln unterbrach ihn. »Sag ihnen, es sei mein Wunsch. Luigi wird dich unterstützen.« Lorenzo nickte dem graubärtigen Gelehrten Marsilio Ficino zu. »Und du, werter Freund, wirst uns ein Thema zur Diskussion stellen. Ich freue mich.« Sein Ton erlaubte keinen Widerspruch mehr.

Mit einem Mal nahm Lorenzo das kurzatmige Schnaufen des Malers neben sich wahr und lachte: »Nein, nein, fürchte nichts, Sandro. Du bist als Gast entschuldigt. Ich möchte deine Fantasie nicht durch klare, nüchterne Gedanken lähmen. Da fällt mir ein, wo ist überhaupt deine neue Errungenschaft, das Nacktmodell?«

»Spottet nicht, Magnifizenz.«

»Schon gut. Wie dumm von mir.«

Um das ausgelassene Gewühle auf dem Platz nicht zu stören, führte der Medici mit leicht federndem Gang die Gruppe dicht an der Säulenhalle entlang. Kaum hatten sie in einem weiten Bogen wieder die Via dei Cerchi erreicht, legte er seinem Bruder den Arm um die Schulter. »Na, was ist mit dir heute Abend? Ein wenig Bildung würde deine Anziehungskraft noch heben.«

»Danke, sie genügt mir bereits«, wehrte Giuliano schnell ab, »und anderen auch. Um allen Angeboten gerecht zu werden, müsste ich mich jetzt schon mehrmals teilen können. Außerdem ziehe ich die praktische Übung der trockenen Disputation vor. Der Frühling ist da. Also entschuldige mich heute Abend bei deinen Grüblern.«

Lorenzo stieß ihm spielerisch in die Seite. »Vielleicht meint es die Natur gut mit uns. Du liebst das Vergnügen, und es sei dir von Herzen gegönnt. Ich hingegen empfinde mehr Lust an der Verantwortung.«

»He, Bruder, nicht so bescheiden. So rein und unschuldig, wie du vorgibst, bist du nun auch nicht. Gerade frisch verheiratet, und doch hängt dein Rock nicht nur in einem Schlafgemach …«

»Schweig.« Lorenzo gab den Bruder frei. Vertraut gingen sie nebeneinander her, zwei Brüder, beide von ähnlich kräftiger Statur, die bei den Turnieren und Spielen in der Stadt erfolgreich mit stritten, und was der jüngere an Liebenswürdigkeit und schönem Äußeren bot, ersetzte der andere durch scharfen Verstand und Entschlossenheit.

Längst hatten sie den Domplatz hinter sich gelassen, als Lorenzo unvermittelt die Hand des Bruders drückte: »Wir Medici sind das Salz von Florenz. Wer weiß, wie lange noch. Eins aber ist gewiss, zwischen uns wird es keinen Zank um Macht und Geschäfte geben, und dafür liebe ich dich.«

inige Tagesreisen von Florenz in Richtung Norden führte die Straße an Bologna vorbei. Längst gab es keine Hügel mehr, und bald schon verlor sich der Blick unter der sommerlichen Dunsthaube der Po-Ebene in Feldern, Wiesen und ausgedehnten Wäldern, bis er endlich die Mauern und Türme der wohlhabenden Stadt Ferrara erreicht hatte. Beherrscht wurde die Stadtmitte vom trutzigen Kastell des Herzogs d'Este; tiefe Wassergräben schützten den Fürstenbau selbst vor den eigenen Bürgern.

Unweit der Universität, im Patrizierhaus des Roberto Strozzi, stand Laodomia hinter der Mutter. Aus Vorsicht hatte sie die Beine verschränkt und schabte mit dem linken Stoffschuh die rechte Wade. Ihr waren die täglichen Unterweisungen langweilig, den Vorratskeller aber hasste sie. In diesem düsteren Gewölbe nahm ihr das Gemisch aus Gerüchen nach Öl, Käse und Schinken, nach Fisch und Butter fast den Atem. Mehr aber noch fürchtete sie die Mäuse; wenn nun eins dieser lautlosen Biester ihr plötzlich ans Knie sprang und die Schenkel hinaufgekrabbelt kam ...?

»Vor allem achte auf stets gefüllte Regale, mein Kind. Auch genügend Honig und Töpfe mit Früchtemus sollen vorhanden sein. Männer lieben ...«

»Ja, Mutter, ja. Das sagst du mir jede Woche. Seit Monaten schon. Ich bin doch nicht blöde, verdammt!«

Der Kopf fuhr herum, Signora Strozzi hob die Laterne und leuchtete ins zornige Gesicht des Mädchens. »Untersteh dich. Keine Gassensprache mehr. Die unbeschwerte Zeit mit deinen Brüdern ist endgültig für dich vorbei. Und außerdem gewöhne dir diesen Ton ab. Wenn du einmal verheiratet bist, wird er dir nur Schwierigkeiten bereiten.«

»Wenn, wenn.« Laodomia krauste die Nase. »Jetzt bin ich schon vierzehn, und Ihr habt noch nicht einmal angefangen, nach einem Bräutigam für mich zu suchen.«

»Du bist eben nur deines Vaters Tochter, schlimm genug. Trotz der Schmach habe ich dich angenommen und liebe dich wie mein eigenes Kind. Dennoch ist es schwierig, hier in Ferrara für dich eine lohnende Partie zu finden. Aber Geduld. Wir haben Pläne für dich. Gute Pläne. Eins darf ich dir schon verraten: Ein Brief nach Florenz ist unterwegs.«

Die grünen Augen unter den sanft geschwungenen Brauen glitzerten auf. »Florenz? Tante Alessandra?« Stürmisch fasste Laodomia die Hand ihrer Mutter. »Ist das wahr?« Heftig schwankte die Laterne hin und her, Laodomia versuchte ein Unglück zu verhindern, griff zu und verbrannte sich die Finger an den heißen Stäben. Vor Schreck stieß das Mädchen hart gegen die Lampe, sie entglitt Signora Strozzi, fiel zu Boden und erlosch.

»Ungeschicktes Balg!« Dank der Finsternis streifte der Schlag nur das Ohr. »Wie sollst du später deine Mägde anlernen, wenn du selbst ein Trampel bist?«

»Verzeih, Mutter«, stammelte Laodomia. »Ich wollte nicht … es war nur. Weil ich mich gefreut habe. Es tut mir Leid.«

»Schon gut.« Die Hausherrin hatte sich wieder gefasst. »Dieses Temperament hast du in keinem Fall von deinem Vater. Für heute brechen wir den Unterricht in der Haushaltsführung ab. Geh voraus. Aber hüte dich, noch etwas umzustoßen.«

Mit Blick auf die helle Öffnung der Gewölbetür gewöhnten sich Laodomias Augen etwas an die Dunkelheit, und behutsam schlängelte sie sich zwischen Pökelfässern und Getreidetonnen hindurch. Schließlich unbeschadet wieder draußen, bestimmte Signora Strozzi am Fuß der Kellertreppe: »Geh in deine Kammer, und kleide dich um. Dort wartest du. Sobald die Tanzlehrerin eintrifft, wirst du gerufen. Vorher will ich dich nicht mehr im Hause sehen.«

»Danke, Mutter.«

Laodomia nahm gleich zwei Stufen auf einmal. Gleich folgte ihr die Ermahnung, »Geh gesittet, Mädchen«, und langsamer erstieg sie das kühle Treppenhaus. Erst auf der Höhe des vierten Stockwerks, als die Wärme von draußen mehr und mehr zu spüren war, glaubte sich Laodomia vor dem strengen Blick in Sicherheit und hastete die enge Holzstiege ins Dachgeschoss hinauf. Mit einem Knall warf sie die Kammertür hinter sich zu.

»Florenz!« Durch die Querspalten der Klappläden vor dem geschlossenen Fenster drang streifig Sonnenlicht ins Zimmer. Laodomia riss das gewickelte Tuch vom Kopf, löste ihr hochgebundenes Haar und schüttelte es, bis die schwarzen Locken ihr weich um Hals und Schultern fielen. »Weg aus Ferrara!« Sie ließ sich rücklings aufs Bett fallen und strampelte mit den Beinen in der Luft. Endlich, jubelte ihr Herz, weg aus der Enge und hinein ins schöne Leben!

Seit ihr der Busen wuchs, die Hüften sich leicht rundeten und monatlich für einige Tage eine lästige Tuchbinde vonnöten war, hatte sich der Alltag zum Schlechten verändert. Kein gemeinsames Lernen in der Schule mehr, keine ausgelassenen Spiele mehr mit den Brüdern auf der Straße oder mit Freundinnen im Garten. Wie jede heiratsfähige Tochter einer vornehmen Familie durfte Laodomia das Haus nicht mehr verlassen, höchstens noch mit den Eltern zum Kirchgang oder wenn der Besuch bei Verwandten auf dem Lande angesagt war, und dies auch nur eingehüllt in viel Stoff und mit einem Schleier vor dem Gesicht. Wie ein kostbares Gut wurden die jungen Frauen vor neugierigen Blicken der Brautvermittler versteckt. Diese Heimlichkeit half den Wert einer Tochter zu steigern.

In der ersten Woche hatte Laodomia gewagt, sich dagegen aufzulehnen, doch hart war sie von der Mutter zurechtgewiesen worden: »Füge dich! Du bist ein Mädchen. Gleich nach deiner Geburt musste der Vater sparen, um eine Mitgift für dich zurückzulegen, und das zu einer Zeit, in der die Geschäfte noch schlechter gingen als heute. Auch deine Aufzucht und die Ausbildung kosteten. Jetzt, da du reif bist, naht der Moment, wo der hohe Einsatz sich lohnen könnte. Und dies nur, wenn es gelingt, dir einen Bräutigam zu verschaffen, der aus einer wohlhabenden und vor allem einflussreichen Familie stammt.«

Laodomia war in Tränen ausgebrochen. »Aber ich bin doch kein Zuchtkalb, das zum Kauf angeboten wird.«

»So darfst du dich nicht sehen«, hatte die Mutter versucht abzumildern und erklärt: »Ein Sohn hält den Wohlstand in der Familie, eine Tochter aber trägt ein Teil des Erbes aus dem Haus. Als Entschädigung muss deshalb ihre Heirat neue Verbindungen fürs Geschäft und den beruflichen Aufstieg der Brüder knüpfen. So einfach ist das.« Weil die Tränen noch nicht versiegt waren, hatte Signora Strozzi hinzugesetzt: »Bei mir war es damals ebenso, und deinen Freundinnen ergeht es nicht besser. Sei froh, dass dich die Natur recht ansehnlich ausgestattet hat und überdies dein Vater sogar in der Lage ist, dir neben der Mitgift noch etwas Geld und Aussteuer mitzugeben.« Der Finger war hochgeschnellt. »Denn bleibst du ohne Mann, so musst du ins Kloster, oder du wirst bis zu deinem Tode in unserm Haus eine Magd unter Mägden sein. Willst du das?«

Laodomia hatte nur den Kopf schütteln können.

»Also, füge dich. Wir wollen dein Bestes.«

Das war vor einem Jahr gewesen, seitdem hatte Laodomia ihr Leben eingerichtet. Unten im Haus lernte sie spinnen und nähen, nach und nach jede Arbeit in der Küche, bald wusste sie, wie Vorräte versorgt werden mussten, und sie erlernte durch Tanz und Gesang wie auch durch artiges Plaudern über Malerei und Gedichte die Kunst zu gefallen.

Hier oben in ihrer spärlich ausgestatteten Kammer – da war ein Bett; unter dem Hocker befanden sich Waschschüssel und Kanne; der Nachttopf stand bei Tag hinter der Kleidertruhe; und an der Wand zum Flur hing neben dem Bild des Erzengels Raphael ihr schmaler hoher Silberspiegel, beides ein Geburtstagsgeschenk des Vaters; mehr gab es nicht –, hier oben träumte Laodomia ihr freies Leben herbei: ein großes Haus, nein, ein Palazzo, umgeben von Gärten; schöne Kleider und Feste; auch Kinder, und jedes musste eine eigene Amme haben. Das einzige Tor aus der Enge hinaus hieß Heirat. Und nun sollte in Florenz vielleicht der Schlüssel auf sie warten.

Laodomia setzte sich auf. Sie lächelte und nagte an der Unterlippe. Abgesehen von ihren Träumen hatte sie sich noch eine leicht erfüllbare Abwechslung geschaffen; sooft sie wollte, vertrieb ihr dieses Spiel seit Monaten die Zeit.

In wenigen Schritten stand sie am Fenster und spähte durch die Rippen des Klappladens auf das Nachbargebäude. Unten durch eine enge Gasse getrennt, lehnten das Haus der Strozzis und das der Savonarolas mit den oberen Stockwerken fast aneinander. Zum Greifen nah war drüben das geöffnete Fenster. Und dort im Zimmer sah sie das rote Haar. Halb abgewandt von ihr stand Girolamo über sein Lesepult gebeugt.

Laodomia kicherte leise. Mit dieser riesigen, grässlich knochigen Nase kann er bestimmt die Buchseiten umblättern. Gleich übertrumpfte sie das Bild. Und wenn er die Spitze in Tinte taucht, kann er auch damit schreiben, und wenn's falsch ist, dann wischt er mit seinen dicken Lippen das Wort wieder weg. Ganz praktisch, überlegte sie, um zu studieren, braucht er seine Hände nicht. Die kann er für was anderes nutzen. Mal sehen, wie schnell ich ihn heute dazu bringe. Sie öffnete ihr Fenster und drückte langsam die Flügel der Schlagläden nur so weit auseinander, dass die Sicht von anderen Fenstern des Nachbarhauses in ihr Zimmer versperrt blieb. Heiß strömte der Atem des Sommers herein.

Noch hatte der Medizinstudent das Mädchen nicht bemerkt, zu sehr war er in sein Buch vertieft. Laodomia drehte sich um. Vergnügt summte sie eine Melodie, ein Gassenlied, bei dessen Text die Mutter und vor allem die steife Tanz- und Gesangslehrerin blass geworden wären. Laodomia tänzelte durch die kleine Kammer, schwang im Rhythmus ihre Hüften, griff ins Haar und ließ die Locken durch die Finger gleiten. Den blanken Wandspiegel hatte sie seit langem schon ein Stück näher an ihren Engel mit dem Wanderstab gehängt. So konnte sie stets, ohne sich umzuwenden, das Zimmer des Siebzehnjährigen beobachten. Lauter summte sie, und endlich hob er den Kopf.

Kein freundlicher Gruß. Girolamo schob sich seitlich an die Fensterbrüstung. Obgleich er halb im Mauerschatten blieb, erkannte Laodomia deutlich den hellen Stoff des Hemdes und das Weiß seiner Augäpfel. Auch die Nase kann er vor mir nicht verstecken, dachte sie und wartete tänzelnd, bis er die Handflächen unter dem Kinn zusammenpresste. Sie spürte, wie sein Blick sich an ihr festsaugte. Das Spiel konnte beginnen.

Mit dem Rücken zu ihm bewegte sich Laodomia so unbefangen, als gäbe es den Studenten nicht. Sie legte den Stoffgürtel ab, löste die Halsschleife ihres groben Arbeitskittels und streifte ihn langsam über den Kopf. Im Spiegel begutachtete sie ihren Körper. Die runden Brüste reckten sich hoch. Auf der weißen Haut schimmerten rosig die beiden Knospen. Mit den Fingerkuppen umkreiste sie ihren Nabel, fuhr über den kleinen Bauch hinunter in den schwarzen Flaum. Noch verbarg er nicht ganz das weiche Hügeldreieck. Nicht schlecht, stellte sie fest und schwang abwechselnd ein Bein langsam vor und zurück, doch, ich gefalle mir.

Um durch den Spiegel freie Sicht ins Zimmer gegenüber zu haben, trat Laodomia seitwärts einen Schritt zurück. Ihr heimlicher

Zuschauer stand immer noch unbeweglich an der gleichen Stelle. »Nein, ich hab dich nicht vergessen«, flüsterte sie. »Weil ich mich freue, sollst auch du heute ein besonderes Fest haben.«

Ohne nach draußen zu sehen, ging sie durch die Kammer. Dabei trocknete sie mit dem Unterarm die Stirn, wischte mit beiden Handflächen vom Hals hinunter über beide Brüste. Er sollte wissen, wie heiß es ihr war. Laodomia bückte sich nach dem Hocker und trug ihn vor den Spiegel, kehrte um, füllte Wasser in die Schüssel und brachte sie auf den Schemel. Erst beugte sie sich tief über das Gefäß und kühlte ihr Gesicht, dann nässte sie einen Lappen. Sie wusch gründlich ihren hochgereckten linken Arm, den anderen, rieb Achseln und Körper ab, hielt sich lange mit ihren schlanken Beinen auf und vergaß auch nicht die Pobacken.

Den Erfolg sah sie im Spiegel. Ihr Beobachter war etwas aus dem Schatten getreten. Er hatte die Hände sinken lassen, und sein linker Arm bewegte sich langsam vor dem Leib. Laodomia wusste warum; oft genug hatte sie ihre älteren Brüder zufällig bei solchem Spiel überrascht und war gleich davongejagt worden. Wie gerne hätte sie einmal genau zugeschaut, was Girolamo dort unten, verdeckt von der Fensterbrüstung, wirklich mit sich trieb. In jedem Fall benötigt er meinen Anblick dazu, dachte sie und setzte die Schüssel auf den Boden. Langsam stieg Laodomia selbst auf den Hocker und reckte sich nach dem Bild des Erzengels, mit einem Finger putzte sie Staub vom Rahmen und wölbte dabei den Po nach hinten. Der Spiegel neben ihr zeigte den Studenten, heftiger bewegte sich der Arm. Auf einmal warf er den Kopf nach hinten, sein Oberkörper zuckte, und gleich darauf war Girolamo aus der Fensteröffnung verschwunden.

Das war mein Teil, schmunzelte sie und trug Hocker und Waschgeschirr zurück an ihren Platz. Jetzt dauerte es noch eine kleine Weile. Sobald sie angekleidet war und sich offen am Fenster zeigte, würde er ihr wieder ein Lied singen. Laodomia nahm seine Darbietung als Lohn für das gewährte Vergnügen gerne an. Mochte Girolamo auch noch so hässlich aussehen, seinen Fleiß bewunderte sie. Und neben all den Studien dichtete er sogar und zupfte die Laute, nicht schwungvoll, aber da er hier oben nur für sie spielte, fühlte sie sich geschmeichelt.

Hartes Klopfen. »Laodomia?« Vom Treppensteigen atemlos keuchte die Stimme der Magd. »Deine Tanzstunde beginnt.« Schon bewegte sich die Tür. Das Mädchen sprang hinzu und hielt den Riegel fest. »Gleich. Ich bin noch nicht fertig.«

»Wieso lässt du mich nicht ins Zimmer?«

»Weil ich … Ich war auf dem Topf, deshalb.«

»Beeil dich. Die Herrin wird böse, wenn du zu spät kommst.«

»Sag, ich bin sofort unten.«

Ängstlich horchte Laodomia. Die Schritte entfernten sich. Im Nu war sie an der Truhe, riss ein grünes Kleid heraus und streifte es über. Fahrig nestelte sie an den Schlaufen des eng geschnittenen Oberteils. Von drüben setzte Lautenspiel ein. Nicht jetzt, flehte sie stumm. Dafür hab ich keine Zeit mehr. Sie warf den Rock hoch, hockte sich auf den Boden, schnürte die Leinenschuhe und war wieder auf den Beinen. Noch das Haar, der Kamm hakte im Lockengewirr. Egal, sie überprüfte kurz ihr Spiegelbild, der gerade Rand des Ausschnitts bedeckte die Brüste, zeigte nur den Ansatz der Wölbungen, und der weite Rock war nicht verknautscht. Gut, die Mutter würde nichts beanstanden können.

Halb war Laodomia schon zur Tür hinaus, da hielten sie die Lautenklänge auf. Schnell kehrte sie um und hastete ans Fenster. Von Girolamo war nichts zu sehen. »Ich kann jetzt nicht!«, rief sie hinüber. »Warte. Bald bin ich wieder da«, und schon stürmte sie in den Flur, sprang die Stiege hinunter. Erst als das Treppenhaus breit und großzügig wurde, richtete sie den Oberkörper gerade und ließ die Füße leicht über die Stufen gleiten, wie es der Anstand einer wohlerzogenen Tochter vorschrieb.

»Und tan-ta-ta-ta-tam … Die Hände in die Taille stützen, Kindchen, kleine Schritte vorwärts, nicht so frivol den Hüftschwung, und drehen, den linken Arm über dem Kopf anwinkeln, und ein Hüpfer zurück, jetzt den anderen Arm, nicht so schnell, mehr Grazie, Kindchen, und lächeln. Und ta-tam, tam-ta-tam … Was sind das für unschickliche Grimassen, du sollst lächeln. Und jetzt wieder kleine Schritte im Kreis, und tam, ta-tata-tatata-tan-ta-tan und ta, tan-ta-tam …«

Laodomia war erleichtert, als die Tanzlehrerin von ihr abließ.

Auch das süße Gebäck lehnte sie ab, denn die Köstlichkeit wäre mit einem höflichen Geplauder verbunden gewesen, und eine Stunde bei der Mutter und dieser steifen Jungfer zu sitzen dauerte länger als ein ganzer Tag. »Ich bin froh, wieder etwas gelernt zu haben«, dankte sie und schlug die Augen nieder. »Darf ich mich entfernen?«

»Ja, weil du artig darum bittest.« Anerkennend nickte Signora Strozzi. »Ruh dich etwas aus. Heute beim Nachtmahl wirst du zusammen mit den Mägden auftischen. Der Vater hat Gäste eingeladen. Eine gute Gelegenheit für dich, zu üben.«

»Ich freue mich darauf.« Laodomia unterdrückte einen Seufzer. »Du bist so gut zu mir.« Sie schwebte quer durch den Saal, an der Flügeltür hörte sie noch die Mutter sagen: »Das Kind macht Fortschritte. Findest du nicht auch, meine Liebe?«

Erst im vierten Stockwerk zerrte Laodomia an ihren Locken. »Tanzen nennt diese vertrocknete Zitrone das.« Sie tippte den rechten Schuh auf die nächste Stufenkante, zog ihn zurück und wechselte gleichzeitig den Platz für die linke Fußspitze, und wieder der rechte Fuß, schneller folgte der hüpfende Wechsel. Laodomia lachte grimmig: »Bei so was würde die sich bestimmt das Bein brechen«, und lief weiter die Holzstiege hinauf.

In der Kammer war es kühler geworden, die Sonnenstrahlen trafen jetzt das gegenüberliegende Haus und erhellten Girolamos Zimmer. Er stand wieder an seinem Lesepult. Laodomia schlenderte zum Fenster und beugte sich hinaus. Tief unter ihr spielten zwei Jungen, der eine warf den Holzball gegen die Wand der Savonarolas, der andere musste ihn fangen und gleich wieder werfen. Fiel der Ball zu Boden, lachte der Gegner und zählte laut für sich einen Punkt. Das durfte ich früher auch mit den Brüdern spielen, dachte sie, und der Gewinner bekam später beim Essen den Nachtisch. Einmal hab ich ihn sogar von allen vieren bekommen; mir war so schlecht, dass ich mich nachher übergeben musste. Sie blies eine Haarsträhne aus der Stirn und blickte hinüber. Girolamo war von seinem Pult verschwunden. Na endlich. Das Kinn in beide Hände gestützt, wartete Laodomia.

Lautengezupfe. Sie vernahm heftiges Räuspern, und gleich setzte seine kantige Stimme ein:

28

»Wenn es nicht Liebe ist, was ist's dann, das ich fühle?
Doch wenn es Liebe ist, bei Gott, was ist und wie ist das?
Ist es ein Gut, wie kann es einen so tödlich treffen?
Ist es ein Übel, warum sind dann die Qualen so süß?«

Versonnen strich Laodomia mit dem kleinen Finger die Unterlippe. Dieses Lied hatte sie noch nie von ihm gehört, schön war es, auch der Text gefiel ihr besser als sonst.

»Wenn ich freiwillig glühe, warum beklage ich mich dann?
Geschieht es wider Willen, was nützt dann das Klagen?
O lebendiger Tod, o Unheil voller Segen,
was verfügst du über mich, meinem Willen entgegen?«

Das Lautenspiel brach ab. »Nicht aufhören«, bat Laodomia in die Stille. »Hast du noch eine Strophe?«

Nach gründlichem Räuspern sang er weiter:

»Wenn ich es aber will, beschwere ich zu Unrecht mich.
Bei widrigen Winden treibe ich auf hoher See
In einer morschen Barke, ohne Steuer,
So leicht an Wissen und so schwer an Irrtum,
dass ich nicht weiß, was ich mir wünschen soll;
ich fröstele im Sommer und glühe im Winter!«

Noch ein paar Zupfer, es folgte keine Strophe mehr. Sein Lied war zu Ende.

Eine Weile träumte Laodomia den Worten nach, dann klatschte sie langsam, bis der Student an der Fensteröffnung erschien. Im schmalen Gesicht glühten rotfleckig die Mitesser; Girolamo hatte seine wulstigen Lippen zusammengepresst und starrte vor sich auf den Fenstersims.

»He, Freund! Das war bis jetzt das schönste Lied, was du gedichtet hast. Glaub mir. Ich hab die Worte richtig gespürt. So innen drin.«

»Wirklich?«, murmelte er. »Wärst du enttäuscht, wenn es nicht von mir stammt? Petrarca. Francesco Petrarca, so heißt der Dichter.«

Anders als Laodomia es von ihm gewohnt war, schleppte er heute an den Worten. »Du kennst ihn nicht, er ist längst tot, doch ich lese seine Gedichte immer wieder. Zur Erholung für den Geist.«

»Ach so.« Nach einer Pause ermunterte sie ihn. »Nein, das ist mir gleich. Aber die Melodie war auch gut.«

Er wrang die langen Finger ineinander. »Du schmeichelst nur. Mein Spiel ist schlecht, auch meine Stimme reicht nicht aus, um dem Text wirklich die ihm gebührende Geltung zu verschaffen.«

»Warum sagst du so was? Mir hat es gefallen. Fühlst du dich heute nicht wohl?« Ohne die Antwort abzuwarten, winkte ihm Laodomia, als könne er näher kommen. »Ein Geheimnis. Ich verrate es dir, aber behalte es für dich. Der Vater hat einen Brief nach Florenz …«

»Warte bitte«, unterbrach er sie. »Ich wollte, nein, ich muss dir etwas sagen.« Ein Schnauber fuhr durch die höckrige Nase, gründlich räusperte er sich. »Es ist so …« Endlich hob er den Kopf, zu üppig und viel zu weit zogen sich die roten Brauen über den eng beieinander stehenden blaugrauen Augen. Sein Blick streifte ihr Gesicht und heftete sich auf die Simsecke neben ihrem Ellbogen. »Wir kennen uns schon lange. So von hier nach drüben. Wir sprechen manchmal über dies oder das.«

Weil er wieder innehielt, nickte Laodomia gelangweilt und dachte: Na, geredet haben wir nicht viel. Du meinst wohl eher, du guckst mir zu und singst mir später ein Lied. »Nun rede schon.«

»Ich, ich wollte dich fragen …« Er riss die verknoteten Finger auseinander. »Es muss heraus. Willst du meine Frau werden?«

»Davon wollte ich dir doch gerade erzählen, der Vater …« Laodomia schlug die Hand vor den Mund. »Was? Was hast du gesagt?«

Er wagte sie anzusehen. »Willst du mit mir das Leben teilen, meine Frau werden? Weil ich dich liebe.«

Ihr geträumter Palazzo, umgeben von Gärten, erbebte, Laodomia sah das Dach einstürzen. Sie konnte nicht antworten, wie von fern hörte sie ihn weiter sprechen. »Nein, erschrecke nicht. Sitte und Brauch sollen natürlich eingehalten werden, deshalb unterbreite ich meinen Entschluss noch heute meinen Eltern. Sie achten mich und respektieren sicher unsern Herzenswunsch.«

Verfaultes fiel aus den geborstenen Decken in die geschmückten

Säle. Schaler Gestank breitete sich aus. Laodomia rümpfte angeekelt die Nase und begriff jäh seine Worte. »Du…« Sie bog den Oberkörper zurück. Dass er ihre Nacktheit sah, dass er Lust dabei empfand, hatte ihr geschmeichelt, auch seine Gedichte, auch das kleine Geplauder hin und wieder. Doch jetzt fühlte sie sich beschmutzt; mehr noch, sie empfand Schmerz, als wäre er über die Schlucht zwischen den Fenstern herübergekommen und hätte sie mit seinen langen Fingern unsittlich berührt.

»So antworte doch, Liebste.«

»Du wagst es?« Mit Wutränen in den Augen schrie sie: »Nenn mich nicht Liebste! Nie wieder, hast du mich verstanden!«

Er versuchte mit den Händen zu beschwichtigen, doch die Geste rief nur Verachtung und Hohn in ihr wach. »Was bildest du dir ein?« Sie lachte spöttisch. »Ich soll den Sohn eines Geldwechslers heiraten? Nur ein Idiot kann auf solch einen Gedanken kommen. Glaubst du etwa im Ernst, das vornehme Blut der Strozzi würde sich zu einer Verbindung mit dem Hause Savonarola herablassen?«

Er ballte die rechte Hand, bis die Fingerknöchel weiß glänzten. »Ich… ich dachte… ich wollte…« Mit einem Mal hieb er die Faust auf den Fenstersims. »Wer bist du denn? Mein Großvater war Leibarzt des Fürsten, mein Vater ist nicht Geldwechsler, sondern Wollfabrikant, und meine Geschwister und ich sind rechtmäßige Nachkommen dieses Ehrenmannes. Und du? Nur eine Bastardin, wer weiß mit wem gezeugt!«

»Halts Maul, du roter Zwerg!«

»Danken solltest du mir!« Vor innerer Erregung überschlug sich seine Stimme. »Meinst du, es wäre leicht, die Eltern zu überreden? Das Haus Savonarola genießt großes Ansehen in Ferrara. Warum sollten die Eltern einem ihrer hoffnungsvollen Söhne ausgerechnet einen Bankert wie dich zur Frau geben?«

Laodomia zerrte an ihren Locken. »Nein, du bist kein Idiot, du bist wahnsinnig. Ein magerer Zwerg will mich zur Frau!« Das Lachen drängte einfach hinaus, und ohne weiter zu überlegen, hastete sie zur hinteren Wand und kam mit dem Spiegel ans Fenster. »Bis jetzt hast du nur mich gesehen. Es wird höchste Zeit, dass du dich selbst anguckst.« Hart setzte sie den Spiegel vor sich ab. »Na? Wie gefällst du dir mit solch einer Nase? Und erst die vielen Pickel. Wie viele drückst du am Tag aus? Ja, auch deine Lippen findet jede Frau gewiss anziehend. Nichts, da passt auch gar nichts in deinem Gesicht zueinander.« Laodomia warf den Spiegel aufs Bett. Ihre Augen loderten. »Und was da unten unter deinem Hemd ist, das will ich erst gar nicht wissen.«

Bis auf die roten Flecken war der Student blass geworden. »Du bist nicht besser als … als eine schamlose Dirne!«

»Und du?« Sie zeigte mit dem Finger auf ihn. »Ja, ja, der gesittete Student. Aber du arbeitest nicht nur fleißig in deinen Medizinbüchern.« Jetzt rieb sie mit der anderen Hand den gestreckten Finger. »Sondern auch besonders eifrig dabei.«

Kaum hatte sie ausgesprochen, tastete er rechts und links der Fensteröffnung nach den Schlagläden und klappte sie leise zu.

»Das kann ich besser«, höhnte Laodomia. Sie packte gleichzeitig in die Rippen der beiden Holzflügel und schloss sie mit einem gewaltigen Knall.

Kühl ist es. Sein nackter Körper liegt eingezwängt zwischen Felsbrocken in der Schlucht. Beide Füße stecken unter Geröll, seine Arme sind weit auseinander gerissen, und dicke Steine beschweren die offenen Handflächen. So viel Kraft ihm die Verzweiflung auch verleiht, Girolamo vermag sich nicht zu befreien. Angstverzerrt starrt er hinauf. Der Bergvorsprung hat die Form eines schwarzen Sensenblatts, und dort über der Kante schwankt eine hohe Wasserwand. Ihre Mitte wölbt sich vor und zieht sich zurück, mit jedem Atemzug bläht sich der bläuliche Bauch weiter nach vorn. Der Wogennabel zerplatzt. Girolamo schreit. Aus dem Riss spritzt ein breiter Strahl und stürzt auf ihn nieder. Eiskalt werden Kopfhaut und Gesicht, das Wasser dringt in Nase und Mund; Atemnot, Husten, Spucken; und härter wird der eisige Strahl, jetzt überspült er den Körper, erstarrt Leib und Glieder; und mehr und immer mehr Wasser stürzt herab …

»Mein Junge.« Beim Klang der fernen Stimme rollen die Steine von den Handflächen. »Mein Junge, wach auf.« Girolamo spürt, wie sich das Geröll von seinen Füßen hebt.

Ein wärmender Hauch berührte seinen Kopf. Langsam öffnete er die Lider und sah über sich das Gesicht der Mutter. Sie strich ihm das verschwitzte Haar. »Ich habe dich schreien hören, Junge.«

»Nein, sorge dich nicht«, murmelte er, »ein Traum, sonst nichts«, und setzte sich auf. »Wie spät ist es?« Er blickte zum Fenster, schwach schimmerten graue Streifen durch die Ritzen der Schlagläden.

»Früh. Noch vor dem Morgenläuten.« Elena Savonarola brachte ein Tuch zum Bett und trocknete seinen nackten, nassen Rücken. »Du bist krank. Ich werde später doch nach dem Arzt rufen.«

»Nicht nötig, Mutter. Glaube mir.«

»Aber du siehst elend aus.« Sie unterbrach das gleichmäßige Reiben. »Was sind das für lange Kratzer?«

Hastig drehte er den Rücken zur Wand. »Nichts, sie bedeuten gar nichts.«

»Girolamo!« Der Ton der Mutter wurde streng. »Seit zwölf Tagen hast du dieses Zimmer nicht mehr verlassen. Du wimmerst und weinst im Schlaf, rührst den Teller nicht an, den ich dir bringe. Dein Vater und ich sind ernstlich besorgt. Auch deine Brüder und Schwestern fragen schon. Wenn du also nicht krank bist, dann haben wir wenigstens das Recht zu erfahren, warum du dich hier oben vergräbst.«

Entschlossen schritt sie zum Fenster. »Und jetzt will ich mir diese Kratzer bei Helligkeit ansehen.« Schon hatte sie den Riegel der Klappläden angehoben.

»Nein!«, schrie er vom Bett her. »Nicht öffnen! Ich verbiete es!«

Signora Savonarola wandte sich verwundert nach ihm um. »Aber Sohn! Die kühle Morgenluft wird dich erfrischen.«

»Nie mehr!« Abwehrend, fast beschwörend streckte er die verkrallten Hände in Richtung Fenster. »Nie mehr dürfen diese Holzläden geöffnet werden!« Heftig ging sein Atem, erst nach einer Weile setzte er gefasster hinzu: »Verzeih, ich ... ich wollte sagen, solange ich im Zimmer bin, möchte ich diese Läden geschlossen halten. Durch die Streben dringt genügend Luft, auch reicht mir das Licht zum Schreiben und für das Lesen in den Büchern.« Er versuchte, leichthin zu sprechen. »Und falls nicht, so helfe ich mir mit der Lampe.«

Seine Mutter hatte die Arme unter dem Busen verschränkt. Die sonst so weichen Stirnfalten vertieften sich. Ihre Sorge stritt mit jäh er-

33

wachtem Misstrauen. Wie unbeabsichtigt warf sie einen Blick zum Lesepult. Kein Lehrbuch von Avicenna, Galen oder Aristoteles, dort lag aufgeschlagen die Heilige Schrift. Elena trat näher, drehte den Docht der Lampe höher, bis der Schein den Text erhellte. Ein Abschnitt war angestrichen. Obwohl ihre Kenntnis der lateinischen Sprache unvollkommen war, stachen ihr einzelne Worte ins Auge. »Züchtigung? … Gott straft … ?« Sie starrte zu ihrem Sohn hinüber. »Beschäftigst du dich nicht mehr mit der Medizin? Was sagt diese Stelle?«

Girolamo presste die Handflächen unter dem Kinn zusammen. »Die Welt ist schlecht, Mutter«, flüsterte er.

»Weiche nicht aus.« Mit dem Öllicht kehrte sie ans Bett zurück. »Welch eine banale Feststellung. Nur gut, dass dein Großvater sie nicht mehr hören musste.« Da Girolamo den Vorwurf unbeteiligt hinnahm, steigerte sich die Erregung der Mutter. »Dank ihm hast du das Grundstudium der Philosophie so glänzend abgeschlossen. Und jetzt sagst du mir: Die Welt ist schlecht. Um das zu erfahren, mussten wir nicht erst das hohe Schulgeld bezahlen. Es sind noch keine zwei Jahre her, als du nach dem Tod des Großvaters deinem Vater versprachst, ein Medizinstudium aufzunehmen und damit seinen Herzenswunsch zu erfüllen.«

Girolamo seufzte: »Daran halte ich auch fest. Versteh doch, Mutter, es gibt mit einem Mal neue Fragen in mir.« Sein Blick streifte die Bibel. »Und die Antwort finde ich nicht in den medizinischen Lehrbüchern.«

»Auch ist dies keine überraschende Erkenntnis. Aber genug davon«, lenkte Signora Savonarola ein. »Es geht mir mehr um deine Gesundheit. Nur eins noch, wie lautet der Text, den du dort angestrichen hast?«

Girolamo verschränkte die Finger. »›Siehe, selig ist der Mensch, den Gott straft; darum verweigere dich nicht der Züchtigung des Allmächtigen.‹ Nur ein Vers aus dem Buche Hiob.«

Das Licht in Elenas Hand zitterte. »Steh auf. Lass mich deinen Rücken ansehen«, verlangte sie bedrohlich leise. »Zeige ihn. Sofort.«

Diesem Ton wagte sich der Sohn nicht zu widersetzen. Sie hob die Lampe und fand rot geschwollene breite Striemen auf der Haut, an einigen Stellen entdeckte sie getrocknetes Blut. »Haben wir dich vernachlässigt, Junge?«, flüsterte sie. »Fühlst du dich zurückgesetzt vor deinen Geschwistern?«

»Nichts von alledem.« Er schnaubte heftig und wandte sich zu ihr um. »Ich bin dankbar für alle Liebe, die ihr mir gewährt.«

»Warum fügst du dir solche Schläge zu? Wie … wie ein Büßer …«

Er lächelte dünn. »Aus Wissbegierde«, und erklärte: »Als Medizinstudent muss ich doch selbst erfahren, wie schnell solche Wunden heilen.«

»Dummes Gerede!« Die Mutter hatte sich wieder gefasst. »Schluss damit. Dieses Grübeln allein hier oben schadet dir. Ja, fleißig studieren sollst du, aber ich werde auf die Stunden achten. Und von heute an sitzt du bei den Mahlzeiten wieder unten am Tisch. Sieh dich doch an! Abgemagert bist du. Es wird ab jetzt tüchtig gegessen, Sohn. Auch verlange ich, dass du täglich einen Spaziergang unternimmst. Wo ist dieser Gürtel?« Ehe er ihn zeigen konnte, hatte sie ihn schon entdeckt. »Nägel. Ach, Junge. Schämen solltest du dich.« Sie steckte den gespickten Riemen in die Rocktasche. »Von der Magd lasse ich dir ein frisches Hemd und die Tunika bringen. Sei pünktlich zum Morgenmahl unten.« Signora Savonarola hatte die Tür fast erreicht, als sie stockte und sich wieder umwandte. »Du, du spielst doch nicht etwa mit dem Gedanken, ins Kloster zu gehen? Ein Mönch, einer dieser Nichtstuer zu werden, der auf Kosten der Gläubigen ein faules Leben führt?«

»Nein, sorge dich nicht.« Jetzt lachte er bitter auf. »Die Kleriker heutzutage sind noch verderbter als die Fürsten. Nein, nichts zieht mich in ein Kloster.«

Durchdringend sah sie ihn an. »Ich möchte dir gerne glauben. Du weißt, dein Vater, aber auch ich selbst, wir würden solch einen Schritt niemals erlauben.« Damit verließ Signora Savonarola hocherhobenen Hauptes das Zimmer.

Girolamo räusperte sich und schlich zum Fenster. In alter Gewohnheit beugte er sich vor und spähte durch einen Spalt des Klappladens. Wie ertappt wich er zurück. »Nie wieder«, flüsterte er. »Sei stark! Besiege das Fleisch! Der Traum hat dir dein Herz für immer erfroren. Und so ist es gut.«

Skizzenblätter

FLORENZ

BESUCH KOSTET GELD

Trotz Fastenzeit schmückt sich Florenz im Frühjahr 1472. Hohe Gäste aus Mailand nahen, und sie sollen würdig empfangen und bewirtet werden, darin sind sich Kaufleute und Ratsherren einig, schließlich gilt es den Ruf der eigenen Stadt zu wahren. Beim Einzug des Herzogs und seiner Gemahlin aber stockt selbst Lorenzo de' Medici der Atem. Dem Paar folgen zwölf mit Goldbrokat ausstaffierte Sänften, drinnen lehnen die Schönen des Hofes und winken. Edelsteinbesetzte Goldketten zieren die Brust aller Berater, Vasallen und Höflinge. Fünfzig Kriegspferde ziehen vorbei; und das Auge der Leute am Straßenrand kann dieses Gepränge kaum fassen: Sättel bezogen mit Goldbrokat, die Steigbügel vergoldet, Zaumzeug und Zügel mit bestickter Seide ummantelt. Nicht enden will der Prunk. Hundert Ritter in blitzendem Brustharnisch, dahinter zieht ein Heer Fußvolk, es führt zweitausend Rösser und zweihundert beladene Maulesel durch die Straßen. Nüchtern rechnen die Bankherren von Florenz und veranschlagen den Wert dieses mailändischen Prunkzuges auf 200 000 Goldflorin.

Boten hasten zwischen der Signoria und Lorenzo hin und her. »Wir dürfen uns nicht beschämen lassen!« Wenn's auch den Säckel schmerzt, der gesamte Hofstaat wird auf Kosten des Hohen Rates beherbergt. Das Oberhaupt der Medici-Familie selbst lädt das herzögliche Paar in seinen Palazzo in der Via Larga ein. Hier, umgeben von Gemälden und Skulpturen, von Marmor und Mosaiken, von Gemmen, Vasen, seltenen Handschriften und antiken Büsten, müssen die Gäste neidvoll eingestehen: »In Mailand findet sich kein Haus mit solch erlesenen Schätzen.« Der verwöhnte junge Herzog Galeazzo Sforza seufzt und setzt hinzu: »Verglichen mit dieser Schönheit ist all mein Gold und Silber nur ein Haufen Mist.«

Den Gästen im Palazzo wie auch dem Hofstaat in den Stadtquartieren wird Fleisch aufgetischt. Braten und Weingelage während der Fastenzeit! Nicht nur die Kleriker, auch einfache Bürger empören sich. Lorenzo will die Geschockten besänftigen und lässt fromme Schauspiele gleich in drei Kirchen aufführen. Er selbst besucht mit dem herzöglichen Paar die ›Ausgießung des Heiligen Geistes‹ in Santo Spirito. Mit echtem Feuer wird das Wunder dargestellt. Eine Ungeschicklichkeit lässt brennendes Öl über die Schüsselränder fließen. »Feuer!« Zum Entsetzen aller Anwesenden lodern in kurzer Zeit die Teppiche, der gewebte Wandschmuck; die Flammen schlagen hinauf ins Gebälk und fackeln das Gotteshaus bis auf die Grundmauern ab. »Eine Strafe des Himmels!« In panischem Tumult fliehen Vornehme und Bürger.

Sanfter Tod nach mühevollem Leben

Während bei den Medici in der Via Larga die Musikanten am selben Abend erneut zum Festmahl aufspielen, wacht einige Straßen weiter Filippo Strozzi am Sterbelager seiner Mutter. Allessandra Strozzi ist eingeschlafen. Während jahrelanger Verbannung aller männlichen Mitglieder der Strozzi-Sippe hat sie unerschütterlich für ihre eigenen Söhne die Rückkehr nach Florenz vorbereitet und schließlich durchgesetzt. In den alten Stadtpalast ist längst das Leben wieder eingekehrt. Bis zum heutigen Tage war sie Mutter, dann auch Großmutter gewesen und vor allem stets die treibende Kraft und Ratgeberin ihrer Söhne. Nun darf Alessandra im Alter von dreiundsechzig Jahren loslassen, und der Tod legt sanft den Mantel um sie.

Griff in die Zügel der Macht

Lorenzo de' Medici weiß, wie sehr es unter der schillernden Oberfläche in Florenz brodelt. Bestechung und Betrug, Gier und Vetternwirtschaft beherrschen den ›Rat der Einhundert‹, wie auch den ›Großen Rat der Zweihundert‹. Mit jeder Neuwahl besteht aufs Neue die Gefahr, eine andere Familie könnte den größeren Einfluss in der Stadt erlangen. Momentan erstrahlt der Medici-Stern so hell wie noch nie, und Lorenzo nutzt die Gunst der Stunde. Er ändert die Verfassung!

Im Sommer 1471 wird ein Kontrollgremium eingesetzt. Es soll künftig alle Kandidaten für die wichtigsten öffentlichen Ämter prüfen und entweder ablehnen oder auf fünf Jahre bestätigen. Dieses Gremium setzt sich mehrheitlich aus verlässlichen Medicianhängern zusammen. Der ›Rat der Einhundert‹ und der ›Große Rat der Zweihundert‹ gehorchen nun Lorenzos Anweisungen. Nur um den Anschein einer Republik zu wahren, dürfen sich die alten, vom Volk gewählten Vertreter die niederen Posten in der Verwaltung teilen. Außerdem gelingt es dem heimlichen Diktator, die ›Acht Wächter‹ mit mehr juristischer Macht auszustatten. Auch dieses oberste Berufungsgericht setzt sich aus Medicigetreuen zusammen. Damit hat Lorenzo seine Macht vollends abgesichert. Sehr zum Neid und Ärger der reichen Bankiers aus der Pazzi-Familie. Sie murren hinter vorgehaltener Hand, noch wagen sie nicht aufzubegehren.

ROM

HABEMUS PAPAM!

Die weiße Rauchsäule steigt über dem Lateranpalast auf. Nach dem Tode des verschwenderischen Papstes Paul II. wird im Jahre 1471 Francesco della Rovere vom Konklave der Kardinäle auf den Heiligen Stuhl gehoben, der Sohn eines armen Fischers, kränkelnd in der Jugend, aufgezogen bei den Franziskanern, später selbst Lehrer an den Universiäten. Der Siebenundfünfzigjährige gibt sich den Namen Sixtus IV. Er ist ein gebildeter, großmütiger Mann, doch besessen von krankhaftem Ehrgeiz.

In seinem Kirchenstaat herrschen gewalttätige Barone. Offen schmähen sie die päpstliche Würde. Und in Rom selbst wütet der Pöbel. Nach seiner Krönung wird Sixtus während einer feierlichen Prozession durch die Stadt getragen. Ein Tumult entsteht, und seine Sänfte wird bespuckt und mit Steinen beworfen. »Wehe euch allen«, murmelt Sixtus. »Ich werde Ordnung schaffen. Ich werde der päpstlichen Autorität wieder Geltung verschaffen. Mit aller Macht und Gewalt, die mir zur Verfügung steht.«

Lorenzo de' Medici eilt an der Spitze einer Gesandtschaft nach Rom und überbringt die Glückwünsche der Stadt Florenz. Sixtus empfängt ihn, sie plaudern und scherzen, schließlich wagt Lorenzo, einen Herzenswunsch vorzutragen. »Erhebt meinen Bruder Giuliano zum Kardinal.«

Der Heilige Vater scheint nicht bei der Sache und nickt leutselig: »Gerne verlängern wir den Vertrag für deine Bank. Sie soll auch in Zukunft unsere Geldgeschäfte abwickeln.« Er beschenkt Lorenzo mit antiken Marmorbüsten und überlässt ihm die Gewinn bringende Konzession für eine Alaunmine in Viterbo. Seine Bitte aber erfüllt er nicht. Für alle Anwesenden sichtbar, scheiden der Priester aus niederem Stand und der fürstliche Medici als beste Freunde.

FERRARA

DIE UNGEDULD WIRD ZUR QUAL

Laodomia Strozzi weint, als sie vom Tod ihrer Tante Alessandra erfährt. Florenz, der Weg aus der Enge, ist wieder weit entfernt. »Hab Geduld«, tröstet die Mutter. Sobald eine angemessene Zeit verstrichen sei, soll ein Brief an die Frau des Filippo Strozzi geschrieben werden. Oben in der Kammer betrachtet Laodomia ihr Gesicht. »Und wenn ich erst Runzeln bekomme, ist es zu spät.« Ratlos kniet sie vor dem Bild des schönen Erzengels nieder. »Heiliger Raphael, du Beschützer der Wanderer, sorg du doch dafür, dass ich bald hier fortkomme.«

ROM

DER OFFENE KAMPF BEGINNT

Papst Sixtus will seine Macht im Innern des Vatikans wie auch nach draußen hin absichern und beruft ämterhungrige Jünglinge der eigenen Familie in hohe Stellungen.

Gleich nach der Thronbesteigung 1471 erhielt aus der zahl-

reichen Neffenschar sein erkorener Liebling Pietro Riario mit fünfundzwanzig Jahren den Kardinalshut und wurde überdies Erzbischof
von Florenz. Diese und andere Pfründe steigern das Jahreseinkom-
men des Neffen auf zweieinhalb Millionen Florin. Pietro ist haltlos,
verschwenderisch, er prahlt und hurt. Zur Empörung der Florentiner
stattet er seine zahlreichen Mätressen sogar mit goldenen Nachttöpfen aus. 1474 stirbt der schamlose Erzbischof während einer seiner
wollüstigen Ausschweifungen an Erschöpfung und hinterlässt mehr
als 200 000 Florin Schulden.

Sofort kniet dessen Bruder Girolamo Riario vor dem Stuhle Petri.
»Vater und liebster Onkel, schenke mir mehr Einfluss, als mein Bruder besaß.«

Sixtus wiegt den Kopf. »Vom einfachen Grünkramhändler habe
ich dich zum Kommandanten der päpstlichen Truppen aufsteigen lassen. Sei es drum. Dein unstillbarer Hunger nach Macht gefällt mir,
und ihn will ich nutzen.« Der Heilige Vater hat nur eins im Sinn, er
will den Kirchenstaat festigen und ausdehnen. Dazu benötigt er vor
allem einen wehrhaften Brückenkopf nahe der florentinischen Grenze. »Mein Sohn, du sollst Lehnsherr von Imola werden, sobald Wir
diese Stadt vom mailändischen Herzog erworben haben.«

Der Preis für Imola ist hoch. Sixtus wendet sich an seinen Bankier.
40 000 Golddukaten benötigt er. Doch Lorenzo de' Medici durchschaut den Plan. Niemals darf der Papst in die Toskana eindringen,
und Lorenzo schüttelt bedauernd den Kopf. »Imola ist zu teuer. Meine Bank kann das Geld nicht vorstrecken.«

Die mächtige Florentiner Familie der Pazzi unterhält ebenfalls in
Rom ein Bankhaus. Ihr Filialleiter, der junge Francesco Pazzi, sieht
nun den Moment gekommen, den verhassten Konkurrenten aus dem
Felde zu schlagen. »Heiliger Vater, kaum hörte ich von Euren Geld-
nöten, bin ich gleich zu Euch geeilt. In aller Demut will ich Eure
Sorgen lindern.« Er streckt dem Papst die Summe vor. Mehr noch,
beim Abschluss des Geschäftes vertraut er Sixtus an: »Es ist bedauerlich, aber wahr: Lorenzo de' Medici, Euer ehrenwerter Treuhänder
in Geldangelegenheiten, arbeitet insgeheim gegen Euch. Mit allem
Geschick hat er versucht, den Kauf zu verhindern. Selbst mich beschwor er, Euch nicht beim Erwerb von Imola zu unterstützen.«

Zornentbrannt ballt der Papst die Faust. »Dieser Hundsfott soll mich kennen lernen!«

Wenig später entzieht er Lorenzo die Verwaltung der päpstlichen Schatulle und setzt dafür das Bankhaus Pazzi ein. Der offene Kampf zwischen Papst und dem ungekrönten Herrscher von Florenz hat begonnen, und gleichzeitig flackert zum ersten Mal eine sichtbare Flamme aus dem Schwelbrand der Eifersucht hoch, der sich seit langem zwischen den Familien der Medici und der Pazzi angestaut hat.

FERRARA

Die Welt ist schlecht

Girolamo besucht mit den Eltern ein Fest im Palast des Herzogs Ercole d'Este. Völlerei, Prahlerei, Gotteslästerung und die heidnische Verehrung der antiken Götter schrecken ihn ab. »Was ist das für ein Leben?«, flüstert er angeekelt. »Sind wir Christen oder Heiden?« Nie mehr will er diese Stätte betreten.

Götzendienst! Wehe den Einwohnern von Sodom und Gomorrha! Beim Lampenschein greift er zur Feder und schreibt ein langes Gedicht über den Ruin der Welt. »Tugend und Sitten sind tot ... Niemand schämt sich mehr seiner Laster ... Diebe und Mörder verkehren in den höchsten Kreisen ... der Stuhl des Papstes ist umgeben von Schauspielern, Zuhältern und Homosexuellen ... Allein Wollust und Raub wird gehuldigt ...«

Der Student vermeidet jeden Blick auf eine Statue, die eine nackte Frauengestalt zeigt. Er verabscheut Mosaiken, auf denen obszöne, lüsterne Darstellungen zu finden sind. Zum Kummer der Mutter fastet Girolamo und zieht sich mehr und mehr vom täglichen Leben zurück. In den Kirchen liegt er zu Füßen der Altäre und fleht: »Was soll ich nur in dieser Welt?«

Am 23. September 1474 lauscht er einer Predigt. Ein Satz brennt sich in seine Seele: »›Und Gott sprach zu Abraham: Ziehe aus deinem Lande, verlasse dein Vaterhaus, deine Heimat, und gehe in ein Land, das ich dir zeigen will.‹«

Den Winter über grübelt der Dreiundzwanzigjährige. Die Welt ist schlecht. Auch Papst und Klerus sind in den Sog der Verruchtheit geraten. Girolamo schreibt ein Gedicht vom Ruin der Kirche. »Die schöne Jungfrau ist von Skorpionen und Hunden zerbissen... sie wird vom Dämon verfolgt...«

Bei Frühlingserwachen reift ein Gedanke in ihm. Am 23. April 1475 ist Girolamo entschlossen.

Die Unkeuschheit

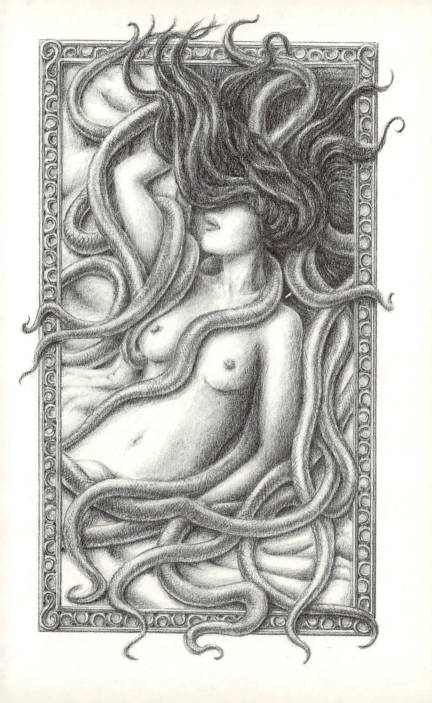

Elena Savonarola stand im Flur an der Zimmertür ihres Sohnes. Eine Weile noch lauschte sie den Lautenklängen, dann öffnete sie leise. Girolamo hockte auf einem Schemel, der Kopf war tief über die Saiten gebeugt, jedem Ton sann er nach. Er bemerkte die Mutter erst, als sie neben ihm eine Schüssel abstellte.

»Du musst essen, Junge.«

Er sah auf, seine Augen waren tief umrändert. »Schon wieder? Warum quälst du mich mit Suppen?«

»Bitte, versprich es mir.«

»Ja, Mutter.« Damit zupfte er weiter an dem Instrument und entlockte ihm eine wehmütige Melodie.

Signora Savonarola nestelte an den Falten ihres Kleides. »Was willst du mir sagen, Junge?«

»Nichts.«

»Dieses Lied? Es klingt so verloren, wie nach Abschied.«

Ohne das Spiel zu unterbrechen, versuchte er ein Lächeln: »Befürchte nichts, Mutter.«

Unschlüssig stand sie da und betrachtete die abgemagerte Gestalt. Längst war die Zeit vorbei, in der sie ihrem Jungen einfach befehlen konnte, ihn energisch aus dem Gespinst seiner Grübelei herausreißen und auf den Boden der Wirklichkeit setzen. Im September würde er seinen vierundzwanzigsten Geburtstag begehen. Andere junge Männer strotzten in diesem Alter vor Tatkraft. Doch er? Was wusste der Träumer schon von den Kämpfen, die sie seinetwegen ausfocht, wie oft sie Girolamo vor dem Zorn des Vaters schützen musste? Noch vor wenigen Stunden war es wieder zu einer Auseinandersetzung gekommen. »Ein Müßiggänger ist er, nichts sonst«, grollte Niccolò. »Über alles rümpft er die Nase, selbst über mich. Und dabei lebt er gut und bequem auf meine Kosten.«

»Beruhige dich. Girolamo studiert fleißig.«

»Dünkt er sich besser als seine Brüder? Unser Ältester ist Soldat und hat eine hoffnungsvolle Laufbahn vor sich. Die beiden anderen studieren zwar auch, doch mit messbarem Erfolg. An ihnen soll er sich ein Beispiel nehmen.« Seit Niccolò Savonarola selbst durch riskante Spekulationen sein Geschäft in den beiden vergangenen Jahren fast ganz heruntergewirtschaftet hatte und er dennoch auf Feste und kostspieligen, vornehmen Umgang in Ferrara nicht verzichten wollte, schwoll ihm zu Hause von Monat zu Monat die Zornader schneller und heftiger. »Zum Henker! Mit dem Stock sollte ich ihn zur Vernunft bringen.«

»Wage es nicht.« Elena stellte sich ihrem Mann furchtlos entgegen. »Glaubst du, ich wüsste nicht, wie es um unser Vermögen bestellt ist? Dein Sohn ist nicht so leichtfertig wie du …« Der jähe Schlag traf hart ihre Schulter. Sie sah ihren Gatten nur an. »Auch nicht so unbeherrscht.«

»Verzeih, Frau. Ich …« Niccolò schämte sich, doch der Groll war in seiner Stimme geblieben. »Er ist unser Sohn, lebt in meinem Haus. Und solange er das tut, folgt er meinem Willen. Ich verlange, dass er uns morgen begleitet. Sag ihm das.«

Die Schüssel dampfte nicht mehr, im ungelüfteten Zimmer hatte sich der Duft nach Hühnerbrühe mit schalen Schweißausdünstungen vermischt, und Girolamo spielte immer noch unentwegt die gleiche Melodie. Signora Savonarola ging auf das Fenster zu. Sofort ließ ihr Sohn die Laute sinken. Sie öffnete den Flügel, die Schlagläden aber ließ sie geschlossen. »Morgen feiert Ferrara«, begann Elena. Die Stadt war in den vergangenen Tagen zu Ehren ihres Schutzpatrons, des heiligen Georg, mit Fahnen und Lampions geschmückt worden. »Dein Vater wünscht, dass du mit uns gemeinsam zum Jahresfest gehst. Nein, schüttle nicht gleich den Kopf. Im Dom wird ein Schauspiel des heiligen Drachentöters aufgeführt. Wenigstens diese Darbietung könntest du dir anschauen, bitte, Junge, auch wenn dir solch ein Vergnügen zuwider ist.«

»Was verlangst du von mir?« Girolamo sog geräuschvoll den Atem durch die Nase ein und räusperte sich. »Ich soll mich unter diesen gottfernen Pöbel mischen? Mit Gaunern und Hurenböcken, mit Dirnen, Glücksspielern und Dieben mich womöglich sogar an einen Tisch setzen?«

»Mäßige dich. Du begleitest immerhin deine Eltern und die Geschwister«, begehrte Elena auf. »Du willst uns doch nicht mit solchen Personen gleichsetzen. Ach, Junge, was geht nur in dir vor? Deine Sprache klingt so fremd, so verächtlich. Ist es denn gottgefällig, wenn du dich über andere erhebst?«

»Ich bin voller Demut!«, wehrte Girolamo heftig ab, hielt aber dem Blick der Mutter nicht stand. »Oft liege ich wach und denke an die Verdorbenheit dieser Welt. Der obszöne Strudel reißt uns alle immer tiefer hinab. Und niemand erhebt seine Stimme, um …«

»Still!« Signora Savonarola fasste nach der Bibel auf dem Lesepult und schlug sie zu. »Du bist kein Prophet. Komm zurück, Girolamo! Du bist mein Sohn, nicht weniger und nicht mehr. Und wenn du dem Vater nicht die Freude bereiten willst, dann bitte ich dich als deine Mutter: Begleite uns morgen auf das Fest. Mir zuliebe.«

Müde erhob er sich. Durch das häufige Fasten waren die Wangen eingefallen, größer schien die Nase, länger die Finger seiner Hände. »Wenn ich dir Kummer bereitet habe, verzeih. Ja, ich werde mich morgen auf die Straße wagen. Doch wartet nicht auf mich. Du kennst deine kleinen Töchter; erst einmal herausgeputzt, werden sie ungeduldig. Geht also schon voraus. Ich weiß ja, wo ich euch finde.«

Die Mutter ergriff seine rechte Hand und strich einmal zart über den Unterarm. »Danke.« Mit einem Lächeln setzte sie hinzu: »Sollst sehen, nach einer Weile wird dir der Trubel sogar gefallen.«

»Vielleicht, Mutter.« Er sah ihr nach, bis sie das Zimmer verlassen hatte, dann warf er sich bäuchlings aufs Bett und vergrub das Gesicht in der Armbeuge.

Glockensturm über Ferrara. Das Geläut stieg auf zum blauleeren Himmel, grüßte den heiligen Drachentöter und fiel zurück in die Gassen und Straßen. Aus den Türen quollen Familien im Sonntagsstaat. Sie lachten, grüßten die Nachbarn, in den Gesichtern leuchtete Vorfreude. Kleine Mädchen zeigten sich mit ihren Blüten im Haar stolz den Jungen, doch die streckten ihnen nur die Zunge heraus und tobten johlend zum Festplatz vor dem Dom. Dort waren Spruchbänder gespannt, bunte Wimpel und Fahnen flatterten. Der Tag zu Ehren des Stadtpatrons hatte einladend die Arme ausgebreitet.

Girolamo faltete die Zudecke und ordnete sie sorgsam übers Fußende des Bettes. Er blickte sich in seinem Zimmer um. Das Schreibpult war aufgeräumt, das Tintenfass verschlossen, auf der Truhe lagen seine Lehrbücher gestapelt neben der Bibel.

Nachdem die Eltern und Geschwister vor einer Stunde zum Fest aufgebrochen waren, hatte sich der Lärm im Haus gelegt. Nichts hält mich mehr, dachte er und betastete den Gürtel seiner grauen Tunika. Im Innenfutter an seiner Hüfte fühlte er die beiden Goldmünzen, außen steckte das Messer fest in der Lederschlaufe. Langsam legte er sich den Mantel um. Sein Blick wurde vom Fenster angezogen, und sofort spürte er hart das Herz schlagen. Eine letzte Prüfung? Kein Gedanke mehr, es war ein Zwang, dem er gehorchen musste.

Girolamo hob den Riegel und schwang die Klappläden weit auseinander. Obwohl das Haus der Strozzi noch im Morgenschatten lag, schmerzten seine Augen, als blendeten sie die Helligkeit. Zum ersten Mal seit fünf Jahren sah er wieder hinüber ins geöffnete Fenster.

Nichts war verändert, nur der Spiegel fehlte neben dem Marienbild. Durch den Klatsch seiner Schwestern hatte er hin und wieder aufgeschnappt, wie es um Laodomia stand. Kein Heiratsgerücht gab es, immer noch hoffte sie auf die Hilfe der Verwandten in Florenz. Ohne Mann sollst du bleiben, dachte er, denn du hast mich bis ins Herz verwundet. Ja, Gott ist gerecht.

In diesem Moment betrat Laodomia ihre Kammer. Sie entdeckte den Studenten und eilte strahlend zum Fenster. »He, Freund.«

Girolamo wollte fliehen, doch er stand nur erstarrt von ihrem Anblick da. Ein erblühtes Weib sah er, schöner, verlockender noch als das Mädchen, welches er aus seinen Wunschträumen verbannt hatte.

»Bist du endlich aufgewacht?«

Gleich ärgerte ihn wieder der Spott.

»Aber gut, dass ich dich sehe.« Im Grün der Augen funkelte es; und die Worte sprudelten über ihre Lippen, als wäre das Gespräch nicht seit Jahren, sondern nur für einen Augenblick unterbrochen gewesen. »Stell dir vor, der Brief ist da. Endlich. Filippo Strozzi, das ist der reichste Sohn meiner verstorbenen Tante, er lässt mich nach Florenz kommen. Stell dir vor, schon nächsten Monat darf ich reisen. Was sagst du nun?«

Girolamo antwortete nichts.

»He, du siehst besser aus. Ehrlich. Ein bisschen blass und mager zwar, aber wenigstens sind die Pickel weg …« Jäh hielt sie inne und wurde ernst. »Schon gut, ich war hässlich zu dir. Es tut mir Leid. Weißt du, damals, ach, ich war einfach nur jung und dumm.« Sie neigte den Kopf, senkte halb die Lider und schenkte ihm einen Blick durch den Vorhang ihrer langen Wimpern. »Verzeihst du mir?«

Girolamo presste die Lippen aufeinander. Heuchlerin, dachte er, unter deiner schönen Larve verbirgt sich die Schlange.

Während sie mit erhobenen Händen langsam den Sitz ihres Haarreifs am Hinterkopf prüfte, atmete sie tief ein. »Du hast ja nie viel gesprochen.« Und setzte nach einem Lächeln hinzu: »Aber ich sehe schon, du bist nicht mehr zornig.«

Jäher Schreck durchfuhr ihn. Ungewollt war sein Blick fest auf die Wölbung ihrer Brüste geheftet. Mit einem Ruck wandte er sich ab. Du hast die Prüfung nicht bestanden, klagte er sich an und floh aus seinem Zimmer. Die Tür ließ er offen. Auf der Treppe glaubte er noch ihr Lachen zu hören.

Unten stürmte Girolamo durch den Innenhof und wäre beinah mit einem Knecht zusammengestoßen. Das große Holztor fiel hinter ihm zu. Fort, nur fort von hier. Musik und Festlärm schreckten ihn ab, quer durch die Stadt zu gehen. Er eilte zurück und wählte den Umweg entlang der Stadtmauer.

Schon von weitem schlug ihm das Grölen der Torwächter entgegen. Trotz des Verbots feierten auch sie das Fest des Drachentöters und hatten ihre Bierkrüge nur schlecht hinter einem angelehnten Schild verborgen. »Dieses pflichtvergessene Pack«, flüsterte Girolamo. »Der Hauptmann sollte ihnen … Ach, was kümmert es mich!« Während er durch den dunklen Torgang schritt, spotteten die Posten über einen ihrer Kameraden, der sich in einer Mauernische würgend erbrach. Niemand beachtete den Studenten, und ungefragt konnte er die Stadt verlassen.

Im frischen Grün der Stadtweiden prangten gelbe und weiße Blumenbüschel, an den Obstbäumen waren die Knospen aufgeplatzt. Girolamo nahm den Duft des Frühlings nicht wahr. Erst als ein großes Waldgebiet hinter ihm lag und beim Zurückschauen nichts mehr an Ferrara erinnerte, verlangsamte er etwas den Schritt. Sein Atem wurde gleichmäßiger.

»O Herr, ich habe nun mein Vaterhaus und meine Verwandten verlassen, wie du es mir aufgetragen hast.« Laodomia, ihre Augen, die

Lippen drängten sich in seine Gedanken. Schnell sah er zum Himmel. »Ich folge deinem Ruf, o Herr! Führe mich.«

Bei Anbruch der Dämmerung wankte Girolamo erschöpft durch die Gassen von Bologna. Er kannte den Weg zur Kirche, die sich über dem Grab des heiligen Dominikus erhob, und neben dem Gotteshaus klopfte er an die Klostertür des Predigerordens. »Ich bitte in aller Demut: Nehmt mich auf.«

Der Bruder Pförtner musterte die zitternde Gestalt, sein Blick glitt von den verklebten roten Haarsträhnen bis hinab zu den zerschlissenen Sandalen, den staub- und blutverschmierten Füßen. »Obdach? Bei uns? Du hast dich in der Tür geirrt. Hier ist ein Ort der Strenge und Wissenschaft. Wir geben kein Obdach, Kerl. Frage bei den Clarissinnen nach einer Unterkunft. Nur ein paar Straßen weiter. Das Kloster der barmherzigen Schwestern kennt hier jeder. Und nun verschwinde …«

»Schicke mich nicht fort. Ich bitte um Aufnahme in den Orden.«

»Und? Wo ist dein Bündel? Deine Reisetruhe? Hast du Fürsprecher?«

»Ich besitze nichts, außer dem festen Vertrauen auf Gott.«

»Brav gesprochen. Aber das hab ich schon oft gehört.« Der Dominikaner saugte schnalzend den Speichel durch eine Zahnlücke. »Meine Aufgabe ist es, die Herumtreiber von unserm Kloster fern zu halten.« Unverwandt starrte ihn der schmächtige Fremde an, das seltsame Flackern in den Augen verunsicherte den Mönch mit einem Mal. »Wie ist dein Name?«

»Girolamo Savonarola.« Die Stimme krächzte. »Student. Ich komme aus Ferrara.«

Ein Wink mit der Hand. »Folge mir.« Auf dem Weg zum Gästehaus empfand Girolamo die Stille wie ein Geschenk. Er wurde zu einer Zelle geführt. »Ruh dich aus«, murmelte der Bruder. »Ich habe hier nichts zu entscheiden. Aber wenn du meinen Rat willst, dann schlafe nicht nur. Morgen musst du dich vor den drei Vätern verantworten. Die werden dich befragen und prüfen, ob du's überhaupt wert bist, bei uns einzutreten. Also, besser du denkst noch mal gründlich über alles nach.«

Seit der Weg wieder steil bergauf führte, schritt der Fernhändler neben dem vordersten Fuhrwerk seines Wagentrecks her. Eine Kappe schützte Stirn und nackte Schädelhaut vor der Mittagssonne, die wenigen grauen Haarsträhnen klebten wie nasse Rattenschwänze am Hinterkopf und Nacken.

»Soll ich auch absteigen, sag's nur!« Von der Kutschbank beugte sich Laodomia zu ihm hinunter. »Wenn du zu Fuß gehst, kann ich das auch. Die Ochsen haben genug zu ziehen.«

»Untersteh dich, Mädchen. Falls du dir auch nur den Knöchel verstauchst, kündigt mir dein Vater die Freundschaft. Bleibe oben. Du bist meine wertvollste Fracht, die ich nach Florenz bringe.«

Der Kutscher an Laodomias Seite murmelte in seinen Bart. »Und, bei Gott, die schönste.«

»He?« Obwohl sie ihn genau verstanden hatte, krauste sie die Stirn. »Was hast du gesagt?«

Verlegen grinste der Mann. »Also, ich … Ach, es ist mir nur so eingefallen. Ich dachte, da haben wir Kisten mit Schwertern und Lanzen geladen. Sicher, das ist bester Stahl aus Ferrara. Aber verglichen mit so einer feinen Signorina …«

Sofort drohte der Kaufmann seinem Knecht. »Kerl, sieh zu, dass wir die Wagen sicher rauf zum Sattel bringen. Und hör auf zu balzen, sonst sag ich's deiner Alten, sobald wir zurück sind.«

Gleich erstarb das Grinsen, und die langen Lederzügel klatschten auf die Rücken der beiden Ochsen. Aus den Augenwinkeln blickte Laodomia den Fahrer an und sagte weich: »Danke, das war sehr nett von dir.« Sie blinzelte in die Helligkeit, sah rechts und links die blühenden Büsche und sog tief den warmen Duft nach Jasmin und Ginster ein. Am liebsten würde ich mein Kleid ausziehen, dachte sie, und so das schöne Land an mich drücken, alle Täler und Hügel, nur reichen meine Arme nicht aus. Und, na ja, besonders schicklich wäre es auch nicht vor den vielen Männern.

Vom Vater war sie dem Fernhändler anvertraut worden. Er sollte die Tochter samt Brauttruhe, dem Geld für die Mitgift und ihrer übrigen Habe nach Florenz bringen und Sorge tragen, dass sie sicher im Palazzo des Filippo Strozzi anlangte. Während der Reise hatte Laodomia, sooft es ihr erlaubt wurde, den mit Kissen und Decken ausgepolsterten Platz zwischen den Waffenkisten im Innern des Planwagens verlassen und sich nach vorn auf die Kutschbank gesetzt. Ihr Lachen und Geplauder war für den Kaufmann, bald auch für seine Wagenlenker und die Reiter des Begleitschutzes zu einer willkommenen Abwechslung im harten, staubigen Alltag auf der Straße geworden. Von Rast zu Rast hatten mehr Männer den Schattenplatz Laodomias umlagert und gestaunt. Eine Strozzi saß da freundlich unter einer Pinie und scherzte mit ihnen, fragte sogar nach Frau und Kindern! Diese Signorina war keine hochnäsige, stumme Larve wie so manch andere vornehme Dame, die schon im Schutz ihres Trecks mitgereist war.

»Fiesole!« Der Kaufmann zeigte linker Hand der Straße hinauf zu den Klostergebäuden, dem Kirchturm und den rundum angebackenen Häusern des Bergstädtchens. »Fiesole!« Sein Ruf kam als Echo von den beiden nachfolgenden Wagen zurück. Erleichterung breitete sich bei den Fuhrleuten aus, nach dem mühevollen und meist steilen Auf und Ab, mit dem sich die Straße durch das Gebirge geschlängelt hatte, war nun die letzte Anhöhe vor dem Ziel erreicht.

»Gebt unsern Tieren zu saufen!«, befahl der Kaufmann. »Je drei Mann an die Haltestricke hinter den Wagen. Dann geht's weiter.«

Laodomia schürzte den dunkelblauen Rock, und ehe ihr geholfen werden konnte, sprang sie von der Kutschbank. »Und Florenz? Wo liegt es?«

»Warte ab, meine Schöne«, schmunzelte der Freund ihres Vaters. »Die Straße ins Tal ist sehr kurvig. Und an einigen Stellen wirst du die Stadt bestaunen können.« Er zögerte und kratzte das Kinn. »Nimm's mir nicht übel, aber vielleicht solltest du dich ein bisschen herrichten.«

Laodomia stieg das Blut ins Gesicht. Sie sah an sich hinunter. »O verd…« Rechtzeitig verschluckte sie den Fluch: »Danke«, und hastete zum Wagen, stieg unter die Plane und versuchte, so gut es ging, ihren Rock zu glätten. Der Kamm blieb im Lockengewirr stecken, kein Durchkommen mehr. Kurz entschlossen drehte Laodomia einen Strang, bändigte ihn mit Steckkämmen und schlang das Kopftuch drüber. Für's Ankommen muss das genügen, entschied sie, schließlich habe ich eine weite Reise hinter mir.

Draußen knallten die Peitschen. »Festhalten, Signorina«, warnte der Fahrer vom Kutschbock her. Zu spät, ein Ruck ging durch den Wagen, und sie fiel auf ihr Sitzkissen. »O verdammt!« Nun sollten auch die Knitterfalten im Kleid bleiben, wie sie waren. Laodomia kroch nach vorn und steckte den Kopf durch die Plane. »Kann ich mich zu euch setzen?«

»Besser nicht mehr«, sagte der Händler über die Schulter. »Wir sind zu nah an der Hauptstadt. Wer weiß, wer uns jetzt unterwegs entgegenkommt? Sieht nicht gut aus, wenn eine Signorina aus dem Hause Strozzi hoch auf dem Bock zwischen mir und dem Kutscher hockt. Nein, ich darf dich nicht ins Gerede bringen. Klatsch lässt sich schlechter abwaschen als Ruß und Pech.«

Steil wand sich die Straße zwischen Pinien und Sträuchern bergab. Die Knechte stemmten sich hinter den schwer beladenen Planwagen in die Haltestricke, dennoch ächzten die Räder unter dem Druck der Bremshölzer. Laodomia kauerte an der vorderen Querlade und spähte zwischen Lenker und Kaufmann hindurch über die Rücken der Ochsen.

Eine Kehre schwang weithin aus, am Scheitelpunkt schien die Straße ins Leere abzubrechen. »Gib Acht jetzt!« Der Händler rückte noch etwas zur Seite, und Laodomia reckte den Oberkörper. Während der Kutscher mit Hoh und Hüh das Ochsengespann nach rechts in die Kurve lenkte, öffnete sich der Blick hinunter in die Ebene.

Florenz? So anders hatte sie sich ihre Traumstadt ausgemalt: Da stakten Türme dicht an dicht, aus deren Mitte sich die mächtige Kuppel des Doms wie eine Blase wölbte. Florenz war ein Schuppenpanzer aus roten Dächern, geädert durch Straßen und eingefasst von einem Mauerkranz, der mit beiden Armen bis zum Fluss reichte und am jenseitigen Ufer noch Häuser und Kirchen schützte und sich erst auf halber Höhe der Hügelkette schloss.

Der Augenblick war vorüber. Fast erleichtert sah Laodomia wieder nur in grüne Dächer der Pinien. Das soll mein Florenz sein?

»Na, was sagst du?« Der Fernhändler wandte den Kopf und schmunzelte.

»Ich weiß nicht. Groß ist die Stadt, ein Fluss und Brücken, viel mehr habe ich nicht gesehen.«

»Na, warte ab, bis wir unten sind.«

Der Kutscher brummte vor sich hin. »Viel Trubel, viel Dreck gibt's da und Gauner und Diebe. Also, leben möcht ich da nicht.«

Sein Herr stieß ihm den Ellbogen in die Seite. »Halt's Maul!« Schnell versicherte er der jungen Frau: »Im Palazzo deiner reichen Verwandten wirst du es gut antreffen. Also hör nicht auf den dummen Kerl.«

Je tiefer sie kamen, umso mehr nahm die Hitze zu. Bald legte sich auch der letzte kühlende Windhauch, und als der Treck das Stadttor San Gallo erreicht hatte, stand die Luft. Von der Stadtwache wurden die neu angekommenen Planwagen auf dem weiten Vorplatz zwischen andere hoch beladene Gespanne eingewiesen. Die Posten kannten den Ferraresen und seine Knechte, begrüßten sie mit Hallo und Feixen, und im freundschaftlichen Abschlag wechselten bald Zoten und Anzüglichkeiten hin und her. Gewichtig näherte sich der Hauptmann, ihm folgten zwei schwarz gekleidete Steuerbeamte. Sofort stieg der Fernhändler von der Kutschbank. »Heute bringe ich Waffen. Eine Bestellung der Signoria.« Er zeigte die vom Hohen Rat gesiegelte Liste.

»Tut mir Leid. Wir müssen jede Kiste einzeln überprüfen.«

»Verflucht, das kostet Zeit. Meine Männer sind durstig und müde.«

»Befehl ist Befehl. Zu viele Fremde sind heut in der Stadt, deshalb sind die Kontrollen verschärft worden. Beginnt mit dem Abladen.«

»Nein, warte noch.« Der Fernhändler zog ein zweites Papier aus seiner Gürteltasche. »Ich bringe einen Gast in die Hauptstadt.«

Nur ein kurzer Blick auf das Dokument genügte, und die gleichmütige Miene des Hauptmanns spannte sich. »Strozzi? Zum Teufel, warum sagst du das nicht gleich? Die Signorina wird erwartet. Wo ist sie?«

»Hier bin ich.« Beim Klang der Stimme riss er den Kopf herum, sein Blick suchte zwischen den Planwagen. »Nein, hier«, lachte Laodomia. Sie stand breitbeinig auf der Kutschbank und winkte. Ungläubig starrte der Hauptmann zu ihr hinauf. Er fasste den Händler am Arm und vergewisserte sich leise: »Das soll eine Strozzi sein? Eine *unverheiratete* Strozzi? Steht da einfach so da. Bist du sicher?«

»Glaub nur, was du siehst. Das ist der wertvollste Schatz meiner Lieferung. Eine Schönheit.«

Laodomia wollte hinuntersteigen. Im Nu war der Hauptmann zur Stelle. »Nein, Signorina, nicht.« Er reckte den Arm, trotz ihres Protestes bestand er darauf der jungen Frau herabzuhelfen. »Gott zum Gruße. Darf ich Euch zur Wachstube geleiten? Wie war die Reise?« Über die Schulter befahl er den Steuerbeamten: »Überprüft die Lieferung. Nein, erst das Gepäck der Dame. Nein, untersteht euch: Lasst ihre Kasten und alles gleich zum Torhaus schaffen. Beeilt euch! Ich habe zu tun.« Schnellen Schritts führte er Laodomia quer über den Vorplatz, dabei versuchte er, die junge Frau vor den Blicken der Kutscher und Packer abzuschirmen. Nahe des Torbogen scheuchte er mit einer Handbewegung die gaffenden Posten beiseite. »Wie war die Reise? Euer Onkel hat Euch schon vor zwei Tagen erwartet. Sofort schicke ich zu ihm. Ihr müsst Euch also noch etwas gedulden.«

Höflichkeiten und Erklärungen ließen Laodomia gar nicht zu Wort kommen. In der Wachstube wurde ihr ein Schemel angeboten, und als der Hauptmann zum dritten Male nach dem Verlauf der Reise fragte, antwortete sie schnell, ehe er weitersprechen konnte: »Danke. Ich habe mich sehr wohl gefühlt.«

»Was?« Überrascht hielt der Mann inne.

»Es war eine schöne Fahrt.«

»Ach, so. Also, das sagen nicht viele Damen.« Er lächelte gequält und wagte nicht in ihr Gesicht zu sehen. »Nachdem sie ein paar Tage in so einem unbequemen Wagen eingesperrt waren, meine ich.« Gleich wieder geschäftig eilte er hinaus und kehrte mit einem Becher Wasser zurück. »Der Posten ist schon unterwegs zum Palazzo. Geduld. Ihr werdet bald abgeholt.« Damit ließ er Laodomia in der kühlen Stube allein.

Welch eine Aufregung, dachte sie und leerte den Becher, ohne abzusetzen. So etwas Besonderes bin ich nun auch nicht. Sicher kommen jeden Tag irgendwelche Damen in Florenz an, und bestimmt feinere als ich. Aber vielleicht gilt hier der Name Strozzi noch viel mehr als bei uns in Ferrara. So wird es sein.

Sie wartete. Nach einer Weile verspürte sie jäh ein heftiges Jucken an der linken Wade. Gab es hier Flöhe? Heilige Mutter, nur nicht! Das fehlte noch, wenn ich zerbissen bei meinen Verwandten auftauche. Da sie nicht wagte den Rock zu heben, schabte sie mit dem Spann des

57

rechten Fußes die beißende Stelle. Nur schade, dass mir vorhin so wenig Zeit blieb. Einfach ohne Dank und Abschied von dem Fernhändler und seinen Männern wegzugehen, das wollte ich nicht.

Endlich hörte sie draußen den Hauptmann wieder sprechen. Gleich darauf betrat eine Frau mit fülligem Busen und hoch stehenden Wangenknochen die Wachstube. »Willkommen hier bei uns in Florenz, Signorina Laodomia.« Das ›R‹ rollte ihr über die Zunge. »Ich bin Petruschka, die erste Magd im Palazzo.« Ehe Laodomia den Gruß erwidern konnte, stemmte Petruschka entrüstet die Hände in die Hüften. »Ist es wahr, Signorina, was der Hauptmann mir erzählt hat? Seid Ihr so unverschleiert mit diesen Kerlen gereist?«

»Warum nicht?«, strahlte Laodomia. »Das Wetter war schön.«

»Aber, Signorina.« Die Magd ließ sich von der Fröhlichkeit nicht anstecken, streng verlangte sie: »Sofort verhüllt Ihr Euer Gesicht. Sonst nehme ich Euch nicht mit. Seid froh, dass meine alte Herrin Alessandra das nicht mehr erfahren kann. Gott hab sie selig.« Mit einem Seufzer schlug sie das Kreuz. »Wenn Euch jeder ansehen darf, dann verderbt Ihr von vornherein Euren Wert auf dem Heiratsmarkt.«

»Verdammt. Du redest wie meine Mutter«, platzte Laodomia heraus.

»So alt bin ich nun auch noch nicht.« Die Magd hob den Busen, schärfer rollte sie das ›R‹. »Ich trage die Verantwortung für Euch. Also: Wo ist der Schleier?«

Keine Widerrede mehr. »Beim Gepäck. In meiner Ledertasche.«

Petruschka brachte den Seidenschal in die Wachstube und verhüllte ihrem Schützling das Gesicht, zog das Kopftuch tiefer in die Stirn und war nun zufrieden. »Nichts für ungut, Signorina.« Ihr Ton wurde herzlich. »Schließlich sollt Ihr gut an den Mann gebracht werden. Und da kenne ich mich aus. Jetzt kommt.«

Draußen warteten zwei Diener, sie hatten Brauttruhe und Kleiderkasten schon auf einem schmalen Handkarren verstaut. Petruschka schnippte ihnen zu und schritt mit der verschleierten Schönen voraus. »Bei uns in Florenz gibt's kaum Platz für Kutschen, schon gar keinen für die großen Frachtwagen. Am besten geht hier jeder zu Fuß oder lässt sich in der Sänfte tragen. Oder er reitet, das geht auch.«

Trotz der Strenge vorhin fühlte sich Laodomia zu der Magd hingezogen. Eine Weile beobachtete sie Petruschka durch den Schleier. Dieser entschlossene, dennoch weibliche Gang gefiel ihr. Wie hell die blauen Augen waren! Und dann diese hoch aufgetürmte Haube! Was musste darunter für langes Haar verborgen sein! »Sag, stammst du hier aus Florenz? Ich frage nur, weil deine Sprache so anders klingt.«

»Russland. Meine Mutter wurde als Sklavin hierher gebracht. Ich war noch ein Kind.« Bereitwillig und gern gab Petruschka Auskunft. »Na ja, nun bin ich selbst schon lange Magd bei der Herrschaft. Russland kenne ich nicht, Signorina. Ich bin längst eine echte Florentinerin.«

Von irgendwoher ertönte deutlich Musik und Lärmen, doch die Straße vor ihnen war beinah menschenleer, nur hin und wieder begegneten sie einer alten Frau, manchmal standen an den Ecken zwei Greise beieinander und schwatzten. »So menschenleer hab ich mir Florenz nicht vorgestellt«, wunderte sich Laodomia.

»Der Madonna sei Dank dafür, dann sehen Euch auch nur wenige. Fast alle Leute sind drüben auf dem Platz vor Santa Croce.« Die Magd wies mit dem Daumen nach links. »Heute gibt unsere Magnifizenz Lorenzo de' Medici ein Turnier. Schöne Pferde gibt's da, auch die Weiber haben sich rausgeputzt. Irgend so ein Vertrag mit Mailand und Venedig soll gefeiert werden. Aber ich glaub, der Herr gibt das Fest nur für seinen Bruder Giuliano.« Sie seufzte in den Busen. »Das ist ein schöner Mann, der Giuliano. Wenn der bei mir vorbeikäme. Also, ich würd die Arbeit fallen lassen, und wenn's auch nur für eine Stunde wär.«

»Sind wir mit den Medici befreundet?«

»Wir? Ach, Ihr meint meinen Herrn Filippo. Ja, meine Strozzi können's wieder gut mit der Familie unserer Magnifizenz. Aber wie es mit Eurem Zweig da aus Ferrara steht, weiß ich nicht. Schließlich hat der Großvater Medici damals alle Strozzi-Familien aus der Stadt gejagt.«

Die leidige Geschichte der Verbannung kannte Laodomia ausführlich von ihrem Vater; wie oft hatte er den Medici die Schuld daran gegeben, dass seine Geschäfte so schlecht gingen! Doch im Augenblick war ihr nur wichtig, dass Onkel Filippo im Hause Medici verkehrte, und das wirklich Wichtige fragte sie so leichthin wie möglich aus dem Schutz ihres Schleiers: »Und dieser Giuliano? Ist er verheiratet?«

Da blitzte sie Petruschka von der Seite an: »Sieh mal an. Ihr greift ja gleich nach den höchsten Früchten. Wenn er's wär, ach, ich glaube, dann würden viele Kopfkissen der feinen Signorinas nass werden. Und erst die Väter von denen! Die würden sich in die Knöchel beißen, weil die reiche Partie für sie verloren wär.« Wieder hob ein Seufzer den Busen. »Unser Giuliano ist der schönste und der teuerste Hahn in Florenz. Der nimmt sich jede Henne vor, die er will. Warum sollte er sich binden? Da auf dem Turnier kämpft er fürs Seidentuch von dieser Simonetta. Gedichte lässt er sogar für sie schreiben. Alle sollen glauben, dass sie seine Favoritin ist. Aber ich weiß genau, die magere Kleine ist ihm in Wahrheit viel zu fade, die bespringt er nur so nebenbei. Und irgendwann heut Nacht zieht es ihn dann doch wieder zur Fioretta. Dieses Weib versteht's wirklich, wenn Ihr versteht, was ich meine.«

Laodomia nickte. »Du weißt gut Bescheid.«

»Das will ich meinen. Schließlich geh ich jeden Tag auf den Markt und kauf für die Küche ein. Wenn Ihr was über die Männer wissen wollt, dann fragt besser mich und nicht die arme Herrin.«

Sie bogen in eine etwas breitere Gasse ein und schritten auf schäbige Hütten und Buden zu. Nichts hatte Laodomia bisher von Florenz wahrgenommen, nicht die Prachtbauten, nicht die schlichten, schmalen Häuser, die sich über den Gassen durch Steinbögen gegeneinander stützten, selbst der Dom mit seiner riesigen Kuppel war ihr zwar aufgefallen, doch nur wie ein Bild an ihrem Schleier vorbeigezogen. Viel aufregender war es für sie, aus der Quelle Petruschkas den Klatsch zu trinken.

»Gleich sind wir da.« Die Magd deutete über die flachen Schindeldächer auf ein großes, altes Gebäude; schmutzig grau das Mauerwerk, an vielen Stellen ausgebessert, und über der Fensterreihe des obersten Stockwerks erstreckte sich eine bedachte Loggia. »Unser Palazzo. Dreizehn Zimmer, das gibt's nicht oft in Florenz. Na ja, kein Vergleich mit dem Palazzo Medici, aber wer weiß...« Petruschka senkte die Stimme. »Wie ich gehört habe, will mein Herr irgendwann diese schäbigen Hütten und Buden hier vorn abreißen …«

»Wieso arm?«, unterbrach Laodomia den Redeschwall. Die Magd verstand nicht.

»Du sagtest doch ›arme Herrin‹?«

Sofort veränderte sich die Miene Petruschkas. »Ach, Kleines.« Vor Sorge vergaß sie sogar den Respekt in der Anrede. Mit dem ›R‹ rollte ihr jetzt auch das warme Herz über die Zunge: »Schwanger ist die Herrin Fiametta. Jetzt schon zum siebten Mal. Aber diesmal trägt sie so schwer, dass mir ganz bang wird. Und bald, vielleicht schon nächste Woche, ist es so weit.« Tränen stiegen in die hellen Augen. Mit dem Handrücken wischte sie die Magd langsam weg. »Aber ich gehe jeden Tag zur Madonna in Santissima Trinità und bete für sie. Du glaubst doch auch, dass beten hilft? Oder?«

»Schon«, versicherte Laodomia zögernd.

»Das ist gut.« Kurz drückte die Magd ihre Hand. »Ich freu mich, dass du jetzt bei uns bist.«

Eine düstere Halle voller Kindergeschrei empfing Laodomia. Petruschka machte sich gleich daran, ihr Gepäck hinauf ins Zimmer schaffen zu lassen, und ließ sie allein. Laodomia blieb keine Zeit, sich umzublicken. Drei kleine Jungen und ein Mädchen zerrten an ihrem Kleid, zeigten Holzspielzeug, fragten nach dem Namen der Fremden, und schließlich blieb ihr nichts anderes übrig, als sich auf den Boden zu setzen. Gleich wurde der Gesichtsschleier mit Gejohle entführt, und kurz darauf musste sie mit den vier Kleinen das Quaken einer Ente einüben.

»Sei mir willkommen.«

Erschreckt blickte Laodomia hoch. Neben ihr stand eine verhärmte kleine Frau. Laodomia musste nicht fragen, denn unter dem schlichten Hauskleid wölbte sich der Leib vor. Wie alt und müde die Tante aussah! Im bleichen Gesicht spielte ein Lächeln um die Mundwinkel. »Bis auf die beiden Jüngsten hast du meine Kinder ja schon kennen gelernt.«

Laodomia erhob sich. »Ich bin froh, hier zu sein. Auch wenn ich vielleicht ungelegen komme, Tante.«

»Nicht Tante, bitte. Wie ich aus dem Brief deines Vaters weiß, bist du schon neunzehn. Uns trennen also nur sechs Jahre. Nenne mich einfach Fiametta.« Sie legte beide Handflächen an die Seiten ihres Bauches und atmete schwer. Erst nach einer Weile fuhr sie fort: »Nein, du bist uns willkommen. Und ich verspreche dir, nach der Geburt werde ich mich um deine Verheiratung kümmern.« Bittend sah sie Laodomia an. »Bis dahin wäre ich dir dankbar, wenn du mir ein wenig Last abnimmst. Die Kinder sind so wild und wollen beschäftigt werden.«

Laodomia nickte. »Gern.« Sie betrachtete die herumbalgende Meute und dachte, was bleibt mir auch sonst übrig. »Ich helfe gern.«

»Danke, aber nicht gleich. Du bist sicher erschöpft von der Reise. Petruschka wird dir dein Zimmer zeigen. Ruhe dich aus. Und inzwischen sorgt sie für einen Zuber voll heißen Wassers, damit du ein Bad nehmen kannst.« Fiametta bemerkte den fragenden Blick. »Ehe ich es vergesse. Filippo will sicher nach dem Turnier noch am Festmahl bei den Medici teilnehmen und dann mit seiner …« Sie unterbrach sich und setzte neu an: »Wir Frauen werden also alleine essen. Hab Geduld, spätestens morgen wirst du deinen Onkel kennen lernen. Und jetzt entschuldige mich.« Noch ein Lächeln, und die Herrin des Hauses Strozzi ging mühsamen Schritts aus der Halle.

An der Ecke Via Larga zur Via de' Gori erfüllte Stimmengewirr die offene Loggia des Palazzo Medici. Diener in dunkelgrüner Livree balancierten silberne Tabletts durch das Gedränge und reichten Gläschen mit süßem Wein den Damen, dazu kleine Kuchenstücke. Die meisten Herren zogen die randvoll eingeschenkten Bierkrüge vor, eine ersehnte Erfrischung nach Staub und Hitze auf dem Turnierplatz vor Santa Croce!

»Halt!«, befahl der weißhaarige Jacopo Pazzi dem Lakaien und drohte, ehe er den Krug ansetzte: »Rühr dich nicht vom Fleck, Kerl, wenn dir dein Leben lieb ist!« Dann goss er das Bier in einem Zug in sich hinein, rülpste und griff einen zweiten Krug vom Tablett. »Sehr brav! Jetzt darfst du weiter, aber bleib nicht zu lange weg, sonst reiß ich dir den Ar…« Der Senior der Pazzi-Familie unterbrach sich, sah rechts und links in die schockierten Mienen seiner mit Broschen und Perlen überladenen ältlichen Begleiterinnen und setzte grinsend hinzu: »Aber was denkt Ihr von mir, werte Schönen? So etwas Unfeines kommt mir nicht über die Lippen.« Nur er allein lachte, und weil keine der Damen sich anstecken ließ, lachte er lauter. »Ich wollte sagen, dass ich dem Kerl die Goldknöpfe vom Wams reiße, wenn er mich verdursten lässt.« Jetzt wieherte der Fünfundsechzigjährige vor Vergnügen.

Jacopo Pazzi war ein derber, fluchender Haudegen alten Schlages, dem jede Höflichkeit überflüssig schien; wer Geld besaß, hatte Macht, punktum, der konnte reden, wie es ihm gerade ins Maul kam. Ging es nach ihm, müssten Probleme ausschließlich mit dem Schwert gelöst werden, und zwar im Kampf Mann gegen Mann. Doch die gute Zeit war vorüber. Das neumodische Taktieren und Ränkeschmieden überließ er gerne seinen Söhnen; seit sie in Rom und hier in Florenz die Bankgeschäfte der Familie führten, verbrachte er seine Tage mit Saufen und, sobald sich die Gelegenheit bot, auch beim Würfelspiel mit hohem Einsatz. Auf keiner Feier war der Senior gern gesehen, doch niemand wagte es, ihn nicht auf die Gästeliste zu setzen.

Zum Turnierfest bei den Medici waren heute allein Zuschauer aus den ersten Kreisen der Stadt und enge Freunde des Hauses geladen. Neben den Malern und Gelehrten gaben sich Signoras und Signores aus den Familien der Pitti und Albizzi, der Bardi und Peruzzi ein farbenfroh gekleidetes Stelldichein, selbst die Alberti aus dem ärmlichen Viertel der Wollwäscher und Färber waren vertreten. Filippo, dem hageren, leicht angegrauten Oberhaupt der Strozzi-Familie, sah es jedermann nach, dass er statt mit seiner hochschwangeren Gattin Fiametta in Begleitung seines in duftigem Rot gekleideten offenen Geheimnisses das Fest besuchte. Sie alle hatten sich gleich nach dem Wettstreit eilig zu Fuß hierher begeben, um den Kämpfern, vor allem dem Sieger einen gebührenden Empfang zu bereiten.

Zwei Bewaffnete der Palastwache sorgten dafür, dass kein Ungebetener sich Zutritt verschaffte. Eine leichte Aufgabe für die Posten, denn ohne Neid sahen die Bürger von der Straße den Auserwählten zu. Das Wettreiten und Ringestechen hatte ihnen ein aufregendes ritterliches Schauspiel geboten, und jetzt zum Abschluss so nah einen Blick auf Teilnehmer und Tribünengäste nehmen zu können rundete das Vergnügen ab.

Diese Säulenloggia war das einzige Schaufenster des sonst mit kantig vorstehenden Buckelquadern wie eine Festung bewehrten Palazzo. Hier durfte jeder Bürger durch die offenen Bogenfenster Einblick ins Leben eines ungekrönten Fürsten nehmen. Lorenzo wollte, nach dem Vorbild des Vaters und Großvaters, stets Nähe zum Volk beweisen. In der Säulenhalle empfing er für gewöhnlich die Gesandtschaften anderer Städte, besprach sich mit Ratsherren und Kaufleuten und hörte aufmerksam den Sorgen der einfachen Bürger zu. Selbst wenn die Auftritte Seiner Magnifizenz in der Loggia nicht mehr als nur einen Hauch vom Saum des unermesslichen Prachtmantels zeigten, mit dem er sich im Innern des Palazzos umgab, sie beeindruckten und befriedigten die schlichten Gemüter.

Rund um den Palazzo zogen sich Steinbänke, bei schönem Wetter durften dort Bürger ungestört palavern oder nur die Sonne genießen, auch diese Annehmlichkeit sollte dem Ansehen der Medici-Familie nutzen.

Gerade hatten sich zwei Halbwüchsige der Schnarrerbande nicht weit entfernt vom Zutritt in die Loggia auf einer Bank hingelümmelt. Niemand, auch nicht die Wächter beachteten sie, und langsam rückten die Zerlumpten unbemerkt bis an eine Ecksäule des Eingangs vor.

Weil das Gedränge der Halle ihn behinderte, nahm ein Lakai kurzerhand den Weg außen über die Steinstufe, um auch den Gästen am Rande der Loggia eine Erfrischung zu reichen. Gleichzeitig sprangen beide Schnarrer auf, hasteten um den Bogenpfeiler und waren schon im Rücken des Dieners. Ein Tritt in die Kniekehlen. Der Ahnungslose schrie und riss die Arme hoch, Gläser klirrten, Bierkrüge ergossen sich über ihn. Noch ehe er zu Boden stürzte, hatten ihm die Räuber das Silbertablett entrissen und rannten durch die Via de' Gori davon.

Kein schadenfrohes Gelächter erhob sich aus den Zuschauern auf der Straße. Flüche und wütende Drohungen folgten den Dieben. Von den Gästen hatten nur wenige den Überfall bemerkt und sich gleich abgewandt. Den nachlässigen Palastwächtern blieb nur, dem Diener wieder aufzuhelfen und ihm den Staub vom Rücken zu klopfen.

»Sie kommen!« Das Volk klatschte, und in der Loggia drängten sich die Vornehmen zu den hüfthohen Brüstungen der Säulenbögen. »Giuliano!« Die pflichtschuldigen Rufe: »Es lebe Lorenzo!« ertranken beinah ungehört in der aufwallenden Begeisterung: »Giuliano! Giuliano!«

Hoch zu Ross kehrten die Ritter vom Turnierplatz zurück. Vornweg der junge Medici, der Sieger in silbernem Brustharnisch; sein Rock war gegürtet mit einer perlenbestickten Schärpe, und der Saum des samtenen Schulterüberwurfes breitete sich über die Kruppe seines Schimmels. In der linken Faust führte er das Banner der Medici: Fünf rote Kugeln wetteiferten mit einer einzigen lilienverzierten blauen Kugel, diese sechs *palle* waren das Symbol ihrer Macht. Herrschte Aufruhr oder galt es zu kämpfen, bekundeten Bürgerwehr und Söldner mit »*Palle! Palle!*« ihre Anhängerschaft zu den Medici. Heute auf dem Turnierplatz hatte dieser Ruf Giuliano zum Sieg angespornt. Mehr noch als die Rubinen und Diamanten an seiner Kappe leuchtete jetzt das Feuer in den dunklen Augen. Verschenkte er Blicke nach rechts und links, so fassten sich die von ihm bedachten Frauen an den Busen, als könnten sie das Geschenk festhalten. »Giulio«, flüsterten sie.

Auch Lorenzo und die übrigen Mitstreiter boten ein prunkvolles Bild, allein sie gaben nur Schmuckwerk ab für den Liebling der Stadt.

Vor der Loggia schwangen sich die Reiter aus den Sätteln. Während Knechte ihre Pferde wegführten, grüßten die Kämpfer noch einmal das Volk und traten in die Säulenhalle. Dort brandete erneut Jubel auf. Mit einer großen Armbewegung verschaffte sich Lorenzo Gehör: »Werte Damen, ihr Herren! Meine Freunde!«

Er wartete, bis aufmerksame Stille für den letzten Akt des Ritterspiels einkehrte. »Danke.« Seine Unterlippe verschlang die obere; so lächelnd trat er auf eine schlanke, junge Dame mit länglichem Hals zu. »Simonetta, Gemahlin unseres Freundes Marco Vespucci, Ihr seid zur Königin der Schönheit unseres Turniers erkoren worden. Darf ich Euch den Ritter zuführen, der für Euch den Preis erstritten hat.«

Galant winkte er seinem Bruder und ließ ihn das Knie vor der kaum
sechzehnjährigen Majestät beugen. »Hier ist Giuliano. Er hat weder
Staub noch Schweiß gescheut, um dem Gegner mit eingelegter Lanze
zu trotzen. Belohnt ihn, wenn Ihr ihn ehren wollt.«

Unsicher sah sich Simonetta um, blickte ins viel zu ernste und
dennoch schmachtende Gesicht des jungen Medici und vermochte
nun erst recht ihre Rolle kaum durchzuhalten. Endlich löste sie den
seidenen Brustschal. »Nehmt dieses Tuch als Zeichen meiner Gunst,
werter Ritter.«

»Seid tausendmal bedankt, Schönste unter den Damen!« Giuliano nahm den Schal und drückte Lippen und Nase hinein. »Dieser
Duft macht mich wild, Simona«, raunte er ihr zu und verkündete für
alle vernehmlich: »Mein Herz und Arm gehören nur Euch!«

Unter Applaus und Zurufen der Gesellschaft erhob er sich. Die
ritterliche Komödie hatte ein stilvolles Ende gefunden.

Aus den Tiefen des Palazzos erklang Musik, und Lorenzo forderte
seine Gäste auf: »Begebt euch zur Innenhalle. Dort warten Speisen
und kurzweilige Darbietungen. Lasst uns jetzt ungestört von fremden
Blicken das Fest genießen.« Den Teilnehmern des Turniers bot er an,
sich vorher im oberen Stockwerk der nun lästigen Rüstung zu entledigen. »Ihr findet genügend Auswahl an leichteren Gewändern.
Meine Mägde werden euch behilflich sein.« Während er selbst als Erster durch die Flügeltür schritt, löste er schon das Band seines samtenen Schultermantels.

Giuliano blieb dicht neben der Königin des Turniers. »Was ist mit
deinem Gatten?«

Mit dem Blick wies sie ihm die Richtung.

»Ich dachte, er läge krank zu Bett?«

»Nicht so laut. Er wollte mich heute unbedingt begleiten.«

»Das Recht kann man ihm wohl nicht nehmen.«

»Bist du enttäuscht?«

»Nein, nein. Dann treffen wir uns morgen?« Ehe sie antworten
konnte, schüttelte er den Kopf. »Nein, unmöglich. Mein Bruder will,
dass ich mich um die Gesandten aus Mailand kümmere. Wer weiß,
wie lange ich beschäftigt bin. Mein Kammerdiener meldet sich bei
dir.«

66

»Ach, Giulio. Du bist doch enttäuscht!«

»Nein. Glaub mir.«

In diesem Moment hatte Jacopo Pazzi sich durch das Gedränge bis zu den beiden vorgearbeitet. »Meinen Glückwunsch!« Er schwenkte zwei Bierkrüge. »Auf einem prächtigen Gaul habt Ihr gesessen. Kommt, trinkt einen Schluck, ehe wir hineingehen!« Er drückte Giuliano das Gefäß in die Hand und stieß mit ihm an. Nachdem er abgesetzt hatte, wischte er sich den Schaum vom Mund. »Wacker gekämpft, junger Mann. Aber wenn Ihr meine Meinung hören wollt: Damals, noch zu Zeiten Eures Großvaters, als ich noch die Preise holte, da ging es verdammt härter zu auf dem Turnier. Da ist einfach mehr Blut geflossen. Na ja, ihr jungen Kerle seid heute mehr auf den Glanz aus und nicht aufs Hauen und Stechen.«

Er wollte Giuliano freundschaftlich auf die Schulter schlagen, doch der wich rasch einen Schritt zur Seite und blickte dem Alten kühl in die Augen. »Ihr wart sicher ein herausragender Kämpfer, Signore Pazzi, davon bin ich überzeugt. Jetzt entschuldigt mich. Meine Rüstung wird mir lästig. Wir sehen uns sicher später noch.«

Unbemerkt hatte sich Simonetta entfernt. Giuliano suchte mit dem Blick nach ihr und fand sie umringt von Damen, die sie beglückwünschten. Leicht verärgert zuckte er die Achseln und schob sich, nach allen Seiten nickend, durchs Gewühl.

Ehe er zur Flügeltür gelangte, berührte Filippo Strozzi seinen Arm. »Auf ein Wort, Giulio. Nein, befürchte nichts. Kein Lob mehr, du hast es verdient, und ich schließe mich an.« Er senkte die Stimme. »Ich sah dich mit Jacopo reden.«

Giuliano knurrte: »Dieser selbstherrliche Greis!«

»Ruhig. Schere dich nicht um sein Geschwätz.« Die grauen Augen wurden ernst. »Bitte, richte deinem Bruder aus, dass es Neuigkeiten aus Rom gibt. Papst Sixtus führt etwas im Schilde gegen euer Bankhaus dort, und die Pazzi scheinen wieder die treibende Kraft dabei zu sein.«

»Aber wir feiern doch. Hat das nicht Zeit bis morgen?«

»Gewiss. Allerdings sollte Lorenzo möglichst bald Kenntnis davon haben.«

»Ich will meinem Bruder nicht die Stimmung verderben.« Der

Zweiundzwanzigjährige rümpfte die Nase und zeigte unverhohlen, wie lästig ihm selbst jedes politische Geschäft war, jedoch dem drängenden Schweigen des Strozzi musste er schließlich nachgeben: »Gut, wenn die Angelegenheit nicht warten kann, so sprich zunächst mit der Mutter. Lorenzo fragt sie ohnehin immer erst um Rat, ehe er handelt. Und heute sitzt sie oben auf ihrem Balkon und schaut von dort aus unserm Vergnügen zu. Folge mir.«

Kurz entschuldigte sich Filippo bei seiner Begleiterin, und die beiden Männer schritten durch die kühle, mit Marmor ausgelegte Palasthalle. Mägde huschten aus der Küche und brachten letzte Schüsseln zu den gedeckten Tischen. Am Fuß der zwölf hochragenden Säulen prangten gelbe und rote Rosen in griechischen Vasen. Aus dem angrenzenden Garten wehte leichte Musik durch die geöffneten Portale herein.

Giuliano eilte die breite Treppe zum ersten Stockwerk hinauf, dabei nahm er mit jedem Schritt gleich zwei Stufen, und Filippo hatte Mühe, ihm zu folgen. »Warte. So atemlos möchte ich deiner Mutter nicht gegenübertreten.«

»Verzeih.« Giuliano blieb im Halbdunkel des Flurs stehen. Um seine Mundwinkel spielte leiser Spott. »Die Jugend deiner schönen Favoritin hat mich dein Alter vergessen lassen.«

»Nur keinen Übermut«, warnte ihn Filippo wohlwollend. »Du verteilst zurzeit recht freizügig deine Säfte. Komm erst in meine Jahre, dann wird sich zeigen, ob deine Lenden nicht längst schon vertrocknet sind. Bei mir hingegen gibt es immer noch keinen Mangel zu beklagen.«

Besiegt streckte ihm der Medici beide Handflächen hin. »Deine Schlagfertigkeit wird Mutter gefallen. Warte, ich kündige dich an.« Er schlüpfte durch eine Tür, ließ sie angelehnt und kehrte erst nach geraumer Zeit zurück. »Sie war im Sessel eingenickt. Aber du kannst jetzt zu ihr. Die Kammerzofe wird euch gepressten Traubensaft bringen. Wenn du erlaubst, unterhalte ich derweil deine neue Gespielin.« Kaum bemerkte er das Stirnrunzeln, legte er die Hand aufs Herz: »Mit allem Respekt, ich verspreche es.«

Filippo prüfte den Sitz seines Schultermantels und betrat das Balkonzimmer. Ein kleiner, wohnlich gestalteter Innenraum, an den

Wänden hingen Blumengestecke; ein brokatbezogener Stuhl, und auf dem zierlichen Tisch lagen neben der Brille einige eng beschriebene Blätter. Der hohe Lehnsessel stand halb abgewandt im Austritt zum Balkon. »Donna Lucrezia?«

»Kommt nur«, bat eine leise, feste Stimme.

Er trat einige Schritte näher und verneigte sich. »Ich bin dankbar, dass Ihr mich ...«

»Schon gut. Wir sind nicht unten in der Halle. Erhebt Euch, und lasst Euch ansehen.« Sie schüttelte unmerklich den Kopf. »Es ist eine Ungerechtigkeit der Natur. Seit wir uns das letzte Mal begegnet sind, habt Ihr Euch nicht verändert. Mir hingegen droht das Alter mit täglich neuen Silberstreifen im Haar.«

Lucrezia de' Medici schmunzelte und seufzte. Feine Falten zogen sich über ihre Stirn, auch die wachsamen dunklen Augen waren von kleinen Hautfächern umgeben, ein blasses Gesicht, in dem Nase und volle Lippen sich ebenmäßig einfügten, dem jahrelange Krankheit, Schicksalsschläge und Sorge nichts von der Schönheit hatten rauben können.

Filippo verbeugte sich wieder. »Ich weiß keine Dame, die sich mit Euch messen könnte.«

»Danke fürs Zuckerwerk, doch das schenke ich meinen Enkeln. Wie alt seid Ihr?«

»Im Juli begehe ich den siebenundvierzigsten Geburtstag.«

»Nicht mal eine Hand voll Jahre trennen uns. Das ist der Beweis für meine These: Wir Frauen blühen auf, damit ihr Männer uns nehmt. Und nach der Blüte sorgen wir Jahr um Jahr für Früchte und welken schnell, während ihr euch derweil mit anderen Blüten vergnügt.« Sie wies kurz zum Tisch. »Sobald ich mein Gedicht über den Täufer Johannes beendet habe, werde ich von der Ungerechtigkeit der Natur schreiben.« Filippo hob abwehrend die Hand, zu mehr kam er nicht. »Lasst das Leugnen, mein Freund. Da mir das Gehen schwer fällt, kommt pflichtschuldig jedes Gerücht in Florenz zu mir.« Unvermittelt wurde sie ernst. »Ich war im Halbschlaf, als Giulio vorhin zu mir kam. Bei dem Namen Strozzi schreckte ich hoch. Ja, zu tief sitzt noch der Kummer, den Eure Familie uns bereitet hat. Doch diese Geschichte gehört der Vergangenheit an. Eure

Mutter Allessandra war eine bemerkenswerte Frau. Ich bin froh, dass sie so beharrlich für Eure Rückkehr gekämpft hat, Filippo. Sonst wäre meinem Sohn nie solch ein zuverlässiger Freund geschenkt worden.«

»Danke. Ihr beschämt mich.«

Die Kammerzofe trat ins Zimmer, und Lucrezia bat sie, das Tablett mit der Karaffe und den Gläsern auf den Tisch zu stellen. »Geh hinaus, Kind, und wache an der Tür. Niemand darf uns stören, sorge dafür.« Sie wartete, bis die Zofe sich entfernt hatte. »Weil wir auch unbeobachtet sein wollen, müsst Ihr mir helfen.« Filippo verstand nicht. Mit sichtlicher Mühe hob Signora Medici den Arm und zeigte auf zwei goldgerahmte Spiegel, die rechts und links an den Säulen des Balkons leicht nach vorn geneigt befestigt waren, schwarze, geraffte Seidentücher verzierten die oberen Leisten. »Meine Spione. So kann ich hier sitzen und doch das Geschehen unten in der Halle verfolgen. Eine kleine Heimlichkeit, mehr nicht.«

Filippo nickte anerkennend, und sie setzte hinzu: »Allerdings, so sind Spione nun mal, verraten sie auch mich, jedoch nur dem aufmerksamen Besucher. Ich bitte Euch, lasst erst die Vorhänge an den Spiegeln herunter, dann erspart mir das Aufstehen und dreht den Sessel. Meine Gelenke schmerzen heute ärger als gewöhnlich.«

Schnell erblindete Filippo die Spione und rückte Donna Lucrezia nahe an den Tisch. Dann durfte er selbst ihr gegenüber auf dem Stuhl Platz nehmen.

Sie faltete die Hände im Schoß. »Kommen wir zur Sache. Giulio erwähnte diesen streitsüchtigen Papst und sagte etwas von Neuigkeiten. Mehr hat mein strahlender Liebling wohl nicht verstanden, vielleicht lag es an seiner silbernen Rüstung. Doch das ist ein anderes Thema. Was veranlasst Euch, anstatt mit Eurer Geliebten auf dem Fest zu tanzen, die Zeit mit mir unbeweglicher Frau zu verbringen?«

»Über mein Bankhaus in Neapel erreichte mich die Nachricht. Bisher mag es nur ein Gerücht sein, doch Ihr wisst selbst, wir Bankleute sind hellhörig wie scheues Wild.« Filippo beugte sich vor. »Es geht um den Alaunhandel. Noch hält die Medicibank das Monopol auf die päpstlichen Minen. Meine Informanten aber haben sichere

Anzeichen, dass Sixtus im Begriff ist, die Ausbeutung der Minen und den Vertrieb in andere Hände zu übertragen.«

»Das käme einem Zusammenbruch unserer Niederlassung in Rom gleich«, flüsterte Lucrezia. Scharf musterte sie den hageren Mann, und ihre Stimme verlor jede Wärme. »Er hat also Eure Bank ausgewählt. Ja, das liegt nahe, Sixtus und der König von Neapel sind Feinde meines Hauses, und Ihr seid in Neapel bei Hofe hoch angesehen und reich geworden. Was wollt Ihr bei mir? Späte Rache? Den Triumph auskosten für die lange Verbannung?«

»Donna Lucrezia!« Filippo sprang auf, dass der Stuhl hinter ihm kippte und über den Marmorboden scharrte. »Ihr beleidigt mich.« Die Zornader pochte an seinem Hals, mühsam beherrscht sagte er: »Verständigt Euren Sohn: Franceso Pazzi will das Alaungeschäft an sich reißen. Ich danke für die Unterredung.« Mit einer knappen Verbeugung wandte er sich zum Gehen.

»Nein, bleibt«, hielt sie ihn auf. »Ich musste Euch prüfen. Bitte nehmt wieder Platz.« Filippo zögerte, schließlich kehrte er an den Tisch zurück.

»Lieber Freund, seht mir die Vorsicht nach. Zu oft bin ich schon hintergangen worden, und diese Nachricht erschreckt mich zutiefst. Ich vertraue Euch. Zum Beweis will ich offen zu Euch sprechen. Als nüchternem Geschäftsmann ist Euch nicht verborgen geblieben, wie schlecht es in Wahrheit um unsere Finanzlage bestellt ist. Nein, es droht keine Armut, doch das im Ausland weit verzweigte Netz unserer Häuser ist längst brüchig geworden. Und seit dieser Francesco Pazzi meinen Sohn aus der Verwaltung des päpstlichen Vermögens hinausgedrängt hat, bedeutet das Alaun eine der letzten sicheren Einnahmequellen. In der Glasherstellung, bei der Wollverarbeitung, jeder benötigt es und kauft bisher das Salz bei uns.«

»Lorenzo muss handeln; er sollte dem Treiben der Pazzi entgegenwirken, ehe das Monopol verloren geht.«

Lucrezia bat um Saft aus der Karaffe und trank in kleinen Schlucken; als sie das Glas absetzte, zitterte ihre Hand. »Ich habe einen prächtigen Sohn großgezogen, mein Freund, einen klugen, umsichtigen Staatsmann, doch, Gott sei es geklagt, beileibe keinen Kaufmann. In seinen körperlichen Bedürfnissen mag er sogar bescheiden sein; Ihr müsstet mit uns essen, wenn wir allein sind, meist wird nur Brot, Käse und Wein aufgetischt. Doch wann haben wir keine Gäste?«

Da Filippo schwieg, ließ sie ihrer Sorge weiter freien Lauf: »Sein Großvater Cosimo kannte noch den Wert des Geldes und wusste den Reichtum zu mehren. Hingegen kennt Lorenzo das Wort Sparsamkeit weniger noch als mein verstorbener Gatte. Natürlich muss er große Summen für Kriegsschulden bezahlen; das Ansehen unserer Familie in der Stadt und außerhalb kostet und kostet. Hinzu aber kommt seine Liebe zu schönen Dingen. Er kauft, was ihm gefällt, er fördert Künstler, Gelehrte und schmückt Klöster und Kirchen …« Sie brach ab und lächelte bitter. »Wäre ich nicht seine Mutter, müsste ich ihn einen Verschwender nennen, der großzügig Gelder verteilt, derweil sein Reichtum dahinschmilzt, ohne dass er es bemerkt.«

Ihre Offenheit erschreckte Filippo. »Halb Florenz steht bei Lorenzo in der Kreide. Wenn er diese Schulden einfordert …«

»… verliert er den wichtigsten Rückhalt im Rat der Einhundert«, unterbrach sie ihn. »Die Mächtigen leben von der Abhängigkeit ihrer Schuldner und sind selbst deren Abhängige. Das wisst Ihr nur zu genau. Danke, Ihr habt mir einen wertvollen Dienst erwiesen, wenn er auch schmerzt. Ich werde meinen Sohn von der neuerlichen Gefahr durch die Pazzi unterrichten. Nicht heute, jedoch sobald es die Gelegenheit erlaubt.« Damit beendete Lucrezia das Thema und fragte unvermittelt: »Wie weit sind die Pläne für Euren Neubau gediehen? Erzählt mir!«

Um Zeit zu gewinnen, füllte Filippo umständlich sein Glas aus der Karaffe. »Ich ahnte nicht, dass Ihr von meinem bescheidnen Vorhaben schon Kenntnis habt.«

Die Lachfalten in ihren Augenwinkeln vertieften sich. »Unbedeutend? Ach, lieber Freund, habt Ihr vergessen, meine Neugierde ist stets wachsam. Da Ihr nach und nach die kleinen Häuser in der Umgebung Eures alten Palazzos aufgekauft habt, muss der Neubau unglaubliche Ausmaße annehmen.«

»Ich habe für zahlreichen Nachwuchs gesorgt. Meinen Kindern will ich ein neues Dach geben, mehr nicht …«

Gebrüll und Gelächter schlugen aus der Halle herauf ins Balkonzimmer und enthoben Filippo einer weiteren Erklärung. Das Brüllen wechselte in Grunzen, wuchs wieder an zu einem wilden Röhren. Lucrezia verengte die Brauen. »Diese Stimme ist unverwechselbar. Bitte helft mir. Ich will mich überzeugen.«

Filippo rückte ihren Sessel herum und befreite die beiden Spione von den schwarzen Schleiern. »Er ist es.« Sie wies in den rechten Spiegel. »Jacopo Pazzi versucht wieder, unsern Narren zu übertrumpfen. Schon als junges Mädchen habe ich seine unflätigen Scherze gehasst. Seht nur, wie er sich aufführt.« Unten, im freien Raum zwischen den Tischen, der bei Festlichkeiten sonst Gauklern und Spaßmachern vorbehalten war, stolzierte der Alte suchend herum, die Arme hatte er hoch über seinen Kopf gereckt und die Finger jeder Hand gespreizt, dabei brüllte und röhrte er wie ein Hirsch. Die Gäste spendeten nur spärlichen Beifall, doch der genügte dem betrunkenen Alten und spornte ihn weiter an. Jetzt schien er seine Wahl unter den Damen getroffen zu haben.

Im ersten Moment schmunzelte Filippo nachsichtig, als er aber genauer die Szene im Spiegel betrachtete, erfror sein Lächeln. Die Brunftschreie des Pazzi galten einer jungen Dame, die erstarrt am Tisch der Medicibrüder saß. Dieses leuchtend rote Kleid hatte Filippo seiner Geliebten zum Turniertag geschenkt! »Verzeiht, Donna Lucrezia. Darf ich Euch allein lassen?«

Sie löste sich von dem Geschehen und forschte in seiner Miene. »Gewiss wollt Ihr zu Eurer Gemahlin. Ihr sorgt Euch um sie und das ungeborene Kind. Nein?« Signora Medici lächelte leicht. »Ich verstehe, die Ungerechtigkeit der Natur verlangt ihr Recht. Wie heißt das hübsche Reh? Nein, nein, nicht wichtig. Geht nur und rettet es vor dem liebestollen alten Bock.«

Das Blut stieg ihm ins Gesicht, wortlos verneigte er sich und eilte hinaus. »Danke, mein Freund«, flüsterte sie und starrte in den Spiegel. »Jacopo, dich verachte ich, doch deine Söhne muss ich fürchten.«

Solange die Wäsche auf den Leinen trocknete, durfte keines der Kinder in den Hinterhof! Dies hatte Fiametta Strozzi nach dem Mittagessen angeordnet.

Kein Protest von den beiden Jüngsten, sie waren noch zu klein und verschliefen ohnehin die heißen Stunden unter der Obhut ihrer Amme; bei den vier anderen aber löste das Verbot helle Tränen und Geschrei aus. Draußen schien die Sonne, und sie mussten im Haus bleiben! Ihre Wut ließen sie an Laodomia aus, ja, die neue Tante war Schuld. Ob Ballrollen oder mit Klötzchen ein Haus bauen, keiner ihrer Vorschläge fand Gnade; im Gegenteil, er steigerte nur den Zorn. Alfonso, der Älteste, bewarf sie mit einem Holzstein, gleich griffen auch die Schwester und beide Brüder nach den Wurfgeschossen.

»Na wartet!« Laodomia stürmte mit erhobenen Fäusten auf sie zu.

Im Angesicht der herannahenden Gefahr duckten sich die Köpfe. Kein Schlag folgte, dafür aber: »Verdammte Pest! Wenn ihr nicht sofort das Maul haltet und spielt, dann ... dann hänge ich euch mit den Füßen zuoberst an die Kerzenhalter.« Sie zeigte zur Wand. »Einen neben den anderen. Habt ihr mich verstanden?«

Mit offenen Mündern starrten die Kinder sie an. Alfonso fasste sich als Erster: »Das darfst du nicht.«

»So?« Schon packte ihn Laodomia am Kragen und riss ihn hoch. »Du wirst dich wundern.«

»Nein!« Sein Schrei gellte durch die Halle. »Bitte nicht aufhängen! Nein!«

»Dann spiel mit deinen Geschwistern. Dahinten unter dem Fenster. Und kein lautes Wort mehr!«

Er versprach es. Kaum hatte die Schreckliche ihn freigegeben, kauerte er sich zitternd nieder und kroch davon; erst außerhalb der Gefahr winkte er den Geschwistern und flüsterte. »Kommt. Wir bauen eine Brücke.«

Im Hof ging die Hausherrin mit Petruschka zwischen den gespannten Leinen her und prüfte jedes nasse Wäschestück auf Löcher oder schadhafte Stellen. Mit einem Mal krümmte sie sich.

»Herrin?« Gleich war die Magd bei ihr. »So legt Euch doch endlich. Ich rufe die Hebamme.«

»Warte noch«, stöhnte Fiametta und presste die Lippen aufeinander, lange dauerte es, bis sie wieder sprechen konnte: »Dies ist nicht meine erste Geburt.« Der Scherz gelang ihr nicht. »Ich will mich bewegen, solange ich vermag. Dann kommt das Kind leichter.«

»Das ist nicht gut, Herrin.« Voll Sorge betrachtete Petruschka sie. »Diesmal ist hinlegen besser.«

Gestern, am dritten Tag nach dem Turnierfest, hatte eine leichte Wehe das Nahen der Geburt angekündigt, die zweite folgte nach einigen Stunden. Ohne Zögern war unter Aufsicht der russischen Magd im Frauentrakt das Geburtszimmer hergerichtet worden: Tücher, kleine und große Lappen stapelten sich auf dem Tisch. Öle und Kräuter standen bereit. Für den Fall, dass Umschläge gegen eine Schwellung benötigt würden, ließ Petruschka in der Küche einen Milchsud aus Kamille und Holunderblüten kochen, und von diesem Zeitpunkt an siedete beständig Wasser über der Glut.

»Ihr wisst, was ihr zu tun habt.« Mit hocherhobenem Busen hatte Petruschka in die Runde der Dienstmädchen geblickt, und das ›R‹ rollte schärfer als gewöhnlich. »Kein lautes Wort mehr. Legt euch mit Kleidern ins Bett. Und wehe, wenn ihr nicht sofort zur Stelle seid, wenn ich euch rufe.«

Sie selbst hatte die Nacht auf einem Stuhl vor der Zimmertür ihrer Herrin verbracht und war nur hin und wieder eingenickt.

Seit heute Morgen kamen die Wehen häufiger, doch ihre Herrin wollte sich nicht niederlegen.

»Schau mich nicht so an«, lächelte Fiametta und reckte den Saum eines nassen Lakens. »Nicht du, sondern ich bekomme das Kind. Den richtigen Zeitpunkt spüre ich selbst.« Kaum hatte sie ausgesprochen, weiteten sich ihre Augen, der jähe Schmerz nahm den Atem, blieb quälend, und Petruschka musste sie stützen. »Er ist längst da, der Zeitpunkt, Herrin, so glaubt mir endlich.«

Als ihr leichter wurde, nickte die Schwangere. »Was geht nur in mir vor?«, murmelte sie. »Mit solch einer Gewalt hat sich bisher kein Kind gemeldet.«

»Die heilige Madonna wird uns beistehen.« Petruschka legte den Arm fest um die Schulter ihrer Herrin und führte sie zur Hintertür. Noch im Gesindeflur rief die Russin einen Knecht und schickte ihn nach der Hebamme. »Sag ihr, es eilt!« Mühsam war der Weg die vielen Stufen der Wendeltreppe hinauf. Endlich oben angekommen, verkrampfte sich Fiametta wieder.

»Ruhig, bleib ganz ruhig, meine arme kleine Herrin. Ich bin ja bei dir.« Wie stets, wenn das Gefühl ihr Herz weitete, vergaß Petruschka den Respekt in der Anrede. »Besser? Na, gut. Dann können wir weiter.« Halb trug sie die Geschwächte ins Zimmer und achtete darauf, dass der Körper langsam auf das Bett niedersank. Fiametta ließ ihren Arm nicht los. »Und du? Sehnst du dich nicht manchmal nach einem Kind?«

»Ach, Herrin.« Rote Flecken sprangen auf die kräftigen Wangen. Sanft befreite sich die Magd und antwortete erst, nachdem sie die Ledergurte geprüft hatte, mit dem das angeschrägte Holzgestell auf der oberen Hälfte des Bettes befestigt war. »Ich bin Sklavin. Da müsstet Ihr mir einen Mann beschaffen. Auch müsste ich zwei eigene Kammern haben.« Mit kräftigen Schlägen bearbeitete sie das große Kissen und breitete es über die Rückenstütze. »Ein Kind? Bei der Madonna, ich hätte nichts dagegen.«

»Wir reden später darüber.« Fiametta hatte inzwischen ihr leichtes Hauskleid von den Schultern bis über die Bauchwölbung abgestreift und wollte aufstehen, um sich ganz davon zu befreien.

»Nein, nein. Ich mach das schon.«

Petruschka zog den Stoff unter dem Gesäß weg und half der Schwangeren, sich halb sitzend ins Kissen zu lehnen. »Habt Ihr 's weich genug?«

»Danke.« Das bleiche Gesicht entspannte sich. »Mir ist wohl, wenn du in meiner Nähe bist.«

»So soll es auch sein, Herrin.« Still betrachtete Petruschka die nackte Gestalt, Schultern und Brüste schienen im Angesicht des unförmigen, vorgetriebenen Bauches noch schmächtiger als gewöhnlich. Sie bedeckte den Leib mit einem Leintuch. »Ganz früh war ich schon in Santissima Trinità und hab vor der Madonna für uns eine Kerze angezündet. Es wird ein gesundes Kind.«

Seit zwei Stunden lenkte die Hebamme das Geschehen im Frauentrakt des Palazzos. Eine umsichtige, schlanke, leicht vorgebeugte

Frau, mit ruhiger Stimme und festen Händen; sie hatte Fiametta in den zehn Ehejahren bei sechs Geburten beigestanden und genoss das uneingeschränkte Vertrauen des Hauses Strozzi. Gleich nach ihrem Eintreffen hatte sie die Schwangere untersucht. »Wir müssen noch warten.«

Häufiger, heftiger kamen die Wehen, und stets war ihre Auskunft: »Wir müssen warten.« Auch jetzt, sobald sich die erneute Welle zurückgezogen hatte, glättete sie wieder ihre Hand mit Öl und führte zwei Finger in den Schoß ein. »Die Öffnung ist noch zu eng.« Sie strich prüfend über den Bauch, dann tätschelte sie aufmunternd die Schenkel der Erschöpften. »Kein Grund zur Sorge, Signora. Aber das Kind bestimmt den Zeitpunkt, und wir müssen uns gedulden.«

Die Hebamme erhob sich. Niemand außer Petruschka bemerkte die tiefe Furche auf ihrer Stirn, als sie zum Tisch hinüberging. »Wo ist der Kräutersud? Ich muss einer Schwellung vorbeugen.«

Schnell hob die Magd den Breitopf aus einem Tiegel mit warmem Wasser und flüsterte: »Wird meine Herrin es schwer haben, dieses Mal?«

»Nicht leicht wird es für sie. Nicht leicht.«

Fiametta stöhnte, wimmerte.

»Füll du den Sud ein. Zwei Leinensäckchen brauche ich«, bestimmte die Hebamme und kehrte ans Bett zurück. »Atmet. Nicht so schnell, Signora. Ruhig und tief. Ja, seht Ihr, so geht es leichter.« Während der Krampf sich löste, kühlte sie das ängstliche Gesicht mit einem feuchten Lappen.

Ein kurzes Klopfen, und Filippo Strozzi trat ein. »Darf ich meine Gemahlin sehen?«, fragte er von der Tür her.

Beim Klang der Stimme huschte ein Lächeln über Fiamettas Gesicht. Als die Hebamme es bemerkte, hatte sie ein Einsehen. »Doch bleibt nicht zu lange, Herr.«

»Rasch. Decke mich zu«, bat die Schwangere. »Er soll mich nicht so sehen.«

Filippo wartete, bis die aufgestellten Knie und der hohe Leib unter dem Tuch verborgen waren, dann trat er ans Bett und nahm ihre Hand. »Ich wurde noch im Kontor aufgehalten und fürchtete schon, dass ich nicht rechtzeitig kommen würde, um dir Kraft und Mut zu wünschen.«

»Wie sehr du mir damit hilfst, Filippo. Danke.«

Kaum wagte er sie anzusehen. »Du bist mir stets eine gute Frau gewesen und unsern Kindern eine fürsorgende Mutter.« Mehr wusste er nicht zu sagen.

Fester umklammerte sie seine Hand. »Bleibst du im Haus, bis es da ist?«

»Die Geschäfte drängen. Eine Eildepesche muss noch heute nach Neapel auf den Weg geschickt werden. Aber der Diener wird mich sofort benachrichtigen.«

»Geschäfte? Bei der Geburt unseres ersten Kindes gab es für dich nur mich.« Tränen füllten ihre Augenwinkel. »Wie dumm von mir, verzeih. Geh nur ins Kontor, Filippo. Ja, du hast eine erfahrene Frau, und es ist ja nicht das erste Mal.«

Er strich ihr kurz über die Stirn. »Wenn es ein Sohn wird, dann geben wir ein großes Fest.«

»Ein Mädchen wäre dir ungelegen … Ach, nicht jetzt.« Die Lippen bebten, ihre Hände krampften sich zu Fäusten. Sofort führte die Hebamme den Vater vom Lager weg. An der Tür trug sie ihm auf: »Bitte schickt nach dem Arzt, und lasst auch meine Helferinnen verständigen. Unverzüglich sollen beide hier erscheinen.«

Filippo blickte kurz zum Bett und hob die Brauen. »Gibt es Schwierigkeiten?«

»Eure Gemahlin ist sehr schwach. Mehr vermag ich zurzeit nicht zu sagen. Vielleicht ist meine Sorge unbegründet, dennoch möchte ich erfahrenen Beistand hinzuziehen.«

»Keine Frage«, murmelte Filippo. »Sie soll jede Hilfe haben, die vonnöten ist.« Schnellen Schritts verließ er das Geburtszimmer. Noch vom ersten Stock aus rief er nach zwei Knechten, und während er die breiten Stufen der Haupttreppe hinunterhastete, befahl er ihnen, den Leibarzt und die Gesellinnen der Hebamme herbeizuschaffen: »Lasst keine Ausrede gelten. Bewegt euch!«

Kaum waren die Knechte davongestürmt, stutzte Filippo. Aus einer Nische zwischen den Säulen drang Wispern, unterdrücktes Lachen. Leise ging er näher und schmunzelte. Laodomia saß im einfallenden Sonnenstrahl unter dem Fenster und stickte an einem Tuch. Vor ihr spielten die vier Kinder. Sie hatten eine Brücke gebaut, rechts und links davon waren kleine und große Häuser entstanden. Sein Ältester befehligte als Baumeister die Geschwister. Nicht mit Geschrei, wie gewöhnlich, im Flüsterton gab er seine Anweisungen.

Weder Tochter noch Söhne hatten den Vater bemerkt, nur Laodomia blickte von der Handarbeit auf. Filippo nickte ihr anerkennend zu. »Welch ein Bild, schöne Nichte. Nein, bitte, bleibe sitzen. So sollte dich Botticelli malen: du dort am Fenster und die spielenden Kinder zu deinen Füßen. Ja, ich müsste dich mit ihm bekannt machen. Er wäre mir dankbar für solch ein Modell.« Inzwischen blickten vier Augenpaare zu ihm hoch. Er verschränkte die Arme. »Außerdem: So friedvoll und leise kenne ich meine Brut gar nicht. Wie ist dir dieses Kunststück gelungen?«

Ehe Laodomia antworten konnte, hob Alfonso den Finger und wies zu den Wandhaltern. »Aufhängen will sie uns, Vater. Da oben.« Die Tochter hauchte: »Mit den Füßen zuerst.« Zur Bekräftigung der Anklage schnieften gleichzeitig die beiden kleineren Brüder.

»Ich verstehe.« Filippo tauschte rasch einen Blick mit seiner Nichte und blieb ernst. »Dann hütet euch, Lärm zu machen. Das Sicherste ist, wenn ihr der Tante aufs Wort gehorcht.«

Alfonso hatte Beistand erhofft und benötigte eine Weile, bis er begriff, dass selbst der Vater nicht wagte, gegen die Schreckliche vorzugehen. »Meinetwegen«, seufzte er und gab den Geschwistern ein Zeichen mit dem Daumen: »An die Arbeit, Leute. Wir bauen weiter.«

»So ist es recht, mein Sohn.« Filippo trat näher zum Fenster. »Du bringst frischen Wind ins Haus, Laodomia. Das ist sehr wohltuend für mich.«

Der seltsam warme Klang in seiner Stimme verwunderte sie. Ich bin deine Nichte und will von dir verheiratet werden, mehr nicht. Und überhaupt, spricht so ein Mann, dessen Frau gerade in den Wehen liegt? Gleich schob sie den Gedanken beiseite und antwortete betont heiter: »Danke, Onkel. Ich musste lange genug auf meine kleineren Brüder achten. Das war eine harte Schule, glaub mir. Solange ich noch bei euch wohne, werde ich Fiametta gerne zur Seite stehen.« Sie ließ den Stickrahmen sinken. »Wie geht es ihr?«

Filippo zuckte die Achseln. »Meiner Frau fehlt es an Kraft, meint die Hebamme. Aber zur Sorge besteht kein Anlass, hoffe ich.« Damit wandte er sich ab und ging rasch zum Ausgang.

Ein Glutbecken war in der Nähe des Bettes aufgestellt worden. Gleichwohl klagte Fiametta zwischen den Schmerzstürmen weiter über Kälte. Noch vor dem Leibarzt der Familie trafen die Geburtshelferinnen ein. Zwei Frauen mit wachem Blick. Wortlos hielten sie sich bereit; die jahrelange Lehrzeit bei ihrer Meisterin erübrigte jede Einweisung. Als der Medicus leicht außer Atem ins Zimmer trat, begrüßte ihn die Hebamme kurz und bat ihn, ohne vorher von ihrem Verdacht zu berichten, die Schwangere zu untersuchen. Wieder und wieder tasteten seine Hände über die Wölbung und den Unterbauch, schließlich erhob er sich und nahm die Hebamme beiseite. »Der Kopf liegt zu weit links«, sagte er verhalten.

»Meine Befürchtung stimmt also.« Sie stützte beide Hände auf den Tisch. »Das Kind hat sich nicht ganz gedreht. Deshalb diese ungewöhnlich starken Wehen, ohne jeden Erfolg.«

»Wie weit ist die Öffnung?«

»Groß genug. Ich fühle die Fruchtblase, kann aber nicht genau feststellen, welcher Körperteil sich zuunterst befindet. Ist es ein Fuß oder eine Hand? Ich weiß es nicht.«

Beide sahen sich an. »Wir dürfen nicht länger warten«, murmelte die Hebamme und wusch Finger und Unterarme bis hinauf zu den Ellbogen. »Gott steh uns bei.«

Nach ihr reinigte der Arzt gründlich seine Hände in der Schüssel. »Sie ist noch jung, das wird ihr helfen.« Er wählte einen spitzen Silbernagel aus der Besteckschale. »Sobald das Wasser abfließt, überlasse ich dir das Weitere.«

Mit einem leichten Lächeln kehrte die Hebamme zum Lager zurück. »Das Kleine scheint sehr störrisch zu sein, Signora. Aber keine Angst, wir werden es herauslocken.«

Fiametta blickte aus blanken Augen zu ihr auf. »Seine Geschwister gehorchen mir längst nicht mehr. Was wird das nur für ein Kind, wenn es sich jetzt schon im Mutterleib gegen mich auflehnt?«

»Seid unbesorgt. Ich gebe ihm nachher einen Klaps zusätzlich, dann weiß es gleich, wer das Sagen hat. Und nun sollt Ihr es bequemer haben.« Ein kurzes Zeichen zu Petruschka. »Du bist kräftig genug. Zieh den Kittel aus, und halte deine Herrin.« Behutsam wurde die Schwangere angehoben, und nackt kniete sich Petruschka hinter sie. Kopf und Schultern bettete sie an den Busen und zog vorsichtig den Leib auf ihre Schenkel, sodass der Schoß etwas erhöht lag und frei war für den Eingriff.

Derweil hatten die Gehilfinnen zwei geflochtene Stricke an die Fußholme des Bettes geknotet. Ihre Meisterin schlang beide Enden um Fiamettas Handgelenke. »Bei jeder neuen Wehe haltet Ihr Euch daran fest.« Eindringlich trug sie der Magd auf: »Und du unterstützt deine Herrin. Lass sie nicht los, dennoch muss sie genug Bewegungsfreiheit haben. Kann ich mich auf dich verlassen?«

»Keine Sorge.« Petruschka legte ihre Hände an die Seiten der Schwangeren. »Wir bringen das Kleine gemeinsam zur Welt. Nicht wahr, Herrin?«

Ein Beben ging durch den Körper, Fiametta rang jäh nach Atem, stöhnte und wimmerte, zerrte die Stricke, bis sie ermattet an den warmen Körper der Magd zurücksank.

Der Arzt beugte sich mit dem Silbernagel zwischen die aufgestellten Knie. Wenig später erfüllte scharfer Geruch das Zimmer. Gleich nahm die Hebamme seinen Platz ein. »Ich fühle eine Hand. Sie ist warm.« Eine Helferin legte Schlinge und einen Haken neben sie. Die nächste Wehe kündigte sich an. »Presst, Signora. So presst doch.« Fiametta sammelte alle Kraft, und Petruschka atmete und stöhnte mit ihr, während die beiden Gehilfinnen im gleichen Rhythmus das Kind nach unten drückten. Als sich die Welle zurückzog, hing ein Ärmchen aus dem Schoß, und Fiametta schrie schmerzvoll in die neue Wehe hinein. So sehr sich die Hebamme bemühte, vergebens; heftiger und immer wieder erschütterte der Sturm die Leidende, jedoch das Ungeborene verließ den Leib nicht.

»Der Arm hat sich verfärbt«, mahnte der Arzt, »dem Kind können wir nicht mehr helfen. Wir müssen die Mutter retten. Es muss heraus, gleich wie.« Er reichte der Hebamme ein Skalpell. Ehe sie es ansetzen konnte, bäumte sich Fiametta auf. »Filippo, so hilf mir doch!«, flehte sie, dann fiel ihr Kopf zur Seite, der Körper wurde still.

»Nicht schlafen«, flüsterte Petruschka, zart strich sie das verschwitzte Haar. Und als Hebamme und Arzt keinen Herzschlag mehr fanden, wollte sie ihre Herrin nicht loslassen. »Doch, doch, wenn du so müde bist, meine kleine arme Fiametta, dann schlaf nur mit deinem Kind.« Tränen rollten ihr über die Wangen. »Ich geb schon Acht.«

Sanft schaukelte sie die Tote auf den Knien.

P er Jesum Christum Dominum nostrum. Amen.«
Das gemeinsame Nachtmahl im Refektorium war mit einem Gebet beendet worden. Als Erster erhob sich der Prior von seinem Platz. Auf dem Weg hinaus hielt er vor dem Kreuz an der Seitenwand inne und beugte stumm das Knie. Wie verloren hing der Welteneerlöser zwischen farbenreichen Fresken! Diese von Meisterhand dargestellten Szenen aus dem Leben Jesu verstärkten umso mehr noch Leid und Schmerz seines Antlitzes.

Sobald der Obere den Speisesaal verlassen hatte, setzten Gespräche ein. Keine Glaubensfragen wurden von den ehrwürdigen Ordensbrüdern disputiert, jetzt war Muße für die Neuigkeiten aus Bologna, für Klatsch über den Pilgerstrom zum unversehrten Leichnam der seligen Katharina im benachbarten Clarissinnenkloster und Ereignisse innerhalb der eigenen Mauern. Zunächst blieb es bei Getuschel, doch bald schon tauschten die Patres auch derbe Zoten aus, die sie während des Tagewerks im Herzen hatten aufsparen müssen und von denen sie sich nun mit Lust befreiten. Angeregt und heiter gingen sie in Gruppen hinaus, um die freie Stunde nach dem Essen unter den Bäumen oder bei einem Spaziergang entlang der gepflegten Beete des Gemüsegartens zu genießen.

Zurück blieben die zehn Novizen mit ihrem Lehrmeister. »Stellt euch auf, meine Söhne. Nicht so träge, nicht so träge.« Die helle Stimme passte wenig zum mächtigen Umfang des Bauches, den er bei jedem Schritt leicht wippend vor sich her trug. Reizte dieser Anblick auch den Spott, so wagte es doch keiner der jungen Anwärter mehr, sich offen über den Novizenmeister zu belustigen. Vater Ricardo bestimmte während des Probejahres bis zum Ablegen der Ordensgelübde das Wohl und Wehe ihres Alltags. Von seinem Äußeren verführt, hatten einige Leichtsinnige gleich nach Einritt ins Kloster auf die Gutmütigkeit des rundlichen Dominikaners gebaut und sich seiner Hinterlist, seiner nachtragenden Strenge ausgeliefert gesehen, bis sie begriffen, dass ihm unbedingter Gehorsam zu leisten war. Doch nicht jeder, der sich ihm unterwarf, gewann seine Gunst; um diese zu erlangen, benötigte der Novize neben Fleiß und Eifer noch einen schönen und sehnigen Körper. Ein so ausgestatteter junger Mann wurde hin und wieder sogar zu einem vertraulichen Gespräch in die Zelle des Meisters eingeladen.

Der Novizenmeister musterte seine Schutzbefohlenen, dabei wulste er beständig die Unterlippe vor und zurück. »Wie Schweine seht ihr aus.« Er ging von einem zum Nächsten und bemängelte die Flecken an den hellen Kutten. »Ihr entehrt das Gewand des heiligen Dominikus. Schwarz der Mantel, doch weiß das Kleid, meine Söhne, weiß und rein, wie er selbst war. Wenn ihr es bei der Arbeit beschmutzt habt, so ist es eure Pflicht, den Rock in der Freizeit zu säubern.« Jeder Ermahnte senkte den Kopf, weniger aus ehrlichem Schuldgefühl, sondern weil er wusste, dass diese Reuegeste dem Lehrmeister gefiel.

Vater Ricardo gelangte zum letzten Novizen in der Reihe und zupfte angeekelt an dessen Schultertuch. »Das gilt insbesondere für dich, Bruder Girolamo. Schmutzig von oben bis ...« Sein Blick stockte am Saum der Kutte. »Risse? Du bist kaum einen Monat bei uns und hast das Kleid schon zerschlissen. Es gehört nicht dir. Noch ist es eine Leihgabe des Ordens.«

Girolamo spürte das Blut aufsteigen, sein Hals, das Gesicht glühte. »Verzeih, Vater. Ich werde den Stoff ausbessern. Ich bitte um Vergebung.«

Ohne darauf einzugehen, trat der Novizenmeister zurück und faltete die Hände vor dem Bauch. »Meine Söhne! Wieder haben wir uns heute erbaut beim Altardienst, bei Chorgebet und liturgischen Chorälen.« Übergangslos wechselte der Tonfall in den frommen Singsang: »Das Studium der Grammatik hat den meisten von euch Lust bereitet ... Und ihr wart hernach umso fleißiger bei der Gartenarbeit ... Mein Lob dafür ... Auch das Füßewaschen meiner Ordensbrüder ging euch leicht von der Hand … Mein Lob dafür … Und nun folgt für einen von euch die köstlichste Übung … Wer will sich freiwillig mein besonderes Lob verdienen?«

Verstohlen glitten die Blicke der Novizen zum Rothaarigen am rechten Ende der Reihe, und wie verabredet schwiegen sie und warteten.

»Na wird's bald, ihr Faulpelze.«

Girolamo trat vor. »Lasst mich den Dienst übernehmen.«

Auch der Meister hatte mit keinem anderen Freiwilligen gerechnet, dennoch spielte er überrascht. »Du schon wieder? Nein, nein, Sohn, ich will gerecht sein. Seit Wochen meldest du dich nun schon. Das ist genug. Heute soll endlich ein anderer die Reinigung übernehmen.«

»Bitte, Vater. Diese Arbeit ist mir hochwillkommen.«

Nur mühsam bewahrten seine Nachbarn Haltung; im Kampf gegen das Lachen musste einer von ihnen sogar die Nasenflügel zusammenpressen.

Vater Ricardo nässte mit der Zunge die Unterlippe und baute sich vor der abgemagerten Gestalt auf. »Wenn ich 's aber bedenke, warum nicht? Dank deiner schon früher abgelegten Examina hast du dich vom Grundstudium befreien lassen. Dies geschah gegen meinen Willen. Jedoch fördere ich gerne jeden überklugen Kopf, und deshalb erlaube ich dir, auch heute wieder die Latrinen zu reinigen.« Unvermittelt böse zischte er durch die Zähne: »Warte hier. Ich habe noch ein Wort mit dir zu reden.« Gleich nahm seine Stimme den wohlwollenden Ton wieder an. »Ihr anderen dürft euch an dem lauen Abend erfreuen.« Er wies zum Portal des Refektoriums. »Geht, meine Söhne. Aber beachtet die Glocke. Sucht rechtzeitig den Schlafsaal auf.«

Erlöst von jeder Pflicht huschten die Novizen davon.

Der Lehrmeister ging in kleinen Schritten vor Girolamo auf und ab. Schließlich stellte er sich mit dem Rücken abgewandt vor ihn hin. »Mir missfällt deine Haltung. Wenn deine Kameraden zwei Fladen Brot essen, so begnügst du dich mit einem Kanten. Gibt es Fleisch, verzichtest du sogar ganz darauf.«

Girolamo räusperte sich und sagte: »Ich versuche nach dem Willen unseres Ordensgründers …«

»Schweig. Du bist Novize, mehr nicht. Niemand möchte, dass du jetzt oder später Askese übst, diese Zeiten sind vorbei. Auch missfällt mir, dass du dich von der Gruppe absonderst, in kein Lachen einstimmst und stattdessen vor dich hin sinnst.« Vater Ricardo fuhr auf dem Absatz herum. »Hältst du dich für etwas Besonderes? Auch Demut kann hoffärtig sein.«

»Verzeih. So vieles erschreckt mich hier.«

»Also Kritik? An mir? An unserem ehrwürdigen Prior? Heraus damit. Oder gar Kritik an der Gemeinschaft? Dieses Kloster hat nicht nach dir gerufen, sondern du bist zu ihm gekommen. Noch kannst du gehen, niemand wird dich aufhalten.«

»Nein! Bitte …«, stammelte Girolamo. »Hier ist mein Platz, nicht draußen in der Welt.«

»Dann füge dich unserer Ordnung, so wie du sie vorfindest. Hast du mich verstanden?«

Er wollte schweigen, jäh aber übermannte ihn der lang angestaute Protest. »Vater, wie können wir in Armut dienen, wenn Völlerei und Trinkgelage heimlich in den Zellen …?«

»Hüte dich, mein Sohn. Oder du wirst mich kennen lernen!«, fauchte der Meister. »Antworte auf meine Frage: Bist du bereit, dich dem Geist und Wandel der Ordensgemeinschaft zu fügen?«

In Girolamo kehrte der Traum zurück. Eiswasser stürzte von der schwarzen Sichelkante auf ihn nieder, überspülte Kopf und Körper. Zitternd flüsterte er: »Ja, Vater. Nach allen Kräften.«

»Gut. Aber ich werde dich im Auge behalten.« Der Novizenmeister ließ ihn nicht gehen. »Präge dir diesen Satz ein, Sohn: Wessen Leben selbst noch in Unordnung ist, der sollte sich nicht über andere erheben.« Mit zwei Fingern zog er ein Pergament aus der Kuttentasche, das Siegel war erbrochen. »Dieser Brief aus Ferrara ist für dich abgegeben worden. Zum zweiten Male nun schon beschwören dich deine Eltern, nach Hause zurückzukehren.« Er ließ das Blatt vor Girolamos höckriger Nase schaukeln. »Trotz aller Klugheit scheint es dir immer noch nicht gelungen zu sein, sie von deiner Berufung zu überzeugen. Benötigst du Hilfe von mir oder gar von unserm Prior?«

»Nein. Bitte, erspart mir die Scham.« Der Blick irrte mit dem Pergament hin und her. Heftig schnaubte Girolamo durch die Nase. »Ich habe ihnen geschrieben, meine Gründe in einem langen Brief dargelegt. Lasst es mich noch einmal versuchen. Dieses Mal werden sie begreifen müssen.«

»Nichts anderes erwarte ich von dir. Nicht mehr und nicht weniger.« Er ließ das Blatt zu Boden fallen und verschränkte wieder die Hände vor dem Bauch. »An Schlaf ist also diese Nacht nicht zu denken. Zunächst wirst du die Arbeit verrichten, um die du gebeten hast, hernach deinen Rock säubern und flicken, und als großes Entgegenkommen von mir darfst du bis zum Frühgebet im Besucherzimmer an deine Eltern schreiben.« Der Zeigefinger schnellte vor. »Und nun spute dich!«

An der Südseite des Hauptgebäudes wucherten alte Rosenstöcke bis über die Fenster des Erdgeschosses. Aufgrund sorgfältiger Pflege hatten sich ihre Ranken unentwirrbar ineinander verflochten und verbargen das Mauerwerk während des Sommers mit einem rotgelben Blütenteppich.

Girolamo wankte an der duftenden Pracht entlang. Auf Nacken und Schultern drückte der Jochbalken, bei jedem Schritt schwappte Wasser aus beiden Holzbottichen an den Ketten. »Die Mutter weint«, flüsterte er. »Von ihr habe ich nichts anderes erwartet. Sie ist eben ein Weib.« Er bog um die Hausecke und setzte seine Last vor den drei Türen des flachen Latrinenschuppens ab. »Aber dem Vater schrieb ich voller Vertrauen. Nichts hat er begriffen.« Ohne Rast kehrte Girolamo den selben Weg zurück. »Wenn der Vater mich lieben würde, so hätte er sicher den Geschwistern, auch der Mutter meinen Schritt erklärt und um Verständnis für mich geworben.«

Am Ziehbrunnen füllte er die nächsten Bottiche und schleppte sie zu den Latrinen, dabei rief er sich den Inhalt seines Abschiedsbriefes ins Gedächtnis. Wie viel Mühe hatte er darauf verwandt! »Meine Liebe, meine Köstlichkeit ist Jesus. Die Jungfrau Maria ist meine Mutter«, flüsterte er vor sich hin und dachte, so klar und aussagekräftig habe ich jeden Satz formuliert. »Schwestern werde ich im Kloster mehr haben als zuvor, auch an einer Mutter wird es mir nicht gebrechen, und so werde ich dank der göttlichen Gnade reinen Herzens leben.«

Er setzte die Eimer zu den anderen und warf den Jochbalken von der Schulter. Noch ließ er die Aborte verschlossen. Erst mussten auch Schippe, Besen, Lappen und eine Schubkarre mit einem Sack frischer Holzspäne herbeigeschafft werden. Auf dem Rückweg rezitierte er weiter aus seinem Brief. »… O Vater, es waren die Ungerechtigkeit der Menschen, die Unzuchtsünden, die furchtbaren Gotteslästerungen, sie haben mich zur Flucht aus der Welt bewogen.«

Alles Nötige für die Reinigung stand nun bereit. Girolamo rollte die weiße Kutte vom Saum hoch bis über die Knie und zog den Stoffwulst fest unter seinen Hüftstrick. Mit der Schippe pochte er mehrmals an die Bretterwand. »Bruder Girolamo möchte die Latrinen säubern!«

Obwohl kein erschreckter Ruf folgte, verharrte er noch eine Weile, zu sehr wühlte in ihm der Ärger über den blinden Unverstand seiner Familie. »Ich habe euch mitgeteilt, dass Gott mich auf diesen Weg berief. Ihr solltet Jesu danken, statt zu weinen und euch zu beklagen.« Wie eine Lanze schüttelte er drohend den Holzstiel in der Faust. »Der Herr hat mich gerufen, um mich zu seinem Ritter zu schlagen. Ist dies nicht eine Gnade für euch, einen Ritter Christi zum Sohne zu haben?«

Er riss die erste Tür auf. Gestank schlug ihm entgegen, gleichzeitig setzte zorniges Sirren ein. Vom Boden, aus dem Loch der Holzbank, hob sich eine Wolke dicker, grünlich schillernder Fliegen und fiel den Störenfried an. »Fort! Ihr Höllengeschmeiß!« Wild fuchtelte er mit dem Arm, schnaubte, blies und spuckte. »Weichet von mir.« Nur kurz dauerte der Kampf, dann gaben sich die Fliegen dem Ritter Christi geschlagen und räumten das Feld.

Girolamo würgte nicht, weder Gestank noch das Erbrochene auf dem Boden schreckten ihn zurück. »Dies ist der süßeste Wohlgeruch der Demut«, stärkte er sich und schippte die Fladen, bereitet aus Mageninhalt und Holzspänen, auf die Schubkarre.

An heißen Tagen wie heute waren die Latrinen mehr verdreckt als sonst. Der nächtlich auf den Zellen getrunkene Wein und die heimlichen Lust- und Fressgelage hatten einigen Mönchen des Morgens Übelkeit verursacht. Ich bin umgeben von Heuchlern, dachte Girolamo, sie nennen sich fromme Bettler, dabei gieren sie nach Wohlstand und Wollust. Jäh öffnete sich vor ihm das Fenster des Hauses Strozzi. Er sah Laodomia, sie wiegte ihren nackten Körper. »Nein!«, krächzte er und räusperte sich heftig. »Ich bin nicht so lau wie meine Ordensbrüder, und nie will ich werden wie sie.«

Doch Laodomia zeigte ihm Brüste und Po. Auch als er sich bis zu der Sitzbank vorgearbeitet und das übervolle Fass aus dem Bretterloch gezogen hatte, verdrehte sie seine Gedanken. Hastig leerte er den Kot in die Karre, und zur Bestrafung schabte er die Reste im Fass nicht mit einem Holzspachtel heraus, sondern benutzte die bloße Hand.

Laodomia blieb dennoch. Er floh zu seinem Abschiedsbrief zurück. Auch über die Begierde hatte er sich dem Vater offenbart. Laut wiederholte er: »Gewiss bin ich Fleisch und Mann wie Ihr. Die Sinnlichkeit lehnt sich gegen den Verstand auf. Mit aller Kraft muss ich dagegen ankämpfen, damit mir der Teufel nicht auf die Schulter springt.« Ja, dagegen ankämpfen! Die Geißel lag im Schlafraum unter seiner Strohmatte. Sobald er Gelegenheit fand, wollte er sich damit die Versuchung austreiben.

Girolamo arbeitete weiter. Vor dem Latrinenschuppen gingen derweil zwei Ordensbrüder unruhig auf und ab, er würdigte sie keines Wortes und dachte, wenn euch mit einem Mal euer Hintern zu fein ist für den Dreck nebenan, so wartet. Gründlich überspülte er die Holzbank, schrubbte den Rand des Sitzloches aus und bestreute den Boden mit frischen Spänen, erst dann konnten sie ihre Notdurft verrichten.

Leise stimmte Girolamo ein Loblied an und verjagte die Fliegen vom Unflat in den benachbarten Abtritten.

Spät in der Nacht saß er halb nackt, nur mit einer Decke um den Hüften, bei Kerzenlicht im Besucherzimmer des Novizenhauses. Seine geflickte und gewaschene Kutte hatte er an den Haken der Tür zum Trocknen aufgehängt. Immer wieder wischte er sich die Stirn. Nicht allein die Schwüle trieb den Schweiß, Ursache war auch der Zorn, mit dem er sich über das Blatt beugte. Nicht einmal die Müdigkeit hatte ihn milde gestimmt, jetzt war es höchste Zeit, mit den Eltern und Geschwistern endgültig zu brechen. Wenn sie für Vernunft nicht empfänglich waren, so musste er ihnen mit aller Schärfe Wunden beibringen.

88

Kurz las Girolamo die schon geschriebenen Zeilen, und wieder kratzte der Federkiel über das Pergament: »…Weshalb also diese Vorwürfe, o blinde Menschen? Oh, ihr Leute ohne den geringsten Glauben, ihr Feinde der Tugend! Ihr wolltet mich zum Arzt des Leibes machen. Gott aber will aus mir einen Seelenarzt machen.« Er tunkte den Kiel ins Tintenfass, musste nicht nachdenken und schrieb weiter: »Entfernt euch von mir, denn ihr seid voller Sünde. Der Herr aber hat mein Schreien erhört. Ihr aber seid durch euren eigensüchtigen Widerstand meine Todfeinde geworden …«

J a oder Nein? Oder besser die Antwort hinauszuzögern? Welche Folgen hätte eine schroffe Absage? Vielleicht die Behinderung der Geschäfte in Rom? Womöglich sogar ein Bannspruch?

Ohnehin schon gereizt durch den schwülheißen Septembertag, erhitzten zudem noch Zorn und Unschlüssigkeit die Gemüter im kleinen Sitzungssaal des Palastes der Signoria. Papst Sixtus hatte ein dringliches Breve an den Hohen Rat gesandt. »…Um die Stadt vor Schaden zu bewahren, ist es Unser Wunsch und Wille, dass Ihr, werte Herren, die Ablehnung des von Uns für das Amt des Erzbischofs von Florenz vorgeschlagenen Francesco Salviati noch einmal bedenkt …«

Neben Lorenzo Medici hatte das Kollegium der acht Oberen auch den Rat der Zwölf Weisen hinzugezogen. Ohne Tisch in der Mitte, nur getrennt durch eine Gasse spiegelnden Marmorbodens, saßen sich Stadtherren und Gäste auf zwei Stuhlreihen gegenüber. Seit gut einer Stunde berieten sie, ohne dass sich der ungekrönte Fürst der Stadt daran beteiligt hatte. Er war heute in seiner Eigenschaft als Gonfaloniere geladen. Durfte auch nach dem Gesetz ein ›Bannerträger der Gerechtigkeit‹ lediglich für vier Monate gewählt werden, so hatte Lorenzo bald nach dem Tod des Vaters seine Stellung genutzt und sich das Amt auf Lebenszeit gesichert. Diese Würde verlieh ihm bei allen politischen Entscheidungen nicht nur Einfluss auf den Hohen Rat, sondern gab ihm gleichzeitig die uneingeschränkte militärische Macht, um Ordnung und Recht in Florenz zu sichern.

Schwarz gewandet bis auf den weißen Steg des Hemdkragens saß er auf der Seite der Signoria zuoberst der Stuhlreihe nahe am geöffneten Fenster, sein Rücken berührte die hohe Lehne nicht, das fleckig gelbliche Gesicht wirkte beinah leblos, allein das Glitzern in den dunklen Augen verriet höchste Wachsamkeit.

Längst fiel jeder jedem ins Wort, ballte die Fäuste und versuchte mit Lautstärke die eigene Meinung durchzusetzen. »... und ich sage: Lasst dem Papst seinen Willen ...« – »Du Narr! Wir haben das Recht, selbst zu wählen und zu entscheiden. Soll unsere Freiheit ...« – »... Hirnloser Wollwäscher! Lass mich ausreden! Ich wiederhole: Lasst uns dem Papst nachgeben. Nichts wird sich ändern, denn in Florenz hat ein Erzbischof schon längst keinen politischen Einfluss mehr ...« – »Halt's Maul!« Erbost drohten sich die Kampfhähne mit den Fäusten.

Ein Räuspern, kurz und vernehmlich. Sofort erlahmte der Zank. Alle Augen richteten sich auf Lorenzo. Er wartete noch einige Atemzüge ab, dann verließ er seinen Platz und schritt zwischen den beiden Stuhlreihen leicht federnd auf und ab. »In meiner Verantwortung als Gonfaloniere kann ich Euch nur Rat geben.« Seine unangenehm grelle Stimme brach sich an den ausgemalten Holzvertäfelungen der Saalwände. »Als Freund unter Freunden aber zwingt mich geradezu mein Herz, Euch zu warnen. Es gilt, eine Gefahr von unserer geliebten Stadt abzuwenden, eine Gefahr, die wir fürchten sollten mehr noch als die Pest.« Stumm streifte der Blick im Vorbeigehen jedes einzelne Gesicht. Mochte Lorenzo auch in seinem Äußeren von der Natur benachteiligt worden sein und selbst die Tonlage der Stimme jeden Wohlklangs entbehren, es ging eine Kraft von ihm aus, die schnell allen Makel überstrahlte und die Zuhörer in den Bann zog. »Habt Ihr, werte Herren, immer noch nicht begriffen, was der Hirte in Rom plant? Mit welcher Hinterlist er vorgeht? Nicht die Festigung des Glaubens trägt er im Sinn, dies ganz gewiss nicht. Papst Sixtus will Macht. Um sie zu gewinnen, schreckt er vor keiner Schandtat zurück. Mit allen Mitteln versucht er, die Stadt Florenz zu schwächen.« Lorenzo baute sich am Fußende der Sitzreihen auf, er schob den Unterkiefer vor und zurück und zermahlte erst die Gedanken, ehe er sie in schmackhaften Brocken den Versammelten darbot. »Zunächst hat er uns seinen Neffen Pietro Riario als Erzbischof vorgesetzt, diesen wollüstigen Rüpel. Wer von uns erinnert sich nicht an dessen zahllose Mätressen? Kein Almosen an die Armen verteilte er, dafür aber beschenkte er seine Huren mit goldenen Nachttöpfen. Nie vergessen wird uns sein unrühmliches Ende sein: Nackt, umgeben von zwei Gespielinnen, der geile Bock selbst in höchster Erregung, so starb der letzte Erzbischof unserer Stadt. Trotz dieser Blamage schwang Sixtus erneut den Speer gegen uns. Ausgerechnet mit Unterstützung eines florentinischen Bankhauses – den Namen muss ich hier nicht erwähnen – gelangte er in den Besitz von Imola. Damit gewann er ein Bollwerk nahe unserer Staatsgrenze und erhob Girolamo Riario, den Bruder des Lüstlings, zum Herrscher dieser stark befestigten Stadt. Und nur ein Krieg könnte ihn von dort vertreiben.« Lorenzo ließ seine Worte wirken, ehe er leise fortfuhr: »Jetzt empfiehlt uns der Hirte aus Rom einen neuen Erzbischof: Francesco Salviati! Ihr, meine Freunde der Signoria, habt diesen Mann zu Recht schon einmal abgelehnt, und sein Ruf wird durch den erneuten Vorschlag des Papstes nicht besser. Auch Francesco Salviati gehört zu den Handlangern des streitlüsternen Sixtus, auch er...« Lorenzo rieb heftig die platte Nasenkuppe. »Werte Herren, ich habe Erkundigungen eingezogen. Das Urteil ist vernichtend. Mein Freund und der auch von Euch allen hoch geschätzte Angelo Poliziano hat es zusammengefasst, und klarer könnte ich es nicht vorbringen.« Er zog ein Blatt aus der Brusttasche, überflog murmelnd den Text und zitierte dann laut: »›Dieser vom Heiligen Stuhl geförderte Kleriker, dieser Francesco Salviati ist ein geistloser Dummkopf und bekannt als ein Verächter der menschlichen und göttlichen Gesetze, der tief in Verbrechen und Schande watet...‹« Er blickte von dem Schreiben auf. »Muss ich fortfahren? Wollt Ihr genauer wissen, was uns erwartet, wenn wir diesen Menschen als christliches Oberhaupt der Stadt zulassen?«

Die Ratsherren und Weisen blickten sich an, nach und nach wurden Köpfe geschüttelt, und Lorenzo Medici kehrte federnden Schritts auf seinen Platz zurück. Ehe Gemurmel einsetzte, straffte der Vorsitzende der Signoria die Brust: »Wir danken unserm ehrenwerten Gonfaloniere für seine gewichtigen Ausführungen. Nur der Form halber frage ich: Gibt es eine Gegenrede?« Sein Ton erlaubte keinen

Widerspruch, scharf blickte er nach rechts und links, dann zu den zwölf Weisen hinüber. »Niemand meldet sich. Gut. Damit haben wir Einstimmigkeit erreicht. Der Hohe Rat der Stadt Florenz wird der Bitte des Papstes nicht entsprechen und ein Schreiben entsprechenden Inhalts nach Rom senden.« Erleichterung bei den einen, Stillschweigen bei den stets Zögernden. Die Sitzung war beendet.

Schwüle stülpte sich über Florenz, die Wolkenballen schoben sich träge ineinander, und im Nachmittag wurde der Himmel zur bleiernen Kuppe. Aus den verdreckten Hinterhöfen quoll Gestank, schwärte in den Gassen, und wie betäubt bewegten sich Mensch und Tier.

Filippo Strozzi hatte angekündigt, an diesem Abend erneut im Kreise der Familie zu speisen. Seit dem Tode Fiamettas war er ein seltener Essensgast geworden. Laodomia sorgte für Blumenschmuck, wählte den Wein aus und ermahnte Köchin und Diener, pünktlich zum Gong das Mahl aufzutragen. Sie hastete hinüber zur Waschküche. Bewacht von Petruschka warteten dort bereits pudelnackt die vier größeren Kinder des Hausherrn um den Holzzuber.

»Der Vater will saubere Nasen und Hände.« Laodomia drohte mit dem Finger in die Runde. »Habt ihr mich verstanden?« Ihm zu Ehren ließen sich die Sprösslinge ohne großen Protest baden und waren bereit, sogar frische Kittel anzuziehen.

Meist suchte Filippo seine Zerstreuung außer Haus oder weilte wochenlang in Neapel, verhandelte dort mit Geschäftspartnern und festigte die Beziehungen seines Bankhauses zum Königshof. Wohl oder übel hatte Laodomia mit Hilfe der russischen Magd derweil die Hausfrauenrolle im Palazzo übernommen. Nicht als bezahlte Kraft, dafür war Filippo der Geldbeutel zu eng, nein, die Nichte sollte ihm aus der Not helfen, und er wusste geschickt ihr gutmütiges Herz auszunutzen. »Meinen Kindern ist die Mutter geraubt worden. Ich bin Witwer.« Er hatte sich einen Bart wachsen lassen. Ihn zupfte er mit fahrigen Fingern, als müsse er getröstet werden. »Bitte. Lass mich nicht im Stich.«

Wie konnte Laodomia ablehnen? Nach einem Monat aber fragte sie: »Was wird aus mir? Erst stirbt Großtante Alessandra, dann deine Frau. Beide wollten mir einen Mann suchen.« Das Grün ihrer Augen verdunkelte sich. »Wer hilft mir jetzt? Ich darf doch hier nicht alt und faltig werden.«

Da schmunzelte der Onkel. »Geduld. Zunächst müssen alle Familien von ihren Landsitzen in die Stadt zurückgekehrt sein. Nur im Herbst und Winter lässt sich eine gute Heirat einfädeln.« Nachdem er sie lange betrachtet hatte, setzte er hinzu: »Von Tag zu Tag wirst du schöner. Wir werden schon jemanden für dich finden. Also, Geduld, schöne Nichte, ich sorge für dein Glück.« Mit Schmeicheleien und Versprechungen entlohnte Filippo sie für ihre Arbeit, auch brachte er ihr hin und wieder eine kleine Brosche oder einen Seidenschal als Geschenk. Den ersehnten Bräutigam aber brachte er nicht.

Ein Verdacht nagte an Laodomia, lange bekämpfte sie ihn. »Sei nicht dumm. Der Onkel hält sein Versprechen.« Anfang September schließlich war der Gedanke übermächtig geworden. »Ich bin in der Falle. Nichts unternimmt er, weil er mich in diesem alten Gemäuer festhalten will. Ich soll ihm die Wirtschaft führen und seine Kinder großziehen. Und darüber eine alte Jungfer werden, die Decken stickt und Kerzen in der Kirche anzündet. Sehr fein ausgedacht.« Sie hatte die Hände geballt: »Aber ohne mich, Onkel«, und gleich gewusst, wie ohnmächtig sie war. »Ach, verflucht, warum kann ich mir nicht selbst einen Mann suchen.«

Seit zwei Tagen nun hielt Filippo sich ungewöhnlich lange im eigenen Palazzo auf, und zur Überraschung Laodomias schien er nicht von Geschäften oder Einladungen gedrängt zu sein. Diese Gelegenheit wollte sie nutzen. Bequem sollte es der Onkel haben, sich wohl fühlen, vielleicht fand er dann endlich Zeit, sich um die Zukunft seiner Nichte zu kümmern. Von Petruschka wusste sie, was den Gaumen des Hausherrn verführte, und die Magd besorgte Fleisch, Eier, Käse und Geflügel, Fisch und teure Gewürze vom Markt. Gestern hatte es Spanferkel gegeben, und heute Abend duftete eine Pastete auf dem Silbertablett: geschichtet mit klein gehacktem Hühnerfleisch, dann gewürfeltem Schinken in Öl mit Petersilie und Thymian gebraten, gefolgt von Würsten aus Leber und Zunge, und jede Lage getrennt durch einen mit Käse und Ingwer verfeinerten Teigfladen. In der knusprigen Haube waren Datteln und Mandeln eingebacken.

Vor dem Tischgebet sog Filippo genießerisch den Duft ein; kaum hatte er am Kopf der Tafel Platz genommen, blickte er in die rosig gewaschenen Gesichter seiner Kinder: »Wer von uns erhält die größte Portion?«

Alfonso hob seinen Löffel. »Wie immer der Vater. Aber dann komme ich! Weil ich der älteste Stammhalter der Strozzi bin.«

»Recht, mein Sohn. Diese Reihenfolge gefällt mir.« Mit einem Wink gab er dem Diener das Zeichen, die Pastete anzuschneiden. Nach den ersten Bissen lächelte er zu Laodomia am unteren Ende des Tisches hinüber. »Du bist eine Wohltat für unsere Familie. Noch nie sah ich so viele Blumen in den Räumen, und ich glaube, noch nie hat es mir so gut geschmeckt.«

»Das freut mich«, dankte sie knapp und wischte dem Mädchen neben sich das bekleckerte Kinn ab. Während Alfonso begeistert und mit vollem Mund von seinen Fortschritten beim Reitunterricht erzählte, beobachtete sie Filippo unter halb gesenkten Lidern. Unsere Familie! Wie leicht ihm das über die Lippen kommt. Diese verzogenen Bälger sind nicht meine Familie. Ich will eine eigene haben.

»Und später kämpfe ich auf den großen Turnieren mit. Und dann gewinne ich jeden Preis.« Zur Probe stach Alfonso mit dem Löffel seinem Bruder in die Seite. Der schrie sofort los und schlug zurück.

»Schluss damit!«, befahl der Vater. Wie zur Bekräftigung drang von draußen dumpfes Grollen herein. Gleich duckten die Jungen ihre Köpfe. Das Mädchen drängte sich an Laodomia. »Der böse Hund kommt.«

»Nein, nein. Hab keine Angst.« Sie streichelte über den schwarzen Lockenkopf. »Vielleicht gibt es ein Gewitter, aber das kann uns nichts anhaben. Und nun iss die Schale leer.«

Filippo nickte anerkennend. »Wer möchte nicht von deiner Hand getröstet werden, schöne Nichte?« Er hob den Weinbecher. »Komm, trink mit mir. Lass uns das köstliche Essen und den schönen Tag feiern.«

Nur zögernd setzte Laodomia das silberne Gefäß an. Nach dem ersten Nippen dachte sie, ich weiß zwar nicht, was heute schön für mich war, aber verdient habe ich den Wein allemal. Sie nahm einen zweiten und gleich noch einen dritten Schluck. Schwere Süße blieb auf der Zunge zurück.

Erneut polterte es draußen, länger und kräftiger als beim ersten Mal. »Wer hat noch Hunger?«, fragte Laodomia. In Erwartung des nahenden Unheils wagten die vier kaum zu atmen, und ihre verängstigten Augen waren Antwort genug. Laodomia griff zur Tischglocke. Sofort betrat Petruschka das Esszimmer. »Signorina. Soll ich jetzt die Trauben servieren lassen?«

»Nein. Ich glaube, auf den Nachtisch verzichten wir heute. Lass uns die Kinder zu Bett bringen. Unter der weichen Decke wird das Unwetter leichter zu ertragen sein.«

Die Magd winkte den drei Jungen, und sie selbst hob das Mädchen auf den Arm.

»Bleib noch«, hielt Filippo seine Nichte zurück. »Petruschka soll die Kinder versorgen. Wir haben etwas zu besprechen, allein.«

Den Anlass vermochte Laodomia nicht aus seiner Miene abzulesen, der Ton aber verhieß nichts Gutes. Schnell gab sie das Kind in die Obhut Petruschkas. »Ich komme später nach. Und sag den Ammen, dass sie die beiden Kleinen zu sich ins Bett nehmen sollen. Wer weiß, wie laut es noch draußen wird.«

Kaum allein, bestimmte der Onkel, dass die Nichte ihren Becher holte und sich zu ihm setzte. Er schenkte ein und stieß mit ihr an. »Diesen Schluck trinke ich halb wehmütig und halb mit Stolz.«

Eine sonderbare Einleitung. Laodomia kostete nur und setzte den Wein wieder ab.

»Nein. Du musst austrinken. Vielleicht missfällt dir die Neuigkeit. Und dann erträgst du sie leichter.«

Was hat er vor? Mich etwa nach Ferrara zurückzuschicken? Vor Schreck leerte Laodomia den Becher in einem Zug. Der Wein rann durch die Kehle und wärmte ihre Brust. Nein, nein, das wagt er nicht. »Bitte, Onkel, du musst mich nicht schonen. Auch wenn du etwas an mir auszusetzen hast, sage es nur.«

»So voller Ungeduld bist du noch begehrenswerter.« Er war im Begriff, ihren Arm zu streicheln, zog aber rechtzeitig die Hand zurück und füllte die Becher erneut bis zum Rand. »Morgen empfängt dich Donna Lucrezia de' Medici.«

Verständnislos sah sie ihn an und dachte: Um mir das mitzuteilen, spannst du mich so auf die Folter? Beim nächsten Atemzug aber erwachte wieder der mühsam bekämpfte Verdacht. Also doch! Du willst mich als Pflegemutter deiner Kinder in die vornehme Gesellschaft einführen. Sie bemühte sich, ruhig zu bleiben: »Ein Fest? Wie schön, Onkel. Ich weiß die Ehre zu schätzen. Doch bitte halte mich nicht für undankbar, weil ... es ist so, ich ...« Vor gequälter Höflichkeit verstrickte sich die Zunge, der Zorn aber drängte hinaus. Bestärkt durch den Wein fuhr sie ihn an: »Warum ich? Willst du deiner armen Nichte die große Welt zeigen? Aus Mitleid?« Ihre Augen sprühten. »Wenn keine deiner Mätressen Zeit hat, mit aufs Fest zu gehen, so tut mir das Leid. Ich jedenfalls bleibe hier.«

»Das sind klare Worte«, sagte er und hob bedauernd die Achseln. »Dann waren meine Bemühungen umsonst. Auf der anderen Seite freut es mich natürlich, dass du dich entschlossen hast, als Jungfer in meinem Haus zu bleiben.«

»Onkel!« Sie ballte die Faust. »Du weißt genau ... Ach, verflucht, warum quälst du mich?«

»Nichte, schöne Nichte.« Vergnügt lächelte er vor sich hin. »Nun gut, Schluss mit dem Spiel. Morgen empfängt dich Donna Lucrezia zu einem privaten Gespräch. Sie will dich in Augenschein nehmen.« Er strich selbstgefällig seinen Bart und setzte hinzu: »Eine bessere Heiratsvermittlerin konnte ich für dich nicht finden.«

»Ist das wahr?« Schreck und Freude trieben das Herz. »Onkel! Du hast dein Versprechen wirklich gehalten?« Voll Überschwang wollte Laodomia ihm danken, dabei schlug ihr Ellbogen gegen beide Silberbecher, und der Wein schwappte Filippo über Hemd und Wams. »Verzeih.« Sofort sprang sie auf, nahm ein Mundtuch vom Tisch und beugte sich über ihn, tupfte und rieb die Flecken. »Entschuldigung, das wollte ich nicht.«

»Schon vergessen, schöne Nichte.« Er nutzte die Gelegenheit und drückte mit beiden Handflächen gegen ihre Brüste, um sich aus der Enge zu befreien. In ihrer Aufregung merkte es Laodomia gar nicht. Sie schleuderte das Tuch beiseite, es flog quer über die Tafel und blieb auf den Resten der Pastete liegen. »Morgen schon?« Sie lief zum Fenster. »Was soll ich anziehen? Ach, ich weiß es schon ... Nein, gar nichts weiß ich.« Hilfe suchend kam sie wieder zurück. »Was meinst du, Onkel?«

Filippo erhob sich. »Natürlich muss Donna Lucrezia dich von deinen besten Seiten kennen lernen. Den Verstand, aber auch das Aussehen wird sie begutachten wollen. Du darfst also deine Reize nicht unter zu viel Stoff verbergen.«

Ein Donnerschlag ließ die Scheiben klirren. »O Gott, die armen Kinder. Ich habe sie beinah vergessen.« Schon eilte die Pflegemutter davon. Über die Schulter rief sie: »Danke, Onkel.«

Draußen zerbrach der Himmel. Regen flutete auf Florenz nieder, begleitet von Blitzen und Knallen und Krachen. Laodomia sah im Kinderschlafzimmer nach dem Rechten. Beide Ammen hatten ihre gewickelten Schützlinge zu sich genommen. Petruschka lag auf dem Bett, von rechts und links waren die Größeren, selbst Alfonso, unter ihre Armbeugen gekrochen und suchten Geborgenheit an der Wärme des fülligen Leibes.

Trotz Unwetter konnte Laodomia die Neuigkeit nicht für sich behalten. Sie trat ans Bett und raunte der Magd nach Verhallen eines Donners zu: »Stell dir vor, es geht los. Morgen will mich Donna Lucrezia sehen, weil sie mir einen Bräutigam besorgen will.«

»Ach, Signorina, das ist ein Glück. Niemand versteht das Heiratsgeschäft besser als sie.«

»Welches Kleid soll ich anziehen?«

»Ganz gleich. Euch entstellt nichts. Auch im Kittel seid Ihr hübsch.«

»Nun sag schon. Schmeichelei hilft mir jetzt nicht weiter.«

Erneut rollte Donner über das Dach des Palazzos hinweg. Petruschka wartete, bis der Lärm verebbt war. »Das Blaue, Signorina. Mit dem grünen Brusttuch dazu. Und die roten Stiefel. Also wenn ich ein Kerl wäre, dann würdet Ihr mir so am besten gefallen.«

»Eine gute Idee. Ich werde es gleich anprobieren.«

Sie hatte sich erst wenige Schritte entfernt, als die Magd seufzte: »Und wenn du unter der Haube bist, Kleines? Sehen wir uns dann manchmal?«

Gleich kehrte sie zurück und kniete sich neben die Bettkante.

»Noch hab ich keinen Mann. Und sobald es so weit ist, brauche ich eine Freundin, die sich auskennt.«

»Dann wird's auch ein Glück für mich.«

In ihrer Kammer schob Laodomia den Docht der Öllampe höher, entzündete noch zwei Kerzen und stellte beide vor ihren Spiegel, gleich neben dem Bild des Erzengels Raphael. Kein gutes Licht, aber ausreichend für die Anprobe. »Du darfst auch hinschauen«, zwinkerte sie ihrem himmlischen Freund zu. Rasch löste sie die Schleifen des Hauskittels, ließ ihn einfach hinuntergleiten und stieg nackt heraus. Der Donner störte nicht, zu beschäftigt war sie mit den Gedanken an morgen. Drei Kleider lagen zur Auswahl in der Truhe. Nacheinander hielt sie die Stoffe an den Körper. Der Spiegel gab Petruschka Recht, ja, das Blaue schien wirklich das schönste zu sein. »Als Mann würde ich mir darin auch gefallen.« Sie blickte zum Erzengel. »Na? Was meinst du?« Beschwingt wiegte sie Kleid und Körper hin und her und genoss ihren Anblick.

Mit einem Mal entdeckte sie im Spiegelbild den Onkel. Laodomia schrie auf und fuhr herum, dabei entglitt ihr der Stoff.

Er stand in der geöffneten Tür und hob beschwichtigend die Hand. »Ruhig. Ich bin's nur. Verzeih. Aber du hast mein Klopfen nicht gehört. Kein Wunder bei dem Unwetter draußen.« Seine Augen verschlangen ihre Gestalt.

Die Wirkung des Weins hob Laodomia schnell über den Schreck hinweg, und da er nicht näher kam, befiel sie keine Furcht. Im Gegenteil. Kaum bemerkte sie den Blick, stieg leiser Triumph in ihr auf. Aber Onkel, dachte sie spöttisch, ich bin deine Nichte. Betont langsam raffte sie das Kleid vom Boden. Der Ausdruck in deinem Gesicht erinnert mich ja an den armen Girolamo, wenn er mir vom anderen Fenster zuschaute.

Nur dürftig bedeckte sie ihre Blöße. »Hast du etwas vergessen?«, fragte sie.

»Nein, nein«, begann er und hüstelte. »Die Zeit. Ich wollte dich nur daran erinnern, dass wir sehr zeitig zum Palazzo der Medici müssen.« Er konnte den Blick nicht abwenden. »Ich freue mich, wenn du endlich verheiratet bist.«

»Ich auch, Onkel. Danke. Ich auch.«

Beinah widerwillig wandte er sich um und ließ sie allein.

Das nächtliche Unwetter hatte die Luft gereinigt. Frischer Oleanderduft versüßte den Garten im Innern des Palazzo an der Via Larga. Die ersten rosafarbenen Blütensträucher hatten sich der Sonne geöffnet. Dort, wo die Morgenstrahlen hinreichten, leuchtete das Weiß der Marmorstatuen. Die nackten Jünglinge und Schönheiten im Halbdunkel trugen noch Tau auf der reinen, glatten Haut. Nie würden hier Blumen oder Sträucher versengen, denn die hohen Mauern ließen Sonnenfeld und Schatten während des Tages gleichmäßig durch den Garten wandern.

Noch in der Halle wandte sich Donna Lucrezia an Filippo: »Werter Freund. Ihr müsst Euch nun eine kleine Weile gedulden. Ohne Anwesenheit eines Mannes lernen sich Frauen besser kennen.« Sie erwartete keine Antwort und ging, leicht vorgebeugt, Schritt für Schritt weiter durch die geöffnete Flügeltür. »Wo bleibst du, Mädchen? Wir wollen keine Zeit vertrödeln.«

Um jeden Fehler zu vermeiden, war auch Laodomia stehen geblieben, schnell folgte sie jetzt der Aufforderung.

»Du musst wissen, mein Verstand ist jung geblieben, die Gelenke aber sind morsch wie bei einem alten Baum.« Lucrezia sah zu den Korbsesseln im Schatten hinüber. »Darf ich mich auf dich stützen?«

Sie nahm nicht den angebotenen Arm, sondern legte die rechte Hand auf Laodomias Schulter. Während des kurzen Weges wanderten ihre Fingerkuppen vom gekräuselten Trägerstoff über die nackte Achsel zur Halsbeuge, prüften die Haut und drückten das Fleisch. Mit einem Seufzer sank Donna Lucrezia in den Sessel. »Hier verbringe ich gerne die ersten Stunden meines Tages. Umgeben von diesen Skulpturen, vergesse ich manchmal den Verfall des eigenen Körpers. Nun nimm schon Platz. Setz dich so, dass ich dich anschauen kann.«

Der lange, forschende Blick trieb Laodomia die Röte ins Gesicht; sie ordnete die Falten des Kleides, nach einer Weile nestelte sie an ihrem Brusttuch und wusste bald nicht mehr, wohin mit den Händen.

»Warum so aufgeregt?«

»Weil ich … ach, verzeiht. Es ist für mich das erste Mal.«

»Das will ich hoffen«, schmunzelte die alte Dame, gleich verengten sich die Hautfächer um die Augenwinkel. »Ich gehe davon aus, dass du deine Unschuld bewahrt hast. Wenn nicht, so treibt solch ein Makel deine Mitgift unnötig in die Höhe. Kann ich mich darauf verlassen?«

Die Frage erschreckte und kränkte zugleich. Laodomia benötigte eine Weile, bis sie leise antwortete: »Kein Mann hat mich je berührt.«

»Das ist ein unschätzbarer Vorteil.« Unvermittelt zog Donna Lucrezia ein gerolltes Papier aus dem Ärmel ihres Kleides. »Gewiss hat deine Familie nicht verabsäumt, dich in den schönen Künsten unterweisen zu lassen. Sagt dir die Dichtkunst etwas?«

Laodomia richtete sich auf. »Ja, schon als Mädchen liebte ich Verse.« Dank sei dir, mein guter Girolamo, dachte sie. Jetzt kommt mir dein Gezupfe und Gesinge am Fenster gut gelegen. »Petrarca. Ich … ich habe den Vornamen vergessen. Aber seine Canzones verehre ich besonders. Ein Vers begleitet mich. Er geht so: ›Wenn ich freiwillig glühe, warum beklage ich mich dann? / Geschieht es wider Willen …‹«

»Sehr schön«, unterbrach Signora Medici und reichte ihr das Blatt. »Auch ich versuche mich in der Poesie. Bereite mir die Freude und lies einige Zeilen vor.«

Die Buchstaben standen eng beieinander. Laodomia furchte die Stirn und entzifferte stockend: »… Frauen lernt nicht von ihr – seid klug und voll großer Zurückhaltung – mit Ernst hört meine Worte …«

»Genug.«

»Verzeiht. Wenn ich Eure Schrift besser kennen würde, fiele es mir leichter …«

»Nicht jetzt, Mädchen. Wenigstens bist du des Lesens kundig, und das genügt mir.« Donna Lucrezia setzte den linken Fuß etwas vor. »Der Knöchel schmerzt. Sei so lieb und reibe mein Bein, damit das Blut in Bewegung kommt.« Gehorsam kniete sich Laodomia ins Gras und knetete leicht die schlaffe Haut.

»Du hast geschickte Hände. Welch eine Wohltat.« Signora Medici blickte zu ihr hinunter. Spielerisch zupfte sie an dem grünen Brusttuch und zog es schließlich ganz heraus. »Wie schön.«

»Ein Geschenk meines Vaters. Er brachte es mir aus Venedig mit.«
Donna Lucrezia aber meinte nicht den Seidenstoff. Von oben
hatte sie ungehinderte Sicht in den Ausschnitt der jungen Frau. »Voll
und fest, wie Marmor. Du hast einen gesunden Leib, zumindest soweit ich ihn begutachten kann. Was ist mit den verborgenen Körper-
nischen? Und wie steht es mit Rücken und Gesäß? Bist du auch dort
frei von nässenden Flecken oder Grind?«

Laodomia warf den Kopf zurück, ihre Augen loderten: »Soll ich
mich ausziehen? Wollt Ihr das, Donna Lucrezia? Dann könnt Ihr die
Fleischbeschau bequemer fortsetzen!«

»Nicht nötig, Mädchen.« Kühl überging die alte Dame den Vorwurf. »Dein Wort genügt mir. Also mäßige dich und gib Auskunft.«

Eine Zuchtkuh bin ich, dachte Laodomia und fühlte sich so ohnmächtig wie damals, als sie vor der Mutter stand und lernen musste,
dass eine Tochter ernährt und aufgezogen wurde, nur um Gewinn bringend verheiratet zu werden. Der Plan ihrer Eltern war fehlgeschlagen,
Laodomia hatte an Wert verloren, je älter sie wurde. Nun muss ich
mich fügen. Ja, verflucht, besser Zuchtkuh als auf ewig Jungfer! Es gelang ihr zu lächeln: »Ich achte sehr auf meinen Körper und versichere
Euch, dass nirgends eine kranke Stelle zu finden ist.«

Donna Lucrezia wedelte ihr mit dem Seidentuch leicht übers
Gesicht und ließ es auf die Brüste sinken, dann reichte sie den rechten
Handrücken hin. »Du darfst mich küssen.«

Ohne den Grund zu erkennen, drückte Laodomia ihre Lippen
auf die knochigen Finger.

»Damit hast du mein Versprechen gewonnen, kleine Strozzi. Ich
werde dir einen respektablen Mann verschaffen. Über deine Familie
bin ich sicher besser informiert als du selbst, und das Finanzielle be-
spreche ich mit deinem Onkel. Nun setze dich wieder. Etwas Zeit
bleibt uns noch. Ich habe mir einen Eindruck von dir verschafft, und
verzeih, wenn meine Neugierde etwas kränkend war. Der Gerechtigkeit wegen darfst nun auch du mir Fragen stellen.« Die Mundwinkel
zuckten. »Doch vergiss nicht, ich war schon verheiratet, habe Söhne
und Töchter, sogar eine ganze Schar an Enkelkindern.«

Nach dem noch ledigen Giuliano sich zu erkundigen erschien
Laodomia zu gewagt, die Töchter interessierten sie nicht, blieb Loren-

zo, der Herr des Hauses Medici. Von Petruschka wusste sie nur, dass seine Familie sich selten in Florenz aufhielt. »Haltet mich nicht für unhöflich, doch würde ich gerne etwas über Eure Schwiegertochter und die Enkel wissen.«

»Du willst mich als Heiratsvermittlerin prüfen? Nein, nein, wehre nicht ab. Es ist dein gutes Recht.« Nachdenklich rollte Signora Medici das Blatt mit den Versen ein und steckte es zurück in den gebauschten Ärmelstoff ihres Kleides. »Ja, ich habe meinem Sohn diese Frau ausgesucht. Clarice Orsini. Eine Römerin aus der vornehmsten Gesellschaft. Eine rein politische Entscheidung. Sie sollte wohlhabend sein, aber nicht zu reich, einflussreich, aber nicht zu mächtig, und, wenn möglich, auch noch gut aussehend, um das Geschlecht der Medici fortzupflanzen. Vermögensverhältnisse und Rang der Verwandtschaft waren leicht zu erkunden. Aber du ahnst nicht, welche Schwierigkeiten ich hatte, um wenigstens einen Blick auf sie werfen zu können. Ein einziges Mal nur ist es mir gelungen, Clarice ohne Gesichtsschleier und ohne Brusttuch zu sehen. Das musste mir genügen.« Donna Lucrezia betrachtete den nackten Körper des Marmorjünglings in ihrer Nähe. »Sie war sehr groß und schlank, besaß aber nicht den Liebreiz meiner eigenen Töchter. Ihre stille Art gefiel mir, weil ich glaubte, sie in meinem Sinne formen zu können. Ich habe mich geirrt.«

Laodomia wagte nicht zu fragen. Nach einem Seufzer sprach Donna Lucrezia weiter: »Mein Sohn fand keinen Gefallen an meiner Wahl, jedoch fügte er sich. Kaum verheiratet, wurde Clarice hoffärtig und zänkisch. Als Römerin verachtete sie das Leben in Florenz und wohnt nun meist auf unserem Landsitz in Caffaggiolo. Regelmäßig sucht Lorenzo sie auf. Ich denke, lediglich, um für die Nachkommenschaft zu sorgen. Und darin ist sie gefügig. Seit der Hochzeit vor sechs Jahren hat sie Jahr um Jahr ein Kind bekommen. Vier Enkel leben. Davon ist Piero, der älteste Sohn, mein ganzer Stolz.«

»Und das Glück?«, wollte Laodomia wissen. »Euer Sohn …«

»Ach, Kindchen. Wer fragt denn bei einer Heirat nach Glück? Mein Sohn findet es zur Genüge bei den Damen in Florenz. Jeder weiß von der lebenslustigen Lucrezia Donati, doch meine nicht, dass sie die Einzige ist. Und was Giuliano angeht … ach, ich habe es längst aufgegeben, mir die Namen seiner Gespielinnen zu merken. Aber auch er wird sich in den nächsten Jahren einer Heirat fügen müssen. Und wieder werde ich es sein, die eine passende Frau ausspäht.« Die dunklen Augen lächelten. »Ich habe dir von meinen Söhnen erzählt, kleine Strozzi, weil du wissen sollst, dass die Männer zwar in eine Ehe einwilligen, aber meist den Genuss außer Haus suchen. Da schmeckt es ihnen besser.« Sie tätschelte ihr das Knie. »Und nun dürfen wir deinen Onkel nicht länger warten lassen. Bitte ihn zu mir. Inzwischen lass dir in der Halle eine Erfrischung bringen. Hab noch etwas Geduld, und genieße die letzten Wochen deiner Freiheit.«

Laodomia dankte, durfte wieder die Hand küssen und eilte durch den Garten. Sie hatte die Prüfung bestanden, war dem ersehnten Ziel ein großes Stück näher gekommen, doch Freude wollte sich nicht einstellen. Aber nicht jeder Mann ist so wie die anderen, dachte sie. Meiner wird brav im Haus bleiben, dafür sorge ich schon.

»Viel ist geschehen, mein Freund, seit dem Fest im Mai.« Mit dieser Begrüßung wurde Filippo von der Patriarchin in den Schatten eingeladen. »Ihr hattet so Recht mit Eurer Warnung, doch zu spät. Trotz aller diplomatischer Anstrengung war das Rad nicht mehr anzuhalten.« Papst Sixtus hatte den Alaunverkauf dem Bankhaus Pazzi übertragen und damit den Einfluss der Medici in Rom entscheidend geschwächt.

»Es schmerzt mich, Donna Lucrezia, als wäre mir selbst dieses Unglück widerfahren.«

»Danke für Euer Mitgefühl. Mein Sohn ist im Zugzwang. Ja, er wehrt sich. Gestern hat er zum ersten Mal offen zurückgeschlagen und endgültig verhindert, dass erneut ein Günstling des Papstes sich als Erzbischof hier in Florenz einnistet. Ein Erfolg, so meine ich.«

»Mag sein.« Filippo hob die Brauen. »Zumindest auf den ersten Blick. Denn damit ist ein neuer Feind dem Sumpf entstiegen. Francesco Salviati wird Eurem Sohn die Schmach nie verzeihen. Und da er ohnehin den Krummstab für Pisa erhalten hat, residiert er in unserer einzigen Hafenstadt. Bedenkt, Pisa ist das Tor für unseren Seehandel.«

»Mein Schwiegervater Cosimo sagte: ›Besser, du weißt, wo die Giftschlangen sitzen, als dass du unversehens auf sie trittst.‹ Und ich habe von dem schlauen Fuchs viel gelernt. Also: Zwei von ihnen kennen wir bereits.« Voll bitteren Spotts knickte Signora Medici nacheinander Zeige- und Mittelfinger der rechten Hand mit ihrer Linken ein. »Als Ersten nenne ich Francescino Pazzi, diesen entarteten Sohn des mir so widerwärtigen Jacopo. Und zum Zweiten müssen wir jetzt auch mit dem Scharlatan im lilafarbenen Kuttenkittel, Francesco Salviati, rechnen. Sei es drum, mein Haus ist bereits mit mehr Gegnern fertig geworden.«

»Verzeiht. Es sind drei. Ihr dürft den neu ernannten Herrn von Imola nicht vergessen. Girolamo Riario hat dieses Amt erhalten, weil er nach Macht giert, und allein schon aus diesem Grunde muss er Euren Sohn hassen.«

Kämpferisch bog die Patriarchin auch den Ringfinger ein. »Gut, also drei.«

Filippo schüttelte unmerklich den Kopf. »Ganz abgesehen von den vielen, die sich lauernd unter der Oberfläche versteckt halten, bleibt noch der wirklich ernst zu nehmende Gegner, und der sitzt auf dem Heiligen Stuhl.«

»Nicht weiter. Seid Ihr gekommen, um mich das Fürchten zu lehren?« Sie schloss die Augen und rieb die Falten ihrer Stirn, als könnten sie geglättet werden. »Lasst uns von schöneren Dingen sprechen.« Damit öffnete sie wieder die Lider, und Glanz kehrte in ihren Blick zurück. »Die kleine Nichte. Ihretwegen haben wir uns heute verabredet. Ein schönes Weib.« Donna Lucrezia wies zu den Statuen im Sonnenlicht. »Bei einem äußerst frivolen Fest haben meine Söhne einige leere Sockel dazwischen stellen lassen und sie mit nackten jungen Frauen besetzt. Jede verharrte dort in einer anderen Pose. Wie bei einer Kunstauktion durften sich die männlichen Gäste eines dieser hübschen Dingelchen ersteigern. Ich wollte das Vergnügen nicht unterbinden, bestand aber darauf, dass der Erlös dem Findelhaus zukam. So diente die Unmoral wenigstens einem guten Zweck.« Sie hob beschwichtigend die Hand. »Nein, schaut nicht so argwöhnisch. Ich schätze Eure Nichte höher ein. Doch nebenbei, sie wäre sicher ein begehrtes Modell für den einen oder anderen Künstler, den wir in unserm Hause durchfüttern.«

Filippo lehnte sich zurück. »Darin pflichte ich Euch bei. Auch mir kam schon der Gedanke, sie demnächst einmal Sandro Botticelli vorzustellen. Wie aber beurteilt Ihr nun meine Nichte?«

»Keine Frage, das Äußere sticht hervor. Dieser gesunde Körper lässt auf prächtigen Nachwuchs hoffen. Ihr Verstand scheint ungeübt; das Benehmen ist recht gefällig, wenn auch eine gehörige Portion Stolz dem zukünftigen Ehemann gewiss einige Schwierigkeiten bereiten wird. Doch darin sehe ich keinen Fehler. Alles in allem habe ich eine Ware zu vermitteln, die über dem Durchschnitt liegt. Eine gute Ausgangssituation. Dass Laodomia eine Bastardin ist, fällt hier in Florenz wenig ins Gewicht; schließlich gilt hier der Satz: Je höher die Kreise, desto größer der Verfall von Moral und Sitte. Mir graust bei dem Gedanken, wohin dies noch führen wird. Für Laodomia zählt allein der Name Strozzi. Dem Mädchen steht also der Weg in eine der angesehenen Familien unserer Stadt offen.«

Da Filippo nichts sagte, nur nachdenklich den Kinnbart kratzte, fuhr Donna Lucrezia fort: »Es scheint mir angebracht, wenn durch diese Heirat den Medici und den Strozzi gleichermaßen ein Nutzen erwächst. Nach all den schlimmen Jahren festigen wir so wieder unser freundschaftliches Band.«

Immer noch schwieg der hagere Mann.

Die Patriarchin entwickelte den Plan weiter, zählte die unverheirateten Söhne einiger Familien auf, schließlich blieben zwei in der engeren Wahl, und sie blickte nun wachsam ihr Gegenüber an: »Kommen wir zum Finanziellen. Wie viel Mitgift hat der Vater zur Verfügung gestellt?«

»Seine Geschäfte in Ferrara müssen schlecht laufen«, murmelte Filippo. »Sechshundert Gulden stellte er bereit.«

Da lachte Signora Medici trocken. »Ihr scherzt, lieber Freund. Mit dieser Summe ködern wir nicht einmal einen betuchten Handwerksmeister. Nein, nein, wenn es der eigenen Familie an Mitteln fehlt, so müsst schon Ihr selbst dem Kind mehr Gold um den Hals hängen, damit ein respektabler Fisch anbeißt. Ich halte tausend, besser noch fünfzehnhundert Florin für angemessen. Diese Summe sollte Euch das Mädchen wert sein. Eine Kleinigkeit bei Eurem Vermögen. Seid Ihr einverstanden?«

Unvermittelt sprang Filippo auf und schritt aus dem Schatten ins

Sonnenlicht, umrundete einige Skulpturen, ehe er zurückkehrte. Verlegen lächelnd blieb er vor der alten Dame stehen. »Nein. Ich weiß nicht, wie ich es Euch erklären soll, aber meine Antwort lautet: Nein.« Er ließ sich wieder in den Sessel fallen. »Ich werde die Mitgift nicht um einen einzigen Florin aufstocken.«

»Bei allen Heiligen, Ihr seht mich überrascht.« Lucrezia legte die Hände zusammen und neigte das Kinn auf die Fingerspitzen. »Ihr wollt Eure Nichte also in keine angesehene Familie geben? Bei der vorhandenen Summe erreichen wir gerade das Niveau eines Bankangestellten oder das eines kleinen Beamten.«

»Ich hätte nichts dagegen.«

Ohne den Kopf zu heben, blickte sie ihn an. »Engstirniger Geiz passt wenig zu Euch. Warum nur verzichtet Ihr darauf, durch die Heirat des Mädchens neue lohnende Beziehungen …?« Jäh hatte sie die Lösung des Rätsels gefunden. »Filippo! Ihr also auch?«, und der Tadel in ihrem Ton war unüberhörbar. »Deswegen verhindert Ihr das Glück Eurer schönen Nichte? Jetzt begreife ich auch, warum Ihr Euch dieses Bärtchen stehen lasst. Erlaubt mir die Bemerkung, sehr viel anziehender wirkt Ihr dadurch nicht, und jünger schon gar nicht.«

»Seid nicht so streng«, bat der Herr des Hauses Strozzi. »Ich biete dem Paar eine Bleibe in einem dieser kleinen Häuser vor meinem alten Palazzo. Und auch sonst werde ich den beiden einen bescheidenen Wohlstand verschaffen …«

»Und dafür den frisch gebackenen Ehemann gleich zum Hahnrei machen. Sehr klug ausgedacht: Nach der Hochzeit hat die Jungfrau ihre Unschuld verloren, und für Euch steht die Tür offen. Und was die Bleibe betrifft: Sie existiert doch nur so lange, bis Ihr mit dem Neubau beginnt.«

Jetzt errötete Filippo leicht. »Eurem Scharfsinn bleibt nichts verborgen. Wenn es so weit ist, werde ich die Familie bei mir unterbringen. Schließlich trage ich die Verantwortung für meine Verwandte.«

»Hat Euch das Mädchen so beeindruckt?« Donna Lucrezia winkte ab. »Ach, ihr Männer! Ihr werdet entweder von Machtgier oder von Lust geleitet. Und ich frage mich, ob es für euch nicht ein und dasselbe ist.«

»Wird sich ein passender Mann finden lassen?« Filippo hatte schnell die Verlegenheit abgelegt und überging ihren Vorwurf. »Auch auf niederer Ebene könnte eine für unsere beiden Familien nützliche Verbindung entstehen.«

»Was für ein Morgen!«, Lucrezias ließ den Blick über die blühenden Oleanderbüsche wandern. »Er hatte so schön begonnen. Aber zur neuen Sachlage: Um Euren Wunsch zu erfüllen, muss ich nicht lange suchen. Von all den minderen Möglichkeiten scheint mir Enzio Belconi noch die beste Wahl zu sein. Kaum dreißig, ein hübscher, tüchtiger Kerl. Er befehligt unsere Palastwache und entstammt einer achtbaren Bürgerfamilie, der wir großzügig Schulden erlassen haben, als die Vergrößerung ihrer Schneiderwerkstatt sie beinah ruiniert hätte, und die uns seitdem zu Dank und Treue verpflichtet ist. Wenn ich seinem Vater das Angebot unterbreite, so wird er mir die Füße küssen wollen. Eine Strozzi als Schwiegertochter eines Schneiders! Für die Belconis sicher ein Aufstieg. Doch für Eure Nichte …? Nein, Ihr wollt es so, und aus Freundschaft zu Euch werde ich mich dem Wunsche beugen. Eins aber steht fest, billiger habe ich noch nie eine derart gute Ware verschleudert. Armes Kind!«

Filippo wollte sich bedanken, doch sie verweigerte ihm die Hand. »Dies geschieht nicht aus Zorn, lieber Freund. Nur lasst mir zumindest den Anschein, mit Euch in dieser Sache keinen Pakt besiegelt zu haben.«

Nichts hatte Laodomia trinken wollen, von niemanden wollte sie angesprochen werden, deshalb hatte sie den Gesichtsschleier herabgelassen und sich vor dem Treiben in der Halle einen geschützten Platz neben einer der hohen Säulen gesucht. Endlich kehrte der Onkel aus dem Garten zurück. »Und? Was hat die Signora gesagt? So streng wurde ich befragt, dass ich gar nicht wusste, was ich antworten sollte.«

»Nicht hier.« Filippo nahm den Arm seiner Nichte und führte sie rasch durch die Toranlage ins Freie. Erst als sie die Via Larga verlassen hatten und den Domplatz erreichten, verlangsamte er den Schritt. »Es ist so … Auch wenn es dich schmerzt … Um die Wahrheit zu sagen, du hast nicht den besten Eindruck auf Donna Lucrezia gemacht.«

Laodomia riss sich los und starrte zum Portal des Doms hinüber.

Verriegelt, wie auf ewig fest verschlossen kam es ihr vor. Diese scheinheilige alte Hexe! Die Hand musste ich ihr küssen, freundlich hat sie getan, doch in Wahrheit nur ihren Spaß mit mir getrieben. »Also keine Heirat.« Das Sprechen fiel schwer. »Und jetzt? Soll ich ins Kloster?«

»Wo denkst du hin, schöne Nichte. Ein Schatz wie du darf nicht hinter Mauern verschwinden«, sagte Filippo hastig und warf sich in die Brust. »Mit einiger Überredungskunst konnte ich Signora Medici gewinnen, sich dennoch für dich einzusetzen. Verstehst du?«

»Nein. Ich begreife gar nichts mehr.«

Gönnerhaft strich er mit dem Handrücken ihre Wange unter dem Schleier. »Der Glückliche ist schon gefunden. Es gibt eine Hochzeit. Bald schon, ich denke, noch vor dem Weihnachtsfest, wirst du das Brautkleid tragen.«

Laodomia umklammerte sein Handgelenk und schob es von sich weg. »Ich ertrage keinen Scherz mehr, Onkel. Sag endlich, was ihr mit mir vorhabt?«

»Ich will nur dein Glück. Der Aufstieg in eine vornehme Familie bleibt dir versperrt, das mag bedauerlich sein, dafür aber hat die Signora für dich einen ehrlichen, jungen Mann aus bürgerlichem Hause ausgewählt. Er dient als Hauptmann im Palazzo, dies ist ein vertrauensvoller Posten. Mehr darf ich noch nicht sagen, nur so viel, es wird dir an nichts fehlen, dafür bürge ich. Schließlich bist und bleibst du meine Nichte.«

Der erträumte Palazzo löste sich auf, die Blumen im eigenen Garten verloren an Farbe und welkten. Entschlossen stopfte Laodomia das Brusttuch fester über den tiefen Ausschnitt. »Besser einen Hauptmann als gar keinen Mann. Mir genügt er.«

»Wie einsichtig du bist«, sagte Filippo und glättete den Lippenbart.

Die Mischung der Öle sei ihr Geheimnis und sollte es bleiben. Sonst so bereitwillig mitteilsam, dieses Mal ließ Petruschka nichts aus sich herauslocken. »Fragt nicht, Signorina, vertraut mir einfach.«

Laodomia stand im Holzzuber, das Haar zum Zopf geflochten

und wie ein Turm auf dem Kopf hochgesteckt. Nass durfte es nicht werden, denn draußen graute ein kühl nebeliger Dezembertag, und bis zum Mittag würden die Locken nicht mehr trocken. Die Russin tunkte den Schwamm ins heiße Badewasser und begann Laodomia zu waschen. Mit festen Strichen rieb sie Nacken, Schultern und Achselhöhlen, dann den Rücken hinunter und widmete den Pobacken besondere Aufmerksamkeit. »Ich weiß, wie eine Braut riechen muss, damit's heute Abend im Hochzeitsbett keinen Schrecken gibt.«

Schwere Düfte stiegen aus dem Zuber. Lavendel, Rosen und Moschus, mehr hatte Laodomia nicht unterscheiden können. »Du hast es gut«, sagte sie und blickte seufzend zu der kopflosen Kleiderpuppe vor dem Spiegel, die ihr Festgewand trug und bereits gestern aus der Schneiderwerkstatt der Belconis hergebracht worden war. »Du kennst ihn schon.«

»Na, gesehen hab ich den Enzio, mehr nicht. Dafür werdet Ihr bald in seinen Armen liegen.«

Wieder ließ die Magd den Schwamm sich vollsaugen und drückte ihn zuerst leicht unter dem Kinn in der Halsgrube aus, damit das ölige Wasser über Brüste und Bauch vorauslief und ins schwarze Dreieck der Schenkel sickerte, ehe sie mit der Reinigung fortfuhr.

Bei der Verlobung Anfang November war Petruschka die Spionin gewesen, kräftig genug, um sich durch die Gaffer nach vorn zu schieben, darüber hinaus aufmerksam und vor allem neugierig. Eine bessere Kundschafterin hätte Laodomia sich nicht wünschen können. Obwohl eine Braut bei der Zeremonie nicht anwesend sein durfte, wusste sie durch die Russin jede Einzelheit.

»Also das war so, Signorina…« Damit hatte Petruschka, das ›R‹ rollend, ihren Bericht begonnen und ihn während der vergangenen Wochen geduldig wiederholt, sobald die Herrin danach verlangte. Allerdings erzählte sie stets den Hergang im Ganzen, auch wenn Laodomia später nur nach ihrem Bräutigam fragte. Ungeduld beeindruckte die Magd nicht, und mit schwungvollen Gesten hatte sie ihre Schilderung untermalt.

Noch war es still im Palazzo. Heute am Hochzeitstag gab es für Laodomia keine Alltagspflichten. Der Onkel hatte genügend Lohndiener und Mägde zur Aushilfe eingestellt, und alle Vorbereitungen für den Empfang und die Bewirtung der Gäste waren längst getroffen. Stunden würden noch bis zu dem großen Augenblick vergehen, Stunden, in denen sich die Braut reinigen, kleiden und schmücken sollte. Eine elende Ewigkeit, dachte Laodomia und bat die Russin: »Erzähl mir von Enzio. Aber bitte, kürze die Verlobung ab.«

»Warum, die gehört dazu! Also, das war so, Signorina …« Diesmal benutzte Petruschka den Schwamm, um die Wege nachzuzeichnen. Sie zog vom Rücken her eine waagerechte Bahn durchs rechte Taillental nach vorn. »Da kommt als Erster der Notar mit seinem Schreiber aus der Via delle Terme und stellt sich direkt vor das Portal von unserer Kirche Santissima Trinità.« Fest drehte sie den löchrigen, nassen Ball in den Bauchnabel und markierte den Standort. »Gleich bleiben einige Passanten stehen. Kurz danach …«, sie tunkte den Schwamm ein und fuhr an der Innenseite der Schenkel hinauf, tupfte über Haarvlies und Unterleib, »da erscheinen von der Arnobrücke her der alte und der junge Belconi, beide im Sonntagsstaat. Und was die für feierliche Gesichter machten. Also, Signorina, schon da gab es keinen Zweifel mehr bei den Zuschauern: Eine Verlobung sollte verkündet werden.« Mit kreisenden Bewegungen scharte Petruschka unsichtbare Menschenmassen zusammen. »Auf dem kleinen Kirchplatz wird es eng. Wer ist die Braut, fragen die Leute. Ich wusste es ja, aber ich hab nichts gesagt. Als dann unser Herr Filippo in langen Schritten durch die Menge geht …«, sie zog den Schwamm zwischen den Brüsten zum Nabel herunter, »und den Belconis die Hand schüttelt und sich rechts neben den Notar stellt, da verstehen die Leute gar nichts mehr.« Petruschka unterbrach das Waschen und richtete sich auf. »Versteht Ihr, Signorina, weil doch der Herr noch gar keine heiratsfähige Tochter hat. Und dann ging's los. Der Notar fragt die Männer, warum sie ihn herbestellt haben. Unser Herr verkündet schön laut und deutlich, dass er seine Nichte Laodomia Strozzi dem Enzio Belconi zur Frau geben will. Die Mitgift beträgt 400 Gulden und ein Wohnhaus im Wert von 200 Gulden. Da hättet Ihr die Leute sehen sollen, wie sie gestaunt haben: Eine vornehme Strozzi für einen Belconi. Und so wenig Geld bringt sie mit. Na ja, so kommt's eben manchmal. Und wie schnell der alte Schneider zugesagt hat und der junge Belconi versprochen hat, Euch den Ring zu geben und als Frau heimzuführen. Bei der Madonna, der Notar musste alles zweimal wiederholen, damit sein Schreiber auch alles mitbekam.«

»Mir wird kalt.« Laodomia zeigte vorwurfsvoll die Gänsehaut auf ihren Armen. »Erzähl endlich, wie Enzio aussieht.«

»Verzeih, frieren darfst du nicht, Kleines. Setz dich, aber gib auf deine Haare Acht.« Behutsam hockte sich Laodomia tief in die Wärme, bis das Wasser ihr um den Halsansatz schwappte.

»Schöne Zähne hat er und ganz ordentliche Schultern. Ein bisschen große Ohren, die sieht man, weil er ja Wachhauptmann ist und die Haare kurz geschnitten hat. Aber mich würden die Ohren nicht stören, weil er sonst ein hübscher Kerl ist. Ach ja, und ein tiefes Grübchen am Kinn hat er, das ist auch nicht zu verachten. Die Farbe der Augen hab ich nicht genau erkennen können. Vielleicht braun, auf jeden Fall aber dunkler als die Haare. Ob er nun freundlich oder streng ist, weiß ich nicht.«

Laodomia lehnte den Kopf weit über die Kante des Zubers zurück und schloss die Lider. Verrückte Welt, dachte sie, wenn ich mir Enzio zum ersten Mal selbst genau anschauen darf, dann ist es schon zu spät, dann sind wir verheiratet. Nur gerecht, dass es ihm nicht besser ergeht. Ich könnte ja auch eine Warze auf der Nase haben und das Bein nachziehen, bei der Vorstellung lächelte sie. »Wir werden ein schönes Paar sein, stimmt's?«

»Bei der Madonna, das will ich meinen.« Petruschka griff nach dem Trockentuch. »Und jetzt raus aus dem Bottich! Bis Ihr den Kopfputz tragt, hab ich noch viel an Euch zu tun.«

Draußen verlor sich das Mittagsläuten über den Dächern von Florenz; der vorher genau abgesprochene Zeitpunkt war gekommen. Im ersten Stockwerk des Palazzos führte Filippo Strozzi seine Nichte aus dem Flurschatten zur Haupttreppe und blieb mit ihr auf dem oberen Absatz stehen. Rechts und links von ihnen flackerten Kerzen auf silbernen Leuchtern. Beim Anblick der Braut ging unten in der Halle ein Raunen durch die kleine Festgesellschaft; leise setzte Musik ein, wurde lauter, und bald schon entlockten die drei Spielleute dem Clavicembalo, der Violone und dem Krummhorn eine schwingende Melodie.

»Keine Fürstin kann sich mit dir messen«, murmelte der Onkel. »Komm jetzt.«

Laodomia hörte ihn kaum, zu laut klopfte das Herz. In der Tiefe nahm sie die Gesichter wahr und konnte keines unterscheiden. Als sie den leichten Druck am Ellbogen verspürte, suchte sie mit der Schuhspitze nach der ersten Marmorkante. Jetzt nur nicht stolpern! Der Schwiegervater war mit dem Stoff sehr großzügig gewesen, vorn bauschte sich das karmesinrote Seidenkleid, versperrte jede Sicht auf die Treppe, und die lange Schleppe durfte keinesfalls von hinten die Waden einholen. Nicht stolpern, nicht zu langsam, nicht zu schnell!

Nach drei Stufen kannte Laodomia die Trittweite und erfühlte das gefahrlose Tempo. Wie aus einem Gemälde herausgelöst, so schwebte sie neben dem Onkel hinab in die Halle: ihre Haarlocken gebändigt von einem goldenen Stirnreif; darüber der hohe Kopfputz, eine Drahthaube bespannt mit Seide und bestickt mit unzähligen kleinen geschliffenen Glaswürfeln und bunten Pailletten, die im Kerzenlicht aufglitzerten, erloschen und wieder blinkten; den Hals zierte eine Rubinkette, sie war ihr von Filippo selbst umgelegt worden. »Fiametta trug diesen Schmuck, als wir damals heirateten.« Kein großzügiges Geschenk an die Nichte. »Nur eine Leihgabe«, sagte er, ohne zu erröten. »Schließlich bin ich nicht der Bräutigam. Und solch ein Wert darf nicht mit dir aus meinem Hause verschwinden.«

Zwar verlangte der Brauch, dass die Hochzeitsfeier vom Brautvater oder Vormund ausgerichtet wurde, Filippo aber hatte, trotz seines Vermögens, auf übergroßen Pomp verzichtet. »Deine neue Familie lebt in bescheidenen Verhältnissen. Wir müssen zurückhaltend sein, um sie nicht zu beschämen.« Laodomia war einverstanden gewesen und hatte sogar auf Brautjungfern verzichtet. Es genügte, wenn die vier größeren Kinder des Onkels ihr den Schleier trugen.

Noch ein letzter jauchzender Dreiklang, und die Instrumente schwiegen. Filippo geleitete seine Nichte durch die Schar der Gäste zum Tisch, hinter dem, unbeweglich wie eine Puppe, der Notar in dunklem Pelzkragen und rotem Samtbarett saß. Ebenso reglos stand zwei Schritte vor dem Pult ihr zukünftiger Ehemann. Laodomia nahm ihn nur aus den Augenwinkeln wahr.

Unvermittelt fuhr Leben in den Beamten. Mit beiden Händen stemmte er sich zur vollen Körpergröße hoch und begrüßte salbungsvoll den Herrn des Hauses, begrüßte weniger blumenreich den Schneider Belconi, und ohne besondere Anteilnahme wandte er sich an das Paar. Von seinem dahingeleierten Sermon fühlte sich Laodomia nicht angesprochen, es dauerte, bis die Sätze sie erreichten.

»… kraft meines Amtes und der mir von der Stadt Florenz übertragenen Rechte frage ich …«

Enzio antwortete mit belegter Stimme, und nach ihm versicherte Laodomia, wie sie es vorher mit Petruschka oft geübt hatte, diesem Mann in allem zu gehorchen und ihm eine treue Gattin zu sein. Die Nüchternheit des so lang herbeigesehnten Augenblicks erschreckte sie. Als der Notar sich wieder niederließ, dann umständlich Namen und Datum ins Steuerbuch eintrug und die Eheschließung damit registrierte, dachte sie, es ist ein Vertrag, ein Geschäft, mehr nicht.

Lächelnd nahm der Onkel ihre rechte Hand und legte sie in die Hand des Fremden neben ihr. »Vor allen Zeugen verzichte ich, Filippo Strozzi, stellvertretend für den Vater der Braut, auf die Vormundschaft und übertrage alle Rechte und Pflichten an meiner Nichte Laodomia Strozzi dem Wachhauptmann Enzio Belconi und dessen Familie.« Damit trat er zurück. Gespanntes Schweigen lag in der Halle, selbst die Kinder hörten auf, sich tuschelnd um das Schleppenende zu streiten.

Enzio tastete nach seiner linken Rocktasche und nestelte den Ring zum Vorschein. Es dauerte, bis er ihn seiner Angetrauten auf den Finger gesteckt hatte. Jetzt, zum ersten Mal, wandte sich das Paar zueinander. Laodomia sah den verlegenen Blick in den braunen Augen, sah das Gesicht sich nähern und spürte zittrige Lippen auf ihrem Mund. Er hat Angst, dachte sie und wachte auf: Das ist mein Hochzeitskuss, und ich will ihn haben. Ehe Enzio sich lösen konnte, griff sie nach seinem Rockärmel, hielt ihn fest und verstärkte den Druck ihrer vollen Lippen. Mit einem Mal verspürte sie, wie das Zittern aufhörte und er weich den Kuss erwiderte. Endlich zufrieden, gab sie Enzio frei.

Die Hochrufe, das Klatschen der Gäste beachtete Laodomia nicht. Der Blick seiner Augen hatte sich verändert; in dem Braun glommen Frage, Verwunderung und Freude zugleich.

»Du bist meine Frau«, flüsterte er.

»Ja, ich will es sein, Enzio.« Leicht befangen lächelten sich die Brautleute an.

»Schöne Nichte!« Filippo streckte die Arme nach ihr aus. »Lass mich der Erste sein, der dir gratuliert. Möge das Glück stets an deiner Seite wachen.« Er umfasste die Nichte, und sie konnte gerade rechtzeitig das Gesicht leicht abwenden, um nicht auf den Mund geküsst zu werden. »Danke, Onkel. Du warst immer sehr gut zu mir.«

»Und ich werde es bleiben«, versprach er gönnerhaft: »Euer beider Zuhause ist kaum mehr als einen Steinwurf vom Palazzo entfernt, und meine Tür steht dir immer offen.« Filippo schlug dem frisch gebackenen Ehemann auf die Schulter. »Und wehe dir, wenn ich Klagen hören muss!« Sein Schmunzeln milderte den scharfen Unterton nicht ab. »Vergiss nie, welche Ehre dir und deiner Familie zugefallen ist. Mit uns Strozzi verbunden zu sein bringt Vorteile, doch nur solange du nicht gegen meinen Willen arbeitest.«

Enzio nahm Haltung an. »Seid unbesorgt, Herr. Ich werde mich Euren Wünschen ebenso mit Freuden fügen, wie ich auch weiterhin treu meine Pflicht bei Seiner Magnifizenz Lorenzo de' Medici erfülle.« Das Blut ließ die großen Ohren aufglühen. »Ich danke Gott für das Glück, nun den beiden vornehmsten Familien der Stadt dienen zu dürfen.«

»Das gefällt mir, junger Mann.« Abermals schlug ihm Filippo auf die Schulter.

Laodomia hatte verblüfft zugehört. Für einen Augenblick störte sie die Unterwürfigkeit, mit der Enzio zum Onkel sprach, doch dann sagte sie sich, dass gewiss nur die Aufregung des Hochzeitstages schuld daran sei.

»Darf auch ich dich begrüßen?« Der kleine grauhaarige Schneider sah zu ihr auf. »Nicht einmal im Traum hätte ich mir solch eine Ehefrau für meinen Jungen ausmalen können. Willkommen, Schwiegertochter, in unserer Familie.«

»Danke, Meister Belconi. Ich meine, Schwiegervater.« Herzlich drückte Laodomia ihm die Hand. »Und ich hätte niemals erwartet, in solch einem Traum aus Seide mit einem so hübschen, starken Mann verheiratet zu werden.«

»Halt, halt!« Eine rundliche Bürgersfrau in wallendem Himmelblau und bunten Stoffblumen im Haar drängte den Schneider beiseite und griff nach Laodomias Hand. »Ich bin die andere Hälfte, von mir hat der Junge die besten Seiten. Willkommen, Kind. Du darfst Mamma zu mir sagen. Nur schade, dass es bei uns zu eng ist, gern hätte ich dich immer bei mir zu Haus.« Die Sätze sprudelten nur so über ihre Lippen. »Ich weiß gar nicht, ob mein Enzio ohne meine Tortillas leben kann. Mindestens einmal die Woche muss er sie haben. Aber der Weg über den Arno ist ja nicht weit. Das Rezept wirst du von mir lernen müssen. Und ich verspreche, auch sonst zu helfen, bis ihr euch in dem neuen Heim wohl fühlt.«

»Neu ist es nicht gerade und groß auch nicht.«

»Sei nicht undankbar, Kind«, spielerisch drohte Signora Belconi mit dem Finger. »Ein eigenes Haus, das ist schon was. Das können sich nicht viele junge Familien leisten.«

Die Musikanten spielten auf, und wie im Reigentanz näherten sich Gäste, beschenkten das Paar, ließen Braut und Bräutigam hochleben, schritten weiter, und die nächsten Gratulanten brachten Kästchen, gefüllte Körbe und in Stoff eingewickelte Überraschungen.

»Zur Tafel! Zur Tafel!«, rief Filippo. »Das Festmahl ist bereitet!«

Karaffen kreisten; voller Ungeduld lauschte die Gesellschaft den Trinksprüchen, die nacheinander von Kameraden Enzios ausgebracht wurden, und dann noch den selbst geschneiderten Versen des Schwiegervaters, bis endlich die Becher zum Mund geführt werden durften.

Der Gong kündete die Speisen an. Feierlich trugen Diener auf Fleischbrettern gespickte Kapaune herein. Nach dem Ah und Oh der Tischrunde entbrannte zwischen den jungen Wachsoldaten ein zwar höflich, dennoch hart geführter Kampf um die knusprigsten Stücke; beim nächsten Gang bewiesen die Hungrigen ihre wahre Schnelligkeit: Noch ehe ein Kind oder eine Dame, geschweige der Hausherr den Arm ausstrecken konnte, hatten sie sich die gefüllten Tauben einverleibt, und nur dem energischen Geschick des Personals war es zu verdanken, dass von den Hasenrücken jeder Gast eine Portion erhielt. Im Geklapper der Messer, im Schmatzen und ungenierten Rülpsen verloren sich die Melodien der Spielleute. Erst beim Zuckerwerk gelangten Clavicembalo, Violone und Krummhorn wieder bis ans Ohr der Festgemeinde.

Laodomia war dem Rat der russischen Magd gefolgt: Nur keinen vollen Bauch, der ist nicht gut für die Hochzeitsnacht!, und hatte kaum etwas gegessen. Enzio hingegen hatte genüsslich, wie seine Kameraden, die Köstlichkeiten in sich hineingestopft und dem Wein zugesprochen, als wäre mit dem heutigen Tag das Ende einer langen Fastenzeit gekommen. Kein Wort hatte das Paar bei Tisch gewechselt; auch später beim Tanz hüpften sie aufeinander zu, tauschten nur Blicke und mussten sich schon dem nächsten Partner zuwenden.

Irgendwann werde ich Enzio schon allein für mich haben, dachte Laodomia und erschrak. Das Irgendwann war heute Nacht! O heilige Mutter, lass das Fest ewig dauern! Nein, so schlimm drücken die engen Schuhe nicht. Und beim Tanz die Schleppe über dem Arm tragen, das könnte ich noch stundenlang. Auch der harte Drahtreif des Hochzeitsputzes stört mich nicht.

All ihre Beteuerungen blieben droben ungehört, denn wenig später betraten zwei Knechte mit brennenden Fackeln die Halle. Der Hausherr gab den Musikanten ein Zeichen, sie ließen den Tanz ausklingen, und er klatschte in die Hände, bis vollständige Ruhe einkehrte. »Verehrte Gäste, liebe Freunde! Es ist so weit! Stellt euch auf! Lasst uns die Braut heimführen!«

Auch den Hochzeitszug hatte er nicht so geplant, wie es in Florenz sonst üblich war, keine Umwege durchs ganze Stadtviertel der Strozzi, kein Halt vor der Kirche Santissima Trinità und in den Straßen, um die frisch Vermählten dem Volk zu zeigen. »Wir müssen bescheiden sein, wie die einfachen Bürger. Deshalb gehen wir direkt hinüber zu deinem neuen Heim. Das verstehst du doch, schöne Nichte.« Und Laodomia hatte nicht widersprochen.

Zumindest warteten vor dem Eingang zwei herausgeputzte Schimmel, in ihre Mähnen waren Lorbeergirlanden geflochten, besteckt mit roten und blauen Stoffblumen. Vom Wein beseelt wollte der junge Belconi seine Kräfte zeigen und hob die Braut so schwungvoll in den Sattel, dass sie Mühe hatte, nicht auf der anderen Seite wieder hinunterzurutschen. Das nicht eingetretene Unglück hob die Stimmung. Ohne Rücksicht auf die älteren Gäste drängelten sich gleich hinter den Pferden die angetrunkenen Wachsoldaten. Laodomia hörte ihre Zoten über die bevorstehende Hochzeitsnacht, von denen »Unser Hengst wird die Stute bestimmt fünfmal besteigen« und »Schon beim ersten Mal wird er ihr ein Brot in den Ofen schieben« noch die sittsamsten Bemerkungen waren. Auch Enzio entging das lose Gespött der Freunde nicht, doch er zuckte nur verlegen die Achseln.

Dem Dunst des kühlen Nachmittags hatten sich die Farben der Stadt kraftlos ergeben. Filippo führte den Zug gemeinsam mit den Belconis an; vor dem Portal des Palazzos überquerten sie die Straße und schlugen direkt den unbefestigten Weg zwischen Buden und Hütten ein. Arbeiter der Wollfabriken, Lohndiener und Hausierer drängten mit ihren Frauen aus den Türen. Ehrfürchtig verneigten sie sich vor dem Oberhaupt der Strozzi-Familie, ihrem Gönner, dem inzwischen alle Unterkünfte gehörten und der ihnen nur geringe Miete abverlangte; dann ließen sie das Brautpaar hochleben. Enzio dankte nach rechts und links. »Folgt uns. Es gibt Hochzeitsbier für jeden. Kommt nur.«

Bestimmt sind es freundliche Leute, dachte Laodomia. Zwar habe ich mir früher in meinen Träumen nie solche Nachbarn vorgestellt, aber was soll's, ich werde schon mit ihnen auskommen.

Das schmalbrüstige Gebäude befand sich an der Nordecke des Armenviertels. Aus den beiden Fenstern des Erdgeschosses schimmerte Licht. Noch ehe die Festgesellschaft anlangte, empfing sie der Duft nach gerösteten Maronen. Vor dem Haus loderten Fackeln, der Bottich mit frisch gebrautem Bier stand bereit, und ein Lohndiener schabte und wendete knisternde Kastanien über dem Glutbecken.

Petruschka wartete in der geöffneten Tür und strahlte. »Willkommen!« Ihr Blick umarmte Laodomia, als wäre sie selbst der Bräutigam.

Schnell bildeten die Gäste einen Halbkreis, und begleitet von rhythmischem Klatschen und zweideutigen Ratschlägen trug Enzio seine Zukünftige über die Schwelle. Mit hochrotem Gesicht kehrte er gleich zurück und erntete den enttäuschten Spott seiner Kameraden.

Hinter ihm versperrte die Magd wieder den Eingang. Außer dem Paar durfte niemand hinein, denn für eine Feier gab es keinen Platz in der Stube.

Enzio stellte sich selbst an den Bierbottich und füllte den ersten Krug. »Wer Durst hat, der trinkt noch einen Schluck mit mir.« Seine schwere Zunge ließ die Worte ineinander fließen. »Mein Glückstag. Der ist heute. Kommt näher. Nun kommt schon.«

Eine Weile noch beobachtete Petruschka das Gelage. Nachdem die Eltern des Bräutigams und auch Filippo sich mit den Kindern still entfernt hatten, ging sie ins Haus und schloss die Tür. »Meine kleine Signorina, jetzt seid Ihr eine Signora …« Sie wandte sich um. »Was ist, Kleines?« Laodomia stand unbeweglich an der Stiege und presste die Hand vor den Mund. »Ist dir nicht wohl? Hast du doch zu viel gegessen? Oder ist es der Wein?«

»Nein, was denkst du von mir?« Laodomia zeigte nach oben. »Ich denke … meinst du, ich sollte jetzt …«

Da schmunzelte die Russin: »Ach, deswegen«, und kam tröstend näher. »Aber, aber, wir werden doch jetzt keine Angst haben.« Mit geschickten Fingern löste sie die Schleppe und befreite die Braut vom hohen Kopfputz. »Wir steigen jetzt hinauf. Schön warm hab ich 's euch gemacht. Auch das Bett ist schon aufgeschlagen. Ich helfe dir noch aus dem Kleid und decke dich zu.«

»Und dann?«

»Dann wartest du, das ist alles. Dein schmucker Ehemann wird dich schon finden.« Sie kicherte vor sich hin. »Er ist doch Hauptmann. So einer weiß genau, wohin er seine Lanze stecken muss.«

»Das sagst du so einfach …«

Petruschka war längst gegangen; bis auf eine große Kerze hatte sie das Licht gelöscht. Die Glut knisterte im Eisenbecken.

Unbeweglich lag Laodomia auf dem Rücken, die Locken übers Kissen gebreitet, bis zum Kinn hatte sie das weiße Leintuch hochgezogen. Wann endlich kam Enzio? Noch lärmten draußen die Wachsoldaten mit den Gästen aus dem Viertel, so sehr sie sich anstrengte, kein Geräusch drang von der Holztreppe zu ihr hinauf. Wieso bewege ich mich nicht, dachte sie, ich bin doch keine Puppe, und drehte sich auf die Seite. Ich wollt, es wäre heute schon das zweite Mal. Dieses Ding, das die Männer zwischen den Beinen trugen. Wozu es gebraucht wurde, darüber hatte Laodomia oft genug mit den Freundinnen getuschelt. In keinem Traum aber, auch nicht wenn sie sich selbst vor dem Einschlafen heimlich Wohlgefühle bereitete, hatte sie ihn je mit ihrem Körper in Verbindung gebracht. Der Gang eines Mannes, seine glatte Haut, die Ausprägung der Schultern, auch die Stimme, dies waren Signale, die sie schon als junges Mädchen beeindruckten. Aber der Penis? Bei den nackten Marmorjünglingen lag er wulstig dick auf den Hoden und strahlte nichts Bedrohliches aus. Petruschka bezeichnete ihn als Lanze. Namen gab es viele. Die Brüder zu Hause nannten ihn Schwanz und spielten ungeniert an ihm herum. Manchmal hatte Laodomia beobachten können, wie sich die kleinen Würste aufreckten. Und Girolamo am Fenster gegenüber? Nie konnte ich richtig sehen, was er dort unten mit der Hand trieb. Tja, viel Erfahrung habe ich wirklich nicht. Sie zog die Beine an und klemmte ihre Hände zwischen den Schenkeln ein.

Poltern unten im Wohnraum. Laodomia schloss die Augen. Sie hörte das Tappen auf der Stiege, dann wusste sie, dass Enzio vor dem Bett stand. Er schnaufte den Atem, hüstelte und schluckte. »Bist du noch wach?«

Still drehte sie sich auf den Rücken. Schaler Bierdunst senkte sich über sie.

»Tut mir Leid.« Er bemühte sich, deutlich zu sprechen. »Hat lange gedauert … Aber die Kameraden wollten mich nicht gehen lassen … Aber gleich bin ich bei dir.«

Laodomia öffnete die Lider nur einen Spalt, durch den Wimpernschleier beobachtete sie, wie er sich fahrig von Überrock, Hemd und Stiefeln befreite. Beim Abstreifen der Beinkleider verlor er um ein Haar das Gleichgewicht. »Glaub mir, ich wäre viel früher gekommen.«

»Ich weiß«, sagte sie, nur um ein Lebenszeichen abzugeben.

Er hob das Leintuch und blieb nahe der Bettkante liegen. »Gut warm hier.«

»Ich weiß.«

Nach einer Weile fragte er: »Darf ich dich anfassen?«

»Wir sind doch verheiratet.«

Laodomia spürte seine Finger, erst suchten sie vorsichtig den Weg über ihren Oberarm, dann tasteten sich die Kuppen bis zu ihrem linken Busenansatz hinunter. Als könnte das Ziel verloren gehen, legte er unvermittelt hastig die Hand auf den Hügel und drückte ihn fest zusammen, gleichzeitig schob er seinen Körper dicht an Laodomias Seite. Die Hand wechselte zur zweiten Brust. »Du bist eine schöne Frau.«

Seine Nähe roch nach Schweiß und Bier, und als er sich über ihr Gesicht beugte, roch es aus dem Haar nach Spanferkel. Laodomia wollte den Kuss erwidern, doch da glitten seine Lippen schon den Hals hinunter und saugten an ihrer linken Brustknospe. Er warf die Zudecke beiseite. Kein Verweilen, Enzio stützte sich auf den Ellbogen, und seine freie Hand überging Nabel und Unterbauch, wühlte durchs Haarvlies. Kaum berührte ein Finger ihren Schoß, fuhr Laodomia zusammen. Enzio atmete schneller. »Na, gefällt es dir?«

Nichts Lustvolles empfand sie, nicht einmal gestreichelt fühlte sie sich, nur eilig betastet. So tun es die Männer eben, dachte Laodomia und flüsterte: »Schön ist es.«

Das Lob spornte Enzio an. »Fass mich an«, schnaufte er ihr ins Ohr.

Sie wandte sich ihm zu und schlang den Arm um seine kräftige Schulter. »Wir sind jetzt verheiratet…« Mit dem Oberschenkel stieß Laodomia gegen ein hartes Stück Fleisch. Jähe Furcht befiel ihr Herz: Es ist eine Lanze, o Madonna, für mich ist sie viel zu mächtig, lass den Schwanz kleiner werden, bitte! Sie küsste seine Wange und schob den Mund näher an sein Ohr. »Vielleicht warten wir noch?«, schlug sie vor. »Zeit haben wir genug.«

»Hör auf zu reden.« Er wand sich. »Nein, ich kann nicht mehr warten.« Damit riss er ihren Arm von seiner Schulter, bog ihn zurück ins Kissen und wühlte sich über sie. Ohne Gegenwehr öffnete Laodomia dem Druck der Knie ihre Beine. Wieder roch sie den Bierdunst, dann verspürte sie im Schoß einen spitzen Schmerz, tiefer fuhr die Wunde in ihren Leib. Laodomia schrie, schämte sich und presste die Lippen zusammen. Ich bin verletzt. Und Enzio hörte nicht auf, ihr Schmerzen zu bereiten. Er keuchte ihr den schalen Atem ins Gesicht und verstärkte noch die Stöße. Mit einem Mal warf er den Kopf zu-

120

rück, ein heftiges Beben ging durch seinen Leib, Enzio stöhnte wie in großer Qual, sein Körper erschlaffte, und schwer sank er auf Laodomia nieder. Nur einen Moment, dann rollte er sich zu Seite. »Verzeih«, murmelte er. Schweigen. Das Glutbecken knisterte in der Stille.

Wenig später wischte er schon halb im Schlaf über seine Augen und gestand fast weinerlich: »Ich bin so froh. Warum ich dich haben darf, weiß ich nicht. Weil du doch aus einer vornehmen Familie stammst.« Die Worte kamen langsamer. »Glaub mir. Jeden Wunsch erfülle ich ...« Enzio schnarchte.

Aus ihrem wehen Schoß quoll Wärme. Auch ohne sich zu überzeugen, wusste Laodomia, dass sie blutete.

Und davon schwärmten nun die Dichter? Danach gierten Männer und schlugen sich gegenseitig auch noch die Köpfe ein? Und Weiber konnten manchmal den Hintern nicht mehr ruhig halten, weil es ihnen fehlte? Also wenn das damit gemeint ist, dachte sie, dann begreife ich es nicht. Schmerz und Blut, mehr hab ich nicht davon gehabt. Na ja, wenigstens ist einer von uns beiden glücklich geworden. Mein Wachhauptmann, du hast mich zu deiner Frau gemacht und bist auch noch stolz darauf. Und ich? Ich bin nur dankbar, weil du mich in Frieden lässt.

I n Bologna, der sonnenwarmen Stadt der roten Ziegel und Backsteine, ging hinter den Mauern des Dominikanerklosters das Jahr der Drangsal und Erniedrigung zu Ende. Während der feierlichen Zeremonie, am Morgen des letzten Aprilsonntags 1476, lag der Novize Girolamo Savonarola ausgestreckt inmitten des Kapitelsaales. Duft nach Weihrauch und brennenden Kerzen erfüllte die Luft.

»*Veni, Creator Spiritus, Mentes tuorum visita ...*« Mit gebeugtem Knie sangen die versammelten Brüder und erflehten gemeinsam den Beistand des Heiligen Geistes. Nach dem Hymnus wandte sich Prior Georgio Vercelli direkt an den Novizen: »*Quid quaeris?*«

Ohne den Kopf zu heben, antwortete Girolamo: »Das Erbarmen Gottes und Euer Erbarmen.«

»*Fili carissime* ... Mein geliebter Sohn, in diese Bitte sind strenge Auflagen eingeschlossen. Armut, Ehelosigkeit und Keuschheit. Vor allem Gehorsam ...« Aus dem Munde seines Klosteroberen hörte Girolamo in wohlgesetztem Latein die Auslegung der Pflichten und Regeln, denen er mit seinem Gelöbnis ein Leben lang folgen sollte.

Nichts hatte ihn zerbrechen können, weder üble Scherze seiner Mitnovizen noch die ihm von Vater Ricardo versteckt oder offen zugefügten Qualen. Seit dem ersten Aufbegehren hatte er gehorcht und zu allen Missständen im Kloster geschwiegen. Sein scharfer Verstand, seine Begabung, ganze Bücher der Heiligen Schrift auswendig lernen zu können, und vor allem sein nie ermüdender Fleiß waren Eigenschaften, die selbst den Novizenmeister schließlich beeindruckten. Kein Wohlwollen, keine Einladung zum nächtlichen Schmaus und Vergnügen in dessen Zelle hatte sich Girolamo während der zurückliegenden Monate erworben, wohl aber den Respekt des herrischen Lehrers. Vater Ricardo stellte dem Novizen aus Ferrara beste Zeugnisse aus und befürwortete die Zulassung zu den Ordensgelübden. Vor einer Stunde hatte er ihn selbst in die Mitte des Kapitelsaales geführt. Jetzt stand er in der Nähe seines Zöglings, hatte die Hände über dem Bauch gefaltet und wulste die Unterlippe vor und zurück.

Zum Abschluss der Ermahnungen fragte Prior Vercelli den Novizen: »Bist du nun festen Willens, dem Orden der Predigerbrüder beizutreten, so tue dies vor Gott und den Ohren aller hier Versammelten kund. Leiste dein unauflösbares Versprechen auf den Namen unseres geliebten Ordensgenerals, vor ihm und all seinen Nachfolgern wie auch deren Beauftragten allein sollst du künftig bis hin zum Tode dein Handeln verantworten.«

Girolamo erhob sich auf die Knie und rutschte bis vor den Prior. Mit zittriger Hand empfing er von ihm das Buch der Klosterregeln. Sein Gesicht war bleich, über dem scharfen Nasenhöcker glitzerten tief in den Höhlen die blaugrauen Augenpunkte, und das Gewand des heiligen Dominikus schlotterte ihm von den ausgemergelten Schultern. Er schnaubte leise durch die Nase, sein Blick irrte noch einmal zum Novizenmeister, dann befreite er sich von ihm und begann mit fester Stimme: »*Ego*, Frater Girolamo, gelobe vor Gott und der heiligen Maria, vor dem heiligen Dominikus und dem hier versammelten Konvent der Brüder und vor Euch, Vater Prior ...«

Nach dem anschließenden Festmahl im Refektorium blieb Georgio von Vercelli auf dem Weg hinaus bei dem neu aufgenommenen Frater stehen. »Du hast das Augenmerk deiner Oberen auf dich gelenkt, mein Sohn. Wir haben Großes mit dir im Sinn. Dominikaner sein heißt Prediger sein. Du sollst ein Verteidiger des Glaubens und ein Kämpfer gegen die Ketzerei werden. Deshalb wirst du deine Studien fortsetzen. Übe deinen Verstand wie auch deine Zunge. Werde zu einem unserer scharf geschliffenen Schwerter.«

Girolamo erschrak. Nicht deswegen bin ich hergekommen, dachte er, ich habe diesen Hafen gesucht, weil ich der sündigen Welt entsagen, in dieser Abgeschiedenheit ein stilles Leben führen, mich einzig der Andacht und Buße widmen wollte.

»Nun, bist du nicht stolz, dass wir dich für fähig halten, diesen Weg einzuschlagen? Und gehst du ihn mit Fleiß, so erwirbst du dereinst die Anwartschaft auf die höchsten Ämter in unserem Orden.«

Demutsvoll senkte Girolamo den Kopf. »Ich bin nur Diener, ehrwürdiger Vater. Verfügt über mich.«

Mitten im Frühling welkte eine Blume. Auf den Märkten von Florenz bekreuzigten sich Mägde und Bürgerfrauen, Knechte und Händler. »Heilige Mutter Gottes, bitte für sie!« In den Gemächern der Palazzos fröstelten jäh die Damen, und den reichen, vergnügungssüchtigen Patriziern rang die Nachricht zumindest ein bedauerndes Stirnrunzeln ab.

Im Mai 1476 musste die Königin der Schönheit ihre Krone ablegen. Heftig schüttelte Husten den schlanken Körper, quälten Anfälle von Atemnot die Brust. Simonetta Vespucci vermochte das Bett nicht mehr zu verlassen. Vor zwei Jahren noch war sie auf dem glanzvollen Turnier zur schönsten aller jungen Frauen erkoren worden und hatte dem geliebten Sieger, Giuliano Medici, ihr seidenes Brusttuch überlassen.

Angelo Poliziano hatte auf Bitten Lorenzos das Turnier in Versen gefasst und ›la bella Simonetta‹ mit Worten umkränzt. Auch Sandro Botticelli war mit klingender Münze von Giuliano überredet worden, die damals kaum Sechzehnjährige in sein Atelier einzuladen. Zwar regte das blasse und so langhälsige Wesen nicht die Fantasie des fettleibigen Meisters an, dennoch lieferte er seinem Auftraggeber ein Porträt ab und beteuerte, dass er es selbst und nicht einer seiner Schüler gemalt hätte. Giuliano zahlte den Preis, das Bildnis allein war ihm wichtig, bewies es doch, wie sehr er seiner offiziellen Favoritin zugewandt war.

Und nun spuckte Simonetta Blut, ihr Darm verlor wässrige Flüssigkeit, und des Nachts lag sie schweißgebadet in den Tüchern. Donna Lucrezia Medici schickte den Leibarzt ins Haus der Vespucci, nach dessen Rückkehr und ernster Diagnose stellte sie sofort ihren Sohn zur Rede: »Wann warst du das letzte Mal mit Simonetta zusammen?«

»Das war, ehe ihr Gatte von seiner Geschäftsreise zurückkehrte. Also vor gut einem Monat.«

»Hat sie damals schon gehustet?«

»Hin und wieder.« Giuliano blickte die Mutter verwundert an. »Warum fragst du?«

»Ach Junge, wenn du doch ebenso klug wie schön wärst! Deine Gespielin ist von Schwindsucht befallen. Die Krankheit überträgt sich rasch. Bitte höre auf meinen Rat und halte dich fern von ihr.«

»Aber sie benötigt Hilfe, meine Hilfe! Und nichts kann mich davon abhalten …«

»Bitte, nimm Vernunft an. Du hast deine Freuden mit ihr gehabt, jetzt soll der Ehemann sich um sie sorgen.« Donna Lucrezia legte beschwörend die Hand auf seinen Arm. »Lorenzo hält sich in Pisa auf, doch wäre er jetzt hier, ich bin sicher, er würde meiner Meinung sein. Begleite den Arzt, jedoch betritt nicht ihr Schlafgemach. Lass ihn, stellvertretend für dich, dem armen Wesen alle Hilfe geben, die es benötigt.«

Der Kampf um Simonettas Leben begann. All sein Wissen und Können bot der Medicus auf: Nach den Lehren der arabischen Heilkundigen verabreichte er der Kranken eine Arznei aus Pinienzapfen, Opium und Arsen, gestoßen in Schwefel, Myrrhe, Fuchslunge und Opobalsam. Keine Besserung stellte sich ein. Er fertigte Pulvermischungen aus Schildblumen, Kümmel, Muskat und Kamille, auch sie brachten keine Linderung. Simonetta hustete, und weder Milch, aufgekocht mit Honigwasser, noch Tierblut, in Weißwein erhitzt, linderten die Anfälle. Manchmal nahm sie die Gestalt ihres geliebten Giuliano in der geöffneten Tür wahr, dann lächelte sie blass.

An einem strahlenden Morgen wusste der Arzt keine Rezeptur mehr, die noch helfen könnte. »Ich werde die Kranke erneut zur Ader lassen«, erklärte er dem Ehemann und Giuliano. »Vielleicht senken wir damit die Hitzewallungen.«

Und als das Blut in die Schale tropfte, zerrann das Leben. Die Königin der Schönheit starb ohne einen Seufzer.

Giuliano weinte, zeigte offen seine Trauer auf den Straßen, so wie es Freunde, heimliche Neider und all die zahlreichen Verehrerinnen von ihm erwarteten. Spät am Abend suchte er Zuflucht bei Fioretta.

»Mein Geliebter, ich teile deinen Kummer.« Sie trocknete mit ihrem Haar seine Tränen. Die dunklen Augen aber triumphierten: Gottlob, das feine Weibsbild ist endlich aus dem Weg. Nun bin ich deine Favoritin, auch wenn du es selbst noch nicht weißt.

Auf dem Lager beugte sie sich über ihn und ließ ihn wie ein Kind an den vollen Brüsten saugen. »Armer Giulio, wie groß muss dein Schmerz sein!« Zart strich sie mit den Fingerkuppen seine Haut und fuhr in Kreisen über Bauch und Unterleib hinunter. Dank ihrer geschickten Hand wuchs sein Schmerz heran, wurde hart und übermächtig, bis Giuliano sie anflehte, ihn in ihrem Schoß erlösen zu dürfen. »Schone mich nicht«, gurrte Fioretta.

Heftig war der Ritt und schnell die erste Labsal gespendet. Allein tiefer Kummer verlangte nach mehr Beistand; dies ahnte sie und ließ nichts unversucht, erneut mit all ihrer Kunst dem Geliebten zu helfen.

Dreimal noch bäumte sich Giuliano in dieser Nacht auf, ehe er getröstet einschlief.

Es sollte wie eine zufällige Begegnung auf dem Monte Mario aussehen, diesem für viele Römer an Sonn- und Festtagen beliebten Ausflugsziel oberhalb des Vatikans. Dort wehte stets ein leichter Wind, Wiesen luden zum Müßiggang ein, oder Piniengruppen boten ausreichend Schatten, um zu lagern und den Blick auf die Stadt zu genießen.

Jedoch Trägheit des einen, unaufschiebbare Geschäfte bei dem anderen und der Übereifer des Dritten durchkreuzten die ohnehin dürftige Tarnung.

Am Tag zuvor, dem ersten Dienstag im August 1476, hatte ein junger Eilbote ein gesiegeltes Schreiben zur römischen Residenz des Erzbischofs von Pisa gebracht. Nein, nur persönlich dürfe er es überreichen und solle auf ein Ja oder Nein warten. Auch verschwieg er, wer ihn geschickt hatte.

»Welch eine Heimlichkeit!« Spöttisch rümpfte Francesco Salviati die Nase. Allein schon am Wachssiegel hatte er den Verwalter der päpstlichen Finanzen, Francescino Pazzi, als Absender erkannt.

»Eminenz! Wer hat durch seinen schändlichen Einfluss verhindert, dass Ihr Hirte des Erzbistums Florenz werdet? Lastet diese Schmach nicht wie ein Stein auf Eurer Brust? Schreit Euer Herz nicht nach Genugtuung? Freunde sollten Freunden helfen. Wenn Ihr auch dieser Meinung seid, so verbringt Eure Siesta morgen auf dem Monte Mario. Um keine fremde Neugierde zu wecken, ist ein genauer Zeitplan von Nöten. Bitte findet Euch kurz vor der zweiten Mittagsstunde ein. Dort werden in genau bemessenen Abständen noch Gleichgesinnte zu Euch stoßen. Voll gespannter Erwartung. F. P.«

Obwohl solcherlei Versteckspiel dem bequemen Prälaten lästig war, hatten die ersten Zeilen an eine kaum vernarbte Wunde gerührt und beeinflussten seine Entscheidung. »Warum nicht? Meine Antwort lautet: Ja.«

Wenig später ließ sich der Bote in der Villa am linken Tiberufer bei Graf Girolamo Riario anmelden. »Eine dringende Nachricht.« Nein, er gab die Pergamentrolle nicht aus der Hand, auch ließ er sich nicht abweisen. Da der General der päpstlichen Truppen und Herrscher von Imola jeden Rom-Aufenthalt ohne seine Gemahlin zu Festen und Ausschweifungen nutzte und just in diesem Moment mit dem Besuch zweier Damen beschäftigt war, musste der junge Mann im Vorzimmer des Schlafgemachs warten. Ungebührlich bedrängte er den Kammerdiener, bis dieser seufzend nachgab und durch einen Türspalt ins Heiligtum schlüpfte.

Drinnen wuchs Gebrüll, gefolgt von Klatschen und jämmerlichem Geschrei. Kurz darauf stürmte Girolamo Riario, nur mit einem Lendenschurz bekleidet und bewaffnet mit einer fünfriemigen Lederpeitsche, wie ein Gladiator alter Zirkusspiele heraus. »Ich hasse Unterbrechungen!« Ölig glänzten Oberkörper und Armmuskeln. »Wehe dir, Zwerg, wenn du nichts Wichtiges bringst.« Er schnappte nach der Pergamentrolle und überflog die Zeilen; scharf sog er den Atem zwischen den Zähnen ein, dann trat er ins Licht des Fensters und las die Botschaft erneut.

»Hochverehrter Graf. Der Wille Eures Oheims, Seiner Heiligkeit Sixtus IV., ist es, die Macht der Regierung von Florenz zu brechen, und Euch hat er ausersehen, dieses Werk tatkräftig durchzusetzen. Wer aber hindert Euch bis heute? Wer hintertrieb vor wenigen Jahren die Pläne des Papstes und hat durch infame Absprachen bei den Bankhäusern versucht, den notwendigen Kredit über vierzigtausend Gulden für den Erwerb von Imola zu vereiteln? Euer Aufstieg zum Herrscher, ja selbst Eure Verlobung mit der Tochter des Herzogs von Mailand gerieten in Gefahr. Und kam dann nicht doch finanzielle Rettung? Daran seht Ihr, jedes Ziel kann erreicht werden, wenn Freunde den Freunden helfen. Sie erwarten Euch morgen um die dritte Mittagsstunde auf dem Monte Mario. Im Interesse der Sicherheit aller bitte ich Euch, den Zeitpunkt einzuhalten. Der Erfolg ist unser. F. P.«

Graf Riario zerknüllte das Schreiben in der Faust. »Ein Versuch wäre es wert.« Er schritt auf den Boten zu. »Sag deinem Herrn, ich bin einverstanden.« Unvermittelt schlug er mit der Peitsche nach ihm. »Und jetzt verschwinde. Deinetwegen muss ich da drinnen den Kampf von vorne beginnen.«

Die Verabredungen waren getroffen. Francescino de' Pazzi hatte es geschafft, mit Erzbischof Salviati, mit Graf Girolamo Riario und ihm selbst die Hauptfeinde der Medici zum ersten Mal zusammenzuführen.

Die Mittagshitze des nächsten Tages lastete träge auf der Stadt am Tiber, und jede Pünktlichkeit verlor ihren Wert. Beim ausgiebigen Mahl wollte der Kleriker nicht auf den dritten Gang verzichten und genoss das mit feinen Gemüsen gefüllte Rebhuhn, auch den kandierten Früchten zum Nachtisch sprach der Erzbischof noch zu, ehe er, begleitet von zwei Knechten, verspätet aufbrach.

Francescino Pazzi wurde durch eine zähe Vertragsverhandlung in seiner Bank daran gehindert, rechtzeitig loszureiten. Endlich konnte sich der kleine, stets ungeduldige Mann in den Sattel schwingen. Sein ausgeklügelter Zeitplan schien in Gefahr, und eilig trieb er das Pferd durch die verdreckten Straßen Roms. Mit Verwunderung beobachteten einige Bettler, wie der Diener des feinen Herrn in einer Staubwolke hinterherlaufen musste.

Die Unterbrechung am Vortag hatte Graf Riario aus der Stimmung gebracht. Während Gelehrte die Thesen der frühen Philosophen diskutierten und Künstler sich von der Schönheit alter Statuen beeinflussen ließen, verwirklichte der Herrscher von Imola den allgemeinen Ruf der Zeit: »Zurück zur Antike!«, auf seine Weise. Er liebte es hin und wieder, den Gladiator in der Arena zu geben, und die Löwen ließ er von ausgesuchten Freudenmädchen spielen. Sie mussten ihn anfallen, mit Krallen und Zähnen aufreizen, ehe er das Fangnetz über die Raubtiere warf, sie niederpeitschte und sie nacheinander mit heftigen Schwertstößen in den Hintern endgültig besiegte.

So sehr die beiden Löwinnen auch den Gladiator nach seiner Rückkehr in die Arena bedrängt hatten, seine volle Kampfkraft war nicht mehr aufzurichten gewesen. Ihren versprochenen Lohn hatten sie nur unter der Bedingung erhalten, am nächsten Nachmittag wiederzukommen, um sich dann für halbes Geld erneut dem Helden zu stellen.

Bei dieser Verabredung hatte Graf Riario das heutige Treffen auf dem Monte Mario nicht berücksichtigt und war jetzt in Zeitnot. Deshalb ritt er, begleitet von drei Waffenknechten, viel zu früh über die Tiberbrücke.

Außerhalb des Stadttores schraubte sich die Via Triumphalis in steilen Kehren hinauf zum Monte Mario. Bald schon behinderte ein Patrizier mit seinem Knecht das Fortkommen des Herrn von Imola. »Aus dem Weg!« Der Angerufene wandte sich nicht um. Schon wollte Graf Riario seinen Bewaffneten Befehl geben, Platz zu schaffen, da bemerkte er nach der nächsten Kehre vor dem Reiter das eigentliche Hindernis. Dort ließ ein Pfaffenhut, rechts und links flankiert von zwei berittenen Dienern, das Pferd ohne jede Eile im Schritt gehen. Sonst im Umgang nicht gerade höflich, wollte Riario, als Heerführer und vor allem als Neffe des Papstes, nicht auf offener Straße einen Kleriker verfluchen und fügte sich dem Tempo.

Endlich oben angelangt, gab er seinem Hengst die Sporen, überholte Patrizier und Kirchenherrn und hielt nach den heimlichen Freunden Ausschau, die ihn hier erwarten sollten. Nirgends fand er sie. So zügelte er das Pferd und kehrte um.

Die drei Männer erkannten sich gleichzeitig. Erzbischof Salviati hob die Brauen, der Graf wischte den verschwitzten Nacken, und Francescino Pazzi fasste sich als Erster. »Welch ein Zufall«, bemerkte er, und für alle Begleiter fuhr er betont laut fort: »Nun, da wir uns hier so überraschend getroffen haben, meine Freunde, sollten wir die Gelegenheit zu einer Plauderstunde nutzen. Seid Ihr einverstanden?«

Wenig später rasteten sie unter einer Pinie. Ihre Dienerschaft hatte sich mit den Pferden außer Hörweite begeben müssen.

»Kommen wir gleich zur Sache«, knurrte der Graf, »meine Zeit ist knapp bemessen. Mich erwartet heute noch eine harte Auseinandersetzung.«

»Warum diese Heimlichkeit, werter Pazzi?«, beschwerte sich der Erzbischof. »Nach Art der Einladung hatte ich außer Eurer Anwesenheit neue Gesichter erwartet. So aber begegnen sich hier gute Bekannte. Für solch ein Treffen wäre ein kühler Raum in meinem Palazzo wahrlich angemessener gewesen. Stattdessen musste ich mich bei glühender Hitze hier hinaufbemühen und wie ein Verschwörer ...«

»Vielleicht trefft Ihr damit genau den Punkt.« Der kleinwüchsige Bankherr sprang auf, ging zunächst in kurzen, eiligen Schritten vor den beiden hin und her, bis er stehen blieb und mit einer weiten Armbewegung den Monte Mario erfasste. »Hier auf diesem Hügel verbrachten in früheren Zeiten die künftigen Kaiser ihre letzte Nacht vor der Krönung, ehe sie am Festmorgen mit großem Gepränge die Via Triumphalis hinunter zur Stadt zogen ...«

»Kommt zur Sache«, unterbrach der Graf barsch. »Oder wollt Ihr uns etwa eine Lehrstunde in Geschichte geben?«

»So habt doch Geduld.« Francescino Pazzi bezwang den Ärger und setzte neu an: »Mein Vorschlag, den ich unterbreiten möchte, bedurfte eines würdigen, geschichtsträchtigen Ortes. Deshalb wählte ich den Monte Mario. Die Tragweite wird Einfluss auf das Geschick aller italienischen Staaten haben.« Wieder geriet er in Pathos, dieses Mal wies er zur Stadt hinunter. »Dort auf den Stufen des Capitols erdolchten Brutus und Cassius den Caesar, als er sich zum Alleinherrscher über das Römische Reich erheben wollte ...«

»Nein, nein«, wehrte jetzt auch der Erzbischof ab. »Ich bitte Euch, verschont uns damit. Ich dachte, Ihr wärt ein kühler Rechner, dem Fakten und Zahlen näher liegen als das Beschwören alter Zeiten.«

Bei der erneuten Unterbrechung krümmte sich Francescino und schlug die geballten Hände an die Schläfen. »Meine Herren ... meine Freunde ...«, flüsterte er. »Ich spreche vom Sturz einer Tyrannenherrschaft. Das Regime der Medici muss beseitigt werden. Ich spreche von nichts Geringerem als dem Tod des uns verhassten Lorenzo und seines Bruders Giuliano.«

Jäh erstarrte Graf Riario. Der Erzbischof vergaß, den Mund zu schließen. Schweigen. Allein das Konzert der Zikaden im ausladenden Piniendach über ihnen schrillte unentwegt weiter.

Der Verwalter der päpstlichen Finanzen nahm langsam die Fäuste herunter und ließ seine Worte auf die Herren einwirken, ehe er fortfuhr: »Um dies zu planen, habe ich Euch hergebeten. Jeder von uns hat Grund genug, die Macht der Medici zu hassen. Und gelingt die Tat, so gewinnen wir Vorteile und haben gleichzeitig dem Lande einen Dienst erwiesen.«

»Bei allen Göttern«, brummte Riario, »daran gedacht hab ich schon oft und ebenso oft den Gedanken wieder beiseite geschoben. Aber jetzt ...« Langsam schabte er mit den Knöcheln das Kinn.

Der Bankherr wandte sich an Francesco Salviati. »Was ist mit Euch, Eminenz?«

»Mein persönlicher Hass rechtfertigt keinen Mord.« Unvermittelt bedrängte ihn das vor kurzem genossene Mahl, und erst nach einem befreienden Rülpsen setzte er hinzu: »Indes hindert Lorenzo mit seiner Sippe den gerechten Lauf der Dinge. Aus diesem Grunde scheint es mir tatsächlich angebracht ...«

»Verflucht!«, stöhnte der Graf. »Hört mit dem Geschwafel auf. Ja oder nein?«

»Ich bejahe die Notwendigkeit. Nur sehe ich keine Möglichkeit der Durchführung.«

»Wenn Freunde Freunden helfen …!« Francescino ließ sich vor den Herren im Gras nieder. »Ich habe längst einen Plan ausgearbeitet. Mit ein wenig Glück führt er zum Erfolg.«

Lange sprach er, geschickt zerstreute er jedes Bedenken. Seine Zuhörer streiften nach und nach Moral und Sitte wie lästige Kostüme ab, und übrig blieben Mordlust und die Gier nach Macht. Nun entwickelten sie selbst Ideen. Bis spät in den Nachmittag diskutierten die Herren. Als die Sonne an Kraft verlor, die Pinienschatten auf dem Monte Mario länger wurden, mussten die Mitverschwörer eingestehen, von allen Vorschlägen hatte der Plan Francescino Pazzis die größte Aussicht auf Erfolg.

Graf Riario erhob sich: »Also abgemacht. Ich denke, bis Ende des Jahres sollten alle nötigen Vorkehrungen getroffen sein. Dann werde ich den Brief an Lorenzo auf den Weg schicken. Über den Inhalt sind wir uns einig. Sobald ich seine Antwort in den Händen halte, verständige ich Euch. Erst danach suchen wir uns geeignete Handlanger. Und noch etwas.« Er zückte den Dolch und ließ die Spitze auf und ab wippen. »Dieses Unternehmen bedarf einer anderen Geschicklichkeit, als sie bei Bankgeschäften oder Messfeiern vonnöten ist. Nein, dies soll keine Kritik an der Art unseres heutigen Treffen sein, nur eine Warnung. Umsicht und Wachsamkeit sind nun gefordert.« Sein Ton ließ keinen Zweifel, dass er ungefragt die Führung des Komplotts an sich reißen wollte. »Ab jetzt treffen wir uns nie wieder an heimlichen Orten. Dort wachsen zu gerne fremde Ohren. Wir kommen im Kontor der Bank oder nach einer Abendgesellschaft zusammen. Unverdächtige Gelegenheiten werden sich genug finden. Dies muss ich verlangen, wenn Ihr auf mich zählen wollt.« Mit einem schnellen Schlenker glitt der Dolch zurück in die Scheide. »Gebt mir Euer Vertrauen, meine Freunde.«

Bereitwillig streckte ihm der Erzbischof beide offen Handflächen hin. Der päpstliche Finanzverwalter zögerte, einen Moment lang glitzerte gefährliches Licht in seinen Augen, dann erlosch es, und auch er stimmte zu. »Eure Erfahrung in solchen Geschäften übertrifft gewiss die meine.«

»Ohne unbescheiden zu sein, glaube ich dies auch.« Ein scharfer
Pfiff signalisierte seinen drei Bewaffneten, dass er aufbrechen wollte.
»Eines noch zum Schluss: Uns fehlt die Parole. Als Dank für Eure
Mühe, werter Pazzi, schlage ich vor: Siesta auf dem Monte Mario.
Sobald einer von uns diese Worte in einem belanglosen Satz benützt,
wissen die anderen, dass wir möglichst bald zusammentreffen müs-
sen. Und nun lebt wohl.«

Wie ein Sieger die Schultern wiegend, verließ Graf Riario den
Schatten. Erst im Sattel fiel ihm ein, dass die Löwinnen schon seit
Stunden in der Arena seines Schlafgemachs auf ihn warteten, und so
rasch es möglich war, trieb er den Hengst die steilen Kehren der Via
Triumphalis hinunter.

Das Glück kündigte sich Mitte Februar 1477 in Florenz zur späten
Nachtstunde an. Im schmalbrüstigen Haus der Belconis an der Nordecke des Armenviertels vor dem Palazzo Strozzi stand Laodomia neben der Feuerstelle und rang nach Luft. Sie wollte das Stöhnen unterdrücken, um Petruschka und die Hebamme nicht unnötig aus dem
Dämmerschlaf zu schrecken, vermochte es aber nicht mehr. Leise
schrie sie und presste die Hände auf ihre Lenden.

Seit dem Abend kamen die Wehen in gleichen Abständen. Ein
Auf und Ab der Schmerzen, das die Stunden quälend dehnte. Nach
der ersten Untersuchung oben in der Schlafkammer hatte sich die
Hebamme zuversichtlich gezeigt. »Das Kind liegt so, wie ich es mir
wünsche. Doch wir müssen uns noch gedulden.« Kurz blickte sie sich
in dem engen Raum um. Der Gluttiegel unter dem Bild des Erzengels
Raphael spendete Wärme. Von Petruschka waren Tücher, eine flache
Holzwanne sowie Töpfe mit Kräutersud und Fettsalben bereitgestellt
worden. »Sehr wenig Platz haben wir hier, Signora Laodomia. Da kei-
ne Schwierigkeiten zu erwarten sind, benötigen wir das Bett und die
Geburtsstütze nicht. Ich schlage vor, wir schaffen alles Nötige samt
Federkissen hinunter in die Stube. Zwei Stühle und die Kräfte Eurer
Freundin genügen, um dem Kind ins Leben zu helfen.«

Ohne Zögern war der Wohnraum in ein Geburtszimmer verwandelt worden, und ehe sich Enzio versah, hatte Petruschka den
werdenden Vater hinaus geschickt. Er sollte vor dem Haus warten

oder sich in der Taverne neben dem Bäckerladen aufwärmen. Sobald
das Kind da sei, würde er gerufen.

Eine neue Welle, heftiger, drängender. Laodomia entglitt der
Wasserbecher. Ihr Schrei und das Scheppern weckte die Frauen.
Sofort eilte Petruschka zu ihr. Während die Hebamme sich die Hände
im warmen Wasser wusch, stützte sie Laodomia. »Ruhig, Kleines. Alles
wird gut.« Sie brachte die Stöhnende nicht gleich zu den Stühlen,
sondern ging mit ihr langsam zum Tisch. In der Mitte brannte eine
Kerze, und auf jeder Ecke der Holzplatte lag ein Häufchen Salz.
»Nimm davon«, bat sie. »Besser ist besser. Dann kommt das Kind
leichter. Das weiß ich von meiner Mutter. Bei ihr zu Haus in Russland
haben es die Schwangeren so gemacht.«

Laodomia gehorchte; ohne den Sinn zu begreifen, nahm sie vom
Salz. Sobald der Tisch umrundet war, griff Petruschka nach der Kerze
und hob ihr die Flamme dicht vors Gesicht: »Du reines Licht, verjage
alles Böse!«, murmelte sie.

Die Helligkeit blendete, zugleich befiel Laodomia erneut eine
Wehe, blieb schmerzhaft und wollte nicht nachlassen. Mein Schoß
reißt auf, dachte sie ängstlich. Wie aus weiter Ferne hörte sie die Stimme der Hebamme, spürte, wie ihr das Hemd abgestreift wurde, dann
kämpfte sie nur noch mit dem Schmerz. Als das Denken für einen
Moment zurückkehrte, saß sie mit geöffneten Beinen auf den Schenkeln der Freundin, ihr Rücken lehnte an den Brüsten, und starke
Arme hielten sie umschlungen. Petruschka flüsterte: »Jetzt hilft uns
die heilige Madonna. Schön atmen, Kindchen … und drücken. Ja, so
ist's fein …«

Ein Berg will hinaus, dachte sie entsetzt, er ist zu groß, und
schrie … nein, nicht aufgeben, ich bin eine Riesin, eine Riesin … und
sammelte erneut alle Kraft.

Sie hörte sich brüllen und aufstöhnen, bis das Glühen in ihrem
Schoß unvermittelt nachließ. Noch keuchend lehnte sie den Kopf an
Petruschkas Halsbeuge, wehe Wärme löste die Krämpfe auf, und ver-
wundert öffnete Laodomia die Augen. »Ist es da?«

»Er ist da«, hörte sie die Hebamme sagen, dann vernahm sie einen
Klaps und gleich darauf helles Zetern. »Na, bitte, Signora. So kräht
nur ein gesunder Hahn. Dein Junge hat fünf Finger an jeder Hand,

fünf Zehen, und das kleine Hähnchen reckt sich auch, genau so wie es sein soll.«

»Ein Sohn.« Laodomia liefen die Tränen über die Wangen. So lang war der Weg gewesen, von Ferrara bis hier her. Dank sei dir, mein Erzengel, du Beschützer der Wanderer, du hast mich geleitet. Nun sind wir am Ziel.

»Das ist unser Glück, Kindchen.« Petruschka hob die Entkräftete leicht an und bettete sie neben dem Stuhl in die Federkissen.

»Gib ihn mir.«

»Gleich, Kindchen. Ruh dich aus, bis wir ihn versorgt haben.«

Laodomia ließ die Frauen und das Kind nicht aus den Augen. Als der Junge in die Holzwanne gehalten wurde, flüsterte sie: »Mein Raffaele, wie sehr habe ich dich herbeigesehnt. Dein Vater wird staunen, wenn er dich sieht. Ach, alle werden staunen.« Sie streckte beide Hände aus: »Nun gebt ihn mir doch endlich.«

Enzio war draußen vor dem Haus auf und ab marschiert, Stunde um Stunde, mit der Disziplin eines Wachhauptmanns. Kaum aber hatte Petruschka die Tür nur einen Spalt aufgezogen, da drängte er hinein, hörte nicht hin, was die Russin ihm mitteilte, blieb jäh stehen und musste nachfragen, langsam begriff er: Ein Junge. Nein, kein Mädchen. Ein Junge!

Enzio fiel neben dem Kissenbett auf die Knie, verschränkte die Hände auf dem Rücken, als dürfe er nichts berühren, und bestaunte seine Frau mit dem in Tücher fest eingewickelten Kind wie ein Wunder. »Ist er das? Mein eigener Sohn.«

»Unser Sohn«, verbesserte Laodomia, leise setzte sie hinzu: »Du bist nur der Vater, ich aber habe Raffaele geboren. Vergiss das nie, Herr Hauptmann.« Enzio nahm es als Scherz und straffte den Rücken: »Sehr wohl, meine Gebieterin.«

Trotz ihrer Mattigkeit dachte sie an den Streit, der ihr vielleicht noch bevorstand. Jetzt bot sich die Gelegenheit, ihn von vornherein zu gewinnen: »Das genügt mir nicht, Liebster. Bitte sage: Raffaele ist unser Sohn, so deutlich, damit Petruschka und die Hebamme es auch verstehen.«

Im Überschwang des Gefühls gehorchte er: »Hört Ihr, Frauen? Raffaele ist UNSER Sohn!«

Besucher kamen. Gleich früh am nächsten Morgen stampfte kurzatmig Mutter Belconi, gefolgt vom Schneidermeister, hinauf in die Schlafkammer. »Bei der Madonna, welch eine Freude!« Sie beugte sich über die Wiege neben dem Bett und versperrte ihrem Gatten die Sicht. »Nein, welch eine Freude! Sieh nur die Nase, Mann. Siehst du sie? So süß. Also, ich meine, die hat er von mir. *Mein* Enkel.«

»Nun geh doch bitte etwas zur Seite«, bat Meister Belconi. Stumm betrachtete er das schlafende Gesichtchen, dann hob er den Blick und sah zu Laodomia, die lächelnd in den Kissen lehnte. »Danke. Du hast großes Glück in unsere Familie gebracht. Auch wenn ich jetzt wirklich lernen muss, dass ich alt bin. Ein Großvater eben. Doch was bedeutet dies schon, wenn ich zum Trost dafür einen Enkel geschenkt bekommen habe.«

Laodomia streichelte über die Zudecke. »Mir geht es gut in eurer Familie; und der Junge benötigt sicher stets den Rat seines Großvaters.«

»Was höre ich da?«, lachte Signora Belconi. »Ich allein weiß am besten, was ein Kind braucht, schließlich bin ich die Großmutter und habe selbst schon einen prächtigen Sohn großgezogen.« Sie trat ans Bett. »Nun komm, Schwiegertochter, lass dich küssen.« Sie schmatzte ihr herzhaft auf beide Wangen. »Ach, ich freue mich … O Madonna, die Taufe! Wir sollten das Datum festlegen. Nein, erst müssen wir die Paten aussuchen. Möglichst reich müssen sie sein. Ach, wie heißt mein Enkel? Enzio hat irgendeinen Namen genannt, als er uns vor dem Dienst verständigt hat. Aber der war sicher nicht ernst gemeint. Wenn es ein Mädchen geworden wäre, dann hätte es natürlich meinen Namen bekommen: Violante!« Ihre Stimme bewies, wie viel Musik in Violante verborgen war. »Jetzt aber muss der Junge auf den Großvater getauft werden, so ist es in unserer Familie üblich. Also: Florinus.«

»Raffaele.«

Verblüfft klappte Signora Belconi den Mund zu, ehe sie sich gefasst hatte, sagte Laodomia ruhig: »Unser Sohn heißt Raffaele. Und so wird er auch getauft.«

»Aber Schwiegertöchterchen, du bist sicher noch zu erschöpft.« Nachsichtig nickte die Schneidersfrau. »Nicht du, sondern dein Mann und wir bestimmen den Namen.«

Nur jetzt nicht laut werden, befahl sich Laodomia und heftete den Blick auf das Bildnis ihres Erzengels. »Enzio und ich haben den Namen schon festgelegt.«

»Was?« Signora Belconi griff sich an den Busen. Hilfe suchend verlangte sie von ihrem Gatten: »Florinus, nun sag doch was!«

Der Schneidermeister hob beide Hände. »Den Willen unseres Sohnes müssen wir achten. Beruhige dich, Frau. Es sind junge Leute, wir dürfen uns da nicht einmischen.«

»Undank ist es, sonst nichts.« Violante beugte sich kurz über die Wiege. »Armer Junge, so hübsch bist du und musst mit solch einem Namen leben.« Ohne Gruß wandte sie sich zur Stiege.

Meister Belconi blieb zurück, schnell flüsterte er Laodomia zu: »Gräm dich nicht. Sie wird sich damit abfinden, dafür sorge ich schon«, und eilte seiner Gemahlin nach.

Gegen Mittag traf Filippo Strozzi in Begleitung des jungen Vaters ein. »Ich bringe hohen Besuch«, rief Enzio zur Schlafkammer hinauf. »Dein Herr Onkel gibt uns die Ehre.«

Laodomia hatte kaum Zeit, ein wenig ihre zottigen Locken zu richten, da tauchte bereits der Samthut aus der Stiegenluke auf. Vor dem Bett nahm Filippo die Kopfbedeckung mit einer galanten Verbeugung ab, öffnete den pelzbesetzten Schultermantel und drückte beide Kleidungsstücke Enzio in den Arm.

Wie ärmlich wir doch leben, stellte Laodomia jäh fest. Die bloße Anwesenheit des weltgewandten Onkels ließ den Raum noch enger erscheinen.

Nur flüchtig betrachtete Filippo das Kind in der Wiege, umso tiefer war sein Blick für Laodomia. »Nichte, meine schöne Nichte.« Mit dem Zeigefinger glättete er spielerisch die Ränder des Lippenbartes. »So wenig durfte ich in den vergangenen Monaten deine Gegenwart genießen. Du hast dich rar gemacht. Beinah glaubte ich schon, dass du den Palazzo meiden wolltest.«

»Nein, Onkel.« Laodomia griff nach seiner Hand. »Ich war beschäftigt ... ich war schwanger und unbeholfen wie eine dicke Pute. Und außerdem wusste ich von Petruschka, dass du oft in Neapel zu tun hattest.«

»Du versprichst also Besserung? Dann sei dir verziehen.« Mit beiden Händen drückte er ihre Hand. »Mein Glückwunsch kommt von Herzen.« Er wandte sich an den Vater. »Junger Mann, sei stolz, dass diese Frau dir einen Nachkommen geboren hat. Welchen Namen hast du für ihn ausgesucht?«

»Ich muss noch mit den Eltern ...«

»Raffaele«, unterbrach ihn Laodomia knapp. »Auf diesen Namen haben wir uns geeinigt.«

Die Ohren des Wachhauptmanns glühten auf. »Ja, Raffaele«, bestätigte er.

Kurz verengte Filippo die Brauen, dann überging er die Unsicherheit des Vaters. »Ein Erzengel ist immer eine gute Wahl. Enzio Belconi, das Blut der Strozzi veredelt nun deine Familie. Ich denke, dies ist Grund genug, mit einem Schluck Wein auf den unschätzbaren Gewinn anzustoßen.«

»Gleich, Herr. Ich besorge einen Krug aus der Taverne.« Überhastet sprang der Wachhauptmann die Stiege hinunter. Kaum war er verschwunden, beugte sich Filippo über seine Nichte und tätschelte ihre Wange. »Wenn du wieder bei Kräften bist, sollten wir zusammen essen. Nur wir beide, es gibt da einiges, was ich mit dir besprechen möchte.«

Um nicht unhöflich zu scheinen, entzog sich Laodomia der Berührung nicht. »Wenn es wichtig ist, Onkel, sage es mir gleich.«

»Immer noch diese Ungeduld? Mit Freude stelle ich fest: Trotz deiner gewiss eintönigen Ehe hast du nichts an Temperament eingebüßt.«

Jetzt rückte sie doch ein Stück zur Seite. »Ich verstehe nicht.«

Filippo wandte sich ab und ließ das Kinderbett sanft hin und her schaukeln. »Nur so viel sei verraten: Mein lang gehegter Wunsch ist es, dich einem Maler zu empfehlen. Und dafür muss dein Körper wieder zur vollen Schönheit erblüht sein.«

Die Selbstgefälligkeit ärgerte sie. Woher weiß er, wie langweilig meine Ehe ist? Und selbst wenn, was geht es ihn an? Und ob ich mich vor einem dieser Künstler überhaupt ausziehen möchte, bestimme ich allein. »Ich dachte, das Aktmalen am lebenden Modell ist verboten.«

»Nur offiziell. In Wahrheit aber ...«

»Vielleicht lohnt sich mein Anblick gar nicht mehr für einen Maler. Vielleicht bleibe ich so unförmig.«

Filippo schüttelte den Kopf. »Das weiß ich zu verhindern. Mein erstes Geschenk an dich ist eine Amme. Sie wird, solange es nötig ist, den Jungen stillen, damit deine Brüste keinen Schaden nehmen. Mein zweites Geschenk …«

Er brach ab, denn Enzio kehrte mit Weinkrug und Bechern zurück. Sofort bezog er ihn mit ein: »Du kommst gerade rechtzeitig. Da ich mich um die Zukunft deiner Familie sorge, werde ich die Patenschaft für den Sohn übernehmen.«

Vor Schreck vermochte Enzio den Krug nicht ruhig zu halten, und Wein schwappte auf den Boden. »Ihr wollt wirklich? Ihr seid zu gnädig, Herr. Gott schütze Euch.«

»Meine Zusage gilt nur«, ermahnte Filippo ihn gönnerhaft, »wenn ich nun endlich etwas zu trinken erhalte.«

Pate, der Onkel wird Pate meines Sohnes, jubelte Laodomia. Größere Sicherheit kann ich mir für Raffaele gar nicht wünschen.

Mit dem Tag der Taufe im Baptisterium ging ein Gevatter öffentlich die Verpflichtung ein, dem Kind und dessen Eltern in allen schwierigen Lebenslagen zu helfen. Er wurde zum engsten Vertrauten der Familie und durfte, ohne den Nachbarn Grund für Klatsch zu geben, jederzeit ins Haus kommen, selbst wenn der Ehemann nicht daheim war.

Bei dieser Vorstellung hielt Laodomia inne. Nein, denke nicht schlecht, ermahnte sie sich. Du gefällst dem Onkel, und er lässt es dich ab und zu wissen, weil er eben ein Mann ist. Was ist schon dabei? In Wahrheit hat er stets nur Gutes für dich und uns getan. »Ich bin sehr froh«, sagte sie.

»Und nicht genug damit.« Filippo trank noch nicht. »Ich werde sogar versuchen, noch einen zweiten Paten zu gewinnen. In der Via Larga.«

»Bei den Medici?« Das Grün in Laodomias Augen verdunkelte sich. »Wie kann ich dir nur danken?«

»Aber, Nichte. Kein Gevatter erwartet irgendeine Gegenleistung. Nein, nein die Liebe des Patenkindes und der Eltern sind ihm Dank genug.« Er hob den Becher: »Auf die schönste Mutter von Florenz.«

Erst nach einem tiefen Seufzer gelang es Enzio, mit einzustimmen, und beide Männer tranken den Wein in einem Zug.

Unruhe ist besser als Ruhe! Seit gut einer Stunde führten die Gelehrten der Plato-Akademie im Studio Lorenzos über diese radikale These eine tief gründende Disputation. Keine Rückbesinnung heute auf Plato und die griechischen Denkschulen. Von Luigi Pulci, dem scharfzüngigen Satiriker in der Runde, von ihm, der stets versuchte, sein zierliches Äußeres durch möglichst unverschämt rücksichtslose Meinungen aufzuwerten, war der Satz gleich zu Beginn vorgegeben worden.

Derweil saß der ungekrönte Herrscher von Florenz mehr und mehr in sich hineingrübelnd hinter seinem Schreibtisch; das Gesicht fleckiger noch als gewöhnlich, beide Fäuste lagen auf einem geöffneten Brief. An der Gesprächsrunde beteiligte er sich nicht. Mit jeder Faser seines Herzens lehnte er den aufgestellten Lehrsatz ab. Wie tönernes Gerede, schlimmer noch, wie Hohn klang er in den Ohren des mächtigen Mannes.

Nichts hatte diese Behauptung mit der Wirklichkeit gemein, denn Unruhe wühlte die italienischen Staaten auf. Am Tag nach Weihnachten des vergangenen Jahres hatten sich in Mailand drei Edelleute auf den prunkliebenden Herzog Galeazzo Sforza gestürzt und ihn erstochen. Vor der Kirche Santo Stefano war der Regent Mailands verblutet. Mit ihm hatte Lorenzo einen wichtigen Verbündeten verloren.

Unruhe sollte besser sein denn Ruhe? Niemals!

Gleich zu Beginn dieses Frühjahrs war jäh Kriegsgeschrei erwacht. Ein junger Söldnerführer verwüstete mit seinen Truppen die Gebiete um Siena. Sofort verdächtigten Rom und Neapel den Medici, dass er mithilfe des Draufgängers die Grenzen von Florenz nach Süden ausdehnen wollte. Päpstliche und neapolitanische Truppen marschierten Seite an Seite gegen die Republik. Ehe es zu einer Schlacht kam, hatte Lorenzo den eigenmächtigen Condottiere bewegen können, seine Plünderer abzuziehen. Dank großem diplomatischem Ge-

139

schick des Medici war die Ruhe wiederhergestellt, und die Bevölkerung durfte aufatmen.

»Nur Unruhe bringt wahren Fortschritt.« Mit diesem Satz baute Christoforo Landino am Gedankengerüst der Gelehrten weiter.

Da nun selbst sein ehemaliger Erzieher sich beteiligte, stieß Lorenzo hart den Sessel zurück. »Verzeiht, ehrenwerte Freunde.« Die schrille Stimme vibrierte wie ein Glaskelch, kurz bevor er zerbrach. »Lasst euch nicht stören. Mir selbst fehlt heute der Sinn für derartige philosophische Gratwanderung. Entschuldigt mich.« Damit raffte er das Blatt vom Schreibtisch und verließ ohne weitere Erklärung steifen Schritts den Raum.

Wo hielt sich Donna Lucrezia auf? Er fand sie nicht in ihren Gemächern, nicht im Balkonzimmer über der Halle. Von der Dienerschaft erfuhr Lorenzo schließlich, dass seine Mutter sich in einer Sänfte hinüber nach San Marco hatte bringen lassen, um dort nahe der Kirche und dem Dominikanerkloster im Garten der Medici die Abendstunden zu verbringen.

Als er aus dem Portal des Palazzos trat, begegnete ihm Filippo Strozzi. »Willst du zu mir?«

»In der Tat. Doch wenn du in Eile bist, komme ich morgen wieder.«

»Nein, nein, sei mir willkommen. Einen nüchtern denkenden Freund zu treffen entschädigt mich gerade jetzt für das Geschwafel der klugen Köpfe da oben in meinem Studio.« Einladend nahm er Filippos Arm. »Begleite mich. Ich bin auf dem Weg in unsern Garten. Dort will ich mit der Mutter einen Brief besprechen, der mich beunruhigt. Auch dein Rat könnte weiterhelfen.«

Eng nebeneinander schritten sie die Via Larga in Richtung San Marco. »Wie unhöflich von mir!« Lorenzo schüttelte den Kopf. »Ich beanspruche dich, ohne zu fragen, was dich zu mir führt.«

Geübt im galanten Umgang gab Filippo zurück: »Nichts Wichtiges, bester Freund. Wir können bei anderer Gelegenheit darüber sprechen.«

Jetzt lachte der Medici trocken. »Schluss mit der Schnörkelei. Auf diese Weise könnten wir Florenz durchwandern, bis es dunkel ist, und hätten uns nichts gesagt. Also, ich höre.«

»Es betrifft Enzio Belconi, den Hauptmann deiner Palastwache«, begann Filippo und berichtete kurz vom Nachwuchs der jungen Familie, erinnerte den Freund daran, dass die Kindsmutter seine Nichte Laodomia war, und erwähnte, sich selbst als Pate zur Verfügung gestellt zu haben. »Nun bietet sich eine Gelegenheit, das Band zwischen den Medici und den Strozzi auf unterer Ebene zu festigen.«

»Dieser Belconi ist ein tüchtiger Bursche, und er genießt mein Vertrauen«, bestätige Lorenzo. »Du meinst also, ich sollte deinem Beispiel folgen? Es tut mir Leid. Meine Patenschaften in der Stadt sind so zahlreich, dass ihr Stellenwert eher einer Inflation gleicht denn Gunst bedeutet.« Ehe sein Begleiter einen Einwand vorbringen konnte, setzte er hinzu: »Auf der anderen Seite scheint mir die Anregung durchaus sinnvoll. Ich werde Guilio oder Mutter überreden, an meiner statt den Knaben aus der Taufe zu heben.«

»Danke«, leicht verneigte sich Filippo. Die Vorstellung, dass ausgerechnet Giuliano jederzeit Zutritt ins Haus seiner Nichte haben sollte, erschreckte ihn. Dies musste er verhindern, allein jetzt war nicht der rechte Moment dazu. »Ich bin in deiner Schuld«, sagte er.

Hinter San Marco zog sich eine hohe Mauer entlang der Via Larga. Die Herren erreichten das Eisentor und traten ein. Nicht nur der Garten, eine ausgedehnte Anlage mit gepflegten Beeten, Ziersträuchern, mit einem Springbrunnen und Teich, beeindruckte den Besucher; die zahlreichen Marmorbüsten römischer Kaiser in den offenen Loggien der Umfassungsmauern wie auch die entlang der Pfade aufgestellten und in Bewegung und Schönheit unnachahmlich gearbeiteten Statuen ließen das Herz höher schlagen. Der Park war ein Geschenk Lorenzos an seine Gattin Clarice, die ihn jedoch voll Verachtung für alles Florentinische mied. Um so freudiger genoss Donna Lucrezia den Aufenthalt in diesem kunstvoll gestalteten Paradies. Vom Tor führte ein gerader, von Zypressen gesäumter Weg am Wasserspiel vorbei zum geräumigen Pavillon in der Mitte des Gartens.

Die Patriarchin ruhte im Lehnstuhl unter dem Bogengang und empfing den Sohn und dessen Begleiter mit leichtem Erstaunen. »Wohin soll ich noch fliehen, damit ich wenigstens eine friedvolle

Stunde für mich habe und über meine neue Canzone nachdenken kann?«

»Verzeih, Mutter, nie würde ich wagen …«

»Schweig.« Die lächelnden Augen zeigten, wie sehr sie sich über den Besuch freute. »Setzt euch zu mir.« Ohne Umschweife wandte sich Donna Lucrezia an Filippo: »Der Storch hat ein Bündel ins Bett Eurer Nichte gelegt. Welch ein Geschenk. Ich hoffe, Ihr wart nicht daran beteiligt. Nein, verzeiht, ich scherze nur.« Sie blickte forschend ins Gesicht des Sohnes. »Der Schwatz über die Geburt eines Kindes führt euch beide nicht her.«

»Nicht in erster Linie.« Lorenzo zog das Schreiben aus der Rocktasche. »Du erinnerst dich an Girolamo Riario? Den Neffen des Papstes? Wie du weißt, ist er vom Grünkramhändler zum Grafen aufgestiegen und wurde von Sixtus als Herrscher über die Stadt Imola gesetzt. Sehr zu meinem Ärger.«

Kaum war der Name gefallen, ballte Donna Lucrezia eine Faust. Auch Filippo richtete sich auf.

»Vor zwei Wochen nun erhielt ich diesen Brief.« Er reichte ihn der alten Dame.

»Nein, lies du«, wehrte sie ab. »Ich habe meine Brille nicht zur Hand.«

Lorenzo schnippte gegen das Blatt. »Der Absender ist jener Riario. Nach den üblichen Höflichkeiten kommt er gleich zur Sache. ›… es ist an der Zeit, Unstimmigkeiten zu klären. Auch Euch sollte der nachbarliche Friede am Herzen liegen. Deshalb lade ich Euch nach Rom ein. Genießt meine Gastfreundschaft …‹ Nun preist er die Vorzüge seines römischen Palazzos, danach lässt er mich wissen: ›… und überdies versichere ich Euch, dass durch meine Fürsprache auch das erkaltete Verhältnis zwischen Euch und dem Inhaber des Heiligen Stuhls, Seiner Heiligkeit Sixtus IV., sich erwärmen wird. Teilt mir bald mit, wann es Eure Zeit erlaubt, meiner Einladung zu folgen …‹« Lorenzo las nicht weiter und ließ das Schreiben sinken. »Kein formvollendeter Brief, bei Gott. Weder ganz offiziell noch wirklich privat.«

»Der Stil eines Gemüsehändlers eben«, bemerkte die Patriarchin kühl. »Das beweist mir erneut: Du kannst zu noch so hohen Ehren aufsteigen, vom Stallgeruch deiner Herkunft wirst du dich nie befreien können.«

»Dies hilft mir nicht weiter, Mutter.« Lorenzo rieb die flache Nasenkuppe. »Ehe ich euer beider Rat erbitte, fasse ich meine Überlegungen kurz zusammen: Mit keinem Wort erwähnt der Graf einen konkreten Anlass. Diese Tatsache weckt mein Misstrauen. Auf der anderen Seite wäre eine diplomatische Klärung der Standpunkte bezüglich seiner Herrschaft über Imola und der dadurch angewachsenen Bedrohung unserer Sicherheit durchaus von Vorteil. Die angedeutete Fürsprache bei Sixtus scheint mir überdies nur Zuckerwerk, mit dem ich nach Rom gelockt werden soll.« Fragend blickte Lorenzo den Freund an. »Was würdest du antworten?«

»Zunächst gebe ich zu bedenken, dass Graf Riario allen Grund hat, dich zu hassen. Von einer Reise nach Rom rate ich in jedem Fall ab. Schreibe ihm, er möge doch die Themen fest umreißen, über die er verhandeln möchte. Und teilt er sie dir mit, so kannst du – unter dem Vorwand, wegen dringender politischer Geschäfte unabkömmlich zu sein – ihn bitten, die Unterredung hier in Florenz stattfinden zu lassen. Auf diese Weise bliebe deine persönliche Sicherheit in jedem Fall gewahrt.«

»Warum so viel Beachtung?« Fest drückte Donna Lucrezia die gefalteten Hände in ihren Schoß. »Mein Vorschlag ist sehr einfach: Keine Antwort! Da jeder Brief unterwegs verloren gehen kann, hast du das Schreiben nicht erhalten. Meint der Graf sein Angebot ernst, wird er sich wieder melden.«

Lorenzo runzelte die Stirn. »Und was gewinnen wir durch die Verzögerung?«

»Zeit, mein Sohn. Du lässt inzwischen in Rom durch deine Spione nachforschen, was hinter der Einladung steckt.«

Verblüfft sahen sich die Männer an.

Nach einer Weile fragte das Oberhaupt der Medici: »Warum bin ich nicht selbst darauf gekommen?«

»Untersteh dich, Junge.« In den Winkeln der dunklen Augen verdichteten sich die Faltenfächer. »Sonst wäre ich gänzlich überflüssig.«

»Niemals, Mutter …«

143

»Spar dir deine Komplimente.« Kurz hielt sie inne, und ohne die Leichtigkeit zu verlieren, wandte sie sich an Filippo. »Mutter! Ein gutes Stichwort. Wie geht es Laodomia? Hat sie sich von der Geburt erholt? Bringt mir Eure Nichte doch möglichst bald wieder in den Palazzo, lieber Freund. Ich habe das Mädchen in mein Herz geschlossen.«

Gleichzeitig erinnerten sich beide Herren. Lorenzo kam Filippo zuvor. »Da du Signora Belconi erwähnt hast, Mutter. Sie bedarf noch eines einflussreichen Paten für den Sohn. Ich dachte an Giuliano …«

»Oder Euch selbst, Donna Lucrezia«, warf Filippo hastig ein. »Das schönste Geschenk für meine Nichte wäre, wenn Ihr Euch herablassen könntet, Patin des kleinen Raffaele zu werden.«

Streng hob die alte Dame den Zeigefinger. »Giulio scheidet aus. Ich möchte meinen Frauenheld erst gar nicht in der Nähe Laodomias wissen. Und wie steht es mit Euch, teurer Freund? Nein, nein, antwortet nicht. Ich bin sicher, Ihr habt Euch schon längst als Gevatter angeboten.« Sie dehnte den Augenblick, bis Filippo sichtlich verunsichert auf seine Stiefelspitzen starrte. Jedoch im Beisein ihres Sohn gab sie nichts von der geheimen Eheabsprache preis, schloss die Lider und erklärte mit sanfter Stimme: »Vielleicht kann ich auf diese Weise wiedergutmachen, woran ich nicht ganz unschuldig bin. Ja, ich übernehme die Patenschaft. Außerdem …«, jetzt bedachte sie den Onkel Laodomias mit einem warnenden Blick, »erfahre ich so viel rascher, wie sich das Leben der junge Familie weiter entwickelt.«

Wohin mit dem Stolz, wenn er droht die Brust zu sprengen? Girolamo Savonarola durchmaß seine Zelle mit kurzen Schritten von Wand zu Wand und vermochte sich nicht des Sturms der Gefühle zu erwehren. Gestern, am 1. Mai 1477, hatte ihn der Weihbischof durch Handauflegen zum Diakon erhoben!

Welch ein Aufstieg, dachte er. Vor kaum zwei Jahren kam ich mit blutverkrusteten Füßen in Bologna an. Als ein Nichts habe ich das Kloster betreten. Und jetzt darf ich schon beim Hochamt am Altar dienen.

War das Noviziat die erste, mühevollste Sprosse gewesen, so hatte er wenige Monate später bereits mit der Segnung zum Subdiakon die zweite erklommen. Dass die dritte Stufe nun in so kurzer Zeit erreicht war, verwunderte nicht nur den ehrwürdigen Prior des Klosters, sondern vor allem ihn selbst.

»Das ist mein Weg«, flüsterte der Vierundzwanzigjährige atemlos, und es gelang ihm nicht mehr, seine Gedanken zu zügeln. »Ich werde niemals ruhen. Ich steige hinauf bis zu den obersten Sprossen der Leiter. Höchste Ämter will ich im Orden bekleiden. Wie Hiob werde ich gegen den Sündenpfuhl predigen. Meine Worte erschallen unüberhörbar im ganzen Land. Ich fühle eine Kraft in mir …« Girolamo presste erschreckt die Hand vor den Mund. »Sei nicht hoffärtig!« Er warf sich auf die Knie, verschränkte die Unterarme hinter dem Kopf und presste seinen Nacken nieder, bis er mit der Stirn den harten Zellenboden berührte. »Vergib, Herr. O vergib! Nimm diesen Kitzel der Eitelkeit von mir.«

Keine Erlösung. Das Rauschgefühl ließ ihn nicht los. Girolamo hob wieder den Kopf. »Ist es denn schlecht?«, stammelte er. »Ist Stolz nicht der Lohn für schwer erarbeiteten Erfolg?«

Ein Freund fehlte ihm, heute mehr denn je. Bisher hatte er sich nur denjenigen Mitbrüdern angeschlossen, die, wie er selbst, eine Vorliebe für Gespräche über göttliche Geheimnisse oder die Heilige Schrift zeigten. Einen Vertrauten aber, dem er auch seine geheimen Wünsche und Gedanken mitteilen durfte, besaß er nicht.

Girolamo starrte zum Lesepult. Der rötliche Schleier vor seinen Augen zerriss. Ein Lächeln huschte über das blasse Gesicht. »Caterina! Wie konnte ich sie vergessen?« Schnell erhob er sich und nahm das eng beschriebene Blatt zur Hand. »*Canzona ad divam Caterinam Boloniensem.*« Vor wenigen Wochen hatte er das Gedicht beendet. Was bedeutete schon ein Freund im Vergleich zu dieser Freundin! Sie überstrahlte jeden Menschen. »Ich werde es zu ihr bringen«, beschloss er, »nein, ich werde es Caterina vortragen. Mit ihr will ich meinen Erfolg feiern.«

Am Tor grüßte ihn der Bruder Pförtner freundlich. »Meinen Glückwunsch zur Weihe.«

Kurz blieb Girolamo stehen. »Dir verdanke ich viel. Du hast mich damals nicht abgewiesen. Zu den Clarissinnen wolltest du mich schicken, weißt du noch?«

Wie meist, ehe er sprach, spannte der Dominikaner die Lippen, um den Speichel durch die Zahnlücke zu schnalzen, besann sich aber rechtzeitig und hob entschuldigend die Hand. »Gut, dass ich 's nicht getan hab.«

»Und heute gehe ich frohen Herzens hinüber zum Frauenkloster«, verriet ihm Girolamo. »Bis zur Vesperglocke bin ich zurück«, sagte er und eilte mit wehender Kutte hinaus.

Durch Winkelgassen erreichte er schnell den Hauptweg zur Kapelle. Dicht an dicht drängten sich Pilgergruppen vor dem Portal. Girolamo umging den Strom der Gläubigen. Aufgrund seiner häufigen Besuche bei der seligen Äbtissin wusste er von einer engen Nebenpforte und schlüpfte hindurch.

Schweiß- und Atemdunst erstickte den niedrigen Raum. Jedoch geschützt vor Gerüchen und Bittgebeten saß Caterina im gläsernen Schrein auf ihrem mit Purpurkissen ausgepolsterten Stuhle. Langsam näherte sich Girolamo und blieb abseits des auf Knien kriechenden Pilgerwurms im Halbdunkel stehen. Hier war seit Monaten sein Platz für die Zwiesprache mit der Schönen.

»O wunderbare Seele«, trug er ihr heute aus seinen Versen vor, »zum Himmel enteilend, ließest du deine heiligen Glieder auf Erden zurück – um uns Zeugnis vom anderen Leben zu geben …«

Caterina de Vigri, bekleidet mit dem braunen Gewand der Clarissinnen, schien ihn nachdenklich anzuhören; das Haupt leicht gesenkt, lagen ihre Hände über der geschlossenen Bibel auf ihren Knien.

»Dein heiliger Leib ist uns Beweis, wie hoch Gott dich im Himmel erhoben hat …«

Girolamo hielt inne. Vor fünfzehn Jahren war die Äbtissin kaum vierzigjährig gestorben. Nur in ein Leintuch gewickelt hatten die Nonnen sie ins Grab gelegt, weil ihnen Geld für den Tischler fehlte. Gläubige hörten von der ärmlichen Bestattung. Welch eine Schande! Die hochverehrte Begründerin des Klosters, deren Lebensinhalt von Demut geprägt war, der zur Weihnacht in seliger Verzückung Maria und das Kind erschienen waren, sie durfte nicht verscharrt wie eine Bettlerin auf das Jüngste Gericht warten. Spenden für einen Sarg wurden gesammelt, und nach mehr als zwei Wochen gruben die Mitschwestern den Leichnam wieder aus. Caterina war unversehrt! Kein

Makel befleckte die Haut, nichts hatte der Tod den Gliedern anhaben können, und ihrem Leib entströmte Wohlgeruch. Vom Wunder ergriffen, kleideten die Clarissinnen ihre Oberin und gaben ihr diesen Stuhl als Ruhestätte. Seitdem harrte dort Caterina in Gedanken versunken aus, schön und feingliedrig, ohne jedes Anzeichen von Verwesung.

Girolamo formte die Lippen wie zu einem Kuss. So nah bin ich dir, dachte er. Auch du lebtest als junges Mädchen in Ferrara. Mit zehn Jahren kamst du an den Hof des Herzogs, musstest dort das sündige Leben kennen lernen und hast dich schon bald angeekelt abgewandt. Du suchtest Schutz in der Gemeinschaft der Clarissinnen, und später, zwei Jahre nach meiner Geburt, gründetest du hier in Bologna dieses Kloster. Wie unsere Wege sich gleichen, du Geliebte. Nein, zürne nicht. Wir hätten uns begegnen können, denn als du starbst, zählte ich gerade zehn Jahre.

Eine Welle durchströmte ihn, das Blut bedrängte die Augen. Sein Blick saugte sich durch den Glasschrein. Caterina bemerkte ihn und legte die Heilige Schrift beiseite. Ihre Hände öffneten die Nonnenkluft wie einen Mantel, und er sah die weißen Brüste. Unvermittelt aber verwandelte sich der nackte Leib, glich nun dem begehrlichen Körper Laodomias; die Haube rutschte nach hinten, und dunkle lange Locken quollen hervor…

»Nein, verzeih!«, entfuhr es ihm laut, dass einige Pilger überrascht den Kopf drehten und er sich noch tiefer ins Dunkel zurückzog. Heftig schnaubte Girolamo durch die Nase; damit vertrieb er das Trugbild, und die Angebetete ruhte wieder nachdenklich und unberührbar in ihrem Purpursessel.

Ertappt wie ein Schüler beim Betrachten unsittlicher Zeichnungen, suchte er nach den Versen seiner Canzone, nur in Bruchstücken fielen sie ihm ein: »…Von allen Seiten strömen Menschen herbei, um deine Glieder zu bestaunen…« Er stockte und rezitierte tonlos weiter: »…die, obwohl erstorben, doch zu leben scheinen… Welches Herz wäre denn auch so hart, beim Anblick… so heiliger Werke und deiner sanften Züge…«

An Caterina habe ich das Gedicht geschrieben, versicherte er sich, nicht für diese schamlose Dirne aus dem Hause Strozzi.

»… wenn nun schon dein Leib ein Paradies auf Erden ist …«

Nein, so meinte ich es nicht, stöhnte Girolamo und ließ die nächsten Zeilen aus. »Allmächtiger Gott«, setzte er neu an, »du weißt wohl, was meiner Mühe mangelt und das Ziel meiner Wünsche ist: Nicht um Zepter noch um Reichtum bitte ich … sondern das allein ist mein Sehnen: Verwunde mein Herz mit … deiner … Liebe …«

Girolamo schlug voll Scham die Hände vors Gesicht, Tränen nässten seine Finger, so tappte er vornüber gebeugt zur Nebenpforte der Kapelle. Das Geschenk an die selige Äbtissin, seine Canzone, war von ihm selbst beschmutzt worden. »Warum, Herr?«, klagte er hilflos. »Was soll ich denn tun, damit du mein Herz befreist von diesen unzüchtigen Gedanken, mich endlich erlöst von dieser Sünderin?«

Keine Antwort aus Florenz! Nicht einmal eine simple Bestätigung über den Empfang des Briefes! Die Unhöflichkeit des Medici erboste Graf Riario von Monat zu Monat mehr. »Dieser selbstherrliche Kerl wagt es, mich mit Missachtung zu strafen. Allein deswegen sollte ich ihn zertreten.«

Bei einem Bankett zur Ehren seines kaum sechzehnjährigen Neffen Raffaello, den Papst Sixtus in steter Sorge um das Wohl der eigenen Sippe gerade zum Kardinal ernannt hatte, schwärmte der Graf leutselig von einer Siesta auf dem Monte Mario. Die ihn umgebenden Damen rümpften die gepuderten Nasen: Dort sei es gerade im Spätsommer zu bevölkert, das Kindergeschrei der Bürgerfamilien unerträglich, und trotz Decken sei der Boden zu hart und spitzig für gewisse Körperteile. Indes hatten Francescino Pazzi wie auch seine Eminenz, der Erzbischof von Pisa, das Losungswort wohl vernommen.

Die drei Herren trafen sich am nächsten Tag im dritten Stock der römischen Filiale der Pazzi-Bank. Dieses Verhandlungszimmer war nur Francescino vorbehalten. Beide Fenster gingen zur Straße hinaus, und die Tür hatte er innen durch einen gesteppten, mit Wollwatte gefüllten Doppelvorhang abdichten lassen. Kein ungebetener Lauscher vermochte auch nur ein Wort von dem zu erhaschen, was hier besprochen wurde.

»Stammte der Plan nicht von Euch«, fuhr Graf Riario den kleinen, stets unruhigen Verwalter der päpstlichen Finanzen an, »so müsste ich sagen, nur ein Narr konnte erwarten, dass der Medici sich so einfach nach Rom locken lässt.«

»Wagt es nicht!« Francescino trommelte die Knöchel der Fäuste gegeneinander. »Den Inhalt des Briefes haben wir gemeinsam besprochen, jedoch Ihr allein, Ihr habt das Schreiben verfasst. Wer weiß, wie ungeschickt Ihr Euch ausgedrückt habt?«

»Ich verbitte mir diesen Ton! Sonst …«

»Dann wälzt nicht die Schuld auf mich ab.«

»Ein Hirngespinst war es, Lorenzo hier in Rom und seinen Bruder in Florenz ermorden zu wollen. Dabei bleibe ich.«

»Friede!« Erzbischof Salviati versuchte mit wedelndem Segensgruß die Aufgebrachten zu besänftigen. »Friede, meine Freunde. Bedenkt unser Ziel. Mit Streit untereinander erreichen wir es nie.«

»Dann soll sich jeder von uns beherrschen«, stieß der Pazzi hervor, und das Gift in seinen Augen flackerte nach.

»Schluss damit.« Girolamo Riario stemmte die Ellbogen auf den Tisch. »Als General der päpstlichen Truppen habe ich gelernt: Langes Abwägen und ein Kampf an zwei Fronten führen selten zum Erfolg. Frontaler Angriff ist die sicherste Methode. Deshalb, meine Freunde, vertrödeln wir nicht länger wertvolle Zeit und greifen an.«

Dem Erzbischof sank die Kinnlade. »Ihr wollt Florenz den Krieg erklären?«

»Aber nein, Eminenz.« Riario lockerte die Schultermuskeln. »Wir töten die Wölfe in ihrer eigenen Höhle, und zwar beide zur gleichen Zeit.«

»Wie klug ersonnen«, höhnte Francescino. »Um den Mördern die Arbeit zu erleichtern, werden sich die Opfer freiwillig nebeneinander stellen.«

»Kein schlechter Gedanke.« Der Graf ließ seine Hand auf die Faust des Bankherrn fallen und quetschte sie langsam. »Bisher hatte ich mich mit den Einzelheiten noch nicht beschäftigt, aber wenn es gelingen würde, beide Medici möglichst eng beieinander zu haben, dann entkommen sie uns nicht.«

Gequält durch den Griff verzog Francescino das Gesicht.

»Was ist mit Euch? Schreckt Ihr mit einem Mal vor Eurer eigenen

Idee zurück?«, erkundigte sich der Graf betont überrascht, dann erst gab er die Faust frei.

»Nein, nein.« Der Bankherr bewegte vorsichtig seine Finger. »Ich überlege nur, wie solch eine Gelegenheit herbeizuführen ist.«

Eifrig meldete sich Francesco Salviati zu Wort. »Ein Festakt. Die Einweihung eines Gebäudes. Ein Turnier. Oder jedwelche Zeremonie, bei der unsere Opfer als Repräsentanten der Stadt anwesend sein müssen.«

»Sehr gut, Eminenz. Danke.« Nach dem Lob sinnierte der Graf eine Weile vor sich hin, ehe er weitersprach: »Und vorher ziehen wir unbemerkt Truppen zusammen. Am Stichtag werden sie außerhalb von Florenz bereitstehen. Gleich nach der Tat nutzen sie den Tumult aus und besetzen die Stadt.« Er lachte und hieb die Handflächen auf den Tisch. »Todsicher! So gelingt unser Vorhaben. Und ich weiß auch schon den geeigneten Draufgänger, der für uns die militärische Aktion leitet.«

Giovanni Battista Montesecco, an ihn hatte der Graf gedacht. Dieser sehnige, stumpfnasige Söldnerführer im Dienst des Papstes verdankte Girolamo Riario seinen steilen Aufstieg in die vornehme römische Gesellschaft. Wenige Tage später saß er mit am Tisch der Verschwörer und wurde von seinem Gönner in den Plan eingeweiht.

Jedoch wider Erwarten zögerte Giovanni Battista: »Verzeiht, solch einer Ehre bin ich nicht würdig.« Er versuchte sich herauszuwinden: »So einfach, wie Ihr es darstellt, wird die Ausrottung der Medici nicht zu leisten sein.« Als die gebuschten Brauen des Grafen sich bedrohlich zusammenzogen, nahm er Zuflucht bei seinem obersten Dienstherrn: »Verzeiht, aber ich darf meine Truppen nur auf ausdrücklichen Befehl Seiner Heiligkeit in Marsch setzen.«

»Schlappschwanz! Seit wann genügt mein Befehl dir nicht mehr? Verschwinde! Aus meinen Augen, ehe ich mich vergesse.«

Nur zu gern gehorchte der Söldnerhauptmann, doch ehe er die Tür erreicht hatte, sprang Francescino Pazzi auf und verstellte ihm den Weg: »Bleib!« Den Herren zischte er zu: »Er darf nicht gehen. Er weiß jetzt von unserm Plan.«

Der Erzbischof lockte Giovanni Battista mit einem Wedeln der beringten Hand zurück. »Nun setze dich wieder, mein Sohn. Wir müssen zu einer einvernehmlichen Lösung kommen, sonst sehe ich Gefahr auch für dein Leben. Dein Zögern lässt mich darauf schließen, dass du den Preis für deine Hilfe in die Höhe treiben möchtest. Nein, wehre nicht ab, dieses Ansinnen ist nur zu menschlich. Doch sei beruhigt, an Silberlingen wird es nicht mangeln. Nicht von ungefähr sitzen wir hier in einer Bank.«

Der Söldnerführer schwieg; um die großen Löcher seiner kurzen, aufgestülpten Nase bebten die Ränder.

»Mach's Maul auf!«, herrschte ihn sein Gönner an. »Wie viel verlangst du?«

»Verzeiht, wenn ich Euch erzürne, Ihr Herren. Es ist nicht eine Frage des Geldes. Ich bitte um ein persönliches Gespräch mit dem Heiligen Vater.« Ehe sich die Verschwörer fassten, setzte er mutig hinzu: »Ohne Order aus seinem Munde werde ich nicht einen Finger für diese Sache rühren. Das ist meine Bedingung.«

»Du ekelhafter Nasenstumpf! Nutzt frech die Gelegenheit aus. Noch nie hat ein Zwerg wie du sich eine Privataudienz erschlichen!« Nur durch gutes Zureden vermochten die Mitverschwörer den Grafen zu besänftigen.

Die anschließende Beratung dauerte nicht lange. Da einmal eingeweiht, befand sich der Söldnerhauptmann im Vorteil.

»Und wie viel mehr Gewicht hat die Tat«, erinnerte Francescino Pazzi die Herren, »wenn Sixtus höchstselbst ihr den Segen gibt?«

Verärgert über den klugen Einwand, kanzelte Girolamo Riario ihn ab: »Jedoch ohne Eure Anwesenheit.« Um den Erfolg nicht zu gefährden, sollte das Gespräch mit seinem päpstlichen Onkel unter so wenigen Augen wie möglich geführt werden. »Nur Montesecco, der Erzbischof und ich. Das versteht Ihr doch, bester Freund?«

Francescino Pazzi stürmte zum Fenster, starrte hinaus und nahm schließlich die Demütigung wortlos hin.

Schritte hallten durch lange, hohe Bogengänge. Der Palast des Vatikans schien menschenleer. Doch kaum erreichten die drei Besucher, angeführt von Graf Riario, den ersten Saal, war ein Lakai in schwarzer Kutte zur Stelle und wies ihnen mit stummer Geste den Weg. Ebenso unvermittelt erschien ein Kuttenkittel auf der Schwelle zum zweiten Saal. Der dritte tauchte vor dem Studierzimmer des Papstes auf und flüsterte ihnen zu: »Geduldet Euch eine kleine Weile. Seine Heiligkeit befindet sich noch in einer Besprechung.«

Da der Herrscher von Imola nicht gleich der Bitte nachkam, sondern sich noch einen Schritt weiter der Tür näherte, traten rechts und links aus den von Vorhängen verdeckten Nischen zwei Wachposten und kreuzten die Spieße. Kaum erkannten sie den Neffen des Heiligen Vaters, grüßten sie stumm und zogen sich wieder zurück.

Der äußere Friede im Vatikanspalast trog. Sixtus IV. lebte in ständiger Furcht vor einem Anschlag. Sein Misstrauen gegenüber Fremden, auch sogar engsten Mitarbeitern, zwang die Leibgarde zu einem möglichst unauffälligen, dennoch höchst wirksamen System der Alarmbereitschaft.

Wenig später verließ mit hochrotem Gesicht der florentinische Baumeister Giovanni de' Dolci den Raum. Ohne die Herren eines Blickes zu würdigen, schlug er sich immer wieder vor die Stirn und eilte davon.

»Seine Heiligkeit erwartet Euch nun«, hauchte der Türsteher.

Graf Riario ging voran. Gleich am Eingang des mit verblassten Wandteppichen ausgestatteten Arbeitszimmers kniete er mit Erzbischof Salviati und dem Söldnerhauptmann nieder.

Sixtus thronte hinter dem Schreibtisch und blies die Wangen auf. Bei diesem untrüglichen Vorzeichen traten seine beiden Sekretäre einen Schritt zur Seite.

»Hundsfott! Die Steinlieferung hat sich verspätet! Die Handlanger erscheinen nicht zur Arbeit! Warum werde ich mit solchen Ausreden von diesem Faulpelz gequält?« Sixtus drohte den beiden Prälaten. »Ich will sie in Zukunft nicht mehr hören, habt ihr mich verstanden.« Er stieß den Finger auf die Pläne. »Meine Kapelle! Zwei Jahre baut dieser Kerl nun schon daran. Und immer noch steht auf dem Untergeschoss nicht mehr als der Rohbau. Neue Unsummen an Dukaten benötigt er, aber Fortschritte kann er nicht aufweisen.« Der Stellvertreter Christi blickte zum Himmel. »O Herr, da bemühe ich mich, Deine Ewige Stadt aus dem stinkenden Schutthaufen zu heben, lasse die Hauptstraßen erweitern und pflastern, sorge mich um reine

Wasserleitungen, erneuere Brücken, Tore, Wälle und Türme. Ist es da nicht unbillig, wenn auch ich meinem Kunst liebenden Herzen einen Wunsch erfüllen möchte? Nur einen Neubau! Für die Bibliothek und meine Kapelle darüber. Doch du strafst mich mit diesem florentinischen Esel.« Der himmlische Vater zog es vor zu schweigen. Indem Sixtus tief seufzend wieder das Haupt senkte, bemerkte er die neuen Besucher, erkannte den Neffen, und gleich wechselte seine Stimmung. »Mein geliebter Girolamo! Sind wir verabredet? Wen hast du in deiner Begleitung?« Ohne eine Antwort zu erwarten, schnippte er den Sekretären. Sie flüsterten ihm hastig Namen und Begehr der Herren zu. »Wie privat soll unser Gespräch sein, Neffe?«

»Was wir vorbringen möchten, ist einzig für Eure Ohren bestimmt.«

»Auch wenn meine Zeit bemessen ist, dir widme ich sie mit Freuden.« Schwer erhob sich der dreiundsechzigjährige Oberhirte. Seine Prälaten geleiteten ihn zum Audienzsessel am Fenster und verließen rückwärts buckelnd das Studierzimmer.

»Kommt näher.«

Kaum lagen die drei vor seinem Thron auf den Knien, wippte er mit einer Fußspitze. »Ich höre.«

Graf Riario tastete sich behutsam vor. »Dem Wunsch Eurer Heiligkeit entsprechend, plane ich, die Republik Florenz von der Tyrannenherrschaft der Medici zu befreien.«

»Sehr löblich.« Leicht strich Papst Sixtus beide Handflächen über die gedrechselten Kugeln am vorderen Ende der Armlehnen. Seine schweren Lider senkten sich ein wenig. »Seit langem höre ich dich darüber reden, nur scheinst auch du, ebenso wie der Baumeister meiner Kapelle, nicht vom Fleck zu kommen.«

»Zürnt nicht. Endlich hat sich ein Weg aufgetan. Dazu habe ich hoch angesehene Freunde gewonnen. Zum einen hier an meiner Seite, den Erzbischof Francesco Salviati, und zum anderen Euren Verwalter der Finanzen, der sich untröstlich zeigt, weil ihn Geschäfte daran hindern, heute gegenwärtig zu sein. Um das Gelingen zu sichern, muss ich mich allerdings auch der päpstlichen Truppen bedienen, und dies führt uns vor Euren Stuhl …«

»Neffe! Komm zur Sache.«

»Er ist es.« Riario wies auf den Söldnerhauptmann. »Er zögert und behindert uns, den Plan in die Tat umzusetzen. Er hat in unverschämter Weise sogar diese Audienz erzwungen. Weil er den Befehl zum Handeln nur aus Eurem Munde entgegennehmen möchte.«

Ohne die Hand zu heben, wies der Papst mit dem Finger auf Giovanni Battista Montesecco. »Vielleicht erfahre ich endlich von dir, um welchen Plan es sich handelt?«

Der Söldnerhauptmann starrte auf die Fußspitzen des Oberhirten. »Lorenzo und Giuliano Medici sollen beseitigt werden. Ich verstehe nichts von Politik. Doch, bitte bedenkt, Heiliger Vater, dieses Unternehmen wird auch viele andere Männer das Leben kosten.«

Die Miene Seiner Heiligkeit erstarrte. »Wir wünschen in keinem Falle den Tod eines Menschen. Denn es ist nicht Unseres Amtes, dem Tod irgendeiner Person zuzustimmen. Gewiss, Lorenzo war nicht ehrerbietig zu Uns. Ja, er behandelt Uns sogar schlecht. Trotz dieser Verfehlungen wünschen Wir mitnichten seinen Tod, sondern hoffen nur auf einen Wechsel der Regierung in Florenz.«

Schnell tauschten Graf und Erzbischof einen Blick. Riario warf sich in die Brust: »Seid versichert, dies ist auch unser Wille. Alles wird unternommen werden, um Blutvergießen zu vermeiden. Sollte jedoch … ich betone, sollte es hingegen … wider Erwarten, meine ich … also muss tatsächlich der Verlust eines Menschenlebens beklagt werden, so wird Seine Heiligkeit doch gewiss mit jenen Nachsicht üben, die solch einen Unglücksfall ohne Absicht verschuldet haben.«

Schon während sich der Satzwurm des Neffen ineinander verknotete, blähte Sixtus die Wangen. »Du bist ein Idiot!«, schrie er. »Was erhoffst du? Mich etwa zu überlisten? Dass ich einen Mord im Voraus billige? Neffe, mein guter Neffe, deine Zunge ist dazu wahrlich nicht geschliffen genug.« Jetzt umschloss der päpstliche Onkel beide Holzkugeln. »Höre genau auf meine Worte. Ich will keine Toten. Wünsche aber einen Umsturz. Mir liegt viel an einem Wechsel der Regierung in Florenz. Die Medici sind ein Gräuel vor Gott und den Menschen und müssen ausgetilgt werden. Vor allem muss Lorenzo die Macht aus den Händen genommen werden. Denn er ist unhöflich und ein Flegel, der Uns keinen Respekt zollt. Wird er endlich aus Florenz entfernt, und dies ist eins Unserer größten Anliegen, so steht Uns frei, mit dieser Republik zu verfahren, wie Wir es für gut befinden.«

Hilfe suchend blickte Riario auf den Erzbischof. Der zögerte noch, und so übernahm der Graf wieder das Wort: »Aber genau das ist unser Ziel. Haben wir Erfolg, so könntet Ihr bald über die Hälfte aller Länder Italiens herrschen. Jeder Regent wird Eurer Macht zu Füßen liegen.«

Jetzt endlich wagte sich auch Francesco Salviati vor. »Eure Heiligkeit.« Sein Ton war samtig weich. »Ihr mögt deshalb zufrieden sein mit dem, was Eure Diener unternehmen, um solch einen Zustand herbeizuführen.«

Sixtus horchte auf, ebenso glatt gab er zurück: »Ich betone, dass ich solcherlei Tun ablehne. Geht jetzt und verrichtet, was ihr wollt, solange niemand ums Leben kommt.«

Gleichzeitig erhoben sich die drei. Der Erzbischof faltete die Hände vor der Brust. »Eure Heiligkeit. Beglückt uns mit einer Antwort. Seid Ihr einverstanden, dass wir diese Galeere steuern und sie so, wie es Not tut, durch den Sturm lenken?«

»So soll es sein.« Sixtus, der Vierte dieses Namens, schloss die Lider, und seine Handflächen strichen wieder leicht über die gedrechselten Kugeln der Armlehnen.

Schweigend eilten die Besucher durch Flure, beachteten nicht die Fresken an Wänden und Deckengewölben, durchquerten den Innenhof. Keine Skulptur vermochte durch Anmut ihren Fuß zu verlangsamen, ungebührlich laut gab der Marmorboden in der Eingangshalle den Takt der Schritte wider, und endlich wurden die drei draußen vom verhangenen Himmel über Rom empfangen.

Nach vier Terrassenstufen blieb Giovanni Battista zurück. »Verzeiht, wenn ich Euch wieder erzürne«, hielt er die beiden Verschwörer auf. »Aber mein Gewissen findet keine Ruhe.« Die Löcher der aufgeworfenen Nase weiteten sich. »Ich bleibe dabei, Lorenzo zu töten ist eine böse Tat.«

Graf Riario fuhr herum. »Wag es nicht. Seit wann darf ein Hasengesicht wie du von Gewissen reden?« Er stampfte die breite Stufe hinauf, und der Hauptmann wich vor ihm auf die nächsthöhere aus.

»Alles, was du bist, alles, was du besitzt, hast du meiner Großzügigkeit zu verdanken. Nur ein Wort von mir, und du musst wieder im Stall die Gäule striegeln.«

»Gemach, Freunde. Gemach.« Erzbischof Salviati raffte den Rock und eilte am Grafen vorbei. Sein Blick umfasste mit großem Ernst den Zauderer. »Mord? Ja, dieses Wort mag hart sein. Jedoch auf andere Weise können große Taten oft nicht vollbracht werden. Ich betone: große Taten.«

Giovanni Battista blieb tapfer, obwohl seine Stimme etwas an Festigkeit verlor: »Ich bin nicht so klug wie Ihr, Eminenz, aber die ganze Sache gefällt mir immer noch nicht.«

»Gut, mein Sohn, dann überlasse uns das Denken.«

Entgegen seiner Art polterte Riario nicht länger, sondern übernahm den sanften Ton des Klerikers. »Nichts für ungut, Junge. Weder deine Familie noch dein Werdegang sind in Gefahr. Von mir hast du nichts zu befürchten. Allerdings …«, auch er stieg jetzt zu ihm auf gleiche Höhe, »weiß ich nicht, wie der Heilige Vater über dich befinden wird, wenn du seinen ausdrücklichen Befehl verweigerst.«

»Befehl?« Giovanni Battista wischte den Schweiß von der Stirn. »Ich habe aus seinem Munde keinen Befehl vernommen.«

»Aber mein Sohn, dies muss auch so sein.« Der Erzbischof legte ihm die Hand auf den Arm. »Hohe Politik bedeutet, aus den Worten des Heiligen Vaters das Richtige herauszuhören. Und vertraue mir, er hat, ohne es für schlichte Ohren auszusprechen, den strikten Befehl erteilt, unser Vorhaben durchzuführen.«

Der Söldnerführer scharrte mit der Stiefelspitze kleine Steine zur Seite. »Meint Ihr? Und was wird nun von mir verlangt?«

»Warte.« Salviati zog sich mit dem Grafen auf die Terrassenstufe oberhalb Monteseccos zurück. Leise berieten sie, dann übernahm der Gönner des Hauptmanns von der höheren Warte aus wieder die Führung. »Um dir die Sache zu erleichtern, schicke ich dich nach Florenz. Dort sollst du bei Lorenzo vorsprechen. Du siehst, schon wieder verschaffe ich dir eine Audienz. Damit hast du Gelegenheit, dir ein genaues Bild von diesem Tyrannen zu machen, und kannst gleichzeitig auch die Lage in der Stadt auskundschaften. Außerdem suchst du Jacopo Pazzi auf, den Vater unseres päpstlichen Finanzverwalters.

Empfehlungsschreiben und genaue Anweisungen erhältst du noch von mir.« Breit lachte Graf Riario, kam hinunter und hieb dem Hauptmann auf die Schulter. »Keine Sorge, Junge, bei dieser Aufgabe nimmt dein Gewissen keinen Schaden.«

Nur halb überzeugt straffte Giovanni Battista Montesecco den Rücken und war wieder päpstlicher Truppführer, der Befehlen und nicht dem Herzen gehorchte.

Eine Abwechslung erhellte den verregneten Januar 1478, wenigstens für die beiden hoffnungsvollen Stammhalter der Medici und der Strozzi. Piero, der siebenjährige Sohn Lorenzos, war gleich nach dem Aufstehen, ohne das Frühstück mit dem Vater einzunehmen, hinunter in die Halle des Palazzos gelaufen.

Und Alfonso, der zwölfjährige Sohn Filippos, hatte es kaum erwarten können, bis der Gatte seiner Tante Laodomia ihn abholte und sie gemeinsam zum Dienstantritt des Wachhauptmanns in die Via Larga marschiert waren. Zu spät, denn die Ankunft des Ungetüms hatte Alfonso verpasst. Es lauerte bereits inmitten der hohen Säulen auf dem Marmorboden, sein Bronzeleib blinkte, der Schlund war auf das Eingangsportal gerichtet.

»Unsere neue Bombarde!« Breitbeinig stellte sich Piero neben das zweirädrige Geschütz und legte wie ein siegreicher Feldherr die Hand auf das Rohr.

»Blas dich nicht so auf.« Nur schlecht konnte der junge Strozzi den Neid verbergen. »Ich weiß nämlich schon, wie damit Kugeln abgefeuert werden.«

»Angeber! Uns gehört die Bombarde, und deshalb kann ich damit schießen. Ich kann sowieso alles besser, weil mein Vater der Beste ist.«

Schnell und leicht in den Knien federnd betrat Lorenzo die Halle. »Was höre ich da? Spricht man so mit einem Gast?« Er schnappte nach dem Ohr seines Sohnes. »Die Abstammung ist ein Geschenk. Sie allein aber nutzt dir gar nichts. Solange du faul bist und unhöfliche Reden führst, verdienst du den Namen Medici nicht.«

Völlig überraschend war zu Weihnachten seine Gemahlin Clarice mit den sechs Kindern vom Landgut bei Caffaggiolo in die Stadt gekommen und wollte noch bis Anfang Februar bleiben. Seitdem herrschte eine gereizte Stimmung im Palazzo, und Lorenzo sehnte sich insgeheim nach dem Tag ihrer Abreise. Dem ungeachtet aber nutzte er die Gelegenheit, sich ein genaues Bild über die Entwicklung der Töchter und Söhne zu verschaffen, und sein Ältester, zwar schön von Gestalt, doch eitel und überdies in allem erschreckend tollpatschig, bereitete ihm nur wenig Freude. »Wie ich erfahren musste, ist dein Lehrer sehr unzufrieden mit deinen Leistungen.«

»Dieser Verräter!«, schimpfte Piero und entschlüpfte dem Griff des Vaters. Schon stand er auf der anderen Seite der Bombarde. »Wenn er nicht das Maul hält, dann erledige ich ihn damit. Feuer an die Lunte und Buuumm! Und Alfonso hilft mir dabei.« Er winkte dem Strozzi-Sohn. »Du bist doch mein Freund? Oder?«

Da beide Knaben verliebt um das Geschütz strichen, verzichtete Lorenzo auf weitere Erziehungsversuche und wandte sich an Enzio Belconi. »Nun, wie gefällt dir meine Errungenschaft? Die Waffenschmieden in Siena genießen den Ruf, von den besten Geschützmeistern Europas geleitet zu werden.«

Ohne die Bombarde in Augenschein zu nehmen, pflichtete der Wachhauptmann seinem Herrn sofort bei: »Ihr sagt es, Magnifizenz.«

»Was soll das stupide Geplapper? Nicht umsonst ist Donna Lucrezia die Patin deines Sohnes. Uns verbindet also mehr. Vor mir darfst du frei reden, und ich habe dich nach deiner Meinung gefragt. Heraus damit.«

Enzio betrachtete die Neuerwerbung. Seine Ohren färbten sich hellrot, und schließlich gestand er: »Gewiss ist dieses Geschütz eine taugliche Waffe. Ich meine, bei einer offenen Schlacht wird sie den Gegner beeindrucken. Doch hier im Palazzo? Gut, sie könnte nützlich sein, wenn der Feind das Portal von außen verriegelt hätte. Dann könnten wir es in Stücke schießen und hinausstürmen. Aber ich wüsste nicht, warum so etwas geschehen sollte. Bei Gefahr sind wir hier drinnen sicherer. Armbrust, Spieß und Schwert genügen völlig zur Verteidigung. Und bedenkt, wie viele von den wertvollen Vasen schon beim ersten Knall zu Bruch gehen. Und glaubt mir, dieses Ding dröhnt hier in der Halle doppelt so laut wie draußen.«

»Das war ein klares Wort. Danke.« Lorenzos breites Lächeln verschlang die Oberlippe. »Ich kaufte die Bombarde, weil mir ein Geschäftspartner aus Siena ihre Nützlichkeit in blumigen Worten aufgeschwätzt hat. Nun, da ich sie besitze, bedauere ich den Erwerb schon. Für die Summe hätte ich mir besser ein Kunstwerk gekauft. Du hast Recht, lebten wir auf einer Burg in den Hügeln und wäre ich ein Raubritter, so könnte sie ein brauchbares Werkzeug sein. Aber hier? Überdies beleidigt die Form mein Auge. Was soll solch ein furchteinflößendes Mordinstrument inmitten meiner Gemälde und antiken Skulpturen?« Belustigt über den eigenen Fehler strich Lorenzo eine Hälfte des schwarzen Strähnenvorhangs aus der Stirn. »Im Vertrauen, ich schäme mich für diese unnötige Geldausgabe. Ehe Donna Lucrezia oder gar meine Gemahlin davon Kenntnis erhalten, schaffst du das Ungetüm beiseite.«

Enzio nahm die Angelegenheit sehr ernst. »Zu Befehl, Magnifizenz. Nur lässt sich solch ein Geschütz nicht leicht verbergen.«

»Ich verlasse mich auf dich, hörst du.« Lorenzo gefiel sich in der Rolle eines Verschwörers und setzte halblaut hinzu: »Vorerst könnte sie in einer Nische hinter den Säulen verschwinden. Umstelle sie mit Oleander- und Lorbeerkübeln. Dann sehen wir weiter. Zur Not überlasse ich das Geschütz der Stadtgarde. Ja, das wäre ein Gedanke. Und die Kosten könnten dann vom Verteidigungsetat getragen werden.«

Ein Diener eilte durch die Halle. »Verzeiht, Herr. In der Loggia wartet ein Bote aus Rom. Sein Empfehlungsschreiben ist von Graf Girolamo Riario ausgestellt. Ich sagte ihm, dass er sich in die Schlange der Wartenden einreihen und noch eine Weile gedulden müsse, bis Ihr gegen Mittag zur offiziellen Gesprächsstunde draußen erscheint. Doch er hat darauf bestanden, dass ich ihn Euch persönlich ankündige.«

»Graf Riario?« Sofort verlor das Versteckspiel jedes Interesse, Lorenzo verengte die Brauen. »Also lässt dieser Herr es doch nicht mit dem unbeantworteten Brief bewenden.« Die Spione aus Rom hatten nichts Verdächtiges herausgefunden. Im Dezember war dem Medici aus Neapel zugetragen worden, dass Riario bei König Ferrante vorgesprochen hatte. Doch diese Meldung beunruhigte weder ihn noch

159

Donna Lucrezia. Seit drei Jahren wussten sie von dem Bündnis zwischen Sixtus und Ferrante gegen ihr Haus, und der Graf war Neffe des Papstes. Jetzt aber schien Riario zu einem nächsten Schritt entschlossen. »Führe den Boten herein«, bestimmte Lorenzo und starrte noch auf die Seitentür, als sein Diener sich längst durch sie entfernt hatte.

Enzio Belconi räusperte sich. »Soll ich jetzt meine Männer rufen, damit wir das Geschütz …«

»Was? Nein, nein, warte!« Sohn Piero saß rittlings auf dem Rohr, und Alfonso versuchte mit aller Kraft, das Monstrum an einem der beiden Räder zu bewegen. »Lass die Knaben noch eine Weile hantieren. So verhalten sie sich ruhig. Erst wenn ich mich mit dem Gast zurückgezogen habe, kannst du beginnen. Falls die beiden es wagen sollten, mit Geschrei die Ruhe im Haus zu stören, dann pack sie am Kragen und setze sie auf die Straße. Meine Erlaubnis hast du.«

Die Tür zur Loggia schwang auf. In Begleitung des Dieners betrat ein schlank gewachsener Militär die Halle. Unter dem offenen Reiseumhang schimmerte matt das Kettenhemd, und seine Bewegungen verrieten den durchtrainierten Körper. Nach wenigen Schritten nahm er den federgebuschten Helm ab und beugte das Knie vor dem Oberhaupt der Medici-Familie.

»Giovanni Battista Montesecco, Söldnerführer der päpstlichen Truppen, bittet um eine Audienz.«

»Was führt dich her?«

»Ein Auftrag Seiner Erlaucht Graf Girolamo Riario, Befehlshaber der vatikanischen Armeen und designierter Herr von Imola.«

»Erhebe dich. Du bist also nicht nur der Überbringer einer Botschaft, sondern besuchst mich als Gesandter des Grafen. Ich bin erfreut, dich zu sehen. Wie war der Ritt bei diesem trüben Wetter?«

Von der Herzlichkeit überrascht, vergaß Giovanni Battista den hölzernen Ton. »Danke. Ich bin es gewohnt, bei jeder Jahreszeit zu reiten.«

»Bist du gut untergebracht? Wenn nicht, so lasse ich dir ein angemessenes Quartier besorgen.«

»Danke, Ihr seid sehr gütig, Herr. Aber ich logiere in einer sauberen Herberge auf der anderen Seite des Arno.« Sein Blick wurde von der Bombarde angezogen. Lorenzo bemerkte es und ging sofort darauf ein. »Nun, Montesecco? Ich würde gerne das Urteil eines Fachmanns hören.«

»Darf ich?« Der Söldnerführer trat näher an das Geschütz heran, ließ sich nicht von den beiden Knaben stören und pfiff nach einer Weile anerkennend vor sich hin. »Das Rohr aus einem Stück. Und beste Bronze. Ein Meisterstück und durch die Räderlafette sehr beweglich. Dazu eine auswechselbare Pulverkammer. Ja, das gefällt mir, so wird eine schnellere Schussfolge erreicht. Diese Bombarde kann sogar bei Straßenkämpfen wirksam eingesetzt werden. Beneidenswert. Ich wünschte, wir wären damit ausgerüstet, aber solche Geschütze sind dem Heiligen Vater noch zu teuer, weil sie nur in Tirol oder in Frankreich hergestellt werden.«

»Oder in Siena, guter Mann. Sollte es Papst Sixtus entgangen sein, dass auch unsere italienischen Staaten sich um den modernsten Stand der Technik bemühen?«

Giovanni Battista bemerkte die Ausrichtung der Mündung auf das große Portal, und jäh vibrierten seine Nasenlöcher. »Ihr seid für unliebsame Zwischenfälle gut gerüstet, Magnifizenz.«

»Mag sein«, schmunzelte Lorenzo mit schnellem Seitenblick auf Wachhauptmann Belconi. »Nur fehlt in meiner Stadt ein Aufruhr, um den Beweis anzutreten. Nein, nein, nicht einmal im Scherz sollte das Wort benutzt werden. Die Ruhe bedeutet unser aller Glück. Folgt mir, sonst zerbröckelt unsere knappe Zeit noch zu nutzlosen Pulverkörnern.«

Lorenzo eilte mit dem Gesandten die breite Treppe hinauf. In seinem Studio bot er dem Gast einen Sessel gegenüber dem Schreibtisch an.

»Was veranlasst Graf Riario, dich auf den weiten Weg von Rom nach Florenz zu schicken?«

»Es handelt sich um das Gut bei Faenza«, setzte Giovanni Battista an, dabei blieb sein Blick wie gebannt auf das Gesicht des Medici geheftet. »Seine Erlaucht möchte durch mich seine Ansprüche auf diese Liegenschaften erneuern.« Ohne innere Beteiligung zählte er nun die sorgsam auswendig gelernten rechtlichen Begründungen auf und war erleichtert, als er zum Schluss gelangte.

Lorenzo beugte sich vor. »Lieber Freund, was ist mit dir? So ganz scheinst du nicht bei der Sache. Was starrst du mich so an? Bin ich ein Fabeltier?«

»Ich … Nein, ich wollte nicht. Verzeiht, ich hab nicht erwartet, solch …«

»Ist es das?« Lorenzo fuhr mit dem Finger seinen klobigen Nasenrücken hinunter und tippte auf die breite, platte Spitze. »Geben wir es getrost zu, mein Freund: Unsere Nasen! Beide sind wir von der Natur mit außerordentlicher Hässlichkeit beschenkt worden. Behindert dich die Kürze?«

Überrumpelt von der Wendung des Gespräches und erleichtert, dass seine Worte keinen Verdacht erregt hatten, gestand er: »Nicht wirklich. An den Spott habe ich mich gewöhnt. Und nur im Sattel bei heftigem Regen oder Schnee, dann muss ich das Halstuch zum Schutz der offenen Löcher hochziehen.«

»Und wie steht es mit dem Geruchssinn?«

»Damit habe ich keine Schwierigkeiten.«

»Meinem Gesichtserker fehlt er fast vollständig. Aber darin sehe ich keinen Nachteil. Die meisten Gerüche sind ja doch unangenehm, oder irre ich etwa?« Lorenzo lehnte sich zurück. »Ertragen wir also guten Mutes unsere Schönheitsfehler und wenden uns wieder dem Ersuchen deines Auftraggebers zu. Mir scheint, sein Anspruch ist durchaus begründet. Bitte teile ihm dies mit. Natürlich wird er mit einer gewissen Summe meine Rechte abgelten müssen, doch daraus dürfte kein Streit zwischen uns erwachsen. Nun, da ich einverstanden bin, sollten seine und meine Notare die notwendigen Verträge aushandeln.« Lorenzo sprang auf und streckte dem Söldnerführer die Hand hin. »Lieber Freund, genieße noch einige Tage in meinem schönen Florenz, ehe du zurückreitest.«

»Danke, Magnifizenz.« Giovanni Battista erwiderte den Händedruck. »Ihr …«, er schluckte, »Ihr seid sehr liebenswürdig. Ich meine, weil Ihr mich empfangen habt.«

»Schon gut. Mir war es eine Freude, mich endlich mit einem Leidensgefährten über die Nase ausgetauscht zu haben. Andere Probleme muss ich wahrlich häufiger behandeln. Ich geleite dich hinunter und darf dich jetzt schon verabschieden, denn draußen in der Loggia erwarten mich Sorgen und Nöte meiner Bürger.«

162

Die Bombarde war verschwunden. Beim Durchqueren der Halle bemerkte Giovanni Battista Montesecco das Fehlen nicht; zu sehr hatte ihn Seine Magnifizenz beeindruckt. Erst nachdem er die Via Larga mit langen Schritten hinter sich gelassen hatte, blieb er zwischen Dom und dem Baptisterium stehen und setzte seinen federgebuschten Helm wieder auf.

Diesen Nachmittag, auch den folgenden Tag streifte der Söldnerführer ziellos durch das neblig-feuchte Florenz. Weder Kirchen, Prachtbauten oder Tavernen lockten ihn zum Verweilen noch die Schönheiten unter den Torbogen, die mit Taubengurren in der Stimme dem Fremden lustvolle Stunden versprachen. Jedes Angebot der Stadt wurde von seinen Zweifeln aufgesogen. So floh er schließlich auf den Ponte Vecchio; lange stand er dort und starrte ins lehmgelbe Wasser des Arno. Hier fiel es ihm leichter, an den Auftrag zu denken. Und doch entstieg Lorenzo de' Medici immer wieder den schmutzigen Fluten! Ein Herrscher, so sanft und liebenswürdig, dennoch sicher und voller Witz. Dieser Mann sollte ermordet werden? Mit seiner Hilfe?

Erst gegen Abend hatte Giovanni Battista die quälenden Gedanken ins Herz zurückgedrängt. Politik war ihm mehr verhasst denn je. Der Heilige Vater selbst hatte den Befehl erteilt, und wenn er ihn nicht befolgte, würde seine Familie darunter zu leiden haben. »Wer bin ich denn?«, fragte sich der Söldnerführer zornig. »Ich habe nicht zu denken. Gehorsam, das ist meine einzige Pflicht. Und weil ich gehorche, tue ich recht. So ist es.«

Neu gestärkt ging der Söldnerführer am nächsten Morgen von seiner Herberge über den Arno zur Via del Proconsole. Nahe dem Hauptquartier der Stadtwache zog er die Glocke am Portal des Palazzo Pazzi. »Ich soll Signore Jacopo Grüße aus Rom von seinem Sohn Francescino überbringen.« Der grauhaarige Hausdiener konnte sein Erstaunen nicht verbergen. »So früh wollt Ihr den Herrn sprechen? Er pflegt spät das Bett aufzusuchen und verlässt es auch sehr spät. Fragt in zwei Stunden wieder nach.«

Giovanni Battista nutzte die Zeit, um sich noch einmal die ihm aufgetragenen Argumente ins Gedächtnis zu rufen. Dabei wanderte sein Blick von den schmutzig kantigen Buckelquadern des Erdgeschosses hinauf zu der weiß getünchten Fassade der beiden oberen Stockwerke. Jedes Bogenfenster bedachte er nacheinander mit einem triftigen Grund oder Beweis gegen mögliche Einwände des Signore Pazzi. Schließlich wagte er den zweiten Versuch. Dieses Mal wurde er hereingebeten. »Signore Jacopo erwartet Euch.« Auf dem Weg in den Salon warnte der Hausdiener: »Mein Herr nimmt gerade das Frühstück ein. Wie jeden Morgen ist seine Stimmung wenig erheiternd.« Damit öffnete er die Tür, ließ dem Gast mit einer knappen Geste den Vortritt und schloss sie sofort wieder.

Jacopo Pazzi, nur gekleidet in einen roten Seidenmantel, auf dessen Rückenteil zwei blaugrüne Drachen einander anfauchten, hing mit dem Oberkörper halb über dem Tisch. Die eine Hand stopfte Schinkenstücke in seinen Mund, mit der anderen warf er drei Würfel auf ein Tablett. »Verdammte Pest!«, schmatzte er. Ohne den Besucher zu bemerken, griff er wieder nach den beinernen, schwarz gepunkteten Klötzchen. »Da soll doch mein Gaul drauf scheißen. Schon wieder dreimal die Sechs. Heute Nacht hätt ich die brauchen können.« Er goss einen Kelch Saft in sich hinein, rülpste und forderte erneut das Glück heraus. Seine Augen weiteten sich. »Bei allen Hurensöhnen dieser Stadt! So hätt ich sie alle bis auf die Stiefel ausgezogen. Aber nein!« Voll Wut schleuderte er die Würfel über das Tablett auf den Boden. »Diesen Betrügern müsste ich die Eiersäcke zerquetschen.«

Um überhaupt bemerkt zu werden, las der Söldnerführer die Würfel auf und brachte sie zum Tisch.

»He!«, grunzte Jacopo. »Wie kommst du hierher? Nein, schon in Ordnung. Ich weiß, du willst mir was von meinem Jungen berichten.«

»Giovanni Battista Montesecco, Söldnerführer der päpstlichen Truppen, erbietet Euch seinen Gruß.«

Die wässrigen, kleinen Augen gewannen an Schärfe. »Montesecco? Ich kannte mal einen Halunken, der hieß auch Montesecco. Der Kerl pisste in die frische Streu meiner Pferde. Na, dem habe ich den Arsch aufgerissen.« Er lachte, bis er am Husten beinahe erstickte. »Nichts für ungut, junger Mann. Spaß muss sein, sonst lohnt sich das Leben nicht.« Unvermittelt deutete Jacopo auf die Nase seines Gastes. »Eine Kriegsverletzung? Wo? In welcher Schlacht?«

»Nein. Ich bin so geboren worden.«

»Oh, beim Schwarzen. Verdammt, ich hätte nicht fragen sollen. Sei nicht beleidigt. Ich bin nun mal so, von Höflichkeit halte ich nichts. Komm, setz dich. Willst du Schinken? Versuch nur, den kannst du dir von deinem Sold sicher nicht jeden Tag leisten. Nun nimm schon.«

Giovanni Battista gehorchte, kaute und nickte dabei anerkennend.

»So gefällst du mir.« Mit Schwung schaffte der Ritter für seine Ellbogen Platz auf dem Tisch und fragte: »Was gibt's Neues in Rom?«

Während der Söldnerführer ihm den Plan der Verschwörer darlegte, schnaufte er, schnaufte lauter, und kaum schwieg Montesecco, hieb er beide Fäuste auf die Tischplatte. »Hirnlose Ochsen, diese Römer! Ja, auch mein Sohn! Die stinkende Luft da hat ihm wohl den Verstand verpestet. Riario und Salviati! Beides Idioten. Lorenzo ist mein Freund. Und wenn sie glauben, die Bürger hier werden seinen Sturz einfach so hinnehmen, haben sie eine Axt im Schädel.«

»Meine Auftraggeber hoffen auf Eure Mithilfe«, warf der Söldnerführer vorsichtig ein. »Euer Sohn wünscht, dass Ihr die Leute am Stichtag aufwiegelt.«

»Gegen wen? Gegen ihren Wohltäter? Dem sie alles zu verdanken haben? Zwecklos wie ein Hühnerfurz! Hör zu, junger Mann. Ich bin hier geboren. Seit siebzig Jahren lebe ich in dieser Stadt, und glaub mir, ich weiß, wie die Florentiner über den Medici denken. Diese Stallknechte in Rom sollten besser mit ihren Weibern huren und die ganze Sache vergessen.«

»Das wird nicht möglich sein.« Montesecco war vom Sohn zwar nicht auf die Sprache des Vaters, dennoch auf seine Ausflüchte vorbereitet worden. »Es gab eine Unterredung mit Seiner Heiligkeit, bei der ich anwesend sein durfte.« Giovanni Battista atmete gegen das klopfende Herz. Nur weiter. Jetzt galt es, mit allem Geschick die Rolle zu spielen, die ihm aufgezwungen worden war. »Papst Sixtus nannte die Medici ein Gräuel vor Gott und den Menschen. Unmissverständlich hat er den Mordplan gebilligt.«

Der Ritter sprang auf, schnürte den Gürtel des Morgenmantels fester und warf sich wieder zurück in den Stuhl. »Sag das noch mal! Der Heilige Vater selbst?«

»Sogar befohlen hat er es. Falls man versteht, die Formulierungen der hohen Politik richtig zu deuten.« Montesecco sah den Wechsel im Gesicht des Alten und setzte nach: »Zweifelsohne wird der Papst wie auch König Ferrante von Neapel es jedem mit Dank und Lohn vergelten, der Lorenzo beseitigt.«

Jacopo Pazzi fuhr sich mit dem Zeigefinger in den Mund und grub nach einem Schinkenrest zwischen den Backenzähnen. Nach erfolgreicher Arbeit spuckte er es auf den Boden. »Wie viele Dukaten trägst du im Säckel bei dir?«

»Dukaten? Nicht einen, aber genug Silber für Unterkunft und Reise. Ich verstehe nicht …«

»Lass nur. Das bisschen will ich dir nicht abgewinnen.« Der Ritter nahm die Würfel in seine Rechte. »Dann eben nur, um das Glück zu befragen. Drei Sechser, und der Plan gelingt. Bei zwei Sechsern gelingt er, aber mit Schwierigkeiten. Hat einer von uns nur einen Sechser, dann kommt der wenigstens mit dem Leben davon, auch wenn dieser gottverdammte Plan zur Hölle geht.«

Der Söldnerführer senkte den Kopf, leise sagte er: »Ich will es nicht wissen.«

»Spiel mit, oder du kannst meinem Sohn bestellen, dass ich für Euch Esel keinen Finger rühre. Verstanden? Na, also.«

Gründlich schüttelte der Ritter die hohle Faust. Scheppernd fielen die beinernen Klötzchen aufs Tablett. Keine Sechs lag oben. »Jetzt du«, forderte er ohne jede Regung in seiner Miene.

Giovanni Battista warf und erbleichte. Zwei, vier und fünf Augen starrten ihn an.

»Na, was soll's«, brummte Jacopo. »Auf Würfel ist eben kein Verlass. Das kenne ich.« Er stieß dem Mitspieler in die Seite. »Hab's mir überlegt. Auch wenn die Sache zum Himmel stinkt. Sag den Römern, ich bin dabei. Aber verdammt, nicht weil ich Lorenzo hasse. Er ist und bleibt mein Freund. Nur, weil so viel für meine Familie dran hängt. Verstehst du? Wir verwalten die Kasse Seiner Heiligkeit. Das Geschäft darf ich nicht in Gefahr bringen. Und jetzt lass mich allein.«

Der Söldnerführer erhob sich. Während er den Salon durchquerte, hörte er in seinem Rücken den Alten fluchen, auf Gott, auf die Heiligen, dann bei allen Huren, bei den Mutterschändern; der Unflat hinter ihm steigerte sich noch bis zu den infamen Gelüsten der Bischöfe, dieser Arschficker … und Giovanni Battista war erleichtert, als ihm mit dem Schließen der Tür der längst noch nicht erschöpfte Wortschatz des Ritters erspart blieb.

Das Rad war in Gang gesetzt, gleich wen es überrollen würde. Er hatte seinen ersten Auftrag erfüllt. Jeden nächsten Befehl musste und wollte er ebenso gewissenhaft ausführen. »Weil ich gehorche, tue ich recht«, sagte er sich immer wieder auf dem Ritt zurück nach Rom. Die innere Unruhe aber vermochte der Satz nicht abzutöten.

E in Festtag. Endlich!

Im schmalen Haus an der Ecke des Armenviertels jubelte Laodomia insgeheim. Sie beugte sich über ihre Truhe und hob das gelbe Kleid heraus. »Das werde ich morgen tragen.«

»Ist es nicht zu grell?« Enzio wiegte den Kopf. »Zur Messe im Dom würde auch das Graue genügen.«

Mit Schwung warf sich Laodomia den knisternden Stoff über ihre rechte Schulter und stemmte die Fäuste in die Hüften. »Wachhauptmann Belconi! Dieses Kleid ist ein Geschenk deines Vaters. Und ich habe es noch nie anziehen können! Sollen vor mir erst die Motten ihren Spaß daran haben?«

»Nein, Liebste, bitte beruhige dich. Ich meine ja nur, so ein feierliches Hochamt, da passt etwas Würdevolleres besser.«

»Wir gehen nicht zu einer Beerdigung, verflucht. Die Medici haben eine Festmesse zu Ehren dieses kleinen Kardinals angeordnet. Und der trägt auch noch den selben Namen wie unser Sohn. Raffaele. Allein deswegen möchte ich mich schön kleiden.«

»Raffaello«, verbesserte er lahm. »Raffaello Riario. Das ist der Neffe des Grafen Riario aus Rom.«

»Auch egal. In jedem Fall kommt er, um der Pazzi-Familie einen Besuch abzustatten, und wird morgen im Dom gefeiert.«

»Diesen Aufwand wegen eines Siebzehnjährigen halte ich für übertrieben. Er soll noch Student in Pisa sein, habe ich gehört.«

Mit zwei Schritten stand Laodomia vor ihrem Mann. »Immerhin

hält Lorenzo es für angebracht, dem kleinen Kardinal diese Hochachtung zu erweisen. Und du wagst es, Kritik an deinem Herrn zu üben.«

»Niemals.« In die Enge getrieben, hob Enzio beschwichtigend die Hand. »Versteh mich doch nicht falsch, Liebste. Ich will nur nicht, dass du so etwas Auffälliges trägst.«

»Bist du krank? Wenn alle Damen sich herausputzen, soll ich in einem schwarzen Sack rumlaufen?« Laodomia hielt inne, und das Grün ihrer Augen blitzte auf. »He, du bist eifersüchtig, das ist der Grund. Gib es zu!«

»Nicht eifersüchtig, aber ...« Er wich ihrem Blick aus. »Nur ärgert es mich, wenn jeder Kerl dich so anstarrt. Darauf kann ich verzichten.«

»Ach, Enzio ...« Sie reckte den Mund und küsste flüchtig das Grübchen an seinem Kinn. »Und du? Die Weiber verdrehen sich die Augen nach dir. Mich freut es. Wir sind nun mal ein schönes Paar.« Die trüben Fastenwochen und das Osterfest lagen hinter ihnen, zählte sie ihm mit weicher Stimme vor, auch die schlimme Erkältung Raffaeles war überwunden, jetzt kam die helle Zeit des Jahres, die Zeit der leuchtenden Farben. Und ohne den Ton zu verändern, bestimmte sie: »Deshalb wienerst du Helm und Säbel, richtig blinken müssen sie, und legst den blauen Schultermantel übers Kettenhemd. Dann bist du der schneidigste Wachhauptmann von Florenz. Und ich ziehe das Gelbe an und setze mir den Blumenhut auf. So zeigen wir uns den Leuten. Nein, nein, lass den Hundeblick. Dir zuliebe nehme ich einen schwarzen Seidenschal mit. Und falls die Damen sich während der Messe verhüllen sollten, dann binde ich ihn mir über. Ich versprech's.« Wieder küsste sie ihn. »Na, einverstanden?«

Und Raffaele? Wer betreute den Kleinen in der Zeit? Mit diesem Einwand hatte Laodomia gerechnet und am Nachmittag schon das Nötige geregelt. Vor dem Gang zum Dom würde sie den Sohn hinüber zum Palazzo bringen. »Sorg dich um nichts, und freue dich einfach auf morgen.«

Petruschka musste ohnehin die Kinder des Onkels versorgen. »Einer mehr bringt mich nicht um den Verstand«, hatte die Freundin gesagt, und das ›R‹ rollte ihr über die Zunge. Sie würde Raffaele wickeln und füttern. »Geh du nur, und komm nicht so bald wieder. Genieße den Sonntag, Kleines. Wird Zeit, dass du endlich wieder unter die Leute kommst.«

Spät am Samstagabend verließ Giuliano Medici den Palazzo. Nicht allein wie sonst, wenn er die wenigen Straßen hinüber zum Hause seiner Geliebten eilte, dieses Mal ließ er sich von zwei bewaffneten Dienern begleiten. Ungewöhnlich viel fremdes Volk war mit dem kleinen Kardinal Raffaello Riario in die Stadt gekommen, und er wollte nicht unvermutet durch streitsüchtige Betrunkene an dem Treffen gehindert werden.

Seit drei Monaten hatten sie nicht zueinander gefunden. Giuliano selbst musste häufig wegen lästiger Verpflichtungen absagen. Dann wieder kam Fiorettas Gatte früher als erwartet von seiner Geschäftsreise zurück. Gründe, die der schöne Medici einsah, andere jedoch nagten an ihm. »Meine Tante übernachtet bei mir.« Oder: »Es tut mir Leid, ich bin mit Freundinnen verabredet.« Oder gar: »Es wäre so schön, aber ich fühle mich unwohl.« Solche Entschuldigungen kannte er von Fioretta nicht, bisher hatte sie jedwede Hürde geschickt beseitigt, um den Geliebten in die Arme zu schließen. Gab es einen anderen Favoriten? Kaum gedacht, hatte der stets Umworbene diesen Gedanken sofort beiseite geschoben. Niemals, er war der auserkorene Hahn der Damenwelt von Florenz, und kein Mann konnte ihm diese Stellung streitig machen. Aber welches Spiel sie auch mit ihm trieb, eines hatte Fioretta in jedem Fall erreicht: Nie zuvor waren seine Lenden so begierig nach ihrem Leib.

Die Blendlaterne neben dem Tor der Gorini zeigte nur einen schwachen Lichtspalt. Das Zeichen für Giuliano, kein unverhofftes Ereignis stand seinem Besuch im Wege. Er befahl den Begleitern, in der Nähe auf seine Rückkehr zu warten, klopfte und wurde eingelassen.

Die Geliebte empfing ihn nicht selbst. Er nahm dies als viel versprechendes Vorzeichen. Hin und wieder hatte sie sich scheinbar schlafend von Giuliano überraschen lassen.

Während ihre Magd ihn hinaufführte, sah er das Bild schon vor sich: Unter dem Betthimmel liegt Fioretta bäuchlings über Kissenballen gebreitet. Mit Küssen auf das dargebotene Hinterteil allein könnte er sie nicht wecken; sobald seine Zunge ihren Schoß ausschmeckte, würde sie sich wohlig räkeln, und erst wenn er mit hartem Stolz in die Grotte eindrang, würde Fioretta erwachen.

Auf Stiefelspitzen betrat Giuliano das Schlafgemach. Öllichter an den Wänden spendeten matte Helligkeit. Er schlich zum Baldachinlager und lüftete den Vorhang. Die Kissen waren unberührt. Seine Erregung wuchs; die Geliebte hatte sich ein neues Lustspiel ausgedacht. »Wo bist du?«, raunte er. »Oder muss ich dich suchen?«

»Nein, Giulio, du hast mich längst gefunden.«

Er fuhr herum. Im Halbdunkel entdeckte er Fioretta. Nahe der Wand lehnte sie in einem Sessel. Das Haar geöffnet, Schultern und Brüste, auch den Schoß und die Schenkel hatte sie mit dunklem Stoff verhüllt. Allein ihr Bauch war nackt, und inmitten der weißen Haut prangte ein geschwungenes, rotes Herz.

Wie angesaugt warf er sich vor dem Ziel nieder und griff nach ihren Hüften.

»Nicht jetzt, Liebster. Warte.«

Giuliano gab sie frei. »Viel zu lange musste ich warten, Meisterin der Qual.« Sein angstverzerrtes Gesicht zeigte, in welche Rolle er schlüpfte. »Dein Sklave hat Strafe verdient, doch foltere ihn nicht zu grausam.«

Kein triumphierendes Lächeln der Meisterin; Fioretta beugte sich vor und strich über seine Stirn und die Wangen und fuhr behutsam der Linie des Lippenbogens nach. »Mein Giulio. Wie tröstlich, dass du mich vermisst hast. Und glaube nur, auch mir sind die letzten Monate schwer gefallen.«

»Vorbei. Die Dürre ist vorbei.«

Als er das Tuch von ihren Brüsten ziehen wollte, lehnte sie sich rasch zurück. »Lass mich.«

»Was hast du nur? Ich dachte …« Er deutete auf das rote Herz. »Ich dachte, du wolltest mich damit überraschen.«

»So ist es. Ich malte das Herz als Hinweis. Doch es verspricht kein neues Liebesspiel. Denn die Überraschung befindet sich bereits in meinem Bauch.«

Verständnislos starrte Giulio auf das mit roter Schminke aus-
gefüllte Mal.

»Die Überraschung lebt«, half ihm Fioretta. »Sie bewegt sich sogar
manchmal.«

Immer noch begriff er nicht. »Ich mag keine Rätsel.«

»Ach, Liebster. ›Schwanger‹ ist die Lösung. Ich trage ein Kind.«

Jäh rutschte Giuliano auf Knien ein Stück vom Sessel weg.
»Deshalb also meidest du mich. Glückwunsch, dein Mann wird sich
freuen.«

»Wie redest du mit mir!« Fioretta drohte ihm mit der Faust.
»Seit der Hochzeitsnacht hat mich Paolo nicht mehr angerührt, das
weißt du genau. Er hat nur Geschäfte im Kopf, und der Schwanz
dient ihm lediglich zum Abschlagen des Wassers. Du, Giulio, du
bist der Vater.«

Rücklings sank der Medici zu Boden und streckte die Glieder.
Eine Weile pfiff er leise durch die Zähne und sagte schließlich: »Und
jetzt? Du bedeutest mir mehr als die flüchtigen Abenteuer nebenbei.
Erst habe ich es gar nicht gemerkt, aber ich liebe dich, das ist wahr.
Doch du bist verheiratet. Und einen Skandal darf es nicht geben.
Lorenzo würde ihn nicht dulden. Eher ruiniert er das Geschäft deines
Gatten und sorgt für einen Vorwand, euch aus der Stadt zu verban-
nen. Was nun?«

Fioretta glitt vom Sessel, legte sich neben ihn und suchte seine
Hand. »Darüber habe ich mir Nacht für Nacht den Kopf zermartert,
und ich gestehe, oft wünschte ich, dass Paolo unterwegs ein Unglück
zustößt und ich frei wäre. So aber bleibt nur eine Scheidung.« Sie
drückte die Stirn an seine Brust. »Wenn es dir wirklich ernst ist, Liebster, ich meine, mit mir und dem Kind, dann habe ich einen Weg gefunden. Paolo würde für Geld alles verkaufen, auch mich, das weiß ich
nur zu gut. Der Traum seines Lebens ist der Fernhandel mit Übersee.
Wenn nun die Medici-Bank ihm einen zinslosen Kredit anbietet, mit
dem er in Pisa einen Warenspeicher eröffnen kann, so wird er ohne
Zögern dorthin übersiedeln und mich ohne Geschrei dafür ein-
tauschen.«

»Ein Sohn von dir.« Giuliano legte den Arm um ihre Schulter.
»Kinder habe ich genug gezeugt, und weil die Mütter sofort von mei-

171

ner Familie gut verheiratet wurden, kümmern sie mich nicht mehr. Ja, ich denke, das Schicksal hat entschieden. Warum auch nicht? Es ist ohnehin an der Zeit, dass ich mir eine Frau nehme.«

»O Liebster. Halte mich fest.« Ihre Hand spielte eine Weile mit seinem Gürtel. »Sag, wann soll Donna Lucrezia die Neuigkeit erfahren?«

»Die Mutter!« Erschreckt setzte er sich auf. »Bei allen Heiligen, daran habe ich noch gar nicht gedacht. Sie muss dagegen sein. Ich bin ein Medici. Wenn unsereins heiratet, da geht es um Politik, Verschwägerung mit dem Blut edler Familien oder um lohnende Geschäftsbeziehungen, um nichts sonst. Und Mutter sucht uns die geeigneten Frauen aus. O Gott ...«, er biss sich auf die Knöchel, »wenn ich an sie denke, wird mir übel.«

»Du hast mir dein Wort gegeben«, flüsterte Fioretta. »Nimm es nicht gleich zurück.«

Giuliano wand sich. »Wenigstens werde ich alles versuchen, glaube mir. Lass mich nachdenken. Also, morgen kann ich unmöglich davon anfangen. Mit dem kleinen Kardinal sind auch Francescino Pazzi und der Erzbischof Salviati nach Florenz gekommen. Mein Bruder lässt das Hochamt nur ausrichten, weil so vielleicht ein besseres Verhältnis zwischen den Pazzi und uns entstehen kann. Den Streit begreife ich ohnehin nicht. Früher, als junge Männer, sind wir gemeinsam auf Feste gegangen und hatten unseren Spaß. Francescino kann zwar ein ekelhafter Giftzwerg sein, aber ich habe mich gut mit ihm vertragen.«

»Giulio«, ermahnte Fioretta, »du weichst mir aus.«

»Nun warte doch.« Er nahm seine Finger zu Hilfe, um die Gedanken zu ordnen. »Die Chancen für eine Aussöhnung stehen gut. Francescino hat heute ein Blumengesteck für Mutter abgeben lassen. Und wenig später kam sogar noch eines vom Erzbischof Salviati. Also wollen sie den Frieden. Nehmen wir mal an, der Tag morgen wird gut. Dann könnte ich übermorgen die Stimmung nutzen und Mutter mal so nebenbei von dem Heiratsplan erzählen. Oder ...« Der Finger knickte ein. »Oder ich fang doch gleich morgen früh davon an. Schließlich bin ich ihr Lieblingssohn. Zum Dom will sie ohnehin nicht, weil ihr das Gewühle zu viel ist. Auch ich könnte der Messe fernbleiben. Irgendein Grund fällt mir schon ein.« Er sah Fioretta an und beteuerte: »Ich kämpfe für dich. Glaube mir.«

»Gewinnen musst du.« Sie zog ihn zurück auf den Boden. »Bei so vielen Turnieren warst du der Sieger. Sei auch mein Held.« Langsam öffnete sie die Gürtelschnalle. »Jetzt und für immer. Ich hoffe es so sehr.«

Im Osten entstieg die Sonne den Hügelketten. Ihre ersten Strahlen erfassten die lohfarbene Turmhaube des Palastes der Signoria, ließen die Domkuppel erstrahlen und wirkten eine gleißende Mittelsträhne ins grünliche Band des Arno. Noch schlief Florenz.

Auf dem Ponte Vecchio stand reglos ein Mann, nur der Federbusch des Helms wehte im Wind, und auf dem Wasser unter ihm bewegte sich sein Schatten mit den Wellen. Er hatte sich geweigert. »Weil ich gehorche, tue ich recht.« Ab heute, dem 26. April 1478, galt dieser Satz für Giovanni Battista Montesecco nicht mehr. Zwar waren die von ihm befehligten Truppen vorgestern in Marsch gesetzt worden, aus dem Norden und Süden rückten sie auf Florenz zu, er selbst aber hatte vor zwei Stunden bei der letzten Besprechung im Palazzo der Pazzi-Familie seine Mitwirkung aufgekündigt.

»Verzeiht, ihr Herren, ich kann diesen furchtbaren Frevel nicht begehen. Entlasst mich aus der Pflicht.«

Erzbischof Salviati und der päpstliche Finanzverwalter zerrten den Söldnerführer von der Gruppe der versammelten Mitverschwörer weg. »Du musst deine Aufgabe erfüllen, mein Sohn«, ermahnte der Kirchenhirte mühsam beherrscht. »Sonst gefährdest du das ganze Vorhaben.«

»Ich kann nicht, Eminenz.«

Francescino Pazzi drohte dem Söldnerführer mit der Faust, erkühnte sich aber nicht, ihn zu schlagen. »Du ... du Verräter!« Er spuckte auf den Boden. »Das wagst du nur, weil dein Gönner in Rom geblieben ist. Es ist *sein* Plan, den wir heute durchführen, hast du das vergessen? Ach, verflucht, wäre Graf Riario hier, so würdest du gehorchen.«

»Er ist nicht hier. Bemüht Euch nicht länger, mein Entschluss steht fest.«

Der Erzbischof warnte Francescino. »Lasst ihn, werter Freund. Die Zeit läuft uns davon. Wir müssen sofort Ersatz für seinen Part aussuchen.« Mit wehendem Rock eilte er zu den Wartenden hinüber.

Der schmächtige Pazzi baute sich breitbeinig vor Montesecco auf. »Rühr dich nicht von der Stelle. Du Feigling. Die Nasenlöcher sollte ich dir mit Pech zustopfen.«

Gemurmel entstand in der Gruppe. Unüberhörbar waren die lasterhaften Flüche des Hausherrn. Dann gab es auf die Frage des Erzbischofs zwei klare Zurufe, und der kehrte erleichtert zurück. »Gottlob. Den von mir angeworbenen Dienern der Kirche fehlt es nicht an Mut. Zwei Priester werden den Söldner ersetzen.« An den Pazzi gewandt setzte er hinzu: »Vergesst nicht, werter Freund, wir müssen den Lohn verdoppeln. Pater Antonio Maffei und Pater Stefano da Bagogne. Jeder Einzelne fordert für sich ebenso viel, wie wir es sonst diesem Hasenfuß zugedacht hätten.«

»An Geld soll es nicht fehlen.« Francescino wies mit dem Daumen auf den Söldnerführer. »Was ist mit ihm? Sperren wir ihn ein, bis alles vorüber ist?«

»Nein. Wir lassen ihn gehen.«

Der Erzbischof hatte seinen Ring am Mantel abgewischt. »Er wird, nein, er *muss* schweigen. Allein schon mit Rücksicht auf seine Familie. Die Strafe, die ihn jetzt schon erwartet, mag er überstehen, jedoch einen Verrat würde ihm Graf Riario niemals verzeihen. Entferne dich, Unseliger!«

Und wortlos war Giovanni Battista gegangen.

Keine Erleichterung, auch kein Gedanke, die Ahnungslosen zu warnen, wie ausgeleert stand er seitdem auf der Brücke und wartete. Mit einem Mal vernahm er hinter sich leise Schritte. Er fuhr herum. Vier zerlumpte Halbwüchsige grinsten ihm ins Gesicht. Monteseccos Rechte umfasste den Schwertknauf. Sie schreckten nicht zurück. Erst als die Klinge halb aus der Scheide glitt, verzichteten die Räuber auf den Überfall. »Wird ein schöner Tag heute«, sagte einer von ihnen und setzte seine Stummelpfeife an.

Der Pfiff gellte Giovanni Battista noch in den Ohren, als die Kerle längst von der Brücke und weiter in Richtung der Piazza della Signoria gehuscht waren.

Im ersten Stock des Palazzo Strozzi begegnete Laodomia beim Verlassen des Kinderzimmers dem Hausherrn.

»Nichte! Welch eine Überraschung.« Galant küsste er ihre Hand. »Ich hatte gehofft, dich später vor dem Dom zu sehen. Und glaube mir, ich hätte dich in noch so großem Trubel entdeckt. Jetzt aber ist meine Freude umso größer.«

»Onkel, du schmeichelst mir viel zu sehr.«

»Längst nicht genug; niemals. Wolltest du mich besuchen?«

»Auch wenn es dich enttäuscht, nein. Ich habe meinen Sohn bei Petruschka abgegeben, damit er versorgt ist, solange Enzio und ich unterwegs sind.«

Filippo nahm ihre Hand. »Komm aus der Finsternis heraus. Ich will dich bewundern.« Er zog sie durch den Flur zum oberen Absatz der Haupttreppe. Kaum umgab sie das Licht, verneigte er sich vor ihr. »Königin. Meine Königin. Dieses Sonnenkleid. Dieser Hut.« Sein Blick blieb auf ihrem tiefen Ausschnitt geheftet. Für einen Moment überlegte Laodomia, die Blöße mit dem schwarzen Seidenschal zu bedecken, doch schon fuhr sein Zeigefinger sanft ihre Halslinie entlang. »Das Rubinkollier meiner verstorbenen Fiametta. Hier wäre sein Platz; ja, auf dieser Milchhaut käme der Schmuck zur wahren Entfaltung.«

Du scheinheiliger Geizkragen, dachte sie, gleich nach der Hochzeit hast du mir die Kette wieder abgenommen, und sie sagte, um irgendetwas zu sagen: »Ich bin nur deine Nichte.«

»Wie wahr. Doch beklagen wir heute nicht die Tücke des Schicksals. So wie dieser Sonntag möglicherweise für Politik und Familienfehden in Florenz einen Wendepunkt zum Besseren darstellt, wird sich auch für andere Dinge eine Lösung finden. Nun Schluss damit.« Er bot ihr den Arm. »Lass mich noch einmal dein Führer sein, wie damals bei deiner Vermählung. Ich weiß, draußen wartet sicher ungeduldig der Hauptmann auf dich. Schenke mir hier drinnen diese Heimlichkeit, bitte.«

So vieler Galanterie vermochte sich Laodomia nicht zu erwehren, wollte es auch nicht. Sie lächelte huldvoll und schwebte neben dem Onkel die Marmorstufen hinunter. In der Halle zog er sie an sich, und ehe die Nichte begriff, küsste Filippo sie fest auf den Mund. Damit gab er sie frei.

Wortlos eilte Laodomia zum Ausgang. Das Kitzeln seines Lippenbartes ließ rasch nach; den Atem schmeckte sie noch eine Weile. Der Kuss, stellte sie fest, der Kuss war ihr nicht unangenehm gewesen. Was ist schon dabei? Der Onkel verehrt mich nun mal. Heute ist ein Festtag, auch ihm sei eine kleine Freude gegönnt. Und überhaupt, so viel Bewunderung, wie ich vorhin von Petruschka und soeben auch von ihm erfahren habe, schenkt mir Enzio nicht in einem Monat. Beschwingt verließ sie den Palazzo.

Ihr Mann bemerkte ihre Rückkehr nicht gleich. Aus Gewohnheit vertrieb er sich die Wartezeit mit Hin- und Herschreiten vor der Front des düsteren Gebäudes. Laodomia betrachtete den breiten Mantelrücken, den blitzenden Helm. Als er umkehrte und sie sah und sich mit raschen Schritten näherte, dachte sie: Jünger und schöner als Filippo bist du wohl, mein Enzio, und nach anderen Weibern siehst du dich auch nicht um. Und meinen Willen setze ich in unserer Ehe ohne große Kämpfe durch. Was will ich mehr? Ja, mit dir habe ich wirklich das Glück gefunden.

»Du kommst spät, Liebste«, empfing er sie. »Wollte Raffaele nicht bleiben?«

»Nein, keine Sorge. Ich habe nur mit Petruschka noch einen kleinen Schwatz gehalten. Du weißt, wie das bei uns Frauen nun mal so ist.« Laodomia hakte sich bei ihm unter. »Auf zum Dom, Wachhauptmann Belconi. Zeigen wir uns den Leuten. Sei mein stolzer Beschützer.«

Florenz lachte dem Sonnentag entgegen. Wie von einer kraftvollen Mitte angesaugt, strömten die Menschen aus den Gassen und Straßen zur Kathedrale. Der mit Wimpeln und Fahnen geschmückte Vorplatz erblühte im Farbenmeer der Kleider und Hüte, der Mäntel, Kappen und des wippenden Federkopfputzes; Brokat-, Samt- und Seidenstoffe der Wohlhabenden mischten sich mit dem rein gewaschenen Leinen der Armen.

War die mächtige Domkuppel auch ein menschliches Meisterwerk, so verhalf ihr erst der tiefblaue Himmel über der Stadt zur wahren Majestät.

Noch schwiegen die Glocken im Campanile. Keine Ungeduld breitete sich aus. Diese kleine Zeit vor dem Kirchgang bedeutete für die Damen, ihr mühevoll durch Schminke, Perücken und Teigpflaster aufgebessertes Äußeres mit dem der Konkurrentinnen zu messen; den Herren gab sie Muße, mit Freunden zu palavern, und den lüsternen Jägern bot sie Gelegenheit, sich näher an eine Schöne zu drängen und ungeniert die Blicke über Hals und Brüste fingern zu lassen.

Enzio versuchte durch häufiges Wechseln des Platzes, seine Frau den Aufdringlichen zu entführen. Vergeblich, die Meute ließ sich nicht abschütteln, und Laodomia lächelte darüber wie im Bade, umgeben von lang entbehrten Düften.

»Das Graue wäre doch besser gewesen«, flüsterte der Hauptmann.

»Heute nicht, Liebster.«

In der Glockenstube setzte der Sturm ein, mit dumpfen Schlägen begann er, hellere Töne stritten dagegen, und bald schon befahl das ohrenschmerzende Geläut die Wartenden in den Dom.

»Bring mich so weit wie möglich nach vorn«, bat Laodomia, ehe sie sich mit Enzio ins Gedränge wagte. »Ich will mir den kleinen Kardinal genau ansehen können.«

Eng an den Rücken ihres Wachhauptmanns gepresst, schob sie sich durch das schier endlos lange Hauptschiff, und erst nahe des Chorraums unter dem Kuppelhimmel trennten sich die beiden. Wie für Männer üblich, suchte er einen Stehplatz rechter Hand des Altars, und sie gesellte sich zu den Damen links der Mitte. Laodomia fand eine Lücke, die ihr erlaubte, frei nach vorn zu sehen. Für den heutigen Ansturm war eine doppelte Sicherung errichtet worden. Ein gespanntes Seil hielt die Menge zurück und schaffte den davor versammelten Klerikern und Edlen genügend Bewegungsfreiheit. Die Stufen zum Altar selbst waren in weitem Rund mit einem niedrigen Holzgitter abgeschirmt. Nur zwei Öffnungen erlaubten den Zutritt. Gleich hinter dem Tisch des Herrn kauerten dicht an dicht die Sängerknaben unter dem Kreuz und hielten Kerzen in den Händen. Erst beim feierlichen Einzug der Prälaten und Messdiener durften die Lichter angezündet werden.

Laodomia nahm den Strohhut ab. Weil keine der Nachbarinnen sich verhüllte, stopfte sie den schwarzen Schal kurzerhand ins geflochtene Nest unter den Stoffblumen. Mein eifersüchtiger Enzio, dachte sie vergnügt, was musst du heute leiden! Nach einigem Suchen erblickte sie ihn eingezwängt zwischen den Männern. Da stehst du gut, schön festgekeilt. Selbst wenn mir jetzt der Träger des Kleides reißt, kannst du nicht einmal vor Scham im Boden versinken.

Obwohl fünf- oder auch sechstausend Gläubige sich schon im Hauptraum eingefunden hatten, drängten mehr und mehr Bürger hinein und mussten in die Seitenschiffe ausweichen. Von dort war die Zeremonie am Altar nicht zu beobachten, doch das Hören allein genügte, um der Gnade teilhaftig zu werden.

Laodomia kundschaftete die Edlen und Kirchenherren jenseits der ersten Sperre aus. Einige sprachen angeregt miteinander, andere sahen gedankenverloren hinauf zum Kuppelhimmel. Den Onkel entdeckte sie auf der rechten Seite. Filippo unterhielt sich übers Seil hinweg mit einem Tuchhändler, dessen Gesicht sie kannte, nur der Name wollte ihr nicht einfallen. Einige Schritte näher zur Sakristei wartete neben dem Gelehrten Agnolo Poliziano direkt am Durchlass der Holzbarriere Seine Magnifizenz Lorenzo, in sich gekehrt, das Kinn vorgeschoben, die Arme über der Brust verschränkt, und kümmerte sich nicht um das Geschwätz der beiden Patres hinter ihm. Eine Statue, dachte sie, obwohl so hässlich, aber hinschauen muss man.

»Wo bleibt denn Giuliano?«, hörte sie neben sich eine Frau ihre Nachbarin fragen.

»Wer weiß? Seine Geliebte ist da drüben. Mit ihr im Bett liegt er jedenfalls nicht mehr.« Das Gekicher erstickte gleich, und sie tuschelten weiter.

Bisher war es Laodomia nicht aufgefallen, aber die Klatschweiber hatten Recht, der Bruder des Herrschers fehlte im Kreise der Vornehmen. Langsam wandte sie den Kopf. Die süßlichen Düfte der Damen nahmen ihr fast den Atem. Die Neugierde aber war stärker; sie folgte den Blicken, und dort, nur einige Gesichter weiter, erkannte sie Fioretta Gorini. Zum ersten Mal sah Laodomia die Favoritin des umschwärmten Medici von nahem. Welch eine Glut lebte in den Augen! Und die Lippen! Auch wenn ich den Rest jetzt nicht beurteilen kann, dachte sie, keine Frage, dieser Frau fällt es leicht, einem Mann die Sinne zu verwirren.

Silberglöckchen bimmelten. Die Vornehmen rund um das Absperrgitter unterbrachen ihre Gespräche. Hinter dem Altar bückten sich die Knaben zur Feuerschale, ihre Kerzen leuchteten auf, und hell schwang sich der erste Jubelgesang empor in die Gewölbehimmel der Kathedrale.

»Wir wollen zu Giuliano! Rasch!«, lärmten die beiden Männer am Tor des Palazzos. »Wir sind alte Freunde. Nun gib schon den Weg frei.«

Dem Wächter war Francescino Pazzi bekannt, und so ließ er ihn und den Begleiter eintreten. Sie fanden Giuliano im Garten neben der Halle. Ruhelos schritt er zwischen den Marmorstauen auf und ab.

»He, Schlafmütze«, begrüßte ihn der schmächtige Pazzi. »Da staunst du. Ich bin's wirklich. Dein alter Saufkumpan Franco. Und das hier«, er deutete auf den gedrungenen, stiernackigen Mann neben sich, »das ist Bernardo Bandini. An ihn wirst du dich vielleicht nicht erinnern, aber er gehörte damals auch zu unserer Clique.«

Giuliano trug einen veilchenblauen Überrock und einen leichten Schultermantel, und die engen Beinlinge mit Brokatstreifen an den Seiten endeten in perlenbestickten Lederschuhen. Wie stets, hatte er sich nach der neuesten Mode gekleidet. Jedoch sein jungenhaftes Strahlen fehlte. Das Gesicht war blass, und dunkle Ränder unter den Augen zeugten von einer schlaflosen Nacht. »Willkommen. Aber bitte verzeiht, mir wäre es lieber, wenn wir ein anderes Mal über die alten Zeiten plaudern könnten. Ich muss mit der Mutter… ach, kurz gesagt, ich fühle mich heute recht elend.«

»So, so«, spottete Francescino. »Der Hengst ist mal wieder nicht von der Stute runtergekommen. Oder waren es sogar zwei? Na, gib's zu.« Spielerisch boxte er dem Medici vor die Brust, tippte gegen den Magen. Kein Harnisch, keine Waffe verbarg sich unter den Kleidern. »Wir kennen dich doch. Na los, gib es zu!«

Wider Willen musste Giuliano lachen, drehte und wand sich unter den leichten Schlägen. »Genug, hör auf damit. Was wollt ihr überhaupt von mir?«

»Dich zur Messe abholen«, grinste Bernardo Bandini breit. »Und nachher einen kräftigen Schluck nehmen.«

»Alter Freund.« Jetzt tätschelte und strich Francescino ihm mit der flachen Hand den Rücken ab und fühlte kein Kettenhemd. Unbemerkt nickte er dem Kumpan zu und fuhr im lockeren Ton fort: »Wenn du mit uns zusammen bist, verfliegt die Übelkeit schnell. Glaub mir.«

Giulianos Protest erlahmte. So viel hatte er sich vorgenommen, wollte die Gelegenheit nutzen und mit Donna Lucrezia reden. Nein, das Unangenehme konnte auch bis morgen warten. Heute war ein Festtag. Und wenn alle feierten, so wollte er mit dabei sein. Er ließ sich nicht länger bitten, beinahe erleichtert sagte er: »Ihr habt Recht. Wenn ich hier bleibe, fressen mich nur die Gedanken. Beeilen wir uns, sonst verpassen wir noch das Hochamt.«

Das Evangelium war von einem der Diakone mit getragenem Singsang verkündet worden. In stummer Andacht verneigte der Priester vor der Mitte des Altars sein Haupt, während die Sängerknaben ihre klaren, hellen Stimmen erhoben. *»Credo in unum Deum, Patrem omnipotentem, factorem caeli et terrae …«*

Unruhe entstand weit hinten am Portal des Doms. Wie eine Woge wanderte sie durch die Menge näher auf den Chorraum zu. Laodomia kümmerte es nicht, sie beobachtete den kleinen Kardinal, amüsierte sich, weil Raffaello Riario so unbeholfen auf der unteren Altarstufe stand, anscheinend nicht einmal den genauen Ablauf einer Messe kannte und sich durch diskrete Zeichen von Erzbischof Salviati einweisen ließ. Erst als unvermittelt rechts von ihr die Nachbarinnen enger zusammenrückten, blickte sie zur Seite. Eine Gasse wurde freigegeben, zunächst war nicht auszumachen für wen, dann schmunzelte Laodomia. Also ist er doch gekommen. Zwar reichlich spät, aber das Wichtigste wird er nicht verpassen.

Giuliano Medici, in Begleitung von Francescino Pazzi und einem muskelbepackten Menschen mit Bartstoppeln ums Kinn, dankte nach rechts und links, schob sich durch die Seilsperre und gesellte sich gleich vor den Frauen zur Gruppe der Vornehmen und Kleriker. Kurz hob er die Hand, um seinen Bruder jenseits des Altars am anderen Durchlass des Holzgitters zu grüßen, erntete aber nur einen strafenden Blick von Lorenzo.

Die Störung hatte ein Ende gefunden, und jeder lauschte wieder andächtig dem Credo des Knabenchors. »... *Confiteor unum baptisma in remissionem peccatorum. Et exspecto resurrectionem mortuorum. Et vitam venturi saeculi.*« Das »*Amen*« stieg hinauf zu den lichtdurchfluteten Augenfenstern in der Kuppellaterne.

Während von Priester und Diakonen das Opfermahl vorbereitet wurde, beobachtete Laodomia, wie Erzbischof Salviati den jugendlichen Kardinal auf der Altarstufe allein ließ und sich würdevoll nach rechts zur Pforte im Seitenschiff hinbewegte, einem Ausgang, der nur von Klerikern genutzt werden durfte.

Brot und Wein waren eingesegnet. Der Priester beräucherte betend Altar und Opfergaben. Bald schon drangen süßliche Schwaden bis in die vorderen Reihen und vermischten sich mit den Wohlgerüchen der Damen.

»*Hanc igitur oblationem servitutis nostrae ...*«

Eine große Bewegung ging durch das Gotteshaus. Trotz der Enge sanken die versammelten Gläubigen auf ihre Knie nieder. Ausgerechnet jetzt befiel Laodomia ein Hustenreiz, sie bemühte sich, ihn zu unterdrücken, und konnte dem großen Bitt- und Opfergebet nicht mehr folgen. Als sie wieder freier atmen konnte und hochschaute, fiel ihr Blick auf den Stiernacken des Fremden dicht hinter Giuliano. Sonderbar, mit welchen Kerlen er sich abgibt, dachte sie flüchtig und sah wieder zum Altar hinüber.

»*... ut nobis Corpus et Sanguis fiat dilectissimi Filii tui, Domini nostri Jesu Christi.*« Der Priester bezeichnete Kelch und Oblate mit dem Kreuzzeichen.

Kein Rascheln der Kleider mehr, kein Klirren der Armreifen, andächtige Stille legte sich über die Menge.

Dreimal ertönte ein heller Glockenschlag und verkündete den Beginn der heiligen Wandlung vom Brot ins Fleisch, vom Wein ins Blut des Erlösers. Der Diener Gottes richtete sich vor dem Altar zur vollen Größe auf. Sein wohlklingender Sprechgesang rief das Ereignis beim letzten Abendmahle Jesu Christi und dessen Jüngern ins Gedächtnis aller: »*Qui pridie quam pateretur, accepit panem ...*« Er nahm die dünne, aus Mehl und Wasser gebackene Scheibe, schaute zum Himmel, verneigte wieder das Haupt und segnete sie. Das Wunder war vollzogen. Mit den Worten Jesu bot er den Leib dar: »... *accipite, et manducate ex hoc omnes: Hoc est enim corpus meum!*« Zwischen den Fingerspitzen hob er die Hostie bis über seine Stirn und zeigte sie der Gemeinde.

Stiefel scharrten. Jäh schnellten jenseits der Seilsperre einige Vornehme und Kleriker aus der gebeugten Haltung hoch. Laodomia begriff nicht, sah nur, wie dicht vor ihr Männer die Waffen zückten. Klingen blitzten. Gefolgt von Francescino Pazzi sprang der muskelbepackte Fremde auf Giuliano zu. »Verräter! Verräter!!« Sein Gebrüll zerriss die Zeit.

Noch auf den Knien wandte sich der Medici verwundert um. »He, Freunde. Warum stört...«

Schon schwang Bandini den Arm zurück und trieb ihm das Kurzschwert bis zum Heft ins Herz. »Das ist für dich. Verräter!« Er hob den Fuß, trat gegen die Brust und riss seine Waffe aus der Wunde. Giuliano schlug rücklings zu Boden. Brüllend warf sich Francescino über das Opfer. »Verräter! Du Elender! Du Verdammter!« Immer wieder hieb er mit dem Dolch wahllos auf Giuliano ein.

Das Grauen lähmte Laodomia, rückte die Wirklichkeit von ihr ab. Nur allmählich, wie aus der Ferne drangen die Bilder in sie hinein.

Um sie herum schrien Frauen, zeigten nach vorn, zeigten hinüber zur anderen Seite des Altars. Auch dort tobte ein Kampf. Lorenzo schoss Blut aus dem Hals. Er hatte den Mantel um seinen linken Arm gewickelt, in der rechten schwang er seinen Dolch und wehrte sich gegen die beiden Patres, die ihn bedrängten. Mehr und mehr Kleriker und Edelleute gesellten sich zu den Angreifern, zückten ihre Waffen.

Hilfeschreie gellten. Einige Beherzte überstiegen das Seil, um Lorenzo zu verteidigen.

Laodomia erkannte den Helm. Das ist mein Enzio, dachte sie.

Mit gezücktem Säbel warf sich der Wachhauptmann zwischen seinen Herrn und die Mörder, wild schlug er nach deren Klingen und schaffte eine Lücke. Diesen Moment nutzte Lorenzo, setzte mit einem Sprung über das niedrige Holzgitter und floh rechts am Altar vorbei zur Sakristei hinüber. Poliziano und Filippo Strozzi folgten ihm, deckten mit anderen unbewaffneten Freunden seinen Rücken. Die Verschwörer aber gaben ihr Opfer nicht auf und stürzten hinterher. Enzio und ein Buchhalter der Medici stellten sich der Meute entgegen. Nur zwei Waffen gegen eine Übermacht. Das Wüten tobte auf den Altarstufen, dazwischen rannten und stolperten die Sängerknaben, heulten, jammerten und fanden keinen Fluchtweg.

Bandini sah, dass der zweite Medici beinah entkommen war. Mit blutverschmierter Klinge hetzte der geübte Kämpfer hinüber, schleuderte im Lauf die Knaben beiseite und kam den Patres zur Hilfe. Aufbrüllend griff er Enzio an. Den ersten Schlag konnte der Wachhauptmann parieren, dem zweiten Hieb ausweichen, dabei strauchelte er rückwärts über eine Stufe. Ehe Enzio das Gleichgewicht wiederfand, packte sein Gegner das Kurzschwert mit beiden Fäusten und schwang es wie ein Henker waagerecht zurück. Das geschliffene Blatt schlug unterhalb des Ohrs in den Hals und trennte den Kopf halb vom Rumpf. Eine Blutfontäne spritzte aus der Wunde. Bandini wich zur Seite, und aus der Drehung stürzte er sich auf den zweiten Verteidiger. Abgelenkt durch die beiden Patres war der Buchhalter schutzlos dem Todesstoß ausgeliefert. »Vorwärts!«, schrie der Mörder, noch über sein Opfer gebeugt. »Lorenzo darf nicht entkommen!«

Die Verschwörer rannten los. Doch zu spät. Und ehe Bandini selbst das Schwert aus dem Körper reißen konnte, hatte der Herrscher mit seinen Helfern die Sakristei erreicht. Die schweren Flügel der Bronzetür schlugen zu. Donnernd fiel drinnen der Riegelbalken. Sofort drängten sich Anhänger der Medici rechts des Chorraums zusammen und bildeten eine Schutzkette.

Jäh erwachten die Gläubigen aus der Erstarrung. Flucht! Wie im Sog zog es abertausend Menschen gleichzeitig zum Hauptportal. Sie stießen sich, zwängten und schoben, rissen Fetzen aus den Kleidern der Nachbarn, schlugen mit den Armen. Niemand fiel auf, dass auch die Mörder sich mitten unter ihnen befanden. Jeder wollte schneller sein und kam doch nicht voran. Wehe den Schwachen, wehe dem, der hinfiel! Das Schreien nahm zu, Flüche, Schluchzen, der Lärm wuchs zum Orkan; in der Kathedrale toste ein Meer von Verzweifelten.

Vorn am Seil stand Laodomia, unverwandt blickte sie zur Stelle hinüber, an der Enzio erschlagen wurde. Ich muss zu ihm, dachte sie. Doch das Chaos um den Altar war noch zu groß.

Erzbischof Salviati hatte schon beim ersten Schlag der Messglocke den Dom verlassen. Das Festornat leicht gerafft, strebte er gemessenen Schritts am Mauerwerk entlang in Richtung Osten. Kaum war er hinter dem Kuppelbau in eine dunkle Seitengasse getaucht, trat sein Bruder Jacopo Salviati auf ihn zu. »Ja oder nein?«

»Unser Plan gelingt«, flüsterte der Prälat.

Auf sein kurzes Händeklatschen hin lösten sich dreißig Söldner aus den Torbögen. Vor Tagen waren sie, als Wollarbeiter verkleidet, nach und nach in die Stadt gekommen. Einer von ihnen legte dem Kirchenherrn einen Reisemantel über. »Wartet noch«, befahl Salviati und horchte, bis Geschrei von der Kathedrale herüberschallte. »Es ist so weit. Folgt mir!«

Ohne Halt führte er den Trupp zum Palast der Signoria. »Erzbischof Francesco Salviati in Begleitung seines Bruders verlangt Gehör!«, herrschte er die Posten an. »Meldet mich unverzüglich dem Hohen Rat. Meine Botschaft duldet keinen Aufschub!«

Die Würde des Amtes öffnete ihm das Tor, und wenig später stand er mit Jacopo allein im ersten Stock des Palastes dem Befehlshaber aller florentinischen Truppen gegenüber. »Guter Mann, Ihr seid wahrlich nicht der Ansprechpartner, den ich suche.« Salviati schnippte mit den Fingern. »Nun geht und bittet ein Mitglied der Signoria zu mir. Ich habe eine dringende Nachricht von Seiner Heiligkeit Papst Sixtus zu überbringen.«

Der anmaßende Ton missfiel dem Kommandeur. »Sonderbar, Eminenz. Mir ist bekannt, dass Ihr schon vor einigen Tagen angereist seid. Warum habt Ihr Euren Auftrag nicht früher erledigt? Warum gerade jetzt, während zu Ehren Kardinal Raffaello Riarios das feierliche Hochamt zelebriert wird? Und warum, wenn Ihr auch diese Frage erlaubt, wohnt Ihr nicht der Messe bei?«

»Schert Euch um Eure Pflichten«, schnappte der Erzbischof scharf.

Unbeeindruckt trat der Kommandeur an eines der Fenster. »Und wie ich mit Erstaunen feststelle, seid Ihr sogar mit einer Schutztruppe vor den Palast gezogen?«

»Sohn! Sobald meine Botschaft Gehör gefunden hat, wird in dieser Stadt ein neuer Wind wehen. Hüte dich, sonst wird er dich als Ersten hinwegblasen. Und nun gehorche!«

Der Kommandeur senkte den Kopf. »Verzeiht, Eminenz, meine Neugierde sollte Euch nicht beleidigen. Ihr Herren, geduldet Euch eine Weile. Sicher sind die meisten der Stadträte im Dom, aber ich werde versuchen, einen von ihnen hierher zu bitten. Zürnt mir nicht länger.«

»Die Taktlosigkeit sei dir vergeben«, lächelte Salviati gnädig. »Und nun spute dich!«

Wieder verneigte sich der Kommandeur vor dem Kirchenherrn und eilte hinaus. Kaum hatte er das Zimmer verlassen, schloss er die Tür und schob beide Querriegel vor. »Du riechst faul, Eminenz«, knurrte er.

Auf dem Weg hinunter kam ihm ein bewaffneter Fremder entgegen. »Halt! Was hast du hier zu suchen?«

»Mach Platz!« Die Hand des Mannes tastete nach dem Schwertgriff.

»Wo willst du hin?«

Statt einer Antwort zückte der Fremde die Waffe, für den Kommandeur viel zu langsam: Ehe das blanke Eisen ganz aus der Scheide war, hatte er den Eindringling niedergestochen. »Zu Hilfe!« Sein Ruf gellte durchs Treppenhaus. Von unten stürmten ihm weitere drei bewaffnete Männer entgegen. Sie wurden verfolgt von Palastwachen, zurückgerissen und übers Geländer hinuntergestürzt.

Mit einem Mal läutete die große Sturmglocke des Palazzos. »Alarm!«, schrie der Befehlshaber und hetzte in die Eingangshalle. Gefahr nahte von draußen! Vom Begleittrupp des Erzbischofs? Oder war die Gefahr noch größer, er wusste es nicht. »Alarm! Alarm!«

Sofort warfen seine Männer schwere Stachelketten quer über die Freitreppe und verriegelten das Haupttor. Völlig überrascht sahen die fremden Söldner zu. Hatte man ihnen nicht gesagt, dass allein ihre Anwesenheit genügte, um den Palast einzunehmen? »Leute! Nur ein Spaziergang für euch.« Erzbischof Salviati war nicht einmal laut geworden. »Ein Wort von mir wird den Hohen Rat einschüchtern, und die Macht von Florenz ist in unsern Händen.« Was tun? Bei einem Rückzug gab es keinen Lohn, also blieb nur der Kampf. Halbherzig riefen einige Söldner: »Freiheit für das Volk! Freiheit!«, und der Trupp formierte sich zum Angriff.

Pfiffe. Befehle des Kommandeurs! Rechts und links quollen immer mehr Verteidiger aus den Seitenpforten des Palastes und eilten den Kameraden auf der Freitreppe zu Hilfe. »Vorwärts! Nieder mit ihnen!« Mit Schild und gesenkten Spießen stürzten sich die Wachmannschaften vereint über den Feind. Weder Mut noch Zorn schlug ihnen entgegen. Nach kurzem Gefecht lagen die Männer des erzbischöflichen Begleittrupps erschlagen vor dem Palast.

Aus Gassen, aus den Hauptstraßen, von allen Seiten stürmten derweil schreiend Bürger auf den Platz. Wer kein Schwert besaß, schwang eine Axt, eine Hacke oder auch nur den Knüppel.

Hornstoß! Vom Norden her sprengte Jacopo Pazzi voll gerüstet und hoch zu Ross an der Spitze von knapp hundert schwer bewaffneten Männern durch die Menge. Mehr Florentiner hatte er nicht für den Aufstand begeistern können. Doch er bemühte sich weiter. »Lorenzo ist tot!« Der alte Ritter ließ den Säbel über seinem Helm kreisen. »Die Macht gehört dem Volk! Mir nach, Leute! Schlagt euch für die Freiheit!«

Im ersten Moment wichen die Bürger zur Seite. Einer rief: »Lorenzo ist verwundet, aber er lebt. Ich weiß es genau!« Fester umschlossen Fäuste die Holzstiele. »*Palle! Palle!*« Der Schlachtruf der Medici flog von Mund zu Mund. »Für unsern Fürsten! *Palle! Palle!*« Todesmutig fielen die Bürger über den Trupp her. Zu dritt, zu viert rissen sie einen Geharnischten zu Boden, hieben auf ihn ein, bis er sich nicht mehr rührte. Und inmitten des Getümmels schrie der Ritter ohne Unterlass: »Mir nach! Ihr Lahmärsche! Schlagt euch für die Freiheit!« Doch niemand folgte ihm.

Nun griffen auch die Palastwachen in das Gefecht ein, sie umzingelten die Aufständischen und zogen die Todesschlinge enger. Ins Kampfgeschrei mischte sich das Brüllen der Verwundeten; der Lärm auf dem Platz wuchs, übertönte das Sturmläuten vom Palastturm.

»Ihr feigen Memmen!« Kaum erkannte Jacopo Pazzi die drohende Niederlage, riss er den Gaul auf der Hinterhand herum und gab die Sporen, Hufe trafen Bürger und seine eigenen Männer. Er verfluchte den Tag und alle hirnlosen Ochsen und fluchte noch, als er den Lanzenring der Wachen durchbrach und in Richtung Santa Croce davonsprengte.

Mit Unterstützung der Bürger fingen die Palastwachen jeden Gegner ein, der nicht mehr rechtzeitig sein Heil in der Flucht suchen konnte. Blutüberströmte Männer wurden an den Haaren über die Steinquader geschleift, andere mit Knüppelschlägen zum Palast getrieben.

Schnarren und Pfiffe! Wie Ratten vom Aas angelockt, schlüpften jetzt aus den Winkelgassen die Mitglieder der Banden; sie fielen über die Toten her, rissen ihnen Gürtel, Hemden und Stiefel vom Leib. Entdeckten sie Ringe, so hackten die jungen Kerle ihnen die Finger ab, auf gleiche Weise sammelten sie Ohren mit glitzernden Anhängern und stopften die Beute in ihre Leinensäcke.

Von einem Boten erfuhr der Kommandeur endlich, was im Dom geschehen war. »Eine Verschwörung. Giuliano ist tot! Seine Magnifizenz aber lebt! Die Pazzi und der Erzbischof Salviati sind die Rädelsführer.«

Sofort befahl er vier Wachposten, ihm zu folgen: »Nehmt Stricke mit«, und stieg in den ersten Stock. Die Querriegel schlugen zurück, der Schlüssel schnappte, mit einem Tritt stieß der Befehlshaber die Tür auf.

Nahe dem Fenster fuhr Erzbischof Salviati herum. »Mein Sohn, welch ein ungebührliches Eindringen!« Die Stimme gehorchte ihm kaum. »Wo bleibt der schuldige Respekt?«

Sein Bruder hockte zusammengekauert auf dem Boden und verbarg das Gesicht in den Händen.

»Du falscher Pfaffe«, sagte der Befehlshaber leise. »Respekt? Ja, dir und deinem Bruder soll Ehre widerfahren, so viel ihr verdient habt.« Mit einem Schnippen schickte er die Posten vor. »Bindet ihnen die Hände auf den Rücken.«

»Du darfst einen Diener der Kirche nicht in Haft nehmen.« Schützend zeigte Salviati seinen Ring. »Versündige dich nicht.«

»Aber Eminenz, wer spricht von Haft? Die Fessel soll Euch nur eine kurze Weile vor Euch selbst schützen.«

Beiden Männern wurden die Arme nach hinten gerissen. Immer noch glaubte der Prälat, in Arrest genommen zu werden. »Ich bin Gesandter des Heiligen Stuhls, der Erzbischof von Pisa steht vor dir. Diese schimpfliche Behandlung meiner Person wird Folgen haben.«

»Darin stimme ich Euch zu.« Ungerührt sah ihn der Kommandeur an und gab Befehl: »Hängt die Kerle auf.« Er wies zum Fenster. »Aber nach draußen. Ich will nicht, dass sie hier den Marmor voll scheißen.«

Der Bruder wimmerte, als ihm die Schlinge um den Hals gelegt wurde, seine Knie gaben nach, und die Wachen mussten ihn stützen. Erzbischof Salviati riss entsetzt den Mund auf, und ehe er begriff, war ihm das Wort abgeschnürt.

Der Kommandeur selbst vertäute die Strickenden am Mittelholm der geöffneten Fensterflügel. Mit dem Daumen gab er das Zeichen.

Je zwei seiner Männer hoben die Verschwörer an und warfen sie hinaus. Ruhig beugte sich der Kommandeur über das Fenstersims. Unter ihm zuckten und zappelten noch die Leiber an der Palastmauer. »Verfluchtes Pfaffenpack!«

Ziellos rannten die Bürger über den Platz. Das Gefecht hatte sie gezeichnet. Kaum einer bemerkte die Gehenkten. Niemand störte sich am wilden Leichenspaß der Schnarrer und Pfeifer. Was war mit ihrem Fürsten? »Er ist tot.« – »Nein, er lebt.« Ein Gerücht wechselte das andere ab. Endlich verbreiteten Medicianhänger die glaubhafte Nachricht: Lorenzo ist noch in der Sakristei. Dort wird seine Wunde versorgt.

»Wir müssen ihn schützen.« Gleich hasteten einige in Richtung Dom und zogen die Menge hinter sich her. Auf dem Weg hörten sie: »Lorenzo ist wohlbehalten in seinen Palazzo gelangt. Kommt! Er will zu uns sprechen.«

Unter dem Balkonfenster in der Via Larga drängten sich die Florentiner. Frauen starrten mit verschmierten Gesichtern hinauf, Tränen hatten Schminke und sorgfältig aufgetragene Pasten aufgelöst. Vielen Männern hingen die Mäntel in Fetzen von den Schultern, voller Sorge knautschten sie ihre Mützen und Hüte zwischen den Fingern. Aller Augen waren nach oben gerichtet.

Endlich öffnete sich die Tür, und Seine Magnifizenz trat auf den Balkon hinaus, das Hemd nur lose über der Brust geknöpft, um den Hals trug er einen dicken Wundverband. Er hob die Hand. »Freunde! Ihr meine geliebten Mitbürger! Die Ordnung ist wiederhergestellt. Ja,

Frevel und Schmach mussten wir alle an diesem Sonntag erleiden. Noch liegt mein Bruder im Dom, ermordet von heimtückischen Verschwörern. Erst nach dem Mittagsläuten soll er seiner Mutter gebracht werden. Ich bin vorausgeeilt, um Donna Lucrezia und euch alle zu trösten, und bin selbst erfüllt von unsäglicher Trauer. Weint um Giuliano, doch übt keine Rache an seinen Mördern. Das Gesetz wird sie mit aller Härte richten.« Er hob die schrille Stimme: »Ja, es ist wahr, die Familie der Pazzi hat in ihrem Hass gegen unsere Herrschaft dieses Verbrechen vorbereitet und durchgeführt. Auch muss ich Erzbischof Francesco Salviati als einen der Rädelsführer nennen und mit ihm einige Patres. Ich selbst ließ den jungen, unschuldigen Kardinal Raffaello vor diesen Tollwütigen in Schutzhaft nehmen. Er befindet sich hier in meinem Hause. Zu nennen sind auch alle Anhänger der Pazzi-Familie unserer Stadt, die sich verführen ließen.« Lorenzo brach ab, tastete nach dem Geländer, als müsse er gegen jähe Schwäche ankämpfen. Sofort erntete er besorgte Rufe und Segenswünsche aus der Menge. »Danke, ihr Freunde.« Jeden Satz unterbrach er jetzt mit einem tiefen Atemzug. »Ich habe nur etwas vom Lebenssaft verloren ... Was aber bedeutet dies schon? Mein Bruder liegt dort ... Giuliano, der Heitere, euer aller Liebling ... all sein Blut musste er hergeben ...« Die Stimme erstarb. Lorenzo wischte sich über die Augen und hob noch einmal die Hand. »Mitbürger, geht nun. Doch hört auf mich: Zügelt euren Rachedurst ...« Gebeugt verließ Seine Magnifizenz den Balkon.

Frauen weinten. Ohnmächtiger Zorn wühlte die Männer auf. Noch lebten Verräter und Mörder in der Stadt. »Eine Schande! Fluch über sie!« Lorenzo aber verlangte Mäßigung? Bis das Gesetz zugriff, würden sicher viele von ihnen entkommen sein. Das Geflüster nahm zu: »Unser Herrscher zeigt selbst im tiefen Schmerz noch Milde.« – »Lorenzo! Du guter, freizügiger Fürst.« – »Wie können wir nur helfen?«

Schnarren und Pfeifen! Von hinten flog ein Ohr über die Menge und klatschte vorn, dicht neben dem Portal des Palazzos, auf die Steinbank. Gleich folgten zwei abgehackte Finger. »Was wartet ihr noch?«

Die Köpfe fuhren herum. Einer der Bandenführer saß auf den

Schultern seines Kumpans und schleuderte erneut eins der blutigen Beutestücke nach vorn. »Warum holt ihr euch nicht die Mörder, jetzt gleich?« Er feixte und spie den Speichel in einem hohen Strahl auf die Nahestehenden. »Wenn ihr zu feige seid, sagt es nur. Dann helfen wir euch gern.« Schon hockte er ab und verschwand mit seinem Kumpan. Holzrasseln schnarrten, Pfiffe antworteten aus den Winkelgassen, die von der Via Larga abzweigten.

»Der Kerl hat Recht!«, rief einer der Patrizier, er schwenkte seinen zerknautschten Hut, nur Strünke waren von der bunten Federpracht noch übrig. »Vorwärts! Kommt diesen Ratten zuvor. Es ist unsere Pflicht, die Stadt von den Verschwörern zu säubern.«

»Für Lorenzo!«, schrie irgendjemand aus den vorderen Reihen. Fäuste wurden gereckt.

»Für unsern Giulio!« Die Frauen wachten aus den Tränen auf. »Rache für Giulio!«, forderten sie, und der schluchzende Chor wurde lauter.

»*Palle! Palle!*« Schnell rotteten sich Bürgerwehren zusammen. Stadtviertel wurden zugeteilt. »*Palle! Palle!*« Mit dem Kampfruf auf den Lippen verließen sie die Via Larga.

Im Dom war Stille eingekehrt. Bewaffnete hielten die Ausgänge besetzt. Ein Wachtrupp des Medici-Palastes wartete hinter den hohen Säulen auf das Mittagsläuten. Stumm blickten die Männer nach vorn zum Chorraum, zu den beiden Frauen; und manchmal drang ihr Weinen herüber.

Fioretta lag in der Blutlache neben dem Geliebten; sie hatte sich an ihn geschmiegt und streichelte unentwegt die Wunden seiner Brust. »Du wolltest mir gehören. Für immer«, flüsterte sie. »Du hast mir dein Wort gegeben. Aber ich darf dich nicht halten. Und will es doch.«

Rechts des Altars kauerte Laodomia auf der untersten Stufe. Sie hatte die klaffende Wunde an Enzios Hals mit dem schwarzen Schal abgedeckt und seinen Kopf in ihren Schoß gebettet. Verloren lächelte sie ihm zu. »Wachhauptmann Belconi. Ich hatte Unrecht, verzeih. Das graue Kleid, es wäre doch passender gewesen.« Mit den Fingerkuppen wischte sie ihre Tränen von seinen geschlossenen Lidern.

Und Raffaele? Der Gedanke an den Sohn gab ihr einen neuen Stich. Ich darf doch nicht ohne Vater zu ihm heimkehren!

Glocken läuteten draußen vom Campanile, und dumpf drangen die Schläge bis in ihr Herz. »O heilige Mutter«, flehte Laodomia, »so hilf mir doch.«

Schritte näherten sich. Vier Männer des Wachtrupps kamen zu ihr und setzten eine Trage ab. »Was wollt ihr?«, fragte sie verwundert.

»Wir bringen den Kameraden in die Via Larga.«

Laodomia legte schützend die Hände auf Enzios Gesicht. »Nein, nein. Er bleibt bei mir.«

Einer der Posten berührte ihre Schulter. »Bitte versteht, Signora Belconi. Wir müssen den Befehl ausführen. Ihr könnt uns ja begleiten. Bitte, es muss sein.«

Er wartete geduldig, und nach einigem Zögern gab sie Enzio frei.

Auf der anderen Seite des Chorraums wurden Stimmen laut. »Nimm Vernunft an, Frau!«

»Rühr mich nicht an. Ich gehöre zu ihm!«

Laodomia sah hinüber. Ein Wachmann drängte Fioretta Gorini beiseite. »Geh nach Hause, Frau. Im Palazzo hast du nichts verloren.«

»Aber Giulio gehört mir.«

»Der junge Herr war in deinem Bett, mehr nicht.«

Ehe der Posten sich schützen konnte, schlug ihm Fioretta die blutbeschmutzte Faust ins Gesicht. »Nichts weißt du von uns.« Ihre Schultern sanken, hilflos wandte sie sich ab und starrte zum Altarkreuz hinauf.

Auch Fioretta ist jetzt allein, dachte Laodomia. Das Mitleid für die Verzweifelte gab ihr selbst neue Kraft. Sie ging zu ihr, und wortlos verharrten die Frauen nebeneinander im Anblick des Erlösers. Nach einer Weile flüsterte Laodomia: »Wir fühlen beide den gleichen Schmerz.«

Fioretta sah nicht zur Seite. »Lass mich.«

»Wir trafen uns nie, doch ich kenne dich vom Sehen.«

»Nur vom Sehen?« Bitter war die Stimme. »Hast du nie gehört, was in der Stadt von mir gesagt wird? Das ist die Ehebrecherin! Die Hure, die sich den schönen Medici eingefangen hat! Gib es nur zu, es ist mir gleich. Alles ist mir jetzt gleich …«

»Hör auf damit. Unsere Männer werden gleich hinausgetragen. Lass sie uns begleiten. Gemeinsam.«

Fioretta wandte den Kopf, zum ersten Mal begegneten sich ihre Blicke. »Man wird mich wegschicken.«

»Wenn du mir vertraust, kann ich helfen.« Laodomia nahm sie bei der Hand. »Mein Enzio war der Vorgesetzte dieses Wachtrupps. Ich kenne jeden von ihnen. Komm jetzt.«

Eng nebeneinander eilten die beiden Frauen durchs Mittelschiff und erreichten die Totenträger, ehe sie zum Ausgang des Doms gelangt waren. Wieder versuchte einer von den Wachen, die Gespielin des Medici abzuweisen. Laodomia hielt ihre Hand fest. »Wage es nicht. Sie bleibt an meiner Seite, bis wir den Palazzo erreicht haben. Das ist der letzte Befehl, den dir Hauptmann Belconi gibt. Oder fühlst du keine Trauer um ihn?«

Jäh bebten Kinn und Lippen des Mannes: »Enzio war mein Freund, Signora.« Er nickte Fioretta zu und gab den Bewaffneten am Portal wortlos ein Zeichen. Die schweren Flügel schwangen auf. Gleißendes Licht brach in die Nacht der Kathedrale. Wie geblendet folgten Laodomia und Fioretta den Bahren. Zahlreiche Bürgerinnen und Kinder hatten auf dem Vorplatz ausgeharrt. Mit Wehklagen und Schluchzen empfingen sie Giuliano und bekreuzigten sich hastig, als die beiden Frauen vorüberschritten. Deren Augen waren leer geweint, bleich die Gesichter, und das schwarzverkrustete Blut an den Festkleidern zeugte von dem durchlittenen Grauen.

Palle! Palle!«, sangen die Bürgertrupps in den Straßen. Wie Spürhunde hetzten Mitglieder der Banden vor ihnen her und lockten die Jäger mit Schnarren oder Pfeifen zu Häusern und Spelunken. Niemand wusste besser als die Zerlumpten, wo Flüchtende sich in Florenz verbergen konnten. Und gerade an einem Tag wie heute waren ihren Augen kein Fremder, schon gar nicht ein Anhänger der Verschwörung entkommen.

Grinsend blieben zwei Halbwüchsige in der Via Proconsole vor dem Wohnhaus der Pazzi stehen.

»Seid ihr sicher?«

Einer der beiden streckte die Hand aus. Erst nachdem die Münze in seiner Tasche verschwunden war, bückte er sich und rührte den Finger in einem Blutfleck. »Der Sohn vom alten Jacopo ist drinnen. Ich bin hinter ihm her, als er aus dem Dom kam. Es hat ihn am Bein erwischt.«

Die Auskunft genügte. »Öffnet!« Da weder Läuten noch wütendes Klopfen und Rufen den geforderten Erfolg brachten, schwangen die Bürger ihre Äxte. Holz splitterte. Wenig später brach die Tür unter der Wucht des Ansturms in Stücke.

Mägde und Knechte standen zusammengedrängt nahe des Durchgangs zu den Gesinderäumen.

»Wer von der Herrschaft befindet sich im Palazzo? Antwortet!«

Niemand bezahlte sie für Heldenmut. Um sich und die Verängstigten vor Schlägen zu bewahren, wies der ergraute Hausdiener ohne Zögern hinauf in den ersten Stock: »Außer den Frauen und Enkelkindern nur der Herr Francescino. Ich habe ihn notdürftig verbunden und zu Bett gebracht. Das letzte Zimmer auf der linken Seite.«

Sobald die Horde hereinstürmte, versteckte der päpstliche Finanzverwalter sein Gesicht unter der Decke. »Geht weg. Geht. Ich bin krank!«

»Nicht mehr lange, Kerl.«

Sie rissen ihn vom Lager. Francescino vermochte sich nicht auf den Beinen zu halten. Als er vor wenigen Stunden im Dom blindwütig immer wieder auf Giuliano einstach, hatte er sich selbst eine tiefe Stichwunde am Oberschenkel beigebracht. »Erbarmen. Frederico. Und du, Alfonso. Um unserer Freundschaft willen, verschont mich.«

»Du hast keine Freunde mehr. Vorwärts!«

Halb nackt, nur mit dem Hemd bekleidet wurde er durch die Straßen und über den Platz der Signoria zum Regierungsgebäude geschleift. »Hier bringen wir einen der Hauptverschwörer.«

Der Befehlshaber der Stadtgarde nickte gelassen. »Das trifft sich gut. Vorhin wurde mir Jacopo Bracciolini übergeben. Nicht zu glauben, dass auch der Sohn eines so gebildeten und freundlichen Gelehrten so tief sinken kann. Bei den Pazzi wundert es mich nicht. Diese ganze Familie ist lange schon morsch und voller Würmer. Aber gut, jetzt lohnt sich die Arbeit.«

Wachposten übernahmen Francescino und schleppten beide Gefangenen im Innern des Palastes die Treppen hinauf. »Ich verlange einen Prozess!« Der päpstliche Bankherr zeterte und buckelte, streckte den Rücken und versuchte sich loszureißen. »Vor Gericht will ich gehört werden.«

An der Tür zum Raum, in dem schon beide Flügel eines Fensters offen standen, griff ihm der Kommandeur ins Haar und bog sein Gesicht nach hinten. »Du benötigst keinen Richter mehr. Auch dein Kumpan nicht. Bei der Messe habt ihr beide selbst das Urteil über euch gesprochen. Und nun halt dein Maul, sonst lasse ich dir erst noch die Zunge rausschneiden.« Er nickte den Wachen. »Hängt sie nach draußen.« Stets besorgt um Sauberkeit und Einrichtung des ihm anvertrauten Palastes setzte er hinzu: »Aber nehmt das nächste Fenster. Ich weiß nicht, ob ein einziger Mittelholm vier Kerle trägt.«

Beim Anblick der Schlinge heulte Francescino auf, auch den Mitverschwörer befiel haltloses Entsetzen. Beide schrien, während sie zur Brüstung geschleift wurden, und schrien noch draußen im Fall; erst als ihre Leiber am Ende des Stricks gegen das Mauerwerk schlugen, rissen jäh die Stimmen ab.

»Zu viel Aufwand für diese Mörderbrut.« Der Kommandeur säuberte seinen Ärmel vom Speichel Francescinos und entschied: »Wer jetzt noch gebracht wird, den werfen wir gleich hinaus. Ohne Seil um den Hals.«

Jacopo Pazzi fluchte.

Ehe die Wachen am nördlichen Tor von dem Attentat erfuhren, hatte er Florenz verlassen können. Voll gerüstet trabte er hoch zu Ross wie ein Dämon aus längst vergangener Zeit hinauf in die Hügel; mit dem blutverkrusteten Säbel drohte er zum Himmel und verdammte Gott und alle Heiligen, weil sie ihn im Stich gelassen hatten; dann wieder geiferte er über die elenden Stümper, denen er einzeln den Schwanz abschlagen würde, selbst dem eigenen Sohn.

Bauern am Weg hörten seine Verwünschungen und bekreuzigten sich. Einige beherzte Burschen folgten der Gestalt. Mit irrem Blick sah sich Jacopo nach den Höflern um. Jedoch selbst als sie ihn eingeholt hatten und rechts und links von ihm herliefen, gab er dem Pferd nicht die Sporen. Ohne Unterlass stieß er neue Schmähungen aus.

»Diese römischen Arschlecker. Wollten Lorenzo ermorden.« Sein Gelächter nahm ihm fast den Atem. »Ich hab's ja gleich gesagt«, japste er
den Burschen neben sich zu. »Wer einen Medici in Florenz töten will,
dem hat ein Hund ins Hirn geschissen. Seid ihr meiner Meinung?«
Jäh schwang er den Säbel über dem Kopf. »Und mit solchen Kot-
fressern musste ich mich abgeben.«

Bis zu diesem Moment hielten die jungen Männer den Alten nur
für verrückt. Nun aber war der Name ihres gnädigen Landherrn gefallen! Von Attentat und Mord sprach er? Und das Läuten der Sturmglocke war um die Mittagszeit lange zu hören gewesen?

Sie verständigten sich mit Blicken, und der Tapferste von ihnen
stieß seinen Stecken dem Ritter seitlich gegen den Harnisch. Die Gestalt wankte, kippte langsam und schlug unter Getöse der Rüstung ins
Gras. Für eine Weile stöhnte Jacopo nur. Jedoch als er dann helmlos
quer über dem Sattel lag, die Hände und Füße unter dem Bauch des
Pferdes zusammengebunden, fand er bald wieder zurück zu den Flüchen und schloss nun auch seine Häscher in die Teufelslitanei mit ein;
weil es ausgerechnet stinkenden Saumelkern gelungen war, einen
edlen Ritter zu besiegen.

Bangen Herzens führten die Bauernsöhne ihre lästernde Fracht
nach Florenz hinunter.

»Kennt ihr diesen Mann?«, erkundigten sie sich am Tor San Gallo.

Niemand beachtete die Höfler. Ein Trupp der Bürgerwehr befand sich in lautstarkem Wortgefecht mit den Posten, verlangte von
ihnen, auch ohne ausdrücklichen Befehl der Signoria, jeden daran zu
hindern, die Stadt zu verlassen.

»He, so hört doch!« Vergeblich. Das Gerangel zwischen Wachen
und Bürgern steigerte sich. Näher aber wollten die Burschen nicht ans
Tor. Wer kannte sich schon mit den vornehmen Stadtleuten aus?
Vielleicht war der Verrückte ein angesehener Mann, und sie würden
für dessen Gefangennahme schwer bestraft. Der Tapferste von ihnen
patschte dem Pferd kurzerhand auf die Kruppe, dann flohen sie davon.

Das Tier trottete allein weiter. »Wer mich anrührt, dem stecke ich
eine Schlange in den Arsch.« Mit diesem Unflat kündigte sich der
Ritter selbst an. »Verfaulen sollt ihr in der Hölle! Ihr alle!«

Jäh war der Streit um Befehl oder nicht Befehl vergessen. »Es ist Jacopo Pazzi!« Die Bürger umringten das Pferd, zerschnitten die Fessel und stießen den Körper vom Sattel. Gleich zwei Männer stemmten ihren Fuß auf den Brustharnisch. »Wir haben ihn!« – »Er ist der Kopf der Verschwörung! Zum Palast der Signoria mit ihm!«

War der Unhold auch besiegt, sein Drachenmaul aber spie weiter: »Ihr Weiberknechte könnt mir den Arsch lecken. Mehr nicht! Ich bin ein Freund von Lorenzo.« Der Ritter schnappte nach Luft und donnerte: »Verflucht sei Maria, diese Hure, samt ihrem Bastard Jesus!«

Entsetzt wichen die Bürger einige Schritte zurück.

Vom Erfolg seiner Worte selbst überrascht, stützte sich Jacopo mit den Ellbogen hoch. »Ja, da gafft ihr.« Während er grinste, floss ihm Speichel aus den Mundwinkeln. »Aber das haben euch die Pfaffen verschwiegen: Maria hat mit jedem herumgehurt und sich von irgendeinem Strolch den Bastard Jesus in den Ofen schieben lassen.«

Kreuzzeichen; einige pressten die Ohren zu, als müssten sie sich schützen vor dieser ungeheuerlichen Gotteslästerung; aus Furcht, allein durchs Anhören selbst in Sündenschuld und ewige Verdammnis zu fallen, murmelten andere: »Gleich hier. Hängt ihn auf.« – »Ja, schnell. Sonst ruft er Gottes Zorn auf uns herab.«

Die Erstarrung wich. Ehe Jacopo noch ein einziger Fluch über die Lippen kam, wurde ihm ein Stein in den Rachen geschlagen. Im Durchgang des Torhauses flog der Strick über den Querbalken. Die Schlinge festgezurrt um seinen Hals, setzten sie den schändlichen Frevler wieder aufs Pferd. Ein Hieb. Der Gaul sprang nach vorn, und unter heftigem Zucken der Glieder, doch ohne jede Lästerung fand das Oberhaupt der Pazzi-Familie sein verdientes Ende.

Am späten Nachmittag legte sich das Lärmen in Florenz, kein Rennen mehr durch die Straßen und Gassen, kein Geschrei mehr. Die Hetzjagd der Bürgerwehr nach den Attentätern war erlahmt. Ausgerechnet Bandini und die beiden Patres hatten sich durch Flucht ihrem Zorn entziehen können.

Vor dem Palast der Signoria wurden die erschlagenen oder durch den Fenstersturz zerbrochenen Leiber von Wachmannschaften auf

Schinderkarren geworfen, während Stadtdiener die Pflasterquader mit Wasser säuberten. Der Hohe Rat hatte angeordnet, dass die vier Hingerichteten unter den Fenstern hängen bleiben sollten, bis sie verwest waren: den Friedvollen zum Trost, den heimlich Murrenden zur Warnung.

In der Via Larga drängte sich immer noch das Volk. Niemand wollte heimgehen. Die Menschen sahen zum Balkon hinauf, warteten, hofften auf neue Nachricht und wussten doch alle, dass keine Botschaft das Elend dieses Sonntags mildern konnte.

Fioretta hatte den Medici-Palast nicht betreten dürfen. Hier endete selbst die Macht der Tränen einer trauernden Witwe.

Als Laodomia allein den Leichenträgern in die Halle gefolgt war, hatte Filippo Strozzi sie sofort behutsam beiseite gezogen. »Hier darfst du nicht bleiben.« Er hielt sich seit dem Attentat zusammen mit den engsten Freunden des Hauses bei Lorenzo auf. Eine Treuepflicht, die Hilfe, Trost und sachliche Vernunft abverlangte. Für seine Nichte nahm er sich nur wenig Zeit. »Dein Leid schmerzt mich, aber jetzt werde ich hier dringender gebraucht.« Eilig beauftragte er zwei Bewaffnete, Laodomia hinüber zu seinem eigenen Palazzo zu geleiten. Dort sollte sie in der Obhut Petruschkas mit Raffaele die Nacht verbringen.

Weil Laodomia keine Regung zeigte, bemühte er sich um mehr Freundlichkeit: »Selbstverständlich darfst du auch länger bei mir zu Gast sein. Wenigstens bis zur Beisetzung des Hauptmanns. Und glaube mir, wenn es nach meinem Wunsche geht, noch lange darüber hinaus.«

Wo die Witwe jedoch später leben würde, hätten die Schwiegereltern zu befinden. Darüber jedoch sollte sich Laodomia jetzt nicht den Kopf zerbrechen. »Deine Zukunft liegt mir am Herzen, glaube mir«, versicherte er. »Nach diesem Unglück mehr denn je zuvor.«

Ohne ihn anzublicken, hatte sich Laodomia abgewandt und war still mit den Begleitern hinausgegangen.

Die Sonne hing im Westen tief über der Flussniederung. Rechts und links des Arno erglühten Dächer und Häuserfronten. Mitten auf dem Ponte Vecchio stand immer noch Giovanni Battista Montesecco. Von diesem Platz aus hatte er den Tag durchlitten: Das dröhnende Geläut vor der Messe. Hiernach die Stille bis zu den drei einsamen Glockenschlägen, die von der Wandlung des Brotes in den Leib Christi kündeten. Dieses Signal hatte sein Gesicht versteinert. Vor dem inneren Auge sah er, was sich nun nahe dem Altar zutrug. Den jäh anwachsenden Lärm aber und das Sturmläuten vermochte er nicht mehr zu deuten.

Irgendwann hasteten hinter seinem Rücken aufgebrachte Menschen vorbei, kehrten mit Waffen in den Fäusten zurück, andere kamen, riefen ihnen Neuigkeiten zu. Aus den Wortfetzen erfuhr Giovanni Battista nach und nach, welches Ausmaß das Verbrechen angenommen hatte. Der Bruder des Fürsten war getötet worden. Also war Signore Pazzi mit dem Schwertkämpfer Bandolini erfolgreich gewesen. Jedoch Lorenzo Medici lebte. Ihn beim Hochamt niederzustechen wäre seine Aufgabe gewesen; und der Ersatz für ihn, die beiden Patres, hatten versagt. »Dem Himmel sei Dank«, flüsterte der Söldnerführer. Nach einer Weile aber grub er die Nägel der Finger ins Brückengeländer. »Ich bin verloren.«

So blieb er, bis ihn am späten Nachmittag der rot glühende Spiegel auf dem Wasser blendete. Es ist Blut, dachte er. Halb schloss er die Lider und sah mit einem Mal drei riesige Würfel davonschwimmen. Zwei, vier und fünf Augenpunkte.

Pfeifen! Der schrille Ton riss ihn aus den Gedanken. Giovanni Battista fuhr herum; gleichzeitig griff er nach der Waffe.

»Friede, Herr! Friede.« Die Zerlumpten feixten ihm ins Gesicht. »Ihr habt was verpasst, Herr. War wirklich ein schöner Tag heute.« Sie setzten ihre Stummelpfeifen an, ließen die Pfiffe in schneller Folge über das Wasser peitschen und schlenderten weiter.

Der Söldnerführer schnürte den Reisemantel vor der Brust. Wohin jetzt? Nach Rom? Dort erwartete ihn Graf Riario, und dessen Rache würde er niemals entkommen. Wenn er sich aber ganz gleich wohin retten wollte, so musste er in jedem Fall mit dem Landvolk die Stadt verlassen haben, ehe das Abendläuten einsetzte. Und er benötigte sein Pferd. Sollte er es holen? Nach kurzem Zögern verwarf Giovanni Battista den Gedanken; er hatte sich entschieden und kehrte nicht in die Herberge zurück.

Im Strom der Bauersleute näherte er sich aufrecht dem Tor San Friano. Der Federbusch seines Helms schwankte über den Mützen und Kopftüchern. Drei Kettensperren waren hintereinander quer über die Straße gespannt. Nur wer den Wachposten persönlich bekannt war oder sein Dorf zu nennen wusste und auch die Nachbarn mit Namen aufzählen konnte, durfte passieren.

»Wer bist du?«

»Giovanni Battista Montesecco, Söldnerführer der päpstlichen Truppen.«

Und ohne jede Gegenwehr ließ er sich festnehmen.

ᴥ Skizzenblätter

FLORENZ

Vergeltung für vergossenes Blut

Zwei Tage nach dem Attentat spüren Geheimpolizisten in einem Kloster nahe der Stadt die Mordpriester Antonio Maffei und Stefano da Bagnone auf. Kein Prozess ist möglich. Ehe die Gefangenen den Palast der Signoria erreichen, sind ihre Körper von der aufgebrachten Menge verstümmelt worden. »Hängt sie nach draußen!« Ungerührt von ihrem Anblick gibt der Kommandeur den Befehl, die halb Toten hinauf in den ersten Stock zu schaffen, und lässt sie, wie schon die Rädelsführer, mit einem Strick um den Hals aus dem Fenster werfen. »Jetzt verschandeln schon sechs Halunken meine Palastmauer. Fehlt nur noch einer. Aber auch den werden wir bald dazuhängen.«

Die Hoffnung trügt. Trotz gründlicher Suche in Stadt und Land Florenz, der Schwertkämpfer Bernardo Bandini bleibt verschwunden.

Masslose Rache

Gleich nach seiner Hinrichtung ist Jacopo Pazzi von Angehörigen überhastet in der Familiengruft neben Santa Croce beigesetzt worden.

Am dritten Tag nach dem Attentat kommt dem Hohen Rat jedoch zu Ohren, welche ungeheuerlichen Gotteslästerungen der alte Ritter vor seinem Tode ausgestoßen hat.

»Dieser Frevler darf nicht in geweihter Erde ruhen.« Einmütig fasst die Signoria den Beschluss: Der Leichnam muss aus der Pazzi-Kapelle entfernt und vor der Stadtmauer verscharrt werden. Sofort wittern die Jugendbanden wieder eine Gelegenheit, ihre rohe Lust auszutoben. Sie wühlen den Toten aus dem Schindanger und zerren ihn nackt am Halsstrick durch die Straßen. Viele Bürger lassen sich das Schauspiel nicht entgehen und begleiten den Umzug, klatschen den Schnarrern und Pfeifern zu. Vor den Häusern der Pazzi-Sippe grölen die Kerle: »Öffnet das Tor für den edlen Ritter Jacopo!«

In der Via Proconsole entmannt einer der Anführer unter Gejohle seiner Kumpanen die Leiche und nagelt Penis samt Hoden mit dem Messer ans Türblatt des Palazzo Pazzi. Davon aufgestachelt fallen gleich vier Zerlumpte über den Leichnam her, öffnen den Körper und weiden ihn aus. »Euer Herr ist zurück!«, schreien sie und schmücken das Tor mit Herz und Leber.

Vom Schauder ergriffen laufen nun doch einige Bürger zur Signoria, und ein Trupp der Stadtwache beendet das furchtbare Spektakel. Rumpf und Innereien des alten Ritters werden auf einen Handkarren geworfen und in den Arno gekippt. Doch nicht genug. Während die Leichenteile davontreiben, werden sie mit Dreckklumpen und Steinen beworfen.

DIE GUNST DER STUNDE

Untröstlich über den Tod des geliebten Bruders befiehlt Lorenzo de' Medici die Vernichtung und Ächtung der Pazzi-Familie. Jedes männliche Mitglied, auf dem auch nur der leiseste Verdacht lastet, wird hingerichtet, eingekerkert oder, wenn die Unschuld erwiesen ist, aus Florenz verbannt. Das Wappen wird den Pazzi genommen, ebenso verlieren sie Vermögen, Häuser und Ländereien.

Die jungen Patrizier der Stadt legen Trauerkleidung an. Täglich kommen Bürger in die Via Larga, um Lorenzo ihr Hab und Gut, sogar das Leben anzubieten. »Du bist unser geliebter Herr, und wir sind deine treuen Untertanen.« Niemals zuvor hat der ungekrönte Herrscher der Stadt so viel Zuneigung empfangen.

VERGÜNSTIGUNG FÜR EINE GEFÄLLIGKEIT

Vier Tage nach dem Attentat legt Söldnerhauptmann Giovanni Battista Montesecco bei seiner ersten Befragung ein umfassendes Geständnis ab. Diese Bereitwilligkeit erscheint dem Untersuchungsrichter verdächtig, und so lässt er den Gefangenen foltern. Nach dem

Streckseil verzichtet der Henker auf Daumenschrauben oder spanische Stiefel, statt diesen stößt er ihm einen glühenden Stahl in die aufgestülpten Nasenlöcher. Nach Stunden erst kommt der Gequälte wieder zu Bewusstsein.

Beim Prozess verlangt der Richter: »Wiederhole deine Aussage.« Und Montesecco berichtet, was er schon bei seiner ersten Aussage zu Protokoll gegeben hat. Das Urteil wird gefällt: »Schuldig wegen Hochverrats.« Das Strafmaß lautet: »Tod durch das Schwert.« Doch die Vollstreckung wird hinausgezögert.

Lorenzo sucht den Söldnerhauptmann im Kerker auf. Lange betrachtet er das zerschundene Gesicht. »Schade. Mein Herz hatte sich gleich bei unserer ersten Begegnung für dich erwärmt.«

»Verzeiht, Herr, ich hatte Befehl und musste gehorchen. Zu spät habe ich eingesehen, dass Gehorsam auch Unrecht bedeuten kann. Dies quält mich Tag und Nacht.«

»Auch für Gnade ist es nun zu spät. Indes könntest du deine Seele entlasten, wenn du die Planung des Attentats gegen mich und meine Familie schriftlich niederlegst. Vor allem deine Audienz bei Papst Sixtus. Erinnere dich Wort für Wort. Auch will ich lesen, dass König Ferrante von Neapel diese schändliche Verschwörung befürwortet hat.«

Zum ersten Male begreift der Söldnerführer das Ränkespiel der Politik. War er zuvor nur ein kleines Rad im Plan der Gegner, so soll er jetzt ein Steigbügel des Medici sein. »Gern, Herr. Doch wie kann ich schreiben, hier in der Dunkelheit?«

»Zur Erleichterung lasse ich dir einen hellen Raum mit Tisch und Stuhl geben. Auch sollst du Essen und Wein erhalten bis zur Hinrichtung.«

»Danke, Herr.«

Lorenzo lächelt unmerklich. »Eine andere Vergünstigung ist dir bereits widerfahren.« Er tippt auf die platte Spitze seiner Nase. »Du wirst den Schweiß des Henkers nicht riechen können, wenn er dir den Kopf nimmt.«

Darauf antwortet Giovanni Battista Montesecco nichts.

ROM

Verdrehte Wahrheit

Die Nachricht vom Scheitern der Pazzi-Verschwörung entsetzt den Papst. In seinem Arbeitszimmer bläht er bedrohlich die Wangen und empfängt Graf Riario nicht mit dem nachsichtigen ›Lieber Neffe‹, sondern überschüttet ihn mit Vorwürfen. »Du Versager! Grünkramhändler! In deinem Kopf existiert kein Hirn, stattdessen ist er angefüllt mit fauligen Kohlblättern …«

Schweigend erträgt der Günstling die Schmähungen. Kaum aber hat er den Vatikanpalast verlassen, schäumt Wut in ihm hoch. Er lässt den florentinischen Gesandten verhaften und prügeln. Nur das Eingreifen der Botschafter von Mailand und Venedig verhindert, dass der Diplomat in den Kerker geworfen wird. Eilkuriere berichten den Vorfall nach Florenz und kehren schon bald mit der unverhohlenen Warnung des Medici zurück: »Wir dürfen Euch daran erinnern, dass immer noch der Kardinal Raffaello Riario unsere Gastfreundschaft genießt …«

Zähneknirschend muss der Graf den Gesandten wieder freilassen. Auch Papst Sixtus sind die Hände gebunden, bis endlich nach vier Wochen der junge Kardinal wohlbehalten in Rom eintrifft.

Sixtus holt nun zum Schlag aus. Sein Befehl an die Signoria von Florenz, den Medici zum Verbannten zu erklären, wird brüsk zurückgewiesen. Wenige Tage später folgt die Bulle des Heiligen Stuhls, in der Lorenzo exkommuniziert wird. Außerdem enthält sie die Drohung, dass Seine Heiligkeit der Stadt Florenz das Erzbistum entziehen wird, sollte Lorenzo nicht binnen eines Monats an den Vatikan ausgeliefert werden. »… Dieser Mensch ist ein Kind des Frevels … Er hat Erzbischof Salviati gehindert, seinen Sitz in Florenz zu nehmen … Nicht genug, dieser Schandbube hat den ehrwürdigen Erzbischof sogar erhängen lassen … Überdies hat dieser Schurke es sogar gewagt, einen Kardinal im heiligsten Moment des Hochamtes in der Kathedrale zu verhaften und diesen in ein vermodertes Verlies werfen zu lassen … Lorenzo de' Medici, der Tyrann, ist eine Pestbeule der Christenheit …«

FLORENZ

GEGENWEHR

Nach Erhalt der Bulle beruft der Gebannte auf Anraten seiner Mutter, Donna Lucrezia, eine Versammlung kirchlicher Würdenträger und Theologen aus der gesamten Toskana ein. Der Ort ist geschickt gewählt. In der Kathedrale sitzen die Herren nahe des Chorraums zusammen. Vor Augen haben sie die Stelle, an der Giuliano, getroffen von 29 Stichen, verblutete. »Bin ich zu recht mit dem Bannstrahl belegt worden? Sagt frei Eure Meinung. Eurem Rat will ich mich fügen.« Nicht eine Stimme erhebt sich gegen den Fürsten von Florenz; umso heftiger wird das Verhalten des machtbesessenen Papstes angeprangert. In offen gezeigter Bescheidenheit lässt sich Lorenzo durch das Kolloquium zum nächsten Schritt drängen. »So will ich denn Eurer Empfehlung folgen und die Bulle Seiner Heiligkeit vor aller Welt für nichtig erklären. Auch sollen die Regenten der italienischen Staaten und darüber hinaus alle Fürstenhöfe Europas vom wahren Tatbestand des Verbrechens informiert werden und selbst urteilen, welches Unrecht mich ereilt hat.«

Bis in den Abend diktiert der Medici; die Öllampen der städtischen Schreibstuben verlöschen während der Nacht nicht, und am nächsten Morgen satteln Eilkuriere die Pferde. In ihren Ledertaschen befindet sich nicht nur ein gesiegelter Brief des Fürsten, sondern auch je eine Abschrift von Giovanni Battista Monteseccos Geständnis.

ROM

PUNKTSIEG DES OPFERS

Die Antworten sind eindeutig. Der Doge von Venedig entrüstet sich in einem Schreiben an seinen Botschafter im Vatikan: »… Der Heilige Vater irrt, wenn er sich einbildet, er könne Uns täuschen und das Ziel seiner boshaften Gedanken vor Uns verschleiern: Er gibt zwar vor, allein Lorenzo Medici züchtigen zu wollen. In Wahrheit aber will er sich die Republik Florenz einverleiben. Denn Wir wissen allzu gut, dass Lorenzo aller Vergehen, die Seine Heiligkeit ihm vorwirft, fälschlich beschuldigt wird … Der Papst will die gegenwärtige Regierung in Florenz beseitigen und sie durch eine ihm genehme ersetzen. Dies aber würde den sicheren Untergang ganz Italiens bedeuten …« Mailand droht dem Statthalter Christi sogar mit Krieg, falls er die Bulle nicht zurücknimmt. Bis auf Neapel bekunden alle Staaten Italiens ihre Missbilligung. Der französische König geht noch weiter: Er entsendet seinen Kämmerer, der unverhohlen die Warnung ausspricht, dass ein allgemeines Konzil einberufen werde, um die Eignung des Oberhirten für dieses Amt zu hinterfragen, wenn er es nicht unterlasse, in solch blindem Hass gegen die Republik Florenz zu wüten.

Willkür des Stärkeren

Nichts kann Sixtus mäßigen. Er belegt Florenz und alle florentinischen Besitzungen mit dem Interdikt. Von nun an sind alle Messen untersagt, kein Kind darf mehr getauft werden, keine Beichte abgenommen; das Heil der Kirche ist den Gläubigen entzogen. Der Bann bliebe eine stumpfe Waffe für die lebenshungrigen Florentiner, zumal selbst Priester durch einträgliche Spenden bereit sind, ihn zu brechen, würde die Strafe nicht auch ins Mark ihrer Kaufleute außerhalb der Republik treffen. Ihnen droht von nun an der Verlust aller Güter, ja, sogar Kerkerhaft. Sie sind der Willkür ausgeliefert, solange das Interdikt nicht wieder aufgehoben wird.

Mit diesem Schritt hat Papst Sixtus sein Opfer gelähmt. Nun setzt er an, es zu zertreten. Einig mit König Ferrante fallen von Süden und Westen zwei Heere in die Toskana ein. Krieg!

FLORENZ

Die Kraft im Hintergrund

Nach ersten Siegen verlangt im Juli 1478 ein päpstlicher Herold in der Hauptstadt gehört zu werden. Vor dem Hohen Rat gibt er kund: »Nicht die Republik will der Heilige Vater treffen. Sein Zorn gilt allein dem Tyrannen Lorenzo. Doch wenn Ihr, hochverehrte Stadtväter, diesen Antichrist nicht verjagt, so seid Ihr nicht besser als er und verdient es zu recht, aus der Gemeinschaft der Christenheit ausgestoßen zu werden.«

Lorenzo sucht den Rat seiner Mutter. Donna Lucrezia, zwar gezeichnet vom Verlust ihres Lieblingssohnes, doch ungebrochen im Willen, beschwört den Fürsten. »Ganz gleich, wie hart das Schicksal uns noch treffen mag, sichere dir das Vertrauen der Bürger. Nur so bleibt die Macht in deinen Händen.«

Und Lorenzo de' Medici erhebt sich bleich und gefasst im großen Sitzungssaal des Palastes der Signoria vor einigen hundert einberufenen Patriziern. »Ihr seht mich erschüttert, werte Freunde. Bin ich es, der dieses Unheil über uns gebracht hat, so will ich gerne Tod oder Verbannung auf mich nehmen! Denn mehr als mein Leben liebe ich unsere Republik Florenz. Wollt Ihr, dass ich mich ausliefere, um die drohende Kriegsgefahr von Euch abzuwenden?«

Betroffenes Schweigen ist die erste Antwort, Flüstern und Raunen die zweite, schließlich erhebt sich der Sprecher der Bürgerversammlung. »Was sind wir ohne Euch? Eine Herde ohne Hirte. Eure Magnifizenz, wir flehen Euch an, fasst Mut. Denn Eure Bestimmung ist es, mit unserer Republik zu leben oder zu sterben. Ihr seid das Herz, das uns mit Blut durchströmt.«

Lorenzo wischt eine Träne von der Wange. »Danke. Ihr meine Freunde, habt Dank.« Und gleich ihm müssen viele der Anwesenden ihre Augen trocknen.

Mehr noch. Erfüllt von liebender Fürsorge fasst die Versammlung den Beschluss, ihrem Herrscher eine Leibgarde zu stellen. Zwölf der besten Stadtsoldaten sollen ihn künftig Tag und Nacht vor möglichen Attentaten schützen.

Am Abend berichtet Lorenzo der Mutter: »Ich habe erreicht, was du erhofft hast. Eine Gefahr von innen bedroht uns nicht mehr.«

»Ich bin stolz auf dich, mein Sohn.«

»Bleibt noch der Krieg. Obwohl unser Heer, verstärkt von Truppen der Mailänder und Venezianer, unter dem Befehl des Herzogs von Ferrara tapfer kämpft, letztlich werden wir der gegnerischen Übermacht nicht standhalten können.«

»Hoffe auf Zeit, Junge.« Die von Gelenkschmerzen gequälte Frau legt mühsam die Hand auf den Arm des Sohnes. »Gott liebt uns, ich weiß es. Er lässt uns nicht im Stich. Und wenn sich ein Ausweg auftut, so werde ich ihn erkennen, und du wirst ihn gehen. Gemeinsam sind wir stärker als dieser besessene Pfaffe auf dem Heiligen Stuhl.«

LOHNENDE KUNST

Aufgrund der sommerlichen Gluthitze verwesen die Körper der Gehängten rasch. Übler Gestank zieht durch die Fenster ins Regierungsgebäude. »Wir müssen sie beseitigen!«, verlangen viele der Stadträte. Andere protestieren sofort: »Nein, die Kadaver bleiben. Sie dienen als Abschreckung für Nachahmer!«

Lorenzo weiß salomonischen Rat. »Das Übel soll entfernt werden und dennoch seine Wirkung behalten.«

Ein Gerüst wird an der Palastwand errichtet. Sandro Botticelli erklimmt kurzatmig die Leiter. Unter den Fenstern des ersten Stockwerkes malt der Meister die Rädelsführer auf die Mauersteine. Um seine künstlerische Eigenständigkeit zu betonen, lässt er sie nicht am Hals, sondern kopfunter an den Füßen hängen. Nachdem Botticelli diesen hoch bezahlten Auftrag beendet hat, mahnen statt der verwesten Kadaver sechs täuschend echte Abbilder der Hochverräter an der Außenmauer des Gebäudes.

WITWENFESSEL

Laodomia seufzt, wenn sie des Abends in der engen Dachkammer die Trauerkleidung ablegt, sie seufzt des Morgens, wenn sie ihr hochgebundenes Haar wieder unter der schwarzen Haube verbirgt und das schwarze Kittelkleid überstreift. Galt ihr Kummer zunächst dem Verlust Enzios, so bedauert sie jetzt in den regnerischen Wintermonaten mehr noch ihr eigenes Los.

Gleich nach der Beisetzung Enzios musste sie mit dem Kind ins Haus der Schwiegereltern übersiedeln. Mutter Belconi nahm sie nicht nur mit offenen Armen, sondern auch vollständig in den Besitzstand der Schneiderfamilie auf. »Deinen Sohn erziehe ich, und du wirst mir dabei zur Hand gehen, Kindchen. Nur schade, dass du ihm diesen schrecklichen Namen gegeben hast. Aber daran können wir jetzt nichts mehr ändern. Raffaele wird ein schöner Junge. Wenn auch nicht so schön wie mein ...« Ihre Stimme erstickte für einen Augenblick, doch gleich setzte sie wieder an: »An Hausarbeit bist du ja gewöhnt. Kochen und Backen lernst du von mir. Mach es dir oben in der Stube gemütlich. Deine schönen Kleider packen wir in die Truhe, die brauchst du jetzt nicht mehr. Eine Witwe besucht keine Feste oder spaziert einfach herum. Das schickt sich nicht. Aufgestanden wird früh, und wenn du fleißig bist, dann hast du's gut bei uns, Kindchen.«

Mehr und mehr begreift Laodomia, dass mit dem Tod ihres Ehemanns auch ihrem Leben der Atem genommen wurde. Sie darf das Haus jenseits des Arno nur noch verlassen, um auf den Markt zu gehen. Manchmal trifft sie dort heimlich Petruschka. Die Freundin hört ihre Klagen an, ohne einen Rat geben zu können. »Wenn du die Belconis verlässt, musst du auch Raffaele verlassen.« Sorgenvoll hebt und senkt die Russin den Busen. »Die Wahl wird schwer, Kleines.«

Eine Witwe hat kein Anrecht auf das Vermögen ihres verstorbenen Mannes, auch nicht auf die gemeinsamen Kinder, wohl aber kann sie laut Gesetz ihre Mitgift zurückfordern. Da diese Werte jedoch meist in das Familiengeschäft aufgegangen sind, legt eine vorherrschende Moral die Unglückliche in Fesseln. Wer seine Freiheit sucht, den ächtet die Gesellschaft. Solch eine Frau gilt als grausame Mutter, die ihre Kinder im Stich gelassen hat.

»Nie werde ich auf meinen Sohn verzichten.« Tränen stehen in den grünen Augen. »Doch ich will nicht auf ewig in dieser Kammer eingesperrt bleiben, bis ich vertrocknet bin.«

Petruschka legt den Finger auf die Lippen. »Still. Denk nicht darüber nach, sonst wird's nur noch schwerer.«

»Ich will ja durchhalten. Nur ...« Laodomia klammert sich an die Hand der Freundin. »Jede Nacht flehe ich meinem Erzengel Raphael, dass er mir einen Ausweg zeigt.«

»So ist es recht, Kleines.« Petruschka nickt vor sich hin. »Und ich werde in Santissima Trinità von jetzt ab bei jedem Besuch noch eine Kerze für dich vor der Mutter Maria anzünden. Sollst sehen, das hilft bestimmt.«

ROM

Heiliger Schachzug

Bis zum Herbst des Jahres 1478 hat der Krieg beiden Parteien nicht
zum Durchbruch verholfen. Die Bauern der Toskana aber mussten
furchtbares Leid auf sich nehmen. Ihre Ernten waren zerstört, die Höfe
geplündert und verbrannt. Väter wurden von den Söldnertruppen wie
Vieh abgeschlachtet, Mütter und Töchter vergewaltigt und die kräf-
tigsten von ihnen in die Winterquartiere der Soldaten verschleppt.

Papst Sixtus, der Vierte dieses Namens, weiß, wie schnell die
Kampfbereitschaft erlahmt, wenn ein Krieg keinen Fortschritt bringt.
Ehe das Wetter wieder neue Gefechte erlaubt, rückt er im April 1479
scheinbar etwas von seiner unerbittlichen Haltung ab. Er kündigt an,
das Interdikt gegen Land und Stadt Florenz wieder aufheben zu wollen. Keine Feindseligkeit mehr, auch verlangt er nicht länger die Auslieferung des Tyrannen. »Alle Welt soll einsehen, dass Wir ein Papst
des Friedens sind«, lässt er den Hohen Rat in Florenz wissen. »Zum
Dank erwarten Wir Dankbarkeit und Euer Entgegenkommen …« In
seinen Bedingungen aber ist er maßlos wie zuvor, und die Signoria
muss ablehnen, um nicht die Selbstständigkeit der Republik zu opfern.

Sixtus tätschelt zufrieden die Kugeln der Armlehnen seines
Stuhls. Nun trägt Florenz nach außen hin die Verantwortung, sollte
der Schwelbrand wieder zur Kriegsflamme auflodern.

BOLOGNA

Die nächste Sprosse der Leiter

Unberührt von allen Wirren ringsum hat Girolamo Savonarola im
Kloster zu Bologna die Priesterweihe empfangen und seine Studien
mit höchster Auszeichnung abgeschlossen. Sein Professor, Pater Vincenzo Bandelli, hält große Stücke auf den so hart an sich arbeitenden
jungen Dominikaner. »Mein Sohn, du bist von deinen Oberen in
allem für würdig befunden, nun ein höheres Amt in unserm Orden

anzustreben. Novizenmeister. Um dieses Ziel zu erlangen, wirst du unseren Konvent verlassen und für drei Jahre an die theologische Fakultät der Stadt Ferrara überwechseln.«

Ferrara? Nach Hause? Girolamo fühlt, wie ein jäher Krampf seine Brust einschnürt. Er schweigt. Niemals wollte er an die Stätte seiner Jugend zurückkehren.

Der Gelehrte weiß nichts von den Kämpfen und Niederlagen seines Schützlings und deutet das Erschrecken falsch: »Sei guten Mutes, mein Sohn. Wir Prediger des Herrn sind Wanderer. Ganz gleich aber, wohin du geschickt wirst, die Obhut unseres Ordens wacht stets über dich. Obendrein genießt du mein uneingeschränktes Wohlwollen und befindest dich damit unter meinem persönlichen Schutz.«

»Danke, Vater«, presst Girolamo heraus. »Wo… wo muss ich wohnen?«

»Natürlich daheim.«

Unter den roten Brauenbüschen weiten sich die Augen.

»Aber, mein Sohn, was ficht dich an? Ich weiß keinen deiner Mitbrüder, der nicht bei dieser Auszeichnung frohlocken würde. Jedes Kloster unserer Gemeinschaft bietet ein Zuhause für die Brüder. Und der Konvent ›Zu den Engeln‹ in Ferrara ist berühmt für Gastlichkeit und Wissenschaft. Dort wirst du eine erlesene Schar von Studierenden antreffen und ungestört arbeiten können.«

Girolamo kniet nieder und küsst die Hand des Lehrmeisters. »Danke, Vater. Verzeiht mein Zögern. Es war nur die Freude über die unverdiente Ehre.«

FERRARA

UNVERSÖHNLICHE HÄRTE

Obwohl das Engelskloster nicht weit vom Elternhaus entfernt liegt und obschon der kürzere Weg zur Universität sogar dort vorbeiführt, Girolamo meldet sich nicht bei den Anverwandten. Signora Savonarola erfährt dennoch sehr bald, dass ihr geliebter Sohn in die Stadt

zurückgekehrt ist, und bemüht sich, ihn zu sprechen. Vergeblich. Girolamo hat vor vier Jahren mit seiner Familie gebrochen, und keinen
Satz des Abschiedsbriefes nimmt er zurück. »... entfernt euch von mir,
denn ihr seid voller Sünde. Ihr seid durch euren eigensüchtigen Widerstand meine Todfeinde geworden ...« Gefühle behindern den
Geist, dies weiß und fürchtet er. So widmet er sich mit noch härterer
Strenge gegen sich selbst ausschließlich seinen Studien.

FLORENZ

NOT DER MUTTER

Zweimal schon hat Fioretta Gorini um eine private Audienz bei
Donna Lucrezia Medici nachgefragt; weil sie aber den Grund nicht
nennen mochte, wurde ihre Bitte eigenmächtig vom ersten Hausdiener zurückgewiesen. Die Bettgespielin des ermordeten Medici
sollte den Gesundheitszustand der Patriarchin nicht weiter ver-
schlechtern. In ihrer Not sendet Fioretta einen Brief an die alte
Dame. »Geliebte Herrin, diese Zeilen schreibt eine unglückliche
Frau. Tag für Tag werde ich von rohen Menschen an Eurer Tür verjagt. Indes vertraue ich Eurer Herzensgüte und flehe Euch an, mir
eine Stunde Eurer kostbaren Zeit zu schenken. Auch wenn ich vor
der Welt gefehlt haben mag, so fühlt meine Seele sich dennoch frei
von Schuld. Ich möchte Euch meine schönste Erinnerung an Giuliano zeigen. Bitte erhört mich, weil ich sonst nicht mehr ein noch
aus weiß ...«
    Noch am selben Tag wird Fioretta vom ersten Diener persönlich
abgeholt und zur Via Larga geleitet. Trotz der angebotenen Hilfe trägt
sie den mit Seidentüchern bedeckten Korb selbst. Im Balkonzimmer
über der Halle empfängt Donna Lucrezia die Besucherin ungewöhnlich lebhaft. »Endlich, meine Liebe. Ich fürchtete schon, du würdest
nie den Weg zu mir finden. Nimm Platz.« Gespannt heftet sich ihr
Blick auf den Korb. »Liegt er da drin?«
    »Ich verstehe nicht ...?«
    »Bitte keine Umstände. Eine alte Frau wie ich hat zwar Geduld

lernen müssen, doch nun ist es genug. Schau nicht so verwundert. Glaubst du denn, ich wüsste nicht längst, dass du einen Knaben geboren hast, Giulio. Das letzte Kind meines Sohnes. Nun zeige ihn mir.«

Donna Lucrezia betrachtet das rosige Gesicht. Da ihre eigenen Hände zu unsicher sind, muss die Mutter den Säugling für sie aus den Windeln wickeln. »Wahrhaftig, meine Informanten haben nicht übertrieben. Er ist ein schöner, gesunder Knabe und verdient zu Recht den Namen meines Sohnes.« Damit schließt sie die Augen und wartet. Erst nach einer Weile fragt sie: »Bist du nur gekommen, um der Großmutter ihren Enkel zu zeigen?«

Die Ruhe der alten Dame gibt Fioretta den Mut, sich zu öffnen. »Glaubt mir, ich liebe Giulio, wie ich auch Giuliano geliebt habe. Doch ich bin noch jung und will leben.« Stockend berichtet sie von ihrem Gatten, der für einen Bastard nicht aufkommen will, der die Mutter vor die Wahl gestellt hat, sich entweder von dem Kind zu trennen oder aber mit ihm Haus und Ehe zu verlassen. »Einige Male stand ich schon des Nachts vor dem Findelhaus. Doch ich konnte Giulio nicht einfach durch die kleine Drehtür schieben …«

»Unterstehe dich! Er ist ein Medici.«

»Deshalb dachte ich … Ihr seid eine großherzige Frau …«

Donna Lucrezia öffnet die Lider. »Du willst mir also dieses Kind schenken.«

Die Mutter senkt den Blick.

»Und dir ist bewusst, dass du damit auf ewig jeden Anspruch auf deinen Sohn verlierst?«

Fioretta nickt.

»So sei es denn. Nein, weine nicht. Nicht du bist grausam, es ist die Rechtlosigkeit der Frauen, die manche von uns zu solch verzweifelten Schritten treibt. Du aber hast dein Kind weder heimlich ertränkt noch es im Findelhaus einer beklagenswerten Zukunft überantwortet. Ich danke dir dafür. Der kleine Giulio wird gemeinsam mit meinen Enkeln aufwachsen. Er ist ein Medici, und so Gott will, wird er unserem Namen zur Ehre gereichen.«

»Ihr seid sehr gütig, Herrin.«

»Überschätze mich nicht. Denn du musst von heute an deine

Liebe zu dem Sohn im Zaum halten und darfst nur aus der Ferne seine Entwicklung verfolgen. Dieses Los wird noch schwer genug für dich sein.«

WEN GOTT LIEBT

Das Kalkül des listenreichen Papstes geht auf. Aufgrund der unannehmbaren Bedingungen entflammen die Kämpfe in der Toskana erneut. Zwar gelingt es den Verbündeten Lorenzos, die päpstlichen Truppen am Trasimeno-See zu schlagen, schon im August 1479 aber wird das Haupteer der Florentiner von neapolitanischen Verbänden fast gänzlich aufgerieben. König Ferrante und Papst Sixtus lassen weitermarschieren. Näher und näher rückt das Unheil auf die Hauptstadt am Arno zu.

Nur der Himmel kann jetzt noch Florenz vor einer Belagerung bewahren. Trotz Interdikt flehen die Menschen in den Kirchen um Regen. Ihre Gebete werden erhört: Begleitet von ungewöhnlichen Wassermassen setzen die Herbststürme ein, Flüsse steigen über die Ufer und verwandeln Straßen und Felder in schwer passierbare Sümpfe. Der Vormarsch der Sieger gerät ins Stocken, und da die sintflutartigen Regenfälle den ganzen Oktober hindurch andauern, kommt er schließlich ganz zum Erliegen. Lorenzo de' Medici fordert einen Waffenstillstand, der ihm von den kriegserfahrenen Heerführern der Gegner am 26. November gewährt wird.

»Ich wusste es.« Donna Lucrezia faltet die Hände auf den Knien. »Gott liebt uns.« Sie hält Lorenzo mit dem Blick fest. »Die Gunst der Stunde ist da, mein Sohn. Ich weiß, du bist kein Feldherr. Deine Stärke liegt in der Diplomatie. Nutze sie jetzt und sofort. Geh in die Höhle des Löwen, und schneide seine Krallen. Verhandele mit König Ferrante von Neapel.«

»Damit liefere ich mich aus. Dieser Schritt könnte den Tod bedeuten.«

»Nicht, wenn du der bist, für den ich dich halte. Bezwinge Rohheit mit Liebenswürdigkeit. Dieser zügellose Herrscher kann einem klaren Verstand überzuckert mit Charme nicht widerstehen. Ich hoffe es zumindest.« Die unzähligen Falten ihrer Stirn vertiefen sich. »Sieg oder Untergang. Das Risiko bleibt. Aber du bist am Scheidepunkt deiner Macht angelangt und musst handeln, denn unsere Bürger werden bald schon die Bedrängnis des Krieges nicht mehr ohne Murren erdulden.« Ein neuer Gedanke lässt ein schmales Lächeln um den Mund spielen. »Du bist nicht gezwungen, dich allein in die Gefahr zu begeben, mein Sohn. Einen Mann gibt es, der in Neapel bei Hofe ein und aus geht. Er beteuert stets, dein Freund und ein Freund unserer Familie zu sein. Nun kann er seine Treueschwüre unter Beweis stellen. Sende Filippo Strozzi in geheimer Mission nach Neapel voraus. Er soll deinen Besuch bei König Ferrante ankündigen und den Boden für dich bereiten.«

Ohne Zögern begibt sich Filippo drei Tage später auf die Reise; für den Freund will er gerne all seine Beziehungen in die Waagschale legen. Kaum hat er Florenz verlassen, bittet Donna Lucrezia ihren Sohn wieder zu sich. »Ich hege kein Misstrauen gegen unsern Vorboten. Aber da dein Leben auf dem Spiele steht, möchte ich den Beutel mit doppelter Naht nähen.«

Lorenzo bewundert den Scharfsinn der Mutter und folgt ihrem Rat. Er schickt einen Eilkurier mit der Nachricht über sein Kommen auf den Weg. Die Depesche soll König Ferrante übergeben werden, noch ehe Filippo in Neapel anlangt.

Die Zeit drängt. Vierzig der treusten Medici-Anhänger werden zusammengerufen. Sie müssen zunächst strengste Verschwiegenheit geloben, sodann eröffnet ihnen der Fürst: »Ich selbst werde nach Neapel gehen und den Frieden aushandeln. Nein, keine Einwände mehr, der Entschluss steht fest. Während meiner Abwesenheit wird mein Ratgeber Tomaso Soderini die Staatsgeschäfte führen …«

Bereits am nächsten Morgen verlässt der Medici die Sicherheit seines Palazzos. Von unterwegs setzt er in einem Brief offiziell die Signoria über sein Vorhaben in Kenntnis: »… höchste Gefahr bedroht unsere Stadt. Dieser Moment verlangt jetzt entschiedenes Handeln und nicht nur Worte. Da ich einsehe, dass alle anderen Mittel erschöpft sind, gedenke ich mich selbst dieser Gefahr auszusetzen, anstatt die Stadt darin zu belassen. Mit Eurer Erlaubnis werde ich aus freien Stücken nach Neapel gehen. Denn da ich es bin, der von unseren Feinden hauptsächlich verfolgt wird, liefere ich ihnen meine

Person aus. So könnte ich es auch sein, der vielleicht meiner Stadt den Frieden bringt. Wenn der König gut gesinnt ist, dann gibt es keinen besseren Weg, um das zu erfahren. Will er jedoch uns allen die Freiheit nehmen, so erscheint es mir richtig, dies in Erfahrung zu bringen durch den Untergang eines Einzelnen und nicht aller Übrigen. Vielleicht aber ist es der Wille Gottes, diesen Krieg, der durch das Blut meines Bruders begann, durch meine Hand zu beenden ...«

Noch ehe Lorenzo in Pisa den Segler nach Neapel besteigt, erreicht ihn die Antwort des Hohen Rates. »... Magnifizenz, wir verneigen uns vor Eurem Mute und beauftragen Euch hiermit, im Namen der Stadt Florenz mit dem König von Neapel zu verhandeln ...«

Die Signoria und auch Lorenzo wissen, welch ungewisses Schicksal am Ende der Reise lauert. König Ferrante steht im Ruf eines verschlagenen, jähzornigen und grausamen Gewaltherrschers, der selbst die furchtbarsten Gerüchte durch sein wahres Verhalten noch Lügen straft. Er hat politische wie auch persönliche Feinde nicht nur sadistisch abschlachten lassen, er ließ deren Körper einbalsamieren und in seinem Kerkermuseum zur Schau stellen. Sooft es ihn gelüstet, begibt er sich auf einen Rundgang und weidet sich am Anblick der Ermordeten, wie Feingesinnte sich an Gemälden und Skulpturen großer Meister nicht genussvoller delektieren können.

NEAPEL

Tränen in der Nacht

Um die Weihnachtszeit landet Lorenzo ohne Schutzbrief, ohne Waffen und Geleit in Neapel. Zwar hat der König das Schreiben erhalten, in dem der Besuch angekündigt wurde, auch ist er von seinem Verwalter der Hofkasse, Filippo Strozzi, genauestens informiert worden, dennoch verschlägt es dem Herrscher schier die Sprache, dass sich ein Feind tatsächlich ohne Furcht in seine Gewalt begibt. Nach dem ersten offiziellen Höflichkeitsbesuch sinniert der König: »Dummheit hat den Medici nicht hergetrieben. Ich kenne keinen Fürsten, der ihm an Tollkühnheit und Mut gleichkommt.«

Geradezu herzlich empfängt Ferrante den Besucher zum zweiten Male, und Lorenzo nutzt die Gelegenheit, um darzulegen, wie viel mehr dem König ein starkes, selbstständiges Florenz nutzen könnte. »Eure Majestät, bedenkt die ungeklärten Machtkämpfe in Mailand, bedenkt die wechselhafte Politik des Vatikans. Mit dem Tode eines Papstes müssen alle Verträge mit dessen Nachfolger neu ausgehandelt werden. Die Republik Florenz aber garantiert Stabilität und ist ein verlässlicher Bündnispartner.«

Lorenzo reist nicht ab. Des Nachts weint er vor Sorge und Kummer, tagsüber hingegen zeigt er sich heiter und arglos. Zahlreiche Feste lässt er ausrichten, bezaubert die Damenwelt mit seinem Charme und beeindruckt die Höflinge.

Ferrante nimmt dies staunend zur Kenntnis: »Seine Gegenwart übertrifft noch seinen Ruhm.«

ROM

Das Blatt wendet sich

Papst Sixtus hört vom Aufenthalt des Medici in Neapel. Sofort teilt er dem König mit: »Der Bär ist Euch in die Falle getappt. Welch eine göttliche Fügung! Wir erwarten, dass Ihr den Frevler einkerkert oder ihn unverzüglich, an Händen und Füßen gekettet, nach Rom schaffen lasst...«

NEAPEL

Lohn des Mutes

König Ferrante zögert. Die Argumente seines Gastes überzeugen ihn mehr und mehr, auch wenn Sixtus IV. noch so harsche Noten schickt, ja sich gar zu unverhohlenen Drohungen hinreißen lässt. Der mächtige Monarch Neapels kommt zu der Einsicht: Die gewaltsame Beseitigung des Florentiners wäre ein Verrat an dem Ziel, welches der

Papst selbst anstreben müsste: der friedvollen Entwicklung aller Staaten Italiens.

Nach zwei Monaten unterzeichnet König Ferrante einen Entwurf für den Friedensvertrag.

FLORENZ

Der neue Sonnenaufgang

Am 7. März 1480 kehrt Lorenzo de' Medici und mit ihm Filippo Strozzi in die Hauptstadt zurück. Mit hellem Jubel und Dankbarkeit werden sie empfangen. »Lorenzo, unser Wohltäter!«, singen die Menschen in den Straßen zum Läuten aller Kirchenglocken. »Seine Magnifizenz strahlt heller als die Sonne!« Ganz gleich, welchen Preis ihnen der Vertrag auch abverlangt, nur ein Bündnis zwischen Florenz, Mailand und Neapel kann den Frieden sichern.

Donna Lucrezia vermag die Arme nicht mehr zu heben, so bittet sie den Sohn, neben ihrem Lehnstuhl niederzuknien, und streicht ihm sanft übers Haar. »Ich bin stolz auf dich und danke Gott, dass er uns gnädig war.«

Doch der Widersacher in Rom gibt sich nicht geschlagen. Das Verbot aller kirchlichen Bräuche in Florenz bleibt bestehen, auch verlangt er nach wie vor, dass Lorenzo sich persönlich in Rom vor seinem Stuhle unterwirft. Schon streckt Sixtus die Fühler nach einem neuen Kriegsverbündeten aus. Venedig soll ihm jetzt bei der Vernichtung des verhassten Medici helfen.

In Florenz aber kommen die Bürger in der neu gefundenen Ruhe wieder zu Atem und kehren zu ihrem Alltag zurück.

Der Zorn

DRITTES BILD

och auf der obersten Stiege stockte Laodomia der Fuß. Was war da unten für ein Lärm? Und dazu so früh am Morgen? Sie horchte und wusste keine Erklärung. Das seltsame Poltern nahm zu, dazwischen ertönten beinah zornige Schreie ihres Sohnes. Mit einer Hand lose auf dem Geländerholm der engen Treppe übersprang sie jedes Mal gleich zwei Stufen. Im düsteren Flur des Erdgeschosses wäre sie fast mit dem Schwiegervater zusammengestoßen, der gerade die Wohnküche verlassen hatte. »Langsam, Mädchen, langsam. Keine Gefahr, weder Räuber noch Steuereintreiber sind da.«

»Verzeih. Aber ich höre Raffaele ...«

»Meine Idee war es nicht, glaub mir. Aber der Frau konnte ich 's nicht ausreden.« Er kratzte sein Ohr. »Nun ist es mit der Ruhe vorbei. Ich habe aber gesagt, in die Werkstatt darf der Junge damit nicht. Trotzdem, erst einmal wünsch ich dir einen guten Morgen.« Meister Belconi strich leicht über ihre Hand. »Wie fühlst du dich?«

Obwohl im Halbdunkel ihre Miene kaum zu erkennen war, senkte Laodomia den Kopf. »Nicht gut. Schon lange nicht mehr. Verzeih, Vater, es soll nicht undankbar klingen.«

»Ich weiß. Zu mir darfst du ehrlich sein. Das Unglück hat dich viel zu früh getroffen. Als Witwe hier bei uns zu leben muss schwer für dich sein. Und ich fürchte mich vor dem Moment, wenn der Streit zwischen euch Frauen offen ausbricht.«

Laodomia erzitterte. Jeden Tag aufs Neue bemühte sie sich, alle Vorwürfe und jeden Zornstachel oben in ihrer Kammer einzuschließen. »Keine Sorge, Vater«, flüsterte sie und wollte an ihm vorbei.

Florinus hielt sie fest. »Ich lebe schon mehr als dreißig Jahre mit Violante zusammen. Und weil sie meine Frau ist, habe ich gelernt, mit ihr auszukommen. Und das auch nur, weil ich seit Jahren von einer heilsamen Krankheit befallen bin.«

Als Laodomia ihn erschreckt anblickte, schmunzelte er. »Ich nenne sie Ohrwind. Meist kommt er zur rechten Zeit. Und dann fahren Violantes Worte in ein Ohr herein, und ohne dass ich über den Sinn nachdenken muss, fliegen sie gleich wieder zum anderen Ohr hinaus.«

Jäh empfand Laodomia warme Nähe zu dem Schneidermeister. Sie drückte ihm einen Kuss auf die Wange. »Ohrwind. Ja, der fehlt mir. Mit dieser Krankheit könnte ich es vielleicht aushalten. So aber trifft mich jedes Wort … Nein, ich will nicht klagen. Nur, was auch geschieht, Vater, denke nie, dass ich dir wehtun möchte.«

»Schon gut. Auch wenn wir beide kaum miteinander sprechen, ich vertraue deinem Herzen, und das hat einen Mantel von feinstem Tuch, und jede Naht ist mit Kreuzstichen gearbeitet. Doch falls du jemals hier ausbrechen musst, bitte, lass uns beide dafür sorgen, dass der Scherbenhaufen nicht zu groß wird.«

»Ich verspreche es.« Das Gepolter in der Küche schwoll wieder bedenklich an. Laodomia wandte den Kopf. »Nicht, dass Raffaele schon damit begonnen hat. Mit dem Scherbenhaufen, mein' ich.«

»Sieh selbst nach.« Meister Belconi gab sie frei und eilte in Richtung Werkstatt. Über die Schulter versicherte er noch einmal: »Ich war dagegen, glaube mir.«

Sie öffnete die Tür und vergaß, den Mund zu schließen. Raffaele saß auf dem Küchentisch, zwischen seinen nackten Beinchen stand eine topfgroße Trommel, kleine Schellen umgaben ringförmig die Seitenwand. Je einen Stock in den Fäusten hieb er auf die gespannte Kuhhaut ein, dabei kreischte und lachte er und warf ausgelassen den Kopf auf und nieder, dass seine dunklen Lockensträhnen mit wippten.

Als gäbe es keinen Lärm in ihrem Rücken, stand Signora Belconi am Feuer und rührte den Morgenbrei. Auch das Eintreten der Schwiegertochter hatte sie nicht vernommen.

Eine Weile bestaunte Laodomia den Sohn. Kaum zu glauben, dachte sie, so winzig warst du am Anfang. Aber jetzt mit deinen zwei Jahren ist aus dir wirklich ein hübscher, wilder Kerl geworden. Und dieses Temperament stammt in keinem Fall von deinem Vater. Schon heute bist du der Prinz im Haus. Ich befürchte, wenn dich niemand beizeiten bändigt, wirst du uns allen bald auf der Nase herumtanzen.

Leise trat sie hinter ihn, und als er gerade die Arme wieder hochriss, schnappte sie ihm die Stöcke aus den Händen. »Guten Morgen, kleiner Mann!« Ehe er den Verlust begriff, küsste Laodomia die hochroten Wangen, den Mund und beide Augen. Das Kerlchen schnappte nach Luft: »Mamma! Trommel. Raffa will Stöcke.«

»Nichts da. Erst wird Brei gegessen. Später darfst du noch mal trommeln.«

»Nein, jetzt! Mammaa!!« Übergangslos nutzte er das letzte ›A‹, um loszuschreien. Schnell hob Laodomia den Sohn vom Tisch und schaukelte ihn auf den Armen hin und her, drehte sich mit ihm tänzelnd durch die Küche, bis dieses neue Vergnügen den Wunsch nach der Trommel abgelöst hatte und er selig den Kopf nach hinten legte und krähte.

»Unterstehe dich, Schwiegertochter!« Beide Hände in die fülligen Hüften gestemmt, vertrat Signora Belconi ihr den Weg.

Laodomia hielt inne und presste das Kind an sich. »Ich weiß nicht, was du meinst.«

»Warum darf der Junge nicht weitertrommeln?«

»Allzu viel Krach schadet nur.«

»Kindchen, in meinem Hause bestimme ich, hast du das vergessen? Und wenn mein Raffaele lärmen will, dann darf er das auch.«

Ihr Ton reizte; das Grün in Laodomias Augen funkelte auf. »Wie konntest du ihm nur dieses Ding schenken?« Kaum hatte sie ausgesprochen, wusste sie, wie töricht ihr Vorwurf war. Jeder Junge freute sich über eine Trommel. Aber zurücknehmen konnte sie sich nicht mehr. »Hat er nicht schon genug Spielzeug? Die Kiste ist voll mit Bällen, Ritterfiguren, Schiffen. Einen ganzen Vogelpark kann er bauen. Und gleich zwei Schaukelpferde stehen hier rum. Reicht das nicht?«

Gekränkt glättete die Schwiegermutter ihre Schürze. »Da sparen wir uns das Brot vom Munde ab, nur um dem Jungen eine Freude zu bereiten, und das ist der Dank. Auch du lebst recht gut auf unsere Kosten, ohne einen einzigen Florin selbst beizusteuern. Etwas mehr Dankbarkeit würde nicht schaden, Kindchen.«

»Nenne mich nicht so! Ich bin eine erwachsene Frau.«

»Lass diesen Ton!« Violantes Stimme wurde hart und schrill. »Du bist die Witwe meines Enzio und dazu noch eine schlechte Mutter meines Enkelkindes, mehr nicht.«

»Und deine Sklavin! Das hast du vergessen …« Laodomia brach ab und streichelte den Lockenkopf ihres Sohnes. O heilige Madonna, hilf mir, flehte sie stumm, gib mir Mäßigung, ich darf nicht schreien.

223

Mühsam beherrscht presste sie heraus: »Bitte entschuldige. Ich hatte eine unruhige Nacht und bin noch ganz durcheinander.«

»Schon vergeben, Kindchen.« Signora Belconi unterstrich ihre Güte mit einem kurzen Händeklatschen. »So, nun lauf rasch zum Brunnen und hole Wasser. Dann gibt's Apfelbrei, und danach gehen wir frisch ans Werk. Das Wetter hält sich. Du kannst heute die Matratzen und Federbetten in den Hof schaffen. Zum Auslüften. Ich werde mich um unseren Gewürzvorrat kümmern. Wird höchste Zeit. Glaube, dass Fenchel fehlt und sicher noch einiges mehr. Ich stelle eine Liste zusammen. Und heute Nachmittag schicke ich dich damit zum Krämer. Aber nun lauf, und verschwatz dich nicht mit den Weibsleuten.«

Draußen sog Laodomia tief die frische Aprilluft in sich hinein. Auf dem Weg zum Brunnenplatz sah sie die aufgeplatzten Blüten und hellgrünen Blätter an den Bäumen. Spazieren gehen möchte ich, dachte sie sehnsüchtig, einfach nur frei in den Tag spazieren. Nein, lass das Träumen. Petruschka hatte Recht: nicht darüber nachdenken, sonst wird das Leben nur noch schwerer.

Geduldig stellte sie sich in die Schlange der Mägde an. Auf Fragen antwortete sie einsilbig und schleppte wenig später stumm die gefüllten Wassereimer zurück zum Haus der Belconis.

Die Hoftür zur Küche war nur angelehnt. Laodomia setzte ihre Last ab und wollte gerade eintreten, da hörte sie von drinnen die Stimme der Schwiegermutter.

»Ich bin deine Mamma. Nun sag es doch, Raffaele: ›Mamma.‹«

»Mamma ist weg. Du bist Oma.«

»Dummes Jungchen. Laodomia ist Wasser holen. Ich bin deine Mamma. Sag es, und du bekommst einen Honigkringel.«

»Mamma?«

Ein schmatzender Kuss belohnte die Frage. »So ist es richtig. Wer ist die Mamma?«

Raffaele forderte seinen Lohn. »Honig!«

»Gleich. Erst sagst du es noch mal.«

Leise stieß Laodomia die Tür auf und blieb im Rahmen stehen. Die Schwiegermutter hatte den Jungen auf den Knien, unerreichbar für seine Händchen lockte sie mit der Leckerei. »Wer bin ich?«

»Eine Hexe«, sagte Laodomia drohend.

Signora Belconi fuhr zusammen, hastig überließ sie dem Jungen die Süßigkeit und stellte ihn auf den Boden.

»Mamma!« Begeistert lief Raffaele der Mutter entgegen und umfasste ihre Beine.

Laodomia starrte unverwandt der Schneidersfrau in die Augen. »Jetzt begreife ich endlich.«

»Nein, Kindchen, du denkst falsch.« Violante hatte sich wieder gefasst. »Was schleichst du dich auch wie eine Diebin heran?«

»Nicht ich bin die Diebin. Du willst mir den Sohn stehlen, redest ihm ein, dass du seine Mutter bist. Vor Scham versinken solltest du.«

»In welchem Ton redest du mit mir?«

Eine Wunde brach in Laodomia auf, der Schmerz nahm ihr fast den Atem. Da sie nichts antwortete, fand Signora Belconi endgültig ihre Sicherheit zurück: »Du bist ein Dummchen. Eine Mutter bleibt immer die Mutter. Aber Raffaele wird nun mal von mir erzogen. Und was bedeutet es schon, ob er nun Oma oder auch manchmal Mamma zu mir sagt. Ein kleiner Spaß von mir, mehr nicht. Nun schau mich nicht so an. Noch kann er das Wort nicht unterscheiden, und später wird er schon wissen, wie sehr ihn seine Mutter liebt.«

Laodomia tappte zum Tisch und ließ sich auf den Hocker sinken. »Mir ist so schwindlig.«

Ohne Zögern brachte ihr die Schwiegermutter einen Becher Milch. »Nun trink das. Und gleich geht's dir wieder besser, Kindchen. Ich habe dich doch auch ins Herz geschlossen.«

»Ich weiß. Danke.« Ehe sie einen Schluck nehmen konnte, entglitt ihr das Tongefäß und zersprang auf dem Boden. Laodomia sah die Scherben und dachte, das ist der Anfang, Vater Belconi. Vorhin ahnte ich es noch nicht, aber jetzt kann ich nicht mehr anders.

Nie, seit sie im Witwenkerker lebte, ging Laodomia die Hausarbeit schneller von der Hand als an diesem Vormittag. Sie staunte selbst über den neuen Schwung. Auch wenn noch jeder Plan fehlte, allein der Entschluss, dass sich nun ihr Leben ändern musste, verlieh ihr ungeahnte Kraft. Sie schleppte Matratzen, Decken und Kissen in den

Hof, gönnte sich keine Pause, trieb mit dem aus Weidenruten geflochtenen Klopfer den Staub aus dem Bettzeug, bürstete und schüttelte. Begleitet wurde ihre Arbeit von Raffaeles unentwegtem Getrommel. Sie ließ ihn gewähren. Irgendwann musste der Spaß aufhören; die Frage war nur: Verlor er das Interesse, bevor oder nachdem die Bespannung platzte?

Erst als die Matratzen und federgebauschten Zudecken auf Holzböcken in der Sonne lagen, stellte sie fest, dass ihr der Kittel vor Schweiß am Körper klebte. »Stinken wie eine Magd werde ich ab jetzt nicht mehr«, schwor sie sich halblaut. »Damit ist Schluss. Bevor ich in der Stadt die Gewürze kaufen gehe, werde ich mich erst waschen, auch wenn heute kein Samstag ist; und das gute Schwarze ziehe ich auch an.«

Signora Belconi hob zwar entrüstet die Brauen, während Laodomia nackt im Hof stand und das mühsam herbeigeschaffte Wasser für sich selbst verschwendete, wagte aber nicht zu fragen oder gar die Schwiegertochter mit Vorwürfen zu maßregeln.

Ungewohntes Schweigen herrschte beim Mittagsmahl zwischen den Frauen. Verstohlen betrachtete Meister Florinus die Witwe seines Sohnes. Sie hatte das Haar geflochten und sorgsam hochgesteckt, der Samtkragen des von ihm selbst genähten Kleides schmiegte sich um den schlanken Hals. Über das Fladenbrot gebeugt, sagte er schließlich: »Du hast dich verändert, Tochter.«

Laodomia überhörte das Schnaufen der Hausherrin und antwortete ruhig: »Nein, Vater. Ich habe mich nur wieder darauf besonnen, dass ich trotz Enzios Tod immer noch eine Strozzi bin.«

Er kaute lange. Nach einer Weile nickte er vor sich hin. »Also ist es so weit?«

»Ich glaube ja, Vater.«

Violante schlug die flache Hand auf den Tisch. »Was redet ihr da? Habt ihr etwa Geheimnisse vor mir? Florinus? Antworte!«

»Nichts, was du dir nicht selbst denken kannst, Frau.« Er schob den Schemel zurück. »Ich muss wieder an die Arbeit.« Ohne ein weiteres Wort verließ er die Wohnküche.

»Kindchen?«, drängte sie ratlos. »Nun rede schon. Ich war immer gut zu dir. Nein? Also gut, nicht immer. Nun, nimm mir das mit

Raffaele nicht länger übel. Wir müssen doch in Frieden miteinander auskommen. So ist das nun mal.«

»Frieden. Ja, den wünsche ich mir mehr denn je, und ich hoffe, dass wir ihn auch in Zukunft bewahren können.«

»Du bist sehr vernünftig.« Sichtlich erleichtert, fragte Violante nicht weiter und wechselte das Thema. »Am besten schreibst du dir auf, was ich fürs Backen und Kochen benötige.«

Die Liste war nicht sehr lang, jedoch um die verschiedenen Gewürze zu erstehen, würde Laodomia erst zum Krämerladen, dann auf den Markt gehen und für Safran und Zimtzucker auch eine Apotheke aufsuchen müssen.

Signora Belconi überschlug den Gesamtpreis, schloss die hölzerne Geldschachtel auf und zählte die notwendigen Denare ab. Kurz zögerte ihre Hand. »Ach, was soll das Sparen!« Großzügig legte sie noch fünf Soldi dazu. »Bring für Raffaele noch etwas Marzipan mit. Und weil heute ein besonderer Tag ist, darfst du dir auch was gönnen. Kandierte Früchte oder meinetwegen auch ein Mandeltörtchen. Obwohl die von mir gebackenen sicher besser schmecken.« Ihr Blick erflehte ein dankbares Lächeln, und Laodomia schenkte es her. Beinah beschämt dachte sie, ach, arme Violante, wenn du auch nur ahntest, was dieser Tag für unsere Familie bedeutet, würdest du mich sicher nicht mit Leckereien belohnen.

»Nun leg dir dein Kopftuch um, und vergiss den Korb nicht. Und lass dir ruhig Zeit, Kindchen. Deine Hilfe brauch ich heute nicht mehr.«

Solange Laodomia zielstrebig durch die Stadt eilte, dachte sie wie stets nur an ihre Besorgungen, wählte aus und feilschte um die Preise. Als jedoch der Korb von Gewürzen duftete und das Marzipan für den Sohn obenauf lag, fühlte sie sich mit einem Mal verloren im Gedränge der Straßen. Wohin soll ich denn? Was nutzte der Entschluss, auszubrechen, wenn sie keinen Platz für ihr neues Leben wusste?

Der erste Gedanke galt dem Onkel. Schließlich war er das Oberhaupt ihrer Familie in Florenz und hatte damals versprochen, trotz ihrer Heirat immer für sie da zu sein. Ohne Zögern schlug Laodomia den Weg in Richtung Palazzo Strozzi ein.

Der düstere Steinkoloss Or San Michele lag bereits hinter ihr, da verlangsamte sie den Schritt. Blödes Weib, beschimpfte sie sich, deine Freiheit suchst du und rennst wie ein Schaf zurück in den Stall, aus dem du hergekommen bist. Sie sah die gönnerhafte Miene Filippos vor sich, hörte ihn schon säuseln: ›Nichte, meine schöne Nichte.‹ Laodomia schüttelte den Kopf. Er darf mich nicht mehr wie eine Puppe behandeln, sonst bin ich schon morgen wieder seine billige Haushälterin. Nein, der Onkel musste sie als erwachsene Frau mit eigenem Willen betrachten. Sie durfte ihm nicht ohne eigenen Vorschlag für ihre Zukunft gegenübertreten.

Am Nordrand des Armenviertels blieb sie vor dem schmalbrüstigen Eckhaus stehen, in dem sie die kurze Zeit mit Enzio gelebt hatte. Sollte sie hier wieder einziehen? Das Gebäude war ein Teil ihrer Mitgift. Zwar hatten es die Schwiegereltern für wenige Denare an Wollfärber vermietet, doch könnte sie den Besitz zurückverlangen. Das wäre mein gutes Recht, dachte Laodomia und krauste die Stirn, aber sobald ich es einklage, bricht der Streit mit den Schwiegereltern offen aus. Und der lohnte nur, wenn Raffaele und sie dort gemeinsam wohnen dürften. Erst Streit, dann Großzügigkeit? Unmöglich, von Violante konnte sie kein Einsehen erwarten, und selbst der gutmütige Vater Belconi würde niemals dieser Lösung zustimmen. Seinen Enkel gab er nicht her.

Außerdem, wovon sollte sie den Jungen und sich ernähren? »O Madonna, ans Geld habe ich überhaupt noch nicht gedacht«, murmelte Laodomia und ging weiter. »Verflucht, warum bin ich nicht ein Witwer. Dann hätte ich 's leichter.«

Zweifel und Ratlosigkeit zehrten an ihrem Mut. Als der Palazzo in Sicht kam, setzte sie den Korb ab und starrte von der anderen Straßenseite zum Portal hinüber. Was sollte sie dem Onkel sagen? ›Meinen Unterhalt will ich selbst verdienen, aber nicht als deine Haushälterin.‹ Schön und gut, dieser Vorsatz allein jedoch reichte nicht aus.

Wäscherin in einer Seidenfabrik? Niemals, das war keine Arbeit für eine Strozzi. Voller Zorn trat Laodomia gegen den Korb, er kippte um, und das Marzipan und einige Gewürzsäckchen fielen heraus. Sofort bückte sie sich und sammelte die Köstlichkeiten wieder zurück.

Der Duft nach Fenchel und Minze stieg ihr in die Nase und hob sie aus der Unruhe. Laodomia ließ sich einen Moment davontragen. »Wenn Bilder so riechen könnten, dann würde ich gerne Malerin sein.« Vor ihrem inneren Auge wucherte ein sommerschwerer Garten, dem geheimnisvolle Düfte entströmten.

Jäh brachte sie ein neuer Gedanke zurück in die Wirklichkeit. »Warte. Bleib ganz ruhig«, flüsterte sie. Dass Frauen als Malerin ihr Geld verdienten, hatte sie noch nie gehört. Sie kannte auch keine Bildhauerin. Und überhaupt, zur Künstlerin fehlte ihr das Talent. »Aber solch eine Arbeit könnte mir gefallen.«

Als müsse der Einfall überprüft werden, drückte sie beide Beutel ans Gesicht und sog gründlich den Geruch ein. »Warum eigentlich nicht? Ich habe zwar keine Erfahrung, aber die kommt schon noch. Und wenn der Onkel mich am Anfang unterstützt, schaffe ich es bestimmt.« Schwungvoll nahm sie den Korb auf und überquerte die Straße. »Egal was er davon hält, jedenfalls komme ich jetzt nicht ohne einen Plan zu ihm.«

Ehe Laodomia das Eingangsportal erreichte, schwang einer der Flügel auf, und der älteste Strozzi-Sohn stürmte mit zwei Freunden heraus. Sie johlten, warfen sich im Lauf einen Ball zu. Alfonso wollte ihn schnappen, und beinah hätte er die schwarz gekleidete Frau umgerannt, zwar gelang es ihm auszuweichen, doch stieß er leicht an ihre Seite. »Tut mir Leid, Alte«, lachte er, ohne genau hinzusehen. »Was stehst du auch im Weg?«

Laodomia zahlte gleich zurück. »Na, warte, Kerlchen! Dir hat wohl lange keiner mehr eins hinter die Ohren gegeben!«

Die Stimme erschreckte den Vierzehnjährigen. »Tante?« Röte stieg ihm ins pickelige Gesicht. »O verdammte Pest, ich hab dich nicht erkannt. Entschuldige. Bitte sag nichts dem Vater.«

»Bin weder alt noch ein Klatschweib.«

Schon war seine Reue wieder verflogen, er schnippte zu den Kameraden hinüber. »He, Männer. Das ist meine Tante Laodomia. Ihr wisst schon, die Witwe von Wachhauptmann Enzio. Na, der bei dem Attentat im Dom erschlagen wurde, weil er unsern Fürsten verteidigt hat.« Aus gutem Grund entzog er sich mit zwei Schritten der Reichweite ihrer Hand, ehe er zum Besten gab: »Mit meiner Tante ist nicht zu spaßen. Stellt euch vor, früher wollte sie mich mit beiden Füßen zuoberst am Kerzenhalter aufhängen.« Ungeniert feixte er ihr ins Gesicht. »Aber heute wagst du das nicht mehr, Tantchen. Hab ich Recht?«

»Verschwinde. Sonst zeige ich dir, wo die Glocken hängen.«

»O, verzeih. Da habe ich aber Angst.« Vergnügt schlenderte er mit den Freunden davon. Einer fragte: »Was meint sie mit Glocken?« Der andere setzte oben drauf: »Sie meint doch nicht etwa ihre beiden …?« Er wölbte die Hände vor der Brust, und alle drei brachen in Gelächter aus.

»Halbstarke Brut«, schimpfte Laodomia leise und musste dennoch schmunzeln. »Bald ist auch vor euch keine Frau mehr sicher.«

Ihre Sorgen verdrängten schnell die Frechheiten der jungen Kerle. Im Palazzo fragte sie nach der Freundin und wurde in den Hof geschickt. Petruschka bemerkte die Besucherin nicht. Drohend stand sie neben einem Lohnknecht, der das frisch gespaltete Feuerholz aufschichtete. »Gleich reiß ich dir die Ohren ab. O Madonna, nicht einfach übereinander, leg die Scheite auf Lücke, sonst hält die Mauer nicht.«

»Wieso?«

Diese Frage ließ den Vulkan ausbrechen. Mit einem kurzen Fußtritt brachte Petruschka die bereits hüfthoch gestapelte Reihe zum Einsturz. »Deswegen, du Idiot. Und jetzt fängst du noch mal von vorn an. Die unterste Reihe locker nebeneinander und dann jedes neue Scheit auf die Lücken. Hast du mich verstanden?«

»Aber heute schaffe ich das nicht mehr. Ich hab gleich Feierabend.«

Petruschka hielt ihm die Faust unter die Nase. »Reiz mich nicht, Kerl. Du bist zum Holzhacken und Aufstapeln angeheuert worden. Erst wenn hier eine feste Holzmauer steht, kommst du mir vom Hof. Sonst gibt's keinen einzigen Soldus. Und eine Stunde ziehe ich dir sowieso ab, für deine Blödigkeit.«

Der Knecht wagte keine Widerworte mehr, bückte sich nach den Scheiten, und da er ihre Anordnung befolgte, wandte sich die Russin um. Kaum entdeckte sie Laodomia, erhellte sich ihre Miene. »Kleines! Ich hab dich gar nicht erwartet.« Liebevoll legte sie ihr den Arm um

230

die Schulter. »Komm. Dieser Kerl raubt mir noch den Verstand. Na, komm schon. Etwas Zeit habe ich noch, bevor ich mit dem Kochen anfangen muss.«

In ihrer engen Kammer bot sie ihrem Gast den einzigen Schemel an und setzte sich selbst auf die Bettkante. »Lass dich ansehen. Wir haben uns so lange nicht mehr gesprochen …« Sie unterbrach sich. »Was ist mit dir? Du bist so blass. Bist du krank?«

Laodomia hielt den Korb auf den Knien und presste ihn an sich. »Nein, mir fehlt nichts, aber … Petruschka, ich gehe weg von den Belconi. Bitte versuche nicht, mich umzustimmen.«

Eine Zeit lang schwiegen sie. Endlich, nach einem tiefen Seufzer, faltete die Russin ihre Hände. »Also gut. Wenn es dir wirklich ernst ist, dann müssen wir jetzt überlegen, wie es weitergehen soll. Bleibst du gleich hier bei uns?«

»Nein. Vater Belconi ahnt, dass ich weg will, aber die Schwiegermutter weiß noch nichts. Und ehe ich mit ihr rede, will ich alles geklärt haben. Verstehst du, ich will Frieden zwischen uns, sonst verliere ich meinen Raffaele ganz.«

Petruschka murmelte hastig ein Gebet und bekreuzigte sich. »Leicht wird's nicht, Kleines.«

Für mehr blieb ihnen keine Zeit. Später, nein bald, vielleicht schon morgen wollten sie lange sprechen und planen. Jetzt wurde die Russin in der Küche benötigt, und Laodomia musste pünktlich zum Abendbrot wieder daheim sein, weil sonst Mutter Belconi vielleicht Verdacht schöpfte. Vorher aber wollte sie noch unbedingt mit dem Onkel sprechen.

Zum Abschied drückte Petruschka die Freundin innig an den Busen. »Einen Vorteil gibt es. Wir werden uns ab jetzt sicher wieder viel häufiger treffen. Darauf freue ich mich.«

Das Oberhaupt der Familie hielt sich nicht im Palazzo auf. Er arbeitete einige Straßenecken weiter in seinem Kontorhaus. Seit Filippo Strozzi mit Lorenzo glückhaft und so erfolgreich aus Neapel zurückgekehrt war, wurde auch er als Retter und Held in Florenz gefeiert. Mehr und mehr Kaufleute zogen es vor, ihre Kredite bei der Bankfiliale des ehrenwerten Strozzi aufzunehmen. Das Geschäft blühte, und so hatte er nicht nur neue Buchhalter einstellen, sondern auch seine Wechselstube im Vorraum auf drei Tische erweitern müssen. Laodomia drängte durch die Wartenden und näherte sich der rückwärtigen Tür. Ein Angestellter hob die Hand. »Stell dich in der Reihe an, Frau!«, bellte er. »Was glaubst du, wer du bist?«

Laodomia warf den Kopf zurück, unterdrückte aber rechtzeitig ihre Wut und bat ruhig: »Melde mich bei deinem Herrn. Sag ihm, seine Nichte sei hier und wolle ihn sprechen. Sag, es sei dringend.«

Einen Atemzug lang zögerte der Geldzähler, dann aber trieb ihr Blick ihn vom Schemel. Wenig später kehrte er aus den hinteren Räumen zurück. »Signora Belconi, bitte folgt mir.« Er dienerte und ging voran. Im Schreib- und Rechensaal herrschte angespannte Ruhe. Allein das Kratzen der Federn und das Klacken schnell geschlagener Abacus-Perlen untermalte die Stille. Auf der Treppe hinauf zum ersten Stock wagte der Angestellte einen Seitenblick. »Verzeiht, Signora«, murmelte er. »Ich bin erst kurze Zeit hier. Verzeiht, dass ich Euch nicht erkannte.«

»Schon gut. Präge dir mein Gesicht ein, denn mich siehst du heute ganz gewiss nicht zum letzten Mal.«

Ein kahler Raum, schmucklose Wände bis auf das Porträt Palla Strozzis, des Begründers des Familienreichtums. Filippo saß über ein Rechnungsbuch gebeugt hinter dem ausladenden Schreibtisch. Sobald Laodomia eintrat, sprang er auf. »Nichte! Du erschreckst mich. Ein Besuch hier in dieser nüchternen Umgebung?« Er stieß mit der Hüfte gegen die Tischkante, jetzt erst fiel ihm auf, dass er noch die Brille trug. Wie ertappt löste er die Lederschlaufen von den Ohren und warf das Drahtgestell mit den dicken Gläsern auf das Buch. »Meine Augen. Ich kann es nicht verhehlen, auch ich werde älter. Allerdings nur, was meine Sehkraft betrifft, nicht aber ...« Er schmunzelte über den eigenen Scherz und breitete die Arme aus. »Dich aber, deine Schönheit erkenne ich auch ohne Hilfe, selbst wenn du sie unter solch düsterem Stoff verbirgst.« Weil Laodomia ihm nicht entgegenkam, nutzte er die schwungvolle Geste, um ihr einen Platz anzubieten. Ohne ein Wort setzte sie sich auf die Kante des Sessels, rückte den Korb dicht vor ihre Schuhspitze und faltete die Hände im Schoß.

Filippo betrachtete sie. Langsam verlor sich das gönnerhafte

Lächeln. Mit dem Finger glättete er den Lippenbart. »Wie ich feststelle, bist du nicht zum Plaudern hergekommen?«

Laodomia schüttelte unmerklich den Kopf.

»Geliebte Nichte«, mahnte er, »was dich auch bedrückt, du musst es schon aussprechen. In diesem Kontor wird gerechnet und nicht geraten.«

Womit soll ich beginnen, fragte sie sich, während er einen Stuhl heranrückte. Das Einfachste wäre zu weinen, dann nimmt er mich in den Arm, tröstet mich, und sobald er weiß, was ich vorhabe, wird er mich ermahnen und später vielleicht als mein großer Beschützer mit Ratschlägen aufwarten. Nein, er soll mich ernst nehmen. Also, keine Tränen. Ehe Filippo ihr gegenüber richtig Platz genommen hatte, sagte sie: »Ich bin hergekommen, um dir mitzuteilen, dass ich so nicht weiterleben kann. Mein Entschluss steht fest. Ich verlasse das Haus der Belconis. Das Trauerjahr ist längst vorbei. Ich werde die Witwenkleider ausziehen und ... und ...« Sie schluckte heftig, flehte stumm um Kraft, und als ihr die Stimme wieder beinah gehorchte, fuhr sie fort: »Ich meine, niemand kann mich daran hindern, als Frau ein normales Leben zu führen.«

Filippo lehnte sich zurück und trommelte eine Weile leicht die Fingerkuppen gegeneinander. »Wer ist doch gleich dein Schutzpatron? Ja, ich erinnere mich. Also, beim Erzengel Raphael, dem Helfer der Wanderer: Das ist wahrhaftig eine Neuigkeit, mit der ich nicht zu rechnen, geschweige auf die ich zu hoffen wagte.«

Seine Antwort verwirrte Laodomia. »Du willst mich nicht davon abhalten?«

»Aber, Nichte!« Im Tonfall wurde er der zuvorkommende, geschickte Geschäftsmann. »Du verlangst dein Recht, warum sollte ich diese Entscheidung kritisieren? Mein Standpunkt war es immer schon, dass eine Frau wie du nicht hinter Mauern eingekerkert werden darf. Allerdings war dies vor deiner Heirat. Jetzt, da du Witwe bist und überdies noch einen Sohn hast, sehe ich einige Schwierigkeiten auf dich zukommen, die aber nicht unlösbar sein müssen.« Er ließ seinen Worten Zeit, ehe er beinah leichthin fragte: »Wie stellst du dir nun deine Zukunft vor?«

»Nicht als Haushälterin in deinem Palazzo«, entfuhr es ihr, gleich versuchte sie abzumildern: »Verzeih, Onkel, halte mich nicht für undankbar. Aber diese Aufgabe zu übernehmen wäre in den Augen aller eine dürftige Ehrenrettung für eine Witwe, die aus dem Haus der Schwiegereltern ausbricht und ihr Kind im Stich lässt.«

»Ich muss gestehen, dass auch mir dieser Vorschlag als Erstes in den Sinn kam. Nicht zuletzt, weil deine ständige Nähe mich von Herzen erfreut hätte. Was aber planst du? Einer Frau in deiner Lage bleiben nicht viele Möglichkeiten. Oder willst du, dass ich dich zu deiner Mutter nach Ferrara zurückschicke?«

»Nein, niemals! Bitte!« Gleich wurde Laodomia bewusst, dass so nur eine trotzige Tochter reagierte. Sie schob entschlossen den Saum des schwarzen Kopfschleiers zurück und zeigte ihre Stirn. Du bist kein Mädchen mehr, ermahnte sie sich, also rede endlich: »Krämerin. Ich möchte einen Laden eröffnen und Geschäftsfrau werden.«

Filippo beugte den Oberkörper vor, in seinen Mundwinkeln spielte Verwunderung mit leichtem Spott. Ehe er sich eine Antwort zurechtgelegt hatte, bat sie hastig: »Warte, Onkel. Lass mich erklären.« Laodomia rutschte aus dem Sessel und kauerte sich vor ihn hin, zog das Tuch vom Korb und breitete den Inhalt auf dem Boden aus. »Dies musste ich heute einkaufen und für jedes Gewürz weite Wege gehen. Knoblauch, Ingwerwurzeln und Fenchelzweige gab es auf dem Markt, die Säckchen mit Minze und Lavendel in einem Laden neben Santa Maria Novella, und für den Zimtzucker musste ich zum Apotheker. Und das Marzipan habe ich beim Bäcker gekauft.«

»Sehr tüchtig«, bemerkte Filippo und stützte die Hände auf die breit gestellten Knie; erwartungsvoll blickte er auf sie hinunter. »Und nun?«

Laodomia überging seinen Ton. Fahrig deutete sie über die Gewürze. »Ich möchte dies alles hier und noch viel mehr in einem kleinen Laden anbieten.« Sie suchte nach weiteren Gründen. »Ich … ich weiß, es gibt zwei große Geschäfte in der Stadt, aber da gehen nur die ganz Wohlhabenden hin. Und weil … also, reich werden muss ich ja nicht, deshalb könnte ich Gewürze und Öl etwas billiger verkaufen. Ich meine, so für die normalen Bürgersfrauen.«

»Lege deine Schätze zurück.« Geduldig wartete er, bis Laodomia wieder im Sessel saß. »Gewürzkrämerin. Diese Idee ist nicht von der

Hand zu weisen.« Er stand auf und ging zum Fenster, während er nachdachte, wippte er leicht von der Ferse zur Fußspitze und wieder zurück. »Dank meiner Verbindungen könntest du sogar ohne Schwierigkeiten mit der Zunft der kleinen Kaufleute auskommen. Doch so weit sind wir noch nicht. Zunächst müsstest du einen geeigneten Raum für dein Geschäft finden.«

Laodomia hielt den Atem an und wagte nicht, ihn zu stören.

»Auch dieses Problem lässt sich lösen. Bliebe noch die wichtigste Frage, wie willst du deinen Start ins Geschäftsleben finanzieren? Aber, wer weiß, auch dafür gibt es einen Weg.« Er kehrte zurück. Aus seiner Miene vermochte Laodomia nichts mehr zu erraten. »Onkel?«, drängte sie. »Heißt das, du bist einverstanden?«

Mit einem Mal lockerte sich sein Ernst; diesen Blick kannte sie nur zu gut und wusste schon, ehe er die Lippen öffnete, was er sagen würde. »Nichte, schöne Nichte. Von deiner Ungeduld hast du nichts verloren. Wie gut. Aber ich kann dir jetzt keine Antwort geben. Nein, sei nicht enttäuscht. Die Neuigkeit hat mich in der Tat überrascht.«

Sie wollte ihn schütteln, weil er doch wieder diesen herablassenden Ton anschlug, und sagte nur: »Bitte, hilf mir. Schicke mich nicht ohne Hoffnung weg.«

»Wie könnte ich?« Er fasste sie um die Schulter und half ihr sanft aus dem Sessel. »Bis zum Wochenende musst du mir Zeit geben nachzudenken. Dann erwarte ich dich im Palazzo.« Gleich schüttelte er den Kopf. »Nein, noch besser. Du kommst schon am Samstag gegen Mittag, und wir unternehmen einen Ausritt hinauf nach Fiesole. Frische Luft und Sonne, die werden uns gut tun. Ja, ein Picknick! So lange habe ich mir kein Vergnügen gegönnt.«

»Und mein Geschäft? Ich dachte …«

»Gerade deswegen schlage ich den Ausflug ja vor. Unter freiem Himmel lässt es sich leichter planen. Auch du hast es verdient, endlich wieder aus der Enge herauszukommen.«

Diese Vorstellung lockte und dehnte ihr Herz, dennoch zweifelte sie: »Und wenn die Schwiegermutter mir nicht frei gibt?«

Da lachte er: »Ich dachte, du wolltest ein selbstständiges Leben beginnen? Aber gut, durch meinen Boten werde ich dir eine Einladung schicken. Ich glaube kaum, dass die Schneidersfrau es wagen wird, eine Bitte Filippo Strozzis abzuschlagen. Also wie steht's? Sind wir im Wort?«

Laodomia nahm seine dargebotene Hand. »Einverstanden.«

Galant führte er sie zur Tür und geleitete sie zum Hinterausgang des Kontorgebäudes. Zum Abschied vermied er es, sie an sich zu drücken, stattdessen neigte er in vollendeter Höflichkeit den Kopf. »Signora Belconi, es wird mir eine Ehre sein, Euch am Samstag auszuführen. Und seid getrost, was Eure Zukunft betrifft. Auf Euren Diener könnt Ihr Euch fest verlassen.«

Das Blut stieg Laodomia ins Gesicht. »Danke, Onkel«, murmelte sie und hastete davon.

Vor einer Stunde hatten sie Florenz durchs Tor San Gallo verlassen. Laodomia wagte nicht, sich umzublicken. Zwar vertraute sie den festgezurrten Sattelgurten, auch dem Stallburschen, der ihr Maultier am Zaumzeug führte, doch die langsam ansteigende Fahrstraße war von Unwettern im letzten Herbst ausgespült, und sie wollte auf jedes Stolpern, jeden Fehltritt gefasst sein.

Der Tag liebte sie, und sie liebte diesen Tag. Die Büsche rechts und links prangten in voller Blüte. Selbst das Wetter war auf ihrer Seite, vereinzelte Wolkentupfer trieben im blau gespannten Himmel und verloren sich über den nahen Hügeln. Auch wenn ich seit einer Ewigkeit nicht mehr geritten bin, dachte Laodomia, ich bleibe im Sattel, und wenn ich mich an der Mähne festkrallen muss.

Seit einer Weile hörte sie nicht mehr dem langatmigen Bericht des Onkels zu, der eine halbe Länge hinter ihr mühelos seinen Rappen lenkte und in allen Einzelheiten von der gefahrvollen Mission in Neapel erzählte. Mit welchen Ängsten hatte sie auf diesen Samstag hin gelebt. Um keinen Verdacht zu erregen, war sie bei Tag der Schwiegermutter gehorsamer denn je gewesen, des Nachts hatte sie vor Unruhe kaum Schlaf gefunden. War der Entschluss richtig? Könnte sie eine Trennung von Raffaele ertragen? Und vor allem, würde der Onkel Wort halten? Dann war die Einladung gekommen, und Violante Belconi hatte sogar ohne jeden Protest den Ausflug genehmigt.

»… in das Museum der Ermordeten.« Filippo hielt erwartungsvoll inne. Da Laodomia nicht schauderte, fragte er: »Kannst du dir so etwas vorstellen?«

Sie kehrte aus ihren Gedanken zurück. »Ich … ich begreife nicht.«

»Diesen furchtbaren Ort gibt es tatsächlich.« Der Onkel holte auf, um ihr Gesicht von der Seite zu betrachten, während er weitersprach: »Lorenzo hoffte, wie so viele, dass böse Zungen dem König solche Gräueltaten nur angedichtet haben. Doch ich musste ihn eines Besseren belehren. Denn ich bin einer der wenigen Fremden an seinem Hofe, die Ferrante höchstselbst durch die Kellergewölbe geführt hat. In Schaukästen stehen dort die einbalsamierten Leichen seiner Feinde. Einige halten ihren abgeschlagenen Kopf in der Hand, anderen ist die Brust geöffnet und das Herz halb herausgerissen, wieder andere sind nur als verstümmelter Torso zu sehen, und die Gliedmaßen liegen davor …«

»Nicht weiter, bitte.« Laodomia schüttelte sich. »Sonst verdirbst du mir die Vorfreude auf unser Picknick.«

»Das möchte ich nicht.« Sichtlich zufrieden mit der Wirkung seiner Worte seufzte er: »Du hast Recht, wir wollen den Tag genießen und nicht länger an den Tyrannen von Neapel denken.«

Eine Frage drängte sich ihr dennoch auf. Sie umklammerte das Sattelhorn. »Sag, Onkel. Du leitest doch die Hofbank des Königs. Wie kannst du mit solch einem Scheusal auskommen?«

Gleich ließ er den Rappen wieder etwas zurückfallen. »Zart besaiteten Seelen wie dir mag es unverständlich klingen. Was in der Politik üblich ist, gilt auch für große Finanzgeschäfte: Nicht Moral, einzig der Erfolg zählt. Natürlich gelten im privaten Leben andere Werte.«

»Sonderbar«, flüsterte sie, »ich könnte das eine nicht vom anderen trennen, niemals.«

Während sie am Kloster San Domenico vorbei und die steilen Kehren hinauf nach Fiesole ritten, blieb Filippo zwar weiter bei dem Abenteuer in Neapel, vermied nun aber jede Politik. Er berichtete, dass auf sein Anraten hin der Medici großherzig einigen armen Mädchen die Mitgift gestiftet und sogar Gefangene durch Zahlung hoher Summen aus der Kerkerhaft erlöst hatte. Mit viel Witz ließ er die schillernden Feste Lorenzos wieder erstehen, beschrieb nicht allein Schmuck und Kleider der Damen, sondern auch deren Körper-

fülle und übermäßig geschminkte Gesichter. Selbst die eigene Toll-
patschigkeit bei den Hüpftänzen gab er zum Besten. Galant verstand
Filippo es, seinen Gast mit kurzweiligen Begebenheiten zu unterhalten und ihm sogar hin und wieder ein Lachen abzulocken.

In heiterer Stimmung gelangten sie endlich zum Bergdorf und
näherten sich dem Marktplatz am Fuß des Doms San Romolo. Hier
kosteten die Bewohner schon von der Muße des Wochenendes: Kinder tollten um den Brunnen. Männer hockten unter Bäumen beim
Würfelspiel. Bei Ankunft der Fremden unterbrachen die Frauen auf
den Bänken ihre Gespräche. Verstohlen warfen sie einen prüfenden
Blick auf den vornehmen Herrn hoch zu Pferd und die Witwe auf
dem Maultier. Wie reimte sich dieses Paar zusammen? Das Rätsel
löste erregtes Getuschel aus.

»Kümmere dich nicht um die Weiber«, beschwichtigte Filippo
und setzte geheimnisvoll hinzu: »Wir haben unser Ziel noch nicht
erreicht.« Im Vorbeiritt grüßte er zu den Frauen hinüber, und der
Stallbursche folgte ihm mit dem Maultier und Laodomia.

Am Ortsrand verließen sie die Straße. Ein steiler, steiniger Pfad
führte zwischen Lorbeersträuchern und blühendem Ginster zur
höchsten Erhebung über Fiesole. Hitze und süßlicher Geruch beengten Laodomia. Wohin bringt mich der Onkel? Sie zog die Gerte halb
aus der Lederschlaufe am Sattel und drehte den elfenbeinernen Griff
zwischen ihren Fingern. In solch eine Einsamkeit ziehen sich nur Ver-
liebte zurück. Was hat er vor? Gleich steckte sie die Gerte wieder zurück. Dumme Gans, er ist mein Onkel. Doch das ungute Gefühl
blieb.

Unterhalb der Kuppe öffnete sich mit einem Mal der Blick. Laodomia atmete befreit. Der Hügel war übersät mit Steinbrocken, dazwischen Wiesenflecken, und etwas abseits unter einer Baumgruppe
entdeckte sie Diener, die Filippo zuwinkten.

Ehe Laodomia den Lagerplatz erreichte, war der Onkel schon
abgestiegen, kurz besprach er sich mit den Männern, schien zufrieden
und schickte sie zu einem hohen Felsklotz in der Nähe. Dem Stall-
knecht befahl er: »Du auch. Verschwinde jetzt. Bleibe mit den anderen hinter dem Stein, bis ich euch rufe. Und keinen Laut will ich von
euch hören.«

Er wartete, bis die Bediensteten verschwunden waren, dann erst reichte er Laodomia lächelnd die Hand hinauf. »Lass dir beim Absitzen helfen.«

»Danke. Ich schaffe es schon allein.« Etwas ungeschickt rutschte sie aus dem Damensattel. Mit festem Griff um ihre Hüfte sorgte er dafür, dass sie sicher den Boden erreichte. »Willkommen, schöne Dame. Auch wenn dir der Ritt vielleicht beschwerlich war.« Er führte sie in den Schatten der Pinien. »Unser Picknick wird dich entschädigen.«

Laodomia glaubte zu träumen. Eine große weiche Decke lud zum Rasten ein. In der Mitte war ein weißes Linnen ausgebreitet. Brot lag im Korb, daneben standen Tontöpfe aufgereiht, gefüllt mit Oliven, Hühnerschenkeln, sogar kandierten Früchten. Überdies gab es geräucherte Würste und Schinken. »Wie kann das sein?«, staunte sie. »So weit ab. Oder kennst du die Bauern hier in der Gegend?«

»Aber nein.« Sichtlich bemühte er sich um Bescheidenheit. »Ich habe nur geplant und den Ort bestimmt, mehr nicht. Petruschka musste mir schwören, dir nichts zu verraten. Sie hat das Picknick zusammengestellt und heute ganz früh schon die Diener mit den Körben losgeschickt.«

»Ach, Onkel!« Im Überschwang drückte sie sich an seinen Arm. »Ich weiß gar nicht, was ich sagen soll.«

»Aber ich bitte dich, dies ist nur eine kleine Aufmerksamkeit von mir. Nimm Platz.« Er ging zu einem der Baumstämme und kehrte mit Weinkrug und Bechern zurück. »Zunächst trinken wir auf den geschenkten Tag, dazu essen wir. Danach erst reden wir über die Gewürzkrämerin. Einverstanden?«

»Ich bin dein Gast.« Sie nahm einen tiefen Schluck. »Wie könnte ich dir widersprechen?«

»So folgsam?« Mit einem Zungenstrich wischte er die Weintropfen aus dem angegrauten Lippenbart. »Diese Haltung wäre neu an dir.«

Nach dem ausgiebigen Mahl fühlte Laodomia eine wohlige Wärme. War es nur der Wein oder auch die Nähe des Onkels? Vielleicht beides, dachte sie und dehnte die Arme weit über dem Kopf. Ohne zu überlegen, griff sie nach ihrem Witwenschleier, löste die Steckspangen und legte ihn neben sich. Jetzt erst bemerkte sie den belustigten

239

Blick des Onkels. »Verzeih. Nur weil mich hier niemand sieht. Aber wenn du es unziemlich findest …«

»Nein, nein. Im Gegenteil. Vor mir darfst du jede Scheu ablegen.« Ein seltsamer Glanz schimmerte in seinen Augen. »Selbst das hochgesteckte Haar schmückt dich. Lieber aber würde ich es offen auf deine Schultern fallen sehen.«

Laodomia versteifte den Rücken. Also doch, warnte die Stimme in ihr, dein Gefühl vorhin hat dich nicht getäuscht. Langsam griff sie wieder nach dem schwarzen Tuch.

Filippo sprang auf und sah mit verschränkten Armen ins Tal auf die weit entfernten Dächer und Türme von Florenz hinunter. »Wir sind nicht allein zum Vergnügen hier, verehrte Nichte.« Sein Ton kühlte weiter ab. »Lass uns nun über deine Zukunft sprechen.«

Die schon ineinander verlaufenden Farben kehrten zu ihren Umrissen zurück. Empfand sie den leichten Wind noch vor wenigen Atemzügen als wohltuend, so fröstelte er sie jetzt. Laodomia umschlang die Knie und war mit einem Mal hellwach.

Der Onkel ließ sich Zeit, schließlich wandte er sich ihr zu. »Ich habe in den vergangenen Tagen sorgsam das Problem von allen Seiten beleuchtet. Du wirst mich nicht unterbrechen, bis ich geendet habe. Dann darfst du Fragen stellen.« Sie nickte.

»Also, Nichte: Dein Entschluss wird nicht nur die Schneidersleute empören, sondern dir auch in der Gesellschaft üble Nachrede einbringen. Du magst dich darüber hinwegsetzen können, hingegen wird auch mir, als Pate deines Sohnes und als dem für dich dann wieder verantwortlichen nächsten Verwandten, eine Mitschuld angelastet.« Mit erhobenem Finger zählte er seinen persönlichen Schaden auf: Das gute Verhältnis zu den Medici könnte leiden, denn Donna Lucrezia, die Mitgevatterin über Raffaele, würde ihn, Filippo, zur Rede stellen. Zum Zweiten mieden von nun an sicher einige Bürger seine Wechselstuben, weil der sonst so hoch geachtete Filippo Strozzi eine ›grausame Mutter‹ schützte. »Ich hoffe, du bist dir bewusst, welche Schwierigkeiten du mir bereitest.«

Trotz guten Essens und süßen Weins verspürte Laodomia jäh einen schalen Geschmack auf der Zunge. Was redet der Onkel mir da ein? Verglichen mit meiner Not sind seine Schwierigkeiten doch winzig klein. Also, ich kann's kaum glauben. Um nicht empört zu widersprechen, legte sie die Stirn auf die Knie.

Er deutete ihre Geste falsch. »Nun sei nicht verzagt. Ich bin für dich da. Aus reiner Großmut sehe ich von der einfachsten Lösung ab, dich in meinem Haushalt zu beschäftigen, um dich so aus der Öffentlichkeit verschwinden zu lassen. Ja, du sollst deinen Gewürzladen bekommen. Allerdings richten wir ihn im Untergeschoss meines Palazzos ein. Damit gehört er zu meinem Unternehmen, und wir umgehen jeden Protest der Kaufmannszünfte.« Wie fast alle Herrenhäuser in Florenz besaß auch der Palazzo Strozzi an den Seitenfronten zu ebener Erde einige Wohn- und Verkaufsräume, die an Handwerker oder Kramhändler vermietet wurden.

»Da ich im letzten Herbst einen überschuldeten Schuster hinauswerfen musste, gibt es leer stehenden Platz für dein Geschäft. Nun?« Filippo beugte sich hinunter und berührte ihre Schulter. »Ich denke, du darfst dich freuen.«

Vorbei war der Anflug von Zorn. Laodomia hob den Kopf, fasste seine Hand und küsste sie. »Danke, Onkel. Es ist so wunderbar, dass ich mich erst daran gewöhnen muss.«

»Lass dir nur Zeit.« Er schenkte die Becher voll und stieß mit ihr an. »Auf die Zukunft der schönsten Gewürzkrämerin von Florenz!« Laodomia nippte erst; das neue Leben schien wirklich zum Greifen nah, und der Onkel hatte den Weg bereitet. Welch ein Glück! Dann leerte sie in großen Schlucken den Becher.

Filippo ließ sich neben ihr nieder. »Beinah hätte ich das Wichtigste vergessen. Wir müssen uns noch über die Kosten einigen.« Sein Ton blieb leicht. »Selbstredend habe ich als Herr eines großen Bankhauses nachgerechnet. Nun, deine Mitgift war beklagenswert niedrig. Dreihundert Gulden hat die Familie deines Mannes in bar erhalten, mit den restlichen dreihundert habe ich die kleine Behausung damals veranschlagt, die ich euch bereitstellte. Ich werde in deinem Namen das Geld von den Belconis zurückverlangen und dir das Haus wieder abkaufen. Zumindest reichen dann die Mittel für die Einrichtung und den ersten Warenbestand. Außerdem bist du in der Lage, mir die Miete für ein Jahr im Voraus zu bezahlen.«

»Nein.«

»Hast du mir nicht zugehört?«

»Doch, doch.« Laodomia presste die Handballen gegen beide Schläfen. »Bitte hab Geduld, Onkel. Bitte.« Endlich gelang es ihr, das trunkene Schaukeln des Glücks anzuhalten. »Ich will keinen Bruch mit den Schwiegereltern. Sie dürfen mich nicht hassen. Weil… Raffaele. Ich bin doch seine Mutter. Ach, verflucht! Ich muss aus dem Kerker raus, das steht fest, aber ich will den Jungen nicht verlieren.« Sie löste den Druck von ihren Schläfen und verschränkte die Finger über den Knien. »Er darf mich später nicht verachten.«

»Erstaunlich.« Filippo vermied es, sie anzublicken. »Unsere Russin hat mir schon Ähnliches angedeutet. Nun denn. Was also schlägst du vor?«

Laodomia wunderte sich nicht über sein rasches Einlenken, war viel zu erleichtert, keine Vorwürfe hören zu müssen. »Die Schwiegereltern sollen meine Mitgift behalten. Als Dank darf ich Raffaele besuchen, sooft mich nach ihm sehnt, und mit ihm spielen oder spazieren gehen. Erfülle mir diesen Wunsch, Onkel. Du kennst dich doch mit Verträgen aus.«

»Das ist wohl wahr.« Immer noch betrachtete Filippo seine Stiefelspitzen. »Und woher soll das Geld für deinen Neubeginn stammen?«

»Von dir.« Verführt durch seine Ruhe, klammerte sich Laodomia mehr und mehr an ihren Plan. »Nicht geschenkt. Du gibst mir einen Kredit, und ich zahle ihn zurück. Diese Lösung ist doch ganz einfach.«

Filippo fuhr sich durchs silbersträhnige Haar. »Ist dir meine Nähe unangenehm?«

»Aber nein«, lachte Laodomia. »Im Gegenteil. Ich fühle mich wohl und geborgen in deiner Nähe.«

»Danke für das Kompliment.« Er schien mit sich zu ringen, ehe er weitersprach. »Ich hoffe, du verstehst, was ich dir sagen und danach vorschlagen möchte. Als nüchterner Geschäftsmann darf ich dir keinen Kredit geben. Du wirst in deinem Laden kaum mehr verdienen, als nötig ist, um nach Miete und Steuerzins gerade noch den Lebensunterhalt zu bestreiten. Einen Kredit wirst du so nie zurückzahlen können.«

»Lass es mich doch versuchen!«

»Ausgeschlossen. Ich kenne mich mit Schuldnern aus, glaube es nur.« Er lächelte leicht. »Nicht als dein Onkel, jedoch als Freund könnte ich dich allerdings großzügig unterstützen. Du hättest den Gewürzladen, mit den Schwiegereltern gäbe es einen gütlichen Vertrag; kurz gesagt, du wärst frei von Sorgen.«

Laodomia starrte ihn an. »Du meinst, ein Freund, nicht nur ein ›guter Freund‹, sondern …?«

»So schwer ist der Unterschied doch nicht zu begreifen?«

Jähe Notdurft bedrängte sie. »Verzeih, Onkel.« Laodomia erhob sich, eilte davon. Hinter einem Steinbrocken raffte sie den Rock, kauerte sich nieder und blieb auch nach der Erleichterung hocken. Ich muss Zeit gewinnen. Aber wozu? Dieser Lüstling hat sich klar ausgedrückt. Oder soll ich Nein sagen? Was dann? Weiter als Magd bei den Belconis leben kann ich nicht. Laodomia rupfte eine Hand voll Gras und dachte, während sie ihren Schoß trocknete: Umbringen wird es mich nicht. Und widerwärtig ist mir der Onkel nun auch nicht. Im Gegenteil. Trotz seiner Jahre macht er noch eine gute Figur. Da kenne ich jüngere Männer, die schon viel älter daherkommen. Außerdem, diesen kurzen Moment stillhalten und abwarten, bis er vorbei ist, das habe ich bei Enzio lange genug geübt.

Laodomia verließ ihr Versteck. Mit erhobenem Kopf schritt sie zum Picknickplatz unter der Baumgruppe zurück. Filippo war aufgestanden und sah wieder mit verschränkten Armen ins Tal.

Leicht berührte sie seine Schulter. »Ich habe nachgedacht.«

Er wandte den Kopf. »Und?«

»Nicht Onkel, sondern Freund. Doch so schnell kann ich mich nicht daran gewöhnen.«

»Aber, Nichte. Glaubst du, ich wollte eine Geschäftspartnerin? Nein, allein dein Glück zählt. Und ich werde beschenkt sein, wenn ich hin und wieder daran teilhaben darf. Nächste Woche lade ich dich zu einem Essen in meinen Palazzo ein. Dann besiegeln wir unser Versprechen.« Wie ein Tänzer fasste er ihre Hand, gab leichten Schwung, und sie drehte sich, von ihm geführt, auf den Fußspitzen im Kreis.

C arpe diem!« Nie hatte sich Lorenzo de' Medici dem Spruch des altrömischen Dichters Horaz mehr verbunden gefühlt. Ja, nutze den Tag! Seit der Rückkehr aus der Schlangengrube Neapels am 7. März waren beinahe drei Monate vergangen, und er hatte die neu entflammte Beliebtheit beim Volk wie auch in der florentinischen Verwaltung zu einer Reform genutzt, die seine persönliche Macht auf Dauer festigen sollte.

Wahrscheinlich wäre sogar der Versuch gelungen, sich als Herrscher von Florenz einsetzen zu lassen; doch warum einen angreifbaren Titel anstreben, wenn ein anderer Weg zur gleichen Machtfülle führte? Hierin folgte Lorenzo der klugen Zurückhaltung seines Großvaters Cosimo.

Der Vorschlag, die drei übervölkerten und deshalb schwerfälligen Ratsgremien durch eine provisorische Regierung von nur 268 Mitgliedern zu ersetzen, in der alle Klassen und Landesteile gerecht vertreten waren, dieser Antrag Lorenzos war im April ohne Gemurre einstimmig angenommen worden. Hierauf ließ er ohne Pause eine Sitzung der nächsten folgen, und die einfachen Abgeordneten fürchteten schon, in Zukunft mehr Zeit auf den harten Stühlen des Parlamentssaales verbringen zu müssen, als ihnen blieb, ihrem täglichen Geschäft nachzugehen. Das politische Amt sollte Ehre und vor allem Beziehungen einbringen und nicht mühselige Arbeit bedeuten! Lorenzo zeigte Verständnis, und bedenkenlos willigten die Geplagten ein, dass der ›Große Rat‹ entlastet wurde und sich aus den eigenen Reihen ein übergeordnetes Gremium schuf, den ›Rat der Siebzig‹.

Diese Mitglieder mussten ehrbare Männer sein, außerdem ein Alter von mehr als vierzig Jahren haben und mindestens vierzig Familien vertreten. Nach dem neuen Gesetz durften sie diese Position für fünf Jahre bekleiden, doch praktisch galt die Ernennung auf Lebenszeit.

Ab diesem Stadium der Reform folgten die schlichten Gemüter nicht mehr den Verhandlungen, sondern gaben nur noch ihre Ja-Stimmen ab. Der ›Siebziger‹ ernannte die Prioren des ›Hohen Rates‹, bestimmte die Ausschüsse für Gericht, Handel und Finanzen; kurzum, ihm oblag die Entscheidungshoheit über die gesamte Republik. Und Lorenzo de' Medici hatte es mit sanftem Geschick verstanden,

den ›Rat der Siebzig‹ mit einer Mehrheit seiner Anhänger zu besetzen.

»*Carpe diem!*« Das große Werk war vollbracht. Gestern erst hatten die Notare mit viel Atem und Sand die letzten Unterschriften getrocknet.

»Wir sollten uns beim nächsten Treffen der Plato-Akademie wieder einmal die Oden des Horaz vornehmen.« Lorenzo drückte die schmächtigen Schultern seines Freundes Angelo Poliziano. »Heute aber verbannen wir Politik und Philosophie. Dieser strahlende Maimorgen gehört allein der Kunst. Begleite mich. Ein Spaziergang durch die Straßen erfrischt die Lunge, und am ersten Ziel erwartet uns Meister Andrea.« Sein Lächeln verschlang die Oberlippe. »Wie ich erfahren habe, hält der Kauz mit der großen Brille eine Überraschung für mich bereit.«

Angelo Poliziano nutzte die körperliche Nähe, um einen Atemzug lang den Kopf weich an die Seite des großen Mannes zu schmiegen. »Ich bewundere dich, weil du dir nach so viel Ernst und Diplomatie diese kindliche Vorfreude bewahrt hast.«

»Lass die Schmeichelei. Nicht, dass irgendeine Dame zuhört und meine Chancen geschmälert werden.«

»Spotte nur, doch ich schäme mich meiner Zuneigung nicht.«

Kurz entschlossen nahm ihm Lorenzo die bunt gescheckte Mütze ab und drückte einen flüchtigen Kuss ins schwarzborstige Haar. »Du großer Denker und Dichter solltest besser hin und wieder zur Damenwelt hinabsteigen. Du ahnst ja nicht, welche Freuden dir entgehen.«

»Mir genügt das Leben so, wie es ist.«

»Und dies sagt einer, der stets bemüht ist, die Grenzen des Geistes auszuloten. Nein, Schluss jetzt! Sonst stehen wir noch bis zum Mittag hier in der Halle und verpassen draußen den Sonnenschein.«

Während die beiden beschwingten Schritts und angeregt plaudernd den Domplatz überquerten, sorgte die Leibgarde dafür, dass stets freier Raum um sie war; niemand durfte sich ohne Kontrolle ihrem Herrn nähern. Da Lorenzo jedes plumpe Aufmarschieren verabscheute, hatte sich seit dem Attentat vor zwei Jahren der Schutz seiner Person zu einer zwar möglichst unauffälligen, dennoch wirksamen Bewachung entwickelt: Die durchtrainierten Kämpfer trugen modische bunte Mäntel über Waffe und Kettenpanzer; während ihn einige als Körperschild umringten, spähten andere die Passanten aus und suchten Fenster und Winkelgassen nach Schützen ab, die dort mit Schleuder, Bogen oder Armbrust lauern konnten. Kein Bürger fühlte sich durch dieses Misstrauen in seinem Stolz gekränkt, wussten sie doch den Wohltäter der Stadt gut behütet. Mehr noch, sobald der Fürst sich näherte, suchte jeder selbst erst forschend nach einem fremden Gesicht am Straßenrand, ehe er Lorenzo zuwinkte oder ihm aus der Entfernung ein langes Leben wünschte.

An diesem Morgen rieben sich Handwerker und Geschäftsleute im westlichen Viertel hinter Santa Maria Novella die Augen. Nur selten besuchte der Medici zu Fuß ihre verwinkelten Gassen. Ehe sie recht begriffen, war der Herr mit seiner Begleitung schon vorbei. Es blieb ihnen nur, dem ungleichen Paar nachzublicken: Lorenzo, groß und breitschultrig, wie stets ganz in Schwarz und neben ihm der Gelehrte und Dichter, kleinwüchsig, doch grellbunt wie ein Gockel gewandet.

Von der Straße aus war die Werkstatt nicht zu erkennen. Ein lichtloser Durchstieg, überspannt von Stützbögen zwischen den Hauswänden, führte zur lang gestreckten ehemaligen Lagerhalle mit eigens für den Meister angebauten Brenn- und Schmelzöfen und großem Wasserbecken, um die Gussformen abzukühlen.

Noch im Hof hielt Lorenzo den Freund zurück. »Kein unbedachtes Wort. Auch mit Kritik sollten wir uns tunlichst zurückhalten.«

»Verocchio ist kein rohes Ei. Wie man erzählt, haben seine Schüler heftig unter ihm zu leiden.«

»Ich will Andrea nicht ums Kinn streichen. Na ja, doch schon ein wenig. Denn ehrlich gesagt bin ich froh, dass wir den Meister wieder in unserer Stadt haben. Nicht auszudenken, wenn er in Venedig geblieben wäre.«

Poliziano lachte leise, dabei tippte sich er immer wieder an die Stirn. »Unglaublich, wie das tatsächliche Leben manchmal die Fantasie eines Dichters noch übertrifft. Diese Geschichte birgt wahrhaft Stoff für eine Komödie: Da wird Verrocchio hier weggelockt, um ein Reiterstandbild aus Bronze zu schaffen. Das Modell des Pferdes ist bereits fertig. Und weil die ungehobelten Edelleute von Venedig mit einem Mal die Gestalt des Reiters bei einem anderen Künstler in Auftrag geben wollen, zerschlägt Andrea den Kopf seines Modells, hackt ihm die Beine ab und verschwindet wortlos. Ohne Lohn und weitere Erklärung.«

»Ich sagte ja, wir müssen behutsam mit ihm umgehen.«

»Warum? An Venedig verlieren wir ihn jedenfalls nicht mehr.«

Die Signoria der Lagunenstadt hatte dem geflohenen Meister ein wütendes Schreiben hinterhergeschickt: Er solle es nie mehr wagen, seinen Fuß in die Stadt zu setzen, andernfalls würde er seinen Kopf verlieren. Die Antwort des Meisters entzückte alle Kunstliebhaber von Florenz: »Werte Herren, ich werde mich hüten. Denn es steht nicht in Eurer Macht, einem Menschen für einen abgehauenen Kopf einen neuen aufzusetzen. Geschweige denn meinem Pferd einen anderen Kopf aufzusetzen, der schöner wäre als der neue Kopf, den ich allein zu schaffen imstande bin, um das Modell in seiner ganzen Pracht zu vollenden.«

Poliziano strahlte. »Sooft ich mir die Gesichter der Ratsherren beim Lesen dieser Antwort vorstelle, gerate ich in Entzücken.«

»Mit Venedig ist nicht zu spaßen.« Ein Schatten streifte das fleckige Gesicht Lorenzos. »Ich fürchte, dieses neue Bündnis mit Papst Sixtus wird Krieg bringen. Nicht ohne Grund hat dieser falsche Priester seinen Neffen Graf Riario jetzt auch zum Herrscher von Forlì eingesetzt. Ausgerechnet ihn, den wahren Schuldigen am Tod meines Bruders. Aber ich denke, er wird zuerst versuchen, gegen das Herzogtum Ferrara...«

»Nein, nein, vergiss die Politik«, warnte der Freund schnell. »Nur für heute.« Er zog Lorenzo am Arm weiter. »Schiebe deine Sorgen nicht vor die Sonne, bitte«, und öffnete weit die Tür zur Werkstatt.

»Keinen Luftzug!«, schimpfte eine Stimme weit hinten aus den angrenzenden Räumen der Halle. Offene Durchbrüche in den Querwänden mit rechts und links zurückgebundenen Vorhängen ließen die Tiefe der Werkstatt nur erahnen. Im Eilschritt erschien eine kleine, beinah unscheinbare Gestalt und näherte sich, ohne die Besucher zu bemerken, dem Werktisch unter einem der Seitenfenster. »Wie oft soll ich euch Schlingeln das noch sagen?«

Die fünf Knaben duckten sich tiefer über ihre flachen Porphyrblöcke, auf denen sie ausgebleichte Hühnerknochen mit Schabesteinen zu Mehl zerreiben mussten.

»Wer unbedingt pinkeln muss, verlässt den Raum nur durch einen Türspalt. Und verursacht keinen Sturm, der mir die Entwürfe von der Wand reißt!«

Ängstliches Schweigen. Folgte jetzt eine Strafe? Jeder Schüler der Probeklasse legte seine von der Arbeit aufgeschürften Hände flach auf den Tisch und presste die Lider zusammen. Der Jüngste zählte gerade zehn und keiner von ihnen mehr als zwölf Jahre. »Nun hockt nicht da wie erstarrte Hasen«, knurrte Verrocchio, sichtlich bemüht, ein Schmunzeln zu unterdrücken. »Ich bin keine Schlange.«

Da dem Frieden nicht ganz zu trauen war, hoben sich nur zaghaft die wirren Haarschöpfe. Gerundete Augenpaare unter seidigen Wimpern sahen den Meister an, die Gesichter noch milchweich mit geschwungenen Lippen; allein ausnehmend hübsche Knaben hatten die Chance auf eine Lehrstelle in dieser Kunstwerkstatt erhalten. Ob sie demnächst wirklich zeichnen durften oder nur fegen, aufräumen und Handlangerdienste verrichten oder gar wieder nach Hause gehen mussten, würde demnächst erst eine Talentprobe entscheiden. »Wer diese wichtigste Regel nicht beachtet, den jage ich gleich davon. Merkt euch das.«

»Halt, halt! Wir sind die Übeltäter!«

Verrocchio fuhr herum, zog das Brillengestell zur Nasenspitze und blickte über den Rand der großen Gläser. »Magnifizenz! Welch eine Freude.« Während er sich hastig die Hände an der Schürze abwischte, drohte er halblaut seinen Zöglingen: »Teufelsbrut. Warum habt ihr mich nicht gewarnt?«

Mit gequältem Lächeln empfing er den hohen Besucher, ohne dessen Begleiter zu beachten. »So früh? Ich hatte meinen Wohltäter erst gegen Nachmittag erwartet. Nun ist noch nichts vorbereitet. Kein Tee, kein Wein steht bereit.«

»Wir sind nicht durstig.« Betont vorsichtig schloss Lorenzo selbst die Tür. »Unser Hereinplatzen hat hoffentlich kein Unglück verursacht.«

»Nein, nein. Hier vorn lasse ich nur Grundierungen herstellen. Dennoch muss jede Gelegenheit genutzt werden, um diesen Hüpfern etwas Disziplin einzutrichtern. Magnifizenz, darf ich Euch bitten, mir nach hinten ins Bronzestudio zu folgen.«

Er ging schon voraus, als Poliziano vernehmlich hüstelte. »Ist es meine mangelnde Würde, oder blendet die Erscheinung unseres Fürsten so sehr? Wirf einen Blick zurück in den Schatten, Andrea. Da wir von gleicher Statur sind, sollte es dir nicht schwer fallen, mich zu entdecken.«

»Verzeih.« Im ersten Moment wusste Verrocchio nicht, ob der Gelehrte scherzte. »Wie unhöflich von mir. Willkommen, Angelo.« Fahrig rückte er an der Brille und wandte sich wieder dem hohen Gast zu. »Heute Vormittag muss ich alleine zurechtkommen. Leonardo wollte längst hier sein, aber der läuft sicher wieder irgendeinem verschrumpelten Gesicht oder einer Buckligen nach. Pirschgänge nennt er dieses Herumstreunen, Motivsuche. Ich liebe ihn wie einen Sohn, aber manchmal würde ich mir etwas mehr Einsatz von ihm wünschen.« Mit dem Fuß stieß Andrea einen Hocker aus dem Weg. »Solange es nicht unmittelbar sein eigenes Werk betrifft, vernachlässigt der brillante Herr aus Vinci die Überwachung unserer Gehilfen. Und ich muss meine Augen überall zugleich haben: Bei den Knechten draußen am Brennofen. Bei den Lehrlingen, die nicht mal in der Lage sind, eine Gussform gründlich zu reinigen. Und außerdem bin ich stets auf dem Sprung, damit diese jungen Lämmerschwänze nicht auch noch Ball hier in der Halle spielen.«

»Du scheinst mir seit deiner Rückkehr aus Venedig wirklich überlastet.« Mitfühlend nickte Lorenzo. »Umso mehr bedaure ich, wenn wir dich nun auch noch belästigen.«

»Nein, bei allen Musen. So meinte ich es nicht, Ihr seid mir stets willkommen.«

Poliziano spitzte die Stimme: »Deine Klage diente also nur der Unterhaltung, wie gut zu wissen. Dennoch, warum gleich fünf Schüler in der Probeklasse, hätten nicht auch zwei genügt?«

»Mir ja, und davon wäre schon einer zu viel. Auch diese Idee stammt von Leonardo. Er hat die Knaben nicht nach Begabung, sondern nach Anmut ausgesucht, weil er einige Engelsgesichter um sich haben wollte. Zu Studienzwecken.«

»Eine elegante Umschreibung. Ich verstehe.« Kaum vernahm

Lorenzo den anzüglichen Unterton, gab er Angelo ein warnendes Zeichen, und der Gelehrte bohrte nicht weiter.

Auf dem Tisch im dritten Raum verhüllte ein dunkelblaues Laken die Überraschung. Meister Andrea bat seine Gäste, etwas Abstand zu halten, und achtete darauf, dass sie mit dem Tageslicht im Rücken keinen Schatten auf sein Kunstwerk warfen. Nun putzte er die Nase, reinigte mit einem Zipfel des Sacktuchs seine Brille und setzte sie wieder auf. »Niemand durfte den Stein aus Siena berühren. Ich selbst habe ihn zermahlen, mit Ton und Wasser zu Terracotta veredelt und diese dann in vielen Stunden zum neuen Leben erweckt. Und Ihr, Magnifizenz, habt mir bei der Schöpfung die Hand geführt.« Mit feierlicher Geste entfernte er das Laken. »Seht selbst.«

Lorenzo sog geräuschvoll den Atem ein. Unverwandt starrte er auf die Büste. Seine Unterlippe spannte sich, eine scharfe Falte wuchs von der Nasenwurzel schräg hinauf in die Stirn, bald ähnelte seine finster verknautschte Miene vollends dem Abbild, das der Meister erschaffen hatte. Neben ihm beschattete Poliziano die Augen, als müsse er angestrengt über den Sinngehalt des Kunstwerkes nachdenken.

Ehe das Schweigen sich zur Peinlichkeit auswuchs, bemerkte der Fürst: »Kopfbedeckung und Gewand sind treffend nachempfunden. Wie sich die Falten schmiegen. Auch das Haar, jede Strähne so täuschend echt…« Das Lob verlor sich in seinem Seufzer.

Den Meister aber verlangte es nach mehr. »Ohne unbescheiden zu sein, doch denke ich an Botticellis ›Anbetung der Könige‹ oder an irgendein anderes Gemälde meiner geschätzten Kollegen, auf dem Ihr abgebildet seid, so weiß ich keines, das Euch so lebensnah wiedergibt.«

»›Ungeschönt‹ wäre treffender«, murmelte Lorenzo.

»So ist es.« Selbst diese Aussage nahm der Künstler als Bestätigung. »Ja, das Modellieren wird mehr und mehr zu meiner Leidenschaft. Und ich bin dabei, die Technik weiter zu verfeinern. Terracotta, Wachs und Gips sind willige Werkstoffe und erlauben, jede Körperhaltung, jedes Mienenspiel festzuhalten.«

Der Förderer und Wohltäter aller großen Kunstschaffenden der Stadt löste den Blick von seinem Ebenbild. »Ich war in den vergangenen Wochen zu sehr mit anderen Dingen beschäftigt. Deshalb hilf meinem Gedächtnis: Habe ich diese Arbeit bei dir in Auftrag gegeben?«

»Aber nein. Ich wollte Euch damit überraschen. Die Büste ist ein Geschenk von mir.«

»Du beschämst mich, Andrea. Danke. Sehe ich sie künftig an, so kann ich getrost auf einen Spiegel verzichten.« Lorenzo zeigte sein Lächeln und erkundigte sich so sanft, wie es der grellen Stimme möglich war: »Hast du noch andere Arbeiten, die du mir zeigen möchtest?«

Diese Frage verunsicherte den Meister nun doch. Sollte seine Büste etwa keine Gnade gefunden haben? Schnell setzte Lorenzo hinzu: »Schließlich lebt ein Künstler vom Verkauf seiner Werke. Ich möchte nicht von hier fortgehen, ohne etwas zu erwerben.«

Also keine Kritik. Erleichtert führte Verrocchio ihn zum Arsenal zierlicher Bronzefiguren und Relieftafeln in einer Ecke des Raums. Stück für Stück nahm er zur Hand, und während er den Staub abwischte, pries er die Besonderheiten jeder Arbeit.

Poliziano schenkte ihm nur wenig Aufmerksamkeit; mehr gelangweilt ließ er den Blick über die Entwürfe an den Wänden und das vielfältige Durcheinander im Atelier schweifen. Lorenzo aber folgte höflich den Ausführungen. Mit einem Mal wurde seine Miene lebhaft. Zwei Bronzetafeln ließ er ins Licht stellen. Die eine zeigte den Kopf des Perserkönigs Darius im Profil, die andere den des großen Alexander. »Meisterlich. Ja, Andrea, in diesen Halbreliefs beweist du dein Genie. Nicht allein in der Wiedergabe der Persönlichkeiten, nein, auch in den unterschiedlichen Attributen. Helmschmuck, Rüstung und alles so filigran gearbeitet. Damit knüpfst du an deinen David an, den ich über die Maßen liebe.«

Sichtlich geschmeichelt gab Andrea das Lob zurück: »Magnifizenz. Euer geschultes Auge ist dem eines Künstlers ebenbürtig.«

»Nein, nein. Mir gibt man den Beinamen ›der Prächtige‹, nur eine Anrede und keine Würdigung persönlicher Fähigkeiten. Dich allein aber nennt man ›das wahre Auge‹. Ich möchte nie mit dir in Konkurrenz treten. Doch genug der Galanterie. Ich kaufe diese beiden Stücke. Und weiß auch schon, wem ich sie als Aufmerksamkeit verehre. Die Reise geht nach Ungarn. König Matthias Corvinus soll sich daran erfreuen. Deshalb sorge für eine stabile Verpackung.«

»Danke.« Verrocchio küsste die Hand seines Mäzens. »Ihr ahnt sicher, welchen Stolz ich empfinde, wenn mein Ruf über die Grenzen Italiens hinausgetragen wird.«

Aus der gegenüberliegenden Ecke des Ateliers meldete sich Poliziano: »Was verbirgt sich unter diesem Laken?«

Der Meister fuhr herum. »Das… nun, es sind Gipsabdrücke. Mehr nicht.«

»Darf ich?« Ohne die Erlaubnis abzuwarten und ehe Andrea bei ihm war, lüftete der Gelehrte das Tuch und stieß einen Pfiff aus. »Du bist äußerst fleißig.«

Fünf gleiche Gipsbüsten des Fürsten standen dort nebeneinander, nicht so sorgfältig ausgeführt wie die aus Terracotta, doch bemalt und lebensnah. Lorenzo rieb die platte Nasenspitze. »Was hast du vor, lieber Freund?«

In Erklärungsnot verhaspelten sich des Meisters Worte. Eine Bestellung… Nein, aufgrund der vielen Anfragen von Kirchen… Nein, wie sollte er es erklären… Endlich gab er zu, es waren Bitten der Freunde des Hauses Medici. Nach dem Attentat wollten diese zum Dank für die Errettung Seiner Magnifizenz ein Votivbild von ihm aufstellen. »So habe ich eine Abdruck-Form vom Original hergestellt und diese einige Male ausgegossen. Es ist nur Gips.«

»Und ein gutes Nebengeschäft«, bemerkte Poliziano voller Häme.

»Decke sie wieder ab.« Lorenzo schüttelte sich. »So vervielfältigt, erschreckt mich mein Anblick noch mehr.«

Gekicher und Schreie drangen vom ersten Raum der Halle herüber; dazwischen gab eine Männerstimme kurze Befehle, die den hellen Lärm noch steigerten.

»Leonardo ist eingetroffen.« Im ersten Moment war der Meister erlöst, nicht länger wegen der Gipskopien befragt zu werden, doch dann schüttelte er den Kopf. »Nun hält er die Schüler wieder von der Arbeit ab. Verzeiht, aber ich muss für Disziplin sorgen.«

»Nimm auf uns keine Rücksicht.« Lorenzo verließ bereits mit Poliziano den Ausstellungsraum. »Bisher hatte ich viel zu selten die Gelegenheit, mit deinem Meisterschüler einige Worte zu wechseln.«

»Geduldet Euch, Magnifizenz. Lasst mich erst ...« Verrocchio überholte die Herren, eilte voraus. Doch es war bereits zu spät.

Im Durchgang zum vordersten Raum stockte den Besuchern der Fuß: Mit dem Gesicht zur Werkbank standen die Knaben nebeneinander gereiht, jeder hatte das Kittelchen bis zum Hals hochgezogen. Leonardo ging wie ein Lehrer von einem zum nächsten, griff mit der Hand die schmalen Rücken ab, betastete die Pobacken, ehe er ins Fleisch kniff und spitze Schreie auslöste. »Jetzt streckt mir eure Ärsche hin. Wer gewinnt heute? Nur den schönsten zeichne ich.« Geübt in diesem Wettbewerb, bückten sich die fünf und wackelten kichernd mit den Hinterteilen. Der hoch gewachsene Maler in den hauteng geschneiderten Hosen, dem Hemd, das die breiten Schultern wie auch die Taille betonte, nahm Skizzenbrett und Kohlestift. Gerade hatte er sich für eines der dargebotenen Modelle entschieden, als Verrocchio zu ihm trat. »Lass dich in deiner Arbeit unterbrechen«, raunte er um Fassung bemüht. »Wir haben Besuch.«

»Nicht jetzt.« Geführt von leichter Hand und begleitet von dahingehauchten Pfiffen, strichelte der Stift über das Papier.

»Hoher Besuch. Bitte.«

»Gleich.« Nur kurz fuhr der mächtige Kopf auf und neigte sich wieder nach vorn, dabei folgte die goldfarbene Lockenmähne dem Schwung der Bewegung, ehe sie wieder auf Nacken und Schulterkragen zurückfiel. »Ist dir ein Geschäft gelungen? Hat sich die Störung wenigstens gelohnt, verehrter Meister?«

Verrocchio erblasste und blickte zum Fürsten der Stadt hinüber. Eine stumme Geste beruhigte ihn. Nicht verärgert, mehr überrascht und beinah belustigt nahm Lorenzo die Unhöflichkeit des jungen Künstlers hin.

»So, das wäre geschafft.« Leonardo trat einen Schritt vor, er stippte sein unter dem Hosenstoff deutlich ausgeprägtes Glied gegen die Kerbe des Knabenhinterns, ehe er beide Backen mit Kohlekreuzen markierte. »Du warst heute der Sieger. Und jetzt Schluss mit der Faulenzerei. Zurück an die Knochenarbeit.«

Schwungvoll wandte er sich Verrocchio zu. Kaum erkannte er über dessen Kopf hinweg, wer die Werkstatt beehrte, trat Leonardo einen Schritt zur Seite, dienerte in übertrieben höfischer Manier und spannte die geöffneten Lippen, als wolle er den Gästen sein makelloses Gebiss vorführen. »Die Macht und der Geist von Florenz. Welch ein Gleißen erhellt unsere düstere Halle. Magnifizenz und Poliziano, das unzertrennliche Gespann, seid von Herzen gegrüßt. Hätte ich es auch nur geahnt, nie wäre ich an diesem Morgen zu spät gekommen.«

Ohne Zögern zahlte Lorenzo im gleichen salbungsvollen Ton zurück: »Uns gewöhnliche Sterbliche kostet es oft Mühe, den Rausch der vergangenen Nacht zu überwinden. Wie ich aber feststelle, fällt es den Musensöhnen um vieles schwerer.«

Leonardo stutzte, sein Lächeln gefror. »Verzeiht, Magnifizenz. Nicht der Wein, es war der helle Morgen, der mich etwas übermütig gestimmt hat.«

Auch Poliziano ließ ihn nicht ungeschoren: »Nur der Neugierde halber: Wie wir hörten, hast du diese Knaben hier aufgenommen, um an deren Unschuld zu lernen.« Mit gestrecktem Finger wies er auf die gerade angefertigte Zeichnung. »Werden so die Engelsgesichter auf deinen künftigen Gemälden aussehen?«

»Auch Engel haben Ärsche, verehrter Poliziano. Diese werden zwar von euch Dichtern nie besungen, doch wir Maler bemühen uns sehr wohl um jenes kostbare Körperteil, und gerade Form und Ausstrahlung des nackten, jungen Fleisches wollen studiert sein.«

Darauf wusste der Gelehrte keine ebenso elegante Spitze zu setzen und zog es vor zu schweigen.

Lorenzo wechselte rasch das Thema und erkundigte sich, womit der Meisterschüler Andreas zur Zeit beschäftigt war.

»Wie viele Stunden wollt Ihr mir widmen?« Bevor die Frage erneut Unmut hervorrief, setzte Leonardo mit großem Ernst hinzu: »Vergebung, Herr, nur schwer kann ich darauf eine schlüssige Antwort geben. Mit Leidenschaft widme ich mich einer Arbeit. Kaum aber zeigen sich sichere Konturen, bedrängt mich schon eine neue Idee. Versteht Ihr? Ein Plan schiebt sich zu schnell über den anderen. Meine Neugierde zerreißt mich. Ihr wisst, mich beschäftigt die Anatomie ebenso wie die Botanik. Ich suche in der Mathematik nach Antworten auf die Formgebung, in der Physik nach Gesetzen für neue Maschinen …« Er brach ab, denn der Fürst nickte sichtlich gelang-

254

weilt. Ehe sich Lorenzo ganz von ihm abwandte, sagte er: »Mein Entwurf zum Bildnis des heiligen Hieronymus lohnt sich noch nicht zu zeigen. Ich habe aber ein Projekt entworfen, welches die wirtschaftliche Lage von Florenz entscheidend verbessern könnte.«

Der Medici hob die Brauen. »Deine Vielfalt scheint in der Tat keine Grenzen zu kennen. Weihe mich ein, so viel Zeit will ich dir gerne schenken.«

Leonardo eilte davon und kehrte alsbald mit einer Pergamentrolle zurück. Auf dem Fenstersims breitete er das Blatt aus. »Hier in der oberen Hälfte seht Ihr den derzeitigen Verlauf des Arno von Florenz bis zur Mündung. Dort im Hafen bei Pisa können unsere Waren erst auf Schiffe verladen werden. Wenn nun das Flussbett vertieft und so weit begradigt würde, dass zu jeder Jahreszeit eine Fahrrinne für Großsegler vorhanden ist, so wäre Florenz direkt mit dem offenen Meer verbunden und nicht mehr abhängig von Pisa. Das ist die Grundidee. Hier in der unteren Hälfte seht Ihr, wie solch ein Wasserweg anzulegen ist.«

Lange beugte sich Lorenzo über den Entwurf. »Diese Erläuterungen neben den Skizzen? Nicht ein Wort davon kann ich lesen.«

»Nur ein Schutz. Die Geheimschrift benutze ich, damit ein flüchtiger Betrachter nicht gleich meine Idee kopieren kann.« Leonardo schob sich näher an die Seite des Fürsten. »Doch gerne bin ich bereit, Euch einzuweihen.«

»Danke für dein Vertrauen.« Mit kurzem Blick auf die Ausbeulung der Hose neben seinem Ellbogen ergänzte Lorenzo: »Doch behalte das Geheimnis für dich. Die Skizzen genügen mir für den ersten Eindruck.« Nach einer Weile richtete er sich auf und nahm etwas Abstand. »Verblüffend. Hast du auch schon errechnet, was dieses Riesenwerk kostet?«

»Ich bin Maler, Architekt und Erfinder, Magnifizenz. Ihr aber der Herr über Macht und Geld …«

»Und als solcher muss ich dir mitteilen, dass der Stadtsäckel leer ist, leer gefressen von den Kriegsschulden. Doch hüte den Plan weiter so sorgsam, vielleicht kann er in besseren Zeiten ausgeführt werden. Bis dahin wünsche ich dir Schaffenskraft, um die Gemälde nicht nur zu beginnen, sondern auch fertig zu stellen.« Lorenzo lächelte dünn und zerrte am Halssaum seines Hemdes. »Damit dein Ruhm sich nicht allein auf die Teilansicht der Engel gründet.«

Abrupt ließ er den jungen Mann stehen, winkte Poliziano, und bereits in der geöffneten Tür, bedankte er sich bei Andrea Verrocchio für diesen aufschlussreichen Vormittag. Erst als sie den Hof überquert hatten, blieb der Medici aufatmend stehen. »Obwohl mich meine Nase vor Gerüchen bewahrt, so wurde mir in der Nähe dieses Herrn die Luft mit einem Mal zu schwül. Ja, ich verehre und liebe meine Künstler, indes möchte ich nur mit wenigen länger als nötig in einem Raum sein.«

Poliziano nahm die bunte Mütze ab und kratzte ausgiebig das struppige Haar. »Wem gibst du den Vorzug? Nein, nicht in der Einschätzung des Talents, ich meine, wessen Gegenwart erträgst du?«

»Botticelli. Unser dicker Sandro ist meinem Herzen am nächsten.«

Der Gelehrte bedeckte wieder den Kopf. »Sie ist einfach zu entschlüsseln.«

»Wovon redest du?«

»Leonardos Geheimschrift. Der Herr schreibt mit links und beginnt die Zeile von rechts. Betrachte sie im Spiegel, so steht jedes Wort richtig da.«

Lorenzo schnalzte mit den Fingern. »Diese Knabenliebe … War Leonardo vor einigen Jahren nicht in einen Prozess verwickelt?«

»Er war der Hauptbeschuldigte. Mit zwei befreundeten Malern war er angeklagt, einen Siebzehnjährigen in aller Rohheit vergewaltigt zu haben. Gut, das Opfer war ein stadtbekannter Prostituierter, jedoch starb er an den Folgen.«

»Richtig, jetzt erinnere ich mich wieder. Eine üble Geschichte.« Jäh betroffen ging Lorenzo weiter. »Aber der Prozess wurde niedergeschlagen.«

Mit sanftem Spott in der Stimme ergänzte der Gelehrte: »Dank fehlenden Zeugen und deiner Fürsprache.«

»Schweig. Nicht nur an den Straßenecken und in den Spelunken der Stadt, vor allem in den Werkstätten der Künstler wird zügellos dieser Lust gefrönt. Dies weiß ich so gut wie du. Im Verfall der Sitten gilt unser Florenz als Hochburg aller italienischen Staaten, auch das ist mir bewusst. Dagegen vorzugehen scheint zwecklos. Wer von uns kann behaupten, reinen Gewissens zu sein? Sag es mir. Du etwa, mein Freund, der sich nie mit Frauen einlässt?«

Poliziano schwieg, und Lorenzo blickte ihn von der Seite an. »Suche erst gar nicht nach einer Rechtfertigung im Lebenswandel der antiken Philosophen, schon gar nicht bei den Zynikern. Ich wollte deine Moral nicht infrage stellen.«

Am Ende der dunklen Gasse zwischen den Wohnhäusern erwartete sie die Leibgarde im Licht der Straße. Ehe die Herren aus dem Schatten traten, blieb Lorenzo noch einmal stehen. »Jede, selbst eine schlechte Moral gehorcht einem Gesetz. Und Leonardo hat sich damals über die Grenzen hinweggesetzt. Dies allein war verwerflich. Doch durfte ich zulassen, dass ein hoch begabter Künstler gleich zu Beginn seiner Karriere im Kerker zerbrochen wird? Denke an den knienden Engel, den er auf Verrocchios ›Taufe Christi‹ gemalt hat. Eine Zartheit spricht aus Körperhaltung und Gesichtszügen, die Andrea selbst kaum zustande gebracht hätte.«

»Von seinem Trieb aber scheint er nicht abzulassen.«

»Gewiss. Aber sollte er durch den Prozess gelernt haben, gewisse Grenzen nicht zu überschreiten, bin ich 's zufrieden. Im Übrigen trage ich mich seit vorhin mit dem Gedanken, ihn weiterzuempfehlen. Verrocchio an Venedig zu verlieren hätte mich geschmerzt, doch Leonardo da Vinci? Ich hänge nicht an ihm. Der Aufenthalt in einer anderen Stadt und bei anderen Gönnern wird ihm und uns vielleicht dienen.«

»Also doch«, seufzte Poliziano. »Mit der tiefen Falte auf deiner Stirn ähnelst du tatsächlich dem Geschenk des Meisters.«

»Erinnere mich nicht daran«, lachte Lorenzo und wies zur Straße. »Da vorn scheint die Sonne. Komm, der Frühlingstag wartet. Als Nächstes besuchen wir meinen Garten bei San Marco. Unsern Bildhauern fällt es nicht ein, von einer Marmorarbeit gleich mehrere Duplikate anzufertigen. Erst recht nicht, wenn das Modell so hässlich ist, wie ich es nun mal bin.«

Den Tag über hatte es hin und wieder geregnet; keine Sturzbäche, welche im Nu die Straßen menschenleer spülten, sondern warme Schauer, denen Kinder das Gesicht entgegenreckten und die Maitropfen mit der Zunge auffingen oder sich an den nassen Haaren zogen, um schneller zu wachsen.

Gegen Abend klopfte der Kammerdiener Filippo Strozzis an der Tür des Schneiderhauses. »Ich soll die junge Herrin abholen.«

Mutter Belconi ahnte nichts, weder von Laodomias Entschluss, geschweige denn von dem ersten Schritt, der ihr heute bevorstand. »Bleibe nicht zu lange«, mahnte Violante kurzatmig. »Das schickt sich nicht. Dein Onkel ist ein sehr beschäftigter Bankherr. Nach dem Essen unterhältst du ihn noch ein wenig und lässt dich bald wieder zurückbringen. Und sei nachher leise, damit unser Raffaele nicht aufwacht.« Mehr fiel ihr in der Eile nicht ein. Wie eine besorgte Glucke überließ sie dem Diener die Schwiegertochter, schöpfte aber gleich neuen Atem und rief ihr nach: »Sei gefällig und aufmerksam. Beklage dich nicht bei dem Onkel, erzähle nur Angenehmes. So gehört sich das, Kindchen.«

Laodomia blickte sich nicht um. Wie ich diese Ratschläge hasse, dachte sie, allein schon deswegen muss ich weg von hier. Sie trug das Witwenkleid, ihr schwarzes Kopftuch und den Gesichtsschleier. Besonders aufreizend sehe ich nicht aus. Warum auch? Der Onkel will mich schließlich nicht zu einem Ball ausführen, sondern … Heftig blies Laodomia gegen den dünnen Stoff vor ihrem Mund. Hör auf, daran zu denken. Du bist gewaschen, riechst nach dem Lavendelöl deiner Schwiegermutter und wirst es schon überleben.

Auf der Arnobrücke bewunderte sie den Abendhimmel. Die sinkende Sonne verzierte einige dunkle Wolkenballen mit einem rotgoldenen Rand. »Solche Bettkissen würden mir gefallen«, seufzte sie vor sich hin.

Der Begleiter wandte den Kopf: »Habt Ihr etwas vergessen, Signora? Möchtet Ihr noch einmal umkehren? Allerdings liebt mein Herr keine Verspätung.«

»Nein, schon gut.« Das Gesicht kenne ich noch nicht, dachte sie. Ziemlich eingebildet, dieser Lakai, fehlt nur noch, dass er sich nach jedem Satz den Mund abwischt.

258

Vor dem Palazzo spürte Laodomia das Herz schlagen, und kaum hatte der Diener mit ihr die erleuchtete Eingangshalle betreten, nahm sie ihn beiseite: »Ehe du mich Signore Filippo ankündigst, muss ich kurz mit Petruschka sprechen.«

»Das wird nicht möglich sein.« Ohne eine Miene zu verziehen, fuhr er fort: »Außer meiner Wenigkeit darf kein Personal heute Abend im Hause ungerufen herumgehen. So lautet der strikte Befehl. Auch die Kinder sind schon längst in der Obhut ihrer Ammen, und der junge Herr Alfonso stattet Freunden einen Besuch ab.«

»Wo ist sie? Verdammt, rede schon.«

»Die Sklavin Petruschka musste das Essen oben bereitstellen. Mir ist nur bekannt, dass sie noch zur Kirche und hernach zu Bett gehen wollte. Solange Ihr da seid, möchte unser Herr nicht gestört werden.« Er wies zur Marmortreppe. »Und jetzt folgt mir, bitte.«

»So, so. Keine Störung also.« Laodomia zögerte und nestelte am Gesichtsschleier. Seit dem Picknick hatte sie die Freundin nicht getroffen und keine Zeit gefunden, ihr von der Abmachung mit dem Onkel zu berichten. O verflucht, seufzte sie stumm, was wird Petruschka von mir denken? Wenigstens erklärt hätte ich es ihr gerne. Und zwar vorher und nicht nachher.

»Signora, bitte.«

»Treib nicht so, Kerl«, fauchte sie. »Ich komm ja schon.«

Betont langsam stieg sie die Treppe hinauf. Im ersten Stockwerk bog der Lakai nicht nach rechts zu den Kinder- und Frauengemächern ab; er führte Laodomia in den linken Flur. Diesen Trakt hatte sie damals nie betreten, auch nicht nach dem Tode ihrer Tante Fiametta, als sie die Pflichten der Hausfrau übernehmen musste. Teppiche verschluckten die Schritte. Beim schwachen Schein der Öllichter blinkte hier und da ein Gelb in den Wandgemälden auf.

Das Anklopfen erschreckte Laodomia. Von drinnen hörte sie den Onkel rufen: »Was gibt es?«

»Signora Belconi. Eure Nichte, Herr. Wie Ihr befohlen habt.«

»Dann lass sie eintreten.«

Nur einen Spalt öffnete der Kammerdiener. »Signora.« Er verbeugte sich steif, als sie an ihm vorbeiging. »Ich wünsche einen schönen Abend«, sagte er und zog die Klinke hinter ihr ins Schloss.

Wortlos lehnte sich Laodomia mit dem Rücken ans Türblatt. Das Herz klopfte im Hals, viel zu rasch ging der Atem. Ihr Blick wurde von dem breiten Bett angesogen, weiche Felle umgaben es. Rechts und links brannten Kerzen auf hohen Marmorsockeln. An den Stützen des purpurfarbenen Baldachins bauschten sich zurückgebundene Seidenvorhänge. Kissen lagen verstreut über dem weißen Laken. Eine Decke fehlt, dachte sie erschreckt, womit soll ich mich denn zudecken?

»Nun, gefällt dir meine bescheidene Behausung?« Filippo lehnte im Sessel nahe des Kaminfeuers mit einem Buch auf den Knien.

»Ich … ich habe mich noch nicht richtig umgesehen.«

»Lass dir Zeit, meine Königin«, bat er sanft und blätterte eine Seite um.

Seine Ruhe verunsicherte Laodomia noch mehr. Warum war er nicht gleich bei ihrem Eintreten aufgesprungen und hatte sie mit ›Nichte, schöne Nichte‹ begrüßt? So kannte sie ihn, dann wäre ihr wohler. Aber einfach nur dasitzen und lesen?

Der Abend fängt ja gut an, dachte sie und stieß sich von der Tür ab. Jetzt nicht stolpern, renn auch nicht wie ein aufgeregtes Huhn. Sie bemühte sich, langsam durchs Schlafgemach zu schlendern. Aus den Augenwinkeln nahm sie nur flüchtig den mehrteiligen Wandschirm in der linken Raumecke wahr, denn drei nackte Schönheiten mit vollen Brüsten und weißen Schenkeln lockten den Blick. Sie spielten auf dem größten der Bilder ungeniert miteinander beim Bade. Wer der Maler war, fiel Laodomia nicht ein. Gleich daneben starrte aus dem silbergefassten Spiegel eine schwarz gekleidete Frau sie an. O Madonna, wie sehe ich bloß aus!, dachte sie und wandte rasch den Kopf zur Seite. Im Schlafgemach schwang schwerer Duft. War es Weihrauch oder Moschus? Auch das vermochte sie jetzt nicht herauszufinden. Rundum an den Wänden flackerten Kerzen; auf dem gedeckten Tisch unter dem Fenster strahlte ein siebenarmiger Leuchter zwischen Brotkorb und Schüsseln. Vielleicht entströmte dem brennenden Wachs dieser Geruch? Als sie den Onkel fast erreicht hatte, gestand sie: »Du hast es sehr gemütlich hier.«

Filippo legte das Buch beiseite. »Dante. Beim Lesen seiner Verse kann ich den Alltag abschütteln.« Mit Elan erhob er sich und kam ihr die letzten Schritte entgegen; sein dunkler Hausmantel fiel bis zu den Knöcheln und wurde in der Taille von einer gelben Schärpe fest geschlossen. »Kennst du den Dichter?«

»Als Mädchen habe ich viel von ihm gehört«, sagte sie und dachte, mein pickeliger, hässlicher Girolamo, wie gut, dass du mir in Ferrara von Fenster zu Fenster deine Ständchen gesungen hast. Wie mag es dir inzwischen ergehen? O Himmel, es war gar nicht Dante, die Canzones waren von Petrarca; auch egal, ich darf mich nur nicht verraten.

Filippo nahm ihren Arm. »Du bist so abwesend.«

»Verzeih. Ich versuchte mich nur zu erinnern, bei welcher Gelegenheit ich zum ersten Mal die Verse Dantes kennen gelernt habe.«

Er geleitete sie zum Tisch. »Auf ein üppiges Mahl habe ich verzichtet. Aber kandierte Hühnerbrust mit Ingwerstücken und Pastete vom Hirsch werden uns sättigen. Dazu gibt es Malvasier – ein erlesener Wein für besondere Gelegenheiten – und nachher … Nun, deine Freundin hat uns genug zur Auswahl aufgetischt.« Filippo blieb hinter ihrer Stuhllehne stehen. »Darf ich?« Mit leichtem Griff lüftete er den Gesichtsschleier und befreite sie gleichzeitig vom schwarzen Kopftuch. »Lass mich dein offenes Haar sehen. Bitte.«

Während er einschenkte und sich setzte, löste Laodomia die Steckkämme. Sanft wellten die Locken über Nacken und Schultern.

»Dieser Anblick beschenkt mich.« Er hob den Pokal. »Auf unsere neue Freundschaft.«

Im ersten Moment wollte sie ihm ebenso höflich antworten, doch dann nippte sie gleich vom Wein; er schmeckte, und so nahm sie noch zwei große Schlucke hinterher. Um die innere Unruhe zu besiegen, ging sie ihn direkt an: »Was hast du vor, Onkel? Ich dachte, wir essen etwas, und danach … Ach, egal. In jedem Fall bist du so anders heute, so feierlich, als wären wir hier in der Kirche.«

Filippo trocknete mit einem Fingerstrich den Lippenbart. »Ganz falsch ist der Gedanke nicht. Auch eine Messe steigert sich langsam bis zum heiligsten Moment.«

»Und dieser Dante gehört dazu?« Laodomia rundete die Lippen. »Da fällt mir ein, du hast sie vorhin gar nicht aufgehabt.«

»Wen?«

»Na, deine Brille! Oder benötigst du sie bei Dante nicht?«

»Unterlasse den Spott.« Er spießte mit dem Messer eine Hühnerbrust aus der Schüssel und biss hinein, kaute heftig und schluckte und nahm für den zweiten Bissen die Finger zu Hilfe.

»Verzeih, Onkel. Ich wollte dich nicht kränken.« Ohne Appetit kostete sie von den Ingwerstücken; die Schärfe erhitzte ihren Gaumen, und schnell mussten einige Schlucke Malvasier helfen, den Brand zu löschen. »Viel weiß ich nicht von diesem Dichter. Vielleicht könntest du mir etwas von ihm erzählen?«

»War das eine ehrlich gemeinte Bitte?«

Sie nickte, sah ihn unter halb gesenkten Wimpern erwartungsvoll an, und seine Miene entspannte sich. »Dante Alighieri. Heute feiern wir ihn als Sohn unserer Stadt. Damals aber haben wir ihn mit Schimpf und Schmähungen davongejagt.«

»Wir? Wen meinst du damit?«

Diese Frage überzeugte Filippo nun ganz von ihrem Interesse. »Unsere Vorfahren. Meine bezaubernde Nichte, der größte Dichter Italiens ist schon seit mehr als zweihundert Jahren tot.« Er langte nach dem nächsten Bruststück. Zwischen den Bissen unterrichtete er seine Schülerin vom Leben und Wirken Dante Alighieris, der nicht nur als Dichter geglänzt, sondern vor seiner Verbannung sogar politische Ämter in seiner Heimatstadt mit Erfolg bekleidet hatte. Mehr und mehr gespannt hörte Laodomia zu. Als der Onkel mit erhobener Stimme einige Verse aus ›La vita nuova‹ zitierte, wurde sie wieder an Girolamo Savonarola im Nachbarhaus erinnert. Wie hölzern jedoch klangen damals die Texte, verglichen mit dem Vortrag heute Abend. Mir wird ganz warm dabei, dachte sie.

»… schön schuf Natur sie, so wie keine mehr,
an ihr bewährt sich Schönheit im Vergleiche.
Aus ihren Augen blickt sie nach uns her,
entfliegen Liebesgeister, flammengleiche,
die blitzend ringsum alle Augen zünden,
und jeder weiß das tiefste Herz zu finden;
die Liebe weilt im Lächeln meiner Frauen,
darum kann keiner ihr ins Antlitz schauen.«

Filippo beugte sich über den Tisch und legte die Hand über Laodomias Hand. »So beschrieb Dante seine Geliebte. Er war gerade neun Jahre alt, als er Beatrice zum ersten Mal sah. Beim Kirchgang, in einem Kleidchen, weiß wie Alabaster.« Versonnen zupfte er an den seidigen Haaren auf ihrem Unterarm. »Von diesem Augenblick an hat er das Mädchen angebetet. Nie, auch nicht später, fanden sie zusammen. Ihre Blicke trafen sich im Vorübergehen oder in der kleinen Kapelle unterhalb des Doms. So verzehrte sich Dante nach Beatrice, bis sie starb. Er verherrlichte die Geliebte in seinen Versen, mehr durfte er nicht.« Filippo erhob sich. »Wie viel besser ergeht es doch mir. Auch ich verlor mein Herz an dich, gleich bei unserer ersten Begegnung. Von da an habe ich mich gesehnt und musste warten, vier lange Jahre, bis zu diesem Abend.«

Jedes seiner Worte zerschmolz in Laodomia, noch nie hatte ein Mann so zu ihr gesprochen. »Manchmal dachte ich schon …«

»Nein, sage jetzt nichts.« Er zog sie sanft vom Stuhl. »Komm nur mit, und erlöse mich aus der Qual.«

»Gerne, Onkel.« Ohne Zögern ging Laodomia vor ihm her. Ich habe ihn verkannt, dachte sie, kein Lüstling, kein nüchterner Geschäftsmann, in Wahrheit ist er ein armer, einsamer Mensch und so edel, weil er mich nie bedrängt hat. Noch im Gehen löste sie bereits die Halsschleife ihres Kleides.

»Was tust du da?«

»Ich ziehe mich aus.«

Filippo schüttelte den Kopf. »Doch nicht du selbst. Das ist meine schönste Pflicht.« Er führte sie zu einem der Marmorleuchter. »Stell dich ins Licht. Und gib mir Zeit.«

Mit den Fingerkuppen scheitelte er die Locken aus ihrer Stirn, berührte leicht die Wimpern und ihre Nasenspitze und fuhr dem Bogen der Lippen nach, bedachte das Kinn, ehe seine Hände den Hals hinunterglitten.

Nur schwach spürte Laodomia das Zupfen an den Schleifenbändern. Als er das Kleid bis zur Hüfte geöffnet hatte, klappte er die linke Hälfte auf, umkreiste mit dem Finger den festen Hügel und befreite ihre andere Brust. Filippo trat zurück.

Sein Blick verursachte ein Kribbeln in ihrem Schoß; gleichzeitig

263

fühlte Laodomia, wie sich die Knospen auf den Busenkränzen zusammenzogen und sie jäh eine Gänsehaut befiel.

»Ist dir kühl?«, fragte er mit dunkler Stimme.

»Ich weiß nicht.«

»Aber ich sehe es doch. Warte, ich wärme dich.« Filippo beugte sich vor und behauchte beide Hügelspitzen, sank vor ihr auf die Knie und blies lauen Atem in den Nabel, dabei öffnete er die unteren Schlaufen des Kleides und bat: »Dreh dich um, schöne Nichte.«

Laodomia gehorchte; sie unterstützte ihn, während er ihr den Stoff von Schultern und Armen streifte. »Bleibe so.« Das Unterkleid glitt von den Hüften hinunter bis zu den Knöcheln. Nacheinander hob er einen ihrer Füße, die Stiefel fielen, und er warf das Wäschestück daneben.

Sie zitterte, als seine Hände an den Innenseiten der Beine langsam nach oben strichen, kurz im Schluss der Schenkel verweilten und mit einem Mal kraftvoll ihren Hintern umschlossen, das Fleisch kneteten, schließlich die Backen auseinander zogen und ein Finger auf und ab durch die Kerbe strich.

Ganz gleich was er vorhat, dachte sie, nur aufhören soll er damit nicht.

Ohne die Hände von ihrem Körper zu lösen, kehrte Filippo sie wieder um. Voller Begierde sah er zu ihr auf. »Nach diesem Anblick habe ich mich gesehnt. Vor mir das Tal, dann der sanfte Bauchhügel, und über allem wacht ein starkes Zwillingspaar. Wie gut, dass ich für Raffaele eine Milchamme bestellt hatte. Deine Brüste mussten nichts von ihrer Schönheit einbüßen.« Mit dem Gesicht näherte er sich ihrem Schoß und drückte Nase und Mund ins Haarvlies, sog den Duft ein und suchte weiter und verharrte niemals lange an derselben Stelle.

Laodomia öffnete die Lippen, schneller ging ihr Atem, sie streichelte seinen Kopf; ihn fester an sich zu pressen wagte sie nicht.

Endlich hatte Filippo genug gekostet und erhob sich. »Setze dich aufs Bett.« Schweiß glänzte in seinem Gesicht. Dicht vor ihren Knien blieb er stehen, legte die Schärpe ab, und beinah verlegen zog er den Hausmantel leicht auseinander.

Laodomia starrte auf seine Mitte. Eine blaurot schimmernde Kuppe ragte aus den Seidenfalten, vom Schaft erkannte sie nur ein Stück.

»Du darfst dich jetzt nicht erschrecken«, bat er mit heiserer Stimme und öffnete den Mantel ganz.

Furchtsam zog sie sich etwas weiter ins Bett zurück. Was trägt der Onkel da für eine Lanze vor sich her?, dachte sie. Damit spießt er mich nicht nur auf, damit durchbohrt er mich ganz. O verflucht, und ich habe geglaubt, kein Männerschwanz könnte größer werden als der von Enzio …

»Habe keine Angst.« Filippo streckte sich neben ihr auf dem Rücken aus. »Nun gib mir deine Hand.«

Laodomia zögerte, doch mit sanfter Gewalt führte er ihre Finger und schloss sie selbst um den hochgereckten Stamm. »Lerne ihn erst kennen, Liebste.«

Ohne hinzusehen, fühlte sie die Hitze, das Pochen, fester drückte sie zu und lockerte den Griff wieder etwas und schob die Haut auf und ab. Hart und doch weich, dachte sie verwundert. Weder früher bei den Brüdern noch in den kurzen Lustmomenten mit Enzio hatte sie Gelegenheit gefunden, den Stolz eines Mannes genauer zu untersuchen. Aber der Onkel verlangte es sogar.

Die anfängliche Furcht wich der Neugierde. Laodomia rutschte näher an ihn heran und betrachtete den Penis. Wie ein knorriger Stock mit prallem Knauf, stellte sie halb belustigt fest, und einen Mund hat er auch. Ja, der lächelt sogar. Sie ließ den mächtigen Schaft hin und her wippen. Nein, das ist doch eine Lanze, aber mit einer grinsenden Kastanie auf der Spitze …

»Genug jetzt.« Filippo bog ihr Handgelenk zur Seite, küsste die Finger und von dort ein Stück weit ihren Arm hinauf. Langsam drückte er Laodomia rücklings auf das Laken und beugte sich über ihr Gesicht. Sie spürte das Kratzen des Bartes, vergaß es gleich wieder, denn in jähem Aufwallen verlangte sie nach dem Kuss, umarmte seinen Kopf und wühlte im Haar. Als sie wieder zu Atem kam, lag er auf ihr; den Oberkörper hochgestützt, drängte er mit dem Knie ihre Schenkel auseinander. »Nicht«, flüsterte Laodomia, »du bist zu groß. Bitte nicht.«

»Er ist kein Feind. Er ist dein Freund«, beschwichtigte Filippo. »Hab Vertrauen. Ich weiß mit ihm umzugehen.«

Laodomia wollte ihm glauben und presste die Lider zusammen.

Erst fühlte sie nur leichtes Stoßen, wie das Anklopfen gegen ein Tor. Es wiederholte sich, bis ihr die Berührung willkommen war und sie dem Besucher die Schenkel weiter öffnete. Der Gast stürzte nicht gleich bis ins Innere der Höhle, er tastete sich behutsam vor und zog sich oft bis zur Pforte hinaus, und kehrte er zurück, drang er ein Stück tiefer ein.

Laodomia empfand keinen Schmerz, Wärme füllte ihren Schoß, gleichzeitig begann wie von weit her ein nie gekanntes Beben. Sie drängte dem Fremden entgegen, keuchte, unterstützte sein Stoßen. Haltlos erzitterte ihr Leib, alles in ihr krampfte sich zusammen; sie hörte Filippo keuchen und stammeln, folgte dem Takt, schneller, heftiger. Körper und Kopf drohten zu zerspringen; Laodomia musste schreien, schrie lange, bis der Schrei sie auflöste.

Verwundert öffnete sie die Augen und sah auf den Mund über ihr. »Ich bin gestorben«, flüsterte sie. »Aber der Tod war schöner als das Leben.«

»Magst du dich ausruhen?« Filippo stützte sich mit den Armen hoch. »So kannst du freier atmen.« Als er behutsam den Gast zurücknahm und ihm ihre Wärme nachfloss, umklammerte sie seinen Nacken. »Bleib. Bitte bleib.« Laodomia hob und senkte den Unterleib, gab die Lanze nicht frei und bestimmte selbst den Rhythmus. Der Schwanz gehorcht jetzt mir, dachte sie und ließ ihn hart eindringen und langsam hinausgleiten. Dem Machtgefühl folgte rasch erneutes Zittern; es entstand tief in ihrem Schoß, wuchs an und erfasste wieder den ganzen Körper. »Onkel! Hilf mir!« Ob er sie erhörte, merkte Laodomia nicht mehr, viel zu heftig war ihr Kampf. Als die Entscheidung nahte, umklammerte sie den Gegner mit den Beinen, stieß Wehrufe und Jauchzer aus und wimmerte nach dem Sieg vor sich hin.

Das Keuchen weckte sie. Beinah gewaltsam befreite sich der Onkel aus der Fessel ihrer Schenkel. Laodomia sah, wie er kniend mit der Hand heftig den Schaft der Lanze rieb und jäh den Rücken durchbog. Aus der blauroten Kuppe schoss eine Fontäne und traf sie warm zwischen den Brüsten. Stoßweise folgten weitere; als müsse er sich von einer furchtbaren Qual befreien, stammelte er ihren Namen, bis alles Leid ihn verlassen hatte. Erschöpft sank er neben ihr auf die Matratze.

Laodomia horchte auf seinen Atem. Er lebt, dachte sie, auch ich lebe noch. Was ist nur mit uns geschehen? Sie tastete nach dem Saft und verrieb ihn wie eine Salbe auf ihren Brüsten, verteilte ihn über dem Bauch. Mit Enzio habe ich dieses Gefühl nie erlebt. Ich glaube, jetzt erst bin ich eine Frau. Sie rollte sich zur Seite, schob ein Bein über seine Hüfte und schmiegte das Gesicht an seine Brust. »Danke, Freund, du lieber Freund.«

Er seufzte tief, dann setzte er sich auf, und nach einem Räuspern sagte er: »Kostbar. Du bist jede Sünde wert.«

Laodomia erschrak bei dem nüchternen Ton, verzieh ihm sofort und suchte seine Hand. »Was meinst du damit?«

»Ein Edelstein. Noch ungeschliffen. Ich bin aber überzeugt, von Mal zu Mal vermag ich ihm noch viele Facetten zu geben.«

Sie krauste die Stirn. »Nun verstehe ich überhaupt nichts mehr. Ich dachte, wir …«

»Still.« Mit dem Finger verschloss er ihre Lippen und flüsterte: »Vergiss, was ich gesagt habe. Ich wusste nur nicht, wie ich mein Glück ausdrücken sollte. Geliebte Nichte, Freundin. Auf uns wartet eine wunderbare Zeit, von der wir heute nur den Anfang kennen lernen durften.« Fest drückte er sie an sich, küsste ihr Haar, die Augen und die Nasenspitze. »Aber jetzt mahnt die Vernunft.« Seine Hand ließ ihre Brüste schaukeln. »Wie gerne würde ich neben diesen Früchten einschlafen und nach ihnen greifen, sobald es mich wieder hungert. Doch du musst leider gehen. Wir dürfen deine Schwiegereltern nicht beunruhigen.«

»Warum? Mir ist völlig gleich, was sie sagen.«

»Ach, Nichte, schöne Nichte. Morgen schon denkst du anders darüber.«

Filippo stieg aus dem Bett und legte den Hausmantel um. Während er die gelbe Schärpe schloss, warnte er: »Unser Geheimnis darf nicht zum Stadtgespräch werden. Nur so können wir es mit aller Lust genießen. Auch nachdem du das Schneiderhaus verlassen und unten im Palazzo deinen Geschäftsraum bezogen hast, musst du den Anschein wahren.«

Laodomia fühlte Tränen aufsteigen. Was soll das Geheule, schimpfte sie still dagegen an, der Onkel hat Recht. Schnell verließ sie das Bett. »Bitte. Ehe ich mich wieder als Witwe verkleide, bitte küss mich noch einmal.«

Er schloss sie in die Arme, drückte ihr sanft seinen Lippenbart auf den Mund, und kaum spürte sie die Hand den Rücken hinuntergleiten, durchströmte wieder Wärme ihren Schoß. »Ich werde Acht geben«, versprach sie und dachte, schon allein, weil ich dieses Gefühl nie mehr entbehren will.

Mit Stiefeln und Kleidungsstücken in der Hand ging Laodomia zum Wandschirm hinüber. Auf dem Weg begegnete sie sich im Spiegel: Die Locken waren zerwühlt, das Gesicht glühte, doch sie bestaunte das Bild. Jedes Wort, was der Onkel über meinen Körper gesagt hat, stimmt. Ich bin wirklich eine schöne Frau. Hinter dem stoffbespannten Gestell stand auf einem kleinen Tisch die Wasserschüssel und darunter ein goldgeranderter Nachttopf. An einem silbernen Reck hingen Bürsten und Kämme, sogar eine Kratzhand mit langem, dünnem Arm aus Elfenbein. »Vornehm, vornehm«, flüsterte sie und wusch nur flüchtig über Bauch und Brüste. Das musste genügen. Der Unterrock ließ sich mühsamer über die Hüfte ziehen als am Nachmittag. »Kaum zu glauben, aber ich muss etwas breiter geworden sein.« Die Erkenntnis begleitete ein wohliger Seufzer. Lästig waren ihr die vielen Schnürbänder des Kleides. Während Laodomia noch an den letzten Schleifen band, trat sie wieder hinter dem Schirm vor.

Filippo saß im Lehnstuhl nahe des Kaminfeuers und blickte ihr entgegen. »Ganz gleich, womit du dich in Zukunft verhüllen wirst, ich werde durch jeden Stoff hindurchsehen können.«

»Schmeicheln verstehst du ebenso gut wie … Na ja, du weißt schon.« Laodomia unterdrückte den Wunsch, ihn zu umarmen, und bückte sich nach ihrem Schal.

Warum die Locken flechten? Kurz entschlossen raffte sie das Haar zusammen und verbarg es unter dem Kopftuch, und kaum war der Gesichtsschleier befestigt, sagte sie artig: »Guten Tag, Onkel. Ich danke dir für deine Einladung.«

Filippo hob die Brauen. »Irrst du dich nicht?«

»Nein, nein. Der Kammerdiener hat mich gerade zu dir gebracht.«

»Aber …?«

Leise lachte Laodomia. »Ich wünschte, wir könnten den Abend jetzt erst beginnen, Onkel. Noch einmal so genießen.«

Er sprang auf. »Meine geliebte Nichte. Glaube mir, auch ich sehne mich jetzt schon danach«, sagte er und legte den Arm um ihre Schulter, so führte er sie durchs Schlafgemach. »Der Vertrag ist bereits aufgesetzt. In den nächsten Tagen werde ich deine Schwiegereltern zu mir ins Kontor bitten und ihnen die Unterschrift abverlangen. Sie werden sich fügen müssen.«

Die Wirklichkeit holte Laodomia ein. »Daran habe ich gar nicht mehr gedacht.«

»Gut so, denn dein Onkel sorgt ja für dich. Warte.« Neben der Tür zog er an einer geflochtenen Samtkordel. Draußen schlug die Glocke. Nach wenigen Augenblicken hörte Laodomia das Klopfen, wollte noch eine Zärtlichkeit, doch er öffnete gleich: »Begleite die Signora nach Hause.« Sein Ton war kühl und bestimmt. »Nimm zu ihrer Sicherheit einen zweiten Knecht mit.«

Er ließ sie erst hinaustreten, ehe er galant ihre Hand küsste. »Es war mir eine Freude, dich bewirten zu dürfen. Lebe wohl, und grüße deine Schwiegereltern von mir.«

So rasch wie er vermochte Laodomia nicht in die alte Rolle zu schlüpfen. Sie nickte, suchte noch nach einem Abschiedswort, da schloss er bereits die Tür.

»Darf ich vorgehen, Signora.«

Tiefe Stille herrschte im Flur; der Teppich verschluckte die Schritte; auf den Marmorstufen störte das Klacken der Stiefelabsätze für einen kurzen Moment die Nachtruhe, und unten in der Halle bat der Knecht: »Bitte geduldet Euch. Ich besorge nur Fackeln und eine Verstärkung.«

Laodomia starrte versonnen die schwach beleuchtete Treppe an. Unvermittelt erinnerte sie sich an den Morgen vor dem Attentat. Zufällig war ihr der Onkel dort oben begegnet. Er hatte sie wie eine Königin hinuntergeleitet und ihr genau an dieser Stelle, wo sie jetzt stand, den ersten Kuss gegeben. »Es wird sich für uns eine Lösung finden«, sagte er damals. Nun, auch wenn es lange gedauert hat, dachte sie, er hat Recht behalten.

Aus dem Gesindetrakt kehrte der Lakai zurück; ihm folgte ein großer Kerl, der die Kapuze tief ins Gesicht gezogen hatte. Nichts Ungewöhnliches fiel Laodomia auf, gedankenverloren ging sie ihnen nach. Draußen entzündeten die beiden an einer der Blendlaternen neben dem Eichenportal ihre Fackeln. Immer noch schöpfte Laodomia keinen Verdacht, obwohl der Kammerdiener nur einen leichten Überwurf trug, der zweite Mann sich aber wie im Winter vermummt hatte. Die Luft roch frisch, über den Dächern glitzerten Sterne, und eine wohlige Müdigkeit befiel sie.

Nahe der Arnobrücke vergrößerte der Kammerdiener unvermittelt den Abstand zu ihr, während sein Begleiter die Fackel hochhielt und wartete, bis Laodomia mit ihm auf gleicher Höhe war. »Ich will nur eins wissen: Hat er dir wehgetan?« Die Stimme traf ins Herz.

»Petruschka!«

»Nicht so laut, Kleines. Hat er oder nicht?«

»Aber der Diener sagte doch, du wärst ins Bett gegangen.«

»Konnte nicht schlafen. Hab die ganze Zeit aufgepasst.«

»Aber wieso bist du jetzt hier?«

»Eine Ohrfeige hat den Wicht da vorne überredet.«

Laodomia schob ihre Hand in die Hand der Freundin. »Ich wollte vorher mit dir reden, aber dazu war keine Gelegenheit.«

»Wusste ja, dass du kommst. Vom Herrn selbst, als ich Essen und Wein raufgebracht habe.« Das ›R‹ rollte auf ihrer Zunge. »Runtergerissen hab ich das alte Laken von der Matratze und ein frisches aufgelegt. Wenigstens sauber solltest du 's haben.«

»Nein. Er hat mir nicht wehgetan.« Laodomia verschränkte ihrer Finger mit denen der Freundin. »Filippo war sanft, und ich bin glücklich gewesen wie noch nie.«

»Der Madonna sei Dank. Als ich dich schreien hörte, wäre ich beinah raufgekommen.«

»Solche Sorgen hast du dir gemacht?«

»Ach, mein Kleines, so lange bin ich schon im Palazzo. Glaubst du, ich weiß nicht, was der Herr da vor sich herträgt? Die arme Fiametta musste am Anfang zwei Tage im Bett bleiben. Und vielen von seinen Geliebten ist der Pfahl auch nicht gut bekommen.«

»Mir schon.«

Schweigend schritten die Frauen nebeneinander her. Manchmal

spürte Laodomia am Druck der Hand, wie heftig die Freundin nachdachte. Kurz vor dem Ziel blieb Petruschka stehen. »Der Herr spielt vielleicht nur mit dir. Mein Herz aber meint es ehrlich. Das wollt ich nur sagen.«

»Weißt du«, Laodomia lehnte die Stirn gegen ihre Seite. »Hingegangen bin ich, weil ich sonst … Also, es war eine Abmachung, wegen des Gewürzladens. Aber jetzt … Begreifst du?«

»Nicht ganz. Erklär es mir später, dann versteh ich es besser. Lauf jetzt, mein Kleines.«

Der Kammerdiener wartete bereits vor dem Eingang. Wortlos eilte Laodomia hinüber und bat ihn, mit ihr ums Haus zu gehen. Er leuchtete, bis sie den Schlüssel aus dem Versteck genommen und die Hoftür aufgeschlossen hatte. »Danke«, flüsterte Laodomia. »Gute Nacht.«

In der Küche nahm sie den Schleier ab, entzündete eine Kerze und schlich durch den Flur zur Treppe. Die Bohlen knarrten. Nach einigen Stufen hörte sie mit einem Mal das Klacken von Holzpantinen im ersten Stock. Ein Lichtschimmer drang aus dem Schlafraum der Schwiegereltern, er wurde größer, und dann stand Mutter Belconi auf dem Stiegenabsatz. Sie trug ein langes weißes Hemd, auf dem Kopf die Nachthaube. Im Lampenschein drohte ihr Schatten an der Wand, ragte bis in die Decke hinein. »So spät? Na los, komm näher.«

Die Schwiegertochter gehorchte und blieb auf der vorletzten Stufe stehen.

»Solltest du nicht nach dem Mahl sofort nach Hause gehen?«

»Das bin auch. Wir haben gegessen und viel erzählt.«

»Lüge mich nicht an.«

Laodomia reckte das Kinn. »Wenn du es genau wissen willst: Der Onkel war nicht müde, also bin ich geblieben. Na und?«

Aus den üppigen Falten des Nachthemdes zuckte der rechte Arm hoch, Laodomia sah die Rute, konnte nicht ausweichen, und der Hieb traf ihre Schulter.

»Wo warst du?« Erneut schlug Mutter Belconi zu. »Antworte!«

Nicht allein der Schmerz trieb ihr helle Tränen in die Augen; mit geballter Faust starrte Laodomia die Schneidersfrau an. »Hör auf damit, sonst …«

»Du wagst mir zu drohen?« Die Gerte pfiff durch die Luft. »Ich kann dich prügeln, so oft und so lange ich will«, höhnte Violante und riss den Arm wieder zurück. Aufschreiend ließ Laodomia die Kerze fallen, stürzte vor und stieß die Peinigerin gegen die Wand, dabei versuchte sie ihr die Rute zu entwinden. Signora Belconi wehrte sich, schimpfte, rief um Hilfe; keuchend rangen die Frauen miteinander, bis sie jäh getrennt wurden. »Schluss jetzt!« Vater Belconi stand zwischen ihnen, sein Kinn bebte. »Ihr habt den Jungen aufgeweckt.« Aus dem Schlafzimmer drang leises Weinen. »Raffaele fürchtet sich.«

Einen Augenblick lang schien der Streit beendet. Dann aber schnappte Mutter Belconi erneut nach Luft und wies mit gestrecktem Finger an ihrem Mann vorbei. »Da, Florinus. Ich hatte also Recht. Sieh dir dieses Weibsstück doch an.« Der Schneidermeister betrachtete die Schwiegertochter und wandte sich wieder seiner Frau zu. »Wovon sprichst du?«

»Die Haare? Das ist der Beweis.« Im Gerangel hatte Laodomia ihr Witwentuch verloren. »Als sie aus dem Haus ging, waren die Locken sorgfältig hochgesteckt. Und jetzt? Ach, ich hab's geahnt, als es immer später wurde und sie nicht zurückkam.« Violante schlug sich gegen den Busen. »Welch eine Schande.« Ihre Stimme drohte an der Erkenntnis zu brechen: »Da geht die Nichte zu ihrem ehrenwerten Onkel, speist mit ihm, verabschiedet sich sittsam und dann … Oh, der Himmel soll sie strafen. Mein Enzio, das Andenken an dich ist entehrt. Deine Witwe hat sich mit einem Hurenbock eingelassen.« Violante spuckte aus. »Eine Hure lebt unter meinem Dach.«

»Nenne mich nicht so! Dazu hast du kein Recht.« Laodomia zerrte an den Locken. »Ich will weg von hier, hörst du? Ja, ich werde gehen.«

»Du gehst nirgendwo mehr hin. Und wenn ich dich im Ziegenstall einsperren muss, du Hure.«

»Mäßige dich, Frau.« Der Schneidermeister schüttelte den Kopf. »Geht zu Bett, beide. Ich verlange es.«

Für Laodomia gab es kein Zurück mehr. »Bitte Vater, verzeih.« Sie trat vor die Schwiegermutter hin, flehte innerlich um Kraft und sagte so ruhig, wie es ihr nur möglich war: »Ich will, nein, ich muss mein eigenes Leben führen. Auch wenn jetzt nicht daran zu denken ist, so bitte ich dich um Frieden und Liebe. Raffaele darf nicht leiden, keiner von uns soll leiden. Bitte.«

Violante nahm die dargebotene Hand nicht, ungläubig starrte sie Laodomia an.

Nach einer Weile räusperte sich der Schneidermeister. »Morgen ist ein neuer Tag.« Er bückte sich nach der Kerze, entzündete sie an der Lampe und reichte das Licht der Schwiegertochter. »Ich hoffe, es wird nicht regnen und Raffaele kann im Hof spielen.« Langsam führte er seine Frau zurück ins Schlafzimmer. Über die Schulter sagte er zu Laodomia: »Wir alle müssen jetzt sicher nachdenken. Dennoch, versuche auch du etwas zu schlafen.«

D ie Miene des Heiligen Vaters hellte sich auf, mehr noch, unmissverständlich zeigte sie Wohlgefallen!

Im Gefolge, das ihn zur Baustelle seiner Kapelle begleitet hatte, wurden Blicke getauscht. Wie zu erwarten, nickten der päpstliche Rechnungsschreiber und die beiden Privatsekretäre beifällig. Es gehörte zu ihrer zweiten Natur, stets die Laune des Oberhirten widerzuspiegeln. Indes, selbst Bartolomeo Platina, der für gewöhnlich überernste Bibliotheksleiter, ließ sich anstecken und lächelte. Dem Hauptbetroffenen aber, Baumeister Giovanni de' Dolci, fiel seufzend ein Stein von der Brust. War draußen über dem Osten Roms bereits vor Stunden eine klare Sonne aufgestiegen, erst jetzt erstrahlte der Morgen auch im Vatikanpalast.

Papst Sixtus hob seinen Spazierstock und wies auf den Architekten. »In Unseren Tagen kommt meist nichts Gutes aus Florenz. Auch deinetwegen mussten Wir durch ein mit Zorn und Ärger angefülltes Tal schreiten, jedoch letztlich haben Wir zum Licht gefunden.« Er deutete über die filigran gestaltete Marmorschranke hinweg zu den beiden Fenstern in der Altarwand und ließ die Spitze des Stocks weiter hinauf zur hohen, tiefblauen Gewölbedecke steigen, an der goldfarben die Sternbilder blinkten. »Der Tag und das nächtliche Firmament sind vereint.« Er senkte den Spazierstock und schwenkte mit ihm über die Mosaikkreise des Marmorbodens. »Auch wandeln

Wir hier auf dem Erdreich.« Sein Blick schweifte an den kahlen Wänden entlang. »Wie aber die Geschichte des Lebens zu deuten ist, soll dort berichtet werden. Unser Wunsch ist es, für die Ausführung in nächster Zukunft einige der größten Maler zu verpflichten.« Papst Sixtus kehrte unvermittelt zum Baumeister zurück. »Verschwenderisch bist du mit Unserem Geld umgegangen. Dessen ungeachtet sind Wir äußerst zufrieden mit dem Ergebnis. Dieser schlichte Ort atmet Würde aus und lädt zur Besinnung ein.«

Nur leicht wedelte die Hand, und Giovanni de' Dolci warf sich auf die Knie und küsste den Ring. »Danke. Das Lob Eurer Heiligkeit macht mich zum reichsten Manne Roms.«

»Reich?« Ohne Übergang wechselte der Tonfall. »Hüte deine Zunge, Sohn. Erwähne dieses Wort nie wieder in meiner Gegenwart. Andernfalls könnte ich auf den Gedanken kommen, deine Abrechnungen noch einmal Posten für Posten prüfen zu lassen.« Damit schlurfte der Oberhirte, schwerfällig auf den Stock gestützt, zum Ausgang. »Begleite mich«, befahl er dem Präfekten der Bibliothek. Gehorsam folgte Platina ihm mit dem Rechnungsschreiber und den schwarz gewandeten Sekretären.

Da jede Stufe hinab Mühe für Beine und fülligen Leib bereitete, keuchte der Heilige Vater. Erst im Untergeschoss kam er wieder zu Atem. »Wie weit bist du mit der Durchsicht und Neuordnung der Handschriften und Bücher gediehen?«

»Eure Heiligkeit, mehr als zweitausendfünfhundert Bände habt Ihr mir vor Jahren anvertraut. Obwohl dem Bestand durch Eure Großzügigkeit inzwischen noch weitere tausend Bücher hinzugefügt wurden, geht die Arbeit zügig voran.«

»Gut so, mein Sohn. Gut so.«

Platina stieß die Flügeltür auf. »Wollt Ihr Euch vom Inhalt und von der Ordnung der einzelnen Vitrinen überzeugen?«

»Nein, vielleicht ein anderes Mal.« Nur flüchtig warf Sixtus einen Blick in den ersten Saal, dort beugten sich Kleriker und Studenten über die Lesepulte. »Öffentlichkeit. Die Schätze des Geistes sollen für jeden Wissbegierigen zugänglich sein. Ja, dies ist meine Absicht.« Er winkte den Bibliothekar näher zu sich. »Auf ein Buch solltest du besonderes Augenmerk haben. Ehe mir die Last des Pontifikats aufgebürdet wurde, fand ich Zeit, meine theologischen Erkenntnisse niederzuschreiben, und ließ sie in einem Büchlein zusammenfassen.«

»Mein Vater«, Platina beugte tief das Knie. »Ich wäre ein schlechter Diener der Wissenschaften, wenn ich diesen prachtvollen Band nicht kennen würde. *De futuribus!* Unter den fünf Themenkreisen, die Ihr von den zukünftigen Dingen behandelt habt, bewundere ich insbesondere Eure Untersuchung über das kostbare Blut Christi. Mit welcher …«

»Genug«, unterbrach ihn Sixtus geschmeichelt. »In aller Bescheidenheit wollte ich mich nur erkundigen, ob das Buch den rechten Platz gefunden hat?«

Platina legte die Hand aufs Herz. »Und hättet Ihr mich nicht aus dem Kerker befreit und wäre ich nicht durch Eure Gunst in dieses Amt erhoben worden, so müsste Euer Werk dennoch den Platz innehaben, an den ich es stellte: neben die Schriften des heiligen Augustinus.«

»Du bist ein geliebter Sohn, Platina«, flüsterte ihm der Heilige Vater zu.

Schritte hallten aus dem Treppenhaus; laut klirrten Stiefelsporen. Unwillig wandte Sixtus das Haupt; kaum aber entdeckte er, wer dort in Begleitung der Palastwachen sich näherte, verzog ein dünnes Lächeln seine Mundwinkel. »Dem Blut, Platina, wohnt vielfältige Kraft inne. Und wäre das der eigenen Familie nicht dicker als das Fremder, so müsste ich diesen Grünkramhändler für sein unangemeldetes Eindringen maßregeln.«

Graf Riario verharrte zwar in gebührendem Abstand, deutete aber den Kniefall nur an. »Eure Heiligkeit, gewährt Eurem Neffen die Gnade, mit Euch ein dringendes Gespräch unter vier Augen führen zu dürfen.«

»Allein schon dein Auftritt, bester Girolamo, reißt mich aus der Betrachtung schöner Dinge und stößt mich zurück in die schnöde Wirklichkeit.« Kurz ließ sich Sixtus von den Sekretären die noch anstehenden Audienzen des Vormittags einflüstern, ehe er der Unterredung zustimmte. »Viel Zeit darf ich nicht erübrigen. Etwas frische Luft aber wird meiner beengten Brust wohl tun. Führe mich in den Garten, Neffe.«

275

Draußen, den festungsgleichen Neubau seiner Kapelle vor Augen, ließ sich der Papst auf einer Bank nieder und wartete, bis Wachen und Sekretäre sich weit genug entfernt hatten. »Ich höre.«

Graf Riario beugte den Oberkörper vor. »Eure Pläne für den Nordosten Italiens stocken. Das Bündnis mit Venedig scheint mir zu lose. Immer noch sitzt der florentinische Stachel fest im Fleisch.«

»Halte mir keinen Vortrag über Politik, dazu bedarf es Verstand. Komm ohne Umschweife zur Sache.«

Noch näher schob sich der riesige Mann ans Ohr seines Onkels. »Dieses Mal gelingt es. Bessere Männer sind bereit. Ein einziges Wort der Zustimmung von Euch, und der Medici stirbt.«

Sixtus blähte die Wangen. »Du Idiot!«, grollte er. »War dir der erste Fehlschlag nicht eine Lehre? Durch deine Unfähigkeit musste ich Verdächtigungen aller Fürstenhäuser Europas über mich ergehen lassen.« Der Stock traf den Neffen am Bein. »Wage es nie mehr, mich in deine Verschwörungen hineinzuziehen. Was immer du tust, ich will nichts davon wissen. Von einer Erfolgsmeldung hingegen lasse ich mich gerne überraschen.«

Betroffen richtete sich der Graf auf und verschränkte die Hände auf dem Rücken. »Wie soll ich Erfolg vermelden, wenn Ihr mich so wenig unterstützt? Seit Monaten warte ich nun auf die offizielle Ernennung als Herr von Forli. Nur so kann ich den Dogen von Venedig zu einem Feldzug gegen Ferrara überzeugen. Auch murren unsere Truppen, weil die Verpflegung nicht ausreicht.«

»Genug!« Sixtus stocherte mit dem Stock gefährlich nahe an den Stiefelspitzen seines Neffen die Erde auf. »Ich bewundere deine Machtgier, sonst aber wenig an dir. Du wirst Forli erhalten. Was den Nahrungsmangel betrifft: Nun, auch die Bevölkerung Roms muss den Gürtel enger schnallen. Dafür beschenke ich die Stadt mit neuen Straßen und Prachtbauten.« Sein Blick verweilte auf der Kapelle. »Um solche Werke zu schaffen, benötige ich große Geldmittel. Mein lieber Neffe: Getreide ins Ausland zu verkaufen gleicht einer sprudelnden Einnahmequelle. Doch ich verspreche dir, jeder Unserer Söldner soll künftig satt werden, sobald er für Uns ins Feld zieht.«

Erneut beugte sich der Graf vor; ehe er aber zu Wort kam, wies der Stab zum Ausgang des Gartens. »Genug für heute. Grüße deine Gemahlin, falls du Zeit findest, sie zwischen deinen zahlreichen Buhlschaften zu treffen.« Papst Sixtus sah dem Neffen nicht nach, er wandte das Antlitz der Sonne zu und sog rasselnd den Atem ein.

Die gute Nachricht ließ Lorenzo de' Medici erbleichen. Sein gelblich fleckiges Gesicht wurde zur wächsernen Maske. Langsam schob er das Frühstückstablett von sich. »Auch wenn du mir jeden Appetit auf Obstsaft und Brei verdorben hast. Ich bin in deiner Schuld.« Er heftete den Blick auf den Führer seiner Leibgarde. »Erspare mir Einzelheiten. Das Wesentliche genügt. Wann und wodurch hast du den ersten Hinweis erhalten?«

»Anfang Juni, Herr.« Der Hauptmann bemühte sich, den Stolz zu verbergen. »Ich habe jeder Torwache einen meiner Männer zugeteilt. Ihnen entgeht kein Gesicht. Ob es nun Fremde oder Einheimische sind, beim kleinsten Verdacht kann niemand die Stadt betreten, ohne dass er nicht eine Zeit lang unauffällig weiter beobachtet wird.«

Hart trommelte Lorenzo die Fingernägel auf den Tisch.

»Verzeiht, Herr«, beeilte sich der Tüchtige. »Also, an diesem Morgen trafen drei uns wohl bekannte Patrizier am Tor San Piero Gattolino ein. Der Erste war Battista Frescobaldi. Die beiden anderen kamen jeweils im Abstand von einer Stunde. Alle drei besaßen Reisepapiere, die in Rom ausgestellt waren. Als mir das gemeldet wurde, fragte ich mich, warum sie nicht gemeinsam geritten sind? Man schließt sich doch zusammen, wenn man das gleiche Ziel hat, allein schon wegen der Wegelagerer.«

»Sehr klug gefolgert, mein Freund«, unterbrach ihn Lorenzo beherrscht. »Wie ich deinen Worten entnehme, hast du sie überwachen lassen.«

»Eine ganze Woche. Sie trafen sich mehrmals …« Der Hauptmann ließ eine Pause, ehe er hinzusetzte: »In Santa Maria del Carmine und auch im Dom.«

»Nicht zu glauben.« Jetzt stützte der Fürst den Kopf mit beiden Händen. »Weiter!«, und ohne zu drängen, hörte er zu. In Abwesenheit der Herren waren die Wohnungen durchsucht und auffällig viele Stichwaffen gefunden worden. »Das genügte mir«, schloss der Führer der Leibgarde seinen Bericht. »Gestern Abend haben wir die Verdächtigen festgenommen. Und die Nacht über hab ich sie selbst verhört. Davon versteh ich was, Herr. Na ja, gut sahen sie nachher nicht aus, aber ein Geständnis haben sie abgelegt.«

»Wann sollte das Attentat auf mich verübt werden?«

»In fünf Tagen. An Himmelfahrt. Während der Messe. Tut mir Leid, Herr, aber es sollte so geschehen wie damals, als Euer Bruder ...«

»Nicht weiter.« Lorenzo starrte vor sich hin. »Vergessen kann ich niemals. Doch durfte ich schon einen leichten Mantel über die Erinnerung legen. Jetzt aber ...« Schwer stand er auf. »Danke, mein Freund. Eins noch, wer steht hinter dem Komplott? Hast du in Erfahrung gebracht, wer der Rädelsführer ist?«

»Nicht genau. Alle drei haben von einem Auftraggeber gesprochen, den Namen scheinen sie nicht zu wissen. Aber es muss jemanden in Rom geben, der Euch hasst.«

»Ich glaube ihn zu kennen.« Der Fürst zwang sich zu einem Lächeln. »Mit Recht darfst du stolz auf dich sein. Du hast deinen Herrn gerettet. Diese gute Nachricht soll in der Stadt verbreitet werden. Und jetzt geh, und liefere die Kerle dem Gericht aus. Sie dürfen den Himmelfahrtstag nicht mehr erleben.«

Wohin, wenn Ratlosigkeit den Kopf aushöhlt?

Lorenzo stieg hinauf zum Frauentrakt des Palazzos und pochte an der Tür seiner Mutter. Im Schlafgemach milderten schleppenlange Fensterschleier das Tageslicht, und ein Strauß dunkler Rosen, besteckt mit Margeriten, ließ die Farben der Wandfresken verblassen.

Donna Lucrezia ruhte von Kissen gestützt auf dem Lager. »Du? Welch eine Überraschung«, begrüßte sie den Sohn mit leiser Stimme.

»Ich hatte Piero um einen Besuch gebeten. Dein Erstgeborener bereitet mir Kummer; dieser hübsche Schlingel weigert sich zu lernen. Latein und Mathematik sind ihm ein Gräuel, umso mehr aber findet er Gefallen daran, seinen Lehrer zu drangsalieren. Deshalb wollte ich ihn zur Rede stellen.« Die Falten auf ihrer Stirn vertieften sich. »Lorenzo, was verschafft mir die unverhoffte Freude?«

Er rückte einen Sessel ans Bett. »Ich wollte mich nach deinem Befinden erkundigen.«

278

Sofort wachte ihr Blick auf. »Du bist ein höflicher Lügner. Nein, ich hatte eine schlechte Nacht. Kaum vermag ich die Glieder zu bewegen. Es wird höchste Zeit für mich, wieder eine Kur in den Thermen anzutreten. Sieh dir meine Hände an: Jedes Gelenk ist angeschwollen und schmerzt bei der leisesten Berührung. Schlimmer aber quält mich, dass ich nicht in der Lage bin, eine Seite umzublättern, geschweige denn die Feder zu führen.«

Behutsam strich Lorenzo ihren Arm. »Soll ich dir Hilfe schicken? Ein Mädchen könnte das Buch halten. Und einem Schreiber könntest du deine Texte diktieren?«

»Sehr fürsorglich. Das Gefüttertwerden genügt mir. Solange ich meinen Mund außerdem noch zum Sprechen bewegen kann, sorge ich schon für mich.« Scharf blickte sie ihn an: »Auch kränkelt mein Verstand nicht. Du wirkst sehr bedrückt?«

In knappen Worten berichtete der Sohn von der erneuten Verschwörung gegen ihn. Als er geendet hatte, lehnte Donna Lucrezia den Kopf zurück und schloss die Lider. »Gott liebt uns, mein Sohn. Das Attentat ist rechtzeitig entdeckt.« Erst nach langem Nachdenken setzte sie hinzu: »Sei dankbar, und nutze diese Gnade. Nicht das Schicksal beklagen, nach vorn schauen, so lenkte dein Großvater die Geschicke der Stadt und mit meiner Unterstützung auch dein Vater. Jedoch uneingeschränkte Herrscher waren sie nicht.«

»Aber Mutter, willst du, dass ich mich zum Herrn von Florenz ausrufen lasse? Bisher haben wir diesen gefährlichen Schritt stets vermieden.«

»So soll, nein, so muss es auch bleiben. Nur eröffnet sich mit dem heutigen Tag eine Chance, den ersten Bürger unter den Bürgern etwas höher und unantastbarer ins Licht der Macht zu heben.« Ehe sie weitersprach, musste ihr der Sohn mit einem zweiten Kissen den Rücken hochstützen. »Gut. Nun sind unsere Augen auf gleicher Höhe, und es lässt sich leichter plaudern. Wir folgen dem bewährten Grundsatz: Ein Medici giert nicht wie jeder Emporkömmling nach Ansehen, falls ihm jedoch Würde und Ämter aufgedrängt werden, so nimmt er sie in großer Bescheidenheit entgegen. Das ist alles.« Über ihr Gesicht huschte ein Lächeln. »Natürlich bedarf es eines sanften Hinweises. Und kaum einer deiner Vorfahren verstand diese Kunst so diplomatisch wie du.«

»Ich muss zugeben, dass ich dir nicht ganz folgen kann.«

»Gleich wirst du verstehen.« Die Mutter versuchte den Finger zu heben, wurde vom Schmerz daran gehindert und erläuterte ohne helfende Geste, welchen Nutzen das Oberhaupt der Familie aus dem vereitelten Mordanschlag ziehen sollte.

Wenige Stunden später wurden die Einzelheiten des Verbrechens lauter und umfassender als gewöhnlich von Ausrufern an den Straßenecken verbreitet. Bald schon ließen in jedem Viertel entsetzte Handwerker und Patrizier ihre Arbeit sinken. Der geliebte Wohltäter war um ein Haar dem Tode entronnen! Wie konnten sich Mörder überhaupt so weit vorwagen? War seine Sicherheit doch nicht gewährleistet? Genügte die Leibgarde allein nicht? Schärfere Maßnahmen mussten her. Ja, ein Gesetz. Harte Strafen, die jeden Schurken von vornherein abschreckten.

Die Fragen und Forderungen der Straße drangen hinauf in die Ratssitzung und beschleunigten den Richterspruch über die drei Gefangenen. Bei Anbruch des nächsten Tages hieb ihnen der Scharfrichter den Kopf vom Rumpf. Ein erster Schritt.

Lorenzo de' Medici wohnte am folgenden Mittag der Eilsitzung bei, saß bleich und gefasst nur da. Sein Anblick genügte, um den zweiten Schritt einzuleiten.

»Hört! Hört!« Auf Geheiß des Sprechers erhoben sich alle Anwesenden von den Plätzen. »Wir, die Oberen, und mit uns die Versammlung des Großen Rates verkünden nach einstimmigem Beschluss: Wer künftig in Wort oder gar Tat versucht, Lorenzo de' Medici nach dem Leben zu trachten, der sei des Hochverrates schuldig…«

Der erste Bürger unter den Bürgern zeigte sich tief bewegt. »Habt Dank, meine Freunde. Eure so offen bezeugte Liebe beschämt mich.«

Donna Lucrezia lächelte, als der Sohn ihr Bericht erstattete. »Ja, der Allmächtige hält seine Hand über uns. Durch dieses Gesetz bist du geschützt wie ein König. Viel bedeutungsvoller aber ist die Tatsache, dass zum ersten Male einem Medici öffentlich die Privilegien eines Herrschers zuerkannt wurden. Du bist nun einem Fürsten gleichzusetzen und bleibst dennoch ein Privatmann.« Sie bewegte langsam die Finger ihrer rechen Hand. »Unterstehe dich, deine

Mutter für eine eingebildete Kranke zu halten. Aber es ist nicht zu leugnen, das Gefühl des Stolzes lindert meine Schmerzen besser als jede Salbe. Ich denke, du darfst mir einen Kuss geben.«

Und Lorenzo drückte innig die Lippen auf ihre faltige Stirn.

Am Morgen des 11. August 1480 tauchten geblähte Segel aus dem Meerdunst auf. Rasch füllten sie den Horizont. Noch argwöhnten die Fischer von Otranto an der südöstlichsten Spitze Italiens nichts beim Anblick der Flotte. Bald aber erkannten sie die Wappenbilder auf dem Tuch, die Halbmondflaggen an den Mastspitzen.

Gefahr! Dumpfe, abgehackte Stöße aus ihren Muschelhörnern riefen den Alarm zur Stadt hinüber, bis er von den Kirchenglocken übernommen wurde.

Mädchen und junge Frauen versteckten sich; Mütter riefen nach ihren Kindern und verriegelten die Türen. Den Männern erstarrte das Blut. »Die Türken kommen«, stammelten sie. »Sultan Mohammed!« Dieser Name riss die Kehlen auf. »Überfall! O ihr Heiligen, bewahrt uns vor den Ungläubigen!«

Keine Zeit mehr, mit Ketten den Hafen zu sperren. Wie eine Zunge stießen drei Galeeren bereits weit draußen zwischen den Felstürmen in die Einfahrt. Ihre Brandpfeile legten Feuer auf den Handelsschiffen und Fischerkähnen. Innerhalb, auch rechts und links der Kaimauern gingen die türkischen Segler vor Anker, unzählige Landungsboote klatschten zu Wasser. In breit gezogener Linie näherten sich waffenstarrende Kämpfer.

Und der Moloch öffnete sein Fratzenmaul, spie Flammen in jedes Haus und in jede Hütte. Gegen Mittag brannte Otranto; und alle Bewohner wurden auf den Plätzen zusammengetrieben. Der Befehlshaber des Sultans ließ Frauen und Mädchen aussondern. Dann fielen seine Horden mit Krummsäbeln über die männlichen Bürger her, verschonten keinen Knaben, keinen Greis. Der Geruch des Blutes mischte sich in den beißenden Feuerrauch.

Bis zum Abend währte das Schlachtfest. Als die Mordbande erschöpft den Arm sinken ließ, hatten mehr als zehntausend Bewohner ihr Leben verloren.

»Friede!« Ungewohnt klang das Wort aus dem Munde des Heiligen Vaters. »Die ganze Christenheit ist bedroht. Nur vereint können wir diesem heidnischen Raubtier die Stirn bieten. Deshalb muss Friede zwischen allen italienischen Staaten herrschen. Und zwar sofort.«

Die Furcht vor dem neuen Feind trieb Papst Sixtus dazu, alle Feinde von gestern als Freunde zu gewinnen. Sogar nach Florenz brachten Kuriere sein Angebot: »… Wir sind gewillt, großmütig zu verzeihen, wenn Wir für alle Ärgernis um Entschuldigung gebeten werden …« Mit keinem Wort verlangte er mehr, dass Lorenzo selbst den Bittgang unternehmen müsse. So schickte der Hohe Rat eine Abordnung von zwölf Gesandten nach Rom. Die Patrizier knieten nieder, zeigten sich zerknirscht und reuevoll, und der Heilige Vater genoss sichtlich diese Audienz. »Wir vergeben Unseren geliebten Söhnen und Töchtern von Florenz jede Anmaßung gegen Uns.« Nach Absolution und Segen versprach er, auch das Interdikt über Stadt und Besitzungen nun endgültig aufzuheben. »Allerdings«, er hob den Finger, »um dieser Gnade teilhaftig zu werden, muss die Republik Uns fünfzehn Galeeren für den Kampf gegen die Ungläubigen zur Verfügung stellen, und zwar so lange, bis alle Horden des Sultans von italienischer Erde hinweggefegt sind.«

Ohne Rücksprache mit ihren Stadtoberen willigte die Gesandtschaft ein und begab sich, zwar beglückt über den unerwartet großen Erfolg ihrer Mission, doch besorgt wegen der kostspieligen Zusage, auf die Heimreise.

Lorenzo schmunzelte. Mit ausholendem Schritt ging er in der offenen Säulenloggia seines Palazzos vor den zwölf Patriziern, einigen Mitgliedern des Hohen Rates und dem Kommandeur der florentinischen Truppen auf und ab. »Warum diese ernsten Mienen, werte Freunde? Unser Florenz ist befreit von der päpstlichen Fessel und mit ihm auch meine Person.«

»Aber Magnifizenz«, wagte der Befehlshaber die Heiterkeit zu trüben. »Bedenkt die Forderung.« Da ihm der Kämmerer nur sorgenschwer zunickte, übernahm er es, den Fürsten aufzuklären: »Fünfzehn Galeeren, ausgerüstet für einen Seekrieg mit Takelage und bewaffneter Mannschaft, verschlingen Tausende von Florinen. Ich weiß, Euch sind Zahlen ein Gräuel, und zu Recht überlasst Ihr das Rechnen den Beamten unserer Regierung. In Anbetracht des leeren Stadtsäckels aber sei die Frage erlaubt: Woher soll das Geld genommen werden? Nach eingehender Beratung bleiben nur zwei Möglichkeiten: Entweder wir bitten die Seidenweberzunft um einen Kredit. Da wir aber Staatsschulden auf lange Zeit nicht zurückbezahlen können, wird ein Darlehen kaum zu erlangen sein. Oder wir beschließen erneut eine Sondersteuer, die von allen Bürgern eingetrieben werden muss. Und das könnte heftige Unruhe zur Folge haben.«

Erst der letzte Satz unterbrach die Wanderung des Fürsten. »Schweig. Wir sollten das Wort Unruhe nicht im Munde führen. Nicht heute.« Langsam schob sich wieder die volle Unterlippe vor. »Meine klugen Freunde, aus lauter Sorge ist selbst euch eine Tatsache entfallen. Tretet mit mir ans Fenster und schaut hinaus. Was seht ihr? Geschäftiges Treiben und darüber die herrliche Backsteinkuppel unseres Doms. Wir sind in Florenz, werte Herren, umgeben von Feldern und Hügeln. Und der römische Hirte scheint nicht zu wissen, wo sich unsere Stadt befindet. Haben wir einen direkten Zugang zum Meer? Nein, wir sind wahrlich keine Seemacht.« Lorenzo breitete die Arme aus. »Zum Glück. Deshalb können wir auf die Forderung getrost eingehen. Fünfzehn Galeeren, gut. Sollte Papst Sixtus nachfragen, so lasst ihn wissen, dass wir die Schiffe in Auftrag gegeben haben. Ich denke, ehe die Baupläne im Großen Rat vorliegen und eine Mehrheit finden, werden zwei Jahre vergehen. Und bis dahin ist die Gefahr längst vorüber, oder aber wir leben in heidnischer Knechtschaft. Wobei ich das Letztere ausschließe.« Jungenhafter Schalk stahl sich in seinen Blick. »Mag ich auch hin und wieder sträflich das Rechnen vernachlässigen, dem Denken indes widme ich stets größte Anstrengung. Dieser gierige Pfaffe – nein, verzeiht, Seine Heiligkeit Sixtus, der Vierte dieses Namens, hat sich aus Furcht vor einer Moslemherrschaft selbst in die Lippe gebissen. Seine Forderung verliert ihren Sinn, ehe sie erfüllt werden kann. Und wir sind die Nutznießer: Für den Frieden mit ihm müssen wir nicht einen Florin ausgeben, und selbst die Aufhebung des Interdikts haben wir kostenfrei erhalten.«

Stimmengewirr, übertönt von wütenden Rufen, unterbrach die Audienz. Aus Richtung Dom drängte sich ein Menschenpulk durch die Via Larga auf den Palazzo zu. Noch ehe die Wachposten das Portal geschlossen hatten, war der Hauptmann der Leibgarde an der Seite seines Herrn. »Ihr solltet die inneren Räume aufsuchen«, warnte er.

»Lass nur. Hier unter Freunden bin ich sicher genug.«

Angestrengt beobachtete der Fürst mit seinen Besuchern aus dem Fensterschatten die Szene; er vermochte nicht herauszufinden, wem der Protest galt.

»Mörder!« – »An den Galgen mit ihm!« Stöcke wurden geschwungen, Fäuste drohten, langsam näherte sich die aufgebrachte Rotte, und lauter wurde das Geschrei.

»Herr, bitte. Zieht Euch zurück«, drängte der Hauptmann.

»Du bist mein Schild, und ich bin kein Feigling. Bleibe ruhig, für eine Flucht bleibt immer noch Zeit.«

Vor der Säulenloggia öffnete sich die Menge. Aus ihrer Mitte zerrten vier Stadtsoldaten einen gedrungenen, bartverwilderten Mann: den Hals in einer Eisenspange, die Arme weit nach hinten gebogen. Seine Handfesseln waren direkt an die Kette geschmiedet, die vom Stiernacken über den Rücken senkrecht hinunterfiel und mit den Gliedern der kurzen Laufkette zwischen den Fußschellen verbunden war.

Die Anspannung in der Loggia wich. Lorenzo wandte sich mit hochgezogenen Brauen an den Befehlshaber der Truppen. »Ein Irrtum? Oder sollte ich einen Ratsbeschluss vergessen haben? Mir ist zumindest nicht bekannt, dass mein ohnehin übervölkertes Haus nun auch als Außenstelle für das Gefängnis dienen muss.«

»Vergebung, Magnifizenz!« Dem Kommandeur war der sanfte Spott entgangen. »Ein hoch peinlicher Vorfall. Ich weiß nicht, wer ihn verschuldet hat. Auch kenne ich den Gefangenen nicht.« Er ballte die Faust. »Mit Eurer Erlaubnis werde ich sofort meine Männer zur Rede stellen.« Damit stürmte er zum Ausgang, ließ das Portal öffnen und befahl einen der Soldaten zu sich. Wenig später kehrte er mit einem Pergamentblatt langsam und sichtlich aufgewühlt in die Audienzhalle zurück. Vor seinem Fürsten schwieg er, wusste nicht, wie zu beginnen, und sagte schließlich: »Der Kerl dort ist ein Geschenk an Euch.«

»Irgendwo ist mir diese Visage schon begegnet. Dennoch verzichte ich gerne auf solch ein Scheusal, selbst«, Lorenzo blieb bei dem leutseligen Ton, »wenn es ein lebendes Kunstwerk sein sollte. Wer hat sich diesen Scherz erlaubt?«

»Kein Scherz, Magnifizenz. Der Spender ist bei Gott bitter ernst zu nehmen. Vor ihm erzittert zurzeit ganz Italien. Sultan Mohammed II.« Bei Erwähnung des Namens wichen Gesandte und Ratsherren einen Schritt zurück. »Hier, dieser Frachtbrief ist an Euch gerichtet.«

»Ich will ihn nicht lesen. Berichte mir den Inhalt.«

»Der Sultan entbietet seine Hochachtung und schickt Euch diesen Mann. Weil er…, nun, hier steht, dass ihm hochverräterische Attentäter verhasst sind und er keine Verwendung für solche Kreaturen hat.«

Jäh furchte Lorenzo die Stirn. »Bandini?«

»Ja, Magnifizenz. Es ist Bernardo Bandini, der Mörder Eures Bruders. Nach der Tat floh er bis Konstantinopel. Sobald aber Mohammed zu Ohren kam, welche Gräueltat sich hier im Dom zugetragen hatte, ließ er Bandini festsetzen. Und nach dem Überfall auf Otranto nahm er die Gelegenheit wahr, ihn Euch auszuliefern. Wollt Ihr den Mörder sehen?«

Lorenzo beschattete die Augen. »So nicht. Lebend beschmutzt er die Erinnerung an Giuliano.« Nach einer Weile setzte er hinzu: »Das Urteil ist bereits damals über Bandini gefällt worden. Ich bitte dich, mein Freund, vollstrecke es sofort. Er muss den gleichen Tod erleiden wie die übrigen Rädelsführer.«

»Zu Befehl, Herr. In spätestens einer Stunde baumelt der Schurke unter einem Fenster an der Mauer unseres Regierungsgebäudes. Dort kann er den Abbildern seiner Kumpane Gesellschaft leisten, bis ihm das Fleisch von den Knochen fault. Und ich persönlich werde seine Hinrichtung überwachen.«

»Danke, mein Freund.« Lorenzo grüßte mit einem Nicken die übrigen Herren. »Bitte, habt Verständnis, wenn ich jetzt allein sein möchte. Das unfreiwillige Geschenk des Papstes erfüllte mich noch vor wenigen Augenblicken mit Freude. Das Geschenk des Türken aber vergällt mir den Tag.«

Bis weit nach Mitternacht brannten die Lichter im Studio des Palazzos. Lorenzo saß mit Angelo Poliziano zusammen. Die Erinnerung an Giuliano bestimmte ihr Gespräch. Warum war der liebenswerte und arglose Bruder so jäh dem Leben entrissen worden? Welchen Sinn hatte sein Tod? Sie suchten bei den antiken Philosophen wie auch bei den christlichen Denkern nach Antwort. Indes, was nützt jede Theorie, wenn das eigene Herz unmittelbar betroffen ist? Dennoch fand das Oberhaupt der Familie allmählich zur Ruhe: Allein die Fragen auszusprechen, sie gemeinsam zu benennen lockerte die Verstrickung der Gedanken und erlaubte ihm etwas Schlaf.

Am nächsten Morgen sagte er alle Verpflichtungen ab und ließ sich von Poliziano hinüber zum Garten bei San Marco begleiten. »Ich werde alt, mein Freund«, gestand er kopfschüttelnd.

»An Jahren vielleicht, aber nicht an Kraft.«

»Die Schmeichelei ist überflüssig. Früher vermochte ich familiäre Unglücke leicht abzustreifen. Seit gestern aber weiß ich, dass sie immer tiefer in mir wurzeln.«

»Gefühle sind ehrenhaft.«

»Nur solange der Verstand die Herrschaft über sie hat. Gewinnt Rührseligkeit die Oberhand, ist es für einen Mann ein Zeichen, dass er altert.«

Verwundert sah Poliziano zu ihm auf. »Du musst dich bei mir nicht entschuldigen. Ich meine, für unser Gespräch letzte Nacht.«

Lorenzo schwieg. Während sie geschützt von Leibgardisten die Via Larga hinaufschritten, bedankte er sich für Grüße und Segenswünsche der Passanten lediglich mit kurzem Handzeichen. Sobald sie den Platz vor San Marco erreichten, blieb er unvermittelt stehen und wies zum Eingang des Klosters hinüber. »Mein Großvater zog sich häufig dorthin zurück. Gleich beim Umbau von Kirche und Kloster für den Predigerorden ließ er eine Zelle für sich herrichten, die ihm jederzeit zur Verfügung stehen musste. In nichts durfte sie sich von den Kammern der Mönche unterscheiden: eng, ein Stuhl neben der harten Pritsche, und die zarten Fresken Fra Angelicos verführen zur inneren Einkehr. Ja, kein schlechter Gedanke, hin und wieder Politik und täglichem Geschäft zu entfliehen, um neue Kraft aus der Stille zu schöpfen.« Lorenzo schüttelte die Schultern und dehnte den Rücken. »Genug mit der Grübelei!« In seine Stimme kehrte wieder der metallene Ton zurück: »Befürchte nichts, mein Freund. Keinesfalls werde ich zum Asketen. Zu sehr liebe ich die Annehmlichkeiten des Luxus. Und jetzt lass uns weitergehen. Nicht diese Klosterpforte lockt mich heute, sondern der Anblick des Gartens und unserer Bildhauer bei der Arbeit.« Er stieß dem Freund leicht gegen die Schulter. »Wie wär's? Soll ich eine Falkenjagd ansetzen und dich bitten mitzureiten?«

»Gott bewahre!« Poliziano ging einen Schritt schneller. »Eher vergrabe ich mich zwei Wochen in der Zelle deines Großvaters, ehe ich mich freiwillig einem Gaul anvertraue.«

Durch die Schaulustigen am Rande des Platzes drängte sich ein hochgewachsener Mann. »Magnifizenz!« Das Kinn gereckt, eilte er auf Lorenzo zu, und die goldrote, sorgsam gelockte Mähne wehte um den Halsschluss seiner kurzen samtroten Tunika. »Erlaubt ein Wort!«

Leibwächter versperrten ihm den Weg.

»Magnifizenz, ich bin's doch, Leonardo.« Zum Beweis winkte er mit einem Lederköcher, in dem Skizzen unbeschadet transportiert wurden. »Seid gnädig. Und beruhigt Eure Wachhunde.«

Lorenzo ließ ihn warten und raunte dem Freund zu: »Siehst du die Hemdrüschen um seine Handgelenke, dazu den Schmuck? Nur gut, dass ich kein Unbekannter für die Florentiner bin, andernfalls könnte jemand leicht auf den Gedanken kommen, nicht ich, sondern er sei der Fürst.«

»Erhört mich, Herr. Bitte.«

Da inzwischen die volle Stimme kleinlauter, weniger selbstbewusst klang, bequemte sich Lorenzo, seinen Leibwächtern einen Wink zu geben und den Künstler durchzulassen.

»Magnifizenz.« Vollendet verneigte sich Leonardo. »In tiefer Ergebenheit entbiete ich Euch meinen Gruß und auch dir, werter Poliziano.«

»Danke. Da ich hier keine Audienz abhalte, kannst du auf die Schnörkel verzichten. Schlichte Höflichkeit genügt. Was bedrängt dich, dass du unangemeldet zu mir kommst?« Ehe der Herausgeputzte zu Wort kam, setzte er hinzu: »Solltest du um diese Zeit nicht in der Werkstatt sein? Bei deinen Engelsgesichtern? Oder hat dir Meister Verrocchio frei gegeben?«

»Den Spott habe ich nicht verdient, Magnifizenz.« Die kühlen, blauen Augen glitzerten auf. »Ich habe gestern eine Zeichnung angefertigt, die ich Euch als Geschenk überreichen möchte.«

Stellvertretend streckte Poliziano die Hand aus: »Gib mir das Blatt.«

Der Künstler schüttelte die Mähne. »Verzeih. Ehe ich mich von der Zeichnung trenne, möchte ich einige Erläuterungen hinzufügen.«

Mit kurzem Blick verständigten sich die Freunde, und Leonardo durfte sie in den Garten begleiten. Nahe des geschmiedeten Eingangtors wies der Fürst auf eine Steinbank. »Weil ich deine Furcht vor Neugierigen kenne und wir in der Umgebung des Pavillons nicht sicher vor Bildhauern sind, schlage ich vor, gleich hier zu bleiben.«

Damit ließ er sich mit Poliziano nieder, während es Leonardo vorzog, ihn stehend in das Kunstwerk einzuweisen. »Wie Ihr wisst, suche ich den Augenblick. Eine Geste, ein Mienenspiel festzuhalten gehört zu meinen täglichen Studien. Und ich will nicht leugnen, dass kaum jemand mich in dieser Fertigkeit übertrifft.«

»Sehr erstaunlich«, unterbrach ihn der Gelehrte spitz. »Philosophen fragen, sind unsicher und fragen erneut. Welch ein Unterschied im Vergleich zu den Künstlern.«

»Zweifelt ein Maler bei der Arbeit, so verdirbt er sein Bild«, schlug Leonardo zurück, zog das Blatt aus dem Köcher, entrollte es aber noch nicht. »Der von mir sehr geschätzte Sandro Botticelli durfte an der Außenwand des Regierungspalastes einen Beitrag zur Zeitgeschichte anbringen, und ich wollte nicht versäumen, es ihm zumindest auf dem Papier gleichzutun. Bitte, Magnifizenz, überzeugt Euch selbst.«

Lorenzo starrte auf die Skizze, schwieg und starrte sie nur an.

»Darf ich Euch den Text neben dem Mörder entschlüsseln?«

Immer noch regte sich nichts in der Miene des Fürsten. Neben ihm stemmte Poliziano die Fäuste auf die Knie. »Nicht nötig. Wir sind in der Lage, die Geheimschrift zu lesen.«

Von der Wirkung seiner Arbeit beflügelt, spreizte sich der

Künstler: »Bernardo Bandini. Ich sah der Hinrichtung zu, eilte in die Werkstatt und hielt den Moment seines Todes fest. Ihr seht, seine Muskeln sind erschlafft, der Körper schwebt und wird allein vom Strick um den Hals gehalten. Meinen Kollegen gelingt solch ein Effekt nur mit großem Aufwand, während ich ihn mit wenigen Strichen erreiche.«

Jäh federte Lorenzo von der Bank hoch. »Komm mit. Nein, lasse die Skizze bei Angelo, er soll in Ruhe darüber nachdenken. Ich möchte dir einen Vorschlag machen. Begleite mich.«

Lorenzo schlug den geraden, von Zypressen gesäumten Weg zum Pavillon ein. Erst auf halber Strecke verlangsamte er den Schritt und blieb am Ufer des Teiches stehen. »Schon bei unserer letzten Begegnung dachte ich daran; als ich vorhin diese überaus gelungene Zeichnung sah, reifte der Gedanke zum Entschluss.«

»Magnifizenz.« Der Künstler kämmte mit gespreizten Fingern beider Hände die Mähne zurück. »Ihr wollt mich mit einem Auftrag beglücken?«

»Mehr noch, ich möchte deinem Leben neue Möglichkeiten eröffnen.« Lorenzo deutete zum Springbrunnen inmitten des Teiches. »Aus vielen deiner Kollegen plätschert das Talent nur so wie das Wasser aus den Mäulern jener Marmorfische dort. Dein Genie aber gleicht einer riesigen Fontäne, von der diese kleine Idylle überschwemmt würde. Du benötigst Raum und weiten Horizont, bester Freund.« Er bückte sich nach einem flachen Kiesel und rieb ihn am Ärmel seines schwarzen Rocks. »Wie ich aus einem Schreiben des mit uns verbündeten Herzogs von Mailand weiß, sucht man dort den geeigneten Künstler für ein bronzenes Reiterdenkmal.«

»Welche Ausmaße soll es haben?«

»Überlebensgroß, selbstverständlich. Es soll ein Monument werden.«

Leonardo benetzte die vollen Lippen. »Weiter, Herr. Bitte.«

»Zunächst dachte ich an deinen Lehrmeister. Andrea Verrocchio hat ja in Venedig bewiesen, dass er imstande ist, solch ein Werk zu erschaffen.«

»Nein, nein. Vorzeitig abgebrochen hat er …«

»Aus berechtigtem Grund. Doch wieder zu dir. Nach reiflicher

Überlegung halte ich dein Talent für so bemerkenswert, dass allein dir diese Chance gewährt werden sollte.« Lorenzo bog den rechten Arm zurück und ließ den Kiesel elegant über die Teichoberfläche hüpfen. »Ich werde dich wärmstens Lodovico Sforza empfehlen, du hast mein Wort.«

»Magnifizenz, Ihr erfüllt mich mit Stolz…« Dem sonst so redegewandten Genie aus Vinci versagte die Stimme.

Auf dem Rückweg zur Steinbank ermahnte ihn Lorenzo: »Wenn diese Angelegenheit Erfolg haben soll, darf nichts überstürzt werden. Zunächst gibt es für alle Herrscher Italiens Wichtigeres als die Kunst. Sobald aber die Türkengefahr gebannt ist, werde ich dem Mailänder Hof von dir berichten. Die Antwort kann Monate auf sich warten lassen. Ich teile dir den Zeitpunkt für deine persönliche Bewerbung mit. Bis dahin musst du Stillschweigen bewahren. Vor deinen Freunden, selbst vor Meister Andrea.«

»Nur ein Narr schwatzt und bringt sich um seine Zukunft.«

Sie hatten Poliziano wieder erreicht.

»Einen Vorteil bringt das Warten mit sich.« Jetzt, zum Abschied, blickte Lorenzo das erste Mal den Künstler offen an. »Du könntest deine angefangenen Arbeiten endlich zu Ende bringen. Damit würdest du nicht nur deine Auftraggeber befriedigen, sondern auch in Florenz ein dir würdiges Andenken hinterlassen. Lebe wohl, und nutze die Zeit.«

»Meine ganze Kraft werde ich einsetzen.« Leonardo verneigte sich. »Tausend Dank, Magnifizenz, der Himmel möge Euch segnen.« Selbst vor dem Gelehrten beugte er den Kopf. »Dank auch dir.« Mit wehenden Locken eilte er davon und grüßte noch einmal unterwürfig, ehe er den Garten verließ.

Poliziano schob die bunt gescheckte Mütze aus der Stirn. »Welch eine Wandlung? Aus dem selbstbewussten Herrn ist ein demütiger Höfling geworden. Kläre mich auf!«

»Ich habe ihm einen goldenen Ring durch die Nase gezogen.« Lorenzo schmunzelte. »Er wird uns nicht nur freiwillig verlassen, er giert danach. Der Hof in Mailand ist nun sein Traum. Und ich werde ihm den Weg dorthin ebnen.«

»Was geschieht mit dieser Skizze?«

»In den Köcher mit ihr. Sei behutsam. Sie wird meine Sammlung bereichern.« Der Finger schnippte gegen das Blatt. »Hätte mich Leonardo nicht ausgerechnet in dieser Stimmung angetroffen, wäre ich voll des Lobes gewesen. Denn mit klarem Verstand betrachtet ist diese Zeichnung eine hervorragende Arbeit.«

In einer riesigen Staubwolke wälzten sich im September 1480 die mühsam geeinten Truppen der italienischen Staaten gen Süden. Standarten und Wimpel, Gesichter und Waffenrock verblassten über Tag und wurden des Abends vor den Zelten sorgsam gesäubert. Jedoch nach dem Hornsignal in der Frühe wirbelten Karrenräder und Pferdehufe jedes Mal erneut den Staub auf. Er fraß die Farben und drohte Mensch und Tier zu ersticken.

Lange vor dem Ziel hetzten Kuriere aus Apulien dem Heer entgegen. »Die Türken ziehen ab«, meldeten sie dem Oberbefehlshaber. »Sultan Mohammed II. hat seine Flotte zurückbefohlen.«

Niemand stellte die Frage nach dem Sinn seines Überfalls, nach dem Warum des plötzlichen Rückzuges. Einzig die Tatsache galt: Der Moslemsturm war vorüber, und seine Wucht hatte lediglich die Südwestküste gestreift. Der Vatikan sowie alle mächtigen Fürstenhäuser, die verschont geblieben waren, durften aufatmen.

In Otranto aber irrten Frauen und Mädchen mit leer geweinten Augen zwischen den Gräbern und Trümmern umher. Weder Glück noch Habe, nichts war ihnen geblieben.

Zurück zu den Geschäften! Die maßlosen politischen Pläne des Heiligen Vaters mussten wieder aufgenommen und vorangetrieben werden. Mitte Dezember setzte er seinen Bluthund offiziell als Herrscher über Forli ein, und Graf Girolamo Riario zögerte bei Anbruch des folgenden Frühjahrs nicht, seinem neuen Nachbarn, dem Dogen von Venedig, in Briefen und während geheimer Unterredungen das Herzogtum Ferrara als verlockende, reiche Beute anzupreisen. »Eure Hoheit, Ihr sucht nach irgendeinem Streitvorwand und lasst einmarschieren. Und ich stehe Euch sofort mit den päpstlichen Truppen zur Seite.« Noch wägte der Venezianer ab, doch Graf Riario war sich sicher, dass er den Hunger des Löwen geweckt hatte.

Laodomia hockte in der Küche des Palazzo Strozzi mit der Freundin zusammen. Wie jeden Morgen war sie gleich nach dem Aufstehen von ihrer Wohnung auf der Nordseite des Gebäudes hinübergelaufen, um hier zu frühstücken und noch einen Plausch abzuhalten, ehe sie den Gewürzladen öffnete.

Küchenmägde und Knechte, selbst der steife Kammerdiener, hatten sich längst an die verschiedenen Rollen der Witwe des ermordeten Hauptmanns gewöhnt. Bei der Krämerin wurde eingekauft; war sie abendlicher Gast im Schlafgemach des Herrn, so begegnete ihr jeder mit gesenktem Blick; kam sie aber im hellblauen Kittelkleid und der grünen Schürze des Morgens in die Küche, durfte mit ihr gescherzt und geplaudert werden, beinahe wie mit einer Gleichgestellten. Die Anrede bereitete zunächst Umstände, schleifte sich jedoch rasch ab. Aus Signora Belconi wurde Signora Strozzi-Belconi und schließlich nur noch Signora Strozzi. Wer sie von früher aus ihrer Zeit als Hausdame kannte, dem war es sogar gestattet, sie einfach Signora Laodomia zu nennen. Und ihre Freundlichkeit, ihr Lachen ließen den Tag hell beginnen.

»Wann übernachtet Raffaele das nächste Mal bei dir?« Petruschka zerteilte einen Apfel und reichte die größere Hälfte hinüber.

»Ich weiß noch nicht.« Laut kauend überlegte Laodomia. »In dieser Woche wird eine Lieferung mit Gewürzen aus Übersee in Florenz erwartet, und ich muss rechtzeitig bei der Versteigerung dabei sein, sonst gehe ich leer aus wie schon das letzte Mal.«

»Mein Kleines wird noch zu einer richtigen Geschäftsfrau.« Trotz des rollenden ›R‹ war der Zweifel nicht zu überhören.

»Warte nur ab. Immer mehr Kunden kommen zu mir. Hin und wieder sogar Leute, die ich gar nicht kenne. Mein Verdienst reicht zwar noch nicht für die Miete, aber vielleicht bald.«

»Ich wünsch es dir, Kleines. Also, wann kommt dein Prinz?«

»Zu oft darf ich Raffaele nicht fürs Wochenende holen, weil Mutter Belconi ohne ihn sonst keine Freude beim Sonntagsspaziergang hat. Ich denke, nächsten Montag oder auch Dienstag.«

»Sag's nur rechtzeitig. Damit wir vorbereitet sind« Unbemerkt hatten sich zwei Küchenmägde dem Tisch genähert. »An die Arbeit mit euch!«, schimpfte die Russin, und kichernd huschten die beiden wieder davon.

»Da siehst du es. Selbst diese Hühner können es nicht erwarten.« Übernachtete der Sohn bei der Mutter, so begann der Morgen in der Palazzoküche etwas früher, und niemand beschwerte sich. Raffaele stolzierte herum, gern ließ er sich abküssen, weil jede Magd ihm zum Lohn eine Leckerei zusteckte. Nicht genug, selbst die beiden jüngsten Töchter des Hausherrn wollten an solch einem Tag nicht mit den Ammen frühstücken. »Raffaele!« Sie kamen in die Küche getrippelt und beschlagnahmten sofort den Prinzen. Jede fasste nach einer Hand, sie führten ihn herum, warnten vor dem offenen Feuer, vor Schürhaken und Messern, erklärten gewissenhaft, was im Rauchfang hing und wo die Eier aufbewahrt wurden. Ohne Widerspruch ließ sich Raffaele von den altklugen Müttern sogar kämmen und Zöpfe flechten. Solange er im Mittelpunkt stand und später in seinem Milchbrei der größte Klecks Brombeersirup schwamm, spielte er gerne die lebende Puppe für die Mädchen.

»Alles ist gut geworden«, sagte Laodomia.

»Soll auch so sein, Kindchen. Meine vielen Kerzen für die Madonna mussten einfach wirken.« Petruschka straffte den Stoff über ihrem Busen. »Und jetzt, du Geschäftsfrau, spute dich. Mit Faulenzen verdienst du keinen einzigen Denar.«

»Bin schon unterwegs«, Laodomia streckte der Freundin die Zunge raus. »Herrschsüchtiges Weib.«

An der Einmündung zur schmalen Gasse, die entlang der Nordseite des Palazzos verlief, lungerten zwei Stadtbüttel faul in der Morgensonne und schwatzten miteinander. Als die Nichte des Bankherrn Strozzi an ihnen vorbeiging, nahmen sie Haltung an und grüßten. Freundlich nickte ihnen Laodomia zu. Kaum hatten sich ihre Augen ans Schattendunkel gewöhnt, entdeckte sie einen kleinen Mann vor ihrem Laden. Energisch klopfte er, rüttelte am Knauf und klopfte wieder.

Ich komm ja schon, dachte sie und band sich während des Gehens schnell noch das grüne, zur Schürze passende Kopftuch um. Mein erster Kunde, na, bitte, der Tag fängt gut an. Hoffentlich hat er nicht zu lange auf mich warten müssen. »Einen schönen Morgen wünsche ich!«, rief sie und winkte mit dem Schlüssel. »Der Laden ist gleich geöffnet.«

Der Mann nickte nur und trat einige Schritte zurück. Sobald die Tür aufschwang, räusperte er sich in ihrem Rücken. »Signora Belconi?«

»Das bin ich. Komm nur rein.«

»Und du betreibst dieses Gewürzgeschäft?«

Überrascht wandte sich Laodomia um. »Ja. Ich bin die Besitzerin.« Sie sah in das spitznasige, blasse Gesicht. »Warum fragst du?«

Kaum bewegte er die schmalen Lippen. »Weil es meine Pflicht ist.« Damit deutete er an das eingestickte Stadtwappen auf seinem Umhang.

Laodomia betrachtete es flüchtig. »Ja, und?«

»Du willst also die Unwissende spielen? Auch gut.« Er zückte eine Schreibtafel und kritzelte mit winziger Schrift eine Notiz darauf. »Aber solche Weiber wie dich kenne ich zur Genüge.«

Jäh pulste die Wut in Laodomia hoch. »Verdammt, du Zwerg! Entweder sagst du mir auf der Stelle, was du von mir willst, oder verschwinde, ehe ich die Büttel da hinten rufe!«

»Eine Beleidigung.« Wieder schrieb er etwas auf die Tafel. »Das kostet, Signora. Das kostet zusätzlich.«

Sie wollte nach dem Stift schnappen, doch er versteckte ihn rechtzeitig auf dem Rücken. »Einen Beamten im Dienst tätlich anzugreifen zieht eine Anklage nach sich.« Kalt glitzerten die Augen. »Also, Weib, verschlimmere deine Lage nicht unnötig.«

Woher nimmt dieser Kerl seine Sicherheit? Steht da, bedroht mich und gibt mir sogar noch Ratschläge? Dennoch erlahmte ihr Zorn. Von diesem Wicht ging etwas aus, das zur Vorsicht gemahnte. »Lass uns noch mal von vorn beginnen«, bat sie. »Ich weiß wirklich nicht, wer du bist und was du von mir willst.«

Ein leichtes Zucken befiel seinen linken Mundwinkel und erfasste die ganze Wange. Gleich verebbte es wieder. »Seit kurzem bin ich für das Viertel um Santissima Trinità zuständig. Noch nicht, aber bald kennt mich jeder Handwerker und Geschäftsinhaber hier. Zugegeben, keiner freut sich, wenn er mich sieht.«

»Bitte, ich hasse Rätsel.«

Ihr flehender Ton schien ihn körperlich zu belästigen, dennoch ließ er sich zu einer genaueren Vorstellung herab: »Luciano Fibonacci. Dieses Wappen zeigt, dass ich bei der Stadtverwaltung arbeite. Einfach gesagt, ich komme im Auftrag der obersten Steuerbehörde.«

»Und was will sie von mir?«

»Es liegt eine Anzeige gegen dich vor. Du betreibst ein Geschäft, das weder bei der zuständigen Kaufmannszunft noch beim Kataster angemeldet ist.«

»Warum auch?«

»Reize mich nicht. Bist du die Inhaberin? Ja oder nein?«

»Natürlich. Mir gehört der Laden, mir allein.«

»Das wäre geklärt.« Seufzend zog er einen Strich unter die ersten Notizen. »Ich werde nun in deinem Beisein das Geschäft inspizieren und den Wert des gesamten Warenbestandes aufnehmen. Mehr nicht. Wie hoch die Strafe sein wird und wie viel du künftig an Steuern abführen musst, wird dir in den nächsten Tagen von der Behörde mitgeteilt. Und jetzt geh bitte vor, damit ich nicht noch mehr Zeit vergeude.«

Hilfe! Ich benötige Beistand. Benommen sah sich Laodomia um. Die Büttel! Aber was soll ich ihnen sagen? Nein, zwecklos. Wirklich helfen könnte jetzt nur der Onkel, doch der würde sie von hier aus nicht hören. Also keine Hilfe, dachte sie und trat, dicht gefolgt vom Steuereintreiber, in ihren Verkaufsraum.

Fibonacci blieb vor dem blank gescheuerten Ladentisch stehen. Mit scharfem Blick musterte er die zahlreichen Tonkrüge und Holzkästen in den Wandregalen, alle verschlossen und sorgfältig beschriftet. Er verharrte kurz bei den vier Ölfässern, die in der rechten Ecke nebeneinander auf kniehohen Böcken standen; jeder Zapfhahn war mit einem Lappen umwickelt, und keine Lache beschmutzte darunter die Tropfteller. Den mit grünen Schleifen gebundenen prallen Säcken daneben schenkte er kaum Beachtung, auch nicht den Knoblauchzöpfen und getrockneten Lavendelsträußen, die an Schnüren von der

Decke hingen. »Diese Ordnung! Sonderbar. Hast du das Geschäft gestern erst eröffnet, oder fehlt dir die Kundschaft?«

»Was soll die Frage?« Seinen lauernden Unterton hatte sie in der Aufregung nicht bemerkt. »Ich … ich putze und fege jeden Abend, weil ich Ungeziefer hasse.«

Er hob die Spitznase und schnüffelte: »Na ja, wenigstens riecht es gut hier.«

Dieser Zwerg! Er glaubt wohl, ich sei nicht erfolgreich. Mehr und mehr fühlte sich Laodomia in ihrem Stolz getroffen. Und wenn es auch wahr ist, auf die Nase binden werd ich es ihm nicht. »Keine Kundschaft? Von wegen! Nicht nur einfache Bürgerfrauen, aus den reichsten Häusern kommen Köche und Mägde zu mir. Wie im Taubenschlag geht's hier manchmal zu, dass ich nicht Hände genug habe.«

»Gut zu wissen.« Sorgsam notierte er sich wieder etwas auf der Tafel, zückte dann eine Leiste mit verschieden großen Messingwürfeln und deutete vor sich auf die Waage. »Nur eine Formalität.« Nach seiner Anweisung musste Laodomia ihre Gewichte in die eine Schale legen, und er setzte ein geeichtes Stück in die andere dagegen. Beinah verärgert musste er zum Abschluss dieser Prüfung zugeben: »Stimmt genau.« Wieder befiel kurzes Flattern den Mundwinkel und die Wange. »Gewöhnlich erwische ich jeden zweiten Krämer, weil er beim Abwiegen betrügt.«

»Mich nicht.«

»Jetzt will ich dein Rechnungsbuch einsehen.«

»Ich … ich habe keins.«

»Du meinst, du weigerst dich, es mir zu zeigen.« Breitbeinig baute sich Fibonacci vor dem ersten Regal auf. »Entweder kann ich sofort deine Einnahmen und Ausgaben überprüfen oder …«, er nahm sich viel Zeit, ehe er weitersprach: »… oder ich lasse das ganze Inventar von der Stadtwache abtransportieren. Damit ein Gutachter der Kaufmannszunft den Warenwert schätzen kann.«

O verdammt, die beiden Büttel gehören zu ihm, dachte Laodomia, aber so ernst kann die Sache doch gar nicht sein. Nein, nein, der Zwerg blufft nur. »Wehe, du rührst auch nur einen Krug an.«

»Ich?« Trockenes Gemecker quetschte sich durch die schmalen

Lippen. »Glaubst du, ich würde mir die Finger schmutzig machen?«
Damit zückte er eine Messingpfeife, eilte nach draußen, ein schriller
Pfiff, ein Wink, und wenig später kehrte er mit den Stadtpolizisten
zurück. »Zum letzten Mal, gib mir dein Rechnungsbuch.«

Laodomia zitterte, kaum gehorchte ihr die Stimme: »Ich besitze
wirklich keines. Das ist die Wahrheit. Alle Einnahmen lege ich in die
Kasse, und wenn ich selbst etwas benötige, dann nehme ich es mir
wieder heraus. Am Wochenende zähle ich den Bestand, und der wird
dann aufgeschrieben.«

»Unglaublich!« Fibonacci wandte sich an die Büttel. »Habt ihr so
etwas schon mal gehört?« Da sie sich kurz anblickten und danach gelangweilt die Hände verschränkten, steigerte sich seine Empörung:
»Fünf Jahre lang habe ich drüben um Santa Croce gearbeitet. Mit
Erfolg! Und da gibt's Halunken genug. Doch solch einer Lügnerin bin
ich noch nie begegnet.«

»Ich lüge nicht.«

»Aha, und wovon kaufst du deine Waren ein? Wovon bezahlst du
die Miete? Sag jetzt nur nicht, aus der Tageskasse.«

»Wenn ich mehr Geld benötige, als ich habe, dann gehe ich zum
Bankkontor.«

»Einfach so? Hier einen Kredit und da einen Kredit! Einfach so!«

»Mein Onkel …«

»Schluss! Ich will nichts mehr hören.« Er presste die Hand auf
seine rechte Gesichtshälfte, um das Flattern zu unterdrücken. »Fangt
an!«, befahl er den Männern. »Raus mit den Waren. Stellt alles auf die
Straße. Ich will, dass alle Nachbarn miterleben, wie dieser illegale
Laden ausgehoben wird.«

Laodomia wehrte sich nicht mehr; sie ließ sich auf den Hocker
hinter ihrem Verkaufstisch fallen und sah nur stumm zu. Erst wurden
die Ölfässer weggetragen, danach der Sack mit getrockneten Pilzen, es
folgte der Sack mit den Nüssen …

»He, Fibonacci«, wandte sich einer der Büttel an den Beamten.
»Willst du die Frau ruinieren? Das kann Ärger geben, glaub es mir.
Sollen wir nicht doch erst mal den Wagen holen? Wäre wirklich besser.
Außerdem müssen wir dann nicht alles doppelt schleppen. Und so-
lange das Zeug draußen rumsteht, ist es vor Dieben nicht sicher.«

»Ich bestimme hier! Du hast meinen Befehl auszuführen.«

»Du kennst dich hier im Viertel nicht aus.« Er zuckte die Achseln. »Ich sag's ja nur.«

Der Topf mit den Zimtstangen … der mit Anissamen … der mit den Lorbeerblättern; einer nach dem anderen wurde aus dem Regal genommen. Betont langsam arbeiteten die Männer.

»Liefert ihr neue Ware?«, fragte draußen eine Stimme. Sie klang noch nicht männlich fest, doch auch nicht mehr jungenhaft hell. Sofort richtete sich Laodomia auf.

Alfonso, der älteste Sohn des Onkels, stürmte herein. »Tante, ich soll dir von Petruschka bestellen, dass sie noch was Rosmarin …« Der Satz versandete. »… für den Braten heute Abend …« Alfonso starrte auf das Wappen am Umhang des spitznasigen Mannes, auf die Büttel. »Tante, was geht hier vor?«

Ehe Laodomia antworten konnte, fuhr Fibonacci dazwischen. »Wer bist du? Ein Verwandter?«

»Kerl!«, zischte Alfonso und reckte das Kinn. »Wie redest du mit einem Strozzi?«

»Nicht, Junge, bitte«, Laodomia nahm seinen Arm und zog ihn hastig durch den Laden zu ihrem Wohnraum. Über die Schulter rief sie: »Nur einen Moment, wir sind gleich zurück.« Und sie flüsterte, noch ehe sie die Tür halb geöffnet hatte: »Sag deinem Vater Bescheid. Sag, dass der Steuereintreiber hier alles beschlagnahmen will. Er muss kommen, hörst du. Sofort.«

»Keine Sorge, Tante, hab schon verstanden.«

»Und lass dich nicht von den Bütteln aufhalten.«

Alfonso grinste über das picklige Gesicht. »Bin schon unterwegs.« Auf dem Absatz kehrte er um. Ehe Luciano Fibonacci ihm den Weg versperren konnte, hatte er die Gasse wieder erreicht.

»Wer ist dieser Schnösel? Einer von deiner Sippe? Schmückt sich frech mit dem Namen Strozzi.«

Laodomia gab keine Antwort und kehrte auf ihren Hocker hinter dem Ladentisch zurück.

Beide Stadtpolizisten kamen von draußen herein. »Und jetzt?«, fragte der eine. »Sollen wir wirklich weitermachen?«, setzte der andere hinzu.

»Was ist in euch gefahren?«

Beide bemühten sich, das Feixen zu unterdrücken. »Eben war doch der junge Herr Alfonso Strozzi hier.« – »Tja, der wird jetzt sicher seinen Vater verständigen.«

Laodomia ergänzte leise: »Und ich bin die Nichte von Filippo Strozzi.«

Die spitze Nase erbleichte. »Warum steht der richtige Name dieser Frau nicht auf meiner Liste?«

Der erste Polizist grübelte, gleich darauf kam ihm die Erleuchtung: »Weil Signora Strozzi mal mit Hauptmann Enzio Belconi verheiratet war. Vielleicht deshalb.«

»Und … und warum, beim Satan, habt ihr mich nicht vorgewarnt?«

»Wir haben's ja versucht«, grinste der zweite. »Aber du hörst ja nicht auf uns dumme Büttel.«

Wildes Flattern befiel die rechte Gesichtshälfte des Steuereintreibers. »Ich denke, ihr holt jetzt erst mal den Karren.«

Kaum waren sie aus dem Laden geschlurft, klammerte sich Fibonacci an seine Schreibtafel. »Der Fakt bleibt, Signora. Auch wenn Ihr eine Dame der feinen Gesellschaft seid. Die Steuergesetze gelten für jedermann, ganz gleich ob er Dochtzieher oder Großkaufmann ist.«

Langes Schweigen. Voller Unruhe nahm der Beamte wieder die Eichleiste aus der Tasche, betrachtete die Gewichte und steckte sie zurück; er zückte sein gefaltetes Sacktuch, schlug es auf und trocknete sich die Stirn. Weil seine Finger zu fahrig waren, um es wieder sorgsam zusammenzulegen, stopfte er das Tuch schließlich zerknüllt in die Tasche.

Ihre Lage schien sich gebessert zu haben. Auch klopfte das Herz nicht mehr so hart. Seltsam, dachte Laodomia, obwohl alle vor der Steuer gleich sein sollen, hat ihn der Name Strozzi kräftig eingeschüchtert. »Darf ich dich etwas fragen?«

»Selbstverständlich, Signora«, sagte er gequält.

»Wenn du so unterwegs bist, regt sich da manchmal ein menschliches Gefühl in dir?«

»Ich kann Euch nicht ganz folgen.«

»Nimm an, du kommst zu einem Flickschuster. Sein Geschäft geht gar nicht mal so schlecht, aber er hat eine kranke Frau, vielleicht sind auch noch seine Kinder krank. Den Verdienst benötigt er für Ärzte und Medizin. Er kann also keine Steuern zahlen. Hast du dann Erbarmen mit ihm und lässt ihm das Geld?«

»Mitleid, meint Ihr? Sicher, persönlich tut mir solch ein Pechvogel schon Leid, aber ich habe Vorschriften zu befolgen. Wenn ich komme, wird immer gejammert und gezetert. Alles nur Theater, das Pack lügt, wo es nur kann. Aber nicht mit mir. Wer die Abgaben nicht entrichtet, dem setze ich eine Frist. Falls er sie, ohne zu bezahlen, verstreichen lässt, dann kommt er in den Schuldturm. Entweder kauft ihn seine Familie aus der Stinche frei, oder …«

»Nur zu, sprich weiter.«

»Werkzeug und alles, was er besitzt, wird verkauft. Und nach Absitzen der Strafe muss er sehen, wie er weiterkommt. Am besten verschwindet er aus der Stadt. Was kümmert es mich?«

Laodomia ballte die Fäuste auf den Knien. »Und wie ergeht es den angesehenen Bürgern und reichen Fabrikanten?«

»Für diesen Personenkreis ist mein Vorgesetzter zuständig.« Der Steuereintreiber betrachtete angestrengt das Wandregal. »Ich besuche nur die kleinen Handwerker und Kaufleute.«

Harte Schritte näherten sich. Filippo Strozzi betrat den Laden. Ohne Fibonacci zu beachten, kam er um den Tisch und griff besorgt nach Laodomias Händen. »Fühlst du dich wohl? Hat man dich unhöflich behandelt?«

»Nein, Onkel. Doch, ja. Ach, ich weiß es nicht. Ich glaube, ich habe einen Fehler gemacht. Danke, dass du so schnell Zeit gefunden hast.«

Er tätschelte ihren Handrücken. »Sei unbesorgt.« In einer schnellen Drehung stand Filippo vor dem Beamten. »Dies ist mein Haus. Wer hat dir erlaubt, hier einzudringen?«

»Verzeiht, Herr.« Tapfer hob der Steuereintreiber die spitze Nase. »Vermieteter Wohn- und Geschäftsraum unterliegt nicht Eurem Hausrecht. Es gibt eine Anzeige der Kaufmannszunft gegen Signora Belconi, weil sie hier unerlaubt einen Gewürzhandel betreibt.«

Filippo sah auf ihn hinunter. »Dein Gesicht kenne ich noch gar nicht. Seit wann kontrollierst du in meinem Bezirk?«

»Seit einigen Wochen.« Die Wange zuckte, und gleichzeitig flatterte auch sein Mut davon. »Luciano Fibonacci, im Dienste der Steuerbehörde.«

»So, so. Fibonacci?« Dem kurzen Stirnrunzeln folgte ein Lächeln. »Dein zu rühmender Namensvorfahr hat uns Bankherren und auch euch Steuerboten das Rechnen erleichtert, indem er vor mehr als zweihundert Jahren die Null und die arabischen Zahlen zu uns brachte.«

»Verzeiht, mir ist dieser Mann nicht bekannt.«

»Bester Freund, du scheinst dich auch ebenso wenig über andere Gepflogenheiten informiert zu haben.« Über die Schulter bat Filippo seine Nichte: »Bitte, lass mich mit dem Besucher eine Weile allein. Du könntest mir eine Erfrischung bereiten. Sobald diese kleine Unstimmigkeit geregelt ist, komme ich zu dir.«

Laodomia gehorchte wortlos und zog sich in ihre Stube zurück.

Fest schloss sie die Tür. Wie gut, dass ich nicht nur eine Frau, sondern auch eine Strozzi bin, spottete sie über sich selbst. Ohne den Onkel wäre ich womöglich im Gefängnis gelandet.

Während sie Trauben und Pfirsiche für ihn auspresste, nahm sie sich vor, demnächst ein Rechnungsbuch zu führen. Selbst wenn Filippo ihre Geldangelegenheiten regelte, sie wollte auch diese Seite des Geschäftes erlernen. »Sonst werde ich nie selbstständig«, flüsterte Laodomia und füllte den Saft in die Kanne.

Wenig später trat der Onkel ein. »Schönste Nichte«, strahlte er. »Der Feind ist in die Flucht geschlagen, dein Held kehrt siegreich zurück.« Mit federndem Schritt kam er näher und schloss sie in die Arme. »Meine Liebste, welche Ängste musstest du ausstehen?«

Sie lehnte die Stirn an seine Brust. »Der Beamte ist weg? Einfach so?«

»Nein. Ich habe sanften Druck ausgeübt und mit einigen Florin nachgeholfen. Jetzt wird sein Vorgesetzter mich im Kontor aufsuchen. Mit ihm werde ich ganz in Ruhe die Sache so durchsprechen, dass kein Verdacht zurückbleibt. Auch die Kaufmannsgilde wird dich in Zukunft nie mehr belästigen.«

Mit einem Seufzer löste sich Laodomia von den Schrecken der letzten Stunde und drängte sich enger an ihn. »Wenn du in meiner Nähe bist«, flüsterte sie, »fühle ich mich so geborgen.«

»Und wie willst du mir deine Dankbarkeit beweisen?«, überging er die Zärtlichkeit in ihrer Stimme.

Seit einiger Zeit schon bedauerte es Laodomia, dass er kaum noch für Liebesworte empfänglich war. Sie wusste aber, was er stattdessen erwartete, und auch dieses Verlangen erfüllte sie ihm gern.

»Schöne Nichte? Fällt dir nichts ein?«

Bewusst überhörte sie die Anspielung. »Nun, ich habe frischen Saft für dich ausgepresst.«

»Nicht genug. Es gibt einen durchaus wertvolleren Saft, der aus einer lebenden Frucht gewonnen wird.«

»Die Glocken haben nicht einmal zum Mittag geläutet, und außerdem steht die Ladentür bestimmt noch weit offen.«

Filippo schob sie mit der einen Hand sanft von sich, nahm mit der anderen den Schlüssel aus der Rocktasche und strich mit dem Bart über ihre Brustknospen unter dem Kittelstoff. »Zweimal habe ich abgeschlossen.«

»Aber wir können uns doch jetzt nicht einfach ins Bett legen?«

Der Schlüssel wanderte über den Bauch, je tiefer er hinunterglitt, umso heftiger setzte das Ziehen in ihrem Schoß ein.

»Liebste Nichte. Es gibt viele Arten, ein Schloss zu öffnen. Und mit Rücksicht auf die Tageszeit sollten wir deshalb nur eine kurze Zwischenmahlzeit einnehmen. Heute Nacht komme ich dann wie gewohnt durch den Geheimgang zu dir, und du bereitest mir das Festessen.«

Er führte sie zur Kleidertruhe unter dem Bild des Erzengels Raffael. »Beuge dich einfach nur vor. Und genieße.« Damit raffte er den Kittel hoch und entblößte ihr Hinterteil.

»Wer also, und damit komme ich zum Schluss …«, Professor Vincenzo Bandelli umklammerte das Rednerpult, »… wer also weiterhin an der Lehre der unbefleckten Empfängnis Mariä festhält, den trifft der Vorwurf sündhaften Denkens, mehr noch, er begibt sich in die Nähe der Ketzerei. *Dixi*.«

Atemloses Schweigen herrschte im Vortragssaal des Fürsten-
palastes zu Ferrara. Die Bankreihen waren überfüllt, an den Wänden
drängten sich Kleriker und Studenten, selbst rund um die Säulen
standen Zuhörer dicht an dicht. Alle Blicke lösten sich von dem
Dominikaner und hefteten sich auf Ercole d'Este. Noch saß der Herzog, umgeben von hohen weltlichen und kirchlichen Würdenträgern,
unbeweglich im Lehnstuhl nahe des Podestes. Seiner Miene war nicht
abzulesen, wem er den Sieg in diesem theologischen Streitgespräch
zuerkennen würde.

Aus brennenden Augen starrte Girolamo Savonarola nach vorn;
er hatte nur einen Stehplatz an der hinteren Saalwand erkämpfen
können. »Bandelli. Professore Bandelli«, flüsterte er immer wieder
tonlos vor sich hin, dabei rieb er die Knöchel aneinander. Den ver-
wunderten Seitenblick des Studenten neben sich nahm er nicht wahr.
Sein Lehrmeister aus dem Kloster in Bologna musste gewinnen.
Nicht allein die These, nein, seine geschliffene Sprachkunst und die
sparsame, doch so wirksame Gestik hatten Girolamo tief beeindruckt.
Wie hölzern war im Vergleich der Vortrag seines Gegners aus dem
Franziskanerlager gewesen!

Die Spannung wuchs, als der Vorredner aufstand, gleichzeitig
Vincenzo Bandelli das Pult verließ und beide, Franziskaner und
Dominikaner, sich vor dem Fürsten verneigten.

Ercole d'Este hob das Haupt. »Wir danken für diese erbauliche
Stunde.« Sein Blick heftete sich auf den Gelehrten aus Bologna. »Ins-
besondere Euch, Vater Bandelli.« Langsam klatschte er ihm einige
Mal zu.

Begeisterung brandete auf. Seine Wahl entsprach der vorherr-
schenden Meinung im Saal und löste die Zungen aller. Vor Erleichterung trat Girolamo unbeabsichtigt dem Nachbar auf den Fuß. »Das
wollte ich nicht. Aber in der Freude … Verzeih.«

»Schon vergessen, Frate.« Der Student schob die Samtmütze aus
der hohen Stirn. »Auch ich bin ein Gegner der Lehre von der unbefleckten Empfängnis. Man sollte diese Argumentation schriftlich vertiefen.«

Überrascht blickte Girolamo in das jugendliche, fein geschnittene
Gesicht. »Studierst du hier an der Universität?«

303

»Nachdem ich aus Bologna dem Studium des Kirchenrechts entflohen bin, langweile ich mich hier in Ferrara durch die philosophischen Vorlesungen.«

»Interessiert dich das Fach nicht?«

Der Student schnippte einige Flusen von seinem elegant geschneiderten Rock. »Im Gegenteil. Nur die Lehrer sind mir zu engstirnig, zu simpel.«

»Bist du nicht zu jung, um so abfällig zu urteilen?«

»Immerhin sind seit meiner Geburt achtzehn Jahre vergangen. Aber was sagt schon das Alter über die geistigen Fähigkeiten eines Menschen aus?«

So viel Selbstsicherheit erschreckte Girolamo. »Woran arbeitest du?«

»Hier ist nicht der rechte Platz, darüber zu reden. Nur so viel: Ich beschäftige mich unter anderem mit der Wahrheit der antiken Philosophen im Vergleich mit der einen ewigen Wahrheit, der christlichen.«

Dies war leicht, beinah vergnügt dahingesagt. Girolamo schnaubte hörbar durch die Nase. Entweder bist du ein Blender, dachte er, oder aber ich muss mich schämen, weil mir nicht einmal die Formulierung des Themas so einfach über die Lippen kommen würde. »Lebwohl.« Seine Stimme krächzte. »Ich will sehen, wie ich durch die Leute nach vorn zu Professor Bandelli gelange. Seit zwei Jahren habe ich nicht mehr mit meinem Lehrmeister gesprochen. Diese Chance muss ich nutzen. Vielleicht treffen wir uns ja bei einer anderen Gelegenheit wieder.«

»Es wird mir eine Freude sein. Fra …?«

»Girolamo. Girolamo Savonarola. Ich wohne zurzeit im Kloster zu den Engeln und bereite mich für eine ehrenvolle Aufgabe in meinem Orden vor.« Jähe Eitelkeit ließ ihn hinzusetzen: »Mein Großvater Michele war früher Leibarzt bei Fürst Niccolò d'Este.«

»Michele Savonarola? Ein mir wohl bekannter Name. Bei mir zu Hause wird nur lobend von ihm gesprochen. Seine Kenntnisse über Frauenkrankheiten, seine Menschenfreundlichkeit werden gerühmt.«

Girolamo wollte sich entziehen, jedoch inmitten des Gedränges hielt ihn die Aura dieses jungen Mannes fest. »Wer bist du?«

Unter langen Wimpern blickten ihn dunkle mandelförmige Augen belustigt an. »Graf Giovanni Pico della Mirandola. Der Palast meiner Eltern liegt nicht weit von Ferrara entfernt. Außerdem ist mein Bruder mit der Schwester Herzog Ercoles verheiratet. Nun erschreckt nicht, Frate. Wir sind Landsleute. Gerade weil Ihr noch nichts von mir gehört habt, dürft Ihr mich getrost Giovanni nennen.«

Schamröte überflutete Girolamos Gesicht. »Verzeiht. Ich hatte wirklich ... Aber warum steht Ihr hier? Euer Platz ist doch vorn, beim Fürsten und bei den Prioren der Ordensklöster.«

»Wie langweilig. Dieses Streitgespräch wollte ich inmitten der Zuhörer erleben, weil hier mehr Sachverstand zu finden ist. Im Übrigen hätte ich Euch sonst nicht kennen gelernt, und dies wäre ein Verlust gewesen.«

»Ihr schmeichelt nur. Noch einmal: Lebt wohl, Graf, und verzeiht meine Unkenntnis.«

Pico della Mirandola berührte mit dem Finger leicht die Handfläche des Mönches. »Als Ihr vorhin so leidenschaftlich zuhörtet, spürte ich, dass uns etwas verbindet. Wenn Ihr ein Schüler des streitbaren Bandelli seid, so darf ich annehmen, dass Ihr Euch ebenso geschickt in Disputationen behauptet.«

Wieder gelang es Girolamo nicht, sich zu lösen. Sollte er dem Jüngeren das Geheimnis anvertrauen? Warum nicht? Er blickte über die Köpfe nach vorn, sah seinen Lehrer im hitzigen Gespräch mit dem Franziskaner, es blieb ihm also noch Zeit. »Meine erste öffentliche Bewährung erhalte ich auf dem Kapitel der lombardischen Kongregation meines Ordens im April nächsten Jahres.« Er räusperte sich, endlich gehorchte seine Stimme wieder. »In Reggio findet das Treffen statt. Dort darf ich zu einem theologischen Thema ein Streitgespräch mit einem Gegner führen. Jetzt schon bereite ich mich während der Nachtstunden darauf vor.«

»Ich werde da sein, Frate.« Pico della Mirandola hob die Achseln. »Allerdings hoffe ich, dass nicht bis dahin unser Land von Krieg überzogen ist.«

»Krieg?« Noch nie hatte sich Girolamo für Politik interessiert. »Wer sollte uns angreifen?«

»Bei mir zu Hause wird darüber gesprochen, dass Venedig Anspruch auf einige Salzminen im Herzogtum Ferrara erhebt. Die Forderung kam wie aus heiterem Himmel und ist lächerlich. Aber wer weiß, wie sehr sich die Fronten verhärten?«

»In meinem Kloster herrscht Frieden. Das allein zählt, was schert mich die Welt?«

Jetzt schmunzelte der Graf. »Kein Kloster, auch nicht das ›Zu den Engeln‹, kann existieren, wenn es nicht den Schutz der weltlichen Macht genießt.« Er streckte dem Mönch die Hand hin. »Mein Versprechen gilt. Ich werde bei Eurem großen Tag in Reggio anwesend sein.« Ehe Girolamo zum dritten Male Lebewohl sagen konnte, wandte er sich ab und schob sich mit dem Strom der Zuhörer in Richtung Ausgang.

Auch Professor Bandelli war im Aufbruch begriffen. Gerade noch gelang es seinem Schüler, ihn anzusprechen. »Ehrwürdiger Vater, darf ich Euch beglückwünschen. Ich bin's, Fra Girolamo.«

»Danke, mein Sohn. Danke. Eile ist geboten. Der Franziskaner will tatsächlich Beschwerde in Rom gegen mich und meine These führen. Ich muss dringend mit einigen Prioren unseres Ordens sprechen. Dennoch …«, er war bemüht, sich einen Moment auf seinen Schützling zu konzentrieren, »… alles was mir von dir berichtet wird, erfreut mein Herz. Sei getrost, ich halte meine Hand aus der Ferne über dich, und wer weiß, vielleicht ergibt sich bald schon eine Möglichkeit, die uns näher zusammenführt. Und jetzt, mein Sohn, entschuldige mich.«

Girolamo blieb verwirrt zurück. Wie durfte er die Worte des Professors deuten? Eine neue Chance? Unwillkürlich zog ihn das Rednerpult an. Erst im letzten Moment ertappte er sich und widerstand der Versuchung, das Podest zu ersteigen.

M orgen! Welch ein Tag stand bevor! Donna Lucrezia de' Medici hatte Laodomia um einen Besuch an ihr Krankenlager gebeten und ausdrücklich verlangt, auch den Patensohn zu sehen. Diese Einladung allein wäre schon Aufregung genug gewesen.

Kaum aber hatte der Bote den Gewürzladen verlassen, kam Petruschka herein. »Morgen kehrt Signore Filippo aus Neapel zurück.«

»Ist das wahr?« In der ersten Freude fiel Laodomia der Russin um den Hals. »Endlich. Vier Wochen sind zu lange gewesen.« Gleich folgte der Schreck: »O verdammt, ich muss ja in die Via Larga. Stell dir vor, Donna Lucrezia hat mich und Raffaele zu sich gebeten. Wann genau trifft er ein?«

»Ach, mein Kleines.« Ein tiefer Seufzer entrang sich dem Busen. »Die Begleiter vom Stadtrat sind vorhin schon angekommen. Sie haben bestellen lassen, unser Herr wollte noch etwas in Pisa erledigen. Für morgen Abend soll ich das Essen richten. Ach, mein Kleines.« Wieder ein Seufzer. »Aber ehe er da ist, müssen wir noch dringend reden.«

»Du bist so ernst?«

»Mach dein Geschäft heute früher zu. Und wir spazieren rauf nach San Miniato. Da oben ist der Sonnenuntergang am schönsten.«

»Was ist mit Filippo?«

»Nicht jetzt, Kleines. Ich hol dich nachher ab.« Rasch verließ die Russin den Laden.

Die mühsam unterdrückte Unruhe erwachte wieder, verschlang das Glücksgefühl, und Laodomia konnte sich nicht wehren.

Mitte Februar war der Onkel, ohne ihr Lebewohl zu sagen, abgereist. Am Abend zuvor hatte Filippo sie in ihrer Wohnstube aufgesucht und Befriedigung verlangt; eine Stunde, die nur seiner harten Lust diente und ihr nicht einen Moment Zärtlichkeit schenkte. Lange nachdem er durch die Geheimtür wieder entschwunden war, lag sie wie aufgerissen da. Als sich der Schmerz endlich verlor, blieben Laodomia nur seine Worte übrig, mit denen er sich nun schon seit Monaten für solch rohen Beischlaf entschuldigt hatte: »Erwarte nicht zu viel, schöne Nichte. Liebe ist nicht immer der Anlass. Jeder Mann verspürt hin und wieder einen Druck in den Lenden, von dem er sich befreien muss. Darin unterscheide ich mich nicht von den anderen. Im Übrigen solltest du froh sein, dass du auch dann das Ziel meiner Wünsche bist.«

Sie begriff nicht, wollte aber verstehen und tröstete sich schließlich mit der Hoffnung: Morgen wird der Liebste mir etwas Marzipan, vielleicht auch noch einen handgeschriebenen Vers seines Dante schicken, und ich werde ihm wie stets verzeihen.

Jedoch wartete sie vergebens. Am Nachmittag dann hatte sie gefragt und von einer Küchenmagd erfahren: »Der Herr? Der gnädige Herr ist doch gleich nach dem Frühstück weggeritten.«

Einfach so? Natürlich war Filippo häufig in Bankgeschäften unterwegs, stets aber hatte er sich von ihr verabschiedet. Während der folgenden Nächte hatte Laodomia versucht, das Gekränktsein zu bekämpfen: Wie kann er nur so rücksichtslos sein? Wir lieben uns doch. Nicht vor der Öffentlichkeit, aber wenigstens in aller Heimlichkeit sind wir ein Paar! Eine Antwort fand sie nicht.

Später dann saß sie auf der Bettkante und bemühte sich, nüchterner über das Verhältnis zwischen dem Onkel und ihr nachzudenken: Gut, den ersten Schritt in sein Bett ging ich wegen des Kräuterladens, weil ich aus dem Witwengefängnis heraus und meine Freiheit wollte. Schon beim zweiten Mal aber war mein Gefühl dabei, und später sehnte ich mich danach, dachte nur noch an ihn. Wenn er mich in seine Arme nimmt, fühle ich Geborgenheit. Ja, ich weiß, er redet nicht oft über Liebe. Vielleicht fühlt er auch nicht so stark wie ich; trotzdem, er ist mein Mann, und ich bin seine Frau. Oder bilde ich mir das nur ein, weil ich es so sehen möchte? O verflucht! Allein kam sie aus dem Schlinggewirr nicht hinaus.

Petruschka. Die Freundin antwortete zunächst nur einsilbig: »Mach dir nichts draus, Kleines.« Und: »So sind die Männer nun mal.«

Weil Laodomia sie nur ratlos anstarrte, ließ die Russin das ›R‹ rollen: »Musst dich darüber nicht aufregen. Seit Januar ist Krieg da oben in Ferrara. Soviel ich weiß, helfen wir schon dem Herzog gegen Venedig. Aber wie ich mitgehört habe, reichen unsere Truppen nicht aus. Der Herr musste nach Neapel, weil er den König da um Verstärkung bitten soll. Ein Geheimauftrag. Deshalb ist er so überstürzt weg.« Petruschka hatte sich bekreuzigt und leise hinzugesetzt: »Und jetzt frag nicht weiter. Bitte.«

Keine Beruhigung für das Herz, zumindest aber war dieser Grund einleuchtend für den Verstand und ließ Laodomia die lange Zeit der Trennung erträglicher erscheinen.

Jetzt aber kam der Onkel zurück. Petruschka jedoch freute sich nicht mit ihr?

Fahrig bediente sie die Kundinnen, verlangte gegen Mittag der letzten viel zu wenig für Ingwer und Knoblauch ab und verriegelte hinter ihr die Ladentür.

Schluss mit der Grübelei, entschied sie. Vielleicht habe ich den Onkel irgendwie verärgert. Mag ja sein. Aber sobald wir uns sehen, weiß ich schon, wie ich ihn besänftigen kann.

Hungrig aß sie von den in Öl und Fenchel eingelegten Oliven und spuckte die Kerne aus. Was ziehe ich morgen beim Besuch in der Via Larga an? Die arme Donna Lucrezia! Sie soll sich vor Schmerzen kaum noch bewegen können. Ein dunkles Kleid? Laodomia lutschte die fettigen Finger ab und tippte sich gegen die Stirn. »Blödes Weib«, beschimpfte sie sich, »gehst zu einem Krankenbesuch und erscheinst wie bei einer Beerdigung. Nein, gerade weil es ihr so schlecht geht, wird die alte Dame Freude an hellen Farben haben.«

Mit Schwung öffnete sie die Kleidertruhe. Oberhalb der hoch stehenden Deckelkante begegnete ihr Blick den Augen ihres Erzengels im Bild an der Wand. »Guck nicht so scheinheilig. Ich ziehe mich jetzt nicht aus.« Damit entnahm sie das luftige, gelb und grün gestreifte Kleid und hängte es über die Drahtpuppe. Bis morgen würden sich die meisten Knitterfalten geglättet haben, die übrigen wollte sie kurz vor dem Ankleiden ausbügeln.

Petruschka ging mit weit ausholenden Schritten und setzte jedes Mal hart den langen Wanderstock auf, als gelte es, die Erde zu erstechen. Auch nachdem sie das Tor San Miniato passiert und den Anstieg hinauf zur Kirche begonnen hatten, verringerte die Russin das Tempo nicht.

»Das ist doch kein Spaziergang«, beschwerte sich Laodomia. »Renn doch nicht so.«

»Es muss sein, Kleines.«

Laodomia blickte über die Schulter. Immer noch folgten ihnen diese drei zerlumpten Burschen.

Gleich zu Beginn ihres Ausflugs hatten die beiden Frauen auf der anderen Arnoseite den Schwiegereltern Bescheid gegeben, dass Raffaele morgen Vormittag von Laodomia abgeholt würde, um die Patin zu besuchen. Mutter Belconi bot ihnen frisch gepressten Saft an, doch beide lehnten dankend ab. Kaum hatten sie die linke Uferstraße in Richtung Osten eingeschlagen, waren die drei Schnarrer aufgetaucht und blieben seitdem einen Steinwurf hinter ihnen.

»Fürchtest du die Kerle? Ich mein', weil wir ohne Schutz sind?«

»Diese Lümmel?« Petruschka lachte verächtlich. »Die sollen es nur wagen!«

»Aber warum hetzen wir so?«

»Meine Mutter sagte immer, wenn du was Neues lernen willst, dann schwitz vorher alles Unwichtige raus.«

»Das Einzige, was mir gleich raushängt, ist die Zunge.«

»Glaub mir, Bewegung hilft dem Kopf.«

Die Straße wand sich steil zwischen Pinien und Lorbeerbüschen hinauf. Nach zwei Dritteln des Weges öffnete sich der Blick nach oben. San Miniato! Von der Nachmittagssonne beschienen, gleißte die weiße Marmorfassade der Kirche; dunkelgrüner Serpentin umriss die fünf Rundbögen über den Türen, zog die Linien der Rosetten und Mosaike des Giebeldaches nach. Darüber blinkte der vergoldete Adler.

»So friedvoll steht die Kirche da«, keuchte Laodomia. »Gott sei Dank nicht so mächtig wie der Dom. Und ich denke, wenn man wieder zu Atem gekommen ist, lässt es sich dort leichter beten.«

»Mir gefällt Santissima Trinità besser. Weil meine Madonna da mich gut kennt.« Petruschka sah prüfend die steinige Fahrstraße hinunter. Von den Verfolgern war nichts mehr zu entdecken. »Wir müssen ja nicht ganz rauf.« Sie wies mit dem Eichenstecken auf einen Pfad, der nach links abzweigte. »Lass uns hier rübergehen. Da hinten ist der Blick auf die Stadt noch schöner.«

Immer noch atemlos erreichten die Frauen den lichten, baumbestandenen Aussichtspunkt. Mit einem Tuch trockneten sie ihre schweißnassen Gesichter und ließen sich an der vorspringenden Kante auf einem Felsblock nieder. Stumm betrachteten sie tief unten das Silberband des Flusses, die roten Dächer und Türme. Nach einer Weile unterbrach Petruschka schließlich das Schweigen. »Weißt du noch, was ich gleich am Anfang zu dir gesagt habe? Als du das erste

Mal den Herrn besucht hast und ich dich nachher zu den Belconis gebracht hab? In der Nacht?«

»Ob Filippo mir wehgetan hat?«

»Nein, das mein ich jetzt nicht. Ich sagte, dass der Herr vielleicht nur mit dir spielt. Mein Herz aber es ganz ehrlich meint.«

»Ja, ich hab's nicht vergessen.«

»Und es stimmt immer noch.«

»Danke. Außer Raffaele gibt es nur zwei Menschen, die mir wichtig sind. Das bist du, weil ich dir vertraue, und Filippo, weil ich ihn liebe.«

»Ach, Kleines, du darfst dich nicht so an den Herrn klammern.«

Laodomia rieb sich die Stirn. Eifersucht, dachte sie, ich kann's nicht glauben, meine Petruschka ist auf Filippo eifersüchtig. »Sei beruhigt, er nimmt mich dir nicht weg.«

»Davor habe ich keine Angst. Ich hab Angst um dich.« Heftig wühlte die Freundin mit dem Stecken die Erde zwischen ihren Füßen auf. »O Madonna, hilf mir!« Sie umklammerte den Schaft. »Hör zu, Kleines. Es kann doch sein, dass der Herr sich eine andere Frau sucht. Das kann doch sein.«

»Keine Sorge. Ich weiß, viele Weiber sind hinter ihm her, aber seitdem wir uns …«

»Bitte, hör doch. Er ist nicht zu alt für eine zweite Ehe.«

»Du meinst …?« Laodomia spürte ein Stechen im Magen. »Nein, nein. Wir sind viel zu eng verwandt. Mich darf er gar nicht heiraten.«

»Das ist es ja.«

Der Schmerz nahm zu. »Du willst mir doch nicht sagen, Filippo plant …«

»Doch.« Petruschka presste die Hand gegen den Busen. »Doch, mein Kleines.«

»Seit, seit wann weißt du es?«

»Genau weiß ich es überhaupt nicht. Aber schon im Dezember hat er mal mit einem Heiratsvermittler geredet. Als der dann oft wiedergekommen ist, dachte ich es mir schon.«

Laodomia krümmte sich zusammen, die Qual stieg hinauf, schnürte sich um ihre Kehle. »Du, du schwätzt nur. Reimst dir was zusammen. Was weißt du denn genau?«

»Nicht zornig werden, Kleines. Bitte.«

»O verdammt!« Der Fluch gab neue Kraft. »Hast du irgendeinen Beweis? Heraus damit, verdammt! Na los. Aber erzähl mir keine Klatschgeschichte.«

Geduldig ertrug Petruschka den Vorwurf. »Später kam der Heiratsvermittler mit Signore Gianfigliazzi. Von viel Geld war die Rede und einem Landgut.«

»Na und?«, fuhr Laodomia auf. »Filippo führt ein großes Bankhaus. Vielleicht fragten sie nach Kredit?« An diesem Strohhalm hielt sich Laodomia fest. »Genau so wird es sein. Ja, sie wollten Geld leihen, um die Mitgift für eine andere Heirat zu finanzieren.«

»Ach, Kleines, ich hab doch Ohren und Augen. Die Herren haben sich gegenseitig Angebote gemacht. Und weil ich jetzt den Namen wusste, bin ich los und hab gefragt. Und es stimmt, von drei Töchtern hat die Familie Gianfigliazzi noch eine übrig. Und die will sie unter die Haube bringen.«

Langsam stand Laodomia auf und wandte der Freundin den Rücken zu. »Was noch?«, flüsterte sie. »Weißt du inzwischen, wer die … die Braut ist? Sag's schnell, weil ich gleich anfange zu heulen.«

»Signore Gianfigliazzi ist Mitglied im Hohen Rat und handelt mit Seide. Geld hat er mehr als genug. Das Mädchen heißt Selvaggia, soll ganz hübsch sein und ist siebzehn Jahre alt.«

»So jung?« Kaum waren die Tränen noch zu unterdrücken. »Aber vielleicht hat es sich Filippo auf der Reise noch mal überlegt. Kann doch sein, dass er seine Meinung geändert hat.«

»Ich glaub's nicht, Kleines.« Vor Mitleid schwankte die Stimme. »Der Signore war als Gesandter mit in Neapel. Sie kommen morgen zusammen von Pisa zurück. Und für beide Herren soll ich abends das Essen richten.«

Laodomia drehte sich um. Ihre Lippen zitterten. »Warum hast du mir nicht viel früher davon erzählt? Warum?«

»Ich hab gewartet, solange ich konnte. Weil du so fröhlich und glücklich warst die ganze Zeit.«

»War ich auch!«, schluchzte Laodomia, ihre Augen füllten sich und liefen über. »Das war ich auch. Wie noch nie in meinem Leben.«

Sie stolperte davon, ihr Schritt wurde schneller, und ehe Petruschka begriff, floh sie den Pfad zurück in Richtung Straße.

»Warte auf mich!« Die Russin hastete hinter ihr her. »Hör doch!«

Nichts vernahm Laodomia mehr, zu laut schrien die Gedanken in ihr: Filippo, du darfst nicht! … Du kannst doch nicht einfach … Bedeutet dir unser Glück denn gar nichts?

Tränenblind erreichte sie den abschüssigen Fahrweg. Ohne Halt lief sie zur Stadt hinunter: … Ich bin doch kein altes Weib … Nur neun Jahre Unterschied … Viel mehr kann ich dir geben als dieses junge Ding …

Von rechts und links sprangen Schatten aus den Sträuchern und fielen über sie her. Ehe Laodomia die Gefahr begriff, wurde sie von zwei Zerlumpten an den Armen zurückgerissen, und der dritte Schnarrer kam feixend auf sie zu. »Schenk uns was, schöne Dame.« Er ließ seine Holzrassel ums Handgelenk wirbeln. »Dann bleibt dein Gesicht so, wie es ist.«

»Macht, was ihr wollt.« Laodomia schloss die Augen. »Ich habe nichts mehr.«

»Wie schade. Aber feine Kleider nehmen wir auch. Hab ich Recht, Freunde? Na los, zieht sie aus …« Jäh veränderte sich die Miene des Anführers, ungläubig starrte er an seinem Opfer vorbei. Zu spät für eine Warnung.

Schon war die Russin heran. Ihr Stecken knallte den beiden Kumpanen nacheinander gegen die Ohren. Sie fauchte wie eine Tigerin, holte wieder aus und hieb mit dem Stock wild auf die Köpfe ein. Vor Schreck und Schmerz brüllten die Halbwüchsigen und gaben ihre Beute frei.

Petruschka war es nicht genug, sie stach nach ihnen, traf den einen mitten ins Gesicht, den anderen gegen den Kehlkopf. Beide taumelten, und die riesige Frau rammte sie mit der Masse ihres Körpers vom Fahrweg. Sie stürzten übereinander und blieben wimmernd unter dem Gestrüpp liegen.

»Weg, Kleines! Hinter meinen Rücken, schnell!« Kaum war Laodomia außer Gefahr, baute sich die Russin vor dem Anführer auf. »Jetzt du.«

313

Bisher hatte er nur fassungslos der Furie zugesehen. »Aber du bist doch eine Frau?«, stammelte er. »Glaubst du, ich hätte Angst vor dir?« Mit Spott versuchte er Zeit zu gewinnen. »So ein dickes, hässliches Weib …«

Weiter kam er nicht. Der Fuß schnellte hoch und traf ihn hart zwischen den Beinen, er krümmte sich nach vorn. Sofort stieß ihm Petruschka das Knie ins Gesicht, gleichzeitig drückte sie mit dem quergefassten Stecken den auffahrenden Nacken nieder; dreimal noch ruckte ihr Knie nach oben, erst dann ließ sie den Anführer fallen. »Du wirst für lange Zeit keine Frauen mehr belästigen.«

Die nächste Sorge galt Laodomia. »Komm, wir müssen weiter. Ehe sich doch noch einer von den Schweinen erholt.« Sie ergriff ihre Hand und zog die Zitternde im Sturmschritt hinter sich her.

Erst nachdem die Frauen unterhalb des Tors San Miniato sicher die Uferstraße erreicht hatten, gelang es Laodomia wieder zu sprechen. »Verzeih, weil ich dich vorhin so beschimpft habe. Aber …«, sie unterbrach sich erschrocken. »Bist du verletzt?«

»Darüber zerbrich dir nicht den Kopf. Ich spüre mein Knie, das ist alles. Nein, mir geht's nicht so schlecht wie dir, Kleines. Aber herrichten sollten wir uns schon. Sonst denken die Leute noch, wir beide hätten uns geprügelt.«

Petruschka steckte notdürftig ihre Haube fest, schnürte den Stoffgürtel neu und ordnete die Falten ihres Mantels. »Lass dich ansehen.« Mit der Fingerkuppe wischte sie der Freundin die Tränenspuren von der Wange. »Nein, es geht nicht besser, ich weiß.«

Vergeblich bemühte sich Laodomia zu scherzen. »Morgen sollte ich viel Schminke auftragen.«

»Das ist gut. Mein Armes, wie kann ich dir nur helfen?« Nach einer Weile nickte die große Frau entschlossen. »Wenigstens setze ich dich in den Badezuber. Und den Schlüssel zum Weinkeller hab ich auch. Und dann reden wir, solange du willst. Sollst sehen, der Duft guter Öle und ein kräftiger Schluck, die helfen schon, und nachher schläfst du auch besser.«

om Ersten Diener war Laodomia mit ihrem Sohn hinauf in
den Frauentrakt des Palazzo Medici und durch den Flur bis
vor die Gemächer der Patriarchin geführt worden. Er hatte
dreimal geklopft und sich mit der knappen Auskunft verabschiedet:
»Die morgendliche Visite hat sich verzögert. Wartet hier, Signora Strozzi, bis Ihr hereingebeten werdet. Nachher darf ich Euch dann wieder
zum Ausgang begleiten.«

Wenig später trat eine Zofe aus dem Schlafgemach. »Noch etwas
Geduld, Signora«, flüsterte sie der Besucherin zu, »gleich sind wir so
weit«, und huschte zurück, ohne die Tür wieder ganz zu schließen.
Der Spalt erlaubte freien Blick auf das Hochbett. Laodomia beobach-
tete voller Mitleid, wie der Leibarzt die abgemagerten Beine und Füße
Donna Lucrezias mit Salbe versah.

»Mama!«, beschwerte sich Raffaele neben ihr. »Mama, hier ist es
dunkel. Komm mit. Ich will runter zu den schönen weißen Frauen.
Und spielen.«

»Stell dich nicht dumm. Die sehen nur so aus wie Menschen, das
sind Figuren aus Stein. Wie oft soll ich dir das noch erklären? Keine
von denen kann mit dir spielen.«

»Ich will aber.«

»Still jetzt. Du bleibst hier.«

Raffaele krallte die Hände in ihr Kleid und zerknitterte die Falten. »Ich hab Durst, Mama.«

Ärgerlich kauerte sich Laodomia vor ihn. »Schluss jetzt«, drohte
sie und rückte seine blaue Samtmütze zurecht. »Gleich besuchen
wir deine Patin. Und du bettelst nicht, schreist auch nicht herum,
sondern bist artig. Haben wir uns verstanden? Sonst werde ich ganz
traurig.«

»Warum?«

»Weil Tante Lucrezia sehen möchte, welch ein kleiner höflicher
Mann aus dir geworden ist.«

»Bekomm ich dafür auch Saft?«

»Mag sein. Ich weiß es nicht.« Mit schnellem Griff richtete Laodomia seine inzwischen verdrehten engen Strumpfhosen, bis an seinen
Beinen die blauen Hälften wieder außen und innen die grünen gerade nach oben verliefen und unter der kniekurzen roten Tunika ver-

schwanden. Wie einen Stutzer hatte Mutter Belconi ihren fünfjährigen Enkel herausstaffiert. Laodomia sah den Sohn zwar lieber im bequemen Spielkittel, aber sie hatte die Schneidersfrau nicht kränken wollen, und für den heutigen Besuch mochte die modische Verkleidung vielleicht sogar angebracht sein. »Besser, du bewegst dich nicht so viel«, ermahnte sie ihn und dachte, während sie seinen perlenbesetzten Gürtel nachzog: Zur Puppe taugst du wahrhaftig nicht. Armes Kerlchen, ich fürchte, das wird gleich nicht nur für mich eine harte Probe, sondern auch für dich.

Leises Summen ließ Laodomia aufhorchen. Aus dem Dunkel des weiten Flurs näherte sich eine Frau im schlichten Hauskleid, die einen Jungen an der Hand führte. Sie gab die Melodie vor, und der Kleine bemühte sich eifrig mitzuhalten. Erst vor der Tür brach der Unterricht ab. »Gott zum Gruße. Ihr seid gewiss Signora Strozzi.« Ein angedeuteter Knicks. »Ich bin die Amme unseres Giulio.« Prüfend blickte sie durch den Türspalt. Decken und Kissen wurden um Donna Lucrezia gerichtet. »Es ist ein Jammer mit meiner Herrin. Jeden Morgen dauert die Versorgung länger.« Mit einem warmen Lächeln begrüßte sie Raffaele. »Was für ein vornehmer junger Mann steht da? Na los, Giulio, wünsche dem Herrn einen schönen Tag.«

Vertrauensvoll stellte sich der Kleine in seinem hellen Kragenhemdchen vor Raffaele, hob die Hand und streichelte ihm das Gesicht. »Gehst du auch zur Omama?«

»Nein«, verbesserte Raffaele, »ich besuche meine Patin.«

»Wo ist die?«

»Ach, du bist dumm«, grinste der Ältere und stippte mit dem Finger in den vorgestreckten Bauch. »Da drin ist die Patin.«

Vergnügt lachte Giulio auf, und Raffaele fiel mit ein.

Voller Staunen hatte Laodomia den Jungen betrachtet. Das also ist der Sohn Giulianos, dachte sie. Das Kind von Fioretta. Er gleicht seinem Vater, die großen dunklen Augen aber sind von ihr. »Wie alt ist er jetzt?«

»Drei Jahre. Noch nie habe ich ein freundlicheres Kind aufgezogen.«

Die Tür wurde weit geöffnet. Der Leibarzt kam in den Flur, knapp

grüßte er die Wartenden und murmelte im Vorbeigehen: »Bleibt nicht
zu lange. Donna Lucrezia hatte eine schlechte Nacht.« Nachdem auch
die beiden Zofen, hoch bepackt mit schmutzigem Verbandszeug, Lappen und dem Nachtgeschirr, das Schlafgemach verlassen hatten, durfte
der Besuch endlich hinein.

Als Erstes brachte die Amme den Enkelsohn zur Großmutter.
Laodomia blieb mit Raffaele im Hintergrund. Wohltuend empfand
sie den frischen Geruch nach Lavendel und Limonen, der von Duft-
lampen verbreitet wurde. Das Zimmer war hell und freundlich. Ihr
Blick streifte die beiden Sträuße in den Bodenvasen, großblättrige
Mohnblüten, leuchtende Junkerlilien. Wo blühen denn jetzt im März
solche Blumen, dachte sie flüchtig.

Nichts hier erinnerte Laodomia an schweres Leiden, bis sie zum
Hochbett sah. Dort lehnte Donna Lucrezia halb sitzend in den Stützkissen: Unterarme und Handgelenke umwickelt, unter der Bettmütze
quoll der Rand des Kopfverbandes in die faltige Stirn. Wie vertrocknetes, rissig gelbes Leder lag die Haut über dem müden Gesicht. Doch
die Augen leuchteten auf, als Giulio von der Amme hochgehoben
wurde und artig aufsagte: »Tausend Wünsche zur Gesundheit.« Er
wedelte mit den Händchen. Sanft ermahnte ihn seine Erzieherin: »Du
hast etwas vergessen.« Der Kleine überlegte, dann schnappte er nach
Luft: »Gottes Segen!«, und krähte zum Abschluss das einzige nicht
auswendig gelernte Wort: »Omama!!« Als Krönung der Zeremonie
reichte ihn die Amme für den Morgenkuss an, jedoch Donna Lucrezia
schüttelte unmerklich den Kopf. »Lass nur, diese reinen Lippen sollen
nicht mehr mit meinen hässlichen Falten in Berührung kommen«,
sagte sie und befahl: »Bleibe noch eine Weile mit Giulio hier. Du
weißt ja, wo die Bälle liegen.«

Laodomia wartete, bis die beiden sich zur Truhe zwischen den
Fenstern zurückgezogen hatten, und kniete dann gemeinsam mit Raf-
faele neben dem Hochbett nieder. »Ich bin tief bestürzt über Eurer
Leiden.«

»Nein, nein. Da unten sehe ich nichts von euch. Erhebe dich,
Kind. Zeige mir den Patensohn.«

Laodomia gehorchte und nahm Raffaele auf den Arm. »Begrüße
deine Patin.«

Der Fünfjährige betrachtete erschrocken das gezeichnete Gesicht, starrte auf die verbundenen Gelenke. »Tut's sehr weh?«

»Ja, kleiner Mann.«

»Soll ich pusten?«

»Ja, bitte.«

Die Mutter setzte ihn wieder ab, und er trat dicht ans Bett. Erst behutsam, bald schon mit geblähten Wangen blies er auf den Handrücken. »Wieder gut?«

»Danke. Viel besser. Nun geh, und spiele mit Giulio.«

Ohne Widerrede gehorchte Raffaele, und beide Frauen sahen ihm nach. Auf halbem Weg ließ er sich fallen, verschwendete keinen Gedanken mehr an die feinen Kleider, auf Knien rutschte er über den Marmorboden weiter. Die Amme saß etwas entfernt von ihrem Schützling. Zwei weiche lederbezogene Bälle hatte sie der Truhe entnommen. Jeder kullerte seinen Ball zur gleichen Zeit dem anderen hinüber. Wenn es um Haaresbreite in der Mitte zu einem Zusammenstoß kam, jauchzte Giulio vor Vergnügen.

»Ich auch!«, bettelte Raffaele.

Den ersten Ball, der ihm zugerollt wurde, hielt er fest, auch den zweiten hortete er vor seinen Knien. Die Amme forderte ihn auf, weiterzuspielen.

Raffaele reckte das Kinn. »Sag Bitte.«

Nach einem kurzen Moment der Verwunderung klatschte sie bettelnd die Hände zusammen und erhielt zum Lohn den einen Ball und Giulio den anderen. Jetzt lachte auch Raffaele.

Seine Mutter seufzte: »Er wird sehr verwöhnt«, entschuldigte sie sich bei Donna Lucrezia. »Nicht von mir. Aber die Schwiegereltern hofieren ihn wie einen Prinzen.«

»Ich kann sie gut verstehen«, widersprach die Kranke. »Er besitzt ein Strahlen, dem auch ich mich nicht entziehen könnte. Mir aber hilft das Lachen. Es verschafft mir mehr Linderung als die Salbe aus Eberraute oder dieser ekelhaft schmeckende Saft von Hirschtrüffeln.« Mit halb gesenkten Lidern lauschte sie dem Kichern und Juchzen der Knaben. Nach einer Weile dann sagte sie zur Amme: »Genug. Ziehe dich mit den Kindern zurück. Gewiss haben sie Hunger auf Zuckerkringel.«

Raffaele protestierte nicht. Sofort nahm er die dargebotene Hand und ging mit der Amme hinaus. Es gab Naschwerk. Dafür ließ er sich sogar von einer Fremden wegführen.

»Soll ich Euch auch verlassen?«, fragte Laodomia. »Wenn es Euch zu sehr anstrengt ...«

»Nein, bleib. Ich erwarte noch einen Besuch. Die Kinder würden ihn nur beunruhigen, deshalb schickte ich sie vorher weg. Außerdem haben wir so noch etwas Zeit für uns.« Die Patriarchin öffnete die Augen. »Es ist vielleicht das letzte Mal, dass ich dich ansehen darf. Ja, eine reife Frau. Du bist noch schöner geworden. Auch wenn in deinem Blick so großer Kummer steht.«

»Ach, es ist nichts.«

»Mich solltest du nicht belügen. Ich weiß von Filippo Strozzi und der Heirat, die er plant.«

Die quälenden Gedanken der Nacht drohten Laodomia wieder einzuholen. »Was schert es mich!«, versuchte sie ihnen zu entkommen.

»Lass nur. Mir ist auch bekannt, dass er dich seit letztem Sommer zur Bettgespielin nahm. Nein, schüttele nicht den Kopf. Liebst du ihn?«

»Ja, ich ... das heißt ...«

»Du bist also verliebt, er aber nicht. Und ehe ich von dieser Welt scheide, muss ich mit meinem Herzen ins Reine kommen. Vielleicht beweist es dir, dass Filippo Strozzi den hohen Sockel, auf den du ihn stellst, nicht verdient. Setze dich zu mir.« Laodomia ließ sich auf der Bettkante nieder. »Keine Scheu. Rücke noch etwas näher. Sonst ermüdet mich das Sprechen zu sehr.« Sie schloss wieder die Augen und sammelte sich. »Damals war ich einen Moment zu schwach, damals, als ich versprach, für dich einen Mann zu suchen. Du wärst es wert gewesen, in die höchste Gesellschaft unserer Stadt einzuheiraten. Doch weigerte sich dein Onkel, deine Mitgift aufzustocken. Und dies nur, weil er dich selbst besitzen wollte. So gerietest du an den Wachhauptmann. Ich durchkreuzte sein Spiel, wurde Raffaeles Patin und schützte dich damit vor ihm während deiner Ehe. Filippo Strozzi aber ist ein Raubtier mit galanten Manieren. Geschickt nutzte er später deine Situation aus und zog dich doch noch in sein Bett. Unser ge-

319

meinsamer Freund, mein Kind, rechnet gerne und viel. Nicht du, sondern sein persönlicher Vorteil steht ihm am nächsten.« Schwach bewegte Donna Lucrezia die Fingerspitzen. »Ob die Wahrheit dir Erleichterung verschafft, weiß ich nicht. Ich bitte nur um Vergebung für meine Schwäche.«

Das neue Wissen überwältigte Laodomia, war nicht einzuordnen, weil ihr Herz sich sträubte. Doch verzeihen wollte sie der Schwerkranken: »Ihr habt genug für mich getan, seid Patin über Raffaele, das ist wichtiger.«

Langsam öffneten sich die Lider, und die dunklen Augen lebten auf. »Sei getrost, über meinen Tod hinaus wird für ihn gesorgt sein. Wer einmal von uns Medici angenommen wurde, verliert nie unsere Gunst; es sei denn, er enttäuscht das in ihn gesetzte Vertrauen. Auch dir habe ich eine Summe zugedacht, die einer dir damals wirklich angemessenen Mitgift gleichkommt. Falls du wieder heiraten möchtest, wird die Höhe jeden angesehenen Kaufmann beeindrucken. Und willst du allein bleiben, so reicht das Geld sogar für ein bescheidenes Auskommen. Keine lebenslange Sicherheit, doch ein wenig Freiheit. Die Summe ist bei unserer Florentiner Bank hinterlegt, und nur du darfst darüber verfügen.«

Laodomia sah in das welke, verwitterte Gesicht. Deutlich fühlte sie mit einem Mal den Verlust. Filippo will heiraten, dachte sie ängstlich, und jedes Wort Donna Lucrezias spricht von Abschied. Das durfte nicht sein. »Vielleicht bessert sich Euer Zustand bald wieder. Ich hoffe es so sehr.«

»Nein! Sei nicht grausam. Mein Körper hat sich längst von mir gelöst. Er bleibt nur noch eine kurze Weile die Hülle für den Verstand. Und wenn ich es recht bedenke, so wünsche ich mir nur einen barmherzigen Gott, der mich endlich von diesen Schmerzen befreit.«

Sie summte leise ein Kinderschlaflied; es erinnerte Laodomia an die Melodie, die der kleine Giulio vorhin auf dem Flur mit der Amme geübt hatte. Donna Lucrezia brach ab. »Mich dürstet. Hilf mir, etwas Tee zu trinken.« Nachdem sie einige Schlucke zu sich genommen hatte, wurde ihre Stimme kräftiger. »All unsere Gegner neiden den Medici ihren Reichtum, ihre Macht. Diese Narren! Sie würden auch die Blüten dort in den Vasen für echt halten. Dabei sind es Nachahmungen aus Wachs und Stoff, gut gearbeitet, schön anzusehen, dennoch ohne Duft und mit der natürlichen Pracht einer Blume nicht zu vergleichen.«

Laodomia begriff den Sinn ihrer Worte nicht, dachte nur, jetzt weiß ich wenigstens, warum hier im Palazzo schon im März der Mohn und die Lilien blühen.

»Was ich damit sagen möchte, mein Kind: Auf dem Höhepunkt der Entfaltung hält das Schicksal stets ein Schwert für uns bereit. Es beschneidet unsere Macht mit dieser Krankheit. Bereits mein Schwiegervater Cosimo litt an der teuflischen Gicht; auch mein Gatte Piero wurde von ihr befallen.« Eine Erinnerung ließ sie lächeln. »Vor vielen Jahren kam Papst Pius, der Zweite dieses Namens, nach Florenz. Ein feinsinniger, gebildeter Mensch. Ihm zu Ehren wurde ein großer Empfang gegeben. Und die mächtigsten Männer der Stadt, Cosimo und Piero, waren so gebrechlich, so voller Gliederschmerzen, dass sie weder vor ihm stehen noch niederknien konnten. Beide starben elendiglich an diesem Leiden. Wie ein Wurm zernagt die Gicht das Medici-Geschlecht.« Sie schüttelte den Kopf. »Und ich? Ich konnte das Blut nicht erfrischen. Auch in mir wühlt diese Krankheit. Dich habe ich damals streng nach deiner Gesundheit befragt. Starke Nachkommen solltest du gebären. Welch eine Anmaßung von mir. Was wird nur mit Lorenzo und meinen anderen Kindern und Enkeln sein?«

»Seine Magnifizenz ist ein kräftiger Mann. So aufrecht reitet er durch die Stadt.«

»Ich werde für sein Glück beten.«

»Und ich erkundige mich nach Kräutern gegen diese Krankheit. Stets werde ich genügend Vorrat in meinem Laden bereithalten.«

Donna Lucrezia lachte leise. »Du gutes Herz. Wir bemühen stets die besten Ärzte, aber deine Fürsorge ist sicher nicht vergebens.«

Es klopfte, im Türspalt erschien der Erste Diener. »Signora Gorini ist eingetroffen.« Missbilligend runzelte er die Stirn. »Erlaubt eine Frage des Medicus, Herrin: In Anbetracht der vorgerückten Zeit und Eurer Schwäche, sollte jene Dame nicht besser weggeschickt werden?«

»Untersteh dich! Auf den heutigen Besuch habe ich hingelebt. Sag unserm strengen Pierleone, es dauert nicht mehr lange; er soll die bitteren Säfte getrost noch eine Weile auf dem Flur schütteln. Und auch du hältst dich draußen bereit, wie wir verabredet haben. Und nun bitte Signora Gorini zu mir.«

Während Laodomia ihren Platz auf dem Bett verließ, flüsterte die Patriarchin ihr zu: »Verstehst du jetzt, warum ich die Knaben mit der Amme hinausgeschickt habe? Die Mutter des Sohnes von Giuliano darf den Kleinen nicht sehen, weil ich die Wunde nicht aufreißen möchte.«

Die Tür schwang weit auf. Fioretta Gorini trat ein. Nach einigen Schritten zögerte sie, sah sich suchend im Zimmer um und näherte sich dann dem Lager. Die Seide ihres weiten roten Kleides raschelte. Das Gesicht war sorgfältig geschminkt, der Brauenschwung betonte die schwarze Glut unter den Wimpern, und das aufgetragene Rot ließ die Lippen noch voller erscheinen. Fioretta sank in die Knie. »Donna Lucrezia, welch eine Ehre für mich. Habt tausendfachen Dank. Tief bekümmert es mich …«

»Genug, meine Liebe. Ich gebe heute keinen Ball. Du darfst also auf die Artigkeiten verzichten. Erhebe dich.«

Während Fioretta sich aufrichtete, senkte sie den Kopf. Mit veränderter Stimme sagte sie: »Ich hatte gehofft … Darf ich …?«

»Nein! Wie mir zugetragen wurde, fragst du hin und wieder meine Zofen nach Giulio. Ein Verstoß gegen unsere Abmachung, den ich nicht ahnde. Also begnüge dich mit diesen Auskünften.«

Laodomia wunderte sich über die unvermittelte Strenge. Neben ihr nickte Fioretta gehorsam, der verstohlene Blick aber, mit dem sie Laodomia begrüßte, war voller Trotz.

»Nehmt euch beide einen Stuhl und rückt ihn so ans Bettende, dass ich eure Gesichter sehe.« Donna Lucrezia betrachtete die Frauen. »Beneidenswert. Meine Spiegel habe ich längst entfernen lassen, jedoch ihr müsst den Blick hinein wahrlich nicht fürchten. Genug davon. Ich lud euch ein, um euch für einen ganz anderen Vorzug meine Bewunderung auszusprechen.« Sie hüstelte und musste warten, bis der Atem wieder ruhiger ging. »Mein ganzes Leben über stand ich hinter einem Mann und habe ihm beinahe unsichtbar den Rücken gestärkt. Erst war es Piero, nach seinem Tod dann mein Sohn Lorenzo. Doch habe ich wirklich Mut bewiesen? Nein, ich überschritt nie offen die Grenze, welche uns Frauen von der Gesellschaft gesetzt wird. Ihr aber habt, jede auf ihre Weise, mehr getan. Ihr begehrtet auf, wolltet euch ein Stück eigene Freiheit erkämpfen. Auch wenn ihr dabei euch selbst Schmerzen zugefügt habt und das Ende noch nicht…« Sie bat um Tee, und Laodomia setzte ihr behutsam den Becher an die Lippen.

»Du, Geliebte meines ermordeten Giuliano, gabst mir euer gemeinsames Kind, weil du leben wolltest. Wie verwerflich, zischeln die Klatschmäuler. Doch bei Licht betrachtet, wer darf im sittenlosen Florenz den ersten Stein werfen? Im Gegensatz zu vielen Müttern weißt du dein Kind wohl behütet. Nein, erkläre mir nichts, dafür bin ich längst zu müde.«

Mit schwachem Lächeln wandte sie sich an Laodomia. »Du brachst die eherne Witwenregel, bist vor der Gesellschaft eine grausame Mutter, weil du deinen Sohn im Stich gelassen hast. Ja, gewiss, du sorgtest dafür, dass Raffaele unbeschadet aufwachsen kann, und dies gelang nur mit hartem persönlichem Zugeständnis, doch der Makel wird dir lebenslang anhaften.« Die Patriarchin beugte unmerklich den Kopf aus dem Stützkissen nach vorn. »Eine verheiratete Frau, die sich anderen Männern hingibt? Eine Witwe, die des Vorteils wegen sogar ihren eigenen Onkel umgarnt? Hinter vorgehaltener Hand bezeichnet man euch als Huren. Nein, keine unnötige Empörung. In meinem Zustand darf ich endlich offen zugeben, wie sehr mir falsche Moral verhasst ist, und will euch bestärken, weil ihr Mut gezeigt habt. Mögt ihr beide euch nie in die Rolle zurückdrängen lassen, die euch wieder in den tumben Gehorsam unserer Geschlechtsgenossinnen zwingt. Denkt daran, nicht die Männer, wir Frauen, wir sind das wahre Salz von Florenz.«

Donna Lucrezias Stimme wurde schwächer. »Gott schütze euch. Und nun lasst mich ausruhen.«

Die beiden Frauen verständigten sich stumm. Als Erste trat Laodomia ans Lager, beugte sich vor und küsste sanft die Fingerspitzen. Nach ihr drückte Fioretta die Lippen auf den Handrücken der Patriarchin. Und so geräuschlos wie möglich verließen sie das Schlafgemach.

In der geöffneten Tür drängte sich Medicus Pierleone an ihnen vorbei. »Viel zu lange«, schimpfte er halblaut. »Ihr habt die Herrin überanstrengt.«

Auf dem Flur wurde Fioretta vom Ersten Diener empfangen. »Bitte folgt mir.«

»Gleich. Ich möchte noch einige Worte mit Signora Strozzi wechseln.«

»Nicht hier.« Sein Tonfall war kühl und bestimmt. »Ich habe strengste Anweisung. Ihr müsst dieses Haus unverzüglich verlassen. Bitte zwingt mich nicht, mithilfe der Wachen dem Befehl Nachdruck zu verleihen.«

Laodomia raunte ihr beschwichtigend zu: »Wir treffen uns draußen«, und fragte den Ersten Diener: »Wo ist mein Sohn?«

»Der junge Herr beschäftigt seit geraumer Zeit zwei Hausmädchen unten in der Halle. Kaum gelingt es ihnen, sich und die wertvollen Kunstwerke vor ihm zu schützen.«

»O verd…« Sie verschluckte den Fluch. »Dann scheint es angebracht, dass du auch mich sofort hinausbegleitest.«

Raffaele rannte der Mutter entgegen. »Es ist langweilig hier«, schimpfte er. »Die Frauen wollen nicht mit mir spielen.«

»Ich habe dir doch erklärt, sie sind aus Stein.«

»Die meine ich ja gar nicht.« Er zeigte auf die Mägde. »Ich wollte nur gucken, ob die da auch so schön weiß unter den Kleidern sind. Aber sie wollen es mir einfach nicht zeigen.«

»Untersteh dich. Und jetzt raus mit dir.« Laodomia winkte den sichtlich angestrengten Hausmädchen zu. »Nehmt es ihm nicht übel, er ist noch jung.«

Beide knicksten, lächelten und huschten davon.

Ein knapper Gruß des Ersten Dieners zum Abschied, und dumpf schloss sich das eisenbeschlagene Eichenportal hinter den Besucherinnen.

Während Raffaele vornweg hüpfte, gingen sie wortlos nebeneinander her. Was soll ich sein, fragte sich Laodomia, oder habe ich Donna Lucrezia falsch verstanden? Am Ende der Via Larga blieb sie stehen. »Sag, fühlst du dich so? Wie … wie eine Hure?«

»Nur ein hässliches Wort.« Fioretta winkte spöttisch ab. »Wenn ich es bin, dann sind es beinah alle Nonnen in den Klöstern der Stadt auch. Ganz zu schweigen von den meisten Damen, die ich kenne.« Jäh legte sie die Maske ab und griff nach Laodomias Hand. »Hast du meinen Giulio gesehen?« Das Nicken genügte ihr nicht. »Wie geht es ihm? Ist er kräftig oder kränklich? Was hältst du von ihm? Bitte, sag es mir.«

»Er ist ein Sonnenschein, so warm und hell. Hätte ich nicht Raffaele, so würde ich mir solch einen Sohn wünschen.«

Die Mutter sog jedes Wort in sich auf. »Komm mit zu mir. Unser Haus steht gleich da vorn. Bei einem Krug Wein kannst du mir ausführlich von Giulio erzählen. Außerdem hat mir der Krankenbesuch die Kehle ausgetrocknet. Wir haben uns einen tüchtigen Schluck verdient.«

»Die Schwiegereltern warten. Ich muss Raffaele zurückbringen.« Eine Vermutung drängte sich Laodomia auf, und behutsam setzte sie hinzu: »Für Wein ist es mir noch zu früh.«

»Aber, Liebchen! Meine Zofe kann den Jungen nach Hause bringen, und wir sprechen uns aus. Nach einem Becher lässt sich der Tag viel besser ertragen. Sollst sehen, wie leicht alles wird.«

Sie trinkt gegen ihre Sorgen an, dachte Laodomia. Keine schlechte Idee. Mit einem kleinen Rausch könnte ich Filippo heute Abend vielleicht freier entgegentreten. Gleich beschimpfte sie sich: Dumme Gans, bilde dir doch nichts ein. In deiner Stimmung würdest du angetrunken kein vernünftiges Wort herausbringen, und nur Tränen soll er von mir nicht sehen. Also keinen Wein; besser, du verbringst den Nachmittag mit Raffaele im Schneiderhaus. »Mein Onkel kehrt heute aus Neapel zurück. Bis dahin habe ich noch viel zu erledigen.«

Fioretta überspielte ihre Enttäuschung. »Schade, wirklich schade. Aber wir sollten uns nicht wieder aus den Augen verlieren.« Sie bemühte einen Scherz: »Schließlich müssen wir Huren zusammenhalten.«

»Gegen wen?« Laodomia lächelte dünn. »Wenn du magst, können wir uns in den nächsten Tagen treffen. Schicke mir einen Boten. Oder …«, kaum wagte sie einer Dame der Gesellschaft den Vorschlag zu unterbreiten, »oder vielleicht hast du ja Lust, mich in meinem Laden zu besuchen? Allerdings wohne ich sehr beengt.«

»Na und? Ich bin sehr neugierig, wie du lebst.« Ein matter Schimmer überzog die Glut der Augen. »Nie vergesse ich, wie sehr du mir an unserm Unglückstag im Dom geholfen hast.« Unvermittelt umarmte sie Laodomia. »Nichts wünsche ich mir sehnlicher als eine Freundin«, flüsterte Fioretta. »Bis bald.« Aufrecht, leicht in den Hüften schwingend schritt sie davon.

Zähe Stunden. Das Mandelgebäck der Schwiegermutter schmeckte Laodomia nicht süß genug, der Feigensaft hingegen zu sauer; weil Raffaele ihr immer neues Spielzeug heranschleppte, entging er nur mit größter Beherrschung einer Ohrfeige; und selbst die einfühlsamen Worte Vater Belconis während des gemeinsamen Essens am späten Nachmittag erreichten Laodomia nicht. Einsilbig verabschiedete sie sich.

Auf der Arnobrücke erschien ihr die Silhouette der Stadt hässlich, und kaum näherte sie sich dem Palazzo Strozzi, dachte sie trotz der hell erleuchteten Fenster an einen düsteren Gefängnisklotz. Die lodernden Fackeln am Portal wie auch der Stallbursche, der neben einem gesattelten Pferd ausharrte, sagten ihr genug. Filippo war eingetroffen, und das Festmahl mit dem Brautvater hatte begonnen.

Sollte sie in ihrer Wohnung noch einige Zeit abwarten? Laodomia rieb sich die schmerzenden Schläfen. Nein, dachte sie, da halt ich es jetzt nicht aus.

Um eine zufällige Begegnung mit dem Onkel zu vermeiden, benutzte sie nicht den Haupteingang, sondern schlüpfte auf der Südseite durch den Stichweg zur Hofpforte. Im Gesindeflur war es düster, und als sie die Küchentür öffnete, schlugen ihr köstliche Gerüche und Wasserdampf entgegen. An der Feuerstelle rührten Mägde in brodelnden Tiegeln; andere schnitten auf einem Holzklotz dünne Scheiben vom Räucherschinken. Petruschka stand vor dem Tisch und schmückte die hochgeschichtete Pastete mit bunter Kapuzinerkresse. »Wir sind so weit!«, rief sie dem festlich livrierten Kammerdiener zu und befahl zweien ihrer Küchenmädchen: »Bindet eure weißen Schürzen um. Der Zieraffe öffnet uns die Flügeltür. Ich trage das Tablett. Ihr folgt mit den Brotfladen. Verstanden?« Während die Russin sich das verschwitzte Gesicht trocknete, eilte sie schon zur hinteren Wand, um die eigene, fleckige Schürze gegen eine saubere auszuwechseln. Der Anblick der Freundin überraschte sie. »Bist viel zu früh, Kleines. O Madonna, ich hab jetzt keine Zeit, die Pastete muss raus, danach gibt's noch zwei Gänge.«

»Egal«, sagte Laodomia. »Kann ich irgendwie helfen?«

»Untersteh dich. Warte hier. Ich bin bald zurück.« Damit griff Petruschka nach dem Silbertablett und hob die knusprige Pastete vor ihren mächtigen Busen. »Abmarsch«, befahl sie dem geschniegelten Herold, und über die Schulter warnte sie ihr Fußvolk: »Keine Fehler beim Anschneiden. Der Gast bekommt das größere Stück. Lasst die Teller beieinander, bis er das auch begriffen hat. Dann erst stellt ihr sie vor die Herren hin.«

Trotz des Kummers schmunzelte Laodomia dem Speisetrupp nach. Meine Petruschka, du würdest bestimmt auch einen guten Feldhauptmann abgeben. Um niemandem im Weg zu sein, nahm sie sich einen Hocker und setzte sich unter die Kleiderhaken an der hinteren Wand.

Sie stützte die Ellbogen auf ihre Knie. Bald sehe ich Filippo. Wie soll ich ihn begrüßen? Schwer sank das Kinn in die Handflächen. Was sag ich nur? O Gott, ist mir schlecht!

Petruschka kehrte ohne die Mädchen und den Kammerdiener zurück. »Das wäre geschafft.« Gleich rief sie zur Herdstelle hinüber. »Nehmt schon mal den Zimtbrei vom Feuer. Und holt die kandierten Früchte aus der Vorratskammer. Aber es wird nicht genascht.« Sie beugte sich zur Freundin hinunter und strich ihr über den Rücken. »Geh doch in meine Kammer. Da ist es ruhiger.«

»Nein, nur das nicht«, wehrte Laodomia hastig ab. »Ich kann jetzt nicht allein sein.«

»Willst du es nicht auf morgen verschieben?«

»Noch eine Nacht? Das halt ich nicht aus. Ganz gleich, was der Onkel mir sagt, ich will wissen, woran ich bin. Ich warte hier; kümmere dich nicht um mich, sag mir nur rechtzeitig Bescheid.«

Noch ein sanftes Streicheln, und Petruschka widmete sich wieder voller Strenge dem Zubereiten der Speise.

Laodomia dachte an den Besuch bei Donna Lucrezia. Wie klein

und verschrumpelt lag die Arme da in ihrem riesigen Bett! Geld hat sie mir vererbt, genug, um wieder zu heiraten. Aber ich darf keine neue Ehe eingehen, sonst verliere ich Raffaele endgültig.

Nur noch beiläufig nahm Laodomia das Kommen und Gehen in der Küche wahr. Heftig rieb sie mit den Fingerkuppen ihre linke Handmulde. Der Onkel hat also meine Mitgift nicht aufgestockt, weil er mich für sich haben wollte? Und mir hat er weisgemacht, dass die Patriarchin unzufrieden mit mir sei und höchstens ein Wachhauptmann als Partie für mich infrage komme. Was erzählte er mir vor unserer ersten Nacht? Er will sich nach mir verzehrt haben wie dieser Dante nach seiner Beatrice? Geschickt eingefädelt und abgewartet hat er. Ach, verflucht, jetzt weiß ich vieles mehr über ihn. Doch was nutzt es mir?

Als Petruschka wieder einmal aus dem Speisesaal zurückkehrte, dann unvermittelt vor ihr stand und sagte, dass Signore Gianfigliazzi bald aufbrechen wollte, fuhr Laodomia zusammen. »Wo soll ich denn hin?«

»Das Beste wäre, du versteckst dich jetzt gleich in der Fensternische hinter den Säulen. Da ist es dunkel genug.« Widerstrebend plante die Russin weiter. »Und wenn unser Herr den Gast zum Ausgang begleitet hat, kommst du raus und wartest an der Treppe. Na ja, da sieht er dich dann. Ach, Kleines. Ich kann nur die Tür zum Gesindeflur offen lassen, aber helfen kann ich dir nicht.«

Laodomia vernahm, wie Stimmen und breites Lachen aus dem Speisesaal durch die Halle zogen; während sich die Männer draußen vor dem Portal mit vielen Höflichkeiten und Versprechungen Lebewohl sagten, verließ sie rasch die Nische und blieb auf der zweiten Stufe der Marmortreppe mit dem Rücken zum Ausgang stehen. Beide Hälften des Schultertuches raffte sie über dem tiefen Kleidausschnitt zusammen.

Filippo wechselte noch einige Worte mit den Wachknechten. Vergnügt pfeifend kehrte er in die Halle zurück. Laodomia hörte seinen Schritt, hörte, wie er stockte und das Pfeifen verstummte. »Welch eine gelungene Überraschung, so spät am Abend.«

Sie gab keine Antwort.

»Nichte, schöne Nichte«, lockte er dunkel. »Du Quell der Labsal für einen dürstenden Wanderer.«

Langsam wandte sich Laodomia um, sah ihn nur an.

Beseelt vom Wein und guten Essen nahm Filippo ihre Unnahbarkeit als Vorspiel der Lust und sank ins Knie, bittend streckte er die Hände nach den verhüllten Brüsten aus. »Weder die Sonne noch des Nachts die Sterne überstrahlten dein Bild in mir. Erwachte ich oder legte mich einsam nieder, stets warst du mein erster und letzter Gedanke auf der Reise.«

Bei früheren Begegnungen hätte Laodomia die Schmeichelei genossen, jetzt klang sie ihr wie schwülstiges Gerede. Rettender Zorn stieg in ihr auf. »Bei welchem Dichter hast du diesmal den Text abgeschaut? War es Dante oder Petrarca?«

»Seid nicht so gestreng, schöne Dame.« Immer noch gefiel er sich in der Rolle des Schmachtenden. »Mein Herz allein diktierte mir jede Silbe.«

»Du lügst, bester Onkel. Du verrätst unsere Liebe.« Kaum hatte sie das Wort ausgesprochen, drohte es sie zu überschwemmen. Tief atmete Laodomia ein und setzte, wieder gefasst, hinzu: »Du verletzt mich und zeigst nicht einmal Bedauern.«

Sofort verlor sein Blick an Wärme. Als er aufstand, gelang ihm der gewollte Schwung nicht ganz. »Dir scheint meine Rückkehr keine Freude zu bereiten. Oder gibt es Sorgen, von denen ich nichts weiß? Ist Raffaele etwa ernstlich erkrankt?«

Will er mich verspotten, dachte sie. O verflucht, Onkel, warum sprichst du nicht von deinem Plan? »Ohne Lebewohl bist du abgereist.«

Die Mundwinkel zuckten, doch seine Augen blieben kühl. »Ein Fehler, den ich bedauere, aber in Anbetracht der Dringlichkeit meines Auftrags war er nicht zu vermeiden. Liebste Nichte, ich werde dir noch heute Nacht Abbitte leisten.«

Bin ich in einem anderen Leben, fragte sich Laodomia, in einer anderen Wirklichkeit? »Onkel, dieser Signore Gianfigliazzi? Er war nicht nur als Gesandter mit dir in Neapel?« Der Damm brach: »Du willst ihn dir zum Schwiegervater nehmen. Du planst, seine Tochter zu heiraten. Eine Siebzehnjährige!«

»Ich bin erstaunt.« Filippo hob die Brauen. »An ihrem Alter ist nichts auszusetzen. Sie ist jung und kräftig genug. Ich hoffe, dass sie mir noch eine ganze Schar Nachkommen schenken wird.«

Laodomia spürte, wie ihre Zunge vertrocknete. »Denkst du dabei gar nicht an uns? An mich?«

»Endlich begreife ich.« Sogleich wurde der Ton gönnerhaft milde. »Liebste Nichte, mit Eifersucht versetzt schmeckt jeder Wein bitter.« Filippo näherte sich ihr. Da sie vor ihm eine Stufe nach oben auswich, verschränkte er die Hände auf dem Rücken und wippte nachdenklich einige Male leicht von der Ferse zur Fußspitze und wieder zurück. »Betrachte diese neue Ehe als ein sorgsam geplantes Geschäft. Mir liegt an dieser jungen Frau wenig; sie soll gebären, mehr erwarte ich nicht von ihr. Unser beider Verhältnis bleibt davon unberührt. Du bist und bleibst die Königin meines Herzens.«

»Und nicht nur, weil du mir mit Geld aushilfst?«

»Aber nein, schöne Nichte. Meine Liebe zu dir lässt jeden anderen Grund verblassen. Nun komm endlich zu mir.«

Kein Bruch? Keine Trennung? In Laodomia keimte das erste Mal seit Tagen wieder Hoffnung auf. Sie musste, nein, sie wollte ihm vertrauen. Was bleibt mir sonst, dachte sie und ging zögernd die Stufen hinunter. Er nahm ihre Hand, zog sie näher, dann presste er ihren Körper an sich. »So gefällst du mir, Liebste.« Mit rauer Stimme versicherte er: »Nach der langen Entbehrung wird meine Gier unersättlich sein.«

Jäh versteifte Laodomia den Rücken. »Nein, bitte.« Zärtlichkeit, Fürsorge, nur das wünschte sie sich. Die Tränen waren doch nicht einmal getrocknet. »Ich kann nicht, verzeih.«

Filippo schob sie von sich, scharf musterte er ihr Gesicht. »Wir haben dein kleines Problem gelöst. Darf ich fragen, warum du mich dennoch zurückweist?«

»Weil…«, in ihrer Not senkte Laodomia die Lider und deutete auf ihren Schoß, »weil ich blute.«

»Das ist etwas anderes.« Er lächelte dünn. »Wann wird die Unpässlichkeit vergangen sein?«

»In wenigen Tagen.«

»Ich freue mich darauf. Gute Nacht, schöne Nichte. Nach der

langen Reise fühle ich mich erschöpft. Deshalb lasse dich bitte vom Knecht in deine Wohnung bringen.« Filippo stieg die Marmortreppe hinauf.

»Gute Nacht«, sagte Laodomia leise.

Sie sah ihm nach, bis er im Flur zu seinen Gemächern entschwunden war. Meine Seele blutet, dachte sie, und diese Wunde muss ich allein versuchen zu schließen. Nur das habe ich heute begriffen.

it dem Verstand lassen sich Gefühle beherrschen. Wer ihn einsetzt, der kann die Seele auf einen nahenden Schicksalsschlag vorbereiten, um dem Schmerz nicht ohnmächtig ausgeliefert zu sein. Nur eine Theorie des überheblichen Hirns, die meist von der Wirklichkeit entwertet wird!

Der Sohn wusste vom Leiden der Mutter, kannte die täglich düsterer werdenden Bulletins des Medicus, nahm gefasst Abschied – und dennoch: Als der Tod am 25. März 1482 Lucrezia Medici von den Schmerzen erlöste, brach ihm das Herz.

Zurückgezogen in seinem Studio versuchte sich Lorenzo durch Schreiben dringender Briefe etwas Linderung zu verschaffen. Die erste Botschaft galt Herzog Ercole d'Este von Ferrara und dessen Gemahlin. Sie sollte dem so hart bedrängten Herrscherpaar des unerschütterlichen Bündnisses mit Florenz versichern wie auch die Nachricht vom Ableben der Patriarchin beinhalten. Indes der sonst gewohnt nüchterne Stil gelang ihm nicht: »... noch von Tränen aufgelöst und erstickt im Kummer, kann ich nur mit Mühe Ihrer Exzellenz den Tod meiner geliebten Mutter, Madonna Lucrezia, mitteilen. Sie hat uns heute verlassen. Ich bin deshalb so kaum sagbar untröstlich, weil ich nicht nur eine Mutter verloren habe, bei deren Andenken allein mir schon das Herz zerreißt, sondern mit ihr ging auch meine einzige Zuflucht und Stütze in vielen Nöten und die Labsal all meiner Mühen...«

Am Tag der Beisetzung hüllte sich Florenz in Trauerkleidung. Aus den Fenstern hingen schwarze Tücher, Fahnen wehten auf Halbmast. Musikanten führten den Zug an, und ihre Flöten weinten eine immer wiederkehrende Melodie. Lorenzo folgte mit seiner Gattin dem von weißen Blüten besteckten Leichenwagen, dicht hinter ihnen die große Schar der Kinder und Enkel, der Verwandten und engsten Freunde. Insbesondere Botticelli und Luigi Pulci schämten sich der Tränen nicht; sie geleiteten ihre großzügige Gönnerin zu Grabe.

Kein Laufen und Drängen des Volkes, die Frauen gingen verhüllt, die Männer mit niedergeschlagenem Blick, selbst die Kinder am Ende des Zuges bemühten sich um sittsame Traurigkeit. Niemand beneidete in diesen Stunden die hohe Familie, so offen verwundet für jedermann zeigte sich die Bitternis ihrer Pracht.

In den folgenden Wochen trafen Beileidsbekundungen aller wichtigen Herrscherhäuser und Diplomaten ein. Das Schreiben des florentinischen Botschafters in Rom wühlte Lorenzo erneut auf: »... so hütet Euch mehr denn je vor Verschwörung und Nachstellung Eurer Feinde. Insbesondere, da Eure Mutter Euch nicht mehr davor bewahren kann, wie sie es stets zu tun pflegte ...«

Auch der Herzog von Ferrara kondolierte mit warmer Anteilnahme: »... trotz der Bedrängnis durch Venedig und die päpstlichen Truppen sind Unsere Gedanken mehr noch betrübt von Eurem großen Verlust ...«

Auf dem Treffen der lombardischen Klöster des Dominikanerordens in Reggio nahe Modena, am 28. April, wurde der Tod Lucrezia Medicis nur am Rande erwähnt; die finanzielle Unterstützung der Ordensniederlassungen in Florenz, Santa Maria Novella und vor allem San Marco, war durch ihr Ableben nicht gefährdet. In Lorenzo Medici glaubten sich die frommen Väter eines Mäzens sicher, der auch weiterhin das Füllhorn der Wohltat über ihre dortigen Klöster ausschüttete. Dennoch musste Vorsorge getroffen werden. Der zu langmütige Prior von San Marco wurde nach eindringlichen Gesprächen schließlich auf eigenen Wunsch seines Amtes enthoben und an seiner statt ein umsichtiger, scharf denkender Ordenskämpfer zum Oberen ernannt. Unter Beifall der Versammlung nahm Professor Pater Vincenzo Bandelli die Wahl an.

Auf dem Weg zum anschließenden Mittagsmahl wurde er im Kreuzgang von einem blassen Klosterbruder aufgehalten. »Ehrwürdiger Vater!« Die ausgemergelte Gestalt warf sich vor ihm auf die Knie. »Ich bin es, Fra Girolamo, Euer größter Bewunderer. Darf ich Euch meine Glückwünsche unterbreiten.« Ein heftiges Räuspern. »Und darf ich hoffen, dass Ihr Euch an mich erinnert?«

»Steh auf, mein Sohn«, befahl der Gelehrte mit verhaltener Stimme. Ihm kam die Huldigung vor aller Augen sichtlich ungelegen. »Ich habe dich nicht vergessen. Mit meiner Wahl kann sich auch dein Schicksal schon heute verändern. Keinesfalls aber darf dies den Anschein einer freundschaftlichen Geste haben. Also halte dich fern von mir.« Bandelli wollte weitergehen, indes, der ratlose Blick unter den blassroten Brauenbüschen ließ ihn noch hinzusetzen: »Erweise dich nachher beim Streitgespräch als Kenner und Verfechter der Schrift. Das genügt. Ohnehin hat dein Name bei den versammelten Oberen unseres Ordens bereits Aufmerksamkeit erregt, weil der hoch begabte junge Philosoph Graf Pico della Mirandola deinetwegen uns die Ehre erweist, an diesem Treffen teilzunehmen. Überzeuge! Das allein soll dir die Tür öffnen.« Eilig folgte Vincenzo Bandelli den ehrwürdigen Klosterherren ins Refektorium.

Wieder keine eindeutige Antwort. Girolamo kratzte den Schorf von seinen trockenen Handflächen. Obwohl sein früherer Lehrer vor wenigen Monaten im Palast zu Ferrara nur flüchtig von der Möglichkeit einer Nähe zwischen ihnen gesprochen hatte, hatte er sich an diese Hoffnung geklammert und in schwachen Momenten sogar Gott um Erfüllung angefleht. Girolamo sah hinauf zu den mit steinernen Dornenranken ausgeschmückten Bögen des Kreuzgangs. Auch wenn ich das Ziel nicht kenne, dachte er, ich vertraue auf den Herrn und werde kämpfen. Er beschloss, keinen Bissen zu sich zu nehmen. Außer klarem Wasser sollte nichts den Magen belasten. Nur hungrig konnte sich sein Geist frei entfalten.

Das durchdringende helle Läuten der Glocke beendete die Mittagsruhe. Eckigen Schritts, den Kopf leicht vorgereckt, eilte Girolamo zur Versammlung. Vor der geöffneten Saaltür vertrat ihm ein junger, elegant gekleideter Herr den Weg. »Ich habe mein Versprechen gehalten, Frate.« Wärme lebte im Blick der mandelförmigen Augen. »Viel Glück.«

»Graf Pico della Mirandola. Danke. Ich hoffe, Euch nicht zu enttäuschen.« Mehr wusste Girolamo nicht zu erwidern, schob sich vorbei und wartete neben dem Podest, bis er an eins der beiden Rednerpulte gerufen wurde.

Nun erst trat sein Prüfer vor. Vom Ansehen kannte er den weißhaarigen Dominikaner nicht, allein der Name aber sagte Girolamo, dass es ein weit über die Grenzen berühmter Theologe war. Ihm oblag es, das Thema vorzugeben, und er stellte den Leitsatz des Thomas von Aquin zur Diskussion: »Gott hat sich durch die Schrift und die Vernunft dem Menschen offenbart.«

Obwohl Girolamo anders dachte, bezweifelte er die These nicht, zeigte sich bewandert und lenkte allmählich seinen Gegner geschickt auf die Frage, mit der er sich in den langen Nächten der Vorbereitung beschäftigt hatte: »Welcher Stellenwert ist den Propheten des Alten Testamentes beizumessen?«

»Unbedeutend. Diese Weissagungen haben sich zu ihrer Zeit längst erfüllt.«

»Falsch. Sie sind in Christus längst nicht beendet, sondern umfassen auch noch heute alle Dinge der Kirche und des Lebens!« Jetzt führte Girolamo Beispiel um Beispiel an, dass trotz Räuspern und krächzender Stimme seine Gelehrsamkeit alle Zuhörer in den Bann zog. Schneller sprach er, achtete nicht mehr auf Zwischenfragen und endete mit der schrillen Warnung an alle Anwesenden: »So höret! Wenn die Prophetie erlischt, wird das Volk zügellos!«

Den Applaus nahm er kaum wahr; taumelnd verließ er das Rednerpodest; auch die herzliche Gratulation des eleganten Grafen ging an ihm vorbei, zu laut klangen noch die heraufbeschworenen Bilder in seinem Kopf.

Der Kampf war beendet. Die Glieder wurden matt, und bald schon fragte er sich: Habe ich wirklich überzeugt? War der Beifall nicht doch nur eine höfliche Geste? Zernagt von Zweifeln hockte Girolamo teilnahmslos für den Fortlauf des Treffens in der hintersten Bankreihe.

Erst nach geraumer Zeit schreckte ihn ein Beschluss der Ordenshüter aus seiner Erschöpfung. »… und somit ist einmütig entschieden. Das Kloster ›Zu den Engeln‹ in Ferrara muss wegen der anhaltenden Kriegsgefahr geräumt werden. Die dort lebenden Brüder

334

sollen in anderen Niederlassungen ihre Studien und Aufgaben fortsetzen.«

Namen wurden verlesen und Orten zugeteilt.

»Fra Girolamo!«

»Darf ich eine Bitte äußern«, unterbrach Vincenzo Bandelli und erhob sich. »Kraft der mir übertragenen Würde möchte ich nicht zögern, diesen hoffnungsvollen Mitbruder an mich zu binden. Fra Girolamo soll den Ruf an meine neue Wirkungsstätte erhalten. Obwohl er die höheren Studien noch nicht beendet hat, betraue ich ihn mit dem Amt des Lesemeisters im Kloster San Marco zu Florenz.«

Kein Widerspruch regte sich, mit »Amen« und wohlwollender Güte stimmten die Oberen des Ordens dem Vorschlag zu. Die nächsten Namen wurden verlesen.

Florenz? Zittern erfasste Girolamo. Lesemeister? Keiner seiner Träume hatte ihn je so hoch auf die Leiter des Erfolges steigen lassen. Übe Demut, befahl er sich streng und versuchte den Stolz zu besiegen; diese Auszeichnung ist nicht dein Verdienst. »Der Herr ist mein Hirte, mir wird nichts mangeln«, zitierte er tonlos aus dem Psalm. »Und ob ich schon wandere im finsteren Tal, fürchte ich kein Unglück; denn du bist bei mir, dein Stecken und Stab trösten mich.« Er faltete die Hände, verstärkte den Druck, bis seine Knöchel schmerzten und blutleer wurden.

Seit Mai war kein Regen mehr gefallen, und der glühende September hatte Florenz vollends ausgedörrt; im Uferschlick des schmal gewordenen Arno gärte Fäulnis, ihre Dünste erschwerten in den Gassen und Straßen das Atmen. Auf den weiten Plätzen trieb jeder Windhauch körnigen Staub in die Augen, nistete ihn ins Haar, und selbst der Speichel knirschte zwischen den Zähnen.

Laodomia stand des Morgens sehr früh auf. Ihr erster Weg führte sie, bewaffnet mit zwei Eimern, zum Brunnen im Hüttenviertel vor dem Palazzo. Nie gelang es ihr, als Erste Wasser zu schöpfen, zumindest aber konnte sie stets genügend Vorrat für den Tag ergattern.

Während sie sich mit einem angefeuchteten Lappen abrieb, träumte sie vom Bad in einem randvollen Zuber oder dachte sehnsüchtig an einen rauschenden Wasserfall … Irgendwo hoch oben in den Hügeln musste es doch solch ein Wunder noch geben!

Ihr Leben ähnelte dem Sommerwetter, kaum etwas veränderte sich. Sie nahm das Frühstück drüben in der Küche mit Petruschka ein, öffnete ihren Laden, wartete auf Kunden und schloss ihn des Abends wieder. Manchmal kam Fioretta Gorini zu Besuch, brachte Wein als Geschenk, von dem sie selbst das meiste trank. Auch Raffaele und das Zusammensein mit der treuen Freundin boten Abwechslung. Laodomia aber hoffte auf mehr.

Gleich nach seiner Hochzeit im Juni hatte Filippo zweimal noch spät nachts an die geheime Zwischentür gepocht, die vom Innern des Palazzo in ihren Schlafraum führte und zu der er allein den Schlüssel besaß. »Hilf mir. Meine junge Frau ist zu unerfahren. Sie kann mich nicht befriedigen.« Seine Augen glänzten, als er breite Leinenbänder aus der Tasche zog.

»Wozu benötigst du …?«

»Vertraue mir, schöne Nichte. Lass dich von deinem Onkel überraschen.«

Kein zärtlicher Besuch eines Liebhabers. In diesen beiden Nächten verlangte er nach Lustspielen, die Laodomia zunächst wie eine Heimsuchung erschienen waren. Die Arme fesselte er ihr eng an den Leib. »Beuge dich vor«, bat er mit heiserer Stimme und zog ein Band unterhalb der Brüste hindurch, verknotete es auf dem Rücken und befestigte das Ende mit dem Haken an der Decke. Sie hätte sich aufrichten können, doch er flehte: »Bleib so. Sei die Hexe im Kerker, und lass mich als Folterknecht zu dir kommen.«

Wie groß muss die Enttäuschung in deinem Ehebett sein, dachte Laodomia, wenn du dich so vor mir offenbarst? Dann aber redete sie sich ein: Ich bin dir wichtiger als deine junge Gattin, du brauchst mich. Deshalb ließ sie ihn gewähren.

Während des zweiten Besuches nach einigen Wochen fand sie Gefallen an seinen Wünschen, dachte selbst schon über Varianten solcher Lustspiele nach, mit denen sie ihn künftig wieder näher an sich ziehen könnte. Beim Abschied aber sagte er: »Ich werde dich vermissen, liebste Nichte.« Leicht schaukelte er ihre Brüste. »Alles an dir werde ich für einige Zeit entbehren müssen.«

336

»Gehst du auf Reisen?«

»Nein, nein.« Sein Lachen klang gequält. »Selvaggia hat sich mir endlich gefügt. Nun ruft die Pflicht, ihr ein Kind zu zeugen. Und mit all meinen Säften muss ich daran arbeiten.« Ehe Laodomia begriff, setzte er gönnerhaft hinzu: »Sobald die Schwangerschaft sich zeigt, werden wir wieder für Monate unseren Vergnügungen frönen können.«

Noch ein Kuss, gefolgt von einem Stutentätscheln auf ihren Po, und der Herr und Onkel war gegangen.

Laodomia weinte nicht. »Verflucht sollst du sein, du Deckhengst!« Voller Zorn hatte sie ihre Kleidertruhe unter dem Bild des Erzengels weggezerrt und vor die Geheimtür geschoben. »Mit dem Geld von Donna Lucrezia kann ich zur Not auch ohne dich leben. Und sollte dir einfallen, nachts mit deiner Lanze anzuklopfen, werde ich dir nicht öffnen.«

Solange ihre Wut anhielt, wäre sie imstande gewesen, diese Stärke zu beweisen. Jedoch bot sich keine Gelegenheit, denn Filippo Strozzi blieb fern. Sie hatte ihm jede Woche ihre Abrechnungen ins Kontor gebracht, und er achtete gewissenhaft darauf, dass es dem Gewürzladen an nichts fehlte. Überdies war der Onkel schmeichelhaft galant zu ihr und freundlicher denn je. An seinen handgeschriebenen Versen von Dante Alighieri verbrannte schließlich ihre Wut. So blieb die geerbte Summe unangetastet, und Laodomia sehnte sich bald schon danach, ihn wieder zu empfangen.

Als Petruschka ihr Anfang September von den guten Hoffnungen der neuen Herrin berichtete, stand die Truhe längst wieder unter dem Erzengel. Bis heute aber hatte kein Klopfen ihren Schlaf gestört.

Der Morgen schimmerte durchs Fenster. Laodomia räkelte sich auf dem Lager und ließ die Hände über Brüste, Bauch und Schenkel gleiten. Samstag, dachte sie, ach Filippo, wie gut ginge es mir, wenn ich jetzt noch müde von dir wäre. Vielleicht sollte ich selbst …? Nein, das verschlimmert nur die Sehnsucht. Entschlossen stand sie auf, streifte den Kittel über und plante das letzte Wochenende des Monats: erst zum Brunnen, dann Frühstück mit Petruschka. Danach mussten der Verkaufsraum ausgefegt und die Vorräte auf Ungeziefer überprüft werden. Bei dem Gedanken, dass sich eine Maus hinter den Körnersäcken eingenistet haben könnte, schüttelte sie sich.

Im späten Vormittag betrat Fioretta Gorini den Laden, umhüllt von dunkelblauem Stoff, mit einem Blumenhütchen auf dem Haar und gelben langen Handschuhen. »Ich war gerade in der Nähe und wollte fragen …« Erschreckt sah sie in das vom Putzen verschwitzte Gesicht. »Ach, Liebchen, warum schindest du dich nur so?«

»Weil ich eine einfache Gewürzkrämerin bin und keine Dienstboten habe.« Laodomia schob die Unterlippe vor und blies eine Strähne aus dem Gesicht. »Mir bereitet die Arbeit Freude. Allerdings könnte ich mir bei solch einer Hitze etwas Schöneres vorstellen als diese Wischerei.«

»Deshalb kam ich her.« Fioretta griff mit spitzen Fingern nach dem Besenstiel und ließ ihn vor sich im Kreis spazieren. »Du musst hier raus. Morgen gehen Freunde und ich zur Messe. Aber nicht in den Dom oder in Santa Maria Novella. Nein, wir besuchen die Kirche vom Nonnenkloster der Muraten. Und dazu wollte ich dich einladen.«

Nur um den pflichtschuldigen Messebesuch hinter sich zu bringen, sah Laodomia keinen Grund, bis ans andere Ende der Stadt zu wandern. »Warum ausgerechnet bei den Muraten, diesen alten Nonnen?«

»Weil da dieser Dominikaner seine erste öffentliche Predigt hält.«

»Ja und?«

»Aber Liebchen, hast du noch nichts von ihm gehört? Ein schmächtiger, knochiger Kauz soll er sein. Aber überall wird von seinen aufregenden Bibelstunden erzählt, die er im Garten von San Marco abhält. Ob dieser Fra Girolamo wirklich so gut ist, muss er morgen beweisen. Geh mit. Und nachher kommst du zu mir nach Hause. Ich gebe ein kleines Fest und wollte dich meinen Freunden vorstellen. Das ist der eigentliche Grund.«

»Fra Girolamo?« Unbewusst nahm Laodomia wieder den Besen an sich. »Weißt du zufällig, wie der Mönch mit bürgerlichem Namen heißt?«

»Wie sollte ich?«

»Bitte überlege!«

Fioretta hob die Achseln. »Ich weiß nur, woher der Dominikaner stammt. Aus Ferrara.«

»Dann heißt er Savonarola. Ja, er muss es sein. Girolamo Savonarola.«

»Begleitest du uns nun morgen?«

»Aber ja. Ich gehe mit.« Laodomia lachte in sich hinein. »Um keinen Preis möchte ich mir diese Predigt entgehen lassen.«

»Fein! Dann treffen wir uns morgen beim Läuten vor der Kirche.« Der Paradiesvogel rauschte zur Tür und gurrte, ehe er davonflog: »Ach, Liebchen, sollst sehen, wir werden Spaß haben. Den ganzen Tag.«

Laodomia sah ihr nach. »Ich kann's kaum erwarten.«

Versonnen umschloss sie das Ende des Besenstiels und ließ die Spitze langsam durch ihre Faust nach oben dringen. »Mein pickeliger Freund. Ob du dich noch an mich und unsere Fensterspiele erinnerst?«

War auch das Blau stumpf und blass geworden, keine Wolke zeigte sich am Sonntagshimmel; auch heute würde es nicht regnen. Mit dem Geläut der Glocke füllte sich die Klosterkirche. Der Altarbereich war den dreizehn ältlichen Benediktinerinnen vorbehalten; weil sie in strenger Zurückgezogenheit lebten, wurden sie die Muraten, die Eingemauerten, genannt. Davor drängten sich einige Patrizierfamilien, links die Frauen mit ihren Kindern und den Töchtern, die noch jung genug waren, um nicht als Heiratsgut daheim versteckt zu werden. Auf der rechten Seite unter der Kanzel versammelten sich die Väter in Begleitung ihrer flaumbärtigen Sprösslinge. Außer wenigen Franziskanern und Dominikanern, die als Abordnung der großen Stadtklöster dem Gottesdienst beiwohnen wollten, fanden sich nach und nach noch einige bunt gekleidete Neugierige ein.

Laodomia hatte draußen flüchtig den Freundeskreis Fiorettas kennen gelernt und war dann mit ihr eilig hineingegangen. »Lass uns so dicht wie möglich an die Kanzel heran.«

Auf halbem Weg durchs Kirchenschiff rückten die schon anwesenden Besucherinnen bereitwillig etwas zusammen. So gelang es den beiden Damen, sich direkt am Rande des Mittelgangs hinzustellen. Der Blick zur Kanzel an der gegenüberliegenden Seitenwand war frei. Das ist gut, dachte Laodomia, an diesem Platz hier kann er mich nicht übersehen.

Neben ihr flüsterte Fioretta: »Liebchen, wie schön du heute bist. Nachher beim Fest werden meine Freunde sicher kein Auge von dir lassen können.«

»Mir soll's recht sein«, gab Laodomia zurück. Für wen sie wirklich das tief ausgeschnittene gelbe Kleid angezogen, das durchsichtige Tuch nur lose über die Wölbung ihrer Brüste gesteckt hatte, verriet sie nicht.

Aus der Sakristei tappte ein vom Alter gebeugter Priester, angetan mit den liturgischen Farben dieses Sonntags. Ihn begleitete ein Mönch in weißer Kutte und schwarzem Umhang. Erst als auch der Diakon mit den Messdienern die Altarstufe erreichte, verebbten Geflüster und Raunen der Gemeinde.

Laodomia hatte nur einen kurzen Blick auf den jungen Prediger werfen können, ehe er sich auf der Bank im hinteren Teil des Chorraums niederließ und von den Dienenden am Altar verdeckt wurde.

Das rote Haar jedoch genügte ihr. Du bist es, dachte sie und kniete, betete, stand auf und kniete wieder, ohne jede innere Hinwendung zur Messe. Girolamo. Wie lange haben wir uns nicht mehr gesehen? O Madonna, eine Ewigkeit ist das her. Sieben Jahre. Wenigstens gibt's viel zu erzählen. Laodomia krauste die Nase. Oder? Damals war ich eingebildet und ziemlich frech zu dir. Ach, was soll's? Inzwischen sind wir beide älter geworden. Ich musste viele Träume aufgeben, und die Gefahr, wieder einen Heiratsantrag von dir ablehnen zu müssen, ist gebannt: Du bist jetzt ein kluger Mönch und ich nur ein einfaches Kirchenschaf.

Nach Verlesen des Evangeliums zog sich der gebrechliche Hausgeistliche des Klosters mit seinen Helfern in den Chorraum zurück und überließ dem Gastprediger das Feld.

Aller Augen begleiteten die schmächtige Gestalt auf dem Weg am Altar vorbei. Laodomia reckte sich; für einen Moment blieb ihr die Sicht wegen der breiten Männerrücken versperrt, doch dann tauchte in der Mitte der Seitenwand das kurz geschorene rote Haar über den Köpfen auf, sein Profil, die Schultern. Ruckartig erklomm Fra Girolamo die hölzerne Wendeltreppe zur Kanzel. Er legte beide Hände auf die Brüstung und schnaubte vernehmlich durch die mächtige Nase. »Brüder und Schwestern. Wenn wir uns heute hier versammeln, so tun wir dies in tiefer Demut vor Gott. Im Psalm steht geschrieben: ›Habe deine Lust am Herrn, der wird dir geben, was dein Herz begehrt …‹«

Schon nach den ersten Worten wurden unter ihm verstohlene Blicke getauscht, mit jedem weiteren Satz nahm die Verwunderung zu. Dem neuen Prediger gehorchte die Stimme nicht, mal klang sie rau und knorrig, dann wieder zu leise oder zu laut. Fioretta neigte sich zum Ohr der Freundin. Hinter vorgehaltener Hand wisperte sie: »Was trägt der für einen unförmigen Erker im Gesicht? Hast du so eine Nase schon mal gesehen?«

Ohne den Blick vom Predigtkorb abzuwenden, nickte Laodomia.

»Und erst diese Sprache, Liebchen. Die versteht doch bei uns niemand.«

»So redet man in Ferrara«, murmelte sie und dachte, wenigstens unsern Dialekt hättest du dir abgewöhnen sollen. Weil aus dem anfänglichen Erstaunen ringsum immer deutlichere Ablehnung wurde, fühlte sie sich mit einem Mal verantwortlich für ihren Fensterfreund aus der Jugendzeit. So sehr sie auch nach irgendeinem Vorzug suchte, der Wahrheit konnte sie nichts entgegensetzen: Girolamo predige schlecht und langweilig. Keine erbaulichen Bilder. Übergangslos setzte er eine These neben die andere.

So wirst du dich in Florenz nie durchsetzen, dachte sie besorgt. Auch ich habe bis jetzt nicht begriffen, was diese Lust am Herrn überhaupt bedeutet. Und wie abgemagert du bist. Nichts als Haut über den Wangenknochen. Zumindest hast du keine Pickel mehr, aber ohne sie bist du auch nicht hübscher geworden.

»… und deshalb rate ich euch, nehmt Zuflucht bei Gott, denn er …« Mitten im Satz stockte der Prediger, seine Augen hefteten sich auf die Frau im gelben Kleid jenseits des Mittelgangs. Laodomia erwiderte den Blick, wagte ein Lächeln. Da flackerte ein Feuer in den tiefen Höhlen auf. »Denn er wird die Bösen ausrotten; die aber des Herrn harren, werden das Land erben …« Jäh veränderte sich der Ton, unterbrochen von Räuspern, eiferte sich der Prediger, spie Warnrufe gegen Unzucht und Laster über die Gemeinde aus, dabei hob er mit eckigen Bewegungen die Arme, rang seine Hände gen Himmel und schlug sie gleich wieder geballt auf die Brüstung.

341

Unter ihm entstand Bewegung. Zunächst drängten nur einige Patrizier zum Ausgang. Sie zogen andere nach. Schließlich kehrten bis auf die anwesenden Mönche der großen Stadtklöster alle männlichen Kirchenbesucher der Kanzel den Rücken und verließen die Kirche.

Fioretta zupfte die Freundin am Ärmel. »Komm, wir gehen auch.«

»Nein. Bitte, bleib.«

»Nur Mut, Liebchen. Wenn wir den Anfang machen, dann trauen sich die anderen Frauen auch. Soll er doch vor den Nonnen und Kuttenkitteln allein reden, die haben's nicht besser verdient.«

Laodomia hob das Tuch über dem Kleidausschnitt etwas an und verbarg ihre Lippen dahinter. »Vielleicht ist der Frate ja nur zu aufgeregt. Kann ja sein, weil es heute das erste Mal für ihn ist. In jedem Fall tut er mir Leid.« Sie schob sich enger an Fiorettas Seite. »Bitte, ertrage ihn bis zum Schluss. Mir zuliebe.«

»Na, gut. Wenn dir so viel daran liegt. Und nachher beim Fest spülen wir die dürre Schreckgestalt da oben mit viel Wein hinunter.« Dieser Gedanke schien Fioretta Kraft zu geben, und obwohl die linkische Gestik und raue Mundart des Mönches sich noch steigerten, harrte sie stumm neben der Freundin bis zum Amen aus.

Auch Laodomia fühlte Erleichterung, flüsterte sogar: »Amen«, und war froh, als Girolamo, ohne zu stolpern, die Kanzeltreppe heruntergestiegen war, seinen Platz auf der Bank im hinteren Teil des Chorraums gefunden hatte und der zittrige Hauspriester des Klosters den Fortgang der Messfeier übernahm.

»Ite missa est...«

Kaum warteten Frauen und Kinder den Schlusssegen ab, als sie schon ihre Plätze verließen und befreit aus dem Halbdunkel nach draußen auf den Vorplatz ins Licht des Sonntages flohen.

»Liebchen, wir wären doch besser in den Dom gegangen.« Mit entschlossenem Griff in den Stoff oberhalb der Taille richtete Fioretta den Sitz ihre Brüste, bis sie sich wieder prall aus dem Ausschnitt wölbten. »Warum über den Mönch in der Stadt so lobend geredet wird, begreif ich nicht. Na ja, es soll uns eine Lehre sein: Von dieser Holzfigur hören wir uns keine Predigt mehr an.« Sie hakte sich bei Laodomia unter. »Wir müssen uns beeilen. Die Freunde warten sicher schon bei mir im Haus. Und ohne mich beginnt das Fest nicht.«

Laodomia hatte den Ausgang der Kirche nicht aus den Augen gelassen. »Bitte, geh voraus.« Sie löste sich von ihr. »Ich komme nach.«

»Aber Liebchen? Du lässt mich doch nicht im Stich? Deinetwegen habe ich eingeladen …«

»Nein, keine Angst. Ich will nur kurz mit dem Frate sprechen. Ihn nur begrüßen.«

»Warum? Kennst du ihn etwa?«

»Kennen? Ein wenig, ach, ich weiß nicht genau. Aber wir wohnten früher Haus an Haus.«

»Und es ist keine Ausrede?« Fioretta zögerte, war aber der Gäste wegen in Eile. »Also gut. Eins schwöre ich dir aber, wenn du nicht bis zum Mittagsläuten bei mir erscheinst, dann lasse ich dich von meinen Knechten suchen.«

»Nicht nötig«, sagte Laodomia hastig. Der Priester erschien mit Fra Girolamo im Portal. »Ich halte meine Versprechen«, rief sie Fioretta nach und wartete seitlich der Kirche im Schatten der Klostermauer. Der Hausgcistliche verabschiedete sich und kehrte ins Dunkel zurück. Gesenkten Hauptes, die viel zu große, schwarze Kapuze tief in der Stirn, ging Fra Girolamo langsam über den Platz.

Laodomia löste sich aus dem Schatten und folgte ihm. Kurz bevor er die Gassenmündung gegenüber erreicht hatte, rief sie leise: »He, Freund.«

Wie von einer unsichtbaren Kraft angerührt, erstarrte sein Körper in der gebeugten Haltung.

»Weißt du noch, wer ich bin?«

Da er sich nicht bewegte, nichts erwiderte, ging sie an Girolamo vorbei und stellte sich vor ihn. »He, Freund! Hast du das Mädchen am Fenster vergessen?«

Seine Hände verkrallten sich ineinander. Das Gesicht blieb im Schutz der Kapuze verborgen. »Meine Tochter, ich weiß, wer du bist.«

»Tochter?« Laodomia wollte ihn aufheitern. »So weit sind wir erst gar nicht gekommen.«

»Schweig, Sünderin. Der Herr hat mir den Weg aus dem Sumpf gewiesen, in dem du, wie ich seit heute weiß, geblieben bist.«

»Woher willst du das wissen?« Die Kränkung erstickte ihr Mitleid, und nur mit Mühe konnte sie den Zorn mäßigen. »Auch wenn du jetzt ein Ordensgewand trägst, hast du kein Recht, mich einfach abzuurteilen.«

»Welches Weib sich so aufreizend in Gottes Haus begibt, versündigt sich.«

»Verdammt, nichts weißt du von mir!«

»Du sollst nicht fluchen, befiehlt der Herr.«

Laodomia fasste seine Worte kaum. Was ist nur aus dir geworden, dachte sie, aber wenn dich auch deine Niederlage vorhin mitgenommen hat, könntest du wenigstens höflich bleiben. »He, Freund. Es ist warm in Florenz. Außer mir waren noch andere Frauen in der Kirche, ebenso luftig bekleidet.«

»Schändlich genug.« Jäh hob er den Kopf. Laodomia wich einen Schritt zurück, so nah vor ihr erschreckte sie das knochige Gesicht; die Augen glühten sie an, seine riesige, unförmige Nase stach ihr entgegen. »Dich aber musste ich ansehen. Unter all den von Schminke und Puder leblosen Fratzen musste mein Blick dich herausfinden. Und mit Pfeilen erwidertest du, verwirrtest mich, dass meine Worte mir nicht mehr gehorchten …«

»Was redest du dir da ein?« Laodomia stemmte entrüstet die Hände in die Seiten. »Du hast schon schlecht gepredigt, bevor du mich entdeckt hast.«

Getroffen schloss er die Augen. Nach einer Weile begannen die wulstigen Lippen zu zittern, öffneten sich schließlich: »Einen Schritt zu weit …«, flüsterte er. »Mein Prior hielt mich für befähigt, das Wort öffentlich zu verkünden, und ich habe nicht genügt. Einen Schritt zu weit habe ich mich vorgewagt. Vielleicht sollte ich nie wieder auf die Kanzel steigen.«

»Aufgeben, ehe du es richtig versucht hast?« Sein jäher Stimmungswandel löste erneut Mitgefühl in Laodomia aus. »So habe ich es nun auch nicht gemeint. Beim nächsten Mal geht's schon besser. Nur unseren Dialekt solltest du dir abgewöhnen, den will hier in der Hauptstadt keiner hören. Und weißt du, ein wenig mehr verbindliche Worte, ja, etwas Heiteres zwischendurch, dann hören die Leute dir auch zu.«

344

Langsam öffnete er wieder die Lider, trotz des Tuches fiel sein Blick in die Schlucht zwischen ihren Brüsten. Nach heftigem Schnauben riss er mit einer ruckartigen Bewegung den Kopf zur Seite. »Nein, ich sollte besser die Öffentlichkeit meiden und mich ausschließlich im Kloster meinem Amte als Lesemeister widmen.« Ohne Laodomia anzusehen, bemühte er sich wieder um den Hirtenton: »Meine Tochter, wir leben zwar in der gleichen Stadt, wenn du aber jemals Wärme für mich empfunden hast, so meide die Kirche, in der ich predige. Und, meine Tochter, verfolge mich nicht auf den Straßen. Lebe wohl.« Eckigen Schritts eilte er davon.

»He, du hast mich überhaupt nicht gefragt, wie es mir ergangen ist?« Laodomia fühlte sich verletzt, holte leicht mit dem Fuß aus und trat Staub hinter ihm her: »Ich dir nachlaufen? So irrsinnig und blind kann ich gar nicht werden. Bei deiner Hässlichkeit frage ich mich wirklich, woher du den verfluchten Schneid hast, so eingebildet zu sein.« Doch er war längst in der Gasse verschwunden und hörte ihr Schimpfen nicht mehr.

FLORENZ

Flügel für den Künstler

Es ist so weit. Der ungekrönte Herrscher von Florenz hat Wort gehalten und dem Genie aus Vinci den Weg zu neuen Horizonten geebnet: »Lodovico Sforza, genannt ›il Moro‹, erwartet nun deine Bewerbung.«

Und im Herbst des Jahres 1482 empfiehlt sich Leonardo da Vinci dem Mailänder Hof in einem Brief, der auf jede Bescheidenheit verzichtet: »Eure Königliche Hoheit … Ich biete Euch meine unschätzbaren Dienste an, denn ich bin der ideale Ratgeber für die gegenwärtig anhaltende Kriegszeit. Ich bin Konstrukteur, weiß transportable Brücken zu bauen sowie unterirdische Gänge für eine Belagerung. Außerdem bin ich Architekt für den Festungsbau. In meiner Person darf Eure Königliche Hoheit auf einen Erfinder hoffen, der neuartige, effektvollere Bombarden, Donnerbüchsen, Schleudern und Katapulte entwickelt hat. Selbst in Friedenszeiten können Euch, Königliche Hoheit, meine Fähigkeiten von höchstem Nutzen sein: Auch als Baumeister, Maler und Bildhauer werde ich mich beweisen. Überdies bin ich der von Euch so dringend benötigte Künstler, um ein Reiterdenkmal Eures Vaters in Bronze zu erschaffen …«

Solch eine Talentvielfalt lässt sich der Mailänder nicht entgehen, und er beruft Leonardo da Vinci als Künstler, Ingenieur und Zeremonienmeister an seinen Hof.

ROM

Päpstlicher Segen für Kanonen

Der jahrelange Krieg hat allen Beteiligten den Atem genommen. Venedig lässt den Schwertarm sinken; ausgebrannt ist der Kampfeswille der Ferraresen und ihrer Verbündeten. Sinnlos war das gegenseitige Töten: Kein Land wurde gewonnen, keine Salzmine verloren; allein die Hütten und Höfe der Bauern sind zerstört, ihre Ernten vernichtet. »Gebt uns Frieden!«, fleht das ausgeplünderte Volk. Ja, Friede soll endlich werden!

Der Heilige Vater in Rom ist taub für dieses Wort. Obwohl selbst ernstlich erkrankt, beugt er sich dem Wunsche nicht. »Ich will kämpfen und siegen!« Schweigen auch längst die Waffen im Nordosten, so lässt er jetzt im Kirchenstaat weiter kämpfen. Sein Neffe Graf Riario soll aufständische Aristokraten niederzwingen, und der Oberhirte der Christenheit segnet in seinem Kriegswahn die Geschütze, ehe sie gegen die Festungen der Verhassten aufgefahren werden.

Jedoch am 7. August 1484 unterzeichnen die Kriegsparteien in Bagnolo endlich und ohne Zustimmung des Heiligen Vaters einen Friedensvertrag.

Die Nachricht erreicht Papst Sixtus bereits einen Tag später. Er bläht die Wangen auf. »Über meinen Kopf hinweg! Wie können diese Köter es wagen?« Der Zorn lässt die Adern weiter anschwellen, und wie einen Fluch stößt er das Wort zum Himmel: »Frieden!« Sein Atem stockt, das Herz versagt den Dienst, und leblos stürzt der schwere Leib zu Boden.

ROM

Wie der Herr, so das Volk

Noch ehe Sixtus, der Vierte dieses Namens, zu Grabe getragen wird, zerbricht jede Ordnung in der Ewigen Stadt am Tiber. Der Pöbel stürmt die päpstlichen Kornkammern, plündert ein Bankhaus und wagt sogar einen Angriff auf den Palast des grausamen Grafen Girolamo Riario. Kämpfe toben in den Straßen. Jeder rafft an sich, was er bekommen kann, selbst das Mobiliar im Vatikan ist vor diebischen Klerikern nicht mehr sicher.

»Wir benötigen einen neuen Papst!«, rufen die versammelten Kardinäle einmütig. »Und zwar sofort!« Die Günstlingspolitik des Verstorbenen wird verdammt. Das Lippenbekenntnis der Hirten lässt auf einen Neuanfang hoffen: »Ohne unsere Zustimmung darf kein Papst mehr seine Verwandten mit Ämtern und Pfründen bedenken.«

Jedoch die Eile lässt, wie gehabt, zügellose Machtkämpfe und Intrigen im heiligen Kollegium ausbrechen. Das Konklave wird zur Wucherstube. Erst nach hohen Bestechungsgeldern und Ämterschacher stimmen auch Kardinal Rodrigo Borgia und Giuliano della Rovere dem Auserwählten zu. Ende August 1484 besteigt Giovanni Battista Cibo aus Genua den Heiligen Thron. Der Zweiundfünfzigjährige gibt sich den Namen Innozenz VIII. Ein freundlicher, friedfertiger Mann. Sein Verstand ist äußerst bescheiden, und seine Fürsorge gilt einzig den sechzehn leiblichen Kindern, von denen er eine Tochter sowie den ältesten Sohn Franceschetto gleich nach Amtsantritt mit in den Vatikanspalast einziehen lässt. »Hier im Kreise meiner Familie möchte ich ein ruhiges Leben führen und, so Gott will, dereinst auch Großvater meiner Enkel sein.«

Nichts ändert der neue Papst, im Gegenteil, seine Schwäche öffnet nun erst recht dem Laster, der Hurerei wie auch schamloser Vetternwirtschaft das Tor zum Heiligen Stuhl.

FLORENZ

Der Prophet erwacht

Als Prediger hat Girolamo Savonarola versagt. Nach zahlreichen Blamagen auf verschiedenen Kanzeln der Stadt musste Prior Vincenzo Bandelli einsehen, dass sein Schützling weder in Gestik noch in seiner Überzeugungskraft reif genug war, das verwöhnte florentinische Publikum zu fesseln. »Mein Sohn, verzage nicht, ich werde mit den Oberen unseres Ordens über deinen weiteren Weg beraten. Bis dahin beschränke dich auf die Lehrtätigkeit in unserem Kloster.«

Girolamo hadert mit der Niederlage. »Wer trägt Schuld? Wer hat meine Zunge gelähmt?« Voller Scham muss er sich des Nachts auf der harten Pritsche eingestehen, dass ihn die Begegnung mit der Jugendliebe wieder in fleischliche Unruhe versetzt hat. Ist dieses Weib der Grund? »Nein, hinweg mit dir«, wehrt er sich. »Dies war nur ein kleiner Anfall von Schwäche. In Wahrheit habe ich die Sünde aus meinem Herzen verbannt«, flüstert er und findet endlich den wahren Grund: »Gott will mich prüfen, denn er hat Großes mit mir vor.« So gestärkt, fastet Girolamo strenger noch und geißelt des Nachts den ausgemergelten Körper.

Sein Geist fiebert, als er einen Mitbruder zu einem Nonnenkloster begleitet. Für kurze Zeit allein in der kleinen Kapelle, vernimmt er die Stimme Gottes, die ihm sieben Gründe aufzählt, warum sich eine Katastrophe, eine schwere Züchtigung für die Heilige Römische Kirche anbahnt. Das Licht der Erkenntnis reißt ihn aus der Dumpfheit. »Ich muss warnen!«

Mit Abscheu erfährt er von der Verderbtheit, die mit dem neuen Papst in den Vatikanspalast eingezogen ist, und da Worte ihm nur unbeholfen von den Lippen kommen, greift er zur Feder: »Jesus, du süßester Trost und höchstes Gut der betrübten Herzen … Blicke auf Rom, deine Braut. Eile deiner Heiligen Römischen Kirche zu Hilfe, die der Teufel zugrunde richten will … Greife zum Schwert, um deine Religion zu retten …«

FLORENZ

IN DEN FUSSSTAPFEN DER VÄTER

Wer soll dem neuen Papst die Glückwünsche der Republik Florenz überbringen? Lorenzo de' Medici ist nach dem Tode der Mutter noch vorsichtiger geworden und weiß sich mit dem Hohen Rat einig: Eine Reise des Fürsten in die Ewige Stadt, in der immer noch Graf Girolamo Riario eine mächtige Position innehat, ist zu gefahrvoll. »Wir sollten dem Heiligen Vater unsere Republik als kraftvolle Blüte präsentieren. Deshalb wird mein erstgeborener Sohn Piero mich vertreten.« Diese Entscheidung findet bei der Signoria allgemeine Zustimmung. Sorgfältig besetzt Lorenzo die Gesandtschaft mit jungen, hoffnungsvollen Männer aus der Patrizierschaft und gibt ihnen drei Ratsherren zur Seite, die besonnen genug sind, bei einer diplomatischen Entgleisung den guten Ruf der Stadt zu retten.

Am Tag vor der Abreise befiehlt Lorenzo seinen dreizehnjährigen Sprössling zu sich. Lange betrachtet er den hübschen, kraftvollen Knaben. Piero hat das Aussehen seines ermordeten Onkels, versteht auch schon kleine, inhaltslose Verse zu schmieden, sein Charakter aber lässt zu wünschen übrig: Er konnte rücksichtslos zu jedem Schwächeren sein, war eingebildet auf die Gnade seiner Geburt und ohne jedes Feingefühl. Dies alles weiß der Vater, und so gibt er ihm eindringliche Ermahnungen mit auf den Weg: »Da du dereinst meine Nachfolge antreten sollst, ist es an der Zeit, dich zu bewähren. Mein Sohn, wo und wann immer du dich im Kreise der übrigen jungen Männer unserer Gesandtschaft befindest, betrage dich ernst und höflich. Behandele sie wie Gleichgestellte. Auch fordere von Älteren keine Vorrechte. Du bist zwar mein Sohn, dennoch bleibst du wie alle anderen nur ein Bürger von Florenz.« Piero wirft den Kopf zurück. Doch der Blick des Vaters zwingt ihn nieder. »Habe ich dein Wort?«

»Vertraue mir, ich werde dich nicht enttäuschen.« Jetzt erst weiht ihn Lorenzo ein, welche Botschaft er dem Papst in seinem Namen überbringen soll.

Wenige Straßen weiter hat Filippo seinen Ältesten ins Bankhaus gerufen. Auch Alfonso ist für die Gesandtschaft ausgewählt worden. Gefasst hört der schlanke Achtzehnjährige den Anweisungen des Vaters zu: »Sei wachsam. Zu jeder Zeit wirst du den Sohn unseres Freundes, diesen beklagenswerten Tollpatsch, unterstützen. Bleibe stets bescheiden. So kannst du dem Namen Strozzi auf zweierlei Weise nützen. Denn ist die Mission erfolgreich, so wird sich Papst Innozenz an dich erinnern, und auch Seine Magnifizenz Lorenzo wird mit Wohlwollen deine Treue bedenken.«

In Rom glänzt die Delegation der jungen Männer. Getragen von dem Freund erweist sich Piero als guter Botschafter. Papst Innozenz VIII. nimmt die Glückwünsche entgegen, lässt sich überzeugen, dass der Herrscher von Florenz die Zwistigkeiten mit seinem Vorgänger bedauert und von nun an dem Heiligen Stuhl jeden pflichtschuldigen Gehorsam leisten wird.

Mit dem päpstlichen Segen für Lorenzo de' Medici sowie für Stadt und Land darf die Gesandtschaft nach Florenz zurückkehren.

FLORENZ

Die Rache der Schnarrer

Mitte Januar 1485 wird Petruschka des Nachts durch kratzende Geräusche am Schlagladen ihrer Kammer geweckt. Noch schlaftrunken vermeint sie leise Hilferufe zu hören und glaubt, Laodomia sei in Not. Sofort erhebt sich die Russin. Nur mit dem Hemd bekleidet, tappt sie barfüßig durch den Gesindeflur, dreht das Öllicht an der Wand höher und entriegelt die Hintertür. »Kleines? Bist du hier?«

Weil keine Antwort kommt, verlässt Petruschka das Haus und geht in den Hof. Nach wenigen Schritten trifft ein harter Schlag ihren Hinterkopf. Die große Frau stürzt zu Boden. Sofort fallen drei Gestalten über sie her, reißen ihr das Hemd vom Leib und wälzen sie auf den Rücken. Zwei Kerle setzten sich auf ihre Arme. Als Petruschka wieder aus der Benommenheit erwacht, ist sie wehrlos. »Verschwindet«, keucht sie, »sonst rufe ich die Knechte.« Jedes weitere Wort wird ihr mit einem Knebel erstickt. Im Schein, der aus dem Flur in den Hof fällt, erkennt sie über sich das feixende Gesicht des Anführers der drei Schnarrer vom Monte Miniato wieder. Er hält einen Knüppel in der Hand. »Jetzt haben wir dich, du fettes, hässliches Weib. Und du wirst nicht schreien, bis wir mit dir fertig sind.« Wahllos schlägt er auf die Brüste und den Bauch ein. Dann stellt er sich hin und uriniert ihr über Mund und Augen. »Jetzt du«, befiehlt er dem ersten der beiden Kumpane und übernimmt dessen Platz auf dem Arm der Magd. »Piss das Weib voll.« Der Kerl kichert vor sich hin, bis er das Wasser abgeschlagen hat. »Jetzt du.« Der Dritte weiß den ekelhaften Spaß noch zu steigern: Er entblößt seinen Hintern und entleert den Darm auf ihrem Unterleib. »Weg jetzt!« Zugleich lassen die Halbwüchsigen von der Geschundenen ab. Lautlos verschwinden sie in der Nacht.

Petruschka liegt nur da. Erst nach einer Weile befreit sie sich von dem Knebel. Am Wassertrog reinigt sie mit den Fetzen ihres Hemdes notdürftig das besudelte Gesicht und den Körper. Endlich wieder in der Kammer, sinkt die starke Frau auf ihre Strohmatte und vermag die Tränen nicht mehr zurückzuhalten.

Wie jeden Morgen geht Laodomia hinüber zum Frühstück. Die Freundin erwartet sie nicht. Von den Küchenmädchen erhält sie die Auskunft, dass die Russin krank sei. Besorgt betritt Laodomia ihre Kammer und erfährt vom nächtlichen Überfall, sieht die aufgeplatzte Beule am Hinterkopf und den von Schlagspuren gezeichneten Leib. »Ein Arzt muss her. Ich werde den Onkel verständigen.«

»Nein, Kleines, lass nur«, wehrt Petruschka ab. »Es war mein Fehler, weil ich einfach so rausgegangen bin. In der Nacht ist Florenz nun mal gefährlich. Das solltest du dir auch merken. Denn dein kleiner Kopf hält so einen Schlag bestimmt nicht aus.« Den wahren Grund ihrer Unvorsichtigkeit verschweigt sie und tätschelt Laodomias Hand: »Aber wenn du mir helfen willst, dann beaufsichtige die Mädchen beim Kochen. Bis zum Mittag bin ich wieder auf den Beinen.«

SAN GIMIGNANO

DER ERSTE WARNRUF

Trotz der Niederlagen hält Prior Vincenzo Bandelli immer noch an seinem Schützling fest. »Du sollst dich aufs Neue erproben, mein Sohn.«

Frater Girolamo darf zwar nicht in der Hauptstadt das Wort verkünden, dafür aber entsendet Bandelli ihn zur Ordensniederlassung nach San Gimignano, um dort die Fastenpredigten zu halten.

Eine neue Aufgabe. Endlich. In der weitab gelegenen Stadt auf dem hohen Berg, inmitten der zahllosen Geschlechtertürme, die wie steinerne Finger aus den Dächern gen Himmel ragen, besteigt Girolamo die Kanzel. Seine Sprache ist schmucklos, die Gestik ungelenk. Er beklagt die Zügellosigkeit und den Verfall jeder christlichen Moral am Heiligen Stuhl. Die Gemeinde schenkt dem unscheinbaren Mönch nur wenig Interesse. Lediglich als er beide Fäuste drohend erhebt und mit schneidender Stimme drei Schlussfolgerungen ausruft, horchen unter der Kanzel die Versammelten auf. »Die Kirche muss erstens gegeißelt werden und zweitens hierdurch erneuert werden, und drit-

352

tens: Dies muss bald geschehen!« Das Erstaunen über den Sonderling
währt nicht lange, bald schon sind seine Worte wieder vergessen.

FLORENZ

DIE SICHERUNG DER MACHT

Schmerzen! Zunächst glaubt Lorenzo de' Medici nur an eine Überlastung seiner Zeh- und Fußgelenke, jedoch der Schmerz befällt auch
die Knie und Hände; während der folgenden Tage und Nächte er-
leidet er unerträgliche Qualen, und erst nach Wochen ebbt der Anfall
wieder ab. Eine lang unterdrückte Ahnung wird ihm jäh zur Gewiss-
heit. »Die Krankheit meines Vaters und Großvaters hat nun auch
mich ereilt«, vertraut er seinem engsten Freund Angelo Poliziano an.
»Jetzt, da Frieden herrscht, unser Land und die Stadt in der Sonne des
Glücks erblühen, mahnt mich die Gicht, dass auch ich, trotz aller
Machtentfaltung, nur eine sterbliche Hülle habe.«
    Lorenzo klagt nicht. Er beginnt sein Haus für die Nachkommen
zu bestellen. Wie einst Donna Lucrezia bemüht er sich, das Ansehen
und den Einfluss der Familie in Rom durch kühl berechnete Heirats-
politik zu kräftigen. Piero, den Erstgeborenen, verlobt er mit Alfonsina aus dem vornehmen und mächtigen römischen Hause Orsini,
dem auch seine eigene, zänkische Gattin Clarice entstammt. Mangelnde Anmut und kämpferischer Starrsinn der Braut sind bei dieser
Entscheidung nebensächlich. Die zweite Verlobung gleicht einer Ver-
urteilung zur Kerkerhaft: Lorenzo gibt seine vierzehnjährige Tochter
Maddalena nebst unfassbar hoher Mitgift dem leiblichen Sohn des
Papstes. Dieser Franceschetto Cibo steht im vierzigsten Lebensjahr,
ist ein Spieler und verschlagener Halunke. Er weiß den Vater vor seine Geschäfte zu spannen: Mit dem Segen Innozenz' VIII. gründet er
eine Ablass-Bank. Hier kann jeder bereits vor einem geplanten Mord
oder anderen Verbrechen eine Buße einzahlen, um sich nach der Tat
die kirchliche Vergebung zu sichern. Ein kleiner Anteil fließt in die
Kasse des Vatikans, den Löwenanteil aber streicht Franceschetto ein.
Seitdem sind Diebstahl, Vergewaltigungen, Betrug oder Totschlag in

der Ewigen Stadt mehr noch denn je an der Tagesordnung. Lorenzo weiß vom üblen Ruf des künftigen Schwiegersohns. Die Sicherung der Macht aber bedeutet ihm mehr als das Schicksal seiner Tochter.

FLORENZ

Der Trost des Seelenretters

Im März 1485 hat Fra Girolamo vom Tod des Vaters erfahren und ist ohne jede Anteilnahme darüber hinweggegangen. Anfang Dezember schreibt ihm Mutter Elena voller Verzweiflung, dass nun auch Onkel Borso, die letzte Stütze der verarmten Familie, verstorben sei: »…Es ist eine Schande für uns, dieses Armsein …«

In seiner Zelle des Klosters San Marco zu Florenz beugt sich Girolamo nächtelang über das Schreibpult und gibt der Unglücklichen in einem langen Brief den Trost, der ihr nach seiner Meinung gebührt: »Hochwürdige und sehr liebe Mutter … Die Vorsehung Gottes, um die ich gebetet habe, sucht unser Haus Tag für Tag mit härteren Schlägen heim. Ich erkenne, meine Gebete werden viel besser erhört, als ich es beabsichtigte … Der Schöpfer schlägt dich und unsere Familie immer wieder, weil ihr Törichten das Tägliche liebt und nicht auf das Künftige hinlebt. Aus diesem sündhaften Traum will Gott euch alle erwecken … Liebste Mutter, diese Schicksalsschläge dringen wie himmlische Pfeile in dein Herz, damit du dich von allen Abhängigkeiten der Welt befreist … Jesus ruft dich und deine Kinder, auf dass ihr nur ihn liebt … Was nützen schöne Kleider und Wohlstand, was Vergnügungen und hohe Ehren, dies alles ist vergänglich …« Girolamo spickt den Brief mit Beispielen: Da ereilt einen jungen, gesunden Mann der jähe Tod. Vorbei ist seine Vergnügungssucht. Da stirbt eine gefeierte junge Sängerin bei der Geburt ihres Kindes. Vorbei sind Schönheit und alle Melodien, mit denen sie die vornehme Gesellschaft ergötzt hat.

Auch für seine unverheirateten Schwestern, die nun ohne Mitgift dastehen, findet er Worte: »… Mache dir keinen Kummer über deine Töchter, sorge nur dafür, dass sie Gott gefällig sind, dass sie fromm sind, gerne beten, fasten und die heiligen Predigten regelmäßig besuchen …« Er wendet sich sogar direkt an die Schwestern: »… gebt euch der Einsamkeit hin … Sucht nicht nach irgendwelcher Gesellschaft mit Männern, weder um zu sehen noch um gesehen zu werden … Auch wenn ihr nicht im Kloster lebt, werdet jungfräuliche Bräute Christi und erfahrt durch ihn höchste Wonnen … Dient Jesus in Armut, geliebte Schwestern. Es sagt der Heilige Geist durch den Mund des Apostel Paulus: ›Wer heiratet, sündigt nicht, wird aber Trübsal erleiden, wer nicht heiratet, tut besser.‹ … Habt also Acht auf einen demütigen Lebenswandel …« Zum Abschluss wendet sich Girolamo wieder an die unglückliche Mutter Elena: »… Vergiss die Welt … Halte deinen Sohn für tot … Denn ich wünsche, dein Glaube an Christus möge so stark werden, dass du deine Kinder ohne Tränen sterben oder den Märtyrertod erleiden sehen kannst. Dies schreibe ich …, damit, wenn ich dereinst auf solche Weise sterbe, du keine große Pein erleidest … Über den Tod unseres Onkels sage ich nichts, außer dass ich Messen für seine Seele halten werde … Der Friede und die Vaterliebe Gottes sei immer mit dir. Amen.« Während Girolamo den Brief noch einmal überliest, schabt er den Schorf von seinen trockenen Handflächen; schließlich setzt er, zufrieden mit dem Trostwerk, seinen Namen darunter.

Der Herr des Hauses

Filippo Strozzi ist zufrieden mit seiner neuen Gemahlin. Zwei gesunde Nachkommen hat Selvaggia ihm bereits geboren und trägt Anfang 1486 an einem dritten Kind. Über das Heiratsgeschäft kann sich der Bankherr nicht beklagen, denn finanzieller Aufwand und persönlicher Einsatz haben sich mehr als gelohnt. »Diese junge Zuchtstute besitzt gutes Blut.« Da Selvaggia neben den Schwangerschaften jede Kraft fehlt, um sich als Herrin über Gesinde und Haushalt durchzusetzen, bleibt ihr nur das Kinderhüten, und im Palazzo führt Petruschka weiterhin die Wirtschaft.

Geschickt sorgt Filippo auch für seine Begierde und die nächtlichen Vergnügungen. Er umschmeichelt Laodomia, gibt ihr das Gefühl, die heimliche Patronin seines Herzens zu sein. »Glaub mir, schö-

ne Nichte, ohne dich wäre mein Dasein trostlos.« Und weil Laodomia
ihrer Liebe ausgeliefert ist, will sie dem Onkel Glauben schenken und
richtet ihr Leben nach seinen Wünschen ein.

Der Februar bringt eine Abwechslung. Filippo erfüllt sich den
lang gehegten Wunsch: Seine Geliebte soll gemalt werden. Kein ge-
wöhnliches Porträt in feiner Robe, wie es von vielen Damen der Gesellschaft angefertigt wird. Laodomia wehrt ab: »Ich schäme mich.«

Der Onkel lässt keinen Einwand gelten. »Du bist voll erblüht und
hast es wahrlich nicht nötig, deinen Körper unter Hüllen zu verbergen.« Kein Geringerer als Sandro Botticelli soll den Auftrag ausführen. Ein gefährliches Unterfangen; denn offiziell ist Malern verboten,
nach einem lebenden Modell den entblößten Körper zu malen. Jedoch was gelten schon Vorschriften im sittenlosen Florenz? Nachdem
der Meister erste Aktskizzen von Laodomia angefertigt hat und sie
ihre anfängliche Scheu ablegt, nimmt er Filippo beiseite: »Mit Verlaub, Herr. Ich ahnte nicht, dass unsere Stadt noch solch ein Juwel besitzt. Diese Augen rätseln, dieser Mund verrät, und jede Linie ihres
Körpers verspricht mehr, als sich meine Fantasie erträumt.« Sandro
benetzt die vollen Lippen. »Zahlt mir den halben Preis für den Auftrag und überlasst mir die Signora als Modell für weitere Gemälde.«

Nur zu gern willigt der Bankherr in den Handel ein. Am Abend
dieses Tages legt er Laodomia nach dem Beischlaf die Rubinkette seiner ersten Frau Fiametta um. »Keine Leihgabe, schöne Nichte. Nimm
den Schmuck als Geschenk von mir.«

Laodomia küsst ihn unter Tränen: »Diese Kette bedeutet mehr«,
flüstert sie. »Jeder einzelne Rubin ist ein Beweis deiner Liebe. Dafür
danke ich dir.« Bis spät in die Nacht sitzt Filippo in der Stube hinter
dem Gewürzladen und erzählt von seinen Bauplänen. »Meine Mutter
hat in ihrem Testament verfügt, dass unser Haus für immer und ewig
in unserer Familie bleibe. Es soll Wohnung und Zuflucht für alle
männlichen Nachkommen und deren Familien bieten.« Filippo glät-
tet den Lippenbart. »Nun habe ich selbst schon sechs Kinder von Fiametta; meine neue Frau wird mir im Sommer das dritte Kind gebären,
und überlebt sie die Geburt, wird der Segen noch nicht aufhören. Der
alte Palazzo wird zu eng, und dieser Platznot muss ich Rechnung
tragen.« Er nickt vor sich hin. »Wenn es mir gelingt, meinen Freund

356

Lorenzo de' Medici von diesem Argument zu überzeugen, wird ihn die Größe des neuen Gebäudes nicht brüskieren und er sich nicht gegen den Bauplan sträuben. Ich denke, bald schon kann ich mit dem Abriss des Hüttenviertels beginnen.« Dass Filippo Strozzi durch dieses Vorhaben dem Ruhm seines Namens ein in Florenz unvergleichbares Denkmal errichten will, verschweigt er.

SAN GIMIGNANO

DER WARNRUF WIRD SCHÄRFER

Wie im vergangenen Jahr schickt Prior Vincenzo Bandelli seinen Schützling auch im Frühjahr 1486 in das entlegene Bergstädtchen, um dort die Fastenpredigten abzuhalten. Die Brüder des Klosters wie auch die versammelten Gläubigen trauen ihren Ohren nicht. Aus dem ungelenken Prediger flammt ein Feuer auf sie nieder: »… die Menschen sind verblendet, und zwar jeglicher Herkunft, die Fürsten, die Diener Gottes bis hinunter zu den Handwerkern und Frauen. Sie sehen nicht die deutlichen Zeichen des drohenden Unheils …« Kein Räuspern unterbricht den Redeschwall. »Hört, ihr Toren! Die Plage, vor der die Kirche steht, wird sein das Erscheinen des Antichrist; Krieg wird unser Land überziehen, und auch Pest und Hungersnot werden uns heimsuchen. Denn das ungezügelte Verbrechen, die Wollust, die Unzucht mit Knaben sind schandbar, darüber hinaus wird bestraft der Götzendienst, die Magie und Astrologie. Ja, auch die Habgier der schlechten Hirten unserer Kirche. Gott schickt euch seine Propheten, und ihrem Rufen wird kein Gehör geschenkt. Verschwunden sind Menschen guten Willens. Der reine Glaube wird verachtet, die Heiligen verspottet, und selbst die heilige Messe verkommt zum Jahrmarkt der Eitelkeit. Deshalb ist es meine Pflicht, euch zu weissagen: Die Kirche muss gegeißelt und dadurch erneuert werden! Und dies muss sofort geschehen! Ich bin kein Prophet, nein, nur ein Mensch, der seine Erkenntnisse aus dem Versenken in die Worte der Heiligen Schrift gewinnt. Amen.«

Nach dem Ende der Predigt steht Fra Girolamo starr mit er-

hobener Faust da. Erst nach einer Weile lässt er den Arm sinken, und
das Brennen in seinen Augen erlischt.

Die Ordensbrüder wiegen bedenklich den Kopf. Das Gehörte
überschreitet die erlaubte offene Kritik. Aus reiner Vorsicht berichten
sie dem Prior von San Marco zu Florenz, welche Offenbarungen der
einfache Fastenprediger in ihrem Gotteshaus zum Besten gegeben hat.

Bei Girolamos Rückkehr in die Stadt am Arno stellt ihn Bandelli
zur Rede. »Du verbreitest Unruhe, mein Sohn.« Da der Frater keine
Entschuldigung vorbringt, keine Reue zeigt, sondern nur mit bebenden Lippen dasteht, bittet ihn Bandelli nachzudenken und betraut
ihn bis auf weiteres mit keinen neuen Aufgaben.

FLORENZ / ROM

KARGE KOST

Der Sohn des Papstes ist zu Gast bei seinem zukünftigen Schwiegervater und beschwert sich über die karge Kost an der Familientafel.
»Verzeiht, Magnifizenz. Ist es nicht unwürdig, dass Euer Gefolge so
üppig bewirtet wird und ich mich mit solch einem Armenessen begnügen muss?«

Lorenzo sieht dem Lebemann kühl ins Gesicht. »Die Antwort ist
einfach, Franceschetto, ich betrachte dich als Mitglied meiner Familie.« Verächtlicher Spott zuckt in den Mundwinkeln. »Ich selbst, auch
meine Gemahlin und alle Kinder vermeiden es, uns den Magen zu
verrenken. Dieses Ungemach überlasse ich meinem Gesinde. Wir
Medici fressen nicht alles wahllos in uns hinein, und da du bald zu
uns gehören wirst, möchte ich auch dich vor solch übler Sitte bewahren.«

Nicht der Vater, dafür aber seine Gattin Clarice begleitet zum
Frühlingsanfang 1487 die unschuldige Maddalena nach Rom. Dort
im Kreise der vornehmen Gesellschaft wird die Hochzeit mit Pomp
und Völlerei gefeiert. Obwohl der Bräutigam nichts von der Maß-
regelung in Florenz berichtet hat, erreicht die Kunde davon das Ohr
des Heiligen Vaters. Mit Wohlgefallen vernimmt Papst Innozenz von

den Essgewohnheiten am Tische der Medici. Die reiche Mitgift der Braut sowie das nun eng geknüpfte Familienband überzeugen den Oberhirten, und er schließt ein Bündnis mit Florenz. Mehr noch, Innozenz VIII. legt die Außenpolitik des Vatikans in die Hände des friedliebenden Medici.

FLORENZ

Der verlorene Schlüssel

Zum zehnten Geburtstag schenkte Filippo seinem Patensohn ein Picknickfest oberhalb von Fiesole. »Du erinnerst dich an unsern Platz unter den Pinien?«, fragte er Laodomia und sonnte sich an ihrer Dankbarkeit.

Da der Februar nass und ungemütlich war, wird das Ereignis im Juni 1487 nachgeholt. Geladen sind die zum Alter Raffaeles passenden Söhne und Töchter der Strozzi-Familie, der Medici und anderer wohlhabender Häuser. Etwas abseits lassen sich Mütter und Erzieherinnen zum Plausch nieder.

Unter girlandengeschmückten Pinien beginnt das Kinderfest mit Limonade, Marzipanherzen und Zuckerkringeln. Beim Wettrennen überlassen die gerade knospenden Mädchen dem schönen Lockenkopf den Sieg und belohnen ihn mit Küssen. Beim Ballspiel und Stockkampf aber muss Raffaele sich den stärkeren Jungen geschlagen geben. Sein Wutgeheul dringt bis zur Damenrunde. Erst ein strenges Wort der Mutter kann ihn beruhigen, und als Gaukler zur Überraschung der Kinder mit einem Male auf den Felsbrocken ihre Kunststücke vorführen und Raffaele in die Darbietung mit einbeziehen, fühlt er sich wieder als Prinz.

Am Abend bringt Laodomia ihren Sohn zurück ins Schneiderhaus. Vorbei ist das Glück, missmutig betrachtet Raffaele die schlichte Einrichtung der Küche. »Warum muss ich hier leben? Und die anderen Kinder wohnen in schönen Häusern.« Vater Belconi schmunzelt eine Weile vor sich hin, schließlich seufzt er: »Unsere Familie besitzt eine Schatztruhe, Junge. Aber ich weiß nicht mehr, wo sie versteckt ist, und den Schlüssel habe ich auch verloren.« Laodomia wuschelt in Raffaeles Haar. »Wir sind nicht reich und nicht arm, kleiner Mann. Das will Großvater dir sagen.« Doch aufheitern kann sie ihren Sohn damit nicht.

Strenge Massnahme

Prior Bandelli gibt seinem ehemaligen Schüler erneut eine Chance. Durch die Beschwerden aber vorsichtig geworden, erlaubt er ihm die Kanzel eines Nonnenklosters nicht weit von San Marco zu besteigen. »Mäßige dich, Sohn. Verbreite nicht Furcht, sondern verkündige Gottes Güte.« Fra Girolamo schlägt die Warnung in den Wind. »Weil Sittenlosigkeit, Wucher und Habsucht die Kirche befallen haben, muss sie gegeißelt werden …!«

Das erträgliche Maß ist voll. Auf Befehl Vincenzo Bandellis muss der Ungehorsame den Predigtzyklus abbrechen. Jedes weitere öffentliche Auftreten in Florenz ist ihm untersagt. »Sohn! Mit deinen groben und unpassenden Anschuldigungen schadest du unserem Orden und meinem Kloster.« Girolamo wird aus der Stadt entfernt. In Bologna soll er sein Studium zum Abschluss bringen. Ein Trostpflaster aber gewähren die Ordensführer dem Verbannten: Als Anerkennung seiner ernsten Gelehrsamkeit erheben sie ihn eine Sprosse höher auf der Leiter der Ordenskarriere, und im Range eines Hilfsprofessors kann er zu Beginn des Jahres 1488 an seine alte Universität zurückkehren.

ROM

Die Zuflucht des Gelehrten

Der zweiundzwanzigjährige Graf Pico della Mirandola hat es gewagt, neunhundert Thesen aufzustellen, um den Beweis des Christentums zu untermauern. Er bezog alle Wissenschaften mit ein; selbst jüdische und arabische Quellen legte er seinem Werk zugrunde. Sehr zum Ärger des Papstes, der daraufhin das Werk gleich im

Ganzen verurteilte. Um Haaresbreite entging Pico einer Anklage als Ketzer, wurde aber mit einem siebenjährigen Kirchenbann belegt und floh nach Frankreich. Indes, dem Arm Innozenz' VIII. konnte er sich nicht entziehen und musste von Januar bis März 1488 dort in Kerkerhaft.

Die Fürsprache Lorenzos ermöglicht es dem zwar überklugen, doch vom Gemüt her weichen Gelehrten, freizukommen, und er findet in Florenz Unterschlupf bei seinem Retter. »Du bist eine Bereicherung unseres Kreises«, lobt Lorenzo den hübschen jungen Mann nach einem Treffen der platonischen Akademie. Pico della Mirandola schmiegt den Kopf an die Schulter des Fürsten. »In Eurer Gegenwart fühle ich mich geborgen.«

Angelo Poliziano sieht die so offen gezeigte Annäherung des Grafen mit Stirnrunzeln. »Was bewunderst du mehr an Pico«, fragt er den Freund, »das Feuer seines Geistes oder seine glatte Haut?«

»Eifersucht verkürzt das Leben, mein Dichter.« Lorenzo lehnt sich versonnen im Sessel zurück. »Nur meine Gelenke sind krank. Das Herz aber ist weit genug, um neben schönen Damen und dir auch diesem Jüngling Platz zu geben.«

FLORENZ

Das schwarze Jahr

Glocken läuten. Im Mai 1488 schmückt sich Florenz und jubelt dem siebzehnjährigen Piero de' Medici und seiner Braut Alfonsina aus dem Hause Orsini zu. Hochzeit! Während des Weges zum Altar regnen Rosen, Nelken und Oleanderblüten auf das Paar nieder. Beim rauschenden Fest in der Via Larga lächelt Lorenzo dem tanzenden Sohn zu: »Ja, hüpfe und drehe dich nur«, sagt er leise vor sich hin. »Noch sind deine Schultern frei von jeder Last. Bald aber muss ich dir Bürde um Bürde aufladen. Und ich bete zu Gott, dass die Verantwortung dich nicht niederdrückt.«

Glocken läuten. Im Juni trägt Florenz Schwarz. Schweigend begleitet das Volk den Trauerzug, der die zwölfjährige Tochter Luigia de' Medici zu Grabe trägt. Gerade frisch verlobt mit einem Vetter des Vaters, war sie gestern noch überglücklich und strahlend in ihrer Jugend gewesen. Da raffte der Tod sie jäh hinweg.

Lorenzo schweigt. Für einige Tage quält ihn der Kummer mehr als die Schmerzen in seinen Gelenken.

Das Läuten der Glocken will nicht aufhören. Im Juli schallen sie von Rom herüber. Lorenzos Gemahlin Clarice war seit der Hochzeit ihrer Tochter mit dem Papstsohn bei ihrer Familie geblieben. Doch das Klima in der Ewigen Stadt hatte Monat für Monat ihre ohnehin schwächliche Gesundheit verschlechtert. Als Lorenzo die Todesnachricht überbracht wird, nimmt er sie mit gefasster Trauer hin. »Ihr Hinscheiden ist ein großer Verlust.« Clarice, die stets zänkische, eingebildete, verdrossene und hoffärtige Person, war seinem Herzen nie wirklich nahe gewesen. Nur während des Beischlafs hatte sie seine Gegenwart genossen, hatte ihm zehn Kinder geboren, und nicht der leiseste Verdacht einer Untreue konnte ihr angelastet werden. »Sie war mir eine tugendhafte Gemahlin.« Allein diese Erinnerung soll bleiben, und Lorenzo kann den ewigen Frieden mit ihr schließen.

Stille für zwei Monate. Ruhe, um die Wunden zu versorgen. Unvermittelt aber setzt das Geläute wieder ein. Dieses Mal tönt die Totenglocke von Venedig her, zwar leiser, schlichter als zuvor, dieses Läuten aber lässt den mächtigen Mann in Tränen ausbrechen. Meister Andrea Verrocchio, der empfindsame Kauz mit der großen Brille, der seinen David nicht in Heldenpose formte, sondern ihm die Gestalt eines wachen Hirtenjungen gab, der mit dem Schüler Leonardo die ›Taufe Christi‹ malte, er ist am 10. Oktober in Venedig gestorben. Ausgerechnet in dieser Stadt, der er einst empört den Rücken gekehrt hatte. Seit dem trotzigen Abschiedsbrief des Meisters war an dem Reiterstandbild nicht weitergearbeitet worden. Nach Jahren umschmeichelten die Stadtherren wieder den Künstler, lockten mit doppeltem Lohn, und Andrea erklärte sich bereit, seinem Modell einen neuen Kopf aufzusetzen und das Werk zu vollenden. Beim Gießen der letzten Bronzestücke aber geriet er derart in Schweiß, dass er sich kurz drauf eine Erkältung zuzog und wenige Tage später an einer Lungenentzündung erstickte.

Lorenzo gibt der Büste, die Verrocchio von ihm angefertigt hat, einen Platz in seinem Studio. »Warum zeigt mir das Schicksal so gehäuft das Antlitz des Todes?«, fragt er beim Treffen der platonischen Akademie in die Runde der Gelehrten und erhält keine Antwort.

Das letzte Schlagen der Totenglocke dieses Jahres gilt Graf Girolamo Riario. Er hatte zusammen mit seiner Gemahlin Caterina Sforza in Imola und Forli eine grausame Gewaltherrschaft errichtet. Das geknechtete Volk empörte sich, und im Dezember bereiteten drei gedungene Verschwörer mit unzähligen Messerstichen dem Unhold ein Ende.

»Ich sollte triumphieren, dass den wahren Rädelsführer der Pazzi-Verschwörung und Hauptschuldigen am Mord meines Bruders Giuliano nun endlich die verdiente Strafe ereilt hat.« Lorenzo beugt sich zu den Freunden Angelo Poliziano und Pico della Mirandola. »Doch ich empfinde nur Genugtuung. Mehr aber beschäftigt mich die Frage: Warum jetzt? Warum dieses Sterben um mich herum? Ist es ein Fluch? Eine Warnung? Was will Gott mir sagen?«

Pico legt die offenen Handflächen auf den Tisch. »Vielleicht sollten wir uns mehr um den Seelenfrieden denn um Arbeit und Vergnügen kümmern. Wie stellt sich die Kirche heute dar? Mir scheinen die Zustände noch ärger als im korrupten Königreich Neapel.« Die mandelförmigen Augen weiten sich leicht. »Ich traf einen Mönch, der mich beeindruckte. Später wohnte ich einer Disputation bei, in deren Verlauf er sich als hervorragender Kenner der Bibel bewies. Sein Name ist Fra Girolamo.«

Angelo lacht spöttisch. »Das ist doch dieser ausgemergelte Frate, der Florenz verlassen musste, weil er unsere Kirchen leer predigte. Und hat er nicht auf dem Lande mit seinen Thesen die Leute verschreckt: ›Die Kirche muss gezüchtigt werden …‹?«

»Was ist daran falsch?«

»Im Grundsatz nichts, aber seine Art, dies vorzubringen, scheint mir unpassend.«

Ehe die beiden in Eifer geraten, lässt sich Lorenzo den Namen des Mönches wiederholen. »Girolamo Savonarola«, gibt Poliziano Auskunft und fügt hinzu: »Er lehrte für kurze Zeit hier im Kloster San Marco und wurde von seinen Oberen nach Bologna abgeschoben.«

363

FERRARA

Der Weg zur Hölle

Auch die Gemeinschaft der Dominikaner in Bologna empfindet den Mönch mit seiner strikten Askese und Glaubensstrenge als eine unbequeme Last. Girolamo wird ins Kloster ›Zu den Engeln‹ seiner Heimatstadt Ferrara zurückgeschickt. Von dort aus muss er als einfacher Wanderprediger von Ort zu Ort ziehen. Das Volk auf den Straßen tuschelt hinter seinem Rücken: »Unsere Klöster müssen wahrlich großen Mangel an fähigen Männern haben, wenn sie jetzt schon eine solch armselige Kreatur mit der heiligen Aufgabe betrauen, das Wort Gottes zu verkünden.« Girolamo hört die Schmähungen, leidet und setzt seine Wanderung fort.

Im Frühjahr 1489, auf einer Bootsfahrt von Ferrara nach Mantua, hockt hinter ihm ein Trupp Söldner beieinander und würfelt. Begleitet wird das Spiel von unflätigen Flüchen und obszönen Reden. Jäh springt er auf und stellt sich mitten unter die Männer: »Du sollst nicht fluchen, spricht der Herr! Ihr Gottlosen befindet euch auf geradem Weg zur Hölle ...« In furchtbaren Bildern malt er den Verblüfften alle Qualen und Strafen aus, die sie zu erwarten haben. Elf der Söldner geraten in Angst. Sie werfen sich dem Mönch zu Füßen und geloben Besserung.

Welch ein Erfolg! In dieser Nacht schläft Girolamo das erste Mal seit langem wieder tief und fest.

FLORENZ

Gegen den Schmerz

Die Gichtanfälle kommen häufiger, und der ungekrönte Herrscher der Republik weiß, dass die Krankheit nicht mehr zu heilen, sondern lediglich zu lindern und vielleicht aufzuhalten ist. Die Schicksalsschläge aber haben ihn nicht beugen können; verstärkt legt er, wie schon während der vergangenen Jahre, seine ganze Kraft auf die

Diplomatie. Die Saat geht auf. Er kann der Republik Florenz und auch den umliegenden Staaten eine Zeit des Friedens schenken.

Der Erste Diener des Palazzos in der Via Larga bringt einen kleinen Korb zu Lorenzo. »Ein Geschenk, Herr. Abgegeben wurde es von Laodomia Strozzi, der Witwe Eures ermordeten Wachhauptmanns Enzio Belconi. Wenn Ihr Euch erinnern mögt, nahm Eure Mutter Donna Lucrezia die Patenschaft über den Knaben aus dieser Verbindung an.«

Lorenzo deckt das Tuch ab, betrachtet die sorgfältig geordneten Kräuter und Samenbeutel und liest das Begleitschreiben: »Geliebter Herr, mit Betrübnis hörte ich von Eurem schlechten Gesundheitszustand. Ich versprach Eurer Mutter, dass ich stets Mittel gegen die Gichtkrankheit in meinem bescheidenen Gewürzladen für Euch vorrätig haben würde. Lasst die Eberraute in Fett und Baumöl dünsten und Euch damit einen Verband um die schmerzenden Gelenke legen. Auch hilft Wegerich von innen, wenn Ihr ihn durch ein Tuch pressen lasst und den Saft mit Wein vermischt trinkt. Und sollte jemals, was Gott verhüten möge, die Zunge von einem Anfall der Gicht gelähmt werden, so legt den Samen auf die Zunge, bis er weich wird, und Ihr werdet wieder sprechen können …«

Lorenzo ist gerührt über diese Fürsorge und lässt der Nichte seines Freundes Filippo Strozzi zum Dank ein aus Elfenbein und Zedernholz gearbeitetes Schmuckkästchen überbringen.

ROM

Der unmündige Kardinal

Papst Innozenz VIII. schätzt seinen klugen Verbündeten in Florenz. So verweigert er sich der Bitte Lorenzos nicht und erhebt den zweiten Sohn des Herrschers zum Kardinal. Giovanni, ein pummeliger, kleiner Junge von dreizehn Jahren, hat zwar die unförmige Nase mit der platt gedrückten Spitze geerbt, jedoch fehlt ihm der Charme und Witz des Vaters. »Wir warten mit der offiziellen Bekanntgabe seiner Kardinalswürde, bis er an Reife gewonnen hat«, bestimmt Lorenzo und übergibt den Sohn seinen tüchtigsten Gelehrten. Mit Strenge und Eifer teilen sich Angelo Poliziano, Pico della Mirandola und Marsilio Ficino diese Pflicht, aus dem unbeholfenen Knaben einen wissenden Mann zu formen.

FLORENZ

DAS MODELL DES MALERS

Laodomia genießt die Hingabe, mit der Meister Botticelli in seinem Atelier von ihr Skizzen anfertigt. Bisher hatte er nur das Bild für den Onkel in Öl ausgemalt: eine Venus als Hirtin spielender Fabelwesen. »Ihr seid das Sinnbild der voll erblühten Venus, Signora. Und ich plane, Euch noch zum Mittelpunkt vieler meiner Allegorien zu machen.«

Filippo war so angetan von der Arbeit des Meisters, dass er dem Gemälde einen Platz in seinem Schlafzimmer gab und die sonst so gefügige Gattin Selvaggia sich eine Woche lang weigerte, diesen Raum zu betreten.

Nicht ohne Schadenfreude hörte Laodomia davon und besucht seitdem die Werkstatt des Malers mit noch größerem Vergnügen.

Mangel an Aufträgen unterschiedlichster Art gibt es für Sandro Botticelli nicht. Meist bestellen zahlungskräftige Kunden eine Variante oder auch nur einen Ausschnitt seiner großen Werke, und er muss bis zur völligen Erschöpfung arbeiten, um den zugesagten Ablieferungstermin einzuhalten.

Das Ratsmitglied Rodolfo Cattani, ein kluger, wachsamer und kunstliebender Handelsherr, dessen Familie über große Seidenmanufakturen verfügt, hatte ein verkleinertes Bild nach der ›Allegorie des Frühlings‹ in Auftrag gegeben.

Als er eines Tages die Werkstatt betritt, um das fertige Gemälde in Augenschein zu nehmen, steht Laodomia dem Meister gerade wieder Modell. Sie verhüllt rasch ihre Blöße mit einem weißen Laken und lässt sich auf einem Hocker nieder, während Botticelli dem Kunden sein Werk präsentiert. Rodolfo ist voll des Lobes und erklärt sich bereit, gleich morgen die restliche Summe des Kaufpreises zu bezahlen.

Ehe der Ratsherr aber das Atelier verlässt, fällt sein Blick auf die verhüllte Schöne im Licht des Fensters. Er stutzt, dann gesteht er Botticelli mit einem leisen Lächeln: »Zuerst dachte ich, sie sei ein Geschöpf deiner Fantasie und deiner Hände. Jetzt aber stelle ich fest, dass sie ein Wesen aus Fleisch und Blut ist.«

Ehe es Botticelli verhindern kann, beugt sich der Ratsherr über das Skizzenbrett und verweilt einige Zeit in Betrachtung der halb fertigen Zeichnung. Dann grüßt er höflich zu Laodomia hinüber, und beim Hinausgehen raunt er dem Künstler zu: »Du verstößt gegen ein striktes Verbot. Nein, erschrecke nicht.« Ein leises Schmunzeln bereitet die Frage vor. »Wird es erlaubt sein, Meister, dass ich als stummer Betrachter dir hin und wieder bei der Arbeit zuschauen darf?« Er lässt einen Florin in der Kitteltasche des beleibten Malers verschwinden. »Nur wenn die Gelegenheit so günstig ist wie heute. Und dein Schade soll es nicht sein.« Die Aussicht auf solch schnellen Nebenverdienst lässt Botticelli jedes Bedenken vergessen. »Meldet Euch nur an, Herr.«

Gegen Ende der Sitzung lenkt der Meister unvermittelt das Gespräch auf den reichen Kunden. »Signore Cattani besitzt großen Kunstverstand. Es ist Euch doch nicht unangenehm, wenn er mir gelegentlich bei der Arbeit über die Schulter sieht?«

»Nein, wie könnte ich.« Laodomia erinnert sich an den Blick des Ratsherren und setzt hinzu: »Allerdings, sollte ich dir gerade Modell sitzen, darfst du dich in seiner Gegenwart nur mit meinem Gesicht beschäftigen.«

DER RUF ERGEHT

Lorenzo humpelt, auf einen schweren Stock gestützt, durch die Halle hinaus in den sonnigen Garten des Palazzos. Ihn begleitet Pico della Mirandola, und wie schon häufig in den vergangenen Monaten bedrängt der junge Graf seinen Gönner erneut, den verbannten Predigerbruder Girolamo nach Florenz zurückzuholen. »Ich gestehe offen, dass mir eine Ahnung sagt, dieser Mann könnte mich aus der seelischen Bedrängnis befreien, die mich seit dem Bannspruch des Papstes gefangen hält. Indes dient die Erfüllung meiner Bitte nicht allein mir. Denkt an Euren Sohn Giovanni. Könnte ein so tief gläubiger Gottesmann nicht zur Stütze des neu ernannten Kardinals werden und gleichzeitig ein kluger Mahner im überschäumenden Wohlleben der Stadt sein?«

»Welche Ziele verfolgt dieser Mönch?«

»Soviel ich bisher herausgefunden habe, will er die Kirche von innen heraus reinigen.«

»Das wäre in der Tat nötig. Wie steht es mit seinem Machtstreben?«

»Politik? Niemals. Ich glaube, Fra Girolamo sucht allein nach der göttlichen Wahrheit.«

Lorenzo lässt sich auf der Bank im Schatten nieder. Eine Weile streichelt er versonnen die Hand des jungen Freundes. »Dieser Mönch wird sicher keinen Schaden anrichten. Gut, ich stimme dir zu, weil es dein Herzenswunsch ist. Wir werden uns gemeinsam für ihn einsetzen. Diktiere du meinem Sekretär das Schreiben an den Ordensgeneral der Dominikaner nach deinem Gutdünken, und ich werde es mit meinem persönlichen Siegel versehen.«

Am Abend des 29. April 1489 tropft Siegelharz unter das Gesuch, den Mönch Girolamo Savonarola von Ferrara nach Florenz zu entsenden, und das Wappen Seiner Magnifizenz Lorenzo de' Medici wird eingedrückt. Der Ruf ist ergangen! Nun gilt es abzuwarten, wann er von den Oberen des Ordens erhört wird.

Ein unterhaltsamer Freund

Seit der ersten Begegnung hat es Rodolfo Cattani stets verstanden, wie zufällig ins Atelier Botticellis zu kommen, wenn auch Laodomia anwesend war. Weil der Meister aber in seiner Gegenwart mit den Aktskizzen nicht weiterkam, bat er schließlich den Ratsherrn, die Besuche einzuschränken.

Rodolfo fügt sich, bleibt einige Wochen fern, dann aber sucht er die Werkstatt erst nach den Sitzungen auf, um so mit dem Model noch einen Plausch bei süßem Wein und Kuchen halten zu können. Laodomia findet Gefallen an seinen Komplimenten, weiß aber längst durch Petruschka, dass der vierzigjährige Signore Cattani verheiratet ist. So betrachtet sie ihn als höflichen, unterhaltsamen Freund. Mehr nicht.

Kaum jedoch erfährt der Onkel von den Treffen zwischen seiner Nichte und dem Ratsherrn, gibt er sich, ohne Cattani zu erwähnen, väterlich um ihren Ruf besorgt: »Ich halte es für ungeschickt, wenn du dich länger als nötig in der Werkstatt aufhältst. Du darfst nicht ins Gerede kommen.«

»Ich habe mir nichts vorzuwerfen«, antwortet Laodomia und misst der Ermahnung keine Bedeutung bei.

Mitte Juli 1489 steht Filippo zornrot in der Stube hinter dem Gewürzladen. »Das Spiel geht mir zu weit. Dieser Kaufmann ist kein Umgang für dich. Von nun an verbiete ich dir, die Werkstatt Botticellis zu betreten. Der Meister hat mehr als genug Zeichnungen von dir angefertigt.«

»Mit einem Mal sprichst du von Moral? Du hast mich doch zu ihm geschickt.« Laodomia will sich die Abwechslung nicht nehmen lassen und funkelt ihn empört an: »Du kannst mir nichts verbieten.«

Da packt Filippo ihre Handgelenke und stößt sie aufs Bett.

»O doch. Du bist nur eine Witwe und hast mir, deinem Onkel, zu gehorchen. Also füge dich.«

Der Neid

D ie Nacht verlor sich zögernd an den Morgen. Noch waren die Gebäude rund um den frei gelegten Platz vor dem Palazzo Strozzi ohne Farbe, nur schwarze Silhouetten, über den Giebeln hellte schon der Himmel auf. Laodomia fröstelte vor Müdigkeit und zog ihren Umhang enger unter dem Kinn zusammen. Kaum zwanzig Schritt von ihr entfernt befand sich die Nordecke der riesigen Baustelle. Fundamentgräben waren ausgehoben. Genau da stand einmal unser schmales Haus, dachte sie, da habe ich mit Enzio gewohnt und meinen Raffaele geboren.

Quer über dem Eckwinkel des Sperrzauns ragte ein gezimmertes Podest auf. Mehr und mehr Männer versammelten sich dort; den Kitteln und Kopfbedeckungen nach mussten es hauptsächlich Handwerker und Lohnarbeiter sein. Wer von den vornehmen Patriziern schon erschienen war, vermochte sie im Dämmerlicht nicht auszumachen. Nicht weit rechts von ihr drängten sich die Ehefrauen der Bauleute an den Zaun. Wie Vogelgezwitscher klang das aufgeregte, halblaute Schwatzen. Sie stimmen sich auf den Festtag ein, dachte Laodomia. Ach, ich kann eure Freude gut nachfühlen, weil eure Männer nun für Jahre Arbeit und Brot haben. Sie blickte sich um. Wo bleibt nur Raffaele? Wehe, du hast verschlafen, mein Herr Sohn. Auch wenn du dir von deiner Mutter kaum noch etwas sagen lässt, dieses Mal musst du gehorchen. Und Fioretta Gorini fehlt auch noch. Verdammt, nicht dass ich nachher allein hier stehe?

Petruschkas Entschuldigung war verständlich: »Sei nicht traurig, Kleines. Aber was soll ich da am Zaun? Ich bete bei meiner Madonna. Das hilft dem neuen Palazzo besser.« Sie wollte dem Gottesdienst in Santissima Trinità beiwohnen. Genau zum Zeitpunkt der Grundsteinlegung ließ Filippo dort und in noch drei anderen Kirchen für das Gelingen des Baus eine Messe lesen.

Laodomia strich versonnen mit der Hand über den glatt geschälten Holm des Bauzauns: »Auch wenn du manchmal ungerecht zu mir bist, Liebster, alles Glück wünsche ich dir.«

Nach seinem letzten Wutanfall hatte Filippo eingelenkt. »Verstehe mich nicht falsch. Es soll kein Verbot sein, nur ein Wunsch: Bitte halte dich möglichst von der Werkstatt Botticellis fern.« Für sein rohes Betragen bat er um Nachsicht und berichtete Laodomia ausführlich

373

von den Sorgen und Mühen, die er durchstehen musste, bis sein großer Traum endlich in die Tat umgesetzt werden konnte: »Nichts durfte ich dem Zufall überlassen, und doch wurden meine Pläne immer wieder durchkreuzt. Nimm das Haus, in dem du gewohnt hast. Ich kaufte es bereits vor fünfzehn Jahren. Weil ich es dir aber als Teil deiner Mitgift gab, musste ich den Schneidersleuten jetzt noch zusätzlich eine Abfindung bezahlen. Du ahnst nicht, wie viel Geld mich die anderen baufälligen Gebäude gekostet haben. Ein Besitzer trieb den Preis höher als sein Nachbar. Ich überließ die Wohnungen dann armen Leuten und kleinen Handwerkern. Sie erhielten befristete Mietverträge und zahlten kaum etwas. Aber keiner wollte ausziehen. Das war der Dank für meine Gutmütigkeit. Ich war gezwungen, mit Härte und Strafandrohungen die Häuser räumen zu lassen.«

Nach endlosen Streitereien mit Architekten und Maurermeistern musste Filippo den mächtigsten Mann der Stadt für das Vorhaben gewinnen. »Ich sagte ihm immer wieder, dass ich nur eine geräumige Herberge für meine Nachkommen errichten will und jeder Prunk mir fern liegt.« Sein bescheidenes Taktieren ging auf. Anfang des Jahres schaltete sich Lorenzo de' Medici selbst ein, kritisierte wohlwollend die Entwürfe und schlug sogar vor, auf Läden und Werkstätten im Erdgeschoss zu verzichten. Damit entsprach er genau den heimlichen Wünschen Filippos. »Das Bauwerk dient allein der Verschönerung des Stadtbildes. An eine Konkurrenz zum Palazzo an der Via Larga ist nicht gedacht. Lorenzo davon zu überzeugen war meine schwerste Aufgabe.«

»Wie gut ich dich verstehe.« Nicht alles hatte Laodomia begriffen, fühlte sich aber durch sein Vertrauen geschmeichelt und küsste ihm die Sorgenfalten von der Stirn.

Im April schon hatten Arbeiter begonnen, das Armenviertel abzureißen. Die siebzehn Häuser und Hütten versanken nach und nach in Schutt. Kaum verflüchtigten sich endlich die Staubwolken, als lange Gräben ausgehoben wurden. Seit Ende Juli staunten Neugierige über die nun sichtbaren Ausmaße der geplanten Fundamente, täglich kamen mehr Zuschauer, palaverten und versperrten den Karrenlenkern die An- und Abfahrt. Zusätzlich verstopften Trümmer- und Erdhaufen hoffnungslos die Straßen. Bitter beschwerten sich die Geschäftsleute bei dem Bankherrn, weil keine Kunden mehr bis zu ihren Läden durchkamen. Filippo versprach günstige Kredite und konnte so den Zorn der Geschädigten dämpfen.

Dann vor einer Woche waren die Arbeiter unvermittelt zu Hause geblieben.

»Gibt es Schwierigkeiten«, erkundigte sich Laodomia vorsichtig, als der Onkel spät nachts neben ihr auf dem Bett lag. »Etwa ein Verbot des Rates?«

Filippo tätschelte gönnerhaft ihren Bauch: »Deine Besorgnis schmeichelt mir. Beweist sie doch, dass ich nach wie vor der Mittelpunkt deines Herzens bin.« Nach kurzem Zögern setzte er sanft hinzu: »Oder irre ich mich?«

»Was soll die Frage?« Laodomia räkelte sich und nahm seine Hand. »Du weißt, wie sehr ich dir gehöre und nur dir.«

»Es hätte ja sein können. Schließlich bin ich zweiundsechzig. Und bei der Freiheit, die ich dir lasse, gibt es für einen jüngeren Mann Gelegenheit genug, dich zu beeindrucken.« Filippo glättete mit einem Finger den Lippenbart. Sein Ton blieb leicht. »Zum Beispiel, wenn du Signora Gorini einen Besuch abstattest.«

»Bei Fioretta? Wenn ihre Freunde kommen, verschwinden sie gleich im Spielzimmer und würfeln. Eine regelrechte Spielhölle führt Fioretta dort. Und das sogar mit Erlaubnis ihres Gatten. Nein, diese Herren verschwenden keinen Blick an uns Frauen.« Laodomia stützte sich mit dem Ellbogen hoch: »Wir verstehen uns gut, reden viel über unsere Söhne und vergessen die Zeit. Mehr Sorgen solltest du dir machen, dass ich bei ihr nicht zur Trinkerin werde. Fioretta liebt den Wein. Und sobald wir zusammensitzen, muss ich mithalten. Wie oft habe ich schon heimlich meinen Becher in die Bodenvase geleert, nur um nüchtern zu bleiben.«

»Und was ist mit den Kunden, die in deinen Gewürzladen kommen?«

»Das sind einfache Bürgerinnen. Falls sich schon mal ein Mann zu mir verirrt, dann ist er Koch oder ein Bote …« Sie starrte ihn an. »Du bist eifersüchtig? Nein, das kann ich nicht glauben.« Zum ersten Mal hielt Filippo ihrem Blick nicht stand. Onkel, du großer Bankherr, dachte sie, hast du wirklich Angst, mich zu verlieren, oder bist du besorgt um deinen Lustbesitz? Nein, jetzt nur keinen Spott, ich will auch keinen Triumph. Laodomia spielte weiter die Ahnungslose: »Nun ist mir klar, warum du ausweichst und nach Fioretta fragst. Weil du mir nicht sagen willst, wieso die Baustelle so plötzlich ohne Arbeiter ist. Ach, ich hasse deine Rätsel.«

»Du kennst mich gut.« Ohne Übergang gewann Filippo sein überhebliches Lächeln zurück, setzte sich auf und legte den Arm um ihre Schulter: »Schönste Nichte. Ich liebe es nun mal, dich auf die Folter zu spannen.«

»O ja. Wie könnte ich das vergessen?«

»Schweig davon. Ich meine, wenn du neugierig und ungeduldig bist. Aber genug. Ich habe mir von einem Astrologen den Tag und auch die Stunde bestimmen lassen, wann der Grundstein meines neuen Palazzos gelegt werden muss. Der Aushub für die Fundamente an der Nordseite ist früher als gedacht fertig geworden. Deshalb dürfen die Arbeiter bei vollem Lohn zu Hause bleiben. Bis übermorgen. Denn am Sechsten des Monats August, genau bei Sonnenaufgang, stehen meine Schicksalssterne günstig.«

Dieser Tag war heute. Laodomia sah prüfend zum blassblauen Himmel. Kein rötlicher Schimmer zeigte sich im Osten. Inzwischen aber war es hell genug, um drüben am Podest die Gesichter der Männer zu unterscheiden.

»Auch das noch. Wie soll ich denn …? Also, dieser Dreck hier verdirbt mir noch meine Schuhe.« Beim Klang der dunklen, kehligen Stimme wandte Laodomia den Kopf. Fioretta Gorini stakte wie eine unbeholfene Störchin näher. Obwohl sie den hellgrünen Mantel mit beiden Händen gerafft hielt, schleifte der Saum durch den Schmutz. »Ach, Liebchen, was tust du mir an?« Eine schwere Parfümwolke traf Laodomia, und beim flüchtigen Kuss auf die Wange roch sie durch den Duftnebel, dass die Freundin bereits einen ersten Schluck zu sich genommen hatte. »Danke. Ich hatte schon Angst, du würdest mich im Stich lassen.«

»Ja, so bin ich nun mal. Eine treue, arme Seele.« Fahrig griff Fioretta nach ihrem breiten, mit bunten Federn besteckten Hut. »Sag, sitzt er richtig?«

»Natürlich. Du siehst wunderbar aus. Ich komme mir in meinem blauen Kleid wie eine Magd neben dir vor. Du bist sicher früh aufgestanden.«

»Aufstehen? Wo denkst du hin, Liebchen?« Sie atmete tief und wartete, bis es ihrer Zunge wieder gelang, die Worte klar zu formen: »Ich war gar nicht im Bett ... Weil ich nicht verschlafen wollte ... Verstehst du?« Fioretta gurrte in sich hinein. »Von zwei Dienern habe ich mich begleiten lassen. Und nun bin ich hier.« Ihre Stimme wurde laut: »Sag, wann beginnt der feierliche Akt? Wer kommt eigentlich? Wo bleibt dein Onkel, der feine Bauherr? Und Seine Magnifizenz sehe ich auch nicht?«

»Bitte, sprich etwas leiser«, raunte Laodomia ihr zu. »Bei Sonnenaufgang geht es los. Ich denke, die Herren haben sich im Palazzo getroffen. Ganz sicher wird Filippo jeden Augenblick mit Lorenzo de' Medici und dem Gefolge erscheinen.«

»Kann unser Fürst denn wieder laufen ...?«

»Guten Morgen, Mutter.« Raffaele stand neben den Frauen und dienerte höflich vor Fioretta: »Ich wünsche einen schönen Morgen, Signora Gorini.«

Kurz musterte Laodomia den Sohn, dann glitt ein zufriedenes Strahlen über ihr Gesicht. Wie stets hatten ihn die Großeltern sorgsam herausgeputzt. Er trug Stulpenstiefelchen, enge Hosenstrümpfe und ein rotes, halb geöffnetes Wams, über das die weißen Kragenrüschen des Hemdes kräuselten. »Gerade noch rechtzeitig, Junge. Komm, stell dich zu uns. Von hier aus haben wir gute Sicht.«

Raffaele verzog den Mund. »Ich bin kein kleiner Junge mehr. Ich gehe rüber zu den Männern.« Ohne den Protest abzuwarten, dienerte er wieder vor der feinen Dame: »Entschuldigt mich, Signora«, und schlenderte leicht in den schmalen Schultern wiegend davon.

»Das ist wirklich ein hübscher Knabe«, staunte Fioretta. »Noch ein paar Jahre älter, und ich könnte mich in ihn verlieben.« Mit einem Mal schluckte sie und seufzte: »Schon muss ich wieder an meinen Giulio denken. Ich ... ich weiß gar nicht, wie groß er schon geworden ist. Meinst du, Lorenzo bringt ihn mit?«

»Nein, hier wird kein Kinderfest gegeben«, sagte Laodomia hastig, und ehe ihr etwas einfiel, um die angetrunkene Freundin von dem

Tränenthema abzulenken, bemerkte sie, wie das Getuschel der Handwerkerfrauen verstummte und die Köpfe sich in eine Richtung drehten. »Der Madonna sei Dank«, murmelte sie und sagte laut: »Es ist so weit. Die Herren kommen.«

Ohne jeden Lärm bezogen Leibwächter ihre Posten entlang der Strecke. Vier Arbeiter führten den Zug an. Sie trugen die Platte mit dem aus Holz gebauten Modell des Palazzos. Gleich hinter ihnen geleiteten Filippo Strozzi und sein erstgeborener Sohn Alfonso den ungekrönten Herrscher der Stadt. Lorenzo stützte sich auf einen Stock, jeder Schritt bereitete ihm Mühe, dennoch nahm er die Hochrufe mit freundlichem Nicken entgegen. Zwei der drei Herren des kleinen Gefolges Seiner Magnifizenz kannte Laodomia vom Ansehen her. Der schwächliche Alte mit dem zottigen Bart war Marsilio Ficino, ein Gelehrter. Der rechts von ihm, das war Angelo Poliziano. Wie der sich wieder gekleidet hat, dachte sie, den würde ich überall an seinen grell bunten Umhängen erkennen. Dem klugen Freund unseres Herrn fehlt wirklich jeder Geschmack für Mode. Aber wer war der Letzte? Sie berührte den Arm der Freundin. »Kennst du diesen schönen Mann? Ich mein', den im dunklen Samt, dem die Haarlocken bis auf die Schultern fallen?«

Fioretta vergewisserte sich und nickte. »Graf Pico della Mirandola. Der einzig ansehnliche Kerl am Tisch Lorenzos. Sehr gescheit. Und dazu noch ziemlich reich. Graf Pico könnte mir auch gefallen. Aber schade, schade.« Ihre Stimme sank wieder in kehliges Gurren: »Er soll es zwar auch mit Frauen treiben, aber ich glaube, die Rolle als Favorit Seiner Magnifizenz gefällt ihm besser. Wenn du verstehst, was ich sagen will.«

»Du meinst, unser kranker Herr mit diesem Graf? Männerliebe?«

»Ach, mein Dummerchen. Frauen nimmt er sich, sooft ihm der Hahn danach steht. Das machen doch die meisten Herren, wenn sie genug Geld haben.« Im Eifer dieses Gedankens wich ihre Trunkenheit. »Aber an ganz junges Fleisch kommen sie nicht so leicht heran. Bis zur Heirat muss ein Mädchen nun mal unberührt bleiben, sonst ist es nichts mehr wert.«

»Das Zuchtkalb für den Viehmarkt«, seufzte Laodomia. »Daran kann ich mich gut erinnern.«

Kurz blickte sie hinüber zur Ecke der Baustelle. Die Arbeiter hatten inzwischen das Modell auf dem Podest abgesetzt und sich zurückgezogen. Danach war Lorenzo de' Medici mit Filippo und Alfonso, einem Priester und dem Baumeister hinaufgestiegen. Von ihrer erhöhten Warte aus beobachteten sie gemeinsam mit der dicht gedrängten Versammlung den östlichen Himmel. Scharf zeichneten sich die dunklen Ränder der Hügelkette gegen den roten Feuerschein ab. Noch aber war die Sonne nicht aufgestiegen.

Mochte auch dieser Augenblick für die Männer wichtig sein, Laodomia fand das Gespräch mit der Freundin aufregender: »Du sagtest, die Herren kommen nicht an junges Fleisch?«, erinnerte sie Fioretta.

»Das schon. Aber sie nehmen sich frisch aufgewachte Knaben. Ihre Haut ist so fest und zart wie bei den Mädchen. Und zur Befriedigung der Lust dienen sie ihnen genauso gut.«

Verstohlen blickt Laodomia zu den Bürgerinnen und dachte, wie gut, dass uns niemand hören kann. »Zu so was geben sich doch nur die Söhne von armen Leuten her. Die verkaufen sich an jeder Spelunke oder unter den Torbögen. Aber mir ist noch nicht klar, wie Graf Pico und Lorenzo in dieses Bild passen?«

»Wo lebst du eigentlich, Liebchen? Auf den Altersunterschied kommt es an. Unser Fürst ist nicht mehr der Jüngste. Warum soll er sich nicht mit dem jungen, hübschen Grafen abgeben? Ich hab's ja nur gehört. Aber … Da, Liebchen, sie hat's endlich geschafft.« Fioretta unterbrach ihre Belehrungen. Jedes Gerede war verstummt, und andächtige Stille lag über der Baustelle.

Hinter den Hügeln tauchte die Feuersichel auf, wuchs rasch zum gleißenden Glutball an. Zwischen den Türmen und Häusern hindurch trafen die ersten Strahlen das Podest. Nacheinander stiegen der Priester und Filippo mithilfe einer Leiter in den Fundamentschacht hinab. Laodomia beugte sich weit über die Holzbrüstung. Tief unten sah sie einen großen behauenen Steinquader. Filippo setzte eine Eisenstange an den Eckstein und wuchtete ihn ein Stück weiter in den Winkel des Grabens. »*Deus, a quo omne bonum sumit initium, et semper ad potiora progrediens …*« Helles Geläute übertönte die Worte des Priesters. Es schallte aus dem Westen von Santissima Trinità herüber; gleich fielen die Glocken von drei anderen Kirchen der Stadt ein. Im festlichen Lärm konnte Laodomia den Schluss des Segens nur erahnen. Doch als die Männer um das Podest ihre Kopfbedeckungen abnahmen und das Knie beugten, schlug sie mit ihnen gemeinsam das Kreuzzeichen. »O Filippo, möge Gott der Allmächtige seine Hand über dein Bauwerk halten.«

»Amen«, sagte Fioretta mit leisem Spott. »Liebchen, du scheinst deinen Gönner wirklich zu lieben.«

»Er ist gut zu mir …« Laodomia krauste die Stirn. »Nicht immer. Doch ich will mich nicht beklagen.«

Drüben hatte der Bankherr den Graben wieder verlassen und nahm die Glückwünsche des Fürsten entgegen. Danach wandte er sich an die Arbeiter: »Leute! Ich werde euch alles abverlangen, Schweiß und Mühe, bis zur Erschöpfung. Dafür werdet ihr guten Lohn erhalten. Ehe wir aber heute gemeinsam mit dem Fundament beginnen, sollt ihr mit mir und den Gästen einen Schluck auf das Gelingen trinken. Schlagt die Fässer an! Es gibt Bier und Wein, aber besauft euch nicht.«

Die wenigen, schlichten Worte erreichten das Herz der Männer. Begeistert klatschten sie ihrem neuen Arbeitgeber zu. Rasch wanderten die gefüllten Becher von einer Hand zur anderen. Filippo sprach leise mit Lorenzo und wartete, bis alle Männer rund um das Podest versorgt waren.

Neben Laodomia benetzte die Freundin ihre Lippen: »Und was ist mit uns? Durst hab ich auch. Soll ich etwa hier rumstehen und vertrocknen?«

»Wir sind eben nur Frauen«, versuchte Laodomia zu beschwichtigen.

»Ungerecht ist das, sonst nichts«, schimpfte Signora Gorini. Der Gedanke an die nahe Quelle weckte ihre Kühnheit. »Komm. Wir gehen einfach zum Fass. Wäre doch gelacht, wenn die Kerle uns keinen Wein ausschenken.« Entschlossen raffte sie den Saum des Mantels hoch.

»Bitte bleib.« Laodomia schnappte nach ihrer Hand und hielt sie fest. »Ich bin ja deiner Meinung. Aber einen Skandal, gerade heute, den würde mir der Onkel nie verzeihen.«

Unvermittelt fügte sich Fioretta. »Keine Angst, Liebchen«, säuselte sie und ließ den Stoff wieder fallen. »Rettung naht. Es gibt eben doch Männer, die wissen, was sich gehört.« Mit dem Daumen wies sie zur Versammlung hinüber. »Da kommt unser Held.«

Aus der Gruppe hatte sich ein elegant gekleideter Patrizier gelöst, zwei Becher hielt er in den Händen und kam mit großen Schritten auf die beiden Frauen zu. Laodomia sah hin und wandte sich gleich ab. Es war Rodolfo Cattani. Bleib weg, flehte sie stumm. O verflucht, der Onkel kann uns genau beobachten.

»Verzeiht meine Aufdringlichkeit«, begann er. »Ist es erlaubt, Euch einen Trunk anzubieten.« Sein Lächeln galt beiden Damen. »Der Bauherr lässt sich entschuldigen und bat mich, diesen Höflichkeitsdienst für ihn zu übernehmen.«

»Wenn es auch eine Lüge ist, Signore Cattani«, entgegnete Fioretta huldvoll, den Blick fest auf den Wein gerichtet, »so hat sie uns doch erfreut. Für gewöhnlich trinken wir nicht in der Öffentlichkeit. Kommt deshalb noch ein Stück näher, und schützt uns mit Eurem Rücken vor neugierigen Blicken.« Damit nahm sie ihm das ersehnte Getränk aus den Händen und reichte Laodomia einen Becher. »Auf die Baustelle, Liebchen. Auf den Spender. Und natürlich auf Euch, Signore.« Genüsslich schlürfte sie den Wein.

Laodomia nippte nur. Wie soll ich diese Situation dem Onkel erklären? Jeder andere Mann hätte zu uns kommen dürfen, der wäre ihm sicher egal gewesen. Aber ausgerechnet Cattani. Sie nahm einen großen Schluck. So oder so, den Ärger kann ich nicht mehr verhindern, dachte sie, vielleicht hilft mir der Wein, ihn zu ertragen. Ja, auf die verfluchte Eifersucht! Und ohne abzusetzen, leerte sie den Becher.

Rodolfo verneigte sich. »Stets zu Diensten, Signora Strozzi. Auf bald. Es war mir eine Freude, Signora Gorini.« Er schenkte beiden sein Lächeln, und auf dem Weg zurück wandte er sich noch einmal um und hob grüßend die Hand.

Voller Sorge starrte Laodomia zum Podest hinüber. Lorenzo hatte es bereits verlassen, der Onkel folgte mit Alfonso, dabei wandte er den Kopf immer wieder in ihre Richtung.

»Lass uns gehen«, bat sie die Freundin. »Ich habe genug von dieser Feier.«

»Eine gute Idee.« Fioretta hakte sich bei ihr unter. »Und du

381

kommst mit zu mir. Keine Widerrede, Liebchen. Heute bleibt dein
Laden geschlossen. Das ist ein Befehl.« Sie führte Laodomia vom
Bauzaun weg, ohne sich um Schuhe oder Mantelsaum zu sorgen.
»Wir machen es uns im Bett gemütlich, und ich lass kleine Köstlich-
keiten zubereiten. Sollen die Männer doch allein saufen. Besseren
Wein hab ich auch. Ja, Liebchen, wir feiern unser eigenes Fest.«

An der Einmündung zur Via Pescioni warteten ihre Diener.
»Einer bleibt bei uns«, befahl Fioretta. »Der andere läuft zum Haus
und sagt der Zofe Bescheid. Wenn wir kommen, soll das Schlafgemach aufgeräumt sein.«

»Verzeiht, Herrin.« Der größere Knecht trat näher. »Da vorn in
der Gasse und auch drüben an der Ecke rotten sich einige Pfeifer zusammen. Diese räudigen Hunde führen irgendetwas im Schilde. Es ist
besser, wir begleiten Euch gemeinsam zum Haus.«

»Sehr aufmerksam«, lobte ihn die Herrin und versicherte Laodomia: »So groß ist das Durcheinander in meinem Zimmer nun auch
nicht.«

Ein offizielles Grußwort an die Arbeiter, einige Worte für den Bauleiter Benedetto da Mariano, dann der letzte Schluck aus dem Becher – in gewohnt unaufdringlicher Art hatte sich Seine Magnifizenz
der Fürstenpflicht entledigt. Zum Abschied legte er Filippo vertraulich den Arm auf die Schulter: »Lieber Freund, mit großem Interesse
werde ich das Wachsen deiner bescheidenen Herberge verfolgen.«
Leiser Spott umspielte seine Mundwinkel. Mit dem Stock deutete er
auf das Modell des neuen Palazzos. »Allerdings bin ich versucht, mit
dir über die Bescheidenheit zu philosophieren. Wie dehnbar ist dieser
Begriff? Selbst im kleinen Maßstab betrachtet, scheint mir auch das
Wort Herberge eine gewagte Umschreibung.«

Filippo erbleichte. »Alle Pläne haben dir vorgelegen und deine
Zustimmung gefunden. Meine Kinder sollen unter einem würdigen
Dach wohnen. Auch darüber haben wir gesprochen.«

»Sei nicht beunruhigt, lieber Freund. Ich habe keine Einwände.«
Kurz verschlang die Unterlippe die obere, dann nickte Lorenzo. »Du
solltest nur wissen, dass ich zwar krank bin, meine Vorstellungskraft
hingegen nicht getrübt ist. Wir sorgen beide für unsere Nachkom-

men, jeder auf seine Weise. Und dies ist gut so.« Kurz drückte er die Schulter, wandte sich zum Gehen, doch ein Gedanke ließ ihn gleich wieder umkehren. Innere Heiterkeit erhellte sein fleckig gelbliches Gesicht. »Was treibt uns, dass wir ausgerechnet im Alter die größten Pläne verwirklichen wollen? Ich setze mein ganzes Geschick daran, den Frieden für Florenz und für mein Haus zu sichern. Du beginnst ein Bauwerk von ungeheuerlichem Ausmaß. Warum ruhen wir nicht und genießen einfach? Sind wir Narren?«

»Nie fühlte ich mehr Kraft in mir als heute«, gab Filippo zurück. »Das Leben dauert noch eine Ewigkeit. Jetzt schon ausruhen? Niemals.«

»Seit wir gemeinsam das Abenteuer in Neapel überstanden haben, bewundere ich deine unerschütterliche Selbstsicherheit.« Lorenzo lachte trocken. »Und weil du überdies ein kluger Planer bist, hast du längst in deinem Testament auch die neue bescheidene Herberge mit eingeschlossen. Streite es erst gar nicht ab.«

»Ich war so kühn, im Falle meines unerwarteten Ablebens dir die Aufsicht über die Fortführung des Baus zu übertragen.« Filippo hob die Hände. »Verehrter Freund, wenden wir uns dem hellen Tag zu.« Mit großer Geste umfasste er den Bauplatz. »In sieben, höchstens neun Jahren wird der Palazzo in seiner ganzen Schönheit hier erbaut sein. Und wir beide werden Seite an Seite im geschmückten Saale die Einweihung feiern. Doch solange sollten wir nicht warten.« Geschickt verstand es Filippo, aus dem Gespräch einen gesellschaftlichen Vorteil zu ziehen: »Auch heute ist Grund zur Freude. Ich gebe am Abend ein Fest. Erweise mir die Ehre und sei mein wichtigster Gast!«

Die Einladung war persönlich angetragen worden, und jede Ausrede käme einer Kränkung gleich. »Du hast sicher Verständnis, wenn ich nur kurz bleibe.« Lorenzo spottete über sich selbst. »Früher tanzte ich gerne, heute hingegen muss ich aufs Hüpfen und Springen notgedrungen verzichten, selbst ruhiges Stehen bereitet mir Mühe. Und nun habe ich dich genug von der Arbeit abgehalten. Bis zum Abend, mein Freund. Lebwohl.« Er hob den Stock. Sofort war der Hauptmann der Leibgarde mit drei Bewaffneten zur Stelle. Es bedurfte keiner Aufforderung; bereitwillig gaben die versammelten Handwerker und Patrizier eine Gasse frei, hoben ihre Becher und ließen den Fürsten hochleben. Aus seinem Gefolge schlossen sich Angelo Poliziano und der Gelehrte Ficino an.

Am Rande des Gedränges wartete Graf Pico. »Ich bleibe noch«, entschuldigte er sich. »Die Grundsteinlegung ist erst mit dem Auffüllen der Gräben abgeschlossen. Dieses Schauspiel möchte ich mir nicht entgehen lassen.«

Lorenzo sah ihn verwundert an. »Seit wann interessierst du dich für Kies und Kalk?« Da fiel sein Blick auf den lockigen Knaben an der Seite des Freundes. Die Rüschen des Hemdes kräuselten sich über dem roten Wams. Unmerklich hob Seine Magnifizenz die Brauen: »Jetzt verstehe ich deine plötzliche Neugierde. Genieße den Tag.« Kein weiteres Wort mehr, auf den Stock gestützt humpelte der Herrscher rasch in Richtung Dom davon.

Graf Pico sah ihm nach. »Ein wunderbarer Mann. Ohne Klage erträgt er sein Leiden.« Beinah zornig wandte er sich direkt an den hübschen Nachbarn. »Du, in deiner unbekümmerten Jugend, weißt nichts von Krankheit. Ich bin sicher, deine Muskeln sind straff… Keine hässlichen Flecken entstellen dein Gesicht. Du strahlst Frische und Kraft aus. Es ist eine Ungerechtigkeit.«

»Was kann ich denn dafür, Herr?«

»Hast du zugehört?« Der Blick wurde sanft. »Oh, nimm es mir nicht übel. Wie dumm von mir, dich mit meinen Gedanken zu belästigen. Der Fürst und du, Herbst und Frühling, dieser Vergleich erschreckte mich.«

»Wenn ich so viel Geld hätte, Herr, dann wär's mir egal, wie ich aussehe.«

»Sehr kühn gesprochen. Jedoch, ob nun aus Gold gearbeitet oder aus einfachem Holz gefertigt, ganz gleich welchen Rahmen der Spiegel hat, wer hineinblickt, sieht sein Ebenbild.« Graf Pico unterbrach sich. »Aber genug davon. Welcher Familie gehörst du an? Sag mir deinen Namen.«

»Raffaele Belconi, Herr.« Er zögerte und setzte hinzu: »Mein Vater war Wachhauptmann bei den Medici. Aber er ist ermordet worden, da war ich noch ganz klein. Jetzt lebe ich bei meinen Großeltern.«

Mit lautem Getöse schlugen Arbeiter das Podest über dem Win-

384

kel des Fundamentgrabens ab. Als der Lärm sich allmählich legte und die Bretter auf einen Haufen gestapelt wurden, ging der in dunklem Samt gekleidete Jäger den nächsten Schritt auf seine Beute zu. »Ich bin Graf Pico della Mirandola. Giovanni, wenn dir der Name zu lang ist.«

»Graf?« Vom Titel beeindruckt, dienerte Raffaele. »Welch eine Ehre für mich.«

»Nicht der Rede wert.« Mit dem Zeigefinger hob Pico leicht das Kinn des jungen Mannes an. »Deine Kleidung beweist mir, dass du einem ebenso guten Hause entstammst.«

»Ach wo, Herr. Mein Großvater ist Schneider, mehr als schöne Sachen zum Anziehen besitze ich nicht. Nicht einmal genug Soldis, um beim Ballspiel den Einsatz zu bezahlen.«

»Du Ärmster.« Pico zeigte ehrliches Mitgefühl für seine Not. »Wie alt bist du?«

»Dreizehn. Na ja, nicht ganz. Im Februar bin ich zwölf Jahre alt geworden.«

»Kaum zu glauben. Du siehst männlicher aus.«

Dieses Lob löste die Zunge Raffaeles. »Das sagen alle. Wenn ich nur mehr Geld hätte, dann wäre ich jetzt schon Mitglied in der Brigata von den Söhnen aus den vornehmen Familien. Und wisst ihr warum? Weil die verstorbene Donna Lucrezia de' Medici meine Patin war. Und weil meine Mutter die Nichte von dem Bauherrn da drüben ist, von Signore Filippo Strozzi. Aber sie ist leider auch nur arm.«

»Da muss es doch einen Ausweg geben?« Graf Pico zog die Schlinge behutsam enger. »Jeder Künstler benötigt einen Mäzen, darin sehe ich nichts Unehrenhaftes. Warum sollte nicht auch solch ein hoffnungsvoller Knabe einen Gönner finden?«

Pfiffe! Jäh gellten sie gleichzeitig von vier Gassenecken der Nordseite her über den Bauplatz. Pfiffe! Die Festgesellschaft, auch die Frauen der Arbeiter fuhren herum. Schon sprangen zerlumpte Kerle aus dem Schatten. »Filippo Strozzi! Du Ausbeuter! Du Wucherer.« Sie griffen in ihre Beutel. Wie Geschosse prasselten faule Früchte, gedunsene Fische und Eier auf die Versammelten nieder. Durch Hin-und-her-Laufen oder nur mit Händen über dem Kopf versuchte sich jeder vor dem ekelhaften Regen zu schützen. »Verdammt sollst du sein! Du und dein Bauwerk. Du hast die armen Leute aus ihren Häusern gejagt. Verfluchter Ausbeuter!«

Über den Tumult hinweg schrie Filippo seinen Arbeitern zu: »Nehmt Schaufeln und Hacken. Treibt die Kerle in die Flucht! Schlagt sie tot.«

Bevor aber der Angriff sich formieren konnte, tauchten die Burschen zurück in die Dunkelheit der Gassen. Eine Zeit lang noch höhnten ihre Pfiffe, dann war der Spuk vorbei.

Mit Verwünschungen und Flüchen säuberten sich die Getroffenen vom Unflat. Einige Patrizier verließen bereits die Baustelle. Filippo stieg auf den Bretterhaufen. »Wartet doch! Bis die Münzen ins Fundament geworfen werden! So wartet doch, Freunde!« Er winkte hinüber zur bereitstehenden Karrenkolonne. »Los jetzt! Bringt Kies und Kalk!« Die Fuhrleute hieben den Zugtieren die Peitsche auf den Rücken. Seinem Baumeister befahl er: »Sorg, dass die Wasserträger genügend Eimer bereithalten.«

Räder quietschten, Stimmengewirr, die Baustelle erwachte, sie begann zu leben. Wer von den Patriziern schon auf dem Heimweg war, kehrte wieder zurück, um den Schlussakt des Schauspiels nicht zu verpassen. Unter Anleitung des Baumeisters Benedetto da Mariano wurden die ersten Wagenladungen in den Schacht geschüttet.

Raffaele stand mit verzerrtem Gesicht da. Er war von einem faulen Fisch getroffen worden, schleimige Reste klebten auf den Hemdrüschen und dem roten Wams. »Was mach ich jetzt nur?« Die Selbstsicherheit wich dem kleinen Jungen in ihm, den Tränen nahe gestand er: »Wenn ich so nach Hause komme, wird die Großmutter herumschreien, und ich darf eine Woche nicht mehr auf die Straße.«

»Wie grausam.« Graf Pico zupfte mit spitzen Fingern am Kragen, aber der stinkende Schmutz fiel nicht ab. »Das Problem lässt sich lösen«, tröstete er. »Du kommst einfach mit zu mir. Ich gebe dir einen seidenen Hausmantel, und während wir ein wenig plaudern, wird mein Diener die Kleider säubern. Na, gefällt dir der Vorschlag?«

Raffaele nickte. »Danke, Ihr seid sehr gut zu mir, Herr Graf.«

»Nicht der Rede wert. Schließlich müssen wir Männer uns gegenseitig helfen.« Er wies nach vorn zur Festgesellschaft. »Aber ehe wir in meine Wohnung gehen, lass uns noch unsern Beitrag für das Gelingen des Bauwerks leisten.«

Filippo Strozzi war dicht an den Rand des Schachtes getreten. Neben ihm lag ein vorbereiteter Haufen mit faustgroßen Kieselsteinen. In seinem Rücken hatten sich die männlichen Gäste geschart, den Schluss bildeten die Arbeiterfrauen. Der Bauherr öffnete einen Lederbeutel, entnahm einige Goldmünzen und zeigte sie den Wartenden. »Diese Medaillen habe ich zum Anlass der Grundsteinlegung prägen lassen.« Vorn war sein Porträt, auf der Rückseite schwebte ein Adler über dem Wappen des Hauses Strozzi. Mit feierlicher Geste streute er den wertvollen Schatz in die feuchte Masse aus Kies, Sand und Kalk.

Nun traten die Patrizier vor, bückten sich nach einem Kiesel und warfen ihn hinunter. Einige griffen zusätzlich in ihre Tasche und zückten ein Geldstück. »Nicht doch«, wehrte Filippo ab. »Ihr beschämt mich.«

»Nur zur Erinnerung, werter Freund. Dein Glück soll auch unseres werden.« Damit ließen sie die Münze in den Schacht fallen, und der Bauherr zeigte sich zufrieden.

Ehe der samtene Graf und sein fischbesudelter Begleiter an der Reihe waren, las Rodolfo Cattani einen Stein auf. »Mögen Eure Sterne nicht nur am heutigen Tage günstig stehen, verehrter Signore Strozzi.« Er warf den Kiesel ins Fundament, und mit elegantem Griff zur Rocktasche zauberte er einen Florin zwischen Zeige- und Mittelfinger. »Für immer soll das Bauwerk unter einem guten Stern stehen.« Er schnippte, das Goldstück wirbelte blinkend im Sonnenlicht hoch und fiel hinunter in den Schacht.

»Ihr beschenkt mich reich«, bedankte sich Filippo betont herzlich. »Mir ist bekannt, wie gut unsere Ratsherren informiert sind, doch verratet mir, woher Ihr von dem Astrologen wisst, den ich befragte?«

»Bei solch einem großartigen Vorhaben würde auch ich auf den Rat eines Sternenkundigen nicht verzichten wollen. Außerdem hat es mir Eure zauberhafte Nichte anvertraut. Ich hatte das Vergnügen, die Dame zufällig in der Werkstatt des Meisters Botticelli zu treffen.«

»Welch ein Zufall.« Die Freundlichkeit des Bauherrn gefror zur Maske.

»Ein wundervoller Zufall«, ergänzte Rodolfo heiter und schlenderte davon.

Filippo starrte ihm nach, dabei sog er scharf den Atem ein.

»Viel Glück, Großonkel.«

Er fuhr herum, erkannte den Sohn Laodomias und knurrte: »Was suchst du hier?« Beim Anblick des vornehmen Philosophen neben Raffaele gewann er sofort seine Fassung wieder. »Danke, mein Junge. Wie höflich von dir ... Aber deine Kleider sind beschmutzt?« Erleichtert wandte er sich an Graf Pico. »Ich sehe, Erlaucht, Euch ist durch den Überfall dieser schändlichen Stadtplage keine Unbill widerfahren.« Und wieder zu Raffaele sagte er väterlich: »Wenn du dich so deinen Großeltern zeigst, wirst du sie nur schwer davon überzeugen können, dass du bei der Grundsteinlegung warst. Lauf zu deiner Mutter in den Gewürzladen und lasse dich säubern.«

»Sorg dich nicht, Großonkel.« Raffaele reckte das Kinn. »Dieses Problem ist schon gelöst.« Er schleuderte einen Kiesel auf den zähen Brei im Schacht.

Graf Pico folgte seinem Beispiel und erklärte dem Bauherrn: »Euer Großneffe hat sich tapfer vor mich gestellt. So wurde er statt meiner von diesem Ekel erregenden Geschoss getroffen. Aus Dankbarkeit werde ich ihn unter meine Fittiche nehmen und den Schaden beseitigen lassen.«

»Die großzügige Geste ehrt Euch, Graf.«

Pico della Mirandola nestelte zwei Florin aus dem Gürtel und reichte eine Münze seinem Helden.

»So viel Geld?« Raffaele zögerte.

»Nur zu. Spende das Goldstück dem Gelingen dieses Bauwerks.« Der Graf ließ seinen Florin aus den schlanken Fingern gleiten, und nachdem sich der Knabe schweren Herzens von dem Reichtum getrennt hatte, versicherte er ihm: »Davon besitze ich im Überfluss. Selten gibt es eine Gelegenheit, ihn besser anzulegen. Nicht einmal im Bankhaus deines Großonkels.«

Filippo ließ den Scherz nicht ungenutzt. »Wie wahr. Solltet Ihr aber Euer Vermögen hier in Florenz Gewinn bringend investieren wollen, so wendet Euch vertrauensvoll an mich.«

Mit einem Seitenblick auf Raffaele schmunzelte der Graf. »Ich werde es bedenken. Das Haus Strozzi scheint in der Tat über Werte zu verfügen, die ein Engagement lohnen.« Er hob leicht die Hand zum Gruß und bat Raffaele: »Folge mir, mein Retter. Ich befürchte, je höher die Sonne steigt, umso ärger wird der penetrante Geruch zunehmen. Wir wollen dich möglichst bald von deinen schmutzigen Kleidern befreien.«

Erst in der späten Dämmerung war Laodomia von zwei Knechten der vornehmen Freundin zurückbegleitet worden. Schlüssel und Schloss hatten ihr etwas Mühe bereitet, doch nach dieser Hürde war sie, beschwipst vom Wein, leichtfüßig durch den Laden in die angrenzende Wohnstube geschwebt.

Aus dem Innern des Palazzos drang schwach Musik herüber. »Ja, tanzen. Das möcht ich jetzt auch.« Während sie die Melodie vor sich hin summte, drehte sie beide Öllichter höher. »Der Saal ist erleuchtet!« Laodomia reckte die Arme über dem Kopf und ließ ihre Hüften kreisen, öffnete den Mund und fuhr mit der Zunge die Lippen nach. »Wenn mich meine Tanzlehrerin so sehen würde.« Gleich ahmte sie deren Stimme nach und spielte die ungehorsame Schülerin: »Und ta-tan-ta-tam … Nicht so frivol, Kindchen. Was sind das für unschickliche Grimassen? Und ta-tan-ta-tam … O schäme dich. Was tust du da?« Laodomia warf den Schultermantel ab, ging in kleinen Schritten vor und trippelte zurück, hob den angewinkelten linken Arm, drehte sich und begann ihr Kleid zu öffnen. Als es zu Boden glitt, hüpfte sie mit ta-tan-ta-tam nackt aus dem Stoffnest. »Gefällt es dir nicht, Meisterin des Tanzes? Schau her!« Sie ließ ihre Brüste im Takt auf- und abwippen, drehte sich und wackelte mit dem Po. Mit einem Mal brach sie die Vorführung ab und sah sich nach der Lehrerin um. »Schade. Nun ist die vertrocknete Zitrone in Ohnmacht gefallen.« Laodomia kicherte und warf sich bäuchlings aufs Bett. Was für ein schöner Tag! Die Grundsteinlegung im Morgengrauen erschien ihr schon so lange her, als wäre sie gestern gewesen. Das Heute war allein ausgefüllt von den Stunden bei Fioretta. An solch einen Luxus könnte ich mich schnell gewöhnen, dachte sie, keine Arbeit, nur fürs Vergnügen leben. Weg mit allen Sorgen und es sich gut sein lassen.

Sie hatte mit Fioretta, umgeben von Kissen, unter dem seidenen

Baldachin gelegen, Käse und Schinken gegessen, dazu süßen Wein gekostet; sie waren über das Plaudern eingeschlafen, und kaum wieder
erwacht, hatten sie Weintrauben und Obst verspeist. »Sollen wir ein
Bad nehmen?«, fragte Fioretta und wartete die Antwort nicht ab.
Sofort gab sie ihren Zofen den Befehl, und bald schon wurden die
Damen entkleidet und ins Nebenzimmer gebeten. Bunte Mosaikbil-
der an den Wänden; mit weißem Marmor war der Boden ausgelegt.
Mehr noch bestaunte Laodomia die geräumige Holzwanne. »Für dich
ganz allein?«

»Jetzt leider ja«, seufzte die Gastgeberin. »Aber früher haben wir
es uns auch schon zu viert darin gut gehen lassen. Und nicht nur
Frauen. Wenn du verstehst, Liebchen?«

»Ich versuche, es mir vorzustellen.«

»Wir haben beide die dreißig überschritten und sind inzwischen
etwas reifer geworden.« Fioretta betrachtete nicht ohne Neid die festen
Formen Laodomias, dann hob sie die eigenen, schweren Brüste ein
wenig an. »Nein, nur wählerischer und gescheiter. Die Kerle müssen
uns schon was bieten, ehe sie mit uns in die Wanne steigen dürfen.«

Vergnügt schwatzten die Damen, räkelten sich im Wasser und
wurden von den Zofen gewaschen und abgetrocknet. Später saßen sie
nackt nebeneinander auf einer Bank. Während geschickte Finger im
Vlies zwischen ihren Schenkeln, unter den Achseln und im Kopfhaar
nach Geziefer suchten, schlürften sie Wein, sprachen über die Unzucht in den Malerwerkstätten, über das letzte Turnier auf dem Platz
vor Santa Croce und auch darüber, wie schlimm die Gicht den Fürsten
der Stadt heimgesucht hatte. Als Krönung der Pflege massierten die
Zofen ihre Haut mit Ölen, und eingehüllt von Wohlgerüchen waren
die Freundinnen ins Schlafgemach zurückgekehrt. Bis zum Abschied
hatte es Wein gegeben, und nie war ihnen der Gesprächsstoff aus-
gegangen.

Laodomia tastete nach einem Kissen, zog es in die Armbeuge und
schmiegte ihre Wange fest an den Stoff. »So schön wie bei uns ...«,
murmelte sie. »So schön habt ihr es da drinnen auf dem Fest bestimmt
nicht.« Diesen Gedanken nahm sie mit hinüber in den Schlaf.

... Kerzenlichter kreisten um ihre Tanzlehrerin; die dürre Frau saß
mit ihr im Badewasser und verschluckte sich an dem Ta-tan-ta-tam ...

Sie ertrank … Ihr knochiger Finger schlug weiter die Taktbefehle auf den Wannenrand … Nur noch das Klopfen blieb, wurde lauter …

Laodomia öffnete mühsam die Lider. Das harte Pochen kam von der Geheimtür zum Palazzo. »Liebster?« Schlaftrunken stützte sie sich hoch. Ihr Kopf fühlte sich so schwer an. Ehe sie klarer denken konnte, schnappte das Schloss, scharrte die Tür und schlug wieder zu.

»Wolltest du mich nicht einlassen?«

»Doch, gerne«, seufzte sie: »Ich schlief nur zu fest.« Sie setzte sich, gähnte, dehnte den Rücken und wischte die Augen. »Jetzt bin wach. Komm zu mir. Ich freue mich …«

»Ist es so? Oder willst du dich nur möglichst rasch deiner Mietschuld für diese Wohnung entledigen?«

»Was sagst du?« Verwundert sah sie den Onkel an. Wie bei jedem nächtlichen Besuch trug er den dunklen Hausmantel mit der gelben Schärpe. Sein Gesicht aber war gerötet, die Augen sonderbar wässrig. »Ich verstehe nicht, was du meinst.«

»O doch. Du Schlange.« Aus der Tiefe seiner Kehle gärten die Beleidigungen hervor: »Lügnerin. Bastard.« Langsam wurde die Stimme deutlicher, schärfer. »Mir spielst du Treue vor. In Wahrheit aber nutzt du nur meine Güte aus. Hinter deiner schönen Larve steckt eine Hexe.«

»Nicht, Filippo. Nein.« Hastig kroch Laodomia vor bis zum unteren Ende des Bettes und sah zu ihm hoch. »So darfst du nicht zu mir sprechen. Bitte nicht.«

»Willst du mir etwa das Wort verbieten?« Die Zornader sprang auf seine Stirn. »In meinem eigenen Haus? Du bist nichts ohne mich.«

Angst verkrampfte ihren Magen. »Du hast zu viel getrunken. Morgen bereust du deine Worte …«

»Du wagst es, mich zu kritisieren? Weib!« Unvermittelt klatschte er ihr die flache Hand ins Gesicht, setzte gleich nach, dann ohrfeigte er sie von rechts und links. »Ich darf dir sagen, was ich will. Mit dir machen, was ich will!« Bei jedem Schlag wurde Laodomias Kopf hin und her geschleudert. Der Schmerz weckte ihre Wut. »Verflucht, hör auf!« Sie hob die Arme, versuchte sich zu schützen, doch er hieb weiter wahllos auf sie ein. »Lass mich! Was habe ich denn getan?« Da schnappte er nach den Handgelenken und bog sie nach innen. Sein

Mund näherte sich ihrem Gesicht. »Du weißt es nicht?«, flüsterte er. »Ach, sieh an, du weißt es nicht?«

Laodomia roch den schalen Atem und stammelte: »Nein, Filippo. Bitte, so glaub mir doch!«

»Mein Unschuldslamm, dann muss ich deinem Gedächtnis nachhelfen.« Der Ton blieb gefährlich sanft. »Schönste Nichte, sag mir, wann du diesen Ratsherrn zum letzten Mal getroffen hast?«

Rodolfo, das ist der Grund, wurde es Laodomia jäh bewusst. O verflucht, an die peinliche Situation heute Morgen hab ich längst nicht mehr gedacht.

»Ich will eine Antwort.« Schmerzhaft nahm der Druck an ihren Handgelenken zu.

»An der Baustelle. Als er Signora Gorini und mir den Wein brachte.«

»Weiche nicht aus. Diese Begegnung interessiert mich nicht. Wann und wo habt ihr zuletzt zusammengesessen?«

»Du tust mir weh.«

»Schnell heraus damit«, bat er beinah besorgt. »Oder ich breche dir die Arme.«

»Gestern. Ich traf ihn gestern Nachmittag bei Botticelli!«

»So? Du bist also doch wieder in die Werkstatt gegangen? Gegen meinen ausdrücklichen Wunsch?«

»Warum sollte ich nicht?«

»Ich frage, und du antwortest. Ist deine Bekanntschaft mit dem Seidenfabrikanten schon so eng, dass du ihm unsere Geheimnisse anvertraust?«

»Niemals. Wie könnte ich so dumm sein?«

»Lügnerin. Er hat es mir selbst ins Gesicht gesagt. Von dir wusste Cattani, dass ich die Sterne habe befragen lassen.«

»Na und? Einen Astrologen zur Hilfe nehmen? Soll das etwa ein Geheimnis sein?« Getrieben von Zorn und Spott lachte Laodomia ihn aus. »Ach, Filippo! Deine Eifersucht verwirrt dich. Sie ist grundlos. Und ich dachte immer, dich könnte nichts erschüttern.« Er schleuderte sie von sich. Rücklings fiel Laodomia auf die Matratze, raffte sich sofort hoch und kniete wieder vor ihm. »Aber jetzt? Du müsstest dein Gesicht sehen.«

»Täusche dich nicht.« Er atmete heftig. Das Wässrige in seinem Blick vertrocknete, kaum öffnete er die gespannten Lippen: »Du hast meinem Befehl nicht gehorcht. Du hast etwas ausgeplaudert, was ich dir hier in diesem Zimmer anvertraut habe. Zweifach wirst du dafür büßen müssen.«

»Das Dritte weißt du noch gar nicht«, höhnte Laodomia, ohne die Gefahr zu beachten. »Ich habe den Ratsherrn sogar zur Grundsteinlegung eingeladen. Weil ich dachte, dass es dir Freude bereitet. Muss ich dafür etwa auch um Verzeihung bitten? Ach, Filippo, spiel dich nicht auf. Du bist nicht der liebe Gott!«

»Das mag sein.« Er griff in die Tasche des Hausmantels, zog langsam einen Strick heraus. »Aber ich bin dein Herr.« In zwei Schlingen legte er das Seil zusammen.

Erst sah ihm Laodomia ungläubig zu, dann begriff sie und wehrte mit beiden Händen ab. »Nicht, Liebster. Du hast mich schon genug geschlagen. Es tut mir Leid. Bitte, ich wollte dich nicht kränken. Glaub doch, Signore Cattani bedeutet mir nichts.«

»Auf deine Schwüre ist kein Verlass mehr. Ich werde ihnen Nachdruck geben.« Er schlug die Geißel in seine offene Linke. »Weil ich dir aber nach wie vor wohlgesonnen bin, darfst du wählen: Solltest du dich wehren, kann ich keine Rücksicht nehmen. Drehst du dich aber um und fügst dich der Strafe, so wird deine Schönheit keinen Schaden erleiden.«

Wie eine Gefangene, dachte Laodomia entsetzt, ich bin ihm ausgeliefert. Sie sah das kalte Feuer in seinen Augen und wollte sich retten, so gut es noch möglich war. Langsam drehte sie sich um, kniend richtete sie sich auf und bot ihm ihren Rücken.

»Bück dich nach vorn. Und rutsche rückwärts zu mir bis an die Bettkante.«

Sie gehorchte.

Seine Hand strich prüfend über ihre Hinterbacken, als müsse er Maß nehmen. Wortlos schlug er mit der Geißel zu. Bei jedem Hieb zuckte Laodomia zusammen. Ein heißer Schmerz folgte dem nächsten, dann blieb er unaufhörlich. Laodomia presste die Zähne zusammen, vergeblich, der Schmerz riss ihren Mund auf. Sie schrie, presste das Gesicht auf die Matratze, weinte und schluchzte ins Laken. Mit einem Mal hörten die Schläge auf. Doch kein Atemholen. Sie fühlte, wie Finger ihren Schoß weiteten, dann drang die mächtige Lanze in sie hinein. Die harten Stöße peinigten sie mehr noch als die Seilhiebe. Laodomia wimmerte, klagte und wimmerte. Hinter ihr hörte sie das Keuchen schneller werden. Filippo riss sich aus ihrem Schoß, und gleich darauf fühlte sie den heißen Samen über den Rücken spritzen.

»Vergiss den Seidenhändler, schöne Nichte, ein für alle Mal«, sagte Filippo mit rauer Stimme. »Er wird es dir nie so besorgen können wie ich.«

Laodomia bewegte sich nicht. Hörte, wie der Onkel zur Geheimtür ging, hörte den Schlüssel, wie er sich draußen im Schloss drehte. Sie war allein. Langsam fiel sie zur Seite und zog die Beine an, umfasste ihre Knie und presste die Stirn dagegen.

»Nein, Filippo«, flüsterte sie verloren. »Niemand außer dir wird mich je so erniedrigen wollen. Und ganz sicher nicht Signore Cattani. Denn der ist höflich, zuvorkommend, rücksichtsvoll …« Während sie weiter nach guten Eigenschaften eines Mannes suchte, quollen ihr Tränen übers Gesicht. »Bestimmt beschützt er die Frau, die er liebt. Und Achtung hat er vor ihr. Bei ihm ist eine Frau nicht nur eine bessere Magd. Und … und er weiß, dass sie viel mehr besitzt als nur ein Loch für den Schwanz.«

S chritt für Schritt. Der Atem bestimmte den Takt der wunden Füße, und jedes Auftreten glich einem Schlag mit der bleigespickten Geißel auf den nackten Rücken. Girolamo nahm die stetige Marter ohne Klage hin. Nur wenn ein kantiger Stein zu tief durch die dünne Sohle der Sandalen stach, wurde er aus dem Zustand der Verzückung gerissen und ermahnte sich: »Füge dich. Du gehst auf dem Schmerz der Erde. Dein Ziel aber ist nicht mehr weit.«

Gestern war er, abgekämpft und ermattet von seiner letzten Predigtstelle, nach Bologna ins Stammkloster zurückgekehrt. Dort hatte ihn der Befehl seiner Oberen erreicht: »… Mit Zustimmung des Ordensgenerals und nach einmütigem Beschluss der lombardischen Kongregation wird Fra Girolamo beauftragt, seine Tätigkeit als *Lector principalis* im Kloster San Marco zu Florenz wieder aufzunehmen. Er hat sich unverzüglich dort einzufinden … Gegeben am 2. Mai 1490.«

Drei Wochen waren seit der Ernennung bereits verstrichen! Weder nahm sich Girolamo Zeit, um die Füße zu versorgen, noch gönnte er sich Schlaf. Die Nacht verbrachte er im Gebet. Kein Dank an die Vorgesetzten. Er verspürte Genugtuung: Die langen Jahre des Umherirrens waren vorbei. Was bedeuteten schon Erfolge auf den Kanzeln in Genua, Pavia und Brescia? Ein Windstoß, der mit dem Abschied des Wanderpredigers gleich wieder abflaute. Mehr nicht. Doch nun war der Ruf nach Florenz an ihn ergangen. Gottes gerechter Arm hatte ihn, seinen Propheten, endlich aus der Einöde befreit.

Habseligkeiten besaß er nicht. Etwas Brot und einen ledernen Wasserschlauch hatte er neben Bibel und Brevier gelegt, den Ranzen geschultert, seinen Knotenstock genommen und war bei Tagesanbruch von Bologna aufgebrochen.

Schnell nahm die Hitze zu. Gegen Mittag brannte die Sonne unerbittlich auf ihn nieder. Sein Gesicht glühte unter der schwarzen Kapuze, längst rann kein Schweiß mehr aus dem Haar in die Höhlungen der Wangen, seine Lippen verdorrten. Schritt für Schritt. Bilder und Erinnerungen stiegen auf und überwucherten den Verstand.

Mutter Elena. Wie lästig waren ihm ihre zahlreichen Klagebriefe gewesen? Manche hatte er lange ungeöffnet mit sich getragen. Dennoch hatte er bei einer Rast in Pavia schließlich etwas von seiner Zeit geopfert und der Gramgebeugten geantwortet: »… Du wunderst dich, so lange nichts von mir gehört zu haben … Hiermit teile ich dir mit, dass ich mich wohl befinde, wenn ich auch müde bin von langem Marsch … Sonst weiß ich dir nicht viel zu berichten … Bei all deinem Leid glaube nicht, dass Gott dich verlassen hat. Sondern sei dir bewusst, dass du ihn zuerst verlassen hast und Gott dich deshalb verließ. Darum zwingt er dich nun durch die Strafen zu ihm zurück. Auf diese Weise will er dich und deine Kinder retten. Deshalb bitte ich ihn nicht, euch irdisches Gut zu geben, sondern empfehle euch seiner Gnade, die euch zum ewigen Leben führt … Ich ermahne dich, ertrage alles in Geduld, und tröste meine Schwestern, denn Gott hat für sie besser gesorgt, als sie meinen …«

Der Weg führte in scharfen Kehren einen Hügel hinauf. Schritt für Schritt. Die Anstrengung drohte die Brust zu sprengen. Wann begreift die Mutter endlich, dachte Girolamo, dass ich von Gott mit einem großen Werk beauftragt bin und keine Muße habe für ihre kleinlichen Probleme?

Als er die Kuppe erreicht hatte und sich das sonnenmüde Braungrün der Wiesen rechts und links vor ihm ausdehnte, sah er sich wieder in Brescia auf der Kanzel stehen. »Im vergangenen November hatte ich dort meinen größten Erfolg«, flüsterte er.

Die Zuhörer starrten zu ihm hinauf. »Höret, was Gott dem Johannes offenbarte!« Und während er weiter ging, zitierte er im Rhythmus der Schritte halblaut aus der Bibelstelle seiner Predigt: »›… die Tür des Himmels stand offen … und auf dem Throne saß einer, der war anzuschauen wie Jaspis und roter Achat … und um den Thron waren vierundzwanzig Stühle mit den vierundzwanzig Ältesten … bekleidet mit weißen Gewändern, und sie trugen goldene Kronen auf den Häuptern … und von dem Throne gingen aus Blitze! Donnern! Und Stimmen! … Und um den Thron loderten sieben Fackeln … sie sind die sieben Geister Gottes … Und vor dem Thron bewegten sich vier Tiere … das erste glich einem Löwen, das andere einem Kalb … und das dritte hatte ein menschliches Antlitz … und das vierte glich einem Adler … Jedes Tier hatte sechs Flügel … und besaß Augen auf Brust und Rücken … und immerfort sangen die Wesen bei Tag und Nacht: ›Heilig, heilig, heilig ist Gott der Herr, der Allmächtige … der da war und der da ist und der da kommt!‹ … Und die vierundzwanzig Ältesten legten ihre Kronen vor dem Throne ab und sprachen: ›Herr, du bist würdig, zu nehmen Preis und Ehre und Kraft … denn du hast alles geschaffen, was ist …‹‹«

Girolamo stieß mit dem rechten Fuß gegen einen Stein, strauchelte und behielt nur mühsam das Gleichgewicht. Die verkrusteten Zehen waren aufgeplatzt. Er beachtete das Blut nicht. Scharf sog er den Atem ein und setzte seine Predigt in der Stadt auf dem Berg hastiger fort: »Gott hat die vierundzwanzig Ältesten auf die Welt gesandt. Einer von ihnen ist mir erschienen und hat mir befohlen, euch zu verkünden, welches Unheil über ganz Italien kommen wird und welche Züchtigung vor allem über eure Stadt hereinbrechen wird.« Girolamo hob drohend den Knotenstock und weissagte den Steinen auf seinem Weg vor ihm, wie damals den Zuhörern in San Andrea zu Brescia: »Eure Stadt wird blutgierigen Feinden ausgeliefert werden. Die jungen Mädchen werden vergewaltigt. Eltern werden mit ansehen müssen, wie ihre Kinder hingeschlachtet und durch die Straßen geschleift werden. Das Blut wird in Strömen fließen, und ihr werdet darin ertrinken.« Unter der Kanzel schluchzten Frauen auf. Männer schlugen sich gegen die Brust. Girolamo durchlebte wieder den Erfolg seiner Worte. Höher noch reckte er den Wanderstock und rief: »Deshalb hört meine Warnung: Besinnt euch rechtzeitig. Tut Buße! Denn der Herr wird in seinem Zorn einzig den verschonen, der Demut übt und auf dem rechten Weg geblieben ist!«

Jäh pochte das Blut hinauf, trübte seine Augen, wie blind tappte er weiter; dann war nur noch Rauschen um ihn, alle Kraft wich aus seinen Gliedern, und er stürzte vornüber auf den Weg.

Im Schwarz tauchten rote Punkte auf, wurden heller, größer, veränderten sich zu gelben, flatternden Tüchern; ihr Licht schmerzte. Girolamo versuchte sich abzuwenden, doch eine ungeheure Kraft hielt seinen Kopf fest.

»Bist du tot oder nicht?«, fragte ihn eine laute, tiefe Stimme. Er bemühte sich zu sprechen, doch seine Zunge klebte am Gaumen fest. Hilflos krampfte er die Hände in seine Kutte.

»Also ganz tot bist du nicht«, stellte die Stimme fest. »Fehlt aber nicht viel. Kannst nur froh sein, dass ich vorbeigekommen bin. Und jetzt trinken wir erst mal.«

Girolamo spürte, wie sein Kopf angehoben wurde und Wasser in seinen Mund tropfte, es weichte Zunge und Gaumen. »Danke.« Er öffnete die Lider und sah über sich ein bartstoppeliges Gesicht. »Wer bist du?« Mit dem nächsten Atemzug dämmerte ihm, dass er sich auf einer Wiese befand. Er lag zwischen kräftigen Beinen und lehnte mit dem Nacken an einem Oberschenkel des Fremden. »Wo bin ich? Welche Tageszeit ist jetzt?«

»Langsam, langsam. Zu viele Fragen auf einmal sind nicht gut. Trink erst noch was.« Sorgsam führte ihm der Mann das Mundstück des Lederschlauchs an die rissigen Lippen. »Und nicht zu viel. Das ist auch nicht gut.«

Girolamo gehorchte und setzte sich mit Hilfe seines Retters auf.

»Ich bin Angehöriger des Predigerordens des heiligen Dominikus. Fra Girolamo.«

»Wenn das so ist«, der Mann nahm die Kappe ab, »dann verzeiht, weil ich unhöflich war. Ich mein', weil ich Euch nicht richtig angesprochen hab. Ich heiße Antonio, ehrwürdiger Vater, ein Tischler.« Er schüttelte bekümmert den Kopf. »Als ich Euch da auf dem Weg liegen sah, da dachte ich, den armen Kerl haben sie davongejagt. Na ja, weil Ihr so verhungert ausseht und im Kloster es doch immer gut zu essen gibt.«

»Völlerei gefällt Gott nicht, mein Sohn. Ein dicker Wanst passt durch kein Nadelöhr.«

»Was? Na ja, mag sein, dass ich nicht so gescheit bin, aber ein bisschen mehr Speck würd Euch schon gut tun, der hält die Knochen zusammen. Als ich Euch vom Weg hier in die Wiese getragen hab, da dachte ich, der arme Kerl hat schon lange nichts mehr zu essen gekriegt.«

»Du hast ein gutes Herz, mein Sohn. Mir genügt das Brot in meinem Ranzen. Und nun, genug gerastet. Bis Florenz habe ich noch einen langen Marsch vor mir.«

»Da will ich auch hin.« Antonio blickte zur Sonne; sie neigte sich schon in den Westen. »Heute kommt Ihr nicht mehr weit. Und nehmt's mir nicht übel, aber so wie Ihr dran seid, kommt Ihr nicht mal bis nach Pianoro. Und das liegt nur knapp eine Wegstunde von hier.«

»Mit Gottes Beistand ist mir nichts unmöglich, mein Sohn.«

Zum Beweis griff Girolamo nach dem Knotenstock und richtete sich daran hoch. Nach wenigen Schritten aber knickten seine Beine ein. Antonio konnte im letzten Moment noch den Sturz verhindern. »Gottes Beistand in Ehren, ehrwürdiger Vater, aber vielleicht tut's meine Hilfe ja auch.«

»Ich bin wohl darauf angewiesen«, gab der Geschwächte zu.

»Dann wollen wir mal.« Antonio schulterte sein Werkzeugbündel, daneben den Ranzen des Mönches und schob ihm seinen freien Arm unter die Achsel. »Stützt Euch auf den Stock. Dann schaffen wir es leicht.«

Schritt nach Schritt und wieder einen Schritt. Kein gleichmäßiger Takt mehr. Der Tischler hielt den ausgemergelten Körper an sich gepresst, schwang ihn nach vorn, und versagten die Knie, trug er seine fromme Last ein Stück. Wenn dem ehrwürdigen Vater der Kopf vornüber sank, munterte er ihn auf: »Gleich haben wir 's geschafft. Nur noch ein bisschen durchhalten.«

»Ich bin nicht müde«, brabbelte Girolamo vor sich hin. »Florenz erwartet mich. Die Mitbrüder im Kloster freuen sich auf meine Ankunft.«

»Na, seht Ihr. Das ist doch ein guter Grund. Also, schön wach bleiben.«

Erst nach drei mühevollen Stunden erreichten sie den Ortsrand von Pianoro. »Gleich dürft ihr Euch ausruhen, ehrwürdiger Vater.« Antonio sah ihn von der Seite an. »Will nicht unhöflich sein. Aber wie steht's, habt Ihr etwas Geld?«

»Nein, mein Sohn. Ich verabscheue persönlichen Besitz und lebe nach dem Gebot strikter Armut.«

»Dachte es mir schon, so wie Ihr ausseht. Nur dem Wirt genügt das nicht. Na, was soll's.« Antonio führte und hob den Mönch das letzte Stück auf die Herberge zu. »Wisst Ihr, für eine eigene Werkstatt reicht's bei mir nicht. Deshalb wandere ich von Ort zu Ort, und wo ich bin, verdiene ich mir Kost und Unterkunft.« Ein Tischler wurde stets benötigt. Er besserte Bettgestelle aus, hobelte Türen ab oder ersetzte morsche Bodendielen. »Heute arbeite ich für uns beide. Und seid getrost, wir bekommen was zu essen und auch ein Plätzchen. Kein feines Bett, aber für die Nacht wird's reichen.« Behutsam setzte Antonio seine Last auf der Bank vor der Herberge ab. »Wartet hier, ich geh rein und frage.«

»Sei gewiss, mein Sohn«, murmelte der Mönch unter seiner schwarzen Kapuze, »Gott liebt die Armen und Bedürftigen.« Damit sank er zur Seite und schlief.

Der Duft nach Gemüsebrei weckte ihn. Er lag in der Scheune auf weichem Stroh. Sein Retter wollte ihn füttern, doch er löffelte selbst die Köstlichkeit aus dem Napf. Drei Schlucke Bier genügten, und wohlige Müdigkeit entführte Girolamo in eine traumlose Dunkelheit.

Als er wieder die Augen öffnete, schimmerte der Morgen durch die geöffnete Scheunentür. Antonio hockte auf einem Holzklotz und betrachtete ihn. »Fühlt Ihr Euch besser, ehrwürdiger Vater?«

»Stark genug für den Marsch. Danke, mein Sohn. Selten zuvor schenkte mir ein Mensch so viel Barmherzigkeit. Nun aber will ich dich nicht länger aufhalten und allein meinen Weg fortsetzen.«

»Mit den Füßen da?« Der Tischler deutete auf seine linke Hand. Der kleine Finger und die Kuppe des Zeigefingers fehlten. »Als ich damals mit der Säge abrutschte, musste ich auch warten, bis alles verheilt war.« Er grinste verlegen und kratzte seine Bartstoppeln. »Versteht mich nicht falsch. Ich hab Euch die Zehen und die Fußsohlen zwar mit Fett eingerieben und verbunden, aber gut sind sie nicht.« Er stemmte die schwieligen Fäuste auf seine Knie. »Wenn Ihr einverstanden seid, ehrwürdiger Vater, dann begleite ich Euch bis nach Florenz. Will sowieso dahin. Denke, so mager wie Ihr seid, muss doch jemand auf Euch Acht geben. Und für heute hab ich einen Fuhrmann gefunden. Der transportiert Ölfässer. Da ist für Euch noch Platz auf der Ladefläche, und ich steig vorn mit auf den Bock. Na, wie gefällt Euch das?«

»Du bist ein wahrhafter Samariter.«

»Nein, ich stamm aus Trebbo. Liegt nicht weit von Bologna. Kennt Ihr zufällig mein Dorf? Na, egal. Wir müssen uns beeilen, der Fuhrmann wartet nicht.«

Auch für den zweiten und dritten Tag fand Antonio eine Mitfahrgelegenheit. Girolamo schlief, betrachtete den weiten Himmel über sich und schlief wieder ein. Willig nahm er die Fürsorge des Tischlers an. Als sein Körper sich aber von den Strapazen etwas erholt hatte, wurde ihm die selbstlose Hilfe unangenehm. Wovor sollte er solch einen Menschen warnen? Welches Unheil ihm androhen? Für einen Atemzug lang musste er sich eingestehen, Antonio benötigte den Ruf nach Umkehr nicht. Dieser Mann passte nicht ins verderbte Bild der Zeit.

Heftig schnaubte Girolamo den Atem durch die Nase und wandte sich in Gedanken wieder dem großen Werk zu, welches Gott ihm aufgetragen hatte. Während das Fuhrwerk nahe des Bergdorfes Fiesole vom letzten Höhenrücken die Straße hinunter nach Florenz holperte, glaubte er, dass auf den Wolkenschiffen über ihm der Engel des Herrn aus der Offenbarung stand, um der sündigen Stadt und aller Welt die Botschaft des Heils zu verkünden, das ewige Evangelium.

»Ja, begleite mich«, flüsterte Girolamo. Und er hörte, wie der Engel mit lauter Stimme rief: »Fürchtet Gott, und gebt ihm die Ehre! Denn die Zeit ist nahe, wo er die Menschen richten wird. Betet ihn an, denn er hat Himmel und Erde, alle Meere und Quellen erschaffen.«

»Ja, du furchtbarer Cherubin, unterstütze mich bei meiner großen Aufgabe.«

Girolamo setzte sich auf. Über die Seitenwand der Ladefläche blickte er hinunter auf die roten Dächer, die Domkuppel und Türme. Sein Kloster konnte er nicht ausmachen. San Marco? Fast drei Jahre war ich fort, dachte er. Wie mag es meinen Freunden ergangen sein? Er zögerte. Habe ich Freunde? Viele der Novizen und Mitbrüder hörten mir bei der Bibelauslegung zu. Sie waren meine Schüler, hingen an meinen Lippen. Domenico? Von allen war er meinem Herzen am nächsten. Domenico wandte sich nicht empört ab, als ich ihm von einer Klostergemeinschaft der vollkommenen Armut und Demut erzählte. Und Silvester? Dieser schmächtige Mitbruder beeindruckte mich. Ihn hätte ich gern nahe bei mir. Er sprach von Visionen, die ihn heimsuchen. Mal saß er mir gläubig zu Füßen, dann aber versteifte er sich jäh, konnte verächtlich und abweisend sein. Silvester hat das Zeug, mich bei meinem großen Werk zu unterstützen, als wahren Freund aber muss ich ihn erst gewinnen.

Das Stadttor San Gallo kam in Sichtweite, und stetig nahm der Lärm zu. Unvermittelt fluchte vorn auf dem Bock der Kutscher, weil ein leichter Reisewagen ihn überholte und dabei sein Fuhrwerk über den Straßenrand hinaus abdrängte; um die Fracht nicht zu gefährden, musste er anhalten und die Tiere beruhigen.

»Steigt ab«, befahl er den Mitfahrern. »Für euch ist die Reise hier beendet.« Antonio bot seine Hilfe an, doch der Mann hörte kaum hin. »Es ist immer dasselbe. Bei der Hölle, irgendwann peitsche ich dieses rücksichtslose Pack aus ihren Wagen.«

»Was bin ich dir schuldig?«

»Lass gut sein, Tischler. War 'ne angenehme Fahrt mit dir, aber jetzt nimm deinen verhungerten Pfaffen und lass mich in Ruh.«

Antonio half seinem Schützling von der Ladefläche. »Könnt Ihr laufen, ehrwürdiger Vater?«

»Sogar allein, wie du siehst.« Girolamo zog die Kapuze tiefer in die Stirn und schwang den Knotenstock. Selbst diese leichte Geste ließ ihn torkeln.

»Soll ich Euch nicht doch stützen?«

»Danke. Ich bin kräftig genug.«

Schweigend überquerten sie den mit Fuhrwerken und Lasttieren überfüllten Zollplatz. Kurz vor den Torwachen blieb der Mönch schwer atmend stehen. »Es ist heiß.«

»Ehrwürdiger Vater, so gut, wie Ihr glaubt, seid Ihr noch nicht zurecht. Wohl wär mir, wenn ich Euch im Kloster abliefern könnt.«

Ruckartig hob Girolamo den Kopf, und Antonio wich erschreckt vor dem glühendem Blick zurück. »Sohn! Ich werde nicht wie ein Gepäckstück abgeliefert. Ich komme an! Ich trage einen heiligen Auftrag in mir, der diese Stadt wachrütteln wird. Schwäche kenne ich nicht.«

»Na ja, vielleicht bin ich ja zu dumm für all das Heilige.« Antonio zögerte, ehe er wagte weiterzusprechen. »Nur, als ich Euch da auf dem Weg gefunden hab, da … da wart Ihr doch ziemlich am Ende, mein ich.«

»Schweig davon.« Gleich besann sich Girolamo und trat dicht vor seinen Retter hin. »Vergib das harte Wort. Wie solltest gerade du mich auch begreifen? Halte mich nicht für undankbar. Was du mir Gutes angetan hast, wird dir dereinst gelohnt werden. Aber diese letzte Wegstrecke muss ich allein aus eigener Kraft bewältigen. Ich darf nicht als Hilfsbedürftiger in meinem Kloster ankommen.«

»Jetzt versteh ich.« Der Tischler rieb mit der verstümmelten Hand das bärtige Kinn. »Ihr wollt allen zeigen, wie stark Ihr seid.«

Girolamo nickte unmerklich. »Ja, das will ich. Von nun an, bis zu meinem Ende. Leb wohl, du guter Mensch.«

»Viel Glück, ehrwürdiger Vater.«

»Und falls du jemals in Not gerätst, so weißt du, wo ich zu finden bin. Im Kloster San Marco. Es liegt nicht weit von hier.« Der Mönch wandte sich ab und tappte unsicher, Schritt für Schritt, auf das Tor zu.

»Vergesst nicht zu essen!«, rief ihm Antonio nach. »Ein bisschen mehr Speck hält die Knochen besser zusammen.«

Ohne Kontrolle ließen die Wächter den unscheinbaren, von der

Reise grau verdreckten und sichtlich ermatteten Mönch passieren. Girolamo suchte sich mühsam seinen Weg durch das rastlose Gewühl der Krämer, Passanten und Kinder auf der Via San Gallo. Rufen, Gelächter und hitziges Feilschen schmerzten in seinen Ohren. Als er zur Via Larga abbog, schwindelte ihn, und er musste stehen bleiben. Die Luft war schwer, so stickig. Nicht schwach werden, befahl er sich, ruhe dich aus und gehe weiter.

Eine Bürgerin blieb neben ihm stehen. »Kann ich Euch helfen, Vater?«

»Nein, nein. Gute Frau.«

»Nehmt das. Betet für mich, Vater.« Voller Mitleid steckte sie ihm einen Soldi zu und eilte weiter.

Die Münze brannte in seiner trockenen Handfläche. Ich bin nicht gekommen, um Almosen zu empfangen! Dem nächsten Bettler reichte er das Geldstück hin.

Doch der verkrüppelte Mann wehrte ab. »Behaltet Euer Geld«, grinste er gutmütig. »Ihr habt's genau so nötig wie ich.«

Girolamo sah den grindigen Mund, die schwarzen Zahnstummel, der Arme kauerte an der Hauswand auf einem Brett, das rechte Bein fehlte ihm. »Hast du ein Lager für die Nacht?«

»Ich komm schon zurecht. In Florenz verhungert keiner, wenn er's richtig anstellt. Die Kaufleute sind barmherziger als die meisten Pfaffen in den Klöstern. Gebt nur Acht, dass Ihr selbst nicht weggejagt werdet. So hergelaufene Bettelmönche, solche wie Ihr, sehen die nicht gerne.«

»Gott befohlen, mein Freund«, murmelte Girolamo und schlurfte auf den Stock gestützt weiter. Schier endlos schien ihm die Strecke an der Mauer des Medicigartens entlang; nur einmal, beim Blick durchs Eisentor, tat sich ein wundersames Paradies auf; er sah Büsche, Zypressen und geharkte Pfade, gleich aber verlosch die blühende Pracht wieder. Schließlich gelangte der Wanderer zum Platz vor San Marco. Für einen Moment war er versucht, erst die Kirche zu betreten, um das Geldstück in den Opferstock zu geben, doch die Schwäche hinderte ihn. So ließ er den Soldi auf der Portalstufe fallen und ging, befreit vom Almosen, die wenigen letzten Schritte zur Klosterpforte gleich neben dem Kircheneingang hinüber.

»Der Herr sei gepriesen.« Seine Finger fassten nach dem Schellenseil. Wie vertraut klang das helle Bimmeln im Innern.

Die Tür öffnete sich einen Spalt. »Von welcher Niederlassung kommst du, Bruder?«, fragte der Hüter des Klosters streng. »Besucher oder Gast für eine Nacht?«

»Ich bin heimgekehrt«, sagte der Mönch leise, hob den Kopf und schob die Kapuze aus der Stirn zurück.

»Bruder Girolamo! Wir haben dich schon vor Wochen erwartet. Gütiger Gott, wie elend siehst du aus. Komm herein, schnell. Nein, langsam, vorsichtig. Hierher. Geht es? Setz dich auf die Bank. Warte, ich hole Hilfe.«

Stille und Kühle umfingen ihn. Hier ist es gut zu atmen, dachte er, ja, ich bin in meines Vaters Haus zurückgekehrt.

Gegen seinen Willen wurde der Ermattete von einem jungen Mönch und dem für kleine Gebrechen und erste Hilfe zuständigen Laienbruder des Klosters ins Krankenzimmer gebracht und gewaschen.

»Ich möchte keine Mühe bereiten.« Niemand beachtete den Protest. Er wurde verbunden und wie ein Kind gefüttert. »Ich muss mich beim Prior melden.«

»Das hat Zeit. Vater Bandelli ist verreist.«

»Morgen werde ich die erste Lesung abhalten.«

»Gemach, Bruder Girolamo. Erhole dich. Du sollst erst zu Kräften kommen.«

»Ich bin stark genug«, murmelte er. »Je eher ich meine Arbeit aufnehme …« In dem Satz versickerte die Stimme, und der Heimkehrer schlief.

Die beiden Helfer sahen sich an. »Schon als Novize war ich begeistert von ihm«, sagte der Jüngere. »Gottlob, die Jahre in der Fremde haben ihn nicht verändert. Trotz seines elenden Zustandes denkt er nur an Pflichterfüllung. Ich freue mich auf seine Bibelstunden.«

Der untersetzte, ältere Mönch hob warnend die Hand. »Hoffen wir, dass er sich darauf beschränkt.« Sein Kopf war groß, das Gesicht bestand aus einer fleischigen Scheibe, in deren Mitte ein viel zu schmaler Mund, die spitze Nase und kleine, stechende, brauenlose Augen hineingesetzt waren. »Viele sind gar nicht erfreut über seine Rückberufung.«

»Wovor fürchtest du dich, Bruder Tomaso? Er sagt unbequeme Wahrheiten, aber er begründet sie mit der Heiligen Schrift.«

»Ach, ihr Frischlinge habt gerade die Gelübde abgelegt und könnt noch nicht unterscheiden, was unserm Orden frommt oder schadet. Einfältige Schwärmer seid ihr.« Eine Falte furchte hinauf in die wulstige Stirnfläche. »Hast du nichts von seinen schrecklichen Predigten in Brescia gehört? Und sollte er hier damit fortfahren, dann wehe uns allen! Er wird unser Kloster in Unordnung bringen. Womöglich gar in Misskredit bei Seiner Magnifizenz Lorenzo, unserm Gönner, auf dessen Gaben wir angewiesen sind. Nur gut, dass der Lektor noch eine Weile geschwächt ist.«

Traumlos durchschlief Girolamo die Nacht. Im Verlauf des neuen Tages befiel ihn Unruhe, sie wuchs von Stunde zu Stunde an. Außer dem Heilkundigen betrat niemand das Krankenzimmer; keine Begrüßung durch den Subprior erfolgte; nicht einer der Schüler aus seiner Lehrtätigkeit vor drei Jahren schlüpfte während der Freistunde nach der Vesper herein. Und wo blieb Domenico? Wo Silvester? Sie alle saßen zu meinen Füßen, hingen an meinen Lippen. Sind meine Worte so schnell in Vergessenheit geraten? »Bitte, Bruder Tomaso, lass die Tür zum Flur offen stehen.«

»Nein, das wäre schädlich. Du benötigst Ruhe.«

»Ich bin nicht krank. Mein Körper hat sich erholt.«

»Du bist mir anvertraut worden. Füge dich meinen Anweisungen und genieße noch eine Weile das süße Nichtstun.«

»Nur Arbeit versüßt das Leben«, empörte sich der Patient.

»Genau darüber wollte ich mit dir sprechen. Ganz im Vertrauen. Doch fällt es mir nicht leicht, den Anfang zu finden.« Der Laienbruder ging unschlüssig vor dem Krankenbett auf und ab.

Scharf beobachtete ihn Girolamo. Was erwartet mich jetzt? Warum sucht er ein Gespräch, ausgerechnet er, der mir damals nur mit Verachtung begegnet ist, der hinter meinem Rücken mich wegen meiner Askese auslachte?

Bruder Tomaso: In seinem früheren Leben hatte er eine kleine Apotheke jenseits des Arno besessen. Das Herstellen von Pülverchen und Tinkturen war seine Leidenschaft gewesen. Und gerade diese Kunst brachte ihn in Verruf. Offiziell verkaufte er wirksame

Heilmittel gegen Krankheiten. Es ging aber das Gerücht um, er braue auch verbotene Säfte, die Mädchen und Frauen für die Liebe gefügig machten, und Salben, die lendenmüden Männern wieder das Glied stärkten. Das Geflüster wusste mehr noch, bei ihm sollte es auch Rausch- und Schlafmittel, sogar Gifte geben. Schließlich wurde der Apotheker mit einigen rätselhaften Todesfällen in Verbindung gebracht. Beim Prozess hatte er stets seine Unschuld beteuert und war vom Gericht mangels Beweise freigesprochen worden. Von da an mieden die Kunden seine Apotheke, und er hatte, verbittert und enttäuscht, dem weltlichen Leben entsagt und war in den klösterlichen Schoß der Dominikaner geschlüpft. Weil er das ersparte Vermögen dem Konvent gestiftet hatte, erlangte der Laienbruder rasch das Wohlwollen der Oberen von San Marco, und sein unbestreitbares Wissen um die Heilkunde verhalf ihm bald schon zum Schlüssel des Medizinschrankes und hob ihn auf den Posten des Leiters der Krankenstation.

Girolamo lächelte dünn und dachte: Nein, Bruder Tomaso, wir beide haben wahrlich wenig gemein.

Der Mönch nahm das Lächeln als Ermunterung und baute sich vor dem Bett auf. »Ich sehe, du bist zugänglicher geworden. Darauf hoffte nicht nur ich, sondern auch viele deiner Mitbrüder.« Vertraulich zwinkerte er dem Schutzbefohlenen zu. »Was ich sagen will, bei aller Strenge darf der Genuss nicht zu kurz kommen. Früh genug musst du dich wieder an die Klosterfron gewöhnen: aufstehen schon in der Nacht, beten, singen, deiner Arbeit nachgehen, und wieder beten und singen. Dieser Trott zermürbt. Das Krankenzimmer aber ist mein Reich. Eine Oase in der Wüste.«

Weil der Patient ihn mit offenem Mund anstarrte, glaubte er, auch ein offenes Ohr gefunden zu haben. Die Hoffnung, den früher so asketischen Mönch gleich jetzt auf die Seite der bequemen, älteren Mitbrüder ziehen zu können, schürte seinen Eifer, und er wisperte: »Für ein kleines Zeichen der Dankbarkeit verschaffe ich hier dem einen oder anderen Bewohner unseres Konvents etwas Muße zum Ausspannen. Auch besorge ich ihm gerne Extraportionen an Fleisch und gutem Wein und sogar lustvollen Zeitvertreib. Der allerdings kostet seinen Preis. Freunden aber erweise ich meine Dienste umsonst.«

Das Aufglühen in den tiefen Augenhöhlen deutete der Hüter des Krankenzimmers als Erfolg. »Und sei gewiss, ab heute darfst du mich als Freund bezeichnen.«

»Versucher«, zischte Girolamo. »Hebe dich hinweg.«

Bruder Tomaso wich zurück.

»Du bist es nicht würdig, den Rock des heiligen Dominikus zu tragen.«

»Ich habe nichts gesagt«, haspelte der Mönch. »Alles, was du gehört hast, ist nur in deinem Fiebertraum entstanden.« Blässe überzog die Gesichtsscheibe. »Mir glaubt der Subprior. Also versuche erst gar nicht, mich anzuschwärzen. Savonarola, schon damals warst du ein Störenfried. Und wage es nicht, dich gegen uns Ältere zu stellen. Wir haben die Macht in San Marco.«

»Ich bin einer von euch. Aber das Schwert ist mir …« Girolamo brach ab. Sei klug und maßvoll in deinen Äußerungen, befahl er sich, du weißt nun, dass nicht nur draußen Feinde lauern, sondern auch hier im Hause deines Vaters. »Als Lektor steht es mir nicht zu, über diese Gemeinschaft zu richten. Der Friede unter uns Brüdern soll oberstes Gebot sein. Befürchte also keinen Verrat von meiner Seite. Nur behellige mich nie wieder mit solchen Angeboten.«

»Ich weiß nichts von einem Angebot«, sagte Tomaso frostig. »Doch stelle ich fest, dass du dich von den Strapazen der Wanderung gut erholt hast.« Auf dem Absatz wandte er sich um, verließ schnaufend das Krankenzimmer und riegelte die Tür ab.

»Laster und Fäulnis gären überall«, flüsterte Girolamo, »selbst in diesen heiligen Mauern nisten sie. Wo soll ich nur beginnen? O Herr, verleih deinem Diener Riesenkräfte!«

Am nächsten Vormittag verlangte der Lektor, in seine Zelle umsiedeln zu dürfen. Wortlos warf Bruder Tomaso ihm die von hilfreichen Novizen gewaschene und geflickte Kutte aufs Lager. Angetan mit dem wieder blütenweißen Rock des heiligen Dominikus schritt Girolamo wenig später durch den Kreuzgang.

»Willkommen! Willkommen!« Vor dem Kapitelsaal bereiteten ihm die jungen Mönche einen herzlichen Empfang. Er dankte und übersah gefasst, dass sich die meisten der grauhaarigen Mitbrüder nur ein dünnes Lächeln für ihn abrangen. »Morgen beginne ich wieder

407

mit den Lesungen«, versprach er allen und erstieg die beiden steilen Treppen zum Obergeschoss. Auf der letzten Stufe blieb er in stiller Andacht stehen. Über ihm an der Flurwand erstrahlte das wundersame Fresko des Fra Beato Angelico: Der Engel im fließend zartroten Gewand neigte sich unter Säulenbögen vor Maria und brachte ihr die Verkündigung. Ängstlich nahm die von dunkelblauem Stoff umhüllte Jungfrau die Nachricht entgegen.

»Kein Meister war so reinen Herzens wie du, Bruder Angelico«, flüsterte Girolamo. »Deine Fresken und Gemälde, sie sollten all den modischen und innerlich verderbten Künstlern zum Vorbild dienen.«

Er grüßte seufzend zum Bild hinauf und ging linker Hand durch den Flur. Leise knarrte der blank gescheuerte Holzboden unter seinen Schritten. Die siebte Zelle war ihm zugewiesen worden. Fast hatte er seine Behausung erreicht, als sich die Tür der Nachbarklause öffnete. »Vater?«

Der junge Mönch, der ihn bei seiner Ankunft mit versorgt hatte, trat rasch auf ihn zu. »Erinnert Ihr Euch an mich, Vater? Bruder Florinus. Damals war ich nur einer der Novizen. Inzwischen habe ich die Gelübde abgelegt und darf weiter studieren. Verzeiht, wenn ich Euch aufhalte. Ich wollte nur sagen, wie glücklich ich bin, dass Ihr wieder bei uns seid.«

»Danke, deine Herzlichkeit wärmt mich.«

»Ich muss wieder in die Bibliothek, ehe man mich vermisst.«

»Warte noch«, hielt ihn der Lesemeister zurück und fragte nach Domenico und Silvester.

»Ehe der Vater Prior nach Mailand abreiste, hat er beide mit einem Predigtauftrag weggeschickt. Vater Domenico musste nach Pisa, und Vater Silvester hat den Befehl erhalten, in San Gimignano den Kanzeldienst zu verrichten.«

»War das, bevor oder nachdem bekannt wurde, dass ich nach San Marco zurückkehre?«

»Das weiß ich nicht«, flüsterte Florinus. »Sie verließen das Kloster Anfang Mai. Warum fragt Ihr?«

»Nicht so wichtig. Nun lauf. Wir sehen uns morgen bei der Bibelstunde.«

Girolamo starrte dem jungen Bruder nach, bis er am Aufgang

der Treppe nach links in den Seitenflur abbog. War es Zufall oder Absicht, dass seine Freunde vom Prior wegbeordert wurden? Ich bin allein, dachte er, ohne jede Unterstützung muss ich den Kampf aufnehmen. Er betrat die enge Zelle, und sein Blick wurde von dem Wandfresko angesogen. Eine Fügung? Ahnte Fra Angelico, dass ich einmal hier wohnen würde? Dort thronte Christus mit verbundenen Augen, umgeben von Marterwerkzeugen. Ein Soldat spuckte ihm ins Gesicht. Hände schlugen auf den Gottessohn ein. Zu seinen Füßen verharrten andächtig die Jungfrau Maria und der heilige Dominikus.

Girolamo kniete nieder und beugte den Kopf über die gefalteten Hände. Nein, ich bin nicht allein, denn Gott hat mir die Mutter seines Sohnes und den Begründer unseres Ordens zur Seite gestellt. Warum sollte ich mich fürchten?

in dreibeiniger Schemel stand im Schatten des üppigen Rosenstrauches. Leichter Wind strich durch das rosafarbene Blütenmeer und verschenkte süßen Morgenduft an die Wartenden. Alle zwanzig Novizen, einige der Laienbrüder und nur beschämend wenige Patres hatten sich im Klostergarten von San Marco eingefunden. Die Jüngeren hockten, ausgestattet mit Griffeln und Schiefertafeln, dicht an dicht auf der Wiese und bildeten ein Halbrund vor dem noch verwaisten Sitzplatz des Lesemeisters. Den älteren, behäbigeren Mönchen waren die Bänke hinter ihnen vorbehalten.

Beim Einsetzen des hellen Stundenläutens verebbte das Getuschel. Alle Augen richteten sich auf den rechten Korridor, der vom Haupthaus in die Arkaden des Kreuzgangs führte. Pünktlich mit dem letzten Schwingen der Glocke erschien Fra Girolamo Savonarola aus dem Halbdunkel, blieb einige Schritte noch unter den Säulenbögen, dann trat er ins Licht des Gartens. Die Blicke begleiteten ihn auf dem Weg zum Rosenstrauch. Viel zu groß erschien das Kleid des Dominikus, allein der eng gezurrte schwarze Ledergürtel hielt den Stoff um den schmächtigen Körper fest. Blassrot schimmerte sein kurz geschorenes Haar, weiß war die Stirn. Über dem riesigen Nasenhöcker und den Wangenknochen aber spannte sich von der Sonne fleckig verbrannte Haut, seine dicklichen Lippen waren aufgesprungen und beide Mundwinkel entzündet.

Der *Lector principalis* hatte den Hocker erreicht, verharrte einen Moment mit dem Rücken zur Hörerschaft, dann legte er die große, ledergebundene Bibel auf dem Sitz ab und wandte sich um. »Wir haben uns im Namen des Herrn hier versammelt. Er sei uns gnädig und öffne unsere Ohren und Herzen für das Wort des Evangeliums.« Milde stahl sich in die blaugrauen Augen. »Seid gegrüßt, meine Brüder. Ich bin froh, wieder unter euch weilen zu dürfen. Zwar vermisse ich noch etliche der Väter unserer Gemeinschaft«, sanft sprach er den Vorwurf aus, »doch sind sie gewiss zu eingespannt in ihre Arbeit und haben noch nichts von meiner Rückkehr gehört. In Zukunft aber erwarte ich von jedem, dass er an den Bibellesungen teilnimmt, so wie es die Regel unseres Ordens vorschreibt.«

Zur Überraschung aller nahm er nicht Platz. Sein Blick glitt suchend über das freie Wiesenstück zwischen Hocker und den Schülern. Dann bückte er sich und pflückte behutsam eine zartblättrige, kleine Glockenblume aus dem Gras. Zwischen den Fingerspitzen hielt er sie hoch. »Seht ihr dieses Wunder? Welch eine Form! Welch eine Vielfalt an Farben verbirgt sich in der einen Farbe. Wo ist nun der Maler unter den Sterblichen, frage ich euch, wo der Künstler, der imstande wäre, auch nur solch ein armseliges Blümchen hervorzubringen? Es gibt ihn nicht! Meine Brüder, wie klein ist also alle irdische Schöpfungskraft, wenn sie bereits in den niedrigsten Geschenken der Natur so kläglich versagt. Wie unermesslich hingegen ist Gottes erhabene Allmacht. Sie vermag aus dem Nichts Dinge zu schaffen, welche dieses Pflänzchen an Würde noch unendlich übertreffen.« Er reichte die Glockenblume Bruder Florinus, der vor ihm in der ersten Reihe saß. »Bewahre sie zwischen den zusammengelegten Händen auf, bis sie verwelkt ist, und spüre dabei, wie das Wunder der Schöpfung dein Herz ergreift. Dies soll die erste Übung dieser Lesung sein.«

Girolamo sah von einem jungen Gesicht zum anderen, schließlich heftete sich sein Blick auf die Väter und Laienbrüder. »Darf ich euch alle einladen, dem Beispiel zu folgen.«

Die Novizen legten die Schreibtafeln zur Seite und gehorchten sofort, nach einigem Zögern bequemten sich auch die Grauhaarigen, bald krochen alle Anwesenden im Gras, und ein jeder pflückte sich eine Blume und kehrte auf seinen Platz zurück. Die Hände wie zum Gebet vor sich, saßen sie da.

»Ich danke euch. Wir können künftig getrost auf Schreibbretter verzichten. Keine gelehrten Disputationen sind nötig, wenn wir uns mit dem Wort der Heiligen Schrift beschäftigen. Ihm allein wollen wir uns zuwenden.«

Verstohlene Blicke wurden mit dem Nachbarn getauscht. War dieser sanfte Mann der gefürchtete Bußprediger, fragten sich die Neulinge. Ist das noch der hölzerne, überstreng asketische Mitbruder von damals, wunderten sich die Älteren.

Girolamo spürte das Erstaunen und dachte erleichtert: Herr, du hast mein Gebet erhört. Ja, diesen Weg will ich einschlagen. Nur wenn es mir gelingt, ihre Sinne zu wecken, werden sie bereit sein für deine Botschaft.

Er nahm die Bibel, setzte sich und öffnete sie auf seinen Knien. »Im ersten Zyklus der Vorlesungen werden wir uns täglich mit den Offenbarungen des Johannes beschäftigen.«

Unruhe entstand auf den hinteren Bänken. Der Subprior des Klosters war mit einigen Vätern erschienen und verlangte, sich setzen zu können.

Girolamo nahm die Störung gleichmütig hin, erst als alle Brüder wieder nach vorn schauten, begann er mit fester Stimme zu lesen: »›Dies ist die Weissagung Jesu Christi, die ihm Gott gegeben hat, seinen Knechten zu zeigen, was in Kürze geschehen soll und muss; und er hat sie gedeutet und gesandt durch seinen Engel zu seinem Knecht Johannes …‹«

Mit keinem Wort sprach er bei der Auslegung von den herrschenden Zuständen, vermied jede Warnung. Er bezog sich allein auf das geschriebene Wort und verwies auf Parallelen im Alten Testament. Sein Vortrag war ausgefeilt, seine Sprache zwar noch durchsetzt mit dem rauen Dialekt der Ferraresen, dennoch gelang es ihm, die Zuhörer in den Bann zu ziehen.

»›Siehe, Christus kommt mit den Wolken, und es werden ihn

sehen alle Augen und auch die, welche ihn gefoltert und zerstochen haben; und es werden heulen alle Geschlechter …‹«

Atemlos hingen die Schüler an den Lippen des Lesemeisters, niemand störte sich an seinem Nasenschnauben und Räuspern, selbst keiner der Väter gähnte oder flüsterte mit dem Nachbarn, zu eindringlich lebten die Bilder in ihnen weiter, die der Lektor wachrief.

»*Amen*. Und nun, meine Brüder, wendet euch wieder dem Tagewerk zu. Übermorgen erwarte ich euch zur gleichen Stunde in diesem herrlichen Hörsaal, den Gott uns mit dem Garten geschenkt hat.«

Langsam wich die Spannung. Bruder Florinus öffnete seine Hände und drückte einen Kuss auf das verwelkte Blümchen. »Danke«, flüsterte er.

Der Novizenmeister befahl seine Zöglinge ins Refektorium, dort wollte er die anstehenden Arbeiten verteilen. Der Klosteralltag nahm seinen Trott wieder auf; schnell leerte sich der Garten.

Mit ausgestreckten Armen kam der Subprior zum Rosenstrauch. »Bruder Girolamo. Welch eine Lehrstunde! Verzeih, wenn ich dich erst jetzt begrüße, umso herzlicher aber sei das Willkommen. Ich will nicht verhehlen, dass unser ehrwürdiger Prior wie auch ich mit gemischten Gefühlen deiner vom Ordensgeneral befohlenen Rückkehr in unser Kloster zustimmten.« Er drückte leutselig die schmächtigen Schultern. »Aber nach dieser Vorlesung bin ich beglückt. Du hast wahrlich an Reife und Herzensgüte zugewonnen.«

»Danke Vater. Euer Lob ermutigt mich.« Girolamo neigte pflichtschuldig den Kopf. »Darf ich fragen, wann der ehrwürdige Prior wieder von seiner Reise heimkehrt?«

»So beunruhigt? Seinetwegen?« Spott schwang in der Stimme. »Fürchtest du seine Strenge, oder hoffst du auf die Güte deines Gönners und alten Lehrmeisters?«

»Verzeiht meine Neugierde.«

»Schon vergessen. Weil ich dir mein Vertrauen beweisen möchte, gebe ich Antwort. Du weißt aus eigener Erfahrung, wir alle sind Diener des Ordens und haben zu gehorchen. Ein jeder füllt den Platz aus, der ihm zugewiesen wird. An Bruder Vincenzo Bandelli ist ein Ruf nach Mailand ergangen. Ob man ihn zum neuen Prior des Kloster Maria del Grazia wählt, werden die Mitbrüder dort entscheiden. Bei seinem Ansehen scheint mir dies aber sehr wahrscheinlich. Falls er noch einmal zurückkehrt, dann sicher nur, um Abschied zu nehmen.« Der Ton wurde selbstgefällig. »In der Zwischenzeit und bis auch wir einen neuen Oberen gefunden haben, untersteht mir San Marco. Ich bin ein zugänglicher Mensch, habe viel Verständnis für kleine Bedürfnisse, die uns das Leben in diesen Mauern erleichtern. Ein fröhliches Herz dient Gott leichter als ein verbittertes. In diesem Sinne baue ich auf deine Mitarbeit. Ich hoffe, du bist mit deiner Unterbringung zufrieden?«

»Der gedemütigte Christus blickt auf mich herab. Ihr hättet mir keine schönere Zelle aussuchen können.«

»Ja, der gute Fra Angelico, er lädt jeden von uns zur Besinnung ein.«

Widerwillen stieg in Girolamo auf. Aus deinem Munde, Subprior, tönt nur hohles Geklingel, dachte er, wann hast du das letzte Mal bußfertige Einkehr gehalten? Und selbst dein Lob, was ist es wert? Gewiss hat dir Bruder Tomaso längst schon von der Unterredung im Krankenzimmer berichtet. Deine Freundlichkeit kann nur scheinheilig sein! Im ersten Moment wollte er seinem Herzen Luft verschaffen, gleich aber befal er sich Mäßigung. Unterdrücke das Misstrauen und verdirb nicht die Saat, die du heute ausgebracht hast. Nutze vielmehr den kleinen ersten Erfolg. »Darf ich eine Bitte aussprechen?«

»Was begehrst du, mein Sohn? Etwa besseres Essen?« Der Obere lachte über den Scherz. »Nein, du nicht. So sehr kannst du dich nicht verändert haben. Nur heraus damit, was kann ich dir Gutes tun?«

»Als Lektor steht mir ein Assistent zu, der für mich Bücher besorgt, Schreibdienste verrichtet und mir auch sonst in allem behilflich ist. Ich bitte Euch, Bruder Florinus von seinen üblichen Studien zu befreien und mir als Kraft zur Verfügung zu stellen.«

»Mehr nicht?«

»Nein.«

Wieder lachte der Subprior. »Deine Bescheidenheit ehrt dich. Ab sofort sollst du unseren hübschen Bruder Florinus haben.« Zum Abschied tätschelte er ihm kurz den Handrücken und eilte mit wehendem Rock davon.

413

Girolamo sank zurück auf den Hocker. Nur langsam fiel die Anstrengung der vergangenen Stunde von ihm ab. Aus dem Schatten des Rosenstrauches schweifte sein Blick hinauf zum Kirchendach, streifte die Zellenfenster im ersten Stockwerk der Klostergebäude, glitt herunter zum halbdunklen Kreuzgang und kehrte schließlich zurück auf die Wiese vor ihm.

Er bückte sich, brach erneut ein rot leuchtendes Glockenblümchen ab und drehte es zwischen den Fingern. »San Marco«, flüsterte er. »Du solltest ein Hort der Demut, der Armut und Bescheidenheit sein, so wie es der heilige Dominikus vorschreibt. Aber wie zeigst du dich? Du lebst vom Gnadenbrot des Fürsten, und dies nicht schlecht. Dein Wohltäter deckt den Tisch und mästet dich mit Überfluss.«

Girolamo schloss die Lider. Von Cosimo Medici, dem Großvater des herrschenden Fürsten Lorenzo, waren Kirche und Gebäude vor mehr als fünfzig Jahren erworben und renoviert worden. Der beste Architekt baute, der begabteste Künstler schmückte die Wände mit ergreifenden Bildern aus der Lebens- und Leidensgeschichte Jesu Christi. Keine Bibliothek in Florenz besaß solch einen Schatz an weltlichen und theologischen Büchern wie San Marco. Cosimo Medici schenkte das Haus den Observanten des Dominikanerordens, den Brüdern, die zurückkehren wollten zur strengen Urregel. Sie sollten sich abgrenzen dürfen vom Pfründeschwelgen der Brüder in Sancta Maria Novella, dem Hauptkloster des Ordens in Florenz.

Von Beginn an war dieses Vorhaben sinnlos, dachte Girolamo, ein Hohn des Spenders auf die Reformbewegung und Selbstbetrug der Brüder. Warum von Tür zu Tür gehen und um Almosen bitten, wenn die Vorratskammern regelmäßig gefüllt sind? Warum den Rock flicken, wenn stets die besten Stoffe bereit lagen, um eine neue Kutte schneidern zu lassen? San Marco, über deinem Eingang prangt das Wappen der Medici. Die roten und die eine blaue Kugel im goldenen Feld stempeln dich ab. Du bist nichts anderes als das Hofkloster deines Gönners. Nicht Gott, sondern Seine Magnifizenz Lorenzo ist heute der Herr über dich. Und deine Insassen dämmern schläfrig und träge dahin.

Girolamo zerdrückte die Glockenblume in der Faust. »Mir ist vom Engel befohlen, das Volk dieser Stadt vor dem nahenden Unheil zu warnen. Doch auch euch, meine Brüder, muss ich aufwecken, euch zum Kampf für die wahre Umkehr bereitmachen.« Er ballte auch die andere Hand und starrte auf die weißen Fingerknöchel seiner Fäuste. »Zwei Aufgaben stehen vor mir. Und noch weiß ich nicht, welche von beiden schwerer zu lösen ist.«

Mit jeder Vorlesung erweiterte sich der Kreis. Nach zwei Wochen versäumte keiner der Patres mehr die Stunde des Lektors im Garten von San Marco. Wer von Beginn an teilgenommen hatte, glaubte, dass täglich neue Rosen im Strauch hinter seinem Schemel aufblühten.

Und Fra Girolamo entführte die Zuhörer in die mystischen Visionen der Offenbarung. »… als ich mich umwandte, sah ich sieben goldene Leuchter und in ihrer Mitte den einen, der war eines Menschen Sohne gleich, der war angetan mit einem langen Gewand und gegürtet um die Hüfte mit einem Goldreif …‹«

Kein gelehrtes Prahlen, keine neunmalklugen Verweise auf die großen Denker und Theologen verwürzten seine Auslegung des Textes. Obwohl die Redekunst recht schlicht war und seine Gesten immer noch eckig wirkten, Funken seiner inneren, aufgewühlten Leidenschaft sprangen über und entzündeten die Begeisterung in der mal staunenden, dann wieder erschreckten Zuhörerschaft. Oft wusste niemand im Garten, ob er von sich sprach oder weiter den Text der Schrift vorlas: »… und seine Augen waren wie eine Feuerflamme … und er hatte sieben Sterne in seiner rechten Hand, und aus seinem Munde ging ein scharfes, doppelschneidiges Schwert …«

Die Front seiner Gegner im Kloster bröckelte. Atemlos vergaßen einige der älteren Patres ihre Vorbehalte und ließen sich vom Lektor in den Bann ziehen. Durch ihn spürten sie zum ersten Male das Wort der Schrift lebendig werden.

»Fra Girolamo enthüllt Geheimnisse!« – »Düstere Wahrheiten bringt er ans Licht!« Diese Kunde drang aus San Marco nach draußen und verbreitete sich rasch in der Stadt.

»Ist das nicht dieser unsägliche Pfaffe von damals, der die Kirchen leer gepredigt hat?«

»Genau der. Doch er muss sich gewandelt haben. Kaum zu glauben, aber wahr: Ein völlig neuer Prediger soll aus ihm geworden sein.«

Mit welchen Rätseln er sich beschäftigte, wusste niemand recht zu sagen. Das Gerücht genügte und weckte die Neugierde. Stets war in Florenz der Hunger nach Sensationen ungestillt. Wer etwas auf sich hielt, für den durfte nichts Ungewöhnliches geschehen, ohne dass er nicht teilgenommen hatte oder zumindest genügend darüber wusste, um bei Gesprächen mitreden zu können. So strömten während der dritten Juniwoche auch Künstler, reiche Kaufleute und hoch gestellte Persönlichkeiten zu den Bibelstunden. Kaum noch fasste der Garten von San Marco den Andrang.

Und Fra Girolamo schloss die Augen, bis es ihm gelang, das jähe Gefühl des Stolzes zu unterdrücken, dann setzte er nach heftigem Knorzen seine Lesung fort: »›… fürchte dich nicht! Ich bin der Erste und Letzte und der Lebendige; ich war tot, und siehe, ich bin lebendig von Ewigkeit zu Ewigkeit und habe die Schlüssel der Hölle und des Todes …‹«

Laodomia wartete im Hinterhof des Palazzo Strozzi auf die Freundin. Vier geflochtene Einkaufskörbe mit Klappdeckeln standen vor ihren Füßen. Die Luft roch morgenfrisch; am Himmel spreizten sich dünne Wolkenrippen. Wird nicht ganz so heiß werden wie in den vergangenen Tagen, dachte sie, und wer weiß, vielleicht bekommen wir sogar endlich Regen? Sie rückte das mit zwei verblassten gelben Seidenblüten verzierte Hütchen etwas schräger aufs Haar und band die Haltebänder unter dem Kinn zu einer festen Schleife. Oder hätte ich zur Sicherheit noch ein Kopftuch mitnehmen sollen? Ach was, dieses alte Ding kann getrost nass werden, es gefällt mir ohnehin nicht mehr.

Früher als sonst war sie aufgestanden und hatte rasch mit Petruschka in der Küche gefrühstückt. Bis zum Mittag blieb ihr Gewürzladen geschlossen. Heute war der letzte Markt vor dem großen Fest zu Ehren des heiligen Johannes, des Stadtpatrons von Florenz, und sie hatte versprochen, der Russin bei den Einkäufen behilflich zu sein. Kein Opfer, im Gegenteil: Laodomia freute sich auf die gemeinsamen Stunden mit der Freundin, das Herumschlendern zwischen den Buden und Verkaufsständen, die fremden Gesichter und das Geschrei der Händler. Endlich komme ich mal wieder raus aus meinem Laden, dachte sie, muss nicht bedienen, darf selbst Kunde sein.

Petruschka trat in den Hof. »Hat was länger gedauert, Kleines.«
Leichte Ratlosigkeit bewölkte die blauen Augen. »Ich weiß auch nicht
wieso, aber irgendwie passe ich in meine guten Sachen nicht mehr
rein.« Die Haube stülpte sich wie ein Topf über ihr hochgetürmtes
Haar, das Leinenkleid war bis zum Hals geschlossen, und der mächtige Busen drohte jeden Moment den Stoff zu sprengen. Zwar fielen
Rock und Schürze in Falten von ihren Hüften, dennoch ließen sie
keinen Zweifel an den beachtlichen Rundungen von Bauch und Hintern. »Meinst du, ich bin dicker geworden?«

»Gott bewahre!« Laodomia unterdrückte ein Kichern und sagte so
ehrlich wie möglich: »Dein Sonntagskittel ist vom vielen Waschen
eingelaufen.«

Die Russin drohte ihr mit dem Finger: »Lügnerin.« Dann kniff sie
sich bekümmert in ihre Seitenwulste. »Du hast ja Recht, im Alter werde ich immer fetter. Ich muss unbedingt Stoff besorgen und mir was
Neues nähen.«

»Wie wäre es, wenn ich den Schwiegervater frage? Er schneidert
dir bestimmt einen Kittel der ... na ja, wie soll ich es sagen ..., also, der
alles einhüllt und trotzdem noch gut aussieht.«

»Untersteh dich. Soll unser schmächtiger Meister Belconi in Ohnmacht fallen, wenn er bei mir Maß nimmt?« Bei dieser Vorstellung
musste Petruschka selbst lachen, und Laodomia fiel vergnügt mit ein.

»Komm, Kleines. Wir müssen uns sputen. Frisches Gemüse und
Obst sind schnell ausverkauft.«

Jede bewaffnete sich mit zwei Körben. »Bist du bereit für unsere
Vorhölle?«, fragte Laodomia, wartete die Antwort nicht ab und öffnete die Pforte im Hofzaun.

Gleich schlug ihnen Gestank nach Urin und Kot entgegen. Sehr
zum Ärger der Anwohner wurde dieser dunkle Stichweg von Passanten als Latrine missbraucht. Die beiden Frauen achteten auf jeden
Schritt und atmeten erst wieder, nachdem sie in die Straße vor dem
Palazzo eingebogen waren.

Rechter Hand erstreckte sich die riesige Baustelle. Längst hatten
dort gut hundert Männer lautstark mit ihrer täglichen Arbeit begonnen. Wie auf einem Ameisenhügel schleppten sie Balken und Steine,
erkletterten Leitern oder vermengten Kalk und Sand mit Wasser. Lao-

domia schüttelte den Kopf: »Ich kann's kaum fassen. Jedes Mal, wenn ich hier entlanggehe, bleibt mir das Herz fast stehen. Sieh dir die Mauern an. Man erkennt schon, wo später die Eingänge sind. Und vor kaum einem Jahr waren hier nur Gräben und Schuttberge.«

Ohne den Arbeitern und hohen Holzkränen auch nur einen Blick zu gönnen, eilte Petruschka weiter. »Nichts als Dreck und Staub!«, schimpfte sie. »Wir putzen und putzen, aber sauber werden die Böden im Haus nicht mehr. Manchmal wünscht ich, die Erde würde sich auftun und alles müsste in einem großen Loch verschwinden.« Erschreckt über sich selbst, ließ sie den Korb in ihrer rechten Hand sofort im Kreuzzeichen auf und ab und zur Seite fahren. »Heilige Madonna, verzeih! So meine ich es nicht. Bringe keinen Schaden über unsern Herrn.«

»Nein, nur das nicht«, sagte Laodomia leise. »Er ist so stolz auf sein Werk.« Und sie dachte: Und ich bin froh, dass wir wieder zueinander gefunden haben.

Nach der furchtbaren Züchtigung war Filippo ihr fern geblieben. Sogar die wöchentliche Abrechnung ließ er von Alfonso, seinem ältesten Sohn und künftigen Nachfolger, bei ihr im Laden abholen. Anfänglich glaubte sie, der Onkel meide den Kontakt aus Scham und wolle ihr Zeit geben, den Vorfall zu vergessen. Sie nahm es als Zeichen ehrlicher Reue und suchte nach Entschuldigungen für ihn: Aus Eifersucht hat er mich geschlagen. Ist das nicht ein Liebesbeweis? Und dazu war er noch betrunken und nicht Herr seiner Sinne.

Doch bald schon erfuhr sie von Petruschka, dass aus dem Schlafgemach des Herrn wieder Nacht für Nacht die Schreie der jungen Gemahlin drangen.

»Das vierte Kind ist drei Monate alt, Kleines«, sagte die Freundin. »Jetzt ist Zeit für ein neues.« Weil Laodomia ihr Erschrecken nicht verbergen konnte, setzte sie bekümmert hinzu. »Gewöhn dich endlich dran, Kleines. Du kennst doch die Männer. Und unser Herr macht da keine Ausnahme. Und was ich so höre, ist er vielleicht sogar noch besser als viele andere.«

Nach Nächten der Verzweiflung hatte Laodomia sich selbst beschimpft: »Hör auf zu jammern! Du bist wirklich ein dummes, gutgläubiges Huhn!« Rücksicht oder sogar Reue einer Frau gegenüber kannte Filippo nicht. »Er schmeichelt nur, wenn ihm der Sinn nach mir steht ... und nicht nur allein der Sinn.«

So war es auch: Anfang Februar gab es keinen Zweifel mehr an der erneuten Schwangerschaft Selvaggias. Wenige Tage später kündigten handgeschriebene Danteverse und kleine, nackte Figürchen aus Marzipan in eindeutig frivolen Posen den Besuch des Herrn an. Dann gegen Mitternacht klopfte er selbst an die Geheimtür.

Ein mühsam verlegenes Lächeln; der Finger spielte im Lippenbart, während er kurz den unschönen Abend bedauerte; ein gönnerhaftes Lächeln, weil nach Auskunft seiner Spione Laodomia die Werkstatt Botticellis und den Kontakt mit Signore Cattani gemieden hatte; dann griff er nach ihr und spielte den Finger hinunter ins Vlies zwischen ihren Schenkeln. »Nichte, schönste Nichte.«

Es war eine Versöhnung, ohne dass Laodomia auch nur ein Wort hatte dazu sagen dürfen. Und sie war einverstanden gewesen, weil er die Macht besaß.

»Nein, das ist nicht wahr«, widersprach sie sich halblaut, während sie neben der Freundin an den hochragenden Mauern von Or San Michele entlangging. »Ich liebe ihn immer noch. Das ist der Grund.«

»Was redest du da?« Petruschka sah sie von der Seite an. »Erst dachte ich, du wärst stumm geworden, weil ich vorhin beinah den Bau verflucht hätte. Und jetzt höre ich was von Liebe.«

»Entschuldige. Ich war in Gedanken. Weißt du, Filippo zu begreifen ist nicht leicht ...«

»Schluss damit, Kleines. Kein Wort will ich heute mehr über die verdammte Liebe hören.«

Zwei Straßen weiter tauchte der Markt vor den Frauen auf, begrüßte sie mit Blumen, Lärm und Gewühle. »Da stürzen wir uns jetzt gleich rein.« Petruschka blieb stehen. Sofort wusste Laodomia, welche Anweisungen nun folgten; sie hätte mitsprechen können, hörte aber ergeben zu.

»Denk dran, die Händler sind alles Gauner. Auch die Bauernweiber. Mit dem scheinheiligsten Lächeln betrügen sie. Außerdem wimmelt es hier von Taschendieben. Ich trag den Geldbeutel unter der Schürze am Gürtel, hier auf der linken Seite. Deshalb geh links von mir, und bleib immer einen halben Schritt zurück. Alles verstanden?«

Laodomia nahm Haltung an. »Zu Befehl.« Sie bemühte sich, so tief wie ein Söldner zu sprechen: »Ich folge Euch, Hauptmagd unsres Generals Filippo Strozzi, in diesen unbekannten Sumpf. Egal wie dick oder dünn der Feind ist.«

Die Russin spielte mit: »Das will ich dir auch geraten haben.« Dabei rollte das ›R‹ nur so über die Zunge. Sie streckte die Körbe wie zum Angriff nach vorn: »Und jetzt: Abmarsch!«

Die Blumenstände waren schnell durchschritten, dann mussten sie sich langsamer durch das Gedränge vorkämpfen. Über die Köpfe der Leute hinweg grüßte Petruschka einige Mägde aus anderen vornehmen Häusern. Lautstark riefen sich drei mit ihr zusammen, fanden hinter einem Eselskarren ein stilles Plätzchen und fütterten sich, flüsternd von einem Ohr ins nächste, mit brandheißen Informationen. Erst nach dieser Sättigung des Gemüts ging es gestärkt weiter.

»Was gibt es Neues?«, wollte Laodomia wissen.

»Nicht viel«, winkte die Russin ab. »Gestern ist einer im Arno ertrunken. Hat sich wohl selbst reingestürzt, weil er zu viele Schulden hatte. Dann gibt es Streit um eine Mitgift, weil die Braut doch keine richtige Jungfrau mehr war. Rausgekommen ist es, weil sie nicht geblutet hat. Stell dir vor, die Eltern haben dem Mädchen von einer Kürschnerin ein Häutchen einnähen lassen. Ach ja, und dann wird jetzt viel geredet über einen Mönch drüben in San Marco; was Besonderes muss der an sich haben.«

»San Marco? Wie heißt der Mönch?«

»Über den Namen haben wir nicht geredet. So, Kleines, und nun rein ins Vergnügen.«

Der Preis für Bohnen war zu hoch. Petruschka feilschte, beschimpfte die Bauersfrau und kaufte schließlich zum halben Preis. Beim Käsestand hielt sie sich länger auf, kostete von der gelb schimmernden Torte, verzog das Gesicht, ging weg, kehrte wieder um, ließ sich noch eine Probe geben und wiegte den Kopf. »Ich weiß nicht. Ich weiß nicht.« Sie reichte Laodomia ein Stück. Der Käse zerging auf der Zunge. »Verdreh bloß nicht die Augen, Kleines«, raunte sie und

420

wandte sich wieder an den Händler. »Meine Herrin meint auch, das Zeug schmeckt nach deinen Füßen.«

»Willst du mich beleidigen?«

»Nein, deinen Käse kaufen, aber ich geb dir nicht mehr als fünf Soldis für eine Torte.«

»Du ruinierst mich.«

»Also gut, acht Soldis für zwei.«

Unter viel Gejammer erhielt die Russin ihren Willen. Auf dem Weg zum nächsten Stand zwinkerte sie Laodomia über die Schulter zu. »Jetzt weißt du, warum ich so fett werde. Jeden Markttag muss ich erst die Leckereien kosten, sonst weiß ich ja nicht, ob sie wirklich frisch sind. Warte nur, bis wir zum Schinken, dem Pökelfleisch und zu den kandierten Früchten kommen – und erst nachher beim Räucherfisch. Köstlich, sag ich dir, einfach köstlich!«

Die Freundin hatte nicht zu viel versprochen. Nach einer Stunde fühlte sich Laodomia gesättigt und dachte, nur gut, dass unsere Körbe randvoll sind, mehr passt auch in mich nicht hinein. »Und wie steht es mit dem Stoff für deinen neuen Kittel?«

»Meinst du wirklich, ich brauche einen? Na ja, was soll's! Zeit haben wir jetzt genug.«

Die nördliche Hälfte des Platzes war den Verkäufern von irdenem Geschirr, Glas- und Lederwaren, Tuchen und Küchengeräten vorbehalten. Keine Eile, kein Geschrei mehr, hier strömte ein bunt gewürfeltes Publikum langsam durch die Gänge. Zwischen den Buden flanierten Patrizier mit ihren Gemahlinnen; Bettler flehten um Almosen; übermüdete Gecken führten ihre nächtlichen Eroberungen aus; und zwielichtige Gestalten drückten sich an Mönchen vorbei. Nirgendwo sonst in Florenz trafen Bürger aus allen Schichten der Gesellschaft so eng aufeinander.

»Jeden Tag könnte ich herkommen und einfach zuschauen.« Laodomia schob sich neben die Freundin. »Das würde mir schon reichen.«

»Bleibst du wohl hinter mir!«, befahl Petruschka. »Täusch dich nicht, Kleines. Geklaut und betrogen wird hier noch mehr als drüben bei den Bauern und Fischern.«

Auch kleine Geldwechsler und Pfandleiher hatten in diesem Teil des Marktes ihre Tische aufgebaut. Sehr zum Ärger der stets wachsam herumschleichenden Steuereintreiber nutzten sie den Trubel aus, gaben ganz offiziell Kredite oder beliehen kleine Wertgegenstände, unter der Hand aber betrieben sie ihr eigentliches Geschäft mit gestohlenem Schmuck und unverzollten Waren. Ein rechtzeitiger Zugriff gelang den Beamten nur selten.

»Trauen darfst du hier keinem«, warnte die Russin. »Hab sogar von Taschendieben gehört, die sich eine Kutte angezogen haben.«

»O weh, wir sind in ein Nest von Spitzbuben geraten!«, spottete Laodomia, doch gleich lenkte sie ein: »Keine Sorge. Ich achte auf deinen Geldbeutel«, und blieb wieder einen Schritt zurück.

Schwer schleppte sie an den beiden Körben. Die massige Gestalt Petruschkas bahnte ihr den Weg vorbei an Spielleuten und Wahrsagern. Bei einer Gruppe von Gauklern nahm das Gedränge zu. Begeistert klatschten die Zuhörer und lachten, denn ein Zwerg lief herum und ließ sich die Münzen ins aufgesperrte Maul werfen. An ein Durchkommen war nicht zu denken. Eine Zeit lang genossen auch die Freundinnen das Schauspiel, schließlich wich die Russin in einen weniger belebten Gang aus.

Jäh fühlte sich Laodomia von hinten betastet; Arme umfassten sie, gleich kneteten Hände ihre Brüste. »Na, du geiles Weib?«, lallte ihr eine Stimme ins Ohr. »Hätte Lust, dir meinen Wunderknüppel zwischen die Beine zu schieben. Was kostest du?«

Im ersten Moment begriff sie nicht, dann fehlten ihr die Worte, und sie stammelte: »Hilfe!«

Der leise Ruf genügte. Petruschka fuhr herum. Den Angreifer sehen, die Körbe fallen lassen und ihn an den Haaren von der Freundin losreißen geschah beim ersten Atemzug, mit dem zweiten schlug sie zu und ohrfeigte, ohne ihren Griff zu lockern, den Kerl von rechts und links. »Du Schwein!« Noch ein gewaltiger Schlag. Der Mann fiel zu Boden und hielt sich die Schädeldecke. »Ich wollte bezahlen«, brabbelte er. »Bezahlen.«

Petruschka schleuderte ihm das samt Hautfetzen ausgerissene Haarbüschel auf den Nacken. »Wir haben nichts zu verkaufen.« Sie griff wieder nach ihren Körben. »Komm weiter, schnell.« Ehe sich Neugierige einfanden, waren die beiden Frauen schon im Strom der Leute verschwunden.

»Hat er dir wehgetan, Kleines?«

»Nein, nur angefasst, mehr nicht. Der Kerl war betrunken.«

»Schlimm genug. Zur Strafe fehlen ihm jetzt ein paar Zotteln. Wird ihm eine Lehre sein.«

»Danke. Niemand behütet mich so wie du.«

»Ach, Kleines, manchmal denke ich, das ist noch viel zu wenig. Aber Schluss damit.« Petruschka bemühte sich um Heiterkeit. »Kein Wort heute über Männer und Liebe. Hatten wir doch abgemacht, oder?«

»Na ja, eigentlich hättest du mich warnen müssen«, lockte Laodomia sie.

»Versteh ich nicht?«

»Ich mein, du hast von Taschendieben und Gaunern geredet, aber nicht von Frauenschändern, die sich hier rumtreiben.«

Prüfend blickte sich Petruschka nach ihr um. »Machst du dich lustig über mich?«

»Niemals.«

Dem Augenzwinkern der Freundin konnte die Russin nicht lange widerstehen. Ein Schmunzeln hellte ihr Gesicht auf. »Dann ist es ja gut.«

Am äußersten Ende des Marktes reihten sich die fest gezimmerten Buden der Tuchhändler und Schmuckverkäufer aneinander. Ein geschickt ausgewählter Standort, weil er leicht aus Richtung des Baptisteriums zu erreichen war. Hier flanierten und kauften vor allem Vornehme, die sich nicht tiefer unters gemeine Volk mischen und dennoch etwas von der Marktluft schnuppern wollten. Geschminkte Damen glitten unter ausladenden, mit Obst oder Vogelnestern besteckten Hüten dahin, andere trugen Gebilde aus Federblumen, an denen Perlen wie Tautropfen glitzerten; die Diktatur der Hutmacherinnen kannte keine Grenzen und fand genügend modesüchtige Sklavinnen in der Stadt. Bei den Herren wetteiferten bunte Beinlinge mit den grellen Farben des weitärmeligen Rocks, beinah ärmlich wirkte hingegen der dunkle, am Rand gepolsterte Samthut im Vergleich mit der Kopfpracht ihrer Begleiterinnen.

»Also, ich weiß nicht«, murmelte Petruschka, »wenn diese Herrschaften hier einkaufen, dann ist für mich alles viel zu teuer. Und guck dir die Wolken an, gibt bestimmt bald ein Wetter. Komm, lass uns wieder gehen.«

»Anschauen könnten wir uns die Stoffe doch. Bitte. Und wenigstens einen kleinen Blick auf die Schmuckstücke werfen.«

»Geh du. Ich warte hier.«

Laodomia stellte ihre Körbe vor der Russin ab und schlenderte zum Stand eines Goldschmiedes hinüber. Nach wenigen Schritten aber wurde sie von Petruschka zurückgerufen: »Sieh mal, wer da kommt!« Nur mit einem Nicken deutete sie in Richtung der Buden weiter hinten im Gang.

Laodomia reckte sich. »Einer, den ich kenne?«

»Das will ich meinen.« Die große Freundin kostete vergnügt ihren Sichtvorteil aus. »Na, da hinten. Jetzt geht er am Stand mit Seidenballen vorbei. Er scheint jemanden zu begleiten? Bei der Madonna, das ist aber ein feiner Herr an seiner Seite.«

Lass es nicht Rodolfo Cattani sein, flehte Laodomia und drängte: »Verflucht, nun sag schon.«

»Warte ab, Kleines. Die beiden kommen direkt auf uns zu.«

Aus der Menge tauchte ein Gesicht auf, Augen, Locken und Mund. Im ersten Moment stieg Wärme in Laodomia auf. »Raffaele.« Gleich aber runzelte sie die Stirn. »Was treibt er sich hier auf dem Markt rum?«

»Unser Prinz geht spazieren. Na und?«

Jetzt erkannte Laodomia auch den Herrn neben ihrem Sohn. Gerade führte er ihn zum Stand eines Schmuckhändlers, und beide begutachteten die Auslage. »Wieso kennt mein Junge den Grafen Pico?«

»Das wundert mich auch. Aber wir werden es ja gleich erfahren.«

Ohne etwas zu kaufen, lösten sich Raffaele und Pico della Mirandola von dem Glitzerwerk. Sie schlenderten jetzt vergnügt plaudernd auf die beiden Frauen zu. Eng gingen sie nebeneinander. Der Junge lachte über einen Scherz, und sein vornehmer Begleiter strich ihm leicht über die ausgepolsterten Schultern des Samtrockes. Sie waren nur noch wenige Schritte entfernt. Laodomia öffnete die Lippen, um ihren Sohn zu begrüßen. Raffaele aber streifte seine Mutter mit einem gleichgültigen Blick; die große Magd neben ihr beachtete er gar nicht.

»Und Ihr meint, ich könnte etwas lernen«, fragte er den Grafen, während sie im Bogen an den beiden Frauen vorbeigingen.

»Aber ja, mein Freund. Und solltest du nicht alles gleich verstehen, was der Mönch sagt, dann werde ich es dir später erklären.«

»Ich war noch nie in einem Kloster.«

»Dann wird es höchste Zeit.« Wieder berührte der Ältere die Schulter. »Allerdings nur als Gast. Es wäre zu Schade, wenn solch ein hoffnungsvoller junger Mann ...«

Den Schluss des Satzes verstand Laodomia nicht mehr. Mit offenem Mund starrte sie ihrem Sprössling nach. Erst als die Menge ihn und Graf Pico längst wieder verschluckt hatte, fand sie ihre Sprache zurück. »Nicht zu glauben. Der Sohn will seine Mutter nicht kennen.« Zorn wallte hoch. »Dieser Flegel. Geht einfach vorbei, als wäre ich eine Fremde. Was sagst du dazu?«

»Seltsam ist es schon ...«

»Ach was, seltsam. Frech und unverschämt ist solch ein Benehmen.« Laodomia trat gegen einen der Körbe. »Na warte, mein Herr Sohn.«

»Sei vorsichtig«, beschwichtigte die Russin. »Unser Käse kann nichts dafür.«

Das Grün in Laodomias Augen sprühte. »Ich werde ihn mir vornehmen, diesen eitlen Gecken. Hast du die Goldkette an seinem Hals gesehen? Von mir hat er den Schmuck nicht. Und ganz sicher auch nicht von seinen Großeltern, so viel Geld haben sie nicht. Aber ich frage. Jawohl, noch heute Abend gehe ich rüber zu den Belconis.«

»Beruhige dich, Kleines. Lass uns die Einkäufe erst mal in den Palazzo bringen. Dann setzen wir uns hin und reden. Ich mein', warum soll Raffaele nicht mit einem feinen Herrn über den Markt gehen? Darin sehe ich nichts Schlechtes.«

»Verdammt, ich auch nicht«, grollte Laodomia. »Aber seine Mutter wie Luft zu behandeln, das gehört sich nicht.« Mit Schwung packte sie die Körbe und stürmte voraus.

Gegen jeden Brauch stand die Klosterpforte von San Marco offen. Kaum jedoch war Graf Pico mit seinem jugendlichen Begleiter in die halbdunkle Eingangshalle getreten, fuhr eine weißbekuttete Gestalt auf ihn zu. »Halt! Keinen Schritt weiter.« Der Hüter der Schlüssel verschränkte die Arme. »Falls Ihr zur Bibelstunde wollt, Herr, dann muss ich bedauern. Der Garten ist überfüllt. Kommt das nächste Mal rechtzeitig.«

»Keine Ausnahme? Auch nicht für mich?« Mit sanftem Tadel setzte der schlanke Besucher hinzu: »Ganz gleich ob du nun Petrus oder Zerberus bist, Bruder Pförtner. Du solltest eine Brille tragen, wenn du den Freund Seiner Magnifizenz nicht erkennst.«

»O verzeiht. Wie konnte ich nur.« Tief knickte der Dominikaner ein. »Graf Pico della Mirandola, seid willkommen.« Hündischer Eifer sprudelte ihm jetzt von den Lippen. »Bitte seht mir die Unhöflichkeit nach. An den Vormittagen, wenn Fra Girolamo spricht, geht es hier zu wie in einem Bienenstock. Ich habe Befehl, den Andrang in Grenzen zu halten, und gerate dabei selbst an meine Grenzen. Keine Frage, Ihr dürft selbstverständlich noch teilnehmen.« Er zerknirschte das Gesicht. »Allerdings, muss ich gestehen: Ihr werdet keinen Sitzplatz mehr finden, und die Lesung ist in der Tat beinahe vorüber.«

Graf Pico zuckte mit den Achseln. »Wer zu spät kommt, darf sich nicht beklagen. Zumindest werde ich Fra Girolamo die Grüße Seiner Magnifizenz ausrichten und einige Worte mit ihm wechseln können. Dafür bin ich gewiss noch rechtzeitig hier.«

Erleichtert, den hohen Gast nicht verärgert zu haben, wies ihm der Dominikaner den Weg zum Garten.

Kaum waren sie außer Hörweite, sagte Raffaele: »Das gefällt mir. Wo ich mit Euch hinkomme, werdet Ihr gleich mit Ehrfurcht empfangen.«

»Ach, kleiner Narr, du lässt dich noch so leicht von Namen und Äußerlichkeiten blenden.« Röte stieg dem Jungen ins Gesicht. Gleich beschwichtigte ihn Pico. »Nein, nein. Keine Scham. Ich vergrabe mich viel zu oft in den Büchern, schwere Gedanken quälen mich nächtelang. Gerade weil du so entwaffnend unfertig bist, liebe ich hin und wieder deine Gesellschaft. Mit dir kann sich mein Geist erholen und der Leib entspannen.«

»Ist das wahr? Ihr braucht mich also wirklich? Und nicht nur für Botengänge und … und etwas Spaß?«

»Aber ja. Du bist der Erzengel meines Herzens. Und bleibst es, solange wir dieses Geheimnis vor anderen bewahren können.«

Raffaele straffte die Brust. »Von mir erfährt keiner was, da könnt

Ihr ganz beruhigt sein.« Da er während seiner Besuche in der Wohnung des Gelehrten aufgeschnappt hatte, dass eine Frage zu stellen schon ein Beweis von Intelligenz ist, fragte er: »Heißt der Mönch an der Tür nun Petrus oder Zerberus?«

»Sicher weder so noch so. Diese Namen stehen für die beiden großen Wächter. Es kommt darauf an, wo wir uns hier in San Marco befinden. Im Himmel oder in der Unterwelt. Da oben bewacht Petrus, da unten Zerberus den Eingang. Indes, der Bruder Pförtner hat den Scherz nicht verstanden.«

»Ich schon«, nickte der Dreizehnjährige eifrig, ohne auch nur etwas von der Erklärung begriffen zu haben.

Graf Pico sah milde darüber hinweg. »Deine Fortschritte erfreuen mich.« Er kraulte den Nacken des Jungen und flüsterte ihm zu: »Du weißt, jede Mühe, mir zu gefallen, zahlt sich aus. Dazu gehört auch, wenn du deinen Kopf ein wenig anstrengst.«

Bei der Aussicht auf noch mehr Taschengeld spitzte Raffaele die Lippen: »Alles, was Ihr verlangt, mache ich gern.«

Sie verließen den langen Flur und mussten gleich unter dem ersten Säulenbogen des Kreuzgangs stehen bleiben. Direkt neben ihnen auf der Wiese kauerten oder hockten weltliche Besucher, weiter vorn besetzten Patres die Bankreihen, und im Halbkreis umlagerten junge Mönche den Rosenstrauch. Durch die andächtige Stille schwangen die Worte des Predigers: »… es steht geschrieben: ›Siehe, ich komme bald; halte, was du hast, dass niemand dir die Krone nehme. Wer das Böse überwindet, den will ich machen zum Pfeiler im Tempel meines Gottes.‹« Fra Girolamo sah von der Bibel auf. Sein Blick schweifte über die Köpfe der Zuhörer und stieg weiter in den wolkenverhangenen Himmel. »Geliebte Brüder. Als ich heute Nacht mich auf diese Lesung vorbereitete, trat ich ans Fenster meiner Zelle. Was durfte ich sehen? Über mir funkelte der Sternenhimmel. Ihr Brüder, wenn der himmlische Palast schon außen in solch königlicher Pracht erstrahlt, welcher Glanz, welch blendende Herrlichkeit muss dann erst im Innern walten? Wie erhaben, wie selig müssen sie sein, die im Tempel Gottes ihre Heimat haben?«

Eine Windböe fuhr durch die Damaszenerrosen. Vom Strauch regneten Blütenblätter auf den Prediger nieder und bedeckten die aufgeschlagenen Seiten der Schrift. Die Zuhörer sahen es mit ergriffenem Staunen. Niemand im Garten beachtete die schwarze Wolke, die sich drohend über ihnen zusammengezogen hatte. Fra Girolamo aber sah unverwandt nach oben, jetzt sprach er schneller, eindringlicher: »Wie hoch steht über allem nun erst gar der Herr und König des Himmels! Dahin lasset uns eilen, dahin all unser Sinnen und Trachten richten.« Ruckartig wies er mit dem dürren Finger nach oben und sprach: »Amen!«

Wie auf sein Geheiß hin fielen die ersten dicken Tropfen, wurden mehr, schon entlud sich ein pladdernder Schauer über den Garten. Die Gemeinde saß erstarrt da. Von oben stürzten Fluten herab, Wind brauste. Als Erste erwachten die Patres und suchten Schutz im Kreuzgang. Bruder Florinus sprang nach vorn, nahm das heilige Buch von den Knien des Predigers und brachte es in Sicherheit. Überhastet verließen jetzt auch die übrigen Teilnehmer den himmeloffenen Hörsaal. Vornehme Patrizier drängten an Graf Pico und dem Jungen vorbei in den Flur. Ihre Gesichter leuchteten. »Wenn ich es nicht selbst erlebt hätte, würde ich es nicht glauben.« – »War es nun ein Wunder?« – »Kann sein. Mir war, als hätte Gott abgewartet, bis die Lesung vorüber ist.«

Raffaele sah verwirrt seinen Wohltäter an. »Er hat es wirklich regnen lassen. Was ist das für ein Mönch?«

»Es geht eine Kraft von ihm aus«, antwortete Graf Pico nachdenklich und murmelte vor sich hin: »Bei unserer ersten Begegnung wusste ich nicht zu benennen, was uns verbindet, was mich anzieht. Nun aber ahne ich: Deine Schale bricht auf, und ein Kern zeigt sich, aus dem eine ungeheuere Wahrheit hervorgehen wird.«

»Meint Ihr mich, Herr?«

»Frage nicht so dumm.« Spott zuckte in den Mundwinkeln des schlanken Gelehrten. »Eine solche Metamorphose wäre mehr als ein Wunder. Mein Freund, bei dir begnüge ich mich mit der schönen Hülle. Von ihm aber …«, er wies zu der schmächtigen Gestalt hinüber, die unbeweglich vor dem Rosenstrauch auf dem Schemel saß, als könne ihr der Regen nichts anhaben, »von diesem Mönch erhoffe ich Balsam für meine zerrissene Seele. Aber davon weißt du nichts. Nein, nein, schau mich nicht so ratlos an. Ich bin zufrieden mit dir. Und jetzt sei aufmerksam und höflich, zeige dich von deiner besten Seite, sobald wir den Prediger begrüßen.« Ohne sich an dem Unwetter zu stören, schritt er voraus. Gehorsam folgte ihm Raffaele, dabei schützte er vergeblich mit den Händen seine Lockenpracht.

»Ehrwürdiger Vater! Ich bin beglückt, Euch zu begegnen.«

Beim Klang der Stimme schreckte Girolamo hoch. Sein Blick irrte über das Gesicht des Störenfrieds, bald aber stahl sich Glanz in die Augen: »Gottes Wege sind unergründlich. Graf Pico della Mirandola. Welch eine Freude. Liegt der Palast Eurer Eltern nicht in der Nähe von Ferrara? Wie habt Ihr mich hier gefunden?«

»Weil Ihr gerufen habt. Ganz Florenz spricht von Euch; und da ich seit drei Jahren in dieser Stadt mein Domizil aufgeschlagen habe, drängte es mich, Euch zu begrüßen.«

Girolamo bemerkte mit einem Mal den niederprasselnden Regen. »Doch nicht hier.« Er sprang auf und bat den Gast mit seinem Begleiter, ihm rasch ins Trockene zu folgen. »Wie unhöflich von mir. Meiner Kutte schadet das Wetter nicht, Eure schönen Stoffe hingegen sind sicher verdorben.«

»Sorgt Euch nicht um die Kleider. Wenn es Eure Zeit erlaubt, möchte ich an einem ruhigen Ort kurz mit Euch sprechen.«

Ein Schnauben fuhr durch den Nasenhöcker, unmerklich bebten die wulstigen Lippen. »Hat sich der Subprior an Euch gewandt? Kommt Ihr auf sein Ersuchen zu mir?«

Erstaunt schüttelte Pico den Kopf. »Ich komme als Freund.«

»Verzeiht die Frage. Bitte folgt mir.« In eckigen Schritten geleitete der Lektor seine Gäste zum Sprechzimmer neben der Eingangshalle und schloss die Tür. »Hier sind wir ungestört.« Er überließ Graf Pico den Lehnstuhl, rückte noch zwei Hocker näher an den Tisch und richtete das erste Mal seinen Blick auf den jugendlichen Begleiter. »Bitte setze dich ...«

Ein Stich durchfuhr Girolamo, er stockte, schloss die Lider, öffnete sie wieder und durchforschte das Gesicht des Knaben. Kenne ich ihn? Doch woher nur? Und warum schmerzt mich sein Anblick so? Gleich zwang er sich zur Ruhe. Nein, das Fasten muss mir die Sinne verwirrt haben. Gib Acht, du siehst Bilder, die nicht existieren. Niemals bist du diesem Knaben begegnet. Oder doch? So beiläufig wie möglich wandte er sich an den Grafen: »Falls es Geheimnisse zu besprechen gibt, sollte Euer Diener nicht besser draußen warten?«

»Ihr habt Recht, Vater. Vorher jedoch möchte ich die Gelegenheit wahrnehmen, Euch meinen Helfer vorzustellen. Dies ist Raffaele. Kein Diener, sondern ein hoffnungsvoller Spross aus guten Verhältnissen. Er geht mir in mancherlei Dingen äußerst geschickt zur Hand.«

Girolamo lächelte dünn. »Willkommen, mein Sohn. Und du bist tatsächlich ein Kind dieser Stadt?«

»Ja, ehrwürdiger Vater. Ich lebe bei den Großeltern, mein Vater ist schon lange tot, und meine Mutter wohnt nicht mehr bei uns.«

»Du Ärmster. Sie hat dich und das Haus, wo sie hingehört, verlassen?«

Gewohnt, jedes Mitleid auszunutzen, schob Raffaele die Unterlippe vor und nickte.

»Ist sie wieder verheiratet?«

Der Junge schüttelte den Kopf, wollte erklären, der Prediger aber ließ ihn nicht zu Wort kommen. »Schande über die selbstsüchtigen Mütter, wenn sie ihre Pflicht dem Kinde und der Familie gegenüber vergessen. Und warum?« Jäher Eifer glühte in den Augen. »Von unkeuscher Lust und Gefallsucht getrieben, suchen sie die lockere Gesellschaft mit anderen Männern. Diese Weiber sollten …« Das Feuer erlosch. Leicht strich er Raffaele über die nassen Locken. »Mein Sohn, um deinetwillen solltest du diese Frau aus deinem Herzen verbannen. Ja, sogar ihren Namen vergessen.«

»Aber, so schlimm …«

»Schlimm ist nur der Anfang, ich weiß. Sei stark. So wirst du den Kummer bald überwinden und befreit die Augen heben.« Girolamo führte ihn zum Ausgang. »Und wenn du Rat benötigst, habe keine Scheu und komme zu mir in den Beichtstuhl. Dort findest du nicht nur Vergebung, sondern auch Trost.«

»Ihr seid sehr gut zu mir«, stammelte Raffaele. »Danke, Vater.« Er küsste die dargebotene Hand und stolperte hinaus.

Fra Girolamo ging ihm einen Schritt nach, überprüfte mit schnellem Blick, wer sich noch in der Halle aufhielt, dann schloss er wieder die Tür. Einen Moment lehnte er die Stirn an den Holm. »Bemerkenswert, dieser Jüngling.« Seine eckigen Schultern sanken, und beinah heiter wandte er sich dem Gast zu. »Nun weiß ich auch, wieso Ihr mich gefunden habt. Er war es, der Erzengel Raphael. Der Beschützer aller Wanderer führte Euch hierher.«

»Wie meint Ihr?« Mit Stirnrunzeln hatte Pico della Mirandola dem zornigen Wortschwall gelauscht, der sich über seinen Gespielen ergossen hatte; jetzt kostete es ihn Mühe, auf den Scherz einzugehen. »In der Tat, ein schöner Gedanke. Die Wahrheit aber mag nüchterner, jedoch nicht weniger schicksalhaft sein.« Er wartete, bis sich der Prediger zu ihm an den Tisch gesetzt hatte. »Ein ausführlicher Bericht meiner Odyssee würde zu lange dauern. Ihr sollt nur wissen, dass der Heilige Stuhl meine neunhundert Thesen verdammte und mich mit dem Bannfluch strafte. Ich floh nach Frankreich. Auch dort gab es kein Entrinnen vor dem strafenden Arm des Papstes. Allein die Fürsprache Seiner Magnifizenz Lorenzo rettete mich aus der Haft, und dank ihm durfte ich hier eine neue Heimat finden.«

»Der Tyrann zeigt nur Milde, wenn er einen Vorteil daraus gewinnen kann.«

»Richtet nicht zu streng!« Gleich senkte Graf Pico wieder die Stimme. »Vater. Auch Ihr verdankt dem Medici viel, denn es war Lorenzo, der Eure Rückkehr veranlasste. Ich soll Euch in seinem Namen willkommen heißen.«

»Dieser Mensch kennt mich nicht, weiß nichts von mir!«

»Ihr urteilt vorschnell. Der Fürst hat einen guten Eindruck von Euch gewonnen. Und zwar durch mich.«

Girolamo spürte eine heiße Welle der Scham aufsteigen. Er presste die Fingerknöchel an die Lippen. »Ich bin Euch zu Dank verpflichtet«, stieß er bitter hervor. »Nie hätte ich geglaubt, ein Günstling dieses Herrschers zu werden.«

»Nein, so dürft Ihr nicht denken. Ohne Unterstützung kann Euer Reformwerk niemals gelingen.«

»Ich weiß den Engel Gottes an meiner Seite.«

»Der Engel verleiht Euch die Kraft zu predigen. Doch um hier in Florenz zu bestehen, benötigt Ihr mehr, viel mehr.« Pico legte die offenen Handflächen auf den Tisch. »Bitte, Vater, seht in mir einen Freund. Ich biete Euch Hilfe und Rat an, weil ich hoffe, ja, weil ich daran glaube, dass Ihr mich von meiner inneren Unruhe befreien könnt.«

Ein Verbündeter aus dem Kreis, der zerstört werden musste? Girolamo senkte die Lider. Bisher hatte er einzig auf das scharf geschliffene Schwert des Wortes vertraut. Aber musste er sich nicht aller Waffen bedienen? Ein Gedanke fraß sich in ihn hinein, gebar Schlangenköpfe. Girolamo sah kalte Augen, sah gespaltene Zungen züngeln. Mit einem Mal vermochte er das Bild zu deuten: Der Gerechte darf, nein, er soll den Feind mit den eigenen Ruten geißeln! Ich gehorche nur deinem Befehl, o Herr. Ja, es ist wahr, der Graf kann nützlich sein. Wenn ich ihn zur Hingabe an dich, allmächtiger Gott, bekehre, wird er sein Vermögen für die gute Sache hingeben und dafür Seelenfrieden finden.

Langsam legte der Prediger seine Hände auf die offenen Handflächen. »Verzeiht mein Verhalten. Bei allen versteckten Anfeindungen hier in San Marco empfinde ich Eure Freundschaft als ein Geschenk. Jeder Rat ist mir willkommen.«

Graf Pico atmete auf. »Bisher kenne ich Eure Pläne nicht. Sobald Ihr mich aber einweihen wollt, ruft nach mir, und ich werde da sein.«

»Gott plant für mich den Weg«, sagte Girolamo bescheiden. »Ich kann ihm nur Schritt für Schritt nachfolgen.«

»Aber er fordert Euch jetzt schon zum nächsten Schritt auf.« Der Gelehrte umschloss die knochigen Finger. »Während der Bibelstunde durfte ich mich von Eurer Kraft überzeugen. Diese Hingabe. Diese klare Bildsprache. Kein Prediger in Florenz ist dazu fähig. Glaubt mir, der Klostergarten ist längst zu klein. Ihr müsst auf die Kanzel steigen. Viele Menschen sollen Euch zuhören.«

Ruckartig entzog sich Girolamo dem Griff. Aus Furcht, seine Miene könnte ihn verraten, floh er ans Fenster. »Eitelkeit liegt mir fern.«

»Ihr dürft Euch nicht verbergen«, mahnte der Gelehrte. »Wie heißt es bei Lukas? ›Niemand zündet ein Licht an und setzt es an einen heimlichen Ort oder unter einen Scheffel …‹«

Feierlich ergänzte Girolamo: »… sondern auf den Leuchter, damit wer hineingeht das Licht sehe.« Er wandte sich um. »Euer Vorschlag entspricht dem Wunsch zahlreicher junger Mönche in San Marco.

Auch mir ist es ein Bedürfnis, möglichst viele Ohren und Herzen zu erreichen. Ehe ich aber diesen Schritt wage, muss mir von meinem Oberen die Erlaubnis erteilt werden.« Wie unter Schmerzen krümmte er den Rücken und flüsterte: »Der Subprior und einige Patres haben sich gegen mich verbündet.«

»Seid Ihr sicher?«

»Ich weiß es, fühle es, lese es aus ihren Mienen.«

»Sorgt Euch nicht.« Pico gelang ein forscher Ton, der Spiegel seiner mandelförmigen Augen aber zeigte, wie die Befürchtung des Predigers allmählich auf ihn übergriff. Er verließ seinen Platz und näherte sich dem Ausgang. »Ich werbe bei meinen einflussreichen Freunden für Euch. Ihr sollt sehen, bald wird die Forderung nach Eurer Predigt so laut ins Kloster schallen, dass sich der Obere dem öffentlichen Druck nicht verweigern kann.«

»Danke.« Girolamo schnaubte, zerrte heftig an seiner durchnässten Kutte und dachte: Mein Gebet ist erhört worden. Er bemühte sich wieder um Haltung: »Diesem Drängen werde ich nachkommen, werter Freund.« Und als hätte er den Termin nicht schon längst in seinen Wachträumen geplant, erfand er ihn für den Grafen neu. »Zunächst beende ich die Vorlesungsreihe. Einige Wochen benötige ich zur geistigen Einkehr. Ich denke, der erste August. Ja, an diesem Sonntag könnte ich hier in unsrer Kirche auf die Kanzel steigen.«

»Und ich werde einer der Zuhörer sein«, versicherte Pico della Mirandola und öffnete die Tür. Gleich fuhr er zurück. »O Gott! Nein!«

Vor ihm stand ein Mönch, sein Kopf war groß, in dem fleischigen Gesicht lauerten kleine Augenpunkte. »Ich war gerade im Begriff anzuklopfen. Verzeiht, Herr, wenn ich Euch erschreckt habe.« Auf dem Absatz kehrte der Mönch um.

Girolamo wollte ihn aufhalten: »Kann ich dir helfen, Bruder Tomaso?«

»Es eilt nicht«, winkte der Lauscher ab und huschte davon.

»Jetzt habt Ihr den Beweis«, raunte Girolamo. »Jede Tür in San Marco hat Ohren. Wenn Bruder Tomaso das Datum meiner ersten Predigt kennt, so weiß es der Subprior noch vor dem Mittagsläuten.«

»Niemand wird Euren großen Tag verhindern. Ihr habt mein

Wort.« Graf Pico sah sich unbehaglich in der Eingangshalle um. »Auf bald, Vater.«

»Es war mir eine Ehre, werter Freund. Lebt wohl.« Mit einem Lächeln setzte Girolamo hinzu: »Gebt auf Euren Erzengel Acht, der uns so schicksalhaft wieder zusammengeführt hat.«

Vom Hüter der Klosterschlüssel wurde die Pforte weit geöffnet. Ohne ihn eines Blickes zu würdigen, eilte Pico della Mirandola hinaus. Erst nach einigen Schritten blieb er stehen. Er dehnte den Rücken, bewegte die Arme, als müsse er Fesseln abschütteln, und sog gierig die frische Luft in sich ein.

Der Regen hatte aufgehört. Tropfen schimmerten an den Blättern der Bäume. Die Wasserlachen auf dem Vorplatz dampften in der Sonne.

»Hier bin ich, Herr.« Raffaele hatte nahe des Kirchenportals gewartet. »Da drin in dem Gemäuer war es mir zu duster. Und kalt war mir auch.« Dicht trat er vor seinen Gönner hin. »Meine Kleider sind nass und Eure auch.«

»Früher konnte ich den frommen Mann nicht verlassen. Und glaube mir, es ist eine Wohltat, jetzt in dein helles Gesicht zu sehen. Aber weil du Geduld bewiesen hast, denke ich mir eine Belohnung für dich aus.« Der Graf zupfte am Kragen des Jungen. »Was meinst du, würde uns ein gemeinsames Bad erfreuen?«

»Schon wieder?« Das Zögern gehörte zur Spielregel. »So oft wie bei Euch habe ich mich noch nie gewaschen.«

»Warmes Wasser schadet nicht. Vor allem nicht, wenn auf dem Wannengrund kleine Münzen liegen, nach denen du tauchen kannst. Nun? Einverstanden?«

Raffaele ließ sich nicht länger bitten. Er folgte dem Gelehrten wie ein gehorsamer Schüler.

»Ach, hätte ich es nur rechtzeitig gewusst.« Mutter Belconi rang die Hände über dem Tiegel. »Alle Zutaten sind schon drin. Die Suppe ist fertig. Aber fünf Esser werden davon nicht satt.« Sie schickte einen klagenden Blick hinauf in den Rauchfang. »Gäste. O heilige Maria, warum hast du mir nicht einen Wink gegeben? Was mache ich nur?«

»Gräm dich nicht, Schwiegermutter.« Laodomia stand neben der

Unglücklichen am Herd. »Da wir in der Nähe waren, wollten wir nur kurz vorbeischauen, weil Petruschka den Vater was fragen möchte. Die Suppe reicht für euch.«

»Willst du mich beleidigen?« Violante schnappte nach Luft. Ihr ohnehin vom Kochen rot verschwitztes Gesicht geriet noch mehr in Glut. »Wenn sich die Belconis an den Abendtisch setzen, darf keiner zuschauen. Bei mir herrscht christliche Gastfreundschaft, Kindchen. Hast du das schon vergessen?«

»Nein, wie könnte ich auch?«, beschwichtigte Laodomia ohne jeden Vorwurf in der Stimme. »Dafür warst du eine zu strenge Lehrmeisterin.«

Das Kompliment spornte Mutter Belconi an. Wahre Küchenkunst zeigte sich erst, wenn aus einer Notlage dennoch ein köstlicher Sieg wird. Mithilfe des Kettenarms schwenkte sie den Tiegel vom Feuer und wischte ihre Hände gründlich an der Schürze ab. »Mehr Erbsen kann ich nicht dazugeben. Bis die weich sind, dauert es zu lange. Aber noch etwas Milch könnte ich aufkochen und mit weißem Brot andicken.«

Sich recken und einen passenden Henkeltopf aus dem Wandregal nehmen bereitete Violante nicht zu überhörende Mühe. »Kindchen, geh nur in den Hof, und setz dich zu deiner Freundin«, bat sie mit kleiner Stimme. »Du musst mir nicht helfen. Seit meine Beine so dick geworden sind, fällt mir das Hin- und Herlaufen schwer, aber geh nur, ich schaffe es schon allein.«

Diese Hexe, dachte Laodomia halb belustigt, sie weiß immer noch genau, wie sie mich einspannen kann. »Ich bleibe. Schließlich hast du durch uns jetzt mehr Mühe. Soll ich auch Petruschka hereinrufen?«

»Fremde dürfen nicht an meinen Herd«, wehrte Violante ab, ihr Ton wurde zunehmend munterer. »Es dauert noch ein Weilchen, bis mein Belconi aus der Werkstatt kommt. Raffaele ist auch noch nicht von der Arbeit zurück. Die Russin soll in Ruhe ihren Saft trinken und sich gedulden. Wir beide sorgen allein fürs Essen.« Mit dem Finger wies sie auf das Gewürzbord. »Ingwer. Der muss, so fein wie's geht, zerrieben werden. Danach mahlst du Safran. Aber nicht zu viel, der soll nur die Suppe schön gelb machen. Ach ja, und noch drei Eier, die schlägst du in eine Schüssel, aber nur den Dotter, hörst du …« Der Atem ging ihr aus. Ehe sie weitere Anweisungen geben konnte, flehte Laodomia: »Genug. Sonst vergesse ich die Hälfte.«

»Hast ja Recht«, lenkte die rundliche Frau ein und zerbröckelte helles Brot in die Milch. »Ja, Kindchen. Jetzt ist es so wie früher. Vermisst du uns nicht manchmal?«

Um ein Haar wäre Laodomia statt der Ingwerwurzel ein Finger in die Reibe geraten. »Es ist so, wie es ist.« Nur nicht die alte Geschichte aufwühlen, dachte sie, sonst wird nichts aus der Suppenvermehrung, und unser Abend ist verdorben, ehe er begonnen hat. »Ich komme schon zurecht, Mutter.« Um das Thema zu beenden, klopfte sie umständlich und betont laut die Gewürzreste aus der Raspel.

Von Petruschka war sie nach der Rückkehr vom Markt besänftigt worden, von ihr stammte auch der Vorschlag, gemeinsam die Belconis aufzusuchen. Kein Zur-Rede-Stellen! Hauptgrund sollte der neue Kittel sein, und so nebenbei könnte Laodomia die Schwiegereltern und den Sohn aushorchen. Erst als ein getrocknetes Sarfranstück in der Handmühle knirschte, nahm sie im Plauderton das Gespräch wieder auf: »Hab ich dich vorhin richtig verstanden? Raffaele hat eine Beschäftigung?«

»Ja, du kannst stolz auf unsern Jungen sein. Er treibt sich nicht rum wie so viele in seinem Alter. Keine Würfel, keine Karten, und auch nicht dieses verfluchte Fußballspiel.«

»Bist du sicher?«

Die Frage öffnete eine Schleuse: »Seit mein Prinz bei dem Gelehrten aushelfen darf, ist er richtig erwachsen geworden. Und in der Schule macht er auch Fortschritte. Wir sind ja nur einfache Leute, aber der feine Herr ist ja auch Lehrer. Bei ihm muss Raffaele schreiben und lesen üben, deshalb kommt der Junge oft erst im späten Nachmittag nach Hause. Die Milch kocht bald. Schlag das Eigelb etwas mehr, beeil dich, Kindchen. Ja, richtig erschöpft sieht der Junge manchmal aus. Aber weil er was lernt, schadet es ihm nicht. So, aufgepasst. Ich gebe jetzt langsam heiße Milch in die Schale, und du verrührst sie mit dem Dotterschaum. Um Gottes willen, schön gleichmäßig. Ich will keine Flocken, sonst müssen wir das Ganze noch durchs Beutelsieb schütten.«

436

Laodomia arbeitete geschickt. Die Legierung aus Milch und Eigelb gelang zur höchsten Zufriedenheit der Köchin. Violante gab den makellosen Sud in den Topf und schabte vom Holzbrett die zerriebenen Gewürze hinein. »Wenn wir jetzt nichts verschütten, kann nichts mehr daneben gehen.« Sie bewehrte die Hände mit Filzlappen, zwischen ihren Lippen erschien die Zungenspitze, behutsam hob sie den Henkeltopf vom Nebenschauplatz der Herdstelle und verlängerte mit dem Inhalt ihre Suppe. Wie eine Zauberin ließ Violante die Holzkelle im Tiegel kreisen. »Dieser Duft.« Nach der Nase prüfte auch die Zunge. »Nicht zu scharf. Nicht zu dünn. Genau richtig.« Jetzt durfte auch die Schwiegertochter kosten. »Na, was sagst du?« Sie gab die Antwort selbst. »So eine Suppe gibt's in keinem Palazzo.«

Laodomia hütete sich, der Künstlerin zu widersprechen. »Das ist wahr.«

Voll Stolz zog Violante den Kessel an der Kette etwas höher und schwenkte ihn zurück übers Feuer. »So, jetzt kann die Suppe getrost vor sich hin köcheln.«

Sie gönnte sich einen Seufzer der Schwäche; gleich aber forderten die letzten Vorbereitungen wieder ihre Kraft: »Fleisch? Die Bratenreste vom Sonntag hätten für meine Männer und mich gelangt. Aber mit euch beiden?« Mit dem Handrücken wischte sich Violante den Schweiß von der Stirn und hatte die Lösung gefunden. Kurzatmig watschelte sie zur Speisekammer.

Laodomia sah erschreckt ihren Gang. Unter dem langen Kittelsaum quollen unförmige Waden hervor und wulsten sich bis über die Holzschuhe. Triumphierend kehrte Mutter Belconi mit einer Schüssel zurück. »Huhn von gestern. Das schmeckt auch.« Sie stellte das Gefäß auf den Tisch. »Hier an diesem Flügel ist reichlich dran, Kindchen. Und wenn du die Knochen abschabst, wird's sogar mehr. Kalte Bratenstücke zur sämigen Erbsensuppe ist schon lecker, jetzt aber noch Hühnerklein! Ich sag jeden Tag zu Raffaele und meinem Belconi, seid froh, dass ihr mich habt. Bei mir bekommt ihr Köstlichkeiten wie die feinen Herrschaften. Nun beeil dich, Kindchen. Ich hacke inzwischen frische Petersilie und ein paar Minzeblätter.«

Nicht zu fassen, dachte Laodomia, während sie das Huhngerippe von den letzten essbaren Fasern befreite, es gibt bloß eine Suppe. Aber die Schwiegermutter kocht ihre Worte gleich mit, und daraus wird dann ein üppiges Mal. Gar nicht so falsch. Ich glaub, in Hungerzeiten könnte sie eine Familie satt reden, selbst wenn im Topf nur ein einziges Fettauge auf dem heißen Wasser schwimmt. Laodomia sah zu ihr hinüber. »Und der Vater staffiert Raffaele aus? Ich mein', nicht den Sonntagsrock. Wenn der Junge in einem vornehmen Haus verkehrt, muss er jeden Tag schöne Sachen tragen. Und die kosten Geld.«

»Nicht so schlimm, Kindchen. Vom Grafen bekommt er kaum getragene Mäntel und Hemden geschenkt, die ändert mein Belconi. Manchmal bringt der Junge sogar teure Seidenstoffe mit. Anstatt Lohn, sagt er.« Violante seufzte aus tiefster Brust. »Der vornehme Herr muss sehr zufrieden mit Raffaele sein. Na ja, meine Erziehung trägt eben Früchte. Und glaub mir, es war nicht immer leicht. Ganz allein musste ich sehen, dass aus dem Kind ein wohlerzogener junger Mann wird.«

»Und warum …?« Sofort biss sich Laodomia auf die Lippe. Von wegen gute Erziehung, dachte sie und kämpfte den aufsteigenden Zorn nieder. Mag ja sein, dass er sich bei dem Grafen gut benimmt, aber heute Vormittag hat er sich wie ein Flegel aufgeführt.

»Frag nur, Kindchen.«

»Ach, nicht so wichtig.« Laodomia ließ das blanke Huhngerippe auf den Tisch fallen und ging zum Wasserbottich hinüber. Keinen Streit, befahl sie sich, während sie ihre Finger wusch. Die eigentliche Frage musste noch warten, eine neue aber drängte einfach hinaus: »Ich mein', warum hat Raffaele mir nie etwas erzählt? Von seiner Arbeit bei Graf Pico?«

»Das kann ich dir wirklich nicht sagen.« Violante lächelte sanft und füllte die Petersilie in ein Schälchen, die Minzeblätter in ein zweites. »Ich jedenfalls weiß es schon lange.«

Nur weiter so, dachte Laodomia, gleich koche ich über, und du kannst deine Suppe alleine auslöffeln. »Meine Freundin langweilt sich bestimmt.«

»Ja, Kindchen, geh nur in den Hof. Hier gibt's nichts mehr zu tun. Wir essen draußen. Der Abend bleibt sicher mild. Ach, wir haben nicht genug Sitzplätze. Hinten beim Brennholz sind zwei Hocker. Seid so lieb und stellt sie an den Tisch.«

Laodomia hatte soeben die Küche verlassen, als hinter ihr Violantes Ton höher und spitzer wurde: »Florinus! Na, endlich. Wir haben Gäste. Soll ich mich denn um alles alleine kümmern?«

»Ich arbeite auch, meine Liebe. Dies weißt du nun schon seit mehr als dreißig Jahren.«

Beim Klang der ruhigen Stimme war Laodomia versucht, gleich umzukehren, doch sie ging zwei Schritte weiter in den Hof, gab Petruschka ein heimliches Zeichen, und beide lauschten.

»Mein Leben lang putze ich für dich und sorge, dass du gut zu essen bekommst. Und wo bleibt der Dank?«

»Ich lobe dich jeden Morgen, Frau. Jeden Abend.« Eine kleine Pause folgte, dann setzte der Schneidermeister gleichmütig hinzu: »Und, glaube mir, ich würde dich auf Händen tragen, wenn ich nicht so schwach wäre und du etwas leichter wärst.«

Die Lauscherinnen erstickten ein Kichern.

»Florinus! Nicht schon wieder.«

»Verzeih, dieser Scherz ist nun mal der einzige, der mir einfällt, um dich aufzuheitern.«

»Damit kränkst du mich! Dass ich zunehme, kommt nicht vom Essen.« Violante gelang ein Schluchzer. »Du weißt genau, was der Medicus sagt. Wassersucht. Täglich trinke ich diesen ekelhaften Brennnesseltee. Aber er hilft nicht. Du hast kein Mitleid mit deiner kranken Frau!«

Stille trat ein. Kein Schluchzer, kein Laut drang mehr aus der Küche nach draußen. Die Freundinnen tauschten bereits besorgte Blicke, als der Schneider ruhig fragte: »Besuch?«

Gefasst und wieder ganz als Herrin des Hauses kam Violantes Antwort: »Deine Schwiegertochter ist mit Petruschka zufällig vorbeigekommen. Ich habe sie zum Essen eingeladen.«

»Warum verrätst du das erst jetzt?«

»Sieh an, mit einem Mal wird der müde Hahn munter. Ja, geh nur raus zu den jungen Weibsleuten. Aber sobald ich rufe, kommst du. Mir ist der Tiegel zu schwer.«

Florinus betrat den Hof, begrüßte die Russin, dann nahm er Laodomias Hand mit beiden Händen. »Es ist lange her, viel zu lange. Ich habe dich vermisst.«

439

»Wie geht es dir, Vater?« Ihr Blick umarmte den zierlichen Mann. Er schien noch kleiner geworden zu sein, das Gesicht faltiger, die Finger feingliedriger.

»Ich will nicht klagen.«

»Und was ist mit deiner heilsamen Krankheit?«

»Der Ohrwind?« Meister Belconi fuhr verschmitzt mit dem einen Zeigefinger auf sein rechtes Ohr zu und ließ den anderen gleich danach aus dem linken Ohr davonfliegen. »Nun, er stellt sich immer noch zur rechten Zeit ein und rettet mich.« Beide lächelten. Mehr musste nicht gesagt werden. Trotz der selten gewordenen Besuche war die Wärme zwischen ihnen nicht erkaltet.

Von Santo Spirito setzte das Abendläuten ein.

Sofort tönte Violantes Stimme über den Glockenlärm: »Florinus!!«

Ordnung und Pünktlichkeit waren die obersten Gebote in ihrem Haushalt, daran erinnerte sich Laodomia nur zu gut.

Der Schneidermeister ging und kehrte mit dem Tiegel zurück. Schnell waren Holznäpfe und Löffel verteilt, stand das Brett mit kaltem Fleisch und Hühnerklein neben der dampfenden Suppe. Die Gäste rückten zwei Hocker näher, und das Schneiderpaar ließ sich auf den Bankkissen nieder. Der dritte Schemel blieb leer. Fragend blickte Meister Belconi seine Frau an.

»Bete, Florinus«, befahl sie. »Wir warten nicht. Unser Junge kommt sicher gleich.« Sobald Gottes Segen für das Mahl erfleht war, rechtfertigte sie sich bei den Freundinnen: »Raffaele weiß, was sich gehört. Er verspätet sich ganz selten. Nicht wahr, Florinus!«

»So ist es, Frau«, bestätigte dieser mit unbeweglichem Gesicht und schob seinen Napf näher an den Tiegel.

Laodomia senkte den Kopf. Also kommt der Prinz meistens unpünktlich zum Essen, dachte sie spöttisch. Er tanzt dir auf der Nase rum, Schwiegermutter. Und du willst es nicht wahrhaben.

Violante teilte die Suppe aus, achtete darauf, dass sich jeder mit Fleisch versorgte, und strahlte erwartungsvoll in die Runde. »Na? Ist diese Suppe nicht köstlich?« Ihr Blick galt der Küchenmeisterin des Palazzo Strozzi. »Sei ehrlich, damit könnte ich vor deiner Herrschaft glänzen.«

Petruschka beeilte sich zu kosten. »Aber ja. Sämig, keine Erbsenschalen und gut abgeschmeckt. Einfach wunderbar.«

Mit dem Lob war das Hausfrauenherz gewonnen. Liebevoll wurde sie von der Schneidersfrau aufgefordert: »Du wolltest doch meinen Belconi nach einem Kittel fragen. Nur zu, er hilft dir.«

»Ja, das ist so. Weil mir in dem alten zu eng ist ...« Zum Beweis atmete Petruschka. Der Busen spannte bedenklich den Stoff. »Deshalb meine ich, dass ich einen neuen brauche.«

Gleich wollte die Gastgeberin wissen, ob Wassersucht auch bei ihr für die Gewichtszunahme verantwortlich sei. Obwohl die Russin verneinte und dem vielen Naschen die Schuld gab, schnappte Violante nach Luft: »Also mit Wassersucht ...«

»Jetzt nicht, Frau«, fiel ihr Meister Belconi ins Wort und nickte der Magd zu. »Vorschnell würde ich mich nicht von einem lieb gewonnenen Kleidungsstück trennen.« Sein fachkundiger Blick glitt über die Schulter- zu den Seitennähten hinunter. »Aber hier scheint es tatsächlich angebracht. Selbst wenn ich Stücke einsetze, würde der Stoff doch bald zerschlissen sein.«

»Viel Geld habe ich nicht.«

»Schneider leben von reichen, eitlen Kunden, und dazu zählst du sicher nicht. Über den Preis einigen wir uns später. Du bist die beste Freundin meiner Schwiegertochter, also werde ich dir ein Kittelkleid nähen, vom besten Leinen, mit versteckten Taschen in den Rockfalten. Du wirst dich wohl fühlen.« Er blickte zum Himmel. »Es bleibt noch eine Weile hell. Nach der Suppe gehen wir rasch rüber in die Werkstatt.«

Petruschka biss vor Schreck auf ihren Löffel. »Maß nehmen?« Das schadenfrohe Grinsen der Freundin beunruhigte sie noch mehr. »Muss das sein?«

»Ja, natürlich. Ich pfusche nicht wie ein Flickschneider. Du wirst auch sicher noch ein- oder zweimal zur Anprobe herkommen müssen. Schließlich besitzt du bald ein Kittelkleid von Meister Belconi, und du sollst es mit Stolz tragen.«

Die Zauntür wurde aufgestoßen, zugeknallt. Raffaele schlenderte in den Hof. »Bleib ganz ruhig, Großmamma«, mahnte er dreist. »Ich konnte nun mal nicht früher ...« Jäh verlor er die Selbstsicherheit.

441

»Mutter? Und du, Tante Petruschka?« Sein Kinn zitterte.

»Überrascht, mein Sohn?«, fragte Laodomia sanft. »Da du so lange nicht mehr im Gewürzladen warst, dachte ich, wir besuchen die Schwiegereltern und sehen mal nach dir.« Sie winkte ihn näher. »Nun, begrüße Petruschka, und gib deiner Mutter einen Kuss.«

»Ich bin kein Kind mehr«, protestierte er lahm und gehorchte.

Ehe er sich nach dem flüchtigen Kuss aufrichten konnte, packte ihm Laodomia ins Haar und schnupperte an seinem Hals. »He, Kleiner. Du siehst nicht nur aus wie ein Galan, du duftest auch so.«

»Na und?« Der Trotz wurde stärker als das schlechte Gewissen. Raffaele befreite sich aus dem Griff. »Mein Herr wünscht, dass ich anständig gekleidet bin und gut rieche.«

»Ich hörte schon, dass Graf Pico einen guten Einfluss auf dich hat«, lobte Laodomia ohne den leisesten Vorwurf.

»Nichts riecht so gut wie meine Suppe.« Mit der Schöpfkelle in der Hand übernahm die Großmutter das Zepter. »Jetzt wird erst gegessen, ehe sie ganz kalt ist. Setz dich, Junge. Reden könnt ihr nachher.«

Raffaele beugte sich über den Tiegel und rümpfte die Nase. »Mag ich nicht.«

»Aber Junge? Das ist … Ich habe doch gekocht. Nur für dich.«

»Sei nicht traurig, Großmamma. Wenn ich Hunger hätte, würde mir die Suppe bestimmt schmecken. Weißt du, Graf Pico sitzt nicht gern allein am Tisch, und da musste ich ihm beim Essen Gesellschaft leisten.«

»Wie schade«, mühsam schluckte Violante ihre Enttäuschung herunter. »Na gut, ich bewahre dir etwas für morgen auf.«

»Bloß nicht. Wer weiß, ob ich morgen Hunger habe.« Raffaele gähnte betont laut. »War ein harter Tag.« Er schlenkerte seine Arme. »Ich leg mich hin. Gute Nacht.« Ein Lächeln in die Runde, und schon war er auf dem Weg ins Haus.

»Unterstehe dich!«, hielt ihn Laodomia fest. »So schnell wirst du deine Mutter nicht los. Bitte bleib. Ich bin so gespannt, was du bei Graf Pico zu tun hast.«

Raffaele wandte sich um und schlurfte zurück. Betroffen stellte Laodomia fest, dass er tatsächlich erschöpft und blass wirkte. Kein

Mitleid, befahl sie sich, erst will ich erfahren, welcher Teufel ihn heute Morgen geritten hat, dann darf er ins Bett. »Sei ein lieber Junge und setze dich zu mir. Wir müssen uns endlich mal wieder unterhalten.«

Der Ton in ihrer Stimme war den Erwachsenen ein unmissverständliches Zeichen. Vater Belconi bat Petruschka zum Maßnehmen. Selbst Violante zog sich ohne Protest mit dem Geschirr in die Küche zurück.

Laodomia streichelte die Stirn ihres Sohnes, ließ die Fingerkuppe über seine Nase gleiten. »Du hast tiefe Ränder unter den Augen. Ist der Graf sehr streng zu dir?«

»Nein, ich habe es gut bei ihm.« Die Antwort kam schnell; wie ertappt zögerte Raffaele und erklärte umständlich: »Das ist so, Mutter: Er verlangt viel. Meistens erledige ich Botengänge für ihn. Wenn er was geschrieben hat, dann schickt er mich mit der Mappe zum Drucker.« Immer wieder veränderte der Junge seine Sitzposition. »Oder ich muss ein Buch zur Bibliothek in den Palazzo der Medici zurückbringen. Und einen Hund hat er, so einen kleinen schwarzen Pudel, den führe ich auch aus.«

»Warum rutschst du ständig hin und her?«

Eine Blutwelle stieg Raffaele ins Gesicht. »Der Hocker ist mir zu hart.« Hastig griff er sich ein Sitzkissen von der Bank und schob es unter den Hintern. »Willst du auch eins?«

»Lass nur, mein zartes Prinzlein«, schmunzelte Laodomia belustigt. »Ich hab da unten etwas mehr Fleisch aufzubieten.«

»Wieso … wie meinst du das?« Raffaele starrte die Mutter an.

»Sei kein Dummkopf. In deinem Alter solltest du diesen Scherz verstehen.«

»Ach so«, lachte er gekünstelt. »Du meinst, weil Frauen dickere Pobacken haben als Männer. Ja, das ist mir auch schon aufgefallen.«

»Werde nicht albern«, unterbrach ihn Laodomia und dachte, irgendetwas stört mich an deinem Verhalten. Dann wusste sie den Grund: Es ist dein schlechtes Gewissen wegen heute Morgen. Warte nur, darauf kommen wir auch noch zu sprechen. »Wie oft gehst du zu Graf Pico?«

»Zwei- oder dreimal in der Woche. Und ich helfe ihm nicht nur.« Raffaele wurde eifrig. »Er will, dass ich klug werde. Darin ist er wirklich streng. Er diktiert mir lateinische Sätze, und ich soll sie ohne Fehler aufschreiben, dann muss ich nachdenken und mit ihm über den Sinn reden. Ganz ernst.«

Laodomia zeigte nicht, wie sehr das Mutterherz sich freute. »Aber für die Aushilfe erhältst du einen festen Stundenlohn?«

»So genau rechnet mein Herr nicht. Er gibt mir so viel Geld, wie er es für richtig hält, und wenn er besonders zufrieden mit mir ist, bekomme ich noch Geschenke zusätzlich. Sieh mal«, Raffaele spannte mit dem Finger sein goldenes Halskettchen. »Gefällt es dir? Eine kleine Anerkennung nennt mein Herr so was. Weißt du, er muss unglaublich reich sein.«

»Wie schön für dich, Junge. Sei fleißig, und enttäusche den Gelehrten nicht.« Nachdem sich nun auch die Frage nach der Goldkette von selbst gelöst hatte, war Laodomia überzeugt, dass Raffaele in Graf Pico einen guten, großzügigen Lehrherrn gefunden hatte. Übrig blieb die sonderbare Begegnung heute Morgen, und sie hoffte insgeheim, auch hierfür eine vernünftige Erklärung zu erhalten. »Raffaele. Warum hast du mich auf dem Markt übersehen?«

»Ach, Mutter. Bitte entschuldige.« Er sah sie treuherzig an. »Mein Herr hat mir verboten, mit anderen Leuten zu sprechen, wenn wir gemeinsam durch die Stadt gehen. Er will das nicht. Und du sagst doch selbst, dass ich ihn nicht enttäuschen darf.«

»Weiß er denn überhaupt, wer ich bin?«

»Ganz am Anfang hab ich 's ihm schon mal erzählt. Aber er hat gar nicht genau hingehört. Glaub ich. Auch von den Großeltern will er kaum etwas wissen. Er sagt immer: Belästige mich nicht mit Familiengeschichten. Weißt du, so sind die Gelehrten nun mal. Auch der fromme Mönch in San Marco hat mir gleich das Wort abgeschnitten. Kaum wusste er, dass meine Mutter eine Witwe ist und nicht mehr bei uns wohnt, da hättest du ihn hören sollen. Richtig wütend ist er geworden.«

»Warte, warte, nicht so schnell.« Laodomia fasste seine Hand. »Wie heißt dieser Mönch?«

»Fra Girolamo.«

»Bist du sicher?«

»Ich hab ihn doch selbst gesehen. Ein kleiner, magerer Mann mit einer riesigen Nase. Erst hat er es regnen lassen, da gefiel er mir gut. Aber nachher im Besucherzimmer, da hab ich mich beinah vor ihm gefürchtet.«

Langsam erhob sie sich und ging durch den Hof. Er muss es sein. Vor dem sorgfältig geschichteten Brennholz blieb sie stehen. Mein pickeliger Fensterfreund ist also wieder in der Stadt. Die letzte Begegnung mit ihm kehrte zurück. Wie abfällig hatte er sie behandelt! O vergebt, ehrwürdiger Vater, Ihr habt ja gar keine Mitesser mehr. Sie nahm ein schmales Scheit, versuchte es hochkant auf den Stapel zu stellen. Erst als sie es mit dem unteren Ende in eine Lücke klemmte, blieb das Holz aufrecht stehen. Genau getroffen, das ist Fra Girolamo Savonarola ohne Kutte: steif und dürr. Nein, sei nicht so rachsüchtig, ermahnte sie sich. Bestimmt hat er sich geändert. Ich kann's zwar kaum glauben, dass er inzwischen das Predigen gelernt hat, aber wenn selbst die Leute auf dem Markt über ihn reden, muss ja was Besonderes an ihm dran sein.

Voller Schwung kehrte Laodomia zum Tisch zurück. Ihr Prinz lag inzwischen mit halbem Oberkörper über der Holzplatte und hatte den Lockenkopf auf die verschränkten Arme gebettet. »He, hier wird nicht geschlafen.«

»Aber ich habe mich doch entschuldigt.«

»Schon gut, mein Sohn.« Vergeben war die Unhöflichkeit, vergessen der mütterliche Erziehungsdrang. Laodomia rückte dicht an seine Seite: »Du hast den Mönch also gesprochen? Nein, ganz von vorn. Graf Pico und du, ihr seid ins Kloster gegangen. Damit beginnst du. Und jetzt erzähle schön langsam und ausführlich. Ich will alles wissen: Vom Regen, wie er geredet hat, wie er aussieht und was er über mich und die Witwen gesagt hat.«

F lorenz lächelte im Schlaf. Auf den abendlichen Sommerfesten war die Musik längst verstummt. In den Spielhöllen lagen Karten und Würfel verlassen zwischen leeren Bechern und zerlaufenen Kerzenstummeln. Aus dem Schlafsaal des Findelhauses neben der Kirche Santissima Annunziata drang leises Atmen und Schniefen. Kein Singen, kein Streiten und Weinen mehr. Ob Müßiggänger oder Arbeiter, ob Spieler, Hausfrau oder Geschäftsmann, Künstler oder Gelehrter, die Müdigkeit deckte sie alle zu. Morgen war Sonntag, und dies bedeutete ausschlafen, sich noch einmal in den Kissen umdrehen und für die elternlosen Kinder weißes Brot und honigsüße Milch.

Geißelhiebe! Im Obergeschoss des Klosters San Marco, in der siebten Zelle des linken Flurs lag Fra Girolamo vor dem Fresko des verhöhnten Christus auf den Knien. Sein Arm fuhr in gleichmäßigem Rhythmus mit der fünfschwänzigen Peitsche hoch, und abwechselnd über die rechte oder linke Schulter hinweg klatschten die bleigespickten Lederriemen auf den nackten Rücken. »Herr, erhöre mein Gebet, und lass mein Schreien zu Dir dringen …« Speichel klebte an den wulstigen Lippen, tonlos zitierte er immer wieder die gleichen Verse aus dem Psalm. »Verbirg Dein Antlitz nicht vor mir in der Not …«

Weit entfernt, aus dem Innern des Klosters, kündigte dünnes Glockenschlagen die zweite Stunde nach Mitternacht an. Zeit für den Nokturngesang. Türen klappten auf dem Flur; unter den Schritten knarrten die Bodendielen. Girolamo unterbrach die Kasteiung nicht. »… neige Dein Ohr zu mir; wenn ich Dich anrufe, so erhöre mich bald …«

Leises Klopfen. Die Tür wurde einen Spalt geöffnet, und Bruder Florinus schlüpfte in die Zelle. Kaum sah er den blutstriemigen Rücken, presste er die Hand vor den Mund, um ein Würgen zu unterdrücken. Der junge Mönch zögerte, dann wagte er sich bis zum Wandbild vor. »Ehrwürdiger Vater«, hauchte Florinus und drang nicht bis zu dem Büßer vor, er versuchte es lauter: »Ehrwürdiger Vater. Ihr habt mich beauftragt, Euch an die Nokturn zu erinnern.«

Die Geißel sank. Girolamo Savonarola hob langsam den Kopf. Sein Gehilfe wich einen Schritt zurück. Im schwachen Widerschein der Kerzen brannten ihn Augen an. »Hast du gewacht, mein Sohn? Wie ich es dir befohlen habe?«

»Ja … das heißt, nein«, stammelte Florinus. »Ich wollte wachen, bin aber über den Gebeten eingeschlafen.«

»Deine Schwäche bekümmert mich.« Der Prediger heftete den Blick auf die verbundenen Augen des Erlösers im Fresko an der Wand.

»Ich verrichte hier vor seinem Angesicht meine Pflicht. Gehe ohne
mich in die Kirche, und setze danach die Bittgebete fort. Gerade heute
benötige ich Fürsprache.«

»Darf ich Euch nach Sonnenaufgang … ich meine später, nach der
Sext … etwas Brot bringen?«

»Wage es nicht. Völlerei lähmt den Verstand. Mein Geist soll geschärft bleiben. Ich faste, bis die Predigt vorüber ist. Und nun geh.«

Noch während Bruder Florinus die Zelle verließ, setzte das Klatschen der Geißel wieder ein. »… denn ich esse Asche wie Brot«, zitierte Girolamo aus dem Psalm, »und mische meinen Trank mit Weinen
vor Deinem Drohen und Zorn, weil Du mich aufgehoben und zu Boden gestoßen hast …«

Denn heute war Sonntag, der 1. August, im Jahre des Herrn 1490.

Gegen Mittag füllte sich erneut das Kirchenschiff von San Marco.
Noch erinnerte Duft nach Weihrauch und Kerzen an den Messgottes-
dienst wenige Stunden zuvor, jetzt aber drängten die Bürger hinein,
um endlich den geheimnisvollen Mönch zu sehen, seine Predigt zu
hören. Bisher hatten nur wenige Auserwählte im Klostergarten teilnehmen dürfen, nun war jedermann willkommen; selbst Frauen blieb
der Eintritt nicht verwehrt. Die Enge nahm zu; neben Kaufleuten,
Gelehrten und Künstlern hockten Handwerker, Tagelöhner und Be-
dienstete aus den Herrschaftshäusern. Auf der linken Seite wogten
Hüte neben Kopftüchern und schlichten Hauben. Bald reichten die
Bänke nicht mehr aus. Unablässig aber strömten neue Zuhörer nach,
füllten den Mittelgang, wichen in die Nebengänge aus; an Geschlech-
tertrennung dachte niemand mehr. Schließlich kam der Fluss zum
Stillstand. Für Nachzügler gab es keinen Platz mehr, bis zu den Git-
tern vor dem Altar war das Gotteshaus voll gestopft.

Die Glocke schlug.

Aus dem hinteren Klosterzugang huschten Mönche und Novizen herein. Weil der Andrang so unerwartet groß war, blieb ihnen
nur noch der Chorraum, und selbst dort genügte das Gestühl nicht.
So saßen die Älteren, und die Jüngeren standen vor ihnen und versperrten die freie Sicht zur Kanzel an der rechten Längswand der
Kirche.

Mit dem letzten Glockenton erschien Fra Girolamo im Predigtkorb über der Gemeinde. Allein die Nächststehenden hatten ihn
die Stufen hinaufsteigen sehen, für die Menge aber war er so unvermittelt aufgetaucht, dass einige bei seinem Anblick erschreckt das
Kreuzzeichen schlugen. Ein knochiges, bleiches Gesicht, umrahmt
vom Schwarz der Kapuze, eine Zeit lang schienen nur die Augen zu
leben, dann öffneten sich die bläulich dicken Lippen: »Der Herr sei
uns gnädig und öffne unsere Herzen für das Wort des Evangeliums.«
Zittern befiel die Schultern. Beide Hände klammerte der Prediger ans
Lesepult und schnaubte heftig durch die Nase. Als der Schwächeanfall
verebbte, setzte er neu an: »Wir lesen in der Offenbarung des Johannes: ›Wer da überwindet und hält meine Werke bis ans Ende, dem
will ich Macht geben über die Heiden; und er soll sie weiden mit
einem eisernen Stabe, und wie eines Töpfers Gefäße soll er sie zerschmettern.‹« Die Faust schnellte vor, verharrte starr über den Köpfen
der Zuhörer. »Brüder, Schwestern! Die Zeit drängt. Was seid ihr für
ein erbärmliches Christenvolk. Ihr verherrlicht das Böse …«

Mit krächzender Stimme klagte Fra Girolamo die Missstände
an, legte den dürren Finger in die schwärenden Wunden der florentinischen Gesellschaft. Kein versöhnliches Bild linderte den ätzenden
Redefluss. Atemlos mussten seine Zuhörer in den Spiegel sehen und
vermochten sich dessen nicht zu erwehren. Der Mönch zeigte ihnen
die Wahrheit, führte ihnen schonungslos das Nackte und Verdorbene
vor Augen: »Die Guten werden verlacht … Täglich nehmen die
Sünden zu … Wer hält sich noch in der Stadt an überlieferte Lebensregeln? Die heiligen Sakramente werden schamlos entweiht …« Während er immer schneller sprach, hieb er die Fäuste aufs Rednerpult,
gerieten seine Schultern in Zuckungen. Als das Ende der Predigt nahte, riss er die Arme wie eine Furcht erregende Holzpuppe in die Höhe:
»Seht ihr nicht diese Zeichen? Das Strafgericht steht bevor! Besinnt
euch, Brüder und Schwestern. Denn der Allvater auf seinem Throne
hält das Buch in der Hand, das Buch verschlossen mit sieben Siegeln.
Nur einer ist mächtig, die Siegel zu erbrechen, es ist Christus, das
Lamm Gottes. Amen.« Fra Girolamo hielt inne, sah zum ersten Male
direkt in die Gesichter unter ihm, und als müsse er sich schweren Herzens zwingen, teilte er allen mit: »Was sich hinter jedem einzelnen

dieser Siegel verbirgt, ist Johannes vom Engel offenbart worden. Und darüber, liebe Brüder und Schwestern, werde ich kommenden Sonntag während der Bibelstunde sprechen.« Er schloss die Augen. »Geht, geht heim in eure Wohnungen. Beugt euch unter die Gebote des Herrn. Denn die Zeit der Reue wird bald verstrichen sein.«

Der Mönch wandte sich um. Sein schwarzer Mantel verbarg die Gestalt vor den Blicken.

Keine Eile mehr, kein Gedränge. Gesenkten Kopfes verließen die Zuhörer nach und nach das Gotteshaus. Jede Heiterkeit war von ihnen gewichen, die bunten Hüte der Damen hatten an Farbe verloren, selbst das Sonnenlicht auf dem Vorplatz schien trüber geworden zu sein.

Vor dem schmalen Ausgang zu den Klostergebäuden erwartete der Subprior den Prediger. »Welch ein Unterschied, Bruder!« Kaum gelang es ihm, die Empörung zu verbergen. »Ist der Lesemeister im Klostergarten ein anderer als der, den ich vorhin auf unserer Kanzel erleben musste? Der eine spielt mit Glockenblumen, der andere speit Unheil. Wenn es zwei Personen sind, dann sage mir, welche von beiden du bist?«

»Ich gehorche meiner inneren Stimme.« Girolamo grub die Knöchel der rechten Faust in die linke Handfläche. »Ich bin der Wahrheit verpflichtet. Und Ihr werdet mich nicht mehr hindern können, sie hinauszuschreien.«

»Es sei denn, dir wird von höherer Stelle …«

In diesem Moment näherte sich Graf Pico della Mirandola den beiden. Der Subprior senkte die Stimme. »Gib Acht, Bruder«, höhnte er. »Solltest du auf diese Weise fortfahren, werden dir deine einflussreichen Freunde bald schon die Gunst entziehen. Ich muss erst gar nicht nachhelfen.« Er verneigte sich kurz vor dem Gelehrten und eilte davon.

»Ein gelungener Auftakt, ehrwürdiger Vater. Eure Predigt wird sicher großes Echo in der Stadt hervorrufen.« Graf Pico lächelte dünn. Im Blick der mandelförmigen Augen aber stand Besorgnis. »Erlaubt mir eine Anmerkung als Freund: Ich vermisste etwas Leichtigkeit in der Sprache und Eleganz in der Gestik, aber ich bin fest überzeugt, dass Ihr diese Mängel selbst erkannt habt.«

»Danke«, krächzte Girolamo. Das Herz pulste Blut hinauf, es stieg in seine Kehle, überschwemmte die Ohren. Nur undeutlich vernahm er die Stimme: »Gewiss seid Ihr erschöpft und müsst Euch ausruhen. Lebt wohl.«

»Danke.« Ohne Gruß blickte Girolamo dem Gelehrten nach. Mit einem Mal fühlte er, wie seine Knie drohten, den Dienst zu versagen. Er musste sich an die Mauer lehnen, suchte mit den Fingern nach einem Halt an den Steinen.

»Darf ich Euch helfen, Vater?« Bruder Florinus hatte still in der Nähe gewartet, jetzt war er zur Stelle und griff ihm vorsichtig unter die Arme. »Ich geleite Euch hinauf in die Zelle.«

»Nur ein kleiner Anfall von Schwäche«, flüsterte Girolamo. »Mehr nicht.« Gestützt von seinem Adlatus tappte er durch den Kreuzgang. »Sage mir, haben meine Worte die Menschen erreicht? Du warst näher bei ihnen, du musst es wissen.«

»Ihr habt sie aufgewühlt, Vater.« Der junge Mönch geriet ins Schwärmen. »Es gab kein Geflüster, keine gelangweilten Blicke. Ihr habt die Zuhörer gefesselt. Auch ich hing gebannt an Euren Lippen.«

»Das ist gut.« Girolamos Schritt wurde etwas fester.

Sie hatten den Flur entlang des Kapitelsaals hinter sich gebracht und bogen zur Treppe ab. Unvermittelt löste sich eine Gestalt aus einer dunklen Nische. »Ich sehe, du bist geschwächt, Lesemeister.« Bruder Tomaso vertrat ihnen den Weg. »Folge mir zum Krankenzimmer. Ich werde dir einen Trank bereiten, der nicht nur kräftigt, sondern auf wundersame Weise auch beflügelt.« Die fleischige Gesichtsscheibe glänzte vor Güte. »Ich denke, nach dieser Predigt hast du solch eine Stärkung nötig.«

»Danke. Ich weiß dieses Angebot zu schätzen.« Girolamo drängte an dem Heilkundigen vorbei. »Heute genügt mir Brot und Wasser.« Sein Fuß rutschte von der ersten Treppenstufe ab. Nur mit schnellem Griff konnte Florinus den Sturz verhindern.

»Vielleicht solltest du doch meine Kunst in Anspruch nehmen?«, rief ihm Bruder Tomaso nach. »Wenn nicht heute, dann später. Ich bin jederzeit bereit, dir zu helfen.«

Girolamo antwortete nicht. Als müsse er fliehen, stieg er mithilfe seines Adlatus hastig die Treppe hinauf.

Sobald sie außer Hörweite waren, fragte Florinus: »Warum seid Ihr so schroff zu ihm? Er wollte Euch nur Gutes.«

»Und davor muss ich mich hüten. Nicht jeder, der Gutes will, tut es auch.« Girolamo hielt inne. Der Anflug von Zweifel in dem hellen Gesicht warnte ihn. Säe kein Misstrauen, befahl er sich, diese jungen Mönche bewundern dich. Schmälere nicht dein Ansehen. Vor ihnen musst du über jeden irdischen Machtkampf erhaben sein. Sie sind noch voller Ideale und deshalb gegen Versuchungen dieses schamlosen Laienbruders gefeit.

Er legte schuldbewusst die Hand auf sein Herz. »Mit Recht hast du mich ermahnt, mein Sohn. Weil ich erschöpft bin, war ich zu abweisend. Bruder Tomaso kennt sich in der Heilkunde aus und ist eine wertvolle Stütze unserer Gemeinschaft. Bei Krankheit darfst du dich ihm getrost anvertrauen.«

Beschämt sah Florinus den Lektor an. »Wie konnte ich es nur wagen, Euch einen Vorwurf zu machen? Bitte, verzeiht.«

»Wir sind Brüder, mein Sohn, und in Liebe einander zugetan. Daran sollten wir uns stets erinnern.«

Am nächsten Sonntag war der Andrang so groß, dass einige Besucher im geöffneten Kirchenportal stehen mussten. »›… und ich sah, wie das Lamm das erste Siegel zerbrach … und siehe, ein weißes Pferd sprengte heraus … Und auf ihm saß ein Krieger mit einem Bogen und einer Krone. Er zog aus, die Welt zu besiegen …‹«

Der Prediger von San Marco versicherte den Zuhörern: »Ich bin kein Prophet. Ich halte mich allein an die Bibel und die äußeren Anzeichen. Und deshalb sage ich euch, Gottes Barmherzigkeit für die Kirche ist erschöpft, weil sie im Sündensumpf versinkt … Deshalb hat Gott den Reiter ausgesandt, sie zu zerstören. Amen.«

Nach der Bibellesung standen Patres aus dem mächtigen Franziskanerkloster Santa Croce mit einigen Vätern von San Marco beieinander. »Wie kann er es wagen?« – »Er beschmutzt den Stand, dem er selbst angehört.«

Das Volk aber ging nach Hause, und einer flüsterte dem anderen zu: »Oft schon habe ich gezweifelt, aber Fra Girolamo hat mir die Augen geöffnet: Unsere Priester sind Heuchler, gieren nach Geld und

Laster.« – »Ich kann's gar nicht abwarten, was unser Prediger noch ans
Licht bringt.« Verstohlen blickten sie sich um, als fürchteten sie, be-
lauscht zu werden.

Trotz Wind und Regen strömten die Florentiner zur nächsten Predigt.
»›… und als das Lamm das zweite Siegel erbrach … siehe, da ritt
ein rotes Pferd heraus. Und dem Reiter ward ein riesiges Schwert
übergeben … auf dass er den Frieden von der Welt nehme … damit
die Menschen sich untereinander erwürgen und abschlachten.‹« Die
Stimme des Predigers krächzte durch die atemlose Stille. Zum Schluss
seiner Ausführungen spendete er den Erschreckten etwas Trost: »Solange der Glaube in den Herzen der Gerechten noch lebendig ist, wird
die römische Kirche nicht vollständig zerstört. Dies weissage ich nicht
als Prophet, sondern kann es belegen, durch das Wort der Heiligen
Schrift. Amen.«
Spöttisch sahen sich Bankherren und Kaufleute an. »Er redet mitten im Frieden von Krieg.« – »Ein Schwarzmaler ist er, sonst nichts.«
In den einfachen Bauarbeitern und Wollkrämplern aber keimte
Furcht auf. »Und wenn doch Krieg kommt?« – »Wer beschützt uns
und unsere Kinder?« – »Vielleicht ist es besser, wenn wir auf den Frate
hören.« Am Abend wurde das Tischgebet in den ärmlichen Stuben
der Stadt ernster und inniger gesprochen.

»›… und als das Lamm das dritte Siegel erbrach … siehe, da trabte ein
schwarzes Pferd heraus … Und der Reiter hielt eine Hungerwaage in
seiner Hand … und ich hörte eine Stimme sagen: ein Scheffel Weizen
für einen Groschen, drei Maß Gerste für einen Groschen …‹«
Nach der Küchenarbeit klopfte Petruschka an der Tür des Gewürzladens. Die Freundinnen hatten sich verabredet, heute Abend
das Gauklerfest vor Santa Maria Novella zu besuchen. Im Unterkleid
ließ Laodomia die Russin herein. »Tut mir Leid. Den ganzen Sonntag
über freue ich mich schon, und jetzt bin ich noch nicht fertig.« Während sie in die Wohnstube vorausging, steckte sie mit silbernen Kämmen ihr Haar hoch. »Nur gut, dass Filippo noch in Neapel ist. Sonst
hätte er sicher Gäste eingeladen, und du, Ärmste, hättest nicht frei bekommen.« Laodomia stieg in ihr grünes Kleid. Vor dem Spiegel prüfte

sie, ob sich die Brüste nicht zu freizügig aus dem Ausschnitt wölbten. »Sag, wann bekommt Selvaggia ihr Kind? Es muss doch bald so weit sein?«

Keine Antwort kam. Sie wandte sich um. Die große Frau stand am Fenster und blickte hinaus. »He, was ist mit dir?« Jetzt erst fiel Laodomia auf, dass sie allein geplappert und Petruschka bisher kein Wort gesagt hatte. Gleich wachte die stets nur unter einer dünnen Decke schlafende Furcht in ihr auf: »Hast du Nachricht aus Neapel?«, fragte sie vorsichtig. »Ein Unglück?«

Langsam wandte sich Petruschka um. Ihre großen blauen Augen strahlten in einem fremden Licht. »Ich habe ihn gesehen und gehört.«

»Wen? Filippo?«

»Nein. Ihn, den Prediger von San Marco.«

»Wen?« Es dauerte, bis Laodomia begriff, dann atmete sie auf und gluckste: »Ach, du meinst Girolamo Savonarola, die Holzfigur.«

»Spotte nicht, Kleines.« Die Russin ging an ihr vorbei und blieb vor der Kleidertruhe stehen. Sie betrachtete das Bild des Erzengels Raphael an der Wand. Nach einer Weile schlug sie das Kreuzzeichen. »Weißt du, Fra Girolamo ist nicht wie die schönen Engel auf den Gemälden. Er hat auch nichts von einem Heiligen.« Petruschka sprach stockend, als suche sie für sich selbst nach einer Erklärung. »Am Anfang dachte ich, wie elend und schrecklich er aussieht. Seine Stimme tat mir weh in den Ohren. Aber dann fiel mir das alles nicht mehr auf. Ich glaub, seine Augen sind anders als bei unsereinem. Die können brennen und ziehen dich ins Feuer. Und um dich herum sind dann nur noch seine Worte.«

Betroffen näherte sich Laodomia. »Was hat er denn nur angestellt mit dir?«

»Ich kann es dir nicht sagen.« Die Freundin nestelte am Kragen ihres neuen Kittelkleides. Beide Hände drückte sie zwischen die Brüste. »Seit ich bei dem Prediger war, ist mir ganz unruhig hier tief drinnen.«

»Um Gottes willen. Was hat er denn gesagt?«

»Weiß ich auch nicht so genau.« Petruschka, die sonst jede Begebenheit ausführlich und übergenau wiedergeben konnte, vermochte sich nur an Bruchstücke zu erinnern. »Überall ist Sünde, meint er, in der Kirche und in der Stadt. Ja, die ganze Welt ist schon überflutet. Und der Teufel sitzt oben drauf ...« Sie schlug rasch wieder ein Kreuz. »Wenn ich denke, alle Priester sind in Wirklichkeit Heuchler und Lustmolche, wird mir ganz schlecht.«

»Verdammt, glaub doch nicht so was. Entweder hast du nicht genau hingehört, oder Fra Girolamo ist nicht ganz bei Verstand. Dieser knochige Zwerg.«

»Nicht, Kleines!«, flehte die Russin und ließ das ›R‹ von der Zunge rollen. »Rede nicht schlecht von dem Frate. Rauf und runter sind mir seine Worte gegangen. Weil er die Wahrheit kennt. Und ... und das Schlimmste ist, ich glaub mit einem Mal, dass ich immer falsch geglaubt hab ...«

»Nein, du nicht.« Laodomia streichelte die Hand der Freundin. »Sicher gibt es viele, die es mit dem Glauben ziemlich leicht nehmen. Aber du nicht.« Als Trost schmiegte sie den Kopf an die kräftige Schulter. Es ist mir gleich, was dieser Kuttenkittel predigt, dachte sie. Nur darf er meine Petruschka nicht in Angst versetzen.

Immer schon bewunderte sie, nein, beneidete sie insgeheim die offene, mal handfeste, dann wieder fast rührselige Frömmigkeit der Russin: Neben regelmäßigem Gang zur Messe und Beichte gab es in jeder Notlage eine Kerze und ein Gebet an die Madonna. Ging die Bitte in Erfüllung, so vergaß Petruschka nie, sich mit einer Kerze und einem Gebet für die Hilfe zu bedanken. Dazu schlug ein warmes Herz für Schwache, und manchmal, wenn der Zorn hochwallte, bekamen die Ungerechten ihre mächtige Faust zu spüren.

Ich kenne keinen besseren Menschen, dachte Laodomia. Weil sie nichts Schlechtes mehr über den Mönch sagen wollte, versuchte sie einen Mittelweg: »Weißt du, Fra Girolamo predigt für die Reichen und Gelehrten. Ja, so muss es sein. Die einfachen Leute meint er gar nicht. Deshalb hast du ihn falsch verstanden.«

Petruschka trat brüsk einen Schritt zur Seite und glättete die Falten an ihrem Arm. »Wenn ich auch nicht gescheit bin, Kleines, aber eins habe ich gleich gespürt: Er spricht für uns, weil er gegen das Böse ist. Und niemand soll mehr hungern, hat er gesagt. Überzeug dich doch selbst.«

»Das werde ich auch«, versprach Laodomia und dachte, hören will

454

ich ihn gar nicht, aber mit ihm reden. Ich weiß nur noch nicht, wie ich es anstellen soll.

Um die gespannte Stimmung zwischen ihnen aufzulösen, bückte sie sich nach ihren Schuhen. »Jetzt gehen wir erst mal zum Gauklerfest. Richtige Akrobaten sollen dabei sein. Einer kann sogar übers Seil gehen. Hab ich wenigstens gehört.«

Petruschka lächelte bekümmert. »Er hat gesagt, wir dürfen nicht so viel feiern. Weil das ganz schlecht für die Seele ist.«

»Verdammt!« Laodomia stampfte auf den Boden. »Jetzt reicht's. Lass den Prediger in seinem Kloster machen, was er will. Aber ohne Freude kann man nicht leben!« Kaum hatte sie sich Luft verschafft, wurde ihre Haltung weich, und wie ein verängstigtes Mädchen rundete sie die Augen: »Bitte, komm mit. Allein ist es für mich zu gefährlich. Du weißt doch, wie die Männer hinter mir her sind.«

Damit hatte sie gewonnen. Der Beschützerinstinkt war stärker als die Sorge um den rechten Glauben. »Ist gut, Kleines. Ich mein' ja auch, so ein bisschen Vergnügen wird uns schon nicht schaden.« Fürsorglich half Petruschka ihr, die Seidenblumen im Haar festzustecken.

»›… und als das Lamm das vierte Siegel zerbrach … siehe, da ritt ein dürres, fahles Pferd heraus. Und der da auf ihm saß, der hieß Tod, und hinter ihm folgten Höllenwesen. Und ihnen ward die Macht gegeben, zu verwüsten den vierten Teil der Erde. Sie sollen die Menschen ausrotten mit Schwert, Hunger und Tod und durch giftiges Getier …‹«

Nach dem Vespergebet saßen die Patres hungrig am gedeckten Abendtisch. Vor Kopf thronte der Subprior und blickte in die Runde; mit versteinerter Miene streifte er Fra Girolamo an der rechten Längsseite, umso freundlicher verharrte er bei Fra Silvester am unteren Tafelende. »Sei willkommen, Bruder. Wie ich hörte, hast du deinen Predigtauftrag in San Gimignano zur Zufriedenheit der dortigen Oberen erfüllt. Unsere Gemeinschaft begrüßt dich mit offenen Armen.« Köpfe nickten, kurz lebte Gemurmel auf und verebbte wieder. Der Subprior schenkte dem Heimgekehrten noch einen Scherz: »Ich hoffe, dass unser sonntäglicher Speisezettel nicht karger ist als der in San Gimignano.« Dann breitete er die Arme aus: »Der Allmächtige segne dieses Mahl.«

Mit Anstand, doch zielstrebig griffen die Hände zu. Was vorher schon von den Augen ausgewählt war, häufte sich jetzt als Beute auf Tellern und in den Näpfen. Dem Brot wurde kaum Beachtung geschenkt.

Die Küchengehilfen hatten Platten mit geräuchertem Schinken, goldgelben Käsewürfeln und heißen, ölig glänzenden Teigtaschen gebracht. In den Schüsseln dampfte Gemüsebrei, und kaum fassten die Obstschalen den Überfluss an Feigen, Äpfeln und Pfirsichen. Auch der Bruder Kellermeister hatte nicht geknausert. In den Kannen stand randvoll der kühle Wein. Erst war es nur Schmatzen und Schlucken, dann aber hob sich vom erhöhten Pult die Stimme des Vorlesers, und Psalmverse schwangen angereichert mit köstlichen Dünsten durch das Refektorium.

Nur einer saß noch vor seinem leeren Teller. Girolamo sah voller Ekel auf die Schüsseln und Platten. Völlerei, dachte er, niemand schert sich hier um das Gebot der Entsagung. Sie fressen, saufen, und das Fett trieft ihnen vom Kinn. Er streckte die Hand aus, nahm mit spitzen Fingern ein Stück Brot und zwei Käsewürfel. In den Becher füllte er sich etwas Wein. Sorgsam kaute er, lange dauerte es, ehe er die Speise herunterschluckte. Wieder nahm er einen Bissen zu sich.

Mit verstohlenen Seitenblicken nahmen die älteren Mitbrüder den sichtbaren Vorwurf wahr, kümmerten sich nicht weiter darum und schlemmten genüsslich weiter. Die Jüngeren aber beobachteten Fra Girolamo genau und verloren den Appetit. Florinus war der Erste. Er schob die fleischgefüllte Teigtasche beiseite und nahm Brot und Käse; nach und nach folgten auch seine Gleichaltrigen dem Beispiel des Lektors. Selbst einigen von den Grauhaarigen schmeckte es nicht mehr; da ihnen Brot und Käse zu trocken war, verzichteten sie ganz auf das Essen und sprachen dafür mehr dem Wein zu. Ich danke dir, Herr, betete Girolamo tonlos, sei barmherzig mit denen, die ihre Fehler erkennen. Unter halb gesenkten Lidern zählte er seinen Erfolg. Beinah alle jungen Mitbrüder hatten die stumme Mahnung verstanden, auch im Kreise der Väter hatte er Zustimmung gefunden. Ich danke dir, Herr, dass du meine Anhängerschaft anwachsen lässt.

Der Vorleser lies den Psalm ausklingen. Der Subprior erhob sich, und das gemeinsame Mahl war vorüber. Zögerlicher als sonst lebten die Gespräche auf, eiliger hatten es die Mönche, nach draußen in die frische Abendluft zu drängen.

Im Vorbeigehen hielt der Obere den Prediger auf. »Darf ich dich daran erinnern, dass es dem *Lector principalis* gestattet ist, allein in seiner Zelle zu speisen. Und gerade nach deiner heutigen Predigt hättest du sicher Ruhe verdient gehabt. Ich möchte dich ermuntern, häufiger von diesem Vorrecht Gebrauch zu machen.«

»Eure Güte beschämt mich, ehrwürdiger Vater«, antwortete Girolamo mit unverhohlener Schärfe in der Stimme. »Da es nach der Ordensregel in meinem Ermessen liegt, möchte ich selbst entscheiden. Heute sehnte es mich danach, in der Gemeinschaft zu essen, weil mein Freund Fra Silvester endlich wieder bei uns ist.«

»Freund?« Der Subprior hob die Brauen.

Die Frage gab Girolamo einen Stich. »Ja, wie könnte es anders sein?« Er forschte in der Miene seines Oberen, vermochte sie aber nicht zu deuten und setzte bemüht leicht hinzu: »Die Liebe hält unsere Klostergemeinschaft aufrecht. Sind wir nicht alle brüderlich miteinander verbunden?«

»Amen. Solche Sätze hätte ich gerne heute Morgen während der Predigt gehört. Und nicht nur ich allein. Fra Silvester erschien mir nachher bei unserm kurzen Begrüßungsgespräch äußerst verwundert. Weil er dein Freund ist, wird er es kaum erwarten können, mit dir über deine Thesen zu diskutieren.« Noch ein verächtliches Achselzucken, und der Subprior eilte mit wehender Kutte davon.

Vor dem Ausgang des Refektoriums wartete Fra Silvester. »Bruder!« Ein kleiner Mann, nur wenige Jahre jünger als Girolamo, biegsam in jeder Bewegung seines Körpers, ein längliches Gesicht, beherrscht von unsteten, bernsteinfarbenen Augen. Sie lächelten sich an, herzlich war der Händedruck, und schnell waren erste Fäden von damals über die lange Trennung hinweg gespannt und neu verknüpft.

»Du hattest viele Zuhörer heute in der Kirche«, begann Silvester mit weichem Klang. »Nie hatte ich solch ein großes Publikum.« Diese melodische Stimme hatte Girolamo stets beneidet. Sie passte sich jeder Situation an, konnte einschmeicheln, zerschneiden, weinen und drohen, und sein früherer Schüler beherrschte sie wie ein Virtuose das Instrument.

»Erstaunt war ich über deine Auslegung…«

»Nicht hier«, bat Girolamo hastig und blickte sich um. Bruder Tomaso stand in der Nähe. Die Ohren an den Gesichtsseiten schienen zu Horchtrichtern aufgewuchert zu sein.

Silvester verstand sofort. »Wie wäre es mit einem Spaziergang? Erst in San Gimignano, erst dort oben auf dem Berg wurde mir klar, wie sehr ich an Florenz hänge.« Er glitt bereits einige Schritte voraus zur Pforte. Über die Schulter gestand er: »Ich sehnte mich zurück nach dem Trubel, der stickigen Luft, den Prachtbauten, sogar die engen, schmutzigen Gassen fehlten mir.« Während sie in die milde Abendstimmung hinaustraten und die Via Larga entlang in Richtung Stadtmitte gingen, plauderte er weiter: »Tief im Innern bin ich immer noch der kleine Schusterjunge, der in der Werkstatt zwischen Ahlen und Leisten aufwuchs und den Geruch nach Leder und Pech nicht aus der Nase bekam.«

Girolamo wollte keine Kritik, fürchtete die Auseinandersetzung beinah. Er wollte Nähe, den Beginn einer Freundschaft mit diesem von Gefühlen getriebenen Bruder, und bemühte sich, das heitere Gespräch beizubehalten: »Irgendetwas aber muss dich nach Höherem gedrängt haben, sonst hättest du nicht schon als Knabe an die Tür von San Marco geklopft.«

»Schuld hatte mein Beichtvater«, Silvester lachte in sich hinein und betrachtete das Trommelspiel, mit dem er die Fingerkuppen aneinander schlug. »Ich war immer voller Unruhe. Damals schon lief ich im Schlaf herum und redete laut vor mich hin. Erst gab ich nur Erlebnisse aus unserer Familie wieder und ahmte die Stimmen der Eltern und Geschwister nach. Später wiederholte ich im Ton des Schulmeisters den ganzen Stoff des Unterrichts. Das Lernen fiel mir einfach zu. Meine Mutter geriet in große Sorge. Der Beichtvater aber erkannte meine Begabung und förderte mich.« Silvester brach das Trommelspiel ab. Fest verschränkte er die Hände vor der Brust. »Er war Dominikaner. Ihm allein verdanke ich, dass ich mit vierzehn in die Klosterschule eintreten durfte. Und ich habe es bis heute nie bereut.«

Eine Gruppe Arbeiter kam ihnen entgegen; sie trugen ihre Werkzeugkästen auf der Schulter und sprachen von Bier und dem wohlverdienten Feierabend. Kaum näherten sich ihnen die Mönche, schwiegen sie und wichen verschreckt zur Seite. Den Kopf gesenkt, murmelte einer von ihnen: »Gott schütze Euch, ehrwürdiger Vater.«

»Auch euch möge der Herr behüten«, erwiderte Girolamo und ermahnte im Vorbeigehen: »Meidet die Tavernen. Kehrt gleich heim zu eurer Familie.«

Silvester sah sich nach den Männern um. Gebuckelt suchten sie eilig das Weite. »Du hast den Verstand verloren«, fauchte er mit unterdrückter Stimme.

Auf den jähen Angriff war Girolamo nicht vorbereitet. »Verzeih, ich habe … Ich wollte diese Leute vor Üblem bewahren, mehr nicht.«

Sein Begleiter verschränkte die Arme und schwieg, bis sie die Steinbänke entlang des Palazzo Medici erreicht hatten. »Hier ruhen wir einen Augenblick aus«, sagte Silvester und setzte sich.

Der Ton war so bestimmend, dass Girolamo ohne Zögern gehorchte. Steif ließ er sich neben ihm auf der Steinkante nieder. Jetzt erst regte sich Empörung. Ich bin der Lehrer, dachte er, du warst mein Schüler. Wie kommst du dazu, mich zu kränken? Gemach, ich suche Freundschaft und keinen Streit. »Gewiss wolltest du mich nicht verletzen?«

»Das liegt mir fern. Dennoch muss ich meinem Herzen Luft machen. Die Furcht, mit der dich vorhin diese müden, durstigen Arbeiter begrüßten, erinnerte mich an deine Predigt heute in der Kirche. Ich hörte wieder deine düsteren Voraussagen, dein Heraufbeschwören des Unglücks. Bei all diesen Schreckensvisionen, die du verbreitest, da meinte ich wirklich, dass du den Verstand verloren hast.«

»Es ist meine Aufgabe, meine Pflicht, zu warnen.«

»Und deshalb lässt du die apokalyptischen Reiter in Florenz einreiten? Lässt den Tod auf dem Knochengaul seine Hippe schwingen und zeigst die Fratzen der Höllenausgeburten? Glaubst du wirklich, so die Menschen zu bessern?«

»Nur Angst bringt sie zur Einsicht.« Girolamo fühlte die Sicherheit zurückkehren. Er schnaubte und berührte kurz die Hand des Mitbruders. »Ich will dir ein Geheimnis anvertrauen und bitte dich, es zu bewahren, bis die Zeit reif ist.«

Nicht die Lippen, der Blick in den bernsteinfarbenen Augen versprach es.

»Auch du hörst Stimmen, die im Traum zu dir sprechen«, begann Girolamo eindringlich, beinahe flüsternd. »Stimmen der Wahrheit. Aus diesem Grunde hab ich sehnlichst auf deine Rückkehr gewartet, weil du mich als Erster von allen verstehen wirst. Mir ist vom Engel aufgetragen, das nahende Gericht zu verkünden. Zur Buße aufzurufen.« Er deutete hinter sich auf die hohen Mauern des Palazzos. »Diese Macht«, er wies zur Domkuppel über den Dächern, »und auch der Hochmut unserer Kirche müssen zerbrochen werden. Und ich bin ausersehen, dies zu verkünden.«

Silvester rückte von ihm ab und setzte sich gleich wieder umso näher zu ihm. »Prophet? Du glaubst, dir ist die Gabe verliehen …«

»Ich weiß es. Noch muss ich mit Bedacht vorgehen, weil falsche Propheten zu oft das Volk betrogen haben. Sobald meine Worte nach Umkehr und Buße in Florenz unüberhörbar sind, die Furcht den leichtlebigen Menschen das Herz umklammert, werde ich schonungslos meine Visionen offenbaren. Und um dieses Ziel zu erreichen, benötige ich dich als Freund und Mitstreiter.«

»Was willst du?« Silvester atmete heftig. »Wohin führt der Weg?«

In nüchternen Bildern beschrieb ihm Fra Girolamo den einzigen Pfad, der hinauf zum Heil führt, und dieser mühselige Pfad ist gepflastert mit Scherben und Trümmern.

Als er geendet hatte, griff Silvester nach seiner Hand. »Ich will. Nimm mich mit. Ich werde nie von deiner Seite weichen. Vertraue mir.«

Pläne, Abwägen und Neubedenken begleiteten sie auf dem ziellosen Spaziergang durch die dämmrigen Straßen und Gassen. Einander fest verschworen wie Freunde kehrten die Mönche erst beim Tönen der Nachtglocke ins Kloster zurück.

»»… und als das Lamm das fünfte Siegel zerbrach, da sah ich unter dem Opfertisch die Seelen der Niedergemachten, erwürgt und abgeschlachtet, weil sie am Worte Gottes festhielten und ihr Bekenntnis nicht widerrufen wollten. Und sie schrien: Wie lange noch, Herr, du Heiliger, du Wahrhaftiger, wie lange wartest du noch, ehe du richtest und rächst unser Blut an denen, die es vergossen haben? … Und ihnen ward gegeben ein weißes Gewand und verkündet: Nur eine kleine Zeit noch werdet ihr ruhen …‹«

Nach der Predigt bemerkte Ratsherr Rodolfo Cattani beim Verlassen der Kirche, wie Sandro Botticelli mit gesenktem Haupt über den Vorplatz von San Marco davonschlurfte. Er beeilte sich, den rundlichen Maler einzuholen. »Darf ich dich ein Stück begleiten, Meister. So lange hatte ich nicht mehr das Vergnügen deiner Gesellschaft.«

»Vergnügen?« Sandro wandte ihm das Gesicht zu, es war tränennass. »An solch einem Tag?«

»Es ist Herbst!« Aus Höflichkeit übersah der Seidenfabrikant die immer noch überquellenden Augen des Malers und wies zum bunten Laub der Bäume hinauf. »Gerade dir sollten jetzt die Farben das Herz beglücken. Wäre ich ein Künstler, so würde ich die Blätter als Schmetterlinge zu Boden schaukeln lassen.«

Seine Aufmunterung bewirkte zumindest, dass Sandro ein großes weißes Sacktuch hervorzog, die Augen wischte und sich lautstark schnäuzte. »Ihr besitzt viel Kunstverstand, Signore Cattani. Müsste ich aber heute malen, so würde mir beim Anrühren heller Farben die Hand verdorren.«

»Willst du sagen, dieser lächerliche Schwarzseher hat einen Mann wie dich beeindrucken können?«

»Mehr noch, er hat mir gezeigt, wie wertlos meine Kunst ist im Spiegel der nackten Wirklichkeit.«

Eine steile Falte furchte die Stirn Rodolfos. »Dieser Mönch begeht ein Verbrechen an dir. Das darf nicht zugelassen werden.« Er bemühte sich, den Verunsicherten zu bestärken: »Niemand versteht es, Nacktheit so anziehend, so verführerisch und heiter darzustellen wie du. Deine Bilder lächeln mich von den Wänden meines Hauses an. Selbst bei Regenwetter zaubern deine Farben den Sonnenschein. Lass dich nicht verwirren von diesem Gespenst und seinen Trugbildern der Hölle.«

Sie hatten die enge Straße erreicht, die zum Atelier Botticellis führte. Der Meister blieb unschlüssig stehen. »Nachdem ich vor Wochen das erste Mal eine Predigt Fra Girolamos gehört hatte, musste ich die Arbeit an einem Gemälde unterbrechen. Seitdem konzentriere ich mich einzig auf die Federzeichnungen zu Dantes ›Divina Commedia‹. Ohne jede Farbe.«

»Also doch Unterwelt und Verdammnis! Lieber Freund, ich bin ein glühender Verehrer von Dante Alighieri. Es ehrt dich, gerade sein Werk zu illustrieren. Deine große Begabung aber darfst du nicht allein an diese Höllengesänge verschwenden.«

Aus ratlosen, traurigen Augen sah ihn der Meister an. »Ich weiß nicht, was richtig oder falsch ist«, gestand er.

Der Seidenfabrikant fasste nach Botticellis Schultern, unterließ es aber, ihn zu schütteln, und drückte nur fest die Oberarme. »Hast du Lorenzo Medici schon um Rat gefragt? Er ist schließlich nicht nur dein Mäzen, sondern auch ein kluger Freund.«

»Um Gottes willen, nein«, flüsterte der Maler. »Auf ihn und alle Mächtigen zielt die Kritik des Predigers. Ich aber lebe von deren Gunst.«

»Der Seelenstreit in dir ist also noch nicht entschieden.« Ein neuer Gedanke vertrieb Rodolfo die Falte von der Stirn: »Ich möchte ein Bild bei dir bestellen und zahle dieses Mal besonders gut. Nimm zum Thema den Herbst, weil ich den Frühling schon besitze. Ja, ich will Herbstblätter als Schmetterlinge schweben sehen und eine wohlgeformte Venus, nur bekleidet mit einem Gewand aus Spinnennetz. Wie steht es mit deiner Zeit? Könnten wir gleich jetzt in deiner Werkstatt den Auftrag schriftlich vereinbaren?«

Die Verlockung gelang.

»Ihr seid zu gütig, Herr. Das Thema … Ich würde nur das Netz durch einen Schleier ersetzen. Und ob ich eine Historie oder nur eine Allegorie wähle …« Dann aber nagte der Meister an seiner Unterlippe. »Ich hoffe, dass meine Eingebung mich nicht im Stich lässt. Darf ich Euch morgen aufsuchen? Für heute habe ich einen Gast eingeladen.«

»Abgemacht. Komm in mein Kontor, und wir werden handelseinig.« Rodolfo war sichtlich erleichtert. »Endlich erkenne ich dich wieder, Meister.« Er lächelte leicht, zauberte einen Florin aus der Tasche und drehte ihn zwischen Zeige- und Mittelfinger. »Besuch? Ich will nicht neugierig scheinen. Aber wäre eine Begegnung zwischen mir und deinem Gast etwa dieses Goldstück wert?«

Botticelli verstand sofort und hob bedauernd die Achseln. »Leider nein. Die Dame ist schon lange nicht mehr in die Werkstatt gekommen. Ich glaube, mit ihrem Fernbleiben begann meine Trübsal, die nun von Fra Girolamo immer weiter gefördert wird.«

»Jage den Prediger aus deinen Gedanken!«

Botticelli zückte vorsorglich wieder das Sacktuch. »Mir ergeht es nicht allein so, Herr. Auch anderen Künstlern in der Stadt setzen die Worte des Frate zu. Wir müssen uns besinnen. Gleich besucht mich Andrea della Robbia. Auch er denkt darüber nach, ob er die Thematik und Ausdrucksform seiner Terracotta-Arbeiten nicht verändern soll.«

»So weit darf es nicht kommen.« Rodolfo schüttelte betroffen den Kopf. Mit Mühe gelang ihm ein Scherz zum Abschied. Er ließ das Goldstück über die Fingerkuppe kippen und im Ärmel verschwinden. »Für ein Treffen mit dieser Dame hätte ich den Florin gerne hingegeben, für einen grübelnden della Robbia ist er mir heute zu schade. Grüße deinen Freund ... und nehmt euch nicht gegenseitig den Mut. Florenz mag sündig sein, ist aber dennoch lebenswert. Bis morgen, Meister.«

Knapp hob der reiche Kaufherr die Hand und ließ Botticelli einfach stehen. Nachdem er sich einige Gassen entfernt hatte, grollte er: »Das Gift dieses Predigers breitet sich aus. Es wird Zeit, dass wir im Stadtrat offiziell davon Kenntnis nehmen.« Voller Zorn schlug er den Schultermantel zurück und stemmte die Fäuste in die Seiten.

»›... und als das Lamm das sechste Siegel zerbrach, siehe, da erbebte die Erde in gewaltigen Stößen, und die Sonne wurde verfinstert wie von einem schwarzen Sack, und der Mond begann zu bluten. Da stürzten die Sterne auf die Erde ... da entwich der Himmel wie ein zusammengerolltes Buch. Und alle Berge und Inseln wurden losgerissen.

Und die Herren der Welt, die Könige und Großen, die Hauptleute und Würdenträger und alle Sklaven und freien Knechte suchten

Schutz in den Klüften und unter den Felsen. Und sie sprachen zu den Bergen: Fallt über uns. Verbergt uns vor dem Angesicht dessen, der da auf dem Throne sitzt. Bewahrt uns vor dem Zorn des Lamms!

Denn es ist gekommen der große Tag seines Zorns, und wer kann bestehen?‹«

Keine Versöhnung schenkte Fra Girolamo in der Adventszeit 1490 den Florentinern. Kündete auch während des Messgottesdienstes der Priester vom Altar aus die nahende Geburt Christi an, so zerstörte der abgehärmte Mönch kurz darauf in seiner Bibelstunde jeden Keim einer Hoffnung.

Das Wehgeschrei, seine Rufe nach Buße und Umkehr verdüsterten die ohnehin regnerischen Wochen vor dem Weihnachtsfest noch mehr. Die Besitzer teurer Geschäfte bemerkten einen Rückgang ihres Umsatzes, selbst in den einfachen Läden war der Verkauf von Glitzerzeug und kleinen Geschenken längst nicht so gut wie im Vorjahr. Was in den Kassen fehlte, füllte den Opferstock der Kirche von San Marco.

Beim Vorübergehen an den Straßenbuden verzichteten mehr und mehr Bürger auf heiße Maronen und Honiggebäck, sie drückten die Kappen tiefer in die Stirn oder verbargen das Haar unter schwarzen Tüchern und eilten weiter zu den Beichtstühlen. Nicht in Santa Croce, im Dom, in Santa Maria Novella oder in ihrer angestammten Kirche suchten sie Absolution; für jeden Anhänger des Bußpredigers war es ein Bedürfnis, die Sünden nach San Marco zu tragen, und wer Glück hatte, durfte sie sogar im Beichtstuhl Fra Girolamos bekennen.

Samstagnachmittag. Seit zwei Stunden kniete Laodomia in der Kirche, den dunklen Wollmantel fest geschlossen und das Haar unter einem schwarzen Schal verborgen. Hin und wieder blickte sie sich verstohlen nach der Schlange der Wartenden vor dem Absperrseil im linken Kirchenschiff um. Es werden weniger, dachte sie erleichtert.

Pünktlich mit dem letzten Stundenläuten hatte der Messner weiteren Beichtwilligen den Zutritt verwehrt. Nur wer sich jetzt noch in der Kirche aufhielt, wurde angehört. Wegen des großen Andrangs waren vier grob gezimmerte Behelfshäuschen zwischen und neben den drei angestammten, mit Schnitzwerk verzierten Beichtstühlen längs der Seitenwand errichtet worden.

Laodomia wollte sich heute nicht von Seelenlast befreien. Falls ihr danach war, musste ohnehin der gütige Pfarrer von Santissima Trinità herhalten. Sie hatte sich im Hauptschiff genau auf der Höhe des mittleren Beichtstuhles niedergelassen, weil sie den begehrtesten der Seelenhirten San Marcos rechtzeitig abpassen wollte. Aus den Bankreihen in ihrer Nähe vernahm sie leises Gemurmel, begleitet vom Tropfen der Perlen. Um keinen Argwohn zu erregen, beugte auch sie das Gesicht über die gefalteten Hände und tat so, als bete sie auferlegte Rosenkränze. In Wahrheit aber beobachtete sie aus den Augenwinkeln unverwandt das Geschehen im linken Seitenschiff: Sobald ein Beichtsuchender eines der sieben Gehäuse verließ, näherte sich von der Absperrung der nächste und schlüpfte hinter den Vorhang; kam er wieder zum Vorschein, so war sein Gesicht gerötet, und er suchte sich verschreckt einen Platz, um Abbitte zu leisten.

Wie eine Schafherde bei der Schur, dachte Laodomia und verbarg rasch das Schmunzeln in ihren gefalteten Händen. Ja, genau so, die Tiere gehen rein zum Hirten, werden geschoren und kommen ohne Stolz mit abgeschürfter Seele wieder raus. Nein, versündige dich nicht, nur weil du seit einer Ewigkeit nicht mehr ernsthaft gebeichtet hast, hüte dich davor, andere zu verspotten.

Bisher waren Laodomias Versuche gescheitert, an Fra Girolamo heranzukommen. Zwei Predigten hatte sie sich angehört. Die eine zusammen mit Petruschka, doch die Freundin war so erschüttert gewesen, dass Laodomia die Russin gleich nach Hause führen musste. Während der anderen, letzten Sonntag, stand sie in Begleitung Fiorettas zu weit hinten und konnte sich nach dem »Amen« nicht schnell genug durchs Gewühle nach vorn schieben. Ehrfürchtige Anhänger umringten ihn, und ehe sie in seine Nähe kam, war er bereits entschwunden.

»Verdammt. Es muss mir gelingen.«

»Gib's auf«, winkte ihre reiche Freundin ab. Während die beiden Frauen San Marco hinter sich ließen, rümpfte Fioretta ohne Rücksicht auf Schminke und Puder ihre Nase. »Was willst du von ihm? Wenn er zumindest ein strammer junger Mönch wäre, könnte ich dich noch verstehen. Aber dieses Gerippe würde ich sofort von meiner Tür jagen lassen. Schaurig ist der Kerl, sonst nichts.« Sie hakte sich bei Laodomia ein und gurrte: »Falls du aber Appetit auf einen lüsternen Kuttenkittel verspürst, Liebchen?« Ihre Zunge netzte die Lippen, das Augenzwinkern bewies großes Verständnis. »So nebenbei? Dann sag's nur. Ich organisiere dir in meinem Hause gerne ein Schäferstündchen, ohne dass dein grauhaariger Filippo etwas erfährt.«

»Um Gottes willen.« Laodomia schüttelte sich. »Alles will ich, nur das nicht.« Die Unterstellung und das ebenso eindeutige Angebot verhaspelten ihren Sinn: »Nein, nicht aus Angst vor Filippo. Ich will auch keinen Mönch. O verdammt, versteh mich richtig.« Laodomia schluckte heftig. »Du weißt, dass ich Savonarola von früher kenne … Damals war er noch kein Prediger und schon gar nicht eine stadtbekannte Persönlichkeit.« Sie versuchte es wieder: »Also, ehrlich gesagt, ich weiß nicht so genau, was ich von ihm will. Vielleicht bin ich nur neugierig. Nein, auch das stimmt nicht ganz.« Endlich hatte sie ihre Gedanken geordnet und sagte ruhig: »Meiner Freundin Petruschka geht es schlecht, sie leidet. Und Schuld hat er mit seinen Predigten. Deswegen will ich ihn treffen und mit ihm reden.«

»Ob das noch Zweck hat, Liebchen? Wer vom Untergang der Welt redet, bei dem die Sonne schwarz und der Mond blutig wird, der schert sich einen Dreck um einzelne Menschen. Das ist meine Meinung. Aber wenn du ihn unbedingt sprechen willst, dann geh doch einfach beichten bei ihm. Da hast du ihn allein.«

Der Beichtstuhl schien die einzige Lösung zu sein. Laodomia hatte sich innerlich vorbereitet und bald festgestellt, dass sie sich niemals durchs Gitterfenster mit einem unsichtbaren Girolamo unterhalten, erst recht nicht ihm womöglich Geheimnisse anvertrauen könnte.

So war ihr viel kühnerer Plan herangereift, und sie hoffte jetzt auf sein Gelingen.

Die Schlange der Wartenden hatte sich aufgelöst. Nach und nach verließen die Patres ihr enges Gehäuse und eilten hinüber zur kleinen Klosterpforte rechts vor dem Altarraum. Ich muss schnell sein, dachte Laodomia.

Das letzte Christenkind, eine schwergewichtige Dame, zwängte sich aus dem mittleren Beichtstuhl. Wenig später klappte die schmale Tür an der Wand, und Fra Girolamo strebte eckigen Schritts, das

466

Haupt unter der Kapuze verborgen, durchs linke Seitenschiff nach vorn.

Laodomia erhob sich, huschte so andächtig wie möglich den Mittelgang entlang und glaubte schon verloren zu haben, denn der Mönch querte bereits das hüfthohe Gitter vor den Altarstufen. Sie ging schneller. Kurz bevor er die Pforte erreichte, war sie nah genug und raunte: »Ehrwürdiger Vater?«

Ein unsichtbarer Griff brachte den Mönch zum Stehen. Er wandte sich nicht um. »Du bist losgesprochen, meine Tochter. Beweise deine Bußfertigkeit und erfülle die Auflagen. Damit sei es genug.«

»Ich bin keines Eurer Beichtkinder, ehrwürdiger Vater.«

Die Schultern zitterten. »Ein Geständnis außerhalb des Beichtstuhls entzieht dich dem Schutz meiner Verschwiegenheit. Geh und denke darüber nach.«

»Ich will keine Sünde bekennen …«

»Dann ist es dir nicht erlaubt, mich aufzuhalten. Mein Dienst für heute …«

»He, Freund?«, unterbrach ihn Laodomia. »Du weißt doch längst, wer hinter dir steht.«

Fra Girolamo räusperte sich heftig und laut, seine rechte Hand schlug nach hinten, als wolle er ein gefährliches Tier abwehren. »Habe ich dir nicht untersagt, mich zu belästigen? Aus meinen Augen.«

»Wie kann ich das?«, fauchte sie mit unterdrückter Stimme. »Bis jetzt hast du mich ja noch nicht einmal angesehen.« Mit jedem Atemzug schmerzte seine Missachtung mehr. »Ich bin nur eine Frau, dazu noch Witwe, aber das gibt dir kein Recht, mich so zu behandeln.«

»Witwe?« Vorbei war sein Zittern, die Schultern hoben sich. »Und dann warst du nicht zur Beichte? Nur diesen Gang sollte ein Weib deines Standes allein unternehmen. Stattdessen schlenderst du frei in der Stadt herum. Was sagen deine Schwiegereltern zu solch einem Verhalten?«

»Ich lebe allein, und ich bestimme über mich selbst.« Laodomia ballte die Hände, war noch unfähig, irgendetwas hinzuzusetzen, als er zwar in priesterlichem Ton, jedoch mit beißender Wortwahl fortfuhr:

»Oh, ich begreife. Nichts hast du an Liederlichkeit verloren,

Tochter. Lass ab von deinem Lebenswandel. Er führt dich sonst ins Verderben. Denn eine Witwe …«

»Schweig, du Scharlatan!«

Fra Girolamo verkrallte die Finger in den Seitenfalten der Kutte. Langsam wandte er sich um. »Verlasse bitte dieses Gotteshaus«, sagte er beinah milde, sein Blick aber stach die Unverschämte nieder.

In hellem Zorn reckte Laodomia das Kinn. »Jetzt weißt du, was ich von dir halte. Du erniedrigst andere, damit du etwas größer wirkst. Uns alle willst du ins Unglück stürzen. Meine arme Freundin hast du schon angesteckt; sie weiß schon nicht mehr ein noch aus. Aber eines merke dir, ich kenne dich besser als all die Leute … Soll ich erzählen? Vom Fenster damals?«

Seine knochige Hand schnellte vor; sie wich nicht aus. Er hob den Finger wie auf der Kanzel, sie duckte nicht den Kopf. Beide starrten sich an, führten einen stummen Kampf, und jäh verblasste die Glut in den blaugrauen Augen an ihrer lodernden Wut. Girolamo öffnete den Mund, seine wulstigen Lippen bebten, endlich hatte er sich wieder in der Gewalt. »Zu spät. Mein Ansehen ist längst erhaben genug. Wer wird einer schamlosen Witwe noch Glauben schenken? Ja, wage es nur, mich zu verleumden. Der Geifer wird auf dich zurückfallen.«

Ihr Magen verkrampfte sich, und Laodomia fühlte mit einen Mal, wie ihre Kraft nachließ. »Nie hatte ich vor, irgendjemandem von unseren Fensterspielen zu erzählen. Verzeih.« Sie zuckte die Achseln. »Warum können wir nicht ruhig miteinander sprechen? Ich wollte dich sehen, weil du Angst in der Stadt verbreitest, und dich bitten, gnädiger mit den Menschen umzugehen. Mehr nicht.« Ihr Blick wurde wärmer. »Du bist inzwischen ein großer Prediger. Ich gebe zu, dass ich nicht viel von dem verstehe, was du auf der Kanzel sagst. Aber gerade weil wir uns von früher kennen, hab ich gewagt herzukommen. Ach, Girolamo Savonarola. Die schönen Gedichte, deine Lieder, ich hab sie nicht vergessen.« Sie lächelte vorsichtig. »Von Dante … nein, Petrarca war es, von ihm hast du mir Canzones vorgesungen. Spielst du eigentlich noch auf der Laute?«

Sein Miene war versteinert, unmerklich schüttelte er den Kopf.

»Das solltest du aber. Hin und wieder abends, so ein bisschen an den Saiten zupfen und dazu singen, das ist gut fürs Gemüt.«

In dem fahlen Gesicht regte sich Spott. »Dummes Weibergeschwätz. Die Laute ist in Ferrara zurückgeblieben wie auch mein ganzes früheres Leben, dich mit eingeschlossen. Also erspare mir deine Ratschläge.«

»Was habe ich dir getan? Kaum begegnen wir uns, da kränkst du mich, suchst mich zu beleidigen? Warum nur?«

Ein Schnauben ging durch den Nasenhöcker, dann wuchs er vor ihr in die Höhe und schüttete seine Verachtung über sie aus. »Immer schon warst du eitel, in dich selbst verliebt. Und wie soll ich eine Witwe nennen, die nicht sittsam und gehorsam im Hause der Schwiegereltern dient oder ihr Seelenheil im Kloster sucht, stattdessen aber ihr Leben in der Gier nach Vergnügungen führt? Du warst und bist eine Dirne, Tochter.«

Sein selbstgerechtes Urteil erschütterte Laodomia, sie verspürte Übelkeit aufsteigen. »Das ist nicht wahr«, flüsterte sie. »Du kennst nichts von meinem Leben.«

»Aus welchem Grunde auch, Tochter? Denn du wirst nicht zu den Auserwählten gehören, die das weiße Gewand tragen, deren Stirn gezeichnet ist, auf dass sie gerettet werden. Du wirst mit all den Gottlosen untergehen. So wie es in der Apokalypse …«

»Hör auf!« Sie sammelte den Rest ihrer Kraft. »Verdammt, hör auf zu predigen.«

»Fluche nicht«, ermahnte er streng. Seines Sieges sicher wies er zum Ausgang der Kirche. »Verlasse diesen geweihten Ort.«

»Ehrwürdiger Vater.« Unter großer Mühe gelang ihr der Trotz: »Ich bleibe, solange ich will.«

»Jetzt bitte ich noch darum«, zischte er. »Aber warte nur, bald ist die Zeit gekommen, in der ich es dir befehlen werde und du gehorchen musst.« Rasch wandte sich Fra Girolamo ab und entschwand durch die Seitenpforte.

Wie betäubt schlich Laodomia zum Portal, nahm den Gruß des Messners nicht wahr und setzte sich draußen unter den kahlen Bäumen des Vorplatzes auf eine Bank. »Warum bin ich nur hingegangen?«, flüsterte sie und beschimpfte sich selbst: »Eine einfältige Kuh bist du, sonst nichts: Du hast wirklich geglaubt, ihn ändern zu können!« So lächerlich erschien ihr jetzt der Versuch, von ihm Rücksicht

für die Menschen der Stadt oder sogar Hilfe für Petruschka zu erbitten. Völlig zwecklos, dachte sie. Den Girolamo vom Fenster gibt es
nicht mehr, und dieser Frate, wie sie ihn nennen, hat kein Herz, kein
Gefühl; einen Stein trägt der in seiner Brust. Ganz in Gedanken hatte
sie mit der Schuhspitze ein Kreuz in den Schmutz vor der Bank gezogen, als es ihr auffiel, wischte sie erschreckt das Zeichen mit beiden
Füßen wieder weg.

»›… und als das Lamm das siebte Siegel zerbrach, ward eine Stille in
dem Himmel, und die Zeit ward angehalten. Und ich sah sieben Engel stehen vor dem Throne Gottes, und ihnen wurden sieben Posaunen gegeben. Ein anderer Engel kam und trat mit einer goldenen
Räucherpfanne zum Altar. Und ihm ward viel Weihrauch gegeben,
auf dass er es entzünde zum Gebet der Frommen und Heiligen. Und
der Rauch stieg aus der Hand des Engels zu Gott empor. Hiernach
nahm der Engel die Opferpfanne und füllte sie mit feuriger Glut vom
Altar und schleuderte sie auf die Erde. Und da setzten ein: furchtbares
Geschrei und Donnern, Blitze und Beben. Dies war das Zeichen für
die sieben Engel, ihre Posaunen zu blasen …‹«

Fra Girolamo hielt inne und beugte sich weit vor. Aus der Höhe
des Kanzelkorbes fingerte seine Hand einen Kreis über die aufgerissenen Gesichter, kein Zuhörer entkam ihm, bis in den letzten Winkel
der Kirche San Marco erfasste er alle. »So höret nun, welche Strafen
euch erwarten. Mit jedem Posaunenstoß wird das Verderben anwachsen.« Er ließ eine qualvolle Pause. Vereinzeltes Stöhnen und erstickte
Schreie unterbrachen die Stille. Langsam richtete sich der Prediger
auf, hob den gestreckten rechten Arm wie ein Blasinstrument schräg
zum Himmel. Jäh spreizten sich aus seiner Faust die Finger. »Der erste
Posaunenstoß! Feuer und glühender Hagel, vermischt mit Blut, stürzt
herab und verbrennt den dritten Teil aller Bäume, verkohlt das grüne
Gras zur Asche!«

Erneut ließ er die Finger aus der Faust aufspringen. »Die zweite
Posaune! Ein gewaltiger Feuerberg stürzt ins Meer, und ein Drittel des
Wassers wird zu Blut, und ein Drittel der Fische und Meerespflanzen
sterben, und der dritte Teil aller Schiffe wird vernichtet!«

Schneller ließ Fra Girolamo nun die Posaunenstöße folgen. Viele

Frauen und Männer hielten sich die Ohren zu, vergeblich, seine krächzende Stimme drang dennoch in sie. Als er zum siebten Male an der Spitze seines gestreckten Arms die Faust öffnete und das Wehe ausgeschüttet hatte, waren für alle Zuhörer der dritte Teil von Sonne und Mond, von Tag und Nacht aufgelöst, die Brunnen mit bitterem Wermut vergiftet, und die Luft zum Atmen war voller Rauch. Nicht genug. Heuschrecken, groß wie Pferde und mit Löwenzähnen, hatten sie angefallen, das Rasseln ihrer Flügel war um sie herum. Immer noch nicht genug der Plagen. Es hatten sie Krieger mit Tierfratzen auf gepanzerten Pferden niedergehauen und -gestochen, zerstückelt und zermalmt.

»So wird das nahende Unheil über Florenz und die Kirche herniederbrechen ...« Fra Girolamo übersetzte die Bilder der Offenbarung, rief Pest, Kriege und Hungersnot wach. »Und dennoch zeigen die Menschen keine Reue. Sie beten weiter den Teufel an, feiern ihre Götzen und üben keine Buße für ihre Morde, die Zauberei, das Huren und Rauben.« Beide Fäuste hieb er auf die Kanzelbrüstung: »Amen!«

Nebel lag noch über den Mulden der Hügel. Aus den Nüstern der Pferde dampfte der Atem, und dick vermummt saßen die Reiter im Sattel. Gemächlich trabte die kleine Jagdgesellschaft in den frischen, klaren Januarmorgen.

Gestern Abend schon hatten sich die Teilnehmer auf dem Landgut Lorenzos nordwestlich der Hauptstadt eingefunden. Falkenjagd! Für die beiden engsten Vertrauten des von Gicht geplagten Herrschers, Angelo Poliziano und Graf Pico, war seine Einladung ein Befehl gewesen, dem Freund Filippo war sie eine dringliche Bitte, die er ohne triftigen Grund nicht hätte abschlagen können.

Allein Piero Medici und Alfonso Strozzi, die kraftstrotzenden Erstgeborenen und designierten Nachfolger als Oberhäupter ihrer Familien, waren voller Vorfreude die knappe Wegstunde von Florenz hinauf zur Villa Careggi geritten. Falkenjagd! Kein mühsames Herumsitzen im Kontor, keine Belehrungen durch die strengen Väter. Falkenjagd, das bedeutete, den Körper auszuleben und sich einen Tag in freier Natur zu tummeln.

Lorenzo selbst war als Letzter mit einer Kutsche eingetroffen.

Diener halfen ihm aus dem Wagen. Sein gelblich fleckiges Gesicht wirkte erschöpft. Kurz begrüßte er die Gäste und verabschiedete sie gleich zur Nachtruhe. Als er die bedenklichen Mienen der Älteren sah, schenkte er ihnen noch ein Wort des Trostes: »Aber meine Freunde. Niemand von euch wird gezwungen, unter dem Falken herzugaloppieren.« In bitterer Selbstironie zeigte er seinen Stock. »Mir bleibt ohnehin keine andere Wahl. Die Knechte haben für uns einen Picknickplatz hergerichtet, von dem aus wir einen weiten Blick über das Jagdgelände haben. Damit sollten wir uns begnügen. Ich sehnte mich danach, euch um mich zu haben und ein wenig zu plaudern. Jetzt aber schlaft rasch, denn das Aufstehen vor dem Hahnenschrei ...«, er bedachte Poliziano und Pico mit einem spöttischen Blick, »... wird für einige sicher ungewohnt sein.« Auf den Stock gestützt hatte er sich langsam in seine Gemächer zurückgezogen.

Jetzt ritten die fünf Männer seit zwei Stunden geduldig und schweigend hinter ihrem Gastgeber her. Lorenzo saß aufrecht im Sattel. Er ließ sich nicht kampflos von der Krankheit bezwingen. Stück für Stück sollte sie ihm die Lebenslust entreißen. Und er, der Sieger vieler Turniere, der bewunderte König ungezählter Jagdpartien, er wollte, solange es ihm gegeben war, die Wärme eines Pferdes zwischen den Schenkeln spüren. Für dieses ohnehin seltene Glück nahm er Schmerz und Mühsal klaglos in Kauf. Ein Holzgestell stützte heute seinen mit Riemen fest vertäuten Rücken, und Leibwächter liefen rechts und links des Rappens her, jederzeit bereit, den Fürsten aufzufangen, falls das Tier scheute.

Die Sonne hatte die östliche Bergkette überstiegen, ihre Strahlen hoben Nebeltücher aus den Senken, und vom Wind wurden die weißen Schleier in Fetzen davongetragen.

Als die Jagdgesellschaft eine Anhöhe erreichte, brachte Lorenzo mit leisem Zungeschnalzen den Rappen zum Stehen. Stumm folgten die Begleiter seinem Blick. Vor ihnen öffnete sich eine weite Hochebene; in der Ferne blinkten ein Bach und kleine Seen; aus den braunwelken Wiesen hoben sich vereinzelt kahles Gesträuch und kleine Baumgruppen; als hätte ein Bildhauer achtlos Skulpturen verteilt, schimmerte das Morgenlicht auf bizarren Steinbrocken.

Es roch nach Holzbrand. Rechter Hand von den Reitern loderte auf halber Höhe ein Feuer; Sitzgelegenheiten, Krüge und Körbe standen bereit. »Unser Beobachtungsplatz«, raunte Lorenzo.

In der Senke direkt unter ihnen befand sich das Jagdlager. Etwas außerhalb umringten sandfarbene, schlanke Hunde ihren Führer. Vier Knechte legten ohne jede hastige Bewegung die Ausrüstung bereit. Kein Gebell, keine Stimmen drangen herauf. Ob Mensch oder Hund, wer mit Falken jagte, musste Ruhe bewahren und jeden Lärm vermeiden.

Der Kranke ließ sein Pferd am Halfter den Pfad hinunterführen. Nacheinander folgten die Herren. Halblaut wurden sie von den Jagdhelfern begrüßt. Piero und Alfonso stiegen ab. Ihre Blick eilten gleich zum Mittelpunkt des Lagers: Neben der kastenförmigen Transportsänfte stand das runde Reck im Gras, und dort, beschützt von ihren beiden Falkenmeistern, thronten die vier Königinnen der Lüfte. Nur mühsam bezähmten sich die jungen Männer, ihnen nicht sofort ihre Aufwartung zu machen. Geduld.

Lorenzo neigte sich im Sattel zur Seite, die Leibwächter ergriffen den steifen Oberkörper und brachten ihren Herrn sicher zu Boden. Schnell waren Riemen und Rückenstütze beseitigt, Mantel und Pelzkragen gerichtet und der Stock übergeben. »Danke.« Lorenzo überspielte die Schmerzen und spaßte zu den Freunden. »Nachdem ihr Zeuge wart, wie aus einem aufrechten Reiter ein unbeholfener Krüppel, dann ein wenigstens halbwegs ansehnlicher Lahmer wurde, könnt ihr absteigen und einen Moment auf mich warten.« Er nickte Alfonso und seinem Sohn. »Übt Nachsicht mit mir. Wenn ich schon nicht mitreiten kann, so möchte ich doch wenigstens unsere Schönheiten bewundern.«

Gehorsam geleiteten ihn die jungen Männer zum Reck hinüber. Lorenzo lächelte seinen Falkenmeistern zu. »Ihr beide übt den schönsten Beruf aus. Ihr bezähmt das ungestüme Wilde, und ist das Vertrauen einmal erworben, habt ihr verlässliche Freundschaften gewonnen. Wenn meine Wiege nicht zufällig im Palazzo der Medici gestanden hätte, wäre ich gerne ein Falkner geworden. So aber muss ich mich zeitlebens mit Herrschern und Diplomaten herumschlagen. List und Tücke sind ein schlechter Nährboden für echte Freundschaften.«

»Aber Vater! Halte uns doch nicht auf«, beschwerte sich Piero un-

473

gehalten in seinem Rücken. »Diese Männer sind bei uns in Lohn und Brot. Sie verrichten nur ihre Pflicht.«

So schnell es ihm möglich war, fuhr der Kranke herum. »Ich belohne Tüchtigkeit und Fleiß. Diese Auszeichnung musst du dir erst noch erwerben.«

»Verzeih.« Trotzig warf der Zwanzigjährige seine schwarze Haarmähne zurück. »Aber heute habe ich es nicht nötig, von dir zu lernen. Dieser Tag gehört mir.«

»Ein Geschenk, mein Sohn. Nur ein großzügiges Geschenk.« Der Vater stieß den Stock vor sich ins Gras. »Ich könnte es zurücknehmen und verlangen, dass du statt der Jagd dich mit dem Problem Fra Girolamo auseinander setzt, das uns nachher beschäftigen wird.«

»Dieser Prediger?«, entrüstete sich Piero. »Er soll mir den Spaß nicht verderben. Was ich über ihn denke, kann ich schnell zusammenfassen: Mich stört er nicht. Im Gegenteil, wenn er das Volk zur Sparsamkeit und Zucht ermahnt, sehe ich darin nur Vorteile für uns.«

Aus halb geschlossenen Lidern betrachtete Lorenzo seinen Sohn, dann blickte er auf den fünf Jahre älteren Alfonso. »Und du? Von dir erwarte ich etwas mehr Reife.«

Der schlanke Strozzi runzelte die Stirn. »Ich muss gestehen, Magnifizenz, mit Glaubensfragen beschäftige ich mich wenig. Dafür kenne ich mich umso besser mit Bankgeschäften aus, und die sehe ich durch den Mönch nicht gefährdet. Allerdings weiß ich, dass mein Schwiegervater recht angetan von ihm ist.«

»Wie lange bist du verheiratet?«

»Erst seit einigen Monaten.«

»Das erklärt mir vieles.« Kopfschüttelnd kehrte sich Lorenzo von den so hoffnungsvollen Sprösslingen ab und näherte sich einem der Falkenweibchen. »Ara.« Trotz seiner schrillen Stimme gelang ihm ein lockender, weicher Ton. Die Gerfalken-Königin bewegte ihren weißen, an den Seiten braun getropften Kopf und schenkte dem Fürsten einen aufmerksamen Blick. »Wie schön du bist«, seufzte Lorenzo und weidete sich eine Weile an ihrer versammelten Kraft, an dem Gefieder, den nadelspitzen Krallen und ihrem scharfhakigen Schnabel. Er wandte sich an den ersten Falkenmeister, dabei hob er mühsam seine linke Faust. »Kannst du mir den Handschuh überstreifen? Einmal noch möchte ich Ara tragen.«

Bekümmert kratzte der Mann sein bartstoppeliges Kinn, kämpfte zwischen Gehorsam und Vernunft, schließlich verneigte er sich und stammelte, ohne den Kopf zu heben: »Eure Hand zittert, Herr. Ihr … Ihr würdet Ara verunruhen. Bestraft mich … aber bitte erspart dem Falken …«

»Genug, ich habe verstanden. Deine Offenheit ehrt dich. Danke.« Lorenzo raunte der Königin zu: »Steige hoch in die Lüfte, Ara. Ich bin sicher, du besitzt mehr Weitsicht als mein Sohn und sein Freund zusammen.« Ohne die Junker noch eines Blickes zu würdigen, humpelte er davon, und als wäre es ihm eine lästige Pflicht, verkündete er über die Schulter: »Die Jagd ist eröffnet. Falkners Heil.«

Sobald er Filippo Strozzi und seine beiden Vertrauten erreicht hatte, schlug er vor, den kurzen Marsch hinauf zum Picknickplatz gemeinsam und zu Fuß zu unternehmen. »So erspare ich mir das Holzgestell und euch meinen kläglichen Anblick, bis ich erst wieder im Sattel sitze.« Er unterbrach sich und sah beinah betroffen auf Pico della Mirandola. »Wie unhöflich von mir, einfach über dich zu bestimmen. Mir ist nicht entgangen, dass du hin und wieder gerne die Gesellschaft junger Männer vorziehst. Liebster Freund, da du vom Alter her unseren Söhnen noch am nächsten bist, steht es dir selbstverständlich frei, mit ihnen das muntere Vergnügen zu teilen.«

»Danke.« Der schlanke Graf senkte die seidigen Wimpern. »Ich weiß, zu wem ich gehöre.«

Diener hatten Wein, Käse und Brot gereicht. Im Halbrund hockten die Herren auf schlichten Klappstühlen neben dem Feuer. Ihre Pelzkragen hochgeschlagen, sahen sie den Reitern und Hunden nach. Als die Jäger weiter in der Hochebene vor einem Gestrüppdickicht anhielten und zum ersten Mal die Falken geworfen wurden, schirmten Lorenzo und seine Gäste die Stirn mit der Hand, um den kreisenden Steigflug der Königinnen zu beobachten.

Nach einer Weile griff Poliziano sichtlich gelangweilt nach dem Becher und trank. »Ich weiß nicht, ob es nur an meinen Augen liegt«, spottete er, »aber viel sehe ich von hier aus nicht.«

»Sicher stellt sich die Spannung etwas später ein«, widersprach Graf Pico vorsichtig.

Auch Filippo fühlte sich bemüßigt, dem Schauspiel etwas abzugewinnen. »Aus der Erinnerung weiß ich, wie aufregend der Moment ist, wenn die Hunde mit einem Mal stillstehen, weil sie vor sich das Wild wittern.« Er stülpte seine Pelzmütze über die linke Faust und winkelte den Arm, als trüge er einen verkappten Falken.

Mit neu erwachtem Interesse sahen die Herren dem Pantomimenspiel zu. Er nahm ruhig und gekonnt dem Raubvogel die Haube ab. Schnell löste er jetzt den gedachten Fußriemen und warf den Falken mit gleitendem Schwung vom gestreckten Arm ab. Mit dem Blick verfolgte Filippo, wie sich sein unsichtbarer Jäger hoch in die Luft schraubte, bis er über dem Lagerplatz stand. Kurzes Schnippen war das Zeichen für die Hunde, nun die Beute aufzuscheuchen!

»Bravo!« Lorenzo klatschte dem Bankherrn zu, und Poliziano versah schmunzelnd sein Kompliment mit philosophischer Würze: »Das dargestellte Nichts habe ich in der Tat deutlicher gesehen als die so weit von uns entfernte Wirklichkeit.«

Pico della Mirandola beugte sich zum Feuer und erweiterte im Scherz das Gedankenspiel: »Unser Falke steht also über dem brennenden Dornbusch. Gleich erfahren wir, wer sich dort verbirgt. Die Hunde schlagen an, und heraus fliegt …« Er zögerte jäh und presste die Hand vor den Mund. »Nein, nein. Das wäre Blasphemie.«

An seiner statt vollendete Filippo den Satz: »Ein gebratenes Rebhuhn. Was sonst?«

Angelo Poliziano lachte meckernd. »Nur gut, dass kein frommes Christenlamm in der Nähe ist.«

»Genug der Späße!«, unterbrach Lorenzo. Er stemmte den Stock zwischen seine Beine und faltete die Hände über dem silbernen Knauf. »Meine Freunde, beschäftigen wir uns einen Augenblick ernsthaft mit dem Feuer. Ein Fremder ist in meine Stadt gekommen und verbreitet Unruhe. Dies kann ich nicht dulden.«

»Wir sollten ihn mundtot machen«, knurrte Poliziano.

»Eine klare Antwort. Jedoch so einfach wird das Problem nicht mehr zu lösen sein. Außerdem haben wir uns selbst die Laus in den Pelz gesetzt, nicht wahr?«

Pico stützte seine Stirn in die Hand und vermied es, den Fürsten anzusehen.

Lorenzo überging ihn und wandte sich an Filippo Strozzi. »Du warst mit mir in Neapel bei König Ferrante. Du hast miterlebt, wie hart wir um Frieden gerungen haben. Mit den Jahren ist die Saat meiner Politik aufgegangen: Es existiert heute ein beinah stabiles Gleichgewicht zwischen den fünf italienischen Staaten. Mein gutes Verhältnis zum jetzigen Papst lässt auch weiterhin auf äußeren Frieden hoffen. Florenz steht in voller Blüte. Und da versucht dieser Mönch mit Wehe- und Bußgeschrei einen nahenden Sturm, ja, den Untergang heraufzubeschwören.«

»Hätte ich in der Bank einen Angestellten, der gegen meine Geschäfte redete, so würde ich ihn noch am gleichen Tag vor die Tür setzen.« Filippo schnippte mit den Fingern. »Du besitzt das Recht und die Macht, also nutze sie und jage den Kerl aus der Stadt. Ich glaube, deine selige Mutter, Donna Lucrezia, hätte dir den selben Rat gegeben.«

»Zunächst danke ich dir für deine Meinung.« Nachdenklich stocherte Lorenzo mit dem Stock im Gras. »Zwei Vorschläge habe ich nun gehört. Es fehlt mir ein dritter.« Er wandte sich an Graf Pico. »Liebster Freund, du hast dich ungestüm für den Prediger eingesetzt. Nun, da er sein Gesicht zeigt, solltest du deines nicht länger vor uns verbergen. Was ist zu tun?«

Der schlanke Philosoph hob den Kopf. »Fra Girolamo will nach wie vor das Richtige: die Kirche und ihre Diener ermutigen, sich zu besinnen. Ich gebe zu, dass er in Maß und Form noch ungeschickt ist. Aber er predigt doch nur …«

»Er wiegelt das Volk auf«, fuhr Poliziano dazwischen. »Der Schnabel muss diesem Rabenvogel zerquetscht werden, sonst nichts.«

»Nein, bitte«, flehte Pico, die Lider seiner schön geschwungenen Augen flatterten. »Das wäre eine zu harte Strafe. Vielleicht sollten wir mit ihm sprechen. Ich bin sicher, er ändert seinen Stil.«

»Danke, meine Freunde.« Lorenzo fuhr mit dem Finger den langen Nasenrücken hinunter und tippte ihn leicht auf die platte Kuppe. »In einem stimme ich meinem unbedarften Sohne zu: Dieser Mönch darf uns die Lebensfreude nicht vergällen, dafür ist er in der Tat ein zu schwaches Licht. Dessen ungeachtet hat er bereits so viele Anhänger im Volk, dass eine rüde Vertreibung ihn sehr schnell zum Märtyrer erheben könnte. Mein Entschluss steht fest. Um jeder Gefahr vorzubeugen, halte ich es zunächst für angebracht, ihn zu ermahnen. Seine Prophezeiungen müssen unterbunden werden.« Er nickte in Richtung des Grafen. »Du stehst ihm näher als jeder von uns. Du wirst diese Aufgabe übernehmen.« Im Unterton klirrte eine Warnung mit, bei der Pico erschreckt den Atem anhielt. »Liebster Freund, du solltest alles daran setzen, mich nicht zu enttäuschen. Zeigt er sich dennoch uneinsichtig, so werde ich den Druck verstärken müssen.« Lorenzo lächelte bitter in die Runde. »Um gegen Staatsmänner und Päpste zu kämpfen, fühlte ich mich stets gut gerüstet. Dieser Mönch aber könnte wahrhaftig eine neue Herausforderung darstellen. Doch jetzt wollen wir uns nicht länger über ihn den Kopf zerbrechen.«

Unvermittelt klatschte er Filippo wieder zu: »Ein dreifaches Kompliment an dich. Du kannst nicht nur einen unsichtbaren Falken vor uns aufsteigen lassen. Nein, du verstehst es auch, in schöner Regelmäßigkeit die Schar deiner Nachkommen zu vermehren. Meinen Glückwunsch zur Geburt deines Sohnes. Er wird sicher bald mit deinen Enkelkindern zusammen spielen. Und wenn ich bedenke, wie schnell dein wahrhaft bescheidener Palazzo aus dem Boden gewachsen ist, so muss ich mich vor dir verneigen. Ich kenne keinen Freund, der über so viele Jahre und an so unterschiedlichen Fronten beachtliche Erfolge feiern kann.« Lorenzo wartete den Beifall der anderen ab, ehe er mit gespieltem Neid hinzusetzte: »Ich gebe es ungern zu, nur im Aussehen ähnelst du einem gesetzten älteren Herrn.«

Filippo stülpte die Pelzmütze über den Kopf. »Grau mag ich sein«, bekannte er sichtlich geschmeichelt. »An Tat- und Lendenkraft aber nehme ich es jederzeit noch mit Jüngeren auf.«

Was tun, wenn der Damm Risse zeigt und die Regenfluten nicht nachlassen? Pico della Mirandola hatte wenige Tage nach der Falkenjagd ein Gespräch mit dem Bußprediger von San Marco gesucht, ihn inständig gewarnt, nicht länger so hart und schonungslos die Missstände anzuprangern. »Mäßigt Euch in der Wortwahl, sonst beschwört Ihr nicht nur mit den Würdenträgen der Kirche einen offenen Bruch herauf, sondern auch mit der herrschenden Gesellschaft in Florenz. Und das wollt Ihr sicher nicht.«

»Will ich das nicht?« Fra Girolamo war verwundert. »Müssen nicht alle vorhandenen Gemäuer eingerissen werden, wenn auf dem selben Grund ein neues Gebäude entstehen soll?«

»Ehrwürdiger Vater, ich spüre das Wahre und Notwendige in Euren Thesen. Ich unterstütze Euer Ringen um die Rückkehr zur reinen Nachfolge Christi und hege, wie Ihr, die höchste Verehrung für die Heilige Schrift. Indes Eure gezeigte Strenge …«

»Sind Eure Worte nicht nur Worte?« Der Mönch schabte mit den Fingernägeln trockene Hautspelzen aus seiner linken Handfläche. »Ihr bekennt Euch zur christlichen Armut. Doch wie kann ich Eurem Rat noch trauen, wenn Ihr nicht endlich den Beweis erbringt, wie ernst es Euch mit dem Glauben ist?« Eine Weile hatte er stumm die Betroffenheit des Grafen anwachsen lassen und schließlich hinzugesetzt: »Ihr verfügt über großen Reichtum, werter Freund. Lest selbst in der Schrift nach, wie damit umzugehen ist.«

Was tun, um den geliebten Freund Lorenzo nicht zu enttäuschen? Was tun, um das Vertrauen des verehrten Mönches nicht zu verlieren? Graf Pico durchwachte drei Nächte; ruhelos suchte er nach einem Weg, der beiden Hälften seines empfindsamen Herzens keinen Schmerz zufügte.

Endlich glaubte er die einzig mögliche Lösung gefunden zu haben. Durch eine Eildepesche bot er seine Ländereien im Herzogtum Ferrara einem Neffen zum Verkauf an. Mit einem Teil des Erlöses wollte er Almosen verteilen lassen, die Not der Kinder im Findelhaus lindern und bedürftigen Mädchen zu einer Aussteuer verhelfen. Auch das Kloster des Predigers sollte bedacht werden. Mit diesen Spenden erhoffte der schwer geprüfte Philosoph wieder Einfluss auf den Prediger zu erlangen und für die Forderung Lorenzos ein offenes Ohr bei ihm zu finden.

Eile war geboten. Denn die Mauern der engen Kirche von San Marco hielten dem Zustrom der Anhänger nicht mehr stand. »Gebt

479

dem Frate mehr Raum!« – »Er soll von der Kanzel sprechen, die ihm
gebührt!«

Bisher hatten sich die brodelnden Bußschreie auf das eine Gotteshaus beschränkt. Nun war der Damm zur Stadt gebrochen. Am
14. Februar fluteten mehr als zehntausend Gläubige in den Dom.

Fra Girolamo bestieg den Predigtkorb unter der gewaltigen Kuppel. Von hier aus war er nicht mehr zu überhören. Für diesen und die
folgenden Sonntage der Fastenzeit hatte er sich die Klagelieder des
Propheten Jeremias aus dem Alten Testament zum Thema gewählt.
Unbeirrt verglich er das Verderben Jerusalems mit dem nahen Untergang von Florenz: »›...alle geistige Schönheit und alle Tugenden,
alles Licht, alle Liebe und alle Hoffnung sind erloschen...‹« Voller
Leidenschaft hörten ihm die Menschen zu. Die scharfen Proteste der
Besonnenen gingen in der begeisterten Zustimmung des Volkes unter. »Fra Girolamo spricht für uns!« – »Er ist der Prediger der Hoffnungslosen!«

Anfang März traf sich Graf Pico erneut mit dem Mönch zu einer
Unterredung. Verborgen von seinem Mantel trug er eine pralle Ledertasche am Schulterriemen. »Ehrwürdiger Vater, ich habe mir Eure
Ermahnungen zu Herzen genommen: Der Verzicht auf irdische Güter ist die Voraussetzung...«

»Nicht hier«, unterbrach ihn Fra Girolamo liebenswürdig und
führte den Gast zu einer verschwiegenen Laube am Ende des Klostergartens. »Hier sind wir sicher vor ungebetenen Lauschern.« Scheinbar
unbeteiligt wartete er, bis sein Gast das schwere Gepäckstück neben
der Eckbank abgestellt hatte, dann bat er: »Werter Freund, Ihr dürft
Euer Gewissen vor mir entlasten.«

»Ich hänge nicht an meinem Vermögen«, begann Pico mit leiser
Stimme, »deshalb entschloss ich mich, den Überfluss zu verteilen.« Er
zählte die Schenkungen an Bedürftige auf und legte hiernach ein Pergament auf den Tisch. In geschwungener Schrift hatte er San Marco
die Summe von zweitausend Florin als Spende garantiert. »Zum Wohle des Klosters. Doch Ihr allein sollt darüber nach Eurem Gutdünken
verfügen. Nur so weiß ich das Geld in rechten Händen.«

»Ich danke für Euer Vertrauen.«

»Dies soll nur ein Anfang sein.« Graf Pico beugte sich vor. »Ein

480

kleiner Beweis, wie segensreich sich ein gutes Verhältnis zu den Gönnern der Stadt entwickeln kann.«

Sofort versteifte Girolamo den Rücken. »Ich bin nicht bestechlich.«

»Nein, bitte. Ihr dürft mich nicht missverstehen. Niemals dachte ich daran, die Spende mit einem Zweck zu verknüpfen.«

»So nehme ich sie mit Dank. Denn nur wer selbstlos gibt, findet Wohlgefallen vor Gott.«

»Amen«, bekannte der Besucher und war erleichtert, nicht am Riff seiner eigenen Ungeschicklichkeit gescheitert zu sein. Indes wollte und musste er den Prediger zur Mäßigung bewegen. Mit Bedacht bereitete Pico seinen nächsten Schachzug vor. »Wir stammen beide aus dem Herzogtum Ferrara. Mir sind die wirtschaftlichen Verhältnisse der Familie Savonarola sehr wohl bekannt. Seit Euer Vater gestorben ist, darbt Eure tapfere Mutter mit ihren Töchtern im Elend. Es fehlt an Mitteln, die jungen Frauen zu verheiraten.«

»Das mag so sein«, pflichtete ihm der Mönch bei und hob die Achseln: »Doch wenn dies Gottes Wille ist, wer darf darüber klagen?«

Graf Pico sah nun den Moment gekommen, das Herz des Predigers zu gewinnen. Er zog die Ledertasche etwas unter dem Tisch vor. »Darin befindet sich die Rettung aus der Not. Vierhundert Goldgulden biete ich Euch an. Die Summe reicht für eine standesgemäße Mitgift aus. Bitte nehmt sie und beendet das Unglück Eurer armen Schwestern.«

Fra Girolamo lehnte sich zurück und betrachtete die sorgfältig angelegten Gemüsebeete vor der Laube. Ein Anflug von Spott umspielte seine vollen Lippen. »Wahrlich eine stattliche Gabe, werter Freund. Als Mitgift aber würde sie nicht das Heil fördern. Ich halte es für angebracht, dass meine Schwestern unverheiratet bleiben, da sie sonst ständig der Sündengefahr ausgesetzt sind.«

Graf Pico sank in sich zusammen. »Ich wollte Gutes tun«, flüsterte er.

Da rückte der Mönch unvermittelt ein Stück näher zu ihm. »Ihr habt mich von Eurer selbstlosen Großzügigkeit überzeugt, werter Graf. Legt Eurer Spende den Inhalt dieser Ledertasche hinzu. So verhelft Ihr einer weit wichtigeren Sache zum Erfolg.« In den Augen-

481

höhlen flackerte Licht auf. »Ich gestehe Euch freimütig als Freund: Je mehr Almosen zu mir gebracht werden, umso schneller wächst mein Einfluss in diesem Kloster, und meine offenen wie auch heimlichen Feinde in der Bruderschaft müssen schweigen. Ich sage dies nicht aus schnöder Ruhmsucht; nein, es ist der gute Weg, endlich mit der inneren Reform beginnen zu können. Dafür bin ich angetreten, und Ihr seid mir eine große Stütze in diesem Kampf.«

»Ich gebe gern«, sagte Pico verwirrt.

Die knochigen Finger strichen leicht über seine Hand. »Geld an sich ist nicht schlecht. Für den guten Zweck eingesetzt, kann es segensreiche Taten vollbringen. Deshalb solltet Ihr überlegen, ob die kleinen Gaben hier und da nicht nur Tropfen sind, die schnell in der Sonne verdampfen.«

»Ihr meint, es wäre klüger, Euch die ganze Summe meiner Spenden anzuvertrauen?«

»Nur ein Gedanke, mehr nicht – und ohne Euch bevormunden zu wollen.«

Heftig rieb sich Graf Pico die Stirn. »Aber bedeutet dies nicht, dass Ihr sehr wohl auf die Hilfe großherziger Gönner angewiesen seid?«

Fra Girolamo faltete die Hände über dem Blatt mit der Spende von zweitausend Florin. »Auch darin habt Ihr mich beinah schon überzeugt. Ich verspreche Euch, darüber nachzudenken.«

Mit dieser unerwarteten Aufmunterung verließ Graf Pico das Kloster. Erst zögerte er noch, dann aber meldete er Seiner Magnifizenz: »Die Gefahr ist gebannt. Der Mönch konnte sich meinen Argumenten nicht entziehen. Ich glaube, dass er künftig den Inhalt und Stil seiner Predigten mäßigen wird.«

»Liebster Freund, du hast zumindest dein Möglichstes versucht.« Den Abend über saß Pico mit Lorenzo zusammen. Sogar die Nacht verbrachte er zum ersten Mal seit langem wieder im Schlafgemach des Freundes.

Keine Veränderung, nicht die Spur eines Nachgebens. Auch in den folgenden Bibellesungen stand der Prediger als neuer Jeremias über seinen Zuhörern; gleich ihm prangerte er weiter die Sündenlust des Volkes und seiner weltlichen und kirchlichen Machthaber an.

Girolamo fühlte keine Müdigkeit, für seinen göttlichen Auftrag marterte er Körper und Verstand. Gleichzeitig raubte ihm der unfassliche und so rasch anwachsende Erfolg den Schlaf. Er musste dem heimlichen Stolz erneut Raum verschaffen, weil er sonst seine Brust zu sprengen drohte. Fra Silvester allein genügte nicht, dieser Freund lebte mit ihm und begleitete Tag für Tag den Aufstieg. Einen Menschen kannte Girolamo noch, dem er sich ohne Scheu anvertrauen konnte: Der Freund in der Ferne, der schmerzlich vermisste Fra Domenico. Er predigte nach wie vor in Pisa und fragte in seinen Briefen begierig nach den wunderbaren Ereignissen. Ihm wollte Girolamo vom Überfluss des Herzens abgeben.

Am Abend des 10. März ließ er sich von seinem Adlatus frische Tinte, Papier und eine neue Feder bringen.

»Geliebter Bruder im Herrn, innig geliebter Freund … Unsere Sache schreitet glücklich voran, denn Gott wirkte wunderbar, obschon wir heftigen Widerspruch der Großen dieser Stadt zu erdulden haben …« Er schrieb von den Gefahren, die er sieghaft überstanden hatte. »… Dies vermochte ich nur, weil der Allmächtige mich täglich stärkt, und wenn ich verzage, so tröstet er mich durch die Stimme seiner Geister, die mir häufig zurufen: ›Fürchte dich nicht! Verkünde zuversichtlich, was immer dir Gott eingibt, denn der Herr ist mit dir!‹« Die Feder kratzte über das Pergament und hielt kaum Schritt mit seiner Begeisterung. »… Ich verkünde sehr häufig die Erneuerung der Kirche und die künftigen Trübsale, doch nicht klar heraus, sondern stets unter Berufung auf die Heilige Schrift, sodass niemand mich tadeln kann, es sei denn, er ist unehrenhaft …« Die Buchstaben wurden kleiner, als wollte er das Folgende nur flüsternd weitergeben: »Der uns ergebene Graf Pico della Mirandola macht beständig Fortschritte im Herrn und kommt häufig in die Predigten. Almosen kann ich dir allerdings nicht schicken. Denn wenn auch die Gelder des Grafen eingetroffen sind, so ist es doch ratsam, sie noch etwas zu horten. Aus guten Gründen! Was du sonst noch erbeten hast, besorge ich. Die Zeit eilt, deshalb fasse ich mich kurz. Unsere gleich gesinnten Mitbrüder sind wohlauf, insbesondere unsere Novizen, die mir an den Lippen hängen. Ich erwarte deine Ankunft mit großer Sehnsucht, um dir die wunderbaren Dinge des Herrn endlich von Angesicht zu Angesicht erzählen zu können …«

Seine Magnifizenz zürnte dem erfolglosen Freund nicht. »Wir tragen beide Schuld, du, weil dich das christliche Schwärmen zu sehr beeindruckt hat, und mir ist anzulasten, dass ich nach den ersten Anzeichen nicht sofort gehandelt habe. Nun ist die Büchse der Pandora aufgesprungen. Und wir müssen uns wohl oder übel dem Inhalt stellen.« Er saß im Studio seines Palazzo, das Gesicht grau vor Schmerzen. »Wie ich Unruhe hasse«, seufzte er.

Hilflos und beschämt versprach Pico: »Ich werde wieder und wieder nach San Marco gehen.«

»Beharrlichkeit führt oft zum Ziel.« Leichter Selbstspott hellte die Miene des Fürsten auf. »Dieser unbeirrte Mönch jedenfalls beweist uns täglich, wie schnell ihr Erfolg beschieden ist. Wäre er in einer anderen Stadt, weit weg von meinem Florenz, am besten sogar bei den Türken, und mir würde von dort über ihn berichtet, so müsste ich gestehen, dass ich seinen Glaubenseifer und mitreißenden Erfolg nicht ohne Bewunderung betrachten würde. Ja, warum bekehrt er nicht die Muselmanen? Er wäre der beste Missionar, den Rom sich wünschen kann.«

»Aber ihm geht es um die Christenheit …«

»Liebster Freund, so gönne mir doch den kleinen Atemzug einer sinnlosen Idee. Ich weiß es selbst.« Lorenzo stützte die Arme auf den Schreibtisch. »Bemühen wir uns also um Fakten: Es wäre mir ein Leichtes, den mir in herzlicher Freundschaft zugetanen Papst Innozenz zu bitten, uns diesen groben Mönch für immer vom Halse zu schaffen. Aus triftigen Gründen muss ich darauf verzichten: Die Stimmung in der Stadt ist so angeheizt, dass es Aufruhr geben könnte. Und zweitens pflege ich interne Probleme selbst zu lösen, ohne Hilfe von außen. Im Übrigen wird mein Sohn Giovanni bald als Kardinal feierlich eingeführt. Dieses Fest darf unter keinen Umständen durch Empörung gestört werden.«

»Den Aufstieg hat sich Giovanni wirklich verdient.« Pico della Mirandola nickte. »Im Verlauf der drei Jahre, die Poliziano und ich ihn unterrichteten, ist er zu einem klugen und wissenden jun-

484

gen Mann herangereift. Auf diesen Sohn darfst du besonders stolz sein.«

»Keine Schmeichelei. Der rote Hut kam mich teuer genug. Zurück zu Savonarola. Ich werde ihn bekämpfen, ohne aber die Waffe direkt auf ihn zu richten. Er soll sich selbst vertreiben. Mein nächster Schritt wird ihm ein anderes Publikum bescheren.«

Karsamstag, einen Tag vor dem Osterfest, am 6. April, hatte der Hohe Rat das gesamte Parlament zu einer Sondersitzung einberufen. Auf Bitten von Lorenzo de' Medici war die Teilnahme zur Pflicht erhoben worden, und kaum tönte das Läuten vom Turm des Regierungspalastes, eilten die Abgeordneten aus allen Vierteln der Stadt über den Platz der Signoria. Der große Saal füllte sich rasch; kein wahlloses Gedränge und Schieben, denn jeder kannte seinen Platz: Vorn die Stadtväter neben den mit hohen Ämtern betrauten Patriziern; die Vertreter der reichen Zünfte schlossen sich an; und hinter ihnen saß die Masse der Gewählten aus den einfacheren Schichten des Volkes. Wurde vorn nur gemurmelt, so hob sich aus der zweiten Saalhälfte kaum gedämpftes Stimmengewirr: Lautstark begrüßten sich Kaufleute über Stuhlreihen hinweg, Gelächter entstand bei den Handwerksmeistern über neueste Zoten, und dazwischen wurden kleine Zankereien zwischen eifersüchtigen Geschäftspartnern ausgetragen.

Der Lärm ebbte erst ab, als Seine Magnifizenz Lorenzo in Begleitung zweier Leibwachen langsam durch den Mittelgang nach vorn humpelte. Freundlich nickte er nach rechts und links und ließ sich in der vordersten Reihe auf seinem Sessel nieder. Nicht weit von ihm bezogen die Leibwächter an der Saalwand ihre Posten.

»Verehrter Rodolfo Cattani.« In der fünften Stuhlreihe wandte sich der Vertreter der Goldschmiedezunft an seinen Nachbarn. Hinter vorgehaltener Hand fragte er: »Weißt du, warum wir herbestellt wurden?«

»Ich habe nicht die leiseste Ahnung.« Der Seidenfabrikant lehnte sich gelangweilt zurück und schlug ein Bein übers andere. »Sicher wird uns irgendwas Belangloses zur Abstimmung vorgelegt. Du weißt doch, dass die wirklich wichtigen Entscheidungen nicht hier, sondern in den Gremien und Ausschüssen getroffen werden. Wie stets dürfen wir gewöhnlichen Stadträte heute mal wieder nicken oder vielleicht sogar den Kopf schütteln, das ist aber auch alles. Und zum Abschluss der Sitzung wird uns ein gesegnetes Osterfest gewünscht.«

»Warum so zynisch?«

»Bin ich gar nicht. Ich sage nur die banale Wahrheit.« Rodolfo fuhr mit dem Finger an der Halsseite unter den Kragen und lockerte ihn etwas. »Manchmal möchte ich einige Tatsachen laut rausschreien; aber wer hört hier im Parlament schon zu?«

Der Sprecher trat ans Rednerpult. Unterwürfig begrüßte er den ersten Bürger der Stadt und hieß die Versammlung willkommen. »Werte Herren, ich will Eure Zeit nicht unnötig in Anspruch nehmen. Kommen wir gleich zum Hauptanlass der heutigen Sitzung. Der Hohe Rat hat den Mann geladen, hier vor Euch zu sprechen, der zurzeit mit seinen Predigten für einige Aufruhr in unserer Stadt sorgt. Es ist der Dominikaner Fra Girolamo Savonarola aus dem Kloster San Marco!« Damit gab er nach rechts ein Handzeichen zum kleinen Beratungszimmer hinüber.

Rodolfo Cattani setzte sich ruckartig auf und spannte die Lippen. Keine Zustimmung, keine Ablehnung war im Saal zu hören, alle Blicke hefteten sich auf die offen stehende Seitentür nahe des Podiums.

Fra Girolamo erschien, den gesenkten Kopf verhüllt vom Schwarz der Kapuze und die Hände in Demut vor der Brust gefaltet. So schritt er an den hohen Persönlichkeiten der ersten Reihe vorbei und stellte sich hinter das Rednerpult. Umständlich legte er sein Manuskript zurecht. »Der Allmächtige sei mit uns. Er behüte unseren Eingang und unseren Ausgang und verleihe uns Kraft, zu verstehen die Dinge, die uns bedrücken. Amen.« Ein Schnauber fuhr durch den Nasenhöcker; ohne aufzublicken, räusperte er sich. Endlich hob er den Kopf und sah über die Versammlung hinweg zu den Gemälden an der hinteren Saalwand. »Ich erkläre freimütig, dass mir nicht wohl ist, hier im Zentrum der Macht zu sprechen. Mein Platz ist in der Kirche. Dort auf der Kanzel bin ich Herr, hier aber in dieser weltlichen Umgebung bin ich nur Gast, dies will und muss ich respektieren. Dennoch …« Feuer sprang jäh in die dunklen Augenhöhlen. »Dennoch fordere ich euch alle auf, die Missstände in dieser Stadt endlich zu erkennen und zu beseitigen.« Es folgte eine Litanei des Übels, nach der Florenz tiefer noch dastand als die verderbten Städte Sodom und Gomorrha aus dem Alten Testament. Der Redefluss war in Schwung gekommen, die eckigen Armbewegungen nahmen zu: »… wen trifft die Hauptschuld, verehrte Zuhörerschaft? In einem Gemeinwesen geht alles Gute wie auch alles Böse vom Oberhaupte aus, dem daher später entweder die Krone gebührt oder dem große Qual bevorsteht. Ist er fromm, folgt ihm die ganze Stadt auf dem Wege der Heiligkeit nach. Ist er voller Sünde, so häuft er Schuld auf sein Haupt. Doch die Tyrannen sind unverbesserlich: Sie leben in Hochmut und haben sich gewöhnt an Schmeichelei. Sie denken gar nicht daran, das geliehene fremde Gut aus gemeinnützigen Versicherungen zurückzuerstatten, wozu sie verpflichtet wären!«

Kein Laut war mehr im Saal zu hören. Jeder wusste von dem Gerücht, dass in der öffentlichen Mitgiftkasse ein tiefes Loch klaffte. Ein beträchtlicher Teil der Spareinlagen armer Eltern war für staatliche Projekte entnommen worden und fehlte jetzt, um die Töchter gut zu verheiraten.

Wie auf der Kanzel hob der Prediger drohend die Faust, schien sich des Ortes zu erinnern, an dem er stand, und nahm sie gleich wieder zurück. Umso ätzender wurde seine Stimme: »Die Tyrannen sind selbstherrlich. Sie hören nicht auf die Armen und verurteilen die Reichen nicht. Sie begehen ohne Scham und allein zu ihrem Vorteil grobe Verfehlungen gegen eine gerechte Steuerverteilung, ebenso gegen Maß, Gewicht und Geldwährungen. Sie beugen das Recht und die Sittlichkeit, lassen die Bauern ohne Lohn für sich arbeiten. Sie kaufen Wahlstimmen und setzen Beamte ein, die ihnen nach dem Munde reden. Ja, sie verkaufen die Salzsteuer, um das Volk immer stärker zu bedrücken! Amen!« Mit erhobenem Kinn starrte Fra Girolamo wieder auf die Gemälde an der hinteren Saalwand.

Kein Tumult entbrannte. Atemlos richtete die Zuhörerschaft den Blick nach vorn zum Sitzplatz ihres ungekrönten Fürsten. Ihm galt der ungeheuerliche Angriff. Doch Lorenzo lehnte still im Sessel; er hatte die Lider halb gesenkt und schien nur ermüdet von der langen Rede.

Mit Geraschel klaubte der Gastredner seine Manuskriptblätter zusammen, stieg die Stufe vom Sprecherpult hinunter und strebte steifen Schritts auf die Tür des Beratungszimmers zu.

»Frechheit!« Der Ruf zerschnitt die Stille. In der fünften Reihe sprang Rodolfo Cattani auf. »Eine bodenlose Unverschämtheit!«

Der Mönch blieb stehen, sah aber nicht zur Seite. Jedoch starrten jetzt alle Ratsmitglieder entgeistert auf den hochgewachsenen, zorn-bebenden Vertreter der Seidenzunft.

»Ehrwürdiger Vater, es fällt mir schwer, für Euch diese höfliche Anrede zu verwenden. Woher nehmt Ihr den Mut, hier im Palast der Regierung diese unhaltbaren Vorwürfe von Euch zu geben? Woher die Überheblichkeit, ohne jede Unterscheidung gleich alles in den Schmutz zu treten, das verantwortliche Männer mit großem Ernst für unser Gemeinwesen erarbeitet haben?«

Langsam wandte Fra Girolamo das Gesicht. Sein Blick verbrann-te den Kritiker. »Habe ich irgendeinen Namen genannt? Nein. Im Übrigen bin ich als Gast eingeladen worden, um meine Meinung vor dem Parlament kundzutun. Nicht aber um mich zu rechtfertigen für die Wahrheit!« Er wies mit dem gestreckten Finger auf den reichen Kaufherrn. »Wenn Ihr aber begierig seid, Näheres über die aufge-stellten Thesen zu erfahren, so besucht meine Predigten.« In Demut legte er die Hände vor der Brust zueinander und verneigte sich leicht zum Publikum. »Auch Euch allen gilt diese Einladung. Den vielen, die längst heimlich an meine Worte glauben, und den noch Zögern-den, auf dass auch sie sehen lernen, welches Ungemach dieser Stadt bevorsteht. Gott sei mit Euch. Er lasse Euch teilhaben an der Gnade des Osterwunders.«

Verstohlenes Klatschen und halblaute Zustimmung aus der hin-teren Saalhälfte begleiteten den Mönch hinaus. Flüche, Drohungen und verächtlicher Spott folgten ihm von den Trägern hoher Ämter aus den vorderen Reihen.

Kaum war der Dominikaner verschwunden, als heftige Debatten einsetzten. Die Schlussworte des Sitzungsleiters gingen in der aufge-wühlten Stimmung unter.

Seine Magnifizenz erhob sich. Das gelbfleckige Gesicht zeigte keine Regung. Im Schutz der Wächter schleppte er sich über den

488

Stock gebeugt durch den Mittelgang. Auf Höhe der fünften Reihe verharrte sein Schritt; einen Moment lang sah er zu dem Seidenfabrikanten hinüber. Als sich die Blicke trafen, nickte er ihm anerkennend zu, dann humpelte er weiter.

Der Vertreter der Goldschmiedezunft tippte Cattani auf den Arm. »Respekt, verehrter Rodolfo. Du hast tatsächlich laut und deutlich Protest von dir gegeben.«

»Na und? Was hat es gebracht?«

»Ja, dieser dürre Prediger zeigt wahrhaftig Zähne. Egal, nach dieser Mutprobe darfst du dir das Osterfestmahl schmecken lassen.«

Scharf blickte Rodolfo seinen Nachbarn an. »Das genügt mir nicht. Auch du solltest aufwachen, ehe es zu spät ist. Von dieser Person geht eine Gefahr aus, die wir alle nicht unterschätzen sollten.«

»Jetzt übertreibst du wirklich. Ein einzelner Mönch. Was kann der schon ausrichten? Hier in unserm Florenz? Mich schert sein frommes Geschwätz nicht.«

»Das sollte es aber. Glaube mir, das sollte es.«

Girolamo verließ seine Zelle, die siebte im ersten Stock des Hauptgebäudes von San Marco. Aus Gewohnheit spähte er rechts zur Mauernische am Treppenaufgang, ob dort ein Lauscher wartete, dann wandte er sich nach links und ging auf die Tür am Ende des Flurs zu. So leicht er auch auftrat, die Bohlen knarrten unter seinem Schritt. Verflogen war das Hochgefühl der letzten Monate. Warum fürchtest du dich, dachte er ärgerlich. Ganz gleich was dich erwartet, nichts kann dich von deinem Weg abbringen. Sei bescheiden, und schärfe deinen Verstand. Vielleicht bietet sich dir mit Gottes Hilfe sogar die Chance für einen Sieg. Dafür hast du dich die Nacht über kasteit. Dein Gebet war nicht vergeblich. Und doch lag eine unsichtbare Schlinge um seine Kehle, die ihm das Atmen erschwerte.

Prior Vincenzo Bandelli war gestern Abend aus Mailand zurückgekehrt. Nicht um sein Amt in San Marco fortzuführen. Der einflussreiche Ordensgelehrte wollte seine Habseligkeiten packen und heute noch vor dem Mittagsläuten unter der Obhut einer Reisegruppe von Kaufleuten und Bewaffneten wieder in Richtung des Herzogtums am oberen Lauf des Po aufbrechen. Während des gemeinsamen Mahls gestern hatte er sich freundschaftlich von allen Mitbrüdern verabschiedet. Lange war er danach mit seinem Stellvertreter im Klostergarten auf und ab gegangen und hatte noch zur späten Stunde dem ehemaligen Schüler Savonarola befohlen, ihn heute Morgen allein in den Räumlichkeiten des Priors aufzusuchen.

Zaghaft pochte Girolamo an der Tür. Das »Herein« klang barsch. Er ging durch den vorderen Betraum ins Studierzimmer. »Der Friede sei mit Euch, Vater.«

Sein früherer Lehrmeister saß über die Bibel gebeugt am Schreibtisch und beachtete ihn nicht.

Ehe Girolamo den Kopf senkte, stellte er fest, das Fach unter der rechter Hand vorkragenden Schreibplatte war leer. Auch das lange, schmale Bord darüber für Utensilien und die Papierablage war abgeräumt. Allein noch die Heilige Schrift lag aufgeschlagen vor dem Prior. »Ihr habt mich hergebeten.«

»Gerade las ich die Botschaft des Apostel Paulus an die Philipper: ›Freuet euch in dem Herrn aller Wege! Und abermals sage ich: Freuet Euch!‹ Welch eine Ermunterung für uns Christen.« Vincenzo Bandelli sah vom Text auf und wandte sich samt Sessel mit einem Ruck dem Besucher zu. »Mein Sohn, ich will nicht von hier scheiden, ohne dir persönlich Lebewohl zu sagen.«

»Danke, Vater. Ihr wart stets gütig zu mir.«

»Nachsichtig, meinst du.« Scharfe Querfalten furchten die Stirn des Oberen. »Viel zu nachsichtig, wie sich inzwischen herausstellt. Sohn! Bruder im Glauben! Was richtest du hier für Schaden an? Wie mir zu Ohren kam, lässt du alle notwendige Vernunft außer Acht, und dies zum Nachteil unseres Klosters. Ich bin abberufen zu einer anderen Wirkungsstätte, die unter dem Schutz eines anderen großzügigen Fürsten steht. Dennoch bereitet mir die Zukunft San Marcos großen Kummer. Halte deine Zunge im Zaum, sonst verliert die Bruderschaft seine Gönner.«

Girolamo schwieg. Es gibt Hoffnung, dachte er und fühlte sich von der Halsschlinge befreit. Mit keinem Wort hat der Vater Prior bisher den Inhalt meiner Predigten erwähnt. Seine Sorge betrifft allein das Wohlergehen des Klosters. »Um Vergebung. Ich befürchte keinen Niedergang, kein Ausbleiben der Almosen.«

»Woher nimmst du deine Zuversicht? Du, der du ohne Unterlass vom kommenden Verderben predigst?«

»Ich rufe zur Umkehr und Buße auf.«

»Damit öffnest du nicht, sondern verschließt jeden Geldsäckel.«

»In aller Demut möchte ich widersprechen.« Girolamo blickte auf seine gefalteten Hände, dachte, unser Gespräch muss bei den Äußerlichkeiten bleiben, nur so kann ich den Vater für mich gewinnen, und sagte: »Mein Wirken hat bereits großen Segen erbracht. Der Opferstock quillt über. Ich darf Euch mitteilen, dass neben den Spenden reicher Geschäftsleute dieser Stadt auch viele tausend Florin von Graf Pico della Mirandola eingetroffen sind. Dies habe ich erreicht. Täglich klopfen junge Männer aus gut gestellten Familien an die Pforte, um meiner Predigt wegen als Novizen in unseren Orden aufgenommen zu werden. Auch sie bringen ein gut Teil des elterlichen Vermögens mit.«

»Sehr beachtlich, in der Tat.« Die Stirnfalten glätteten sich. Gleich aber schüttelte Bandelli das Haupt. »Diese Spenden werden beileibe nicht ausreichen, wenn uns erst der Medici seine mildtätige Hand verschließt. Wer bestückt dann unsere Bibliothek? Wer bezahlt Essen und Kleidung? Wer notwendige Renovierung? Und gerade ihn greifst du an.«

Girolamo wagte seinen ehemaligen Beschützer nicht anzusehen. »Vertraut mir. Mein Weg mag von Steinen übersät sein, mit Gottes Hilfe aber ist er der einzig Richtige für einen Neubeginn im Sinne der Heiligen Schrift. Der heilige Dominikus würde mir zustimmen, und er hat uns die Ordensregeln gegeben. Auch Ihr, Vater, seid ihnen verpflichtet.«

»Die Auslegung hat sich der heutigen Zeit angepasst. Auch du solltest dich anpassen.«

»Für eine Umkehr ist es längst zu spät.«

»Also Aufstieg oder Fall. Du bist *Lector principalis*, mehr nicht. Dein Mut in Ehren, Sohn, aber du kannst nicht erwarten, dass andere sich für deine Reden verantworten müssen.«

»Über dieses Problem habe ich nachgedacht.« Girolamo strich unmerklich mit einer Fußspitze über den Holzboden. »Niemand darf gezwungen werden, mich zu verteidigen.«

»Also zeigst du dich endlich einsichtig.« Vincenzo Bandelli erhob sich von seinem Stuhl und streckte dem schmächtigen Mönch die Hand hin. »Darf ich darauf vertrauen?«

»Vertraut meiner von Gott gegebenen Kraft, Vater.« Girolamo schlug nicht ein. »Es gibt kein Zurück. Verteidigen will und muss ich mich selbst mit Härte und Strenge. Dennoch kann es mir gelingen, die Brücke zwischen der Medici-Macht und dem Kloster nicht ganz zum Einsturz zu bringen.« Er bemühte sich um Bescheidenheit im Klang seiner Stimme. »Ehrwürdiger Vater. Beinahe alle der jungen, aber auch viele der älteren Mitbrüder stehen fest zu mir. Ja, es ist wahr, sie drängen mich geradezu in die Verantwortung. Allein ihretwegen bitte ich Euch um einen letzten Gefallen: Empfehlt mich bei unserem Provinzial und dem Ordensgeneral.«

Verblüfft rieb sich Bandelli das Kinn. »Du denkst an das Amt des Priors?«

»In tiefer Demut. Ich werde von allen Seiten dazu aufgefordert. Die Mehrheit meiner Mitbrüder will mir die Stimme geben, und mit Eurer Fürsprache bei den Oberen des Ordens wird sich auch die kleine Gruppe um den Subprior bei der Wahl nicht verweigern.« Girolamo sah auf und lächelte leicht. »Mit diesem schweren Amt bekleidet, muss ich bei allen Angriffen selbst die Stirn hinhalten. So kommt außer mir niemand zu Schaden.«

»Das Argument ist nicht von der Hand zu weisen. Tritt eine Katastrophe ein – vor der uns Gott bewahren möge –, so muss das Ordensgericht nicht mühsam nach dem Schuldigen suchen.« Der lang gediente Dominikaner und geschickte Taktiker in allen Fragen der Ordenspolitik betrachtete nachdenklich das ausgemergelte Gesicht mit den eng stehenden Augen. Schließlich nickte er. »In Anbetracht der von dir selbst ausgelösten Stimmung in Florenz scheint dein Vorschlag tatsächlich die einzig richtige aller schlechten Lösungen zu sein. Ich verwende mich für dich. Du hast mein Wort.«

Jetzt nahm Girolamo die dargebotene Hand. »Danke. Ich werde Euch keine Schande bereiten.«

»Nein. Beschwöre nichts. Lasse uns nur gemeinsam hoffen, das Richtige zu tun.«

Vincenzo Bandelli hatte es mit einem Mal eilig. »Ehe ich abreise, informiere ich noch den Subprior, wen ich als Nachfolger empfehle. Mein ausdrücklicher Wunsch genügt. Für diesen rückgratschwachen Bruder gleicht er einem Befehl, dem er sich nicht widersetzt. Sorge dich also nicht.« Der Grauhaarige griff nach seiner Reisetasche. »Mein Sohn, ich werde deinen Weg aufmerksam verfolgen. Jedoch, gottlob, aus der Ferne … Nun begleite mich hinaus; denn noch stehen dir diese Räume nicht zu.«

Girolamo blieb einen Schritt hinter dem scheidenden Prior. Ich danke dir, allmächtiger Gott, betete er stumm, du hast das Flehen deines Knechtes erhört.

Vincenzo Bandelli war am Mittwoch abgereist. Mit keinem Wort hatte der Subprior in Gegenwart Girolamos etwas von seiner letzten Unterredung mit ihm erwähnt. Mit einem Male aber grüßte er den Bußprediger liebenswürdig, blieb länger als sonst stehen und erkundigte sich sogar, ob er irgendwelche Hilfe für die Predigt am kommenden Sonntag im Dom benötige.

»Bemüht Euch nicht, Vater.« Auch Girolamo zeigte sich offen. Zwei Monate würde es noch dauern, ehe die Wahl stattfand. Fest hatte er sich vorgenommen, bis dahin jeden Zwist innerhalb des Klosters zu vermeiden. »Die Vorbereitung des Predigttextes ist ein Kampf, den ich allein in meiner Zelle führen muss.«

An den beiden folgenden Tagen erfüllte beharrliches Wispern der Laienbrüder die Werkstätten, den Waschraum und wurde lauter im Wirtschaftsgarten. »Wer wird unser neuer Oberer?« – »Es gibt nur einen, der dieses Amt erhalten soll.« Kein Name wurde genannt, jeder aber kannte ihn.

Am Samstagvormittag klopfte Bruder Florinus an die Tür der Zelle. »Ehrwürdiger Vater, verzeiht die Störung.«

Girolamo stand über das Stehpult gebeugt, um ihn herum lagen Blätter mit durchgestrichenen Notizen verstreut am Boden. Er blickte ungehalten auf. »Geh. Ich will nicht essen.«

»Verzeiht, der Subprior schickt mich zu Euch. Ihr werdet dringend benötigt.«

»Was gibt es?«

»Besucher sind eingetroffen, vornehme Bürger. Eine Abordnung der Stadt, glaube ich. Sie erbitten, Euch zu sprechen. Unten im ersten Kreuzgang warten sie. Der Subprior meint, dass es ratsam wäre, sie anzuhören.«

»Also gut, mein treuer Gehilfe, dann werde ich die Herren nicht länger warten lassen. Du aber suchst sofort Silvester und bittest ihn, unverzüglich nachzukommen. Er muss bei der Unterredung anwesend sein.«

Noch ehe Fra Girolamo aus dem Dunkel des Korridors in den schattigen Arkadengang trat, sah er die Feindschaft in den Mienen. An einem Gesicht saugte er sich fest: Dieser Mann hatte ihn nach seiner Rede im Parlament lautstark angegriffen. Sei unerschrocken, befahl er sich, auch Daniel ist der Löwengrube entkommen. Mit erhobenem Kinn schritt er auf die sechs reich gekleideten Männer zu. Sie hatten ihre Samtumhänge zurückgeschlagen und die Hände in die Hüften gestützt. So ärmlich und verloren wirkten neben ihnen der Subprior und die beiden älteren Mitbrüder im weißen Kleid des Dominikus.

Girolamo erwiderte den höflichen Gruß nur mit Kopfnicken. Dann folgte Schweigen. Dem Oberen des Klosters wurde die Spannung unbehaglich. »Lieber Bruder, danke, dass du Zeit gefunden hast. Darf ich dich mit unsern hoch geschätzten Besuchern des Stadtrates bekannt machen? Es sind die Signores …« Während er ihre Namen wie das Klingen geschliffener Glaspokale kundtat, buckelte er von links nach rechts vor jedem der sechs Patrizier: »Bernardo Rucellai, Piero Soderini, Francesco Valori und Rodolfo Cattani, Angelo Nicolini und Nicolo Ridolfi.«

»Bitte erwähnen meinen Namen nicht, Vater Subprior!«, spottete der Lektor kühl. »In diesem Reigen des Wohlstands wäre er fehl am Platz. Außerdem vermute ich, dass er den Herren hinlänglich bekannt ist. Warum sonst wären sie hier?« Unvermittelt ging er an der Gruppe vorbei, wandte sich erst nach einigen Schritten um und blickte über die Samtrücken hinweg ins sparsam ausgeschmückte Gewölbe des Kreuzgangs. »Da Ihr, verehrte Herren, Euch gewiss nicht zum Chorgesang hierher bemüht habt, erlaube ich mir zu fragen, wer von Euch das Wort an mich richten möchte?«

Wohl oder übel mussten sich die Ratsmitglieder zu ihm umkehren und lösten dabei ihre starre Frontlinie auf. Verärgert über das Wendemanöver trat der Seidenfabrikant entschlossen vor. »Lassen wir die Förmlichkeiten beiseite ...«

»Nein, bitte, werter Cattani«, fiel ihm der breitschultrige Francesco Valori ins Wort. »Mir war die Aufgabe übertragen worden. Des Friedens wegen, erinnere dich.« Er stellte sich lächelnd vor ihn. »Ehrwürdiger Vater. Aus eigenem Antrieb kommen wir zu Euch. Als Bittsteller, sozusagen ...«

»Nein, als ernst zu nehmende Mahner«, verbesserte Cattani scharf.

»Gut, auch so könnten wir uns bezeichnen.« Mit Blick über die Schulter flehte Valori den Fabrikanten an, allein sprechen zu dürfen. »Ehrwürdiger Vater. Wir bitten Euch, diese Dinge, die Ihr von der Kanzel herab verbreitet, nicht länger zu erwähnen. Sie schaden der Stadt und könnten Euch selbst in Gefahr bringen. Diesen Rat geben wir freundschaftlich und ohne Auftrag von irgendjemandem.«

Die roten Brauenbüsche zogen sich zusammen. »Ihr versichert, aus eigenem Antrieb hier zu sein? Aber ich sage Euch, Ihr seid geschickt worden, um mir diese Warnung zu geben.«

Valori öffnete die Lippen, und ohne ein Wort zu entgegnen, schloss er sie wieder. Furchtsam wollte sich der Subprior mit den Mönchen davonschleichen. Jedoch Girolamo hielt sie auf. »Bitte bleibt, meine Brüder. Diese Unterredung bedarf dringend einiger Zeugen auch aus unseren Reihen.« Zugleich sah er, wie Silvester lautlos näher kam und sich zur Gruppe der Mönche gesellte. Der wache Blick des Freundes verlieh ihm Kraft, anzugreifen: »Euer Schweigen, Signore Valori, ist ein Eingeständnis. Ich weiß längst, wer Euch und diese Abordnung zu mir befohlen hat. Deshalb geht und richtet Lorenzo Medici aus: Er möge Buße tun für seine Sünden. Und zwar rasch. Denn Gott will ihn strafen, ihn und seine ganze Familie.«

Valori wie auch vier der Ratsherren zuckten zusammen. Allein Rodolfo Cattani zeigte seine Empörung, er schlug den Umhang weiter zurück und spielte wie unbeabsichtigt mit den Fingerkuppen auf dem Griff seines Kurzschwertes. »Klare Worte, Prediger, fordern klare Worte heraus: Wenn Ihr mit dem Endzeit-Gerede nicht sofort auf-

495

hört, so macht Euch auf eine Verbannung gefasst. Ihr wärt nicht der erste falsche Prophet, den unser Fürst aus der Stadt gejagt hat.«

»Für Euch reiche Patrizier mag das eine Strafe sein. Ihr müsstet sehr wohl vor einer Verbannung zittern. Weil Ihr Weib, Kind und großes Vermögen besitzt. Ich aber …« Ein heftiger Schnauber fuhr durch die Nase. Jäh setzte sich Fra Girolamo in Bewegung, ging eckigen Schritts durch den Säulenbogen ins Licht des Gartens, und Ratsherren wie Mönche mussten ihm folgen, um das Ende seines Satzes zu hören. Auf halbem Weg zum Damaszener Rosenstrauch blieb er stehen und breitete die Arme über den Wiesenblumen aus. »Ich aber fürchte mich nicht. Mir liegt wenig daran, gerade hier in Florenz zu sein. Was bedeutet schon diese Stadt? Sie ist nicht mehr als ein Linsenkorn im Verhältnis der weiten Erde.«

»Dann verschwindet doch freiwillig«, blaffte ihn Cattani an. »Geht nach Rom. Ich bin gespannt, wie lange Ihr Euch dort halten könnt.«

Girolamo verkrampfte die Finger in der Kutte. »Unwürdiger«, zischte er. Ein Beben ging durch den Körper; sein Atem trieb ihm Speichel in die Mundwinkel. »Dein Auftraggeber kann mit mir tun, was er will.« In großer Hast ging er zum Rosenstrauch, als benötige er die Knospenpracht zur Stärkung seines Rückens. »Aber eines soll Lorenzo wissen: Ich bin hier fremd, und er ist der Erste in der Stadt. Und doch bleibe ich hier, und er muss gehen.« Seine Stimme geriet ins Krächzen: »Ich bleibe hier und nicht er!«

Rodolfo starrte wortlos auf den zitternden Mönch, schließlich wandte er sich an Valori und die übrigen Ratsherren: »Kommt, lasst uns gehen. Wir haben genug gehört. Unser Besuch war Zeitverschwendung.«

Sie hatten den Kreuzgang fast schon erreicht, als hinter ihnen Gestammel einsetzte: »Stimme sprich … ich höre …« Die Herren blieben stehen und wandten sich verwundert um. Vorn beim Rosenstrauch waren die Brüder von dem Bußprediger zurückgewichen. Wie in Trance zupfte er mit den Fingern an seinen wulstigen Lippen, brabbelte, keuchte. Endlich verließ das Flattern seinen Körper. Deutlicher wurde die Sprache. »Mir … mir ist befohlen … Euch allen … den baldigen Tod Lorenzo Medicis anzukündigen. So höre … wer hören kann:

496

Auch den Heiligen Vater, Papst Innozenz, wird bald schon der Tod ereilen... Mehr noch, auch den Tod König Ferrantes in Neapel sage ich voraus.«

Beinahe gleichzeitig schlangen alle Ratsherren ihre Mäntel fest um die Brust und eilten überhastet davon, als müssten sie ins Freie der Stadt, um wieder atmen zu können.

Der Subprior schlug die Hände vors Gesicht: »Bruder! Was hast du getan?« Die beiden älteren Mitbrüder suchten Trost beieinander. »O mein Gott, verschone uns vor Strafe.«

»Ihr Kleingläubigen!«, ermahnte Fra Silvester die Patres, in seinem Gesicht glänzten Tränen. »Habt Ihr den hellen Schein nicht gesehen?« Sein Ton füllte sich mit Ehrfurcht. »Er überstrahlte den Rosenstrauch und unsern Bruder. Seid voller Hoffnung, denn Gott liebt ihn. Und wir sollten es auch tun.«

Das »Ja« und das »Wenn ich es jetzt recht bedenke« der alten Männer wartete Silvester ab, auch den Satz des Subpriors: »In der Tat, ich habe den Schein auch gesehen.« Dann warf er sich schluchzend vor dem Freund auf die Knie. »Der Engel hat durch dich gesprochen. Danke. Führe uns, Bruder. Mit dir an der Spitze muss das Kloster sich nicht vor der Welt fürchten.«

Girolamo senkte den Kopf. »Bitte, ruft Florinus, er soll mich in meine Zelle bringen.« Mehr zu sich selbst setzte er hinzu: »Ich bin erschöpft vom Streiten.«

Träge dämmerte der Sonntagmorgen herauf. Nieselregen stäubte über die Dächer und Türme der Stadt und verwandelte den Straßendreck in eine schmierige Masse. Nahe Santa Croce schlüpfte aus dem Hintereingang des Palazzo Cattani ein Knecht, den Kragen des verwaschenen grauen Mantels hochgeschlagen und die dunkle Wollkappe tief in der Stirn, dass kaum etwas von seinem Gesicht zu erkennen war.

Schnell entfernte sich die Gestalt, benutzte Nebengassen und Durchstiege bis zum Ponte Vecchio und huschte geduckt an den verschlossenen Türen der Brückenläden entlang über den Arno. Auf der anderen Fußseite strebte sie zielstrebig nach Osten und verschwand im Hüttengewirr des Armenviertels.

Als der Knecht wieder auftauchte, hatte er es ebenso eilig für den Rückweg und achtete darauf, keinem Frühaufsteher zu begegnen. Nur wenig war sein Äußeres verändert: Der verwaschene Mantel stand jetzt offen. Vorn am Gürtelstrick seines Kittels baumelte ein leerer Geldbeutel.

Fra Silvester stieg nach dem zweiten Chorgesang hinauf ins Obergeschoss von San Marco. Er klopfte an der siebten Zelle und trat ein. Auf den Bodendielen lag der Freund nackt und bäuchlings ausgestreckt, weit vor seinem Kopf hatte er die Hände über einige eng beschriebene Blätter gefaltet. »Bruder? Fühlst du dich kräftig genug?«

Beim Klang der einfühlsamen Stimme löste sich Girolamo aus dem Gebet. Wie aus weiter Ferne kehrte er zurück und setzte sich auf. »Erst beim Taggrauen ist die Schwäche von mir genommen worden.« Er rieb die fahle Haut seiner knochigen Oberschenkel, um das Blut in den Adersträngen zu wärmen. »Die bittere Kritik hat mir zugesetzt. Dieser offene oder kaum versteckte Hohn und Zorn aus den Reihen der Vornehmen hat mein Herz verzagt. Lieber Freund, in der Nacht war ich so weit, meinen Predigttext zu verwerfen. Ich suchte nach einem neuen, gefälligeren Thema. Doch wie sehr ich mich auch bemühte, immer wieder zog es mich zum Propheten Jeremias zurück. In ihn habe ich mich vertieft, er hat vollständig Besitz von mir genommen.«

»Dann bleibe fest.« Fra Silvester las mit schnellem Griff die Blätter vom Boden auf und reichte sie ihm. »Nur wenn du aus tiefstem Herzen redest, kannst du überzeugen.« Er scherzte aufmunternd. »Das habe ich gleich in den ersten Vorlesungen von dir lernen müssen. Und dieser Lehrsatz stimmt heute wie damals.«

»Wundersam.« Girolamo sah zu ihm hoch. »Du wiederholst die Worte des Engels.«

»Aber nein, die Vernunft befiehlt es.«

»Warte, Bruder.« Der Nackte umschloss seine Knie. »Als trotz ernsten Bemühens mein Geist sich doch stets an den Propheten klammerte, flehte ich um Rat. Da vernahm ich die Stimme des Engels: ›Du Tor, siehst du denn nicht, dass es Gottes Wille ist, dass du in deiner Predigtweise fortfährst.‹«

»Ganz gleich, ob du es dir selbst gesagt oder der Engel oder gar ich: Sei heute im Dom der neue Jeremias. Wir benötigen den Erfolg.« Fra Silvester glitt vor ihm auf die Knie. Er verengte die Augen zu einem Spalt. »Doch bitte erwähne mit keinem Wort, dass du wieder die Stimme gehört hast. Gestern vor den Patriziern hat es unserer Sache vorzüglich gedient, aber...«

»Gott hat durch meinen Mund gesprochen!«, fuhr ihn Girolamo an.

Das Aufglühen des Blicks ließ den geschmeidigen Freund mit dem Oberkörper zurückweichen, gleich aber schwang er wieder näher. »Gewiss. Davon bin ich fest überzeugt, und ich kämpfe mit dir für das Ziel. Höre auf meinen Rat. Wenn du zu häufig von einer Eingebung sprichst, entwertest du das Wunder. Sparsamer Gebrauch aber erhöht seine Wirkung.«

Girolamo ließ sich zurücksinken und streckte die Arme nach beiden Seiten über den Boden; für eine Weile bot sein ausgezehrter Körper den Anblick des Gekreuzigten, dann bedeckte er das Gesicht mit beiden Händen. »Für mich wird es immer schwerer, mein Freund, die ganze Fülle der Wahrheit in mir dem Volk noch nicht offenbaren zu dürfen.«

»Sie würden daran ersticken, Bruder.« Fra Silvester trommelte die Fingerkuppen aneinander. »Ziehe weiter an der Schlinge. Gönne aber den Menschen genügend Luft, damit sie zur Buße noch in der Lage sind.«

Laodomia war von Petruschka überredet worden. Eng nebeneinander gingen sie mittags zum Dom. Der Nieselregen hatte nicht aufgehört; schwer und viel zu warm war die Luft, und beide wussten nicht, ob ihnen Nässe- oder Schweißperlen auf der Stirn standen. Lange vor Beginn der Predigt betraten die Freundinnen das Gotteshaus.

»Nicht zu glauben«, flüsterte Laodomia beim Anblick der Menschenmenge, die jetzt schon den gewaltigen Innenraum füllte. »Und ich dachte, wir kommen viel zu früh.«

»Bleib hinter mir. Ich verschaff uns freie Sicht auf die Kanzel.« Doch selbst die Körperfülle und Kraft der Russin reichten nicht aus und scheiterten links des Mittelgangs nach wenigen Schritten am un-

durchdringlichen Kleiderdickicht, über dem sich hochgetürmte, bunt
schillernd schwankende Hutblüten gefährlich nahe kamen.

»Lass nur«, stöhnte Laodomia und zupfte die Freundin am Ärmel.
»Ich will ohnehin nicht weiter.« Süßliche Parfumdüfte schlugen ihr
entgegen.

»Bist du sicher, Kleines? Ich seh genug.«

»Tiefer drin ersticke ich. Mir reicht's, wenn ich Fra Girolamo
höre«, beteuerte sie und dachte, auch das hätte ich mir gerne erspart.

Petruschka nickte ernst. »Wie Recht du hast, Kleines. Seine Worte
dringen überallhin.« Die große Frau hob das Gesicht in Richtung
Kanzel und faltete andächtig die Hände unter dem Busen.

Eine Weile betrachtete Laodomia sie von der Seite. Viel zu wenig
Freude und Spaß haben wir noch miteinander. Selbst morgens beim
Frühstück in der Küche nicht mehr, kaum schwatzen wir ein bisschen,
da sitzt auch schon dieser hölzerne Klotz mit seinen Glaubensvor-
schriften wieder neben uns. Ach verdammt, ich wünschte, er würde
zur Hölle oder meinetwegen auch in den Himmel fahren. Hauptsache, wir wären ihn los.

»Der Herr sei uns gnädig und öffne unsere Herzen für das Wort
des Evangeliums«, tönte die Stimme des Predigers durch den mächtigen Kuppelbau. Das »Amen« murmelten die Abertausend Menschen mit ihm gemeinsam. »Die heutige Bibelstunde steht unter dem
Ausspruch des Propheten Jeremias: ›Siehe, ich will Trübsal über diesen Ort bringen, dass jedem, der davon hört, die Ohren gellen werden,
darum, weil sie mich verlassen und diesen Ort zur Fremde gemacht
haben …‹«

Irgendetwas zwang Laodomia den Kopf zu wenden. Sie blickte
sich nach dem geöffneten Portal um, suchte verstohlen bei den dicht
gedrängten Besuchern und wurde jäh von einem Blick festgehalten.
Rodolfo Cattani! Er stand auf der anderen Seite im Eingangsbereich
nahe der ersten Säule. Als er sicher war, dass sie ihn entdeckt hatte,
verneigte er sich leicht und lächelte.

Laodomia nickte unmerklich, sah gleich wieder nach vorn, und
ohne es zu wollen, nestelte sie fahrig an den Enden ihres Schultertuches. Nur gut, dass Petruschka bei mir ist und ich eine Zeugin habe,
dachte sie. Nicht auszudenken, wenn Filippo jetzt hier erscheint und

mich in der Nähe des Seidenfabrikanten entdeckt. Mit dem Frieden wär's mal wieder vorbei. Verdammt, wieso regst du dich auf? Signore Cattani ist höflich und ein gut aussehender Mann …

»… Ihr Bürger von Florenz! Wie einst die Juden, so opfert auch ihr den fremden Göttern. Ihr begeht die kirchlichen Feiern nicht um Gott zu ehren, sondern weil ihr Prunk und Gepränge liebt …«

Laodomia hörte nicht hin. Ich will nichts von dem Seidenfabrikanten, dachte sie, das habe ich bewiesen. Ihr Herz schlug dennoch. Dumme Gans, schalt sie sich, es gibt keine Gefahr. Filippo interessiert sich nicht für das Gegeifer dieses elenden Brunnenvergifters. Gott sei Dank.

»… Wehe dem Klerus, er ist voller Habsucht. Ja, er verleiht gar die kirchlichen Weihen gegen schnöden Mammon! Es gibt keine Gabe des Heiligen Geistes und keine Gnade, die nicht für Geld zu haben ist …«

Die Satzspeere prallten ohne Wirkung an Laodomia ab, viel zu sehr beschäftigten sie die eigenen Gedanken. Keine Eifersucht, nicht einmal bohrende Fragen hatte sie von Filippo zu befürchten. Zum ersten Mal war sie beinah dankbar, dass der Onkel nur Sinn hatte für sein Bankgeschäft und den Bau seines Palazzos, für das Kinderzeugen und, wenn es ihn drängte, für die lustvollen Stunden mit ihr. Nachdem seine Gattin die letzte Tochter zur Welt gebracht hatte, war sie kränkelnd und erholte sich nur langsam von den Strapazen der Geburt.

»Ich fürchte, die Stute ist kaum noch zu gebrauchen«, schmunzelte Filippo, als er bereits innerhalb seiner sonst üblichen Zeugungswochen wieder des Nachts durch die Geheimtür in den Gewürzladen kam: »Aber sie hat sich das Gnadenbrot redlich verdient.«

»Warum sprichst du manchmal so herablassend über uns Frauen?« Laodomia funkelte ihn an; längst fühlte sie tiefes Bedauern mit der schwachen und hilflosen Herrin des Palazzos. »Wir sind Menschen und kein Viehzeug.«

»Es war nur ein Scherz und kein guter, das gestehe ich.« Sein Finger spielte im grauen Lippenbart. »Alfonso regelt für mich die Geschäfte in Neapel. Und da ich nun keine Nachkommen mehr zu erwarten habe, bricht eine angenehme Zeit an. Für uns beide, schönste

Nichte. Darauf hast du doch immer gehofft? Also freue dich und vergiss, was ich soeben dahingesagt habe. Mit den Dante-Versen drücke ich meine wahre Ansicht über euch Frauen aus.«

Selten hatte er sich auf einen Vorwurf hin so deutlich zu einer Entschuldigung herabgelassen, deshalb drang Laodomia nicht weiter in ihn, nahm sich aber vor, bei nächster Gelegenheit dem Onkel erneut zu zeigen, wie sehr ihr solche Sprüche zuwider waren.

Seit zwei Monaten nun hetzte sich Filippo zwischen Kontor, Baustelle und ihrem Bett ab. Häufig traf er kurzatmig und mit hochrotem Gesicht bei ihr ein, dann wieder blass mit dunklen Tränensäcken unter den Augen.

»Warum treibst du dich nur so? Gönne dir einfach Ruhe in meinen Armen, Liebster.«

»Ich bin nicht alt. Dies bekommen meine Geschäftspartner zu spüren, dies muss der Bauleiter täglich neu lernen. Und leg dich nur zurecht, dann beweise ich dir, dass ich längst noch kein Greis bin.«

Laodomia hatte nicht widersprochen und ließ ihn gewähren.

»… Siehe, ich will Trübsal bringen über diesen Ort, nicht mehr Florenz soll er heißen, sondern Schmach und Blut …«

Ach, Filippo, dachte Laodomia bei der Erinnerung an die vergangene Nacht, mein Schoß kennt nur dich, das ist wahr. Aber wenn du bei mir bist, zählen nicht deine Jahre, deine großen Erfolge, sondern Zärtlichkeit und Rücksicht allein.

»… Wehe den Reichen und Mächtigen! Welche Gräuel begehen sie Tag und Nacht. Nicht mehr nur zu den Mädchen schleichen sie, sogar verheiratete Männer frönen dem schlimmsten Laster und missbrauchen ihre Lehrlinge und Laufburschen …«

Unruhe entstand in der Menge. Da und dort stiegen unterdrückte Flüche und Drohungen auf. Laodomia wagte einen Seitenblick zur ersten Säule hinüber. In diesem Moment hob Signore Cattani leicht die Hand. Doch er sah nicht herüber. Mir gilt der Gruß nicht, dachte sie verwundert, drehte den Kopf etwas weiter in Richtung des Portals, um herauszufinden, welcher Dame Rodolfo jetzt seine Aufmerksamkeit schenkte. Da sie im Eingangsbereich keine Frau entdeckte, wollte sie sich schon wieder ihren Gedanken widmen, als sie aus den Augenwinkeln nahe der geöffneten Flügeltüren einen Knecht im zerschlissenen grauen Mantel entdeckte. Kein Zweifel, der Diener erwiderte das Handzeichen, dann verließ er seinen Platz und entfernte sich nach draußen. Neugieriges Huhn, bespottete sich Laodomia selbst, was schert es dich überhaupt, wem Signore Cattani zuwinkt? Sie sah wieder nach vorn auf den breiten Rücken ihrer Freundin.

»… Wehe den Mächtigen, sie erdrücken das arme Volk mit Steuern, saugen es aus und lassen ihm nur die Augen zum Weinen. Sie selbst aber prassen! Ja, wehe, wehe! Gottes Zorn wird über sie hereinbrechen, denn durch ihre Schandtaten ist Florenz vom Übel erfüllt und gleicht einer Räuberhöhle! Der Allmächtige wird eine neue Sintflut schicken und diese Stadt und ihre Verderber …«

Jäh schallte vom Domplatz schrilles Pfeifen durchs Hauptportal herein! Schnell kam es näher, wurde lauter und übertönte die Predigt. Gleichzeitig setzte draußen auf der rechten Längsseite wildes Schnarren ein, rasselte durch die Seitenportale. Kein Wort mehr war von der Kanzel zu verstehen. Unter der bedrohlich anwachsenden Lärmwoge duckten sich die meisten der Besucher. Ohnehin waren sie von der Predigt schon bis ins Mark getroffen, jetzt aber drohte das Wort-Inferno von noch einem größeren niedergelärmt zu werden.

Petruschka griff nach der Freundin und presste sie schützend an sich. Zur Kanzel hin flehte sie: »So sag doch was! Fra Girolamo, befiehl Schweigen! Du hast die Macht dazu. Sag nur ein Wort, und dieses Rattenpack verschwindet wieder in seinen Löchern.«

Jedoch kein Wunder geschah. Der Mahner stand auf der Kanzel, die Faust drohend erhoben, er sprach unaufhörlich weiter, niemand aber konnte ihm noch folgen.

Petruschka baute sich zur vollen Größe auf. »Ich werde es tun«, und das ›R‹ grollte in ihrer Kehle. »Dann werde ich der Drecksbrut zeigen, welche Strafe auf Gotteslästerung steht.« Schon wandte sie sich zum Ausgang.

»Du nicht«, Laodomia umklammerte ihren Arm. »Die Kerle haben dich schon mal schlimm zugerichtet. Bleib hier. Selbst wenn du einen von denen erwischst, was bringt das schon? Sie werden sich an dir rächen.«

Hornstöße kündeten das Nahen der Stadtwache an. »Da! Hör doch«, sagte Laodomia erleichtert. »Du brauchst nicht hinaus.«

Hufschlag dröhnte über das Pflaster vor dem Dom. Scharfe Befehle waren zu vernehmen, gefolgt von einigen Schmerzensschreien, dann riss das Schnarren und Pfeifen ab. Mit dem Getrappel der Pferde entfernte sich auch das Johlen der jugendlichen Banden.

»… Denn nur wer keine Schätze aufhäuft, keine großen Bauten errichtet, nicht nach der Freundschaft der Großen trachtet, nicht unschuldigen Frauen nachstellt …« Nicht mehr so leidenschaftlich wie vor dem Spuk, eher überhastet zählte der Bußprediger die Litanei der Sünden auf.

Laodomia sah wieder verstohlen zu Rodolfo Cattani hinüber. Er lehnte an der ersten Säule, als sich ihre Blicke trafen, hob er leicht die Hand und lächelte. Dieses Mal meint er mich, dachte sie, und gab ihm ein Lächeln zurück.

»… Nur die Bußfertigen wird dereinst die leuchtende Wolke des Himmels verklären. Deshalb tut Buße! Buße! Buße! Und ich bete zum Allmächtigen, dass ihr endlich lernt, meine Worte zu begreifen. Amen.«

Ein gestohlener Tag sollte es werden!
Langsam rollte der offene Einspänner aus dem Tor des Palazzos und holperte stadtauswärts die Via Larga entlang. Seine Magnifizenz saß mit Angelo Poliziano im engen Fond. Rechts und links schritten je zwei Leibwächter neben den Schlagtüren, auch auf der Kutschbank hielt einer der Elitekämpfer die Zügel in der Hand; wie stets trugen sie ihre Waffen unter modisch bunten Mänteln. Seit das Gebrechen des Fürsten sich verschlimmert hatte, gehörte nicht allein der Schutz vor Angreifern zu ihren Aufgaben. Jeder von ihnen war durch Hofmedicus Pierleone mit der Gichtbehandlung so weit betraut worden, dass sie unterwegs den Kranken schmerzfrei heben, tragen und, wenn nötig, gar versorgen konnten.

»Für einige Stunden will ich dem Verdruss des Alltags entfliehen«, hatte Lorenzo dem Freund während des Frühstücks eröffnet. Keine Politik, keine Audienzen heute; auch würde es ihm gut tun, einen Vormittag lang das mürrische Gesicht seines Sohnes Piero beim Studium der Geschäftsunterlagen nicht sehen zu müssen. »Vor allem aber will ich kein Wort über den Bußprediger hören.« Zur Bekräftigung wischte er die vertrockneten Brotreste vom Tisch; erst als der Platz vor ihm gründlich gesäubert war, fuhr er fort: »Wenn es deine Zeit erlaubt, besuchen wir gemeinsam die Bildhauerschule in meinem Garten und lassen uns von Meister Bertoldo die Fortschritte seiner Zöglinge vorführen. Besonders bin ich gespannt, wie weit unser Buonarroti mit der Zentaurenschlacht gediehen ist. Dieser wortkarge Bursche ist wirklich ein Glücksfall. Trotz seiner erst sechzehn Jahre halte ich ihn zurzeit für das hoffnungsvollste Talent der Schule. Oder meinst du nicht?«

»Du brauchst ihn mir nicht als Lockvogel für den Ausflug anzupreisen. Ich bin schon überredet.« Der kleinwüchsige Gelehrte wippte die Ellbogen. Einen Augenblick lang glich er in seinem giftgrünen Wams dem Frosch, der das Fliegen üben wollte. »Meine antiken Dichter können warten. So lange schlummerten ihre Texte unübersetzt, einen Tag mehr schadet nicht. Allerdings …« Die Mundwinkel zuckten verräterisch. »Wenn gute Laune unser Diebesgut darstellt, sollten wir sie nicht geradewegs an San Marco vorbei zum Garten tragen, sondern einen Umweg wählen. Andernfalls laufen wir Gefahr, dass sie uns abhanden kommt.«

»Noch ein besorgter Ratgeber. Erst warnt mich der Leibarzt vor dem Fußmarsch, schmiert mir die Beine bis zu den Knöcheln mit ekelfarbener Salbe ein und umwickelt sie mit dicken Verbänden. Das habe ich hingenommen und den Wagen anspannen lassen.« Lorenzo blieb bei dem heiteren Ton. »Dein Vorschlag aber, du Spötter, weise ich entschieden zurück. So weit wird es nie kommen, dass ich mich in meiner Stadt nicht frei bewegen kann.«

»Dieser unsägliche Mönch scheint noch erheblich radikaler darüber zu denken«, stichelte Angelo weiter. »Hat er dir nicht durch die Stadträte ausgerichtet: Du sollst gehen, und er bleibt? Dies nenne ich wahrhafte Demut eines Christen.«

»Schweig!«, fuhr ihn Lorenzo an. »Ich werde diesen Kerl schon los. Warte meinen nächsten Schachzug ab. Der muss ihn aus dem Felde schlagen.« Erst nach heftigen Atemzügen gewann er seinen Gleichmut zurück. »Wir sollten aufbrechen, mein Freund, sonst verbittert uns die Galle doch noch den Geschmack an diesem Tag.«

Wolken zogen lange Schattenfelder durch die Stadt. Als der offene Wagen sich dem Dominikanerkloster näherte, wurde er von einem hoch beladenen Maultier aufgehalten. Sofort eilten zwei Leibwächter hinzu und schafften das Hindernis beiseite. Lorenzo deutete mit dem Silberknauf seines Stockes nach oben. »Sieh nur genau hin, mein Freund. Die Schicksalszeichen sprechen ihre eigene Sprache. Über San Marco ist der Himmel verdunkelt, dahinter erst beginnt der Sonnenschein.«

»Dann beeilen wir uns, um ihn zu genießen.« Poliziano lüftete seine rote Mütze und kratzte im schwarzborstigen Haar. »Das Wetter in Florenz ist zurzeit sehr launisch.«

An der Kirche vorbei ging die Fahrt noch ein kurzes Stück der hohen Mauer entlang, und sobald sie durchs schmiedeeiserne Tor gelangt waren, strahlte ihnen sorgsam gehegte Pracht entgegen. Über den von Zypressen gesäumten Kiesweg rollte der Wagen direkt auf das Herz des Gartens zu. Die hohen Räder knirschten am Teich mit den Wasserspielen vorbei. Ehe der Einspänner das flache Gebäude erreichte, trat Meister Bertoldo aus den Säulenarkaden ins Licht und klopfte seine staubigen Hände an der Lederschürze ab. Weil hinter ihm das Hämmern der Schüler zu laut aus dem Bogengang schallte, tappte der sehnige Greis leicht vorgebeugt noch einige Schritte näher auf die Kutsche zu. »Willkommen, Magnifizenz. Zum Gruße, verehrter Poliziano.« Vor der Sonne hatte er den Kopf mit einem gewundenen Tuch geschützt, weiße Haarsträhnen klebten ihm an Schläfen und ledrigen Wangen. »Keine Arbeit ist so weit gediehen, dass sie einen Besuch lohnen würde.« Nicht Bedauern, eher höfliche Abwehr schwang in seiner Stimme mit. »Ihr wisst selbst, bei mir lernen die Schüler, den Marmor zu lieben wie eine Frau und seine Seele zu finden, ehe sie ihm Formen entlocken. Das benötigt viel Geduld.«

»Und die bringen wir mit«, versicherte der hohe Gast, während ihm die Leibwächter aus dem Wagen halfen. »Mein Freund und ich wollen die jungen Talente nicht stören, verehrter Meister, nur ihnen ein wenig über die Schulter sehen.«

»Wie es beliebt.« Mit grantiger Miene fügte sich Bertoldo. »Bitte folgt mir.«

Im Schatten der Bogengänge arbeiteten acht vom Marmorstaub

weißgesichtige Schüler an den Werktischen. Der Lehrer zückte ein Stielglöckchen aus der Tasche und bimmelte so lange, bis das Hämmern und Schaben schwieg. »Begrüßt Seine Magnifizenz und den Gelehrten Poliziano«, befahl er und wartete die linkischen Verbeugungen ab. »Nun beschäftigt sich wieder jeder mit seinem Stein.«

Gleich am ersten Werktisch betrachtete Lorenzo mit dem Freund schweigend die naturgetreue Skizze eines Fußes. Der Schüler nahm mit dem Zirkel die Maße ab und übertrug Form und Kontur in Punkten auf die Oberfläche einer kleinen rötlichen Marmorplatte. Nach einer Weile zog der Fürst den alten Lehrer beiseite. »Wo befindet sich Buonarroti?«

»Da drüben«, Bertoldo nickte zum anderen Ende des Bogengangs. »Der Junge bereitet mir Sorge. Michelangelo spricht ohnehin nicht viel, seit zwei Tagen aber bringt er kaum noch ein Wort heraus, steht meist nur da und starrt nach San Marco hinüber. Manchmal packt er Schlegel und Eisen, als wären es Waffen, und beugt sich wild über den Marmorblock, dass mir angst um das Relief wird. Jedoch rührt er das Bild nicht an. Ich vermute einen inneren Kampf, wie ihn jeder Künstler mit sich selbst ausfechten muss, deshalb lasse ich ihn. Aber er darf sich nicht tiefer in die Zweifel verstricken.«

Lorenzo blickte nachdenklich zu dem kräftigen jungen Mann im Arbeitskittel hinüber. Derweil erkundigte sich sein Freund halblaut bei dem Lehrer: »Ist ihm die Zentaurenschlacht misslungen?«

»Im Gegenteil. Ein wirkliches Kunstwerk entsteht unter seinen Händen. Wenngleich er die Körper auch nackt dargestellt hat, was ich nicht billige, so bewundere ich dennoch das Leben in den Figuren.«

»Ich will mit ihm sprechen«, entschied Lorenzo. »Schließlich habe ich ihn vor zwei Jahren aus seinem Elternhaus unter mein Dach geholt, er isst mein Brot, und ich bezahle ihm fünf Gulden Taschengeld. Einem Gespräch mit mir kann er sich nicht verweigern.«

»Und, mit Verlaub, von mir hat er die Anregung, sich mit der Schlacht der Zentauren zu beschäftigen«, ergänzte Poliziano eilfertig. »Bei uns wird der junge Mann schon den Mund aufmachen.«

Im verwitterten Gesicht des Lehrmeisters blieb zwar ein Rest von Zweifel, aber er gab den Herren die Erlaubnis, mit seinem Meisterschüler zu reden. »Ich lasse Euch allein mit ihm. Andere benötigen auch dringend meine Hilfe, sonst entsteht noch ein Fuß, dem die Zehen abgebrochen sind.«

Lorenzo humpelte außerhalb der Säulen zum Ende des Bogengangs, dicht folgte ihm der bunt gekleidete Freund, und beide stellten sich zwischen Werktisch und Kloster, sodass Michelangelo sie nicht übersehen konnte. Doch da er keine Regung zeigte, warteten die Besucher geduldig ab.

Seinem Gesicht fehlte jede Harmonie, die eingefallenen Wangen endeten in groben Backenknochen, dazwischen flachten sich Mund und Kinn zum Halse ab; wie zunächst vergessen und dann zu weit hinten angebracht ragten die Ohrmuscheln aus den Seiten des Kopfes. Über den gelbbraunen, auseinander stehenden Augen wulste sich eine breite, flache Stirn. Die schwarzen Locken hätten dem Aussehen wenigstens etwas Anmut verliehen, wenn nicht die Nase gewesen wäre. Nachdem ein eifersüchtiger Mitschüler sie während eines Streites zertrümmert hatte, die Knochensplitter wahllos mit dem Fleisch verwucherten, war die Nase das formlose Unglück in Michelangelos Gesicht.

»Junger Freund, nun hast du deinem Gönner und mir genügend Taktlosigkeit bewiesen«, sagte Poliziano spitz. »Jetzt sind wir gespannt, mit welchen Anstandsformen du außerdem noch aufwarten kannst.«

Der Künstler senkte die schweren Lider. »Verzeiht, ich wollte nicht undankbar erscheinen. Aber ein Vorwurf quält mich, er nimmt mir jede Kraft zu arbeiten. Für Euch mag er lächerlich scheinen, aber ich habe Furcht, ihn auszusprechen, deshalb schweige ich besser.«

»Dieses Recht steht dir nicht zu. Nicht vor Seiner Magnifizenz ...«

»Gemach.« Mit unmerklichem Kopfschütteln bedeutete Lorenzo dem Freund zu schweigen und ging einige Schritte näher auf Michelangelo zu. »Wie geht es deiner Nase?«

»Was? Was soll mit ihr sein?« Völlig überrascht betastete der Künstler das Gebilde in seinem Gesicht. »Ich verstehe nicht, Herr.«

»Gewiss hat jemand dich ihretwegen verspottet. Ich kann diese Schmach nur zu gut nachfühlen.«

»Verzeiht Herr, keinen Gedanken verschwende ich noch ...«

»Sieh dir meinen klobigen Erker mit der platten Spitze an.« Ohne auf den Einwand zu achten, plauderte der Fürst weiter. »Nicht einmal aus Höflichkeit könnte er schön genannt werden. In meiner Jugend habe ich sehr darunter gelitten und jeden Spötter niedergeschlagen. Heute hingegen trage ich die Nase mit Würde. Kannst du wenigstens noch etwas riechen?«

»Ja, ja. Alle Gerüche«, winkte Michelangelo inzwischen beinahe fassungslos ab. »Mein linkes Nasenloch ist fast zugewachsen und behindert das Atmen, aber ich habe keine Schwierigkeiten zu riechen. Mein Problem ...«

»Dann freue dich darüber. Mir fehlt von Geburt an jeder Geruchssinn.«

»Magnifizenz?« Die Verzweiflung drohte in Jähzorn umzuschlagen. »Bitte, ich flehe Euch an, sagt nichts mehr über Nasen.« Michelangelo atmete heftig und presste die Fäuste an die Stirn. »Ich habe wahrhaftig größere Sorgen.«

»Sollte ich mich so geirrt haben?«, fragte Lorenzo verblüfft. Schnell bedachte er den Gelehrten neben sich mit einem triumphierenden Seitenblick. Der Schutzpanzer war aufgebrochen. Ruhig und mitfühlend bat er: »Entschuldige. Ich ahnte nicht, dass du so tief aufgewühlt bist. Vielleicht befreit es, wenn du dich mir anvertraust.« Er deutete mit dem Stock auf den Werktisch. »Betrifft die Sorge deine Arbeit? Mangelt es dir an Mut, sie zu vollenden?«

Beide Arme breitete Michelangelo schützend über das Marmorbild. »Ja – und doch nein. Bestraft mich, Herr, weil ich vorhin den nötigen Respekt vergessen habe.«

»Ich kann mich an keine Unhöflichkeit erinnern.« Der Herrscher schenkte ihm sein Lächeln, und Poliziano ermunterte den Künstler: »Wenn es dir weiterhilft, bin ich gerne bereit, dir noch einmal die Verse über die Zentauren vorzulesen.«

»Danke, Ihr seid sehr liebenswürdig, Signore Poliziano. Der Text lebt in mir, und ich habe ihn hier im Marmor weiterleben lassen.«

»Wenn es nicht die Ideen sind, was fehlt dir?«, drängte der Gelehrte, nun doch leicht ungehalten. »Heraus damit!«

Michelangelo drehte den klobigen Schlegel zwischen den Händen und gab schließlich stockend und in kargen Sätzen seinen Kummer preis: »Es ist so. Mein Bruder Lionardo wollte schon immer Priester werden. Vor einigen Monaten dann trat er ins Kloster ein.«

Mit einer kreisenden Handbewegung wollte Poliziano den Redefluss beschleunigen. Lorenzo aber warnte ihn durch einen scharfen Blick.

»Und weil er von dem neuen Prediger Fra Girolamo begeistert war, ging er als Novize nach San Marco. Jetzt ist er sein Anhänger. Wir begegneten uns nach einer Bibelstunde in der Kirche. Da starrte er mich voller Verachtung an. ›Du versündigst dich. Lass ab von der Bildhauerei, sie verführt zum Götzendienst.‹ Mehr sagte er nicht und ließ mich stehen.«

»Und diese Begegnung hat dich so beunruhigt.« Eine steile Falte furchte die Stirn des Herrschers. »Nicht zu glauben. Versucht der Mönch jetzt etwa auch, nach meinen hoffnungsvollen Künstlern zu greifen?«

Poliziano hob die Achseln. »Nicht allein nach den jungen Talenten. Wie ich hörte, hat das Fieber längst auch gestandene Meister befallen.«

In jäher Leidenschaft drohte Michelangelo mit dem Schlegel zum Kloster hinüber. »Ich habe mein Herz der Kunst verschrieben. Ist das verderblich? Mein Glaube an Gott bestärkt mich zu arbeiten, Neues zu erschaffen. Und da lässt mir mein eigener Bruder vor zwei Tagen ausrichten: Fra Girolamo wünscht, ich solle dieses Relief zerstören, weil es frevelhaft ist. Nackte Körper reizen den Betrachter zur Wollust auf. Hier, seht selbst, Herr …« Er legte das Werkzeug beiseite und fuhr mit dem Finger über den todwunden Jüngling. »Nur Schmerz und Verzweiflung habe ich dargestellt.«

Lorenzo beugte sich über das Marmorbild. Nach einer Weile sagte er leise: »Es berührt mich. Jede Einzelheit scheint durchströmt von deinem Herzblut.« Unvermittelt richtete er sich auf. Seine grelle Stimme wurde zu Metall. »Zwei Möglichkeiten biete ich dir an: Entweder du arbeitest weiter, und zwar sofort, oder ich lasse die Marmorplatte in den Palazzo schaffen. Du erhältst sie zurück, sobald du dich entschieden hast.«

»Entscheidung? Zwischen wem? Aber Herr, Ihr könnt mir doch nicht ein Stück meines Lebens wegnehmen?«

»Ich will eine Antwort!«, blaffte Lorenzo. »Hier und sofort!«

Der Druck genügte. Mit beiden Händen hielt der junge Künstler sein Relief fest. »Bitte zürnt mir nicht. Noch heute, nein, gleich arbeite ich weiter.«

»Gut so«, und wieder sanft setzte der Fürst hinzu: »Mein junger Freund, ich musste herausfinden, wie stark der Zweifel in dir nagt. Nun wissen wir es beide.«

»Ja, Herr, ich habe mich entschieden. Nur hoffe ich, dass mich die Grübelei nicht hindert.«

»Du bist stark genug. Jage jeden falschen Einflüsterer davon. Und sollten dich Fragen quälen, so wende dich vertrauensvoll an mich. Ich bin auf deiner Seite. Und nun, gutes Gelingen.«

Lorenzo wandte sich ab. Bei jedem Schritt stieß er heftig den Stock auf. Kaum waren die Freunde außer Hörweite, spitzte Poliziano die Lippen: »Dominikaner – der Name sagt alles: *Domini canes*. Die Hunde des Herrn.«

»Bitte, Angelo, verschone mich mit Wortspielen.«

»Du weißt, mein Freund, ich spöttele gern zum Vergnügen. Auf diesen falschen Propheten gemünzt aber, wird das Schimpfwort zur bösen Wahrheit. Vom Augenschein her kannte er das Relief nicht, also muss es ihm jemand genau beschrieben haben.« Der Gelehrte blickte zu Lorenzo auf und hob den Finger. »Fra Girolamo vergiftet nicht allein durch seine Predigten unsere Stadt, sondern bedient sich inzwischen der Ohren und Augen anderer. Auf diese Weise hört und sieht er in den Stadtrat, in die Werkstätten und Familien hinein. Und kann überall seine Hebel ansetzen.«

Zornig schlug Lorenzo mit dem Stock einen Stein aus dem Weg. »Dieser Satan. Er scheint wesentlich geschickter zu sein, als wir bisher vermutet haben. Er sät Zwietracht, wo immer er kann.«

»*Domini canis*. Die gleiche Bezeichnung, nur klösterlich ausgedrückt.«

Kurz war der Abschied vom greisen Meister Bertoldo. »Sei unbesorgt«, versicherte der Fürst, »dein Meisterschüler beschäftigt sich ab sofort wieder mit der Zentaurenschlacht.« Er saß bereits im Fond der Kutsche, als er dem Lehrer zurief: »Trage Sorge, dass kein Fremder, vor allem kein Kuttenträger, ungebeten die Schule betritt und unsere Schützlinge stört.«

Ohne Hast rollte der Einspänner mit den hohen Besuchern über den Kiesweg davon. »Zur Sicherheit werde ich auch der Wache am Tor den gleichen Befehl erteilen.« Lorenzo warf sich ins Polster zurück. »So weit ist es nun gekommen. Ich muss meine wertvollen Schätze vor diesem Fremden abschirmen.«

»Mit Erfolg.« Poliziano zog die rote Mütze ab und lehnte den Kopf leicht an die Schulter des großen Mannes. »Wie du den jungen Buonarroti zum Sprechen verführt hast. Bewundernswert. Ich sollte die Szene in einem Schauspiel wiedergeben.«

»Spar dir die Schmeichelei. Schreibe ein Drama, denn zum Ende dieses Aktes gab es schlechte Nachricht.«

»Wieso? Die Schlacht der Zentauren geht weiter.« Poliziano lächelte dünn. »Und dabei hatten wir uns vorgenommen, diesen Tag zu stehlen. Was aber geschieht? Der Bußprediger kannte unser Versteck.«

»Schluss mit dem Gejammer.« Fest griff ihm Lorenzo ins borstige Haar. »Wir wollen sehen, ob noch ein Rest der guten Laune übrig ist.« Auf der Höhe der Wasserspiele befahl er dem Kutscher anzuhalten. »Und nun stehlen wir uns doch noch etwas Zeit.« Erst deutete er auf seine Nase, dann wies er über die leuchtenden Beete und bat mit weicher Stimme: »Mein kluger Freund, du Meister der Lyrik, erzähle mir den Duft der Blumen.«

Ein Duell mit geschliffenen Zungen! Von höchster Stelle, aus dem Palazzo Medici, war der Befehl an die ausersehenen Streiter ergangen, und beide wagten nicht, sich ihm zu widersetzen. Weder Fra Girolamo noch Fra Mariano. Den Büßer von San Marco hätte ein Verzicht womöglich die Aura seines prophetischen Auftretens gekostet oder gar den vollständigen Verlust des bisher erreichten Einflusses. Für den humanistischen Prediger vom Kloster San Gallo bot sich endlich die Gelegenheit, seine frühere Beliebtheit als der beste Kanzelredner der Stadt und vor allem die verlorene Gemeinde zurückzuerobern.

Die sonst so grundsätzlich verschiedenen Mönche besaßen eins gemein: den Ehrgeiz nach Erfolg. Damit hatte der zwar gichtgebeugte, doch immer noch scharf denkende Herrscher von Florenz gerechnet, und seine Taktik ging auf: Ohne eigenen Antrieb waren sie zu direkten Kontrahenten geworden. Lorenzo hatte dem bedrohlichen Fremden einen Herausforderer aus dem eigenen kirchlichen Lager geschaffen, und beide wollten sich nun als der Bessere erweisen.

Auf keinen Fall durfte der Gedanke an eine übliche Disputation zweier Theologen aufkommen, deshalb heizte Lorenzo die Erwartungen in der Stadt an. Wie bei einem Zweikampf ließ er vorher die äußeren Bedingungen bekannt geben. Nicht das gemeine Volk, allein Patrizier und Würdenträger, Gelehrte und Kleriker sollten dem Wortgefecht beiwohnen. Er nahm sich das Recht, auch die Regeln festzusetzen: »Die Predigten finden in Kürze an den beiden aufeinander folgenden Feiertagen statt. Der Herausforderer wird beginnen, der Gegner hat drei Tage später die Möglichkeit zur Widerrede. Ort der Austragung ist die Kirche Santo Spirito jenseits des Arno.«

Zur Schlussberatung hatte er die Mitglieder der Plato-Akademie ins Studio des Palazzos gebeten. An Pico della Mirandola gewandt, sagte er zuversichtlich: »Auf meine Florentiner ist Verlass. Fromm sind sie aus tiefster Seele, dennoch hängen sie an ihrem Wohlstand. Sie lieben Heiterkeit und Glanz, nicht aber Bußgeschrei und erzwungene Enthaltsamkeit.« Seine Fingerkuppe spielte sanft über den schmalen Handrücken des Grafen. »Liebster Freund, der direkte Vergleich wird ihnen die Augen öffnen.«

»Ich hoffe es. Wenn auch die Mahnungen Fra Girolamos zum Teil berechtigt sind. Aber er will zu viel, ist zu radikal und ungeschickt in seinen Thesen. Alles habe ich versucht, ihn zu mäßigen, und sprach doch nur mit einem Stück Holz. Ja, um den Frieden der Stadt zu erhalten, wünsche auch ich den Erfolg.«

»Sei getrost, er wird sich einstellen. Das geladene Publikum ist ein strenger Richter bei Wettkämpfen. Und für mich streitet der bessere Ritter. Mit Fra Mariano hat mein neuer Plan alle Chancen zu gelingen.«

Dieser elegante, hoch gebildete Augustiner war ein Redner nach dem Herzen des gebildeten Publikums: Er beherrschte die Kunst der Rhetorik bis zur Vollendung, nutzte alle Facetten seiner wohlklingenden Stimme und wusste Gesten sparsam und wirkungsvoll einzusetzen. Solch einen Mann wollten die Florentiner auf der Kanzel sehen und hören; an zweiter Stelle erst galt ihr Interesse dem Inhalt der Predigt, und selbst den würzte Fra Mariano mit heiterem Wortwitz, ohne jemals die Glaubensbotschaft zu verwässern.

»Ein aufgeschlossener, umgänglicher Diener Gottes passt in meine gebildete Hauptstadt«, versicherte Lorenzo, dieses Mal mehr sich selbst als den Mitgliedern der Plato-Akademie, »und nicht diese Furcht erregende Schreckgestalt aus finsterer Vergangenheit.«

12. Mai 1491. Ein Ereignis, vielleicht eine Sensation! Die Vornehmen der Stadt zog es am Himmelfahrtstag über den Ponte Vecchio zur Kirche Santo Spirito. Ein Fest der strahlendsten Namen versammelte sich in dem lichtdurchfluteten Gotteshaus. Wer sich zeigen wollte, drängte möglichst weit nach vorn. Die erste Reihe war allein Lorenzo, seiner Familie und den engsten Freunden der Medici vorbehalten. Filippo Strozzi erschien mit Sohn Alfonso, beide in Begleitung der Ehefrauen, doch sie kamen zu spät und mussten sichtlich verärgert mit einer hinteren Reihe vorlieb nehmen.

Fioretta Gorini war von rosafarbener Seide umhüllt am Vormittag bei der Freundin in den Gewürzladen niedergeschwebt. »Beeile dich, Liebchen«, gurrte sie bei bester Weinlaune. »Herkules zertritt heute den Holzwurm von San Marco. Nun zieh dich an, so halb nackt verwirrst du sonst unsern Helden.«

»Ich kann nicht mitkommen.« Wie gerne hätte sie das Duell miterlebt.

Laodomia zählte die Gründe ihres Verzichts auf: weil Selvaggia den Onkel begleitete und sie immer schon – und seit die Hausherrin kränkelte erst recht – möglichst jeder Begegnung mit der hilflosen Frau aus dem Wege ging. »Mich gab es schon, als er sie geheiratet hat. Aber ich will die Arme nicht unnötig quälen. Außerdem erscheint mit Sicherheit auch Rodolfo Cattani, und der wird für den Onkel zum roten Tuch, wenn ich gleichzeitig in der Nähe bin.«

»Mein Gott, Liebchen. Du hast wirklich ein zu weiches Herz. Bei so viel Rücksicht kommst du nie auf deine Kosten. Aber sonst wärst du auch nicht du, und das wäre auch schade.« Fioretta zeigte ihren schönsten Schmollmund und seufzte. »Ohne dich macht es mir nur halb so viel Spaß. Na gut, dann lasse ich mich allein von meinen Dienern hinbringen.« Sie hatte noch einen Luftkuss an Laodomia verschenkt und war wieder dem dunklen Laden entflogen.

514

Ihr Erscheinen in der Kirche verursachte bei den Damen in den hinteren Reihen eifriges Getuschel. Es verstummte erst, als sie und ihr Kleid endlich Platz genommen hatten. Von allen unbeachtet schlüpfte ein Dominikaner aus San Marco noch herein. Fra Silvester huschte im rechten Seitenschiff weiter nach vorn. Nahe des Predigtkorbes blieb er halb verborgen vom Schatten einer Säule stehen.

Drei Schritte in den Altarraum und ein Kopfheben benötigte der Prediger, und alle Blicke gehörten ihm; sie folgten dem Doktor der Theologie, dem viel gerühmten Augustiner, wie er federnd die wenigen Stufen zur Kanzel emporstieg.

»Die Zeit ist gekommen, nicht länger zu schweigen, sondern die Lippen aufzutun, um dem Wort der Heiligen Schrift in Florenz wieder die wahre Geltung zu verschaffen. Amen.« Er verneigte sich zur ersten Reihe. »Hoch geschätzter Gönner dieser Stadt.« Seine elegante Handgeste galt dem Publikum. »Ihr Herren und sehr verehrte Damen. An diesem heiteren Himmelfahrtstage soll uns ein Text aus dem Neuen Testament beschäftigen. Wir lesen in der Apostelgeschichte des Lukas: ›Die aber zusammengekommen waren, fragten Jesus und sprachen: Herr, wirst du in dieser Zeit wieder aufrichten das Reich Israel? Er aber sprach zu ihnen: Es gebührt euch nicht, zu wissen Zeit oder Stunde, welche allein dem Vater in seiner Macht vorbehalten ist.‹« Fra Mariano schwieg, tat, als überprüfe er die Textstelle, ob vielleicht ein Wort nicht verlesen wurde, dann schüttelte er das Haupt und blickte mit einem Lächeln auf. »Alles ist damit gesagt, liebe Freunde: Kein Sterblicher, nur Gott bestimmt unsere Zukunft. Er allein weiß Zeit oder Stunde. Wir könnten ihn auf der Stelle voller Dankbarkeit mit einem Lied preisen, wenn nicht, ja wenn sich nicht in diesen Tagen ein Mensch selbst erhoben hätte und aus sich heraus weissagt, wie und wann die Zukunft oder gar das Ende sein wird.«

Zustimmendes Gelächter bestätigte Mariano. Er hatte jetzt schon den Wortkitzel gefunden, den seine Zuhörer von ihm erwarteten. Lorenzo Medici vergewisserte sich rechts bei Poliziano und links bei Graf Pico, auch ihnen gefiel der Einstieg; er wandte den Kopf, bedachte Filippo Strozzi mit einem vergnügten Augenzwinkern und lehnte sich zurück. Die Befriedigung wuchs an, während Mariano mit glockender Stimme den Baum der Angst und Gräuel entlaubte, unter dessen Blattwerk das Volk seit Monaten zitterte und fror, ohne ein einziges Mal den Verursacher zu benennen. Seine Thesen untermauerte er gekonnt mit Zitaten aus der Heiligen Schrift. Die versammelten Edlen, Klugen und Gebildeten gehörten ihm, längst durfte er sich seines Erfolges sicher sein, als er nun endlich den Namen aussprach: »Fra Girolamo Savonarola!«

Der Augustiner hielt inne, atmete tief. Jäh wallte Blut ins fein geschnittene Gesicht. »Ein Heuchler hat sich eingeschlichen! Eine Ausgeburt der Hölle will sich satt fressen an unsern Tischen!« Die Stimme verlor jeden Schmelz und überschlug sich. Mariano reckte die Arme, ballte Fäuste und speichelte, während er dem Widersacher jede erdenkliche Betrügerei nachsagte, ihn mit Übel und unflätigen Ausdrücken bedachte. »O Männer! O Frauen! Dieser Hundsfott will euch erwürgen! Hört nicht auf ihn. Er ist ein Prophet des Satans!«

Erst fassungslos, dann mehr und mehr verärgert starrte Lorenzo auf den Prediger. Neben und hinter ihm erhob sich zunächst Unmut, dann immer stärker werdender Prostest. Keine elegante Beweisführung mehr, kein Wortwitz. Dort auf der Kanzel stand selbst eine Furie und spie nichts als Hasstiraden aus. Und er sollte doch der lichte Held sein. Er sollte mit Klugheit und Wissen überzeugen und siegen.

Lorenzo stemmte sich am Stock aus der Bank hoch, nickte Graf Pico und Poliziano zu, und gestützt von den Freunden schleppte er sich durch den Mittelgang. Hinter ihm schrie Mariano weiter, geiferte Eifer- und Rachsucht. Piero Medici folgte mit seiner Gattin dem Vater auf dem Fuß. Sofort schloss sich ihnen die Familie Strozzi an. Nach und nach verließen auch Ratsherren, Richter und Kaufleute enttäuscht ihre Plätze. Das Gedränge am Ausgang nahm zu, und obwohl sich das Gotteshaus leerte, fand Mariano immer noch kein Ende darin, Pest und Verdammnis auf den Widersacher herabzuwünschen.

Im Schatten der Säule, nahe des Predigtkorbes, wiegte Fra Silvester unmerklich den Körper vor und zurück. Vor der Brust vollführten seine Fingerkuppen wahre Trommelwirbel, und in den bernsteinfarbenen Augen leuchtete Triumph.

Gegen Mittag klopfte Fioretta Gorini stürmisch an der Tür des Gewürzladens. »Lass mich rein, Liebchen, schnell.« Kaum hatte Laodomia geöffnet, rauschte sie an ihr vorbei durch den Verkaufsraum auf das Hinterzimmer zu.

»Na, wie war's?«

»Gleich. Wo ist dein Topf?«

Ehe Laodomia begriff, hatte sie ihn neben der Kleidertruhe unter dem Gestell mit der Waschschüssel entdeckt. Hastig zog die Freundin das blumenbemalte Gefäß bis zur Mitte des Zimmers; ein geübter Schwung raffte das Kleid hoch und entblößte für Augenblicke ihren Hintern, schon senkte sie ihn auf den Topf, und beim Geräusch des Strahls sank knisternd der rosafarbene Kleidertraum um sie nieder.

»Ach, Liebchen, das tut gut. Ach, Gott, du hast was verpasst. Nein, ich dachte schon, ich würde es nicht mehr bis zu dir schaffen.« Erlösung glättete die Stirnfalte. Noch hockend fragte Fioretta: »Hast du Wein? Einen guten Schluck könnte ich jetzt vertragen.«

Laodomia ging zum Regal und nahm einen Krug herunter. »Den bewahre ich für Filippo auf.«

»Dann ist der Tropfen genau richtig für mich.« Mit der Hand griff Fioretta tief unter den Stoff zwischen ihren Knien, erhob sich und trocknete die Finger an den Falten ihres Kleides.

»Und? Hat Herkules nun ganze Arbeit geleistet?«

»Das ja. Aber der Tapfere hat sich aus Versehen selbst zertreten.« Fioretta nahm den gefüllten Tonbecher. »Ich sag ja, du hast wirklich was verpasst.« Ihre Zungenspitze benetzte erst die Lippen, ehe sie den Durst stillte. »Endlich fühle ich mich besser. Trink einen Schluck. Du wirst ihn brauchen.«

»Nicht am hellen Tag. Ich muss nachher den Warenbestand prüfen, und das verdammte Rechnungsbuch wartet auch noch. Nun spann mich nicht länger auf die Folter. Ist Fra Mariano etwa von der Kanzel gefallen?«

»Beinah, Liebchen, beinah«, gluckste die Freundin. »Angefangen hat er wirklich gut. Ist ja auch ein ansehnlicher Mann. Wie er so auftrat in seiner schwarzen Kutte, ein feiner Stoff und sicher vom besten Schneider, da dachte ich, der müsste mir mal in meinem Hause die Beichte abnehmen. Ein Augustiner fehlt mir noch. Gleich zu Beginn seiner Rede hat er Beifall vom Publikum bekommen. Unser

517

Herrscher nickte immer wieder und seine gelehrten Eierköpfe natürlich sofort eifrig mit ihm. Ach, übrigens, der schöne Graf Pico saß direkt neben Lorenzo. Ich habe nicht richtig hingehört, mir genügte die angenehme Stimme, und ich dachte, so gefällt mir eine Predigt. Aber dann! Ohne Vorwarnung legte Fra Mariano los. ›Der Mönch von San Marco ist ein Satan!‹, schrie er. ›Am besten sollte man ihn verbrennen!‹ Dann brüllte und tobte er auf der Kanzel, als wäre er selbst ein Teufel. Ausdrücke gab er von sich, die ich noch nie gehört habe. Er fuchtelte mit den Armen, sein Kopf wurde puterrot, dass ich schon glaubte, gleich platzt er ihm. Nicht mehr zum Anhören war das Gegeifere. Da hab ich beschlossen, den nun doch nicht, der kommt mir nicht ins Haus.« Sie streckte Laodomia den Becher hin. »Bitte, Liebchen. Mein Zunge ist wieder ganz trocken.« Der Wein linderte rasch die Not. »Also, unser Herrscher war der Erste, dann verließen fast alle die Kirche. Stell dir das vor. So eine Blamage. Ich glaub, nach diesem Auftritt ist Fra Mariano in Florenz für immer erledigt.«

»Wie schrecklich«, flüsterte Laodomia und nahm nun doch einen Schluck Wein. »Und ich hoffte, es würde ihm gelingen, den Bußprediger zu vertreiben.«

»Wenn ich an die wütenden Gesichter der Herren denke, haben sich das viele gewünscht. Umso schlimmer war jetzt für sie die Enttäuschung. Bin ja gespannt, wie sich Fra Girolamo am nächsten Sonntag aufführt. Sicher keinen Deut besser, und dann bleibt alles so, wie es war. Liebchen, ich muss gehen.« Frisch gestärkt stellte Fioretta ihren Becher auf den Tisch. »Heute Abend treffen sich einige Stadträte bei mir zum Kartenspiel. Wenn du Lust hast, komm doch auch. Ich könnte dich von einem Knecht abholen lassen.«

»Danke. Falls mich Filippo besuchen will, da …«

»Schon verstanden«, Fioretta zwinkerte ihr zu. »Ach, mein treues Liebchen. Immer nur die gleiche Kost.« Sie tänzelte aus dem Hinterzimmer. »Mir wäre ein einziger Mann auf Dauer zu langweilig.«

»Und ich denke darüber nicht nach«, sagte Laodomia, hob den Nachttopf vom Boden und folgte ihr durch den Laden. »Wer war noch in der Kirche? Hast du Filippo gesehen?«

»Er stürmte genau so zornig an mir vorbei wie die anderen. Seine

Frau sieht wirklich elend aus. Kein Wunder, dass er sich lieber mit dir vergnügt.«

»Und Signore Cattani?«, rutschte es Laodomia heraus. Um ein Haar hätte sie etwas vom Inhalt des Topfes verschüttet. »Ich mein', oder sonst noch wer ...«

»Liebchen?« Wie eine Ballerina drehte sich Fioretta auf dem Fuß und sah ihr in die Augen. »Also denkst du doch manchmal an andere Kerle.« Über das Nachtgeschirr hinweg drückte sie Laodomia einen sanften Kuss auf die Nasenspitze. »Ja, der Seidenfabrikant hat sich das Spektakel auch angehört. Und wie stets sah er besser aus als alle anderen Männer. Na, zufrieden?«

»Rede nicht mit mir wie eine Kupplerin«, wehrte sich Laodomia. »Ich habe nur gefragt, weil wir ihn beide kennen.«

»Gut, gut.« Fioretta schwebte nach draußen und schnippte ihren Knechten. Über die Schulter säuselte sie: »Träum weiter von ihm, Liebchen. Bis zum Sonntag. Nachdem ich mir das Schreckgespenst angehört habe, bin sich sicher noch durstiger als heute.«

»Nur durstig?« Laodomia hob den Topf und zahlte ihr den Spott zurück. »Für jedes Bedürfnis gibt es bei mir das passende Geschirr. Ich erwarte dich.« Verstohlen blickte sie zum gegenüberliegenden Haus; weil kein neugieriger Nachbar in einem der Fenster lehnte, goss sie rasch die Hinterlassenschaft der Freundin einfach aufs Pflaster.

P ünktlich bei Sonnenaufgang setzte das Lärmen auf der Baustelle ein. Zwei Stunden später verließ Filippo Strozzi den alten Palazzo. Wie jeden Morgen erkundigte er sich kurz beim Aufseher, ob alle Handwerker und Arbeiter erschienen waren.

»Nicht ein einziger Betrunkener. Kein Ausfall wegen Krankheit. Soweit ich es beurteilen kann, haben all unsere Männer Christi Himmelfahrt gut überstanden.«

»Im Gegensatz zu mir. Ich musste die Predigt in Santo Spirito über mich ergehen lassen.« Weil der Mann verständnislos im Haar unter der Mütze kratzte, winkte Filippo ab. »Bemüh dich nicht. Es war nur ein Scherz. Heute ist Freitag. Bei Arbeitsschluss zahl ich die Wochenlöhne aus. Halte die Listen bereit.«

In langen Schritten eilte er davon, wünschte Passanten mit sonorer Stimme einen guten Morgen, und als er einige Straßenecken weiter sein Kontorhaus erreichte, hatte seine Miene auch das unnahbare Geschäftslächeln angenommen. Vor der Eichentür wartete bereits eine Schlange von kleinen Händlern. Sie waren regelmäßig die frühesten Kunden eines Tages, wollten Zinsaufschub oder den Kredit aufstocken. Wie hasste der Bankherr ihr Gejammer und ihre Lügengeschichten; wie viel Kraft kostete ihn die geforderte Höflichkeit, wenn sich schon bei erster flüchtiger Prüfung herausstellte, dass die Bittsteller ihre vorgelegten Bilanzen mit Absicht geschönt hatten.

Alfonso stand ihm heute nicht zur Seite. Er war seit vorgestern aus Neapel zurück und hatte sich den Freitag erbeten, um mit seiner Gattin das verlängerte Wochenende im Landhaus zu verbringen. »Keine Arbeitsmoral«, knurrte Filippo vor sich hin. »Der junge Herr muss sich entspannen. Von was eigentlich? Nicht eine Stunde hat er in dieser Woche gearbeitet. Nur gut, dass der Vater noch bei Kräften ist.« Er wandte sich zum Bild hinter seinem Schreibtisch und begrüßte Palla Strozzi, den Begründer des Familienreichtums. »Du hättest mir diese Freiheiten nicht erlaubt. Nur Disziplin führt zum Erfolg. Ich weiß.«

Mit Rechnen und Aufsetzen neuer Verträge, mit dem Abwägen zwischen Großzügigkeit und eigenem Profit verging Stunde um Stunde. Trotz angelehnter Schlagläden waberte die Sonnenhitze in den Raum. Immer häufiger griff Filippo zur Wasserkaraffe, Hunger verspürte er nicht und war im späten Nachmittag froh, endlich der stickigen Luft seines Kontors entfliehen zu können.

Begleitet von einem Bankgehilfen eilte er zur Baustelle. Als sich die Arbeiter vor dem Lohntisch der Reihe nach aufstellten, flüsterte er: »Schon wieder kriecht eine Schlange auf mich zu.« Kurz entschlossen überließ er dem Angestellten das Nachprüfen der Listen und Auszahlen des Geldes.

»Nach solch einem mühseligen Tag«, Filippo dehnte den schmerzenden Rücken, »möchte ich mich wenigstens ein Mal am sichtbaren Erfolg meiner Anstrengungen erfreuen.«

Gemeinsam mit dem Bauleiter schritt er die Außenmauern ab. Bis zum oberen Gesims war das Erdgeschoss gewachsen; die flache oder rundbogige Steinrahmung der Tür- und Fensteröffnungen bewies das hohe Können der Steinmetze.

Kaum hatten die beiden Männer das gewaltige Rechteck umrundet, stutzte Filippo und rieb sich den Schweiß von der Stirn: »Kann es sein? Oder narrt mich die Hitze?« Ein Fingerschnippen befahl dem Bauleiter, ihm zu folgen. Vor der rechten Seitenfront trat er weit zurück, betrachtete sie eine Weile schweigend und hastete wieder zur linken Seite des Erdgeschosses. »Kein Irrtum«, begann er leise. »Du bist Maurer. Sogar einer der besten Meister dieser Stadt.«

»Um Vergebung, Herr. Was gibt es auszusetzen? Jeder Stein hat seine rustikale Oberfläche behalten. Nur die äußersten Stoßkanten sind glatt geschliffen. Das war so abgemacht. Mit Euch und dem Architekten.«

»Um eine Wand gerade hochzuziehen, bedarf es Lot und Waage und vor allem tüchtige Handwerker.« Filippo kämpfte den Zorn nieder. Sein Ton blieb beherrscht. »Davon gehen wir doch aus, werter Meister?«

»So ist es.« Der Bauleiter zuckte mit den Achseln. »Bitte sagt, was Euch stört, sonst begreif ich gar nichts.«

»Der höchste Lohn wird dem Mann bezahlt, der Verantwortung trägt. Er besitzt das Vertrauen des Architekten und ist zuständig für den täglichen Blick aufs Ganze. Und dieser Pflicht bist du offensichtlich seit Monaten nicht nachgekommen.« Filippo wartete den Protest nicht ab. »Keine Ausrede. Betrachte die Fugen dieser Wand.«

Wie mit der Elle vermessen saßen die Steinquader in gleichen Abständen versetzt übereinander; die engen Zwischenräume bildeten ein gleichmäßiges Netz. »Was wollt Ihr, Herr?«

»Komm mit.« Beinah im Laufschritt stürmte Filippo erneut zur rechten Front des Erdgeschosses hinüber. Er fasste die Schulter seines Bauleiters. »Sieh genau hin. Kein Symmetrie, die Fugen sind unruhig, wahllos hast du hier große und kleine Bossen verbauen lassen. Selbst die schwerfälligste Schildkröte hat eine ebenmäßigere Außenhaut als diese Seite meines Palazzos.« Heftig atmete und schluckte er, bewahrte dennoch die Fassung. »Gewiss, auch Unruhe bietet einen künstlerischen Reiz für den Betrachter. Ob ausgewogen oder willkürlich, in keinem Fall aber dürfen zwei gegenüberliegende Fronten unterschiedlich gestaltet sein.«

»Ihr meint ...?« Die Einsicht erschütterte den schwergewichtigen Mann. »Ja, ... ja, Ihr habt Recht, Herr.« Er riss seine Kappe vom Kopf und hieb sich damit auf die Schenkel. »Wie konnte mir das durchgehen? O verfluchte Schweinerei. Entlasst mich, Signore Strozzi, ich hab's verdient.«

»Durch wen sollte ich dich ersetzen?« Nach außen hin spielte Filippo die Rolle des weitsichtigen Bauherrn weiter. »Du bist nun mal der beste Meister in der Stadt. Was also tun? Abreißen und wieder neu aufbauen? Nein. Das würde mich zum Gespött aller Neider machen. Bleibt nur eine Möglichkeit: kein Fehler sondern Absicht. Hiermit erkläre ich: Es war mein ausdrücklicher Wille, die Seitenfassaden des Erdgeschosses mit verschieden gestalteten Fugennetzen zu versehen. Jedem neugierigen Frager wirst du diese Antwort geben. Verstanden?«

»Keine Strafe? Ihr seid ein Mensch voller Güte.« Der Bauleiter griff nach der Hand seines Arbeitgebers, küsste sie. »Wie soll ich den Dank ausdrücken? Ja, ich bin Euer Knecht, jetzt und immer.«

»Spar dir die Schwüre, Kerl. Enttäusche mich nicht noch einmal, das genügt mir.« Signore Strozzi wandte sich ab und strebte in aufrechter Haltung zur Vorderfront seines Bauwerkes hinüber.

»Soll ich Euch begleiten?«

»Lass nur. Nimm deinen Wochenlohn und geh heim«, erlaubte er großmütig. »Ich werfe nur kurz einen Blick ins Innere. Fehler werden mich dort, so hoffe ich, nicht erwarten.«

Kaum aber war Filippo durch den Rundbogen seines künftigen Hauptportals in den Schatten gelangt, als er sich an die Mauer lehnte und nach Luft rang. »Dieser Idiot. Mit welchen hirnlosen Kreaturen muss ich mich den ganzen Tag abplagen. Erst im Kontor, dann hier auf der Baustelle. Und dies auch noch bei solch einer Hitze.«

»Gott zum Gruße, Signore Strozzi.«

Der Erschöpfte fuhr zusammen. Im Licht des Eingangs stand ein Dominikaner.

»Ich kam gerade vorbei, als Ihr Euch mit dem Handwerker unterhieltet. Da ich Euch ohnehin aufsuchen wollte, jedoch nicht wagte, das Gespräch zu stören, bin ich Euch gefolgt.«

Filippo näherte sich ihm und verschränkte die Arme vor der Brust. »Mir ist nicht bewusst, mit Euch einen Termin vereinbart zu haben.«

Das glatte Lächeln des Mönches wurde vom Leuchten in den bernsteinfarbenen Augen verstärkt. »Was bedeuten schon Zeit oder Stunde. Erlaubt mir, die günstige Gelegenheit wahrzunehmen. Ich bin Fra Silvester von San Marco.«

»Zum Gruße, Vater«, sagte Filippo steif. »Wart Ihr nicht gestern auch in Santo Spirito?«

»Ihr habt mich bemerkt? Mich, einen unauffälligen Diener der Kirche? Diese Wertschätzung beschämt mich. Ja, in der Tat, das Publikum erlebte eine bemerkenswerte Predigt. Bruder Mariano ist einer der tiefgründigsten Denker des Augustinerkonvents. Fra Girolamo wird es am Sonntag nicht leicht haben, seine Thesen zu widerlegen.« Jeder Satz schien in Öl gewendet. »Doch ich will nicht unnötig Eure wertvolle Zeit vergeuden.« Fra Silvester glitt leichtfüßig über den rohen Steinboden. »Ein Bauwerk lasst Ihr hier erstellen, welches an Pracht und Größe jeden Palazzo in Florenz übertreffen wird.«

»Ich verschaffe meiner zahlreichen Kinderschar ein Dach über dem Kopf, mehr nicht.«

»Und gleichzeitig dient es Eurem Ruhm. Auf ewig wird Euer Name mit diesem steinernen Monument verbunden sein.«

»Wenn die Nachfahren sich dankbar an mich erinnern, sollte es mich freuen.«

»Also ein Denkmal …«

»Verzeiht, Vater«, unterbrach ihn Filippo und massierte mit der rechten Hand seinen linken Oberarm. »Ich sehe keine Veranlassung, mit Euch länger über dieses Bauvorhaben zu sprechen. Kommt zur Sache oder lebt wohl.«

»Wie ungeschickt von mir.« Der biegsame Mönch verneigte sich. »Kritik steht mir nicht zu. Es liegt nun mal in der Natur des Menschen, nach bleibenden Werten zu streben. Als Christ allerdings sollte er einen Teil seiner Habe auch zur Ehre Gottes verwenden.«

»Das sagt Ihr mir?«

»In aller Bescheidenheit«, flehend sah der Mönch zu dem Bankherrn auf. »Unser Kloster lebt vom Almosen. Und Ihr seid einer der wohlhabendsten Männer dieser Stadt. Bedenkt, eine Spende bringt Euch dem Seelenheil näher. Gebt großzügig. Helft San Marco und damit Euch selbst.«

Mit bebenden Lippen löste Filippo die verschränkten Arme: »Ihr wagt es, mich an gottgefällige Schenkungen zu erinnern? Wie kaum ein anderer Gönner habe ich zahlreiche Kapellen und Altäre gestiftet. Erkundigt Euch nur. Sogar eine Kirche wurde auf meine Kosten errichtet. Wisst Ihr, wem die Einkünfte zufließen? San Marco. Jetzt allerdings, da dieser fremde Bußprediger dort sein Unwesen treibt, reut es mich beinahe. Ich habe wahrlich genug Gold für mein Seelenheil geopfert. Ich bitte Euch, verlasst jetzt mein Haus und klopft an anderen Türen.«

Rückwärts wieselte Fra Silvester bis zum Eingang, dort verneigte er sich wieder. »Dieser Tag hat uns einander nicht näher gebracht. Wie schade. Aber ich baue auf Eurer mildtätiges Herz, Signore Strozzi. Große Veränderungen stehen dieser Stadt bevor, und ich hoffe, nein, ich bin gewiss, spätestens dann werden wir uns die Hände reichen. Gott mit Euch. Lebt wohl.«

Filippo sah dem Dominikaner nicht nach. Schweiß rann ihm von der Stirn über die bleichen Wangen. »Dieses scheinheilige Kuttenpack. Führt fromme Reden, jagt aber in Wahrheit ebenso dem Gelde hinterher wie wir alle.«

Zwar dämmerte der Abend noch zum schmalen Fenster der Wohnstube herein, für verzwickte Handarbeit aber genügte das Licht nicht mehr. Laodomia drehte die Öllampe höher, fädelte einen blauen Faden durchs Nadelöhr und rückte sich den Schemel zwischen Fenster und Tisch.

In Erwartung des Onkels hatte sie ihr Äußeres verwandelt. Die grüne Arbeitskluft hing am Haken. Sie hatte sich gewaschen, das Haar gelöst, nicht vergessen, die Haut mit Duftöl einzureiben, und das leicht durchsichtige Batisthemd übergestreift. Aus der Gewürzkrämerin bei Tag war eine in Sehnsucht harrende Geliebte geworden, ganz so, wie es der Vorstellung des Onkels entsprach.

Ehe sie die Nadel wieder ansetzte, verglich sie das schon fertig gestickte Wappen der Strozzis mit dem noch unvollendeten am anderen Ende des länglichen Seidentuches. Der Schal sollte ihr Geschenk an Filippo zu seinem dreiundsechzigsten Geburtstag werden. Und er liebte nun mal Genauigkeit. Was hab ich mir nur angetan, seufzte sie und straffte den Ausschnitt über den Stickrahmen. Eine silberne Mantelbrosche hätte auch genügt. Na, egal, bis Anfang Juli werde ich das verdammte Wappen schon gestickt haben.

Beim Wechseln der Farbfäden horchte Laodomia in den Palazzo hinein. Nichts außer den üblichen weit entfernten Geräuschen. Wo blieb der Onkel? Hatte er noch Gäste? Oder kam er heute Abend gar nicht?

Als auch der Lampenschein nicht mehr für genaue Nadelstiche ausreichte, legte sie die Stickarbeit griffbereit auf den Schemel und schlenderte zum Spiegel hinüber. Ein Augenzwinkern begrüßte nebenan den Erzengel Raphael. Leichtes Wiegen der Hüften, sie drehte sich von einer Seite zur anderen. Nicht übel, dachte sie, selbst beim näheren Hinsehen bist du immer noch eine schöne Frau. Laodomia straffte den Batist über den Brüsten. »Zugegeben, so stramm wie früher seid ihr zwei nicht mehr«, flüsterte sie, »aber solange der Onkel nichts auszusetzen hat, bin ich mit euch zufrieden.« In einer plötzlichen Eingebung raffte sie das Hemd bis zur Hüfte und betrachtete prüfend ihren rechten Oberschenkel. Der Fleck war dunkelblau angelaufen. Wegen der lästigen Eifersucht des Onkels überlegte sie flüchtig, die Stelle zu überschminken, ließ aber dann den Stoff wieder fallen. »Dummes Schaf. Jeder kann sich mal stoßen. Und es war kein Männerknie, sondern die Ecke des Ladentischs. Damit muss er sich abfinden.« Mit beiden Händen fuhr Laodomia im Nacken unter ihr langes Haar und schüttelte es, bis die Locken weich über die Schultern fielen.

Schritte näherten sich aus dem Innern des Gebäudes. Hastig kehrte sie zur Stickarbeit zurück, ließ sich auf dem Schemel nieder und zog Nadel und Faden durch den Stoff.

Dreimal klopfte es. »Ich bin noch wach«, rief Laodomia.

Das Schloss schnappte, leise knarrte die Geheimtür auf und zu. Erst jetzt blickte sie hoch.

»Bleib so, schönste Nichte.« Filippo riegelte hinter sich ab. Nach wenigen Schritten blieb er neben dem Bett stehen. Wie stets bei seinen Besuchen trug er den nachtblauen Hausmantel mit der breiten gelben Schärpe. »Welch ein Bild. Diesen Anblick sehnte ich seit Stunden herbei. Sticke weiter, und lass mich noch eine Weile genießen.«

Der Onkel hat sich Zeit für uns genommen, dachte Laodomia, dann wird es eine sanfte Nacht. »Ich arbeite an einer Überraschung für dich. Komm nicht näher, versprich es.«

Ein Schmunzeln spielte um seinen Mund. »Euer Diener gehorcht, edle Dame.« Er spielte die Rolle des Unterwürfigen. »Darf ich Euch derweil mit meinen Künsten erfreuen.« Langsam griff er zur Schärpe an seiner Taille.

Laodomia rundete die Augen. »Jetzt schon? Und ich glaubte …«

»Aber wohin verirren sich Eure Gedanken, Herrin?« Seine Hand zog ein gefaltetes Papier heraus. »Zur Abendstunde lieben es die Damen, bei der Handarbeit mit Poesie unterhalten zu werden. Bitte erlaubt, dass ich Euch ein Sonett des großen Dante zu Gehör bringe. Ich habe die Zeilen mit eigener Hand niedergeschrieben.«

Wärme stieg in Laodomia auf. Wie lange hatte der Onkel sie nicht mehr mit Versen umworben. Zum Dank übernahm sie die Rolle als Hofdame. »Wir sind neugierig auf die Darbietung.«

Filippo öffnete das Blatt: »Wenn wir ein schön und züchtiges Weib erschauen / Und edle Reize unsern Augen lachen, / Da wird …«, er brach ab, und seine Finger suchten in den Taschen des Hausmantels.

»Nur weiter«, forderte die Schöne. »Der Anfang war vielversprechend.«

Ihr Diener gab seine Rolle auf. »Herrgott, auswendig weiß ich den Vers nicht«, schimpfte Filippo. »Diese Hitze heute. Den ganzen Tag musste ich mich mit Schwierigkeiten herumschlagen.« Er ließ das Blatt fallen. »Und jetzt wollte ich mit dir bei einem Kunstgenuss entspannen und habe ausgerechnet meine Brille vergessen.«

»Allein, dass du daran gedacht hast, bereitet mir schon genug Freude.« Laodomia legte das Stickzeug beiseite, ging zu ihm und schmiegte sich an seine Brust. »Halt mich fest, Liebster. Damit bin ich vollkommen zufrieden.«

Er legte einen Arm um ihre Schultern. »So bescheiden? Wir sind kein altes Ehepaar. Ein vertrockneter Kuss und dann Gute Nacht; das genügt mir nicht.« Seine freie Hand strich ihre Brüste unter dem durchsichtigen Stoff und glitt an der Hüfte nach hinten; tief versenkten sich die Finger in der Kerbe und fassten nach ihrer rechten Pobacke. »So einfach kommst du mir nicht davon.«

Sie musste sich vor ihm auf die Bettkante setzen und sah geduldig zu, wie er die Schärpe löste und den Mantel öffnete. »Selbst im Ruhezustand«, die Stimme klang dunkel und heiser, »wirst du das Zepter deines Meisters erkennen.«

»Das ist wahr«, staunte Laodomia, ihm zuliebe. Sein Tonfall kündigte Rohheit an. Weil sie heute aber weder als Hexe noch ungehorsame Sklavin im Kerker genommen werden wollte, sondern sich nach sanfter Lust sehnte, versuchte sie, die redegewandte heitere Hofdame in einem königlichen Gemach zu bleiben, und ergänzte: »Sogar ohne Brille sind die Werte Euer Majestät leicht zu finden.«

»Unterlass den Spott, Nichte.« Er zog ihren Kopf näher an seine Mitte. »Schweig, und beweise mir, wie schnell deine Zunge Leben erwecken kann.«

Da der Staatssäckel prall gefüllt herunterhing, schnürte ihn Laodomia mit einem Ring aus Zeigefinger und Daumen zu. Kaum fanden die beiden Goldklumpen in der linken Handmulde Platz. Ihre Rechte umschloss das weiche Hautfutteral, in dem sich die Insignie der Herrschermacht verborgen hielt. Leicht schob sie die Hülle zurück und drückte ihre Lippen auf den schimmernden Kopf. »Wie schön er gearbeitet ist«, flüsterte sie. Mit der Zunge fuhr sie den unteren gesäumten Rand entlang, befeuchtete rundum die Kuppe und drückte, oben angekommen, die Zungenspitze in den Spalt, ließ sie vorwitzig hin und her fahren.

Filippo dankte ihrem Fleiß mit verhaltenen Seufzern. Sein Leib belohnte die Mühe, denn jetzt drängte das Zepter hervor, wuchs hart an; das Futteral verlor seine Bedeutung und war nun nichts mehr als die gestraffte adrige Haut des Herrscherstabes. »Leg dich hin«, befahl er.

»Gleich, mein König«, versprach Laodomia. Ohne jede Eile hob sie den Po an, streifte das Batisthemd über den Kopf und dachte: Nur ein einziges Mal will ich heute besiegt werden. Nimm dir also Zeit. Sie stieg ins Bett und rutschte auf Knien zu ihm. Erneut beschäftigte sie sich mit ihrer Schöpfung, als entspräche das Ergebnis noch nicht ganz ihrer Vorstellung. »Euer Zepter ist so nackt, mein König.« Mit beiden Brüsten schloss sie den Stab ein, hob und senkte den Oberkörper und ließ das samtrote Haupt auftauchen und wieder verschwinden. »Seid Ihr angetan von dieser weichen Hülle?«

»Herrgott, nun lass uns endlich …«

»Aber mein König? Solch barsche Worte habe ich nicht verdient.«

Notgedrungen übernahm Filippo den ihm zugedachten Part. »Ich bin nicht ganz zufrieden.« Er suchte hastig nach Worten. »Dieses … dieses Futteral hat unbestritten Vorzüge. Doch es fehlt ihm an Enge und Feuchtigkeit. Ich bin sicher, schöne Frau, Ihr habt eine passendere Schatulle anzubieten.«

Die Hofdame nahm Maß. »Eine ganze und eine halbe Handspanne in der Länge.« Sie prüfte den Umfang und nickte. »Ihr habt Glück, mein Fürst.« Unter halb gesenkten Lidern blinzelte sie ihm zu. »Ich kann Euch genau das Gewünschte anbieten.« Laodomia wich zurück und breitete sich in der Mitte der Matratze aus. »Bitte überzeugt Euch selbst. Aber geht behutsam vor.«

»Endlich.« Der Hausmantel fiel von seinen Schultern. Filippo konnte es kaum erwarten, die Finger teilten ihr Vlies, und er führte das Zepterhaupt ein, erst wie zur Probe, dann stieß er den Schaft nach, zog sich heraus und kehrte gleich zurück. Immer wieder, immer heftiger wurden seine Stöße.

Das lange Vorspiel hatte Laodomia erregt. Tief in ihrem Schoß setzte Zittern ein, nahm Macht über den ganzen Körper. Sie warf den Kopf hin und her, bis Schreie sie erlösten und das Glück ihren Schoß überfließen ließ. »Liebster, o mein geliebter Liebster.«

»Hör nicht auf«, keuchte Filippo. Sein Zepter regierte unaufhörlich weiter in ihr. Nach tiefem Atemholen unterstützte sie ihn mit drängenden Hüften dabei. Seine Schultern erbebten. Filippo stammelte Laute, schrie gequält und stammelte wieder.

»Nicht, Liebster!« Mit beiden Händen versuchte Laodomia, Filippos Oberkörper von sich zu drücken. »Kein Kind! Bitte, ich flehe dich an. O mein Gott, gib Acht.«

Zuckungen schüttelten ihn, jäh krampfte er sich zusammen. »Ich kann nicht mehr …«, stöhnte Filippo und warf den Kopf zurück. »Ich … ich sterbe …«

»Nein, Onkel! Bitte, so hab doch Erbarmen!« Für Augenblicke sah Laodomia in das verzerrte fahle Gesicht, wie Wasser tropfte der Schweiß ihr auf Nase und Kinn. Würgelaute drangen aus seinem Mund. »Hilf … hilf mir.« Seine Stirn fiel auf ihre Brust, wieder krampfte sich der Leib zusammen, und in Stößen erbrach er sich; mit einem Mal verließ ihn alle Kraft, langsam rutschte der Kopf neben ihren Hals.

»Liebster?« Filippo lag still auf ihr. Der gallige Geruch seines Mageninhaltes ekelte sie. Weil sie immer noch das Zepter in ihrem Schoß spürte, stemmte sie den Onkel zur Seite und glitt unter ihm vor. Schnell erhob sich Laodomia, reinigte Hals und Brust, dann erst kehrte sie ans Bett zurück. »Bist du eingeschlafen?« Da er nicht antwortete, hockte sie sich auf die Kante der Matratze und rieb die Fingerknöchel an den Zähnen. »Warum? Warum hast du mir das angetan?«, flüsterte sie. »Weil deine Frau keine Kinder mehr bekommen kann, soll ich jetzt herhalten? Das hättest du dir früher überlegen müssen. Irgendeinen Weg hätte es für uns beide schon gegeben. Ich bin doch keine Sklavin, die du einfach zum Zeugen benutzen kannst.« Ihre Hand glitt hinunter ins Haarvlies. Sie fühlte nur ihre Nässe. Sofort wandte sie sich um und prüfte vorsichtig die Kuppe seines halb gebeugten Glieds. Sie war nur feucht, keine Anzeichen eines Ergusses klebten an ihr oder dem Schaft.

»Filippo!« Erschreckt beugte sich Laodomia über sein Gesicht. Es war blutleer. Sie stieß ihn an, heftiger rüttelte sie an seinen Schultern. »Wach auf.« Er reagierte nicht. Angst befiel Laodomia. Sie legte das Ohr auf seine Brust, hörte nichts, dann war doch ganz schwach ein Herzschlag zu vernehmen; ehe der nächste folgte, verging eine Ewigkeit. »Bitte, Liebster. Komm zu dir.« Laodomia hob seine Hand an; schlaff entglitten ihr die Finger. Wasser. Sie befeuchtete ein Tuch und rieb seine Stirn ab und kühlte ihm den Nacken. Nichts. Filippo lag nur reglos da. Hilfe. Er benötigte einen Arzt. Sofort.

In fliegender Hast riss Laodomia den Arbeitskittel vom Haken, stieg hinein und war schon an der Geheimtür, ließ sie hinter sich offen stehen, nahm die Blendlaterne aus der Mauernische und eilte barfuß durch den engen, düsteren Gang. Wo führte er hin? Egal, er musste irgendwo im Palazzo enden. Die zweite Tür war verriegelt. »Oh, verflucht!« Sie kehrte um, kam mit dem Schlüssel zurück und öffnete das Schloss. Geräuschlos schwang die schwere Tür auf.

Einen Moment stockte Laodomia, blickte sich suchend um, bis ihr klar wurde, dass der Geheimgang seinen Einstieg in der Wand gegenüber der großen Marmortreppe nahe des Speisesaals hatte. Eine Steinverkleidung, dachte sie flüchtig, deshalb ist mir die Tür nie aufgefallen. Geduckt huschte sie durch die schwach beleuchtete Halle zum Gesindetrakt hinüber. An der Kammer ihrer Freundin klopfte sie, klopfte fester, bis Petruschka endlich öffnete.

»Wer …? Aber Kleines?« Sofort wachte der Beschützerinstinkt auf. »Was ist geschehen?«

»Hilf mir. Er liegt drüben in meiner Stube. Filippo. Er rührt sich nicht mehr.«

»O Madonna, beschütze uns!« Die Russin bekreuzigte sich. »Ich hab's geahnt. Irgendwann musste es so weit kommen. Er hat dir zu wehgetan, und da hast du ihn erschlagen.« Gleich suchte sie nach einer Verteidigung. »Mein Armes, du hast dich nur gewehrt. Das sagst du allen, und ich bezeuge es.«

»Nein, so hör doch: Er lebt. Aber er lag mit einem Mal ganz still. Wir müssen den Arzt rufen, er muss ihm helfen.«

»Auf keinen Fall in deiner Wohnung. Das wär für alle nicht gut.« Ohne Zögern stellte sich Petruschka auf die neue Lage ein und übernahm das Regiment. »Warte hier.«

Drei Türen weiter hämmerte die große Frau ans Holzblatt. Kaum hatte der Kammerdiener einen Spalt geöffnet, zog sie ihn am Kragen heraus. »Du tust jetzt genau, was ich sage. Keine Widerworte, verstanden?« Knapp schilderte sie ihm, wo und in welcher Not sich Signore Strozzi befand, und gab ihre Anweisungen.

Der Kammerdiener rümpfte die Nase. »Ich lasse mir nicht vorschreiben, was zu tun ist. In solch einem Falle ist es meine Pflicht, als Erstes die Herrin zu wecken …«

Zwei Ohrfeigen unterbrachen ihn. »Reiz mich nicht weiter, du kleiner Gockel. Halt's Maul, und beweg dich.«

Er durfte noch sein livriertes Wams übers Nachthemd streifen, mehr erlaubte die Russin nicht und trieb ihn vor sich her. Mit einem Wink forderte sie Laodomia auf zu folgen. Der Kammerdiener rief leise die beiden Wächter vor dem Hauptportal in die Halle. Auf seinen Befehl hin bewaffneten sie sich mit einer Trage, und angeführt von Laodomia huschten alle Helfer hintereinander durch die Wandtür in den Geheimgang.

Das Bett war leer. »Wirklich ein schlechter Scherz«, empörte sich der Kammerdiener. »Wo ist nun mein Herr?« Damit wollte er an den Frauen vorbei, doch Petruschka riss ihn zurück und bat die Freundin nachzusehen.

Laodomia fand ihn neben der anderen Bettseite auf dem Boden. »Filippo.« Sie kniete sich zu ihm. Schaum klebte um seinem Mund, die schweißnassen Wangen waren grau, in qualvollen Wellen erbebte der Körper, haltlos schlugen die Zähne aufeinander. »Hörst du mich?« Beim Klang ihrer Stimme weitete er die Augen. »Nichte, meine schöne Nichte ... ich habe die Brille vergessen, verzeih.« Er stöhnte, krümmte sich zusammen, und Husten befiel ihn, erst nachdem er Speichel ausgewürgt hatte, vermochte er wieder zu sprechen. »Meine Brust zerreißt ... Ich muss gehen ... Es ist schon spät ...«

»Ruhig, Liebster. Ich habe Hilfe geholt.«

Entschlossen trat Petruschka hinzu und half der Freundin aufzustehen. »Wir regeln das schon.«

»Nein, warte.« Laodomia raffte das Laken vom Bett und bedeckte damit die Blöße des Geliebten. Erst jetzt überließ sie ihn den Männern.

Schnell wurde Signore Strozzi durch den Geheimgang hinüber in die Halle geschafft. Dort löste Petruschka einen der Knechte an der Trage ab. »Lauf zum Doktor. Sag, der Herr sei krank. Er soll sofort kommen.« An Laodomia gewandt, bestimmte sie: »Geh in meine Stube. Du darfst dich hier nicht sehen lassen. Ich sag dir Bescheid.« Weil der Kammerdiener ihr im Weg stand und sie die Hände nicht zur Verfügung hatte, trat sie ihn einfach beiseite. »Geh vor, und leuchte uns.« Gemeinsam mit dem zweiten Knecht trug die Russin den Kranken hinauf.

Laodomia sah ihnen nach, bis die Trage oberhalb der Marmortreppe im linken Flur verschwunden war.

»Heilige Mutter Gottes, beschütze Filippo«, bat sie tonlos. Wie verloren, wie nutzlos kam sie sich vor! Jetzt braucht er mich, vielleicht das erste Mal, seit wir uns kennen, und ich darf nicht bei ihm sein. Laodomia beschloss, in der dunklen Fensternische hinter den Säulen zu warten. Wenigstens sehen und hören will ich. Sie kauerte sich auf die Erkerbank; aus Angst vor den ineinander stürzenden Bildern wiegte sie den Oberkörper vor und zurück.

Nach einer Weile wachte Leben im ersten Stock auf. Lichter wurden entzündet. Schritte näherten sich aus dem Frauentrakt. »Ja, Herrin, aufgrund meiner Erfahrung hat plötzliche Luftnot den Anfall verursacht«, tönte der Kammerdiener beflissen.

»Ist es ernst?«, fragte eine kleine, verschreckte Stimme. »Hast du nach dem Medicus geschickt.«

»Aber selbstverständlich, Herrin, ich habe mir erlaubt, alles Notwendige…« Der Rest des Satzes verlor sich im linken Gang.

Laodomia schloss die Augen und begleitete Selvaggia in Gedanken über den langen Teppich; im schwachen Schein der Öllampen blinkte da und dort ein helles Gelb in den Wandgemälden auf. »Wie gut kenne ich diesen Weg! Wie oft war ich glücklich dort oben…«

Die Haustür wurde aufgestoßen. Der Knecht stürmte mit zwei Ledertaschen durch die Halle. Ihm folgte der Hausarzt und stieg, so rasch es sein Alter erlaubte, ins Obergeschoss.

Ach, Filippo, du weißt gar nicht, wie sehr mir das Herz im Halse schlug, als ich das erste Mal dein Schlafgemach betrat. Ich hab mich gut verstellt. Und damals konntest du die Dante-Verse auswendig und brauchtest deine Brille nicht. Sie lächelte vor sich hin. Nach und nach kehrte jede Einzelheit dieses Abends in ihr zurück.

Petruschka kam mit wehendem Nachthemd die Treppe herunter, nahm zwei Stufen auf einmal und hatte fast schon den Gesindegang erreicht, als Laodomia aus dem Dunkel zwischen den Säulen vortrat. »Wie geht es ihm?«

»Du solltest doch… Komm jetzt mit, Kleines. Keiner darf dich hier entdecken.« Erst in ihrer Kammer gab die Russin Auskunft. »Also, der Doktor sagt, es ist das Herz. Er hat dem Herrn Laudanum eingeflößt, und dann haben die Schmerzen in der Brust etwas nachgelassen. Das Schlimmste ist vorbei. Mehr weiß ich noch nicht. Ich wecke jetzt die Mägde. Der Herr friert. Wir brauchen heißes Wasser und Tücher für die Kräuterwickel.« Sie strich Laodomia über die Stirn. »Du siehst elend aus. Schlaf ein bisschen. Und morgen früh gehen wir beide rüber zur Madonna und zünden eine Kerze für den Herrn an. Wird schon alles gut werden, Kleines.« Mit diesem Trost verließ sie das Zimmer.

Gerettet. Filippo ist auf dem Weg der Besserung. Dieser Gedanke lockerte den Knoten in ihr. Arme und Beine wurden schwer. Mit einem Mal fühlte sie Müdigkeit. Laodomia legte sich das Kopfkissen zurecht. Da fiel ihr Blick auf den Rosenkranz an der Stirnwand über dem Bett. Behutsam nahm sie die Kette an sich und ließ die Perlen langsam durch die Hand gleiten. Es war kein Befehl, eher ein stummer Rat, dem sie folgte, und sie kniete sich vor das Lager der Freundin nieder. *»Ave Maria, gratia plena, Dominus tecum, benedictus tu es in mulieribus …«*

Dreimal erflehte sie flüsternd die Hilfe der Muttergottes, dann kroch sie aufs harte Bett und rollte sich wie ein Kind zusammen. Nach wenigen Atemzügen schon hob der Schlaf sie auf.

Ein Glas zerbrach … Scherben prasselten auf sie nieder … tausendfach steckten Splitter in ihrem Körper. Laodomia schrie vor Schmerz und riss die Augen auf. Voll Panik betastete sie den Hals, die Brüste. Keine Wunden. Nichts. Du hast geträumt. Bleibe ruhig. Nichts ist geschehen. Du liegst in Petruschkas Zimmer. Tief atmete sie gegen das wilde Klopfen des Herzens an.

Vom Flur drangen Geräusche herein. Laodomia horchte den halblauten Stimmen nach, hörte das Hin-und-her-Laufen, dann schwang die Kammertür auf, und Petruschka trat ein, legte leise den Riegel vor und lehnte sich mit dem Rücken ans Holzblatt. »Bist du wach, Kleines?«

Laodomia setzte sich auf. »Wie geht es ihm?«

Wortlos stand die Freundin da. Aus dem hochgesteckten Haarzopf hatten sich Strähnen gelöst, baumelten achtlos an ihren Seiten herunter. Das Gesicht war bleich wie der Stoff des Nachthemdes.

»Nun sag doch.«

»Kleines.« Langsam kam die Russin zum Bett. »Unser Herr schläft.«

Mit einem Mal fürchtete sich Laodomia. »Das ist doch gut? Oder?«

Petruschka setzte sich zu ihr. »Der Herr schläft für immer.«

»Tot?« Das Wort verhallte in einer riesigen leeren Halle. »Tot?«, wiederholte Laodomia, begriff ihre Frage nicht und verstand erst, als die Freundin nickte. Sie suchte Schutz, rückte näher und verbarg das Gesicht in den großen Brüsten. »Halt mich. Bitte. Sonst erfriere ich.«

Petruschka schloss die Arme um sie.

Lange saßen die Frauen stumm beieinander. Schließlich flüsterte Petruschka: »Uns bleibt keine Zeit, Kleines. Du musst hier weg. Und ich werde gebraucht.«

»Allein? Ich kann doch nicht allein …«

»Es geht nicht anders. Bald werden viele Leute kommen.«

»Das ist mir egal.«

»Hör auf mich. Du willst doch auch nicht, dass der gute Ruf unseres Herrn jetzt noch beschädigt wird. Erst wenn du wieder in deiner Wohnung bist, kann kein schmutziges Gerücht aufkommen. Mein Armes, ich weiß ja, wie schlimm es für dich ist. Aber denk doch an Signora Strozzi. Sie glaubt, dass unser Herr im eigenen Schlafgemach krank geworden ist. So ist es gut. Und was sollen sonst die Kinder später von ihrem Vater denken?«

»Ich … ich geh ja schon.« Laodomia löste sich aus der Wärme und zwang sich zur Vernunft. Ihre Finger zerrten an den Falten des Arbeitskleides und zogen den Schlüssel der Geheimtür aus der Tasche. »Ich hab nur diesen bei mir. Über den Hinterhof kann ich nicht verschwinden. Weil mein Laden abgeschlossen ist.«

»O Madonna. Daran habe ich nicht gedacht« Mit eiligen Griffen steckte Petruschka die Strähnen ins aufgetürmte Haar zurück und warf sich den Umhang über. »Bleibt nur der Rückweg durch den Gang.«

»War sein Tod schwer?« Laodomia wunderte sich, wie nüchtern sie sprechen konnte. »Ist Filippo noch einmal wach geworden?«

»Mein armes Kleines.« Voller Mitleid nahm sie die Russin wieder in den Arm. »Er hat die ganze Zeit nur ruhig dagelegen. Schmerzen hat er wohl nicht gehabt. Dann hat er plötzlich die Augen aufgemacht und nach Alfonso gerufen, ganz laut, und dann sagte er: ›Sei streng zu dem Bauleiter.‹ Danach hat er die Stirn gerunzelt, als ob er nachdenkt. So ist sein Gesicht geblieben. Wir haben erst gar nicht gemerkt, dass der Herr tot war. Auch der Doktor nicht.«

»Er sorgte sich um den Palazzo. Der war ihm wichtig, wichtiger als … Nein, ich kann jetzt nicht denken. Lass uns gehen.« Laodomia fasste die Freundin bei der Hand. »Du kommst doch später in den Laden. Und sagst es mir.« Sie lächelte bitter. »Ich weiß doch noch gar nichts von dem Unglück.«

Am Ausgang des Gesindeflurs blieb Laodomia zurück. Während Petruschka die Halle durchquerte, sah die Russin sich aufmerksam um. An der Wand neben dem Speisesaal glitten ihre Finger über die Fugen des Mauerwerks, vorsichtig zog sie einen Keil heraus und löste mit dem Schlüssel den Mechanismus. Ohne jedes Geräusch drehte sich die verborgene Steintür in der Mittelachse. Auf dem Rückweg kontrollierte sie, ob sich oberhalb der Treppe jemand aufhielt.

»Bleib dicht vor mir«, raunte die große Frau und nahm Laodomia in den Umhang. Kein zufälliger Beobachter hätte ihren Schützling bemerken können. »Fall nicht, Kleines«, hörte Laodomia noch, schlüpfte durch den Spalt; gleich schwang der Einstieg zu, und Finsternis umgab sie. Schritt für Schritt musste sie sich vortasten. Nach einer Biegung aber schimmerte Licht am Ende des Gangs. In verzweifelter Hast floh Laodomia darauf zu.

Kaum in ihre Wohnstube gelangt, drückte sie die Geheimtür ins Schloss. Ohne nachzudenken, schob sie ihre Kleidertruhe davor, als müsse die Dunkelheit hinter ihr ausgesperrt werden.

Laodomia wagte nicht, auf das Bett zu sehen. Durchs Fenster kündigte sich der Morgen an. Ob es schon hell genug ist? Ich muss weitersticken. Sonst wird der Schal nicht rechtzeitig fertig. Zielstrebig näherte sie sich dem Tisch. Da entdeckte sie das beschriebene Blatt auf dem Boden. »Mein Gedicht.« Laodomia nahm es an sich wie eine Blume und sagte über die Schulter: »Gräm dich nicht, Liebster, weil du deine Brille vergessen hast. Ich lese dir den Vers vor.« Mit dem Rücken zum Bett setzte sie sich auf den Schemel. Ihre Finger strichen über die Zeilen. »Du hast wirklich eine schöne, saubere Schrift, Liebster. Weißt du eigentlich, dass ich jedes Sonett von dir im meinem Schmuckkästchen aufbewahrt habe? Seine Magnifizenz hat es mir damals ge-

535

schickt, erinnerst du dich?« Laodomia lachte leise. »Auf ihn brauchst du wirklich nicht eifersüchtig zu sein.« Sie hielt das Blatt unter die Öllampe. »Also hör zu: ›Wenn wir ein schön und züchtig Weib erschauen,/Und edle Reize unsern Augen lachen,/Da wird ein süßer Wunsch im Herzen rege …‹« Ihr Kinn begann zu beben, sie schluckte heftig und bemühte sich weiterzulesen. »›… verdoppelt pochen seine raschen Schläge,/und aus dem Schlafe muss die … die … Lieb' erwachen./Und so wirkt wohl … ein tüchtiger Mann bei Frauen.‹« Die Zeilen verschwammen vor ihren Augen.

»Filippo? Was soll ich denn ohne dich?«

Laodomia verbarg das Gesicht auf den Knien und weinte.

K ein Ereignis, keine Sensation, der Ausgang des Duells hatte sich schon vor drei Tagen abgezeichnet. Warum noch einem Zweikampf beiwohnen, wenn das Ende keine Spannung mehr bietet? Deshalb blieb ein Großteil der Zuhörerschaft vom Himmelsfahrtstag zu Hause. Wer aber aus der gebildeten Oberschicht dennoch neugierig war oder gar auf ein Wunder für den Herausforderer hoffte, flanierte am späten Sonntagvormittag gemächlich über den Ponte Vecchio ins Stadtviertel jenseits des Arno.

Zur Überraschung der Vornehmen drängten sich auf dem Platz vor Santo Spirito große Gruppen einfacher Bürger. Sprechchöre forderten: »Lasst uns in die Kirche!« – »Wir haben ein Recht, unseren Frate zu hören!«

Mönche von San Marco, selbst Brüder des Augustinerordens bemühten sich, das Volk zu beschwichtigen. »Die heutige Predigt ist nicht für die Allgemeinheit bestimmt. Nehmt Vernunft an.«

Als das Geläute ertönte, hielten sie nur mit Mühe eine Gasse bis zum Portal frei.

Spärlich füllte sich das Gotteshaus. Fioretta Gorini trug gedecktes Blau. Sie zögerte beim Eintritt, entschloss sich, trotz des Fehlens wichtiger Neiderinnen zu bleiben, und ließ sich direkt am lichtdurchfluteten Mittelgang nieder.

Kurz vor Beginn erschienen endlich einige Ratsherren, hohe Beamte und Gelehrte. Sie waren vom Stadtrat oder dem Fürsten selbst als Begutachter eingesetzt und nahmen pflichtschuldig weit vorn ihre Posten ein.

Die beiden ersten Reihen blieben dennoch gelichtet: Seine Magnifizenz wertete den Bußprediger nicht durch seine Anwesenheit auf. Allein Sohn Piero, Poliziano und Graf Pico vertraten den engsten Kreis der Medici-Familie. Hinter ihnen klaffte eine Lücke; dort, wo noch vor wenigen Tagen die Angehörigen der Strozzi vereint gesessen hatten, wagte niemand Platz zu nehmen.

Der Chorraum war den beiden Orden vorbehalten. Kaum unterschiedlich in der Kluft: ganz schwarz das Habit der Augustiner; bei den Dominikanern zeigten sich unter dem geschlossenen schwarzen Kapuzenmantel die Ränder ihrer weißen Kutte, und doch hatten die Parteien gut erkennbar ihre gegnerischen Stellungen bezogen. Durch den Altar getrennt ruhte auf der linken Bank selbstzufrieden der Subprior von San Marco mit seinen Patres. Ihm gegenüber saß steif und bleich Fra Mariano, flankiert von einigen Getreuen seines Klosters.

Das Läuten verstummte. Dumpf schloss sich die schwere Eichentür. Nach und nach verebbten auch die halblauten Gespräche. Jedoch der erwartete Streiter erschien nicht aus der Sakristei. Bald lastete unerträgliches Schweigen im Gotteshaus.

Angelo Poliziano neigte den Kopf zum Grafen und flüsterte hinter vorgehaltener Hand: »Wenn der Brunnenvergifter nicht auftaucht, stifte ich freiwillig eine Kerze. Und glaube mir, solch eine fromme Tat habe ich seit meiner Kindheit nicht mehr vollbracht.« Pico della Mirandola ging nicht auf den Scherz ein, sondern betrachtete gedankenverloren die Linien seiner Handflächen.

Das Hauptportal wurde wieder geöffnet. Überrascht wandten die Gäste den Kopf. Dort stand Fra Silvester im Ausgang und winkte einladend nach draußen. Auf dieses Zeichen hin strömte das ausgesperrte Volk herein, lautlos besetzte es die leeren Bänke. Wer von den einfachen Bürgern keinen Sitzplatz mehr fand, stellte sich in die Gänge der Seitenschiffe. Üble Gerüche nach Armut vermischten sich mit Parfümdüften, und ehe Protest der Damen aufkommen konnte, war das Gotteshaus überfüllt.

»Beim Zeus«, fluchte Poliziano vor sich hin. »Eine Inszenierung.

Ein abgekartetes Spiel. An Hinterlist übertrifft der Mönch uns alle. Seine Spione haben in den beiden vergangenen Tagen diese Leute angeworben. Jetzt kann er vor einem Publikum reden, das ihm mehrheitlich ohnehin schon an der Kutte klebt.«

»Darin sehe ich nichts Unehrenhaftes«, erwiderte Graf Pico. »Art und Weise des Vortrags entscheiden das Rededuell. Wer dabei zuhört, spielt keine Rolle.«

»Sei kein Träumer. Der Pöbel ist leicht zu beeindrucken. Was aber schwerer wiegt, wir haben jetzt keine Möglichkeit mehr, das Ergebnis nach unsern Wünschen auf- oder abzuwerten. Weil es sofort in der Stadt verbreitet wird.«

»Dies war auch nicht so geplant.«

»Selbstverständlich.« Mühsam beherrschte sich Poliziano. »Aber unser geliebter Fürst legt stets Wert auf eine Hintertür, und die hat ihm der Bußprediger zugeschlagen.«

Die Sakristeipforte schob sich einen Spalt auf. Gebeugten Hauptes durchquerte Fra Girolamo den Altarraum und erklomm mit ungelenken Bewegungen die Kanzel. »Der allmächtige Gott sei mitten unter uns.« Er faltete die Hände über der aufgeschlagenen Bibel und betete: »O Herr, wird es wohl jemals möglich sein, dass diese Sucht nach Streitfragen erlischt und dem reinen Verlangen nach Erleuchtung und Auslegung der Heiligen Schrift weicht?« Jetzt erst hob er den Kopf. Ohne jedes Feuer glitt sein Blick über die Gemeinde. »Liebe Brüder und Schwestern, ich bin zu einem Zweikampf geladen worden, den es in Wahrheit gar nicht geben kann. Denn geht es um Gottes Worte, bedarf es keines Streites. Dies allein möchte ich heute kundtun.«

Beobachter und Würdenträger tauschten erstaunte Blicke. Solch eine Friedfertigkeit in Wortwahl und Stimme hatte niemand erwartet.

»Lasst mich noch einmal den Text betrachten, zu dem mein geliebter Bruder Mariano am Himmelfahrtstage das Wort ergriffen hat: Nicht euch ist gegeben, Zeiten und Fristen zu kennen, sagt Jesus. Weil dies allein dem Vater vorbehalten ist. Wie wahr, Brüder und Schwestern. Gestern noch hat Gott uns seine Allmacht in einem schmerzlichen Beispiel bewiesen. Er beendete jäh das Leben des ehrenwerten Filippo Strozzi.« Dieser Name löste tiefes Seufzen in der Gemeinde aus. Fra Girolamo wartete eine Weile, ehe er leicht die Hand hob. »Ja, betrauert ihn. Doch bedenkt, Brüder und Schwestern: War der Verstorbene auf diese Stunde vorbereitet? Nein. Er kümmerte sich um seine Geschäfte, seine Familie, er baute an einem Palast, der in seinem Ausmaß dem Turm zu Babel gleichkommt. Und mitten im hastigen Lauf hielt ihn der Tod an.« Der knochige Finger pochte auf die Bibelstelle. »Hier hat uns Jesus eine Mahnung gegeben: Bereitet euch vor, denn nur der Vater kennt Zeit und Stunde des Gerichts. Nichts anderes meint dieser Text. Deshalb warne ich euch ohne Unterlass, rufe euch, als Botschafter des Herrn, Tag für Tag zur Buße und Umkehr auf...«

Dieses Mal beschränkte sich der Prediger von San Marco auf eine knappe Schilderung der Missstände in Florenz, ohne jede Drohgebärde führte er den Zuhörern ihre Verfehlungen vor Augen.

Auf ihrem Platz direkt am Mittelgang kämpfte Fioretta Gorini mit der Müdigkeit, immer häufiger sanken ihr die schwarz getuschten Wimpern. Schließlich wehrte sie sich nicht mehr und nickte, sanft den Atem durch die Lippen blasend, ein.

»... Fra Mariano! Liebe Brüder und Schwestern!«

Die unvermittelt kräftigere Stimme von der Kanzel schreckte Fioretta aus dem Schlummer.

»Lasst mich zum Schluss noch einige Worte zur Ehrenrettung meines geschätzten Mitbruders sagen. Auch er wollte diesen Wettstreit nicht. Vor fünf Tagen suchte er mich in San Marco auf und beteuerte mir seine Bewunderung und Hochachtung. Wir schieden als herzliche Freunde. Seine scharfen Angriffe gegen mich am Himmelfahrtstag können demnach nicht der Spiegel seines Denkens sein.«

Empörte Zwischenrufe aus den vorderen Reihen unterbrachen den Prediger. Der Zorn richtete sich nicht gegen ihn, er galt der rechten Bankreihe hinter dem Altar. Dort verbarg der Augustiner das Gesicht unter der Kapuze. Als wieder Ruhe einkehrte, setzte Fra Girolamo mit großer Nachsicht hinzu: »Ich bin sicher, er wurde von gewissen Einflüsterern überredet. Sie haben ihm die Argumente zugesteckt. Denn ich glaube fest an seine Beteuerungen.« Wie einem inneren Befehl gehorchend, verließ er die Kanzel und eilte zu seinem

Gegner hinüber; herzlich ergriff er Marianos Hand und versetzte ihm damit den letzten Stoß.

»Was für ein Triumph«, knurrte Poliziano. Beinah gewaltsam riss er Graf Pico mit sich und stürmte aus der Kirche. Ohne Zögern folgte ihnen Piero Medici auf dem Fuß. Dies galt als Zeichen des Aufbruchs. Schnell leerten sich die ersten Reihen. Rodolfo Cattani grüßte im Vorbeigehen Signora Gorini; ihr Lächeln vermochte seine düstere Miene nicht aufzuhellen.

Die Bürger aber blieben, klatschten und priesen Fra Girolamo. Nie hatten sie bisher solch eine Wärme aus seinem Munde vernommen. »Er ist großmütig!« – »Sein Herz schlägt für die Gerechtigkeit.« – »Er verzeiht sogar seinem Feind!« Gleich mischte sich Fra Silvester in die Menge. Dank ihm wuchsen aus der ungeordneten Begeisterung rasch klare Sprechchöre empor: »Der Sieg gebührt Fra Girolamo!« – »Heil unserm Streiter Gottes!«

Auf das erste Klopfen an der Ladentür reagierte Laodomia nicht und putzte weiter, beim zweiten erinnerte sie sich daran, wer zu Besuch kommen wollte. Sie wrang den Lappen aus, hängte ihn sorgsam über den Rand des Eimers, ehe sie sich von den Knien erhob und öffnete.

»Aber, Kindchen! Wie grässlich siehst du aus! Ja, ich weiß, es ist furchtbar. Alles ist so furchtbar.« Fioretta drückte die Freundin an sich. »Als ich von dem Unglück hörte, da dachte ich, jetzt bleibt die Welt stehen. Glaube mir, ich habe gewünscht, einen anderen hätte es getroffen. Und ich wüsste auch schon …« Der Redeschwall riss ab. »Was tust du hier?« Körbe und Gewürztonnen waren aus den Ecken des Ladens in die Mitte geräumt. Fioretta wies mit dem vom blauen Handschuh geschützten Zeigefinger auf Eimer und Wischlappen. »Ist diese Arbeit denn nötig?«

»Putzen hilft.« Laodomia band die Schürze ab und ließ sie einfach zu Boden fallen. »Und sauber gemacht werden muss das Geschäft ohnehin.«

»Aber doch nicht von dir?«

»Was meinst du?« In Laodomias Kopf schwebten helle und dunkle Bänder. Leicht war ihr zumute, und doch fiel es schwer, nach einem zu greifen. »Ich bin Unternehmerin, bin Magd, bin alles in einer Person. Hast du 's wieder vergessen? Alles muss ich allein tun. Komm mit. Für dich ist noch etwas übrig.« Der zielstrebige Schritt gelang ihr; nur wäre sie beinah auf dem Weg zur Wohnstube an den Türrahmen gestoßen.

»Ich helfe dir natürlich gern«, sagte hinter ihr Fioretta wenig begeistert. »Noch lieber aber schicke ich dir eins von meinen Mädchen.«

»Nicht nötig. Komm nur.« Mit der Geste einer vollendeten Hausherrin bat Laodomia sie zum Tisch. »Gleich nach dem Aufstehen habe ich alles für deinen Besuch bereitgestellt. Und weil mir so war, musste ich schon ein wenig vorkosten.«

»Liebchen, damit habe ich nun wirklich nicht gerechnet. Gerade heute.« Mit Blick auf die beiden Becher und den Weinkrug benetzte Fioretta die Lippen. »Aber du hast ja so Recht. Bei diesem Elend müssen wir zusammenhalten.« Noch vor der Gastgeberin hatte sie sich auf dem Hocker niedergelassen und klopfte auf die Sitzfläche des zweiten. »Setz dich zu mir.« Gekonnt füllte sie die Becher. »Auf den armen, armen Filippo.«

Bei Erwähnung des Namens zitterte Laodomia die Hand. »Er hat nichts getrunken beim letzten Besuch. Glück für uns, meinst du nicht?« Sie nahm einen tiefen Schluck, dann gleich den nächsten.

»Was rede ich da?« Fioretta setzte ihren Becher ab. »Filippo hat keine Sorgen mehr. Du bist arm. Weil er dich verlassen hat.«

Jäh flatterten die Bänder davon, nur das dunkelste blieb zurück. Laodomia spürte, wie es sich um ihre Kehle legte und die heilsame Trunkenheit der vergangenen Stunden abschnürte. »Weißt du, er war nicht gut zu mir. Nur manchmal. Ganz am Anfang hat er gesagt, wir wären Handelspartner. Er bezahlte mir den Gewürzladen und die Wohnung, und dafür wollte er mich haben. So als Gegenleistung.« Tränen quollen aus ihren Augen, nässten die Wangen, Laodomia wischte sie nicht weg. »Aber ich dumme Kuh habe mich in ihn verliebt. Auch wenn er mich geschlagen hat, irgendwann musste ich Filippo einfach wieder verzeihen. Das verdammte Herz war mein Fehler.« Sie zog die Nase hoch. »Ja, weil ich ihn geliebt hab, bin ich jetzt so allein.«

»Sag das nicht. …« Fioretta schniefte jetzt auch, eine Weile klapperten ihre Augendeckel, dann hatte sie das Weinen angesteckt. »Ich bin doch auch allein. Viel mehr noch als du.« Die Wimpernpaste weichte auf, und schwarze Rinnsale suchten sich durch die Schminke ihren Weg nach unten. »Wenn mein Mann gestorben wär, hätte ich nur mehr Platz im Haus. Mir fehlt er nicht. Er hat mich seit der Hochzeitsnacht schon allein gelassen.« Wimmernd goss sie wieder die Becher voll. »Dann habe ich Giuliano verloren. Meinen herzliebsten Giuliano. Da dachte ich, den Schmerz überlebst du nicht.«

Das Unglück der Freundin gab Laodomia die Kraft, ihr eigenes Leid ein wenig beiseite zu schieben. Unter Tränen streichelte sie Fiorettas Hand. »Damals im Dom. Das war ein schrecklicher Tag für uns beide.«

»Aber dir ist dein Junge geblieben. Und ich …« Nun brach der Damm endgültig. »Mein kleiner Sohn!«, schluchzte Fioretta auf. »Eine Mutter darf ihr Kind nicht sehen! Weißt du, was das bedeutet? Weißt du das?« Sie schlug die Hände vors Gesicht. »Ich bin wirklich ganz allein. Ich … ich weiß nicht einmal, wie groß Giulio jetzt ist.«

Eine Zeit lang beweinten beide Frauen ihren Verlust, tranken vom Wein und hielten sich umschlungen, bis irgendwann die salzigen Quellen versiegten.

Fioretta erhob sich und schnäuzte heftig ins Taschentuch. »Wir werden es schon schaffen, Kindchen.« Neu belebt, lüftete sie die Falten des Rocks, zwei Handgriffe richteten die Brüste. »Wann immer du mich brauchst, ich helfe dir. Und jetzt muss ich aber los.« Beim kurzen Blick in den Spiegel schreckte sie zurück. »O mein Gott, auch das noch.« Ihr Gesicht glich einem Bild, welches der Maler aus Versehen selbst mit schwarzen Klecksen und Strichen entwertet hatte. »Die ganze Schmierarbeit war umsonst. Und heute Nachmittag bin ich zu einer Bootsfahrt auf dem Arno eingeladen. O Gott, wie soll ich mich denn in dieser kurzen Zeit wieder herrichten?«

Wider Willen lachte Laodomia, hielt aber gleich inne. »Verzeih mir. Das wollte ich nicht.« Entschlossen öffnete sie die Kleidertruhe und zog einen Gesichtsschleier heraus. »Für den Heimweg kann ich dir aushelfen.«

»Nein, nicht den schwarzen, Liebchen, den brauchst du selbst beim Trauerzug, leihe mir den blauen.« Während beide das Tuch notdürftig mit Klammern im Haar feststeckten, fiel der Freundin ein:

»Bei all dem Elend hab ich dir noch gar nichts von der Predigt erzählt. Ist auch egal. Jedenfalls hat der Holzwurm tatsächlich unsern schönen Herkules aufgefressen. Wann ist die Beerdigung?«

»Soviel ich weiß, am Dienstag.«

»Ich geh mit, das verspreche ich dir.« Fioretta wich im Laden hüftschwingend den Hindernissen aus, lüftete an der Tür ihre geborgtes Schutztuch und küsste die Gastgeberin herzhaft. »Mit dir, Liebchen, mit dir kann ich mich so richtig ausheulen. Das erleichtert, glaube mir.«

»Ich fühle mich auch etwas besser«, sagte Laodomia und dachte, als die Freundin davongerauscht war: Wenn ich nur etwas von deiner Art hätte, dann würde ich mich nicht so vor der Zukunft fürchten.

Der jähe Tod eines Angehörigen der vornehmen Familien war stets das Glück der Schneider, Kerzenzieher und Blumengärtner. Das Hinscheiden Filippo Strozzis aber bescherte wahren Geldsegen. Von Samstagmittag an war in allen großen und kleinen Werkstätten fieberhaft Tag und Nacht gearbeitet worden. Der eilig vom Landhaus in die Stadt zurückgerufene Nachfolger des Verstorbenen hatte keine Zeit für Trauer; Alfonsos erste Bewährung war es, für den Vater nicht nur ein würdiges Begräbnis auszurichten. Mehr noch, die Beisetzung musste an Pracht und Glanz zu einem unvergleichbaren Schauspiel in Florenz werden. Und das neue Familienoberhaupt hatte keine Kosten gescheut: Auf seine Rechnung waren von den Tuchfabriken schwarze Stoffballen an die Ateliers geliefert worden, alle verfügbaren Wachsvorräte hatte er aufkaufen und an die Kerzenstuben verteilen lassen, und in den Gärtnereien vor den Toren waren ganze Blumenfelder geschnitten worden.

Am Dienstag, dem 17. Mai, verließ Alfonso Strozzi pünktlich bei Sonnenaufgang den alten Palazzo und eilte zur Baustelle. Kein Lärmen, im Sonntagsstaat harrten dort schweigend die Beschäftigten aus. Je nach Beruf hatten sich Zimmerleute, Schmiede, Maurer und Steinmetze hinter den Meistern und Architekten im Spalier aufgestellt; selbst die Gehilfen und Handlanger waren gekämmt und gewaschen erschienen. Bemüht um würdige Haltung erstieg Alfonso einen Bretterstapel. »Ihr seht mich tief erschüttert«, rief er den mehr als hundert Männern zu. »Habt Dank, dass ihr heute meinen Schmerz mit mir teilen wollt. Nach der Trauerfeier wird Bier und genug zu essen vor dem Eingang unseres neuen Palazzos für euch bereitgestellt. Jetzt aber bitte ich euch«, mit einer knappen Geste deutete er auf den hoch beladenen Karren neben sich, »streift diese Umhänge über, und fasst euch in Geduld. Der Trauerzug wird erst eine Stunde vor dem Mittagsläuten aufbrechen.« Unter zustimmendem Gemurmel der Arbeiter verließ Alfonso seinen erhöhten Platz. Er winkte den Aufseher näher und nahm das oberste Stück der Schneiderlieferung zur Hand, entfaltete das große schwarze Tuch, prüfte kurz den rundum gesäumten Rand und die für den Kopf ausgesparte Öffnung. »Kaum zu glauben, wie teuer solch ein Fetzen ist«, sagte er und schärfte dem Bauinspektor ein: »Sorge dafür, dass sich jeder nur einen Überwurf nimmt. Und egal ob er eigene dunkle Kleidung trägt, er muss ihn anziehen. Ich will, dass unsere Leute nachher alle gleich aussehen. Hast du mich verstanden?« Ohne die Antwort abzuwarten, eilte der junge Herr wieder zurück in den Palazzo.

Ehe sie zu Bett gegangen war, hatte sich Laodomia vor der Nacht gefürchtet, doch die Träume waren gnädig und hafteten nicht mehr im Gedächtnis, als sie erwachte. Selbst dort, wo ihr Gesicht gelegen hatte, wies das Kissen keine feuchten Spuren auf. Ich hab während des Schlafs nicht geweint, dachte sie und schämte sich beinah dafür. Filippo ist erst vier Tage tot. Bin ich hartherzig geworden?

Sie ging zum Spiegel hinüber. Tief dunkle Ränder lagen unter den Augen, zwei scharfe Falten teilten die Wangen. Nein, der Kummer ist dir deutlich anzusehen. Fest presste sie die Hand gegen ihre Brust. Was ist nur da drinnen geschehen? Gestern noch glaubte sie, der wühlende Schmerz würde nie wieder aufhören. Und jetzt? »Filippo?«, flüsterte sie. Doch kein Echo kam, die Frage wurde verschluckt, als wäre in ihrem Innern eine wattierte Schutzwand entstanden. Bin ich eine Fremde? Laodomia blickte zu ihrem schwarzen Kleid auf der Drahtpuppe. Nein, nein, das da bin ich wirklich. Zur Bestätigung begann sie sich anzukleiden, steckte sorgfältig Nadel um Nadel ins hochgeflochtene Haar und legte Hut und Schleier bereit. Wieder trat sie vor den Spiegel und erkannte ihr Äußeres; der Blick der Augen aber blieb seltsam fremd. Laodomia sank ratlos auf den Hocker und wartete.

Nach einer Weile glitten die Gedanken davon, kehrten zurück nach Ferrara. Ein Bild legte sich durchsichtig über das andere … Sie spielte Ball mit den Brüdern … Die Mutter belehrte sie mit hocherhobenem Finger … Es gab süßen Nachtisch … Der Vater rieb sorgenvoll seine Stirn …

»Es wird Zeit, Kleines.«

Laodomia fuhr zusammen, erschreckte gleich aufs Neue vor der großen, schwarzen Gestalt neben sich. »Bleib ruhig«, tröstete Petruschka und versuchte zu scherzen. »So muss ich nun mal heute rumlaufen.« Die Russin trug einen der angefertigten Ponchos über dem Kittelkleid. Aufgrund ihrer Körperfülle wallte und bauschte der Stoff um sie herum. »Die Angehörigen versammeln sich schon. Ich bringe dich rüber. Aber später dann musst du allein gehen, weil das Gesinde erst nach den Verwandten kommt.«

»Ist gut.« Mehr sagte Laodomia nicht und ließ sich willenlos von der Freundin führen.

Vor dem Palazzo standen die gleich gewandeten Arbeiter dicht an dicht. Wie ein träges, dunkles Meer, dachte sie. Am Hauptportal leuchtete eine weiße Blumeninsel auf. Erst als sie daran vorüberging, wurde Laodomia bewusst, dass es Girlanden, Gestecke und Kränze waren, die Leichenwagen und Sarg überschmückten.

Sichtlich ungehalten empfing sie der Kammerdiener. »Ihr erscheint sehr spät, Signora.« Ihm oblag die Pflicht, in der Halle die Aufstellung der engsten Verwandten zu organisieren. Steifen Schritts führte er die Nichte des Verstorbenen an Selvaggia und Alfonso vorbei. Erst am Ende der Schlange, nahe des Speisezimmers, wies er ihr den Platz neben einer dicklichen Frau zu und überreichte Laodomia einen Lilienstrauß. »Die Blumen bitte erst auf den Sarg legen, wenn Ihr an der Reihe seid.«

Du gelackter Idiot, dachte sie und tauchte jäh aus der Benommenheit auf, glaubst du, ich würde den Strauß über die Schultern der Leute nach vorn werfen? Eher noch schlage ich sie dir um die Ohren. Schwere Süße stieg aus den weißen Blütenkelchen. Sie sog den Duft tief in sich ein und betäubte damit ihren Zorn.

Wie ein erfolgreicher Marschall schritt der Kammerdiener an den Reihen entlang. Die Ordnung war hergestellt. Am Portal wollte er das

Zeichen zum Öffnen geben, als ihn die Witwe zu sich winkte. Ein leiser Befehl schickte ihn wieder zurück. Nahe des Speisezimmers verneigte er sich steif vor Laodomia. »Die Herrin bittet Euch nach ganz vorn. Sie möchte, dass Ihr neben dem jungen Herrn Giovanni Battista geht.«

Warum? Laodomia fühlte eine Faust gegen ihren Magen drücken. Was hat Selvaggia vor? Sie fand keine Antwort, schon fasste der Kammerdiener nach ihrem Arm, und die Bitte abzuschlagen wagte sie nicht. Bewahre Haltung. Im Rücken spürte Laodomia die fragenden Blicke der entfernten Verwandten, sie ging aufrecht an den Familien der erwachsenen Kinder aus Filippos erster Ehe vorbei und gelangte endlich zu den fünf noch unmündigen Söhnen und Töchtern Selvaggias. Kaum stand sie neben dem jüngsten Spross, blickte der Dreijährige zu ihr hoch und wisperte. »Bist du auch traurig, Tante?«

Laodomia beugte sich zu ihm. »Ja, wir alle haben deinen Vater sehr lieb gehabt.«

Vertrauensvoll schlüpfte die kleine Hand in ihre. »Wenn du Angst hast, dann halte ich dich fest.«

»Ich danke dir.« Sie richtete sich auf. In diesem Moment wandte Selvaggia den Kopf. »Ich wollte dich in meiner Nähe haben«, sagte sie still. »Schließlich warst du auch ein wichtiger Teil von ihm.« Ihr Blick suchte in Laodomias Augen. Zum ersten Male standen die beiden Frauen so nah beieinander. Unmerklich deutete Selvaggia auf ihren kleinen Sohn. »Gib heute ein wenig Acht auf Giovanni Battista. Ich werde ihn umtaufen lassen. Er soll den Namen seines Vaters tragen. Freut dich meine Entscheidung?« Sie erwartete keine Antwort und nickte dem Kammerdiener zu.

Beide Flügel des Portals schwangen auf. Die Musikanten hoben ihre Krummhörner. Mit dem Aufschluchzen der Melodie fassten zwei Knechte den Rappen am Zaumzeug, und der Leichenwagen rollte an. Alfonso folgte mit der Witwe und den Familien, nach ihnen schritten die Verwandten und Freunde, erst in gemessenem Abstand reihten sich die Dienerschaft und das Heer der Handwerker ein. »Filippo bleibt«, dachte Laodomia und wärmte sich an dem Gedanken. »In diesem unschuldigen Kerlchen lebt er für uns alle weiter.«

Der Zug nahm nicht den direkten Weg hinüber zu Santa Maria

Novella. Zu Ehren des Toten schob sich die Trauerparade in einem weiten Bogen durch die Innenstadt. Schwarze Tücher hingen aus jedem Fenster. An den Straßenrändern drängten sich die Bürger, Männer zerknautschten ihre Kappen in den Händen, Frauen weinten beim Vorüberrollen des Sarges.

Nichts von all dem nahm Laodomia wahr. Sie setzte Fuß vor Fuß und betrachtete den Lockenkopf neben ihr, bis der Zug auf dem weiten Platz vor Santa Maria Novella anlangte und die Melodien schwiegen. Es soll vorbei sein, dachte sie müde, endlich vorbei sein.

Wie eine riesige Gruft nahm das Gotteshaus die Trauergemeinde auf. Säulen und Wände waren schwarz verhängt, ungezählte Kerzen flackerten, und ihr Licht geleitete den Sarg durch das Mittelschiff zur Kapelle rechts des Altarraums. Worte wurden gesagt, von Priestern, Stadträten und Gelehrten, Laodomia ließ den Inhalt von sich abprallen. Erst die klaren, hellen Stimmen der Knabenchöre schmerzten so sehr, dass sie ihre Augen schließen musste. Sanft spürte sie mit einem Mal wieder die kleinen Finger des Jungen in ihre Hand schlüpfen und öffnete die Lider. Vor ihr ragte der aufgebahrte Sarg. Selvaggia und Alfonso waren bereits zur Seite getreten. Nun geh, befahl sie sich, der kleine Sohn möchte seinem Vater Lebewohl sagen. Sie führte ihn die Stufe hinauf, kniete mit ihm nieder, und während er seine Blümchen ablegte, senkte Laodomia das Gesicht über die Lilien, ihre Lippen streiften eine Blüte, dann reichte sie Filippo den Strauß zum Abschied.

Ankunft! Domenico war rechtzeitig zurückgekehrt! Der in Gedanken und Briefen so sehnlichst aus Pisa herbeigewünschte Freund war gestern in San Marco eingetroffen.

Girolamo gelang es nicht, sich auf die Vorbereitung seiner Sonntagspredigt zu konzentrieren. Wir haben erst Mitte Juni, dachte er – und tunkte den Federkiel zu tief ins Tintenfass. Bis zum Wahltermin sind es noch drei Wochen – er ließ die Spitze erneut viel zu lange auf einer Stelle des Blattes ruhen. Domenico, mit deiner Unterstützung wird auch der letzte Wankelmütige unter den Brüdern mir seine Stimme nicht verweigern – kaum bemerkte er den Klecks, vergrößerte er ihn, gab Striche dazu und ließ neben der zweiten die dritte schwarze Sonne auf dem Papier entstehen.

Während des gemeinsamen Begrüßungsmahls am Abend zuvor hatte Girolamo dem riesenhaften Mönch nur stumm gegenübergesessen und keine Nahrung angerührt. Als Speise genügte ihm der Anblick der warmen braunen Augen, die weit auseinander stehenden, hohen Wangenknochen und das Lächeln der vollen Lippen. Als Getränk sog er die tiefe Stimme und das herzliche Lachen in sich auf.

Sobald der Subprior das Mahl beendet hatte, hoffte Girolamo auf ein privates Gespräch. Vergeblich. Zu viele Mitbrüder umringten den beliebten Heimkehrer: »Erzähl uns!« Es verlangte sie nach Geschichten aus dem Kloster in Pisa, nach Beichtanekdoten und wunderlichen Ereignissen. »Nicht hier«, wehrte Domenico ab. »Geht vor in den Klostergarten. Sucht einen schattigen Platz und geduldet euch ein wenig. Gleich beantworte ich eure Fragen.« Froh gestimmt schlenderten die Mönche hinaus, jeder erinnerte sich gerne an Domenicos frühere Reiseberichte, bei denen er ernst und selbst tief überzeugt von den sonderbarsten Dingen erzählt hatte. Die Mußestunde heute versprach ein Leckerbissen fürs Ohr zu werden.

Der Bär im Kleid seines heiligen Namensgebers wartete, bis sich der Flur vor dem Refektorium beinah geleert hatte, dann kam er mit ausgestreckten Händen auf Girolamo zu. »Bruder.« Behutsam schlossen sich seine Arme um die schmächtige, knochige Gestalt. »Jahre sind es her. Viel zu lange.«

»Ich habe dich nie vergessen. Schon beim Studium in Bologna grubst du dich in mein Herz, und seitdem bist du über jede Trennung hinweg wie ein Baum in mir gewachsen.« Girolamo spürte die Muskeln, roch den Schweiß und war einige Herzschläge lang versucht, den Kopf an die breite Brust zu schmiegen. Erst nach heftigem Schnauben und Räuspern konnte er sich der Gefühlsschwäche erwehren. »Gott führte uns wieder zusammen, Bruder. Und dafür wollen wir ihm dankbar sein.« Binde Domenico an dich, dachte er, jetzt sofort, ehe andere Einflüsse seine Gutgläubigkeit in die falsche Richtung leiten. »Heilige und dämonische Geister kämpfen gegeneinander.« Mit glühendem Blick drang er ins Braun der Augen ein. »Florenz und auch das Kloster stehen vor einer großen Wende. Und auf dich, geliebter Freund, warten große Aufgaben, denn nur ein Hirte mit einer Glaubenskraft, die wahrhaft Berge versetzt, kann sie bestehen.«

»In deinen Briefen hast du es angekündigt.« Domenico faltete die Hände. »Was soll ich tun?«

Der erste Haken war gesetzt, stellte Girolamo fest und flüsterte: »Nicht hier.« Leicht zog er die Schnur an: »Um wichtige Geheimnisse zu besprechen, benötigen wir ungestörte Ruhe.«

»Ich verstehe.« Auch Domenico senkte die Stimme. »Wir könnten uns in der Kirche treffen.«

»Nein, das wäre zu auffällig. Noch darf niemand von unserer Freundschaft Notiz nehmen. Morgen werden wir miteinander reden. Ich weiß einen Ort, der kein Misstrauen erweckt.« Schnell unterbreitete er seinen Vorschlag und erntete ein gutmütiges Lächeln.

»Darauf wäre ich nicht gekommen. Einverstanden. Nach der Reise habe ich Pflege dringend nötig.«

»Und jetzt solltest du dich eilen.« Girolamo strich wie unbeabsichtigt über die kräftigen Armmuskeln. »Sonst werden deine Zuhörer ungeduldig.«

Lange hatte er dem heimgekehrten Freund nachgesehen. »O Herr, wenn Du willst, dass ich siege, so stelle mir diesen Streiter in meinem Kampf zur Seite.« Mit diesem stillen Gebet war er hinauf in seine Zelle gestiegen.

Jetzt wartete er auf das Ende des Mittagsläutens. Keine Bibelzitate hatte er niedergeschrieben, dafür zierten inzwischen sieben schwarze Sonnen das Papier. Gedankenverloren ließ er den Federkamm des Kiels hin- und hergleiten. Mit einem Mal erbebte seine Brust, gequält warf er den Kopf zurück, wehrte sich nicht, und heilige Klarheit nahm Besitz von ihm.

Als die Starre nachließ, schlugen seine Zähne aufeinander. »Gott sandte mir eine Botschaft«, hauchte er. Mit der Erkenntnis durchflutete wieder Wärme den Körper. Es konnte nicht anders sein. Vom Engel selbst war seine Hand geführt, von ihm waren die Symbole gemalt worden. »Noch eine kleine Weile, und diese schwarzen Sonnen werden aufgehen über der Stadt und den Tag verdunkeln, bis alle Sünde erfroren ist.« Der Gänsekiel zerknickte zwischen den dürren Fingern. »Dann erst wird die Sonne des Herrn wieder erstrahlen.« Dieses Gleichnis sollte morgen seine Predigt einleiten. Girolamo blickte zum gemarterten Christus an der Wand. »Ehre und Dank sei Dir.

Du offenbarst dich Deinem Knecht und bestärkst ihn. Ja, ich führe unbeirrt Deine Weisung aus, bis ich dereinst alle Auserwählten ins Licht führen darf.«

Das Pochen an der Tür beantwortete er lebhaft und laut. »Nur herein.«

Florinus sah erstaunt ins Gesicht des Lesemeisters. »Ich fürchtete schon, Euch bei einer Meditation zu stören.«

»Mir ist wohl wie seit langem nicht mehr. Hast du Bruder Tomaso meine Bitte vorgetragen?«

»Wie Ihr befohlen habt, Vater. Das Lavabo wird Euch für eine Stunde allein zur Verfügung stehen. Er hat alles vorbreitet. Mir scheint, Bruder Tomaso ist hocherfreut, Euch und Fra Domenico diesen Dienst erweisen zu dürfen.«

»Das dachte ich mir. Unser heilkundiger Laienbruder lebt von der Neugierde. Auf den eitlen Genuss aber wird er heute verzichten müssen. Komm, wir dürfen keine Zeit vergeuden.« Während Girolamo die Treppe hinuntereilte, prägte er seinem treuen Adlatus genau ein, welche Aufgabe ihm für die nächste Stunde zugedacht war.

Sie trafen Fra Domenico im schmalen Flur und erreichten gemeinsam die Badestube des Klosters.

»Welch eine Ehre.« Inmitten der fleischigen Gesichtsscheibe zuckte ein Grinsen. »Auch die größte Frömmigkeit schützt nicht vor Schmutz und Haarwuchs.« Bruder Tomaso lachte allein über seinen Scherz; kaum wurde es ihm bewusst, schnappte sein Mund zu. Beflissen wies er auf die beiden dampfenden Zuber und Seifentöpfe. Sorgsam geordnet lagen Bürsten, Läusekämme und Rasiermesser bereit. »Ehrwürdige Väter, wir können gleich beginnen. Zunächst bitte ich ins Wasser zu steigen.« Mit Blick auf Girolamo sagte er: »Dich frage ich erst gar nicht«, wandte sich dann vertraulich an den großen Mönch und zückte eine kleine Phiole aus der Ärmeltasche. »Wie wäre es mit pflegender Duftessenz? Nach eigener Rezeptur habe ich sie hergestellt. Nur ein paar Tropfen genügen, und deine Haut wird sich wundersam beleben.«

Domenico schien nicht abgeneigt, zögerte dennoch und sah unschlüssig auf den Freund. Gleich schob sich der Heilkundige dichter an ihn heran. »Gönne dir den Genuss. Das Öl kostet nichts. Es ist mein Geschenk an dich. Ein Willkommensgruß für einen alten Freund.«

»Genug jetzt.« Der scharfe Ton des Bußpredigers trieb ihn einige Schritte zurück. »Solch ein Luxus gehört in ein Hurenhaus. Alle Mitbrüder San Marcos sind der Bescheidenheit verpflichtet. Auch du. Wie oft muss ich dich noch daran erinnern?«

»Übertreibe es nicht«, zischte Tomaso und ließ die Phiole wieder im Ärmel verschwinden. »Jeder Mensch hat das Anrecht auf ein wenig Annehmlichkeit.«

Girolamo hob den Finger. »Du bist ein verdienter Laienbruder unserer Gemeinschaft, wage es aber nicht, eigenmächtig die Regeln des Ordens zu erweitern.« Er wies zur Tür. »Wir danken für die Vorbereitungen.«

Zorn rötete das verschwitzte Gesicht. »Ich allein bin zuständig für Krankheit, Bad und Rasur …«

»Niemand will dir das Amt streitig machen. Doch wie Christus sich nicht scheute, den Jüngern die Füße zu waschen, leisten auch wir uns gegenseitig jede notwendige Hilfe. Bitte verlasse uns jetzt. Draußen im Flur wird dir Bruder Florinus Gesellschaft leisten.«

»Der Teufel soll …« Bruder Tomaso erstickte den Fluch, dafür schwor sein Blick dem Verhassten Rache, ehe er schnaubend zur Tür schritt und sie hinter sich zuschlug.

Domenico rieb sich den Nacken. »Du bist sehr streng mit ihm.«

»Noch viel zu milde«, winkte Girolamo ab und begann sich auszukleiden; auch der Freund streifte das weiße Kleid über den Kopf. »Merke dir gut, dieser Mensch ist von Gott in unseren Konvent geschickt worden, als ständiger Versucher unserer Festigkeit. Nun aber …« Er schluckte, der Anblick des mächtigen, starken Körpers verwirrte ihn, und er musste sich erst abwenden, um leise fortfahren zu können: »Solange wir mit der Reinigung beschäftigt sind, sollten wir das Schweigegebot einhalten. Unsere Stimmen würden ohnehin die Ohren dieses Intriganten erreichen. Nachher bei der Rasur jedoch werde ich dich einweihen.«

Bis auf ihre kurze, eng die Lenden umspannende Schamhose hatten sich die Mönche aller Kleider entledigt. Beide nahmen einen Läusekamm vom Wandbrett. Für das wichtige Ritual bedurfte es keiner Verabredung: Sie kehrten sich den Rücken zu, jeder entblößte sein Geschlechtsteil und widmete sich der Suche nach Ungeziefer. Zunächst wurden die auffälligsten Plagegeister zwischen den Fingern zerquetscht, dann beseitigte der Doppelkamm mit seiner groben und feinen Zähnung die Nistplätze im Schamhaar. Hin und wieder begleitete Domenico den Erfolg seiner Jagd mit tiefen Grunzlauten.

Girolamo hörte sie, sah sich aber nicht nach dem Bruder um. Nackt stieg er in den Zuber. Sein abgemagerter Leib hob kaum den Spiegel des Wassers, und nur wenig Seife genügte ihm, die Haut auf Rippen und Bein- und Armknochen zu reinigen. Derweil schwappte aus dem Nachbarbottich das Nass und platschte auf den Steinboden; bald schon erfüllte Domenico den Raum mit wohligem Stöhnen.

Erst nach dem Abtrocknen und Ankleiden sahen sich die Mönche wieder.

»Dir gebührt der Vortritt.« Girolamo rückte den Schemel ans Fenster.

»Nein, lass mich dir zuerst dienen.«

»Du beschämst mich.« Für einen Moment herrschte ratlose Höflichkeit zwischen ihnen. Leite ihn, befahl sich Girolamo, nutze jede kleine Chance. Er will geführt werden, also zögere nicht. »Vor Gott sind wir gleich, lieber Freund, doch …« Mit einem Anflug von Ironie deutete Girolamo auf den eigenen Kopf. »Mag auch das Hirn zu Großem befähigt sein, der Bewuchs hingegen ist recht spärlich geworden. Du wirst keine große Mühe haben.« Damit nahm er als Erster Platz.

Sorgfältig fuhr Domenico mit den Fingern über die stoppelige, blass rötliche Schädeldecke, wurde nicht fündig, erst im dichteren Haarkranz spürte er noch etliche Läuse auf. »Du bist gut bewohnt«, brummte er, während das Geziefer durch ihn den Tod fand.

»San Marco ist bald überfüllt. Und dies nicht nur von den geringsten Wesen der Schöpfung.« Heiter führte Girolamo seinen Gedanken weiter. »Auf die Vermehrung dieser Quälgeister habe ich leider keinen Einfluss. Seit meinem Wirken hier aber hat sich die Anzahl der Novizen verdreifacht. Und täglich werden es mehr. Junge Männer, viele noch im schönsten Knabenalter.«

»Das also sind die Engel, von denen du mir geschrieben hast.«

»Ja, ja, mein Freund.« Die Stimme geriet ins Schwärmen. »Wenn ich sie unterrichte oder des Abends mit ihnen das Nachtgebet spreche, habe ich oft das Gefühl, im Kreise von Engeln zu sein.«

Domenico schwieg und schäumte den Kopf ein. Nachdenklich schärfte er das Rasiermesser am Wetzstein. »Auch mir sind Kinder die Liebsten. So rein noch, so ... wie soll ich es sagen, die Knaben sind formbar wie Wachs ...«

»Für den rechten Glauben«, ergänzte Girolamo und zog wieder ein Stück die Hakenschnur an: »Falls mir bei der Wahl in drei Wochen das Amt des Priors aufgebürdet wird, benötige ich einen Vertrauten, der diese Engel in seine Obhut nimmt.«

Er fuhr schmerzhaft zusammen. Sofort setzte Domenico die Klinge ab. »Entschuldige. Gerade am Hinterkopf befinden sich große Grindplacken. Vielleicht sollte ich die Fläche nicht ganz glatt rasieren.«

»Ich war nicht vorbereitet. Nimm keine Rücksicht. Mein Körper ist an Wunden gewöhnt.« Girolamo griff das Thema wieder auf. »In unserm Konvent lauern viele Gefahren. Du weißt selbst, wie schnell Laschheit, Völlerei und Genusssucht unschuldige Seelen vergiften können. Unsere Knaben müssen abgeschirmt werden, sie benötigen einen festen Halt.«

»Hast du mir diese Aufgabe zugedacht?«

»Nicht nur diese, geliebter Bruder.«

Domenico betupfte die abgeschabte Fläche mit einem feuchten Lappen; als er ihn weglegte, blickte er bekümmert auf die Blutflecken. »Eine Salbe würde dir helfen.«

»Später werde ich unsern Heilkundigen darum bitten.« Sie tauschten den Platz. Auch Girolamo durchforstete zunächst das dunkelbraune Haar, ehe er das Messer zur Hand nahm. »Nicht ohne Grund meide ich diesen Bruder.« Er beugte sein Gesicht nah über den Kopf und flüsterte: »Du sollst wissen, Tomaso gehört zu meinen Feinden. Anfänglich fühlte er sich durch den Kreis der älteren, bequemen Väter bestärkt und griff mich in dreister Art und Weise offen an. Seit meinem Erfolg aber schweigen die Gegner, und auch Tomaso wagt keine offene Kritik mehr.«

»Sei doch zufrieden.«

»Im Gegenteil. Nur den lauten Widersacher erkennst du gleich.

Jetzt aber beschleichen mich meine Feinde und belauern mich mit lächelnder Miene. Höchste Wachsamkeit ist gefordert.«

Domenico begriff nicht, ballte jedoch die Faust und knurrte: »Wenn ich dir helfen kann, sag es nur.«

Nachdem die Klinge erneut geschärft war, wisperte ihm Girolamo ins Ohr: »Dich lieben alle älteren Klerikerbrüder, ohne Einschränkung. Es würde unserer gemeinsamen Sache nützen, wenn du bei ihnen für meine Wahl wirbst. Kein Laienbruder ist nach den Regeln an diesem Tag zugelassen, hingegen müssen sich die Väter einstimmig für den neuen Prior entscheiden.«

Endlich eine klar umrissene Aufgabe. »Sorg dich nicht«, sagte Domenico aus tiefster Brust. »Ich werde jeden einzelnen Bruder überzeugen. Nicht ruhen werde ich …«

»Danke, Bruder.« Liebevoll wischte und trocknete Girolamo den kreisrunden Spiegel am Hinterkopf des Freundes, ehe er ihn beinah mit den Lippen berührte. »Mit dir sind wir nun drei Streiter Christi«, hauchte er. »Silvester, du und ich. Der Kampf wird alles von uns fordern, vielleicht sogar das Leben. Und selbst wenn wir den Tod finden, so sterben wir für den Sieg des Glaubens.«

»Amen, Bruder.«

Girolamo erinnerte sich, mit welch tiefer Frömmigkeit das Herz dieses großen Kindes schon während der gemeinsamen Studienzeit in Bologna an Wunder glaubte. »Die Zeit ist nicht reif, um es öffentlich zu bekennen.« Er zögerte, rang sich dann doch das Geheimnis ab: »Gott spricht durch meinen Mund. Dreimal schon hat sich der Herr mir offenbart. Licht umgab mich.«

»Du bist sein Prophet?« Domenico erschauerte. »Ich hoffte, nein, ahnte es.« Die großen Hände tasteten nach den dürren Fingern auf seinen Schultern und hielten sie fest. »Lass mich teilhaben, Bruder, bitte.«

»Noch heute Morgen, ehe wir uns trafen. Ich beugte mich über das Schreibpult, als der Engel …« Und Girolamo berichtete ihm von den sieben schwarzen Sonnen.

Der Geiz

FÜNFTES BILD

Tag für Tag nahm die Hitze zu; unter der flirrenden Juni-
glocke gärten Abfall, Kloaken und blasiger Flussmodder,
kein Windhauch erleichterte das Atmen, und doch herrschte selbst während der Mittagsstunden wache Lebendigkeit in Florenz.
Die Bürger eilten geschäftig durch die Straßen, grüßten Bekannte
freundlicher als sonst und winkten sogar Fremden zu.

Kleine oder große Sorgen des Alltags wurden verschoben. »Das
hat Zeit bis nach dem Fest.« Nie sonst wurde dieser Satz so häufig
im Familienkreis, in den Amtsstuben und Werkstätten benützt. Denn
nächste Woche, am Donnerstag, dem 24. Juni, war es wieder so weit:
Florenz beging den höchsten Geburtstag des Jahres. Mit Prozession,
Tanz und Spielen sollte Johannes der Täufer, der heilige Stadtpatron,
gefeiert werden. Ob arm oder reich, jeder fühlte sich verpflichtet, nach
seinen Kräften zum Gelingen beizutragen.

In der Via Larga empfing Seine Magnifizenz die Vertreter aller
Zünfte. »Willkommen, werte Herren, es ist mir eine Freude, Euch
so vollzählig versammelt zu sehen. Doppelte Freude verspüre ich,
weil diese Audienz nicht der Klärung von Unstimmigkeiten und
Beschwerden dient, sondern allein dem Vergnügen …« Saß Lorenzo
auch gichtgekrümmt auf dem Stuhl, mit dick verbundenen Fuß- und
Kniegelenken, waren auch die Finger der linken Hand zur Vogel-
kralle erstarrt, sein Blick hatte nichts von der gewohnten Kraft eingebüßt, und schon nach den ersten Sätzen vergaßen die Versammelten
in der Halle auch den Klang seiner unangenehm schrillen Stimme.
»Mein Wille ist gleichzeitig eine Bitte, werte Herren. In Anbetracht
der Heimsuchung, die uns derzeit durch den Prediger von San Marco
widerfährt, sollten wir unserem Stadtpatron mehr Ehre und Glanz
angedeihen lassen als jemals zuvor.« Seine Unterlippe verschlang die
obere, und kurz zeigte sich ein Lächeln im gelbfleckigen Gesicht.
»Ohne Wettbewerb kein Erfolg. Erst der Vergleich mit dem Konkurrenten spornt zur Höchstleistung an. Aber wem sage ich das? Für eine
Lehrstunde in Geschäftsdingen fehlt mir jede Eignung. Ihr Kaufleute
kennt diese Spielregeln wahrlich besser als ich.« Er wartete das ge-
schmeichelte Kopfnicken der Runde ab und nahm sich Zeit, mit dem
Vertreter der Seidenzunft einen Blick zu tauschen, dann legte er die
gichtige Hand auf den Stockknauf. »Gilt es aber ein Fest auszurichten,

so weiß ich sehr wohl, was gefordert ist. Meine Freunde, die Prozession wird gestaltet vom Klerus und uns. Welt und Kirche wetteifern um den Beifall des Volkes. Und dieses Jahr sollen unsere Prunkwagen an Aufwand und Fantasie das Bemühen der vier großen Ordensklöster nicht nur überflügeln, sondern vollends in den Schatten stellen.« Lorenzo hob den schmerzfreien rechten Arm. »Spart nicht, Freunde. Florenz war und ist die schönste Blume Italiens. Zeigt ihre Blütenpracht in allen Farben. Wer einen Zuschuss benötigt, darf sich vertrauensvoll an meinen Kanzler wenden. Ich habe Mittel aus meinem Privatvermögen bereitgestellt. Ich danke Euch.«

Klatschen und Hochrufe priesen den großzügigen Gönner. Waren ihre Wagen auch längst fertig gestellt, noch in der Halle besprachen sich die Zunftherren, welche Möglichkeiten es gab, die Aufbauten noch zu verschönern. Erst mit energischem Schellen der Handglocke konnte der Palastdiener ans Ende der Audienz gemahnen, und laut palavernd begaben sich die Herren zum Hauptportal.

»Signore Cattani. Bleibt noch einen Moment«, bat Lorenzo den Seidenfabrikanten. Offen sah er zu dem fein geschnittenen Gesicht auf. »Mir fehlte bisher die Gelegenheit, Euch persönlich zu danken.«

»Ihr beschämt mich, Magnifizenz. Ich kann mich nicht erinnern, irgendetwas von Bedeutung geleistet zu haben.«

»Mut, mein Freund. Ihr habt Mut bewiesen. Nach der Philippica dieses Mönches am Ostersamstag vor dem Parlament seid Ihr als einziger Ratsherr aufgestanden und habt ihn zur Rede gestellt.«

Rodolfo winkte ab. »Ohne Erfolg, wie Ihr wisst. Ebenso nutzlos verlief die Mission, bei der einige Kollegen und ich in San Marco versuchten, den Prediger umzustimmen. Selbst meine unverhohlenen Warnungen prallten von ihm ab.«

»Wer von uns kann sich bisher rühmen, dem gefährlichen Treiben Fra Girolamos etwas Wirkungsvolles entgegengesetzt zu haben?« Lorenzo rieb sich die Stirn. »Und dennoch danke ich für Euren Mut, weil er mir und meinem Lebenswerk galt. Es kommt selten genug vor, dass Kaufleute diese Tugend aus freien Stücken einsetzen. Ohne Liebäugeln nach Profit. Nein, wehrt das Lob nicht ab. Die Zunftherren vorhin gewann ich nur durch Geldgeschenke, doch Ihr …«

»Magnifizenz, verzeiht. Auch mein Einsatz war und ist nicht

selbstlos.« Der sonst so redegewandte Fabrikant suchte nach Worten, schließlich gestand er: »Ich bekämpfe damit die eigene innere Furcht. Sie verfolgt mich bis in den Schlaf. Und wenn ich des Nachts schweißgebadet aufschrecke, weicht das Traumbild nicht: Ich sehe einen schwarzen Kraken. Er senkt sich über unsere Stadt, und seine Arme greifen nach den Menschen, um sie zu erwürgen.«

»Und die Augen des Ungeheuers sind die Augen dieses Fremden«, ergänzte Lorenzo leise. »Treffender könnte ich die bedrohliche Lage nicht beschreiben. Im Bewusstsein meiner unaufhaltsamen Krankheit denke ich oft an den Satz: Herr, lehre uns, dass wir sterben müssen. Mag sein, viel zu gierig haben wir den Genüssen nachgejagt. Jedoch ein Leben ganz ohne Heiterkeit und Lust bedeutet sterben, ehe der Tod uns den Mantel überwirft. Keine Frage, Besinnung würde unserer Stadt gut tun, nicht aber Umsturz. Denn jede radikale Umkehr beschwört schlimmeres Unheil herauf. Dies darf nicht geschehen.« Er lächelte müde. »Auch meine Bemühungen waren bisher vergebens. Der letzte Trumpf, auf den ich hoffte, scheiterte an sich selbst: Fra Mariano hat das hiesige Augustinerkloster verlassen und sich nach Rom in den Schoß seines Ordens geflüchtet. Doch aufgeben? Niemals. Frömmigkeit ohne Angst! Diese These setze ich nun gegen das Bußgeschrei. Und gelingt mir der Beweis, so verliert Savonarola an Einfluss. Aus diesem Grund sollen meine verzagten Bürger ein strahlendes Fest zu Ehren des Stadtpatrons erleben.« Lorenzo reichte dem Seidenfabrikanten die Hand. »Es hat mir wohl getan, mit einem Manne zu sprechen, dem wie mir das Schicksal unserer Stadt nicht gleichgültig ist. Darf ich Euch während der Prozession auf meine Tribüne einladen?«

Rodolfo Cattani verneigte sich. »Danke, Magnifizenz. Solch eine Auszeichnung habe ich nicht erwartet.«

»Umso mehr, mein Freund, werde ich Eure Gesellschaft genießen.«

Fioretta ließ keine Ausrede gelten. »Nur eine Witwe trauert mehr als einen Monat, und dieses Jammeropfer hast du damals für deinen Enzio gebracht. Das reicht. Filippo war dein Onkel, Liebchen. Wie sieht das denn aus, wenn du seinetwegen nicht mehr vor die Tür gehst?«

»Aber ich will Petruschka in der Küche helfen. Am Abend gibt Alfonso ein großes Essen, da wird viel zu tun sein.«

»Das wäre ja noch schöner: Eine Strozzi manscht mit den Fingern in der Pastete, während draußen die Musik spielt. Frag doch deine Russin. So wie ich diese tüchtige Frau kenne, wird sie dich aus der Küche jagen.«

»Aber ich habe nichts anzuziehen. Nur das Gelbe. Und darin kennen mich die Leute zur Genüge. Jede bessere Dame trägt auf dem Johannisfest ein neues Kleid. Soll ich etwa nackt rumlaufen?«

»So gefällst du mir schon besser. Ja, nackt! Das wäre sicher ein Auftritt, bei dem die vornehmen Weiber in Ohnmacht fallen und den geilen Böcken die Hose platzt. O Gott, wenn ich mir das vorstelle. Wunderbar. Nein, Spaß beiseite. Du kommst heute Abend zu mir und nimmst dir von meinen Kleidern irgendeins, was dir gefällt. Nur nicht das mit den Pfauenfedern, das ziehe ich selbst an.« Fioretta begeisterte sich mehr und mehr an ihrer eigenen Idee. »Nein, du musst natürlich früher kommen, weil du zwei Kleider benötigst. Ich gebe doch eine Gesellschaft. Dafür brauchst du schon mal eines. Mit dem feierst du ins Fest hinein, und das andere gibt's dann morgen für die Prozession.«

»Aber ...«

»Kein Aber, du übernachtest bei mir. Da hast du 's eh bequemer als hier in dem engen Loch. Liebchen, du musst unter feine Leute. Und wir fangen gleich damit an. Keine Widerrede. Schließe den Laden. In einer Stunde holt mein Knecht dich ab. Ach, ich freue mich so, dass du wieder vernünftig geworden bist.«

Laodomia hatte dem Ansturm nichts mehr entgegenzusetzen gehabt, und als sie Petruschka informierte, wurde sie von der Freundin bestärkt. »Lauf nur. Gott und auch unser Prediger sind nicht dagegen, glaube ich. Weil es doch ein heiliges Fest ist. Ich würd auch gerne dabei sein, aber die Küche geht vor. Erzähl mir nachher genau, wie viele Mönche dieses Jahr das Domkreuz getragen haben. Und welche biblischen Geschichten gespielt wurden. Auch von den Liedern ...«

»Und was sonst noch los war?« Mit leiser Traurigkeit sah Laodomia die Freundin an. »Oder interessiert dich das nicht mehr?«

Der Glanz in den hellen blauen Augen wurde stumpf. »Doch, schon, aber ich weiß nicht, ob es richtig ist, weil unser Prediger sagt …«

»Lass nur«, unterbrach Laodomia und umarmte die große, von Zweifeln so bedrückte Frau. »Ich erzähle dir einfach alles vom Fest. Und wenn du irgendetwas nicht wissen willst, da hörst du einfach nicht hin.«

»Ach, Kleines«, Petruschka streichelte ihr den Rücken. »Manchmal wünscht ich, er wäre gar nicht in die Stadt gekommen. Dann wär mir so wie früher.«

»Ich auch, glaube mir. Nur zwischen uns beide darf er sich nicht stellen. Nie, versprich es mir?«

»Wieso? Ich sorg mich doch um dich. Mein Herz meint es ehrlich.«

»Ich weiß, und dafür bin ich dankbar«, sagte Laodomia und dachte, ich werde darum kämpfen, dass dieser Kerl es nicht zerreißt.

Vergessen war die Nacht. Beim Morgengrauen hatte der Himmel nicht wie sonst seine Glitzerpracht ins undurchsichtige Blau zurückgenommen, sondern zu Ehren des Stadtheiligen über Florenz ausgeleert.

An eine andere Erklärung mochten die ersten Frühaufsteher nicht glauben. Noch bei Dunkelheit hatten sie beobachtet, wie in den Seitenstraßen rund um den Dom die aus Holzgestellen, Papier, Stoff und Wachs erbauten und auf Karren montierten Türme bereitgestellt wurden, Schauspieler in Kostümen und maskierte Fußgruppen sich einfanden. Nur gedämpfte Farben waren für die Neugierigen zu erkennen und matt schimmernder Glanz. Dann stieg die Sonne und zauberte das Morgenwunder des Johannistages: Die Türme blinkten wie pures Gold, aus Glasperlen wurden glitzernde Edelsteine, und das vielfältige Bunt der Prunkwagen entfaltete leuchtende Pracht. Ohne Geschenk aus dem himmlischen Füllhorn hätte Menschenhand solch Übermaß nicht schaffen können, dachten die schlichten Bürger.

»Dank sei Lorenzo«, flüsterten die Zunftherren, während sie gemeinsam mit Künstlern und Handwerkern zum letzten Mal die Aufbauten der Wagen oder den Mechanismus im Inneren der Türme überprüften. »Ohne die großzügige Hilfe Seiner Magnifizenz hätten wir diesen Aufwand nicht leisten können.«

563

Noch bewegte sich keine Figur, noch fehlten die Augen in den Masken. Auf einer der fahrbaren Bühnen war der Königssaal ohne Salome, auf einer anderen riss der Drache aus Draht und Leder sein Furcht erregendes Maul auf, ohne dass der heilige Georg ihn mit dem Schwert bedrohte.

Pulsschlag setzte ein. Wie Blut zum Herzen strömten von allen Wohnvierteln her festlich gekleidete Kinder, Frauen und Männer zur Mitte der Stadt. Als Einstimmung sangen sie Lieder. Mit Lilien bestickte blaue Tücher und Blumengirlanden schmückten die Türen und Fenster. Ein unsichtbarer Zeremonienmeister verteilte mit geschickter Hand das Volk am Zugweg der Prozession, und bald säumten erwartungsfrohe Gesichter die Straßen und Plätze zwischen Dom und Santa Maria Novella, dem Palast der Signoria und Santa Croce. Hoch über ihnen spannten sich bunte Wimpelketten von Haus zu Haus. Lachen und Rufen, Mützen wurden geschwenkt. Kam eine Bürgersfamilie zu spät, schrie der Nachwuchs empört nach seinem Recht, bis die geplagten Eltern ihren Jüngsten endlich auf Arm oder Schultern den ersehnten Ausguck boten.

Eine Stunde vor dem offiziellen Beginn verließ Fioretta mit Laodomia ihr Haus in der Nähe der Via Larga. Zwei Knechte mussten den Damen vorangehen, anders war ein Durchkommen nicht mehr möglich.

Signora Gorini trug blau schillernde Seide, besetzt mit Pfauenfedern; aus dem Hutnest wuchs der langhalsige Schnabelkopf mit einer zierlichen Perlenkrone darüber, und selbst der Fächer in ihrer Hand bewies, welchem Vogel sie heute nacheiferte. Lange angeklebte Wimpern, tiefrote Lippen und sorgfältig aufgetragene Schminke nahmen ihrem Gesicht das Alter, und die über den Pfauenflaum herausgewölbten Brüste sollten jedem Bewunderer mehr versprechen, als er jemals hatte kosten dürfen.

Fioretta wiegte die Hüften, und bei jedem ihrer Schritte umgab sie Rascheln und Knistern. »Nun, Liebchen, wie fühlst du dich?«

»Ich weiß noch nicht«, gestand Laodomia. »Warm ist mir. Und die Leute gaffen mich an.«

»Sollen sie doch. Und warte ab, bis wir aus dem Gedränge raus sind. Lass uns zum Platz der Signoria kommen, da geht's erst richtig los. Die Kerle werden die Köpfe verdrehen und ihre Weiber sich das Maul zerreißen.« Nach tiefem Gurren setzte Fioretta hinzu: »Und dafür hat sich dann der ganze Putzaufwand gelohnt.«

Die Piazza della Signoria war wie jedes Jahr von den reichen Patriziern in Beschlag genommen worden. Quer über den Platz verlief der Zugweg, und nirgendwo sonst in der Stadt gab es einen besseren Blick auf die Prozession, hier entfalteten sich alle Bilder zu ihrer ganzen Pracht und Vielfalt. Wer Geld, Ansehen besaß oder auch nur gute Beziehungen pflegte, hatte seinen Stammplatz auf den zahlreichen Tribünen entlang der Prachthäuser am Nordrand oder gegenüber bei den Ratsherren und Würdenträgern vor dem Palast. Wer aber zum engen Freundeskreis der Medici-Familie zählte, der durfte im Schatten der offenen Säulenhalle rechts des Regierungsgebäudes auf den Rängen der Ehrentribüne das heilige Schauspiel genießen.

Weil im Hause Gorini viele Gäste aus den vornehmsten Schichten verkehrten, hatte es Fioretta gestern während der Abendgesellschaft nur eine Frage gekostet, um auch für Laodomia noch einen Sitzplatz bei ihren Freunden aus dem Stadtrat zu sichern.

Durch die enge Via dei Cherchi gelangten die beiden Damen ungefährdet zum Nordrand des Platzes. Stadtsoldaten in blank gewienertem Brustharnisch sorgten für Ordnung. Keine Zerlumpten, vor allem keine Mitglieder der Schnarrer oder Pfeifer durften heute an ihren blitzenden Helmen vorbeischlüpfen. Seit dem frühen Morgen hatten die einfachen Bürgerfamilien angestanden, Stoßgebete zum Himmel geschickt, um doch noch einen der begehrten Stehplätze zu ergattern. Jetzt waren die fürs Volk vorgesehenen Bereiche bis zum Bersten überfüllt. Seilsperren hielten von Westen nach Osten eine breite Bahn für den Festzug frei und sicherten die Wege zu den Tribünen.

»Und nun schön langsam, Liebchen.« Aus dem Handgelenk ließ Signora Gorini ihren Pfauenfächer aufblühen. »Wir haben Zeit genug. Du siehst wunderbar aus. Wenn ich ein Mann wäre …«

»Hör auf zu schmeicheln«, bat Laodomia und dachte, ich komme mir vor wie eine aufgeplusterte Henne. Sie hatte sich für ein dunkelrotes Batistkleid entschieden, eng in der Taille und luftig fallend bis zu den Knöcheln. Weiße Perlenblüten zierten die Träger und kränzten den tiefen Brustausschnitt, ein durchsichtiges rosafarbenes Wolkentuch lag bauschig um ihre Schultern. Auf dem hochgebundenen Haar trug sie ein Fantasiegesteck aus Mohnblumen und Margeriten.

Laodomia wedelte sich mit dem elfenbeinernen Fächer etwas Kühlung zu. Ans Kleid könnte ich mich gewöhnen, dachte sie, aber an diese Schminke … Fioretta hatte eigenhändig die weiße Paste mit einem Hornspachtel in ihrem Gesicht verteilt, die falschen Wimpern mit Klebstoff aus Honig und Harz an den Lidern befestigt. Nur unter größtem Protest war Laodomia der blonden Perücke entgangen und hatte sich dennoch beim Blick in den Spiegel nicht wiedererkannt. »Was sollen denn die beiden schwarzen Flecken?«

»Aber Liebchen, das ist heute Mode. Sie geben deinen Wangen eine besondere Note. Da gucken die Männer hin, glaub mir.«

Fioretta sollte in allem Recht behalten. Während die beiden Signoras mit ihren Fächern wedelnd auf dem abgesperrten Pfad gemächlich nebeneinander durch die Menge schlenderten, begleiteten sie das »Ah« und »Oh« der biederen Familienmütter und leise Pfiffe der Väter.

»Nicht hinsehen«, ermahnte Fioretta im Plauderton, dabei verstärkte sie leicht den Hüftschwung. »Du musst dich so verhalten, als wären wir alleine hier. Das wirkt noch vornehmer.«

»Ich stelle mir gerade vor, wie es aussieht, wenn ich stolpere«, gab Laodomia mit einem anmutigen Lächeln zu bedenken.

»Untersteh dich, Liebchen. Als komisches Paar des Tages wollen wir nicht ins Stadtgerede kommen. Auf diesen Ruhm verzichte ich lieber.«

Nahe der Säulenhalle wurden sie von einem Stadtsoldaten aufgehalten. »Bitte geduldet Euch ein wenig, Signoras. Wir erwarten die Ankunft Seiner Magnifizenz Lorenzo de’ Medici. Sobald der Fürst Platz genommen hat, könnt Ihr weitergehen.«

Fioretta nickte huldvoll. Im Schutz des Fächers gluckste sie der Freundin zu: »Na, bitte. Geschickter konnten wir ’s nicht abpassen. Hier warten wir doch gern.« Von der Ehrentribüne wie auch von der Ratstribüne waren die Schönheiten gleich gut zu bewundern. Laodomia seufzte: »Bis vorhin dachte ich, wir sind wegen der Prozession hergekommen. Aber inzwischen fühle ich mich selbst wie eine Schaupuppe auf einem Bühnenwagen.«

566

»Prozession? Glaubst du etwa, ich wäre deswegen hier? Das Spektakel um unseren Stadtpatron langweilt mich. Als letztes Jahr der Zugwurm nicht enden wollte, bin ich beinah eingeschlafen. Nein, Liebchen, nur davor und danach bringt's Freude.«

Meine fromme Petruschka, dachte Laodomia, wenn du die losen Reden der Signora Gorini hören könntest, würdest du mich auf Knien anflehen, den Kontakt mit ihr abzubrechen.

Rechter Hand, aus der Via Vaccerccia eilten sechs Leibwächter und verteilten sich entlang der Säulenhalle. Kaum hatten sie ihre Posten eingenommen, folgte die geschlossene Sänfte. Schnell und einstudiert vollzog sich die Ankunft. Von Dienern wurde ein großes Fahnentuch mit dem Wappen der Medici aufgespannt, sodass außer den Familienangehörigen und engsten Freunden niemand das unbeholfene Aussteigen des Gichtkranken beobachten konnte. Auch sein Weg die Teppichstufen hinauf blieb verborgen. Erst als Lorenzo seinen Prunksessel inmitten der Loggia eingenommen hatte, verschwand der wehende Sichtschutz und mit ihm alle Helfer. Drei Fanfarenstöße verkündeten der Menge auf dem weiten Platz, dass der erste aller Bürger, dass ihr Fürst nun unter ihnen weilte.

Beim aufbrandenden Applaus trat Fioretta einen Schritt vor und beugte das Knie, neben ihr folgte Laodomia dem Beispiel; und das Fantasiegesteck aus Mohnblumen und Margeriten grüßte gemeinsam mit dem langhalsigen, perlengekrönten Schnabelkopf hinauf zur Ehrenloge.

Lorenzo hob die rechte Hand, dankte seinem Volk für den begeisterten Empfang. Ein besonders herzliches Lächeln verschenkte er an die beiden Damen.

»Wunderbar«, flüsterte Fioretta. »Ich spüre förmlich, wie der Neid den anderen Weibern die Hälse zuschnürt. Ach, jetzt ein Schluck Wein, und ich wär im Himmel. Komm, Liebchen, wir müssen weiter.«

Aus der engen Seilgasse wiegten sie ihre Hüften auf die Säulenhalle zu. Im Schutz des Fächers ließ Laodomia den Blick durch die Reihen der Stufentribüne forschen. Rechts neben Lorenzo saß Sohn Piero mit seiner Gattin, der Platz an seiner Linken war leer. Von den Mitgliedern der Plato-Akademie erkannte sie im Vorbeigehen nur

Poliziano und Graf Pico. Bei den Künstlern fiel ihr das rundliche Gesicht Sandro Botticellis auf. Ich sollte endlich wieder im Atelier vorbeischauen, nahm sie sich vor, vielleicht gefällt dir mein Kleid, und du malst mich mal angezogen.

Zwischen dem letzten Säulenbogen hockten auf dem unteren Rang die halbwüchsigen Kinder der weitverzweigten Medici-Familie, streng beobachtet von ihren Ammen. Jäh verzögerte Laodomia den Schritt; eine Reihe höher sah sie helle Augen, ihren Mund und lange Locken, die unter einer Samtmütze hervorquollen. Raffaele! Er saß neben einem etwas jüngeren Knaben mit pechschwarzer Haarmähne und gekräuseltem weißem Hemdkragen. Eifrig flüsterten die beiden miteinander. Laodomia blieb stehen und rückte ihren Hut zurecht. Aus den Augenwinkeln beobachtete sie Raffaele. Hübsch siehst du aus, mein Herr Sohn. Nein, ich erwarte gar nicht, dass du deine Mutter in dieser Verkleidung erkennst. Aber wer hat dich …? Ehe Laodomia die Frage zu Ende gedacht hatte, kannte sie die Antwort. Dein Arbeitgeber, natürlich, der großzügige Graf Pico hat dir den Platz besorgt. Ich hoffe nur, du weißt diese Ehre zu schätzen.

Fioretta war inzwischen auch stehen geblieben. »Wo bleibst du?«

»Dein Pfau sitzt schief«, lockte Laodomia sie zu sich.

»Um Gottes willen …«

»Bleib ruhig. Nichts ist verrutscht. Aber sieh mal, wer da sitzt.« Laodomia nickte unmerklich zu den Rängen. »Mein Raffaele.«

Signora Gorini schwankte, die Fächerhand sank, sie starrte auf den jüngeren Knaben. »Giulio, mein Kind«, hauchte sie. »Er ist es, ich weiß es. Wie du deinem Vater gleichst. Gleich wird mir schlecht.«

»Nur nicht. Atme tief.« Aus Furcht vor dem Schlimmsten bot Laodomia ihr den Arm an. »Du darfst jetzt nicht in Ohnmacht fallen.«

Allein die Andeutung gab Fioretta dem Leben zurück. »Wo denkst du hin? Das Schauspiel biete ich keinem.« Als erste Selbsthilfe bediente sich Fioretta wieder des Fächers, doch immer noch hob und senkte sich ihr Busen. »So nah, und ich darf nicht zu dir, mein schöner Junge. Ach, die Welt ist furchtbar ungerecht. Aber weiter jetzt, Liebchen, sonst sind unsere Plätze besetzt.«

Auf halbem Weg zwischen Säulenhalle und Regierungspalast

tauchte aus dem Gedränge unvermittelt Rodolfo Cattani vor ihnen auf.

»Meine Damen! Welch eine freudige Überraschung.« Er verneigte sich galant. »Müsste ich, wie einst Paris, der Schiedsrichter sein, so würde mir die Wahl noch schwerer fallen als ihm. Wer von Euch ist die Königin der Schönheit dieses Johannisfestes?« Verwirrt sah er zwischen den Frauen hin und her, dann strahlte das jungenhafte Lächeln auf. »Mein Urteil ist gefällt: Euch beiden gebührt zu gleichen Teilen der erste Preis.«

»Schmeichler«, gurrte Signora Gorini, nichts ließ sie sich vom gerade erlittenen Herzensschreck anmerken. »Ihr seid eine Gefahr für jede Frau. Aber habt Dank für das Kompliment.«

Steh hier nicht rum wie ein verstörtes Huhn, befahl sich Laodomia. »Wir sind unterwegs zur Ratstribüne. Wie ritterlich von Euch, Signore Cattani, dass Ihr uns das letzte Stück begleiten wollt.«

Nun senkte sich der Blick in ihre Augen. »Ich bin untröstlich. Der Fürst hat mich eingeladen. Als sein persönlicher Gast. Eben noch schien es mir eine Ehre, jetzt wird sie mir zur Qual.« Für einen Moment vergaß er das Spiel eines vollendeten Kavaliers und sagte leise: »Wenn auch hier nicht der richtige Ort ist: Ich möchte Euch wiedersehen, Signora Strozzi. Bald. Sagt nicht nein, bitte.«

Laodomia wollte antworten, doch die Frage drängte sich einfach vor: »Wie geht es Signora Cattani? Ich vermisse sie an Eurer Seite?«

»Bestraft mich nicht.« Keinen Augenblick länger gab sich der Seidenfabrikant verunsichert. »Meine Gattin kränkelt seit Monaten an einem Beinleiden. Trotz größter Bemühungen der Ärzte schließen sich die offenen Wunden nicht. Deshalb kann sie das Haus nicht verlassen.«

»Gewiss gibt es Heilkräuter, die ihre Schmerzen lindern könnten«, hörte sich Laodomia sagen und staunte selbst über den Mut. »Ihr wisst, ich führe einen Gewürzladen. Das Beste wäre, Ihr sucht mich dort bei Gelegenheit auf.«

»Danke. Ich werde Euren Rat befolgen.« Rodolfo verneigte sich und tönte, wieder für alle Umstehenden vernehmlich: »Nun wünsche ich den Signoras ein unterhaltsames Johannisfest. Entschuldigt mich.«

Kaum war er weitergegangen, bemerkte Fioretta anerkennend: »Reden kann er ja. Und sein genaues Ziel kenne ich jetzt auch. Wehe dir, Liebchen, wenn du mir nicht ständig berichtest, wie er es anstellt, sich bei dir einzuschleichen.«

»Kupplerin«, schimpfte Laodomia hinter ihrem Fächer. »Signore Cattani ist ein höflicher, verheirateter Mann. Er weiß, was sich gehört.«

»Das mein' ich ja, Liebchen.«

Vom Dom her verkündete bereits gewaltiges Glockenläuten den Beginn der Prozession, als die beiden Schönheiten endlich ihre Plätze auf der Ratstribüne einnahmen. So sehr sich Fioretta auch bemühte, der Blickwinkel war zu ungünstig; von hier aus konnte sie ihren Sohn nicht mehr beobachten. »Mein Giulio.« Sie flüsterte immer wieder den Namen vor sich hin, und bei jedem Seufzer schwankte das Pfauenkrönchen.

Laodomia hatte mehr Glück; sobald sie den Kopf wandte, erkannte sie Rodolfo Cattani, der neben Lorenzo in der Ehrenloge saß. Gefallen würde er mir, dachte sie und biss sich gleich auf die Lippe, nein, schäm dich, Filippo ist gerade einen Monat tot. Doch der Gedanke blieb und wuchs hartnäckig weiter in ihr.

Zimbelklang und Flötenspiel! Die Prozession näherte sich der Piazza della Signoria. Das lange Ausharren unter der sengenden Sonne hatte ein Ende. Kein Lärmen und Schwatzen mehr. Kerzen wurden entzündet, einer gab das Feuer an den Nachbarn weiter, und bald flackerten abertausend Lichter auf.

Mit ehrfürchtigem Schweigen begrüßten das Volk und alle Vornehmen den Festzug. Vornweg schwebte das mächtige Domkreuz, aufgerichtet, getragen und von Schnüren in der Balance gehalten; in seltener Einigkeit teilten sich je zwei Mönche der vier großen Orden die heilige Last. »*Sanctus, Sanctus...*«, priesen sie mit dunklen, volltönenden Stimmen. Ihnen folgte ein geordnetes Heer weiß gekleideter Kinder. »*Sanctus Dominus...*«, jubilierten die jungen Kehlen, und das Volk ließ sich vom Lobgesang verführen. »*...Deus sabaoth*«, sang der riesige Chor nun gemeinsam, und als das »*Hosianna in excelsis!*« aus der Gluthitze hinauf zum blauen Himmel stieg, befiel Laodomia eine Gänsehaut. Schade, dass Petruschka nicht hier ist, dachte sie, diesen Schauer kann ich ihr gar nicht mit Worten beschreiben.

Nach den Fußgruppen rollten die Bühnenwagen der Kirchen vorbei. Mit lebensgroßen, einfach gekleideten Puppen waren Geschichten aus der Bibel nachgestellt. Trotz der dürftigen Kulissen hatte Laodomia keine Mühe, sie wiederzuerkennen: Jesus saß im Kreise der Jünger beim Abendmahl. Moses zerteilte mit seinem Stab das Rote Meer. David stand mit der Schleuder vor dem Riesen Goliath. Beim nächsten Bild runzelte Laodomia die Stirn. Das soll unser Stadtpatron sein? Wenn er schon Jesus im Jordan taufen darf, müsste er anstelle dieser braunen gerupften Wolle wenigstens einen schönen Seidenumhang tragen.

Fioretta stieß sie mit dem Ellbogen an: »Warum starrst du so gebannt darüber? Sag nur, dir gefällt diese leblose Puppenparade.«

»Nicht wirklich«, gestand Laodomia. »Ich will mir nur jede Geschichte merken, weil ich 's Petruschka versprochen habe.«

»Du Ärmste.« Fioretta stöhnte leise: »O Gott, mir klebt die Zunge. Wenn ich daran denke, wie lange ich hier noch sitzen muss. Vertrocknen werde ich.«

Mit einem Mal entstand Bewegung auf den Tribünen und unten beim Volk. Begleitet von Gesängen waren die Kirchenwagen nach Osten abgezogen. Jetzt wurden Hälse gereckt, und bewundernde Ausrufe beendeten das fromme Schweigen: Stelzenriesen mit Furcht erregenden Masken hüpften im Rhythmus der Trommeln heran, tanzten umeinander und hüpften weiter. Sie bildeten die Vorboten der Pracht. Dann erschienen die goldglitzernden Türme! Sie drehten sich um ihre Achse und ließen an ihrer unteren Außenhaut den Blick der Zuschauer durch wundersame Paradiesgärten wandern: Bäume nachgebildet mit Mosaiksteinen und Früchten aus Achat und Rubinen. Auf halber Turmhöhe schwebten, von Eisenstangen und Lederschlaufen gehalten, Kinder im Engelskostüm. Sie winkten mit den goldgefärbten Ärmchen, bewegten so ihre Flügel, und das Flitterhaar wehte ihnen nach.

Obwohl in der Vergangenheit schon Kinder von den Haltegurten stranguliert worden oder durch Hitzschlag gestorben waren, gab es stets genügend Ersatz. Freiwillig brachten viele Mütter ihre kleinen Söhne und Töchter, erkämpften sogar eifersüchtig für sie den Platz an einem der Türme, denn dort zu schweben galt als hohe Auszeichnung für die ganze Familie.

Nie hätte ich mein Kind als Engel hergegeben, dachte Laodomia, mein Sohn heißt Raffaele, und das ist Engel genug. Sie fächelte sich Kühlung zu und konzentrierte sich einen Augenblick auf die Turmspitzen. Über einigen Zinnen wehten fremde Fahnen und bewiesen, wie viele große und kleine Orte der Republik sich am Fest in der Hauptstadt beteiligten. Merke sie dir erst gar nicht, entschied Laodomia, die Wappen sagen Seiner Magnifizenz und den Ratsherren sicher viel, meiner Petruschka und mir sind sie völlig egal.

Hinter den Turmwagen glitten jetzt kleinere schmale Türme wie goldene Kerzen über die Pflasterquader dahin; weil von den Füßen der Träger im Innern nichts zu erkennen war, führten sie ein Eigenleben, huschten sehr zum Vergnügen der Zuschauer von einer Zugweg-Seite zur anderen und zeigten ihre kunstvoll gestalteten, bunten Wachsbilder.

Aufbrandender Applaus empfing nun die großen Prunkwagen. Fioretta schreckte aus dem Halbschlaf. »Ist die Parade vorbei?«

»Noch nicht.« Laodomia kicherte leise. »Träum nur weiter. Jetzt naht erst der Höhepunkt.«

»Mach dich nicht lustig über mich. Ich denke an meinem Giulio, das ist schwer genug.« Heftig bewegten sich die Pfauenfedern des Fächers, doch nach einer Weile erlahmten sie wieder.

Beim Vorbeiziehen der Bühnen spürte Laodomia, wie ihr Herz höher schlug. Keine Puppen stellten die biblischen Szenen dar. Schauspieler zeigten lebensechte Bilder: Der muskelbepackte Adam lag hingebreitet auf einem Stein. Das gewölbte Feigenblatt auf seiner Lendenmitte ließ nur zu deutlich ahnen, was sich darunter befand. Eva hatte das Haarvlies und die Brustknospen nur mit spärlichen Blättchen geschützt. Sie reckte sich nach dem roten Apfel im goldblättrigen Baum der Erkenntnis, dabei wippten ihre eigenen Früchte, und die große Schlange nickte ihr von einem Ast wohlwollend zu.

Neben Laodomia erhoben sich einige Ratsherren und klatschten Eva begeistert zu, bis ihre Gattinnen sie energisch wieder auf die harten Holzbänke herunterzogen.

Zwei Ritter kämpften mit Schild und Schwert gegeneinander. Schlag um Schlag. Die Waffen klirrten. Kaum hatte der goldene Streiter den Gegner in schwarzer Rüstung zu Boden gestreckt, jubelte die Menge. Und beide Recken begannen den Kampf aufs Neue.

»Gut gegen Böse«, flüsterte Laodomia vor sich hin. »Wenn es doch im Leben nur auch so einfach wäre.«

Wagen nach Wagen rollte vorbei. Jedes Bild wuchs an Ausstattung und Kostümen über das vorherige hinaus. Auf der vorletzten Bühne tanzte Salome vor König Herodes. Mit Trommeln und Schellen wurde die Schöne begleitet. Während sie sich in durchsichtigen Schleiern auf den Zehenspitzen drehte oder die Hüften verführerisch wiegte, balancierte sie stets die Schüssel mit dem abgeschlagenen Kopf des Stadtpatrons sicher auf der rechten Hand. Und das Volk klatschte den Tanzrhythmus mit.

In der Ehrenloge thronte ein sichtlich entspannter Lorenzo neben seinem Sohn und umgeben von wohlgelaunten Freunden und Gästen. Er beugte sich nach links zu Signore Cattani. »Wir haben gewonnen, lieber Freund. Jetzt schon ist die Prozession ein überwältigender Erfolg und durch nichts mehr zu erschüttern.«

Der Seidenfabrikant tupfte sich mit einem Tuch die Schweißperlen von der Stirn. »Dank Euch, Magnifizenz. Der hohe Aufwand hat sich ausgezahlt. Wer denkt jetzt noch an die kärglichen Darstellungen unserer vier Hauptklöster? Niemand. Die weltliche Pracht hat an diesem Johannisfest der Kirche den Rang abgelaufen. Und das Kompliment gebührt Euch allein.«

Lorenzo schloss die Augen. »Nein, lieber Freund. Ohne die vielen Helfer wäre der Plan nicht aufgegangen. Jedoch kenne ich meine Bürger: Im Grunde lieben sie Freude und Genuss. Nach harter Arbeit sehnen sie sich nach Entspannung, und die will ich ihnen heute bieten.«

»Wenigstens für einen Tag bleiben sie vom Bußgeschrei verschont«, pflichtete Rodolfo bei und lehnte sich zurück. Er blickte zu den beiden schönsten Hüten auf der Ratstribüne hinüber; als sich das Gesicht unter dem Gesteck aus Mohnblumen und Margeriten ihm zuwandte, hob er leicht die Hand.

Wie ertappt sah Laodomia nach vorn. Langsam rollte der letzte Prunkwagen durch die breite Schneise der Menschen. Abraham hatte seinen Sohn Isaak über den Stapel mit Holzscheiten gelegt. Diese

Rolle wurde alljährlich von einem Metzger dargestellt. Er hob den Arm. Das Schlachtmesser blitzte im Sonnenlicht. Jäh schwieg der Lärm.

Diese Geschichte aus dem Alten Testament wurde stets zum Schluss der Prozession aufgeführt. Jeder Florentiner kannte den Hergang, und dennoch hielten jetzt alle Zuschauer den Atem an. Immer noch schwebte die Klinge über dem Kind. Da rief eine donnernde Stimme aus dem Holzgestell mit der Seidenwolke: »Abraham!«

»Hier bin ich«, antwortete der Metzger.

»Lege deine Hand nicht an den Knaben! Denn ich weiß nun, dass du Gott fürchtest.«

Laodomia berührte die Freundin sanft an der Schulter. »Gleich ist es so weit.«

»Wird auch Zeit«, murmelte Fioretta und verbarg das Gähnen hinter den Pfauenfedern.

Auf dem Prunkwagen nahm Abraham seinen goldlockigen Isaak vom Opferstoß, blickte sich suchend um und entdeckte den Widder im Gestrüpp. In zwei Schritten war er bei dem verängstigten Tier. Für den Widder gab es keine Möglichkeit der Flucht. Seine Hufe waren zusammengebunden, und die Halsschlinge hatte ihn fast schon erwürgt. Abraham zerrte das Opfer auf den Holzstapel. Wieder fuhr das Schlachtermesser in die Höhe, und ein gewaltiger Streich trennte den gehörnten Kopf ab. Blut schoss aus dem Rumpf und spritzte über die Bühne.

»*Hosianna in excelsis! Gloria! Gloria!*« Der wohlige Schauder wurde abgelöst von Freude, welche sich rasch in nicht enden wollenden Jubel steigerte. Die Prozession war vorüber, nun konnte das Fest beginnen. Musik, Tanz und kostenlose Speisen, Bier, Wein und Wettspiele warteten. Schon lösten sich die ersten Bürger aus den abgesperrten Bereichen, schon verabredeten sich auf den Tribünen die Vornehmen. Da griff von Westen her eine Lähmung nach der Menge und breitete sich über den ganzen Platz aus.

Laodomia fasste furchtsam die Hand der Freundin. »Da, sieh nur! Ich … ich kann es nicht glauben.«

In der Ehrenloge riss sich Rodolfo Cattani die Samtmütze vom Kopf und zerknautschte sie zwischen den Fäusten. »Dieser Satan hat seinen Auftritt genau geplant.« Neben ihm erstarrte das gelbfleckige Gesicht des Fürsten zu einer Maske. Lorenzo war nicht fähig zu antworten.

Schwarze Kapuzenmäntel, weiß das Kleid des heiligen Dominikus. Fra Girolamo ging eckigen Schritts voran, das knochige Gesicht starr geradeaus gerichtet, und wie Flügel wuchsen Silvester und Domenico aus seinem Rücken. Gemeinsam verschmolzen die drei Mönche zum Racheengel, und mehr als zwanzig Novizen bildeten seine Schleppe. Kein Gesang, kein Gebet, schweigend zeigten die Brüder von San Marco ihren Protest gegen den heiligen Pomp. Ihre lautlosen Schritte wurden zum Rhythmus dumpfer Trommelschläge, die jedes Herz beengten.

»Herr, erbarme dich unser.« Angst griff um sich. Das von Stricken eingepferchte Volk bekreuzigte sich. »Vergib uns unsere Schuld.« Auch viele Patrizier auf den Tribünen glaubten aus dem verschlossenen Munde des Bußpredigers die Schreie nach Buße und Umkehr zu vernehmen. »Florenz, du bist eine Lasterhöhle geworden! Florenz, Gott wird dich für deine Sünden bestrafen.«

Die Menschen starrten noch nach Osten, als der Prediger mit seiner Streitmacht längst zwischen den Häuserschluchten entschwunden war.

Ehe das bunt geschmückte Kleid ganz zerriss, erteilte Lorenzo Befehl. Vier Stadtbläser bauten sich vor der Säulenhalle auf. In schneller Folge schallten Posaunenstöße über den Platz. Während das Echo von den Fassaden der Prachthäuser am Nordrand zurückgeworfen wurde, schwärmten Herolde aus. In den Seilgassen zu den Tribünen und auf dem jetzt verwaisten Prozessionsweg schlugen sie die Stielglocken.

»Ihr Leute! Hört! Der Hohe Rat und Seine Magnifizenz Lorenzo schenken euch diesen Tag! Der Wettlauf unserer besten Sportler beginnt in einer Stunde vor Santa Croce. Danach treten die Mannschaften aus den Stadtteilen zum Fußballspiel an. Sichert euch einen Platz! Noch könnt ihr an den Wettständen auf euren Sieger setzen. Beeilt euch, ehe es zu spät ist!«

Die Ausrufer priesen jeden Programmpunkt an, versprachen Widderbraten und verrieten die Standorte, wo Wein- und Bierfässer

575

auf Durstige warteten. Allmählich schwang das Pendel aus dem Dunkel ins Licht zurück. Von Stadtsoldaten waren eilig Gaukler herbeigeschafft worden. Sie vollführten Hüpftänze, schlugen das Rad und ließen Schuhschellen und die Glöckchen an den dreischwänzigen Narrenkappen bimmeln. Vergnügte Melodien ihrer Piccoloflöten kitzelten das Lachen bei den Kindern hervor.

Das Volk schüttelte den kalten Schauer ab. »Vergesst den Bußprediger!« – »Heute wollen wir feiern!« Mit Hochrufen priesen sie ihren Stadtpatron. Dankbar reckten sich Hände zur Ehrenloge. »Lang lebe Lorenzo! Lang lebe unser großzügiger Gönner.« Die Ordnung löste sich im Gedränge auf. Mit neu erwachten Begierden strömten die Florentiner auseinander.

In der offenen Säulenhalle klatschte Signore Cattani leise dem Fürsten zu. »Sieg, Magnifizenz.«

»Was bedeutet schon dieser Sieg?« Lorenzo hob die verkrallte Hand vom Silberknauf des Stockes. »Sagtet Ihr nicht, der Mönch wäre ein schwarzer Polyp? Nun gut, vielleicht habe ich ihm heute einen Würgearm abgeschnitten. Mehr nicht.« Er gab seiner Leibwache das Zeichen zum Aufbruch, ehe er hinzusetzte: »Bisher wirkten nur die vier Hauptklöster unserer Stadt bei der Johannisprozession mit. Für den Dominikanerorden war demnach allein der Konvent von Santa Maria Novella zuständig und nicht die Bettelbrüder von San Marco. Aber dieser Savonarola setzte sich selbstherrlich über geltende Regeln hinweg.«

Rodolfo versuchte den Fürsten aufzumuntern: »Und doch habt Ihr seinen schamlosen Angriff zunichte gemacht.«

Diener spannten bereits das Fahnentuch vor dem Thronsessel. Ehe Sohn Piero sich herabließ, dem Vater aufzuhelfen, bot ihm der Seidenfabrikant den Arm. Seine Magnifizenz seufzte vor Schmerzen. »Danke. Dank auch für Euren Trost. Die Bitterkeit in mir aber bleibt.« Unvermittelt gewann er sein Lächeln zurück. Er winkte den Freunden und Gästen. »Jeder soll sich nach Herzenslust auf dem Straßenfest vergnügen. Jedoch vergesst nicht, heute Abend erwartet Euch noch größere Lustbarkeit in meinem Hause.« Auf dem Weg hinunter zur Sänfte sagte er: »Signore Cattani, ich rechne mit Eurer Anwesenheit.«

Sobald auch die Leibwächter abgezogen waren, nahm das Gedränge zwischen Regierungspalast und Säulenhalle bedenklich zu. Notgedrungen hatten die beiden Schönen nur von ihrem Platz aus den Aufbruch des Fürsten beobachten können. Laodomia erhaschte noch einen letzten Blick auf Rodolfo Cattani, ehe dieser mit Botticelli in der Menge untertauchte. Sie sah auch, wie Raffaele neben Graf Pico die Tribüne verließ, und dachte: Selbst wenn du deine Mutter sträflich vernachlässigst, mein Herr Sohn, ich bin stolz darauf, dass du einen so vornehmen Lehrherrn gefunden hast.

Neben ihr raschelte und knisterte es. Fioretta erhob sich wenig damenhaft. »Mein Junge.« Sie streckte den Fächerarm aus und wedelte, wedelte immer noch, als der schwarz gelockte Knabe mit den anderen Medici-Sprösslingen im Schutz der Knechte und Ammen sich rasch entfernte. »Ach, Giulio. Nicht einmal begrüßt hast du deine Mutter.«

»Wie sollte er auch?«, versuchte Laodomia die Freundin zu beruhigen. »Er kennt dich doch gar nicht.«

»Das weiß ich selbst, Liebchen. Aber es wäre einfach wunderbar gewesen.« Fioretta schloss den Fächer und ließ gleich mit einem gekonnten Schlenker aus dem Handgelenk das Federrad wieder entstehen. »Mir reicht es. Diese Hitze halte ich nicht länger aus. Nur gut, dass hier kein Spiegel ist. Das Einzige, was mich rettet, ist ein Bad ... nein, erst ein kühler Schluck, und beides gibt's bei mir zu Hause. Komm, Liebchen, wir lächeln uns jetzt huldvoll von der Tribüne und lassen uns von meinen Knechten hier wegschaffen.«

itbrüder von San Marco, entscheidet euch! Wer aus unserer Mitte soll künftig mit dem Amt des Priors betraut werden?

Im Kapitelsaal waren soeben die gefalteten Wahlzettel eingesammelt worden. Gemeinsam mit dem Subprior begaben sich die beiden Scrutatores zur Stirnwand des Versammlungsraums. Unter dem Kreuzigungsfresko Beato Angelicos leerten sie den Wahlbeutel auf den Tisch und begannen die Stimmen auszuzählen.

Gab es auf die Frage wirklich nur eine Antwort? Fra Domenico war felsenfest davon überzeugt. Er hatte sich mit ganzer Herzenskraft als heimlicher Wahlhelfer für den Freund eingesetzt, und seit Anfang Juli war in der Bibliothek und auf den Treppen, im Garten und vor den Zellentüren nur noch ein einziger Name geflüstert worden. Gestern hatte er, auf inständiges Bitten Girolamos hin, ein letztes Mal jeden der Patres persönlich aufgesucht und war zuversichtlich nach dem Rundgang in die siebte Zelle zurückgekehrt. »Sei getrost, Bruder.«

»Wie kann ich das? Vielleicht sind es nur Lippenbekenntnisse?« Keinen Schlaf hatte sich Girolamo gegönnt. Als im Morgengrauen Bruder Florinus, begleitet von den beiden Getreuen, an seiner Türe klopfte, lag er auf den Knien, und der Rücken war gezeichnet von blutigen Striemen. »Trotz meines Flehens hat Gott die Ungewissheit nicht von mir genommen.«

Mit hochgezogenen Brauen reichte Silvester dem Freund einen Becher Wasser. »Stärke dich. Es macht wahrlich nicht nur vor Gott einen schlechten Eindruck, wenn du mit zitternden Gliedern im Kapitelsaal erscheinst.« Sofort milderte er den Ton. »Verzeih, ich wollte dich nicht maßregeln.« Er glitt zum Fenster, tippte beide Handflächen mehrmals gegen die Seitenholme und setzte endlich neu an: »Auf diesen Tag haben wir lange hingearbeitet, Bruder. Und wir müssen gerade heute mehr denn je auf der Hut sein. Ich habe mich bei unseren Informanten in der Stadt umgehört. Bruder, der sichere Sieg kann uns im letzten Moment noch genommen werden. Denn nicht die Wahl selbst, die Stunde danach scheint das Gefahrvollste zu sein.«

Unvermittelt kehrte Kraft in den ausgemergelten Körper zurück. Girolamo erhob sich, bat seinen Adlatus, ihn zu versorgen, und forderte von den Freunden: »Schont mich nicht. Ich bin bereit.«

Domenico hob die Achseln. »Du kennst die Ordensregeln, lieber Bruder. Deine Ernennung durch den Konvent hat erst Gültigkeit, wenn sie vom Vater Provinzial bestätigt ist.«

»Ja, ja. Aber dies ist doch nur eine Formsache? Seine Unterschrift kann schnell beschafft werden.«

Silvester fuhr herum. »Oder auch nicht.«

Der Dominikaner-Provinzial befand sich auf einer Inspektions-
reise durch die Häuser der lombardischen Kongregation und logierte
derzeit in Santa Maria Novella, dem florentinischen Hauptkloster des
Ordens. Seinetwegen war der Termin auf den heutigen Tag gelegt
worden. »Verweigert er die Zustimmung, Bruder, darf dein Name bei
der Neuwahl nicht mehr genannt werden. Der Vater Provinzial ist ein
bequemer Mann. Nur zu gern hört er auf Ratschläge, und die Gründe
für eine Ablehnung könnten ihm leicht von unseren Feinden einge-
flüstert werden.« Silvester betrachtete das Trommelspiel seiner Fingerkuppen. »Und du weißt selbst, dass unser Subprior und ein verschwo-
rener Kreis der Mitbrüder immer noch heimlich gegen dich arbeiten.
Nicht von ungefähr lauern draußen vor der Pforte einige Ratsherren
begierig auf das Wahlergebnis. Ich bin sicher, sie wollen den Boten
aushorchen und ihn nach Santa Maria Novella begleiten.«

»Das muss verhindert werden.« Girolamo rang nach Atem, ein
heftiger Schnauber fuhr durch seine Nase, dann hob er die verkrallten
Finger zur Decke. »O Herr, hilf Deinem Knecht.«

»Fürchte dich nicht«, tröstete Domenico mit dunkler Stimme.
»Wenn unser Plan gelingt, erfährt kein Unbefugter vorzeitig das Ergebnis.«

»Ihr tüchtigen Helfer, ich verlasse mich auf euch. Bisher sind die
Gegner stets an unserer Klugheit gescheitert. So muss es bleiben.«

Während Florinus die aufgeplatzten Striemen mit Heilpulver
bestreute, hatte er das Gespräch der Patres erschreckt verfolgt. Seine
Hände flatterten, als er dem Prediger das Gewand überstreifte.

Girolamo bemerkte die blasse Gesichtsfarbe. Sofort stieg Misstrauen in ihm auf. »Bedrückt dich eine Frage, mein Sohn?«

»Nein, Vater. Aber Ihr habt mir oft gesagt, dass Gott Euch nach
seinem Willen den Weg bereitet. Nun höre ich … Nein, verzeiht, ich
habe kein Recht, Euch mit Kritik zu belästigen.« Tränen standen in
den Augen. »Mir … mir ist ganz übel, weil Eure Angst mich angesteckt hat. Bitte erlaubt, dass ich mich hinlegen darf.«

Die drei Streiter Christi sahen sich betroffen an. Ehe Girolamo in
der Lage war zu antworten, legte Silvester den Arm um die Schultern
des jungen Mönches. »Nicht jetzt gleich«, sagte er sanft. »Ich weiß,
dein Herz hegt große Liebe für unsern Bruder. Begleite ihn hinunter

zur Wahl. Nach der Stimmabgabe dann lässt du dir im Krankenzimmer ein Mittel gegen die Magenverstimmung geben und ruhst dich aus.«

Florinus schwieg. Erst als sein Lehrmeister versprach, sich morgen Ruhe und Zeit zu nehmen, seine Zweifel zu zerstreuen, senkte er gehorsam den Blick.

Unter dem Kreuzigungsfresko waren die Wahlzettel zum zweiten Male von den Scrutatores ausgezählt worden. Der Subprior verließ den Tisch und trat in die Mitte des Kapitelsaals. Mit erhobener rechter Hand wartete er, bis sich das Geflüster legte. »Meine Brüder. Ihr habt entschieden.« Die mehr als achtzig Patres drängten näher; allein Girolamo blieb zurück, wie angewurzelt verharrte er neben einem Schreibpult an der linken Seitenwand.

Ohne jede Regung blickte der Wahlleiter in die gespannten Gesichter, dann beugte er sich über das Blatt in seiner Linken. »Der Konvent beruft Fra Girolamo Savonarola ins Amt des Oberen von San Marco. Weil kein anderer Name vorgeschlagen wurde, erübrigt sich eine Stichwahl.«

Unterdrückter Jubel bei den jüngeren Klerikern. Zwar zeigten auch die Älteren durch häufiges Kopfnicken ihre Freude, da und dort aber wurden einige Spiegel der grauen Tonsuren unvermittelt von Schweißperlen getrübt.

Ohne Befehl öffnete die Versammlung eine Gasse zur Seitenwand, und alle Augen ruhten auf der kleinen, ausgemergelten Gestalt.

»Bruder Girolamo«, sprach der Subprior in feierlichem Ton. »Du hast den Ruf vernommen. Wie es die Regel vorschreibt, frage ich dich: Bist du willens, diese Bürde auf dich zu nehmen und für drei Jahre als Prior unser Kloster zu führen?«

Die Zunge klebte am Gaumen; erst nach heftigem Schlucken vermochte Girolamo zu antworten: »Ja, mit Gottes Hilfe. Ja, ich bin bereit.«

Mit Klatschen und Hochrufen löste sich die Spannung im Saal, bis der Wahlleiter wieder seine Stimme erhob: »Preiset den Allmächtigen!«

580

Und die Mönche stimmten den Lobgesang an: »*Laudate Dominum omnes gentes ...*«

Domenico ließ seinen vollen Bass erdröhnen; mit einem Handzeichen verständigte er Silvester, und von zwei Seiten schoben sie sich singend durch den Chor der Brüder und standen beim »*Alleluja*« wie zufällig ganz in der Nähe des Wahltisches.

Vom Subprior war derweil die Urkunde mit dem Namen des neu gewählten Oberen versehen und in einen Lederköcher gesteckt worden. Gerade wollte er die beiden Scrutatores auf den Weg ins Hauptkloster schicken, da verneigte sich der bärenhafte Mönch vor ihm. »Verzeiht, ehrwürdiger Vater, betraut Silvester und mich mit dem Botengang.«

»Nein, nein, das wäre zu viel verlangt«, haspelte der Subprior. »Die niederen Dienste werden von unsern Laienbrüdern ausgeführt. Weshalb solltet ihr beide euch dieser Mühe unterziehen?«

»Der Grund ist der ...«, Domenico kratzte das Kinn, schließlich gestand er mit offenherzigem Lächeln: »Weil ich die Gelegenheit nutzen möchte, dem Provinzial von meinem Aufenthalt in Pisa zu erzählen.«

Silvester kam ihm zu Hilfe. »Außerdem wollen wir damit den neuen Prior ehren. Bitte gebt Eure Erlaubnis, bitte.« Seine Stimme wurde lauter, drängender und lockte einige Mönche zum Tisch. »Keine einfachen Boten, sondern zwei aus unserer Mitte überbringen das Wahlergebnis! Der Vater Provinzial wird dies als deutliches Zeichen nehmen, dass wir alle von ganzem Herzen Fra Girolamo als unseren Oberen wünschen. Was meint ihr, geliebte Mitbrüder?«

Begeistert stimmten sie zu. Nur mühsam bewahrte der Subprior seine Fassung: »Wie könnte ich mich weigern?« Das Blut war ihm aus dem Gesicht gewichen. »In der Tat, ein wirklich guter Vorschlag.« Mit schmalen Lippen überreichte er Domenico den Lederköcher. »Bestellt unserm Provinzial die Grüße der ganzen Klostergemeinschaft. Bittet um seinen Segen für Fra Girolamo, und kehrt so bald als möglich wieder zurück.«

»Seid getrost, Vater.« Silvester lauerte ihn unter halb gesenkten Lidern an. »Wir wissen, mit welch ungeduldiger Freude Ihr die Bestätigung herbeisehnt.«

Girolamo hatte bisher nur einsilbig auf Fragen und Glückwünsche geantwortet. Als er aus den Augenwinkeln wahrnahm, wie die beiden Freunde eilig den Saal verließen, atmete er unmerklich auf und hob den Finger. »Liebe Brüder, habt Dank für euer Vertrauen, doch fasst euch in Geduld. Noch ist mir das Amt nicht offiziell übertragen. Bis dies geschehen ist, lasst uns im stillen Gebet gemeinsam ausharren.«

Er winkte Florinus und näherte sich der Stirnwand. Vor dem Kreuzigungsfresko sanken beide auf die Knie. Nach und nach folgte jeder im Saale ihrem Beispiel, und ehe sich alle der inneren Einkehr hingaben, flüsterte Girolamo: »Wie fühlst du dich, mein Sohn?«

»Im Herzen leichter«, gestand Florinus und presste die Hände zusammen. »Das Unwohlsein aber quält mich, es bläht Magen und Gedärm auf.«

»Übe dich noch eine Weile am Schmerz. Sobald die Väter zurück sind, darfst du dich entfernen und bei Bruder Tomaso um Linderung bitten.«

Girolamo sah zu dem Gemälde auf. Eingerahmt von einem halbrunden Fries öffnete sich die Szene auf Golgatha. Sein Blick suchte den Erlöser am Kreuz. O Heiland, flehte er stumm, dein Knecht liegt dir zu Füßen. Gewähre ihm Hilfe, gib, dass diese Stunde glückhaft endet, auf dass er dein Werk mit aller Kraft durchsetzen kann.

Die Augen brannten, und bald fühlte sich Girolamo ins Bild hineingesogen. Neben der Jungfrau Maria und den heiligen Frauen trauerte er im Kreise von Franziskus, Johannes und Dominikus und anderen Heiligen.

Hart setzte der Pulsschlag wieder ein und riss ihn aus der Meditation. Prior. Mein Fuß berührt schon die Sprosse. Geduld. Nicht mehr lange, und ich stehe fast oben auf der Leiter. Bezähme dich. Vor einem Jahr kam ich krank und ermattet in Florenz an, und jetzt werde ich Herr von San Marco. Schäme dich für diese Hoffart! Zur Buße stieß Girolamo seine Lippen fest in die scharfen Fingernägel der gefalteten Hände, und als er Blut schmeckte, wich das Stolzgefühl von ihm. Um nicht wieder in Versuchung zu geraten, nahm er Zuflucht beim Psalm Davids: Herr, erhöre die Gerechtigkeit, merke auf mein Schreien; vernimm mein Gebet …

Die Tür schwang auf. Fra Domenico schritt mit Fra Silvester quer durch den Kapitelsaal. Ihre wehenden Kutten beendeten das Schweigen. Rasch erhoben sich hinter ihnen die Mönche und drängten mit nach vorn.

Der Subprior streckte die Hand nach dem Lederköcher aus: »Bringt ihr gute oder schlechte Nachricht?«

»Für alle, die reinen Herzens sind …«, Silvester lächelte ihn frostig an, ehe er fortfuhr: »Jeder in diesem Raume, der sich um das Wohl San Marcos sorgt, darf aufatmen. Unser Provinzial hat seinen Segen erteilt. Die Wahl ist bestätigt. Unser Kloster hat einen neuen Hirten.«

Mit fahrigen Fingern zerrte der Wahlleiter das Blatt heraus und überprüfte die Unterschrift. Dann begab er sich schleppend auf den letzten, kurzen Gang zu dem Gewählten hinüber. »Geliebter Bruder.«

Wie gedämpft durch einen Vorhang hatte Girolamo die Rückkehr der Freunde vernommen. Jetzt sah er nicht auf, sondern betete für alle vernehmlich den Psalmvers: »Behüte mich, Herr, wie einen Augapfel im Auge, beschirme mich unter dem Schatten deiner Flügel vor den Gottlosen, die mich verstören, und vor meinen Feinden, die um und um nach meiner Seele trachten.« Innig drückte er das Kreuzzeichen an Stirn, Brust und Schultern. »Amen.«

»Geliebter Bruder«, wiederholte der Subprior. »Erhebe dich.«

Girolamo gehorchte. Neben ihm wich Florinus halb in sich gekrümmt einen Schritt zurück.

»Mit dieser Urkunde lege ich die Verantwortung, das Wohl und die Zukunft unseres Klosters in deine Hände.«

»Gott der Allmächtige stehe mir bei.« Und Girolamo zog das Blatt an sich. Das Sehen allein genügte nicht, wie zur Sicherheit betasteten die Fingerkuppen seinen Namen und die Unterschrift des Provinzials. Sieg! Endlich Sieg! Girolamo musste die Lider schließen, um den Triumph zu verbergen. So lauschte er dem Wechselgebet zwischen Subprior und der Klostergemeinschaft, mit dem die Einsetzung in Gottes Hand gegeben wurde.

Nicht mehr Menschenwille, dachte er, nun hat der himmlische Vater mir in seiner Gnade selbst das Amt übertragen. Ihm allein unterstehe ich von jetzt an. Als er sich mit langsamer Drehung den Patres zuwandte, glitzerte ein neues Licht in den graublauen Augen. »Brüder. Der Herr sei mit euch. Uns bleibt nicht viel Zeit, denn der Tag ist angebrochen …« Er konnte nicht weitersprechen, weil die Begeisterung ihr Recht verlangte. Segenswünsche wurden ausgerufen. Die jungen Patres drängelten sich danach, seine Hand zu küssen. Die Grauhaarigen gelobten ihm Treue, und Domenico musste an sich halten, um den Freund nicht in die Arme zu schließen. »Später begleiten wir dich in deine neue Zelle«, raunte Silvester, als er das Knie vor ihm beugte.

Nur mühsam lächelnd brachte Florinus den Glückwunsch über die Lippen. »Ich habe für Euch gebetet, Vater. Mein Herz gehört Euch.«

Girolamo sah seine Not. »Danke, du standhafter Freund.« Er strich ihm sanft über die Schulter. »Nun darfst du dich entfernen.«

Die Erlaubnis allein schon sprengte die erste Fessel. Geräuschvoll befreite sich der Darm vom blähenden Übel. Florinus wallte Schamröte ins Gesicht, sein Prior aber nickte verständnisvoll und scherzte: »Du solltest dich sputen, mein Sohn, ehe der Wolf noch grimmiger knurrt.«

»Verzeiht, Vater.« Auf dem Absatz kehrte Florinus um und entfloh dem Kapitelsaal.

Girolamo verlangte nach Ruhe. »Liebe Mitbrüder! Unser Ordensgründer blickt sorgenvoll auf San Marco. Er hat uns Lebensregeln gegeben, wie wir der sündigen Welt in Armut entsagen müssen. Doch wo, frage ich euch, wo sind Demut und Bescheidenheit noch anzutreffen? Kehren wir um, besinnen wir uns wieder auf die wahren Werte des Glaubens. Dieser Aufgabe werden wir uns künftig in aller Strenge und doch frohen Mutes widmen.« Er verschränkte die Arme. »Zunächst möchte ich einem verdienten Bruder meinen Dank aussprechen.« Sein Blick heftete sich auf den Subprior. »Seit Vater Bandelli uns verließ, hast du als sein Stellvertreter mit Umsicht die Belange des Klosters geführt. Nun ist der Moment gekommen, dass du wieder zurücktrittst in die Reihen der Mitbrüder. Ich entbinde dich von den Pflichten …«

»Vater Prior!« Zornrot näherte sich der Mönch. »Ihr könnt nicht allein darüber bestimmen.«

584

»Nein?« Heftig räusperte sich Girolamo, und ein frischer Blutstropfen perlte aus der Wunde in seiner Unterlippe. »Nach der Ordensregel soll ein Prior den Stellvertreter aussuchen und ihn der
Gemeinschaft vorstellen. Dies wird bald geschehen. Nun bitte ich
dich, mir den schuldigen Gehorsam zu erweisen.« Sein Ton erzwang
eine Verneigung und ließ den Degradierten zurückweichen.

Kühle zog in den Kapitelsaal ein. Der neue Prior schritt hölzern
auf und ab, während er Punkt für Punkt seinen Mitbrüdern den gott-
gefälligen Tagesablauf eines Dominikaners ins Gedächtnis rief, und
als er nach drei Stunden endete, fröstelte es vor allen den älteren Patres.

Obwohl der Abendtisch mit Braten und öligen Teigwaren über-
laden war und köstlicher Duft aus den Schüsseln stieg, begnügten sich
die meisten der Brüder mit Brot, Käse und vorsichtigem Nippen am
Weinbecher.

Der Vorleser verstummte, und nach einem kurzen Gebet beendete Prior Girolamo das gemeinsame Mahl. Eilig strebten die Mönche
aus dem Refektorium, schwiegen noch im Kreuzgang, und erst auf
den Wegen zwischen den blühenden Beeten des Klostergartens lösten
sich die Zungen. »Lob und Dank sei Gott!«, jubelten die begeisterten
Anhänger des Klostervaters.

Im verschwiegenen Pavillon drängte sich eine Gruppe beleib-
ter, grauhaariger Patres um den entlassenen Subprior. »Vielleicht
hätten wir ihm unsere Stimme verweigern sollen?« – »Nun ist es zu
spät.«

Alle Anspannung wich, die Beine gehorchten dem Willen nicht
mehr, Girolamo wankte bei jedem Schritt. Am Fuß der Treppe blieb
er schwer atmend stehen. »Helft mir hinauf«, bat er die beiden Freunde. »Ohne euch erreiche ich mein neues Zuhause nicht.« Sie fassten
nach den Armen und hoben die schmächtige Gestalt von Stufe zu
Stufe in den oberen Stock. Silvester konnte seine Begeisterung nicht
länger bezähmen. »Bruder, geliebter Bruder. Wir sind am Ziel.«

»Noch lange nicht«, murmelte Girolamo. »Jetzt beginnen wir.«

»Verspürst du niemals Freude?«

»Wie könnte ich? Solange wir das Werk nicht vollendet haben,
verbiete ich meinem Herzen, sich zu öffnen.«

Als sie den Flur erreicht hatten, runzelte Domenico die Stirn. »So ein kleines Glücksgefühl sollten wir uns erlauben, meine ich. Sonst verdorren wir an uns selbst.«

»Ach, ihr guten Seelen.« Girolamo konnte wieder aus eigenen Kräften gehen. »Den Tadel habe ich verdient. Ja, dieser Tag erfüllt mich mit Dankbarkeit.« Er verharrte kurz vor der siebten Zelle, blickte weiter zur Tür am Ende des Flurs und hatte sich entschieden: »Meine Habe und die Bücher können warten. Begleitet mich. Mit euch zusammen will ich die Räume des Priors betreten. Denn ohne euch will ich auch in Zukunft nicht sein. Kommt, lasst uns dort singen und Gott danken für den Sieg des heutigen Tages.«

Die Tür war nur angelehnt. Galliger Geruch schlug ihnen aus dem vorderen Betraum entgegen. Nach wenigen Schritten wichen die drei Streiter Christi entsetzt zurück. Auf der Schwelle zum Studierzimmer lag Florinus. Das Gesicht blau verfärbt, die Augäpfel waren aus den Höhlen gequollen, Schaumblasen klebten um den aufgerissenen Mund, die Finger der rechten Hand hatten sich in der Unterlippe verkrallt.

»Mein Sohn, erhebe dich«, flüsterte Girolamo, obwohl er wusste, dass kein Befehl, keine Bitte den jungen Adlatus je mehr erreichen konnte.

Domenico fasste sich als Erster. Er beugte sich über den Toten und schloss ihm die Augendeckel. *In nomine Patris et Filii et Spiritus Sancti …«*

»Verzeiht mein Eindringen.« Beim Klang der öligen Stimme unterbrach Domenico die Fürbitte. Auch Silvester und Girolamo fuhren herum.

Bruder Tomaso verneigte sich. »Ich wollte nicht stören. Aber es war mir ein Bedürfnis …« Jetzt bemerkte er den Leichnam, und eine Falte furchte zwischen den kleinen, braunlosen Augen hinauf in die fleischige Stirn. »Sonderbar.« Er bemühte sich erst gar nicht, irgendein Erschrecken zu heucheln. »Der arme Bruder scheint das Mittel nicht vertragen zu haben.«

»Wie darf ich das verstehen?« Silvester verschränkte die Hände und riss sie gleich wieder auseinander. »Du bist für unsere Kranken verantwortlich.«

»Oh, ich bin mir dieser Pflicht sehr bewusst«, schnaufte der Heilkundige.

Girolamo trat dicht vor ihn hin. »Ich verlange eine Erklärung. Mein Adlatus hatte Leibschmerzen, und aus diesem Grunde schickte ich ihn zu dir.«

»Um es deutlich zu sagen, ehrwürdiger Vater: Bruder Florinus litt an heftigen Blähungen. Ich gab ihm einen Tee aus Kümmel, Fenchel und Anis, der schon vielen in unserm Konvent geholfen hat. Jeder Medicus in der Stadt hätte ihm dasselbe Mittel verordnet. Woran er verstorben ist, weiß nur Gott allein.«

Entwaffnet blickten sich die Patres an. Was nützte ein Verdacht, wenn er nicht zu beweisen war?

Bruder Tomaso zeigte sich unterwürfig. »Wenn Ihr erlaubt, werde ich veranlassen, dass der Tote sofort entfernt wird. Sein Anblick ist wirklich schauderhaft.«

»Warte«, zischte der Prior. »Erkläre uns, wieso du gerade in diesem Moment hier erschienen bist?«

»Gerne, ehrwürdiger Vater. Ich bin beauftragt, Euch die Glückwünsche aller Laienbrüder von San Marco zu überbringen. Ihr seht mich tief betroffen, dass der freudige Anlass von diesem Unglücksfall überschattet wird.«

»Du darfst dich entfernen.«

Bruder Tomaso verneigte sich. Als er wieder aufblickte, hatte rosige Farbe das runde Gesicht überzogen; so huschte er davon.

Kaum war der Heilkundige außer Hörweite, schlug Domenico die Faust in seine linke offene Handfläche. »Bei allen Heiligen, nun weiß ich, wovon du gesprochen hast, mein Freund. Auch mir flößt dieser Mensch Furcht ein.«

»Dennoch sollten wir unbeirrt das Gute in ihm suchen«, ermahnte der Prior tönern. »So wie es Christus uns vorgelebt hat.«

»Das Gute in einem Mörder?« Silvester zitterte, immer wieder zeigte er auf den Toten, endlich fand er die Sprache zurück. »Seht sein Gesicht. Blau angelaufen. Schaum vor dem Mund. Gestank geht von ihm aus. Kein einfacher Kräutertee kann dies bewirkt haben. Nur Gift. Florinus ist qualvoll daran erstickt.«

Girolamo schwieg. Er spürte, wie die Forderung in den Blicken seiner Freunde stärker wurde. Versage jetzt nicht, befahl er sich, auch wenn du selbst ratlos bist. Du bist der Kopf, sie sind deine Glieder. Kein Zweifel an deiner Stärke darf sie verunsichern.

»Ich wundere mich über euch«, begann er leise und kühl. »Wir sind nicht nur draußen, sondern auch unter diesem Dach von Feinden umgeben, daran habt ihr selbst mich heute Morgen noch erinnert. Nun, gut. Sie brachten uns eine Wunde bei. Mehr nicht. Hört auf zu klagen, und richtet euer Denken wieder auf das große Werk. Unser Kampf hat lediglich ein Opfer gefordert, und glaubt mir, es wird nicht das letzte sein.« Girolamo hob den Finger. »Gott wollte diesen Tod, um unsere Sinne zu schärfen, damit wir noch wachsamer werden für die lauernden Gefahren. Allein vom Ordensgeneral kann Bruder Tomaso aus der Gemeinschaft entfernt werden. Ohne Beweis aber wird dies nicht möglich sein. Freunde, geliebte Brüder, eine Klage wirft nur schlechtes Licht auf die Führung unseres Klosters. Und ich will jede Einmischung von außen vermeiden, sonst scheitert unser Vorhaben, San Marco zu erneuern.« Er griff nach den Händen seiner Mitstreiter und fügte sie mit den seinen fest zusammen. »Nur Mut. Leben wir also weiter mit Tomaso und hüten uns vor ihm. Wer weiß, vielleicht kann er sogar irgendwann von Nutzen sein.«

Domenico senkte das Haupt, und Silvester verstärkte den Händedruck. Das alte Bündnis war neu geschlossen. Nach einer langen Pause räusperte sich Girolamo und sagte mit weicher Stimme: »Ich habe Florinus geliebt. Wir dürfen ihn nicht ohne Fürbitte lassen.«

Gemeinsam knieten sich die Patres um den Toten. »*Requiem aeternam dona ei, Domine. Et lux perpetua luceat ei.*«

Diesen Duft liebte Laodomia. Er zog aus dem Laden herein und nistete längst überall in ihrem Wohnraum. Vor dem Auskleiden hatte sie ihn nicht so beachtet, doch jetzt war das Licht gelöscht, sie lag nackt unter dem Leinentuch und gab sich ihm wohlig müde hin. Ein langer Nachtkuss für meine Nase, dachte Laodomia und räkelte sich auf dem Bett.

Frühmorgens war sie mit Petruschka durchs Tor San Gallo hinauf in Richtung Fiesole gewandert. Sandalen, luftig weite Kittelkleider und helle Kopftücher, die Russin trug den Proviantkorb, sie den noch leeren, dazu hatten sich beide mit einem scharfen Messer bewaffnet und waren gut für ihren Erntetag gerüstet.

Auf einer ansteigenden Wiese rechts der Straße wendeten Knechte das taunasse Heu. Sie winkten den beiden Frauen mit ihren Holzrechen zu, und weil wegen der schlichten Kleidung nichts darauf hindeutete, dass dort etwa eine Stadtdame mit ihrer Dienerin spazierte, wagten die Bauersleute sogar, ihnen deftig-frivole Angebote zu unterbreiten.

»Wir sind gut versorgt«, antwortete Laodomia und setzte ausgelassen obendrauf: »Vielleicht ein andermal.«

»Versprochen ist versprochen.« Die Burschen strahlten übers Gesicht. »Wir nehmen euch beim Wort.«

Fast waren sie schon an der Wiese vorbei, als Petruschka unvermittelt den Spaß weiterspielte und über die Schulter rief: »Seht euch vor, ihr Maulhuren. Einer allein genügt mir nicht. Aber was soll's. Wenn ich wirklich Ja sage, zieht ihr doch den Schwanz ein.«

Hoh, Hoh! und Pfiffe begleiteten die Frauen bis zur nächsten Biegung.

Laodomia staunte. »So etwas Lasterhaftes habe ich lange nicht mehr von dir gehört.«

»Na und?« Die Freundin reckte das Kinn. »Schließlich bin ich jetzt eine selbstständige Magd.« Filippo hatte im Privatteil seines Testamentes großherzig den Sklavenstatus der Russin beendet. Zunächst stürzte das Geschenk Petruschka in tiefes Entsetzen, doch als die Hausherrin und auch Alfonso ihr die gleiche Stellung im Palazzo Strozzi bei guter Bezahlung anboten, hatte sie sich wieder beruhigt. Ihr Leben blieb in der gewohnten Bahn.

Verlegen schlenkerte sie den Proviantkorb hin und her. »Hab's nicht ernst gemeint vorhin, Kleines. Plötzlich war mir so. Irgendwie muss ich doch mal meine neue Freiheit zeigen. Aber vielleicht liegt's auch nur an der guten Luft hier draußen.«

»Entschuldige dich nicht«, bat Laodomia hastig. Einen kleinen Schritt hatte sich die Freundin aus der düsteren Enge vorgewagt und durfte nicht gleich dorthin zurückkehren. »Wenn es mir eingefallen wär, wäre ich den Kerlen auch so übers Maul gefahren.«

»Ach, Kleines, früher hättest du mich mal hören sollen. So auf dem Markt. Auf jede Zote von einem unverschämten Händler wusste ich was Passendes draufzusetzen. Und zwar schnell. Rote Ohren haben sie gekriegt.«

»Lass heut das Früher sein, bitte.« Laodomia sah zu ihr auf. »Nur wir beide sind heute wichtig.«

»Ich hab mich drauf gefreut, glaub mir.«

Und es wurde ein schöner Augusttag. Sie suchten nach frischen Kräutern für Laodomias Laden, fanden Minze und Nelkenwurz, rasteten zum ersten Mal auf halber Höhe beim Kloster San Domenico und schwatzten. Weiter oben verließen sie den Fahrweg, drangen durchs Gestrüpp bis zu verschwiegenen Hügeln vor und schnitten Thymian, Rainfarn und wilde Malven. Über die Mittagsstunden lagerten sie unter dem Dach einer Pinie. Petruschka zählte Kräuter aus dem fernen Russland auf, die wahre Wunderkräfte besaßen, und Laodomia berichtete ausführlich von ihrem letzten Besuch bei den Schwiegereltern: Mutter Belconi litt von Monat zu Monat schwerer an der Wassersucht; der Schneidermeister ertrug ihr Klagen und Zetern noch immer mit bewundernswertem Gleichmut; Prinz Raffaele aber beherrschte die Großeltern und ließ sich von ihnen hofieren. »Eitel ist er geworden. Wenn ich nicht wüsste, dass der Junge beinah jeden Tag zu Graf Pico geht und bei ihm fleißig arbeitet, würde ich mir doch Sorgen machen.«

Erst gegen Abend waren die Frauen mit ihrer Ernte nach Florenz zurückgekehrt. Kein Wort über Savonarola, kein Gedanke an Buße und Umkehr hatte die sonnigen Stunden getrübt.

Jetzt hingen die Gewürzsträuße an langen Schnüren im Verkaufsraum zwischen den Regalen und dufteten den Tag durch die Dunkelheit zu Laodomia hinüber. Schade, dass er vorbei ist, dachte sie schläfrig, rollte sich auf die Seite und schmiegte das Gesicht ans Kissen. Vielleicht sollten wir nächste Woche noch mal gehen. Petruschka tut es gut, und Kräuter kann ich immer gebrauchen.

Klopfen? Nein, sie hatte sich verhört. Das zweite Pochen drang wie Stiche in ihre Brust. Sie warf den Kopf herum und starrte in Richtung der Geheimtür. Filippo? Nein, sei ruhig. Er kann nicht mehr zu dir kommen. Doch der Schlüssel wurde ins Schloss gesteckt. Beim Schnappen des Riegels raffte Laodomia das dünne Leintuch über den Kopf. »Nicht, Filippo!«, stammelte sie. »O mein Gott, du darfst nicht als Geist erscheinen.«

Wild rauschte das Blut in den Ohren, dennoch hörte sie, wie das Türblatt gegen ihre Kleidertruhe stieß, mehrmals, ungeduldiger, ruckweise schabte der Kasten über den Boden, und dann vernahm sie das Knarren der Angeln.

»Bist du wach?«

Kein Traum. Wirklichkeit. Durch den Stoff sah Laodomia einen Lichtschimmer auf ihr Bett zukommen.

»Warum versteckst du dich?«

Sie erkannte die Stimme. Kein Dieb, auch nicht Filippo als Wiedergänger, sein Sohn Alfonso war bei ihr eingedrungen. »Verflucht, was willst du hier mitten in der Nacht?«

»Dich besuchen, Tante.«

Laodomia riss das Leintuch herunter. »Bist du noch ganz bei Sinnen ...?« Der Anblick verschlug ihr die Sprache. Im Hausmantel des Vaters stand Alfonso vor dem Bett, verkrampft lächelte er, und Schweiß glänzte in seinem Gesicht. »Ich habe dir lange genug Zeit gegeben, Tante. Nun denke ich, sollte sich dein Kummer über den Verlust gelegt haben.« Er ging zum Tisch, stellte die Öllampe ab und kehrte zurück. Sein Blick gierte nach den nackten Brüsten, während er die gelbe Schärpe löste und den Mantel langsam öffnete.

Ich bin gar nicht hier, war der erste Gedanke, an den sich Laodomia klammerte, und Alfonso ist auch nicht hier. Wir sind beide irgendwo, nur nicht zusammen in diesem Zimmer. Der Mantel glitt ihrem Neffen von den Schultern. Immer noch ungläubig betrachtete sie die behaarte Brust, den Bauch, und dann starrte sie auf das halb gereckte Glied. Alfonso umfasste den Schaft, schob die Haut vor und zurück. »Na, gefällt er dir, Tante?«

Jäh wachte Laodomia auf, zog sich hastig bis ans Kopfende des Bettes zurück, jetzt erst bemerkte sie ihre eigene Blöße und presste das Tuch schützend vor den Körper. »Verschwinde. Du hast zu viel Wein getrunken. Geh zu deiner Frau. Ich ... ich werde darüber schweigen, dass du ...«

»Zier dich nicht, liebe Tante.« Schneller arbeitete seine Hand, und der Erfolg stellte sich mehr und mehr auf. »Du darfst dich mir ohnehin nicht verweigern.«

»Wag dich nicht näher.« Endlich kam ihr die Wut zur Hilfe. »Wer bist du denn? Mit einem Knüppel sollte ich dir die Lust austreiben.«

»Aber Tante, du siehst keinen kleinen Jungen vor dir, den du noch mit den Füßen an einen Leuchter binden kannst«, sagte Alfonso heiser. »Als Kind musste ich dir gehorchen, jetzt aber erwarte ich Gehorsam von dir.« Ohne Unterstützung reckte sich der Schaft, und dunkel glänzte die Eichel vor seinem Bauch.

»Warum sollte ich?«

»Ganz einfach, weil ich der Nachfolger meines Vaters bin.«

»Du hast sein Vermögen geerbt, mehr nicht. Verflucht, niemals wirst du wie Filippo sein. Mit deinem Vater kannst du dich nicht messen, weder besitzt du seinen Verstand, noch … Ach, schau dich doch an!« Der Zorn ließ sie jede Vorsicht vergessen: »Ein Stöckchen hast du da, wo er eine Lanze getragen hat!«

Alfonso stieß einen Schrei aus, ging mit erhobener Faust an der Bettseite entlang, schon war er nahe genug, um sie zu schlagen, als sein Arm sank. »Sag das nicht, nie mehr wieder«, flüsterte er. Unsicherheit stahl sich in sein Gesicht: »Ich bin Alfonso Strozzi, merke dir das, Tante. Jeden Vergleich mit Vater hasse ich.« Zwischen seinen Lenden neigte der Stolz das Haupt, krümmte langsam den Rücken und baumelte als schlaffer Wurm über dem Hodensack. Wie jäh erwacht aus einem Rausch, schützte Alfonso mit beiden Händen seine Blöße. Gier und Wut waren erloschen, nur Scham stand noch in seinem Blick. Er wandte sich ab, ging ums Bett und klaubte den Hausmantel vom Boden auf.

Der Rückzug kam so überraschend, dass Laodomia dem Neffen verblüfft nachstarrte. Auch darin bist du Filippo nicht ebenbürtig, dachte sie. Dem Himmel sei Dank. Sobald dein Vater sich in solch einer Erregung befand, gab es kein Entrinnen mehr, ohne Rücksicht wäre er über mich hergefallen. Notfalls auch mit Gewalt. Allein bei der Erinnerung verspürte sie wieder den Schmerz tief in ihrem Schoß. Dem Himmel sei Dank, Junge, dass du nicht so furchterregend roh bist wie er. Mit einem Mal sah Laodomia das nächtliche Eindringen des Neffen in einem milderen Licht. Wer weiß, wie lange er von mir geträumt hat? Na gut, das war's.

Alfonso hatte umständlich die gelbe Schärpe wieder geschlossen. Als wäre er gerade erst ins Zimmer getreten, bat er mit höflich kühler Stimme: »Sei so freundlich, Tante, und verlasse das Bett. Ich habe mit dir einige Punkte zu klären.«

Ohne Zögern wickelte Laodomia das Leintuch wie eine Tunika um den Leib und setzte sich an den Tisch.

Er kam nicht näher. Da die Kleidertruhe noch quer im Raum stand, nahm er vorn auf der Kante Platz. »Ich gestehe, dass ich mit falschen Vorstellungen herkam. Vergessen wir den unerfreulichen Moment.« Keine Reue, eine Bemerkung, mehr nicht. Alfonso rieb sich nachdenklich das flaumbärtige Kinn, ehe er zur Sache kam. »Dein Verhalten steht im Widerspruch zu Vaters Testament. Und dies zieht Folgen nach sich, so Leid es mir auch tut, liebe Tante.«

Sei auf der Hut, befahl sich Laodomia, diesen kalten Ton kennst du von Filippo, also höre erst einmal nur zu. »Ich verstehe nicht, wovon du redest.«

»Der Gewürzladen und dein Wohnraum sind Teil meines Palazzos. Richtig? Ich bin nach dem Gesetz das neue Oberhaupt der Familie, und da du als Witwe hier bei uns Obdach genommen hast, unterstehst du selbstverständlich meiner Verfügungsgewalt.«

»Bilde dir nur nichts ein«, fuhr ihn Laodomia an und wusste sofort, dass er die Wahrheit sagte. Ein schaler Geschmack legte sich auf ihre Zunge. »Ich begreife immer noch nichts.«

»Nach Durchsicht der Rechnungen musste ich feststellen, dass mein Vater nicht nur dein Geschäft finanzierte, sondern dich auch kostenlos hier wohnen ließ. Sehr erstaunlich für einen so scharf kalkulierenden Bankherrn, findest du nicht?«

O verflucht, dachte Laodomia, jetzt weiß ich, worauf dieser Schuft hinauswill, und gab keine Antwort.

»Ihr habt also einen Handel abgeschlossen. Vater wurde dein Beischläfer und gönnte dir dafür dieses Leben.«

Gleich wird mir schlecht. Laodomia griff zur Wasserkaraffe, während sie den Becher füllte, zitterten ihre Hände. Hastig trank sie einige Schlucke. »Ich habe deinen Vater geliebt. Und er mich. Deshalb ...«

593

»Schweig davon!«, schnitt Alfonso ihr das Wort ab. Unvermittelt war seine Selbstsicherheit ins Wanken geraten. Obwohl es ihn Mühe kostete, versuchte er dennoch, die Rolle des kaltschnäuzigen Erben weiter zu spielen. »Jetzt hat sich deine Lage geändert, Tante. Ganz im Sinne von Vaters letztem Willen wollte ich den Vertrag verlängern, doch du scheinst kein Interesse daran zu haben.«

»Rede nicht so geschwollen mit mir«, drohte Laodomia. Sie wollte Klarheit, wollte endlich wissen, was sie erwartete, und kämpfen. »Filippo hat mich also im Testament erwähnt. Was steht da? Heraus damit, Neffe.«

»Vater verfügte, dass mit dir alles so bleiben soll, wie es war. Freie Wohnung, die Kosten für den Laden muss die Bank übernehmen und ... und ...«

»Nichts weiter!« Laodomia knallte den Becher auf die Tischplatte. »Hör auf zu stottern, Neffe. Ich habe dich durchschaut. Kein Wort mehr steht da, oder beweise es mir.« Ihre Augen sprühten. »Du dachtest, ich würde im Bett meine Schulden bezahlen, und du geiler Flegel könntest sie in Zukunft eintreiben.«

Alfonso rutschte auf der Truhe zurück, beschwichtigend hob er die Hand, doch Laodomia steigerte sich mehr und mehr in Wut. »Ihr verdammten selbstherrlichen Männer! Schämen solltest du dich. Aber bitte: Wenn du Miete verlangst, meinetwegen. Ich besitze etwas Geld. Donna Lucrezia hat es mir hinterlassen und für mich auf der Medici-Bank hinterlegt. Jederzeit kann ich darüber verfügen.« Zu spät, das sorgsam gehütete Geheimnis war verraten. Dieses Guthaben bedeutete alles, was sie an Freiheit besaß. Gleich versuchte sie den Schaden abzumildern. »Und Filippo wusste davon«, log sie. »Niemals hat er etwas davon verlangt. Und warum? Weil er mich wirklich liebte. Und jetzt mach, was du willst. Du ... du Erbe im Hausmantel deines Vaters.« Laodomia sank zurück und wischte sich die Tränen aus den Augenwinkeln.

Wortlos erhob sich Alfonso, wollte gehen, dann zögerte er und kam zum Tisch. »Verzeih mir, Tante. Ich wusste nicht ... Ich mein, dass Vater und du ...« Er schlug sich gegen die Stirn. »Wie ein Narr habe ich mich aufgeführt. Bitte vergiss, dass ich hier war. Alles bleibt so, wie es war, mein Versprechen gilt.«

Sie sah zu ihm auf. »Ich bin müde. Lass mich jetzt allein, bitte.«

»Gute Nacht, Tante.« Alfonso nahm die Öllampe, mit gesenktem Kopf schlich er zur Geheimtür und riegelte sie hinter sich ab.

Dunkelheit. Welch ein Trost, nichts mehr zu sehen. Als auch kein Geräusch mehr zu hören war, stützte Laodomia ihr Gesicht in beide Hände. Heute konnte ich ihn abwehren, aber was geschieht morgen oder in einem Monat? Alfonso hat ein weiches Herz, dafür kenne ich ihn gut genug. Aber er ist schwach, schon wenige Gläser zu viel könnten genügen, und er versucht es wieder. O Madonna, warum kann ich mich nicht selbst schützen? Erneut stiegen Tränen auf. Ich bin wirklich allein. Nach einer Weile schüttelte Laodomia den Kopf. Verflucht, nur Gehorsam, nur Angst, den Herrn Neffen nicht zu reizen, das ist kein Leben für mich. Sie zog gründlich die Nase hoch. Ich muss etwas ändern. Ich brauche einen neuen Halt, sonst bin ich lebendig begraben. Fioretta? Mit offenen Armen würde die Freundin sie aufnehmen. Nein, ich will kein Gnadenbrot. Und meinen Laden will ich auch behalten. Der neue Gedanke verursachte ihr sofort Herzklopfen. Einen Retter wüsste ich. Rodolfo Cattani. Einige Male hatte er sie schon im Gewürzladen besucht, war stets höflich und liebenswürdig, doch weil Signora Strozzi ihn nicht zu mehr ermutigt hatte, war sein Werben nicht über die Komplimente hinausgekommen.

»Das wird sich ändern«, flüsterte sie, ging zum Bett hinüber und legte sich quer auf die Matratze. Ihre Armbeuge umschlang das Kopfkissen. »Rodolfo. Rodolfo Cattani.« Leise übte sie den Namen, bis er von selbst in ihr weiterklang und sich mit dem Duft der Gewürzsträuße vermischte.

Zwei Hausherren fanden des Nachts kaum Schlaf. Weder Seine Magnifizenz im Palazzo an der Via Larga noch der Obere von San Marco. Schmerzen. Den einen quälte die Gicht, der andere fügte sich selbst Wunden zu. Nur in der Schwäche ihrer Körper glichen sie einander.

Bis Ende September hatte Lorenzo still abgewartet. Doch seine Hoffnung blieb unerfüllt. Als die Nebel über dem Arno erst spät von der Herbstsonne aufgelöst wurden und im Garten des Palazzos sich die Blätter rot und gelb verfärbten, fragte er Poliziano: »Warum stattet mir der Mönch keinen Antrittsbesuch ab? Es wäre nicht nur ein Zeichen der Höflichkeit, sondern gehört zur Pflicht eines jeden neuen Priors, sobald er sein Amt in San Marco übernommen hat.«

»Dieser Scharlatan will dir die Stirn bieten.« Der Freund setzte sich zu dem Kranken ans Bett. »Unternimm etwas, bitte. Dir gehört das Kloster. Sperre die jährliche Zuwendung und zeige Fra Girolamo endlich, wer sein wahrer Herr ist.«

»Ich halte nichts vom plumpen Dreinschlagen, du weißt es. Diplomatie ist stets meine Stärke gewesen.« Unter Stöhnen wälzte sich Lorenzo herum, und erst nach einigen Tastversuchen wagte er die dick verbundenen Füße vor seiner Bettstatt auf den Teppich zu setzen. »Deshalb möchte ich zunächst die Beweggründe erfahren. Finde sie heraus, mein Freund. Und falls du nicht selbst in den Bau des Fuchses gehen willst, so beauftrage einen von unseren Gelehrten.« Bitter nickte der Fürst vor sich hin. »Mir ist längst bekannt, dass selbst einige aus meinem engeren Kreis sich Sonntag für Sonntag in den Gottesdienst des Predigers drängen. Nicht mehr um den Feind zu belauschen, sondern weil seine Thesen sich bei ihnen eingenistet haben.«

»Ade, Plato, du großer Philosoph«, Poliziano nahm die grüngelb schillernde Mütze ab und schwenkte sie. »Ade, freies Denken! Ein halbgebildeter Schwärmer verdrängt dich in Florenz von deinem Thron. Unser Graf Pico und sogar der zottige Marsilio sind ihm …«

»Spotte nicht. Und keine Namen, sie verursachen mir schlimmere Pein als die Gicht.«

»Ich scherze nur, um keine Tränen zu vergießen.« Jäh wurde der Gelehrte ernst. »Furcht gehört nicht zu meinen Lastern. Neben dir siehst du den einzigen Mann, der dich wirklich liebt. Verlasse dich auf mich. Ich werde nachfragen.«

Und der Vertraute des Fürsten wandte sich an die so bewegliche und biegsame rechte Hand des Priors.

Klopfen. Ohne das Herein abzuwarten, schlüpfte Fra Silvester ins Studierzimmer des Oberen. »Darf ich dich stören?«

»Ungern. Aber du hast es schon getan.« Girolamo löste sich von seinem Manuskript. »Was gibt es?«

»Nach unserer Abmachung habe ich die Kontakte mit den vornehmen Häusern zu pflegen. Du aber untergräbst meine Arbeit. Bruder, wir dürfen die Wohlhabenden nicht vor den Kopf stoßen. Wir sollten versuchen, sie für unsere Sache einzuspannen.«

»Wieder eine Belehrung? Überschätze deine Befugnisse nicht!«

Wie von einem Hieb getroffen, verengte Silvester die Lider. Einen Moment lang verzerrte Wut das Gesicht, dann stieß er zischend den Atem aus und fuhr fort: »Auch wenn es dich verärgert: Es gibt da eine Pflicht, die du als Prior schuldest und bisher verweigert hast. Der Medici wartet immer noch auf deinen Antrittsbesuch. Diese Halsstarrigkeit könnte San Marco unnötigen Verdruss bringen. Er ist nicht nur unser wichtigster Gönner, er ist auch der Fürst von Florenz.«

»Lorenzo ist das Übel dieser Stadt.«

»Hör auf meinen Rat.« Die Stimme wurde schmeichlerisch. »Gib nach. Unten an der Pforte wartet Angelo Poliziano auf Antwort. Die Tatsache, dass sich der engste Berater des Fürsten herbemüht hat, bedeutet schon einen Erfolg für dich. Was darf ich ihm sagen?«

Girolamo zielte mit der Schreibfeder auf die Brust des Bruders. »Beantworte mir wahrheitsgemäß eine Frage: Wer hat mich zum Prior gewählt? Gott oder Lorenzo?«

»Der Allmächtige im Himmel.«

»So bin ich denn auch nur Gott, meinem einzigen Herrn, verpflichtet und nicht einem sterblichen Menschen. Richte dies dem Boten aus.«

Ohne Silvester noch eines Blickes zu würdigen, beugte sich der Prior wieder über die eng beschriebenen Seiten.

Schmerzhafter als je zuvor verkrallte sich der Gichtanfall in den Fürsten. Aderlässe brachten keine Besserung, allein mit großen Mengen Laudanum gelang es Medicus Pierleone, ihm etwas Linderung und Schlaf zu schenken. Zwei Tage und Nächte dämmerte Lorenzo wie ein waidwundes Tier dahin, und erst am dritten Morgen war sein Blick wieder klarer. Er wollte sprechen, doch stieß nur lallende Laute aus. Der Leibarzt gab ihm Blätter des Aronstabes mit etwas Salz zu essen, und endlich löste sich auch die Lähmung der Zunge.

»Was hast du erreicht?«, empfing er Poliziano.

»Ist das so wichtig?« Der Freund fuhr sich mit den Fingern durchs schwarzstoppelige Haar. »Deine Gesundheit sollte jetzt Vorrang haben.«

»Sei keine Glucke, Angelo«, lächelte der Kranke. »Spar dir die weiblichen Rollen für deine Theaterstücke auf. Gib Antwort.«

Obwohl Poliziano ihm die Weigerung des Priors so schonend wie möglich übermittelte, schloss der Fürst verletzt die Augen. »Ein fremder Mönch ist gekommen, um bei mir zu wohnen«, kaum war das Flüstern zu verstehen, »und er hält es nicht einmal für nötig, mich zu begrüßen.«

»Er will dich kränken. Dich beleidigen.«

»Mehr als das, mein Freund.« Lorenzo öffnete die Lider. »Du begreifst die Tragweite nicht. Er scheint eine neue, höhere Stufe betreten zu wollen. Nicht allein mich als Person greift er an, jetzt zielt er sogar auf die Vormachtstellung meines Hauses. Dieser Mann will mir eben-bürtig sein.«

»Dann vernichte ihn. Nutze deine guten Beziehungen zum Heiligen Stuhl. Papst Innozenz ist der Schwiegervater deiner Tochter. Ein einziges Wort von dir, und er wird diese Pestbeule herausschneiden.«

»Für Hilfe von außen ist es längst zu spät. Savonarola verfügt inzwischen über die stärkste Waffe: Er hat die Stimmung des Volkes auf seiner Seite. Und dies nicht zuletzt, weil er selbst ein beispielhaftes Leben in Armut und Kasteiung führt. Wenigstens gibt er sich so nach außen hin.« Lorenzo blies nachdenklich die blutrote Haut seiner linken Handfläche. »Nur eine allzu menschliche Schwäche könnte ihn dazu bringen, mir den schuldigen Respekt zu erweisen. Und wer weiß, vielleicht bringt sie sogar eine persönliche Verfehlung zu Tage?« Der neue Plan belebte den Kranken. »Ja, wir sollten seine Habgier auf die Probe stellen. Für diesen Versuch lohnt sich jeder Aufwand.«

Er schickte Poliziano zum Leiter seiner Hofkanzlei, unverzüglich musste der Befehl ausgeführt werden.

Fra Silvester brachte gute Nachricht hinauf in die Priorzellen. »Ein Wunder hat sich zugetragen. Komm, begleite mich. Es ist zu wertvoll, als dass ich es nur mit Worten beschreiben möchte. Du sollst es selbst bestaunen.«

»Ein Wunder?« Diese Ankündigung genügte. Girolamo unterbrach seine Arbeit, trocknete die Tinte auf dem Blatt und folgte Silvester hinunter in die Kirche. Nahe des Portals hatten sich einige ältere Patres ehrfürchtig um den Opferstock versammelt. Gold blinkte und spiegelte sich in ihren Augen wider.

»Ehrwürdiger Vater.« Kaum vermochte der Bruder Sakristan die Hände still zu halten. »Darf ich es zählen? Gleich hier?«

»Mäßige deinen Eifer, Sohn.« Girolamo gab sich betont gleichgültig. »Es ist nur schnöder Mammon.«

Kein Halten mehr, fliegende Finger trennten Silber von Gold. Wenig später wuchsen neben einem Häufchen kleiner Münzen matt schimmernde Dukatentürme um den Opferstock. »Dreißig mal zehn …« Dem Küster versagte beinah die Stimme. »Ehrwürdiger Vater, es sind dreihundert Goldstücke. Noch nie hab ich so viele auf einmal gesehen.«

»Ein Vermögen«, raunte Silvester hinter vorgehaltener Hand. »Ich habe nicht zu viel versprochen. Mit dieser Summe sind wir bestens für den Winter und das nächste Jahr ausgestattet.«

»Wem verdanken wir die großherzige Spende?«

Verstohlen deutete Silvester über die Schulter. Eine Samtmütze mit Fasanenfeder, ein weiter Pelzkragen, in der letzten Bankreihe lehnte ein Patrizier und beobachtete gelassen das Geschehen um den Opferstock. »Er ist der Kanzler Seiner Magnifizenz. Lieber Bruder, nicht allein das Geld, diese Geste Lorenzos ist ein Wunder. Sie beweist, dass er dir die Unhöflichkeit verziehen hat. Jetzt kannst du ihn aufsuchen.«

Girolamo schälte nachdenklich den Schorf aus seinen Handflächen, mit einem Male flackerte Feuer in den tiefen Augenhöhlen. »Du Narr«, zischte er. »Kein Wunder. Über diese Dukaten soll ich stolpern. Nehme ich sie an, bin ich käuflich wie eine Hure. Mein ärgster Feind hat mir einen goldenen Fallstrick gespannt.«

Er räusperte sich, und ehe es Silvester verhindern konnte, sagte er laut und in priesterlichem Ton: »Brüder, wir sind mit einem Schatz beschenkt worden. Aber dürfen wir diese Gabe annehmen? Keiner von uns leidet Mangel. In der Stadt hingegen gibt es bittere Armut. Deshalb übergeben wir diese dreihundert Dukaten dem Kloster San Martino. Unsere barmherzigen Brüder dort sollen nach ihrem Gutdünken das Geld unter den Bedürftigen verteilen.«

Entsetzt mussten die älteren Mönche Zeuge sein, wie ihr Prior eigenhändig das wenige Silbergeld in den Opferstock zurückwarf und auf die Goldtürme wies. »Bringt den Reichtum nach San Martino. Noch heute. Der Konvent von San Marco benötigt ihn nicht.«

Sein kurzes Nicken galt dem Kanzler in der letzten Bankreihe, dann strebte er hölzernen Schritts durch den Mittelgang zur Seitenpforte.

Besserung. Die Schmerzen bohrten nicht mehr wie zersplittertes Glas in den Gelenken. Der Herr des Palazzo Medici konnte das Bett verlassen, hielt wieder täglich Audienzen in der offenen Loggia ab und bemühte sich, seinen Sohn Piero für die Regierungsgeschäfte zu interessieren.

Der Herr von San Marco predigte in den Dezembertagen über die Schöpfungsgeschichte. »… Gott hat die Erde nicht erschaffen, dass Ausbeuter und Hurenböcke sein Werk zerstören …« Und unbeirrt forderte er zum Ende jeder Ansprache die Gläubigen auf: »Buße! Buße! Buße! Besinnt euch, und lasst ab vom Übel. Sonst wird euch Gottes Zorn treffen.«

In der Einsamkeit des Studierzimmers hatte Girolamo sein Manuskript fertig gestellt, das Buch über ein Thema, welches seit der letzten Begegnung mit Laodomia in ihm wühlte und nagte. Jetzt hoffte er sich endlich, endlich befreit zu haben. »O Herr, prüfe mich«, flehte er auf den Knien liegend und ließ die bleigespickten Lederschnüre den Rücken aufreißen. »Ich dachte nicht an sie, die Versucherin meiner Jugendzeit. Diese Schrift soll alle Witwen ermahnen und diejenigen unter ihnen, welche deine Gnade suchen, auf den rechten Pfad führen.«

Der Tag graute vor dem Fenster, als er wieder und wieder die Seiten überprüfte. Sobald die Morgensonne rotgolden das Zimmer durchflutete, löschte er das Öllicht und suchte Passagen heraus, um sich selbst die Reinheit seines Hirtenherzens nachzuweisen. »›…Die Witwe muss sich von jedwelcher Unterhaltung und dem vertrauten Umgange mit fremden Männern fern halten … auch von den Schwägern, den Schwestern und den Söhnen der Verwandten … denn unversehens gelangt sie mit ihnen in die unerlaubten und viehischen Handlungen … und sie befleckt, ohne Ehrfurcht vor der Familie, wie Esel oder Maultier hemmungslos ihr eigenes Blut …‹« Girolamo nickte vor sich hin. Eine sinnvolle Forderung. Wäre mir Gesetzesmacht verliehen, ich würde sie zum strikten Gebot erheben. Er sah sich auf der Kanzel und verkündete die neuen Lebensregeln: »›…Fliehen muss die Witwe auch den Umgang mit manchen Männern, die behaupten, geistlich zu sein, und in Wahrheit weltlich sind, denn oftmals schlägt der Geist ins Fleisch um … Auch sollt ihr Witwen unter keinen Umständen vertrauten Umgang mit irgendeinem Ordensmann oder Weltpriester haben …‹« Er suchte die Textstellen über das wahre Fasten einer Witwe, übersprang die für alle Christen von der Kirche befohlenen Wochen der Enthaltsamkeit wie auch die Genügsamkeit beim Essen und Trinken.

Einen dritten Abschnitt hatte er hinzugefügt und ihm besondere Aufmerksamkeit gewidmet. »Die Witwe soll sich auch alles überflüssigen Vergnügens der körperlichen Sinne enthalten, denn ihr Stand und ihr dunkles, schlichtes Gewand bedeuten Abtötung und Trauer … Sie soll auch die Ohren fasten lassen von allen geilen, verderblichen Worten, die man keinesfalls hören noch sagen soll …‹« Er fühlte wieder den Eifer aufsteigen, mit dem er diesen Absatz formuliert hatte, lauter zitierte er weiter: »›… Die fromme Witwe soll auch den Geruchssinn fasten lassen! In keinem Falle darf sie sich an üppigen Gerüchen ergötzen, wie es einige Öle und Salben, Pulver und Wässerchen sind, die man nicht als Medizin, sondern zum sinnlichen Vergnügen benützt, denn diese Dinge riechen nach einem ungepflegten Gewissen und nach dem geringen Schamgefühl derer, die sie gebrauchen. Und sie möge sich auch vor allen anderen Duftstoffen hüten, welche die Frauen in ihre Kleider, Leinwand und Schleier zu legen pflegen …‹« Girolamo benetzte seine spröden Lippen, ehe er mit der größten Versuchung fortfuhr: »›…Es soll die Witwe auch den

Tastsinn fasten lassen und sich nicht nur vor unerlaubten Berührungen in Acht nehmen, sondern ebenso vor den erlaubten, und zwar bei sich selbst und bei anderen Personen, denn …‹« Er reckte den knochigen Finger. »›Denn die Lust des Berührens ist sehr heftig, jäh und zehrt die Vernunft auf. Viele Frauen und viele Männer sind allein dadurch in Sünde gefallen, dass sie einander die Hand berührten … Dies wirkt oft wie das Siegel auf zartes, weiches Wachs, welches bei der Berührung seinen Abdruck darin zurücklässt. Und so ist das Fleisch der Frau wie Wachs, in dem die Berührung des Mannes einen solchen Eindruck hinterlässt, dass sie später sich nur mit großer Mühe davon löst. Denn die Erde ist gut, und das Wasser ist gut, und doch, wenn man beide mischt, gibt es Schmutz …‹«

Das Pochen an der Zellentür riss ihn jäh aus der Bewunderung seiner eigenen Gedanken. »Tritt ein!«

Eilig kam Fra Domenico durch den Betraum. Als er den Prior am Schreibpult stehen sah, hellte sich seine Miene auf. »Gottlob. Weil du nicht beim Chorgesang warst, fürchtete ich schon, du seist krank.«

»Nun hast du dich überzeugt, lieber Freund. Du siehst mich wohlauf und sehr beschäftigt. Danke für deine Fürsorge. Ich will noch heute meine Abhandlung über die wahre Witwe zu Ende korrigieren. Bitte, gönne mir Zeit und Alleinsein.«

Der Bruder kam seiner klar verständlichen Forderung nicht nach. Er rollte die breiten Schultern und starrte zu Boden. »Verzeih, da ist noch ein Grund. Ich kam her … bitte, zürne nicht.« Er hob den Kopf, fest richtete er den Blick auf seinen Oberen. »Hoher Besuch befindet sich im Kloster. Und ich dachte, du könntest die Gelegenheit wahrnehmen, ihn freundlich zu begrüßen.«

Die rotbuschigen Brauen verengten sich, leichtes Beben befiel die Nasenflügel. »Wer ist es?«

»Fürst Lorenzo in Begleitung des Gelehrten Poliziano. Schon seit geraumer Zeit befinden sie sich unten im Garten des Kreuzgangs. Es scheint, die Herren sind gekommen, um zu meditieren. Überzeuge dich selbst.«

Girolamo trat ans Fenster. Beim Anblick des Widersachers erstarrte seine Miene. Mitleidslos verfolgte er die gekrümmte Gestalt, wie sie auf Poliziano und den Stock gestützt hin und her humpelte.

Nach einer Weile wandte er sich zu Domenico um. »Hat Lorenzo nach mir gefragt?«

»Auch ohne Worte kann ich deutlich spüren, dass der Fürst …«

»Hat er oder hat er nicht?«, fuhr der Prior dazwischen.

Domenico schüttelte den großen Kopf. »Nein, mit keiner Silbe.«

»So will ich ihn auch nicht belästigen. Er soll ungestört dort unten spazieren gehen. So lange es ihm beliebt.« Girolamo legte die Hände vor der Kutte zusammen. »Und dich bitte ich, lieber Bruder, nimm Rücksicht auf deinen Oberen. Er hat zu arbeiten.«

Betroffen sah Domenico ihn an. Schließlich musste er sich dem kalten Blick beugen und verließ mit hängenden Schultern die Zelle.

Schwere Schneeflocken fielen auf Florenz nieder, bedeckten die Dächer, landeten in den Straßen, überzogen die Plätze und gaben der Stadt trügerischen Frieden. Nach wenigen Stunden schmolz das Weiß und offenbarte wieder den schmutzig nassen Winter des Jahres 1492.

Lorenzo hatte in den nahe gelegenen Thermalquellen Linderung gesucht; vergeblich, die warmen Bäder lösten seine versteiften Gelenke nicht mehr.

Zum Beginn der Fastenzeit legte Fra Girolamo seinen Brandpredigten die Psalmen zugrunde. »›Der Herr macht zunichte der Heiden Rat und wendet die Gedanken der Völker …‹« Er griff die Kurie in Rom an. »Seht den sittenlosen Lebenswandel! Ich fürchte die Rache der Kirchenfürsten nicht!« Mit Sturzbächen voller Vorwürfe überschüttete er Priester und Mönche. »Es sind falsche Ordensleute, denn sie sind hart, unerbittlich und geldgierig!« Den Herrschern schleuderte er den Psalmvers entgegen: »›Einem König hilft nicht seine große Macht; ein Riese wird nicht errettet durch seine große Kraft!‹«, und bohrte seinen Finger in die Herzen der Gläubigen: »Lasst euch nicht von ihnen verderben, denn ich bin gekommen, um ihre Sünden zu verurteilen …!«

Musik erfüllte den Palazzo an der Via Larga. Gäste waren geladen, die Tische festlich geschmückt, und das Kerzenlicht blinkte in den Kristallgläsern.

Heute Morgen war der sechzehnjährige Giovanni de' Medici,

zweiter Sohn Seiner Magnifizenz Lorenzo, offiziell in das Amt des Kardinals eingeführt worden. Die beiden Lehrmeister, Angelo Poliziano und Graf Pico, geleiteten ihren Zögling stolzen Schrittes zum Altar. Dort empfing er kniend das Sakrament. Die hellen Stimmen des Knabenchors jubelten, während er mit den Insignien seiner neuen Würde bekleidet wurde: dem Purpurmantel wie auch dem roten Hut mit der breiten Krempe und den langen Quasten. Keiner der Anwesenden dachte in diesem feierlichen Moment an die Spöttelei, welche stets dieser Kopfbedeckung anhaftete: Die breite Krempe, so hieß es, schützt den Kardinal vor der Sonne, und die dreißig Troddeln halten ihm die Fliegen fern.

In getragenem Singsang verlas der Priester das päpstliche Sendschreiben und steckte dem kleinen, pummeligen Halbwüchsigen mit der platten Nasenspitze des Vaters den Saphirring auf den Finger.

Dieser 13. März sollte allein Kardinal Giovanni gewidmet sein, hatte Lorenzo angeordnet. Auf dem Domplatz dampften Suppen, drehten sich Spießbraten über offenem Feuer, und das Bier schäumte über die Ränder der Holzkübel. »Esst und trinkt nach Herzenslust!« lockten Ausrufer das Volk an. »Zu Ehren des neuen Kardinals lädt Euch unser großherziger Fürst ein.«

Erst priesen die Hungrigen ihre Wohltäter: »Hoch lebe Kardinal Giovanni! Hoch lebe Lorenzo! Er soll ewig leben! Hoch!« Dann erstürmten sie die Buden und Stände, und jeder wollte der Erste sein.

Die Klänge der Lautenspieler und Bläser drangen bis ins Schlafgemach. Lorenzo hockte zusammengekauert im Sessel vor seinem Bett. »Ich will«, keuchte er. »Es muss sein. Niemand darf mich daran hindern.«

»Ihr seid nicht in der körperlichen Verfassung. Die Fieberwallungen besorgen mich.« Bedauernd winkte der Leibarzt ab. »Verzeiht meinen Widerspruch, aber solch ein Kraftakt könnte Euch umbringen.«

»Warum fürchtest du dich, wenn ich mich nicht fürchte? Dieser Tag ist der wichtigste im bisherigen Leben meines Sohnes, und sein Vater darf bei dem Bankett nicht fehlen. Also gehorche und hilf mir.«

Pierleone winkte den Kammerdienern. Zu zweit legten sie ihren Herrn aufs Bett, zogen und rollten ihm das verschwitzte Hemd bis

zum Hals, vorsichtig hoben sie den Kopf an und entfernten den Stoffwulst. Nackt lag der Kranke da, die Haut seines Körpers wies blutrote
Vertiefungen auf, Knie und Armgelenke waren dick umwickelt. Lorenzo knirschte mit den Zähnen, als die Helfer versuchten, ihm das
Untergewand anzulegen. »Nur weiter«, stammelte er.

Der rechte Rockärmel ließ sich einfach überstreifen, doch für den
linken musste er sein Armgelenk drehen. Lorenzo schrie! Entsetzt
wichen die Kammerdiener zurück. Er presste das Gesicht ins Laken,
blieb so, bis er wieder zu Atmen kam. »Der Krüppel hat sich über-
schätzt.« Weder Medicus Pierleone noch Helfer verstanden den bitteren Scherz. »Starrt mich nicht so an, Freunde. Ich lebe und will am
Fest teilnehmen. Seht zu, dass ihr meine Hülle so herrichtet, damit
der Verstand zufrieden ist.«

Das Festmahl war längst vorbei, die Gäste hatten sich zum Sal-
tarello aufgestellt. Anmutig hüpften die ersten Paare im Wechselschritt
über die Tanzfläche, als die Musik jäh innehielt. Der Hofmeister wies
hinauf zum Balkon. »Begrüßt Seine Magnifizenz!«

Alle Blicke folgten dem ausgestreckten Arm, die Damen sanken
in ihre Röcke, und die Herren beugten das Knie.

Von der Brüstung des Alkoven schaute Lorenzo wie eine Büste zu
ihnen hinunter. Er trug eine edelsteinbesetzte Mütze, der weiße Kragen hob sich vom schwarzen, golddurchwirkten Rock ab. Mit ver-
schlungener Oberlippe schenkte er dem Fest sein Lächeln. Niemand
sah, dass die Kleidung nur übergelegt, der Körper an die Tragbahre
geschnürt war, auch von den vier Knechten, die das Gestell am Kopfende hochstemmten, nahmen die Gäste nichts wahr.

»Vater!« Der junge Kardinal begab sich in die Mitte der Tanzfläche und nahm den roten Hut ab, fest presste er ihn ans Herz. »Ich
danke dir, dass du mein Vater bist!«

»Nimm meine Glückwünsche entgegen, Sohn. Das neue Amt
wird dich oft nach Rom an den Heiligen Stuhl führen, dein Zuhause
aber bleibt unser geliebtes Florenz. Möge Gott alle Zeit seine Hand
über dich halten.«

Applaus brandete hinauf zum Balkon. Lorenzo sog die Begeisterung noch eine Weile in sich auf, ehe er den Knechten leise Befehl
gab: »Schafft mich wieder zurück in meine Lakengruft.«

Magenschmerzen, erst kamen sie in quälenden Schüben, dann blieben sie und zersetzten den Lebensmut. Berühmte Ärzte eilten nach Florenz, um gemeinsam mit dem Hofmedicus gegen die Krankheit zu kämpfen. Ihre Kunst versagte. Lorenzo musste loslassen, von der Politik, von allen öffentlichen Pflichten, und legte die Verantwortung nun ganz seinem ältesten Sohn Piero auf die Schultern. Mit schwerer Zunge diktierte er seinen Abschiedsbrief: »...den würdigen Genuss der Muße wünschen alle guten Menschen, aber nur große Seelen wissen ihn zu erlangen. Mitten unter öffentlichen Geschäften sehnen wir uns nach einem Ruhetag... Ich leugne nicht, dass der Pfad, auf dem mich das Schicksal geführt hat, von Beschwerden und Gefahren umgeben war; allein, es tröstet mich das Bewusstsein, zur Wohlfahrt meines Vaterlandes... beigetragen zu haben...«

In der Säulenhalle des Palazzos polsterten Mägde die Kutsche mit Decken, Fellen und Seidenstoffen, und vier Leibwächter betteten den Kranken am 21. März aufs Reiselager. Careggi, dort in sein Landhaus wollte Lorenzo umsiedeln. Ein schnelles Pferd hatte ihn früher binnen einer Stunde ans Ziel gebracht, dieses Mal dauerte der Transport vom Morgen bis zum Mittagsläuten. Bei der Ankunft fragte Lorenzo den treuen Leibarzt der Medici-Familie: »An welchem Tag verstarb meine Mutter? Erinnerst du dich?«

»Mein Fürst, Ihr dürft Euch nicht mit diesem Gedanken beschäftigen.«

»Der Tod ist kein Ungeheuer. Er ist ein altbekannter Freund meiner Sippe. Also heraus damit, wann hat er Mutter mit seinem Besuch beehrt?«

Dem alten Mann fielen die Worte schwer. »Donna Lucrezia. Sie ging am 25. März von uns. Ich glaube, es war ein Sonntag.«

»Dann will ich der von mir so geliebten, klugen Frau aus Respekt den Vortritt lassen und wenigstens ihren Todestag nicht durch mein klägliches Ableben verunzieren. Ich werde den Termin mit dem Gevatter etwas hinausschieben.«

»Verzeiht, mein Fürst«, Pierleone wischte mit dem Handrücken über die Augen. »Es fällt mir schwer, Euch so reden zu hören.«

»Aber, aber. Mit etwas Heiterkeit leidet es sich leichter.«

Die Magenkrämpfe verschlimmerten sich, die Zuckungen rissen

an den wunden Gelenken, und erst wenn der Anfall nachließ, die Schmerzen wieder gleichmäßig wüteten, konnte Lorenzo seine Umgebung wieder wahrnehmen.

Bei der morgendlichen Beratung blickte der viel gerühmte Medicus aus Pavia seine Kollegen ernst an. »Wir sind gezwungen, den wütenden Wolf aus dem Bauch des Patienten hinauszutreiben. Unverzüglich.«

Kein Widerspruch; wenn Ratlosigkeit herrschte, konnte jede noch nicht angewendete Heilmethode den Erfolg bringen. Der Äskulapstab war für die Ärzte längst zum Strohhalm des eigenen Ansehens geworden.

Lorenzo schluckte mühsam den Trank aus warmem Wein vermischt mit zerstampften Perlen und Edelsteinen. Die Schmerzen nahmen zu. Unter Höllenqualen schied er am nächsten Tag blutdurchsetzten Kot aus. »Wenn Euch mein Schreien stört, werte Herren, so lasst Musikanten herein. Sie könnten mit lustigen Weisen Eure Künste beflügeln und mich etwas ablenken.«

Beunruhigt notierte die Kapazität aus Pavia im allmorgendlichen Krankenbericht: »...trotz früherer nachweisbarer Heilerfolge mit diesem Trank bewirkte er bei dem Patienten keine Besserung...«

Am späten Nachmittag des 5. April zogen von Westen schmutzig gelbe Wolkenriesen heran und türmten sich über Florenz. Gegen Abend wirbelte eine Sturmbö den Staub durch die Straßen, riss Planen herab und drückte Türen auf. Fensterläden schlugen gegen die Mauern, bis das Holz splitterte. Von irgendwoher setzte Singen ein, wuchs zum gellenden Geheul und trieb auch die letzten Bürger in den Schutz ihrer Häuser. Ohne Zeugen wollte das Unwetter herrschen, und der Himmel erbrach sich. Regenfluten stürzten nieder, begleitet von Blitzen und donnerndem Getöse. In den Ställen zerrten die Pferde an den Haltestricken, wieherten; in den Stuben verkrochen sich Hund und Katze unter den Bänken, und in den Betten zogen die Mütter ihren Jüngsten die Decke über den Kopf.

Im ersten Stock von San Marco, in der Priorbehausung am Ende des linken Flurs, bereitete Fra Girolamo die Predigt für den nächsten Tag vor. Das Wettertoben draußen nahm er kaum wahr. Die Auferstehung des Lazarus verursachte ihm Kopfzerbrechen; so sehr er auch darum kämpfte, keinen Faden konnte er knüpfen.

Jäh schwieg der Sturm, als müsse er Atem holen. Dann fuhr ein Blitz aus dem Maul des Himmels und traf das gewölbte Herz der Stadt. Er zerschmetterte die Laterne, schlug in die Domkuppel. Das Knallen des Donnerschlags übertönte das Krachen, mit dem Marmor, Glas und Bauteile hinunterstürzten. Entsetzt bekreuzigten sich die Menschen. Ein Unglück? Ein Zeichen? Eine Warnung? Sie weinten und hielten sich wie schutzlose Kinder an den Händen.

Beim Morgengrauen vernahm Girolamo die Stimme des Engels: »*Ecce gladius Domini super terram, cito et velociter!*«

»Danke, Herr«, krächzte er angerührt vom Finger des Allmächtigen. »Dein Knecht hat den Befehl vernommen.«

Vor einer riesigen Menge furchtsamer Herzen bestieg er die Kanzel: »Hört und glaubt! Gottes Zorn ist entbrannt! Er hat sein Schwert bereits gezückt. Und bald, sehr bald wird es auf euch niederschlagen. Tut Buße. Denn der Blitz hatte die Form der Faust Gottes… Ihr wenigen Gerechten, bereitet eure Herzen durch… Gebete auf die Prüfung vor, und ihr werdet vor dem zweiten Tode bewahrt bleiben. Doch ihr, gottlose Knechte, die ihr euch im Schlamme wälzt, ja, wälzet euch nur weiter. Füllt euren Bauch mit Rauschwein an, bis eure Nieren in Wollust bersten! Besudelt euch mit dem Blut der Armen…! Aber wisset, dass eure Leiber und Seelen in meiner Hand sind und dass eure Leiber sehr bald von Schlägen aufgerieben werden, eure Seelen aber dem ewigen Feuer verfallen!«

Die Gläubigen heulten, schrien und schlugen sich an die Brust.

»Wehe! Wehe! Wehe!«, skandierte der Prediger mit hochgereckten Händen und stach die Klinge der Angst tiefer und tiefer in die aufgebrochene Wunde.

Ein Kurier brachte die Hiobsbotschaft zum Landhaus nahe Careggi.

Halb aufgerichtet lehnte Lorenzo in einem Nest aus Daunendecken, lange sann er vor sich hin und fragte endlich: »Die Laterne? Nach welcher Seite des Doms ist sie hinuntergestürzt?«

»In Richtung Eures Palazzos. Zur Via Larga hin türmen sich die Schuttberge.«

»Dann will ich mich nicht länger sträuben«, flüsterte er und sagte lauter: »Du darfst dich entfernen. Vorher aber lasse dir einen Florin geben, denn auch der Überbringer schlechter Nachrichten wird von mir belohnt.«

Trotz öliger Klistiere ließ sich das Blut nicht zurückhalten, in zähem Brei quoll es aus dem Darm. Am Mittag des 7. April winkte Lorenzo mit verkrüppelter Hand den Leibarzt näher. »Der Blitz schlug auf meiner Seite ein. Das Vorzeichen trügt nicht, deshalb keine Illusionen mehr, alter Freund. Deine Kunst wie auch das Bemühen deiner verehrten Kollegen konnten nicht verhindern, dass ich ans Ufer des Flusses gelangt bin. Nun muss ich hinüber, und dazu benötige ich den Seelenarzt. Rufe ihn. Nein, keine Widerworte.« Mit flachen Atemzügen sammelte er Stärke. »Sobald mein Beichtvater mich auf die letzte Reise vorbereitet hat, will ich ein würdiges Sterbefest.« Leise zählte er auf, wen er zu empfangen wünschte, auch die Reihenfolge der Besucher bestimmte er. »Sei du der Zeremonienmeister. Doch beeile dich, denn Eile scheint jetzt geboten.«

Spät in der Nacht meldete ein Diener, dass die Sterbesakramente in der Villa eingetroffen seien.

»Mein Beichtvater soll sich einen Moment gedulden.« Lorenzo verlangte nach einem Umhang. »Hilf mir«, bat er Pierleone, und mit ungeheurer Kraft trotzte der Kranke seinem Gebrechen und allen Schmerzen. Erst als er aufrecht stand wie ein vom Sturm angebrochener, morscher Baum, ließ er den Priester eintreten.

»Mein Sohn, lege dich nieder.« Die heiligen Utensilien in den Händen, eilte der Beichtvater auf ihn zu.

»Nicht weiter«, bat Lorenzo. »Wartet auf mich in der Mitte des Zimmers. Dort wollen wir uns treffen.«

Schritt für Schritt und gestützt vom Leibarzt wankte er zu der Verabredung. Die Muskeln versagten, und das letzte Stück des Weges schob sich der Mächtige von Florenz auf Knien vorwärts. »Ich habe gesündigt, Vater, in meiner Schwäche.« Der alte Priester kauerte sich neben ihn und hörte das mit Reuetränen und Seufzern geflüsterte Schuldbekenntnis an. »…ich bitte Christus um Vergebung für alle Kränkungen, die ich hoffärtig dem Höchsten im Himmel angetan habe.«

»Dann sei auch dir vergeben.« Gemeinsam sprachen sie das Paternoster, und Lorenzo empfing die Absolution und den Tropfen des heiligen Öls.

Seine Kraft war aufgezehrt; ehe er zur Seite fiel, trugen ihn vier Diener zurück aufs Lager.

»Sind meine Gäste verständigt?«

Der Medicus kühlte dem Erschöpften mit einem nassen Tuch die Stirn. »Wie ihr befohlen habt, Herr. Da wir Zeit benötigen, um Euch zu waschen und neu zu verbinden, werden die Besuche erst im späten Vormittag beginnen.«

»Gut so. Gib mir Laudanum, und lasse mich eine Weile schlafen«, bat Lorenzo. »Damit ich jeden von ihnen wach und heiter empfangen kann.«

Piero Medici erfuhr während des Frühstücks vom ernsten Zustand des Vaters. Er verspeiste noch hastig ein Stück vom Huhn, stärkte sich mit einem Becher Wein und ließ den Rappen satteln.

Angelo Poliziano war in seinem Zimmer des Palazzos gerade dem Badezuber entstiegen und hatte Duftöl ins schwarzstoppelige Haar massiert, als der Hofmeister klopfte. »Verzeiht, Herr. Seine Magnifizenz bittet Euch um einen Besuch.«

»Bei allen Göttern.« Der Gelehrte erbleichte. »Weißt du Näheres? Doch nicht das Ende? Nun rede schon.«

»Der junge Herr Piero ist bereits aufgebrochen. Den Worten des Boten war zu entnehmen, dass Seine Magnifizenz bald von uns gehen wird. Er möchte Euch und Signore Pico della Mirandola in seiner Nähe wissen. Ich werde den Knecht hinüber in die Wohnung des Grafen schicken, damit auch er sich unverzüglich nach Careggi begibt.«

»Spar dir die Mühe. Ich selbst werde Pico abholen.« Poliziano griff nach einem bunt gescheckten Wams, zögerte und warf sich einen schwarzen Rock über. Auch auf die grelle Kopfbedeckung verzichtete er und wählte eine schwarze Samtmütze, die er nur bei Beerdigungen zu tragen pflegte.

»Halte eine Kutsche für uns bereit«, befahl er dem ersten Diener des Palazzos. »Nein, zwei Pferde, damit wir schneller am Ziel sind.« Er presste die Fäuste an die Stirn. »O Ihr Götter, ich bin verwirrt vor Angst. Besser doch einen Wagen, damit wir auch wirklich ohne Unfall zum Landhaus gelangen.«

Poliziano hastete durch die Via Larga, kaum schenkte er den Trümmern an der Nordwestseite des Doms Beachtung, erwiderte keinen Gruß der sonntäglichen Spaziergänger und erreichte außer Atem das Haus, in dem Pico della Mirandola die Zimmerfluchten des ersten Stockwerkes bewohnte. Heftig riss er an der Glockenkette.

»Melde deinem Herrn, Angelo Poliziano müsse ihn unverzüglich sprechen.«

Der Hausdiener schüttelte den Kopf. »Ihr kommt ungelegen, Signore. Ich habe Anweisung, den Herrn Grafen nicht zu stören.«

»Wo ist er?«

»Verzeiht, mein Herr hat sich wieder ins Schlafgemach zurückgezogen.«

»Am hellichten Tag? Hat er die Nacht hindurch über seinen Büchern gesessen?«

Der Diener bemühte sich um Haltung. »Ich bitte, mir die Antwort zu erlassen.«

»Geh zur Seite.« Poliziano schlüpfte an ihm vorbei und rief über die Schulter: »Du kennst mich als guten Freund deines Arbeitgebers. Sorge dich also nicht wegen meines Eindringens. Ich muss den Grafen sofort sprechen.« Damit war er schon vor dem Schlafgemach und klopfte, pochte stärker. »Wach auf. Schnell. Unser Fürst befindet sich in höchster Not!«

Die Tür schwang auf. Graf Pico stand da, das fein geschnittene Gesicht leicht verschwitzt, den hellblauen Seidenmantel hielt er mit der rechten Hand geschlossen. »Du kommst überraschend. Ich ... ich bemühe mich gerade ...«

»Lorenzo liegt im Sterben«, unterbrach Poliziano und hob beschwörend die Hand. »Er verlangt nach uns. Sofort. Deshalb verzeih meine Unhöflichkeit ...« Das Wort erstickte ihm auf den Lippen. Er starrte an Pico vorbei. »Du hast Besuch, lieber Freund?«

Ein nackter Jüngling stand gesenkten Kopfes auf der Kante des Baldachinbettes, die Arme ausgebreitet und mit den Handgelenken an je einen Holm gebunden. Jedoch nicht genug der Fesseln, zwei weitere Schnüre führten von den Holzstangen zu seiner Mitte und waren um Hodensack und die Wurzel des steif gereckten Glieds geknotet.

»Welch ein Bild«, bemerkte Poliziano; nichts anderes fiel dem sonst so schlagfertigen Spötter ein.

»Was du siehst, entspricht nicht der Wirklichkeit.« Der Graf nestelte am Saum seines luftigen Mantels. »Dies ist ein lebendes Kunstwerk. Ein Nachempfinden der … der Kreuzigung.«

Die Erscheinung unter dem samtroten Baldachin hob das lockige Haupt und blickte ungeduldig zur Tür. »Herr, mir wird kühl! Entweder spielt Ihr weiter den römischen Söldner, oder bindet mich los.«

Sofort fand Poliziano seine Fassung zurück. »Das Trugbild trägt sogar einen Engelsnamen: Raffaele. Du hast dir Signora Strozzis Sohn erstaunlich gut herangezogen, lieber Freund. Ja, ich verstehe. Er assistiert dir bei deinen theologischen Studien, mehr nicht. Bei anderer Gelegenheit könntest du mich an deinen praxisnahen Übungen teilhaben lassen. Nun aber bitte ich dich, wische dir die Reste des Lusthonigs aus den Mundwinkeln.« Der beißende Unterton verlor sich. »Pico. Wenn du auch nur noch einen Funken wahrer Zuneigung für unsern Freund verspürst, so komm. Er hat nach uns gerufen, uns beiden. Lorenzo wird nichts von dieser Szene erfahren, ich schwör's dir. Meiner Freundschaft kann er gewiss sein, aber er soll bis zu seinem Ende ebenso an deine Liebe glauben.«

Tränen der Scham nässten Picos Wangen. »Denke nicht schlecht von mir, Angelo. Ich bin sein Freund, aber ich bin auch jung…«

»Lust kann auch eine Strafe sein. Nun, eile dich. Der Tod darf nicht schneller eintreffen als wir.«

Das lange schwarze Haar war in der Mitte gescheitelt, und die lockenlosen Strähnen ließen das Gesicht noch fahler erscheinen. Von Rückenkissen gestützt, betrachtete Lorenzo seinen Sohn. Das lange Sprechen hatte den Kranken erschöpft, doch es drängte ihn, mehr zu sagen. »Ich gab dir alles Rüstzeug, welches mir auch mein Vater damals gab, Piero, und dennoch erscheint es mir viel zu wenig. Vergiss nie: Ein guter Regent muss das Wohl des Staates über alles stellen, dann wird er auch zum Wohlstand der eigenen Familie beitragen. Lasse dich von der Machtfülle, die du nun in den Händen halten wirst, nicht verblenden. Du bist ein Bürger dieser Stadt neben anderen Bürgern, gleichzeitig aber trägst du den Namen Medici. Gehe bescheiden mit deinen Vorrechten um.« Es gelang ihm nicht, dem Sohn die Hand aufs Haar zu legen. »Deine Großmutter sagte oft zu mir: Sei getrost, Gott liebt die Medici. Lasse mich im Angesicht des Todes hinzufügen: Aber wir müssen uns seine Liebe verdienen. Diese Kraft möge dir beschert sein. Gott behüte dich, mein Sohn.«

Piero hatte stumm den Ausführungen des Vaters gelauscht, nach und nach war sogar der hochmütige Trotz aus seinem Blick gewichen, und als er sich jetzt über die Stirn beugte, sie küsste, brach er in Tränen aus und schluchzte leise.

»Danke für dein Gefühl, Junge«, flüsterte Lorenzo. »Nun aber beruhige dich. Wir Medici haben die Pflicht, in der Öffentlichkeit unsere Würde zu wahren. Bleib in meiner Nähe, bis ich gehe.«

Er nickte Pierleone, bat um Wasser. Obwohl das Schlucken ihm Schmerzen bereitete, sagte er: »Eine Labsal. Wer weiß, mein Guter. Vielleicht hätte ich keine bitteren Kräutersäfte, keinen Wein mit körnigen Perlen und Edelsteinen zu mir nehmen, sondern nur aus klarer Lebensquelle trinken sollen. Nein, erschrecke nicht, es war ein Scherz.« Er winkte ihn näher. »Ist der fremde Besucher eingetroffen?«

»Ja, Herr. Seit knapp einer halben Stunde wartet er in der Bibliothek.«

»Gut, sehr gut. Dann bitte jetzt die Freunde zu mir. Sie sollen Zeuge meines kleinen Triumphes sein.«

Eng nebeneinander betraten Angelo Poliziano und Pico della Mirandola den Raum und standen erschüttert, unfähig, Worte zu finden, vor dem Krankenlager.

»Was ist?« Lorenzo schmunzelte. »O, verzeiht, ich vergaß, mir etwas Farbe ins Gesicht schmieren zu lassen. Nein, ich war stets kein schöner Anblick, und ihr habt ihn ertragen, so wollen wir auch jetzt nichts daran ändern.« Er bemühte sich um einen Plauderton. »Ihr lieben, geliebten Freunde. Euretwegen hätte ich gerne meine Todes-

613

stunde noch etwas länger hinausgeschoben. Die fest zugesagte Bibliothek ist noch nicht eingerichtet. Bitte seht mir das Versäumnis nach.«

Poliziano wollte antworten, doch der Fürst schüttelte unmerklich den Kopf. »Nicht jetzt. Wir haben später noch Zeit, uns in aller Ruhe auszutauschen. Gesellt euch zu Piero und meinem Beichtiger. Nehmt drüben an der Seitenwand Platz. Von dort sollt ihr mir zuschauen. Denn ich möchte jetzt einen Gast empfangen, dessen Erscheinen euch beide verwundern wird.«

Der unglückliche Zeremonienmeister erhielt Befehl, verließ das Schlafgemach und kehrte wenig später allein zurück, still sank er auf den Sessel gleich neben dem Eingang.

Kalter Hauch wehte von der Tür herein, in seinem Sog erschien das ausgezehrte knochige Gesicht, umgeben von der schwarzen Kapuze. Den Blick starr auf die Bettstatt gerichtet, durchquerte Fra Girolamo mit eckigen Schritten das Zimmer. Kein Gruß an die Gelehrten oder Piero; er hatte das Krankenlager noch nicht erreicht, als er fragte: »Ihr habt nach mir gerufen, Lorenzo de' Medici?«

»Ja. Und ich bin erfreut, dass Ihr meiner Bitte gefolgt seid, Vater. Nun endlich sehe ich den Bewohner meines Hauses San Marco von Angesicht zu Angesicht.«

Der Prior wich zurück. Erst nach heftigen Räuspern konnte er die Kehle befreien. »Um mit Euch Höflichkeiten auszutauschen, habe ich mich wahrlich nicht hierher begeben. Lorenzo, sagt, was Euer Begehr ist?«

»Der Beichtiger unserer Familie hörte die Sünden, sprach mich los und reichte mir die heilige Wegzehrung.«

»So dürft Ihr Euch glücklich schätzen, Lorenzo. Ihr seid in der Gnade Gottes. Meines Beistandes bedürft Ihr nicht.«

»Gibt es kein Zeichen der Milde für mich aus Euerm Munde? Helft mir, in Frieden mit allen Menschen zu sterben.«

»Dann ermahne ich Euch: Haltet am Glauben fest.«

»Diesen will ich unerschütterlich bewahren.«

»Zweitens sollt Ihr von nun an tugendhaft leben. Wendet Euch ab vom allem Üblen.«

Eine Weile sah Lorenzo den Prior erstaunt an, schließlich sagte er:

»Falls ich wider Erwarten genesen sollte, werde ich mich möglichster Besserung befleißigen.«

Leicht bebten die Nasenflügel des Priors, schnell überging er die soeben gestellte Forderung. »Wenn Eure Stunde kommt, so begrüßt den Tod, gefasst und ergeben.«

»Nichts lieber als dies, wenn es Gottes Wille ist.«

»Dann werdet Ihr Frieden finden.« Kein Wort mehr. Fra Girolamo wandte sich ruckartig ab und verließ den Kranken. Hoch aufgerichtet ging er an den Sesseln der Trauernden vorbei.

»Ehrwürdiger Vater!«, rief ihm Lorenzo mit matter Stimme nach. »Gebt mir Euren Segen.«

Der Fuß stockte, Girolamo blieb auf der Höhe des Grafen und Piero Medici stehen, kehrte aber nicht um.

Das Schweigen gefror den Atem.

»Bei Gott, so zeigt Erbarmen«, hauchte Pico. Neben ihm ballte der Sohn des Sterbenden langsam die rechte Faust, auch sein Blick suchte die Augen des Priors. »Erfüllt seine Bitte, ehrwürdiger Vater«, flüsterte er. »Die Zukunft wird es Euch lohnen.«

Ein kurzes Aufflackern löste die starre Miene, und der Herr von San Marco begab sich wieder ans Bett. Er legte die Hände vor der Brust zusammen, senkte das Haupt. »*Omnipotens et misericors Deus, qui humano generi est salutis remedia …*«

Still hörte der Herr über Florenz die Fürbitten des Mönches. Keine Feindschaft schwang in der Stimme mit, Fra Girolamo war jetzt Priester und erfüllte gewissenhaft seine Hirtenpflicht. Als er die Sätze des Heils vorsprach, wiederholte Lorenzo sie inbrünstig. Und von weit her aus dem Zimmer drang Schluchzen und Seufzen wie eine Melodie der Trauer zu den beiden.

Der Prior streckte die dürren Finger und segnete den Fürsten.

Gleich darauf strebte er mit feierlichem Schritt wieder dem Ausgang zu. Ohne jede äußere Regung nahm er die dankbaren Verneigungen von Pico della Mirandola und dem künftigen Nachfolger des Mächtigen entgegen.

Angelo Poliziano erhob sich als Erster von seinem Sessel und eilte zu dem Freund. »Du bist der Stärkere …« Er brach ab.

Lorenzo lag da, die Augen fest zugepresst, haltlos schlugen die

Zähne, und in Wellen verzerrte sich das Gesicht. »Gebt mir Luft!« Jäh bäumte sich der Körper auf. Qualvolle Schreie entrangen sich dem Mund. Dann folgte Mattigkeit, und schaler Gestank entquoll der Zudecke. »Wir müssen die Abschiedsfeier unterbrechen ...« Die Lippen öffneten und schlossen sich, endlich gelang es dem Gepeinigten weiterzusprechen. »Ich will euch den Anblick meines Inneren ersparen. Geht solange hinaus, Freunde, bis ich gesäubert bin und etwas geruht habe.«

Erst spät in der Nacht kam Medicus Pierleone zu den Wartenden in die Bibiliothek. »Seine Magnifizenz ist erwacht und bittet Euch zu sich.« Hilflos streckte er die offenen Hände aus. »Trotz meiner Bemühungen und der meiner Kollegen ... Es war vergeblich ... Wir konnten den Kampf nicht gewinnen.«

Wächsern war das fleckige Gesicht. Nur Augen und Lippen verrieten noch Leben. »Kommt alle nah zu mir.« Die Freunde, der Beichtvater und Piero folgten der Bitte. Leicht zuckte es in den Mundwinkeln. »Auch alle Doctores.« An sie wandte er sich zuerst. »Verzeiht mir, dass ich solch ein störrischer Patient war ... weil er sich nicht heilen ließ.« Beschämt senkten die Ärzte ihre Häupter.

»Mein Sohn, denke daran ... dass die Begräbnisfeier schlicht gehalten wird, so wie es sich ... für einen einfachen Bürger geziemt.«

Nach langem Suchen fand sein Blick die beiden Gelehrten. »Und ihr, meine Freunde, du, Angelo, und du, geliebter Pico, verkürzt mir die kleine Wartezeit. Lasst mich das Kreuz küssen, und lest mir die Leidensgeschichte unseres Herrn Jesus Christus vor.«

Der Beichtvater wollte die Heilige Schrift vom Stehpult nehmen, doch der Graf schüttelte unmerklich den Kopf. Poliziano ließ sich das kleine Kruzifix aushändigen und legte es dem Freund behutsam auf die Lippen.

Mit stockender Stimme begann Pico zu sprechen: »»Und als sie kamen an die Stätte, die da heißt Schädelstätte, kreuzigten sie ihn daselbst ...‹«

Lorenzo runzelte die Stirn, als er von den beiden Übeltätern hörte, die mitgekreuzigt wurden, und seufzte, als Jesus dem einen Schächer das Paradies versprach.

»»... und es war um die sechste Stunde, und es ward eine Finsternis über dem ganzen Land bis an die neunte Stunde, und die Sonne verlor ihren Schein, und der Vorhang im Tempel zerriss mitten entzwei …‹«

Jede Qual wich. Die Erlösung zeichnete ein Lächeln, welches blieb, auch als sich der Glanz aus den Augen verlor. Lorenzo de' Medici, die Sonne von Florenz, war erloschen.

ख Skizzenblätter

FLORENZ

Das Licht des Mondes genügt nicht

Noch in derselben Nacht geleiten Fackelträger den Leichnam des Fürsten nach Florenz. Keine Weigerung. Ohne Zögern öffnet der Prior von San Marco seinem toten Hausherrn das Portal, und beim Schein unzähliger Kerzen wird Lorenzo in der Klosterkirche aufgebahrt.

Bei Tagesanbruch verbreitet sich die Nachricht wie ein Fieber in der Stadt und löst Entsetzen, Schmerz und haltloses Schluchzen aus. »Unser Vater ist tot!« Ängstlich drängen sich die Bürger zusammen. »Wer beschützt uns jetzt?«

Aus Kummer, weil er glaubt, versagt zu haben, stürzt sich der alte, treue Leibarzt der Medici-Familie in einen ausgetrockneten Brunnen. Gegen Mittag entdeckt eine Magd den zerschmetterten Körper auf dem Grund des Schachtes. Sofort wuchert das Gerücht: ... nicht an der Krankheit ist unser Fürst gestorben ... Gift ist ihm von einem der fremden Ärzte verabreicht worden ... Und Medicus Pierleone wusste davon und konnte die Schuld nicht ertragen ... Seine Magnifizenz zählte doch erst dreiundvierzig Jahre, war noch zu jung ... Ein Fürst stirbt nicht wie ein gewöhnlicher Mensch ...

Der Gedanke an einen Mord hilft dem Volk etwas aus seiner dumpfen Ratlosigkeit.

Kondolenzschreiben treffen im Palazzo Medici ein. Jeder Fürst der italienischen Staaten weiß, welche Gefahr das Hinscheiden des großen Vermittlers für den Frieden bedeutet, und zeigt sich bestürzt. Selbst der siebzigjährige König Ferrante, dieser mordlüsterne, menschenverachtende Herrscher von Neapel, kann sich eines Gefühls nicht erwehren: »Der edle Lorenzo hat für seinen eigenen, unsterblichen Ruhm lange genug gelebt, jedoch nicht lange genug für Italien. Gott gebe, dass jetzt nach seinem Tode nicht Männer nach dem streben, welches sie nicht gewagt haben, solange er lebte ...«

DAS VERSTECKSPIEL HAT EIN ENDE

In der Nacht zum Karfreitag steht unvermittelt Fra Silvester schlafwandelnd im Betraum der Priorwohnung und stammelt wirre Sätze. Girolamo weckt ihn. »Was träumte dir, Bruder?«

»Ich sah zwei Kreuze, ein helles und ein dunkles …«

»Genug. Belaste dich nicht weiter damit.« Welch eine willkommene Hilfe für den Prediger. »Auch mir widerfuhr diese Eingebung. Nun sehe ich sie in aller Klarheit vor mir.« Sanft führt der Obere den halb Schlafenden zurück in die Zelle neben seinen Räumen.

Am nächsten Morgen besteigt Girolamo die Kanzel: »Höret und glaubt! Der Herr offenbarte sich mir in der letzten Nacht. Zwei Kreuze wies er mir. Das eine war schwarz und das andere weißgolden! Das schwarze stand inmitten Roms, und sein Scheitel berührte den Himmel, und beide Arme streckte es über die Erde hin. Es trug die Inschrift: ›Kreuz des Zornes Gottes.‹ Kaum sah ich es, da verfinsterte sich die Luft, und es heulte ein Sturm auf mit Blitz, Pfeilen, Hagel, Feuer und Schwertern und tötete ungezählte Sünder. Dann klärte sich das Wetter, und der Himmel zeigte sich heiter; und ich sah das zweite, goldene Kreuz mitten in Jerusalem stehen. Sein Glanz ließ die ganze Erde erstrahlen. Von allen Seiten strömten die Völker herbei, um es zu umarmen und es anzubeten …«

Nach der Predigt bittet Girolamo seine beiden Mitstreiter zu sich ins Studierzimmer. »Vergebt mir alle Kränkungen, geliebte Brüder, die ich euch in den zurückliegenden Monaten angetan habe. Sie kamen nicht aus dem Herzen, sondern dienten nur unserer Sache. Florenz ist vom Tyrannen befreit. Er musste gehen, nicht ich, so wie ich es prophezeit habe. Freut euch, nun können wir offen ans Werk gehen. Das nächste Ziel lautet: Wir befreien unser Kloster von den Fesseln der lombardischen Kongregation. San Marco muss selbstständig werden und darf nur noch dem Ordensgeneral unterstehen. Erst dann kann die innere Reform wirksam umgesetzt werden.«

Silvester begreift sofort, doch Domenico fragt: »Du strebst das Amt eines Provinzials an?«

»Es muss sein. Vielleicht können wir auch andere toskanische Klöster an uns ziehen. Begreife, meine Hände dürfen von niemandem

behindert werden, wenn sie Segen bringen sollen. Und ihr, geliebte
Brüder, sollt neben mir den oberen Rat bilden.« Er schließt die Augen.
»Lasset uns Gott um seinen Beistand bitten.«

ROM

Eine schwarze Sonne über dem Vatikan

Die Stadt gärt im Sumpf. Vergewaltigungen, Raub, Mord und Plünderung sind an der Tagesordnung, jedoch gibt es keine Gerechtigkeit
für die Betroffenen. Jeder Straferlass ist käuflich. Wer ein Scherflein in
die päpstliche Bank einzahlt und den Löwenanteil an Franceschetto
Cibo, den leiblichen Spross des Heiligen Vaters und Schwiegersohn
des verstorbenen Medici abliefert, der darf ungeschoren zur nächsten
Schurkerei übergehen.

Am 25. Juli 1492 liegt Innozenz, der Achte seines Namens, tod-
krank im Vatikanspalast. Stets war er freundlich und liebenswert gewesen, und seine Nachsichtigkeit hatte um ihn herum ein Heer von
Machtgierigen und Pfründejägern großgezogen, dessen er sich nicht
erwehren konnte und wollte. Der Heilige Vater zelebrierte im Vatikan höchstselbst die Vermählungen der eigenen Kinder und Enkel-
kinder und war seinen Lieben immer ein guter Vater und Großvater
gewesen.

Als letzter Versuch zur Rettung des Einundsechzigjährigen werden drei Knaben zur Ader gelassen. Die Ärzte zapfen ihnen so viel
Blut ab, dass sie wie geschächtete Lämmer verenden. Indes, dem Papst
kann dieses Opfer nicht mehr helfen. Er stirbt, und noch am Toten-
bett kommt es zu Handgreiflichkeiten zwischen den Kardinälen Rodrigo Borgia und Giuliano della Rovere: Wer soll als Nachfolger den
Hirtenstuhl besteigen?

Dreiundzwanzig breitkrempige Purpurhüte mit baumelnden
Troddeln versammeln sich am 6. August zum Konklave. Rodrigo Borgia, dieser Name steht ganz oben auf der Kandidatenliste. Der imposante Kardinal aus Spanien verfügt über den größten Reichtum, hat
die besseren Beziehungen und damit die schlagkräftigsten Argumente

auf seiner Seite. An diesem Tag sind bereits alle hungrigen Mäuler mit Gold- und Ämterversprechungen gestopft, alle bis auf eines, das sich zum Erstaunen der wahlsatten Runde auch jetzt nicht füttern lassen will. Der jüngste Kardinal, Giovanni de' Medici, lehnt jede Bestechung ab, und in seiner Unschuld und Redlichkeit hält er daran fest: »Die Papstwürde darf nicht käuflich sein.«

Bei der ersten Probeabstimmung gibt der Tapfere seine Stimme einem anderen Kandidaten. Drei Tage hält er den mal väterlichen, dann wieder bedrohlichen Ratschlägen seiner Kollegen stand und muss schließlich dem frommen Druck nachgeben. Am 10. August wird Kardinal Rodrigo Borgia einstimmig zum neuen Oberhirten ausgerufen. »*Habemus Papam!*«

Befragt, welchen Namen sich der Zweiundsechzigjährige geben will, antwortet er lächelnd: »Den des unüberwindlichen Alexander.«

Nie zuvor begrüßten die Römer einen Papst mit solch grenzenlosem Jubel. Nie vorher zog eine solch prachtvolle Krönungsprozession durch die Straßen der Stadt. »Ich bin der Vater aller«, stellt sich Alexander VI. der gesamten Christenheit vor und meint in Wahrheit doch vor allem seine zehn leiblichen Kinder. Der Stier im Wappen des spanischen Stellvertreters Christi verweist nicht allein auf die Leidenschaft für den Stierkampf, sondern stellt auch ein Sinnbild seiner Zeugungskraft dar.

Die eigene fleischliche Zerstreuung betrachtet er als lässliche Sünde. Seit fünfundzwanzig Jahren unterhält er ein eheähnliches Verhältnis mit Vanozza Cattanei, einer stadtbekannten Gastwirtin Roms. Sie schenkte ihm vier Bastarde, die er noch als Kardinal, kraft seiner Beziehungen und Machtfülle, vom Makel der unehelichen Geburt hatte befreien lassen. Cesare, den verschlagenen, rücksichtslosen Ältesten, und Lucrezia, die schöne, kluge Jüngste, nimmt er nun besonders eng ans päpstliche Herz. Doch auch deren beiden Geschwistern wie den sechs weiteren Kindern von anderen Gespielinnen widmet er sich in väterlicher Zuneigung.

Vanozza Cattanei liebt er mit der Zärtlichkeit eines Gatten, seine Leidenschaft aber gehört der jungen Giulia Farnese. Sie ist die Königin seiner Nächte. Wenn Giulia das goldene Haar löst und die Locken weich bis zu ihren Füßen hinabspielen, dann wallt in dem Zweiundsechzigjährigen das Blut eines spanischen Stieres auf. Ohne Zweifel, an diesem 10. August des Jahres 1492 zieht ein heiterer, gewitzter und sündiger Oberhirte in den Vatikanspalast ein.

Als Alexander erfährt, dass während der wenigen Wochen zwischen dem Tod des Vorgängers und seiner Thronbesteigung mehr als zweihundert Morde in Rom geschehen sind, verlangt es ihn, sofort ein Exempel zu statuieren. Und so wird der erste dingfest gemachte Totschläger öffentlich gehängt, dessen Bruder gleich daneben, und auch das Haus der Familie wird vollständig zerstört.

Begeistert jubelt die Bevölkerung und ganz Italien mit ihr. »Ordnung und Strenge zeigt der neue Hirte!« Seine Herde darf hoffen, in Rom hat eine starke Hand das Ruder der Kirche ergriffen.

Piero de' Medici, der neue Mächtige der Republik Florenz, hört vom schwächlichen Verhalten seines Bruders beim Konklave und beauftragt den florentinischen Gesandten in Rom, künftig dafür Sorge zu tragen, dass der junge Kardinal sich nicht wieder zum Narren mache.

Giovanni beklagt sich bitter in einem Brief: »Bruder, wie konntest du es wagen, mir einen Vormund zu bestellen? … Piero, alle Begebenheiten, die mit dieser verfluchten Wahl zusammenhängen, haben mich so erregt, dass ich mich wie der unglücklichste Mensch fühle … Ich bin im Recht, und ich wünschte bei Gott, ich müsste mich ebenso wenig über dich beklagen, wie du dich beklagst über mich. Überdies bin ich Kardinal, und du solltest mich mit etwas mehr Respekt behandeln … Ich bin äußerst verärgert über dein Verhalten, weil ich erkenne, wie wenig dir an mir gelegen ist …«

FLORENZ

Ein Wunsch hat sich erfüllt

Vor Jahren hatte Laodomia seufzend auf dem Ponte Vecchio einen Wunsch ausgesprochen. Inzwischen hatte sie ihn längst vergessen und erst bei einem vertrauten Zusammensein mit Rodolfo Cattani wieder daran gedacht. Er fragte sie nach dem Onkel, wollte unbedingt etwas von ihrem Verhältnis mit Filippo wissen.

»Ich dachte, nur Frauen sind neugierig«, spottete sie sanft. »Nein, ich werde dir nichts verraten. Du bist so anders, das soll genügen.« Nach einem Kuss gab sie dann doch etwas preis: »Als ich das erste Mal zu ihm ging, da verzierte die sinkende Sonne einige Wolkenballen mit einem rotgoldenen Rand. Damals wünschte ich mir, solche Bettkissen zu besitzen. Genügt dir das? Bist du jetzt eifersüchtig?«

»Wie könnte ich, meine Tagschöne.« Falls Rodolfo sie besuchte, kam er nur in den Stunden der Mittagshitze, wenn ihr Laden geschlossen war. Eine Nacht hatten sie bisher nicht miteinander verlebt.

Heute Morgen hatte ein Diener das Geschenk bei ihr abgeliefert. Laken, Bezüge und Decken aus hellblauer Seide und an den Rändern mit Goldlitzen versehen.

Laodomia streichelt über die frisch bezogenen Kissen und tänzelt einige Schritte zurück. »Ich kann's kaum glauben, aber es ist wahr. Mein Bett ist jetzt der Abendhimmel über dem Arno.«

Aufgewühlt betritt Petruschka den Gewürzladen. »Kleines, er ist von Gott zu uns gesandt.«

Sofort zieht Laodomia die Freundin ins Hinterzimmer. »Was ist geschehen?«

Die große Frau nimmt nur flüchtig die Verschönerung des Liebesnestes wahr und berichtet: »Ich bin heute Morgen nach San Marco rüber, um zu beten. Da steht Fra Domenico vor einigen Gläubigen. Und da hab ich es gehört.«

»Nun sag's doch endlich, bitte.«

»Der Frate ist ein wahrer Prophet. Er hat die Tode vorausgesagt, und dabei hatte er helles Licht um den Kopf. Erst unser Fürst, dann der Heilige Vater Innozenz. Fra Girolamo hat das geweissagt, und es ist eingetroffen.«

»Aber Lorenzo war schon lange an der Gicht erkrankt, genauso rettungslos wie sein Vater oder Donna Lucrezia, und der Papst war ein alter, gebrechlicher Mann.« Laodomia beißt sich auf die Knöchel, um behutsam zu bleiben. »Meinst du nicht, der Tod von beiden Herren war vorauszusehen? Auch ohne … ohne Himmelslicht?«

»Ach, mein Kleines.« Petruschka legt den Arm um sie. »Ich bin dir nicht böse. Noch kannst du nicht so glauben wie ich, aber warte nur, bald erkennst auch du, dass unser Frate ein heiliger Mann ist.«

Darauf antwortet Laodomia nichts und schmiegt sich nur eng an die Freundin.

IM WEITEN OZEAN

Die Welt ist eine Kugel

Sieben Tage bevor Rodrigo Borgia als Alexander, der Sechste dieses Namens, den Heiligen Stuhl bestieg, stach Christoph Columbus mit einem hochbordigen Handelsschiff und zwei Karavellen vom südspanischen Hafen Palos in See. Sein ganzes Streben war von einer kühnen Idee geprägt: »Da alle Meere und Länder der Welt zusammen eine Kugel bilden, liegt der Schluss nahe, dass man den Osten erreicht, wenn man nach Westen fährt.«

Der stolze Genuese rief seiner Mannschaft zu: »Auf nach Ostindien!«, und segelte mit der Morgensonne im Rücken gen Westen. Trotz bester Kenntnisse und dem Hinzuziehen der großartigsten Kartografen hatte er sich ohne sein Verschulden verrechnet. In der Nacht vom 11. auf den 12. Oktober 1492 landen die Schiffe an einer unbekannten Insel. Der Entdecker bohrt die königliche Fahne in den Boden und vergibt den ersten Namen: »Dieses Eiland soll nach unserm heiligen Erlöser San Salvador heißen …«

MAILAND

Der Grössenwahn nimmt Gestalt an

Piero de' Medici wagt sich auf die politische Bühne und wird Spielball des Machtkampfes zwischen Mailand und Neapel. Lodovico und Alfonso belauern sich. Einer will den anderen entmachten, sei es durch Einheirat der Tochter oder Hinterlist in der Erbfolge. Sie buhlen um den unbedarften Medici, und dieser schlägt sich auf die Seite des Herzogs Alfonso, des künftigen Thronerben von Neapel. Die von Lorenzo so mühsam geschmiedete Achse zwischen Mailand und Florenz ist zerbrochen!

Italien hat Anfang 1493 sein politisches Gleichgewicht verloren. Nun grollt ein jäh erwachter, mächtiger Feind im Norden. Lodovico Sforza zögert nicht. Er sucht in Frankreich nach einem Verbündeten und findet ihn: Karl VIII., der vierundzwanzigjährige König, er soll als Racheengel für den gekränkten Mailänder das Schwert erheben und die Kanonen donnern lassen.

»… ist es nicht so, dass Eure Majestät durch Eure königlichen Vorfahren einen rechtmäßigen Anspruch auf die Krone von Neapel haben?« In Wahrheit führt lediglich ein recht dünnes Erb-Äderchen bis zum französischen Thron. Indes, der schmächtige, wasserköpfige Karl lässt sich anstecken. Seine Intelligenz steht weit hinter seinem ungezügelten Größenwahn. »Welch ein Ruhm erwartet mich? Erst Neapel. Dann werde ich Konstantinopel von den Muslimen säubern. Dann auf nach Jerusalem. Und schließlich werde ich der Christenheit den ganzen Osten zurückgewinnen …«

FLORENZ

Ein begrenzter Horizont

Der Obere von San Marco nutzt die Gunst der drohenden politischen Wirren. Was scheren ihn große Zusammenhänge! »Die Bemühungen der Mächtigen sind doch nur vergänglich.« Für ihn gibt es nur eine Weitsicht, und die endet in Florenz, denn hier wird dereinst Gottes neues Jerusalem entstehen, dem alle Völker untertan sind. »Und ich bin der Wegbereiter«, flüstert er in schlaflosen Nächten auf seinem harten Lager. »Aber bezähme die Ungeduld. Nur wenn du Schritt für Schritt gehst, wirst du nicht straucheln.«

Savonarola reist nach Venedig und Bologna und sucht das Gespräch mit den Oberen des Ordens. Doch seine ersten Versuche, San Marco aus der lombardischen Kongregation zu lösen, scheitern am

Widerstand des mächtigen Gönners der Dominikaner im Norden, an Fürst Lodovico Sforza ›il Moro‹.

»Ist Piero Medici nicht ein Feind dieses gierigen Mohrs?«, fragt sich Fra Girolamo und bittet den neuen Herrscher von Florenz um eine Unterredung. »Als Beweis meiner Zuneigung könnte ich Euch im Kampf gegen den Mailänder ein Exempel bieten. Wäre es nicht von Vorteil, wenn auch auf klerikalem Boden ein Trennstrich gezogen würde? Die Toscana soll eigenständig werden, losgelöst von der Lombardei. Unterstützt mein Vorhaben, helft unsern Ordensklöstern. Auch wir wollen frei sein vom Einfluss Lodovicos.«

Wohlwollend reicht Piero dem Oberen von San Marco die Hand. »Ehrwürdiger Vater, ich schätze Eure Ergebenheit unserer Stadt gegenüber. Auch der Hohe Rat wird beglückt sein, Euch auf unserer Seite zu wissen.«

»Dank, tausendmal Dank.« Girolamo knorzt heftig durch die Nase. »Ich benötige Empfehlungen beim Heiligen Stuhl.«

»Gewährt. Ehrwürdiger Vater. Mein Bruder Kardinal Giovanni ist befreundet mit Kardinal Caraffa, dem Protektor Eures Ordens. Dieser ist außerdem nicht nur der Erzbischof von Neapel, sondern auch der einflussreiche Sprecher des Kardinalkollegiums.« Piero fällt ein, dass er als geschickter Politiker für diesen Dienst eine Gegenleistung erwarten kann. »Ich bitte Euch nur, mäßigt Euch in Euren Aufrufen nach Buße, dies schadet dem Namen Medici.«

»Gewährt. Ein anderer Prediger wird für einige Zeit die Gläubigen etwas milder auf das Künftige vorbereiten, derweil ich neue grundlegende Schriften verfassen werde.« Girolamo nickt demütig. »Eine Abhandlung über das wahre Gebet, eine zweite über die Liebe Jesu. Sie werden der Christenheit helfen. Denn es gibt kein Heil ohne die Liebe des Erretters.«

Aber Piero hört schon nicht mehr hin, verabschiedet den Mönch rasch und wendet sich wieder den Vorbereitungen für ein Fußballturnier auf dem Platz vor Santa Croce zu.

ROM

Die Nebensache

Papst Alexander ist beschäftigt. Wem soll er seine Gunst schenken, dem Mailänder oder dem Neapolitaner? Auf der Suche nach dem politischen Vorteil nimmt er sich zwischen zwei Gedanken doch Zeit, das von Kardinal Caraffa zur Sprache gebrachte Problem aufzugreifen. »Dieser Savonarola? Greift der kleine Mönch nicht keck den gesamten Klerus an? Er ist nichts als ein Köter, der glaubt, ein riesiges Bauwerk mit Gekläff zum Einsturz zu bringen. Verschont mich bitte mit seinem Anliegen.«

Und der gerissene Kardinalsprotektor hält sich an den Befehl. Am 23. Mai 1493 plaudert er vergnüglich nach einem üppigen Mahl mit Alexander VI. Im Scherz bittet er, den heiligen Fischerring betrachten zu dürfen, dabei streift er ihn schon vom Finger des Oberhirten. Eine neue Zote lässt Alexander in Gelächter ausbrechen, und während er sich auf die Schenkel schlägt, drückt der Kardinal das päpstliche Siegel heimlich unter die vorbereitete Trennungsurkunde.

Wenig später überreicht Caraffa das Breve dem draußen wartenden Fra Domenico und einem Mitbruder. »Tragt es heim nach San Marco. Und verwirklicht, was Ihr mit Worten gelobt habt«, ermahnt er. »Lebt in Eurer selbstständigen Klostergemeinschaft von nun an strenger nach den Ordensregeln. Übet Euch gewissenhaft in Armut, Gehorsam und Keuschheit …«

Keine Gehorsamspflicht mehr gegenüber den lombardischen Vorgesetzten! Girolamo trägt die Urkunde wie eine Monstranz in seiner Behausung von Raum zu Raum. »Wisst Ihr, was wir damit erreicht haben?« Er blickt Silvester und Domenico mit glühendem Blick an und vermag den Jubel in der Stimme kaum zu verbergen. »San Marco untersteht jetzt einzig noch der Leitung des Kardinalsprotektors und unserm Ordensgeneral. Beide sind weit weg von Florenz. Und ich, ich bin ihr Vertreter.« Er hält inne und setzt nach einer Weile feierlich hinzu: »Und ihr, geliebte Brüder, seid meine rechte und linke Hand. Wir haben für das Reich Gottes auf Erden einen Platz gefunden. Hier kann der Mittelpunkt, das neue Jeru-

627

salem entstehen. Lasst uns unermüdlich, doch mit Vorsicht dafür
weiterkämpfen.«

BARCELONA

DIE NEUE WELT

Schon Ende April 1493 ist Christoph Columbus von der Ent-
deckungsfahrt zurückgekehrt und hat wegen schlechten Wetters bereits in Lissabon die Anker geworfen. Auf dem Landwege wälzte
sich ein Triumphzug von Stadt zu Stadt. Der Kapitän ritt auf einem
Schimmel, angetan mit einem purpurfarbenen Rock unter seinem
sternenbestickten Mantel. Ihm nach folgten halb nackte Männer
mit rotgoldener Haut und gefiedertem Kopfputz, dahinter zottelten
Lasttiere hochbepackt mit Körben voller blinkender Steine, purem
Gold und seltsamen Früchten. Das Gerücht über den Erfolg seiner
Reise eilte Columbus voraus, trieb die Menschen in Begeisterung,
und als er Barcelona erreichte, kannte der Jubel keine Grenzen mehr.
Der Entdecker durfte neben seinem König sitzen und berichten:
»Ich habe Indien auf dem Seeweg erreicht und so neues Land ent-
deckt ...«

Bei einer Tischgesellschaft mit spanischen Edlen fehlt es nicht an
Neidern. »Selbst wenn Ihr nicht dieses gewagte Abenteuer unternommen hättet, Señor Cristóbal, so würde es nicht an einem kühnen
Manne in unserm Lande fehlen, der dieselbe Entdeckung gemacht
hätte ...«

Columbus antwortet eine Weile nichts, dann legt er ein rohes Ei
auf den Tisch. »Versucht es auf die Spitze zu stellen ohne ein anderes
Hilfsmittel.«

So behutsam die Kritiker auch vorgehen, ihre Versuche scheitern.

Nun nimmt Columbus das weiße Oval und setzt es so fest auf die
Tischplatte, dass die Schale der Kuppe etwas eingedrückt wird und
das Ei aufrecht dasteht.

»Ganz einfach, nicht wahr, Ihr werten Herren«, Columbus blickt
scharf in die Runde. »Nachher glaubt jeder, dasselbe erreichen zu kön-

nen. Doch ich wagte als Erster die Tat und vollbrachte sie. Ich suchte
Indien und habe es gefunden. Eine neue Welt.«

FLORENZ

ADE, GEFÜLLTER BAUCH

»Wir wollen der Welt und allen Klöstern unseres Ordens ein heiliges
Beispiel geben!«, verkündet Savonarola seinen Mitbrüdern und setzt
mit eisernem Willen die innere Reform San Marcos in die Tat um.
Alles Überflüssige lässt er aus den Zellen schaffen, kein üppiges Mahl
wird bei Tisch aufgetragen, und der Weinvorrat in den Kellern schwin-
det nicht mehr.

Die behäbigen Patres klagen laut mit den Laienbrüdern: »Was
sind wir für Toren. Die Loslösung unseres Klosters bringt nur Unglück über uns, weil wir zu wenige sind.«

»Geliebte Brüder«, wendet sich der Obere an die Verzagten. »Die
Abtrennung von San Marco ist von Gott gewollt. Sie dient der Erneuerung des ganzen Ordens und stärkt uns für große künftige Dinge…«

Doch heimlich zetern die Unzufriedenen weiter: »Vorbei ist nun
jede Bequemlichkeit, ade, gefüllter Bauch, leb wohl, du guter Tropfen. Die Motten zerfressen nun unsere schönen Kutten, und wir müssen in Sackleinen gehen. Die Armen tragen unsere Lederschuhe, und
wir laufen in bloßen Sandalen herum…«

Ihre Klagen erreichen die Brüder und Schwestern im früheren
Ordensbezirk. Die Äbtissin von Ferrara erkundigt sich besorgt beim
Prior Girolamo: »Ist es wahr…?«

»Geliebte Schwester in Christo… Richte dich nicht nach dem
trügerischen Augenschein. Betrachte die Früchte, wenn du einen
Baum beurteilen willst. Falsch ist, dass wir hier eine andere Lebens-
weise eingeführt haben… Wohl aber sind wir zurückgekehrt zu den
Wurzeln der Ordensgebote… Wir kleiden uns in grobes geflicktes
Gewand, bewohnen arme Zellen ohne unnützen Tand und meiden
möglichst den Verkehr mit der Welt… denn alles gelingt dem, der
Glauben hat. Drei Waffen gibt es, gegen welche die ganze Hölle so

wenig wie die ganze Welt etwas ausrichten kann: lebendiger Glaube, unablässiges Gebet und demütige Geduld …«

Im Kreise seiner beiden engsten Mitstreiter gesteht der Prior: »Allein sind wir nur eine geduldete Ausnahme und ich der Provinzial eines Eilandes. Erst wenn andere Klöster sich für unsere Sache begeistern, können wir wahren Einfluss erlangen. Mir träumt von einer großen Kongregation in der Toscana. Lasst uns missionieren!«

Die ersten Erfolge sind kläglich. In Florenz und der näheren Umgebung erreicht die Idee, trotz Hilfe von Seiten Pieros und der Signoria, nur halbherzige Antwort: »Wir werden darüber beraten …«

Fra Francesco Mei, ein gebürtiger Florentiner und Prior des Dominikanerklosters in San Gimignano, verbreitet über den fremden Mönch: »Hört nicht auf seine Vorschläge … Er hat die Trennung nicht wegen der Sehnsucht nach strenger Observanz angestrebt, sondern aus selbstsüchtigen Beweggründen. Dieser Prior maßt sich in seinem Hochmut an, ein Kirchenherr zu werden …«

Bei einer Gegenüberstellung duckt sich Fra Mei unter dem brennenden Blick des Beschuldigten: »Niemals werde ich gegen dich und dein Werk sein«, beteuert er.

Kalt ist die Antwort: »Ein Stab aus Schilfrohr ist deine Stütze, du wirst dir bald schon deine Hände damit durchbohren.«

Fra Francesco Mei geht wortlos davon. Ein Feind ist geboren, der jäh erwachte Hass gebiert Rachepläne. Noch im Jahre 1493 bittet er um seine Versetzung von San Gimignano nach Rom ins dortige Ordenskloster. »Ich werde nicht ruhen, bis ich dich zugrunde gerichtet habe …«

NEAPEL

GEFÄHRLICHE TAKTIK

Wenn es himmlische Gerechtigkeit gibt, warum zertritt Gott nicht die Bösen beizeiten? Fragen und keine schlüssige Antwort. Erst nach einem langen Leben, angefüllt mit viehischen Morden, Hinterlist und ausgiebigen, die Menschen verachtenden Exzessen, lässt der Schöpfer den greisen, dreiundsiebzigjährigen König Ferrante von Neapel am 25. Januar 1494 für immer einschlafen.

Papst Alexander hält viel vom Wohlergehen seiner Macht und nichts von eindeutigen Bündnissen. Zusagen von gestern sind vergessen, wenn das Gegenteil ihm heute nützlich erscheint. So belehnt er Alfonso, den unehelichen Sohn des verstorbenen Ferrante, mit dem Königreich Neapel, sehr zum Ärger vom Mailänder Regenten Lodovico und Karl VIII., dem dümmlichen Heißsporn auf dem französischen Thron.

PARIS

Kein Krieg ohne Rückendeckung

Die Weissagung eines französischen Gelehrten wird Anfang 1494 im Thronsaal verlesen: »Du, König Karl, wirst in deinem 24. Lebensjahr Neapel erobern, im 33. Lebensjahr ganz Italien unterwerfen, sodann über das griechische Reich triumphieren und die Monarchie über die ganze Welt an dich reißen!«

»Ich habe es immer schon geahnt«, schwärmt Karl, der seinen Geist von Jugend an vornehmlich mit Ritterromanen und wundersamen Geschichten über die Kreuzzüge ernährt hatte. »Ich bin der Erretter. Und weil ich das 24. Lebensjahr erreicht habe, muss ich nun die Weissagungen erfüllen.«

Spanien wird ihm nicht in die Flanke fallen, dies hat er durch Abtretung einiger Provinzen erreicht. Den Habsburger Kaiser Maximilian I. bestürmt er mit seinen Plänen und erhält Ende Januar freie Hand für seinen Feldzug gen Italien. Dafür verspricht er dem kaiserlichen Waffennarren, neben der eigenen Artillerie auch die Kanonen aus den Gießereien Nordtirols einzusetzen. Werber schlagen die Trommel. »Kommt! Kommt! Fette Beute gilt es in Italien zu holen. Kommt!« Brustpanzer werden gewienert, Fahnen geschneidert, und auf dem Banner des Königs prangt der Wahlspruch: »*Missus a Deo! Voluntas Dei!*« Der Kriegsherr fühlt sich ›von Gott geschickt‹ und handelt in ›Gottes Willen‹.

FLORENZ

Die vaterlosen Kinder

In den Kanzleien der Fürstenhöfe geht das Gerücht von der drohenden Gefahr längst ein und aus. Da befällt es Girolamo in seiner Zelle wie eine Vision. Und der gewählte Bruder Provinzial, Prior von San Marco, besteigt den Kanzelkorb: »…bald! Bald! Bald! Das Unheil naht! Gott sprach zu mir: Eine Sintflut von Soldaten und Fürsten wird über die Alpen kommen und das ganze Land überfluten… Diese Plage habt ihr selbst durch eure Sünden heraufbeschworen… Und das Hauptziel soll Rom sein, denn dort ist die Niedertracht der Priester am größten… Ihr weltlichen und kirchlichen Herren, oh, verlasst euch nicht auf Wälle und Burgen. Dieser neue Kyros ist von Gott zu euch gesandt. Von ihm werden die Städte und Festungen wie kleine Äpfel vom Baum geschüttelt…«

Unter den atemlosen Zuhörern befinden sich auch zwei verängstigte Gelehrte.

»Fra Girolamo besitzt übernatürliche Fähigkeiten«, flüstert Graf Pico della Mirandola. »Ich kann nicht anders, ich glaube an ihn.«

Angelo Poliziano quillt Schweiß aus dem schwarzstoppeligen Haar. »Lange hegte ich Zweifel. Doch alle Voraussagen trafen ein. Lorenzo, Innozenz und auch Ferrante, sie sind gestorben. Ich will mich der Erkenntnis des Predigers nicht verschließen: König Karl, der Achte seines Namens, wird uns als heiliger Held von Gott gesandt, um alle Christen von ihren Sünden zu befreien.«

Von Lorenzo verlassen, haben die beiden Freunde wie vaterlose Kinder nach neuem Halt gesucht und ihn bei Fra Girolamo gefunden.

Der Tollpatsch stolpert

Auf Drängen besonnener Ratgeber überlässt Piero de' Medici das ihm lästige politische Geschäft dem Kanzler seines verstorbenen Vaters. »Ich will frei sein für die schönen Dinge des Lebens.«

Auf einem Tanzvergnügen, bei dem auch seine beiden Vettern

anwesend sind, hat er sich ein hübsches Mädchen erwählt. Jedoch der elegantere jüngere Vetter, Giovanni, hat mehr Erfolg bei der Schönen. Wutentbrannt ohrfeigt ihn Piero vor aller Augen. Eine Blamage! Giovanni verlässt mit seinem Bruder sofort das Fest.

Jedoch Piero verfolgt seine beiden Verwandten in blindem Hass. »Diese Kerle sind von Frankreich bestochen worden. Sie haben sich heimlich mit dem Mailänder Lodovico verbündet. Verhaftet sie wegen Hochverrats an der Republik Florenz!«

Der Befehl muss ausgeführt werden. Bei einer kurzen Untersuchung stellen sich die Vorwürfe als haltlos heraus. Piero gibt großmütig nach, verbannt aber die Vettern aus der Stadt.

Gedankenlos hat der neue Machthaber von Florenz einen Keil zwischen die eigene Familie getrieben, und die Gestraften ruhen nicht, seine Anschuldigung nachträglich in die Tat umzusetzen. »Diese Schmach wird er uns büßen!« Spornstreichs strecken sie ihre Fühler nach dem verfeindeten Mailand aus und sehen dem französischen Eroberer voll Freude entgegen.

Ein sicherer Hafen fürs Geld

»Liebchen, schließ deinen Laden ab. Ich muss mit dir feiern.« Fioretta Gorini schweigt und kichert vor sich hin, bis die Freundinnen ihr Haus in der Nähe der Via Larga erreicht haben. Sie führt Laodomia durch die Halle, den Speisesaal, die Schlafzimmer und dreht sich wie eine Tänzerin im halb leeren Kontor ihres Gatten. »Na, fällt dir nichts auf?«

»Wenn ich ehrlich bin, nein.«

»Sehr gut. Darauf will ich mit dir anstoßen.« In einem Zug leert die feine Dame den Becher. Laodomia nippt nur am Wein. »Bitte, jetzt verrate endlich, warum du so fröhlich bist.«

»Er ist weg.« Die beringte Hand ahmt einen flatternden Vogel nach. »Mein Gorini hat es vorgezogen, die Stadt zu verlassen. Und keinem fehlt er, selbst mir nicht.«

Laodomia sucht sich hastig einen Stuhl. »Warum, um Gottes willen?«

Mit einem frisch gefüllten Becher setzt sich Fioretta zu ihr. »Er meint, wenn Krieg droht, dann wäre eine Hafenstadt sicherer fürs Geld. Deshalb ist der Hase vorläufig nach Pisa umgezogen. Schau nicht so besorgt, Liebchen, auf der Strozzi-Bank liegt genug Gold für mich, genug für mein ganzes Leben.«

»Aber jetzt bist du ganz allein, ich meine, so ohne Schutz.«

Fioretta reckt die Brüste. »Aber Liebchen, ich brauche nur mit dem Tüchlein zu winken, und was meinst du, wie viele Ritter bei mir vor der Tür stehen?« Gleich rundet sie die Augen. »Glaubst du, es gibt Krieg? Hier bei uns?«

»Davon verstehe ich nicht viel. Meine Petruschka ist fest davon überzeugt, weil sie es von Fra Girolamo gehört hat, aber auf sein heiliges Geschwätz gebe ich nichts. Nur Rodolfo sagt auch, dass der französische König es ernst meint, und deshalb ...«

»Was kümmert es uns, Liebchen. Wir sind keine Männer, und manchmal hat das auch Vorteile.« Ihre Stimme versinkt in ein Gurren. »Erzähl mir von deinem Seidenfabrikanten. Schön reden kann er ja, aber was ist, hat er ein geheimes Glockenspiel?«

»Rodolfo ist sehr lieb zu mir ...«

»Ja, ja. Spann mich nicht auf die Folter, Liebchen. Du weißt schon, was ich wissen will. Nun red schon.«

NORDITALIEN

DER TRIUMPHZUG

Am 3. September überquert das Heer Karls VIII. die Alpen und betritt italienischen Boden. Kein Widerstand. Die ersten Städte begrüßen begeistert den Erlöser der Christenheit.

Alarmierende Berichte erreichen den Vatikan. »Heiliger Vater! Es sollen sechzigtausend Mann sein. Kein zerlumpter Haufen. Disziplinierte, fest besoldete Männer, die meisten von ihnen Schweizer Infanteristen. Sie führen Kanonen mit sich, denen keine Kavallerie gewachsen ist!«

Papst Alexander verzichtet auf das Mittagsmahl. »Wir müssen uns absichern.« Und der Oberhirte schließt eilig ein Bündnis mit Alfonso, nun der Zweite seines Namens und König von Neapel. Alfonso zieht nach Norden. Tapfer wirft er sich dem Eroberer entgegen. Bei Rapallo werden seine Truppen im Hagel der Eisenkugeln zerschmettert, und der König von Neapel muss sich Hals über Kopf zurückziehen. Nun bleibt ihm nur noch, eilig die Verteidigung seines Herzogtums vorzubereiten.

FLORENZ

Du sollst heimkehren zu Gott

Der Prediger von San Marco weiß, dass die Stunde gekommen ist. Auch die hartnäckigen Zweifler kann er nun besiegen, denn seine Prophezeiungen sind nicht länger mehr die Wahnvorstellung eines hungernden Bettelmönches. Am 21. September 1494 predigt er vor Abertausend Gläubigen: »›Und Gott sprach zu Noah: Baue eine Arche ... denn siehe, ich will eine Sintflut kommen lassen auf Erden ...‹ Brüder und Schwestern! Die neue Sintflut ist da, wie ich sie euch angekündigt habe. Das französische Heer ergießt sich über die italienischen Lande ... und wälzet sich, einer verheerenden Sturmflut gleich, auf unsere Stadt zu ...«

Das Volk bricht in Angstgeschrei aus, taumelt nach der Predigt bis ins Mark erschreckt durch die Straßen.

Angelo Poliziano sinkt neben Graf Pico auf eine der Steinbänke am Palazzo Medici. »Mir schwindelt, mein Freund. Das Fieber hat mich wieder befallen.«

»Sollte dich die Predigt derart aufgewühlt haben?«

»Ich weiß es nicht.« Der kleine Gelehrte nimmt die grellbunte Mütze vom Kopf und trocknet sich mit ihr den Schweiß von der Stirn. »Früher war ich ein zynischer Spötter. Doch nun spielt mein Gehirn mir selbst Streiche und bringt keinen klaren Gedanken mehr zustande. Lorenzo, meine Sonne, ist untergegangen. Die Lebensfreude hat sich so verdunkelt, mein Freund, dass ich mich fürchte.«

»Und er?« Graf Pico faltet die Hände. »Kann er nicht ein neues Licht für dich sein?«

»So lange habe ich den Prediger bekämpft …«

»Jedoch er musste siegen, weil er der Mund Gottes ist. Wenn ich dies sage, schmälert es nicht meine Liebe zu Lorenzo, denn unser Freund war auch nur ein einfacher Mensch wie wir.«

Schüttelfrost befällt Poliziano. »Du magst ja Recht haben, ich weiß es nicht besser. Vielleicht sollte ich mich in Fra Girolamos Schutz begeben, wenigstens um meiner Seele willen …« Die Stimme versagt, und der Gelehrte fällt ohnmächtig zur Seite.

Drei Tage lang steigt das Fieber, flirrende Stunden, in denen der Kranke Texte der alten Philosophen stammelt und Bruchstücke seiner eigenen Gedichte zitiert.

Am 24. September weiß der Arzt keinen Rat mehr, und Graf Pico ruft den Prior von San Marco ans Sterbelager des Freundes.

»Du sollst heimkehren zu Gott«, tröstet Fra Girolamo und drängt: »Doch nicht in deinen eitlen, bunten Gewändern. Nimm zum Zeichen deiner Demut das Kleid unseres Ordens, in ihm kannst du getrost vor deinen Schöpfer treten.«

»Ja, ehrwürdiger Vater, ich will«, flüstert Poliziano. »Wärme mich mit dem Kleid des heiligen Dominikus …« Der gefeierte Dichter und Gelehrte atmet nicht mehr.

»*Requiem aeternam dona ei, Domine* …« Und Fra Girolamo erfüllt ihm seinen letzten Wunsch.

Zurück im Kloster berichtet er seinen beiden engsten Brüdern. »Es wirft ein gutes Licht auf unsere Sache, dass selbst ein so großer Geist sich ihr nicht entziehen konnte.«

SARZANA / FLORENZ

DER TOLLPATSCH DENKT

Keine Gegenwehr. Ungehindert dringt das Eroberungsheer weiter nach Süden vor. Schon nähert sich die Streitmacht Sarzana und dem nordwestlichen Bollwerk der Republik Florenz. Anfang Oktober reitet der Gesandte Karls in die Hauptstadt am Arno ein und bittet Piero de' Medici um eine Audienz. »Mein König erwartet von Euch, dass

Ihr Eure Truppen von den Festungen abzieht und seinen Truppen freien Durchzug durch Euer Land gewährt.«

»Ich werde darüber nachdenken …«, Piero rümpft spöttisch die Nase. »Wenn ich Zeit dazu habe. Doch jetzt entschuldigt mich. Dringendere Geschäfte warten. Und grüßt meine Vettern im Hauptquartier Eures Königs. Sie sollen sich nicht dem Traum hingeben, mich hier in Florenz ersetzen zu können.«

Als der Gesandte sein Pferd besteigt, muss er mit ansehen, wie Piero leicht bekleidet mit Freunden auf einer Piazza Fußball spielt.

Der körperlich schwächliche Karl schäumt vor Zorn: »… dann werde ich Florenz einnehmen und die Stadt meinen Männern zur Plünderung freigeben …!«

Eine furchtbare Drohung. Sie verzagt die Bürger und verschreckt den jungen Bildhauer Michelangelo Buonarroti. »Wie soll ich in einer zerstörten Stadt noch Ruhe für meine Arbeit finden?« Der Kostgänger im Palazzo Medici räumt sein Handwerkszeug in einen Holzkasten, schreibt den Eltern einen kurzen Brief: »Weint nicht. Wenn sich die Lage beruhigt hat, kehre ich heim«, und verlässt, ohne sich von seinem Gönner zu verabschieden, mit einem Freund unbemerkt die Stadt. Das Tor San Gallo liegt schon lange hinter ihnen, als der Freund fragt: »Wohin?« Michelangelo reibt sich die Nase, das formlose Unglück seines Gesichts: »Vielleicht Venedig, vielleicht Bologna, nur weit weg von hier …«

In der Signoria erhebt sich offener Unmut gegen den überheblichen Sohn Seiner Magnifizenz. »Wie konnte er den Eroberer nur so reizen? Denkt er nicht an unsere Frauen und Töchter? Sollen sie in die Hände der lüsternen Soldateska fallen? Schlimmer noch, was wird aus unseren Geschäften? Eine Belagerung oder gar Zerstörung vernichtet alles, was wir in den Jahren des Friedens aufgebaut haben.«

Mitte Oktober sprengen die Kanonen den Mauerring um Sarzana und beschießen die nahe gelegene Festung Sarzanello.

Die Gefahr von außen ist nicht mehr zu überhören, und die fühlbar angespannte Stimmung in der Stadt lässt Piero jäh innehalten. »Ich soll Schuld haben?« Wie ein Junge, der mit dem Spiel der anderen nicht einverstanden ist, versteckt er den Fußball hinter dem Rücken und denkt nach. »Mein Vater ging damals in die Höhle des Königs

Ferrante und erreichte mit diplomatischem Geschick den Frieden für Florenz. Bin ich weniger tüchtig?« Er schüttelt das lockige Haar. »Nein, ich bin Lorenzos Sohn und ihm deshalb ebenbürtig.« Ohne die Erlaubnis des Hohen Rats einzuholen, beschließt er nach seinem Gutdünken, sich und die Stadt zu retten.

Am 26. Oktober verlässt er heimlich Florenz und eilt ins königliche Hauptquartier. Dort wirft er sich Karl vor die Füße: »Vergebt, Majestät! Gnade! Wie konnte ich es nur wagen, mich Euch zu widersetzen?«

Blinkende Lanzenspitzen umgeben den Thronsessel. Weil die Füße des großköpfigen Karl nicht bis zum Boden reichen, stehen sie auf einem gepolsterten Bänkchen. »Ihr habt Euch mir und damit dem Willen Gottes in den Weg gestellt. Wie wollt Ihr das Ärgernis sühnen?«

»Sagt es, Majestät. Jede Forderung werde ich erfüllen, wenn Ihr nur mich und die Stadt verschont.«

»Ihr könntet mein Freund werden«, lobt der König und tuschelt eine Weile mit seinen Ratgebern, ehe er die Bedingungen aufzählt. »Für die Dauer meiner Heerfahrt sollen mir Sarzana, Sarzanello, Pisa, Livorno und die Nachbarstädte gehören.«

»Gewährt!«

Völlig überrascht vom schnellen Erfolg, setzt Karl noch hinzu: »Außerdem verlange ich ein Sofortdarlehen Eurer Staatskasse über 200 000 Dukaten, um meine weiteren Feldzüge zu finanzieren.«

»Gewährt!«

Nun sind selbst die Thronräte sprachlos über den Alleinherrscher von Florenz. Karl VIII. fasst sich als Erster. »Man hat mir von Eurem Vater berichtet, dass er ein hartnäckiger, listiger Diplomat war. Ihr aber wisst die Probleme anders zu lösen. Setzt Euch mit mir an die Tafel. Esst und trinkt, werter Fürst. Diese kluge Entscheidung hat Euch in mir einen Freund geschaffen. Denn Eure Feinde sind nun auch die meinen.«

Piero atmet auf. Er hat die Toskana ausgeliefert und dafür die Gnade des Königs erworben und gleichzeitig die Zusage, dass seine Machtstellung von Karl gestützt wird.

FLORENZ

Der fromme Fürsprecher

Das Gerücht von der Kapitulation Pieros und seinen ungeheuerlichen Zugeständnissen erreicht die Stadt schon zwei Tage später. Ist dies der Preis für Frieden? Bedeutet die Verbeugung Pieros vor dem König wirklich Aussöhnung? Das Volk weiß nicht, ob es in Freude ausbrechen soll, und bangt weiter. Die Ratsmitglieder sind ratlos. Selbst der medicitreue Rodolfo Cattani rauft sich die Haare: »Dieser Preis ist zu hoch! Piero hat Florenz verschenkt. Er gab Pisa und beraubte uns unseres Seehafens! Er verschleuderte unsere Freiheit!«

Nur einer ist siegesgewiss. Zum Allerheiligenfest steht die abgemagerte Gestalt über den Gläubigen: »Tut Buße! Buße und nochmals Buße...! Denn das Himmelreich ist nahe!« Er hebt den knochigen Finger. »O Italien, um deiner Sünden willen kommen nun die Heimsuchungen über dich! O Florenz, um deiner Sünden willen naht nun das Strafgericht! O ihr Kirchenherren in Rom...! O ihr Vornehmen und Reichen... Gottes Hand ist drohend über euch, und weder Macht noch Weisheit noch Flucht vermag ihr zu entkommen...«

Am 2. November geißelt Fra Girolamo weiter: »... bekehrt euch zum Herrn, denn er ist gütig. Wer seine Barmherzigkeit erlangen will, der soll...« Und der Prediger verkündet neue Lebensregeln: An den Feiertagen darf sich ein jeder nur von Brot und Wasser ernähren. Gott hasst den Prunk und die üppigen Gelage. Gott hasst den Verkehr mit Bettgespielinnen und Lustknaben. »Besinnt euch, ihr Ungläubigen, sonst wird euch der Herr an Leib und Leben strafen!«

Am 3. November verlangt er mit krächzender Stimme: »Befreit euch von anstößigen Kleidern, von aufgeilenden Bildern. Verbrennt die obszönen Bücher und Schriften... solange es noch Tag ist.«

Er kann den Kanzelkorb nicht verlassen, weil die Brust ihm zu zerspringen droht, und Fra Domenico muss den Erschöpften zurück ins Kloster geleiten.

Die Signoria folgt dem Aufruf des Predigers. Aus dem Regierungspalast ergeht der Befehl: Bis zum Advent darf an Feiertagen nur Wasser und Brot zu sich genommen werden. Dreimal täglich sollen

Bittgottesdienste in allen Kirchen der Stadt abgehalten werden ... Gott sei uns gnädig!

Der 5. November. In der großen Ratsversammlung spricht ein hohes Mitglied aus, was die meisten denken: »... Es ist an der Zeit, dieser unsäglichen infantilen Herrschaft des Piero de' Medici ein Ende zu machen. Nur unter der Führung erwachsener Männer kann die Stadt ihre Freiheit zurückgewinnen ...«

Die Absetzung findet keine Mehrheit, doch ein Beschluss ist schnell gefasst: Eine Delegation des Rates soll den französischen König aufsuchen, um die Bedingungen für den Frieden zu mildern. Der Sprecher verlangt: »Dieser Abordnung muss ein Mann angehören, der mit heiligem Lebenswandel uns Beispiel gibt, der beherzt, tüchtig und erfahren ist, dessen Ruf untadelig ist. Fra Girolamo Savonarola, der Prior von San Marco!«

Vielstimmig wird dem Antrag zugestimmt. Die warnenden Stimmen von Rodolfo Cattani und einiger erschreckter Ratsherren gehen in der Begeisterung unter.

PISA

Dank oder Schelte

Bei Anbruch der Nacht begibt sich Fra Girolamo mit Silvester und Domenico zu Fuß auf den Weg. »Gott wird mir Licht geben«, versichert er, »mag auch die Politik ein dunkles, unbekanntes Land für mich sein.« In der Frühe des 6. November treffen die Mönche mit den berittenen Herren des Rates zusammen und erreichen Lucca am Nachmittag. Jedoch die königliche Zeltburg ist bereits abgebrochen. »Bittet in Pisa um eine Audienz.«

Kaum hört Piero Medici von der Gesandtschaft, wirft er sich aufs Pferd und reitet in wilder Hast zurück nach Florenz. Er ahnt, dass die Delegation seinetwegen den Eroberer aufsuchen möchte, weil er ohne Auftrag der Signoria gehandelt hat. Piero will dem Prediger und den Herren zuvorkommen. »Mir gebührt Dank und keine Schelte«, versichert er sich immer wieder. »Denn ich bringe Frieden.« Durch seinen Mund soll die Signoria vom diplomatischen Erfolg ihres Fürsten erfahren.

FLORENZ

8. November, Samstag

Gleich nach seinem Eintreffen lässt Piero von der Hofkanzlei an allen Plätzen der Stadt Wein und Zuckergebäck unter das Volk verteilen. »Genießt die Gaben, Euer Herrscher bringt gute Nachricht …!« Keine Hochrufe werden laut.

Als der Nachfolger Seiner Magnifizenz in den kleinen Sitzungssaal des Regierungspalastes tritt, weht ihm eisiges Schweigen entgegen. »Werte Herren, ich darf Euch verkünden: Der französische König ist versöhnt!« Da kein Beifall sich regt, fährt er lauter fort: »Mir gelang es, die Majestät umzustimmen …« Verächtlich zuckt es in den Mundwinkeln der Mitglieder des Hohen Rates.

»Frieden! Bedeutet er Euch nichts? Ja, er kostet seinen Preis. Aber ich denke, dieses Opfer ist geringer als der Schaden, den eine Eroberung anrichten könnte. Ich bot Karl für die Verschonung unserer Stadt …«

»Nicht weiter, Hoher Herr«, unterbricht der Sprecher des Gremiums. »Wir sind im Bilde. Und mit Verlaub, wir sind entsetzt. Wie konntet Ihr die Festung Sarzanello aufgeben? Dieses Bollwerk hätte noch Monate den Vormarsch des Franzosen aufgehalten. Wie konntet Ihr Pisa übergeben? Wie konntet Ihr …?« Die Vorwürfe gleichen Wurfmessern, und alle Klingen treffen die Brust des Medici. Zutiefst gekränkt schlägt er zurück: »Ihr wagt es, Eurem Fürsten Vorwürfe zu machen! Ihr Undankbaren, habt Ihr vergessen, dass meine Familie Euch auf diese Posten gehoben hat? Ich verlange, vor dem Großen Rat gehört zu werden. Und zwar morgen!« Der Jähzorn treibt Piero noch zu unflätigen Verwünschungen, ehe er brüllend hinausstürmt.

9. November, Sonntag

Lauter als sonst krähen die Hähne im Armenviertel jenseits des Arno. Aus den baufälligen Hütten schlüpfen zerlumpte Halbwüchsige, sammeln Steine in ihre Leinenbeutel und bewaffnen sich mit Stummelpfeifen und Holzrasseln. Pfiffe und Schnarren rufen die Mitglieder zu den jeweiligen Treffpunkten ihrer Bande. »Was gibt's?« Keiner der Anführer kann genaue Antwort geben.

»Irgendwas passiert schon«, verspricht der oberste Schnarrer seinen Leuten.

»Drüben in der Stadt stinkt es«, der oberste Pfeifer hebt die Nase. »Ich kann's riechen.«

Beide Führer befehlen: »Los, Männer, wir dürfen nichts verpassen.«

Wie Ratten huschen die Banden über die Arnobrücken und legen sich in Durchstiegen und Winkelgassen auf die Lauer.

Nach der Messe marschiert Piero Medici in Begleitung seiner bewaffneten Leibgarde über den weiten Platz vor dem Regierungspalast und pocht ans große Portal. »Ich verlange, sofort eingelassen zu werden!«

Der Befehlshaber der Wachen bleibt ruhig. »Die Herren des Großen Rates sind gewillt, Euch zu hören. Jedoch, hoher Fürst, Ihr dürft nur durch die schmale Seitenpforte den Palast betreten. Und dies auch nur allein und unbewaffnet.«

Piero droht mit der Faust und lässt sie gleich wieder sinken. »Also, Verrat«, stammelt er. »Ein Aufstand gegen mich?« Kaum gelingt es ihm, Haltung zu bewahren. Er wendet sich um und führt den Trupp eilends zurück in die Via Larga. Ehe er den Palazzo erreicht, treffen ihn zwei Steine am Rücken.

Der achtzehnjährige Kardinal Giovanni weilt schon seit Beginn der drohenden Kriegsgefahr in Florenz, um dem Bruder beizustehen. »Wir sollten uns auf die Flucht vorbereiten«, sagt er, als Piero eintrifft.

PISA

9. November, zur gleichen Zeit

Fra Girolamo darf endlich vor Karl VIII. sprechen: »Christlicher König und großer Vollstrecker der göttlichen Gerechtigkeit …! Du bist erschienen, um Italien und die Kirche für alle Verbrechen zu strafen … Heil immerdar sei deiner Ankunft …« Er spricht lange über die Liebe Gottes, auch von Barmherzigkeit den Sündern gegenüber, und vergisst auch nicht, immer wieder zu betonen, dass er als Knecht Gottes durch himmlische Eingebung und Erscheinungen stets das florentinische Volk zur Umkehr gemahnt habe. »… deshalb verschone die Stadt …! Ich ermahne dich, gedenke des Erlösers, der am Kreuze seinen Henkern gnädig verzieh! Wenn du dies einhältst, o König, dann wird Gott dein irdisches Reich mehren und dir allenthalben den Sieg verleihen. Zuletzt aber wird dir das ewige Reich jener gewähren, der allein selig und mächtig ist, der König über alle Könige …«

Karl VIII. rauscht es in den Ohren. Viel von dem Gesagten hat er nicht verstanden, wohl aber, dass dieser Mönch ihn für den himmlischen Befreier Italiens hält, und wohlgefällig hört er sich die Bitten der übrigen Gesandten an. Von einem Einlenken aber halten ihn seine Ratgeber ab. »Der Vertrag wird nach meiner Ankunft in der Stadt geschlossen werden«, entscheidet der König. Weil er sich gerade auf der Machtwolke räkelt, lässt er aus dem neblig grauen Novembersonntag die französischen Lilien aufblühen: »Ich erkläre die Stadt Pisa ab heute frei von der florentinischen Herrschaft …«

Ein folgenschwerer Eingriff ins Grundgerüst der Republik! Erschreckt zögern die Stadträte, müssen aber das Knie beugen. Karl wischt die Bedenken beiseite. »Ihr Kleinmütigen. Sobald ich in Rom angelangt bin, werde ich mit Papst Alexander die Sache regeln …«

FLORENZ

KOPFGELD

9. November, zur gleichen Zeit

Mit einem Mal setzt dumpfes Dröhnen der Domglocken ein und wächst zum Sturmgeläute! Alle Bürger zu den Waffen! Geschrei erfüllt die Straßen und Plätze!

»Das gilt uns, Bruder«, warnt Giovanni de' Medici.

»Niemals! Gott und das Volk lieben die Medici! Ich beweise es dir!« Piero lacht wie im Irrsinn und befiehlt der Leibwache, ihn wieder nach draußen zu begleiten. Nach wenigen Schritten prasselt ein Steinhagel auf ihn nieder, begleitet vom Schnarren der Holzrasseln und von gellenden Pfiffen. Männer drohen dem Fürsten mit alten Säbeln und Spießen, greifen aber nicht an. Zerlumpte Knaben huschen näher, entblößen den Hintern und tauchen wieder in die Dunkelheit der Gassen.

Ein Bote stürzt aus Richtung Dom auf Piero zu. »Schnell, Herr! Zieht Euch zurück. Soeben hat die Signoria Euch und den Kardinal für vogelfrei erklärt. Beeilt Euch, ehe das Volk davon Kenntnis erhält.«

Vorbei sind alle Träume des Hochmutes, nackte Angst befällt den Herrscher von Florenz. Überhastet rafft er Siegel und Besitzurkunden an sich. »Sattelt die Pferde!« Im Schutze der Leibgarde galoppiert er über die Via Larga stadtauswärts, vorbei an San Marco, vorbei an den Prachtgärten. Niemand versperrt ihm das Tor San Gallo. Der Ausbruch gelingt. Piero, der Sohn Seiner Magnifizenz Lorenzo de' Medici, hat sich durch Flucht dem Zugriff des Volkes entzogen.

Ein Knecht bringt die nächste Hiobsbotschaft in den Palazzo an der Via Larga. »Kopfgeld!«, hechelt er Kardinal Giovanni zu. »Die Signoria hat auf den Kopf Eures Bruders 4000 Florin ausgesetzt. Und wer Euch tötet, soll 2000 Goldstücke verdienen!«

»Nur zu, mein Freund«, lächelt Giovanni, »schneller kannst du nicht reich werden.«

»Aber Exzellenz, verspottet nicht einen Diener, der Eurem Vater schon treu gedient hat.«

»Dann hilf mir, etwas von seinem Andenken zu bewahren.«

Am Tor brüllt schon der Pöbel: »Freiheit für das Volk!!« Äxte schlagen ins Holz.

Schnell verpackt Giovanni mit dem Knecht alte, wertvolle Handschriften, die Sammlung von unschätzbaren Kameen, Juwelen und Münzen. Er kleidet sich in die Kutte der Franziskaner und führt ein hochbeladenes Packpferd durch die Hinterpforte aus dem Palazzo. Unbeachtet erreicht er San Marco, das Hofkloster der Familie. »Bewahre den Schatz für uns auf«, bittet er den Bruder Pförtner, »und lasse eine Messe für uns Medici lesen.«

Zu Fuß führt er sein Pferd weiter zum Tor. Die Wachen lassen den Franziskaner ohne Kontrolle passieren, und Giovanni reitet seinem Bruder nach. Bologna, dort wollen die Vertriebenen Unterschlupf finden, und wenn nicht dort, dann in Venedig...

Ein Ratsherr heizt die Stimmung an, Francesco Valori. Vor Monaten noch stand er als treuer Gefolgsmann auf Seiten Seiner Magnifizenz Lorenzo, war sogar Sprecher der Abordnung, die den Prediger baten, mit dem Endzeitgeschrei aufzuhören. Heute schwingt er sich als lautstarker Einheizer gegen die Medici auf. Von Valori angeführt, hält das Hauptportal der wilden Gier des Pöbels nicht länger stand. Plünderung, Zerstörung, die Herberge der Schönheit wird zertrampelt, zerrissen und besudelt. Auf den Schultern schleppt die Meute Bilder, Vasen und Skulpturen hinaus. Nach wenigen Stunden kauern die zurückgelassenen Frauen und kleinen Kinder der Medici-Familie inmitten zerfetzter Kleider, gebrochener Möbel und beweinen ihr Schicksal.

Der Pöbel zieht weiter. Mit brennenden Fackeln bestürmt er nun auch die Häuser der Medici-Freunde, doch erbitterter Widerstand schlägt die Raubgierigen zurück.

»Freiheit! Freiheit!« Ganz muss das Joch der Tyrannei abgeschüttelt werden. »Hängt die Blutsauger!« Die Wut richtet sich nun gegen die verhassten Steuereintreiber. Ihre Wohnungen werden geplündert, die Beamten auf die Straße gezerrt und geprügelt.

Als Laodomia sich am späten Nachmittag in Begleitung Petruschkas das erste Mal auf die Straße wagt, zeigt sie an der Baustelle des neuen Palazzo Strozzi voll Schauder auf einen vorkragenden Balken. Ein Toter baumelt am Strick, das spitznasige Gesicht blau angelaufen, die Zunge hängt ihm aus dem aufgerissenen Mund. »O mein Gott. Ich kenne den Mann. Damals kam er in den Laden und wollte meine Gewürztöpfe mitnehmen, weil ich kein Kassenbuch geführt hatte. Das ist Fibonacci.«

»Sieh nicht hin, Kleines.« Petruschka legt ihren Mantel schützend um die Freundin. »Der Steuereintreiber hat gesündigt. So ist es nun mal, wenn das Gottesgericht hereinbricht. Fra Girolamo hat uns gewarnt.«

»Nein, sag das nicht.« Laodomia presst sich an den mächtigen

Busen. »Auch wenn Fibonacci kein Mitleid mit den Armen hatte, auf diese Weise durfte er nicht sterben.«

In der Abenddämmerung ziehen sich die Schnarrer und Pfeifer wieder über den Arno zurück. »Leute, wir haben euch nicht zu viel versprochen«, sagen die Anführer befriedigt. »Es war ein guter Tag.«

11. November

Nach seiner Rückkehr wird Fra Girolamo als der mutige Held gepriesen. Im Gegensatz zu den Politikern hatte er es gewagt, dem Eroberer ins Gewissen zu reden, auch wenn er ihn nicht vom Weitermarsch auf die Hauptstadt hatte abhalten können. »Lasst euch ermahnen, Brüder und Schwestern, und tut Buße! Buße! Buße! Nur so wird euch göttliches Erbarmen zuteil … Außerdem bitte ich um Nachsicht mit den Anhängern der Medici. Auch sie sind Menschen wie ihr …«

DAS STUNDENGLAS

Graf Pico della Mirandola greift sich an die Kehle. Luftnot. Kein Riechsalz vermag ihm Linderung zu verschaffen. »Lauf nach dem Medicus, mein Liebling«, bittet er Raffaele.

Der Aderlass und heißer Wein, gemischt mit Kampfer und Saft aus der Rinde des Pfirsichbaums, lösen den Krampf. Jeder Atemzug aber fährt wie glühendes Eisen in seine Brust und treibt das Fieber. Pico fühlt sein Ende nahen, will sich ihm gerne hingeben, weil er fürchtet, der nun angebrochenen neuen Zeit nicht gewachsen zu sein. Mit schwacher Hand winkt er dem treuen Lustknaben. »Setze dich zu mir … Der Tod hat sein Stundenglas aufgestellt, mit jedem Sandkorn verrinnt auch mein Leben. Wir müssen Abschied nehmen …«

»Ihr dürft mich nicht allein lassen.« Raffaele schnieft wie ein kleiner Hund. »Wohin soll ich denn? Ich hab doch niemanden außer Euch, Herr.«

»Deine lieben Großeltern …«

»Da schlafe ich, mehr hab ich mit den Schneidersleuten nicht zu schaffen.«

»Geh zu deiner Mutter.«

»Ich bin kein Kind mehr, das sich in Rockschößen verkriecht. Bleibt bei mir, bitte, Herr, oder nehmt mich mit.«

»Deine Hingabe beglückt mich.« Graf Pico streicht über die zarte, glatte Wange des Siebzehnjährigen. »Aber du bist noch viel zu jung für die Dunkelheit, mein schöner Erzengel.« Er hüstelt, und nach einer Weile schimmert Licht in den müden Augen. »Habe keine Angst. Ich lege dich unserem heiligen Fra Girolamo ans Herz. Er wird in Zukunft dein Vater sein. Warte, bis sich die Unruhen gelegt haben, und dann wende dich vertrauensvoll an den Prior.« Der Kranke überreicht Raffaele einen prallen Lederbeutel. »Dies zum Dank, dass du unser Geheimnis so treu vor anderen bewahrt hast. Das Gold kann nicht trösten, aber dir etwas Sicherheit geben. Nun wisch die Tränen weg, und schenke mir noch ein Lächeln zum Abschied.«

Raffaele nimmt den Schatz. Gleich versteckt er ihn unter dem Samtrock. »Darf ich Euch nicht mehr besuchen?«

»Nein. Ich bin stets ein Diener der Wissenschaft gewesen, meine Schriften haben große Anerkennung erworben. Deshalb will ich im Kreise würdiger Männer dahingehen. Unser kleines Geheimnis muss ich vor ihnen bewahren. Das verstehst du doch, mein schöner Erzengel? Lebwohl.«

Raffaele hat die Sätze nicht begriffen. Er verneigt sich und legt die Hand auf den Beutel unter seinem Wams. »Danke für Eure Güte, Herr.« Er schenkt dem Grafen ein letztes Lächeln und verlässt den Raum.

Ein Fässchen Wein

»Die französischen Truppen lagern bei Empoli!«

»Karl steht vor den Toren unserer Hauptstadt!«

Selbst ein erneuter Besuch des Mönches kann ihn nicht zurückhalten. »Ich komme in friedvoller Absicht«, beteuert der König. »Kein Gott und keine weltliche Macht aber werden mich daran hindern, in Florenz einzuziehen.«

Warum diese vage Aussage? Will er uns täuschen? Die Signoria trifft überhastet Vorkehrungen: Verteilt auf alle Stadtteile richtet sie in Wohnhäusern große Waffenlager für die Bürgerwehr ein. Söldnertrupps sollen sich im östlichen Umland bereithalten. Geldkisten, Schmuck und Kunstwerke verschwinden hinter Kellermauern. Junge Frauen und Mädchen werden aus der Stadt gebracht oder in den Klöstern versteckt.

Rodolfo Cattani sucht Alfonso Strozzi auf. »In meiner Eigenschaft als Mitglied des Rates bitte ich Euch, sorgt für Eure weiblichen Angehörigen, auch für die Mägde und Sklavinnen. Sie dürfen nicht dem wollüstigen Übergriff der Franzosen ausgeliefert sein.«

Alfonso blickt den Seidenhändler leicht spöttisch an. »Um wen sorgt ihr Euch wirklich, verehrter Rodolfo? Um meine Mutter? Meine Gemahlin? Die Schwägerinnen? Oder bekümmert Euch lediglich meine Tante Laodomia? Nein, zürnt nicht. Die Lage ist viel zu ernst. Wenn Ihr zum Gewürzladen geht, werdet Ihr die Tür verschlossen vorfinden.« Der Bankherr nimmt den Besucher beiseite und setzt leise hinzu: »Heute früh habe ich alle Damen und auch die noch jugendlichen Frauen des Gesindes auf unser Landgut bringen lassen. Auch Laodomia befindet sich inzwischen dort, in Begleitung ihrer Freundin, Signora Gorini.« Alfonso schmunzelt. »Die Abreise der beiden verzögerte sich etwas, weil die Dame Fioretta nicht ohne eine Truhe voller stattlicher Garderobe fliehen wollte. Außerdem versuchte sie auch ein Fässchen Wein mitzunehmen. Erst als ich bei Gott schwor, dass mein Keller auf dem Landsitz reichlich Vorrat an guten Tropfen enthält, verzichtete sie auf die flüssige Wegzehrung. Eine bemerkenswerte Frau, diese Fioretta Gorini.« Er pfeift leise vor sich hin. »Keine Sorge also. Nur mein wehrhafter Hausdrache Petruschka und einige ältliche Dienerinnen halten die Stellung im Palazzo. Bei deren Anblick wird jedem französischen Hahn ganz gewiss der Kamm wieder abschwillen.«

»Danke, diese Auskunft erleichtert mich.« Rodolfo verschränkt die Hände im Rücken. »Dennoch empfinde ich große Sorge. Nicht allein wegen des französischen Eroberers. Nein, was erwartet uns, nachdem er wieder abgezogen ist?«

»Ihr meint die Zeit nach Piero Medici?«

»So ist es. Wenn ich bedenke, wer in diesen Tagen als Fürsprecher der Stadt aufgetreten ist und mit einem Mal höchstes Lob von Seiten der Signoria einheimste.«

Vorsichtig tasten sich die beiden Männer aufeinander zu. Schließlich wagt Alfonso den Namen auszusprechen. »Fra Girolamo, der Obere von San Marco. Unversehens hat der schreiende Bußprediger eine politische Bedeutung erhalten.«

»Seid Ihr glücklich darüber?«

»Gott bewahre uns vor ihm!«

Der Seidenfabrikant verneigt sich vor Alfonso. »Eure Ansicht lässt mich hoffen. Ich kenne Freunde, die ähnlich denken. Wir sollten dieses Gespräch bald vertiefen.«

»Mein Haus steht Euch offen, lieber Rodolfo, jederzeit.«

Mit einem festen Händedruck verabschieden sich die Herren.

UNTER NEUEN FITTICHEN

In der Nacht zum 17. November erleuchten Kerzen das Krankenzimmer. Graf Pico atmet flach, sein Blick ist fest auf Fra Girolamo gerichtet. »Eure liebevolle Ermahnung geht mir zu Herzen, Vater. Das Testament ist unvollständig. Ich möchte meinem letzten Willen noch etwas hinzufügen. Gebt mir Papier und Feder.«

Mit zittriger Hand ändert Pico sein Vermächtnis und schenkt auch dem Kloster San Marco eine große Summe Geldes. Zum Dank lässt ihn der Prediger vom Sakristan in die Kutte der Dominikaner einkleiden. »Freund und Bruder, du bist nun einer von uns.«

»Daheim«, seufzt Pico. Dann befällt ein Zucken das blasse Gesicht. »Eine Bitte. Erfüllt sie mir in Eurer Güte.«

Dicht beugt sich Girolamo über ihn. »Wie könnte ich Euch etwas abschlagen.«

»Erinnert Ihr Euch an meinen jungen Helfer? Er begleitete mich, als ich Euch das erste Mal in San Marco aufsuchte. Raffaele. Erinnert Ihr Euch?«

»Der schöne Erzengel.« In den tiefen Augenhöhlen glimmt Licht. Nach einer Weile benetzt Girolamo die wulstigen Lippen. »Ich scherzte noch, dass er es war, der unsere Wege wieder zusammengeführt hat. Sein Anblick hat sich mir eingebrannt. Genau sehe ich die Gesichtszüge vor mir.«

»Raffaele ist Halbwaise …«

»Ich erinnere mich«, unterbricht Girolamo streng. »Und als Sohn einer dieser unzüchtigen Witwen lebt er bei den Großeltern. Welch ein beklagenswertes Schicksal, solch eine Mutter zu haben.«

Graf Pico hüstelt. Erst als das Stechen in seiner Brust nachlässt, findet er Kraft weiterzusprechen. »In mir fand er Halt. Ich lehrte ihn schreiben, lesen und öffnete Raffaele den Horizont. Nun muss ich ihn zurücklassen. Allein ist er der sündigen Welt nicht gewachsen. Bitte, Vater, nehmt Euch seiner an.«

Die dürren Finger umschließen die schlaffe Hand. »Seid getrost. Der Erzengel wird nicht untergehen. In großer Liebe nehme ich ihn unter meine Fittiche.«

»Danke, Vater.«

Heiter und Gott hingegeben empfängt Graf Pico die Sterbesakramente, bekennt seinen festen Glauben an die Lehren der Kirche, und als ihn Fra Girolamo mit dem Sakristan verlässt, flüstert er: »Nun ist alles gut.« Der Medicus verabreicht dem Kranken einen Schmerztrunk. Getröstet dämmert er in den Schlaf hinüber.

17. November, Montag

Regenschwaden treiben durch die Straßen. Jenseits des Arno prangt am Morgen über dem Stadttor San Frediano ein Spruchband: »Willkommen, du Bewahrer und Beschützer unserer Freiheit!« Gegen Mittag verlieren die goldenen Lettern wegen der anhaltenden Nässe langsam ihre Konturen, und als wenige Stunden später Posaunenklänge sich von Westen dem Tor nähern, sind die Grußworte kaum noch zu entziffern.

In durchweichten festlichen Gewändern schreiten, angeführt vom Hohen Rat, Abordnungen der vornehmen Patrizier, die Oberen der Klöster und geschmückte junge Männer dem König entgegen. Sie müssen in den Schlamm neben der Straße ausweichen. Die gewaltige Macht benötigt Platz: Trompeter und Trommler führen lärmend den Zug an. In vorbildlicher Ordnung reiten dreitausend Schweizer Söldner vorbei, der Regen scheint ihren blinkenden Uniformen nichts anhaben zu können. Es folgen berittene Armbrust- und Bogenschützen, sie schleppen ein Heer von viertausend Fußsoldaten nach sich. Kanonen rollen heran. Immer noch müssen die Florentiner warten und starren auf die dreihundert Bogenschützen der Leibwache, nicken den mehr als dreihundert Höflingen zu, und nun endlich wird ihnen eine Lücke auf der Straße freigegeben. Eilig nimmt der Hohe Rat mit dem Aufgebot Haltung ein.

Wie ein ausladender Pilz beschirmt der weiße Hut das unförmige Haupt des Eroberers. Der blaue Mantel fällt nicht mehr lose und weit von den Schultern, sondern klebt nass an dem schmächtigen Körper und liegt faltenzerknautscht auf der Kruppe des Rappen. Neben dem Schlachtross buckelt ein Diener, ein zweiter kauert sich auf Knie und Hände. Ein Trompetenstoß! Der König rutscht aus dem Sattel und steigt zur Erde nieder.

»Willkommen, o allmächtiger Herrscher. Florenz begrüßt demütig die Sonne des französischen Throns ...!«

»Wir sind beglückt über diesen Empfang«, nuschelt Karl und zerrt den Mantelstoff vor seinem Brustharnisch auseinander. »Ich hoffe, Eure Gastfreundschaft entschädigt mich für dieses Wetter. Lasst uns in der Stadt an geschützterer Stelle mit der Zeremonie fortfahren.«

Auf dem Platz vor dem Regierungsgebäude drängt sich das Volk, noch sprachlos vom Anblick der Soldateska, die sich in allen Hauptstraßen ausgebreitet hat.

Ein Mädchen deutet nach vorn auf die Gestalt unter dem blauen Baldachin und fragt seine Mutter: »Zeigt uns der Zwerg mit dem großen Kopf und der Warzennase jetzt Kunststücke?« Sofort verschließt die mütterliche Hand den Kindermund. »Still. Das ist der König.«

Karl VIII. hört leicht ungeduldig der Ansprache des Philosophen Marsilio Ficino zu: »... Ihr seid der neue Karl, mächtig wie der Erste dieses Namens, Karl der Große. Eure Heerfahrt geschieht in göttlichem Auftrage. Christus hat Euch ausgesandt, dereinst Jerusalem zu erobern. Wenn Ihr heute nach Florenz kommt, so kommt Ihr in Euer Eigentum, und die Bewohner nehmen Euch mit ganzem Herzen auf ...«

Karl will endlich unter ein festes Dach, das Protokoll aber zwingt ihn zunächst vor den Hochaltar des Doms, dort kniet er nieder und schwört, die Freiheit von Florenz zu wahren. Hiernach schließlich führt ihn der Hohe Rat zu seiner Herberge in die Via Larga. Das

Hauptportal des Palazzo Medici ist mit dem Wappen des Eroberers geschmückt, und im Innern verdecken blaue Lilientücher die Wunden der Plünderung.

Frisch gewandet befiehlt Karl den Sprecher der Signoria zu sich. »Ehe Wir uns zur Tafel begeben, zeigt Uns die Sammlung der herrlichen Kameen und die wertvollen Münzen des Hausherrn. Wir hörten so viel von diesen Schätzen.«

»Verzeiht, Majestät«, dem Ratssprecher treten Schweißperlen auf die Stirn. Er greift zu einer Notlüge. »Ich bin untröstlich. Aber in den Wirren des Aufstandes gegen Fürst Piero sind die Sammlungen verschwunden. Niemand weiß von ihrem Verbleib.«

»Schade.« Wie ein schmollendes Kind schiebt Karl die dicken Lippen vor. »Wirklich jammerschade. Wir hätten Uns über dieses Andenken sehr gefreut.«

Während der Duft nach gefüllten Kapaunen die königliche Hakennase kitzelt, betritt ein Bote den Speisesaal und flüstert Marsilio Ficino eine Nachricht zu. Der Gelehrte verzichtet auf den knusprigen Braten und wartet ab, bis sich die Tafelrunde das triefende Fett vom Kinn gewischt hat, dann erhebt er sich. »Allmächtiger König, erlaubt mir noch ein Wort.«

Karl rundet zwar indigniert die großen Augen, gibt aber sein Einverständnis.

»Graf Pico della Mirandola, unser Freund, der weit über die Grenzen bekannte und verehrte Denker, ist nach kurzer, heftiger Krankheit in dieser Stunde von uns gegangen.« Erschreckte Rufe unterbrechen den Redner, doch mit Handgesten beschwichtigt er die Unruhe und wendet sich wieder an den Herrscher: »Mag auch die Trauer schmerzen, nun ist es offenbar, warum Ihr gerade an diesem 17. November in unsere Stadt habt einziehen müssen. Die Vorsehung wollte nicht, dass Florenz auch nur einen Tag im Dunkel liege. Deshalb entzündete sie statt des erloschenen philosophischen Lichtes Euer Licht, das Licht des Königs.« Er greift nach dem Weinkelch, alle Herren erheben sich, und schweigend trinken sie den ersten Schluck zum Gedenken an den Toten und mit Jubel den zweiten zur Begrüßung des Eroberers.

Zwei Seile für vier Parteien

Nicht allein Stärke kann den Erfolg bringen, sondern auch Geschicklichkeit und der längere Atem. Dies mag beim sportlichen Wettkampf ein Vergnügen sein, für Florenz jedoch bedeutet es nun bitteren Ernst. In den Straßen herrscht Lebensangst auf der einen und Raublust auf der anderen Seite. Einige französische Trupps schwärmen aus und versuchen sich am Reichtum der Geschäftsleute zu vergreifen. Sofort läutet die Sturmglocke auf dem Palast der Signoria, und von den Hausdächern prasseln Möbel, Steine und vorbereitete Säcke voller Kot auf die Unvorsichtigen nieder und treiben sie wieder zurück in die Quartiere. Beim zweiten Versuch stürzen die Bürger mit blanken Waffen aus den Häusern, und nur das besonnene Eingreifen der Offiziere kann ein Blutbad verhindern. Im Schutz der Dunkelheit schleichen die Hauptleute der Bürgerwehr von Haus zu Haus. »Habt keine Angst. Wir kennen jeden Winkel unserer Stadt, die Söldner aber nicht. Seid wachsam, Freunde, dann kann uns kein noch so starkes Heer im Straßenkampf bezwingen.«

Im Palazzo Medici folgt eine Verhandlung der nächsten. Die Vertreter des Hohen Rates ringen mit den königlichen Ratgebern um die Freiheit der Stadt. Derweil König Karl speist und trinkt. Mit einem seiner großen Augen zwinkert er der Gemahlin Pieros zu: »Madame, Ihr seid so liebreizend. Könnte das einsame Herz eines Feldherrn auf Eure Gnade hoffen?«

»Wir sollten beim Wein darüber sprechen.« Die Angebetete nestelt an ihrem Brusttuch. »Diese schändliche Vertreibung meines Gatten und der Verlust allen Besitzes rauben mir Nacht für Nacht den Schlaf ...«

»Oh, Madame, ich werde mich Ihres Kummers annehmen.«

Entschlossen greift der König in die Verhandlungen ein. »Vor allem scheint es Uns notwendig, den Bannspruch gegen Fürst Piero wieder aufzuheben.«

»Niemals!«, ereifern sich die Ratsherren. »Eher sterben wir mit Weib und Kind, als dass wir die Rückkehr des Medici erlauben!«

»Ich bin der Eroberer«, faucht Karl in wildem Zorn. »Vergesst dies nicht! Es steht in meiner Macht, die Stadt zu plündern.«

Das Seil ist zum Zerreißen gespannt. Das Waffengeklirr in den Straßen nimmt zu. Nur ein kühner Mann kann den drohenden Bürgerkrieg noch abwenden. Die Signoria eilt zum Kloster San Marco. »Hilf uns aus der Not, ehrwürdiger Vater.«

In der Priorwohnung bereitet sich Fra Girolamo im Beisein seiner engsten Freunde auf den schweren Gang vor. »Die Mächtigen der Welt sind ratlos, geliebte Brüder, sie rufen nach mir. Nun liegt es in meiner Hand.« Er knorzt heftig durch die Nase. »Vielleicht kommt noch heute das göttliche Strafgericht für Florenz oder ...« Er beendet den Satz nicht. »Verharrt im gemeinsamen Gebet bis zu meiner Rückkehr.«

Am Hauptportal des Palazzo Medici kreuzen die Wachposten ihre Speere. Vor dem glühenden Blick müssen sie weichen. Mit dem Kruzifix in beiden Händen dringt der Mönch in den Saal ein und schreitet ungehindert vor den Thronsessel. »Habt Ihr meine Mahnungen vergessen?«, fährt er den erschreckten König an. »Ihr handelt gegen Euren von Gott befohlenen Auftrag, wenn Ihr Florenz plündert ... Der Herr über alle Könige wird Euch strafen und Euch selbst der Qual aller Höllen übergeben ... Ich ermahne Euch eindringlich, bleibt auf dem Pfade der Gerechtigkeit ...«

»Schon gut, Vater!« Karl wehrt mit den Händen ab. »Sprecht keinen Fluch über mich aus, bitte. Ich habe friedliche Absichten.« Von seinen Ratgebern lässt er sich hastig einen Vertragsentwurf reichen. »Dies ist ein Kompromiss. Keine Rückkehr des Medici an die Macht. Dafür müssen ihm Ehre und Güter wiedergegeben werden. Die Verbannung soll nur vier Monate dauern. Damit wäre der Hauptanlass der Spannungen ausgeräumt. Seid Ihr meiner Meinung, ehrwürdiger Vater?«

Der Obere von San Marco nickt gnädig. »Diese Vereinbarung ist annehmbar. Jedoch, damit niemand sie noch verderben kann, bitte ich, die Urkunde in allen Sprachen der hier versammelten Barone und Stadträte laut zu verlesen.«

Latein, Italienisch und Französisch. Als der Herold endlich schweigt, dreht sich Fra Girolamo um und verlässt hölzernen Schritts den Saal.

Gerettet. Die Gefahr ist abgewendet. »Dank sei unserm heiligen Prediger«, flüstern die Menschen in ihren Stuben.

25. November

Der Vertrag wird feierlich unterzeichnet. Die vom Tollpatsch Piero ausgelieferten Städte sollen zwei Jahre nach dem Feldzug des Königs wieder an Florenz zurückfallen. Nur noch 120 000 Dukaten beträgt das Darlehen, zahlbar in drei Raten... Als Gegenleistung darf Florenz das Wappen Karls führen und erhält freien Handel in den Königreichen Frankreich und Neapel.

26. November

Begeleitet vom Jubel des Volkes wird die Urkunde am 26. November vor dem Regierungspalast verlesen. »O du Schirmherr und Verteidiger!« – »O du Bewahrer der Freiheit!« – »O du Besieger des Tyrannen!« Karl wiegt geschmeichelt den unförmigen Kopf, und die Sonne bestrahlt seinen riesigen weißen Hut.

Nun will er sich den privaten Freuden hingeben. Im Palazzo an der Via Larga lässt er auftischen. »Madame. Habt Ihr über das einsame Herz des Feldherren nachgedacht...?«

Der Hohe Rat befürchtet neue Unruhe, weil die Söldner sich um ihre Beute betrogen fühlen. Jeder Tag, an dem sie noch länger in der Stadt weilen, könnte zu unkontrollierbaren Gewalttätigkeiten führen. Wieder wird nach dem frommen Retter gerufen. Und Fra Girolamo zögert, lässt sich drängen, dann nimmt er die ehrenvolle Last auf seine Schulter und stört den König bei seinen Vergnügungen. »Wie könnt Ihr nur? Ihr seid mit der Gunst des Himmels in diese Stadt eingezogen. Nun aber gefährdet Ihr mit Eurem unehrenhaften Gebaren Euer heiliges Ziel! Bessert Euch, Majestät! Vor allem aber, hört nicht auf Eure üblen Berater!«

»Wieso?«, schmollt Karl. »Wer sind denn die Schurken, von denen Ihr sprecht?«

»Darüber will ich mich nicht auslassen!« Der Mönch streckt den knochigen Finger. »In Eurer großen Weisheit könnt Ihr sie selbst ermitteln!«

Vorsichtig blickt Karl von einem Baron zum anderen. Ein General meldet sich zu Wort: »Durchlaucht. Der Hauptteil unserer Armee marschiert bereits durch die Romagna. Wir sollten uns wieder dem Heer anschließen.«

Der Zwerg hat nicht gezaubert

Dichter Nebel liegt über der Stadt. Trompeter und Trommler lärmen. Im diesigen Morgengrau des 28. November reiten Schweizer Söldner über den Ponte Vecchio, ihnen folgt der waffenstarrende Koloss. König Karl, der Achte seines Namens, trabt auf dem schnaubenden Rappen durchs Tor San Frediano. Und die Farben der Standarten und Wimpel verblassen rasch in den dunstigen Schwaden.

Die Mitglieder des Hohen Rates lassen die Hände sinken. »Nichts hat er mit Karl dem Großen gemein«, sagt der Sprecher, und die übrigen Herren pflichten ihm bei. »Er hat sich wie ein ungebildeter Barbar aufgeführt.« Die Erleichterung lässt sie mutiger werden. »Dieser Karl ist habsüchtig, treulos und undankbar.« – »Ihm fehlt jeder Anstand.« Sie fällen ihr Urteil: »Er ist ein wahres Ungeheuer.«

Das kleine Mädchen blickt enttäuscht zur Mutter auf. »Der lustige Zwerg hat uns doch keine Kunststücke gezeigt.«

»Still. Wir wollen Gott danken, dass er wieder verschwunden ist.«

Wer weiss den rechten Weg?

In seinem Studierzimmer sitzt Fra Girolamo steif auf dem Stuhl, die Knöchel der verschränkten Finger sind weiß, so starrt er das Kreuz über dem Schreibtisch an. »Sag mir, Bruder«, flüstert er, »was denkt das Volk über mich?«

Silvester gleitet in tänzelnden Schritten hinter dem Rücken seines Oberen auf und ab. »Die Freude über den Abzug des Königs ist groß. Der Jubel über ihren Erretter aber ist kaum in Worten wiederzugeben. Die einfachen Leute beten dich an wie einen Heiligen. In liebevoller Verehrung nennen sie dich einfach Klosterbruder, unsern Frate auf Erden. Du bist ihr Fürsprecher vor Gott.«

»Ich liebe diese armen, verlorenen Seelen.« Girolamo schließt die Augen. »Sag, wie stehen die Wohlhabenden und Regierenden zu mir?«

»Sie danken Gott dem Allmächtigen für die Wohltaten, die er ihnen erwiesen hat. Damit meinen sie nicht ihren eigenen Verdienst, sondern die Milde und Güte des Herrn, weil er dich als Helfer geschickt hat.« Silvester beugt sich zum Ohr des Priors: »Bruder, auch ich verehre dich«, raunt er. »Du hast den Sturm vorausgesagt, und er ist über Italien und Florenz hereingebrochen. Dann warst du es, der das Schiff der Stadt aus größter Seenot gelenkt hat. Ein Wunder, welches niemand mehr verleugnen kann.« Die Stimme gerät ins Wispern. »Unsere Zeit aber naht erst, Bruder. Nach Vertreibung des Tyrannen müssen die Ratsherren eine neue Regierungsform finden. Sie sind zerstritten, drei Parteien haben sich herausgebildet: Deine Anhänger. Dann die Befürworter der Herrschaft einer kleinen Elite. Außerdem diejenigen – und, Gott sei's geklagt, deine erbittertsten Feinde –, die, unterstützt von dem Mailänder Lodovico, wieder einen Adeligen an der Spitze sehen wollen. Vielleicht sogar einen Medici. Ich weiß nicht, wie wir vorgehen sollen. Aber du wirst den richtigen Pfad finden.«

»Geduld, lieber Freund.« Girolamo wendet den Kopf, dabei streifen seine rissigen Lippen den Mund Silvesters. »Nicht ich, sondern Gottes Fügung wird uns den Weg bereiten. Bis dahin finde heraus, wer mein Feind ist, jeden einzelnen Namen, und welche Stellung er bekleidet. Vor allem muss ich wissen, wie einflussreich die Gruppe ist.«

Fra Domenico betritt die Priorwohnung. Er bringt heiße Backsteine in einem Leinenbeutel. »Draußen stürmt der November, und hier drinnen kriecht die Kälte. Da dachte ich, dass du deine Füße wärmen solltest.«

»Danke, du gute Seele. Ich benötige die Steine nicht, denn Bruder Silvester hat mir soeben das Herz gewärmt.«

Der bärenhafte Mönch sieht betroffen zu Boden. »Und ich? Darf ich nichts für dich tun? Eine ehrenvolle Aufgabe. Du hast sie mir versprochen, aber ich warte immer noch vergeblich.«

»Sei nicht so betrübt wie das Wetter vor dem Fenster.« Girolamo lehnt sich zurück. »Längst habe ich an dich und unser Schwesterkloster auf halbem Wege hinauf nach Fiesole gedacht. Dort sollst du Prior werden. Kraft meiner Macht als Provinzial steht deiner Wahl nichts im Wege.« Er schabt den Schorf aus den Handflächen. »Die widerspenstigen Brüder verteile ich auf andere Klöster unserer kleinen toskanischen Kongregation und ersetze sie mit eifrigen Brüdern von uns. Fra Domenico, der Obere von San Domenico. Wie gefällt dir meine Entscheidung?«

»Du beschämst mich. Danke, Bruder.«

»Noch eine Bitte. Seit dem Tod unseres geliebten Florinus fehlt mir die persönliche Betreuung. Wähle mir einen klugen, schreibkundigen Adlatus aus. In Zukunft sollen meine Predigten schriftlich festgehalten werden. Diese wichtige Arbeit kann ich nicht länger allein leisten.«

Der breitschultrige Mönch streicht mit der Sandalenspitze über den Boden. »Und die Engel? Mir sind die jungen Schüler und Novizen so ans Herz gewachsen.«

Girolamo schnaubt leise durch die Nase. »Auch an unsere Engel habe ich gedacht. Sobald ihre Zeit gekommen ist, wirst du ihnen Führer und Beschützer sein.« Er sieht von einem Streiter zum anderen. »Warten, wachen und im rechten Moment klug handeln, meine geliebten Brüder, das ist unsere überlegene Stärke. Nun also warten wir, bis sich die Herren der verschiedenen Parteien gegenseitig das Gefieder so beschmutzt haben, dass sie aus eigener Kraft zu keinem Flügelschlag mehr fähig sind.« Er blickt zum Kruzifix hinauf. »Stehe mir bei, Herr. Gib, dass meine Predigten offene Ohren finden.«

Der Durchzug des französischen Heeres, die Angst der Bevölkerung vor Krieg und anhaltend regnerisches Wetter haben das Leben in Florenz spürbar verschlechtert: Die Ernte ist zerstört. Hungersnot droht für den Winter. Noch sind Banken und Fabriken nicht wieder geöffnet, und Arbeitslosigkeit greift immer mehr um sich. In den Straßen wächst Unmut. Arm gegen Reich, ein Bürgerkrieg zeichnet sich ab.

Die noch amtierende Signoria, bestehend aus acht Wohlhabenden und dem Gonfaloniere der Gerechtigkeit, ruft das Volk auf den Platz vor dem Regierungspalast zusammen und lässt es von Stadtsoldaten umstellen. »Beauftragt uns mit dem Recht, eine neue Ordnung zu schaffen.« Niemand wagt, dagegen zu stimmen. »Wir setzen eine Balia von zwanzig Ratsherren ein. Dieser Ausschuss soll für ein Jahr gewählt sein. Er soll die neue Signoria wie auch die neue Verwaltung ernennen!«

Waffengeklirr genügt, und die Volksversammlung stimmt zu.

Im Dom ruft der Prediger: »…O Florenz, du wirst von Gott geliebt, wenn du auf Reichtum, Prunk und Eitelkeiten verzichtest…«

Streit entbrennt im kleinen Sitzungssaal: »Wir wollen die Herrschaft des Volkes, gebildet aus einem Großen Rat, von dem alle übrigen Gremien ernannt werden!«

»Wir verlangen die Herrschaft einer kleinen Gruppe. Sie entscheidet über die Besetzung aller anderen Ämter!«

Zwei Männer schreien sich gegenseitig nieder. Der Sprecher der alten Signoria und Francesco Valori. Der eine hat sich bei den Verhandlungen mit Karl VIII. ausgezeichnet und vertritt das Modell einer Volksregierung, der andere aber ist aus tiefster Seele machthungrig.

»Nur wenige Patrizier sollen bestimmen.« Valori ballt die Faust. »Sie allein sind in der Lage, dem Pöbel zu widerstehen! Nur sie können das allgemeine Wohl herbeiführen!«

»Du habgieriger Idiot! Hast du nicht schon genug aus dem Palazzo Medici an dich gerafft?«

»Wage es nicht, mich zu verleumden. Du spielst zwar nach außen hin den Ehrenmann, in Wahrheit aber geht es dir nur um den Erhalt deines Postens!«

Ehe sie zu Handgreiflichkeiten übergehen, beschließt die zwanzigköpfige Balia, einen Schiedsrichter anzurufen.

In San Marco gewährt Fra Girolamo den Streitenden Audienz. Still hört er sich die Vorschläge an, schweigt lange und rät schließlich: »Keine Monarchie. Niemand darf sich über den anderen erheben können, um sich selbst Größe zu verschaffen. Florenz steht nun auf heiligem Boden. Entweiht ihn nicht, und gebt dem Volk eine Demokratie. Eine Regierung der Mehrheit. So wie es in Venedig Brauch ist, doch verzichtet auf den Dogen.« Er sieht zum Fenster hinaus. »Für die Einzelheiten stehe ich Euch mit all meinem Denken zur Verfügung. Und mit meinem Gebet.«

Von der Kanzel des Doms verlangt der Prediger in den Adventswochen mit täglich schärfer werdenden Worten: »…Verbietet den Zinswucher! … Sammelt Almosen für die Armen! … Senkt die Steuern! … Verzeiht den Mitläufern der Medici-Herrschaft, denn ihr

einziges Vergehen bestand darin, dass sie ihrem Herrn treu dienten!«
Nach diesen Ermahnungen droht der knochige Finger: »...Von der
neuen Regierung müssen die unwürdigen, sündigen Priester und
Mönche entfernt werden! ... Rottet das schändliche Laster der Sodomie aus. Jeder Homosexuelle soll unverzüglich gesteinigt werden.
Wenn er sich nicht bessert, so zündet für ihn den Scheiterhaufen
an! ...Weg mit allen frivolen Schriften! Verbrennt Dante, Petrarca ...
und die antiken Schreiberlinge Ovid, Catull ... Die Heilige Schrift
soll fortan euer einziges Buch sein ...!« Schaum steht ihm vor dem
Mund. »Ich beschwöre euch: Hört auf meine Ratschläge. Denn sie
sind mir von Gott diktiert worden! ... Der ganzen Welt wird Florenz
ein Vorbild geben ...! Niemand, niemand sage ich, darf sich diesem
heiligen Vorhaben entziehen, denn Gott wird jeden Widerstand mit
Heimsuchung und Pesthauch furchtbar bestrafen!«

KEINE STIMME DRINGT TIEFER INS MARK

Noch vor dem Weihnachtsfest 1494 fällt die Entscheidung: In Florenz wird künftig das Volk regieren. Selbst die Oligarchen, die Verfechter einer Herrschaft weniger Männer, lenken ein. Mit großer
Mehrheit wird der neuen Staatsform zugestimmt. Und in San Marco
nickt Fra Girolamo wohlwollend das grindplackige Haupt: »Ein
gottgefälliger Entschluss, werte Herren ...«
	Dreitausendzweihundert Bürger bilden den Grundstock. Jeder
von ihnen soll über fünfundzwanzig Jahre sein, und ihre Väter oder
Großväter müssen bereits ein öffentliches Amt bekleidet haben. Aus
ihren Reihen werden tausend Männer für jeweils sechs Monate in den
Großen Rat gewählt, für das nächste Halbjahr wieder tausend, und so
soll es fortgehen, auf dass ein jeder irgendwann an die Reihe kam. Aus
den Mitgliedern des Großen Rates wird die Signoria für zwei Monate
und die anderen Kollegien der höchsten Ämter für vier oder sechs
Monate gewählt. Alle übrigen Beamtenposten sollen durchs Los verteilt werden ...
	Keine grundlegende Änderung zur Medici-Herrschaft, nur das
Recht der Mitsprache verteilt sich jetzt auf mehr Bürger.
	Im Kapitelsaal geht Fra Girolamo vor den Vätern der neuen Ver-

fassung auf und ab. »Die uneingeschränkte Macht der Signoria stimmt mich traurig. Es geht nicht an, dass die acht Mitglieder und der Gonfaloniere der Gerechtigkeit ein unanfechtbares Urteil über politische oder kriminelle Vergehen fällen. Dies ist gegen Gottes Willen. Denkt über eine Berufungsinstanz nach, werte Herren. Ich befürworte einen Ausschuss von einhundert Männern des Großen Rates. Er soll die Entscheidungen der Signoria bestätigen oder verwerfen können.«

Der Obere von San Marco faltet die Hände demütig vor der Brust und blickt zum Golgatha-Fresco an der Stirnwand auf. Seine List aber, die allmächtige Signoria zu entmachten, schlägt fehl. Schlimmer noch. Die Oligarchen durchschauen den Winkelzug: »Wenn schon eine Volksregierung herrschen soll, dann darf nicht nur ein Zehntel des Großen Rates an dem Ausschuss beteiligt sein. Alle Mitglieder sollen über eine Berufung befinden dürfen.«

»Ja! Ja! Ja!« Diese Änderung wird angenommen und ist von nun an gültiges Gesetz. Ein Triumph der Gegner. Je mehr Männer über eine Beschwerde nachdenken, umso träger kommen sie zum Ergebnis. Das geschaffene Instrument ist praktisch wertlos!

Ohne jedes Anzeichen einer Verärgerung entlässt Girolamo die Besucher: »Betet für das Wachsen unserer neuen Staatsform!«

Allein mit Silvester aber ballt er die Faust. »Politik ist ein schwieriges Geschäft, Bruder. Jedoch eine kleine Niederlage stärkt unsere Wachsamkeit. Wir werden weiter kämpfen und noch geschickter vorgehen. Da die Signoria alle zwei Monate wechselt, weiß niemand, ob ein Gegner oder ein Anhänger unserer Sache an die Spitze gespült wird. Dieser ungewisse Zustand besorgt mich. Erst wenn die Signoria zahnlos ist, kann das neue Jerusalem ungefährdet in Florenz errichtet werden.«

»Dann sprich vom Sieg, Bruder.« Silvester trommelt die Fingerkuppen aneinander. »Das Volk soll ihn sehen, auch wenn er noch nicht erreicht ist.«

KEINE FRAUEN

Am 28. Dezember sind auf Verlangen des Predigers nur Männer zur Predigt im Dom zugelassen worden, und fast fünfzehntausend Bürger, Patrizier und Handwerker füllen das riesige Gotteshaus. Fra Girolamo erklimmt den Predigtkorb. »Brüder! Es ist vollbracht! Florenz wird nun von Gott regiert ... Und Jesus Christus, der Herr über das Universum, er ist von seinem Vater als neuer König von Florenz eingesetzt worden ... Unsere Stadt steht unter seinem Gesetz!« Der Prediger legt bescheiden die offenen Hände auf die Brüstung. »Danket ihm, nicht mir. Ich bin nur der Vermittler dieses unseres Königs ...!«

STILL WIRD ES SEIN

Duft nach Plätzchen zieht Anfang Februar 1495 durchs Schneiderhaus jenseits des Arno. Vater Belconi ist allein zur Sonntagsmesse gegangen, weil sich seine Frau wegen des Wassers in den Beinen nur noch schwerfällig bewegen kann. »Geh nur, und bete für mich mit!«, hat Violante ihn verabschiedet. »Ich habe heute genug zu tun.«

Die Wangen hochrot, nimmt Mutter Belconi ein Blech mit Honigkringeln von der Herdglut und lässt die Nase kosten. »Niemand in der Stadt kann so backen wie ich«, flüstert sie kurzatmig. »Das wird eine Überraschung für meinen Prinz und das Kindchen.«

Laodomia hat sich zum Besuch angemeldet, und Raffaele will nach der Sonntagsschule in San Marco rechtzeitig hier sein, um die Mutter zu sehen!

Erst als in der Stadt wieder eine lebbare Ruhe herrschte, hat Alfonso Strozzi nach dem Personal auch den Damen und Töchtern seiner Familie erlaubt, das Landgut zu verlassen, und mit ihnen sind ebenfalls seine Tante und Signora Gorini vor einem Monat zurückgekehrt. Zweimal hat Laodomia bisher nur eilig im Schneiderhaus vorbeigeschaut. Heute Nachmittag aber will sie kommen, um endlich mit den Schwiegereltern und dem Sohn in Ruhe einen Schwatz zu halten.

Violante überlegt, wo die Süßigkeit abkühlen soll, draußen vor der Hintertür oder oben im Schlafzimmer, und entscheidet sich wegen des schlechten Wetters für den Platz am offenen Fenster im ersten Stock. Sie streift die Filzhandschuhe über und trägt das heiße, duftende Blech wie eine Monstranz auf beiden Händen zur Stiege.

Im Halbdunkel ertastet sie mit dem angeschwollenen Fuß die

unterste Stufe und zieht den anderen nach. Die zweite und dritte Stufe, auf der vierten Stufe muss sie erst Atem schöpfen, ehe sie den Anstieg fortsetzen kann. »So war's immer … Wenn ich den Mann brauche … ist er nicht da. Alles muss ich allein machen. Hätte ich nur eine Hand fürs Geländer frei, dann wär's leichter.« Mühsam hebt Violante das unförmige rechte Bein zur nächsten Stufe. Die Bohlen knarren. Sie steigt weiter und überwindet ein Hindernis nach dem anderen. »Gleich bin ich oben«, keucht sie. Die Luftnot nimmt zu. Weiter. Fast hat sie den oberen Treppenabsatz erreicht, als Husten sie befällt. Violante krümmt sich, gefährlich schwankt das Backblech auf ihren Händen, sie will die Plätzchen retten und richtet den Oberkörper ruckartig wieder auf. Kein Gleichgewicht mehr! Rückwärts kippt die Schreiende nach hinten, schlägt mit dem Genick auf eine Stufenkante, überschlägt sich zweimal und liegt zerbrochen am Fuß der Treppe. Honigkringel regnen auf sie nieder.

Als Laodomia am Nachmittag das Schneiderhaus durch die Hintertür betritt, empfängt sie nur süßer Duft. »Wo seid ihr!?« Sie stellt den kleinen Topf mit eingelegten Ingwerstückchen ab. »Besuch ist da!«

Im Flur findet sie den Schneidermeister. Er hockt an der Treppe und hat den Kopf seiner Frau auf die Knie gebettet. »Ein Unglück«, sagt er leise, dabei streichelt er Violantes Haar. »Still wird es jetzt im Haus sein, Mädchen. Und so leer ohne die Frau.«

NEAPEL

Keine Gegenwehr

Französische Fanfaren an der Landesgrenze von Neapel! Sofort verlässt König Alfonso II. seinen Palast und flieht nach Spanien zu seinen gekrönten Verwandten. Keine Gegenwehr bietet sich Karl VIII. Ende Februar erschallen Posaunenklänge und lärmen Trommelwirbel in der Hauptstadt. Hoch zu Ross zieht der Eroberer durch die Straßen. Er weiß sich bei seinen Truppen zu bedanken. »Ihr Tapferen! Die Häuser sind voll gestopft mit Gold und schönen Frauen. Worauf wartet ihr noch?« Und die Schreie der Geschändeten gehen im gierigen Gejohle der Plünderer unter.

ROM / FLORENZ

DIE KLINGE DER DIPLOMATIE

Papst Alexander hat beim Durchzug des französischen Heeres jede ihm vorgelegte Urkunde unterschrieben. »Gott sei mit Euch!«, tönte es laut vom Stuhle Petri, und leise setzte der Oberhirte im Kreise seiner purpurgewandeten Berater hinzu: »Wenn dieser unsägliche Kretin sich erst wieder aus meinem Dunstkreis entfernt hat, will ich darüber nachdenken, welche Versprechen ich halte und welche nicht.«

Die Klinge der Diplomatie wird geschärft. Gesandtschaften reisen zu allen Fürstenhöfen des nördlichen Italiens. »Der Heilige Vater ist besorgt um Frieden und Ruhe!« Selbst vor Kaiser Maximilian I. knien die Botschafter und beschwören ihn, sich einem Bündnis gegen den Eroberer anzuschließen. Ende März besiegeln die Diplomaten in einem feierlichen Akt die Verteidigungsliga. Alle früheren Feindschaften sollen unter dem Mantel verborgen bleiben. Es gilt, das Heilige Römische Reich vor dem Unruhestifter zu bewahren. Mailand, Venedig, der Vatikan und Spanien stehen Schulter an Schulter. Ferrara zögert noch. In Florenz aber beschwört Fra Girolamo den Großen Rat: »Seid nicht wankelmütig ... Wir müssen dem König die Treue halten. Er hält das göttliche Schwert in seinen Händen ...«

Nachdem ihm Fra Silvester schlafwandelnd von einem Besuch im himmlischen Palast erzählt hat, verkündet er wenig später der Masse seiner Gläubigen: »... In der Nacht hatte ich eine Vision ... Vier reine Frauen geleiteten mich vor den Thron Marias ... und die seligste aller Jungfrauen sprach selbst zu mir: Florenz hat alles Elend durch seinen hartnäckigen Unglauben selbst verschuldet ... Aus Barmherzigkeit aber will ich mich inständig für die Bürger einsetzen ... Jedoch nur, wenn die Stadt ihre kleinen Lilien mit den großen Lilien des französischen Retters weiterhin erblühen lässt ...«

Und das Volk wie auch die Mehrheit der Stadträte folgen ihrem Propheten. Florenz hält Frankreich unbeirrt die Treue und steht allein da.

NEAPEL

Syphilis

Am 12. Mai lässt sich Karl in der Kathedrale zu Neapel zum König krönen. Der Goldreif verliert sich auf seinem riesigen Kopf. »Muss ich unbedingt noch gegen die Muselmanen ziehen?«, fragt er seine Generäle und Barone. »Auch Jerusalem scheint mir noch ziemlich weit. Was ich wirklich wollte, habe ich doch erreicht. Ich bin König von Neapel.«

Einer der weisen Männer neigt sich zum Ohr des Monarchen: »Sire, ich bewundere Eure Klugheit. Nachdem Ihr bereits unermessliche Schätze auf Eurer Heerfahrt angehäuft habt, ist es nicht unehrenhaft, einen kühnen Plan zu überdenken. In Anbetracht der großen Kriegsmacht, die sich gegen Euch verbündet hat, könntet Ihr Euer Vorhaben beenden und als Triumphator nach Hause zurückkehren. Außerdem …« Der Ratgeber schweigt betreten, winkt einen der Generäle näher und bittet ihn, den König von der größten Unbill zu informieren. »Unsere Söldner sind krank. Sie leiden unter Fieberanfällen, Kopfschmerzen und offenen Geschwüren. Einige torkeln herum und haben Wahnvorstellungen. Verzeiht, mein König, die Wahrheit ist, viele Eurer tapferen Krieger sind bereits elendig gestorben. Unsere Schlagkraft ist bedenklich geschwächt.«

»Was ist das für eine Krankheit.« Karl verkriecht sich auf seinem Thronsessel. »Ist es … ist es etwa Pest?«

»Nein, Gott bewahre uns davor, die Pest wäre unser aller Ende. Die Feldärzte kennen zwar die Ursache, wissen aber kein Heilmittel.«

»Heraus damit!«

»Es ist eine Krankheit, die beim Lustverkehr übertragen wird. Unsere Männer sind von ihr befallen, aber auch unter den Bewohnern der Stadt greift sie schnell um sich und hat schon viele Todesopfer gefordert. Sire, Furcht und Zorn machen sich breit. Euch wird angelastet, Ihr hättet Neapel mit der ›Franzosenkrankheit‹ vergiftet.«

»Nicht *mal français*! Die unsauberen Weiber dieser Stadt haben meine tapferen Soldaten angesteckt. *Mal néapolitain!*« Der Erretter des christlichen Abendlandes wagt sich wieder zur Kante des Sessels vor und stampft den Stiefel auf das Fußbänkchen. »Abzug! Ich befehle sofortigen Abzug. Brecht das Zeltlager vor den Toren ab. Blast die Fanfaren! Wir kehren nach Frankreich zurück!«

ROM

KEINE AUDIENZ

Nach Norden! Am 26. Mai verlässt Karl VIII. Neapel. Ein Vizekönig, einige Barone und ein kleiner Besatzungstrupp bleiben zurück. Rom zeigt dem großköpfigen Verehrer von Ritterromanen die kalte Schulter. Papst Alexander weicht der Peinlichkeit aus, dem ungeliebten Gast zu begegnen, und hat sich rechtzeitig auf seinen Landsitz begeben. Piero de' Medici aber eilt aus seinem römischen Palast und kniet nieder. »Großer König, lasst mich Euch begleiten. Ehe Ihr Italien ganz den Rücken kehrt, helft mir zurück an die Herrschaft über Florenz! Bedenkt, wie viel Geld Ihr von mir erhalten habt. Denkt an Euer Versprechen.«

»Ja, ja. Erhebt Euch.« Karl wedelt ungeduldig mit der Hand. »Ich werde sehen.«

POGGIBONSI

DER FLUCH DER GROSSMÄULIGKEIT

Ohne irgendeinen Zwischenfall erreicht das französische Heer die Toskana. In der Nähe von Siena betritt ein höchst erboster Prophet die Zeltburg des Königs. »Gott ist nicht mit Euch zufrieden!« Mit diesen Worten stört er ihn beim Verzehr des gerade aufgetischten Mittagsmahls.

Rasch springt der Monarch auf und verneigt sich vor Fra Girolamo. »Warum zürnt Ihr mir, ehrwürdiger Vater?«

Nach tiefem Luftholen überschüttet ihn der Obere von San Marco und offizielle Sprecher der Stadt Florenz mit Vorwürfen. »Wir gaben Euch unter größten Opfern immense Gelder. Ihr nahmt unsere Liebe ohne Dank!« Keine Zusage hat der König erfüllt. Vor allem hatte er es geschehen lassen, dass Pisa, die so wichtige Hafenstadt für den Handel, sich von der Republik lossagte. Göttliches Feuer sprüht aus den tiefen Augenhöhlen. »Pisa ist ein Teil unseres Leibes, lasse nicht zu, dass er abfällt! ... Hüte dich vor dem Zorne des Allmächtigen. Er wird wie ein Blitz unabwendbar mit unheilbarem Verderben auf dich und dein Königreich hinabfahren, wenn du nicht deine geleisteten Eide erfüllst ...«

Aufs Höchste bedrängt, zieht Karl den weißen Hut ab und drückt ihn an die Brust. »Seid beruhigt, Vater«, bittet er. »Ich werde sehen ...«

PISA

Der tiefe Einblick

»Es lebe der König!!« Am 20. Juni empfangen die Pisaner mit nicht enden wollendem Jubel ihren Befreier. Lilien bekränzen die Türme, schmücken Türen und Fenster. Eine Prozession von Kirchenherren und Regierenden schreitet auf Karl zu. »Majestät! Garantiert uns die Freiheit, und lasst die französische Garnison zur Verstärkung in unsern Mauern!«

Der König wedelt mit beiden Händen. »Wir werden sehen ...«

Zu vage ist den Stadtvätern dieser Bescheid, und am Abend schweben junge, leicht bekleidete Pisanerinnen in die Halle. Vor dem Thronsessel beugen sie das Knie. »Bewahrt unsere Unabhängigkeit.«

Beim tiefen Einblick in die Dekolletés rundet Karl die großen Augen. »Was sehe ich dort mit Entzücken?« Während der Nacht flüstern ihm drei der Schönen unter dem Betthimmel zu. »Euer Zepter regiert so wunderbar …« Und bei der offiziellen Morgenaudienz säuseln die Stimmen im Beisein der Stadtväter wieder: »Ihr seid so stark, Majestät. Bewahrt unsere Unabhängigkeit …«

Noch den Geschmack der Lust auf den Lippen, versichert Karl: »Ich liebe euch. Ihr seid unter meinem Schutz …«

Kaum aber ist der König aus dem Tor hinausgeritten, säubert er seinen Lilienmantel von den Abschiedsblumen der Bevölkerung und befiehlt den Kommandanten der Schutzgarnison zu sich. »Sobald wir Italien verlassen haben, räumst du mit deinen Männern die Stadt und folgst uns in die Heimat. Aber bewahre Schweigen …« Mit diesem Geheimbefehl schickt er den Offizier wieder nach Pisa zurück.

Piero Medici lenkt sein Pferd neben den königlichen Rappen. »Darf ich denn hoffen?«

Indigniert blickt ihn Karl an. »Selbstverständlich, lieber Freund. Euer Anliegen bewahre ich im Herzen. Wartet in Eurem römischen Asyl auf ein Zeichen. Nun lebt wohl.«

FORNOVO

Leben oder sterben

Kampflos erreicht die Armee den Cisapass. Während des Abstiegs hinunter in die hügelige Ebene von Parma hetzen Späher dem König entgegen. »Gefahr, Sire. Die Heere der Liga erwarten Euch am jenseitigen Ufer des Taro!«

Ohne eine Schlacht ist kein Weiterkommen mehr möglich. Sechsundzwanzigtausend leicht und schwer bewaffnete Söldner bilden die Bündnisstreitmacht, Männer zu Fuß, zu Pferd und Artilleristen.

Vor knapp elf Monaten hat der Befreier im Lilienmantel mit sechzigtausend hoch gerüsteten Streitern die Alpen überquert und ist wie ein Sturmwind durch Italien gebraust. Heute blickt sich Karl um und muss feststellen, dass seine Truppen durch Fahnenflucht und Lustseuche auf neuntausend Söldner geschrumpft sind. Einzig der Tross der Lasttiere hatte sich vermehrt. Über fünftausend hoch beladene Maulesel und Ochsen tragen neben dem Königsprunk die erbeuteten Schätze der Plünderungen.

Karl erinnert sich an die tapferen Ritter aus seiner Bildungslektüre, sie schreckten vor keiner Gefahr zurück, und er tauscht den großen weißen Hut mit seinem blank polierten Helm. In der regenverhangenen Frühe des 6. Juli besteigt er bei Fornovo nahe des Taro-Ufers das schwarze Schlachtross. Die adeligen Generäle umringen ihn. Mit der Schwerthand deutet Karl auf den Wahlspruch seines Banners: *Missus a Deo!*, und fragt: »Messieurs, seid Ihr bereit, für mich, Euren König, zu leben und, wenn nötig, auch zu sterben?«

»Auf ewig Dein, Sire!«

»Dann wird Gott für uns kämpfen!«

Die kleine Armee überquert den Fluss und wirft sich am anderen Ufer der Übermacht entgegen. Kanonen donnern. Dann prallen Schilde und Schwerter aneinander. *Missus a Deo!* Im blutigen Getümmel bleibt die Standarte des Königs aufrecht. Rückzug, Finten und neue Angriffe! Jeder General der Liga will auf eigene Faust die Schlacht lenken. Karl nutzt die Uneinigkeit seiner Gegner. Das Wunder geschieht, in den Nachmittagsstunden weichen die Mailänder, ziehen sich die Venezianer zurück, und die angeworbenen fremden Söldner haben ein anderes Ziel. Noch ist die Schlacht nicht beendet, als diese den Tross der Lasttiere jenseits eines Hügels überfallen.

»Sieg! Sieg!«, schreien die Fanfaren Karls. Der Weg ist frei! Die Verluste auf beiden Seiten sind hoch, jedoch sind mehr Italiener als Franzosen gefallen. »Ich bin der Herr des Schlachtfeldes geblieben!«, triumphiert der König. Als ihm aber der vollständige Verlust seiner Beuteschätze wie auch des goldenen Helms, des Zeremonienschwertes, wie auch der Raub des goldenen Siegels und seines persönlichen Prunks gemeldet wird, versagt ihm beinah die Stimme. »*Mon Dieu.* Ein Sieg, aber um welchen Preis. *Mon Dieu.*«

Wenige Tage später schleppt sich ein kampfmüder, enttäuschter Haufe über die Alpen. Kein Sold, keine Beute, nur zerrissene Uniformen. Voran trabt ein König unter einem großen Hut, vom italienischen Schlamm beschmutzt. So kehrt das Heer des Eroberers in die französischen Lande zurück.

FLORENZ

Der heimliche Widerstand

Rechtzeitig vor dem Mittagsläuten betritt Rodolfo Cattani den Gewürzladen auf der Nordseite des Palazzo Strozzi. Laodomia verriegelt die Tür und führt ihren Gast ins Hinterzimmer. »Ich habe Brot, Schinken und Wein oder ...« Das Grün der Augen verdunkelt sich, und leicht zupft sie an der Brustschleife ihres Kittels. »Oder möchtest du erst ...?«

»Heute will ich nur eine Weile bei dir ausruhen.« Nach einem Kuss löst sich der Seidenfabrikant gleich wieder. »Lass uns etwas essen. Sei nicht enttäuscht, das Schöne holen wir beim nächsten Besuch doppelt nach.«

Laodomia sieht dem Geliebten zu, wie er nachdenklich die Mahlzeit einnimmt und den Wein in kleinen Schlucken trinkt. Schließlich fragt sie: »Hast du Kummer? Vielleicht kann ich dir helfen?«

»Das wäre wunderbar«, nickt Rodolfo, und ein kleines Schmunzeln flackert in den Mundwinkeln. »Allerdings musst du dich in eine Riesin verwandeln und ein noch größeres Schwert in die Faust nehmen. Damit schreitest du durch die Stadt hinüber zum Kloster San Marco und schlägst dem Propheten, diesem Drecksmönch, den Kopf ab. Dann wäre Florenz gerettet, und mir wäre wohler.«

»Mach dich nicht lustig über mich«, Laodomia streichelt seine Hand. »Ich kann's einfach nicht glauben, dass es von jetzt ab immer so bleiben wird. Auf dem Wochenmarkt wird kaum noch gefeilscht und gestritten. Niemand gerät sich mehr so richtig in die Haare. Ich hab das Gefühl, der tägliche Lärm ist gestorben. Jeder schleicht vor sich hin, und falls er mal lacht, dann guckt er gleich, ob es auch ja keiner von San Marco gehört hat, und entschuldigt sich mit einem Kreuzzeichen. Der Prediger darf doch unser Leben nicht einfach anhalten! Zum ersten Mal ist der höchste Feiertag ausgefallen. Kaum eine der Zünfte aber hat gewagt zu murren. Keine festliche Prozession am Johannistag. Selbst in ganz furchtbaren Träumen kommt das nicht vor.«

»Kein Traum, meine Tagschöne, so sieht die Wirklichkeit heute aus. Savonarola hat die Stadt mit seinen Predigten wie ein teuflischer

Magier in den Bann geschlagen. Er verlangt: Keine Umzüge, kein Pferderennen, vor allem keine Tanzfeste mehr! Stattdessen bietet er Beten, Fasten und Buße als göttliches Vergnügen an. Und das Volk gehorcht ihm. Nicht einmal im Stadtrat gibt es wirklich lauten Protest.« Rodolfo presst die Fäuste an beide Schläfen. »Damals sagte ich Seiner Magnifizenz Lorenzo: Dieser verfluchte Mönch ist ein Krake, der uns erwürgt und aussaugt.«

Laodomia reckt den Busen, zögert einen Moment, weil der Liebste so kummervoll dasitzt, kann aber nicht schweigen. »Jammern nutzt nichts. Wenn ich ein Mann wäre, ich würde gegen den Mönch und seine Lehre ankämpfen. Verzeih, ich will dich nicht kränken, aber du, du bist ein Mann und dazu noch einer, dem ich mein Leben anvertrauen würde.«

»Schöner hättest du mir deine Liebe nicht gestehen können.« Rodolfos Miene verändert sich. »Ich hatte mir vorgenommen, dich nie damit zu belasten, aber Schweigen trennt nur.« Sachlich und sehr ernst fährt er fort: »Es gibt offenen Widerstand gegen den Prediger. Auf kirchlicher Seite wird er von seinen eigenen Ordensbrüdern aus dem Kloster Santa Maria Novella angefeindet, an der Spitze seiner Gegner aber stehen die Franziskaner von Santa Croce. Sie werfen ihm Scharlatanerie und Machtgier vor, behaupten sogar, er wolle den Papst stürzen und sich selbst auf den Heiligen Stuhl setzen. Langweile ich dich?«

»Im Gegenteil, vor Aufregung bekomme ich feuchte Hände.«

Rodolfo setzt den Becher an und nimmt einen tiefen Zug. »Natürlich gibt es auch Kritiker im Großen Rat. Sie sehen ganz klar, dass seine politischen Erfolge in Wahrheit Niederlagen sind. Dieses feste Bündnis mit dem Franzosenkönig stürzt uns ins Unglück. Bei jeder Predigt versichert Savonarola den Gläubigen, dass Pisa und die anderen Städte wieder zur Republik kommen. Nichts von diesen Prophezeiungen wird eintreffen. Ganz gleich, wie laut der Mönch auch tönt, König Karl hat vorerst genug von Italien. Keinen Finger wird er für uns rühren.«

»Das habe ich jetzt verstanden.« Laodomia streicht fest über ihre Knie, sie spürt, dass Rodolfo etwas vor ihr verheimlicht. »Und du? Was unternimmst du? Du bist doch Mitglied im Großen Rat.«

»Weiter hinauf in die Gremien aber werde ich nie kommen, dafür sorgen schon die wachsamen Anhänger des Predigers. Gerade jetzt ist eine Signoria gewählt worden, die blind seinen Vorschlägen folgt. Und niemand ...«

»Weich mir nicht aus, bitte.«

Der Seidenfabrikant erhebt sich und geht zum Bett. Nach einer Weile kehrt er zurück. »Was ich dir jetzt anvertraue, kann auch für dich gefährlich werden. Nicht heute, aber bald.«

»Ich fürchte mich nicht.«

Seine Finger spielen mit ihren Haarlocken. »Es existiert noch eine Gruppe, die zum Widerstand bereit ist. Besonnene Patrizier und Geschäftsleute aus dem Rat. Bisher sind es nicht viele, aber sicher werden es mehr. Zu ihnen gehöre ich und auch dein Neffe Alfonso. Noch arbeiten wir im Geheimen, versuchen Beschlüsse zu verhindern und bemühen uns um Verbündete von außen. Unser Ziel ist es, Florenz vor dem sicheren Unglück zu bewahren, und wenn es irgendwann nicht anders geht, auch mit Waffengewalt.«

Laodomia sucht seine Hand und hält sie fest. »Danke für dein Vertrauen. Kann ich ... kann ich irgendwie helfen?«

»Bist du wirklich so mutig?«

»Dummkopf. Ihr stolzen Männer versteht nichts von Frauen.«

»In einer Sache könntest du uns tatsächlich unterstützen. Weil wir nicht auffallen dürfen, verabreden wir uns an den verschiedensten Orten. Das letzte Mal sogar bei einer Führung durch die große Baustelle der Strozzi. Nur wirklich ungestört sind wir nicht.« Rodolfo setzt sich wieder an den Tisch. »Wie ich weiß, führt von diesem Raum hier ein Geheimgang hinüber in die Halle des Palazzo. Wenn nun künftig nach und nach auch ehrenwerte Männer zu deiner Kundschaft gehören ...«

»Schon begriffen.« Laodomia nimmt seinen Becher, leert ihn bis zum Grund und stellt ihn hart auf die Holzplatte. »Mein Gewürzladen steht euch zur Verfügung.« Sie blitzt den Liebsten an. »Unter einer Bedingung. Nein, zwei sind es. Erstens: Während der Mittagsstunden bleibt das Geschäft für den Durchgangsverkehr geschlossen. Nur dich lasse ich herein. Sonst vertrockne ich. Und zweitens ... na ja, es fällt sicher auf, wenn die feinen Kunden mit leeren Händen wieder gehen.«

Rodolfo schmunzelt und versichert: »Jeder wird etwas kaufen.«

Beim Abschied an der Tür hält Laodomia ihn erschreckt zurück. »Noch etwas. Wenn ihr euch drüben im Palazzo heimlich trefft und redet, was ist mit Petruschka? Sie verehrt den Prediger wie einen Heiligen und hat gute Ohren.«

»Ich werde mit Alfonso darüber sprechen. Notfalls muss er sie entlassen.«

»Niemals, das könnt ihr der Armen nicht antun. Verflucht, das erlaube ich nicht. Eher nehme ich mein Wort zurück. Die Stellung bei den Strozzis ist alles, was Petruschka besitzt. Wenn sie die verliert, wird sie Fra Girolamo ganz verfallen, und ich hab überhaupt keine Chance mehr, sie doch noch zu retten.«

»Bleib ruhig, meine Tagschöne.« Rodolfo küsst ihre Hände. »Es war falsch, dich mit dieser Sache zu belasten. Vergiss einfach unser Gespräch. In zwei Tagen komme ich wieder, und wir lieben uns, sind zärtlich wie immer.«

»Du Schuft!« Laodomia trommelt die Fäuste gegen seine Brust. »Rede nicht mit mir wie mit einer dummen Gans. Du weißt genau, dass ich gegen diesen falschen Heiligen bin.«

»Dann bleibt dir nichts anderes, als uns zu helfen.« Rodolfo lächelt bitter. »Du bist die engste Freundin der Magd. Gib auf ihre Verschwiegenheit Acht. Sicher keine einfache Aufgabe, doch ich vertraue dir.«

Als er gegangen war, presst Laodomia sich mit dem Rücken an den Türholm. »O liebe, arme Petruschka. In welche Gefahr habe ich unsere Freundschaft gebracht?«

ROM

DIE ERSTE WARNUNG

Am Vormittag des 21. Juli runzelt Papst Alexander in seinem Arbeitszimmer die sorgfältig gepflegten Brauen. Die heitere Stirn umwölkt sich. Wieder einmal belästigt ihn der Privatsekretär mit diesem kläffenden Prior aus Florenz. »Heiliger Vater, Ihr müsst endlich Schritte unternehmen. Unser Gesandter, den Ihr zum Sondieren der Lage in die Arno-Stadt geschickt hattet, kehrte mit abschlägigem Bescheid der Signoria zurück. Florenz wird sich nicht der Liga gegen Karl VIII. anschließen. Dahinter steckt Fra Girolamo, der Provinzial dieser fragwürdigen toskanischen Kongregation.«

Der Stellvertreter Christi betastet den rotblauen Fleck an seinem Hals, ein Mal, das bei der nächtlichen, lustvollen Audienz mit Giulia Farnese entstanden ist. »Dieser kleine Drecksmönch wettert nicht nur gegen meine Kirche, jetzt erdreistet er sich gar, den Staat Florenz zu gängeln.«

Der Sekretär sinkt ins Knie. »Um Vergebung. Savonarola schmäht von der Kanzel herab nicht allein den Klerus, sondern vor allem Euch und Eure Amtsführung.«

Eine Weile sinnt Alexander vor sich hin, dann glimmt listiges Lächeln in seinem Blick auf. »Also gut, Wir werden Uns mit dem Mönch beschäftigen. Doch auf Unsere Weise. Ist Savonarola klug, was ich nach all dem Gehörten nicht annehme, so bleibt zum Schluss noch ein unbedeutender Priester in einem verschlafenen Bergdorf übrig. Bleibt er verstockt, nun ja, Unsere segnende Hand kann auch zur furchtbaren Faust werden. Nimm die Feder.«

Der Papst erhebt sich. Während er vom Fenster aus in die blühenden Gärten hinunterschaut, diktiert er seinem Sekretär. »Geliebter Sohn, Unseren Gruß und apostolischen Segen. Wir haben von vielen Seiten vernommen, dass du unter den Arbeitern im Weinberge des Herrn Sabaoth einer der fleißigsten bist, worüber Wir hocherfreut sind und Gott dem Allmächtigen danken … Auch hörten Wir jüngst, dass du in öffentlichen Predigten erklärtest, du habest deine Prophezeiungen nicht aus menschlicher Weisheit geschöpft, sondern sie wären dir durch göttliche Offenbarung eingegeben worden. Dies versetzt Uns in besorgtes Erstaunen. So wünschen Wir nun, wie es Unserm Hirtenamte obliegt, mit dir darüber zu reden und es aus deinem Munde zu erfahren, auf dass Wir den Willen Gottes durch dich besser erkennen und danach zu handeln mögen. Darum fordern Wir dich auf und befehlen dir bei deiner heiligen Pflicht des Gehorsams, unverzüglich vor Unserm Stuhle niederzuknien … Wir werden dich mit väterlicher Liebe und Zuneigung aufnehmen …«

FLORENZ

Die Notlüge

Girolamo liegt auf dem spartanischen Lager in der Schlafkammer seiner Priorwohnung. Seit Tagen quälen ihn Übelkeit und stechender Kopfschmerz. Der Medicus, den er aus der Stadt hat rufen lassen, vermag die Krankheit nicht erfolgreich zu bekämpfen.

Das päpstliche Breve steigert noch sein Unwohlsein. »Es ist eine Falle«, keucht er, »so freundlich das Schreiben auch abgefasst ist.« Er hebt den Finger zu Fra Silvester. »Ich bin schon hier meines Lebens nicht mehr sicher, muss täglich damit rechnen, dass meine Feinde einen Anschlag auf mich verüben.« Ein Magenkrampf überkommt ihn. »Und … und auf dem Weg nach Rom bin ich schutzlos. Und bin ich erst im Vatikan, wer weiß, ob ich nicht ins tiefste Verlies der Engelsburg geworfen werde und niemals zurückkehre.«

Silvester wiegt den Oberkörper vor und zurück. »Einem päpstlichen Befehl darfst du dich nicht widersetzen. Sonst ereilt dich harte Bestrafung.«

»Ich fürchte diesen falschen Priester in Rom nicht.« Der Obere von San Marco bezwingt seine Schwäche und verlässt das Strohlager. »Hilf mir in die Gewänder, Bruder. Dann bringe mich zur Kirche. Ich habe eine Predigt vorbereitet. Sie muss gehalten werden, weil das Übel längst noch nicht ausgemerzt ist.«

Und am 28. Juli steht eine bleiche, ausgezehrte Gestalt auf der Kanzel. Ist auch die Stimme schwach, das Feuer fährt aus den Augenhöhlen auf die wieder nur männlichen Zuhörer nieder. »Brüder! Bei Amos ist zu lesen: ›Der Herr wirkt nichts, es sei denn, er offenbare sein Geheimnis zuerst durch seinen Propheten …‹«

Nicht länger nur das einfache Volk, jetzt sind auch die Mitglieder der Signoria und aller Gremien ständige Besucher in der Kirche, wenn ihr heiliger Frate spricht. »Und deshalb vernehmt meine Mahnungen, Ihr Regierenden: … Zu lasch wird von Euch das schändliche Laster der Sodomie geahndet! Diese geile Sucht unter Männern und Knaben! Wer von ihr verseucht ist, der muss von Euch zum Scheiterhaufen verurteilt werden. Dies ist ein frommes Werk, denn ein einziger Schuldiger vermag die ganze Herde anzustecken. Zögert nicht! Kein umständlicher Prozess für diese Verruchten, das Zeugnis allein genügt, um sie hinzurichten ... Desgleichen sollt Ihr mit den Glücksspielern und verstockten Gotteslästerern verfahren ...« Er wankt im Predigtkorb und klammert sich an die Brüstung. Schon weicht der Schwindel wieder. »... Dieses Schicksal soll auch die falschen Kleriker ereilen ... Weg mit all diesem verfluchten Gesindel, es ist die Ursache allen Übels und zur Hölle verdammt. Dann erst wird Florenz reicher, voller Ruhm und machtvoller sein denn jemals zuvor.« Eine Zeit lang hämmert er wortlos die Fäuste auf das Pultbrett. Schaum quillt ihm aus dem Mund. »Scheiterhaufen!«, krächzt er. »Er soll brennen und ganz Italien erleuchten ... Keine Dirne darf mehr das Hurenhaus verlassen! ... Peitscht die Spieler! ... Jedem Gotteslästerer sollt Ihr die Zunge durchstechen ...« Nun wendet er sich der Politik zu. »... Die allgemeine Volksversammlung ist ein Hohn und unverzüglich abzuschaffen ... Festigt hingegen den gewählten Großen Rat ... Ich ermahne Euch, Brüder, achtet auf Euren lauen Nachbarn! Wenn Ihr fürchtet, dass er sich mit anderen Verschwörern trifft, so meldet es ohne Zögern dem Gericht ... Diese Schuldigen haben es verdient, auf der Stelle erwürgt zu werden, oder zerreißt sie in Stücke ...! Amen!«

Zwei Tage und Nächte liegt Girolamo unter Krämpfen in seiner Zelle. Kaum ebben sie etwas ab, als Fra Silvester ihn bedrängt: »Du musst auf das päpstliche Breve antworten. Sonst gefährdest du alles, was wir bisher erreicht haben.«

»Ich bin ja bereit. Nur fliehen mir die Gedanken. Wie kann ich demütig sein zu diesem lasterhaften Hirten?«

Silvester verengt die kleinen bernsteinfarbenen Augen zu Schlitzen. »Du musst antworten. Schreibe doch einfach, dass Krankheit dich an der Reise hindert. Ein triftiger Grund, Bruder, niemand, auch nicht der Papst, kann sich ihm verschließen.«

»Danke, mein Freund. Daran erkennst du, wie elend mir ist, dass ich nicht selbst auf das Nächstliegende komme. Stütze mich zum Schreibtisch.«

Während er den Brief verfasst, muss Silvester ihm immer wieder die Schale reichen, um das gallige Erbrochene aufzufangen.

»... Heiliger Vater, längst ist es mein sehnlichster Wunsch, die

Ewige Stadt zu besuchen, die ich bisher niemals gesehen habe. Nun könnte er in Erfüllung gehen, weil Eure Heiligkeit mich so armseligen Wurm zu Euch gerufen habt. Leider kann ich dieser Auszeichnung nicht Folge leisten, da ich mich derzeit in ärztlicher Behandlung befinde und der Schonung bedarf, andernfalls würde ich mein Leben gefährden … So bald als möglich aber werde ich mich vor Eurem Antlitz einfinden … Wollt Ihr Euch aber über meine Reform in unserer Stadt unterrichten, so nehmt Einsicht in eine grundlegende Schrift, die sich gerade im Druck befindet und welche Euch in Bälde übersandt wird …«

Nachdem er unterzeichnet hat, sinkt sein Kopf auf die Schreibplatte. »Mein Freund, übergib das Antwortschreiben dem städtischen Kurier. Er soll es umgehend nach Rom bringen.«

Silvester fasst seinen Prior an den mageren Schultern. »Du bist überarbeitet. Versuche zu schlafen.«

Eine Schlinge wird geknüpft

Der Eilkurier trabt durchs Stadttor und gibt dem Hengst die Sporen. In seiner ledernen Brusttasche verwahrt er neben Depeschen an Handelskontore auch das Schreiben des Propheten. Eine halbe Wegstunde von Florenz entfernt versperren ihm nach einem Wäldchen jäh zwei vermummte Reiter die Straße. »Fürchte keinen Überfall! Ruhig, ganz ruhig. Wir wollen dir ein Geschäft anbieten.« Großzügig ist das Angebot, und ein Beutel mit fünf Florin wechselt den Besitzer. Im Gegenzug überlässt der Bote den Vermummten bereitwillig den Brief Savonarolas und gelobt zu schweigen.

Ein neuer Mitstreiter

Die Kunst des Medicus ist erschöpft. »Ich darf Euch nicht wieder zur Ader lassen, ehrwürdiger Vater. Jeder Tropfen Blut, den Ihr verliert, wird Euch noch weiter schwächen. Jeden Trank speit Ihr wieder aus. Habt Geduld, bis sich Übelkeit und Kopfweh von selbst abmildern. Bitte, entlasst mich aus der Verantwortung und befragt einen tüchtigeren Kollegen.«

»Habe Dank für deine Ehrlichkeit«, murmelt Girolamo mit speichelverklebten Lippen.

Kaum hat der Arzt sich entfernt, als Fra Silvester die Fingerkuppen gegeneinander trommelt. »Es gibt einen Heilkundigen, der gewiss helfen könnte. Wäre er nicht von Gott unserm Konvent als ständiger Versucher geschickt worden.«

»Etwa Bruder Tomaso? Er hasst mich.«

»Gift oder Medizin. Er kennt beide Geheimnisse.« Der biegsame Freund kauert sich neben den Kranken. »Niemand außer dir besitzt die göttliche Gabe, Menschen fest an sich zu binden. Vollbringe ein Wunder, dir und unserm großen Werk zuliebe, und verwandle diesen Teufel zu einem gefügigen Engel.«

Girolamo schließt die Augen, lange liegt er reglos da, mit einem Mal flattern seine Lider, beruhigen sich, und er flüstert: »Ich habe Gott um Rat angefleht, und seine Stimme drang in mich.«

Wenig später steht Bruder Tomaso vor dem Strohlager. Der Mund inmitten der fleischigen Gesichtsscheibe ist fest geschlossen, die nackten Augenpunkte zeigen keine Regung.

»Wir müssen endlich Klarheit zwischen uns schaffen, Bruder«, begann der Obere von San Marco mit eisiger Stimme. »Meine Gegner haben keinen Platz mehr unter diesem heiligen Dach. Auch den falschen Ordenslaien soll die Kutte von Leib gerissen werden. Auch sie gehören hart bestraft.«

»Aber ich liebe und verehre Euch, Vater«, beteuert der Heilkundige bis in Mark erschreckt. »Hier bei Euch ist mein Platz.«

»Ein Lippenbekenntnis, mehr nicht.« Girolamo schweigt.

Für Bruder Tomaso wird die Stille zur Qual. »Bitte verstoßt mich nicht.« Schweiß überzieht das rote Gesicht. »Ich gestehe, am Anfang war ich ungläubig, wagte sogar ein böses Wort gegen Euch, aber längst sind mir die Augen geöffnet. Wie kann ich Euch meine Ergebenheit beweisen? Sagt es, und ich werde Euch nicht enttäuschen.«

Der Obere presst drei Finger an die schmerzende Stirn. »Ein wahrhaft Reumütiger darf auf Vergebung hoffen, sagt unser Herr Christ. Ja, noch ist es nicht zu spät für dich, mein Sohn. Du sollst Gelegenheit haben, deine Seele zu läutern. Ich werde dir mein Leben anvertrauen. Du darfst mich von dieser Krankheit befreien.«

Erleichtert stürzt der beleibte Heilkundige auf die Knie. »Danke, habt Dank, ehrwürdiger Vater. Ich werde …«

»Schweig. Ich bin noch nicht ans Ende gelangt. Mit Rücksicht auf deine zweifelhafte Vergangenheit als Apotheker vereinbaren wir feste Regeln: Jeden Trank, jedes Pulver und auch jede von dir gefertigte Pille wirst du vor meinen Augen selbst kosten. Sollte ich dennoch ernsten leiblichen Schaden erleiden, hat Fra Silvester die Pflicht, dich unverzüglich dem Henker auszuliefern.«

»Fürchtet nichts, ehrwürdiger Vater. Euer Leben wird mir noch wertvoller sein als mein eigenes.«

Girolamo tastet nach der Schale und würgt gelbliche Flüssigkeit aus. Sofort tupft ihm Bruder Tomaso den Mund ab, dann riecht er an dem Erbrochenen. »Es sind keine Speisereste vorhanden. Wann habt Ihr zum letzten Male etwas gegessen?«

Der Obere schüttelt den Kopf. »Gestern … oder war es vorgestern? Ich weiß es nicht …«

»Ihr werdet Euch meinen Anweisungen …«

»Ehe du damit beginnst, möchte ich dir als Zeichen meines Vertrauens noch eine Aufgabe übertragen. Du besitzt eine Gabe, die mir bisher nur Verdruss bereitete, auch sie möchte ich von jetzt ab für das Gute einsetzen. Wie du weißt, verspotten die tollwütigen Feinde meine Anhänger als Winseler. Arrabiati gegen Piagnoni. Du sollst nun ein Streiter für meine Partei sein. In den Straßen und Geschäften wird heimlich gegen das neue Königreich Gottes geredet und den Geboten zuwider gehandelt. Sei du mein Auge und mein Ohr. Spähe und lausche, doch unauffällig, und berichte mir oder Fra Silvester.«

Blanke Begeisterung glitzert in den brauenlosen Augen auf. »Verlasst Euch auf mich. Nun aber will ich zu meinem Medizinschrank.« Mit der Schale in der Hand huscht Bruder Tomaso hinaus.

»Bravo.« Respektvoll klatscht Silvester dem Freund zu. »Trotz der Krankheit hast du nichts von deiner Kraft eingebüßt.«

»Gott will es so, Bruder.«

ROM

Noch ist kein Blut im Kelch

Kein Antwortschreiben Fra Girolamos, dafür erreichen seine gedruckten Predigten und Weissagungen Anfang September den Vatikanspalast. Unmissverständlich stellt sich der Mönch als von Gott direkt beauftragter Prophet dar, dem vom Himmel der Satz diktiert wurde: »Gottes Schwert über die Erde, rasch und bald!«

Papst Alexander wischt mit spitzen Fingern das Traktat von seinem Schreibtisch. »Selbst für den Hintern taugt dieses Papier nicht mehr.« Er hebt das mit Rotwein gefüllte Glas gegen das Fenster. »Noch kann ich einen Lichtschimmer sehen, noch ist kein Blut in dem Kelch.« Und der Heilige Vater diktiert in gefährlich sanftem Ton ein neues Schreiben. »... Ein gewisser Girolamo Savonarola aus Ferrara gefällt sich in einer neuen, gottlosen Lehre ... Er versteigt sich zu der verrückten Behauptung, er sei von Gott gesandt und spreche mit Gott, ohne diese Anmaßung in der vom Kirchenrecht geforderten Weise bekräftigen zu können ... Solch eine göttliche Sendung ohne Beweis müssen Wir als Ketzerei betrachten ... Ferner wagt Savonarola zu versichern, wenn er lüge, dann lüge auch Christus und Gott selbst, und jedermann, der seinen eitlen Beteuerungen keinen Glauben schenke, der gehe des Heils verlustig ... In Unserer Langmut gaben wir Uns der Hoffnung hin, er werde das Ärgernis seiner Prophetie durch demütige Unterwerfung wiedergutmachen. Doch Unsere Annahme erwies sich als trügerisch. Überdies hat er der an ihn ergangenen Vorladung vor Unsern Stuhl den Gehorsam verweigert ... Wir überantworten ihn nun dem Richterspruch des lombardischen Generalvikars. Savonarola hat sich ihm bei Androhung des Kirchenbannes zu unterwerfen ... Überdies hat er sich bis zur richterlichen Entscheidung aller öffentlichen Predigt und Lesungen zu enthalten ... Wir befehlen: Das Kloster San Marco von Florenz wie auch das Kloster San Domenico sollen fortan wieder der lombardischen Kongregation einverleibt werden ... Seine Handlanger, die Brüder Domenico und Silvester, haben sich unverzüglich ins Mutterkloster nach Bologna zu begeben, um ihre Versetzung in ein anderes Haus abzuwarten ...«

Papst Alexander benetzt die vom Sprechen trockene Kehle mit dem rotem Tropfen und beauftragt seinen Sekretär: »Ein kleines Versehen wird die Wirkung dieses Schreibens noch verstärken. Adressiere das Breve nicht an diesen Savonarola, sondern irrtümlich an den Franziskanerprior von Santa Croce.«

Nicht genug der Drohung. Ein zweites Schreiben richtet der Stellvertreter Christi direkt an die Regierenden von Florenz: »...ich ermahne Euch, bereitet dem Bündnis mit dem französischen König unverzüglich ein Ende. Denn dieser kam, die Freiheit und Ruhe Italiens zu stören und Eure Republik zu verstümmeln... Zeigt Euch einsichtig und schließt Euch den übrigen italienischen Staaten an. Bei Uneinsichtigkeit sehen wir uns gezwungen, die Stadt Florenz mit dem Bann zu belegen...«

Papst Alexander leert den gläsernen Pokal. »Genug für heute. Mehr Zeit will ich an dieses widerborstige Mönchlein nicht verschwenden.«

FLORENZ

ZEHN LÜGEN

Aufregung. Bestürzung, Rede und Gegenrede. Die für den September und Oktober gewählte Signoria ist mehrheitlich von Kritikern des Propheten besetzt. »Wir dürfen nicht zulassen, dass Rom seinen Fluch über unsere Stadt schleudert!« Ein Mutiger verlangt sogar: »Es wäre besser für unser Gemeinwesen, wenn Fra Girolamo sich aus Florenz entfernt. Schickt ihn fort! Er stürzt uns ins Unglück!«

»Niemals! Das Volk würde sich gegen uns erheben. Ein Bürgerkrieg wäre wirklich unser Untergang. Der Frater muss bleiben!«

»Wir bitten um Gnade für ihn beim Heiligen Vater!«

Entsetzen auch in San Marco. Eine Rückkehr in die lombardische Kongregation wäre das Ende des aufblühenden Gottesstaates. »Ich lasse mir von diesem sündigen Oberhirten nicht mein Lebenswerk zerstören«, schäumt Girolamo vor den beiden engsten Mitbrüdern. Seiner Feder aber entfließen im Oktober tiefste Verbeugungen und

Demutsbezeugungen. »O Heiliger Vater, ich bin von meinen Feinden
übel verleumdet worden … Niemals behauptete ich, mit Gott zu sprechen … Niemals gab ich mich für einen Propheten aus … Die Eigenständigkeit meiner Klöster ist von allen Brüdern heiß gewünscht worden und deshalb rechtmäßig. Seht von Eurem harten Beschluss ab …
Auch hab ich niemals Euch den Gehorsam verweigert … Krankheit
hinderte mich an der Reise …«

Trotz des Verbotes erklimmt Fra Girolamo die Kanzel: »… Ihr
habt von den Drohungen des Papstes gegen mich gehört … Ja, ich
würde mich dem Heiligen Stuhl unterwerfen, wenn diese Vorwürfe
zuträfen … Ich sage euch, zehn, ja zehn Lügen enthält das Breve, und
deshalb bleibe ich und fürchte die Exkommunikation nicht, denn
sie ist ohne Wert …« Er wendet sich mit überschlagender Stimme
wieder den Ermahnungen zu. »Ihr Lenker dieser Stadt! Ich verlange
von Euch unerbittliche Strenge. Spürt die Feinde des Königreichs
Gottes auf und enthauptet sie …!«

Eine neue Baustelle

Beim gemeinsamen Frühstück in der Küche des Palazzo Strozzi stellt
Petruschka einen dampfenden Becher mit Honigmilch vor die Freundin. »Ich hab sie durch ein Tuch geschüttet. Tut mir Leid, wenn immer noch etwas Sand drin ist.«

Laodomia kostet und leckt sich die Lippen ab. »Alles in Ordnung.
Die Milch schmeckt weich und gut.«

»Ich verstehe den Herrn nicht. Jetzt bauen wir da draußen einen
neuen Palazzo, und trotzdem lässt er die Handwerker auch noch hier
die Halle umbauen. Überall ist jetzt der Staub. Sogar in der Vorratskammer. Meine Mädchen und ich kommen mit dem Putzen bald
nicht mehr nach.«

Laodomia forscht in dem entrüsteten Gesicht und fragt so beiläufig wie möglich: »Was will Alfonso denn ändern?«

»Vor dem Speisesaal wird jetzt noch ein Vorraum gemauert. Wegen
der Zugluft. Völlig überflüssig, wenn du mich fragst. Nur wir haben
dann noch eine Tür mehr beim Rein- und Raustragen der Schüsseln.
Aber auf uns nimmt ja keiner Rücksicht.«

Laodomias Hand zittert; ehe die Milch überschwappt, setzt sie den Becher zurück auf den Tisch. »So genau kann ich mir den Umbau nicht vorstellen.«

»Na, komm mit, ich zeig's dir. Die Arbeiter kommen erst gegen Mittag wieder und schleppen den Schmutz durchs Haus.«

In der Halle führt Petruschka sie an der Marmortreppe vorbei und stemmt vor dem Speisesaal die Fäuste in die Hüften. »Wie ein kleines Haus mit Holzdach soll der Vorraum werden.«

Die Steine sind schon hüfthoch gesetzt, und Laodomia erkennt sofort, dass die neuen Mauern den Zugang des Geheimgangs verdecken sollen. O mein Gott, bald also wird es ernst. Sie spürt ihr Herz schlagen. Im Schutz des Vorraums können Besucher unbemerkt vom Gesinde hereinschlüpfen und wieder gehen. Bald werden sich Alfonso und Rodolfo hier mit den anderen Gegnern des Predigers treffen.

»Nun sag doch was«, fordert die Russin sie auf. »Gefällt dir etwa diese verrückte Idee?«

»Nein, nicht wirklich. Aber Alfonso hat sich nun mal dazu entschieden, und wir müssen uns wohl daran gewöhnen.« Sie blickt die Freundin verstohlen von der Seite an. Ach, Petruschka, denkt sie bekümmert. Ich fürchte mich vor dem Augenblick, wenn du den wahren Grund herausfindest.

ROM

Der Fuchs und der Stier

Herbststürme fegen über die Ewige Stadt hinweg. Nach einer Messe in der Sixtinischen Kapelle bittet Alexander der VI. den mächtigen Kardinal Caraffa: »Auf ein Wort, lieber Freund.« Die Kirchenherren bleiben im Schutz des Portals. »Darf ich Eure Meinung über diesen Savonarola hören? Oder besser gleich geradeheraus gefragt: Wie lange wollt Ihr noch Eure Hand schützend über ihn halten?«

»Mit Verlaub, Heiligkeit. Als ich ihm zur Eigenständigkeit seines Klosters verhalf, ahnte ich nicht, dass er sich so aufführen könnte. Inzwischen ist er auch mir ein Ärgernis. Lasse ich den Mönch aber gleich ganz fallen, könnte dies meinem Ansehen als Kardinalsprotektor schaden. Gewährt mir Zeit für eine Sinneswandlung.«

Die Miene des Stellvertreters Christi hellt sich auf. »Ihr dürft mich zu einem Essen in Eurem Haus einladen. Ein Abend mit Musik und schönen Damen würde mich vollends besänftigen.«

»Mit Freuden, Heiligkeit.« Caraffa nutzt geschickt die wohlwollende Laune des Hirten: »Was Savonarola betrifft, nicht allein er, auch der Rat von Florenz fleht mich um Fürsprache bei Euch an. Gewährt mir einen kleinen Erfolg, nur als Beweis meiner Bemühungen.«

Mit leisem Spott tippt Alexander auf seinen Siegelring. »Noch einmal werdet Ihr ihn mir nicht abluchsen, lieber Freund.«

»Vergebt mir die kleine List, Heiligkeit. Ohne Euch beeinflussen zu wollen, bitte ich Euch, den selbstständigen Status der Klöster San Marco und San Domenico nicht aufzuheben. Dieser Schritt könnte als Druckmittel später noch von Nutzen sein. Was hingegen das strenge Predigtverbot für den Mönch betrifft, so bin ich Eurer Meinung. Dieser Befehl sollte keinesfalls aufgehoben werden.«

Nach kurzem Zögern stimmt der Oberhirte zu. »Gut. Wir lassen die Mühlen langsamer mahlen, umso gründlicher wird der Mönch zwischen Unseren Steinen zerrieben.« Ein Lächeln spielt in den Mundwinkeln. »Ihr solltet den Fuchs im Wappen führen, lieber Freund.«

Der Kardinal verneigt sich elegant. »Mit Verlaub, darf ich das Kompliment zurückgeben? Euch, Heiligkeit, gebührt neben dem Stier ebenso dieses Sinnbild der Schlauheit.«

FLORENZ

WER ERHÄLT ANTWORT?

Das Jahr 1496 beginnt düster und kalt. Regen, vermischt mit Schnee, lässt den Arno anschwellen und verwandelt die nicht befestigten Gassen der Stadt in unpassierbare Morastwege. Verloren blickt das Volk zur Kanzel des Doms hinauf; obwohl Fra Domenico statt des Klosterbruders predigt, scheint der Platz leer. Nicht diese tiefe, volle Stimme wollen die Gläubigen hören, es sehnt sie nach dem Krächzen,

Husten und Schnauben, nach den Aufschreien ihres Propheten, nach seinem drohenden Finger, mit dem er ihnen den dornigen Pfad der Buße aufzeigt. Und auch der bärenhafte Domenico kann seinen Kummer nicht verhehlen. »Geliebte Brüder und Schwestern, ihr Bürger von Florenz, wartet in unerschütterlicher Treue auf ihn. Unsere Gegner fordern einen Gottesbeweis, dass seine Lehre wahr und die ihre falsch ist …« In seiner gläubigen Einfalt will er selbst das Wunder erbringen und ruft den Feinden zu: »Wählt einen aus euren Reihen. Er solle sich mit mir auf den Friedhof begeben. Dort werden wir Tote anrufen, die schon mehr als vierzig Jahre im Grabe liegen. Wer von uns beiden dann Antwort erhält, dem soll das Volk sich anschließen …« Der fromme Eifer bringt ihn dazu, mit der Faust in Richtung des Palastes der Signoria zu weisen. »Errichtet auf dem Platz ein riesiges Feuer. Durch diese Flammen mögen alle hindurchgehen, die nach der Wahrheit suchen. Und ich weiß, geliebte Brüder und Schwestern, die Anhänger Fra Girolamos unterziehen sich furchtlos als Erste diesem Gottesurteil …«

Das Rosenbad

Ende Januar kauert Fioretta Gorini neben Laodomia im Samtsessel vor dem lodernden Kamin. Beide Frauen haben eine Wollstola eng um die Schultern geschlungen. Ausreichend Wein steht zwischen ihnen auf dem kleinen Tisch. In einer Schale häufen sich kandierte Walnüsse. »Liebchen, mir will einfach nicht warm werden«, klagt Fioretta. »Nein, ich friere nicht. Verstehst du, es ist so eine andere Kälte. So, als wäre mein Gatte ins Zimmer getreten und würde nicht wieder verschwinden.«

»Hast du eigentlich kein einziges gutes Wort für ihn übrig!«

»Doch, doch, Liebchen«, Fioretta stopft sich ein Nussstückchen in den Mund, kaut genüsslich und erklärt dabei: »Mein Gorini kann Geld zusammenraffen wie kein Zweiter. Selbst wo gar keins mehr ist, schüttelt er so lange, bis doch noch irgendwo ein Silberstück rausfällt. Und wunderbar geizig ist der Gute dabei. Großzügige Sparsamkeit nennt er diese Tugend. Sobald ihn ein Bettler um Almosen anfleht, schenkt er ihm seinen schönsten Satz: Bester Freund, ich habe mein

Vermögen nicht durchs Abgeben erworben, sondern durchs Festhalten!« Sie hebt den Kristallkelch. »Auf meinen liebenswerten Gorini.«

»Du bist sehr bitter.« Laodomia nimmt nur einen kleinen Schluck. »Wie konntet ihr beide es nur so lange miteinander aushalten?«

»Ganz einfach, mein Herr Gemahl hat Angst vor meiner Zunge. Seit seiner kläglichen Niederlage in der Hochzeitsnacht fürchtet er, ich könnte ihn bei Geschäftspartnern bloßstellen. Deshalb werde ich gut von ihm versorgt. Weißt du, Liebchen, er ist außerdem noch der König aller gerissenen Feiglinge: Er duckt sich, schlängelt um Schwierigkeiten herum und sticht von hinten zu. Einen wahren Helden habe ich damals geheiratet. Und er weiß immer wieder, wo ein neuer Honigtopf steht.« Sie schwenkt ihren Pokal in Richtung Westen, und Wein schwappt über ihre Hand. »Gorini hat als Erster vor dem Kuttengerippe Reißaus genommen. Sehr gescheit. Die Franzosen haben Pisa an die eigenen Bürger verkauft und sind verschwunden. Seit Januar ist die Stadt endgültig frei. Der Bußprediger darf sich dort nicht mehr sehen lassen, und mein Gorini sitzt mitten drin und schachert ungestört das Geld zusammen. Schau mich nicht so an, Liebchen, ich bin nicht wütend auf ihn, wenigstens solange er mich nicht verhungern lässt. Nun komm, nimm von den Nüssen; wenn ich sie allein aufesse, werde ich zu dick.«

Laodomia kostet, dann greift sie tiefer in die Schale und knabbert nachdenklich die knusprig süßen Stücke aus der Handmulde. »Hast du schon mal daran gedacht, auszuwandern?«

»Wohin denn? Etwa nach Pisa? Gott bewahre.«

»Ich mein', nur bloß weg von Florenz? Aber du hast ja Recht, ich könnte auch nur zurück nach Ferrara, und das wär mein Tod.«

»Wir bleiben hier, Liebchen. Basta!« Fioretta wirft den Wollumhang ab und atmet tief ein, dass sich die Halbkugeln ihrer Brüste kampfeslustig aus dem Ausschnitt wölben. »Auf Dauer kann uns dieser geifernde Holzzwerg nichts anhaben. Jetzt verbietet er sogar, dass wir auf der Straße unseren Schmuck und die schöne Garderobe zeigen. Soll ich mich mit den Hüten und Kleidern etwa nur allein vor dem Spiegel drehen? Dieser gottverdammte Irre! Alle Frauen müssen in langen dunklen Röcken und Kopftüchern rumlaufen. Wir Florentinerinnen sind doch keine Ratten!« Mit Schwung füllt sie die Kelche

686

bis zum Rand. »Da fällt mir ein, Liebchen: Dein Schwiegervater ist doch ein guter Schneider? Ach ja, der Ärmste hat seine Frau verloren.« Gleich trübt Mitleid ihre Augen, und der getuschte Wimpernvorhang senkt sich halb. »Wie geht es ihm?«

»Vater Belconi? Am Anfang war ich besorgt, aber er kommt gut zurecht. Zwei neue Gesellen arbeiten jetzt sogar mit in der Werkstatt. Eine Nachbarin kocht für ihn mit, und Petruschka und ich reinigen hin und wieder am Wochenende das Haus.«

»Putzen? Du? In Ordnung, Liebchen, ich weiß, du hast ein warmes Herz.« Fioretta klappert mit den Lidern, und der Trauerflor lichtet sich wieder. »Also Meister Belconi arbeitet noch, wie gut. Die großen Modekünstler haben aus Angst vor dem Prediger ihre Studios geschlossen.« Sie verlässt den Samtsessel und stellt sich in Positur. »Was meinst du? So ein graues Kleid, unterm Busen schön eng geschnitten, mit Taschen, versteckt in den Falten. Und drüber in etwas dunklerer Farbe, aber weit fallend das Obergewand. Natürlich gehören kleine Rubine ins Kopftuch, und aus grauer Seide muss es auch sein. Würde mir das stehen?«

»Du kannst alles tragen, selbst Grau, und ganz sicher gucken dir die Männer nach.« Laodomia lächelt bekümmert. »Nur weiß ich nicht, ob Fra Girolamo solch ein Kleid meinte, wenn er verlangt, wir Frauen sollten auf alle Eitelkeiten verzichten.«

»Der Kuttenkerl soll sich besser gleich ins Grab legen, wir nicht«, gurrt Fioretta, begeistert von ihrer neuen Modeidee, und drückt der Freundin einen innigen Kuss auf die Lippen. »Keine Angst, wir protestieren gegen ihn auf unsere Weise. Gleich morgen geht's zu Meister Belconi. Weißt du was, er soll dir auch ein graues Kleid schneidern, ich schenke es dir. Nicht dasselbe Modell. Natürlich muss es anders im Schnitt sein. Wäre doch auch mal ein Spaß, wenn wir beide so als fromme Büßerinnen über die Straße gehen.« Sie küsst Laodomia wieder. »Jetzt sollen die Mägde ein Bad zubereiten, und wir lassen uns rundum verwöhnen. Ach Liebchen, mit dir wird mir bestimmt auch wieder so richtig warm.«

Als die beiden Frauen sich später wohlig im duftenden Rosenwasser gegenüberliegen, fragt Signora Gorini: »Und dein Junge? Was macht der jetzt so ohne den armen Graf Pico?«

Laodomia schließt die Augen. »Raffaele lernt jetzt in der Kloster-schule…«, sie stockt und setzt erst nach einer Weile hinzu: »In San Marco. Meist schläft er auch dort, sagt Vater Belconi. Ich habe ihn seit Monaten nicht mehr gesehen. Kein Besuch bei mir, keinen Gruß lässt er mir ausrichten.« Sie schluckt heftig gegen die aufsteigenden Trä-nen. »Ich glaub manchmal, Savonarola hat ihn mir weggenommen.«

Vom Leid angerührt, beginnt auch Fiorettas Unterlippe zu zit-tern. »Und mein Junge, der lebt jetzt mit den Medici in Rom. Noch weiter weg von mir als früher. Das Schicksal ist … ach, es ist so furcht-bar.« Doch ehe ein zweiter Schluchzer folgen kann, schlägt Fioretta jäh mit der flachen Hand ins Wasser. »Nein! Schluss damit, Liebchen. Wir heulen vielleicht später weiter.« Wieder spritzt das duftende Nass auf. »Dieser Holzzwerg drängt sich schon draußen überall dazwi-schen, aber in mein Haus kommt er nicht, und erst recht nicht in unser Rosenwasser!«

Endlich ein Sonnentag

Seit drei Monaten hat es unentwegt geregnet, und der Himmel ist grau geblieben, als hätte auch ihn der Befehl des Predigers zum Ver-zicht auf leuchtende Farben gezwungen. Die Natur ist widerspens-tiger gewesen, jedoch auch ihr hat der Mut gefehlt, sich ganz zu entfalten: Jetzt im Mai tragen Bäume und Büsche nur stumpfes Grün. In den Gärten liegen die Blumen kraftlos am Boden, und ihre ver-waschenen Blüten sterben, noch ehe sie das Auge erfreuen können.

Heute aber dampfen Plätze und Straßen der Stadt. Kinder lassen die Mützen zu Hause, weit öffnen ihre Mütter die Fenster, und wer von den Familienvätern noch Arbeit hat, der drückt sich nicht eilig wie sonst im Schutz der Häuserfronten entlang, sondern geht ge-mächlicher und blickt hin und wieder ins weite Blau des Himmels. »Es wird besser!«, grüßt er den Nachbarn und erhält zur Antwort: »Ja, alles wird besser.« Beide staunen sich an, weil ihnen dieser ungewohn-te Satz so leicht über die Lippen kam.

Auch der Prior von San Marco will die Gunst des Wetters ausnutzen und hat sich mit Fra Domenico in die verschwiegene Laube am Ende des Klostergartens zurückgezogen. »Du hast eine Satzung erarbeitet. Sehr lobenswert.«

»Und zwar Punkt für Punkt, weil ich dachte, ohne feste Regeln kann es keine Disziplin in unseren Engelstruppen geben.«

»Ich wusste es«, leicht berührt Girolamo den muskulösen Arm. »Du bist wie geschaffen für diese Aufgabe.« Er schiebt die Kapuze in den Nacken und setzt eine Mütze auf, an deren Schirmrand zwei Brillengläser befestigt sind. »Du darfst getrost schmunzeln, Bruder. Durchs viele Lesen haben sich meine Augen stetig verschlechtert. Für ein Holz- oder Eisengestell ist mein Nasenhöcker einfach zu klobig. Selbst wenn ich die Haltefäden am Hinterkopf festzurrte, saß die Brille entweder vor der Stirn, oder der Bügel verklemmte mir die Nasenlöcher.« Er zieht den Schirm tiefer ins Gesicht. Beim Anblick der jäh vergrößerten graublauen Pupillen hinter den geschliffenen Sehfenstern lacht Domenico herzlich auf. »Verzeih. Ich muss mich erst daran gewöhnen. Du ähnelst jetzt einem …«

»Übertreibe nicht«, ermahnt ihn Girolamo, beinahe erheitert. »Und erspare mir den Vergleich mit einem sonderbaren Uhu. Ich weiß selbst, wie ich aussehe. Zugegeben, als mir der Glasmacher stolz dieses Geschenk überreichte, glaubte auch ich zunächst an einen Scherz. Doch nicht Eitelkeit, allein der Nutzen zählt; ohne jede Behinderung kann ich jetzt wieder lange lesen und selbst die kleinste Schrift entziffern. Und damit genug palavert.« Er beugt sich über das Blatt, seine Miene erhellt sich von Zeile zu Zeile, schließlich nickt er: »Ich bin äußerst zufrieden. So straff organisiert werden die Kinder unserem Werk Segen bringen, und gleichzeitig geben wir ihnen ein Lebensziel, das von Moral und Glaube geprägt ist.«

»Danke, Bruder. Ich befolgte nur deine Ratschläge.«

»Nein, nicht so bescheiden. Du hast dieses System entworfen, und es beweist, wie eng wir im Geiste miteinander verbunden sind.«

Die beiden Erzieher der Jugend rücken enger zusammen, betrachten sinnend die verkümmerten Pflanzen im aufgeweichten Gemüsegarten vor der Laube, ehe sie den Plan noch einmal durchgehen: Das Rückgrat der Engelstruppen sollten die jungen Novizen gemeinsam mit den Halbwüchsigen der Klosterschule bilden. Hinzukommen durften nur Sprösslinge aus den Bürger- und Patrizierfamilien und keinesfalls die Mitglieder der Schnarrer- und Pfeiferbanden. Für dieses verderbte, zerlumpte Pack aus den Armenvierteln war das Himmelreich ohnehin verschlossen. Jeder Engel musste bei seiner Aufnahme einen Eid ablegen: Beten, regelmäßiger Besuch des Gottesdienstes und der Beichte und striktes Befolgen der biblischen Gebote. Keine Teilnahme mehr an Wettrennen, Schauspielen und Maskenumzügen oder anderen weltlichen Vergnügungen.

»Wie willst du die strenge Zucht erstrebenswert erscheinen lassen?«, erkundigt sich der Prior.

»Durch Belohnung. Für die Acht- bis Zwölfjährigen dachte ich an kleine rote Kreuze. Sie sammeln so gerne, ihr ganzer Stolz wird es sein, möglichst viele Orden Christi zu erhalten. Die Dreizehn- bis Zwanzigjährigen können bei unbedingtem Gehorsam in einen höheren Rang aufsteigen.« Domenico verweist auf den wichtigsten Passus in seinem Papier. »Beschäftigen wir uns mit den Älteren. Zunächst entscheide ich, zu welchem der beiden Kader ein neues Mitglied gehört.« Die körperlich Schwachen sollen den Kundschaftern und die Kräftigen den Inquisitoren zugeteilt werden. Jeder Knabe beginnt als einfacher Läufer. Bewährt er sich, darf er zwei andere führen, dann drei und schließlich eine Gruppe von fünf Kameraden. »Das ist der Unterbau. Aus den Reihen unserer Novizen und Klosterschüler wähle ich geeignete Engel aus und besetze mit ihnen die Eckpfeiler. Jeder Trupp erhält einen Friedensstifter und zwei ihm unterstellte Beigeordnete für die Streitigkeiten untereinander, dann einen Ordner mit Helfern für Umzüge und gemeinsame Kundgebungen.« Domenico faltet die großen Hände, ehe er lächelnd fortfährt: »Natürlich benötigen die jungen Kämpfer Gottes auch den Ermahner, der jede Verfehlung in brüderlicher Strenge sofort rügt. Nicht zu vergessen den Offizier der Almosensammler. Du siehst, Bruder, in Wahrheit habe ich unsere eigenen Klosterregeln nur etwas weiter gefasst.«

»Welch eine wunderbare Klarheit. Ja, ja, ich bin von Herzen froh.« Girolamo tippt die Fingerkuppe auf den nächsten Absatz. »Und jedes Stadtviertel erhält so seinen eigenen Konvent, mit dem obersten Aufseher an der Spitze, der umgeben ist von vier Beratern.« Er schnaubt heftig und setzt die Brillenkappe ab. Es hält ihn nicht länger auf der Holzbank. In eckigen Schritten tritt er aus der Laube. Dunkle Wolken sind aufgezogen. Weit breitet Girolamo die Arme aus. »Ich sehe unsere Engel durch die Straßen ziehen. Kein geiler Sodomist kann sich vor ihnen verstecken, sie werden ihn jagen und dem Gericht melden. Kein mit Schmuck und eitlen Kleidern behängtes Weib wird ungeschoren bleiben.« Voller Leidenschaft wendet er sich wieder nach Domenico um. »Säuberung! Du wirst ihnen befehlen, allen Spielern die Karten und Würfel zu entreißen. Schicke deine Inquisitoren in die Tavernen, in die Hurenställe und in jedes verdächtige Haus. Dort sollen sie alle anzüglichen Bilder entfernen und obszöne Wandzeichnungen mit weißer Farbe übertünchen. Reinheit, Bruder, innen wie außen! So wird das Gottesreich erblühen! Wann, wann beginnst du?«

Das Lob und die Begeisterung seines geliebten Führers erfüllen den bärenhaften Mönch mit Stolz. »Wenn du erlaubst, führe ich schon morgen unsere jungen Novizen und Schüler hinüber in mein Kloster San Domenico. Dort, außerhalb der Stadt, kann ich sie ungestört auf ihre neue Aufgabe vorbereiten.«

Girolamo tritt nah vor den Bruder hin und sieht zu ihm auf. »Wie ein Baum, der viele Früchte hervorbringt, so stark sollst du sein, lieber Freund. Und ich werde meine Predigten fortsetzen. Was kümmert mich das Verbot dieses sündigen Papstes? Doch von nun an spreche ich auch zu den Kindern. Für sie lasse ich gesonderte Bänke direkt unter der Kanzel aufstellen. Vertraue meiner göttlichen Gabe, die Herzen zu entflammen. Es wird nicht lange dauern, und in Scharen drängen sich die Söhne der Bürger zu dir. Ein Engel in unserm Heer zu sein bedeutet bald schon für sie mehr als Vater und Mutter, denn im Schutz des Glaubens bieten wir ihnen eine neue, bessere Familie.«

Domenico steigen die Tränen in die Augen, er umarmt den Propheten und flüstert: »Jeden Abend danke ich Gott, dass er mich dir so nahe sein lässt.«

Als sie sich miteinander auf den Rückweg zum Kloster begeben, ist die Sonne des Maitages hinter den Wolken verschwunden, und heftiger Regen setzt wieder ein.

ROM

Der blutige Hut

Sobald der Stellvertreter Christi an Florenz erinnert wird, verliert er
jäh seine lebensfrohe Heiterkeit. Keine Ermahnung hat gefruchtet.
Trotz des strikten Verbotes ist Savonarola der Kanzel nicht fern geblieben. Keine Bedrohung hatte die Signoria der Stadt am Arno bewegen können, das unselige Bündnis mit Frankreich aufzugeben.

»Seine Heiligkeit ist ungehalten«, flüstern sich bei der Ablösung
die Wachen vor der Tür des päpstlichen Arbeitszimmers zu.

Im August wächst hartnäckig das Gerücht, König Karl VIII. rüste
für einen neuen Feldzug gegen Italien. Sofort greift Alexander ins
Füllhorn seiner Möglichkeiten und entsendet einen Bevollmächtigten des Dominikanerordens nach Florenz, um Savonarola die Kardinalswürde anzubieten. »… vorausgesetzt, geliebter Sohn, du bringst
den Franzosen von seinem Vorhaben ab und verzichtest künftig darauf, den Untergang Unserer Kirche zu prophezeien … Mit dem Pur-
purhut bekleidet, kannst du dich der notwendigen Reform des Klerus
widmen und sollst dich jeder Unterstützung des Heiligen Stuhls erfreuen dürfen …«

Völlig durchnässt vom ewigen Regen über Florenz, kehrt der Prokurator in den Vatikanspalast zurück und wirft sich auf die Knie.
»Heiliger Vater, es ist mir unmöglich, vor Euerm Ohr all das Unflätige
zu wiederholen, mit dem Fra Girolamo Euer Angebot ablehnte.«

»Spott kränkt mich nicht, solange er geistreich ist. Berichte, was
der Mönch von sich gab, beschränke dich aber auf das Wesentliche.«

Lange überlegt der Gesandte, dann ringt er entschuldigend die
Hände. »Gerade noch erträglich waren seine Sätze: ›Mir steht der Sinn
nicht nach Reichtümern und Ämtern. Ich will keinen roten Hut, keine Mitra. Nur einen einzigen roten Hut begehre ich: die blutige Krone der Märtyrer.‹«

»Wahrhaftig. Der Mönch ist ohne jeden Witz. Wer glaubt dieser
Wurm, dass er sei?« Papst Alexander erhebt sich aus dem Audienzsessel und verlangt mit eisiger Stimme: »Caraffa. Unverzüglich soll er
vor mir erscheinen.«

Die Türwächter flüstern dem Kardinal zu: »Seine Heiligkeit ist äußerst ungehalten.«

Keine höflichen Floskeln oder Scherze zur Begrüßung, sofort setzt Alexander den Finger in die schwärende Wunde. »Werter Freund, ich gab Euch genügend Zeit für den Sinneswandel. Zieht Eure schützende Hand von diesem Savonarola ab. Seid Ihr endlich bereit, die toskanische Kongregation wieder in die lombardische einzuverleiben?«

»Heiligkeit, Ihr könnt auf mich zählen. Doch, mit Verlaub, längst habe ich einen Schachzug vorbereitet, der Savonarolas Stellung einschränkt, ohne dass Euch oder mir hinterhältiges Verhalten vorgeworfen werden kann.«

»So spricht ein Fuchs zum anderen.« Alexander deutet schmunzelnd auf einen Stuhl. »Macht es Euch bequem, und weiht mich ein.«

»Wir gründen einen neuen Klosterverband: Die römisch-toskanische Kongregation. Elf Konvente sollen ihr angehören, unter anderem auch San Marco von Florenz und San Domenico von Fiesole. In diesem Erlass wird Savonarola nicht einmal erwähnt werden, und er verliert dennoch sein Amt als Provinzial und ist wieder nur noch der Obere seines Klosters.«

»Lieber Freund, erfreut Euch meiner Hochachtung.«

Caraffa lehnt sich zurück und lässt das Kreuz vor seiner Brust an der Kette hin und her schwingen. »Um der Angelegenheit noch eine besondere Schärfe zu verleihen, schlage ich den Ordensprokurator Francesco Mei vor, diese Reform durchzuführen.«

»Was zeichnet ihn aus?«

»Zunächst der fromme Eifer in Ordensfragen, der ihn vom Prior in San Gimignano nach Rom führte und zu hohen Ämtern verhalf. Vor allem aber hegt er einen unstillbaren Groll gegen Savonarola. Fra Francesco wird ihm schon die Fesseln anlegen. Und wir dürfen unbelästigt von Beschwerden dabei zuschauen.«

»Eine elegante Lösung. Spätestens im November soll durch ein Breve die neue römisch-toskanische Kongregation verkündet werden.« Alexander beugt sich vor. »Diese lästige Sache zehrt an meinem Gemüt, lieber Freund. Ein wenig Zerstreuung könnte mir helfen. Wäre es möglich, dass Ihr wieder …?«

Feinsinnig lächelt der Kardinal. »Die Studenten der römischen

Akademie geben gerade eine Komödie zum Besten, mit einer sehenswerten Balletteinlage. Hierfür haben sie eine Gruppe der anmutigsten Tänzerinnen verpflichtet …«

»Welche Kostüme tragen die Mädchen?«

»Um bei der Wahrheit zu bleiben, Heiligkeit: Schleier hüllen sie zwar ein, verbergen aber kaum etwas von ihren weiblichen Formen.«

»So muss es sein. Gott schuf den Menschen nackt. Es kann nicht schaden, wenn wir hin und wieder daran erinnert werden.« Der Heilige Vater schnippt die Finger. »Ich wünsche eine Aufführung unten in der Eingangshalle. Und je früher, lieber Freund, umso besser.«

FLORENZ

Nacktheit ist nicht verwerflich

»Gott ist mein Hirte!« Der Obere von San Marco hatte sich über den päpstlichen Erlass hinweggesetzt. »Für mich gibt es keine neue Kongregation. Keine Unterwerfung! Die Brüder von San Domenico und die meines Konvents lassen sich nicht mit Ordensgenossen anderer Klöster vermengen. Edles, frommes Blut darf nicht durch minderwertiges Blut verdorben werden.« Und das Strafgericht wegen seiner Gehorsamsverweigerung war ausgeblieben.

Von der Signoria verlangt er eine Leibgarde, die ihn auf seinen Wegen durch die Stadt begleiten soll. »Mein Leben wird künftig nicht nur von den verstockten Sittenlosen bedroht sein. Auch aus den Reihen des Klerus haben sich Todfeinde erhoben. Hört Ihr die Schmährufe der Franziskaner aus Santa Croce? Auch Kritiker sind Verschwörer! Schützt mich vor ihnen und vor jedem anderen Gegner!«

Der Hohe Rat willigt ein und stellt dem Propheten sechs Elitekämpfer für seine persönliche Bewachung zur Verfügung.

Nicht genug. Keine Laschheit mehr, der endgültige Triumph fordert Härte. Mit Blick auf die Wahl einer neuen Signoria zu Beginn des kommenden Jahres steigt Fra Girolamo am 28. Dezember auf die Kanzel und geht mit den Gläubigen schroff ins Gericht: »… Ihr Undankbaren! Ich war es, der uns mit dem kühnen Franzosenkönig verbündet hat, ich brachte die Freiheit. Doch ihr Kleinmütigen jammert und klagt: ›Die Ernte ist auf den Feldern verfault. Das Brot wird knapp. Hunger und Pest bedrohen uns im nächsten Jahr…‹ Ach, ihr Toren, ihr seid nur von schnödem Eigennutz beseelt, doch ich, euer Frate, habe gegen die ganze Welt für euch zu kämpfen.« Zorn erschüttert die ausgezehrte Gestalt. »…Ich weiß, unter euch sind Kreaturen, die heimlich verlangen: Der Frate soll sich davonschleichen. Weg mit ihm, dann geht es uns wieder besser. Offen aber wagen sie nicht, mir dies ins Gesicht zu sagen. Solche Heuchler sind die wahre Gefahr für unsere Stadt!« Sein knochiger Finger fährt nach oben. »Der einzig wirksame Schutz vor den Schurken ist unerbittliche Gerechtigkeit. Und diese wird nicht ohne das Schwert auskommen! Deshalb, erlauchte Ratsherren, greift zum Schwert! Verteidigt euch und stellt einen Trupp von zwei- oder dreihundert Geheimpolizisten auf. Diese Männer sollen Florenz durchstreifen und jeden verhaften, der es wagt, unser Gemeinwesen in Wort und Tat zu beschmutzen. Gerechtigkeit! Jedermann rufe: Gerechtigkeit! Übt ihr sie aus, dann wird euch Gott seine süße Gnade schenken. Amen!«

Mit eingezogenen Köpfen schleichen die Bürger aus dem Dom. »Unser Frate wird schon wissen, was für uns gut ist.«

Unter den Ratsherren entsteht Gemurmel. »Eine Spezialtruppe? Wächter, die das Denken überwachen sollen?«, fragen einige besorgt. Jedoch die meisten werfen sich in die Brust: »Nur wer selbst ein schlechtes Gewissen hat, muss sich fürchten.« Letztlich sind sich alle einig: »Nicht wir, die neue Signoria soll über den Vorschlag des Frate entscheiden.«

Auf dem Heimweg nach San Marco hinüber begleiten die beiden engsten Mitstreiter den Oberen. Fra Silvester gleitet in Tänzelschritten neben Girolamo her. »Gerechtigkeit durch das Schwert! Dieser Schlachtruf verhilft unserer Sache zum endgültigen Durchbruch.«

»Mäßige deine Freude, Bruder«, ermahnt sein Führer. »Nicht aus mir kam dieser Satz, sondern Jesus sagt: ›Ich bin gekommen, das Schwert zu bringen.‹ Denn Christus ist der König von Florenz, wir sind nur seine Vermittler.«

Kaum sind sie durch die Pforte ins Halbdunkel eingetreten,

nimmt Fra Domenico den Oberen beiseite. »Ich habe eine Überraschung.« Röte überzieht seine breiten Wangen, beinah verlegen setzt er hinzu: »Und ich glaube, gerade nach dieser Predigt wird sie dich mit besonderer Freude erfüllen.«

»Ich bin erschöpft«, wehrt Girolamo ab. »Gönne mir etwas Ruhe …«

»Jetzt gleich, bitte. Der Junge wartet schon seit heute Morgen. Er soll die neuen Uniformen unserer Engelsarmee vorführen. Und zwar nur vor dir allein.«

»Also sind die Streiter Gottes einsatzbereit? Sehr gut, du tüchtiger General.« Jede Müdigkeit ist verflogen. »Wo kann ich die Kleider begutachten?«

Fra Domenico eilt zum Lavabo voraus. Als der Prophet eintritt, steht zwischen den Badzubern ein kahl geschorener junger Mann in weißem Kittel, gegürtet mit einem Wollstrick und mit Sandalen an den Füßen.

»Dies ist die Kluft für alle Feiertage«, erläutert der General. »Jedes Mitglied unserer Truppe wird sie bei Umzügen und Kundgebungen tragen.«

Girolamo betrachtet eine Weile überrascht das Gesicht, sieht die vollen Lippen, die blauen, strahlenden Augen, und erst nach heftigem Räuspern sagt er: »Raffaele. Kein Samt und weibisches Haar mehr. So befreit von aller Eitelkeit, bist du schöner noch als jeder Erzengel.«

»Danke, ehrwürdiger Vater.«

Domenico klatscht in die Hände. »Nun zeige uns die Uniform, mit der ihr wochentags durch die Straßen patrouilliert.«

Ohne Scham legt Raffaele den weißen Kittel ab, splitternackt faltet er ihn zusammen und zeigt seine festen, runden Hinterbacken, während er sich langsam nach dem zweiten Bündel bückt. Als er den langen Blick des Predigers bemerkt, fragt er in jungenhaft unschuldigem Ton: »Verzeiht, darf ich hier oder soll ich mich besser draußen umkleiden, ehrwürdiger Vater?«

»Schon gut, mein Sohn. Nacktheit an sich ist nicht verwerflich.« Der Prediger wendet sich nur halb von ihm ab. »Doch hüte deine Reinheit vor sündigen Gedanken.«

»Das verstehe ich nicht.«

Girolamo benetzt die rissigen Lippen. »Bei Gelegenheit werde ich dich darin unterweisen, Sohn. Warte auf meinen Ruf.«

Dieses Mal klatscht Domenico scharf und befiehlt: »Spute dich! Unsere Zeit ist knapp!«

Der nackte Engel wirft sich einen grauen, grob gewebten Leinenkittel über, legt das lederne Wams an und zurrt den breiten, schwarzen Gürtel fest. Wenig später steht Raffaele in Stiefeln und bewaffnet mit einem Eichenknüppel vor den Brüdern.

Domenico verlangt: »Mit welchem Satz werdet ihr Engelstreiter den Sodomisten und Glücksspielern zu Leibe rücken?«

»Es lebe Christus unser König! Weigert euch nicht …«

»Und wie begegnet ihr den hoffärtigen Weibern?«

»Im Namen Jesu Christi, des Königs unserer Stadt, und der Jungfrau Maria fordern wir dich auf, diese Eitelkeiten abzulegen, andernfalls kommt die Pest über dich.«

»Danke, Offizier der Inquisitoren, du darfst dich entfernen.«

Raffaele verneigt sich knapp und marschiert aus der Badestube.

Girolamo sieht ihm nach. Er streicht den Arm des großen Mönchs. »Disziplin und einheitliche Uniformen. Meinen Dank, Bruder, für diese großartige Leistung.«

»Unsere Truppen möchten dir noch ein Geschenk überreichen. Als Zeichen der Demut und ihres unbedingten Gehorsams.« Rasch zieht Domenico einen Weidenkorb hinter den Badezubern vor und öffnet ihn. Bis zum Rand füllen abgeschnittene Locken und Strähnen den Korb, blonde, schwarze und braune …

Der Obere von San Marco betastet die seidigen Büschel, lässt sie durch die Hand gleiten und flüstert: »Welch eine Opfergabe. Engelshaar für das neue Jerusalem. Nun können wir unseres Sieges gewiss sein, lieber Bruder. Wenn die Jugend mit uns Seite an Seite in den heiligen Kampf zieht, wird die göttliche Sonne bald über Florenz erstrahlen.«

Die Unmäßigkeit

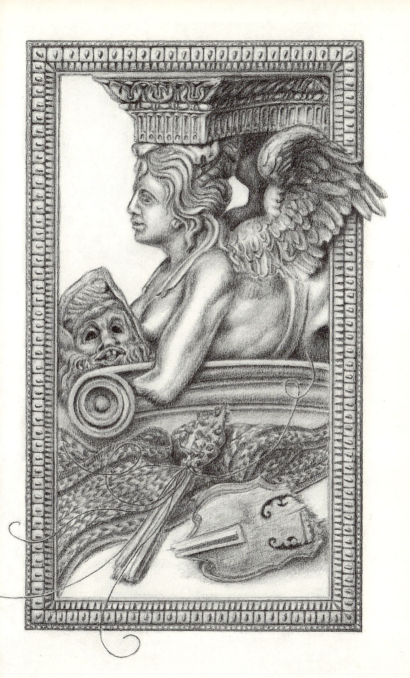

I rgendwo draußen schlug ein Hund an. Laodomia nahm das Geräusch nur unbewusst wahr, sie hatte es eilig und zerteilte mit beiden Händen den Münzhaufen auf dem Ladentisch. Heute war Samstag, also Kassensturz und Zahlenschreiberei. »Meine Lieblingsbeschäftigung«, seufzte sie und ermahnte sich gleich: »Hör auf mit dem Gejammer. Es nutzt dir doch nichts.«

Ehe Petruschka von der Beichte aus San Marco zurückkam und sie abholte, musste die wöchentliche Abrechnung fertig sein. Denn heute war auch Putztag bei Vater Belconi, und diese Stunden bedeuteten den Freundinnen viel; während der Arbeit im Schneiderhaus blieb ihnen genügend Zeit für Gespräche, und manchmal lachten sie dort auch wieder so unbeschwert wie früher.

Zunächst klaubte Laodomia die Goldstücke heraus. Drei Florin! Nicht schlecht, dachte sie und stapelte silberne Soldis zu Zehnertürmchen. Wenn mein Geschäft so weiter blüht, brauche ich bald keine Unterstützung mehr. Dann bin ich wirklich selbstständig. Sie krauste die Nase. Dumme Gans, sei ehrlich, das meiste verdienst du an den Freunden von Rodolfo. Und wer weiß, wie lange die Herren noch deinen Laden als Durchgang für ihre Geheimtreffen benutzen?

Das Hundegekläff nahm zu, hallte von den Hauswänden der engen Straße wider und näherte sich rasch ihrem Laden. »Dieser verdammte Köter«, schimpfte sie und türmte die kleinsten der Silbermünzen auf. »Dagegen sollte der Hohe Rat mal was unternehmen. Ja, die Stadt von herumstreunenden Hunden säubern, das wäre gescheit. Und allemal nützlicher, als uns Bürger Woche für Woche mit neuen Sittenverordnungen zu erschrecken.«

Das Gebell zog nicht weiter, es blieb beharrlich vor ihrem Eingang und schmerzte in den Ohren.

»Na warte.« Laodomia nahm einen Besen, stürmte zur Tür, wollte schon aufschließen, als sie die Hand sinken ließ. Öffne nie, ohne dich vorher zu vergewissern, wer draußen steht, hatte Rodolfo ihr eingeschärft. Sie schob den kleinen Holzteller nach oben und spähte durchs Guckloch. »O Gott!« Laodomia fuhr zurück. »Nein, ich hab mich geirrt.« Sie wagte sich wieder näher. Keine Täuschung. Da war wirklich ein fleischig rundes Gesicht mit stechenden Augenpunkten und einem viel zu kleinen Mund unter den Nasenlöchern. »So sieht nicht mal ein Hund aus«, flüsterte sie und flehte: »Kerl, wer du auch bist, verschwinde.«

Unvermittelt entfernte sich die Fratze, ein schwarzer Kapuzenmantel mit weißem Kleid kam dazu, und Laodomia spürte ihren Herzschlag. »Dominikaner. Was will einer aus San Marco von mir?«

Der Mönch überquerte die Straße und starrte von der anderen Seite auf den Ladeneingang. Immer noch verbellte der Köter ihn, heftig trat er nach dem struppigen Tier, doch ohne Erfolg, schließlich gab er auf und entschwand mit ihm aus Laodomias Blickfeld. Sie wartete am Guckloch, bis das Gebell sich in Richtung Santissima Trinità verloren hatte.

»Vielleicht will der Kuttenkittel einen Hausbesuch machen, und weil er die Adresse nicht mehr wusste, hat er nur nachgesehen, wer hier wohnt. Kann ja sein.« Egal, ob Zufall oder nicht, sie musste Rodolfo davon berichten. Jede Unaufmerksamkeit konnte die Gegner des verdammten Predigers in Gefahr bringen.

Langsam beruhigte sich ihr Atem, und Laodomia schlug das Rechnungsbuch auf. »Ich nehm's zurück.« Sie tunkte die Feder ins Tintenfass. »So nutzlos sind herrenlose Hunde gar nicht.«

Klopfen! Vor Schreck rutschte ihre Hand mit dem Kiel quer übers Blatt. Stärker pochte es! »Der Kerl ist zurück.« Laodomia schlich zum Guckloch und stieß einen kleinen Schrei aus. Mit fahrigen Fingern drehte sie den Schlüssel, riss die Tür auf und warf sich der Freundin entgegen. »Bin ich froh, dass du endlich da bist. Ach, wie gut.«

»Aber Kleines!« Petruschka verbarg ihren Schützling am Busen. »Hat dir einer was getan? Etwa einer von diesen…« Sie ballte die Faust. »Bei der Madonna, ich schlag ihm den Schädel ein. Wer? Sag's nur?«

»Nein, so schlimm war es nicht. Ich… ich bin nur so schreckhaft in letzter Zeit.« Laodomia löste sich aus der Umarmung. Sie blickte nach rechts und links. »Gott sei Dank, er ist weg.«

»Also war doch einer hier?«

»Ja, ja. Der Kerl starrte mir direkt ins Auge.« Hastig berichtete sie von dem Vorfall und versicherte zum Schluss: »Glaub mir, wie der Teufel sah er aus.«

»Versündige dich nicht, Kleines.« Petruschkas Miene verhärtete sich. »Die Brüder von San Marco sind fromm und gut. Sie bringen Segen für uns alle.«

»Der bestimmt nicht. Das habe ich gespürt.«

»Weil's dir noch am richtigen Glauben fehlt.«

Für einen Augenblick flackerte Spannung zwischen ihnen auf. Die große Frau gab nach und bemühte ein Lächeln: »Schon gut, Kleines. Nein, nicht gut, aber ich wünschte, du würdest es bald einsehen. Jetzt aber spute dich, und vergiss dein Kopftuch nicht.«

Schweigend gingen sie nebeneinander her. An der Straßenecke blickte Laodomia nur scheu zum Mauergerüst des neuen Palazzos auf. Seit dem Tag der Medici-Vertreibung ängstigte sie die Baustelle. Damals hing der Steuereintreiber Fibonacci an einem der vorspringenden Balken. Jetzt fürchtete sie jedes Mal aufs Neue, es könnte wieder ein Toter dort irgendwo baumeln. Die Fassade reichte inzwischen bis über das zweite Stockwerk. Durch die oberen Fensteröffnungen starrte der graue Himmel auf sie nieder. Ein Koloss hinter Holzgittern ist der Palazzo, dachte Laodomia, ein Riese mit vielen blinden Augen.

»Lauf nicht so schnell«, ermahnte Petruschka. »Bleib dicht an meiner Seite.«

»Wieso? Ich dachte, es gibt keine Diebe und Schurken mehr. Kein schlechter Mensch wagt sich noch vor die Tür. Nur die Guten. Vor denen braucht sich keiner zu hüten. Oder?«

»Bitte, Kleines.« Die Russin nahm ihre Hand. »Mach dich nicht lustig über …«

»Ich bin überhaupt nicht lustig«, schimpfte Laodomia. »Und wenn …« Sie brach ab, doch das Unglück in ihr war stärker. »Und wenn ich an unsern neuen Bannerträger der Gerechtigkeit denke, dann könnte ich heulen. Er sorgt für Sauberkeit in Florenz. Und zwar gründlich und überall. Aber ihm geht's nicht um Dreck in den Gassen, nein der bleibt liegen. Dieser Valori ist der Kettenhund von San Marco.«

»Sprich leise, Kleines.« Fester umschloss Petruschka ihre schlanken Finger. »Sonst hört dich noch jemand.«

Laodomia schwieg, bis sie in die Straße zum Ponte Vecchio einbogen. »Aber ich hab doch Recht«, begann sie wieder, doch mit unterdrückter Stimme. »Überall spionieren die Männer der Geheimpolizei rum. Ich hab gehört, dass neulich sogar Franziskaner aus der Stadt gejagt wurden. Richtige Mönche, stell dir das vor. Und nur, weil sie was gegen den Prediger gesagt haben.«

»Dann waren es Sünder. Unser heiliger Frate warnt uns jedes Mal von der Kanzel, dass heutzutage die meisten Priester verkleidete Hurenböcke und Lästerer sind, sogar die hohen Kirchenherren in Rom…« Jäh blickte Petruschka über die Schulter. »Still, Kleines«, raunte sie. »Kein Wort mehr.«

Hinter ihnen setzte Geklapper ein. »Es lebe Jesus Christus, unser König!«, tönten helle Stimmen. Auf der Brückenmitte wurden die Frauen rechts und links von kahl rasierten Kerlchen überholt und im Nu durch einen Ring eingeschlossen. Der Weg war versperrt. »Es lebe Jesus Christus, unser König! Es lebe…« Dazu hämmerten die Weißkittel mit Stöcken gegen ihre Holzbüchsen. Genau einstudiert steigerte sich der Rhythmus und brach ab. Sechs Ärmchen streckten die Sammelbecher aus. »Gebt Almosen für die Armen!«, forderte der Chor.

»Tut mir Leid, ich habe nichts bei mir«, sagte Laodomia und zuckte die Achseln. »Vielleicht ein anderes Mal.«

Petruschka suchte in ihrer Kitteltasche: »Ich auch nicht«, und versicherte hastig: »Glaubt mir, Kinder. Meine letzten Denare habe ich vorhin nach der Beichte in den Opferstock gegeben.«

Als Antwort vollführten die kleinen Engel einen Trommelwirbel. Sofort tauchten zwei weiß gekleidete Halbwüchsige vor den Frauen auf. »Gott hasst die Lügner«, sagte einer von ihnen gefährlich sanft. Sein Kamerad setzte hinzu: »Wer geizig ist, versündigt sich.« Beide hoben ihre langen Ruten und wippten die Spitzen vor den Gesichtern der Opfer. »Also her mit einer Spende!«

Die Russin versteifte den Rücken, bewegte sich aber nicht. Neben ihr flüsterte Laodomia: »So hilf uns doch, bitte.« Mehrmals atmete Petruschka ein und aus, schließlich durchbrach ihr fürsorgendes Herz die Kruste der frommen Ergebenheit. »Schweine!« Sie schnappte nach den Stöcken und riss sie mühelos an sich. Entsetzt stoben die kleinen Sammler auseinander. Jetzt näherte sich der schnaubende Racheengel den Halbwüchsigen. »Macht Platz.«

»Wir haben keine Angst vor dir.«

»Das solltet ihr aber.« Eine Rute pfiff dicht über die Glatzköpfe hin. »Lügnerinnen? Ihr Schandmäuler werdet uns nie mehr so nennen. Habt ihr verstanden? Sonst ersäuf ich euch im Arno.«

Laodomia presste die Hand vor den Mund. Genug, dachte sie, um Gottes willen, hör auf.

Unerbittlich stampfte Petruschka Schritt für Schritt vor. Die Jungen wichen zurück, bis sie mit dem Rücken gegen das Mauergeländer des Ponte Vecchio stießen. »Friede. Friede«, stammelten sie und schlüpften geduckt zur Seite.

Außerhalb der Gefahr kehrte ihr Mut wieder zurück. »Du dickes, geiziges Weib. Warte nur ab. Wir melden dich unserm Offizier.«

»Nicht nötig«, schäumte Petruschka. »Ich sag es ihm selbst. Gegen Almosensammeln hab ich nichts. Aber unser Frate erlaubt euch nicht, das Geld mit Gewalt einzutreiben. Merkt euch das!« Sie zerbrach die Stöcke über dem Knie und schleuderte die Reste in den Arno. »Jetzt verschwindet!«

Ohne sich länger um die Weißkittel zu kümmern, führte sie ihren Schützling rasch weiter. Erst nach der Brücke stöhnte sie: »O Madonna, was hab ich getan?«

»Mich gerettet.« Laodomia schmiegte sich enger an den starken Arm. »Wie damals. Weißt du noch? Oben beim Aussichtspunkt von San Miniato? Da hast du mir erzählt, dass Filippo wieder heiraten wollte, und ich bin weggelaufen. Erinnerst du dich?«

»Wenn es um dich geht, Kleines, vergesse ich nichts.« Die Stimme wurde klagend. »Doch damals waren es nur die Zerlumpten. Aber heute? O Madonna, unsere Engel sind doch vom Frate eingesetzt. Sie bringen Segen. Und ich hätte beinah zwei erschlagen. Ich weiß einfach nicht, was da drinnen in mir los ist. Es wühlt und wühlt.«

»Quäl dich nicht. Heute gehört uns der Tag, nur uns beiden.« Mehr Trost wusste Laodomia nicht.

Meister Belconi erhob sich, so rasch es ging, vom Küchenschemel und begrüßte die Frauen mit einem erleichterten Ruf: »Wie schön! Ich hatte schon befürchtet, dass ich mich im Datum geirrt hätte. Willkommen, meine guten Engel!«

Beim letzten Wort versteifte Petruschka wieder den Rücken.

Gleich kam ihr Laodomia zu Hilfe: »Nein, Vater, wir sind heute lieber nur deine Putzmägde, die dich von Herzen gern haben.« Behutsam umarmte Laodomia den schmächtigen Mann und flüsterte ihm leise ins Ohr: »Bitte frage nicht. Mit dem Himmel hatten wir gerade ziemlichen Ärger.«

Florinus begriff sofort. Während er zum Tisch ging und das verschmierte Messer, Brotreste und den Butternapf um den halb geleerten Milchbecher schob, versicherte er: »Seit Violante nicht mehr bei mir ist, weiß ich erst, dass Ordnunghalten im Haus richtige Arbeit ist. Glaubt mir, ohne euch guten Feen wäre ich verloren. Hier würden die Mäuse und Schaben bald das Regiment übernehmen.« Jetzt zeigte er sein verschmitztes Lächeln: »Entscheidet euch. Entweder verpflichtet ihr mich als Stubenfeger und Wasserträger. Oder ich stehe nicht im Weg und setze mich in der Werkstatt auf meinen Tisch, bis ihr fertig seid.«

Der kleine Scherz hatte Petruschka erwärmt. Sie wies zur Tür. »Danke für das Angebot, Meister. Kümmere dich getrost um deine Nadeln, und lass uns den Besen schwingen.«

»Einverstanden«, sagte er schnell. »Da drüben warten so viele Aufträge, dass ich sogar am Wochenende nähen muss. Und täglich kommen neue dazu.« Florinus strich eine weiße Strähne aus der Stirn. »Doch Freude bei der Arbeit hab ich weniger als früher. Was gäb ich drum, wieder mal ein Festkleid aus Seide oder Samt zu schneidern, mit Perlen bestickt … Na ja, man muss sich eben der Zeit anpassen.« Seine Mundwinkel zuckten verräterisch. »Aber trotz der schlichten Stoffe und traurigen Farben versuche ich, für jede Kundin etwas Besonderes zu zaubern.« Er zwinkerte Laodomia zu. »Dein Sonntagskleid gefällt dir doch, Mädchen? Oder?« Ohne auf die Bestätigung zu warten, setzte er hinzu: »Und wenn ich mich spute, dann gibt es nachher für euch beide eine kleine Überraschung.«

Noch ein geheimnisvolles Wedeln mit der Hand. Leicht nach vorn gebeugt tappte Florinus eilfertig aus der Küche.

»Was meint der Meister?«

»Er will uns eine Freude machen.«

»Das hab ich verstanden, Kleines. Aber vorher …«

Laodomia wagte die Freundin nicht anzusehen. »Vater Belconi ist eben Schneider. Ihn trifft die neue Kleiderordnung hart, weil er nicht mehr zeigen darf, was er wirklich kann. Sie verletzt seine Berufsehre.«

»Tut mir Leid. Ihm fehlt der richtige Glaube an unsern Frate. Dann hätte er 's leichter.« Petruschka reckte den Busen. »Besser wir legen los, Kleines, sonst platzt mir der Kopf.« Sie klatschte in die Hände und übernahm das Kommando: »Also: Du spülst und räumst die Küche auf. Nimm auch die Töpfe und Krüge aus dem Regal. Weil sie nicht benutzt werden, sind sie sicher voller Staub. Dann wischt du den Boden. Ich fange oben in der Schlafkammer an. Wenn du schnell bist, dann treffen wir uns auf der Treppe oder sonst später im Flur. Zuerst aber holen wir Wasser.«

»Zu Befehl, Hauptmagd!«

»Was? Ach so.« Die blauen Augen hellten sich auf. »Dann gehorche.«

Sie nahmen die Holzeimer, gingen zur Regentonne im Hof und brachten nicht allein Wasser, sondern auch etwas Leichtigkeit mit zurück.

»Denk dran, Kleines. Blinken soll es nachher, und zwar überall.« Schwungvoll bewaffnete sich die Freundin mit Schrubber, Besen und Lappen und entschwand durch die Flurtür.

Laodomia räumte die Essensreste vom Tisch. Irgendetwas stimmt heute nicht, dachte sie. Jeder versucht fröhlich zu sein, aber so richtig gelingt es nicht. Nein, hör auf damit, befahl sie sich.

Um der Grübelei zu entkommen, arbeitete sie schneller, tauchte das Küchengeschirr ins Wasser, wienerte Kupferkessel und schrubbte die Steinplatten vor der Herdstelle.

Mit einem Mal hörte sie lautes Klatschen im Flur. Der Lärm wuchs, jetzt dröhnten harte Schläge. Kopfschüttelnd ging Laodomia in die Diele, kaum entdeckte sie Petruschka auf der Treppe, presste sie die Hand vor den Mund.

Wie eine mächtige Furie kniete ihre Freundin dort, wahllos hieb sie den ausgewrungenen Putzlappen auf die Stiegenbretter, wieder und wieder. »Um Himmels willen.« Laodomia stieg hinauf und berührte den bebenden Rücken. »Nicht! Bitte, hör auf!«

Der Arm erschlaffte, Petruschka ließ den Kopf sinken und setzte sich schwer. Nebeneinander war es zu eng. Laodomia kauerte sich etwas unterhalb auf eine Stufe. Sie wartete still.

Endlich hob Petruschka das Gesicht. Tränen nässten ihre Wangen. »Ich hab heute falsch gebeichtet, Kleines. Deinetwegen, Kleines.«

Laodomia spürte, wie sich eine Faust in ihren Magen grub. »Wie kann das sein?«

»Alles hatte ich schon gesagt, was ich falsch gemacht hab. Da … da …« Petruschka rieb mit dem Zeigefinger an der Schläfe. »Da fragt mich der Priester plötzlich, ob ich Leute kenne, die heimlich gegen unseren Frate kämpfen. Und wer die nicht meldet, meint er, der begeht eine Sünde. Und trotzdem hab ich Nein gesagt.«

»Aber, das war doch die Wahrheit. Ich schimpfe zwar gegen Fra Girolamo, finde es auch schlimm, was in der Stadt geschieht, aber ich unternehme doch gar nichts.«

Voller Trauer sah ihr Petruschka in die Augen. »Kleines. Ich bin nicht blind und taub. Glaubst du, ich wüsste nicht längst, warum vor unserm Speisesaal dieser Vorbau gemauert wurde? Niemand soll die Männer sehen, wenn sie von deinem Laden durch den geheimen Gang kommen. So ist es doch.«

Laodomia presste den Hinterkopf fest an die Wand. O Gott, hilf mir, flehte sie stumm. Nach einer Weile flüsterte sie: »Verzeih, ich wollte dir nicht wehtun, deshalb hab ich nie darüber geredet.«

»Glaub ich dir, Kleines. Wir sind beide in der Falle. Du, weil dein Rodolfo dabei ist. Und ich … ach, ich liebe dich und könnte dich nie in Gefahr bringen.« Mit verlorener Stimme sprach sie weiter: »Und dann bin ich … ach, schon als Mädchen hab ich bei den Strozzis gedient. Ich darf doch den jungen Herrn Alfonso nicht verraten. Und ich hab's doch mitgekriegt, wie er und die anderen Männer sprechen und Briefe nach Rom schicken und sich Pläne ausdenken, wie unser Frate verjagt werden kann. Das ist es, was in mir wühlt und wühlt, dass ich nachts keine Ruhe mehr finde. Und heute hab ich auch noch falsch gebeichtet. Wie soll das denn nur weitergehen?«

»Ich weiß es nicht.« Laodomia rückte höher. Sie umklammerte die große Hand. »Nur eins ist sicher, zu keinem Menschen habe ich so viel Vertrauen, ohne dich wäre ich verloren.« Wie ein hilfloses Kind drängte sie sich noch näher. »Egal, was der Prediger oder seine Gegner anstellen, lass uns beide zusammenhalten. Unsere Freundschaft muss doch stärker sein als diese verrückte Welt.«

Petruschka nickte langsam. »Glaube kann nur wachsen, mein' ich. Mit Gewalt geht das nicht. Und als die Engel vorhin mit den Stöcken auf uns los wollten, da war mir plötzlich ganz heiß.« Sie strich Laodomia über die Nase, zog mit der Fingerkuppe den Lippenbogen nach. »Mein Kleines, schlimm geht es uns. Aber solange ich lebe, werd ich dich behüten. Anders kann ich eben nicht…«

»Wo sind meine Feen?«, fragte Meister Belconi, schon war er an der Treppe und blickte zu ihnen auf. »Aber wie ungemütlich. Warum setzt ihr euch nicht in die Küche?«

»Das Haus ist noch nicht ganz sauber«, haspelte Petruschka und tastete nach dem Putzlumpen.

»Macht Schluss für heute.« Er winkte eifrig. »Kommt, jetzt ist Zeit für die Überraschung. Denkt daran, alte Männer warten nicht gerne.«

Laodomia eilte die Stufen hinunter, noch an der Tür hielt sie ihn fest. »Verzeih, Vater. Hast du gehört, worüber wir uns unterhalten haben?«

»Gehört?« Mit feinem Lächeln hob er die Achseln. »Du kennst doch meine Krankheit, Mädchen. Gerade als ich aus der Werkstatt kam, befiel mich dieser Ohrwind. Jetzt ist er schon wieder vorbei.«

Schnell drückte sie ihm einen Kuss auf die Wange. »Danke, Vater.«

»Verwöhn mich nicht zu sehr. Für diesen Lohn könnte ich sogar vergessen, dass ich ein alter Mann bin.«

Als Petruschka in die Küche kam, bat er: »Geht nah ans Fenster. Damit ich euch im Licht sehe.« Seltsam aufgeregt überreichte er beiden Frauen ein Kleidungsstück aus grauem Leinen. »Täuscht euch nicht, meine Feen. Dies scheint nur ein normaler Kittel zu sein. Ich habe mir etwas sehr Nützliches ausgedacht.«

Keine Taille, dafür eine eingearbeitete Kordel, deren Enden an den Seiten baumelten, kein Brustausschnitt, sondern Stoff bis zum Hals und gleich angefügt eine Kapuze mit Bändern.

Sehr schön scheußlich, dachte Laodomia und streifte das Geschenk über den Kopf. Glatt und schnell hüllte es ihre Arbeitskluft ein, die Haube bedeckte das Haar. Ebenso rasch und ohne nachzuhelfen war die Körperfülle Petruschkas von der Modeschöpfung umgeben.

Meister Belconi trat zurück. »Nun schnürt die Hüftkordeln. Gut so. Und jetzt noch eine Schleife unter dem Kinn. Bravo. Genau, wie ich es mir vorgestellt habe. Was sagt ihr?«

Die Freundinnen blickten sich an. »Ein fester Stoff«, lobte Petruschka höflich.

»Finde ich auch«, ergänzte Laodomia. »Nur, wenn ich ehrlich sein soll …«

»Ja, ist euch denn nicht mehr aufgefallen?« Florinus rang übertrieben verzweifelt seine Hände. »Dies ist ein Haubenkleid. Das praktische Gewand für unsern Gottesstaat.« Er blieb vor der Russin stehen. »Nehmen wir an, du stehst in der Küche und deine Schürze ist voller Soßenflecken. Da läuten die Glocken und befehlen dir, sofort in den Dom zu kommen. Ja, glaub mir, so ein Betgesetz wird bald auch noch erlassen. Also bleibt keine Zeit fürs Umziehen mehr, du stülpst dir einfach das Haubenkleid über und kannst sofort losrennen.«

»Ach, Meister, spotte nicht …«

»Nein, nein, ich meine es ernst. Warte nur ab.«

Er verneigte sich vor Laodomia. »Obwohl den Damen verboten ist, wertvolle Gewänder auszuführen, wird es immer einige geben, die sie wenigstens zu Hause tragen. So aus reiner Wehmut. Nun klopft die Geheimpolizei an der Tür. Was jetzt?« Er verschränkte die Finger vor dem Gesicht. »Keine Angst. Mein Haubenkleid versteckt im Nu alles Schöne.«

Florinus zitterte jäh und ließ sich auf den Küchenhocker fallen. »Entschuldigt, ihr Lieben. In Wahrheit ist es nur ein hässlicher Sack. Früher hätte ich eher die Nadel zerbrochen, als solch eine Tarnkappe zu nähen. Aber heute? Vielleicht bewahrt dieses Gewand einige Frauen vor Strafe. Lasst es nur hier, wenn es euch nicht gefällt. Ich bin nicht enttäuscht.«

Die Freundinnen blickten sich lange an, beendeten so ihr Gespräch auf der Treppe, und übrig blieb Wärme füreinander.

»Also, ich nehm's gern«, erklärte Petruschka. »Praktisch ist es allemal. Und falls ich dicker werd, pass ich da bestimmt noch rein.«

Laodomia kniete sich vor dem alten Mann hin. »Danke, Vater. Und ich bestelle gleich ein zweites. Du kennst Signora Gorini. Ich denke, gerade sie benötigt dringend solch ein Haubenkleid.«

Schneetreiben hatte in den frühen Morgenstunden eingesetzt. Vor San Marco standen Bürger mit verschneiten Mützen und Mantelkragen und stampften sich die Füße warm. Kein lautes Wort, kaum ein Gruß für den Nachbarn. Im Bannkreis des Klosters zog es jeder vor, für sich allein zu bleiben, und starrte gottergeben zur Pforte hinüber.

Beim ersten Uhrenschlag flatterten Krähen oben aus der Glockenstube, kreischten und kehrten erst wieder ins Turmversteck zurück, als der neunte Ton verklungen war. Einige Gebetslängen später öffnete sich endlich die schmale Eichentür. Zwei Bewaffnete bezogen an den Seiten ihre Posten, und der Bruder Pförtner hob einen Schalltrichter zum Mund. »Gott segne diesen Tag! Und alle, die in Demut und Buße leben!« Kaum wartete er das »Amen« ab. Mit leiernder Stimme ließ er die Frierenden zwei Schlangen bilden. Wer eine gottgefällige Spende leisten wollte, nach rechts, Besucher der Bibliothek oder Bittsteller nach links. »Denkt alle daran, keiner darf eintreten, ohne nicht vorher Name und Wohnung den Wächtern anzugeben!« Eilig wollte er in die schützende Halle zurück, als ihn ein barscher Ruf aufhielt. »Wartet, Bruder!«

Mitten durch die gehorsamen Reihen stapfte ein breitschultriger Patrizier; Pelzmütze und hochgestellter Bärenkragen ließen ihn noch wuchtiger erscheinen. Er scherte sich nicht um das Murren der Wartenden, benutzte die Ellbogen und drängte bis zur Pforte vor.

Kaum erkannten die Wachposten den Bannerträger der Gerechtigkeit, nahmen sie Haltung an: »Signore Valori. Gott zum Gruß.«

Eine knappe Handgeste als Dank, schon baute er sich vor dem Mönch auf: »Ich habe einen Termin. Meldet mich.«

Tief verneigte sich der Laienbruder. »Bitte folgt mir, Signore.«

Er führte das Oberhaupt der Signoria durch die beengte Eingangshalle. Seit San Marco sich zum frommen Zentrum des Gottesstaates entwickelt hatte, waren Wandschirme und Tische aufgestellt worden. Dort durften einfache Bürger ihr Scherflein abliefern oder junge Männer sich um Aufnahme bewerben. Für Patrizier und Kaufherren gab es in den angrenzenden Fluren notdürftig eingerichtete Sprechkammern.

Das ehemalige Besucherzimmer aber war allein dem Frate oder seinen beiden engsten Mitstreitern vorbehalten. Hier fanden die Gespräche mit den höchsten Würdenträgern der Justiz und Regierung statt, hier wurde das Heil der Gläubigen, die künftige Lebensordnung geplant. Bis auf die jetzt innen mit gestepptem Filz sorgfältig abgedichtete Tür hatte sich nichts an der spartanischen Einrichtung geändert: vier Schemel, der Tisch, ein Wasserkrug, einige Tonbecher. Immer noch zierte allein das Kreuz die gekalkte Stirnwand.

»Bitte legt ab und geduldet Euch, Signore.« Wieder verneigte sich der Laienbruder und entschwand lautlos.

Erst nach einer halben Stunde betrat Fra Girolamo den Raum. »Gott mit dir, mein Sohn.«

»Und mit Euch, Vater.« Voll ehrfürchtigem Schauer fasste Valori die knochige Hand und küsste sie, und als er sich wieder aufrichtete, war seine imposante Erscheinung geschrumpft. In Gegenwart des ausgemergelten, bleichen Mönchs wirkte selbst ein Bannerträger der Gerechtigkeit nur wie ein kleiner, sündiger Mensch.

»Werter Francesco, danke, dass Ihr gekommen seid.« Ohne Zögern setzte sich Girolamo an den Tisch. Ein kurzer Fingerzeig, und sein Gast nahm auf dem Schemel gegenüber Platz. »Vergebt mir die Unpünktlichkeit. Aber nach dem Nongebet habe ich unsere jungen Novizen heute selbst durch den unterirdischen Gang zum Nebenhaus geführt. Solch eine unverhoffte Kontrolle tut Not, weil mir von einigen Übermütigen zu viel Schabernack im Halbdunkel getrieben wurde. Ein Ärgernis. Dennoch, bei der Vielzahl unserer Neuaufnahmen wäre ohne dieses zusätzliche Gebäude der Wohnraum hoffnungslos überfrachtet. Seid aber versichert, Zucht und Ordnung werden den jungen Pferden schon eingetrichtert. Damit genug.« Heftig räusperte sich Girolamo, sah eine Weile nachdenklich in das grobzügige Gesicht, dann legte er die Handflächen offen vor sich auf den Tisch. »Ich habe Euch hergebeten, weil mir Kraft fehlt. Eure Kraft.«

Erwartungsvoll bleckte Valori die Lippen. »Ich stehe treu zu Euch. Von mir könnt Ihr jede Hilfe haben.«

»Gott gab mir einen Befehl, der ausgeführt werden muss. Und zwar bald, sonst wird sein Zorn über Florenz kommen, härter noch als je zuvor.«

»Sagt es, Vater. Ich bin der gewählte Herr dieser Stadt.« Valori ballte knurrend die Faust. »Wenigstens noch im Februar geschieht, was ich anordne. Und wehe dem, der sich mir widersetzt.«

»Keine Willkür, werter Freund«, ermahnte Girolamo. »Härte darf allein der Gerechtigkeit dienen.« Befriedigt stellte er fest, wie der Ehrgeiz in den Augen des Gonfaloniere flackerte. Doch erst musste die Flamme weiter angefacht werden, ehe er ihn einweihen konnte. »Gottes Fügung hat Euch zum rechten Zeitpunkt an die Spitze der Signoria gestellt. Weil nur ein Mann voller Tatkraft und Kühnheit diese einschneidende Maßnahme beim Volk durchsetzen kann.«

»Ihr könnt …«

»Geduld«, unterbrach ihn der Frate. »Erreichen wir das hoch gesteckte Ziel, so wird auf ewig der Name Francesco Valori damit verbunden sein. Florenz kann durch Eure Hilfe ein leuchtendes Vorbild für alle Christen werden.«

Valori sprang auf. »Ich bin bereit. Was verlangt Ihr, Vater.«

»So setzt Euch doch wieder«, bat Girolamo, hüstelte und straffte jäh den Rücken. »In vierzehn Tagen geht der Carneval zu Ende. Dieses heidnische Fest in der Nacht zum Aschermittwoch darf nicht stattfinden.«

Der Bannerträger erbleichte, öffnete und schloss den Mund, endlich wagte er zu sprechen: »Ich bitte um Nachsicht, Vater, aber seid Ihr nicht zu streng? Die Leute verehren diesen Brauch. Auf jedem Platz stehen schon die Reisighütten. Ist es denn Sünde, wenn das Volk ums Carnevalsfeuer herumtanzt?«

»Eine Todsünde.«

»Sie müssen schon aufs Johannisfest verzichten. Selbst wenn ich Stadtsoldaten einsetze, fürchte ich, ein solches Verbot könnte Aufruhr bringen.«

»Zeigt Ihr etwa Schwäche im Glauben?«

»Um Himmels willen, nein! Ihr habt mich auf den rechten Pfad geführt, Vater.«

»Dann folgt ihm, ohne zu wanken.« Girolamo schabte den Schorf aus der Handfläche. »Niemand spricht von einem Verbot. Wir sollten das heidnische Treiben in ein Himmelsfest umwandeln. Und befolgt Ihr meinen Rat, so wird niemand auf das nächtliche Feuer verzichten müssen.« Der dürre Finger schnellte hoch. »Im Gegenteil, es wird lodern, unübersehbar, wie nie zuvor. Diese Flammen aber bedeuten den Sieg über alle menschlichen Eitelkeiten, sie sind das Fanal für die verderbte Kirche, dass Florenz nun vom König aller Könige regiert wird, von Jesus Christus, unserm Herrn.«

»Amen«, flüsterte Valori ergriffen. »Aber ich weiß nicht, was Ihr meint. Und was ich tun soll.«

»Schenkt uns zunächst etwas Wasser ein«, bat Girolamo. Ruhig leerte er den Becher in kleinen Schlucken und setzte ihn ab. »Mit den Lippen bekennt sich das Volk längst zur Buße. Für tätige Umkehr aber ist es noch viel zu lasch und träge. Deshalb müssen wir mit gütiger Strenge nachhelfen.«

Während der Hirte von Florenz den Plan ausbreitete, ihn durch Gesten und Worte bis ins Kleinste erläuterte, geriet Valori mehr und mehr in Begeisterung. Kaum hatte Fra Girolamo geendet, bekreuzigte sich der Bannerträger. »Welch ein frommes Werk. Ja, Vater. Ich sehe es in seiner ganzen Pracht vor mir!« Er hob die Hände. »Kommt mit in die Ratsversammlung. Wenn Ihr …«

»Nein, treuer Francesco. Das ist allein Eure Pflicht. Mir ist von Rom jedes öffentliche Wort untersagt.«

»Aber unsere Stadt wartet sehnsüchtig auf seinen Propheten.«

Fra Girolamo blickte zum Kreuz an der gekalkten Stirnwand. »Sobald das Fest vorbereitet ist, werde ich aus Liebe zu Dir, o Herr, mein Schweigen brechen.«

Nur während der Messfeier am Sonntag war die alte Ordnung im Dom geblieben: Frauen und Mädchen drängten sich links des Mittelgangs, die männlichen Gläubigen füllten das rechte Kirchenschiff. Und wem das heilige Geschehen vorn am Altar zu lange dauerte, der konnte sich mit verstohlenem Seitenblick zum anderen Geschlecht etwas die Zeit vertreiben. Ein Ärgernis für den Propheten von San Marco, das bisher nicht zu beseitigen war. Doch sobald er – oder seit dem Redeverbot sein Sprachrohr Fra Domenico – auf die Kanzel stieg, gab es keine sündhafte Ablenkung mehr. Ehe die tägliche Predigt begann, mussten Kirchendiener einen zwei Meter hohen Vorhang quer durch den Dom spannen. »Dieser sittliche Fortschritt bedeutet einen süßen Triumph für den reinen Glauben.«

Auch heute, zehn Tage vor Aschermittwoch, befestigten Küster das Halteseil unterhalb des Kanzelkorbes. Längst schon hockten mehr als zweitausend Bürger- und Patrizierkinder auf den niedrigen Bänken. Sie unterbrachen ihren Singsang, winkten sich zu, es war ein vergnügter Abschied, dann fiel das weiße Tuch und trennte kahl geschorene Knaben von Mädchen in eng geschlungenen Kopftüchern. Als hinter ihren Rücken der Vorhang an der Seitenmauer festgezurrt wurde, strömten Väter und Mütter, Handwerker, Stadträte, auch Künstler und Gelehrte ins Gotteshaus. Wenig später war der Dom bis zum letzten Platz gefüllt, denn ohne das weisende Wort des Hirten wollte die Herde den Tag nicht beginnen.

»*Ave maris stella ...!*« Mit diesem Loblied begleiteten die Versammelten Fra Domenico die gewundene Stiege hinauf zur Kanzel.

»Der Herr sei in unserer Mitte und erhebe unsere Herzen ...« Voll und warm tönte die Bassstimme. »Liebe Brüder und Schwestern. Ich möchte euch den Segensgruß unseres ehrwürdigen Vaters, Fra Girolamo, übermitteln. Auch wenn er selbst nicht zu euch sprechen darf, so ist er in Gedanken und Gebet stets an eurer Seite. Vorhin noch durfte ich bei ihm sitzen. Und seine Stirn war sorgenschwer. Er grämt sich, weil eine Vision ihm neues Unheil für Florenz angekündigt hat ...« Erschreckte Seufzer und Rufe unterbrachen den Stellvertreter. »Verzagt nicht, Brüder und Schwestern. Ihr könnt es aus eigener Kraft abwenden. Vernehmt durch meinen Mund, was unser Vater zum Heile aller von euch erbittet.« Der Bär im Kleid des heiligen Dominikus schloss die Augen, während er Eitelkeit und lasterhaftes Vergnügen anprangerte. »Damit soll endlich Schluss sein!«, rief mit einem Mal hart. Er öffnete die Lider, seine Miene hatte jede Gutmütigkeit verloren; donnernd hieb er beide Fäuste auf die Brüstung. »Kein Zögern mehr. Säubert endlich eure Häuser von schamlosen Büchern und Gemälden, von allem Tand und Schmuck, räumt die frivolen Kleider aus den Truhen! … Drei Tage habt ihr Gelegenheit, dies fromme Werk freiwillig zu leisten und den schmutzigen Ballast eures Lebens vor dem Palast der Signoria abzuliefern. Ab dem vierten Tag dann werden meine Engelstruppen an manche Tür klopfen. Wagt es nicht, sie daran zu hindern, eure Wohnungen zu überprüfen – in Demut und Bescheidenheit …« Domenico beugte sich zu den Kindern unterhalb des Predigtkorbes, sein Ton wurde liebevoll. »Meine unschuldigen Sterne. Viele von euch durften schon Almosen sammeln. Ja, ich sehe nur strahlende Gesichter bei den Knaben. Und ihr Mädchen? Nein, nein, schaut nicht so bedrückt. Denn jetzt hält Vater Girolamo eine neue Aufgabe bereit, und dabei dürft auch ihr ihn unterstützen.«

»Ich! Ich!« Händchen flogen hoch, einige der Kleinen stiegen auf die Bänke. »Hier bin ich! Bitte! Bitte! Ich will auch!«

Gerührt wischte sich der Mönch über die Augen. »Jeder darf mitmachen. Jungen wie Mädchen. Und wer besonders fleißig ist, dem verspreche ich eine Belohnung: Am Carnevalsdienstag sollen sich alle Kinder auf dem Platz von San Marco versammeln, und die Tüchtigsten werden eine schöne Kerze tragen dürfen. Wer will dabei sein?«

Ohne Rücksicht auf den geweihten Ort schrien die hellen Stimmen durcheinander. Domenico wartete geduldig, bis wieder Ruhe eingekehrt war. »Väter und Mütter sind oft vergesslich. Habe ich Recht?«

»Ja!«, antwortete der Chor.

»Und wer kennt sich besser in der Wohnung aus? Etwa eure Eltern?«

»Nein!«, war die einmütige Antwort. Und ein kesses Mädchen rief: »Ich weiß jedes Versteck. Sogar wo der Papa heimlich den Branntwein aufbewahrt.«

Trotz der offenen Bedrohung entstand hier und da bei den Erwachsenen gedämpfte Heiterkeit. Domenico schmunzelte befriedigt, ehe er nun den Auftrag erteilte: »Ihr Kinder müsst euren Eltern helfen, die schändlichen Sachen aus den Zimmern zu entfernen. Weg mit den Spielkarten, weg mit den Musikinstrumenten …« Genau beschrieb er den Kleinen die überflüssigen Dinge und endete: »Und falls da noch irgendwo ein Versteck ist, das nicht leer geräumt wurde, dann verratet es getrost den Engeln. Sie merken sich eure Namen, und beim Fest dürft ihr dann ganz vorne mitgehen.«

Begeistert klatschten die Kinder, während es hinter ihnen auf beiden Seiten des Vorhangs viele Frauen und Männer mit einem Mal fröstelte. Protest aber regte sich nicht. Sie hatten das Wort ihres Propheten vernommen, und niemand wagte aufzubegehren.

Der Stellvertreter breitete seine Arme über die graue Herde. »Seid frohen Mutes, Brüder und Schwestern. Gott und unser geliebter Vater sind bei euch.« Mit volltönendem Bass stimmte er an: »*Gloria in excelsis Deo …*«

Harte, schnelle Schritte schlugen aufs Pflaster. Wer sie rechtzeitig hörte, wich in eine Nebenstraße aus oder suchte Schutz hinter einer Mauer. Blieb keine Zeit mehr, so blickten die Passanten demütig zu Boden und hofften, unbefragt und ohne Rempelei den Vorbeimarsch der Engelstruppe zu überstehen. Jedes Stadtviertel wurde heimgesucht. Stets tauchten zwanzig Glatzköpfe zugleich auf und führten einen Handkarren mit sich. Kein Gesicht war mehr von dem anderen zu unterscheiden, gemeinsam zeigten sie nur eines: die Fratze des heiligen Terrors; und Eichenknüppel, grobe Leinenkittel, Leder und Stiefel machten die Engel namenlos. Je näher das Carnevalsfest rückte, umso frohlockender brüllten sie ihre Losung: »Im Namen Jesu Christi, des Königs von Florenz!«

Nicht nur Spieler, Homosexuelle oder Dirnen, nicht nur willenlose, gehorsame Bürger, selbst die begeisterten Anhänger des Frate fürchteten sich inzwischen vor ihnen. Die kahl geschorene Meute prügelte Betrunkene und verschonte selbst stadtbekannte, ewig lächelnde Verwirrte nicht. Seit die jungen Männer von Fra Domenico durch den heiligen Eid zusammengeschweißt waren, gab es keine Langeweile mehr für sie. Überdies befreite sie der Säuberungsbefehl ihres heiß geliebten Generals auch noch von jeder Verantwortung. Nicht selbst denken, nur gehorchen und so der guten Sache dienen. Endlich ein Lebensinhalt, und der Rausch der Macht bedeutete ihnen Lohn genug.

»Im Namen Jesu Christi …« Sie brachen verdächtige Häuser auf oder verwüsteten anrüchige Tavernen. Manchmal sprang einem Geplünderten das Schwert in die Hand: »Ihr gottverdammten Teufel!« Doch ehe Engelsblut floss, griff auch schon die allgegenwärtige Geheimpolizei ein und schleppte den Lästerer zum Stadtgefängnis. Welch eine Glückseligkeit breitete sich in der Truppe aus, wenn er wenige Stunden später mit durchstochener Zunge an einen der zahllosen Pranger gekettet wurde.

Wehe der Bürgerin, die nicht züchtig gekleidet war! Auf offener Straße rissen die Gottesstreiter ihr den Brokatumhang weg. Manch eine Verzweifelte wurde sogar gezwungen, an Ort und Stelle das halsfreie Miederkleid auszuziehen und halb nackt nach Hause zu fliehen. Stets kehrten die Patrouillen hoch bepackt von ihren Streifzügen zurück. Unter frommen Gesängen lieferten sie ihre Beute an der Sammelstelle ab.

Nur noch drei Tage bis zum Fest. Und der Berg vor der Nordfassade des Regierungspalastes wuchs weiter. Stadtsoldaten bewachten die Sammelstelle, weil mittlerweile Gefahr bestand, dass sich Diebe an den schändlichen Schätzen bereicherten.

Nur noch zwei Tage! »Was wird das für ein Fest?«, fragte ein Mädchen früh morgens ihre Eltern. »Genau weiß ich es nicht«, log der Vater, obwohl er längst ahnte, auf welche Weise der Carneval gefeiert werden sollte. Mit Kummer betrachtete er die kahlen Wände seiner Wohnung. Noch vor einer Woche klebten dort die mühsam ersparten Seidentapeten. Zum Glück hatte er wenigstens seinen Dudelsack in der Werkstatt unter dem Abfall verstecken können. Andere lieb gewonnene Gegenstände waren für immer verschwunden. Warum nur musste er sich selbst berauben? Diese Maßnahme konnte er einfach nicht begreifen. Aber er hütete sich, vor seiner Tochter ein Wort der Kritik gegen den Frate auszusprechen. Ohne Absicht würde sie ihn verraten. Denn immer häufiger wurden die Kinder beim Spielen auf der Straße von freundlichen Mönchen angehalten und im Plauderton ausgehorcht, worüber sich die Eltern daheim unterhielten.

»Du darfst dich freuen«, sagte der Vater. »Unser heiliger Prophet hat versprochen, dass die Feier viel schöner wird als im letzten Jahr. Warte es ab.«

Am Montag legten Zimmerleute auf der Piazza della Signoria mit Balken ein riesiges Achteck. Sofort umringten Passanten den magischen Grundriss. »Ein Turm?« – »Ein Zelt?« Andere wussten es besser: »Nein, eine Holzkirche! Weil unser Frate im Dom nicht predigen darf, will er morgen hier zu uns sprechen.« Das Gerücht verbreitete sich rasch und lockte immer mehr Neugierige an. Schließlich mussten Büttel das Volk gewaltsam abdrängen.

Wenig später errichteten Holzhauer in der Mitte des einhundertzwanzig Ellen langen Gebildes einen glatten, dreißig Ellen hohen Baumstamm und verkeilten ihn auf den Steinquadern. Gespannt verfolgten die Zuschauer, wie von den acht Seitenkanten ausgehend hohe Podeste genagelt wurden. Die nächsten darüber wurden nach innen versetzt, und beim Mittagsläuten führten sieben rund laufende Ebenen stufenförmig bis hinauf zur Spitze des Baums. »Es ist eine Pyramide! Oder …« Niemand wagte das Wort auszusprechen. Einige Gläubige bekreuzigten sich und versicherten: »Mehr als das. Eine Kanzel. Weil der Frate so Gott näher ist, wird er uns morgen von der obersten Plattform aus den Segen erteilen.«

Inzwischen waren von den Engelstruppen in allen Stadtteilen die schon für den Carneval errichteten Feuerhütten abgerissen worden. Auf hoch beladenen Karren schafften sie Reisigbündel, trockene Äste und Stroh heran und füllten mit dem Brennmaterial das Innere der Pyramide. Am späten Nachmittag johlte ein Junge begeistert: »So einen schönen Scheiterhaufen habe ich noch nie gesehen!« Niemand ermahnte ihn. Furchtsam duckten sich die Zuschauer. Ein Scheiterhaufen? Hatte der Frate nicht gesagt, dass es ein heiliges Fest geben sollte?

Die Zentrale der Engel befand sich im Erdgeschoss des angemieteten Gebäudes gleich neben dem Kloster. Fra Domenico hatte die Offiziere zu einer weiteren Befehlsausgabe einberufen. »Meine Söhne, ich bin sehr stolz auf euch. Ihr habt gute Arbeit geleistet. Doch bis morgen Nachmittag, bis zum Beginn der Prozession, kennen wir keine Müdigkeit.« Er wedelte mit dem Blatt in seiner Hand. »Immer mehr pflichtbewusste Bürger unseres Königreiches melden Nachbarn, die nach wie vor an ihrem sündhaften Besitz festhalten. Ich habe eine neue Namensliste zusammengestellt. Diese Anzeigen müssen noch heute Nacht überprüft werden.«

»Bei den wirklich Reichen waren wir noch nie«, beschwerte sich einer der Klosterschüler. »Bei denen könnten wir bestimmt noch viel rausräumen. Auch bei den Künstlern. Aber Ihr, Vater, Ihr habt uns ja verboten, in die Ateliers …«

»Schweig!«, donnerte Domenico. Dem zwar strengen, doch stets gerechten Befehlshaber schwoll die Zornader auf der Stirn. »Du hast meinen Befehlen zu gehorchen. Sonst nichts. Das gilt für alle. Nehmt Haltung an!«

Überrascht vom jähen Wutausbruch, verbarg sich der Engel hinter dem Rücken seines besten Kameraden. »Ich hab doch nur die Wahrheit gesagt«, flüsterte er Raffaele ins Ohr.

In zwei Schritten war der Mönch über ihm, packte das Genick und stieß den Ungehorsamen zur Tür. »Hinaus! Du verlierst deinen Rang und gehörst ab jetzt wieder zur einfachen Truppe.«

»Bitte, Vater«, Raffaele trat vor und verbeugte sich. »Seid gnädig. Er wollte Euch nicht verärgern.«

Als auch die übrigen Offiziere ihre rasierten Köpfe senkten, verrauchte der Zorn wieder, und die Väterlichkeit kehrte zurück. »Sehr lobenswert, Sohn. Jeder sollte für seinen Freund einstehen. Solch ein Verhalten zeigt wahre Kameradschaft.« Er schnippte dem beinah Verstoßenen. »Komm zurück. Dies eine Mal will ich Nachsicht üben. Auch ich bin sehr angespannt, weil das große Werk für unseren Propheten noch längst nicht vollendet ist.«

Domenico musterte scharf die Gesichter. »Wer glaubt, die reichen Bankherren und Fabrikanten würden sich nicht von ihren Eitelkeiten trennen, der irrt. Fra Silvester besucht die großen Paläste, und freiwillig werden ihm Gemälde und unnützer Tand ausgehändigt.« Der General verschwieg seinen Männern, dass Silvester sich bei Weigerung meist mit einer hohen Geldspende zufrieden gab. Dieses eigenmächtige Verhalten des Mitbruders erzürnte Domenico. Jedoch aus Freundschaft hatte er nicht gewagt, gegen ihn bei Fra Girolamo eine Beschwerde vorzubringen. »Was nun die Maler und Bildhauer betrifft: Sie haben sich bereit erklärt, ihre frivolen Kunstwerke morgen selbst aus freien Stücken bei der Sammelstelle abzuliefern.« Auch diese Vereinbarung missfiel dem bärenhaften Mönch. Ihm war das Amt der heiligen Säuberung übertragen. Und er wollte es ausfüllen. Punktum! Ein Befehl des Propheten durfte nicht durch Halbheiten verwässert werden. Silvester aber setzte sich darüber hinweg, schwänzelte um die reichen Patrizier und behauptete sogar, damit dem großen Ziel zu dienen. Für solche Kompromisse gab es im glaubensstarken Herzen Domenicos keinen Platz, und auch seine Schützlinge sollten nicht zweifeln. Angestrengt überprüfte er die Namen auf der Liste. Mit einem Mal erhellte sich seine Miene. »Männer. Hier wird ein vornehmes Haus genannt, in dem eine eitle Dame lebt, die bisher nicht befragt wurde. Fra Silvester ist zurzeit sehr beschäftigt, deshalb müssen wir ihn entlasten. Einer von euch wird unverzüglich mit seinem Trupp dort anklopfen.«

Stiefel scharrten, die Glatzköpfigen grinsten und fassten ihre Knüppel fester.

»Dieser besondere Einsatz soll eine Belohnung für gute Führung sein.« Der General zögerte nicht und befahl Raffaele vorzutreten. »Mein Sohn. Weil du vorhin Kameradschaft bewiesen hast, darfst du die Sünderin zur bußfertigen Einsicht ermahnen.«

»Danke, ehrwürdiger Vater.« Die blauen Augen leuchteten erwartungsvoll. »Sagt mir den Namen und die Adresse.«

»Signora Fioretta Gorini.«

Wie nach einem Hieb zuckte der Neunzehnjährige zusammen, schon einen Lidschlag später aber nahm er wieder Haltung an.

»Ihre Wohnung befindet sich …«

»Ich kenne die Signora …« Hastig verbesserte sich Raffaele: »Ich meine, jeder kennt das Haus der Gorinis. Es liegt nicht weit vom Dom entfernt. Ich breche sofort mit meinen Leuten auf.«

»Warte.« Domenico studierte erneut die Eintragungen. »Hier scheint es sich um eine höchst sittenlose Person zu handeln. Nicht

721

genug, dass sie mit einem Medici buhlte, sie soll auch Spieler in ihrem Haus bewirten. Ihr Gatte verließ aus reiner Habgier unser Königreich Christi und hat sich im feindlichen Pisa niedergelassen. Dieses Verbrechen wird er irgendwann büßen. Seitdem lebt Signora Gorini allein mit ihrem Gesinde und pflegt immer noch Kontakte zu einigen Stadträten.« Der General legte dem Engel schwer die Hand auf die Schulter. »Ich verlange, dass du gründliche Arbeit leistest. Die Dame hat eine Belehrung verdient. Sollten sich aber dort zufällig einige Kavaliere aufhalten und sich euch in den Weg stellen, so werdet ihr nicht selbst kämpfen. Keinen Übermut! Sofort bittest du die Geheimpolizisten um Hilfe. Kann ich mich auf dich verlassen?«

Kein Zögern. Aus Raffaele lachte blinder Gehorsam. »Ich werde Euch nicht enttäuschen!« Mit hochroten Wangen stürmte er hinaus.

Fra Domenico sah ihm wohlwollend nach, ehe er die nächsten Einsätze verteilte.

Das Abendläuten war über Florenz verklungen. Hinter den erleuchteten Fenstern beugten sich Eltern und Kinder über die gefalteten Hände. Je weniger Brei im Topf dampfte, umso länger wurde das Tischgebet. Vom heiligen Frate war den Armen versprochen worden: »Fromme Einkehr sättigt. Wer dies nicht verspürt, dem fehlt es an Glauben.« Und hohlwangig flehten sie, priesen und dankten sie, doch der sündige Magen wollte nicht aufhören zu knurren.

Harte, schnelle Schritte schlugen aufs Pflaster! Unterhalb des Medici-Palazzos bog der Engelstrupp in die Seitenstraße ein. Wenig später erreichte er das Haus der Gorinis. Mit knappen Gesten ließ Raffaele seine Untergebenen rechts und links des Eingangs in Lauerstellung gehen. Er wartete, bis die vier Bewaffneten nachgekommen und sich, getarnt von ihren dunklen Mänteln, gegenüber postiert hatten. »Seid ihr bereit?« Die Glatzköpfe nickten.

Allein trat er in den ruhigen Schein der Blendlaterne und pochte den Messingklopfer ans Tor. Lange rührte sich nichts, endlich fragte eine kleine Stimme: »Wer will was von uns?«

»Verzeiht die Störung. Ich bin der Enkel vom Schneidermeister Belconi. Bitte, ich soll der Signora etwas ausrichten.«

Das Schloss schnappte. Kaum schwang der Eichenflügel einen Spalt auf, warf sich Raffaele dagegen. »Im Namen Jesu Christi!«, brüllte er, kümmerte sich nicht um die gestürzte Magd. »Im Namen Jesu Christi, des Königs von Florenz! Dieses Haus muss von allen Eitelkeiten gesäubert werden!« Der Engelslärm drängte ihm nach. Ehe ein Knecht den Überfall verhindern konnte, stand Raffaele bereits im Salon. Nahe des Kaminfeuers ruhte Fioretta schlafend auf dem Samtkanapee. Ihre Hände waren um ein leeres Glas gefaltet.

»Im Namen der Jungfrau Maria, unserer Königin, fordere ich dich auf…«

»Jungfrau?« Fioretta kehrte aus dem seligen Traum zurück, sah den Jüngling und schloss wieder die Lider. »Bei mir bist du leider etwas zu spät gekommen.«

»Betrunkenes Weib!« Raffaele riss seinen Knüppel hoch, zögerte und zerschmetterte dann den Weinkrug auf dem Tisch neben ihr. Scherben splitterten über das rosafarbene Hauskleid. Fioretta riss die Augen auf. »Aber ich kenn dich doch!« Sie starrte zu den Kahlgeschorenen hinter ihm und begriff langsam. »Nein, ihr dürft hier nicht… Geht, verschwindet… Du bist doch Raffaele, du darfst doch nicht mit diesen Kerlen… Deine Mutter…«

Ehe sie weitersprechen konnte, kippte er das Kanapee samt Fioretta um. »Los, Leute! Reißt ihr die Kleider vom Leib.« Wild ließ er den Knüppel kreisen. »Durchsucht jedes Zimmer! Nehmt alles mit. Diese Hölle stinkt vor Sünde!«

Wie verabredet, kehrten an diesem Abend drei Herren mit Rodolfo Cattani durch den Geheimgang in Laodomias Wohnstube zurück. »Na, endlich«, seufzte sie erleichtert und schob den Docht der Öllampe höher.

Zur gleichen Zeit verabschiedete Alfonso drüben am Haupteingang seines Palazzos sechs Patrizier. Das Portal stand weit offen. Lautstark bedankten sich die Gäste, lobten Küche und Essen, Hände wurden lange geschüttelt, dann schlenderten sie davon.

In der Düsternis des Baukolosses jenseits der Straße rieb sich Bruder Tomaso das fleischige Kinn. So oft hatte er hier schon gelauert, jedoch nichts Auffälliges war festzustellen gewesen. Selbst ein

Signore Strozzi hielt sich strikt an das neue Gesetz. In seinem Haus gab es keine Feste mit Musik und Damen. Nun gut, zu den unterschiedlichsten Tageszeiten fanden Treffen und Tischgesellschaften statt. Mal empfing der Bankherr zwei Geschäftspartner, beim nächsten Mal begrüßte er fünf Gäste, und stets wechselten Name und Anzahl der Besucher. Kein Grund also für einen Verdacht. Bruder Tomaso zog die schwarze Kapuze tiefer in die Stirn und glitt aus dem Versteck.

Dank des Geheimgangs aber hatten sich auch heute alle führenden Mitglieder der verschworenen Gruppe im Speisesaal des Palazzos getroffen.

Laodomia fragte nichts und sah zu, wie Rodolfo die Wandtür verriegelte und ihre Kleidertruhe wieder davorrückte. Gleich nach der Aussprache mit Petruschka bei Vater Belconi hatte sie ihn gebeten, ihr nur noch das Nötigste von den Plänen der Verschwörer zu erzählen.

»Weil ich meine Freundin dann nicht so oft belügen muss.«

Laodomia überreichte jedem der Männer ein Säckchen mit Kräutern und nahm das Goldstück als Bezahlung. »Danke, werte Herren.« Leiser Spott schwang in ihrer Stimme. »Mit so noblen Kunden mache ich gerne Geschäfte.« Sie reckte sich zum Ohr des Liebsten. »Aber ich wüsste noch etwas Schöneres. Bleib heute Nacht bei mir. Dann zeig ich es dir.«

»Ein verlockendes Angebot«, raunte Rodolfo, »vielleicht gibt es bald eine Möglichkeit.«

»Wann? Sag es.«

Er blickte sich nach seinen Freunden um. Höflich hatten sie ihnen den Rücken zugekehrt. »Nicht jetzt.«

»Feigling.« Fest kniff ihn Laodomia in den Arm. »Glaubst du etwa, die wüssten nichts von uns?«

»Bitte, versteh doch. Wir müssen vorsichtig sein. Nein, nicht du und ich. Morgen geschieht etwas Unfassliches in Florenz. Und wir können es nicht verhindern …«

»Verdammt, uns beide gibt es auch noch. Erinnere dich daran.«

Sie gab ihn frei, und er küsste galant ihre Hand. »Schöne Dame, habt Dank für Eure Gastfreundschaft.«

Laodomia spielte mit: »Ihr seid stets willkommen …«

Klopfen! Wieder und wieder pochte es an der Ladentür. Angst lähmte den Atem. Klopfen! Laut dröhnte es herein.

»Verrat?«, flüsterte einer der Patrizier. Sofort hefteten sich alle Augen auf Laodomia. Sie suchte Schutz im Blick Rodolfos. »Unmöglich. Petruschka schweigt. Dafür lege ich meine Hand ins Feuer.«

»Schon gut.« Beruhigend legte er ihr den Finger auf die Lippen. »Verrat oder nicht. Jemand will zu dir. Sieh nach, bitte.« Ein kurzer Wink, und die Freunde zückten ihre Langdolche. »Hab keine Angst. Wir begleiten dich.«

Laodomia schob den Holzteller vom Gluckloch. Erst blendete sie Fackelschein, dann sah sie ein blutverkrustetes Gesicht. »Wer ist da?«

»Signora, verzeiht. Signora Gorini schickt mich. Sie braucht Eure Hilfe.«

»Bist du allein?«

»Ja, ja. Ihr dürft mich nicht wegschicken.«

»Geh einige Schritte zurück.«

Laodomia betrachtete ihn genauer und wandte sich an Rodolfo. »Ich kenne den Knecht. Er sieht schlimm zugerichtet aus.«

»Öffne. Sei aber vorsichtig.« Mit einem der Patrizier presste er sich ans Türblatt, um ein gewaltsames Eindringen zu verhindern. Links von ihr standen die beiden anderen mit erhobenen Klingen bereit.

Laodomia drehte den Schlüssel. Nur einen Fußbreit zog sie die Tür auf. »Was ist geschehen?«

»Engel kamen ... Ganz plötzlich waren sie im Haus.« Der Knecht betastete die Platzwunde an seiner Stirn. »Wir haben versucht, sie zu verjagen ... aber dann ... Bitte, Signora, meiner Herrin geht es schlecht. Sie fragt nach Euch.«

»Sofort. Nein, warte einen Augenblick.« O Madonna, ich flehe dich an, Fioretta darf nichts Schlimmes zugestoßen sein. In fliegender Hast drehte sich Laodomia um und lief durch den Laden. Ehe sie das Hinterzimmer erreichte, schnappte Rodolfo ihren Arm. »Wo willst du hin?«, flüsterte er.

»Du hast es doch gehört.« Sie versuchte seine Hand abzuschütteln.

»Und was ist mit uns?«

»Weiß ich nicht…« Jäh hielt Laodomia inne. Tränen stiegen in ihre Augen. »Verflucht.« Aus Sorge um die Freundin hatte sie ihre heimlichen Gäste vergessen, selbst den Liebsten. »Ihr… O, entschuldige, ich bin ganz durcheinander… ihr, ihr könnt ja durch den Gang zurück… Ihr… ach, ich weiß es doch nicht…«

»Ruhig. Beruhige dich.« Rodolfo schloss die bebenden Schultern in seine Arme. »Du darfst jetzt nichts überstürzen.«

Sie verbarg das Gesicht an seiner Brust. »Was ist das nur für eine elende Zeit?« Tief sog sie den vertrauten Geruch ein und wünschte sich einige Atemzüge lang, alles Feindliche wegschieben zu können. Dann aber befahl der harte Herzschlag sie in die Wirklichkeit zurück. »Sag mir, was ich tun soll.«

»Du darfst die Ladentür gleich nur zuziehen. Das ist alles. Wir warten noch eine Weile und verschwinden dann nacheinander. Ich gehe als Letzter. Den Schlüssel findest du draußen im Mauerspalt. Wichtig ist nur, dass der Diener sich nicht umdreht.« Er drückte ihr einen Kuss auf die Stirn. »Tröste Signora Gorini, soweit es möglich ist. Ich schwöre dir, irgendwann werden wir dem heiligen Teufel das Handwerk legen.«

Tapfer nickte Laodomia. In der Kammer stülpte sie sich das graue Haubenkleid über, löschte das Licht, wortlos hastete sie an den Männern vorbei und verließ den Laden.

»Danke, Signora Strozzi.«

»Beeilen wir uns.«

Der Knecht ging voraus. Sorgsam achtete er darauf, dass der Feuerschein jeden ihrer Schritte beleuchtete. Nachdem sie sich zwei Häuser entfernt hatten, fuhr ihn Laodomia mit unterdrückter Stimme an: »Was seid ihr eigentlich, Männer oder Hasen? Lasst euch von Kindern überwältigen! Für Feigheit bezahlt euch die Signora nicht.«

»Kinder?« Die Fackel zitterte. »Das waren sie vielleicht früher. Inzwischen sind aus ihnen raubgierige Ungeheuer geworden. Und unsere Regierung schützt sie auch noch.« Zu frisch war das Erlebte, nur stockend gab der Knecht Antwort auf die Fragen. Als Laodomia mit ihm hinter dem Dom von der Via Larga abbog, wusste sie zumindest den Hergang der Niederlage: Die Knechte hatten versucht, das Hab und Gut zu schützen. Beim Eingreifen der Geheimpolizisten aber waren sie der Übermacht unterlegen. Sie hatten furchtbare Stockhiebe einstecken müssen, waren noch getreten worden, als sie längst wehrlos am Boden lagen. »Entschuldige«, sagte Laodomia leise. »Ich wollte dich vorhin nicht kränken.« Nach der Freundin zu fragen fürchtete sie sich.

Alle Türen zur Eingangshalle standen offen. Sklavinnen waren dabei, Tonscherben und Fetzen der Brokattapete aus den angrenzenden Räumen zu fegen. Bei Ankunft Laodomias unterbrach eine der älteren Frauen ihre Arbeit und zeigte auf die Verwüstung. Ihr ratloses Schweigen erklärte mehr, als Worte ausdrücken konnten.

»Ist die Herrin oben? Nein, bleib. Ich finde den Weg allein.«

Laodomia stieg die Treppe hinauf. An der Schwelle zum Schlafgemach stockte sie und streifte ihre Haube zurück. Keine warmen Farben mehr, die Wände nur noch kahlgraue Wunden, ohne Teppiche der Marmorboden, keine venezianischen Vasen, auch die kunstvoll gearbeiteten Sessel und Vitrinen waren verschwunden. Dem Bett fehlte der Seidenhimmel, die gedrechselten Holzstützen waren abgebrochen. Und inmitten des zertrümmerten Traums lag die Freundin auf der nackten Matratze. Eine Decke verhüllte ihren Körper, sie hatte das Gesicht abgewandt.

Rasch durchquerte Laodomia den Raum. Erst jetzt fiel ihr der scharfe Geruch nach Tinktur und Heilsalben auf. »Ich bin da.« Behutsam streichelte sie das schwarze, zerwilderte Haar. »Es wird alles gut.«

Erst nach einer Weile zitterte der Rücken, ein Klageseufzen kam hinzu, und endlich sagte Fioretta verloren: »Auch die Spiegel sind weg. Ich … ich weiß gar nicht, ob ich noch wie ein Mensch aussehe?«

Vor Erleichterung schloss Laodomia die Augen. Heilige Madonna hab Dank, also ist sie nicht ernstlich verletzt. »Wenn du magst, könnte ich der Spiegel für dich sein.«

Es dauerte wieder einige Seufzer, bis Fioretta antwortete: »Meine Zofen haben mich versorgt. Sie finden, so schlimm ist es nicht. Aber sie lügen, ich hab's ihren Gesichtern angesehen.«

»Sei mutig und dreh dich um.«

»Nein, ich fürchte mich. Guck dir erst meinen Rücken an.«

Laodomia lüftete die Decke und erschrak. Von der Hüfte bis hinauf zu den Schultern bedeckten dunkel angelaufene Striemen die Haut. »Warum haben sie dich so geschlagen?«

»Weil ich die Bande beschimpft hab. Ich lass mir doch nicht … Und den Prediger hab ich Holzzwerg genannt. Ich war so wütend … und da hab ich ihn auch noch verflucht. Das hätte ich besser nicht getan. Liebchen, bleiben Narben? Sei bitte ganz ehrlich.«

»Keine aufgeplatzte Wunde, Gott sei Dank.« Mit der Fingerkuppe betastete Laodomia die eingecremten Schwellungen, roch an der Salbe. »Beinwell und Arnika helfen bald. Nein, du kannst beruhigt sein.« Sie schluckte und fragte leise: »Aber was ist mit deinem Gesicht?«

»Ich glaub, ich hab keins mehr.« Fioretta setzte sich erst stöhnend auf, ehe sie sich langsam umwandte.

»O Gott«, entfuhr es Laodomia, »diese verfluchten, diese gottverdammten Hunde!«

Bis auf einen Spalt war das linke Auge zugequollen; die grünlich gelb und blau verfärbten Flecken zeigten, wie brutal die Peiniger zugeschlagen hatten.

»Erkennst du mich noch?«

»Aber natürlich, natürlich.« Laodomia rückte nah zu ihr auf die Matratze und nahm sie behutsam in den Arm. »Das wird heilen, alles wird heilen.«

»Ach, Liebchen, ich bin so unglücklich. Halt mich fest und lass mich etwas heulen, das brauche ich jetzt.«

Unter Tränen nahm Fioretta Abschied. Zunächst von den Bildern und Statuen, von den Möbeln, dem Porzellan und Besteck, lauter wurde der Schmerz, als sie den Verlust ihrer Perücken, der Schminktöpfe, Parfüms und silbernen Kämme beklagte, dann versagte ihr beinah die Stimme, weil sie jedes einzelne Gewand aus ihrem Herzen reißen musste. »Das Pfauenkleid auch. Selbst das haben sie mir nicht gelassen. Auch nicht den Hut.« Noch drei Atemzüge in tiefster Trauer, dann trocknete sie mit dem Handrücken vorsichtig ihre Tränen. »Verstehst du, Liebchen? Ich bin nackt.«

»Das sehe ich«, lächelte Laodomia sanft und streichelte den Hals

728

und die weiche Haut über ihren Brüsten. »Aber sicher findet sich noch irgendwo ein Kittel. Und wenn du willst, leihe ich dir eins von meinen Kleidern, obwohl …«

»Nein, verspotte mich nicht!« Fioretta rückte aus der Wärme. »Du bist fein raus, weil die Engelsbrut dich verschont.«

»Bis jetzt. Jeden Tag hab ich Angst, dass sie auch zu mir kommen.«

»Das geschieht nie. Keine Sorge. Ich hätte meine Kleider rechtzeitig zu dir bringen sollen, da wären sie sicher gewesen.«

Verständnislos sah Laodomia die Freundin an.

»Ja, weißt du es denn nicht? Weißt du wirklich nicht, wer hier war?«

»Nein. Ich schwöre es.«

»Um Himmels willen, Liebchen, das wusste ich nicht. Als ich ihn sah, dachte ich noch, warum hat sie mich nicht gewarnt.«

»Vor wem …?« Der Mund trocknete aus. »Von wem sprichst du?«

»Dein Raffaele ist doch der Anführer von diesen Halunken gewesen.«

»Nein. Bitte, das darf nicht sein.« Kraftlos sank Laodomia zur Seite und verbarg das Gesicht in der Matratze. Sie sah ihren dreijährigen Sohn auf dem Küchentisch sitzen, er jauchzte und hieb wild mit den Stöcken auf die neue Trommel; nein, jetzt schlug er ihr damit ins Herz. »Ich schäme mich«, schluchzte sie. »O Gott, das ist die Strafe. Ich hätte nie fortgehen dürfen. Hätte bei ihm bleiben sollen.« Sie wühlte die Fäuste gegen ihre Schläfen. »Nur weil ich frei sein wollte, ist mein Junge so tief gesunken.«

»Schweig. Hör sofort mit dem Unsinn auf, Liebchen.« Energisch schubste Fioretta sie in die Seite. »Wenn einer zu klagen hat, dann bin ich es. Verstanden? Und mir geht es schon wieder besser.«

Laodomia hob den Kopf. »Aber mein Sohn hat dich so zugerichtet.«

»Nein. Die anderen waren viel schlimmer.« Ächzend kletterte Fioretta aus dem Bett. »Und Schuld trägt allein dieser Teufel von San Marco. Und der sollte in der Hölle schmoren.« Das Aufrichten gelang ihr nicht ganz; sie verschränkte die Hände unter dem Busen und

729

stützte die Rundungen mit ihren Armen hoch. »Na? Von vorne sehe ich doch noch ganz passabel aus?«

Der unvermittelte Themenwechsel verblüffte Laodomia. »Aber ja doch.«

»Na bitte. Das wär schon mal ein Anfang. Für mein Gesicht brauche ich eine Zeit lang keinen Spiegel mehr. Auch den Hintern will ich fürs Erste nicht sehen.«

Laodomia schüttelte den Kopf und lachte leise. »Du bist einfach wundervoll.«

»Sag mal«, die nur von vorn schöne Nackte gab ihre Brüste frei und deutete auf Laodomias Haubenkleid. »Dieses graue Ding da? Neulich wurde auch so eins bei mir abgeliefert. Der Bote sagte nur: Ein Geschenk von Meister Belconi. Ich hab's gleich in den Keller bringen lassen.« Sie klatschte in die Hände. »Und an meinen Lumpen haben sich die Kerle bestimmt nicht vergriffen. Weißt du was, Liebchen? Ich zieh mir auch dieses hässliche Monster über, und dann machen wir es uns irgendwie gemütlich.«

»Aber…«

»Kein Aber, Liebchen. Du bleibst heute Nacht hier. Schließlich müssen wir uns gegenseitig trösten.« Fioretta rief nach der Zofe und gab ihr genaue Anweisungen.

Nach einer Stunde hockten beide Damen, angetan mit Haubenkleidern, auf Schemeln nahe des zertrümmerten Bettes. Ein einfacher Holztisch war aus der Abstellkammer herbeigeschafft worden. Wein und Becher standen neben Schinken, kleinen Pasteten und kandierten Früchten. Weil kein Silberleuchter mehr zu finden war, hatte die Zofe drei Kerzen in Tonschalen befestigt. Fioretta schenkte ein, tapfer hob sie den Becher. »Jetzt sind wir richtige Büßerinnen, Liebchen.« Das dunkle gesunde Auge überzog sich mit einem feuchten Glanz. »Du siehst ja, wie gut ich geschminkt bin. Wir haben unsere Kostüme vom besten Schneider der Stadt, vergiss das nicht. Jetzt feiern wir Carneval.«

Die aufgehende Sonne hatte ihre Bedeutung verloren. Der Tag begann erst mit dem feierlichen Hochamt im Dom. »Unser Frate!«, seufzte es aus vielen tausend Herzen. Er war wieder zu ihnen gekommen, er selbst spendete ihnen die heilige Kommunion. Schritt für Schritt wallfahrteten sie nach vorn zum Altar und nahmen den Leib Christi aus seiner knochigen Hand.

»Savonarola«, zischten einige junge Adelige und zerknirschten den Namen ohnmächtig zwischen den Zähnen. Sie standen weit hinten im Kirchenschiff, halb verdeckt von den Säulen. Der Zorn auf den Führer des Gottesstaates und seinen Lebensterror hatte sie zusammengeführt; sie nannten sich Companacci. »Er hat uns jeden Spaß genommen!« Aus verwöhnten Müßiggängern waren Freunde mit einem gemeinsamen Ziel geworden: Beseitigt Savonarola! Eine gefährliche Gruppe, die nach Rache dürstete. Bemühte sich die Partei der Arrabiati, auf politischem Wege den Prediger zu vernichten, so suchten die Companacci nur nach einer Gelegenheit loszuschlagen. Jedes Mittel war ihnen recht.

In ihrer Nähe tauschten einige Stadträte und Geschäftsherren verstohlene Blicke. Alfonso Strozzi schob sich dicht an die Seite des Seidenfabrikanten und raunte ihm zu: »Nur gut für unsere Partei. Er wagt es tatsächlich. Er setzt sich über das päpstliche Schweigeverbot hinweg. Wir müssen Rom sofort unterrichten.«

»Und nicht nur davon.« Rodolfo bewegte kaum die Lippen. »Alles, was heute in Florenz geschieht, werden wir in die Welt hinausschreien. Ein Hilferuf, der dem Heiligen Vater so ins Ohr gellen soll, dass er endlich eingreift.«

Nach dem Mittagsläuten verließ Laodomia übermüdet und mit dumpfem Kopf das Haus der Freundin. Kälte biss ihr ins Gesicht, der Atem stand weiß vor ihrem Mund. Weil es in den breiten Straßen jetzt schon kein Durchkommen mehr gab, geleitete sie der Knecht auf Umwegen zum Palazzo Strozzi. Lange hatte der Abend gedauert, erst diente der Wein als Trostspender, dann sollte er neuen Mut bringen, und als er beiden Frauen ein wenig Leichtigkeit schenkte, waren ihre Glieder bereits so schwer gewesen, dass sie sich gegenseitig auf die Matratze helfen mussten.

Während Laodomia einfach nur den Füßen des Knechts nachging, dachte sie: Ausschlafen will ich, nur schlafen und übermorgen aufwachen.

Vor ihrer Ladentür stand ein mächtiger grauer Wächter, die Haube über den Haarturm gestülpt, der grobe Stoff an der Hüfte zusammengeschnürt. Petruschka. »Kleines. Ich hatte schon Angst, dass dir was zugestoßen ist.«

»Alles in Ordnung.« Laodomia rieb sich die Stirn. »Nein, wenn ich ehrlich sein soll, geht es mir nicht besonders gut.« Rasch bedankte sie sich bei dem Diener, ließ Signora Gorini noch Grüße ausrichten und schickte ihn fort.

»Wusst ich gar nicht, dass du bei ihr warst?« Gleich verschwand der Anflug von Eifersucht aus der Stimme. »Seit einer Stunde warte ich schon hier. Wir müssen uns beeilen, Kleines.«

»Warum?«

»Aber Kleines! Die Kinderprozession beginnt bald. Gott sei Dank hast du schon den Haubenkittel an. Wenn wir noch einen guten Platz haben wollen, müssen wir gleich los.«

O verflucht, dachte Laodomia, ich hab unsere Verabredung vergessen. »Es tut mir Leid. Ich bin viel zu müde. Sei nicht traurig. Geh allein, bitte.« Damit wandte sie sich zur Einfassung neben der Ladentür, um den Schlüssel aus dem Mauerversteck zu nehmen; rechtzeitig ließ sie die Hand wieder sinken. Blöde Gans, beschimpfte sie sich stumm, wenn Petruschka sieht, dass ich ohne Schlüssel weg war, muss ich ihr auch sagen warum. Und wir haben ausgemacht, nicht mehr über die Geheimtreffen zu sprechen. »Ach, was soll's. Versprochen ist versprochen.« Der Freundin zuliebe blickte Laodomia hilflos zu ihr auf. »Ich begleite dich. Aber nur, wenn du auf mich Acht gibst.«

»Verlass dich drauf, Kleines.« Glück schimmerte in den hellen blauen Augen. »Sollst sehen, wenn wir zusammen sind, wird das Fest noch mal so schön. Und falls du nicht genug sehen kannst, dann heb ich dich einfach hoch.«

»Das traue ich dir zu«, drohte Laodomia und musste lachen. »Denk dran. Ich bin nicht deine kleine Tochter.«

»Du bist viel mehr für mich.« Die große Frau strich ihr über den Rücken und nahm sie wie ein Glucke unter die Fittiche.

Hinter Or San Michele, an der Ecke zur Via dei Calzaiouli näherten sich die Freundinnen einer dichten Menschentraube. Nicht ein buntes Gewand, kein Federhut; zum diesjährigen Höhepunkt der Carnevalszeit trugen die Bürger dunkle Mäntel, Kappen und Kopftücher. Wer nur ein einziges farbenfrohes Schuhwerk für die kalte Jahreszeit besaß, hatte das Leder vor Wochen längst schon mit Asche oder Kastaniensud eingeschmutzt. Petruschka schob sich langsam durch die dicht gedrängten Reihen. Dank der Körperfülle drang sie mit ihrem Schützling im Schlepptau ohne Protest bis zum Straßenrand vor. »Das wär geschafft, Kleines. Nun bleib dicht an meiner Seite.« Sie blickte über die Köpfe der Leute in Richtung Dom. Nach einer Weile straffte sie jäh den Rücken. »Da. O Madonna.« Ihr Gesicht öffnete sich. »Einfach wunderbar.«

Laodomia war die Sicht noch versperrt, sie hörte nur den Psalmgesang heller Chöre und sah verstohlen zur Freundin auf. Was ist das für ein Lächeln, dachte sie beinah erschreckt, so selig und so fremd hab ich Petruschka noch nie erlebt. »Kannst du mir sagen …?«

»Nicht jetzt, Kleines«, flüsterte die Magd. Mit lauter Stimme begann sie zu singen, traf den Ton nicht, ihre Inbrunst aber sprang über, und bald sangen alle Umstehenden mit ihr. Laodomia konnte sich nicht lange des bittenden Blicks erwehren und stimmte schließlich auch in den Psalm mit ein.

Die Prozession näherte sich. Vornweg trugen weiß gewandete Jünglinge das von Meister Donatello geschaffene Jesuskind auf den Schultern. Sein rechtes Händchen spendete den Segen, das linke trug schwer an der Dornenkrone, den Nägeln und dem Kreuz. Die Lieblichkeit, mit der vier Engel den Sohn Marias umgaben, ließ ihn über den kahl geschorenen Köpfen der Träger dahinschweben. Ihm folgte eine unübersehbare weiß bekittelte, jubilierende Heerschar von Kindern. Zuerst marschierten Knaben in Reihen geordnet vorbei, die Augen fest auf das Kerzenlicht gerichtet, den Mund zum Lobgesang geöffnet. Auf jeder Brust prangte wenigstens ein rotes Sammelkreuz, manche waren sogar mit zwei oder drei Auszeichnungen dekoriert.

»Timo!« Ganz in der Nähe von Laodomia winkte aufgeregt eine Frau. »Timo! Hier bin ich.« Doch keiner der kleinen Engel reagierte auf den Ruf.

Laodomia sah das enttäuschte Gesicht der Mutter und dachte, wie gut ich dich verstehe. Dein Sohn gehört dir heute nicht, er geht dort für Savonarola, hat rote Ohren und hat aus lauter Gehorsam und Inbrunst seinen Namen vergessen.

Die Mädchen schlossen sich an, auch sie blickten nicht zur Seite und sangen und sangen. Direkt vor Laodomia krähte eine Kleine das Hosianna so heftig, dass ihr Atem die Kerzenflamme ausblies. Vor Schreck geriet sie aus dem Gleichschritt, wurde von der Nachfolgenden gestoßen, stolperte und schubste den Engel vor ihr. Auch dessen Kerze verlöschte. Unter Tränen und Jammern versuchten nun beide, ihr Licht bei den Mitengeln wieder zu entzünden. Kein Erbarmen für sie, weder rechts noch links. Zu ängstlich hütete jedes Kind das eigene Leuchten. »Hosianna!«, schluchzten die Unglücklichen. Laodomia hörte ihr Leid noch, als sie längst schon vom Strom der Prozession weitergespült waren.

Ein ehrfürchtiges Raunen ging durch die Zuschauer am Straßenrand. Petruschka bekreuzigte sich. »Unser Frate! Unser Frate.«

Laodomia folgte ihrem Blick. Über den weißen Kopftüchern der letzten Mädchenreihe ragte eine schwarze Kapuze. Augen glühten. Er näherte sich. Fra Girolamo. Dieser ach so gute himmlische Hirte, dachte sie bitter, er treibt die Herde von abertausend Kindern vor sich her. Und wohin? Zum Feuer.

Seine Wachhunde aber mussten nicht die weißen Schafe, sondern ihn selbst beschützen. An beiden Seiten des Mönches schritten je drei Bewaffnete. Wagte ein Gläubiger sich nur etwas vom Straßenrand vor, drängten sie ihn mit Lanzenschäften zurück. Wie stets bei frommen Umzügen wuchsen Fra Silvester und Fra Domenico wie Flügel aus seinem Rücken. Und hinter der schwarzen Dreieinigkeit folgte die düstere Armee von San Marco. Waren es gerade noch helle Stimmen, so wehte jetzt ein Chor von mehr als zweihundert Mönchen das »Sanctus, Sanctus Dominus ...« heran.

Petruschka presste die Hand auf den Busen. »Alleluja«, murmelte sie und merkte gar nicht, dass um sie herum Hosianna ertönte.

Fra Girolamo hatte fast die Straßenecke erreicht. Eckig und hölzern war sein Gang. Laodomia befiel eine Gänsehaut. Der Nasenhöcker ist noch größer geworden, dachte sie, auch die Lippen sind wulstiger, sonst hat er kein Fleisch mehr im Gesicht; wie bleiches Leder spannt sich die Haut über den Wangen- und Kinnknochen.

Jetzt war er auf gleicher Höhe mit den Frauen.

»Alleluja!«, brach es jäh aus Petruschkas Brust. »Alleluja, Frate!« Ihre Stimme übertönte den Gesang. Misstrauisch verzögerten die Leibwächter den Schritt. Eine Sichtlücke entstand. Und wieder rief sie. »Alleluja, Frate! Alleluja!«

Der Prophet wandte den Kopf, hob die Rechte zum Segen; da verkrampften sich die dürren Finger. Sein Blick glitt von der großen Frau ab und traf in Laodomias Augen, loderte, erlosch beinah und flackerte gleich wieder auf. Girolamo ruckte den Kopf nach vorn. Die Wächter schlossen das Fenster. Der Moment war vorbei.

»Er hat mich gesegnet«, stammelte Petruschka. »Mich allein.« Sie umarmte Laodomia. »Das hab ich mir immer gewünscht. Weißt du, nach der Beichte segnet er jeden. Aber heute … Zum Dank werde ich meiner Madonna eine Kerze bringen.«

»Jetzt gleich?«, hoffte Laodomia.

»Aber nein. Das mache ich morgen.« Die große Frau strahlte. »Wir gehen mit ihm zum Fest. Ach, mein Kleines, ich fühle mich so wohl wie schon lange nicht mehr.«

Sie wartete ab, bis die Mönche vorübergezogen waren, dann nahm sie ihre Ellbogen zur Hilfe und reihte sich mit Laodomia in die vorderste Gruppe der nachfolgenden Bürger ein.

Auf der Nordhälfte der weiten Piazza della Signoria sang das Volk von Florenz mit den Kinderchören. Auf Anweisung des Gonfaloniere Valori hatten Stadtsoldaten die Menschen in ein Halbrund zurückgedrängt und freien Raum um die himmelhohe Pyramide geschaffen. Niemand durfte unerlaubt die Absperrung übersteigen. »Nehmt Vernunft an. Unser Frate wünscht es so.« Das genügte, seine Bitte bewirkte mehr als ein Befehl.

Auch der Bereich vor der Sammelstelle war mit Ketten bis hinüber zur offenen Säulenhalle abgesperrt. Auf der Vortreppe des Palastes hatten sich ausländische Besucher eingefunden, sorgsam umringt von Mitgliedern der Signoria. Die wenigen Durchlässe wurden von kahl geschorenen Ordnern bewacht. Freien Zutritt hatten allein die Brüder von San Marco, Mitglieder des Hohen Rates und die Krieger der Engelsarmee. Wer ein Anliegen vorbringen wollte oder gar im letzten Moment seine Seele doch noch von schnöden Gegenständen entlasten wollte, der musste Namen und Wohnung angeben, ehe er die heilige Zone betreten konnte. Seit Savonarola die Macht über Florenz besaß, regelten Gesetze und Gehorsam nicht nur den Alltag des Gottesstaates, sie bestimmten auch die Abläufe jeder öffentlichen Feier. »Gelobt sei Jesus Christus.« Oder: »Gelobt sei unser Frate.« Für viele Männer und Frauen gab es da keinen Unterschied mehr.

Ehe sich die Prozession im singenden Menschengewühle auflöste, hatte Petruschka ihre Schutzbefohlene zurückgehalten und war bis zur Sperrkette gleich rechts der Säulenloggia vorgedrungen. Diese Stelle bot ihnen freie Sicht auf die Pyramide und die Tribüne in der offenen Halle. Noch waren die Ehrenbänke leer, noch befand sich nichts auf den sieben Stufen des Holzgerüstes. Erleichtert lehnte sich Laodomia an den starken Arm. »Mittendrin hätte ich 's nicht ausgehalten. Aber du bringst mich durch jedes Dickicht.«

»Wär schlimm, wenn ich dich verlieren würde«, sagte Petruschka und setzte leise hinzu: »Ich mein', auch so anders verlieren, das mein' ich.«

Fanfarenstöße! Die Hymnen schwiegen. Begleitet von seinen beiden engsten Mitstreitern näherte sich Fra Girolamo. Vor der Säulenloggia begrüßte ihn Francesco Valori, ehrfürchtig senkte er das Knie und beugte sich über die dargebotene Hand.

Fanfarenstöße! Jetzt wandte sich der Prophet dem achteckigen, dreißig Ellen hohen Holzkegel wie auch den Frauen, Männern und Kindern zu. »Liebe Brüder und Schwestern!«, krächzte er laut. Außer den Nahestehenden vermochte niemand seine Worte zu hören. Die weiter entfernte Menge sah nur ihren Frate, schwieg und glaubte, auch ohne ihn zu verstehen. »Die Feststunde naht, in der ihr euch sichtbar von den sieben Todsünden befreien dürft. Verbrennen soll in euren Herzen die Eitelkeit, der Neid und der Zorn, der Geiz und die Unkeuschheit, die Unmäßigkeit und alle Trägheit des Glaubens. Freuet euch! Denn wir reinigen heute unser neues und einzig wahres Königreich!« Der knochige Finger fuhr hinauf: »Für Jesus Christus, den Herrscher von Florenz!« Als er den Arm sinken ließ, seine Miene bis auf die Augen erstarrte und er reglos wie ein Mahnmal dastand, verkündeten sieben lang gezogene Posaunenstöße das Ende der kurzen Ansprache. Schweigen.

Von der Freitreppe des Palastes her setzten dumpfe langsame Trommelschläge ein. Sie bestimmten das Tempo, mit dem sich sieben Mannschaften der Engelsarmee dem Sammelplatz näherten und sich jeweils vor einem gesonderten Berg der zusammengetragenen Gegenstände ausrichteten. Selbst im Stand trampelten die Stiefel weiter. Fra Domenico baute sich vor den jungen Männern auf. Die Miene des Generals zeigte Stolz, seine schwarze Kapuze wurde zum Helm, das Kleid des heiligen Dominikus zum Waffenrock. »Ihr unermüdlichen Soldaten Gottes! Verkündet die Losung!«

Im Chor brüllte es aus einhundertvierzig Engelskehlen: »Lang lebe Jesus Christus, der König von Florenz! Lang lebe Maria, die Königin!«

Das Schlagen der Trommeln beschleunigte sich.

»Ans Werk!« Fra Domenico streckte die Faust.

Bewegung. Aus jedem Trupp bückten sich fünf Kahlrasierte nach den sündigen Dingen, hinter ihnen warteten schon die nächsten. Ihre Offiziere hasteten zur Pyramide, verteilten sich und nahmen auf den sieben Ebenen ihre Posten ein. Trommelschläge zwangen die Engel zur gleichmäßigen Eile. Jeder Träger kannte sein Ziel. Auf der untersten Stufe häuften sich glitzernde, farbenprächtige Kleider, erlesene Stoffe, kunstvolle Hutträume und zierliche Schuhe, Seidenhemden, grellfarbene Strumpfhosen und samtene Schultermäntel ... Schätze, an denen so viele Herzen gehangen hatten.

Die nächste Ebene wurde beladen mit Schriften von Aristophanes, Ovid und Lukian, prächtigen Lederbänden von Petrarca, Boccaccio, und Pulci, selbst Dante wurde geopfert ... Bücher, über Bücher, achtlos dahingeworfen, mit Stiefeln festgestampft.

Die dritte Stufe war vorbehalten für Spiegel, kleine, große, goldoder elfenbeingefasste, für Schminktöpfe, Parfümflaschen und Puder, für unzählige blonde Perücken und falsche Bärte, Spazierstöcke mit silbernem Knauf, auch Masken, hinter denen sich Frauen und Männer bei Tanzfesten versteckt hatten ...

An jeder Treppe des achteckigen Kegels blieben zwei Laufpfade für Hin- und Rückweg der Träger frei, und oben auf den breiten

Podesten stapelten und rückten die Offiziere, sie schafften Platz für mehr, immer mehr.

Ohne Unterlass schlugen die Stadtmusikanten ihre Trommeln, und weiße Engel tanzten dazu ein himmlisches Ballett für den Führer in der Mönchskutte.

Die vierte Stufe fasste das vom Frate verdammte Teufelszeug kaum: Harfen, Lauten, Cembali … sie mussten mit Eichenknüppeln zerkleinert werden, damit Flöten, Schalmeien und Jagdhörner nicht herunterfielen. Spieltische, Karten, Würfel und Schachbretter, ungezählte geschnitzte Könige und Königinnen fanden dort mit anderen Figuren ihr Grab, wurden mit Springseilen, Bällen und Sprungstäben zugeschüttet.

Über den Musikinstrumenten sorgte ein Offizier mit drei Kameraden für die letzte Ausstellung der Gemälde, Zeichnungen und Skulpturen, nackter Statuen … Noch vor Monaten waren diese Kunstwerke ein bewunderter, sorgsam gehüteter Schatz und Blickfang in den Sälen und Gemächern der vornehmen Häuser gewesen; nun galten sie, nach dem Dekret des Propheten, als frivole Begehrlichkeit … Und von Westen her ließ die sinkende Sonne die Farben leuchten und den Marmor zur reinen Haut werden.

»Unser Frate weiß bestimmt, was Gott will«, flüsterte Petruschka vor sich hin, wiederholte es, als müsse sie eine innere Unruhe zum Schweigen bringen. Drei Seiten der Pyramide konnten die Freundinnen beobachten. Laodomia sehnte sich danach, blind und taub zu sein. Jedoch die Trommeln schlugen, neben ihr und auf dem weiten Platz unterstützte das Volk mit Händeklatschen den Rhythmus, und der Blick zum Himmel führte nur über die Stufen des Scheiterhaufens. Ohne Petruschka gibt es kein Entkommen, dachte sie, ich bin gefangen und muss bleiben bis zum schaurigen Ende.

Engel schleppten direkt vor ihr Götter der Antike zur sechsten Ebene hinauf. Ihnen nach folgten andere Kahlgeschorene mit Büsten der griechischen Philosophen und Helden. Figuren aus Holz, gefärbtem Wachs oder Stein. Laodomia beschirmte die Augen. Marmor verbrennt doch gar nicht, dachte sie, aber wer weiß schon, welche Wunder heute noch geschehen. Wie im Zwang glitt ihr Blick von der vorletzten Empore zurück auf die Stufe darunter und heftete sich auf den jungen Mann, der mit Händen und Füßen damit beschäftigt war, Bilder und Zeichnungen zu stapeln. Diese Körperhaltung? Der schlanke Nacken? »Oh Gott«, stöhnte Laodomia. Noch ehe sie sich sicher war, drehte der Offizier ihr für einen Moment das Gesicht zu. »Raffaele!«, stammelte sie.

»Wo ist er, Kleines?« Petruschka beugte sich zu ihr. »Zeig ihn mir.« Stumm wies die Mutter hinauf zur fünften Stufe.

Jetzt hatte ihn auch die Magd entdeckt. »Unser Junge. Ein schöner Engel ist aus ihm geworden. Und wie fleißig er arbeitet. Wir können stolz auf ihn sein.«

»Nein, verflucht…« Sofort biss sich Laodomia in die Fingerknöchel, ihr Kummer jedoch war stärker. »Sag das nicht, bitte.« Sie schüttelte den Kopf. »Stolz? Nein, ich schäme mich.« Laodomia reckte sich zum Ohr der Freundin. »Er hat… ach, nein. Ich erzähle es dir später, wenn dieses… dieses Fest vorbei ist.«

»Du weinst ja, Kleines!« Besorgt tupfte Petruschka ihr mit dem Kittelärmel die Tränen von der Wange. »Falls der Junge was Schlimmes angestellt hat, dann nehm ich ihn mir vor. Ich versprech es.«

»Danke. Nur weiß ich nicht, ob es noch Zweck hat«, sagte Laodomia und dachte bitter, und ob ausgerechnet du die Richtige dafür bist, das glaube ich nicht.

»Geht zur Seite, Leute!«, forderten hinter ihnen zwei Stadtsoldaten. »Macht Platz!«

Petruschka zog die Freundin an sich. Mit Lanzenschäften wurden die Zuschauer auseinander gedrängt. Schnell bildete sich eine freie Gasse bis zum Durchlass an der Säulenhalle.

Fra Silvester glitt dem kleinen Zug voran. Wie im Schlepptau zog er einige berühmte Künstler der Stadt hinter sich her: die Brüder della Robbia, Lorenzo di Credi, Baccio della Porta… Nacheinander schritten sie vorbei, und jedem Meister folgten zwei oder drei hoch bepackte Schüler. In ihren Kiepen türmten sich bunte Terracottafigürchen, Gemälde schöner Florentinerinnen und vor allem Skizzen, auf denen die Nacktheit weiblicher und männlicher Körper in unterschiedlichsten Posen dargestellt war.

Als Letzter näherte sich Sandro Botticelli. Das rundliche Gesicht war blass, der Miene nicht abzulesen, ob er Trauer oder überhaupt etwas empfand.

Du auch?, dachte Laodomia, ich weiß doch, wie sehr du an deinen Kunstwerken hängst. Schon hob sie die Hand, um ihn zu grüßen. Jäh zuckte ihr Arm zurück. Sie entdeckte sich selbst im Weidenkorb des Lehrlings. Ihr Gesicht, ihr Haar, ihre Brüste, den Po und die Schenkel. O Gott! Und nicht nur einmal! Es waren mehr als zehn Bilder, einige noch gezeichnete Entwürfe, andere bereits in lebensechten Farben ausgemalt. Keine andere Frauengestalt, nur sie brachte Botticelli zum Opferfest.

Wie gelähmt starrte Laodomia ihm nach. Erst als die Gruppe fast schon den Propheten vor der offenen Halle erreicht hatte, spürte sie, wie ihr Rücken sanft gestreichelt wurde. »Denk dir nichts dabei«, raunte Petruschka. »Es ist ja nur Karton, und drauf sind Striche und Farbe. In Wirklichkeit bist du das gar nicht.«

»Gleich versinke ich«, stöhnte Laodomia und musste dennoch hilflos zusehen.

Fra Silvester verkündete mit wohlklingender Stimme die Namen der Künstler. Jeder neigte das Haupt vor dem Propheten. Flüchtig sah Fra Girolamo auf die schamlosen Machwerke, und seine Engel trugen sie unter dem Jubel der Volksmenge hinauf zur Sündengalerie.

Sandro Botticelli nahm seinem Lehrling den Korb ab. Er selbst brachte ihn dem frommen Hirten. Ein Blick! Der Frate wankte, beugte sich vor, er riss das oberste Gemälde heraus und schleuderte es wie ein giftiges Tier zu Boden. Seine Stimme krächzte, überschlug sich. Laodomia konnte nicht verstehen, was er dem Meister vorhielt, sah nur, dass Botticelli entsetzt zurückwich und immer wieder flehend die Hände vor dem Bauch zusammenschlug.

Silvester erhielt einen Befehl. Sofort winkte er und rief zur fünften Galerie hinauf. Dort drängte sich Raffaele an den Trägern vorbei, sprang leichtfüßig von Podest zu Podest hinunter. Wenige Augenblicke später beugte er das Knie vor den Mönchen.

Silvester wies auf den Korb. »Der Frate hat dich ausersehen!« Er sprach laut und feierlich, jedes Wort drang bis zu Laodomia. »Nur einem der treuesten Gottesstreiter will er diese abscheulichsten aller Bilder überantworten. Sorge dafür, dass die ersten Flammen sie und mit ihnen stellvertretend auch das ehrlose Weib vernichten, das es gewagt hat, sich ohne Scham von einem Maler abbilden zu lassen.« Er nahm das Blatt vom Boden auf, wandte sich ans Volk hinter den Sperrketten und hielt es hoch. »Ihr vornehmen Frauen! Durch meinen Mund lässt Euch der Prophet warnen: Meidet die Werkstätten der Künstler. Denn seht, wie tief eine aus euren Reihen gefallen ist. Seht und schämt euch für sie.«

Schreie antworteten, niemand konnte unterscheiden, ob sie Wut oder Begeisterung ausdrückten. Ganz gleich, lautes Schreien verkürzte das Warten auf den Höhepunkt des Carnevalsfestes.

Raffaele erhielt den bemalten Karton aus der Hand des Mönches, warf ihn achtlos über die anderen Blätter und bückte sich nach den Korbhenkeln, da stutzte er, griff erneut das Bild und starrte es an. Sein Mund öffnete sich, blieb stumm, dann schrie Raffaele: »Nein!« Entsetzen und Verzweiflung brachen zugleich aus seiner Brust. »Nein!« Jetzt geriet die Stimme in zorniges Schluchzen. »O, nein!« Mit der Faust hieb er auf den nackten Leib, zerknickte das Blatt und riss es in vier Teile. Wild packte er den Korb und floh mit ihm wie ein ertappter Dieb, hetzte die Treppe zur fünften Ebene hinauf. Dort schüttete er den Inhalt aus und zertrampelte die Gemälde unter den Stiefeln.

Wohlgefällig nickte Savonarola, sein erhobener Finger wies zu dem tobenden Offizier der Engeltruppen. »Welch eine geläuterte Seele wohnt in diesem Knaben!«

Fra Silvester nutzte sofort die Gelegenheit. Mit wehender Kutte eilte er entlang der Sperrketten. »Unsere Jugend ist die Hoffnung!« Hoch über dem Kopf klatschte er die Hände zusammen, klatschte und skandierte: »Gelobt sei Jesus Christus, der König von Florenz!« Die ihn hörten, fielen mit ein, schnell entstand eine Woge, und bald klatschte das ganze Volk. Begeisterte Sprechchöre spornten die Engel bei der Vollendung ihres heiligen Werkes an. »Gelobt sei Jesus Christus …«

Weil Laodomia fürchtete, von den Leuten ringsum als die Nackte auf den Bildern erkannt zu werden, hatte sie das Gesicht in der Halsbeuge der Freundin verborgen. »Lass mich so.«

»Keine Angst, Kleines. Ich geb schon Acht.« Petruschka zupfte ihr die graue Kapuze tiefer in die Stirn und versuchte zu scherzen: »Meister Belconi hat Recht, sein Haubenkleid ist sehr praktisch. Wer nicht genau hinsieht, weiß nicht, wer drin steckt.«

Die Trommeln verstummten jäh. Das Lobpreisen der Menge versickerte in den Kehlen. Fragen, keiner konnte sie beantworten, einige zeigten nach vorn zum Portal des Regierungspalastes. Hälse wurden gereckt. Kinder wollten auf die Schultern ihrer Väter. »Da ist ein bunter Mann!«, krähten sie aufgeregt, wie bei einem Märchenspiel, wenn der Bösewicht unvermittelt die Szene betrat. »Er hat eine große Feder am Hut!«

Aus der Gruppe der ausländischen Gäste war ein venezianischer Kaufmann in Haft genommen worden. Francesco Valori ließ ihn von zwei Geheimpolizisten die Freitreppe hinuntergeleiten und vor den Propheten bringen. »Ehrwürdiger Vater, dieser Herr ...« Das Oberhaupt der Signoria knurrte und bleckte die Lippen. »Er hat sich erdreistet, dem Hohen Rat ein schändliches Geschäft zu unterbreiten.«

Sofort war auch Fra Silvester zur Stelle. »Worum geht es?«

»Ich wage kaum, seine Offerte zu wiederholen. Er ... er will den Scheiterhaufen samt aller frevelhaften Gegenstände kaufen. Er bietet zwanzigtausend Dukaten.«

»Zwanzigtausend«, wie Öl entglitt Silvester die Zahl. »Das ist eine ungeheure Summe. Wenn ich bedenke ...«

»Es ist Gotteslästerung«, schnitt ihm der Frate das Wort ab. Kühl wandte er sich an den Fremden. »Wisst Ihr, Herr, welche Strafe Euch erwartet? Nach gültigem Gesetz des Königreichs Christi wird dem, der Gott verhöhnt, die Zunge mit einem glühenden Eisen durchbohrt.«

Der Venezianer nahm entsetzt den Federhut ab. »Ich bin hier, um Geschäfte zu tätigen. Niemals käme mir als Christ in den Sinn, die Heiligkeit des Allmächtigen zu verspotten.«

Breit baute sich Valori vor ihm auf. »Ihr habt das Urteil vernommen.«

»Halt, ich bitte Euch. Übereilt nichts. Meine Geleitbriefe garantieren mir den Schutz an Leib und Leben. Und zwar in jeder Stadt, mit der Venedig Handel treibt. Wenn Ihr mich bestraft, so richtet Ihr großen politischen Schaden an.« Er beugte das Knie vor dem Propheten. »Bis eben war ich mir keines Verbrechens bewusst. Ich wollte die wertvollen Kunstschätze erwerben und habe einen guten Preis geboten. Mehr nicht. Ich flehe um Nachsicht, ehrwürdiger Vater.«

Hastig sprach Silvester hinter vorgehaltener Hand auf Girolamo ein und erreichte schließlich sein Kopfnicken. Salbungsvoll wandte er sich an den Kaufmann. »Weil wir im Begriff sind, der Welt die frohe Botschaft zu verkünden, dass Florenz sich heute von allen Lastern reinigt, habt Ihr Gnade gefunden, werter Herr. Das Urteil wird abgemildert. Allerdings unter zwei Auflagen.«

»Ich nehme an«, seufzte der Venezianer, »ganz gleich was Ihr verlangt.«

Nur zu gern spendete er dreitausend Dukaten für die Not leidenden Armen der Stadt. Um die zweite Sühne zu erfüllen, wurde er in Begleitung des Meisters Botticelli ins Regierungsgebäude gebracht.

Bei Sonnenuntergang verkündeten Fanfarenstöße der Menge, dass nun die Pyramide mit sämtlichen Eitelkeiten bespickt und mit Schießpulver überwürzt war.

Die Brüder von San Marco verteilten sich um den Scheiterhaufen und stimmten einen Psalm an. Kleine kahlköpfige Knaben drängten sich durch die Leute, schlugen mit Stöcken gegen die Sammelbüchsen. »Es lebe Jesus Christus. Es lebe …«

Kaum näherte sich der Singsang, nestelte Petruschka zwei Soldis aus der Tasche und teilte sie mit Laodomia. Die Bettel-Engel zogen weiter.

»Diesmal waren wir vorbereitet«, schmunzelte sie. Weil ihr Scherzen kein Echo fand, bat sie leise: »Nun schau nicht so unglücklich. Keiner hat was gemerkt. Und nachher sind die Bilder weg. Das ist doch nur gut. Lach doch wieder, Kleines. Heute ist ein Freudentag für alle, sagt der Frate.«

»Ich wünschte, er wäre endlich, endlich vorbei.«

»Warte ab, bis es ganz dunkel ist«, versprach die Freundin. »Dann wird das Fest erst richtig schön, glaub mir.«

Trommelschläge. Im Laufschritt näherten sich zehn Gottesstreiter der Pyramide. Auf Schultern trugen sie eine Furcht erregende Figur, geformt aus Draht, Papierbrei und Wachs, bis zur siebten Stufe hinauf. Wenig später war der Unhold ans freie Endstück des Hauptbalkens gefesselt. Die übergroßen Ziegenfüße baumelten, der zottige Bart hing über dem nackten, feisten Bauch, und mit vorquellenden Augen starrte das Monster auf die Festgemeinde nieder. Hohn und Spott begrüßten ihn, abertausend Fäuste reckten sich. »Verdammt sei König Carneval!«

Die Mönche von San Marco gaben eine andere Losung aus. »Das ist der Teufel. Wir haben den Teufel gefangen!« Damit trieben sie Frauen und Männer in schiere Verzückung. Während die Stimmung sich weiter aufheizte, stürmte Valori mit einem Gemälde aus dem Palast. Vor der Säulenhalle zeigte er es dem Frate, der streckte nur den knochigen Finger zur Spitze des Scheiterhaufens.

Auf Geheiß Silvesters flogen zwei Engel mit dem Porträt des venezianischen Kaufmanns hinauf und drapierten es gleich neben dem Popanz auf einem Stuhl.

»Seht! Das ist der Fürst aller Eitelkeiten!«

Mit Jubel nahm das Volk die Kunde auf. »Tötet ihn! Tötet ihn!«

Laodomia sah nur die brüllenden Münder, die wilden Blicke. Jetzt würden sie jeden umbringen. Ihr Blick floh zum Himmel. Erste Sterne blinkten. O Gott, wie kann dir so etwas gefallen? Warum greifst du nicht ein?

Ihr Gebet wurde erhört. Jedoch nicht der Allmächtige übernahm das Regiment. Sein Prophet hob beide Arme, sofort schwiegen die Trommeln, und Stille legte sich über den Platz. Alle Lichter verloschen.

Angeführt von Fra Domenico marschierten die Gottesstreiter vor der Säulenhalle auf. Im schwachen Dämmerlicht schimmerten ihre hellen Kittel und die nackten Köpfe.

Ein Geisterzug, dachte Laodomia und tastete nach der Hand ihrer Beschützerin. Ohne Lärm ordneten sich die himmlischen Inquisitoren, bildeten Trupps für jeden Stadtteil, den sie gesäubert hatten. Auf ihren weißen Fahnen prangten die Kreuze wie vertrocknetes, schwärzliches Blut. Einige Offiziere hielten statt der Eichenknüppel lange, an den oberen Enden mit Werg umwickelte Stangen in den Fäusten.

Sieben Fanfarenstöße! Jeder schmerzte Laodomia in der Brust.

Petruschka atmete heftig. Aus dem Palast der Signoria erschien eine einzelne Flamme, sie wanderte die Freitreppe hinunter. Jetzt erkannte Laodomia die breitschultrige Gestalt. »Francesco Valori«, flüsterte sie. Der Bannerträger der Gerechtigkeit brachte das Feuer zum Propheten. »Ehrwürdiger Vater!« Seine Stimme hallte von der Innenwand der Säulenloggia wider. »Im Auftrag des Hohen Rates spreche ich Euch Dank aus. Ihr habt Florenz das Heil gebracht. Möge der heutige Tag den Ruhm unserer Stadt mehren.« Damit überreichte er Fra Girolamo feierlich die Fackel.

Dumpf grollten die Trommeln. Nacheinander traten acht Offiziere vor, senkten ihre Stangen und entzündeten die mit Pech und Öl getränkten Lappenköpfe am Licht des Bußpredigers, dann rannten sie los und postierten sich an jeder Ecke der Pyramide.

Wieder schwiegen die Trommeln. Der Frate schritt bis zur untersten Stufe. »O Herr, du allmächtiger Gott. Sieh herab. Die Sünder zeigen Reue. Buße und Umkehr haben das Laster besiegt. Belohne sie mit deiner Gnade!« Er warf die Fackel in einen Kleiderhaufen. Aus den Seidenstoffen züngelten Flammen auf.

Vom Turm des Regierungspalastes setzte das Dröhnen aller Glocken ein.

Zugleich legten die Engel das Feuer an den Scheiterhaufen. Die erste Sündenstufe loderte.

Posaunenklänge. Trommelwirbel. Gefräßig leckten die Flammen höher. Schießpulver entzündete sich, jagte eine Lohe hinauf, gleich die zweite, jäh schossen viele Stichflammen empor. Überall auf den sieben Ebenen nistete sich der Brand in die Eitelkeiten. Sirren und Wimmern erfasste Musikinstrumente; sie zerplatzten. Oben am Schandpfahl zappelten die Ziegenfüße des Teufels. Explosionen entfachten den Glutwind. Er trieb die fahlroten Säulen aus der florentinischen Hölle weit in den Nachthimmel.

»Hosianna!« Die schwarzen Mönche von San Marco wanderten singend um den Scheiterhaufen. Brennende Perücken, Kleiderfetzen und lodernde Puppen regneten nieder, sie wichen aus und setzten den Lobgesang fort.

Das Volk schrie, brüllte und geiferte voller Inbrunst: »Es lebe Jesus Christus! Es lebe Jesus Christus!« Im Taumel des Glücks tappten

745

Frauen und Männer auf der Stelle von einem Fuß auf den anderen … Sich bewegen … sich befreien. »Es lebe Jesus Christus!« … Hin und her … »Es lebe Jesus Christus!«

Der wabernde Tumult nahm zu. Von allen Seiten wurden die Freundinnen gestoßen, gedrückt, gezerrt. Petruschka umschlang Laodomia und presste sie mit dem Rücken fest an ihren Busen. »Das wollte ich nicht«, stammelte sie. »Kleines, glaub mir, das hab ich nicht gewollt.«

Hitze trieb den Propheten mit seinen beiden Mitstreitern und Francesco Valori auf die Ehrenplätze in der Säulenloggia. Hitze verjagte die Schwarzkutten aus dem freien Raum rund um den Scheiterhaufen. Engel flüchteten, sie löschten sich gegenseitig das weiße Gewand. Der Flammenturm wuchs über die Dächer der Häuser und Päläste und verbrannte das Sternenmeer zu Rauch. Beißender Gestank und Funkenregen zwangen die Gläubigen weiter und weiter zurück. Viele stolperten. Schmerzensschreie gellten. Kinder weinten und klammerten sich an ihre Mütter. »Es lebe Jesus Christus!« Lobgebrüll und Geheul, niemand wusste sie noch zu unterscheiden; dazu dröhnten Glocken, schmetterten Posaunen, und Trommeln schlugen den Takt des heiligen Schauspiels.

»Rette uns«, schluchzte Laodomia. »Bitte. Hörst du mich?«

»Ich bring uns hier raus.« Ohne sie loszulassen, wandte sich Petruschka um. Ein Ellbogen traf Laodomia am Hals, ein zweiter ihren Bauch. Sie knickte nach vorn, würgte und wimmerte.

»O Madonna! Hilf!«, schrie die große Frau und schlug wahllos um sich, mähte einen freien Raum, bis Laodomia sich wieder hochrappeln konnte. »Bleib hinter mir, Kleines. Halt dich fest.« Petruschka stampfte los. »Aus dem Weg! Es lebe Jesus Christus! Aus dem Weg!« Mit Tritten und Fausthieben kämpfte sich Petruschka durch das jauchzende Gewühl und entkam dem Höllenkessel.

Hinter der ersten sicheren Häuserfront versagten Laodomia die Knie. »Ich kann nicht mehr«, murmelte sie, empfand die Leere wie ein Geschenk und rutschte am Kittelstoff zu Boden.

»Kleines?« Laodomia hörte die Frage, spürte leichte Schläge auf den Wangen. »Kleines, wach auf.«

Sie fühlte warmen Atem und öffnete die Lider. Über ihr war nur

Sorge. »Ich trag dich heim«, flüsterte Petruschka. »Ich leg dich in mein Bett. O heilige Madonna, das war kein gutes Fest.«

D er Scheiterhaufen war niedergebrannt. In den verkohlten Resten hatten die Schnarrer und Pfeifer am nächsten Morgen nach Schätzen gewühlt und waren mit zerschmolzenem Silberbesteck, mit Edelsteinen und kleinen Marmorstatuen davongerannt, ehe Stadtsoldaten oder Engel den Raub hätten verhindern können.

Doch kein Anbruch einer neuen Zeit des Heils stellte sich ein, auch keine Besserung des täglichen Lebens: Savonarola hatte gleich zu Beginn seiner Herrschaft in die Zügel des Staates gegriffen und die Steuern wahllos gesenkt. Ohne Einnahmen aber klafften Löcher im Staatssäckel, kein Notprogramm konnte finanziert, keine Vorsorge rechtzeitig getroffen werden. So brach das Drama mit aller Härte über Florenz herein, denn aufgrund des andauernden Regens im vergangenen Jahr war die Ernte verfault. Armut, Hunger und Krankheiten stürzten Ende Februar 1497 das Volk in die Hoffnungslosigkeit. »Wir haben an den Frate geglaubt, aber er hat uns belogen.« Seufzer wurden laut: »Ach, kämen doch die guten Zeiten der Medici zurück.«

»Lasst nicht ab!«, schrie Fra Girolamo von der Kanzel auf die Zweifelnden nieder. »Fahrt fort mit dem Verbrennen der Eitelkeiten! Allein dadurch könnt ihr Gott versöhnen ... Ich bin der neue David. Ich kämpfe für euch gegen Goliath. Und dieser Goliath trägt viele Gesichter. Ihr seht sie in den Palästen dieser Stadt, ihr seht sie in Rom. Vertraut mir, weil Jesus Christus mir vertraut ...«

Zum ersten Mal seit Jahren verhallten seine Worte wirkungslos im weiten Rund der Domkuppel. Nach einer stürmischen Wahl verloren die Anhänger des Frate ihre Sitze im höchsten Gremium der Stadt.

Francesco Valori, der treue Kettenhund, überbrachte seinem Herrn selbst die Nachricht. Er wollte nicht am Tisch Platz nehmen, er kniete im Besucherzimmer San Marcos vor dem Frate nieder und jammerte: »Vergebt mir, ehrwürdiger Vater. Unsere Gegner haben gesiegt. Durch Bestechung, üble Nachrede und verbotene Absprache ist Bernardo del Nero zum neuen Gonfaloniere der Gerechtigkeit aufgestiegen, und ich …«

»Du bist ein Fels in der Brandung«, unterbrach Girolamo das Gewinsel. »Was schert dich der Sturm? Ein siebzigjähriger Mann führt die Signoria. Wie lange? Zwei Monate! Länger als diese Wahlperiode wird er nicht an der Spitze bleiben.«

»Unterschätzt die Lage nicht, ehrwürdiger Vater. Del Nero genießt das Vertrauen aller feindlichen Parteien, der Arrabiati ebenso wie dieser Horde von Companacci und auch der Bigi. Gerade diese Fürstentreuen müsst Ihr fürchten, weil sie den Sohn Seiner Magnifizenz Lorenzo wieder zurückholen möchten.«

»Gott lässt niemals zu, dass sein König von einem Tyrannen vertrieben wird.«

Valori runzelte die Stirn. »Um Vergebung, Vater. Der Angriff gilt nicht Christus. Auf Euch zielen ihre Waffen.« Heftiges Nasenknorzen des Propheten unterbrach ihn, eingeschüchtert wagte er nur noch zu ergänzen: »Und die Geheimpolizei gehorcht von jetzt ab den Befehlen des neuen Bannerherrn.«

»So stärke die Partei der Gläubigen«, zischte Girolamo. »Vor allem verdopple meine Leibwache. Zwei Monate hast du Zeit. Nutze sie, um unsere wahren Feinde kennen zu lernen. Denn nun werden sie aus den Winkeln kommen und ihr Gesicht zeigen. Sobald du die Macht wieder in den Händen hältst, sollst du mit ihnen verfahren, wie sie es verdienen. Jetzt geh!«

Von Woche zu Woche verteuerten sich die Lebensmittel. Keine Hilfe kam aus San Marco. Der Prophet schwieg. Auf den Gassen des Armenviertels brachen die Menschen entkräftet zusammen, Kinder lagen des Morgens verhungert auf den Strohsäcken. Und erste blaue Pestflammen sprangen von einer Hütte zur nächsten. Noch flackerten sie nur jenseits des Arno.

Da in den umliegenden Regionen inzwischen das Elend unbeschreibliche Ausmaße erreicht hatte, flüchtete die verzweifelte Landbevölkerung in die Stadt. »Gebt uns Nahrung!«

»Wir haben selbst nicht genug!«

Der Hohe Rat versuchte durch ein Gesetz den Zustrom einzudämmen. Er jagte die ausgemergelten Familien aus ihren Mauern. Jedem fremden Esser drohte die Todesstrafe.

»Ohne Brot müssen wir auch sterben«, sagten die Väter und drangen mit Frau und Kind beim Öffnen der Tore wieder ins Königreich Gottes ein. Zu den Verzweifelten von außerhalb gesellten sich verzweifelte Florentiner. Gemeinsam brachen sie die städtische Kornkammer auf. Nur wenigen gelang es, Vorräte wegzuschaffen, ehe Bewaffnete den Aufruhr erbarmungslos niederschlugen.

Am 25. März betrat Fra Silvester die Priorwohnung im ersten Stock des Klosters.

»Warum klopfst du nicht an?« Girolamo ließ die Feder sinken.

»Verzeih, Bruder.« Das Trommelspiel der Fingerkuppen setzte ein. »Ich komme mit einer schlechten Nachricht.«

»So schlecht, dass du den nötigen Respekt vergisst? Ich bin vertieft in meinen Predigttext.«

»Zürne nicht. Mir ist, als hätte Gottes Schwert unsern Lebensfaden durchschnitten.«

Ruhig nahm Girolamo die Mützenbrille ab. »Hattest du eine Vision in der vergangenen Nacht? Erzähle. Du weißt, deine Eingebungen sind mir stets willkommen …«

»Nein, Bruder. Dies ist kein Traum, sondern Wirklichkeit. Einer meiner Gewährsmänner im Stadtrat hat mich soeben unterrichtet. König Karl VIII. hat einen Waffenstillstand mit allen Fürsten der Liga geschlossen. Begreifst du? Unser mächtigster Verbündeter ist zum Feind übergewechselt. Von ihm können wir keine Rückendeckung mehr erwarten.«

Lange saß der Prophet da, schabte den Schorf aus seinen Handflächen, schließlich flüsterte er: »Dieser Karl ist dumm. Verflucht soll er sein.«

Am nächsten Tag stieg Fra Girolamo hölzern zur Kanzel hinauf. Es dauerte, bis endlich Stille einkehrte. »Brüder und Schwestern … Die jüngsten Nachrichten aus Frankreich dürfen euch nicht beunruhigen. Der neue Friede ist kein wirklicher Friede, denn es darf kein anderes Bündnis geschlossen werden als mit Christus. Allein auf ihn ist Verlass, nicht aber auf diesen König.« Der knochige Finger schnellte hoch. »Und wenn Karl seiner göttlichen Sendung nicht nachkommt, so wird ihn der Allmächtige zerschmettern und ihn durch einen anderen Bringer des Heils ersetzen …« Er wies in Richtung des Palazzos der Signoria. »Hört meine Worte, ihr Regierenden. Noch hält Gott an diesem König fest. Noch vermag Karl umzukehren und das große Werk zu vollenden: die Erneuerung der Kirche! Und zwar von Grund auf! Hört und befolgt meinen Rat: Sagt euch nicht los von ihm! Bleibt standhaft! Weigert euch, der Liga beizutreten! … Hört! … Hört!« Seine Stimme geriet ins Krächzen, immer wieder hieb er mit den Fäusten auf die Brüstung des Kanzelkorbes. Jedoch seine Ratschläge erreichten das Herz der Gläubigen nicht.

Weihrauch schleierte durch die Sixtinische Kapelle. Zur gemeinsamen Messfeier hatten sich Kardinäle und hohe Ordensmänner um den Heiligen Vater versammelt. Nach dem Hochamt blieben die Herren und lauschten der leidenschaftlichen Rede Fra Marianos. »O Papst! O Kardinäle. Wie könnt ihr noch länger ein solches Ungeheuer, solch eine Hydra ertragen …?« Vor Jahren war der Augustiner aus Florenz geflohen, weil er im Predigtkampf gegen Savonarola unterlegen war, inzwischen hatte er die höchste Stufe erklommen. Als Ordensgeneral fand sein Wort offene Ohren im Vatikan, und niemals war in ihm das Feuer des Hasses erloschen. »… Ist es so weit mit der Gewalt der Kirche gekommen, dass ein Irrsinniger ungestraft auf ihr herumtrampeln darf?«

Alexander, der Sechste dieses Namens, lehnte in seinem Stuhl, die Lider halb gesenkt, nachdenklich strich und drehte er den Petrusring an seiner linken Hand. Neben ihm saß Kardinal Caraffa, aufmerksam verfolgte er die Predigt, hin und wieder wandte er den Kopf und nickte Francesco Mei, dem Bevollmächtigten des Dominikanerordens, verstohlen zu.

Schreckensbilder verließen den Mund Fra Marianos und nahmen Gestalt an. Der Scheiterhaufen loderte bis zum Sternenfirmament der Kapelle, aus dem Duft nach Weihrauch wurde Gestank verbrannter Haare, Kleider und Bücher. »Savonarola bedient sich unschuldiger Kinder, um seine Schreckensherrschaft ins Werk zu setzen. O Heiligster Vater! Haue es ab, haue es ab vom Leibe Christi, dieses Scheusal!«

Gleich nach der Predigt zog sich Alexander mit Kardinal Caraffa in sein Studierzimmer zurück. »Lieber Freund, mir ist der Appetit vergangen. Gefülltes Rebhuhn, Käsetörtchen und flambierte Birnen sollten heute serviert werden. Ich halte es für ein bedenkliches Zeichen, wenn mein Magen sogar gegen köstliche Genüsse revoltiert. Wir müssen nun handeln. Dieser giftspeiende Zwerg hat für immer zu verschwinden. Er besudelt den Heiligen Stuhl, pöbelt, bedroht und tritt die Kirche mit Füßen. Ihr seht mich aufs Äußerste erzürnt, lieber Freund. Was schlagt ihr vor?«

Der Kardinal wies auf den Fischerring. »Exkommunikation. Enthebt Savonarola der christlichen Gnade der Kirche. Verdammt ihn, Heiligkeit.«

»Rückt näher zu mir, werter Fuchs. Können wir uns diesen Schritt leisten?«

Caraffa gehorchte und lächelte leise. »Ich habe mir erlaubt, in Eurer Kanzlei die Klagebriefe von ehrenwerten Patriziern und begüterten Handelsherren aus Florenz einzusehen. Viele sind entsetzt über die Zerstörung von unersetzbaren Kunstwerken und Manuskripten. Andere sehen darin den Verlust von Gewinn bringenden Werten. Alles in allem scheint der Einfluss des Frate zu schwinden. Verschlechtert wird seine Situation weiter durch Hungersnot beim Volk. Außerdem …« Er verneigte sich vor dem Oberhirten. »Dank Eures diplomatischen Geschicks vermochten wir dem Franzosen einen Palmzweig zu überreichen. Wie lange Karl sich an das Friedensabkommen hält, bleibt ungewiss. Zurzeit aber hättet Ihr durchaus freie Hand, den selbst ernannten Propheten zu entmachten.«

»Das allein genügt nicht«, grollte Alexander. »Dieser Erfinder von Gleichnissen hat sein Leben verwirkt. Doch wir dürfen uns nicht mit seinen Exkrementen beschmutzen. Das Licht der Milde soll mich stets umgeben. Jeder Schritt, den wir unternehmen, muss aus tiefster Sorge geschehen. Versteht Ihr, der aufsässige Sohn zwingt den unglücklichen Vater zur Strenge. Dieses Bild soll die Christenheit von mir haben.« Alexander griff nach der Tischglocke, ließ Wein bringen und hob den gefüllten Kristallpokal ins Licht des Fensters. »Nun hat der Rebensaft die Farbe des Blutes. Trinken wir es, lieber Freund.«

Nachdem sie die Kelche geleert hatten, erkundigte sich der Kardinal: »Wollt Ihr selbst das Schreiben aufsetzen? Oder soll ich den Prokurator Francesco Mei damit beauftragen? Er hasst den Mönch ebenso wie Fra Mariano. In diesen beiden haben wir zwei Männer, die stellvertretend für Euch den Untergang Savonarolas vorantreiben könnten.«

»Ja, sehr geschickt, mein Freund. Sehr geschickt.« Die Miene Alexanders hellte sich auf. »Und noch ein Eisen will ich schmieden. Umsturz. Der sündhafte Gottesstaat muss gleichzeitig vernichtet werden. Was haltet Ihr von dem Plan, die Rückkehr des Medici einzufädeln?«

»Etwas Machtwille wohnt sicher noch in diesem schwachen Sprössling eines so prachtvollen Vaters. Ich will versuchen, ihn aus den Betten seiner zahlreichen Gespielinnen und Lustknaben zu locken und ihn aufs Kriegsross zu heben.«

Alexander rundete die Lippen. »Zahlreich? Und beiderlei Geschlechts? O welch eine beneidenswerte Vorstellung!« Gleich kehrte der Ernst zurück. »Also handelt, lieber Freund. Ich verlasse mich auf Eure bewährte Kunst, aus dem Verborgenen zu wirken.«

Viele Schlingen wurden geknüpft und mit größter Sorgfalt ausgelegt. Die Jagd war eröffnet, doch der Jagdherr aus Rom trat noch nicht in Erscheinung. Zwar lagen die vernichtenden Schreiben im Köcher bereit, zunächst aber sollten seine Treiber das Wild einkesseln und ermüden.

Kardinal Caraffa zitierte den florentinischen Botschafter zu sich. »Unheil braut sich über Eurer Stadt zusammen. Ganz im Vertrauen, Signore, Ihr solltet den Hohen Rat bedrängen, unverzüglich das Bündnis mit König Karl zu brechen und der Liga beizutreten. Andernfalls wird der Heilige Vater den Bann über Florenz aussprechen. Und Ihr wisst, dieser Fluch bedeutet den endgültigen Niedergang des Handels.«

Nach einer Woche schon kehrte der Botschafter zurück: »Die Signoria sieht die Notwendigkeit, jedoch besitzen die Anhänger des

Frate eine Mehrheit im Großen Rat. Deshalb bittet meine Regierung um Bedenkzeit.«

Caraffa schloss die Augen. »Wie bedauerlich. Für Nachsicht ist es zu spät. Von jetzt an kann allein Gehorsam Florenz retten.«

In geheimer Mission nahm Lamberto dell' Antella, ein tatendurstiger junger Geschäftsmann, Kontakt mit den Widerstandsgruppen auf. Er legte ihnen ein Schreiben vor, unterzeichnet vom Augustinergeneral Fra Mariano. Der Inhalt jedoch fand keine einhellige Zustimmung bei den Arrabiati. »Wir wollen den Mönch verjagen, das ist wahr«, seufzte Rodolfo Cattani. »Aber ihn durch einen dummen Popanz zu ersetzen wäre ein fataler Fehler.«

»Meine Auftraggeber warten nicht. Jetzt und gleich muss gehandelt werden. Ob die Lösung sich als glücklich erweist, könnt Ihr regeln, wenn endlich wieder zivilisierte Verhältnisse in Florenz herrschen.« Der Heißsporn schnippte mit den Fingern. »Ich will nur eines wissen, werdet Ihr den Plan unterstützen oder nicht?«

Rodolfo sah in die Runde. Nach und nach nickten die Freunde, auch Alfonso Strozzi gab zögerlich sein Einverständnis. Der Seidenfabrikant formulierte besonnen die Antwort: »Wir behindern nicht den Lauf der Dinge. Das Vorhaben aber grenzt an Hochverrat gegen unsere Republik. Und sollte dieser Umstand eintreten, werden wir uns zurückhalten.«

»Was seid Ihr?«, staunte Lamberto dell' Antella. »Ich glaubte mit Männern der Tat zu sprechen und höre nur ängstliche Greise.«

Ehe er ausgesprochen hatte, sprang Alfonso der Dolch in die Faust. »Wage es nicht …!«

»Keinen Streit!« Sofort stellte sich Rodolfo zwischen ihn und den Spötter. Mit dem Finger drückte er die geschliffene Klinge nieder. »Wir kämpfen für das gleiche Ziel. Wenn wir uns gegenseitig töten, wird es niemals erreicht werden.« An den Boten gewandt sagte er: »Ihr seht, junger Freund, auch Greise sind in diesen Tagen schnell reizbar, deshalb hütet Eure Zunge. Ich gebe Euch einige Adressen. Dort werdet Ihr offene Ohren finden.«

Noch am gleichen Tag sprach dell' Antella mit einigen Anhängern der fürstentreuen Bigi, fand Zustimmung und verbrachte den

753

Abend im Kreise der Companacci. Reichlich floss der Wein, Spottlieder auf den Frate würzten ihn. Spät in der Nacht verbrüderten sich die Adelssöhne mit dem Boten. »Der Plan gelingt! Dafür sorgen wir, jedoch auf unsere Weise.«

Den zweiten Tag schon saß Piero Medici im Sattel. Die frische Luft schmerzte ihn; seine Hände hielten schlaff den Zügel. Er sehnte sich nach verräucherten Bordellen, nach weißen Brüsten, nach den Hintern williger Lustknaben. Feldherr sein strengte ihn zu sehr an. Aber Papst Alexander und die Fürsten wollten es so. »Erobert die Macht zurück. Setzt die glorreiche Herrschaft Eures Vaters fort.« Von Siena aus war er mit einem zweitausend Mann starken Heer aufgebrochen, Fußsoldaten und Berittene. Seit langer Zeit flatterte wieder das Wappen der Medici im Wind, fünf rote Bälle und der eine blaue spielten umeinander. »Ein richtiges Fußballspiel mit Freunden wäre mir lieber«, seufzte Piero.

Schwüle Hitze lastete über dem Arno-Tal. Je näher die kleine Armee der Hauptstadt kam, umso beengter wurde das Atmen. Am 28. April gelangte der Medici erschöpft bis vor die Mauern von Florenz.

Längst hatten die Bürger überhastet und voller Angst Maßnahmen zur Verteidigung getroffen.

Als ein Ratsherr in San Marco um Hilfe bat, sah der Frate nur kurz von seinem Buch auf. »Ihr Kleingläubigen, warum seid ihr so furchtsam? Dies sagte Jesus zu seinen Jüngern, und er stand auf und bedrohte den Wind und das Meer; da ward es ganz stille.« Glut leuchtete in den Augenhöhlen. »Geht also, guter Mann, und meldet der Signoria, dass ich zu Gott für Florenz bete, trotz aller Verachtung, die mir von den Regierenden entgegengebracht wird. Wahrlich, ich sage euch allen, der Feind wird keinen Fuß in die Stadt setzen. Also seid getrosten Mutes.« Damit rückte er den Brillenschirm tiefer in die Stirn und beugte sich wieder über den Text.

Francesco del Nero zögerte. Der weißhaarige Gonfaloniere wusste von dem Plan der Verräter, billigte ihn sogar, genauer noch aber kannte er den Pulsschlag der Stadt. Nicht Freiheitswille, sondern Furcht vor Blutvergießen beherrschte das Volk; auch fürchtete es den

Zorn Gottes. Für einen gewaltsamen Umsturz war Florenz nicht reif. Um die kleine Verschwörergruppe nicht bloßzustellen, ließ er gleich fünfzig der fürstentreuen Patrizier in Schutzhaft nehmen und faltete die Hände. »Florenz ist gerüstet. Wenn nötig, werden wir uns verteidigen.«

Draußen vor den Mauern rieb sich Piero die schöne Stirn. Angriff? Und dabei gar das Leben aufs Spiel setzen? Nein, er wartete. Waren ihm nicht Signale von Freunden aus der Stadt zugesagt worden? Stunden wartete er. Doch nichts geschah. Kein Tumultgeschrei, nicht ein einziges Anzeichen des versprochenen Aufruhrs drang zu ihm. Die eisernen Fallgitter vor den Toren blieben unten.

»Abzug!«, befahl er beim nächsten Morgengrauen. »Wir sind betrogen worden!«

Und auf dem Ritt zurück legte er sich die Worte zurecht, mit denen er seine Untätigkeit vor Papst und Fürsten entschuldigen wollte. Wenn sie ihn weiterhin unterstützten, würde er bald schon einen nächsten Versuch wagen. Schmach und Hohn fürchtete Piero längst nicht mehr, seinen Stolz hatte er wie ein unbequemes Korsett abgelegt. Bei ausgelassenen Gelagen, beim Glücksspiel und während lustvoller Ausschweifungen fand er Anerkennung, dort war er immer noch der große, reiche Medici. Das genügte ihm.

»Unser Prophet hat ein Wunder vollbracht!« Fra Silvester eilte lobpreisend von einem Ratsmitglied zum anderen. »Ihm allein ist es zu verdanken, dass die Kriegswolke wieder abgezogen ist. Er hat den Medici vertrieben!« Er verbeugte sich, lächelte und schüttelte Hände. »Bedenkt also, wem Ihr Eure Stimme bei der nächsten Wahl gebt. Stärkt Fra Girolamo und das Königreich Jesu Christi!«

Sein Werben blieb ungehört. Die neue Signoria setzte sich mehrheitlich aus Gegnern zusammen; selbst im Rat der acht Weisen hatten nun für zwei Monate die Arrabiati das Sagen.

»Ich will unsere gute Sache fördern«, versprach der scheidende Gonfaloniere Bernardo del Nero und bereitete seinem Nachfolger am 3. Mai noch ein letztes politisches Geschenk. »In Anbetracht der immer stärker um sich greifenden Pest hat die Signoria beschlossen, dass fortan alle Predigten untersagt sind. Dieses strikte Verbot hat Gültigkeit, bis die todbringende Heimsuchung von uns genommen ist. Jede große Menschenansammlung muss vermieden werden. Auch sollen alle Sitzbänke unverzüglich aus dem Dom entfernt werden.«

Kaum vernahm der Frate durch Silvester den Ratsbeschluss, bäumte sich sein ausgemergelter Körper in jähem Schmerz auf. »Verflucht sollen sie sein, die mir das Wort verbieten!« Er verließ seine Zelle, stürmte durch den Flur, die Treppe hinab, und erst im Klostergarten wagte sich der biegsame Mitstreiter vorsichtig näher. »Bitte, Bruder. Das Verbot zielt nicht auf dich. Es dient dem Schutz der Bevölkerung.«

»Du einfältiger Tor!«, zischte der Obere, und weißer Speichel schäumte ihm aus den Mundwinkeln. »Wer zieht die Massen an sich? Etwa die Franziskaner, diese Verleumder? Oder die Augustiner in Santo Spirito, diese gottlosen Scharlatane? Nein, du schlafwandelnder Narr. Ich bin es. Ich bin Gottes einzig wahrer Knecht.« Jetzt erst bemerke er das tief gekränkte Gesicht seines Getreuen. »Vergib mir. Ich habe mich vom Schmerz hinreißen lassen.«

Nur langsam wich das kalte Glitzern aus Silvesters Blick. »Wir sind in der Enge«, sagte er leise.

»Nicht lange, Bruder, nicht lange.« Girolamo blickte hinauf in den milchig blauen Dunst. »Morgen feiern wir Christi Himmelfahrt. Und ich werde im Dom predigen. Ich werde eine Posaune sein, die alle Ketten von uns absprengt.«

»Damit begibst du dich ins Unrecht.«

»Nur der Allmächtige kann mir ein Verbot erteilen.«

»Unsere Gegner gewinnen so neue Anhänger.«

»Niemals. Das Ungeziefer muss rechtzeitig mit dem Läusekamm beseitigt werden, ehe es überhand nimmt.« Girolamo erlaubte keine Einwände mehr. »Verbreite in der Stadt, dass ich sprechen werde.« Er befahl dem Freund, für seinen Gang zum Dom höchste Sicherheitsmaßnahmen zu ergreifen, und begab sich zu Bruder Tomaso in die Krankenstation. »Ich benötige deine Hilfe.«

Das fleischige Gesicht überzog sich mit Röte. »Ehrwürdiger Vater, stets zu Euren Diensten.«

»Mische einen Trank, der mich wach hält.« Gleich zögerte er und setzte hinzu: »Uns beide soll er nicht schlafen lassen.«

»Habt Ihr immer noch kein Vertrauen zu mir.«

»Doch, mein Sohn, du erfüllst die Aufgaben zu meiner Zufriedenheit. Als Späher nach Feinden bist du unersetzlich. Deine Apothekerkunst aber schätze ich nur, wenn du selbst jede Medizin mit mir teilst.«

Der kleine Mund wurde noch schmaler.

Girolamo berührte leicht den Arm des Laienbruders. »Gräm dich nicht. Während ich die Nachtstunden im Gebet und mit Arbeit verbringe, sollst du die Straßen bewachen. Denn morgen will ich den Himmel öffnen für unsern Heiland, und niemand darf mich daran hindern.«

»Habt Ihr ein bestimmtes Haus in Verdacht?«

»Beobachte vor allem die Türen der Arrabiati. Ich vermute, dass dort gerade jetzt heimliche Treffen stattfinden. Notiere jeden Namen, damit er später nicht in Vergessenheit gerät. Gottes strafende Faust soll jeden unserer Feinde treffen.«

Von neuem Eifer beseelt, überzog sich das Gesicht des Spions mit Schweiß. »Verlasst Euch auf mich, ehrwürdiger Vater.« Der Trank war bereitet. Bis zur Hälfte leerte Tomaso den Becher, dann erst nahm der Prophet in langsamen Schlucken den Rest zu sich.

Die Abendstunden brachten keine lindernde Kühle. Hunde kläfften in den Gassen, bis das Bellen sie ermüdete. Später schrien Eulenkinder von den Dächern und Türmen der Paläste ohne Unterlass nach Nahrung. Ihre Klagerufe wurden zur Melodie der Nacht, und unruhig wälzten sich die Menschen in den Betten.

Zwei schwache Lichtstreifen näherten sich rasch dem Dom. Wer die Blendlaternen trug, war in der Finsternis nicht auszumachen. Nahe des Glockenturms splitterte das Schloss der Seitenpforte. Nach einem Atemzug der Stille huschten aus verschiedenen Gassen mehr als zehn Irrlichter über den Vorplatz und verschwanden nacheinander durch die Tür.

Dunkelheit, wie zuvor. Nur die hungrige Eulenbrut schrie…

Im Innern des Kirchenhauses scharten sich die Companacci um ihren Anführer. »Wir legen Lunten und sprengen die Kanzel, sobald er dort oben steht.« – »Nein, wir brennen sie nur nieder.«

»Versündigt Euch nicht, kein Feuer. Damit töten wir zu viele Unschuldige.« Nicht lange dauerte das Palaver, dann hatten die jungen Adeligen einen anderen Plan gefasst. »So bekommen wir auch mehr Spaß!« Und mit größtem Eifer gingen sie ans Werk.

»Himmelfahrt!«, riefen die schweren Glocken vom Campanile: »Kommt! So kommt! Himmelfahrt! Jesus Christus fährt auf zu seinem Vater. Kommt! So kommt …!«

Und das Volk strömte in die riesige Herzkammer der Stadt. Zum ersten Male seit Monaten trennte sie nicht mehr der weiße Vorhang. Auch ohne diesen verordneten sittlichen Fortschritt zog es Frauen wie Männer in die angestammten Hälften.

Kaum war Laodomia mit ihrer Beschützerin durchs Hauptportal eingetreten, rümpfte sie die Nase. »Wieso stinkt es hier so ekelhaft?«

»Spotte nicht, Kleines …« Jetzt nahm auch Petruschka den sonderbaren Geruch wahr. Um sie herum starrten einige Frauen wie gelähmt in Richtung Kanzel, andere weinten stumm vor sich hin. Ein Beben ging durch die große Gestalt. »O Madonna, welch eine Sünde.« Langsam zog sie Laodomia durchs Gedränge bis vor zum linken Rand des Mittelgangs. »Das ist Teufelswerk.«

Hinter ihnen züngelte Gewisper. »Er ist schon da.« »Sieh doch, heute trägt der Frate endlich seine wahre Kutte.« »Gleich beginnt er zu predigen.« Als Petruschka voller Zorn den Kopf wandte, schwiegen die Lästermäuler.

Laodomia fasste den Anblick nicht. Erst nach und nach wurde ihr bewusst, dass dort kein Trugbild narrte, sondern sich scheußliche Wirklichkeit zeigte. Am Treppengeländer hinauf zur Kanzel baumelten schmierige, verfaulte Gedärme, Magenfetzen, halb verweste Leber- und Lungenlappen. Die Stufen waren fußhoch mit Kot bespachtelt. Aus dem Predigtkorb ragte aufrecht ein gedunsener Esel; abertausend schillernde Fliegen umsirrten die Augen und das aufgerissene Maul des Kadavers; beide Vorderhufe des Esels lagen auf langen Nägelspitzen, die von unten rundum durch die Brüstung der Kanzel wie eine Zahnreihe getrieben waren.

Das gilt dir, mein pickeliger Fensterfreund aus Ferrara, dachte Laodomia. Sie empfand kein Mitleid. Du hast furchtbares Elend über uns gebracht. Solche Scheußlichkeit aber verschlimmert alles; wer dazu fähig war, sollte sich schämen. Sie schüttelte sich. Nein, Rodolfo und seine Freunde würden niemals ... Nein, so tief würden die Patrizier in ihrem Zorn nicht sinken. Aber fragen werde ich doch, beschloss Laodomia, und falls Rodolfo etwas von dem Esel wusste, will ich eine Erklärung, warum er nichts dagegen unternommen hat.

Der Gestank quoll ihr ins Haubenkleid. »Komm, wir gehen besser nach Hause«, schlug sie leise vor.

»Nein, Kleines.« Petruschka ballte die Faust. »Gott lässt so was nicht durchgehen.« Das ›R‹ grollte in ihrer Kehle. »Du wirst sehen, der Herrgott vollbringt gleich ein Wunder, und unser Frate steht da oben in ganz hellem Licht.«

»Glaubst du das wirklich?«

»Ich wünsche es mir, Kleines, und bete darum.« Die Magd schloss die Augen. Ohne Unterlass bewegten sich ihre Lippen.

»Platz! Tretet beiseite!« Durch die Seitenpforte drängten Mönche von San Marco herein, bewaffnet mit Eimern, Schrubbern und Handwerkzeug. Sie stimmten einen Psalm an und begannen den Unrat einzusammeln, schippten Kot, entfernten die Gedärme. Ihr auf- und absteigender Gesang versetzte die verpestete Luft in Schwingung, wurde zum Trotzlied: »Herr, du bist der König über alle Welt ...« Bald fielen die beunruhigten Gläubigen mit ein: »...denn Furcht gebietend ist der Herr, der Höchste ...« Oben im Predigtkorb durchschnitten vier Laienbrüder die Haltestricke des Tier-Popanzes und warfen ihn unter lautem Gepolter die Stufen hinunter. Am Fuß der Treppe schleiften und zerrten sie den Kadaver aus dem Gotteshaus.

Laodomia presste erschreckt die Hand vor den Mund. Wie aus dem Nichts war über der Kanzelbrüstung eine fleischige, runde Gesichtsscheibe erschienen. Mit einem Hammer hieb der Mönch auf die Nägelspitzen. »Da ist er«, sie zerrte am Ärmel der Freundin.

Petruschka öffnete die Lider. »Lass den Spott, bitte. Versündige du dich nicht auch noch. Der Eselskopf war schon schlimm genug.«

»Nein, hör doch. Dieser Dominikaner da, der war an meiner Ladentür. Weißt du noch? Er hat mir solche Angst eingejagt, bevor wir zu Vater Belconi gingen. Diese Fratze meine ich.«

»Still, Kleines. Wir reden nachher weiter.«

Laodomia wollte wegsehen und musste doch immer wieder hinaufstarren. Der ist bestimmt direkt einem der Höllengemälde entstiegen, dachte sie, nur dort gibt es solche Satanswesen.

Die Hammerschläge schwiegen. Auch der Psalm war nach ungezählten Wiederholungen verstummt. Vom Nebeneingang bis zur Kanzeltreppe bildeten die Klosterbrüder Schulter an Schulter eine Gasse, und durch ihre Mitte schritt Fra Girolamo, das Haupt verdunkelt von der Kapuze. Erst im Predigtkorb streifte er sie zurück; weiß spannte die Haut sich über den Wangenknochen. Eine Weile schien der Prophet entrückt, allmählich aber fackelte Feuer in den Augenhöhlen: »Herr, mein Gott, auf Dich setze ich alle Hoffnung… Ich glaubte, an diesem Morgen mit Christus in den Himmel aufsteigen zu dürfen, doch hat mich diese Hoffnung getäuscht… Du, Feind irgendwo dort unten im Sumpf, du meinst vielleicht, dass ich Angst hätte? Aber weißt du denn nicht, dass der Glaube nichts und niemanden fürchtet…?« Er sprach schnell, dennoch schienen die Sätze mit seiner inneren Hast nicht Schritt halten zu können. Immer wieder wandte er sich an den unsichtbaren Gegner: »…Du glaubtest, dass ich heute Morgen nicht auf die Kanzel steigen würde. Schau her, ich bin gekommen. Du sagst: Nur weil deine Leibwachen dich beschützt haben… Ich antworte dir: Ich habe die Wächter nicht gerufen, denn ich will und werde immer sprechen, wenn es mir der Herrgott befiehlt, und kein Mensch auf dieser Welt, sei er, was er wolle, wird mich jemals daran hindern können…«

Ein neuer Geruch lenkte Laodomia ab, er mischte sich in den schwärenden Kot- und Verwesungsgestank, überlagerte ihn. Verstohlen blickte sie in Richtung des Hauptportals. Farben, grell gelb, blau, grün! Gleich sah sie wieder nach vorn. Dein Verstand beginnt dich im Stich zu lassen, sagte sie sich, nein, du hast nur geträumt. Doch der Duft nach Rosen und Veilchen blieb. Ihr Herz schlug schneller. Schließlich nestelte sie an ihrer Haube und drehte dabei den Kopf. Keine Täuschung. Durch die trist gewandete Menge schoben sich bunte Kappen, wippten Federn; junge Adelige feixten nach rechts und links. Sie trugen rosafarbene oder himmelblaue Rüschenhemden und giftgrüne oder gelbblau gestreifte offene Jacken, dickgliedrige Goldketten blinkten auf der Brust; die leichten Seidenumhänge wehten, und bei jedem Schritt leuchteten ihre gescheckten Strumpfhosen auf. Gemächlich näherte sich die Gruppe von zehn Stutzern und verströmte ihren Parfümduft. Gemurmel, aufgeregtes Geflüster entstand und verstummte erst wieder, als sich die jungen Reichen auf Höhe der Kanzel verteilten, zwischen die männlichen Gläubigen hineindrängten und nur noch ihre Kappen und Federn über dem trostlosen dunklen Einerlei aufleuchteten.

»Ungezogenes Pack«, schimpfte Petruschka leise vor sich hin. »Keine Ehrfurcht, denen ist nichts heilig.«

Companacci, dachte Laodomia, o verflucht, warum spielen sie sich so auf?

Auch dem Frate war die freche Demonstration nicht entgangen, für Augenblicke geriet sein Redefluss in schrilles Krächzen. Erst nachdem er sich heftig geräuspert hatte, vermochte Laodomia wenigstens wieder Bruchstücke der Predigt zu verstehen. »… Herr, rette mich vor denen, die mir nachstellen … Doch Herr, rette nicht diesen meinen Leib, denn Du weißt, dass ich Geist bin … mit diesem Leibe tue, was Du willst … doch befreie mich aus den Händen der Gegner der Wahrheit … Mache, dass ich weder liebe noch fürchte irgendein Ding auf Erden …«

Laodomia rieb sich die Stirn. Das ist dein Ziel, dachte sie, das war es schon damals. Du willst nicht lieben, weil du es gar nicht kannst, weder einen anderen Menschen noch dich selbst.

»… Herr, meine Feinde sagen, dass ich ein Verführer sei und das Volk täusche. Du weißt, dass ich diese Sünde nicht begangen habe, sondern Du bist es, der mich in die Stadt Florenz gerufen hat …«

Ach, schweig endlich, dachte Laodomia. Sie fühlte Zorn aufsteigen. Meinen Raffaele hast du eingefangen. Jetzt raubt er in deinem Namen unschuldige Menschen aus und prügelt sie. Meine Petruschka hast du verhext mit deinem Geschwätz. Unglück bringst du, und nun versuchst du dich auch noch herauszureden.

Die Stimme wurde klagend: »… Herr, sie sagen, dass ich Gelder angesammelt habe, dass ich viele tausend Dukaten besitze, und dass man in San Marco in Saus und Braus lebt, und dass ich Partei nehme in der Stadt. Dies ist die Unwahrheit. Dazu rufe ich als Zeugen für mich die Jungfrau Maria und alle Seligen. Wir führen in San Marco ein demütiges Leben. Niemals habe ich in der Stadt politisch Partei ergriffen … Immer habe ich deine Geschöpfe geliebt, denn mein Hass richtet sich nur gegen die Laster und Sünden, und nur diese habe ich verdammt … Auch wenn gegen mich viele Verleumdungen erhoben werden, ich Verfolgungen ausgesetzt bin, so vergelte ich nicht Böses mit Bösem, sondern ich gab nur Gutes für Böses zurück …«

Heftiges Gelächter schlug zum Predigtkorb hinauf, er schrie es nieder: »… ich suche keine Rache, nicht einmal in Gedanken …«

»Lügner! Lügner!«

»Du siehst, Herr, dass eine Menge Teufel aus der Hölle gestiegen sind und die Bösen aufstacheln, auf dass Dein Licht verlösche. Und darum erhebe Dich, Herr, im Zorn gegen sie …«

»Halt's Maul!« Die bunten Federn wippten. »Schweig, du verdammter Esel!«

Der Frate ließ sich nicht unterbrechen. Während er weissagte, dass Rom und ganz Italien bald schon von den Barbaren vernichtet würden, versuchten seine Leibwächter, möglichst unauffällig bis zu den Störenfrieden vorzudringen. Die Companacci aber blieben nicht auf ihren Plätzen, wichen aus, lachten oder schimpften von anderen Stellen weiter. Unruhige Wellen wühlten die andächtige Masse auf.

Laodomia fühlte, wie die Freundin nach ihrer Hand griff. »Sieht nicht gut aus, Kleines«, flüsterte Petruschka. »Rück näher.«

Jetzt skandierten die Companacci im Chor: »Weg mir dir, du Scharlatan! Weg mir dir …«

Der Prophet streckte die Faust: »O ihr Undankbaren, hört meine Worte. So hört: Ihr kämpft nicht gegen den Bruder Girolamo, sondern gegen Christus, der euer Gott ist und ein starker Richter. Ich bin nicht gegen euch, weil ich euch übel wollte, aber …« Seine Stimme überschlug sich: »Aber ich bin verpflichtet, mein Leben einzusetzen für die Ehre Christi und das Heil der Seelen! … hört ihr? Christus ist nicht gekommen, um Frieden zu stiften zwischen Bösen und Guten, sondern Krieg!«

»Den kannst du haben!«, höhnte einer der Adeligen.

Seinen Nachbarn ging das zu weit, und heftige Rempler ließen ihn verstummen.

Gleich nutzte der Prediger den Moment und bemühte sich, wie

ein Vater direkt auf den unbotmäßigen Sohn einzugehen. »Du suchst nur die Predigt zu verhindern, um auf deine Weise leben zu können. Tue es nicht, wenn du nicht böse enden willst.«

Nicht der Angesprochene, ein anderer Stutzer rief: »Frate, du durftest heute Morgen nicht predigen!«

»Ach! Und warum nicht?«

Von irgendwo her tönte es: »Weil du Unheil verbreitest! Sieh dich vor!«

In jäher Leidenschaft gab Girolamo nun vollends die schützende Kanzelwürde auf und verstrickte sich in den Disput. »Meine Predigten haben noch nie Grund zum Anstoß gegeben, und ich vertraue auf Christus, dass sie es auch niemals tun werden. Glaub mir, wenn ich wüsste, dass es besser wäre, nicht den Mund aufzutun, dann würde ich schweigen …«

»Du hast Befehl vom Rat, zu schweigen!«

Wer gerufen hatte, fand der Prophet nicht heraus, so fuchtelte er mit dem gestreckten Finger nur in die Richtung: »Und dir sage ich erstens, dass dies nicht wahr ist … und … und gesetzt, es wäre tatsächlich so, dann bleibt die Frage, ob ich verpflichtet … verpflichtet bin, das Verbot zu befolgen. Ich muss keinem Tyrannen gehorchen, niemals …«

Gedonner riss seine Worte ab. Alle Köpfe fuhren herum. Harter Lärm, wie das Knallen schneller Schüsse, wild und ohne Unterlass. Petruschka klammerte ihren Schützling an sich. Beide starrten fassungslos in Richtung Altar: Einer der bunten Adelshähne hieb gleich mit zwei Prügeln auf den metallenen Opferkasten ein. Wer ihn nicht sah, musste an einen Überfall denken. Schreckensrufe! Angstschreie stiegen auf. Schon versuchten die Ersten sich aus der Enge zu befreien, stießen Nachbarn zur Seite. Jetzt rannte der Companacci durch den Mittelgang dem Hauptportal zu. Wie verabredet schwangen die schweren Flügel auf, gleichzeitig öffneten sich auch alle Seitenpforten. Erneut dröhnten Schläge. Dieses Mal schallten sie aus vielen Ecken der Dunkelheit und kesselten die Gläubigen ein. »Erbarmen!« In Panik stürzte das Volk zu den rettenden Ausgängen.

Von der Kanzel brüllte der Prophet: »Die Bösen wollen die Wahrheit nicht hören! … Warte, du Feind! … Wenn du wüsstest, was ich weiß, würdest du heulen und mit den Zähnen klappern … Ihr anderen, bleibt! Habt keine Angst … Gott ist für euch … Um euch sind viele tausend Schutzengel … Bleibt! So bleibt hier …«

Doch niemand vernahm noch seine Stimme.

Petruschka gelang es, mit Laodomia eine Säule zu erreichen. Dort blieb sie wie ein Fels und ließ die aufgewühlte Menge an sich vorbeidrängen.

Einige Companacci nutzten den Tumult und näherten sich mit Knüppeln der Kanzeltreppe. Sofort waren Leibwächter zur Stelle, vor den blanken Waffen wichen die Angreifer zurück und schlüpften durch den Seitenausgang ins Freie.

Der Lärm ebbte ab, noch ehe sich der Dom ganz geleert hatte. Seltsam taube Ruhe kehrte ein.

In der Höhe suchte der Prophet tastend Halt am Geländer und tappte Stufe nach Stufe zur Erde hinunter. Den Getreuen zeigte er sein schlichtes Holzkreuz. »Hofft auf diesen König«, hauchte er. »Fürchtet nichts.«

Fra Silvester trat zu ihm. »Ich geleite dich nach San Marco. Unsere Freunde werden uns beschützen.« Er bot seinen Arm.

»Danke, Bruder. Ich bin nicht schwach.« Girolamo schwankte leicht, lehnte aber jede Hilfe ab. »Die Bösen wollen nicht glauben, wollen nicht hören …« Sein Blick versengte das Kreuz. »Doch … doch sie werden in die Grube stürzen, die sie gegraben haben. Sie unterhöhlen das Fundament einer Mauer, und diese wird auf sie niederbrechen. Dann erst, ja dann werde ich dem Herrn lobsingen und froh aus dem Leben scheiden.«

Ruckartig hob er das Haupt und ging eckigen Schritts durch die Pforte ins Freie.

Draußen empfingen ihn die Seinen: »Hoch lebe Jesus Christus!« – »Gerettet! Dem König von Florenz sei Lob und Preis!«

Laodomia horchte dem Jubel nach, wie er sich in Richtung San Marco entfernte und leiser wurde. Mit einem Mal spürte sie sanften Druck auf ihrem Haar. »Er ist gar nicht groß«, schluchzte Petruschka erstickt. »Zum ersten Mal hab ich es heute gemerkt … Aber so darf unser Frate doch nicht sein. Woran soll ich denn glauben, Kleines?« Sie vergrub das Gesicht tiefer und weinte in den Haubenstoff.

Die schwüle Hitze nahm zu. Unter der Dunstglocke gärte der Schlick aus Armut, Hunger und Ratlosigkeit. Im Ufermodder des Arno wühlten Ratten, kämpften um verweste Fische und faulige Reste, kaum fanden sie genug, ihre zahlreiche, nackte Brut zu nähren.

Mitte Juni flehten Kinder an jeder Straßenecke: »Gebt uns Brot.« Mit verschwitzten Händchen versuchten sie die vorübergehenden satten Bürger festzuhalten.

»Fass mich nicht an!« Hastig wurde ihnen ein Geldstück zugeworfen. Daheim wuschen die Berührten erschreckt den Schweiß der Elenden von ihrer Haut. Sie entzündeten Öllichter auf Hausaltären, räucherten ihre Wohnungen mit Wachholderzweigen aus und flüsterten Gebete. Drei Tage banges Warten. Erst wenn der Schüttelfrost ausblieb, wenn keine Schwellung unter den Achseln oder in den Leisten aufwulste, schlichen die Geretteten in ihre Kirche und stifteten zum Dank eine Kerze. Der schwarze Pestvogel kreiste über Florenz. Niemand wusste, wann ihn sein Schatten treffen würde. »Nun kommt Gottes Strafgericht über uns. So wie es der Prophet angekündigt hat!«

»Verflucht sei der Teufel im Kuttenkittel! Er hat das Unheil herbeigehext!«

Zwei unversöhnliche Lager teilten die Stadt, täglich verhärteten sich die Fronten mehr, doch gleiche Angst stand auf jeder Stirn.

Wie jeden Morgen hatte Laodomia im Palazzo mit der Freundin das Frühstück eingenommen, ein wenig gesprochen und auch versucht zu scherzen. Auf dem Rückweg bemerkte sie gleich beim Abbiegen in die schmale Straße ein Plakat. Es klebte an der gegenüberliegenden Hauswand. Wieder irgendein neues Gebot, dachte sie und war fast schon vorüber, da sprang ihr die mit dicker schwarzer Farbe gepinselte Überschrift ins Auge: *Der Frate treibt es mit Knaben!*

Ungläubig trat Laodomia näher. Eine Zeichnung, einfach in der Linienführung, doch umso obszöner wirkte die Aussage: Girolamo stand dort von einem Heiligenschein umgeben, die Kutte bis über den Bauch hochgerafft, und sein langer Penis steckte halb im Hintern eines nackten, schreienden Engels. Nicht genug. Auch seine übergroß gemalte Nase spießte einen Knaben auf.

765

Selbst dazu ist der Holzzwerg nicht fähig, dachte Laodomia im ersten Moment, dann aber blickte sie scheu nach rechts und links, niemand hatte sie beim Betrachten des Blattes beobachtet. Während sie eilig weiterging, fühlte sie Schamröte aufsteigen. Dumme Gans, was kümmert es dich! Sie schloss die Ladentür auf, stellte zwei Sträuße mit getrockneten Disteln an beide Seiten des Eingangs und blickte wieder hinüber zur Straßenecke. Weiß prangte dort das Blatt. O Gott, wenn Petruschka es sieht? Soll ich die Zeichnung abreißen? Sie tippte sich an die Stirn. Und dabei sieht dir jemand zu und bringt dich mit der Schmiererei in Verbindung. Nein, meinetwegen kann das Plakat hängen bleiben. Petruschka wird vor heute Abend das Haus nicht verlassen, und bis dahin hat sicher einer von San Marco die Zeichnung entfernt.

In der Mittagspause besuchte Rodolfo seine Tagschöne. Laodomia schmiegte sich an ihn, sehnte sich nach mehr, doch das Bett blieb unberührt. »Sei nicht enttäuscht«, bat er. »Wenn wir gesiegt haben, dann werden wir uns auf einem Kissen mit Jasminblüten lieben und dazu Sterne essen.«

»Wenigstens weißt du noch mit Worten eine Frau zu umgarnen.« Sie stellte Brotfladen und Schinken vor ihn hin. »Nur, wann du zur Tat schreitest, steht sicher auch noch in diesen Sternen. Ach, verflucht. Willst du Wein?«

Er hielt ihre Hand fest. »Bei Gefahr sind Männer nicht so sehr auf Lust versessen. Zumindest geht es mir so.«

»Also, ich fühle da ganz anders.« Laodomia umarmte seinen Kopf und streichelte das wellige Haar. Jäh griff sie eine Strähne und zog. »Werter Ritter, Ihr habt Wort gehalten und mich verschont mit Geheimnissen. Aber das genügt mir nicht mehr. Dieser Kampf gegen den Prediger nimmt mir die Luft zum Atmen. Nein, ich will nicht alles wissen. Nur einige Antworten. Bitte.«

Entschlossen setzte sie sich an den Tisch, nahm den Weinkrug und füllte die Becher. »Dieser Frevel mit dem Esel. Warst du mit deinen Freunden dafür verantwortlich? Und hast du vorhin dieses Plakat gesehen? Seid ihr auf diese Idee gekommen? Wollt ihr etwa mit solchen primitiven Waffen den Frate vernichten?«

Rodolfo lachte bitter. »Das sind Streiche dummer, übermütiger

Adelssöhne. Die Companacci können nur die Stimmung anheizen. Aber Erfolg? Niemals. Dazu fehlt ihnen die Weitsicht.«

»Und ihr Arrabiati?« Mit einem Male wollte Laodomia ihn reizen. »Ihr trefft euch, zeigt grimmige Mienen, ja, schreibt Briefe, und mehr geschieht nicht.«

Hart setzte der Seidenhändler den Becher ab. »Lass uns nicht streiten. Ich gebe zu, auch in unserer Partei gibt es junge Leute, die unbesonnen sind. Aber wir, dein Neffe Alfonso und andere, wir sind der Kern des Widerstands. Und …« Er zögerte, erhob sich und ging ans Fenster. »Nein, ich darf dich nicht einweihen. Die Gefahr spitzt sich zu.« Rodolfo kehrte zurück. Alle Farbe war ihm aus dem Gesicht gewichen. »Nur um deine Ungeduld zu besänftigen, will ich dir verraten, dass ein Bote aus Rom eingetroffen ist. Er bringt gute Nachrichten. Dieser Erfolg ist meinen Freunden und mir zu verdanken.«

»Was kann schon eine Nachricht …«

»Still.« Er legte ihr sanft den Finger auf die Lippen und flüsterte: »Sie ist ein Paukenknall, ich verspreche es dir.«

Alle ausgeschickten Treiber versicherten, dass nun der Prophet in die Enge getrieben sei, und der Jagdherr im Vatikan hatte den allmächtigen Bogen der Kirche zur Hand genommen und vernichtende Pfeile abgeschossen. Doch auf Anraten des Kardinal Caraffa sollten sie nicht direkt in San Marco einschlagen. »Dieser Mönch hat selbst die Gnade verwirkt, dass sich Eure Heiligkeit persönlich an ihn wendet …«

Am Samstag, dem 18. Juni, läuteten in Florenz die Glocken aller vier Ordenskirchen. Kerzen brannten auf den Altären. Zur gleichen Zeit verlasen die Oberen der Franziskaner, der Benediktiner, die Prioren des Dominikanerklosters Santa Maria Novella und des Augustinerkonvents das Breve des Papstes.

»… Wir haben immer wieder von vielen vertrauenswürdigen und gelehrten Männern, geistlichen wie weltlichen, gehört, dass jener Bruder Girolamo Savonarola … in der Stadt Florenz eine verderbliche Lehre gepredigt habe. Dies geschah zum Ärgernis, Schaden und Verderben der einfältigen Seelen …

Daher befehlen Wir euch, dass ihr in euren Kirchen erklärt und öffentlich bekannt gebt, dass der Bruder Girolamo Savonarola exkommuniziert ist … Weiter sollt ihr bei Strafe der Exkommunikation alle ermahnen, und zwar alle und jeden Einzelnen … dass sie den besagten Bruder Girolamo … ganz und gar meiden, nicht mit ihm reden oder seinen Predigten zuhören … dass sie ihm keine Hilfe zuteil werden lassen … ihm jeglichen Gefallen verweigern … dass sie nicht Orte aufsuchen oder das Kloster, in dem er sich aufhält … Wer dieses Gebot missachtet, den trifft selbst die Strafe der Exkommunikation …«

Schweigen. In der Stille wurden alle Kerzen gelöscht. Fra Girolamo, der Obere von San Marco, war verdammt, ausgestoßen und ausgeschlossen …

Er hatte die Frage Silvesters nicht beantwortet. Das Fenster seines Studierzimmers stand offen, und aus der Finsternis sangen Hohn und Spott herein. Die Companacci feierten, veranstalteten eine ausgelassene Prozession rund um dem Platz vor San Marco. Büchsengeklapper heizte Sprechchöre an, schrille Piccoloflöten begleiteten die unflätigen Lieder.

»Bruder? Was soll nun werden?«

Girolamo löste sich vom Kreuz über seinem Schreibtisch. »Weißt du nicht die Antwort?«, fragte er verwundert und berührte die blutverkrusteten Risse in den Mundwinkeln. »Ist irgendetwas geschehen, das dich beunruhigt?«

»Deine Qual trifft auch mich …«

»Ich fühle keinen Schmerz, mein Freund. Gott hat mich von dieser irdischen Fessel befreit.«

Silvester rang die verknoteten Finger vor der Brust. »Dann erlöse du auch mich. Gib mir und deinen verängstigten Jüngern neue Hoffnung. Zeige uns den Weg, ich flehe dich an, nur den nächsten Schritt.«

»Ihr werdet in der Dunkelheit aufstehen und die Matutin beten, dann die Laudes, die Prim …«

»Sei nicht so bitter.«

»Nein, nein, lieber Freund. Unser geheiligter Tagesablauf wird weitergehen, nach strenger Regel, wie bisher. Und ich?« Er wies auf die Brotreste und den Weinkrug neben seinem Schreibpult. »Ich werde morgen Seinen Leib und Sein Blut an euch und die Gläubigen austeilen.«

Silvester fiel vor ihm auf die Knie. »Du darfst nicht, Vater. Damit verwirkst du jede Chance, wieder vom Bann befreit zu werden.«

»Hat er Gültigkeit? Steh auf, mein kleingläubiger Sohn. Freue dich, denn ich werde morgen in unserer Klosterkirche die Heilige Messe zelebrieren, morgen und an jedem Tag, den ich allein für richtig erachte. Und jetzt schließe das Fenster, damit das Geheul aus dem Orkus nicht meine Einkehr stört.«

Silvester gehorchte. Als er sich umwandte, hatte der Obere bereits auf dem hölzernen Sessel Platz genommen und die Schirmbrille tiefer gerückt. »Darf ich dir noch etwas Gutes tun?«

»Schließe mich in dein Gebet ein und störe nicht länger. Danke, lieber Bruder.«

Der Federkiel kratzte über das Blatt:

Flugschrift!

In der neuen Zeile prangte in großen Lettern:

Gegen die soeben verhängte Exkommunikation.

Dann flossen die Sätze ungehindert aus dem Herzen, wurden zum wilden Fluss der Verteidigung …

»Dieser Bann ist erschlichen, falsch und ohne Wert … Gottlose Vorwürfe sind von meinen Feinden gegen mich erhoben worden … Niemals habe ich Ketzerei verbreitet … Ich gab große Wohltat und ernte nur Undank … «

Girolamo griff nach dem Wein, trank, schüttete sich erneut ein und erhitzte seine Gedanken.

»… Die mich verfolgen, sind Genossen der Synagoge des Satans, wie ihr sündiges Leben und ihre Werke deutlich bekunden. Sie besudeln das Haus Gottes und hassen und unterdrücken die Worte der Heiligen Schrift …«

Als er den letzten Absatz niederschrieb, wurden die Fingerknöchel weiß:

»… und wer sich zum Herrn der Bösewichter aufschwingt, der ist nicht unfehlbar … der missbraucht sein Amt, denn seine Urteilssprüche sind sündig und falsch … Er ist kein Gott, der Macht über

Himmel und Erde besitzt... Von solch einem Menschen verfolgt zu werden ist der sicherste Prüfstein der Wahrheit... und ich leuchte heraus wie ein Stern in der finstersten Nacht... Es wäre die Dummheit eines Esels und die Furcht eines Hasen, wenn ich mich irgendeinem Urteil solch eines Bösewichtes unterwerfe...«

Der Atem flog, Durst befiel ihn, er netzte die Kehle mit Wein, rastloses Zittern befiel seine Glieder. Girolamo hielt es nicht länger auf dem Sessel. Er hastete in die Schlafkammer und suchte wie ein Kranker nach der helfenden Medizin. Mit fahrigen Fingern entledigte er sich der Kutte; nackt warf er sich vor dem Kreuz auf die Knie; sein rechter Arm schwang zurück und klatschend gruben sich die bleigespickten Lederschnüre in den Rücken, wieder und wieder. Der gleichmäßige Rhythmus weitete den Raum, und endlich gab es nur ihn und Gott. »Wende dich, Herr, und errette meine Seele...« Mit jedem Geißelhieb brach ein Psalmwort über die aufgerissenen Lippen. »... hilf, Herr, denn Du schlägst all meine Feinde auf den Backen und zerschmetterst die Zähne der Gottlosen...«

Süßlich schmeckte die Zunge. »... lasse nicht zu, dass dein Heiliger verderbe...«

»Steh auf, Herr!... Zerbrich den Arm des Gottlosen... suche heim all die Bösen... Herr!« Grell und Schwarz wechselten, Girolamo schrie: »Beweise Deine wunderbare Güte!... Gib... gib ein Zeichen für deinen Knecht!«

Starre, dann wich alle Kraft, und der Prophet sank ohnmächtig vornüber.

Nahe dem Vatikanspalast waren an diesem Abend die beiden ältesten Söhne des Heiligen Vaters im Gasthaus ihrer Mutter mit Freunden eingekehrt. Vanozza Cattanei ließ Köstlichkeiten auftischen, Lieder wurden gesungen, und die Mägde kredenzten vom besten Wein. Erst spät in der Nacht verließen die Brüder in seliger Laune das Festmahl. Auf dem Heimweg trennte sich Juan von Cesare. »Das Essen war gut, die Süßspeise auch, doch genug hatte ich nicht. Ich verspüre noch Hunger nach den weißen Schenkeln einer Frau«, lachte der schöne Lieblingssohn des Papstes und ging davon.

Cesare sah ihm lauernd nach: »Iss dich nur satt, Brüderchen.«

Beim Morgengrauen trieb Juan im Tiber. Bootsleute fischten den Leichnam heraus. Von neun Dolchstichen war seine Brust durchbohrt.

Papst Alexander weinte. »Das Augenlicht ist mir genommen worden. Der Rubin meines Herzens ...« Er schloss sich in seine Gemächer ein. Drei Tage verweigerte er jegliche Nahrung, das Wehklagen quoll aus den Fenstern und erschütterte Sekretäre wie Wachleute. Eine erste Labsal vermochte ihm Giulia Farnese zu bereiten, dann bat er um kandierte Früchte, und endlich trocknete er die Tränen am langen Goldhaar der Geliebten. Schwer geprüft rief er seine Kardinäle und die Botschafter der italienischen Staaten zu einer Audienz.

»... Ein härterer Schlag hätte Uns nicht treffen können ... Gott hat dieses Unglück über Uns verhängt, um Uns für Unsere Sünden zu bestrafen ... Wir haben diese Warnung Uns zu Herzen genommen ... Fortan messen Wir weder dem Pontifikat noch sonst etwas irgendeinen Wert bei ... Zum Zeichen der Buße werden Wir von nun an auf Unsere und der Kirche Besserung bedacht sein ... und die strenge Reform der Kirche in Gang setzen ...«

In Florenz löste die Unglücksbotschaft bei den Anhängern des Frate einen ehrfürchtigen Glaubensschauer aus. »Gott schleuderte seinen Zorn! Weil der Papst unsern Propheten ausgestoßen hat, traf Alexander und seine schändliche Familie diese grausame Rache ...«

Fra Silvester glitt biegsam von einem Ratsherren zum nächsten. »Der Beweis ist erbracht: Gott hat offenbart, wen er in seiner Güte fördert. Ihr solltet Euch rechtzeitig besinnen und dem einzig Gerechten Eure Stimme geben. Sonst wird diese Stadt in noch furchtbarere Trübsal gestürzt ... Hört auf die Weissagungen unseres Frate ...«

»Geht, Vater. Wir denken über Eure Worte nach ...« Selbst bei den Gegnern nistete sich Zweifel ein.

Und täglich lieferten Ärzte Geheimlisten von neuen Häusern, in denen die Pest wütete. Nach außen hin bewahrte der Hohe Rat noch Gelassenheit. Das öffentliche Ausrufen des schwarzen Todes hätte die Flucht vieler Geschäftsleute zur Folge und würde Florenz für Wochen noch tiefer in den Ruin treiben. Während einer Sitzung aber gestand der Gonfaloniere: »Ein Fluch liegt über uns, werte Herren. Nur Gott kann ihn abwenden …«

»Oder der Frate!« Mit diesem Zwischenruf löste Francesco Valori einen heftigen Disput zwischen den verfeindeten Parteien aus. Erst mit Hilfe der Glocke konnte sich die Signoria wieder Gehör verschaffen.

Hinter den Mauern von San Marco war die anfängliche Lähmung einer fiebrigen Heiterkeit gewichen. Nur wenige Besucher warteten morgens vor der Pforte. So wehten einzig wieder Kutten durch die Flure; begegneten sich die Mönche, ersetzten ihre Blicke das Gespräch. Nie hörten die Brüder beim gemeinsamen Mahl im Refektorium begieriger der getragenen Litanei des Vorlesers zu. Alle Hoffnung bauten sie auf Gott und ihren Oberen; diese vereinte Kraft würde das Heil dem neuen Licht zuführen.

Die Ermordung des Papstsohnes überraschte Fra Girolamo nicht einen Atemzug lang. »Herzlich lieb habe ich dich, Herr, Du meine Stärke«, flüsterte er und schrieb Ende Juni dem schwer getroffenen Papst Alexander: »Verzagt nicht … Der Glaube ist der einzige Trost der Gläubigen. Er allein kann uns helfen, das widrige Schicksal zu ertragen, er allein vermag den Schmerz ins Öl der Freude zu verwandeln … Eure Heiligkeit, hört nicht länger auf die Verleumdungen der Gottlosen, sondern glaubt meinen Visionen, denn der Allmächtige gab sie mir ein …«

Kardinal Caraffa zögerte, dann hatte er sich entschieden, welches Blatt er als Erstes aus der Ledermappe nahm und dem Oberhirten vorlegte.

Nachdenklich rieb Alexander in seinen Kinnfalten. »Diesen Zeilen entströmt wahrhaftes Mitgefühl, werter Freund. Sollte der unbotmäßige Mönch sich gewandelt haben? Müssen wir unsern Schritt überdenken?«

»Mir liegt es fern, Eure Urteilskraft zu beeinflussen.« Der Fuchs im Purpur setzte sanft hinzu: »Eine Flugschrift aus Florenz erreichte Eure Kanzlei. Besorgte Bürger haben uns das Pamphlet gesandt. Dieser Text entstammt der gleichen Feder, ist verfasst vom selben Savonarola.« Damit legte er das zweite Blatt auf den Schreibtisch und trat einige Schritte zurück.

Zeile für Zeile röteten sich die Wangen des Stellvertreters Christi mehr. »Dieser Hundsfott! Kein einziges Wort der Reue.« Schnaubend zitierte Alexander: »›Ich empfinde Verachtung wegen des Kirchenbanns … Je näher ich Gott komme, umso heftiger entbrennt in mir das prophetische Wort … Nicht ich, sondern der mich verdammt, ist der Betrüger … denn der Teufel kann nicht erbauen, sondern nur zerstören …‹«

Mit beiden Fäusten hieb Alexander auf die Flugschrift. »Wir haben zu Recht das Urteil gefällt!« Jähzorn trieb ihn hinter dem Schreibtisch vor. »Und falls die Stadtherren sich nicht für die strikte Einhaltung meines Befehls einsetzen, werde ich das Interdikt über Florenz verhängen. Ebenso schleudere ich den Bann, sollten nicht unverzüglich die Kontakte zu dem Franzosen abgebrochen werden. Florenz soll verdorren.«

Caraffa wartete, bis das heilige Brausen verebbt war, dann sagte er kühl und nüchtern: »Ich stimme Euch zu: Nur ein hartes Vorgehen kann die Signoria beeindrucken. Indes würde ein Interdikt zurzeit nicht den erhofften Erfolg bringen. Die Pest greift in Florenz um sich und wird die Kaufherren ohnehin schwächen. Deshalb scheint Eile nicht geboten. Haltet Eure wertvolle Waffe noch zurück.« Er lächelte dünn. »Ihr habt mich beauftragt, Euer Ansehen vor der Christenheit zu wahren. Und ein Aufschub von Sanktionen wird Euer Licht in väterliche Milde tauchen.«

»Lieber Freund, Ihr seid ein wahrer Brunnen der List.«

Caraffa verneigte sich über den Ring des Hirten und küsste ihn.

Über dem Koloss der Baustelle lastete ein mattes, verwaschenes Morgenrot. Laodomia saß mit Petruschka auf der Bank im Hinterhof. Säuerlich schmeckte die Milch. Sie kostete noch einen Schluck und setzte den Becher ab. »Davon bekomme ich Bauchschmerzen.« Sie schmunzelte. »Stell dir vor, ich öffne gleich meinen Laden und muss ständig weg, weil ich Durchfall habe.«

»Still, Kleines, red nicht von Krankheit.« Petruschka bekreuzigte sich. »Heiliger Rochus, bewahre uns und dieses Haus.« Schnell erhob sie sich. »Bei der Schwüle kommt die Milch schon sauer aus dem Euter. Warte, ich bring dir Traubensaft. Will nur hoffen, dass der nicht auch schon gegoren ist.«

»Dann trinken wir Wasser.«

»Untersteh dich.« Schon fast an der Hintertür wandte die Russin den Kopf. »Keinen Schluck trinkst du mir vom Brunnen. Denk dran, erst abkochen, sonst…« Ihr sorgenvoller Blick sprach den Satz zu Ende.

Aus der Küche hörte Laodomia mit einem Mal: »Herrin! So früh habe ich Euch nicht erwartet. Gleich lasse ich im Speisesaal servieren. Verzeiht, Signora Selvaggia, ich wusste nicht…«

»Beruhige dich. Ist die Tante meines Stiefsohns bei dir?«

»Draußen. Wir wollten frische Luft, aber auch die gibt's schon lange nicht mehr.«

Laodomia faltete die Hände. So selten verlässt Filippos Witwe noch ihre Gemächer, dachte sie. Doch jedes Mal, wenn ich ihr begegne, schleicht sich immer wieder dieses Schuldgefühl bei mir ein.

Erst nach der Magd betrat Selvaggia den Hof. Der Seidenmantel schien zu groß und hing ihr von den mageren Schultern. »Guten Morgen.« Keine Hausherrin, eine verhärmte, beinah schüchterne Frau bat: »Darf ich mich zu euch setzen?«

Petruschka schenkte Saft aus. Nachdenklich nippte Selvaggia, dann sagte sie: »Es ist so weit. Alfonso hat mich beauftragt, mit euch die Abreise zu besprechen.«

Keine Fragen, die Freundinnen sahen sich nur an und nickten.

»Von seinen Vertrauten im Stadtrat weiß er, dass morgen die Pest ausgerufen wird. Ehe die große allgemeine Flucht einsetzt, will er unsere Familie in Sicherheit bringen. Wir fahren hinauf zum Landgut, doch ganz in Ruhe und so unauffällig, wie es nur möglich ist.« Selvaggia erläuterte den Plan: Für Kinder, Ammen und Mütter standen vor der Porta al Prato drei Kutschen bereit. Innerhalb der nächsten Stunden sollten sie sich zu Fuß oder in Einspännern dort einfinden. Am Nachmittag würde das Gesinde folgen. Auch für die Mägde gab es ein Fuhrwerk. Die Männer kämen zu Pferd in den kommenden Tagen nach. »Bleibt noch ein kleines Problem.« Ein Schmunzeln huschte über das schmale Gesicht. Sie wandte sich an ihre frühere

Nebenbuhlerin. »Beim letzten Aufenthalt oben in Montemorello, damals nachdem Piero de' Medici vertrieben wurde, da begleitete dich Signora Gorini.«

Petruschka straffte den Busen, sagte aber nichts, und Laodomia spürte Angst aufsteigen. »Wir dürfen sie nicht hier allein zurücklassen.«

»Sei beruhigt, Alfonso lädt die Signora als Gast ein. Auch ich erinnere mich gerne an ihre Gesellschaft. Sie war so anders als ich, so bunt und kurzweilig.« Die schmale Hand berührte Laodomias Arm. »Nur dieses Mal sind wir mehr Menschen, der Platz in den Kutschen ist beengt. Alfonso bittet dich, auf die Signora einzuwirken, dass sie ihr Gepäck auf das Nötigste beschränkt. Und …« Jetzt lachte Selvaggia beinah. »Und auf keinen Fall kann sie ein Weinfass mitnehmen.«

»Dafür sorge ich.« Laodomia winkte erleichtert ab. »Kleider besitzt sie kaum noch, die sind auf dem Scheiterhaufen verbrannt. Ich denke, eine kleine Truhe wird ihr genügen.«

»Gut. Bis zum Mittagsläuten erwarte ich euch beide vor der Stadtmauer. Wenn Signora Gorini die Zeit nicht ausreicht, muss sie selbst für einen Transport sorgen.«

O Gott, gib nur, dass sie nüchtern ist!, dachte Laodomia und sprang auf. »Ich verständige Fioretta.«

»Nein, sorg erst mal für dich selbst, Kleines!«, mahnte Petruschka und konnte die Eifersucht nicht verbergen. »Hauptsache, du bist rechtzeitig fertig. Ich helfe dir beim Packen.«

»Danke. Aber erst laufe ich schnell rüber und sag Bescheid.«

Vor dem Haus der Gorinis warteten vier livrierte Diener neben einer geschlossenen Sänfte, gekreuzte Lanzen prangten auf dem Wappen. Mägde brachten Körbe aus dem Haus und verstauten sie im Fond. »Wo ist die Herrin?« Laodomia wartete die Antwort nicht ab und ging durchs geöffnete Tor. In der Halle stand Fioretta umgeben von Kisten und Ledertaschen, ihr Gesicht dick geschminkt, rot die vollen Lippen, alle Spuren des Überfalls waren verheilt oder sorgfältig übermalt.

»Ach, Liebchen!« Sie eilte auf die Freundin zu und gab ihr einen herzhaften Kuss. »Wunderbar. Gleich wäre ich bei dir vorbeigekommen.« Am Arm zog sie Laodomia in eine Ecke. »Stell dir vor, ein Verehrer aus dem Stadtrat – ach, was sag ich, nein, er ist ein edler Ritter, und er hat mich auf sein Landgut eingeladen.« Sie rundete die Augen und flüsterte: »Wegen der Pest, verstehst du. Morgen wird sie ausgerufen. Und er will mich retten. Ist das nicht ein Kavalier? Na ja, ganz jung ist er nicht mehr«, ihre Stimme gurrte tief. »Aber wer weiß, die Landluft weckt vielleicht noch so ein kleines Glockenspiel. Und das Schönste ist, du sollst auch mit. Ich habe ihn sofort gefragt. Also beeil dich, und wir feiern endlich, ohne dass uns ein Kuttenkittel Essig in den Wein schütten kann. Ach, so eine Pest hat auch was Gutes.«

Da sie Atem schöpfte, nutzte Laodomia den Moment. »Ich wollte dich einladen. Deshalb bin ich hier. Wir könnten wieder zusammen mit den Strozzi …«

»Schade, Liebchen. So ein Jammer.« Fioretta schob die Unterlippe vor. »Ich hätte es früher wissen sollen. Aber auf zwei Festen kann ich nicht tanzen. Früher vielleicht.« Ihre Lider senkten sich. Wie eine Verschwörerin flüsterte sie: »Und weißt du, ich hab mir von Meister Belconi ein Kleid nähen lassen. Ich sag nur: gelber Taft, einen Ausschnitt bis hier, aber nicht so eng in der Taille …« Sie patschte auf ihre Hüfte. »So schlank bin ich nun auch nicht mehr. Aber den blauen Seidenschal, den solltest du sehen. Schade, ich hab das Kleid schon in der Truhe. Ich glaub, wenn ich so zur Abendtafel komme, werden die anderen Damen nichts mehr essen können.«

Laodomia schüttelte bewundernd den Kopf. »Keine Frage, du wirst die Königin sein.«

»Und du bist mir nicht böse, dass ich Alfonso absage?«

»Aber nein. Genieße die nächsten Wochen. Und bleib gesund.«

»Ach so, die Pest. Warte.« Mit einem Mal ernst, bückte sich Fioretta nach einer Ledertasche und zog zwei kleine Zettel heraus. In Kreuzform waren die Anfangsbuchstaben des Zachariassegens aufgereiht. »Die hab ich gestern einem Jungen abgekauft. Nimm einen.« Feierlich überreichte sie Laodomia das Geschenk. »Leg ihn nachts zwischen den Busen. Dann zieht der Segen alle Pestgift aus dir raus. Schaden tut's bestimmt nicht. Und jetzt, Liebchen, muss ich mich sputen.«

776

Noch eine Umarmung, und sie fand keine Zeit mehr, Laodomia hinauszubegleiten.

»La Moria!« Die städtischen Herolde gingen von Platz zu Platz. *»Laa Mooriaaa!«* Der Schrei stieß in die Gassen und Winkelstiege.

Büttel schwärmten mit Kalkfarbe aus. Bis zum Mittag warnten weiße Pestkreuze an vielen Haustüren: »Zutritt verboten. Hier herrscht der schwarze Tod!« War sein Aufenthalt in der vergangenen Woche noch ängstlich verheimlicht worden, nun wusste jeder, wo er Quartier genommen hatte.

Windige Quacksalber, Heilkundige und Ärzte hatten gestern noch gegen hohe Summen ihre Pillen und Kräuter unter der Hand verabreicht und Bestechungsgelder für ihre Verschwiegenheit eingestrichen. Heute schritten sie im schwarzen Talar und weißen, gekräuselten Kragen wie Kaufherren durch die Straßen; Gehilfen trugen ihnen Taschen und Gerätschaften nach.

Sobald ein schmales Fenster aufschwang und eine Stimme flehte: »Hilf uns!«, öffnete der Heilkundige seine Tasche. »Kampfer, Aloe, Ammoniak und Thymian. Dieses Medikament kostet…«

Wurde von einem Handwerker ein wirksameres Mittel erbeten, so bot der Quacksalber getrocknete Kröten an. »Legt sie auf die befallenen Stellen. Dafür müsst ihr mehr bezahlen…«

»Nein, komm herein und sieh dir den Kranken an.«

Silbermünzen genügten nicht, mit Gold musste die Behandlung im Voraus entlohnt werden. Dann erst betrat der Chirurg das Patrizierhaus. Auf der Schwelle zum Krankenzimmer blieb er stehen, band sich ein wohlriechendes Tuch vor den Mund und ließ die Anverwandten das Krankenbett näher zur Tür schieben. »Der Zustand ist ernst.« Er befestigte sein scharfes Messer an einem langen Stock. So führte er die Klinge bis zu dem vom Schweiß überströmten, zitternden Patienten und stach die apfelgroßen Schwellungen auf. Blutschleim quoll; der Gestank nahm zu. »Es besteht Hoffnung.«

»Komm wieder.«

»Wenn es die Zeit erlaubt. Es gibt so viele Kranke…«

»Sag deinen Preis.«

Und der Tod verteuerte sich in Florenz von Tag zu Tag.

Wer wird für die nächsten zwei Monate an der Spitze stehen? Anfang Juli stand die Wahl der neuen Signoria bevor.

Im Besucherzimmer von San Marco empfing Fra Girolamo seinen Kettenhund. »Ich habe dich hergebeten, weil mir Christus einen Befehl gab, den du erfüllen sollst.«

Francesco Valori faltete die Hände. »Hat er meinen Namen genannt?«

»Viele Namen der Getreuen hörte ich rufen, doch der deine schallte lauter aus dem Himmel als andere.«

»Lob und Preis sei dem Herrn«, flüsterte Valori. »Lasst mich ihm gehorchen, ehrwürdiger Vater.«

»Trage Sorge, Sohn, dass unsere Anhänger nicht die Stadt verlassen. Ich weissage, die Pest wird erst nach der Wahl die große Ernte halten. Diene unserem göttlichen Werk, und du wirst teilhaben an der Gnade und der Herrlichkeit des Königreiches Christi.«

Rodolfo Cattani traf sich mit den Freunden im Speisesaal der Strozzi. »Wir dürfen nicht vor dem schwarzen Tod fliehen. Erst nach der Stimmabgabe.«

Alfonso schüttelte den Kopf. »Ist das Leben nicht wichtiger als Politik?«

»Was nutzt es, wenn wir es unter der Knechtschaft des Frate verbringen? Er liegt am Boden. Wir haben ihn beinah vernichtet.« Rodolfo presste die Fäuste an die Schläfen. »Gebt nicht auf. Bleibt und wählt. Sonst, fürchte ich, wird der teuflische Krake wieder zu Kräften kommen.«

»Aber mehr als die Hälfte unserer Parteimitglieder hat sich schon in Sicherheit gebracht. Der Große Rat ist entvölkert.«

»Nur von unseren Männern.« Tränen standen dem Seifenfabrikanten in den Augen. »Bleibt und beschwört jeden, dem die Zukunft unserer Stadt am Herzen liegt. Geht zu den Companacci, zu den Bigi. Und falls der schwarze Tod sich bei einer Familie ankündigt, dann nehmt die Gesunden in eurer Wohnung auf.«

Die Stimmen waren ausgezählt. Während der Wahlleiter das Ergebnis vorlas, jedes Mitglied der neuen Signoria aufrief und den neuen Bannerträger der Gerechtigkeit beglückwünschte, verkündete vom Turm des Regierungspalastes die Glocke dem Volk: Sei getrost. Nach Recht und Gesetz haben deine Vertreter entschieden.

Francesco Valori blähte sich auf, kaum ertrug die Brust das Glück. Er stürmte durch den Kreuzgang und warf sich vor dem Kapitelsaal dem Propheten zu Füßen. »Ihr habt gesiegt. Und ich, ich bin endlich wieder in Amt und Würde. Ich bin der neue Gonfaloniere. Segnet mich, Vater.«

Der knochige Finger strich ihm über die Stirn. »Erhebe dich, mein Sohn.« Halb wandte sich der Frate ab. »Wir wandeln immer noch durchs dunkle Tal. Doch ein heller Lichtstreif verspricht den Morgen. Während der Finsternis sind viele Verbrechen gegen das Königreich Christi begangen worden. Du wirst alle Kraft benötigen, damit ein jeder dieser Sünder seiner gerechten Strafe zugeführt wird.« Er hob die Hand. »Aus christlicher Nächstenliebe aber bitte ich dich, rette zunächst deine Frau und deine Lieben. Sobald die Klauen der Pest unsere Stadt losgelassen haben, bricht deine Stunde an. Dann kannst du deines Amtes walten.«

»Ihr sorgt Euch um meine Familie? Danke, Vater. Eure Herzensgüte ist groß.«

Der Prophet sah zu ihm auf. »Der Herr lässt die Seinen nicht im Elend verkommen. Leb wohl.«

Starre wich, der gegeißelte und ausgemergelte Körper federte. Ohne Zögern begann der Obere die Schutzmaßnahmen für das Kloster zu treffen. Mit Gebeten allein war der Pestvogel nicht von San Marco fern zu halten. In seinem Arbeitszimmer stand er vor den beiden engsten Mitstreitern. »Gott sandte die Strafe. Auch in unserm Konvent werden Opfer gefordert. Du aber …« Er berührte den Arm Domenicos, ertastete einen Atemzug lang die Muskeln. »Du, mein Bruder, sollst eine Auslese unter den Engeln treffen. Wähle nur die glaubensfesten und stärksten Novizen und Schüler und führe sie hinaus, auf dass sie überleben. Um unsern Weg fortzusetzen, benötigen wir die Jugend.«

Fra Silvester drängte sich dazwischen. »Welche Aufgabe hast du mir zugedacht?« Angst vibrierte in der Stimme. »Ich könnte nach

Bologna wandern. Sicher wird die Medizin knapp. In unserm Hauptkloster …«

»Wir unterstehen nicht mehr der lombardischen Kongregation«, erinnerte ihn Girolamo kühl. »Deine Reiselust erstaunt mich.«

»So erlaube mir, den jungen Mönchen zu folgen.«

»Du nennst dich treu, lieber Bruder. Nie wolltest du mich im Stich lassen.« Der Blick heftete sich in die ruhelosen Augen. »Doch wirst du auch eine wahre Prüfung überstehen?«

Silvester wich zurück. Ehe er eine Antwort wusste, kam ihm der bärenhafte Freund zu Hilfe. »Allein kann ich die Aufgabe nicht leisten. Ich bitte dich, Vater, stelle mir Silvester zur Seite.«

»So geht beide. Ich werde, wie es meine Pflicht ist, mit den älteren Brüdern zurückbleiben. Ihnen Seelenfrieden und Herzenstrost spenden. Und wenn nötig, sie mit Gebet auf die Heimkehr ins himmlische Vaterland vorbereiten.«

Die ausgesuchte Engelsschar zog im frühen Nachmittag durchs Tor. An der Spitze der siebzig Cherubine schwangen Fra Domenico und Fra Silvester knorrige Wanderstecken. Erst als sie die Wiesenhügel erreicht hatten, stimmten sie das Kyrie an. Der Herr hatte sich auch Raffaeles erbarmt. In vorderster Reihe schritt er Schulter an Schulter mit seinen kahl geschorenen Kameraden und sang: *»Kyrie eleison … Christe eleison …«*

Nach dem kärglichen Mahl im Kreise der grauhaarigen Patres verließ der Obere rasch das Refektorium. Von Bruder Tomaso ließ er sich die Vorräte an wirksamen Medikamenten gegen den schwarzen Tod zeigen.

»An zerstoßener Tonerde mangelt es uns nicht.« Der Heilkundige wies auf drei gefüllte Glasbehälter. »Theriak. Diesem Sud aus mehr als fünfzig Substanzen messe ich die größte Wirkung bei. Aber wenn ich ihn täglich verteile, wird er bald aufgebraucht sein.«

Nachdenklich schabte der Frate in den Handflächen. »Auch die ärztliche Kunst ist eine Gottesgabe. Sie darf nicht wahllos angewendet werden. Früher oder später müssen wir alle sterben. Deshalb frage mich, ehe du diese Arznei an einen der Brüder ausgibst. Denn es ist gerecht, wenn nützliches Leben den Vorrang erhält.«

Leicht beugte Bruder Tomaso das Knie; ohne den Kopf zu heben, fragte er: »Darf ich Euch jeden Morgen ein Glas des Tonikums in die Wohnung bringen?«

»Ich fürchte den Tod nicht. Indes, ich darf erst gehen, wenn Christus über die sündige Welt und die verderbte Kirche gesiegt hat.«

»Amen«, flüsterte der Heilkundige. »Verzeiht, ehrwürdiger Vater. Bleibt es bei der Vorschrift, dass ich zuerst kosten muss?«

»Die Pflicht besteht nach wie vor. Du bist wichtig geworden, Sohn. Nicht nur als Apotheker. Deine Kunst als Spion soll helfen, nach dem schwarzen Tod auch die geistige Pest aus Florenz zu vertreiben.«

Spät nach Mitternacht lag der Prophet vor dem Kreuz. »Herzlich lieb habe ich Dich, Herr, meine Stärke.« Die Geißelschnüre bissen in den Rücken. »Herr, mein Fels... meine Burg... mein Erretter... Du Hort meines Heils... Du mein Schutz...«

Die Villa lag eingebettet in einer Hügelmulde, umgeben von leichtem Wind, der durch die Pinien kämmte, stetig das tiefgrüne Nadelhaar anhob und wieder losließ.

Nach dem Essen war Laodomia mit dem neunjährigen Filippo zu ihrem Lieblingsplatz oberhalb der Ställe hinaufgestiegen. Zikaden schnarrten. Duft nach Harz schmolz in der Mittagshitze.

»Tante. Wir müssen noch Steine suchen.«

»Aber du hast die von gestern noch nicht verbaut.«

»Das schaffe ich schnell.«

»Nein, nein, Kerlchen. Du hast mich zur Architektin ernannt.« Laodomia setzte sich, räkelte den Rücken an einen Baumstamm und ließ die abgewinkelten Hände schlaff herunterhängen. »Und was tut ein Architekt, wenn er den Plan gezeichnet hat? Nachdenken und zuschauen. Diese Arbeit ist für ihn so schwer, dass er müde wird, und immer müder...«

»Dann mache ich dich zum Lasttier.« Breitbeinig stellte sich der Kleine vor sie hin, flüsterte eine Beschwörungsformel und grinste. »Schon geschehen. So, und jetzt auf mit dir, du fauler Esel, wir müssen Steine holen.«

»Untersteh dich, unschuldige Frauen zu verhexen.«

»Ach, Tante.« Er gab auf, ehe sich Laodomia versah, umarmte er sie und rieb die Nase an ihrer Nase. »Trotzdem hab ich dich viel mehr lieb als meine Amme. Die ist viel strenger. Und meine Geschwister sind auch gemein, weil die älter sind.«

Zärtlicher kleiner Filippo, dachte sie, solch einen Sohn hätte ich gern deinem Vater geschenkt. Sie schnupperte an ihm. »Wie gut du riechst, junger Mann. Hast du etwa heute Morgen das Waschen vergessen?« Sanft schob sie ihn weg. »An die Arbeit. Sonst wird der Palazzo niemals fertig.«

Er lief zu seiner Baustelle unter dem Schatten der nächsten Pinie. Vor zwei Wochen hatte er begonnen, den Palazzo Strozzi nachzubauen. Inzwischen war ein rechteckiger, hüfthoher Mauerklotz entstanden, mit zwei Eingängen und einem Innenhof. »Aber wenn wir Richtfest feiern, Tante, dann kannst du doch wenigstens Magd werden. Weil ich in der Küche von Petruschka bestimmt keine Mandeln und Marzipanwürfel bekomme.«

»Für einen gewissen Naschkater könnte ich mich dazu herablassen.«

Laodomia blickte auf die roten Schindeln des Hauptgebäudes hinunter. Nur sechs Jahre sind es her, dachte sie erschreckt, vor sechs Jahren hab ich dich verloren, Filippo. Aber das war noch in einer anderen Welt. Sei froh. Damals gab es Feste, Musik und furchtbar wichtige Bankette mit noch wichtigeren Männern. Aber heute? Ich glaub, mit dir und Lorenzo ist auch die gute Zeit gestorben. Na ja, zumindest war sie besser als heute.

»Tante? Und wenn ich später da einziehe, ich mein', in den richtigen Palazzo, soll ich dir dann unten auch Zimmer geben, für dein Geschäft?«

»Wenn du nicht zu viel Miete verlangst.« Laodomia beschattete ihre Augen. Reiter hatten sich rasch aus dem Tal genähert, wurden ohne Halt von den Torwachen weiter gewunken und trieben, von einer Staubwolke umgeben, ihre Pferde in den Parkweg zum Hauptgebäude.

»Bei mir darfst du umsonst wohnen.«

»Das ist lieb von dir. …« Jetzt saßen die Männer ab. Mägde kamen winkend aus dem Haus, grüßten und lachten. Alfonso war mit einigen Verwandten der großen Strozzi-Familie angekommen. »Dem Himmel sei Dank«, flüsterte Laodomia. »Endlich seid ihr da.«

Keine Nachricht; seit der Flucht vor zwei Wochen hatten die Frauen nichts von ihnen gehört, niemand wusste, wie schlimm inzwischen die Pest in Florenz wütete, und täglich war die Sorge größer geworden.

»Sag mal, Tante, bei so einem Richtfest, da muss es doch auch Honigkringel geben?«

»Was sagst du? Natürlich. Sicher auch Plätzchen mit Nüssen und Rosinen.«

Ein Patrizier löste sich aus der Gruppe und übergab die Zügel, und der Stallbursche wies nach oben zu den Pinien. Im ersten Moment traute Laodomia dem Glück nicht, dann seufzte sie. »Du auch. Nun fehlt mir nichts mehr.«

Der Seidenfabrikant stieg langsam den Pfad herauf; wenn der Saum seines verstaubten Mantels sich in Dornen verfing, zerrte er ihn, ohne stehen zu bleiben, los. Noch ehe Rodolfo den Schattenplatz erreichte, war das freudige Gefühl in ihr erstickt.

»Meine Tagschöne.«

Laodomia erhob sich. »Du siehst elend aus, Liebster.«

»Tante! Wer ist der Signore?« Filippo kam mit einem Stein in der Hand zu ihnen.

»Entschuldige.« Sie nahm den Jungen an der Schulter. »Ein Freund deines großen Bruders Alfonso. Ich gehe mit ihm einige Schritte spazieren.« Damit drehte sie den Jungen um und wuschelte ihm durch die Locken. »Bau weiter. Wir sehen uns nachher deinen Palazzo an.«

Schweigend gingen sie unter den Schattendächern der Pinien her. Laodomia wartete. Wie schmal deine Lippen sind. So dunkel gerändert die Augen.

Mit einem Mal blieb er stehen und lehnte die Stirn an einen Baumstamm. »Ich musste dich treffen, weil …« Rodolfo stöhnte. »Verzeih, gleich hab ich mich wieder in der Gewalt.«

Laodomia wollte seinen Rücken streicheln, zog aber die Hand wieder zurück.

»Ich will keinen Helden, das weißt du.«

»Aber zumindest einen Menschen, den du achten kannst. Und der bin ich nicht mehr. Ich verabscheue mich.«

»Wenn du magst, dann überlasse mir das Urteil.«

»Alfonso hatte mich gewarnt, jedoch mir war die Politik wichtiger. Ich wollte unbedingt den Kampf gewinnen und habe verloren. Nicht nur ihn sondern viel mehr.« Immer erneut unterbrochen durch heftiges Schlucken berichtete Rodolfo vom Ausgang der Wahl: Nicht allein in der Signoria, auch im Rat der zehn Weisen saßen nun mehrheitlich wieder die Anhänger des Bußpredigers. »Du solltest ihr Triumphgeschrei hören: Gott hat gewählt. Sein Prophet thront über Florenz in alle Ewigkeit. Gerade weil er schon vernichtet schien, laufen ihm jetzt mehr Leute zu.«

»Wie furchtbar«, flüsterte Laodomia, »also war alle Gefahr, jeder heimliche Plan umsonst?«

»Nein, wir kämpfen weiter.«

»Wenn es nicht die Niederlage ist? Was stürzt dich in diese Ratlosigkeit?«

Rodolfo riss Stücke aus der borkigen Rinde des Stamms. »Meine Frau. Sie ist tot.«

Laodomia schloss die Augen, hörte jäh das grelle Kreischen der Zikaden, es schnitt ihr in die Brust. Sie wusste keinen Trost. »Hat sie gelitten?«, flüsterte sie und schämte sich gleich für die Frage.

»Ich weiß es nicht einmal genau.« Rodolfo wehrte sich nicht mehr gegen die Tränen. »Seit Jahren litt meine Frau unter offenen Wunden. Erst waren es nur die Beine, dann brach die Haut auch an den Hüften auf und schloss sich nicht mehr. Sie hat die Schmerzen ertragen und klagte nie.« Schwer ließ er sich auf einem Stein nieder und starrte in die offenen Handflächen. »Als ich am Wahlmorgen das Haus verließ, war sie blass; nichts Ungewöhnliches bei ihrer schwachen Gesundheit. Ich beauftragte einen Diener, den Leibarzt zu verständigen. Als ich spät nachts zurückkehrte, sah ich das Kalkkreuz am Tor. Knechte waren dabei, jedes Zimmer meines Palazzos auszuräuchern.«

»Die Pest.« Laodomia kauerte sich vor ihn. »Du darfst dir keine Vorwürfe machen. Niemand kann vorhersagen, wen diese Krankheit befällt.«

»Ich hätte sie bewahren können.« Rodolfo ballte die Fäuste. »Ich hätte rechtzeitig mit ihr verreisen müssen. Weit weg, ich hätte sie nach Venedig zu unserem Sohn bringen sollen. Dort wäre meine Frau in

Sicherheit gewesen. Doch was tat ich?« Er sah Laodomia an. »Ehe du es von Alfonso oder von einem anderen meiner Freunde erfahren konntest, wollte ich dir selbst gestehen, wie rücksichtslos dein Liebhaber in Wahrheit ist.«

Behutsam umschloss Laodomia seine Fäuste, drückte die Lippen auf die gespannten Knöchel. »Danke«, flüsterte sie und dachte, ich fürchte mich nur vor Überheblichkeit und Wahn, nicht aber vor deiner Schwäche.

S chmerzhaft läuteten die Totenglocken. In der letzten Juliwoche gab es auf den Friedhöfen längst keine Grabstelle mehr. Vor den Toren waren Gruben ausgehoben worden. Schinderkarren rollten durch die Straßen, brachten täglich mehr als achtzig Leichen, und die Pestknechte warfen sie ins Loch, bis es zum Rand gefüllt war, dann wurde Erde gestampft und die nächste Grube ausgeschachtet … Väter, Mütter und Kinder, Vornehme wie Zerlumpte, sie alle hatten ihre Namen verloren, und viele der Zurückgebliebenen zweifelten, dass Gott sich beim Jüngsten Gericht an die Gesichtslosen erinnern und sie auferwecken würde.

»Genug! Ziehe deine Hand zurück!« War es ein Rauschen? Oder kam der Befehl aus San Marco? Die Bürger bekreuzigten sich.

Anfang August riss die stickig schwärende Dunstblase. Über Florenz spannte sich ein klarer, blauer Himmel. »Sein Gebet hat Gehör gefunden. Durch seine Fürsprache hat der Allmächtige dem furchtbaren Engel Einhalt geboten.«

Am zweiten Tag des August bimmelte die Totenglocke seltener. Auch das markerschütternde Pfeifkonzert der Ratten verebbte. Am dritten Tag ahnten die Menschen, dass der Pestvogel sie aus den Klauen gelassen hatte und weitergeflogen war.

»*Benedictus Dominus!*« Sie zündeten Kerzen in der Kirche von San Marco an: »Dank sei unserem Propheten!«

Boten schwärmten aus, brachten die frohe Kunde zu den Villen in der Umgebung: »Kommt zurück. Florenz ist gesund. Es besteht keine Gefahr mehr!«

Francesco Valori trat vor den Frate. Die goldene Amtskette prangte auf der breiten Brust. »Verfügt über meinen starken Arm, Vater.«

»Nicht ich, das Gesetz gebietet dir zu handeln, Sohn. Vernichte den Feind, ehe er sich neu wappnet.« Fra Girolamo nahm einen eigroßen elfenbeinernen Totenkopf aus der Kuttentasche und rollte ihn zwischen den Fingern hin und her. »Oft sehe ich den Schädel an, damit er jede Eitelkeit in mir erlösche.«

»Ihr seid frei von allen irdischen Versuchungen.«

»Reinheit will ich, Sohn. Das Königreich Christi fordert sie von dir. Darf ich dir Bruder Tomaso zur Seite geben? Seit den vergangenen vier Monaten war er unermüdlich in den Straßen unterwegs. Nutze sein Talent als Spürhund. Ich denke, seine Beobachtungen werden dir schnell die richtige Fährte weisen.«

Noch in der Dunkelheit umstellten Geheimpolizisten ein Landhaus auf der Anhöhe von San Miniato. Beim Morgengrauen des 4. August splitterte das Tor. Die Häscher rissen den verschlafenen Lamberto dell' Antella aus dem Bett. »Ihr seid verhaftet!«

»Ein Irrtum. Ich beschwere mich …« Rohe Hände schlossen die Eisenspange um den Hals des vornehmen jungen Geschäftsmannes. »Warum? Was wird mir vorgeworfen.«

»Anstiftung zum Hochverrat. Die Einzelheiten erfahrt Ihr von Euren Richtern.«

Nur die Stiefel. Nicht einmal den Rock durfte sich Lamberto überstreifen, im bloßen Hemd musste er an einer Kette zwischen den Bewaffneten herstolpern. Als die Sonne über Florenz aufstieg, schlug hinter dem Gefangenen das Eichentor des Bargello zu. Im Innenhof fesselten ihn die Geheimpolizisten an eine Säule und zogen sich zurück.

Antella rief, schrie, fluchte. Seine Drohungen schlugen nutzlos gegen die hochragenden Steinmauern des Gerichtspalastes. Beamte huschten vorbei und stiegen die Freitreppe zum ersten Stock hinauf, kamen wieder, diskutierten flüsternd miteinander, niemand beachtete den Gefangenen. Die Hitze nahm zu. Längst hatte der junge Patrizier aufgehört, seinen Namen, das hohen Ansehen seiner Familie zu betonen. Durst quälte ihn. Kaum nahm er wahr, dass gegen Mittag vier

Büttel mit einer Schatulle in den Hof kamen und sie dem Gerichtsdiener aushändigten.

»Lamberto dell' Antella!«

Er hob den Kopf. Umgeben von grellem Sonnenlicht schritt der Bannerträger der Gerechtigkeit die Freitreppe herunter. Ihn begleitete ein Mönch von San Marco, dessen Gesicht wie eine rohe Fleischscheibe glänzte.

Beide Männer begutachteten den Gefangenen. »Nur zur Sicherheit«, knurrte Francesco Valori. »Haben wir den Richtigen geschnappt?«

Bruder Tomaso verneigte sich. »Kein Zweifel, Signore Gonfaloniere. Diesen Mann habe ich seit Ende April nicht aus den Augen gelassen.«

»Fluch über ihn.« Valori entrollte ein Pergament und zeigte es dem Verhafteten. »Meine Männer haben Euer Stadthaus durchsucht. Dieser Brief ist vom Augustinergeneral Fra Mariano unterzeichnet. Der Besitz allein bringt Euch in den Kerker. Sein Inhalt aber an den Galgen.«

»Ich kenne das Schreiben nicht.«

»Sonderbar.« Gefährlich sanft wurde die Stimme. »Bei Eurer Schulbildung darf ich doch annehmen, dass Ihr des Lesens mächtig seid. Welche Anrede steht hier geschrieben?«

Antella warf nur einen kurzen Blick auf das Blatt und antwortete nicht.

Unvermittelt ohrfeigte ihn der Gonfaloniere. »Du bist der Bote des Drahtziehers in Rom gewesen.« Jeden Satz unterstrich er mit einem heftigen Schlag. »Durch dich sollte vor Himmelfahrt der Aufruhr angezettelt werden … damit Piero Medici leichtes Spiel hat … Das ist Verrat an der Stadt Florenz … Verrat an unserm Propheten … Du bist ein Hundsfott!« Er riss den Kopf an den Haaren hoch. »Wer waren die Mitverschwörer? Heraus damit?«

Blut quoll Lamberto aus der Nase. »Ich weiß nichts. Ich verstehe nicht, wovon Ihr redet.«

»Doch, doch. Warte nur, wir verleihen deinem Gedächtnis Flügel.« Valori schrie nach den Bütteln. »In den Keller mit ihm! Sagt dem Henker Bescheid.«

»Das dürft ihr nicht«, stammelte der Patrizier. »Ohne Gerichtsbeschluss dürft ihr mich nicht foltern lassen.«

»Ich schon. Denn ich bin das Gesetz.«

»Dann werdet Ihr mit einer Anklage zu rechnen haben.«

»Nachher. Erst nachher. Falls du dann noch genügend Kraft aufbringst.«

Breitbeinig sah Valori zu, wie der Gefangene weggeschleift wurde.

Bruder Tomaso hüstelte. »Darf ich bei dem Verhör anwesend sein?«

»Keine Einwände, Vater. Im Gegenteil, Ihr seid später ein guter Zeuge, dass dem Kerl nichts Unrechtes widerfahren ist.«

Beim Anblick der Marterwerkzeuge schwieg Lamberto noch. Der Scharfrichter setzte die Daumenschrauben an. Lamberto schrie. Die spanischen Stiefel zerquetschten seine Waden. Nach drei Stunden sorgfältig angewandter Tortur war Lamberto geschwächt und gab die Mitwisser und Rädelsführer der Verschwörung preis.

Am Abend speiste der Kettenhund des Frate genüsslich mit dem Spion von San Marco. »Hätte nicht gedacht, dass so viele hoch gestellte Persönlichkeiten in dieses Komplott verwickelt sind. Köpfe werden rollen. Nur genügen die mir nicht.« Er polkte schmatzend Fleischreste aus den Zähnen, spülte sie mit Bier hinunter. »Für alle kann ich keine Haftbefehle ausstellen. Dazu fehlen die Beweise.«

So lange hatte Tomaso eine reich gedeckte Tafel vermisst. Er kaute am Braten, und das Fett triefte ihm übers Kinn. »Verlasst Euch auf mich. Ich werde Euch schon noch einige Herren zuführen.«

Hoch beladene Fuhrwerke holperten bis zu den Stadttoren. Knechte schafften das Gepäck ihrer Herrschaft in die vornehmen Häuser. Danach führten sie Maultiere durch die Straßen, bepackt mit den Köstlichkeiten der Landgüter: Käse, Ölfässchen, Wild und Schinken … Wie Schwärme liefen die ausgehungerten Kinder um sie herum. Nur Brotfladen und Stockhiebe konnten sie fern halten.

Von den Mägden wurden Fenster und Türen geöffnet. Mit der frischen Luft zog das Gekicher und Geplapper wieder durch die Räume. Am nächsten Tag dann gelangten auch die Kutschen nach Florenz. Wappen der reichsten Familien prangten an den Seitenschlägen.

Beim Anblick der bunten Gewänder kreuzten die Torwächter ihre Lanzen. »Um Vergebung. Darf ich Euch daran erinnern, dass im Königreich Christi gedeckte Kleidung vorgeschrieben ist.«

Jäh schreckten die Damen zurück. Für einige Wochen hatten sie Freiheit geatmet, jetzt schnürte der Griff des Propheten ihre Leichtigkeit wieder ein. Voller Zorn zerrten sie die dunklen Tücher und grauen Übermäntel aus den Reisetaschen und verkleideten sich.

Ehe aufgetischt wurde, sprachen in vielen Palazzi die Hausherren ein inniges Gebet: »Wir danken Gott, dass der schwarze Tod uns verschont hat. Wir danken unserm Schöpfer, dass wir gesund nach Hause zurückkehren durften.«

Die Türen der Speisesäle sprangen auf. »Im Namen der Signoria. Ihr seid verhaftet!« Ohne Zögern zerrten Geheimpolizisten den Stadtrat, den reichen Kaufmann, den Gelehrten von der Tafel und führten ihn ab. Die Aktion fand zur gleichen Stunde in mehr als zehn Häusern statt.

Francesco Valori ließ sich den Genuss nicht entgehen, die Verhaftung seines ärgsten politischen Widersachers Bernardo del Nero selbst durchzuführen. »Bleibt hier in der Halle«, befahl er den Bewaffneten. »Der alte Bernardo mag noch rüstig sein, weglaufen aber kann er uns nicht mehr.«

Damit packte er einen Diener am Kragen und schob ihn vor die Salontür. »Geh hinein und melde mich deinem Herrn. Sag ihm, der neue Gonfaloniere der Gerechtigkeit bittet um ein Gespräch unter Freunden. Und solltest du versuchen, ihn zu warnen, ziehe ich dir persönlich die Haut ab.«

Wenig später bat der Diener mit stockender Stimme: »Ihr … Ihr möchtet eintreten, Signore.«

Der Greis legte das Buch zur Seite. »Seid willkommen, Valori. Ich wusste zwar nicht, dass Ihr Euch als meinen Freund bezeichnet. Jedoch an Wunder soll man glauben und sie nicht hinterfragen. So lehrt es uns ja nun schon seit Jahren Euer Prophet Savonarola.«

»Selbst ein alter Mund sollte seinen Namen mit Ehrfurcht aussprechen.«

»Ihr seid unter meinem Dach, geht also sparsam mit Ermahnungen um.«

Den schnellen Paraden del Neros war der Bannerträger nicht gewachsen. »Eure Hochmütigkeit könnt Ihr Euch in den Arsch stecken.« Er grinste böse: »Auch Klugheit und alles, worauf Ihr stolz seid.«

Langsam strich Bernardo das weiße Haar zurück. »So kühn? Welche Niedertracht führt Euch zu mir?«

»Ihr spielt den Unschuldigen? Auch gut.« Knurren drang aus der breiten Brust. »Del Nero, als Ihr noch an der Spitze der Signoria wart, da habt Ihr Euer Amt missbraucht. Mit Eurer Hilfe sollte der Medici die Stadt einnehmen.«

»Glaubt Ihr das wirklich? Nein, nein, ich sehe, die Lage ist sehr viel ernster: Savonarola hat Euch diese Idee eingepflanzt.« Bernardo griff nach dem Wasserglas, als er es an die Lippen führte, zitterte seine Hand. »Nur der Wahrheit wegen erkläre ich, dass mir im April bereits von dem Umsturzversuch berichtet wurde. Weil mir die Namen der Anstifter nicht bekannt waren, ließ ich gleich fünfzig Mitglieder der Bigi-Partei vorsorglich in Schutzhaft nehmen. Ich habe also den Aufruhr verhindert und nicht unterstützt.«

»Das Geständnis reicht mir.« Valori bellte nach der Wache. »Legt ihm das Eisen an!«

»Erspart mir die Schmach. Ich komme aus freien Stücken mit.«

»Das hättest du gerne, alter Mann. Jeder soll dich in Ketten sehen. Dieses Schauspiel darf das Volk nicht verpassen: Der ehrenwerte Ratsherr del Nero ist als gemeiner Verbrecher entlarvt worden.«

»Nur ein Narr greift dem Urteil vor. Ich sehe mit Gelassenheit meinem Prozess entgegen.«

Jetzt lachte Valori. »Aber ja. Euch wird es an nichts mangeln. Erst die Folter, dann das Urteil, dann das Schwert.«

Die Nachricht verbreitete Entsetzen und Empörung unter den Gegnern des Frate. »Gibt es noch gerechte Richter in Florenz?« Von den dreißig Inhaftierten mussten sieben aus Mangel an Beweisen wieder auf freien Fuß gesetzt werden. Ein Hoffnungsschimmer: »Wir können Vertrauen haben.«

Jedoch die Furcht griff weiter um sich. Täglich zogen Geheimpolizisten mit Bruder Tomaso durch die Straßen. Unvermittelt schlugen sie zu; wer die Vorwürfe nicht gleich entkräften konnte, der wurde zum Verhör geschleppt. Kam er nach Stunden wieder frei, so zitterte er. Viele aber kehrten nicht zurück ...

Die Folter zerbrach vier Patrizier aus den vornehmsten Familien. Sie gestanden, eine Revolte gegen den Gottesstaat geplant zu haben. Allein Bernardo del Nero bot dem Untersuchungsbeamten die Stirn. »Bei Gott, ich bin unschuldig. Dies wisst Ihr wie jeder rechtschaffene Mann in Florenz.«

Der Greis zweifelte mit aller Schärfe die Zuständigkeit des Gerichtes an. Da sich Francesco Valori seiner Sache sicher war, bildete er aus zweihundert Bürgern ein Sondergericht.

Am 17. August wurde das einstimmige Urteil verlesen: »Im Namen der Republik Florenz... Die fünf Hauptangeklagten sind des Hochverrats überführt ... Zur Sühne ihrer Schandtat wird über sie die Todesstrafe verhängt ... Desweiteren sollen alle ihre Güter und Besitzungen eingezogen werden ... Desweiteren ist es ihren Familien untersagt, ein Wappen zu führen ...« Der Sprecher nahm ein zweites Blatt zur Hand. »Wegen seines umfassenden Geständnisses, das dem Gericht half, die Rädelsführer dingfest zu machen, wird Lamberto dell' Antella vom Verbrechen der Rebellion freigesprochen. Er hat unverzüglich die Stadt zu verlassen und darf sie binnen der nächsten fünf Jahre nicht mehr betreten.« Hiernach verkündete der Vorsitzende lange Freiheitsstrafen, Verbannung und Geldbußen für die übrigen Beklagten. »In Anbetracht der noch anstehenden Prozesse und der dadurch zu erwartenden Überlastung des Gerichtes wird vom Gonfaloniere Francesco Valori empfohlen, die Todesurteile so rasch als möglich zu vollstrecken.«

Tumult entstand bei den Zuhörern im Saal. »Willkür!« – »Das ist keine Justiz!« – »Valori will nur Rache!«

Ermutigt durch den Zuspruch hob Bernardo del Nero seine von der Tortur blau verklumpte Hand. »Ich bitte um Gehör.«

Erst mit Hilfe der Tischglocke kehrte Ruhe ein. »Erhebt Euch«, forderte ihn der Vorsitzende auf.

»Erlaubt, dass ich auf der Anklagebank sitzen bleibe. Meine

Gelenke und Beine tragen mich nicht mehr.« Bernardo wies auf die zweihundert Schöffen. »Wer hat diese unbescholtenen Männer gezwungen, hier über uns Gericht zu sitzen? Sie fällten ein Urteil, das vorher schon feststand. Werden sie je wieder in den Spiegel schauen können? Ich zweifle daran.« Seine Stimme nahm an Kraft zu. »Nicht aus Furcht um mein Leben, sondern weil Recht und Gesetz in unserer Stadt nicht mit Füßen getreten werden dürfen, fordere ich Berufung. Und zwar vor dem Großen Rat ...«

»Schweigt!« Heftig schwang der Vorsitzende die Glocke.

Bernardo wartete, bis sie verklungen war. »Dieses Recht steht jedem Verurteilten zu. Es ist auf den ausdrücklichen Wunsch des Frate eingeführt worden; solltet Ihr dies vergessen haben?«

Wieder rumorte es gefährlich unter den Anwesenden im Saal. Drohungen, Flüche wurden nach vorn geschleudert.

»Ruhe!« Der Sprecher blickte fragend auf Francesco Valori und erhielt ein selbstgefälliges Nicken zur Antwort. »Dem Begehr des Verurteilten wird stattgegeben. Sein Antrag muss allerdings in der Signoria eine Mehrheit finden, dann erst kann der Große Rat einberufen werden. Bis dahin wird die Vollstreckung des Urteils ausgesetzt. Führt die Gefangenen in den Kerker. Die Sitzung ist geschlossen.«

Samstagmorgen, der 19. August. In der Frühe, gleich nach Öffnen der Klosterpforte, bat Paco Tornabuoni um eine Audienz bei Fra Girolamo. Hochgeschlossen sein dunkelblauer Mantel, bleich das Gesicht, leer geweint die Augen. »Es ist dringend. Mein Bruder gehört zu den Verurteilten. Ich weiß nicht mehr ein noch aus.«

Ohne jede Regung wies der Bruder Pförtner auf einen Hocker. »Wartet hier, Signore. Ich lasse beim ehrwürdigen Vater nachfragen.« Kurz sprach er mit einem Novizen, schickte ihn fort und wandte sich den nächsten Besuchern zu.

Wenig später kehrte der junge Mönch zurück. »Der Vater Obere ist sehr beschäftigt. Wie lange noch, kann ich nicht sagen. Entweder geduldet Ihr Euch, oder aber Ihr kommt morgen wieder.«

»Morgen kann es schon zu spät sein«, flüsterte Paco und faltete die Hände.

Das Mittagsläuten war längst vorüber. Aus dem Flur näherte sich wieder der Novize. Beinah überrascht sah er, dass der junge Patrizier immer noch auf dem Hocker saß. »Es dauert nicht mehr lange.«

»Ich warte.«

Und wieder verging eine Stunde. Endlich: »Signore Tornabuoni, bitte folgt mir.« Der Novize führte den Besucher in den Garten des Kreuzgangs und wies zum Schattenplatz unter dem blühenden Rosenstrauch. »Der Obere bittet Euch, seine Zeit nicht über Gebühr zu beanspruchen.«

Paco näherte sich, vor dem Frate kniete er nieder. »Gott zum Gruße, ehrwürdiger Vater. Habt Dank, dass Ihr mich anhören wollt. Nun wird sicher alles gut.«

»Mein Sohn, wer in festem Glauben sich auf den Herrn verlässt, der baut nicht auf Sand. Und nun, öffne dich mir.«

Paco hob den Blick. Das Sonnenlicht schimmerte durch die zarten Blütenblätter der Damaszenerrosen, rosafarben umkränzten sie die schwarze Kapuze und hüllten den Propheten in süßen Duft ein. »Vater, mein Bruder Lorenzo …« Ohne etwas zu beschönigen, gestand Paco die Mitschuld seines Bruders an der Verschwörung, zeigte Reue an seiner statt und flehte: »Legt mir Bußen auf, ich will sie ableisten. Doch bitte, helft. Euer Einfluss auf die Signoria, Eure Fürsprache kann meinen Bruder retten. Er ist noch so jung. Verwandelt die Todesstrafe in Kerkerhaft.«

»Gott will, dass Gerechtigkeit geübt wird.« Leise knorzte Girolamo durch die Nase. »Ich sehe, dein Charakter ist gefestigt. Er hat dich vor der geistigen Pest bewahrt. Dein Bruder aber ist krank geworden. Unheilbar, Sohn. Nein, weine nicht. Die wahre Seelengröße eines Christen zeigt sich erst im Unglück.« Er schaukelte den kleinen Totenkopf in der knöchrigen Handmulde und dozierte: »Wie gering ist der Wert des irdischen Daseins, wie nichtig Reichtum und Ansehen im Vergleich zum himmlischen Leben. Bedenke dies, junger Mann.« Die Finger schlossen sich um das elfenbeinerne Spielzeug. »Befolge meinen Rat: Unternimm keine weiteren Schritte mehr zur Rettung deines Bruders. Er würde durch den Wohlstand eurer Familie sicher doch in der Verdammnis enden. Nun aber kann er durch die frühe Heimsuchung errettet werden. Sei also getrost.«

Fassungslos starrte Paco auf die sitzende Gestalt. Der Blütenkranz glühte, und der Duft hatte sich in Verwesungsgeruch verwandelt. Er fiel zur Seite, schluchzte, kroch wie ein getretener Hund durchs Gras davon. Erst nahe des Kreuzgangs gelang es ihm, sich aufzurichten.

Bis zum Sonntagmittag hatte Rodolfo Cattani mit anderen Vertretern der einflussreichen Zünfte in der Halle des Regierungsgebäudes ausgeharrt. Falls eine Sonderversammlung einberufen wurde, wollten die Ratsherren gleich zur Stelle sein. Schließlich aber erschien der Saaldiener und verkündete von der Treppe aus: »Signores! Signores! Die acht Mitglieder der Signoria und Gonfaloniere Valori sind sich über den Antrag der Verurteilten nicht einig geworden. Der Entscheid, ob eine Berufung stattfindet, wird auf morgen vertagt. Euch allen wünscht der Hohe Rat einen friedvollen Sonntag.«

»Friede?« Rodolfo hob die Brauen, winkte einigen befreundeten Ratskollegen zum Abschied und verließ den Palazzo in Richtung des Gewürzladens. »Friede? Fragt sich nur, für wen?«, schimpfte er leise vor sich hin. »Dieses Wort hat in Florenz einen schalen Beigeschmack.«

Hinter Or San Michele befiel ihn ein ungutes Gefühl. Er wandte den Kopf. Außer einigen flanierenden Pärchen entdeckte er keine auffällige Person. »So weit bist du schon gesunken«, bespottete er sich. »Mehr als zweihundert Arbeiter stehen bei dir in Lohn und Brot, und du vermagst nicht mehr furchtlos durch deine Heimatstadt zu gehen. Blickst dich um wie ein Dieb.«

Als er wieder meinte, Schritte zu hören, zwang er sich, sie nicht zu beachten.

Laodomia öffnete ihm auf das verabredete Klopfzeichen hin. »So früh?« Sie schmiegte sich an seine Brust. »Ach, Liebster, wie schön. Nun gehört der Rest des Sonntags uns beiden. Am Abend bin ich mit Petruschka verabredet. Wir wollen Meister Belconi einen Essenskorb bringen. Aber bis dahin ist ja noch eine Ewigkeit.«

»So viel Zeit habe ich nicht.« Sanft löste sich Rodolfo und ging an den Regalen vorbei zur Wohnstube. »Sei nicht traurig. Ich wollte dir nur Guten Tag wünschen. Bitte, lauf hinüber zum Hauptportal und sage dem Wachknecht: Signore Cattani lässt seinem Herrn ausrichten, dass die bestellten Seidenmuster bald geliefert werden. Seidenmuster! Bitte betone dieses Wort, dann weiß Alfonso, dass ich gleich durch den Gang komme und ihn unbedingt sprechen muss.« Während er vor der Geheimtür bereits die Kleidertruhe zur Seite rückte, ermahnte er: »Warte auf Antwort. Und beeile dich.«

Laodomia tippte ihm auf die Schulter. »Einen Augenblick. Hast du vergessen, dass ich lebe? Verflucht, Rodolfo. Ich bin nicht dein Laufbursche. Den ganzen Vormittag habe ich mich auf deinen Besuch gefreut. Riechst du nicht, wie ich dufte? Fällt dir nicht auf, wie durchsichtig mein Unterkleid ist. Aber kein Wort, nicht einmal gestreichelt hast du mich.«

»Es ist mir nicht entgangen.« Mit einem verlegenen Lächeln richtete er sich auf. »Aber das Schicksal unseres alten Freundes Bernardo und das der anderen Verurteilten entscheidet sich morgen. Der Gedanke an sie beschäftigt mich zu sehr.«

»Erst morgen? Aber bis dahin könntest du … ich meine, wenigstens etwas Zeit könntest du für uns beide doch erübrigen. Ich will ja gar nicht …«

Ein harter Stoß erschütterte die Ladentür!

Laodomia fuhr zusammen. »Um Gottes willen!«

Der zweite Stoß!

»Man ist mir gefolgt.« Alles Blut wich Rodolfo aus dem Gesicht. Wie gelähmt stand er da und starrte in den Verkaufsraum. »Sie wollen mich festnehmen.«

Beim nächsten Stoß krachte Holz!

Seine Angst befreite Laodomia jäh von jeder Furcht. Ihn verteidigen, ihn retten, dieser Gedanke weckte die Löwin. Ein Fußtritt beförderte die Truhe an ihren Platz zurück. Mit beiden Händen zerriss sie den Stoff ihres Dekolletés bis zum Nabel, befreite die Brüste. »Weg mit dem Gürtel.« Er gehorchte, war zu langsam, schon zerrte Laodomia seine Beinkleider herunter und fiel vor ihm nieder. »Stöhne, Liebster, stöhne und kümmere dich um nichts.« Ehe er begriff, fasste sie den Penis und saugte sich an ihm fest.

Krachen, Splittern gleichzeitig. »Im Namen der …« – »Hier ist niemand.« – »Nach hinten …« Die Rufe prallten gegeneinander. »Nein, halt! Vorsicht!« Stille.

795

Laodomia bearbeitete das halbmüde Kleinod mit Zunge und Lippen. Weil Rodolfo nur seufzte, nahm sie die Zähne zur Hilfe, endlich stöhnte er schmerzhaft auf, und im Vor und Zurück bestimmten ihre Bisse den Rhythmus seiner Quallaute.

»Legt die Waffen nieder!«, befahl eine Stimme aus dem Verkaufsraum. »Jede Gegenwehr verschlimmert Eure Lage.«

Ohne ihre Beschäftigung zu unterbrechen, schüttelte Laodomia den Kopf. Aus den Augenwinkeln entdeckte sie eine Schwertklinge, kurz erschien ein Gesicht, es verschwand wieder, dann drangen gleich vier Männer in die Wohnstube und postierten sich hinter dem Paar. Der Anführer blaffte: »Seid Ihr taub? Aufhören. Im Namen der Stadt Florenz befehle ich, sofort aufhören!«

Wie aus wildem Lusttaumel erwacht schreckten die beiden zusammen. Rodolfo sank mit einem Seufzer auf die Truhe. Noch kniend wandte sich Laodomia um, betont ungeschickt erhob sie sich und ließ ihre Brüste schaukeln. Bei diesem Anblick sank den Eindringlingen das Kinn, sanken auch die blanken Waffen. »Was fällt euch ein?«, fauchte sie, und ihr Inneres befahl: Angriff! Treib die Kerle in die Enge. Wie eine griechische Amazone stellte sie sich schützend vor den Liebsten und stemmte die Fäuste in die Hüften. »Dies ist meine Wohnung. Ich werde jeden Einzelnen von euch bei Gericht verklagen. Wisst ihr, wer vor euch steht? Signora Strozzi! Ihr habt den Frieden dieses Palazzos gebrochen.« Voller Zorn bedeckte sie mit dem dünnen Hausmantel ihre Blöße. »Fluch über euch! Meine Familie wird nicht ruhen, bis ihr alle im Kerker schmachtet.«

Betroffen sahen sich die Geheimpolizisten an. Der Anführer schüttelte den Kopf: »Verzeiht, Signora. Unser gewaltsames Eindringen ist von höchster Stelle befohlen worden.« Zum Beweis reichte er ihr ein Blatt. Laodomia blickte verächtlich auf das Stadtwappen. »Sag mir den Grund. Und wehe dir, er reicht nicht aus.«

»Hauptmann, darf ich weiterhelfen?« Lautlos war Bruder Tomaso eingetreten. Laodomia starrte in das fleischige Gesicht. O Gott, hilf uns, dachte sie, diesem Scheusal bin ich nicht gewachsen. Mit Gewalt drängte sie die Angst zurück. »So ist es also, der Wind weht von San Marco. Wer hat Euch erlaubt, meinen Laden zu betreten?«

»Ich bin etwas zu spät gekommen, dennoch rechtzeitig.« Übereifer glitzerte Bruder Tomaso in den Augen. »Hört mich in Ruhe an, sonst wird Euch noch jedes Wort Leid tun!« Er beugte den Kopf und wollte an ihr vorbeisehen. Mit einem Schritt zur Seite hinderte ihn Laodomia daran. »Wie weit wollt Ihr die Peinlichkeit noch treiben? Mein Besucher geht Euch nichts an.«

»Ihr irrt, Signora. Ihn verfolgen wir.« Ein böses Grinsen umspielte den kleinen Mund. »Euer Gewürzladen ist der geheime Treffpunkt hoch gestellter Patrizier. Sie alle stehen unter Verdacht, den Gottesstaat stürzen zu wollen. Und heute haben wir die Herren endlich auf frischer Tat ertappt.«

Der Hauptmann warnte: »Aber Vater, hier befindet sich ...«

Weiter kam er nicht. Laodomia drohte dem Dominikaner mit erhobener Faust. »Eine infame Unterstellung. Verflucht, wo sind denn Eure Verdächtigen?«

Bruder Tomaso fuhr zurück, entsetzt blickte er von einem Geheimpolizisten zum anderen. »Kein Verschwörernest? Niemand war hier?«

»Nein, Vater.« Verstohlen deutete der Hauptmann zur Truhe. »Bis auf Signore Cattani.«

»Das kann nicht sein«, flüsterte der Mönch. »Warum sollte der reiche Seidenfabrikant diesen Laden aufsuchen? Und dies auch noch am Sonntag?«

»Nun ja.« Dem Truppführer perlte Schweiß auf der Stirn. »Nach dem Grund mussten wir erst gar nicht fragen. Er und die Signora ...«

»Hinaus!«, fuhr Laodomia dazwischen. Sie spürte, wie der Sieg in ihr hochpulste. »Morgen werde ich mich bei den Franziskanern und bei den Augustinern beklagen. Die frommen Patres sollen wissen, wie schamlos und heimtückisch die Brüder von San Marco ehrbaren Bürgern bis ins Bett nachstellen.«

Der Hauptmann gab seinen Männern einen Wink. »Wartet.« Tomaso wollte sich mit der Niederlage nicht abfinden. »Habt ihr die Wohnung gründlich durchsucht?«

»Wozu? Ein Blick genügte.«

»Und was ist mit der Kleidertruhe?«

»Verzeiht, Vater, die Blamage ist groß genug. Unser Befehl lautet, Verschwörer aufzuspüren und keine Kinder, die sich in Truhen ver-

797

stecken.« Der Truppführer verbeugte sich vor Laodomia. »Ich bitte vielmals um Vergebung, Signora. Die Information, die wir erhielten, war falsch. Zutiefst bedauere ich das Eindringen. Die Oberste Polizeibehörde wird sich bei Euch entschuldigen.«

Laodmia nickte eisig. »Wann wird meine Tür ausgebessert? Nicht nur deine Männer, sondern auch Diebe schleichen durch Florenz. Ich fürchte um meine Waren.«

»Ich postiere zwei Wachen vor Eurem Geschäft. Gleich morgen wird ein städtischer Zimmermann alle Schäden beheben. Mein tiefes Bedauern gilt auch dem Signore.« Er dienerte und zog sich zurück.

Unschlüssig stand Bruder Tomaso noch ihm Raum.

»Worauf wartest du, Kuttenkittel?«, zischte Laodomia. »Oder soll dich Signore Cattani eigenhändig hinausbefördern?« Kurz blickte sie über die Schulter. Da Rodolfo sich inzwischen angekleidet hatte und ihr zunickte, trat sie beiseite.

Der Seidenhändler betrachtete den Mönch. »So also sieht ein Judas aus. Oder sollte ich Kopfgeldjäger sagen?« Er erhob sich und ging langsam auf den Dominikaner zu. »Liefert Ihr den Lohn für Eure Spitzeldienste im Kloster ab, oder streicht Ihr die Dukaten etwa in Eure eigene Tasche?«

Rückwärts wich Tomaso aus. »Versündigt Euch nicht, Signore. Selbst wenn Ihr von dem Vorwurf der Verschwörung gereinigt seid, Euch droht dennoch eine Anklage.«

Ohne Halt trieb ihn Rodolfo vor sich her. »Darf ich fragen, welche Gemeinheit Ihr noch gegen mich im Schilde führt?«

»Ehebruch. Ihr seid heute *in flagranti* angetroffen worden. Früher hätte es nur einen Skandal gegeben, im Königreich Christi aber wird Ehebruch mit empfindlichen Strafen geahndet.«

»Ehebruch? Hättest du nicht diesen Rock an, Mönch, dann würde ich dich prügeln, bis du deinen Namen vergessen hast.« Rodolfo stieß ihn gegen die Brust, und der Spion stolperte auf die Straße. »Meine Frau ist an der Pest gestorben, du elender Wicht.«

Als Rodolfo wieder den Wohnraum betrat, lag Laodomia ausgestreckt auf dem Bett und presste die Stirn ins Kissen. Er setzte sich und streichelte ihren Rücken. »So stark. Du hast mich wie ein Mann beschützt.«

»Wie eine Frau, meinst du.« Sie drehte sich auf die Seite, umschlang seinen Hals und zog ihn neben sich. »Mir ist ganz schlecht. Komm näher, Liebster, noch viel näher. Lass mich dich einatmen, bis mir wohler ist.«

Im kleinen Sitzungssaal stemmte Francesco Valori die Ellbogen auf den Tisch. »Anmaßung«, knurrte er. Soeben hatte der amtliche Notar und Protokollführer zwei Briefe verlesen, Schreiben aus Mailand und Rom, in denen die Signoria um eine mildere Strafe für die Verurteilten gebeten wurde. »Seit wann dürfen sich fremde Herrscher in die inneren Angelegenheiten unserer Stadt einmischen? Freunde, lasst Euch nicht beeinflussen. Wir sind hier die Macht und kriechen weder vor Herzog Sforza noch vor dem Papst. Denkt an Euren Stolz, wenn wir jetzt über den Antrag dieser Hochverräter abstimmen.«

Jedoch die Verunsicherung zeigte Spuren. Nur fünf der Stimmberechtigten lehnten die Berufung vor dem Großen Rat ab, vier aber verlangten einen neuen Prozess.

»Feige Memmen«, beschimpfte sie Valori und hieb seine Pranken auf die dunkle, polierte Holzplatte. »Auch ohne Euch ist das Urteil rechtskräftig.«

Der schmalwüchsige Notar hob die Schreibfeder. »Dies darf ich nicht bestätigen, Gonfaloniere. Entscheidungen der Signoria in Rechtsangelegenheiten müssen mit einer qualifizierten Mehrheit von wenigstens sechs zu drei Stimmen gefällt werden.«

»Steck dir die Feder in deinen vertrockneten Beamtenarsch.«

»Welches Recht befugt Euch, mich derart zu beleidigen?« Die Stimme zitterte. »Ich verlange eine Entschuldigung.« In der Runde wurden Arme verschränkt, fordernde Blick trafen den obersten Herrn der Stadt.

»Jetzt reicht es mir!«, brüllte Valori und sprang auf. »Wir müssen regieren. Ich schere mich nicht um unwichtige Paragrafen.«

»Gonfaloniere!«, empörte sich der Notar jetzt heftiger. »Sie sind die Grundlage unseres Rechtsgefüges.«

»Schweigt, ehe ich mich vergesse.« Eine Zornader wucherte quer über die Stirn Valoris. »Also gut, dann werden wir erneut abstimmen.

Aber ich lasse mich nicht zum Gespött der Stadt machen. Diese Verbrecher müssen hingerichtet werden.« Jeden Einzelnen bedrohte er mit dem ausgestreckten Finger: »Und Euch, Freunde, warne ich: Wer sich nicht gegen die Berufung ausspricht, der macht sich selbst verdächtig, der hat in diesem Kreise nichts mehr verloren. Bei dem wird bald meine Geheimpolizei anklopfen. Hab ich mich klar genug ausgedrückt?«

Nur ein Widerspruch regte sich. »Wir sind frei gewählt ...«

»Signore! Soll ich Euch gleich hier aus dem Fenster werfen?«, grollte Valori. »Dann könnt Ihr Eure Freiheit wenigstens für einen Augenblick in frischer Luft genießen.« Sofort hob der Mutige beschwichtigend die Hände.

»Dann kommen wir zur zweiten Abstimmung!«

Und der Terror in Florenz siegte einstimmig über eine faire Rechtsprechung; die Signoria hatte ihr Gesicht verloren und trug nun die Maske des Propheten von San Marco.

Bleiern hing die Abenddämmerung des 21. August über den Dächern. Vor dem Tor des Gerichtsgebäudes standen fünf Karren hintereinander, die Ladeflächen leer bis auf zusammengefaltete schwarze Tücher. Von den Fuhrleuten waren den Gäulen Hafersäcke ums Maul gebunden worden.

Jedes Aufsehen sollte vermieden werden; ehe irgendein Protest in der Stadt laut wurde, mussten die Hinrichtungen schon vollzogen sein. Deshalb drückten sich im Innenhof des Bargello nur Angehörige der Verurteilten an die Säulen. Fünf Familien hatten den Vater, den Bruder oder den Schwager entsandt. Müttern, Ehefrauen und Schwestern war das Herz zu schwer. Sie wollten den Tod nicht sehen, sie hatten schon beim letzten Besuch Abschied genommen und die Erinnerung an ihren Lieben mit Tränen nach Hause getragen.

Francesco Valori trat mit den Herren des Hohen Rates aus der Loggia im ersten Stock auf die Veranda. Sein Handzeichen befahl den Beginn der schändlichen Zeremonie.

Unten wurde der erste Gefangene aus dem Kerkerkeller geführt. Er wehrte sich nicht. Die Henkersknechte zogen ihm das

Hemd aus und drückten sein Gesicht in die Mulde des Blocks. Mit geübtem Schwung durchtrennte der Scharfrichter den Hals. Blut spritzte.

Aufstöhnen, erstickte Rufe. Die Hinterbliebenen klammerten sich verzweifelt aneinander.

Rasch wurde der Rumpf beiseite geschafft und das Haupt in einen Korb daneben gestellt. Während der Meister mit einem Tuch die Klinge säuberte, streuten seine Gehilfen frisches Stroh um den Klotz. Ein Gnadenakt für den nächsten Todgeweihten, er sollte sich nicht vor den blutigen Spuren fürchten müssen.

Zwei weitere Männer waren, ohne zu klagen, ihren letzten Weg gegangen.

Paco Tornabuoni hatte nicht hingesehen, jetzt aber haftete sein Blick unverwandt auf dem Scharfrichter: eine rote Haube, mit Schlitzen für Augen und Mund; breitbeinig wartete er neben dem Richtklotz. Das Schwert hatte er vor sich gestellt, und seine Hände ruhten auf dem Kreuzgriff.

Wieder öffnete sich die schmale Kellerpforte unter der Veranda.

»Lorenzo«, Paco weinte den Namen. »Glaub mir, ich hab alles versucht, dich zu retten.« Durch den Tränenschleier sah er, wie dem Bruder das Hemd zerrissen wurde, dann verbarg er die Augen mit den Händen, hörte nur das kurze, so furchtbare Geräusch. »Herr, erbarme dich«, schluchzte Paco.

Ehe die Büttel den letzten Gefangenen brachten, verließ Valori seinen Ehrenplatz an der Brüstung und schritt schulterwiegend die Freitreppe hinunter. Am Rande des blutgetränkten Strohteppichs baute er sich auf. Den Höhepunkt seines Schlachtfestes wollte er aus nächster Nähe genießen.

Bernardo del Nero musste getragen werden. Das weiße Haar war ihm abrasiert worden. Von den Spuren der Folter gezeichnet, kniete er neben dem Richtblock, schon wollten die Knechte ihn näher zerren, da bemerkte er den Gonfaloniere. »Wartet noch. Lasst mich die Stirn noch ein Mal aus eigener Kraft heben.« Der Greis sah seinen Widersacher mit festem Blick an. »Ich habe Florenz immer geliebt, habe der Stadt meine ganze Kraft geopfert. Du aber kennst nur dich und deine Machtgier. Mein Blut und das der anderen Männer wird so lange zum Himmel nach Rache schreien, bis du und dein Prophet daran erstickt sind.«

Valori spuckte vor ihm aus. »Worauf wartest du, Henker?«, bellte er. »Schneid dem Hochverräter sofort das Wort ab. Wird's bald?«

Keine Zeit blieb, um den Greis übers Holz zu beugen. Der Scharfrichter befahl den Knechten, beiseite zu treten. Mit beiden Händen schwang er das Schwert weit und waagerecht zurück, aus der angespannten Drehung ließ er die Klinge schnellen. Der Hieb war zu hoch, traf nicht den Hals, krachend zerteilte er das Gesicht unter der Nase des alten Mannes. Die abgetrennte Schädelhälfte flog über den Richtblock. Fassungslos schrien die Zeugen. Der Torso mit dem geöffneten Mund blieb aufrecht. Erst ein Fußtritt des Blutmeisters kippte Bernardo del Nero ins Stroh.

»Schlechte Arbeit, Kerl«, zischte der Gonfaloniere ihm zu, »dein Lohn wird um die Hälfte gekürzt.« Laut und vernehmlich sprach er zu den Hinterbliebenen: »Da jeder Verurteilte vor dem Priester seine Sünden bereut hat und losgesprochen wurde, überlässt Florenz Euch die Leichen. Nehmt sie mit und bestattet sie in Eurer Familiengruft. Hegt keinen Groll gegen die Richter, denn sie taten nur ihre Pflicht.«

Schwer war die Last, zu sehr blutete das Herz. Die Angehörigen halfen sich gegenseitig. Bald holperten fünf Karren über die Pflastersteine. Düster war es in der Stadt geworden.

Golden ging der Oktober in Rom zu Ende, noch färbten sich nicht die Blätter, und späte Rosen blühten in den Gärten des Vatikans. Oben im päpstlichen Schlafgemach presste Alexander, der Sechste dieses Namens, den Rücken gegen die Lehne des Samtsessels. Bis zu den Knien war das Gewand hochgeschoben, der rechte, nackte Fuß stand in einer Schüssel mit dampfender Lauge. Schmerzhaft verzog er das Gesicht.

Sein Leibarzt rang die Hände. »Um Vergebung, Heiligkeit. Der Eingriff hat noch nicht stattgefunden.«

»Aber ich ahne ihn. Beim Anblick deiner Instrumente fühle ich die Marter schon im Voraus.«

»Sollen wir abbrechen? Ich könnte morgen …«

»Du Idiot. Noch eine Nacht, in der ich das Blut in meinem Fuß pochen höre? Außerdem könnte sich eine Vergiftung bilden. Willst du den Oberhirten der Christenheit unter Krämpfen sterben lassen?« Die Vorstellung ließ das wohlgenährte Kinn erbeben. »Nein, ich bin gewappnet. Jetzt muss es geschehen. Und arbeite schnell, denn ich erwarte Kardinal Caraffa. Er darf mich nicht in dieser Qual sehen.«

Der Medicus bettete das päpstliche Bein auf drei Brokatkissen und kniete sich vor den Fuß. Unter der Ferse war die Hornhaut an einer Stelle dunkel gerötet. »Meine vermutete Diagnose trifft zu«, sagte er fachkundig. »Dank des Laugenbades sehe ich eine Erhebung. Eure Heiligkeit leidet an einem Splitter. Er sitzt tief, doch nicht unerreichbar.«

»Erspare mir die Einzelheiten«, stöhnte Alexander. »Schweige und handele beherzt.«

Geschickte Finger führten das Messer in die gerötete Haut, ein kleiner Druck, und mit Hilfe der Pinzette befreite der Medicus den tapferen Hirten von einem fingergliedlangen Dorn. »Es ist vorbei, Heiligkeit.«

Alexander öffnete die Augen. »Bist du sicher?«, fragte er beinah enttäuscht. »Kein Blut?«

»Nach dem Eiter, nur einige Tropfen.«

»Eiter? Schnell, versorge die Wunde, schnell.«

Eine Stunde später lag der Kranke gestützt von Kissen auf dem Kanapee nahe des Fensters, sein rechter Fuß war dick verbunden. Leidend nahm er die Genesungswünsche des Kardinals entgegen. »Danke, guter Freund. Nehmt Euch einen Stuhl.«

Zweimal gönnte sich Alexander noch tiefe Seufzer, dann schien er die Gebrechlichkeit mit einer einzigen Handbewegung besiegt zu haben. »Caraffa, ich bat Euch zu mir, weil unsere gemeinsame Jagd immer noch keinen Erfolg aufweist. Und jetzt, da der Waffenstillstand mit dem Franzosen abläuft, denke ich, ist wieder Zeit zu handeln. Florenz muss endlich der Liga beitreten. Ich hasse es, wenn König Karl neben dem eigenen Wasserkopf auch noch über einen Brückenkopf inmitten unserer italienischen Staaten verfügt.«

Der Kardinal ließ das Kreuz vor seiner purpurnen Brust an der Kette hin und her schaukeln. »Wie ich gehört habe, rasselt der Franzose inzwischen nur noch mit den Waffen, und selbst dies lediglich zwischen seinen epileptischen Anfällen. Von ihm droht keine ernst zu nehmende Gefahr mehr.«

»Und Savonarola? Was wisst Ihr über den verstockten Mönch?«

»Zu meinem Bedauern sitzt er fester im Sattel denn je. Unsere Informanten aus Florenz berichten, seine Anhänger halten die Zügel des Staates in der Hand, jede Opposition wird erbarmungslos unterdrückt. Dies beweisen zwei Schreiben der Signoria, in denen eine Lossprechung Fra Girolamos von Euch erbeten, ja geradezu verlangt wird.«

»Also greifen wir zum Interdikt. Der Bannfluch wird die Stadt lehren, was es bedeutet, einen Exkommunizierten zu schützen.« Ohne Rücksicht auf seinen Fuß setzte sich Alexander auf. »Sobald wir die florentinischen Banken hier in Rom geschlossen haben und die ersten Kaufherren verhaftet sind, wird sich auch der Hohe Rat besinnen, dass mit der Kurie nicht zu spaßen ist.«

»Mit Verlaub, Heiligkeit. Aus tiefer Verantwortung und zum Vorteil für Euer Erscheinungsbild in der Öffentlichkeit bitte ich, meinen Rat anzuhören.«

»Nur zu.« Alexander schmunzelte. »Deshalb rief ich nach Euch, meinem schlauen Fuchs. Schenkt uns vom Roten ein. Bei einem Glas lässt sich besser planen.«

Sie ließen die Kristallkelche klingen und schlürften genüsslich. »Heiligkeit, nach meinem Dafürhalten sollten wir zunächst auf jede Maßnahme verzichten. Der Mönch soll sich sicher fühlen, bis er leichtsinnig geworden noch größere Fehler begeht. Also, keine Reaktion Eurerseits auf die Bittbriefe. Nichts. Falls der Botschafter um eine Audienz nachsucht, so soll er mit einer Ausrede vertröstet werden.«

»Ich verstehe.« Alexander nahm einen tiefen Schluck. »Ihr habt Recht, wir wollen das Wild nicht bessern, sondern erlegen.«

»Und er wird in seiner Verblendung gegen alle Eure Gebote verstoßen und sich letztlich unentrinnbar in der Schlinge verfangen.«

Der Pontifex Maximus wies auf seinen verbundenen Fuß. »Einen

Dorn aus der Ferse zu ziehen ist wohl einfacher als diesen Pfahl aus dem Fleisch der Kirche. Doch wir üben uns in Geduld, denn sie ist die wahre Kunst des Jägers.«

Ohne auf den strafenden Blick des Bruder Pförtners zu achten, stürmte Raffaele durch die Halle und den Kreuzgang entlang zur Kirche hinüber. Vor der Nebenpforte richtete er Kittel und Wollmantel, leise trat er ein. Halbdunkel empfing ihn. Der Innenraum duftete weihnachtlich nach Pinienharz. Zweige umkränzten die Wandfresken. Wie ein Spalier schlanker Jungfrauen schmückten Kerzen zu beiden Seiten des Mittelgangs die Bankreihen. Linker Hand vor dem Altarraum entdeckte Raffaele seinen Herrn. Er sprach mit dem Sakristan, dabei deutete der knochige Finger auf die Heilige Familie im Stall. »Mir fehlt das Strahlen, Bruder. Dort liegt unser Heiland. Trage Sorge, dass er von mehr goldenem Schein umgeben ist.«

»Aber wie soll ich …?«

»Keine Widerrede. Wenn morgen die Gläubigen mit mir das Weihnachtswunder feiern, will ich den Erlöser in der Krippe himmlisch erleuchtet sehen.«

Raffaele hüstelte und verneigte sich: »Ehrwürdiger Vater? Um Vergebung, wenn ich störe. Aber Ihr habt befohlen, dass ich das neue Buch sofort zu Euch bringen soll.«

Der Prophet wandte sich um. Sein erster Blick galt dem Paket. »Also hat der Drucker Wort gehalten.« Er hob die Augen, stirnrunzelnd durchforschte er das Gesicht des Klosterschülers. »Wenn ich nur wüsste …?« Mit einem heftigen Knorzer löste er sich. »Bruder Sakristan, störe uns eine Weile nicht. Ich habe mit dem Schüler etwas Vertrauliches zu besprechen.« Ein Wink für Raffaele. Eckigen Schritts führte er ihn zur Sakristei. Kaum hatten sie den Raum betreten, bat er: »Mein Sohn, sei dir des feierlichen Moments bewusst. Nimm das Tuch ab. Du sollst der Erste sein, der einen Blick auf meine philosophische Abhandlung werfen darf.« Das Buch war in Leder gebunden. »Nun klappe den Deckel auf. Was siehst du?«

»Ein Bild, ehrwürdiger Vater.«

»Beschreibe es mir.«

»Im Hintergrund sind zwei Kirchen und Häuser gezeichnet«,

Raffaele bemühte sich, genau zu sein. »Rechts fliegt eine Eule nach vorn zu einem großen Baum. Und um den Stamm rum hocken Männer, sieben sind vornehm angezogen, und der andere ist ein Mönch.«

»Nur ein Mönch? Sohn, betrachte ihn genauer.«

Jetzt ahnte Raffaele, was von ihm erwartet wurde. »Ihr seid es, ehrwürdiger Vater. Ich erkenne Euch ganz deutlich.«

»Dein Verstand ist noch ungeübt, lieber Sohn.« Die Ermahnung klang wie ein Lob. Girolamo benetzte die Lippen. »Aber wenn selbst du Unschuldslamm mich abgebildet siehst, wird auch jeder Christ es tun. Ja, ich spreche dort unter dem Baum zu den sieben Weltweisen.«

Erleichtert wollte ihm Raffaele das Werk überreichen, jedoch der Frate schüttelte den erhobenen Finger: »Eine letzte Prüfung noch, ehe ich dich belohne. Schlage die nächste Seite auf. Lies und übersetze den Titel.«

»*De Veritate Prophetica*«, buchstabierte Raffaele. Angestrengt schob er die Unterlippe vor und zurück. »Irgendwas von einem Propheten?«

Girolamo trat dicht vor ihn, seine Kutte berührte den Kittelstoff, die knochigen Finger streiften über beide jugendlichen Handrücken, ehe sie nach dem Buch fassten. »*Veritas*«, flüsterte er und legte die Schrift auf den Tisch. »Der Titel lautet: ›Über die Wahrheit der Prophetie‹. In diesem Werk gebe ich allen Christen den Einblick in meine Visionen. Ich zerstreue jeden Verdacht des Betruges. Denn in mir ist schon als Kind der unbändige Hunger nach Wahrheit entbrannt.« Als er den ratlosen Blick des Schülers bemerkte, schmunzelte er beinahe. »Nein, ich will deinen schönen Kopf nicht überfrachten.«

Bereitete Raffaele auch jegliches Nachdenken Mühe, umso untrüglicher war das Gespür für Schmeichelei, und sobald begehrliche Blicke seinen Körper betrachteten, blühte wie von selbst das Lächeln. »Soll ich jetzt gehen, ehrwürdiger Vater?«

»Nein, setze dich zu mir.«

Wie unbeabsichtigt rückte Raffaele nahe an die ausgezehrte Gestalt heran. »Eine Belohnung? Ich dachte, wir sollten hier in Armut leben?«

»Kein schnödes Geld, mein Sohn.« Die Hand sank auf den festen Oberschenkel, verweilte dort einen Atemzug lang, dann entfernte sie sich wieder. »Nichts ist sündig«, haspelte Girolamo kaum hörbar. »Nicht, wenn der Geist rein ist.«

»Ich verstehe, Vater«, sagte Raffaele und schlug die seidigen Wimpern nieder.

»Nichts weißt du von der Qual einer Anfechtung, Sohn!« Als müsse er sich retten, begann der Frate hastig und mit heiserer Stimme zu dozieren: »Dein Namenspatron ist einer der sieben Erzengel, die vor dem Throne Gottes stehen. Merke es dir. Er wurde ausgesandt, den Sohn des blinden Tobit zu führen, und geleitete ihn durch jede Gefahr und Anfechtung. ›Gott hat geheilt‹, das bedeutet ›Raphael‹. Vergiss es nicht. Er ist nicht nur der Schutzheilige der Apotheker, sondern auch der Reisenden, aller Wanderer, die sich auf steinigem Pfade befinden.« Ruckartig stand Girolamo auf und presste das Buch ans Herz. »Ja, eine Belohnung sollst du erhalten, wie es deinem Namen gebührt. Komme morgen nach der Weihnachtsmesse zu mir in die Zelle. Dort will ich dich einweisen …« Als hätte ihn ein Hieb getroffen, blickte er zur Decke. »O Gott, nein! Ich lasse dich rufen, wenn es so weit ist. Fra Domenico soll bei der Anprobe teilnehmen.« Eilig verließ er die Sakristei, kehrte aber gleich zurück. Jede Unruhe war gewichen. »Mit Erstaunen habe ich deine Locken bemerkt.«

Das Blut stieg Raffaele in die Wangen. »Vergebt mir, ehrwürdiger Vater«, stammelte er. »Ich dachte, weil die Kameraden und ich doch erst Ende Januar wieder auf Streifzug gehen. Für den neuen Scheiterhaufen. Da habe ich … Verzeiht, ich werde mir sofort den Kopf rasieren lassen.«

»Deine Nachlässigkeit sei dir vergeben, Sohn. Du wirst die Locken erst abschneiden, wenn ich es dir befehle.« Damit entschwand der Frate in den düsteren Kirchenraum.

Raffaele sah ihm furchtsam nach. »Ist die Belohnung etwa eine Strafe?«, flüsterte er. »Wenn ich nur begreifen würde, was der Vater von mir will.«

Rom hatte zu den ersten vorsichtigen Verstößen gegen die Exkommunikation geschwiegen … Die Stadt und ihre Regierenden duckten sich unter der brutalen Faust Francesco Valoris … Doch der Frate von San Marco zauderte …

In seiner Zelle betete Girolamo inständig und immer wieder den Psalmvers: »Mein Gott, ich hoffe auf Dich; lass mich nicht zuschanden werden, auf dass sich meine Feinde nicht freuen über mich. Mein Gott, ich hoffe auf Dich …«

Erst bei Anbruch des Weihnachtsmorgens erhob sich der Prophet vom kalten Boden. »Nun fürchte ich nichts und niemanden mehr. Denn der Herr, der über dem Papst steht, hat mich aufgefordert, die Lippen zu öffnen.«

Weihrauch mischte sich in den Pinienduft. Kaum trat Fra Girolamo beim Verklingen der Orgel aus der Sakristei, verließen Mitglieder der Arrabiati zornentbrannt das Gotteshaus. »Er scheut sich nicht. Jetzt wagt er offen, den Heiligen Vater herauszufordern.«

Vor dem Altar hob der Bußprediger die Hostie: »Dies ist mein Leib …«

Ehe er den Wein in Christi Blut verwandelte, zischten Companacci den Frauen in den hinteren Reihen zu: »Gebt nur Acht. Wer von einem Verdammten die Kommunion empfängt, ist selbst exkommuniziert. Keine Taufe mehr für Eure Kinder. Kein christliches Begräbnis.«

Mehr als dreißig Aufgeschreckte verhüllten ihr Gesicht und flohen hinaus.

Keine Opposition. Anfang Januar 1498 errangen die Anhänger des Frate erneut sämtliche Sitze in der Signoria. Auch die Gremien für innere Ordnung und Außenpolitik waren mit seinen Gefolgsleuten besetzt.

Francesco Valori wollte die Hand des geistigen Führers küssen, jedoch Girolamo entzog sie ihm, ehe der Mund die schorfige Haut berührte. »Beschmutze mich nicht. Wo warst du, Sohn, als das Kind in der Krippe, dein starker Gönner, dich von der Glocke zur Weihnachtsmesse rufen ließ?«

»Zürnt nicht, ehrwürdiger Vater. Aus politischer Erwägung schien mir und meinen Leuten die Teilnahme unklug. Der Wahltermin stand bevor.«

»Ihr Kleingläubigen!« Voller Abscheu verschränkte Girolamo die Arme. »Und wer hat gesiegt? Jesus Christus.«

»Lob und Preis sei ihm. Amen.« Der Kettenhund beugte den Kopf bis über die Füße seines Herrn. »Wie kann ich Euch besänftigen?«

»Nicht ich bin es, den du gekränkt hast, Sohn. Jedoch um dich mit deinem himmlischen Vater auszusöhnen, erwarte ich dich und alle Mitglieder des Hohen Rates morgen am Dreikönigstag zur Messe. Ihr sollt mir, wie es seit jeher der Brauch ist, vor dem Altar die Hand küssen, und ihr werdet von mir die heilige Kommunion in Empfang nehmen. Zum leuchtenden Vorbild für alle Wankelmütigen. Außerdem erwarte ich die Herren als Zuschauer unserer Darbietung. Meine Brüder und ich haben keine Mühe gescheut, das heilige Spiel einzustudieren.«

Valori sah furchtsam zu ihm auf. »Damit widersetzt sich die Signoria vor aller Welt dem Gebot des Papstes. Ich befürchte schlimme Folgen für die Stadt.«

»Zweifelst du immer noch, wer letztlich den Sieg erringen wird? Wem wahre Ehre gebührt?«

»Nein, Vater.« Wieder versuchte der mächtigste Mann des Staates, die dürre Hand zu ergreifen. Und wieder erlaubte es der Prophet nicht. »Morgen, Sohn. Morgen beim hellen Gesang der Knabenchöre.«

Laodomia hatte versucht, ihre Freundin mit Worten zu überzeugen. Vergeblich. Erst als sie Tränen zu Hilfe nahm und flüsterte: »Ich will nicht, dass du in Sünde fällst«, gab die Russin den Widerstand auf.

»Nicht weinen, Kleines. Dir zuliebe gehe ich nicht zu unserm Frate in den Gottesdienst. Auch wenn ich nicht glauben kann, dass er mit einem Mal kein Priester mehr sein darf und jeden sündig macht, der bei ihm beichtet. So was geht doch bei einem heiligen Mann gar nicht.« Petruschka presste die Hand auf ihr Herz, nach einer Weile gestand sie mit furchtgeweiteten Augen: »Weißt du, bald zerspringt da was in mir.«

»Nein, sag das nicht.« Laodomia streichelte ihr die Wange. »Bei wem du die Messe hörst, ist Gott egal. Alle geweihten Pfarrer sind seine Diener. Wenn du willst, dann begleite ich dich morgen zu Santissima Trinità. Da warst du schon lange nicht mehr. Von unserm alten Priester lassen wir uns die Kommunion spenden.«

Das überraschende Angebot belebte Petruschka neu. »Wir beide zusammen? Ja, das wäre schön. Und vor der Madonna stifte ich eine Kerze für den Frate. Das ist doch erlaubt, oder?«

»Ich habe keine Ahnung.« Laodomia wollte die Freundin nicht weiter verunsichern, mit einem Lächeln setzte sie hinzu: »Meinetwegen auch zwei.«

Petruschka hielt ihre Hand fest. »Wenn ich schon nicht in die Kirche von San Marco darf, aber bei der Prozession will ich dabei sein. Und du gehst mit, versprich es mir.«

»Einverstanden. Nur zugucken schadet bestimmt nicht«, sagte Laodomia und dachte, alles will ich tun, damit deine warme Seele nicht an dem Eis dieses kaltherzigen Verführers erfriert.

Weiße Wimpelketten spannten sich rund um den Platz vor San Marco. Sie begannen an der Klosterpforte und endeten neben dem weit geöffneten Flügelportal der Kirche. Kaum mehr als fünfhundert Bürger hatten sich eingefunden.

Ohne Schieben und Mühe war die Russin mit Laodomia an der Via Larga bis vorn zur Absperrung gelangt. Aus der fernen Tiefe des Klosters hörten sie Psalmgesang; er nahm an Lautstärke zu, entfernte sich wieder und näherte sich endlich der Pforte. Ein strahlender Schweifstern erschien, befestigt an der Spitze einer langen Stange und vorangetragen von einem dunkel gelockten Engel in weißem wallendem Kleid. Bei jedem Schritt bewegte er die Armbeugen, und im gleichen Rhythmus schwangen beide großen Federflügel an seinem Rücken. Ihm folgten die drei Weisen aus dem Morgenland: Seidene Turbane, Ketten und goldene Ohrringe blinkten, und der Saum ihrer prächtigen Gewänder schleifte über die Erde. Der bärengroße Melchior trug das Kästchen mit Gold und Edelsteinen, der schlanke, biegsame Kaspar den Weihrauch, und zwischen ihnen schritt hölzern, feierlich: Balthasar. Im hohlwangigen, braun gefärbten Gesicht glühten die Augen, wirkten die rot angemalten Lippen noch wulstiger. Wie eine Monstranz hielt der schmächtige Mohr den Krug mit Myrrenöl vor der Brust.

Mönche schlossen sich an. Sie führten lodernde Fackeln mit sich, auf ihren weißen Kutten prangten rote Kreuze.

»Ist das nicht wunderbar, Kleines?«, raunte Petruschka ergriffen. »So heilig. Und wie sie singen, ach, ich könnte weinen.«

Laodomia gab keine Antwort. Unverwandt beobachtete sie den Engel. Auf der Suche nach Stall und Krippe, führte er die Prozession in Schlangenlinien bis zur Mitte des Platzes, schlug einen Bogen und wanderte nach rechts bis zu den Honoratioren der Stadt. Vor ihnen ließ er einen Psalmvers lang die großen Flügel schneller auf- und zuklappen, ehe er dann dem Rund der Wimpelkette wie einem Pfad folgte.

Jäh vertrocknete Laodomia der Mund. »Halt mich fest«, bat sie die Freundin.

»Ist dir nicht gut, Kleines?«

»Nein. Sieh doch. Da, der Engel.«

Petruschka hob den Busen. »Unser Raffaele! O Madonna, so hübsch habe ich ihn noch nie erlebt. Schön, dass er wieder Locken hat.« Sie winkte ihm zu, doch er wanderte weiter, blickte hin und wieder zu den beiden Blendlaternen hinauf, die seinen Stern funkeln ließen.

»He, Frate! Der Mummenschanz hilft dir nichts«, höhnte eine scharfe Stimme irgendwo hinter den Frauen. »Was treibst du dich hier als Mohr im Freien rum? Glaubst du, der Papst erkennt dich so nicht? Besser wär's, du hättest dir deinen Nasenzinken abgesägt.« Wachleute bahnten sich durch die Zuschauer, doch der Spötter war längst davongelaufen.

Laodomia spürte, wie ein Krampf die Freundin vorbeugte. Erst nach heftigem Atmen richtete sich Petruschka wieder auf. »So eine Gemeinheit«, sagte sie unglücklich. »Da geht Fra Girolamo als Mohrenkönig mit den beiden anderen Königen ganz friedlich hinter unserm Raffaele her. Und diese Schweine zerreißen sich das Maul.«

Langsam entschwand die Prozession im Gotteshaus. Bis auf einen schmalen Lichtstreif wurden die Portalflügel vom Sakristan geschlossen.

Ehe andere Neugierige sich vorwagten, belagerte schon eine Hand voll bunt gekleideter Companacci den Sehspalt. »Jetzt haben sie den Stall gefunden.« – »Ach, wie sie sich freuen.«

»He, seht mal, der Frate nimmt das nackte Kind aus der Krippe! Er küsst es!«

»Geht zur Seite!« Ein Gockel stieß die anderen weg. »Das ist der Beweis. Ja, unsere Plakate hatten Recht: Der Frate treibt es mit Knaben ...«

»Schweigt, ihr Gotteslästerer!« Mit erhobenen Fäusten stürzten sich Gläubige auf die jungen Patrizier. Brüllen und Fluchen. Noch während das Handgemenge tobte, zog Petruschka ihren Schützling mit sich fort. »Was die sagen, ist doch auch Sünde? Oder, Kleines?«

»Unwürdig und schamlos.« Laodomia schüttelte den Kopf. »Ich fürchte, bald tragen beide Seiten nur noch Fratzen. Und mein Sohn? Auch ihn werde ich dann nicht mehr erkennen.«

Kein Zurück. Seit dem Dreikönigstag, als er alle rettenden Stege hinter sich abbrach, schreckte Savonarola nichts und niemand mehr. »Der Frate trotzt dem Papst. Er wird am Sonntag wieder im Dom predigen.« Diese Botschaft ließ er in der Stadt verbreiten.

Leibwächter umringten Fra Girolamo, als er am 11. Februar aus dem Kloster ins Freie trat. Während er durch die Via Larga schritt, standen Schwerbewaffnete in jedem Hauseingang. Die Neugierigen am Straßenrand reckten sich, wollten sehen, doch sein Gesicht blieb in der schwarzen Höhle der Kapuze verborgen.

Die Angst, selbst exkommuniziert zu werden, grassierte wie ein Krankheitskeim unter den Anhängern. Füllten vor einem Jahr noch mehr als fünfzehntausend Hörer den Dom, so hatten sich heute nur wenige hundert Gläubige eingefunden. Mit bangem Herzen begleiteten sie ihren Frate hinauf zur Kanzel.

»Brüder und Schwestern! Die Zeit des Schweigens ist vorbei.« Kurz ließ er den Blick über die Gemeinde schweifen, dann hob er ihn gen Himmel. »O Herr, wie sehr haben sich meine Widersacher vermehrt! Viele erheben sich gegen mich. Mit Dir, o Gott, will ich an diesem Morgen ein wenig reden. Du stießest mich hinaus ins wilde Meer. Nun sehe ich weit und breit keinen Hafen und kann nicht mehr zurück.« Seine Stimme verlor den klagenden Ton. »Ich will auch nicht zurück, selbst wenn ich könnte, weil Du es nicht willst! ... Ich flehe dich an, o Herr, bestärke in mir das übernatürliche Licht, auf dass ich die künftigen und geheimen Dinge erkenne. Auch bitte ich, lasse mit dem heutigen Tag eine neue Zeit anbrechen. Lege Hand an, Herr, bewirke größere Werke, als Du sie je vollbracht hast.« Jäh beugte er sich über die Brüstung, das Feuer loderte auf. In einem nicht enden wollenden Schrei stieß er die Predigt auf seine Hörer nieder. »Brüder! Schwestern! Wir haben das Schlachtfeld betreten. Der Teufel in Rom führt bereits seine Armee herbei. Mit Bannfluch und Lügen will er uns vernichten ... Doch fürchtet euch nicht ... Dieser Oberhirte ist nur eine Säge ... Solange Gott sie in der Hand hält, ist sie scharf ... Aber er hat die Säge fallen gelassen. Nun verrosten ihre Zähne ... Die Exkommunikation ist wertlos ...« Als der Prophet sich zum Höhepunkt hinaufschrie, schäumte Speichel in den Mundwinkeln. »Bisher war ich nicht genötigt, Wunder zu vollbringen. Doch wahrlich, sobald man solches von mir fordert, wird Gott mir zur Seite stehen ... O Herr, ich bin bereit, für Deine Wahrheit mein Leben zu lassen. Ich biete mich zum Opfer an und flehe, lasse mich keines anderen Todes sterben.«

Harte Stiefeltritte schlugen aufs Pflaster. »Im Namen Jesu Christi ...« Die Horden der Engelsarmee marschierten wieder durch die Straßen und zogen ihre Beutekarren hinter sich her. Brutaler noch als im vergangenen Jahr gingen die Kahlgeschorenen vor. Gegenwehr fürchteten sie nicht. Francesco Valori hatte jedem Trupp sechs Stadtsoldaten als Verstärkung zugeteilt.

»Zerstört unsere Wohnung nicht«, flehten Väter oder Mütter. »Wir geben freiwillig.« Sie trennten sich von neu erworbenen Bildern, von Musikinstrumenten, Büchern, Kleidern und heimlichen Schätzen, an denen ihr Herz sich erfreute. Bereits Mitte Februar häuften sich die Eitelkeiten an der Nordseite des Palazzo della Signora. »Im Namen Jesu Christi!«, grölten die glatzköpfigen Engel und ließen Tag für Tag den Berg weiter anwachsen. Denn erst Ende des Monats war Carneval.

Am 18. Februar blickten nur noch zweihundert Gläubige zum Predigtkorb auf. »... Schert euch nicht um den Bann. Der einfache Mensch in Rom hat ihn ausgesprochen, er ist nicht unfehlbar, dafür aber schwelgt er in Laster und Sünde …« Horchend legte der Frate seine Hand hinters Ohr, obwohl niemand ihm etwas zurief, wiederholte er die Frage: »Hast du nicht Angst, dass dein unerschrockener Mut dich in Todesgefahr bringt?« Mit ausgestrecktem Finger gab er die Antwort: »Ich kümmere mich nicht darum, was mit mir geschieht, sobald ich gestorben bin. Lasset nur die Feinde mir einen Strick an den Fuß binden und mich in den Arno werfen. Kurzum, Brüder und Schwestern, macht euch um mich keine unnützen Sorgen und tröstet euch mit der Zuversicht, dass Christus und seine Engel bei euch sind …«

Im Zwielicht des Abends schlüpfte aus dem Hintereingang des Palazzo Cattani ein Knecht, den Kragen des grauen Mantels hochgeschlagen, die Kappe tief in der Stirn. Schnell verlor sich die Gestalt in den Winkelgassen, huschte auf dem Ponte Vecchio wie ein Schemen an den geschlossenen Ladentüren vorbei und entschwand jenseits des Arno im Armenviertel.

Noch ehe der nächste Tag graute, stiegen die beiden Anführer der Schnarrer und Pfeifer durch eine Fensteraussparung in den Rohbau des neuen Palazzo Strozzi. Jeder von ihnen war mit einem Soldo überredet worden, ohne Waffe, allein und unauffällig zu diesem Treffpunkt zu kommen. »Das Silberstück ist nur eine Anzahlung«, hatte der Bote gelockt. »Morgen erwartet euch ein Auftrag, bei dem sogar Gold herausspringen kann.«

Geräuschlos tasteten sich die Zerlumpten entlang der Wände in den Raum hinter der Eingangshalle und kauerten sich in eine Ecke. Stille. Weit entfernt bellte ein Hund. Dann Schritte, sie kamen rasch aus dem Innenhof, wischten über die rauen Bodensteine, und eine dunkle Gestalt tauchte im grau-hellen Licht der Türeinfassung auf. »Falls ihr hier seid, dann zeigt euch.«

Die Halbwüchsigen näherten sich.

»Halt. Nicht weiter.« Eine schwarze Maske verbarg Stirn, Augen und Nase. Der Umhang war hochgeschlossen. »Seid ihr bereit, mit euren Banden für uns zu arbeiten?«

Beide nickten, und der oberste Schnarrer setzte hinzu: »Egal, wer Ihr seid: Wenn's sich lohnt, machen wir alles.«

»Für gute Leistung zahlen meine Freunde und ich gutes Geld.«
Knapp umriss der Maskierte den Auftrag. Als er geendet hatte, grinsten die jungen Kerle, verbeugten sich sogar, und der Anführer der
Pfeifer streckte die Hand aus. »Schlagt ein, Partner, damit das Geschäft
gilt. So machen wir 's immer, damit keiner den andren reinlegt.«

»Mein Ehrenwort muss genügen. Und dies hier.« Zwei Münzen
blinkten auf, geschickt fingen die Zerlumpten sie aus der Luft. »Jeden
Samstag wird der Bote euch den Lohn bringen. Es liegt dann an euch,
ihn gerecht zu verteilen.«

»Keine Sorge. Wir bescheißen uns nicht gegenseitig wie die feinen Kaufleute. Und bei dem Spaß kommt bei uns keiner zu kurz.«

»Ihr wisst, was von euch erwartet wird.«

Der grau-lichte Ausgang war leer, nach wenigen Augenblicken
verloren sich die Schritte.

Alfonso Strozzi steckte die Maske in den Mantelsack, schlenderte
an der Baustelle vorbei hinüber zum Fruchtmarkt, von dort schlug er
den Weg in Richtung Santa Maria Novella ein. Erst beim Hahnenschrei kehrte er von seinem Morgenspaziergang zurück.

Laodomia stand vor dem Regal, wählte sorgsam aus und brachte drei
Kräuterbündel zum Ladentisch. »Richtig angewandt, verschaffen sie
dir Erleichterung.«

»Was muss ich genau machen?« Kaum wagte die Kundin aufzublicken.

»Auf keinen Fall dich schämen«, bestärkte Laodomia sie. »Mit mir
kannst du ganz offen darüber reden. Wir sind doch hier unter uns.
Frauen haben nun eben mal Leiden, von denen die Männer verschont
bleiben. Mit uns ins Bett wollen sie, aber sobald es darum geht, tun die
Kerle so, als wären wir aussätzig.«

»Ich komme gern zu dir in den Laden. Auch meine Nachbarinnen. Nicht allein wegen der Kräuter, nein, weil du immer für jeden ein
freundliches Wort hast.«

»Noch so ein Kompliment, und ich werde rot.« Laodomia nahm
die Kräutersträuße zur Hand. »Also. Falls bei der nächsten Monatsblutung wieder kaum was rausfließt und du wieder Krämpfe im Unterleib hast, dann kochst du Mutterkraut, Rainfarn und Wollkraut

kurz auf. Nimm gleich danach ein Schwitzbad. Aber stell einen Schemel in den Zuber. Jetzt musst du dich nur noch auf die Kräuter setzen. Lass sie schön lange einziehen. Das ist alles. Von den Säften entspannt sich dein Schoß …« Sie hielt erschreckt inne.

Stiefeltritte schlugen draußen aufs Pflaster, hallten an den Hauswänden wider, näherten sich rasch.

Die Kundin zog ihr Kopftuch bis über die Augen. »Besser, wir verstecken uns.« Wie ein Kind wollte sie unter den Ladentisch kriechen.

»Bitte nicht«, murmelte Laodomia. »Du hast nichts zu befürchten. Vielleicht geht die Bande ja weiter.«

Vor der geöffneten Ladentür hielt der Trupp an. »Wartet, Leute. Bei der Signora räume ich allein auf.«

Laodomia erkannte die Stimme.

»Nur wenn es Schwierigkeiten gibt, rufe ich euch. Habt ihr verstanden?«

Sie fühlte Trauer, zornige Trauer.

»Im Namen Jesu Christi, des Königs unserer Stadt, und der Jungfrau Maria fordere ich, dass mir alle Eitelkeiten übergeben werden …«

»Du bist noch nicht an der Reihe, Engel«, fauchte Laodomia ihren Sohn an. »Also warte mit deinem Spruch!« Damit wandte sie sich freundlich an die Kundin und legte die Kräuter in den Korb. »Nicht vergessen, erst weich kochen, und dann nimmst du sie mit ins Schwitzbad.«

»Was habe ich zu bezahlen?«, hauchte die zitternde Frau.

»Nichts.« Laodomia blickte auf den kahl rasierten Raffaele und setzte hinzu: »Heute werde ich so viel verlieren, da schenke ich dir lieber die paar Denare, um noch selbst eine Freude zu haben. Komm wieder und sag mir, ob das Mittel geholfen hat.«

»Wenn ich nicht solche Angst hätte, würde ich bleiben«, flüsterte die Kundin, drückte sich an dem Weißkittel vorbei und floh nach draußen.

Laodomia blieb hinter dem Ladentisch. »Schließ die Tür!«

»Das wäre gegen unsere Vorschriften.«

»Und ich dachte, du wolltest mir einen Besuch abstatten. Mach sofort die Tür zu!«

Raffaele gehorchte, als er sich umwandte, war sein Gesicht rot angelaufen. Er drohte ihr mit dem Knüppel. »Merk dir genau. Du kannst mich nicht mehr wie ein kleines Kind behandeln.«

»Ach, jetzt wirst du mich wohl verprügeln.«

»Nein, Mutter. Nicht, wenn du mich nicht dazu zwingst.«

»Was bist du? Ein Räuber? Oder gar ein Mörder?« Sie näherte sich ihm. »Signora Gorini hast du übel zugerichtet. Sie hat dir früher Zuckerkringel zugesteckt. Vielleicht war ich nicht immer eine gute Mutter, aber wenigstens versucht hab ich 's. Und nun kommst du zu mir, kahl rasiert, in diesem ekelhaften Kittel, in Lederstiefeln. Nur zu, erschlage mich mit deinem Eichenknüppel.«

»Hör auf, Mutter!«, schrie Raffaele voller Not. »Ich muss dem Befehl gehorchen. Sonst werde ich degradiert.« Er stieß sie beiseite. »Ich … ich kann mich nicht mit dir unterhalten, verstehst du! Wenn es zu lange dauert, kommen meine Leute rein … Und dann … Ich will nicht, dass dir was geschieht.«

»Sehr rücksichtsvoll, Herr Offizier«, höhnte Laodomia; sie sah den bebenden Rücken, und jäh wurde ihr bewusst: Er ist gefangen, mein Raffele ist ein blindes Werkzeug. Die Schuld daran aber trägt ein anderer. Leise bat sie: »Ehe du deine Pflicht erfüllst, Junge. Sag nur, wer hat dich zu mir geschickt? War es der Frate?«

Raffaele wandte sich nicht um. »Der ehrwürdige Vater kümmert sich nicht um die Engelsarmee. Deine Adresse hat Bruder Tomaso an unsern General weitergegeben. Und ich …«

»Nimm, was du willst«, forderte Laodomia ihn auf. »Du weißt ja, wo meine Sachen sind. Versteckt habe ich nie etwas vor dir.«

»Sei nicht freundlich!« Raffaele stürzte durch den Laden ins Hinterzimmer. »Das ist noch viel schlimmer.«

Sie presste die Hände auf die Ohren, um das Gepolter nicht zu hören. O Gott, flehte sie stumm, warum beschützt du diesen Prediger von San Marco? Siehst du denn nicht, wie er unser Leben zerstört? Bestrafe ihn, wenn du ein gnädiger Gott bist.

Raffaele kehrte zurück. »Den Spiegel lasse ich dir.« Drei ihrer schönsten Gewänder und die seidene Bettwäsche mit den Goldlitzen hatte er sich über die Schulter geworfen, in der Hand trug er ihr kleines Schmuckkästchen aus Elfenbein und Zedernholz.

»Du hast gut gewählt, Junge.« Laodomia atmete gegen die Tränen an. »Dein Großvater hat mir die Kleider genäht. Die Schatulle schenkte mir Lorenzo Medici.« Heftig schluckte sie. »Und da drin bewahre ich die Rubinkette von Filippo auf. Ich trug sie, als dein Vater mich heiratete. Und die schönen Laken habe ich von … Aber ich sehe, du hast es eilig. Doch warte, wenn meine Erinnerungen auf den Scheiterhaufen sollen, dann darf eine Eitelkeit nicht fehlen.«

Schnell kam sie wieder in den Verkaufsraum. Sie drückte ihm das Bild des Erzengels Raphael gegen die Brust. »Verbrenn ihn gut. Weil er sich schämt, dein Namenspatron zu sein.« Laodomia riss die Tür auf. »Und jetzt lass mich allein.«

»Mutter, bitte versteh doch.« Sein Blick war wund. »Wir müssen doch das Königreich säubern …«

»Raus mit dir. Im Namen Jesu Christi: Geh zu deinen Kumpanen!«

Die Domglocken läuteten, riefen am 25. Februar zum Gottesdienst. Mit eckigen Bewegungen stieg der Hirte in den Predigtkorb. Wieder hatte sich seine Herde verringert.

»Brüder und Schwestern!« Zunächst bezweifelte er erneut die Exkommunikation. »… Ich hure nicht mit Buhlerinnen und Lustknaben, aber der Mensch in Rom. Er, er ist der wahre Ketzer …« Dann versengte Girolamo das Häuflein der Getreuen mit einem flehenden Blick. »Wollt auch ihr mich verlassen?«

Gut auf das Stichwort vorbereitet, antwortete Fra Domenico von unterhalb der Kanzel: »O Herr, zu wem sollten wir gehen?« Sein volltönender Bass hallte hinauf in den Gewölbehimmel. »Du hast Worte des ewigen Lebens!«

»So höret, ihr wahren Gläubigen. Gebt den Freunden und auch all meinen Feinden in der Stadt bekannt: Übermorgen, am Carnevalsdienstag, werde ich nach der Messe in aller Öffentlichkeit das heilige Sakrament zur Hand nehmen. Jedermann soll dann Gottes Urteil herabflehen. Wenn ich ein Scharlatan bin, wenn ich euch mit meiner Lehre getäuscht habe, so möge der Allmächtige ein Feuer vom Himmel senden, auf dass es mich in der Hölle verschlinge … Ist aber der Herr auf meiner Seite, so fordert einen meiner frömmeln-

den Hasser auf, er möge sich selbst solch einem Gottesurteil unterziehen. Ihr werdet sehen, wie er am ganzen Leibe bebt und zittert
wie Espenlaub.« Heftig schnaubte der Prophet durch die Nase. Mit
ausgebreiteten Armen beschwor er den Triumph. »Hernach wird sich
die Kinderprozession mit Lobgesang auf den Weg machen … Doch
bleibt bescheiden und verhaltet euch gesittet. Rufet nicht mehr: ›Es
lebe Jesus Christus‹, außer ich befehle es euch; denn sorgsam angewendet, bewirkt der Schlachtruf mehr … Brüder und Schwestern,
mutig voran! Wir wollen mit dem Teufel einen Krieg bis aufs
Messer führen und an Carneval die Lustbarkeiten des Satans ausrotten!«

Die himmlische Antwort war herausgefordert. Einige hundert Bürger
wollten Zeuge sein. Vor der Klosterkirche stand Fra Girolamo auf
einem Gerüst. Zwischen Daumen und Zeigerfinger beider Hände
hielt er die heilige Hostie hoch über dem entblößten Haupt. Seine
Mitbrüder sangen Psalme und beteten. Nichts geschah. Gott schwieg.
Nach einer halben Stunde teilte der Prophet den Segen aus und
stimmte das Tedeum an.

Die meisten der Neugierigen nahmen sich keine Zeit, den Herrn
zu loben; sie hatten ein Wunder erwartet und gingen enttäuscht nach
Hause. Einige Companacci fluchten: »Dieser gerissene Frate. Er weiß
genau, wie er das Volk hinters Licht führen kann.« Andere schlugen
die Faust in die offene Linke. »Aber warte nur, du Kuttenkittel. Unsere Chance wird kommen. Nicht heute, aber bald.«

Nach dem Mittagsläuten zogen jubelnde Kinderchöre durch
Florenz, der Frate und alle Mönche des Konvents wallten hinter
ihnen her.

Schnarren und Pfeifen! Der Lärm übertönte das Hosianna.
Vom Straßenrand flogen tote Katzen und Hunde in die Prozession.
Zerlumpte Halbwüchsige stürzten vor; sie schnappten den Kleinen
die Kerzen aus den Händen, spuckten in die entsetzten Gesichter.
Steine prasselten auf den Zug der Mönche nieder. Zu schnell kamen
die Überfälle; ehe Geheimpolizisten eingreifen konnten, ertönten
die Holzschnarren und Stummelpfeifen schon an anderer Stelle.

»Begeht dieses Fest mit frommer Freude!«, rief der Prophet auf dem Platz des Regierungsgebäudes. »Kümmert euch nicht um diese Gottlosen, denn sie sind übler noch als Türken und Heiden!« Für eine feierliche Zeremonie blieb keine Zeit. Fra Domencio gab Befehl, und seine Engel flogen mit den Eitelkeiten die Pyramide hinauf. Bald waren die sieben Stufen wieder überhäuft.

»Legt Feuer!« Glockengeläut, Fanfarenstöße und Trommelwirbel ersetzten den Jubel. Hoch hinauf schlugen die Flammen und beleckten den Himmel, sie brachen in sich zusammen, noch ehe es Abend wurde. Übrig blieb verkohlter Schutt und beißender Gestank.

Wie nach einer Niederlage senkten die Zuschauer den Kopf. Ehe sie sich zerstreuten, ließ der Frate verbreiten: »Das Fest ist noch nicht beendet. Wer glaubt, der schließt sich wieder unserer Prozession an. Vor San Marco werden die Mönche mit Engeln einen Reigen zur Ehre Gottes darbieten.«

Bis auf die Armee der Glatzköpfigen und die Brüder folgten nur wenige seiner Einladung.

Kaum hatte der Zug den Dom hinter sich gelassen, sprangen erneut die Halbwüchsigen wie Ratten aus Winkeln und Durchstiegen. Faulige Fleischfetzen klatschten den Mönchen ins Gesicht, Kot besudelte die Weißhemden.

»Wehrt euch!«, brüllte Fra Domenico seiner Streitmacht zu. »Verteidigt das Königreich Gottes!« Er selbst führte den Frate und die älteren Mitbrüder eilig aus der Gefahr.

Engel schwangen die Fäuste gegen Knüppel und Eisenketten. Das Gebrüll wuchs an. Zurückgebliebene Leibwächter stachen mit blanker Waffe um sich. Schnarrer und Pfeifer schrien: »Blut für Blut!« Schon blitzten Messer in ihren Händen. Engel strauchelten, fielen, rappelten sich verletzt vom Boden hoch und flohen in Richtung San Marco. Kläglich verebbte ihr Schlachtruf: »Im Namen Jesu Christi!« Erst als Stadtsoldaten zu Pferd sich näherten, schwieg auch das Hohnkonzert der Schnarrer und Pfeifer.

Kerzen erhellten das Refektorium. Demütig beugten sich die Patres über ihre gefalteten Hände. Fra Girolamo sprach das Tischgebet. Seine Stimme gehorchte ihm kaum, zweimal unterbrach ihn ein Hüsteln.

Das »Amen« stieß er krächzend aus. »Sättigt euch an der Speise, die uns vom Herrn gegeben wurde.«

Brot, Dörrfleisch und Käse verführten keinen Mitbruder, sich durch schnelles Zugreifen einen Leckerbissen zu sichern. Auch wartete jeder geduldig, bis ihm der Krug gereicht wurde, denn Wasser stillte nur den Durst, hob aber nicht das bedrückte Herz.

Die Stimme des Vorlesers schwang im getragenen Auf und Ab über die Tafel. »Wohl dem, der barmherzig ist … Seine Seele ist getrost und fürchtet sich nicht, bis er seine Lust an seinen Feinden sieht. Er streut aus …«

Leise trat Fra Silvester in den Raum. Der Singsang stockte und setzte wieder ein. Unpünktlichkeit war ein Verstoß gegen die eherne Klosterregel. Vorwurfsvolle Mienen begleiteten ihn entlang der Wandfresken zum freien Platz nahe des Kopfendes. Ruhelos irrten Silvesters Augen, das Gesicht hatte alle Farbe verloren. Er nahm Brot und Dörrfleisch; als er sich den Becher füllte, schwappte Wasser über den Rand. Mühsam zerkaute er den ersten Bissen und schluckte. Ein dumpfes Brodeln entstieg dem Leib, dann erbrach sich Silvester, versuchte mit der Hand den Schwall aufzuhalten, zwei Mal noch folgten würgende Stöße. Er scharrte den Stuhl zurück. Der Inhalt seines Magens verschmierte ihm Stirn und Wangen und lief breiig vom Kinn den Hals hinunter.

Während Silvester geduckt aus dem Refektorium taumelte, unterbrach der Vorleser die Litanei nicht. »… der Gottlose wird's sehen, und es wird ihn verdrießen, seine Zähne wird er zusammenbeißen und vergehen …«

Nach dem Mahl fand Girolamo seinen Mitstreiter im Krankenzimmer. Er hatte sich gereinigt und war von Bruder Tomaso mit angewärmtem Wein versorgt worden. »Lieber Freund, welches Übel sucht dich heim? Oder leidest du an den Folgen eines Handgemenges mit diesen Teufeln?«

Ohne Unterlass wiegte Silvester den Oberkörper vor und zurück. »Gott hat geantwortet, Bruder.«

»Hattest du einen Traum?«

»Nein, Bruder. Nachdem die Eitelkeiten verbrannt waren, hat Gott ein Zeichen gesandt.« Silvester nahm einen Schluck, starrte den

Becher an und berichtete mit schwerer Stimme: »Die neue Signoria ist vor wenigen Stunden gewählt worden. Unsere Anhänger haben die Mehrheit verloren. Francesco Valori musste seinen Platz räumen. Jetzt führt ein Mitglied der Arrabiati den Hohen Rat.« Er schloss die Augen und flüsterte: »Ich wünschte, es wäre nur ein schlechter Traum.«

Girolamo drehte den elfenbeinernen Totenkopf zwischen Zeigefinger und Daumen. »Wie steht es mit den anderen Gremien?«

»Dort hat unsere Partei noch Gewicht, wenn auch nur knapp mit einer oder zwei Stimmen.«

»Hör auf zu klagen, Bruder«, befahl ihm der Prophet. »Ich weissage dir, Gott lässt nicht zu, dass sein Werk aufgehalten wird. Binnen zweier Monate wird er Rom und unsere Feinde heimsuchen.« Er schloss den Totenkopf in der Faust ein. »Und sollte es dem Allmächtigen gefallen, dass wir ein Martyrium auf uns nehmen müssen, so werden wir es wie eine göttliche Gnade empfangen.«

»Nein!« Silvester entglitt der Becher und zerschellte auf dem Steinboden. »Ich bin nicht stark. Du bist der Prophet, nicht ich.«

»Deine Schwäche geht vorüber.« Girolamo strich ihm das Kreuz auf die Stirn. »Und sei getrost. Du, Domenico und ich, wir sind das Salz der Erde. Wir führen Gottes Schwert. Gemeinsam werden wir die sündige Welt bezwingen.«

D as Wild war aus dem Dickicht getrieben. Immer noch wehrbereit, doch ohne Schutz stand es da. Der heilige Jagdherr in Rom sah den Zeitpunkt gekommen, die Schlingen straffer zu ziehen.

Am 1. März erreichte ein Breve die neue Signoria. »… Wir sind auf das Äußerste erzürnt, dass der Sohn der Sünde, Girolamo Savonarola, unverdrossen seine Predigttätigkeit fortsetzt … dass er weiterhin seine verderblichen Irrtümer verbreitet …«

Das zweite Breve am folgenden Tag enthielt die eindeutige Drohung: »… Wir verlangen von Euch, diesen Sohn der Bosheit Uns in Ketten nach Rom zu senden. Zumindest aber möge der Hohe Rat dafür Sorge tragen, dass er vollends vom Verkehr mit der Außenwelt abgeschlossen wird … geschieht dies nicht, so wird das Interdikt unabwendbar die Stadt ereilen …«

Hinter verschlossenen Türen debattierten die neuen Machthaber. »Wir müssen besonnen handeln. Die Anhänger des Frate haben noch zu großen Einfluss. Erfüllen wir sofort und bedingungslos alle Forderungen des Heiligen Vaters, kann es bewaffneten Aufstand geben.«

Im Kreise der anderen Ratsgremien dann wurde nach einer hitzigen, wüsten Sitzung durch mehrheitlichen Beschluss ein Mittelweg gefunden: »Um den inneren Frieden der Stadt zu wahren, ist es Fra Girolamo bei Strafe untersagt, von der Domkanzel zu predigen …«

Girolamo fügte sich. Umso lauter aber schallte seine Stimme aus der Klosterkirche San Marco weiter: »… Wie lasch unsere Regierenden sind! … Es ist Zeit, den Schlüssel umzudrehen und den Schrank zu öffnen: Es wird ein Gestank aufsteigen, der die ganze Christenheit verpesten wird … Heute hält es der höchste Klerus nicht einmal mehr für nötig, von Neffen zu reden, heute spricht er ganz offen von Söhnen und Töchtern. In Sankt Peter gehen die Huren ein und aus; jeder Priester hat seine eigene Kebse und sündigt mit ihr vor aller Welt …«

Von jeder Predigt ließen Rodolfo Cattani und seine Freunde heimlich Mitschriften anfertigen. Eilkuriere brachten die Schmähungen vor den Heiligen Stuhl. Papst Alexander grollte. »Dieser Wurm verhöhnt mich. Ich will ihn endlich zertreten.«

Auch der Augustiner-General, Fra Mariano, nahm die Gunst der Stunde wahr, er wollte selbst Speerspitze sein und den Widersacher durchbohren. Vor Kardinälen und in Gegenwart des Oberhirten schleuderte er seinen Hass gegen den Frate: »… Savonarola ist ein jüdischer Wucherer, ein Dieb, ein schuftiger Gauner. Er predigt Armut, hat aber die Taschen voll gestopft mit Dukaten …« Geifernd wandte sich der Augustiner direkt an Savonarola: »Du, da in Florenz, du sagst, du stehst über dem Heiligen Vater und pisst auf ihn … Savonarola, du predigst im Licht des Teufels. Ich weiß, wann du deine Visionen hast: wenn du volltrunken bist … O Papst, o Kardinäle, seht

Euch vor, denn Ihr wisst nicht, was dieser Unhold noch im Schilde führt … Er ist eine vielköpfige Schlange …«

Alexander, der Sechste dieses Namens, verließ mit seinem Berater Caraffa vorzeitig die Predigt. Im Garten vor der Sixtinischen Kapelle schüttelte er sich. »Lieber Freund, ein wenig zu viel Unrat fließt aus dem Munde dieses angesehenen Theologen.«

»Auch mich schaudert«, gestand der Kardinal. »Bei ihm bewahrheitet sich der Satz aus dem Volke: Manche Mönche haben mehr Häute als eine Zwiebel.«

»Schauderhaft, in der Tat. Ehe Mariano sich noch weiter entblößt, sollten wir ihn künftig nicht mehr in unserem Kleinod der Besinnung auftreten lassen. Bei diesem Schmutz fürchte ich um die Schönheit der Wandgemälde.« Alexander betrachtete den Fischerring. »Dennoch werde ich der Stadt Florenz mein Siegel einbrennen.«

»Mit Verlaub, Heiligkeit, ehe Ihr diesen radikalen Schritt unternehmt, bedenkt, dass wir uns dieses falschen Propheten entledigen wollen, ohne uns selbst in die Niederung zu begeben. Und dazu benötigen wir die Unterstützung der Stadt Florenz.« Lächelnd legte er beide Handgelenke aufeinander. »Was nützt ein gefesselter Henker?«

Einen Augenblick stutzte der Oberhirte, dann rundete er die Lippen. »Euch möchte ich nicht zum Feind haben, Caraffa. Also gut, ich zügele meinen Zorn.«

»Im Gegenteil. Droht weiter mit ihm, Heiligkeit. Empfangt den florentinischen Botschafter. Zeigt offen Euren Unmut. Das Interdikt soll am Faden Eures Zorns wie ein Damoklesschwert über Florenz schweben.«

»Und täglich kann es herabstürzen.« Alexander vergaß die Würde seines Amtes und schlug dem Kardinal anerkennend auf die Schulter. »Das Bild trifft. Ihr seid nicht nur ein Fuchs, jetzt auch noch ein Dichter. Sehr gut.« Leicht tänzelnd schritt er voraus. »Wir bedrängen den Hohen Rat, bis er zermürbt ist und gehorcht. Dennoch bleibt die Ehre der Republik unangetastet, weil unser Befehl freiwillig ausgeführt wird. Sehr, sehr gut.«

Neue Breven erhitzten die Gemüter. Einer der florentinischen Gesandten im Vatikan eilte zurück und schilderte vor der Signoria, welch furchtbares Gewitter sich der Stadt näherte: »Verscherzt Euch nicht die Gnade des Heiligen Vaters. Unsere Handelsherren fühlen sich bedroht. Jetzt schon werden ihre Niederlassungen gemieden, und dies nicht nur in Rom, sondern in ganz Italien. Geschäftspartner verzögern die Auslieferung bezahlter Waren. Behörden verweigern unseren Händlern die Geleitbriefe. Hochverehrte Herren …« Der Diplomat zeigte der Runde seine offenen Handflächen. »Seht, meine Hände sind leer. All meine Künste habe ich angewandt, jede neue Verzögerungstaktik treibt unser Schiff auf ein Riff. Nur Ihr könnt Florenz vor dem Schlimmsten bewahren.«

Samstag, der 17. März. Im frühen Abend betrat der Gerichtsbote das Kloster und verlangte den Frate zu sprechen. Girolamo ließ ihn warten. Nach einer Stunde erst öffnete sich die Tür des Besucherzimmers. Kein Gruß. »Du störst den geheiligten Tagesablauf unseres Konvents«, zürnte der Prophet. »Was gibt es?«

»Um Vergebung, ehrwürdiger Vater.« Beinah furchtsam überreichte ihm der Bote ein Schreiben. Girolamo rückte die Schirmbrille tiefer. Als er den Text gelesen hatte, verkrallte sich seine Hand in das Blatt. »Ist es wahr, dass du diesen Auftrag für deine Herren ausführst?«

»Ja, Vater, ich erfülle nur meine Pflicht.«

Der knochige Finger schnellte hoch. »Sage ihnen: Auch ich habe meinen Herrn, dem ich Gehorsam schulde. Zunächst will ich vernehmen, was er mir gebietet. Morgen früh dann werde ich der Signoria und dem Volk meine Antwort geben.«

Wie jeden Sonntag lockte die Glocke von San Marco mit hellem Klang zur Predigt. Nur wenige Gläubige aber wagten ihrem Ruf zu folgen. Erst als Fra Silvester alle Mitbrüder des Konvents, alle Novizen und Schüler hereinführte, füllten sich wenigstens die Bankreihen unterhalb der Kanzel.

Zu groß war die schwarze Kapuze, zu weit die Kutte, auf jeder Stufe hinauf zum Predigtkorb hielt die schmächtige Gestalt inne. Oben angelangt, strich sie ihre Hand über die Brüstung, bis sie das Pultbrett erreicht hatte. Ruckartig fuhr der Kopf hoch. In den Augenhöhlen glühte prophetisches Feuer. »Brüder! Schwestern! Jetzt, da alle kirchliche und weltliche Gewalt in den Händen des Teufels liegt, bleibt mir nichts übrig, als bei Christus meine Zuflucht zu nehmen.« Die Krusten auf den Lippen brachen auf. »Höre mich, Jesus! Du bist nun mein einziger Oberer, du bist mein Pfarrer, mein Bischof, du allein bist mein Papst! Lasse nicht zu, dass die falschen Hirten deine Kirche verderben.« Er beugte sich über die Zuhörer. »Wer Huren, Lustbuben und Räuber beschützt, dem muss ich Widerstand leisten und die Guten vor ihm bewahren.« Heftiges Beben ging durch den Körper. »Ich bin der Gesandte eines höheren Herrn und muss als solcher kühn und unerschrocken auftreten. Doch Gott sprach zu mir: Stelle die Predigt ein. Und ich gehorche seinem Willen, nicht aber dem Befehl dieser feigen Regierenden. So nehme ich vorerst Abschied von diesem Platz. Wen aber weiter nach heiliger Labsal dürstet, der besuche den Gottesdienst im Dom, dort sprich Fra Domenico mit meinem Munde … Nein, weint nicht, Brüder und Schwestern. Denn sobald Gott mir den Befehl gibt, kehre ich wieder …« Die Stimme riss ab, in der Bewegung erstarrte sein Arm. Entsetzt sahen die Hörer zu ihm auf. Nach einer Weile erst schien das Leben in ihn zurückzufließen. »Amen«, flüsterte Girolamo. Hölzern stieg er die Kanzeltreppe hinab und verließ das Gotteshaus durch die enge Nebenpforte.

Sei kein feiges Huhn, beschimpfte sich Laodomia. Sie stand auf dem Platz vor San Marco. Über ihr schimmerten die frischgrünen, noch verknautschten Blättchen der Bäume im Sonnenlicht. In der Woche, seit Girolamo nicht mehr predigen durfte, war der Frühling in Florenz ausgebrochen. Das ist doch ein gutes Omen, dachte sie und blickte zu den Wachposten am Klostereingang hinüber. Besser, ich warte noch, es ist Samstag, vielleicht essen die Mönche später.

Nach vielen Tränen hatte sie den Überfall ihres Sohnes wenigstens bei Tag in sich verschließen können, nur des Nachts quälte er sie noch. Heute Vormittag aber war die Kundin wieder in den Laden gekommen. »Danke. Deine Kräuter helfen. Das Blut fließt einfach raus. Ich habe keine Schmerzen im Unterleib.«

Und wie ein Schwall hatte die Erinnerung jeden Schutz weggespült. »Ich werde diesen verfluchten Propheten zur Rede stellen.«

Vorhin noch, als sie das Haubenkleid über ihre helle Arbeitskluft streifte, das Geschäft abschloss, hatte sie sich stark gefühlt, auch noch auf dem Weg durch die Via Larga. Kaum aber kam das Kloster in Sicht, war ihr Mut kläglich verkümmert.

Vom Turm schlug die Stundenglocke zweimal. Laodomia kniff sich in den Arm. Beweg dich endlich, sonst treibst du hier noch Wurzeln. Die ersten Schritte kosteten Überwindung, dann gab es kein Zurück mehr.

»Ist der Frate zu sprechen?«

»Wer bist du?«

»Das möchte ich ihm selbst sagen.«

Die Wächter blickten sich an. Einer von ihnen verzog gelangweilt das Gesicht und rief den Bruder Pförtner nach draußen. »Die Frau will was.« Damit lehnte er sich wieder an die Wand.

»Darf ich deinen Namen wissen?«

Laodomia schüttelte den Kopf. »Bitte richtet dem Oberen aus, eine Notleidende müsse ihm etwas mitteilen. Es sei dringend.«

»Warum willst du dich nicht zu erkennen geben?«

O verflucht, dachte Laodomia, wenn ich dem Zerberus sage, wer ich bin, kommt Girolamo nie. »Ich habe meine Gründe.« Sie versuchte es mit Hochmut. »Vor unberufenen Ohren lüftet eine Dame nicht gern ihre Geheimnisse.«

»San Marco darf niemand betreten…« Der Laienbruder hielt inne, blickte über sie hinweg und seufzte erleichtert. »Fra Domenico, wie gut, dass Ihr kommt. Diese Frau hat ein Anliegen dem Frate vorzubringen. Verweigert aber jede Auskunft zur Person.«

Wohlwollend lächelte der Bär im Kleid des heiligen Domenikus. »Sieh es unserm Bruder nach, Tochter. Er verrichtet ein schwieriges Amt in dieser unsicheren Zeit. Wenn nicht ihm, dann vertraue mir.«

Nie zuvor hatte Laodomia den General der Engelsarmee so nahe gesehen. Er trägt auch Schuld, egal wie fromm er jetzt daherredet. Aber warte nur, dieses sanfte Getue spiele ich besser als du. Verschämt senkte sie die Wimpern und hauchte: »Bitte, Vater, helft mir. Ich bin eine Freundin des Frate. Von früher, versteht Ihr. Es … es geht um das Kind.«

827

»Was sagst du da, Weib?« Domenico erbleichte. »Aus welchem Ort stammst du?«

»Aus Ferrara.«

Furcht befiel ihn. »Als junger Mönch studierte unser ehrwürdiger Obere dort im ›Kloster zu den Engeln‹.«

»Ich weiß, Vater«, gestand Laodomia still. »Nur zu gut weiß ich es.«

Er blickte sich hastig um. Kein Lauscher war in der Nähe. »Komm, Tochter. Ich führe dich zu ihm.«

»Nein, lasst mich hier warten. Eine wie ich hat an solch einem heiligen Ort nichts zu suchen.« Sie presste die gefalteten Hände in den Stoff über ihrem Schoß. »Sagt Girolamo, ich ... ich weiß nicht mehr weiter. Wenn er keine Zeit für mich hat, dann ...« Laodomia versetzte dem Mönch mit ratlosem Seufzen einen letzten Stoß. »... dann muss ich irgendwo anders um Hilfe fragen. Vielleicht im Stadtpalast ...?«

»Gott behüte, Tochter. Du bist am einzig richtigen Ort.« Das Kinn bebte. »Warte hier. Lauf nicht weg, bitte.« In Riesenschritten entschwand Domenico durch die Klosterpforte.

Laodomia sah ihm spöttisch nach. Renn du nur, Engelsgeneral. Auch wenn's nicht lange wirkt, wenigstens habe ich dir auch mal Angst eingejagt. Schon beim nächsten Atemzug fühlte sie sich elend. O Madonna, bleib bei mir. Ich brauche dich, sonst heule ich nachher bestimmt. Um das Herz zu beruhigen, ging sie hinüber zu den Bäumen und hockte sich mit dem Rücken zum Kloster auf eine Bank. Niemand weiß, dass ich hier bin. Nicht Rodolfo, nicht einmal Petruschka. Und wenn er mich einfach von seinen Leibwächtern festnehmen lässt? Die Fantasie wucherte. Zutrauen würde ich es ihm. Dann liege ich irgendwo im tiefen Klosterkeller, und keiner ahnt, wo er mich suchen soll.

Harte, schnelle Schritte. Rechts und links von ihr tauchten vier Bewaffnete auf. Laodomia duckte sich, sah, wie die Stiefelpaare einen Zaun um sie spreizten. Jede Flucht war ausgeschlossen. Jetzt wehten zwei Kutten ins abgesperrte Halbrund, weiß das Kleid, schwarz der Übermantel. Laodomia starrte auf zwei große Füße und zwei Knochenfüße, sie steckten in Büßersandalen.

»Tochter, erhebe dich«, die Stimme Domenicos klang düster. »Unser Frate schenkt dir etwas von seiner Zeit.«

Schenken? Das Wort zerschnitt den Knoten in ihr. Sie atmete freier. Glaube nur nicht, hier sitzt eine Bettlerin. Na warte. Laodomia hob den Kopf und streifte die Haube zurück ins Haar. Ihr funkelnder Blick traf in die Augenhöhlen des Frate.

»Weib.« Girolamo wich einen Schritt zurück. Gleich hatte er sich wieder gefasst. »Du wagst es? Kommst her und bezichtigst mich einer Buhlschaft mit dir.«

Sie lächelte verwundert. »Hab ich das, ehrwürdiger Vater?«

Ehe der Prophet antworten konnte, ermahnte Domenico sie. »Aber Tochter, bleibe bei der Wahrheit. Du hast behauptet, eine Geliebte unseres Frate aus Ferrara zu sein. Und du… du sprachst von einem Kind.«

Laodomia sprang auf. »Ihr habt nicht genau hingehört.« Mutig näherte sie sich dem Bären. »Ja, es geht um meinen Sohn. Doch nie war ich die Kebse Eures Heiligen. Eher hätte ich mir das Leben genommen.« Der Zorn ließ sie alle Vorsicht vergessen. »Nicht ich, er wollte …«

Girolamo ballte die Faust. »Schweig!« Er presste die weißen Knöchel an seine Unterlippe. »Wenn du noch einen Funken Anstand besitzt, so mäßige dich.«

»Warum? Ihr habt mir alles genommen! Aus welchem Grund sollte ich Euch schonen? Die ganze Stadt soll erfahren, was Ihr damals am Fenster …«

»Sei barmherzig«, krächzte er. »Wenn du in Not bist, so wird dir geholfen. Die uns gespendeten Almosen kommen auch Witwen zugute.«

Laodomia schnappte nach Luft, starrte ihn fassungslos an, erst nach einer Weile vergewisserte sie sich: »Geld? Ihr glaubt, Ihr könntet mir den Jungen abkaufen? Einfach so?«

»Nein, unser Kloster ist kein Kinderhort.« Der Ton gewann etwas Festigkeit. »Aber wenn eine Witwe durch sündhaften Fehltritt einen Bastard zu versorgen hat und vor Gott bereut, so kann sie Vergebung und Hilfe erlangen.«

»Spart Euch die Predigt!«, fauchte sie und zerrte an der Kinnschleife der Haube, jäh drängte sich ein Gedanke auf. »Verstellt Ihr Euch nur? Oder wisst Ihr wirklich nicht, warum ich Euch sprechen wollte?«

»Nein. Und jede Lüge ist mir ein Gräuel.«

Dazu sag besser nichts, befal sich Laodomia, vor allem lass das Streiten, sonst erreichst du gar nichts. »Dann verzeiht, ehrwürdiger Vater.« Mit Blick auf den breitschultrigen Mönch und die Leibwächter fragte sie: »Soll ich den wahren Grund gleich hier nennen oder …?«

»Ich verbiete es dir.« Eilig beorderte er die Wachen an den Rand des Platzes, bat auch Domenico, sich einige Schritte zurückzuziehen. Kaum war er mit ihr allein, zischte er: »Weib. Für diese Schmach wirst du dereinst büßen müssen.«

Sofort wachte wieder der Zorn auf. »He, Freund … nein, nicht einmal im Bösen hast du diese Anrede verdient. Du, ach so ehrwürdiger Vater. Jetzt fürchtest du dich vor mir. Willst mich bezahlen, damit ich deinen frommen Ruf nicht zerstöre und dir noch mehr Anhänger davonlaufen.«

Feuerlanzen stachen nach ihr, prallten jedoch an dem grünlodernden Licht ihrer Augen ab und verlöschten. »Elende Versucherin«, krächzte er. »Sag, was du von mir forderst. Dann, bei Gott, weiche von mir. Für immer.«

»Lass meinen Sohn in Ruhe, mehr will ich nicht.«

»Ein Bastard? Der Sohn einer Hure, die selbst ein Bankert ist?« Ein heftiger Schnauber fuhr durch seine Nase. »Solch ein verlorener Mensch befindet sich nicht in meiner Nähe.« Er wandte sich ab, gab noch einen Rat über die Schulter: »Frage im Findelhaus nach, Weib, nicht hier.«

»Du Teufelspriester«, fauchte Laodomia und war schon dicht hinter ihm. »Raffaele. Ich weiß, dass er bei dir im Kloster ist.«

Wie nach einem Hieb taumelte die schmächtige Gestalt. »Raffaele?« Langsam wandte Girolamo sich um. »Der Erzengel?«, flüsterte er. »Mit ihm wollte ich das neue Jerusalem bauen. Die Tore geschmückt von Saphir und Smaragd. Aus lauter Edelstein die Mauern. Welch ein Betrug? Wie blind war ich? Ja, jetzt erkenne ich seine Züge.« Als müsse er sich schützen, wich er vor Laodomia zurück. »O

Herr, sie vergiftete meine junge Seele. Ich habe dieses Weib mannhaft aus meinem Herzen gerissen und besiegt. Warum schicktest du sie mir erneut in der Hülle dieses Knaben? Hast du mich nicht schon genug geprüft?«

»Hör auf zu beten.« Laodomia fürchtete sich vor dem verzerrten Gesicht. Er ist von Sinnen, dachte sie, hüte dich, ihn weiter zu reizen. »Ehrwürdiger Vater, gebt meinen Raffaele frei. Und ich verspreche Euch, nichts von früher, kein Wort von unserm Spiel am Fenster, wird über meine Lippen kommen. Gebt mir nur den Jungen wieder.«

Girolamo wedelte mit starr gespreizten Fingern. »Gleich. Nein, sofort soll dein Wunsch erfüllt werden. Ich verstoße ihn, weil er sündig ist durch dich. Keine Nacht länger wird er Schutz unter meinem Dach genießen. Warte und höre selbst.« Ein Ruck ging durch die ausgemergelte Gestalt. Wieder als heiliger Frate winkte er Domenico heran und sagte mit eisiger Stimme: »Der Schüler Raffaele muss unverzüglich unsere Engelsarmee und das Kloster verlassen. Seine Mutter hat mir schändliche Dinge über ihn berichtet. Jage ihn noch vor dem Vesperläuten davon. Nein, keine Fragen, lieber Bruder. Vertraue mir, dieser Entschluss dient dem Wohle unserer Gemeinschaft. Also übe dich in striktem Gehorsam.« Der Prophet blickte verächtlich auf Laodomia. »Du darfst dich bedanken, Tochter.«

Wortlos ging sie unter den Bäumen davon. Am rettenden Ufer der Via Larga wandte sie sich um. Fra Girolamo war mit dem Mönch und seiner Leibwache verschwunden.

»Du bist der wahre Sünder, nicht mein Junge.« Ohne nachzudenken, löste sie die Schleife an der Taille, streifte das Haubenkleid ab und warf sich den grauen Stoff wie einen Kokon über die Schulter. Sorgfältig putzte sie an den Falten ihrer hellen Arbeitskluft. Erst auf Höhe des Palazzo Medici roch sie wieder den Frühling. Selbst wenn du deine Mutter auf ewig verfluchst, Junge, dachte Laodomia, das ertrage ich gerne. Nur bei dem Propheten durfte ich dich nicht lassen.

Säfte stiegen, Knospen brachen auf, die Meisterin Natur malte wieder in den Gärten und auf den Plätzen von Florenz. Auch die Gegner des

Propheten glaubten ans Ende des langen Terrorwinters, wagten sich aus den Verstecken und zeigten offen ihre Farben. Nicht zart, mit der Gelassenheit des Schöpfers, sondern grell, laut, mit der Gier nach Rache. Ungeduld wühlte sie auf. Die düstere, harte Schale musste endlich, endlich abgesprengt werden.

Am Sonntag, dem 25. März, prangte ein Plakat an der Kirchentür von Santa Croce: »Volk! Nicht der Frate allein ist deine Krankheit! Die Hydra hat viele Köpfe. Francesco Valori, Piero Soderini … Schlagt sie ab! Zündet ihnen die Häuser an!«

Nach dem Hochamt bestieg der kleinwüchsige Franziskaner Francesco di Puglia den Kanzelkorb. Ohne große Anteilnahme lauschten die Gläubigen seinem Predigtgeplätscher. Unvermittelt aber stockte ihnen der Atem. »… ich verlange ein Gottesurteil!« Fra Francesco wartete, bis alle Blicke ihm gehörten. »Dieser falsche Prophet ist zu recht exkommuniziert. Wer die Gültigkeit des Bannspruchs anzweifelt, den fordere ich auf, mit mir durchs Feuer zu gehen.« Seufzer, staunende Rufe stiegen zur Kanzel empor und beflügelten den Kühnen. »Brüder und Schwestern. Mag sein, dass ich in den Flammen umkomme. Doch nur wenn der Gegner nicht auch verbrennt, sollt ihr dem Frate weiter Glauben schenken …!«

Der Fehdehandschuh war geworfen. Eine jähe Windböe wirbelte das Gerücht aus der Kirche über den Vorplatz, trieb es durch die Straßen; Fenster und Türen klapperten; bis zum Mittag wusste Freund und Feind: Der Frate soll durchs Feuer gehen und beweisen, dass er ein Prophet ist.

Im Kloster Santa Croce umringten die Mönche den Herausforderer. »Bruder, wie konntest du nur?« – »Bruder, woher nimmst du den Mut?«

»Ich fürchte mich nicht.« Francesco reckte das Kinn, gab sich kämpferisch, allein dem Flattern seiner Oberlippe vermochte er nicht Herr zu werden. »Sollen uns die Dominikaner von San Marco für immer in den Schatten stellen? Nein. Unser Orden muss den Heiligen Stuhl verteidigen. Das Wunder ist unsere Chance. Durch die Feuerprobe können wir in Florenz endlich wieder Ansehen und Ehre zurückgewinnen.«

Sein Prior nahm ihn beiseite. »Lieber Sohn, ich kenne dich lange und schätze deinen wachen Verstand, weiß aber auch, bisher hast du dich nie durch besonderen Heldenmut hervorgetan. Sprich offen zu mir.«

Francesco beugte den Kopf über die gefalteten Hände. »Um Vergebung, Vater. Immer wieder brüstete sich Savonarola, dass er, wenn nötig, auch Wunder vollbringen kann.«

»Dir aber ist die Gabe nicht gegeben. Oder willst du dich etwa auch zum Propheten aufschwingen? Einer ist schon zu viel für diese Stadt.«

»Zürnt nicht, Vater.« Aus dem Schutz der Kapuze blickte Francesco zu ihm auf. »Ich gestehe, der Gedanke stammt nicht von mir allein.« Leise berichtete er über ein Geheimtreffen im Palazzo Pitti. Die jungen Teilnehmer gehörten zur Partei der Arrabiati und Companacci. Dort war die Idee eines Gottesurteils geboren worden. »Ich habe mich nicht gleich angeboten. Erst nach reiflicher Überlegung kam ich zu dem Entschluss.«

Der Obere sah ihn verständnislos an.

»Bedenkt die Logik, Vater.« Zur Erläuterung benutzte Francesco beide Hände. »Entweder ist der Frate ein Heiliger oder nicht. Ist er ein Heiliger, so wird er aus christlicher Nächstenliebe nicht zulassen, dass ich im Feuer zugrunde gehe. Ist er aber ein Betrüger, so wird er aus eigenem Schutz sich vor der Probe hüten.«

»Also kommt es erst gar nicht zum Gottesurteil?« Der Obere rieb sich die Stirn. »Sohn, schäme dich. Aus Eitelkeit versuchst du dich ins öffentliche Licht zu heben. Deine Forderung ist hohl, ohne Sinn. Nur eine Komödie.«

»Im Gegenteil, Vater.« List spielte in den Augenwinkeln. »Ich warf als Erster den Handschuh. Nur auf diesen Akt kommt es an. Jetzt muss Savonarola handeln. Und geht die Weigerung von ihm aus, so ist das Spiel für uns schon gewonnen.«

»Uns?«

»Ja, Vater. Uns Franziskaner von Santa Croce. Denn uns wird der Dank gebühren, diesem Scharlatan endgültig die Maske heruntergerissen zu haben.« Wie ein Verschwörer wagte sich der kleinwüchsige Prediger näher. »Und vergesst nicht, Vater, im Kreise der Freunde, die meinen Plan unterstützen, befinden sich Angehörige aus den vornehmsten Familien. Bedenkt, was das für die Zeit nach Savonarola bedeuten würde.«

Die Miene des Priors wurde nachdenklich. »Lieber Sohn. Wir denken nicht an Lohn für unsere guten Werke. Gehe weiter den eingeschlagenen Weg. Deine Mitbrüder und ich werden dich nach Kräften unterstützen.«

Fra Domenico eilte durch den linken Flur im ersten Stockwerk. Mit dem Öffnen der Tür fuhr ein Luftsog in die Priorwohnung, und drinnen schlug scheppernd das Fenster zu. Als der Bär ins Studierzimmer trat, bückte sich sein Meister bereits nach den so jäh davongewirbelten Manuskriptseiten. »Verzeih, Bruder. Ich ahnte nicht …«

»Du hättest nachdenken sollen.« Ungehalten legte Girolamo die Blätter zurück auf den Schreibtisch. Seine Brillengläser vergrößerten die graublauen Augen, verschärften noch den Blick. »Der Wind heult um unser Kloster, er singt in jedem Treppenhaus. Wenn du angeklopft hättest, wäre es mir sicher gelungen, das Fenster rechtzeitig zu schließen.« Er warf sich in den Sessel. »Ach, Bruder, ich bin ungerecht. Siehe es mir nach. Was führt dich her?«

»Die Entscheidung. Du ahnst nicht, in welchem Taumel sich deine Anhänger befinden. Seit der Franziskaner dich herausgefordert hat, sind sie nur noch beseelt von der Hoffnung, dass du endlich durch ein Wunder deine Heiligkeit, deine göttliche Kraft offenbarst.«

»Lieber Freund …«

»Glaube mir, Vater. Einzig die Angst vor dem Bann hat deine Kirche geleert. Ich war in den Straßen. Die Menschen laufen betend umher. Ich weiß, dass ungezählte Herzen nach dir dürsten. Gehe durchs Feuer, und kehre als der wahre Prophet zu ihnen wieder.«

Girolamo hob den Finger, doch der Bruder war nicht aufzuhalten: »Unsere Feinde frohlocken schon, weil du schweigst. Nennen dich feige und bezichtigen dich des Betrugs am Volk. Bitte, du musst ihnen das Maul stopfen. Gestern ging die Wahl der neuen Signoria für uns verloren. Jedoch wenn du dich der Probe unterziehst, wirst bald wieder du die Geschicke des Königreichs Christi leiten.« Domenico kniete vor ihm nieder. »Wende die Zeit, Vater. Unser großes Werk steht am Scheideweg.«

»Setze dich zu mir«, Girolamo wies auf den Hocker neben seinem Schreibpult. Heftig knorzte er durch die Nase. »Geliebter Freund. Niemand kennt meine Kraft besser als du. Es wäre mir ein Leichtes, diese Probe zu bestehen. Ich würde unversehrt aus den Flammen kommen wie einst die drei Jünglinge aus dem Feuerofen.«

Innig nickte der Riese; ehe er Worte fand, setzte sein Meister hinzu: »Doch ein Prophet Gottes, ein Mahner und Bekehrer, darf er sich mit einem einfachen Mönch messen, der nichts bedeutet? Deshalb lehne ich die Herausforderung ab. Nein, schweige und höre zu. Ich bereite mich für einen noch größeren Kampf vor.« Girolamo legte seine Rechte feierlich auf die eng beschriebenen Blätter. »Ein allgemeines Konzil«, wisperte er. »In diesen Briefen wende ich mich an alle Fürstenhäuser des Abendlandes. Papst Alexander muss aus seinem Amte verjagt werden. Ich bitte nicht, ich befehle den Herrschern der Welt, zum Wohle der Kirche ein Konzil einzuberufen und über diesem schamlosen Sünder den Stab zu brechen. Verstehst du, Bruder, auch aus diesem Grunde muss ich mich der Feuerprobe verweigern.« Er beugte sich vor; hinter den geschliffenen Gläsern weiteten sich die Pupillen. »Denn sollte der Gegner etwa mit dem Teufel im Bunde stehen, kann es trotz Gottes Beistand dazu kommen, dass ich verbrenne. Dann bliebe mein großes Werk unvollendet.«

»Das darf nicht sein.« Tief berührt schluckte Domenico. »Als wir uns damals nach langer Trennung wiedertrafen, sprachst du von den sieben schwarzen Sonnen, die den Tag in Florenz verdunkeln. Ich will, dass du sie vertreibst, auf dass die Sonne des Herrn endlich aufgehen kann.« Er legte die großen Hände vor der Brust zusammen. »Vater, auch ich bin, wie der Franziskaner, nur ein einfacher Mönch. Ich bitte, nein, ich flehe inständig: Lass mich dem Wunder den Weg bahnen. Ich will deiner guten Sache zum Sieg verhelfen. Lass mich für dich durchs Feuer gehen.«

Girolamo fuhr zurück, streifte die Schirmbrille ab, betastete fahrig sein Manuskript, endlich gelang es ihm, die Erregung zu dämpfen. »Bruder, lieber, geliebter Freund. Dein unerschütterlicher Glaube hebt dich an meine Seite. Du willst?«

»Ja, Vater«, klang es dunkel aus dem großen Herzen. »Wer an dich glaubt, kann Berge versetzen und Tote zum Leben erwecken. Weihe mich zu deinem Stellvertreter, und die Flammen werden nicht eines meiner Haare versengen.«

»So sei es. Knie nieder.« Der Prophet erhob sich, sein knochiger Finger strich ein Kreuz auf die schweißglänzende Stirn, dann drückte er seine Lippen zum Siegel darauf. »Sei du mein unerschrockener Streiter.«

Von der Kanzel verkündete Domenico seine Bereitschaft, den hingeworfenen Fehdehandschuh aufzuheben. Wie ein Segel blähte sich die Gemeinde auf. Frauen und Männer schrien: »Ich auch! Ich auch!« – »Für den Frate will auch ich durchs Feuer gehen!« Sobald der Stellvertreter vom Predigtkorb herabgestiegen war, umdrängten ihn fanatische Anhänger. »Du bist nicht allein! Wir begleiten dich.« – »Hosianna! Die Flammen können uns nichts anhaben!« – »Es lebe Jesus Christus!«

Im Kloster Santa Croce bebte Fra Francesco haltlos die Oberlippe. Er stürzte vor seinem Prior nieder. »Unser Plan ist durchkreuzt. Ich habe Befehl, mich beim Hohen Rat einzufinden. Dort sollen die Bedingungen beider Seiten amtlich festgehalten werden. Vater, gebt mir einen Rat.«

»Du prahltest mit Logik, Sohn, und hast deine Gegner unterschätzt. Nun wird aus dem Schachspiel ein feuriges Drama.« Der Obere verschränkte die Arme: »Denke erst gar nicht an Rückzug. Das Ansehen unseres Ordens darf keinen Schaden erleiden, selbst wenn du deinen Wagemut mit dem Leben bezahlen musst. Gott schütze dich.«

Kälte schärft die Sinne. Unvermittelt sah Francesco einen Ausweg für sich selbst und lief dem Prior nach. »Gebt mir die Erlaubnis, jedes Wort der Bedingungen abzuwägen. Ich benötige Vollmacht in Eurem Namen.«

»Gewährt, Sohn, sie sei dir gewährt. Solange du deinen Verstand zum Wohle unseres Klosters nutzt, werde ich dich nicht im Stich lassen.«

»Danke, Vater.« Tief verneigte sich der Mönch.

Regenschauer gingen über dem Arno-Tal nieder. Sonne verdampfte die Nässe, und wieder schüttete es aus den Wolkenbergen. Der April begrüßte Florenz mit seinem launischen Wechselspiel.

In der neu gewählten Signoria herrschte Einmütigkeit. »Wir müssen behutsam vorgehen. Die Bürger von Florenz lieben Wettkämpfe mehr als jedes Schauspiel. Sie verdammen Verlierer und heben Sieger auf den Schild. Machen wir uns ihre Leidenschaft zunutze. Der Prophet muss unterliegen. Doch ohne dass irgendein Verdacht der Manipulation uns treffen kann.« Der Gonfaloniere betraute seinen Freund, den ehrenwerten Seidenfabrikanten und Mitglied des Stadtrates Signore Rodolfo Cattani, mit dieser heiklen Aufgabe. »Du hast schon zu Lebzeiten Seiner Magnifizenz Lorenzo gegen den Frate gekämpft. Um einen Tyrannen zu beseitigen, darf sich die Politik auch zweischneidiger Waffen bedienen. Stelle in Sachen der Feuerprobe eine Kommission zusammen. Nach außen hin soll sie untadelig und überparteilich sein. Unsere Hoffnung liegt auf deinen Schultern.«

Eine Nacht lang bereitete sich Rodolfo Cattani sorgsam vor, führte Geheimgespräche mit Gleichgesinnten. Am nächsten Morgen berief er den erzbischöflichen Vikar, zwei Notare, zwei Richter und übernahm selbst den Vorsitz. Um jeden Argwohn zu vermeiden, waren auch Beobachter aus den gegnerischen Lagern bei den Verhandlungen zugelassen worden.

Fra Domenico trat als Erster vor die Schranke. Mit ruhiger Stimme verlas er seine Thesen: »Die Kirche Gottes bedarf der Erneuerung. Sie wird gezüchtigt und dann erneuert werden. Auch Florenz wird gezüchtigt, hiernach aber gedeihen und blühen. All dies wird bald geschehen. Die über den hochwürdigen Fra Girolamo Savonarola verhängte Exkommunikation ist nichtig. Wer sie missachtet, der fällt nicht in Sünde.« Jetzt nahm der Bass an Stärke zu, füllte den Sitzungssaal. »Um die Wahrheit dieser Sätze zu bestätigen, werde ich mit dem Prediger von Santa Croce öffentlich durchs Feuer gehen.«

Der Vorsitzende wartete, bis der Schreiber das Protokoll ausgefertigt hatte, und legte es dem Mönch vor. »Mit Eurer Unterschrift bindet Ihr Euch unwiderruflich.« Betont kühl setzte er hinzu: »Ganz gleich wie die Probe ausgeht: Fra Girolamo und Ihr, als sein Stellvertreter in dieser Sache, werdet Euch den von der Stadt verfügten Bedingungen fügen müssen.«

Ohne Zögern griff Domenico nach der Feder. Nachdem er den Namenszug gesetzt hatte, glitt ein glückliches Lächeln über sein Gesicht. »Gottes Kraft ist in mir. Sie wird mich unversehrt aus den Flammen führen.«

Rodolfo bat den Herausforderer, seine Erklärung abzugeben.

»Ich, Fra Francesco, Mönch des Franziskanerkonvents zu Santa Croce, bin bereit, auf Drängen und Verlangen des florentinischen Hohen Rats mit Fra Girolamo, dessen Heiligkeit und Lehre ich anzweifle, die Feuerprobe zu unternehmen. Er allein ist mein Gegner.«

Notare und Richter horchten auf. Der Beobachter aus den Reihen des Frate runzelte die Stirn.

Nach einer wohlgesetzten Atempause deutete der kleinwüchsige Mönch auf den Riesen. »Mit Bruder Domenico aber, den ich nicht herausforderte, mit ihm wird ein anderer Bruder meines Konvents ins Feuer gehen.«

Schweigen, eine Weile war nur das Schnaufen Domenicos zu vernehmen, schließlich sagte er: »Gott sieht auch in diesen Raum. Er ahndet jede List mit furchtbarer Strafe.«

»Beleidige mich nicht, Bruder.« Francesco wandte sich mutig um. »Wenn du genau meine …«

»Schweigt!« Rodolfo hieb die Faust auf den Tisch. »Jede Diskussion untereinander ist den Parteien verboten.« Er wandte sich an den Franziskaner. »Begründet Eure Entscheidung.«

»Mit Verlaub.« Francesco drückte die Kuppe des Zeigefingers gegen seine Oberlippe. »Ich forderte Savonarola, von ihm verlangte ich den Beweis. Allein dieses Übel wollte ich beseitigen. Messe ich mich aber mit Domenico und falle selbst den Flammen zum Opfer, so bleibt Savonarola dennoch am Leben, und die Stadt leidet weiter unter seiner Knechtschaft.«

Fragend blickte Rodolfo auf die Beisitzer. »Sind diese Argumente stichhaltig?« Ein allgemeines Kopfnicken erhielt er zur Antwort. »Wen habt Ihr zu Eurem Stellvertreter ausersehen?«

»Fra Rondelli. Das Los fiel auf den Laienbruder.« Francesco

lächelte leicht. »Es bedurfte einiger Überredung. Nun aber ist er bereit und willens, als Streiter sich dem Gottesurteil zu stellen.«

»So setzt Euren Namen unter Eure Erklärung.«

Schwungvoll und nur zu gern ließ Francesco die Feder kratzen.

Kaum vermochte Domenico seine Unruhe zu zügeln. »Dies ist keine Angelegenheit zwischen zwei Personen«, brummte er. »Hier soll ein göttlicher Kampf vorbereitet werden. Der Frate tritt gegen den Papst und die verderbte Kirche an. Jede Eile schadet …«

»Wollt Ihr zurücktreten?«, unterbrach ihn Rodolfo scharf. »Dies steht Euch frei und erspart der Stadt hohe Kosten. Doch wartet, im Gegensatz zu den Tagen des Glaubensterrors soll Gerechtigkeit walten. Ich fühle mich nicht befugt, die theologischen Auswirkungen der Feuerprobe zu bewerten. Wohl aber ist es meine Pflicht, jede Partei mit den rechtlichen Folgen vertraut zu machen.« Der Vorsitzende nahm ein gesiegeltes Blatt und erhob sich. »Nachdem beide Parteien beurkundet haben, dass sie das Gottesurteil anrufen wollen, gibt der Hohe Rat durch mehrheitlichen Beschluss bekannt: Jeder Streiter soll von seiner Seite die Flammenstraße betreten, sie durchqueren und wieder zum Ausgangspunkt zurückschreiten. Sieger wird der sein, der unbeschadet aus dem Feuer hervorgeht. Verbrennt der Dominikaner, so wird Girolamo Savonarola auf Lebzeit zum Feind der Republik erklärt und muss binnen drei Stunden die Stadt verlassen. Kommen beide Streiter in den Flammen um, so ereilt den Frate dieselbe Strafe.« Rodolfo tippte, während er weiterlas, den Finger auf den letzten Passus. »Als Verlierer gilt auch, wer sich vorher oder unmittelbar bei Beginn der Probe weigert oder auch nur zögert, ins Feuer zu gehen.« Er blickte den Bär im Kleid des heiligen Dominikus an. »Nun, ehrwürdiger Vater? Als strenger General Eurer Engelsarmee seid Ihr mit Befehl und Bestrafung bestens vertraut. Ich frage Euch erneut: Wollt Ihr jetzt und hier im Beisein dieser Zeugen von der Feuerprobe Abstand nehmen?«

»Signore!« Domenico schlug die Fäuste gegeneinander. »Ich durchschaue diese List. Nein, niemals. Ich gehe mit Bruder Rondelli oder jedem, der sich anbietet, durch die Flammen. Wenn ich aber siege, so müssen auch die Gegner des Frate einen frommen Lebenswandel annehmen und unserm Gott dienen.«

Der erzbischöfliche Vikar räusperte sich. »Wir glauben alle an denselben Schöpfer. Oder verehren du und deine Mitbrüder in San Marco einen anderen Gott?«

Betroffen schüttelte Domenico den Kopf und schwieg.

»Damit wären alle Punkte verlesen und erläutert.« Rodolfo Cattani bemühte sich um einen sachlichen Ton. »Der Termin ist für Samstag, den siebten April anberaumt. Beide Parteien haben sich pünktlich um zehn Uhr auf der Piazza della Signoria einzufinden.«

Ohne Rast galoppierten Eilkuriere nach Rom. Im Gepäck trugen sie ein Schreiben mit mehr als dreihundert Unterschriften.

»Ausgeschlossen!«, rief der Oberhirte und ging vor dem florentinischen Botschafter auf und ab. »Ihr wisst, ich verdamme die Feuerprobe. Nur weil der Hohe Rat Eurer Stadt sie befürwortet, habe ich aus väterlicher Nachsicht entschieden, den Dingen ihren Lauf zu lassen. Dieses Ansinnen aber …« Der beringte Finger schnippte auf das Blatt. Als hätte er falsch gelesen, vergewisserte sich Alexander erneut. »Alle Mitbrüder von San Marco … Dazu noch Ordensschwestern anderer Klöster … Und sogar einige angesehene Patrizier … Ganz zu schweigen von den vielen einfachen Leuten …« Er wedelte drohend mit dem Schreiben. »Ich weiß nicht, mit welcher Zauberei der halsstarrige Mönch diese Menschen zum Todesmut verführen konnte. Aber eine Völkerwanderung durch die Flammen verbiete ich ausdrücklich.«

Der Gesandte bat um einen Erlass der päpstlichen Kanzlei.

»Mein Siegel? In Verbindung mit einem Gottesurteil?« Heiliger Zorn rötete die Wangen. »Ihr steht nicht nur vor dem Oberhirten der Christenheit, sondern auch vor einem Borgia. Die mündliche Antwort soll Euch genügen.«

Alexander verließ mit seinen Kardinälen den Audienzsaal. Auf dem Flur neigte er sich zum Ohr Caraffas. »Lieber Freund, gibt es auch Freiwillige bei den Franziskanern?«

»So weit ich unterrichtet bin, nicht einen einzigen.«

»Der Allmächtige bewahre uns vor einem Sieg des Wurms. Die Folgen wären fatal.«

»Heiligkeit, vertraut in dieser Sache der Signoria von Florenz mehr als Gott. Sie wird das Wunder zu verhindern wissen.«

Ein Blitz grellte, gleich knallte der Donnerschlag, rollte wummernd davon. Laodomia lief durch den Laden. Sie öffnete die Tür. Wie ein Schwall pladderte Regen nieder, Spritzer nässten ihre Füße. Sie blieb auf der Schwelle, sah zur schwarzen Wolke hinauf und starrte besorgt in Richtung des Regierungspalastes. Das dritte Gewitter schon, dachte sie, eins gleich in den Morgenstunden, das andere gegen Mittag und jetzt schon wieder. O verflucht, warum dauert die Feuerprobe so lange? Mit der Hand drückte sie gegen den schmerzenden Magen und seufzte: »Wenn ich nur wüsste, ob das gut oder schlecht ist?«

Frauen und Kindern war es verboten worden, dem Schauspiel beizuwohnen. »Ihr selbstherrlichen Männer«, hatte sie gestern Rodolfo beschimpft. »Glaubst du etwa, uns Frauen betrifft das nicht genauso wie euch?«

»Beruhige dich.« Abgekämpft saß er am Tisch. »Wir haben lange beraten. Und der Beschluss ist richtig.« Weil Ausschreitungen zu befürchten waren, mussten alle Fremden die Stadt verlassen. Kein Tor durfte morgen geöffnet werden.

»Francesco Valori hat dreihundert Männer zum Schutz des Frate aufgeboten. Daraufhin erklärten sofort die Companacci und unsere Partei, mit fünfhundert Leuten zu kommen. Dein Neffe Alfonso wird sie anführen und, wie ich hoffe, auch zügeln können.« Mit der Fingerkuppe rieb er die steile Stirnfalte. »Natürlich ist das Tragen einer Waffe untersagt. Ein nutzloser Befehl. Jeder, der will, verbirgt sein Schwert unter dem Mantel. Sobald die Parteien eingetroffen sind, lassen wir alle Zugänge abriegeln. Außerdem gehen fünfhundert Stadtsoldaten vor dem Palast in Stellung.«

»Das es so gefährlich ist, ahnte ich nicht.« Laodomia füllte Wein in den Becher. »Trink. Ein Schluck wird dir gut tun.«

»Nein, jetzt nicht. Ich muss einen klaren Kopf behalten. Aber sobald es geschafft ist, wenn wir Savonarola wirklich aus der Stadt gejagt haben, dann …«

»Keine Versprechungen.« Laodomia hatte ihn sanft geküsst. »Zu

841

oft ging noch im letzten Moment etwas schief, und die Vorfreude war umsonst. Aber, mein schöner Liebster, sobald es vorbei ist, hast du keine Ausrede mehr.«

Und jetzt war es schon so spät! Nach dem Entscheid wollte Rodolfo, so rasch es ihm möglich war, vorbeikommen oder wenigstens einen Boten schicken. Laodomia blickte nach oben. Das Gewitter hatte sich verzogen, zwischen treibenden Wolkenfetzen sah sie das Blau des Himmels, und Sonnenlicht glänzte auf den Dächern. Ich könnte zu Petruschka rübergehen? Bestimmt betet die Ärmste schon den ganzen Tag in ihrer Kammer für diesen Propheten. Nur, was soll ich ihr sagen? Verflucht. Geduld ist eine schwere Kunst, dachte sie, aber Warten ist noch viel schwerer, das ist Freiheitsberaubung. Mit einer wegwerfenden Geste wandte sich Laodomia um, wollte gerade die Tür ins Schloss drücken: Geschrei! Johlen! Sie stürzte auf die Straße zurück. Nein, keine Täuschung: Wilder Lärm drang von der Piazza della Signoria herüber. »O Liebster«, flüsterte sie, »bitte, kein Krieg. Nicht, solange du dabei bist.«

Aus den Nachbarhäusern kamen Frauen gelaufen, geweitete Augen, die Hände auf den Mund gepresst. Keine sagte etwas, doch gleiche Angst sprach aus den Mienen und trieb sie bis nach vorn zur Straßenecke. Weiter wagte sich auch Laodomia nicht.

Aus Richtung des Regierungsgebäudes näherten sich erste Gruppen. Flüche! Fäuste drohten. Andere Männer stimmten mit ein. Rufe. Antworten. Immer wieder spuckten einige aus und stießen Verwünschungen ihrem Speichel nach.

Eine der Frauen ertrug die Ungewissheit nicht länger. Sie trat einem Zornigen in den Weg. »Wer ist verbrannt? Sagt es! Bitte!«

»Niemand! Wir sind betrogen worden. Der Frate ist Schuld. Und wer etwas anderes behauptet, dem schlag ich den Schädel ein.« Damit stürmte er weiter.

Alles umsonst?, dachte Laodomia. Ach, Liebster, wie furchtbar für dich, wie furchtbar für uns alle.

Kurz vor dem Laden hörte sie hinter sich ihren Namen rufen. Seine Stimme. Es war Rodolfo. Mit ausgebreiteten Armen eilte er näher und presste sie an sich. »Tagschöne. Meine Geliebte.« Er drückte die Stirn an ihre Stirn. »Es ist geschafft. Wir haben den Frate besiegt.«

»Sei nicht so verzweifelt fröhlich«, flüsterte Laodomia. »Ich ertrage die Wahrheit. Keiner ist verbrannt.«

»Ein Todesopfer war nicht nötig. Und darauf habe ich gehofft, darum gebetet.«

»Bist du von Sinnen?« Sie befreite sich. »Rodolfo, sieh mich an. Wiederhole, was du gerade gesagt hast?«

Doch er lachte nur, nahm galant ihren Arm und führte sie am Gewürzladen vorbei. »Signora, darf ich Euch zu einem kleinen Spaziergang einladen. Mehr Zeit habe ich leider nicht, da mich dringende Geschäfte im Regierungspalast zurückerwarten.«

»Verflucht, Liebster.« Laodomia trat ihn gegen die Wade. »Vorhin begegneten mir wütende Männer. Ich will sofort wissen, warum ausgerechnet du so vergnügt bist?«

»Weil meine Brust sonst zerspringt.« Der Seidenfabrikant wurde ernst. »Verzeih, ich führe mich auf wie ein Kind.«

»Ist der Erfolg so gewiss?«

»Ich hoffe … Nein, ich bin fest überzeugt.«

Also hat sich gar nichts entschieden, dachte Laodomia, und beim Erwachen zerplatzt der Traum. Während er mit ihr vor Santissima Trinità zum Fluss abbog und unterhalb der Brücke den Pfad entlang des Ufer einschlug, hörte sie aufmerksam zu. Je mehr er sich aber in Begeisterung redete, umso verzagter wurde ihr Herz.

Bereits in den Nachtstunden waren die ersten Zuschauer gekommen, um sich einen guten Platz in der Nähe des Flammengangs zu sichern. Beim Morgengrauen drückten sich die Leute auf der Piazza della Signoria dicht an dicht. Alle Fenster der umliegenden Häuser waren besetzt, selbst auf den Dächern hockten Menschen.

»Alle gierten nach dem Wunder«, Rodolfo las einen Kiesel auf und ließ ihn übers Wasser hüpfen. »Doch zunächst kam ein Gewitter.«

»Davon bin ich wach geworden«, nickte Laodomia.

»Schlag zehn Uhr erschienen die Franziskaner.«

Auf Befehl der Signoria war die Säulenhalle durch eine hohe Bretterwand geteilt worden. Soldaten wiesen den Mönchen die rechte

843

Hälfte zu. Der am ganzen Leib bebende Fra Rondelli zog sich gleich in den Palast zurück. Erst dreißig Minuten später war auch der singende Haufe des Frate eingetroffen.

»Jetzt konnte es also losgehen.« Laodomia bemühte sich, ihre Ungeduld zu verbergen.

»Nein, nein. Nichts geschah.«

Nach zwei Stunden hatte die Signoria einen Boten geschickt und ließ den Propheten fragen, warum er die Probe verzögere. »Mein Kämpfer steht bereit«, sagte Fra Girolamo. »Er wartet nur noch auf den Gegner.«

Die Franziskaner wurden um Auskunft gebeten. Wieder verging eine Stunde. Endlich kam die Antwort: »Fra Rondelli befürchtet, dass dieses rote Messkleid von einem Dämon besetzt ist. Der Gegner möge ein anderes Gewand anziehen.«

»Ich bediene mich keiner Hexerei«, grollte Domenico aufgebracht.

»Lieber Bruder, ich glaube dir«, beschwichtigte ihn sein Meister. »Aber an uns soll kein Vorwurf haften. Bitte füge dich.«

Im Waffensaal des Palastes ließ sich der breitschultrige Gottesstreiter unter Zeugen bis auf die Haut ausziehen. Keine Zauberzettel fanden sich, und er war in einem grünen Messkleid wieder nach draußen zurückgekehrt.

»Du hättest das Gesicht des Propheten sehen sollen. Bleich wie der Tod. Doch aus den Augen sprühte Feuer.« Mit elegantem Schwung ließ Rodolfo einen zweiten Kiesel über die Wellen springen. »Inzwischen beschwerten sich die Zuschauer. Das nächste Unwetter war über sie hereingebrochen. Empört verlangten sie endlich nach dem Wunder.«

Kaum hatte sich Domenico wieder an der Seite seines Meisters eingefunden, meldeten die Franziskaner neue Bedenken an. »Der Gegner trägt ein außergewöhnlich großes Kreuz in den Händen. Damit darf er nicht durchs Feuer gehen. Sicher haften dem Kreuz magische Kräfte an.«

Der Frate biss sich in die Unterlippe, Blutstropfen verschmierten seine Mundwinkel. Mühsam beherrscht sagte er dem Unterhändler: »Wenn diese Väter behaupten, wir seien Zauberer und Teufelssöhne und könnten sogar das Kreuz verhexen, so lästern sie Gott.« Er hob

844

den knöchrigen Finger. »Wahrlich, unsere Kraft und Zuversicht ruhen in Christus und nicht in Magierkünsten. Zum Beweis wird mein Bruder nicht das Kreuz, sondern die Hostie, das heiligste Sakrament selbst, mit ins Feuer nehmen.«

»Welch ein entsetzlicher Frevel!« Vor Entrüstung bekreuzigten sich die Mönche von Santa Croce. Lauter noch klagte Fra Francesco, und jedermann konnte seine Stimme vernehmen: »Jetzt hat sich der Scharlatan entlarvt. Er will die Hostie den Flammen übergeben. Aus niederem Trieb will er den Leib Christi verbrennen.«

Wortlos erhob sich der Frate von seinem Platz, nahm seinem Streiter das Kreuz ab und reichte ihm die Oblate.

Fra Francesco hatte die Hände vors Gesicht geschlagen und geschrien: »O Schande, o Fluch über ihn! Gott verbietet jedem Christen, sich an solch einem Frevel zu beteiligen!«

Rodolfo bückte sich, wählte lange und hob einen flachen runden Kiesel auf. Wie eine Hostie hielt er ihn zwischen den Fingern hoch. »Ein furchtbarer Blitz, gefolgt von einem gewaltigen Donnerschlag, war die Antwort aus dem Himmel.« Lächelnd wandte er sich Laodomia zu. »Keine Einigung mehr. Der Frate bestand auf der Hostie. Und um nicht selbst eine Todsünde zu begehen, musste der Hohe Rat die Sache abbrechen. Nach den festgesetzten Regeln hat Savonarola die Feuerprobe vereitelt.« Rodolfo küsste den Stein und überreichte ihn Laodomia. »Bewahre dieses Pfand auf, es soll der Garant unserer Zukunft sein.«

»Ach, Liebster, wäre sie nur schon angebrochen. Der Unhold sitzt aber immer noch in San Marco.«

»Nicht mehr lange.« Entschlossen legte er den Arm um ihre Schultern und führte sie schnellen Schritts zur Straße hinauf. »Die Verbannungsurkunde für den Frate soll noch heute Nacht ausgefertigt werden. Morgen, spätestens morgen Abend haben wir ihn aus der Stadt gejagt.«

Vor der Tür ihrer Wohnung fragte Laodomia: »Auch den General der Engelsarmee?«

»Keine Angst, meine Tagschöne. Nie mehr werden Glatzköpfe auf seinen Befehl hin die Bürger ausrauben.« Er gab ihr einen flüchtigen Kuss, war schon auf dem Weg, kehrte aber gleich besorgt zurück.

»Bitte, bleib morgen im Haus. Die Stadt ist voller Unruhe. Sage auch deiner Freundin Petruschka Bescheid. Ganz gleich, was noch geschieht. Ich will dich in Sicherheit wissen.«

Seine Sorge wärmte Laodomia. »Wenn du mich so bittest, kann ich sehr folgsam sein.«

Als sie in der Wohnstube das Öllicht höher gedreht hatte, strich sie verliebt über den glatten Stein. »Das ist der erste Schmuck von dir. Nicht teuer, aber sehr wertvoll.«

Die Trägheit des Glaubens

SIEBTES BILD

P almsonntag. Das Mittagsläuten war verklungen.

»»Fürchte dich nicht, du Tochter Zion…«« Die krustigen Lippen schlossen sich nicht, formten stumm den nächsten Satz aus dem Evangelium: »»Siehe, dein König kommt, reitend auf einem Eselsfüllen.‹« Noch einmal fuhr der dürre Arm zurück, und die Lederschnüre schnitten in den Rücken. Girolamo erhob sich vom kalten Boden seines Studierzimmers. Es bereitete ihm Mühe, die Kutte anzulegen. Sein Blick heftete sich auf den Erlöser am Kreuz. »Dir will ich nachfolgen.«

Die Bohlen im langen Flur knarrten. Als er unten durch den Kreuzgang schritt, wandte er leicht den Kopf zur Seite und trank das Blühen des Rosenstrauches wie ein Elixier. »Wer sein Leben hasst«, flüsterte ihm Jesus zu, »der wird das ewige Leben erhalten.«

An der Nebenpforte zur Kirche warteten seine beiden engsten Mitstreiter. Silvester trat von einem Fuß auf den andern, unentwegt ließ er die Fingerkuppen trommeln. »Nichts, Vater. Bis jetzt ist noch kein Dekret vom Hohen Rat eingetroffen. Vorsorglich schickte ich einen unserer Patres in den Dom. Er soll unerschrocken den Vespergottesdienst abhalten. Wir geben nicht auf, Vater.«

Auch in den dunklen Augen Domenicos schimmerte Hoffnung. »Vielleicht gibt es doch Gerechtigkeit für uns. Wir hätten gestern den Sieg errungen, wenn der Gegner sich nicht geweigert hätte.«

»Still, meine geliebten Söhne. Ihr wisst, wie leicht ein Strohhalm zerknickt. Also klammert euch nicht daran.« Ohne ein weiteres Wort winkte ihnen der Prophet und führte sie durch den schmalen Eintritt.

Süßlicher Geruch nach Weihrauch schwängerte die Luft. Mehr als sechshundert Gläubige hatten sich versammelt, unter ihnen Francesco Valori mit allen Häuptern der Frate-Partei. Männer, noch betäubt vom Schock. Seit der Messe am Vormittag harrten sie hier ins Gebet versunken aus. Jetzt hoben sich die Gesichter; nach Trost lechzend geleiteten ihre Blicke den Frate hinauf in den Kanzelkorb.

»Ihr meine Getreuen…« Heftig räusperte er sich, die Stimme schwankte. »Ja, getreu seid ihr… Heute nehmen wir den Palmzweig zur Hand und rufen Jesus zu: ›Hosianna, gelobt sei der da kommt im Namen des Herrn, der König Israels…« Er wischte über die Augen

851

und sprach mehr zu sich selbst: »Die Zeit ist gekommen, dass der Menschensohn verklärt wird …«

Hinter einer Säule, nahe des Ausgangs, löste sich ein dunkel gekleideter Patrizier und verließ unbemerkt die Kirche.

Den Platz vor San Marco überquerte er gemessenen Schritts wie ein Spaziergänger; kaum war er zur Via Larga abgebogen, raffte er seinen dunklen Mantel und rannte los. In der Nähe des Palazzo Medici erwarteten ihn die Kumpane. »Savonarola steht auf der Kanzel!«

Schnelle Befehle teilten den Haufen: »Ihr beschwert euch bei der Signoria! Wenn sie nicht sofort eingreift, besorgen wir es ihm.« Die andere Gruppe sollte dem Anführer der Companacci zum Dom folgen. »Vorwärts. Wir warten nicht!«

Im Schatten des Bapisteriums vergewisserte er sich, ob die Schnarrer und Pfeifer auch zur Stelle waren. »Haltet euch bereit. Heute könnt ihr Gold verdienen.«

»Und was ist mit denen da hinten?«

Eine Schar von vierzig Kahlgeschorenen stand unterhalb des Glockenturms. Ihr Offizier aber trug lockiges Haar.

»Was wollt ihr?« Der Companacci näherte sich misstrauisch.

Raffaele trat vor und schlug seinen Eichenknüppel in die offene Linke. »Ich gehöre schon lange nicht mehr zur Engelsarmee. Weil der Frate ein verdammter Betrüger ist und ungerecht. Nach der Sache von gestern haben das endlich auch meine Freunde begriffen.«

»Überläufer.« Leise pfiff der Patrizier durch die Zähne. »Nicht schlecht. Aber ihr steht unter meinem Kommando.«

Raffaeles Augen leuchteten. »Zu Befehl. Gehorsam sind wir gewohnt.«

»Also gut. Sobald es losgeht, schließt ihr euch den Banden an. Macht genau das, was sie auch tun, dann ist es schon richtig.«

Kurz verständigte er die Zerlumpten, gab den eigenen Kumpanen letzte Order und betrat den Dom durchs Hauptportal.

Der Priester aus San Marco hatte die Kanzel noch nicht bestiegen. Einige hundert Gläubige knieten mit gesenkten Häuptern. Ihr Psalmgesang schwebte nach Hilfe suchend zu den Gewölbehimmeln hinauf.

Unbeobachtet schlich der Patrizier ins linke Seitenschiff. Er hob eine große Tonvase mit Palmzweigen vom Boden, stemmte das Gefäß hoch über den Kopf und schleuderte es auf den Marmor.

Der Knall zerriss die Andacht. »Raus hier!« Beide Hände benutzte der Störer als Schalltrichter. »Leute! Verlasst den Dom! Die Predigt fällt aus! Kein Kuttenkittel von San Marco darf heute sein Maul aufmachen!«

Der Spott war zu viel für die bedrückten Herzen. Aus Not und Erbitterung wuchs Hass. Die Anhänger des Frate zückten ihre Waffen, suchten nach dem Schamlosen, sahen ihn aus dem Dom rennen und stürzten hinterher.

Schnarren. Pfiffe gellten. Ein Steinhagel empfing die Gläubigen. Keiner von ihnen wollte zurückweichen, blindwütig warfen sie sich den Banden entgegen. Gejohle. Schmerzensschreie. Ungleich war der Kampf. Lauter heulten die Verwundeten.

Raffaele hieb wahllos nach einem Gegner; sein Knüppel zersplitterte am Schwertblatt; dem nachsetzenden Stich versuchte er auszuweichen, schaffte es nicht rechtzeitig; ein sengender Schmerz fuhr ihm durch die linke Wange und das Ohr. »Mamma!«, schrie Raffaele, betastete die Wunde und starrte fassungslos auf seine blutbeschmierten Finger. »Mamma!« Von Freunden wurde er aus der Gefahr gestoßen. Zu dritt fielen sie über den Angreifer her, schlugen ihn nieder. Stiefeltritte, Stöße mit den Knüppeln. Als Raffaele blind vor Schmerz davontaumelte, lebte der Mann nicht mehr.

Wie eine aufschäumende Welle hob sich der Kampflärm und erbrach sich mit wütendem Getöse über die Stadt. »Zu den Waffen!« An jeder Ecke tauchten Männer in verrosteten Helmen und Brustharnisch auf, sie trugen Stangen und Spieße. »Zu den Waffen!« Aus allen Straßen hetzten Trupps der Bürgerwehr und sammelten sich auf der Piazza della Signoria. Das Brodeln nahm zu. Noch wusste niemand wohin. Geschickt warteten die Companacci, bis der Zorn beinah den Siedepunkt erreicht hatte, dann erschallte jäh die Kampfparole: »Nach San Marco! San Marco soll brennen!«

Johlen. »Nieder mit dem Frate!« Keine Ordnung, wilde Haufen setzten sich in Bewegung, überrannten am Dom die sich noch verzweifelt wehrenden Anhänger des Propheten: »Nach San Marco!«, und stürmten Seite an Seite mit den Banden und desertierten Engeln weiter.

Unentwegt heulte draußen der Sturm. Steine zersplitterten die bunten Scheiben der Fenster. Durch die Ritzen des Portals quoll Rauch und verbreitete sich beißend im Kirchenraum. Der Frate nahm es nicht wahr. Gleich zu Beginn des Angriffs hatte der Großteil seiner Herde die Flucht ergriffen. Als dann Gerichtsboten an der Klosterpforte erschienen und das Verbannungsdekret abgaben, schlichen wieder mehr als die Hälfte davon. Nur etwa fünfzig Getreue waren geblieben.

Girolamo kniete im Kreise der Patres vor dem Altar. Sein Blick war entrückt, in ihm sprach die Stimme: »Wer mich verachtet und meine Worte nicht annimmt, der hat schon seinen Richter gefunden …«

Die Nebenpforte wurde aufgestoßen, schweren Schritts näherte sich Francesco Valori in Begleitung von Bruder Tomaso. »Ehrwürdiger Vater, bitte hört mich an.«

»Fürchtest du dich, Sohn?«

»Das fragt Ihr?« Schweiß rann dem Breitschultrigen übers Gesicht. »Das Kloster ist von einer Meute belagert. Sie giert nach Beute und Blut. Eine Zeit lang konnten Eure tapferen Novizen vom Dach aus mit Schindeln und Mauersteinen den Pöbel zurückdrängen. Dann aber gingen Bogenschützen auf dem Platz in Stellung, und die jungen Mönche mussten sich zurückziehen. Und wer weiß, wie lange das Kirchenportal noch den Flammen standhält?« Valori sank neben seinem Führer auf die Knie. »Ja, Vater, ich habe Furcht. Doch nicht um mich, sondern Euch gilt meine Sorge.«

»Soll ich gehen? Und mich den Häschern ausliefern?«

Sofort rangen die Patres ihre Hände, weinten und flehten den Hirten an, sie nicht zu verlassen.

Valori legte die Pranken zusammen. »Ihr, Vater, seid unser einziger Hort. Wir müssen Euer Leben verteidigen.«

Erstaunt betrachtete Girolamo seinen Kettenhund. »Ich habe das Kreuz. Ist diese Waffe nicht genug?«

Wieder prasselte ein Steinhagel gegen die Fenster. Glasscherben regneten nieder. Bruder Tomaso hielt es nicht länger. »Verzeiht, Vater. Gemeinsam mit der Leibwache haben wir bereits alle verfügbaren Waffen in die Kirche geschafft. Signore Valori aber meint, dass sie zur Verteidigung nicht ausreichen.«

»So ist es, Vater. Einige Bogen, zwei Armbrüste und eine Hand voll Speere und Schwerter sind zu wenig. Da dachte ich …« Mit dem Handrücken wischte sich Francesco über die Stirn. »Es ist so. Vom Kloster führt ein unterirdischer Gang ins Gebäude auf der anderen Straßenseite. Durch ihn könnte ich unbemerkt nach draußen gelangen und mit Verstärkung zurückkehren.«

Das fleischige Gesicht Tomasos bebte. »Vater, bitte erlaubt mir, den Signore zu begleiten.«

Inzwischen hatte sich Silvester genähert. »Ein guter Vorschlag. Auch ich biete mich für den gefährlichen Weg als Helfer an.«

Valori wehrte ab. »Nein, wenn ich allein gehe, ist es sicherer.«

Sofort erlahmte die Hoffnung der Brüder. Silvester huschte rückwärts hinter den Altar, und Tomaso flüsterte: »Verzeiht, ich muss ins Krankenzimmer. Die Verletzten benötigen mich dringend.«

Ohne seinen starken Arm aus früheren Tagen noch eines Blickes zu würdigen, sagte Girolamo: »Geh nur, Sohn. Und verteidige dein Haus. Der Allmächtige wird unser Kloster beschützen.«

In den frühen Abendstunden war von berittenen Stadtsoldaten versucht worden, die Menge vor San Marco auseinander zu treiben. Da es ihnen nicht gelang, hatten sie das Viertel abgeriegelt. Keine neuen Horden konnten sich mehr dem Kloster nähern.

Jubel! Auf dem Vorplatz sah der Pöbel mit Schreien und wildem Gelächter zu, wie die Flügel des Portals brennend herausbrachen und dicke Qualmwolken nun ungehindert in den Kirchenraum eindrangen. »Wir stürmen!«

Hornsignale warnten. »Aus dem Weg!« Eine Eskorte trieb ohne Rücksicht ihre Pferde zum Klostereingang. Der Gerichtsbote sprang ab. »Öffnet, im Namen der Signoria!« Kaum erschien der verängstigte Bruder Pförtner, gab er ihm und der Menge den neuen Beschluss des Rates bekannt: »Hört! Hört! Jeder Bürger, der sich noch in San Marco aufhält, hat binnen einer Stunde das Kloster zu verlassen. Ansonsten wird er zum Feind der Republik erklärt und verliert Haus, Hof und den gesamten Besitz. Alle jene Bürger, die sich nach San Marco begeben, um Hilfe zu leisten, gelten nach Ablauf dieser Stunde als vogelfrei.«

Der Bruder Pförtner entschwand mit dem Dekret. Wenig später öffnete sich wieder die Tür, und gesenkten Hauptes traten mehr als dreißig Anhänger des Propheten ins Freie. Eilig führte sie die Eskorte in eine Seitenstraße, mehr Schutz gab es nicht. Schon setzten sich Verfolger auf ihre Fährte. In Panik rannten die letzten Getreuen um ihr Leben.

Francesco Valori war es gelungen, über Schleichwege und durch Winkelgassen unbemerkt sein Haus zu erreichen. Flammen schlugen aus dem oberen Stockwerk. Das prunkvolle Portal stand weit offen. Scherben, Möbelstücke und Fetzen der Vorhänge lagen verstreut auf der Straße. Noch tobten die Plünderer. Valori duckte sich hinter eine Mauer und wartete. Endlich zog die Horde hochbepackt davon. Er schlich durch den Hinterhof ins Gebäude. Leise rief er nach seiner Frau. Keine Antwort kam.

Auf dem Weg zur Halle stieß er mit dem Fuß gegen einen Körper. Leere Augen starrten ihn an. Valori beugte sich über die Magd. Ihre Kehle war durchschnitten, immer noch quoll das Blut und schwärzte den Kittel. An der Treppe fand er seine Gemahlin und den Säugling. Das Kind war der Sohn seines Neffen; Signora Valori hatte ihn für einige Tage in Obhut genommen. Selbst im Tode noch war sie dieser Sorge nachgekommen. Sie lag hingestreckt über der untersten Stufe, ihre Arme umschlangen den Kleinen. Der Spieß hatte seinen Rücken, dann ihre Brust durchbohrt. Aufschluchzend packte Francesco den Schaft und riss die Klinge aus den Körpern.

»Signore Valori!« Er fuhr herum. Zwei Hauptleute der Stadtwache und zwei Gerichtsboten starrten ihn an, blickten auf den blutbeschmierten Stahl. »Im Namen des Hohen Rats, Ihr seid verhaftet.«

»Ein Irrtum«, stammelte er und schleuderte die Waffe weit von sich. »Ihr kennt mich doch. Das ist ein furchtbarer Irrtum. Ich habe meine Frau so gefunden.«

»Euch wird Terror und Willkür gegen das Volk vorgeworfen.« Einer der Offiziere wies auf die Leichen. »Nun werdet Ihr Euch auch für diesen Mord zu verantworten haben. Folgt Ihr uns freiwillig? Oder …?«

»Keine Ketten. Ich gehe mit, wenn Ihr für meinen Schutz sorgt, bis ich sicher im Palast bin.«

Unmerklich tauschten die Männer einen Blick aus, und der zweite Hauptmann bemerkte kühl: »In dieser Nacht ist niemand sicher. Aber wir tun unsere Pflicht.«

Valori sollte vor ihnen hergehen. An der Einmündung zur Via dei Cherchi verlangsamten die Wachen den Schritt.

Zwei Gestalten lösten sich aus dem Halbdunkel, zugleich sprangen sie vor. Klingen blitzten und trafen den Hals und die Brust. Valori sank röchelnd zu Boden. Wieder stachen die Messer auf ihn ein. »Du hast meinen Vater hinrichten lassen.« Die Glieder erschlafften. Doch der zweite Mörder warf sich über ihn. »Sieh mich an. Ehe du zur Hölle fährst, sollst du wissen, wer dich getötet hat. Ich bin Paco Tornabuoni. Du hast meinen Bruder Lorenzo abgeschlachtet.«

Damit stach er Valori in beide Augen.

Hauptleute und Gerichtsboten waren vom Tatort verschwunden. Die Patrizier gaben ein Handzeichen, dann entfernten sie sich schnellen Schritts zur Via dei Cherci. Hinter ihnen tauchten Schnarrer und Pfeifer auf, beutegierig fielen sie über den Toten her, nahmen Kette und Brosche, rissen ihm die Gewänder vom Leib und hackten die beringten Finger ab.

»»Verbirg Dein Antlitz nicht vor mir …‹« Gemeinsam beteten die Mönche in der Bibliothek des Klosters den Psalmvers. Ihr letzter Zufluchtsort. Nach verzweifelter Gegenwehr hatten sie aus der Kirche weichen müssen. »»… und verstoße nicht im Zorn Deinen Knecht …‹«

Die Plünderer waren eingedrungen, wüteten in den Kellern, im Kapitelsaal. Der Prophet hatte das heilige Sakrament den Patres und Novizen vorangetragen und sie hinauf in den ersten Stock geführt.

»»… denn Du bist meine Hilfe …‹«

Draußen waren auf Befehl der Signoria Bombarden herbeigeschafft worden. Das größte Geschütz hatte Lorenzo Medici seinerzeit der Stadt geschenkt, weil es inmitten seiner Gemälde und antiken Skulpturen die Schönheit tötete. Nun war der Bronzeschlund direkt auf den Eingang des Klosters gerichtet.

»»… Lasse mich nicht und ziehe nicht von mir ab Deine Hand …‹«

Gegen Mitternacht hatte das Wummern der Sturmglocke von San Marco aufgehört. Keine Hilfe war gekommen. Ein Pater hatte mit Bruder Tomaso aus eigenem Antrieb mit den Boten der Stadt verhandelt und die Auslieferung des Frate wie auch seiner beiden engsten Vertrauten zugesagt.

»›… Gib mich nicht in den Willen meiner Feinde …‹«

Jetzt warteten vier Beauftragte der Signoria unten in der Eingangshalle.

»›… denn es stehen falsche Zeugen wider mich und tun mir Unrecht ohne Scheu.‹«

Girolamo erhob sich. Weit breitete er die dürren Arme aus. »Brüder. Bleibt stark im Glauben. Haltet fest an den Regeln unseres Ordens. Lebt wohl. Ich warte im Hause unseres himmlischen Vaters auf euch.« Er löste sein großes Schlüsselbund vom Ledergürtel und übergab es dem Bruder Pförtner. »Dort, wohin mich mein Weg nun führt, benötige ich keine Schlüssel mehr.«

Girolamo hielt inne. Sein Blick suchte unter den Patres und Novizen, irrte in jeden Winkel der Bibliothek und konnte Silvester nicht finden. »Mein Freund? Jetzt, da das große Fest beginnt, lässt du mich im Stich.«

Fra Domenico öffnete die Tür. »Vater, kommt. Ich will mit Euch auf die Hochzeit gehen.«

In der Halle wurden ihnen die Hände mit Stricken auf den Rücken gebunden. So traten sie hinaus. Lang, unendlich qualvoll war der Weg. Nur dürftig schützten die Wachen ihre Gefangenen vor der johlenden Menge. In der Via Larga wurden sie geschlagen und bespuckt. Am Dom drängte sich ein Bürger an den Frate und hielt ihm die brennende Fackel vors Gesicht. »Das ist das wahre Licht, du Teufel.« Auf der Piazza della Signoria traten ihm bunt gekleidete Companacci immer wieder ins Gesäß. »Leute! Jetzt wisst ihr, wo er seine Visionen herholt. Aus dem Arsch!«

Der Regierungspalast war hell erleuchtet. Viele Ratsherren hatten sich eingefunden. Weit hinten stand Rodolfo Cattani, versteinert das schlanke Gesicht. Von einem Richter wurde den Mönchen der Haftbefehl verlesen.

»›… Die Gefangenen sind unverzüglich zu trennen. Fra Girolamo wird in der Turmzelle des Palastes untergebracht. Fra Domenico ist in den Bargello zu überführen. Beide Gefangenen sind am Hals wie auch an Händen und Füßen mit Eisen anzuketten …‹«

Rodolfo wartete noch, bis der Frate die Treppe hinaufgeschleift wurde, dann bekreuzigte er sich und schlug den Mantelkragen hoch, um die Tränen der Erleichterung zu verbergen.

Im Morgengrauen schwang die Klosterpforte unmerklich ein Stück auf. Durch den Spalt schob sich ein großer, fleischiger Kopf. »Verzeih, hast du Interesse an einem Geschäft?«

Der unerwartete Anblick erschreckte den Wachhauptmann, erst nach scharfem Luftholen fand er seine Haltung wieder. »Es ist mir untersagt, mit einem von Euch zu sprechen.«

In der Gesichtsscheibe glitzerten die brauenlosen Augen. »Kein Geld. Für eine kleine Gefälligkeit könnte ich dich zum Helden machen.«

Vergessen waren Befehl und Gehorsam. Der Köder lockte. »Und was verlangt Ihr?«

Näher schob sich Bruder Tomaso heran. »Ich war immer ein Feind des Frate. Habe ihn gehasst. Und jetzt soll auch ich verhört werden. Wenn du bei Gericht für mich aussagst, dann verrate ich dir, wo sich der Dritte versteckt hält.«

Wenig später schleiften die Wachen Fra Silvester aus dem Geräteschuppen des Klosters. Er wehrte sich nicht.

Eile war geboten. Voller Unbehagen blickten die Herren des Hohen Rates zur holzgetäfelten Decke. Niemand gestand es laut ein, im Stillen aber benagte jeden das gleiche Gefühl: Hoch über ihren Köpfen lag der Prophet im Turmverlies. Kein Sterblicher vermochte dort auszubrechen. Doch er, über welche Magierkräfte verfügte er? Vielleicht konnte er Fesseln und Ketten sprengen? Vielleicht gar durch Mauern gehen und wieder in San Marco seinen Platz einnehmen?

»Wir müssen schnell die Wahrheit erfahren«, beschlossen sie einmütig und meinten nicht ›Wahrheit‹, sondern: ›Ganz gleich welcher Mittel wir uns bedienen, wir müssen herausfinden, ob der Frate wirklich ein einfacher Mensch ist. Dann erst haben wir Macht über ihn.‹

Noch am 9. April gingen sie gründlich ans Werk. Bis zum Abend waren sämtliche Gremien von Anhängern der Frate-Partei gesäubert und durch Arrabiati oder Companacci ersetzt worden.

Rodolfo Cattani hatte nicht geantwortet. Der Gonfaloniere wiederholte die Frage: »Lieber Freund, äußere dich. Bei der Feuerprobe hast du großes Geschick bewiesen. Willst du ein Amt während des Prozesses übernehmen?«

Aus dem Ärmel zauberte Rodolfo ein Goldstück. »Befragen wir das Los.« Er schnippte den Florin hoch, schnappte die Münze aus der Luft und ließ sie fallen, als hätte ihm Glut die Hand verbrannt. »Du siehst, selbst dieser Trick will mir nicht mehr gelingen.« Jäh wurde er ernst. »Ich habe mich entschieden. Heute Nacht schon. Die Verhaftung war mein Ziel. Nun bescheide ich mich wieder mit dem Amt eines Ratsherren.«

»Und die Teilnahme am endgütigen Triumph reizt dich nicht?«

»Jetzt, da der Kampf vorbei ist? Nein. Ich wollte Florenz und mir helfen, dies ist gelungen und genügt mir.«

Offen sah ihn der Gonfaloniere an. »Ich schätze mich glücklich, dich als Freund zu haben. Bitte, siehe es mir nach, dass alle jetzt zu treffenden Maßnahmen nur dem Wohle unserer Stadt dienen.«

Eine Stunde später setzte sich das Richterkollegium aus erklärten Feinden des Propheten zusammen, und den Vorsitz leitete Doffo Spinni, der Gewalttätigste unter den Companacci. Ihm zur Seite wurde ein Winkeladvokat gegeben. Er sollte die Geständnisse herauslocken und das Protokoll anfertigen. »Wo Beweise fehlen, muss man sie erfinden!« Sein stolzer Wahlspruch hatte ihm den Spitznamen Ceccone eingebracht.

Ohne päpstliche Genehmigung drohte jedem weltlichen Gericht der Bann, wenn es einen Kleriker oder Mönch dem hochnotpeinlichen Verhör unterwarf! Galt dies ebenso für einen Exkommunizierten, einen Ketzer? Auch dieses Problems entledigte sich der Hohe Rat und schickte einen Kurier mit dem Bittschreiben nach Rom. Da über die Antwort kein Zweifel bestand: Warum noch warten?

Alle Vorkehrungen, alle Sicherheitsmaßnahmen waren getroffen.

Dienstag, der 10. April. Mit blank gezogenem Schwert begleiteten zehn Stadtsoldaten den Transport hinüber zum Gerichtspalast. In ihrer Mitte lag der Gefangene angekettet auf einer Trage. Weil er die strahlende Sonne über Florenz nicht sehen durfte, bedeckte ihn festes schwarzes Leinen.

Das Eichenportal schlug zu, wurde mit Querbalken gesichert. Kein Halt, keine Nachlässigkeit. Im Laufschritt brachte der Trupp seine gefährliche Last über die Freitreppe zum ersten Stockwerk des Bargello hinauf. Erst vor den Richterstühlen im Saal zogen sie das Laken weg, entriegelten Hals- und Fußspangen; zwei der Tapfersten griffen zu, halfen dem Frate hoch, dann bezogen sie erleichtert mit ihren Kameraden Posten an den Ausgängen.

Girolamo sah das Rot der Roben, nur verschwommen die Gesichter und roten Samtbarette. Er hob seine Augen auf zu den Deckengemälden. In ihm sprach die Stimme: »Vater, die Stunde ist da, dass Du deinen Sohn verklärest, auf dass …«

»Bist du ein Prophet?« Der Vorsitzende wartete, stellte die nächste Frage: »Hast du mit Gott und hat er mit dir gesprochen?«

Fest blieb der Mund geschlossen. Girolamo hörte Christus in Jerusalem mutig den Hohen Priestern antworten: »Habe ich übel geredet, so beweise es, dass es böse sei …«

»Schwächt den Körper, damit er nicht länger seine Seele behindert, die Wahrheit zu offenbaren.« Ohne jede Regung winkte Doffo Spinni dem Henker und seinen Knechten.

Sie führten ihren Gast durch eine schmale Tür ins angrenzende Marterzimmer. Ein enghoher Raum, hell erleuchtet von Öllichtern und Fackeln.

Zittern befiel Girolamo, er vermochte die Lippen nicht länger geschlossen zu halten, heftige Schnauber entrangen sich seiner Nase. Auf der Werkbank lagen sorgfältig angeordnet: Daumenschrauben, die spanischen Stiefel und dornige Halskrausen; flache, geschliffene Dübel, um sie unter die Finger- und Fußnägel zu treiben; daneben Zangen, Würgeschlingen und Stachelmasken.

O Herr, stehe mir bei, flehte er stumm. Sein Blick heftete sich auf die Streckbank. O Herr, lass den Kelch an mir vorübergehen!

Erst als Ceccone hinter dem Tisch Platz genommen und die

Schreibutensilien ausgebreitet hatte, ordnete der Scharfrichter an: »Entkleidet den Delinquenten.« Kein Hass schwang in der Stimme; er versah seine Arbeit, mehr nicht. »Ans Seil mit ihm.«

»Erstes peinliches Verhör«, murmelte der Advokat, während seine Feder über das Blatt kratzte, »Beginn mit der mildesten Anwendung.« Er richtete den Kiel auf die nackte, ausgezehrte Gestalt. »Als Kleriker wird es für dich sicher von Interesse sein: In unseren Fachkreisen nennen wir diese Methode scherzhaft auch ›Himmelfahrt und Höllensturz‹.«

Girolamo schwieg.

Mit Hilfe eines Flaschenzuges ließen die Folterknechte den Strick vom hohen Querbalken hinab. Sein linker Arm wurde umwickelt, fest angeknotet. Noch eine kurze Nachkontrolle durch den Meister.

Der erste Ruck hob den Körper vom Boden. Ertrage die Qual, bestärkte sich Girolamo hastig, in tausend Nächten ertrugst du die süße Bitternis der Geißel, ohne Klagen wirst du auch diese Marter überstehen.

Jedoch es war ein anderer Schmerz! Kein Entrücken des Geistes hob ihn darüber hinweg. Er blieb, nahm zu, wurde stärker.

Wie ein Gerippe baumelte der Mönch unter dem Balken.

»So fühlt sich der Himmel an«, rief ihm Ceccone zu. »Willst du gestehen?«

Girolamo wollte antworten, in seiner Not aber stieß er nur Krächzlaute aus.

»Dann besuche die Hölle.« Ruhig kippte der Advokat den Daumen nach unten.

Der Fall war eine Ewigkeit ohne Atem, die Rettung dicht über dem Boden ein furchtbares Erwachen, eine jähe Stichflamme. Girolamo schrie, erstickte an dem Schrei, keine Ohnmacht erlöste ihn, sein Arm gehörte ihm nicht mehr, und doch blieb er Teil des Körpers, wies hinauf zu den himmlischen Heerscharen.

Der Scharfrichter fasste das Ohr und wackelte den Kopf einige Male hin und her. »Er ist wach, Herr. Ihr könnt ihn befragen.«

»Aber nein, das wäre zwecklos.« Ceccone lehnte sich zurück. »Wiederhole die Anwendung.«

»Erst müsst Ihr den Mann verhören«, der Henker zuckte die Achseln. »So lautet nun mal die Vorschrift. Eher darf ich nicht weitermachen.«

Von seinem Stuhl aus rief der Advokat. »Wie steht's, Savonarola? Bist du zu einem Geständnis bereit?«

Erst nach einer Weile drangen die Worte durchs tosende, glutheiße Meer zu ihm vor. »Alles«, flüsterte Girolamo, »alles will ich ...«

»Was sagst du?« Ceccone sprang auf, näherte sich dem verzerrten Gesicht. »Ich habe dich nicht verstanden?«

»Alles, was mir vorgeworfen wird ... entspricht der Wahrheit ...« Die Stimme gehorchte schwach und angstvoll. »Lasst ab mit der Folter. Ich will euch mein ganzes Leben aufschreiben.«

Ceccone brachte die Sensation in den Gerichtssaal. »Werte Herren! Der gefürchtete Prophet ist nur ein sündiger Mensch. Er will gestehen. Jetzt schon. Nicht zu fassen, dabei haben wir mit der Tortur kaum begonnen.«

Betroffenheit ging durch die Rotgewandeten. Nach kurzer Beratung waren sie sich einig. »Er versucht uns zu täuschen.« Doffo Spinni befahl: »Prüft ihn. Fahrt mit der selben Anwendung fort. Schwächt seinen Leib.«

Dreimal noch an diesem Tag stürzte Girolamo nieder, ohne am Boden zu zerschellen. »Lasst ab. Ich will Euch mein Leben niederschreiben ...«

Kein Erbarmen wurde ihm zuteil. Welche Frage Ceccone auch stellte, bereitwillig gab er Auskunft. Selbst an Ostern wurde das Verhör fortgesetzt, und immer wieder fuhr Girolamo gen Himmel, stürzte er zur Hölle. »Lasst ab«, weinte und flehte er. Jede Würde war aus ihm gewichen. »Quält mich nicht länger.« Knochen, Muskeln und Sehnen seines linken Arms waren zerbrochen, zerrissen. Sieben Tage dauerte die Marter an ...

17. April. Im Beisein geistlicher und weltlicher Würdenträger – auch sechs grauhaarige Mitbrüder San Marcos waren geladen – verlas Ceccone dem Angeklagten das vierundzwanzig Seiten umfassende Geständnis: »»... Nie hatte ich eine göttliche Offenbarung in meiner Jugend ... Allein aufgrund der Heiligen Schrift erkannte ich die Not-

wendigkeit einer kirchlichen Erneuerung... Nie habe ich mit der Jungfrau Maria gesprochen... Oft machte ich mir die Träume Fra Silvesters zunutze und gab sie in der Predigt als meine Visionen aus... Mein ganzes Streben war auf den Ruhm der Welt gerichtet, auf Ehre und Ansehen... Um mein Vorhaben zu erreichen, versuchte ich, in Florenz die Herrschaft an mich zu reißen, dazu bediente ich mich Francesco Valoris und anderer Ratsherren, die an mich glaubten... Ich wollte mir für die Gegenwart und die Zukunft einen unsterblichen Namen machen... Wenn alles glücklich gegangen wäre, so hätte ich noch andere gewaltige Dinge ins Auge gefasst... Wäre Papst Alexander verjagt und ich zum Heiligen Vater gewählt worden, so hätte ich dies nicht verschmäht...‹«

Nach einer Stunde legte Ceccone das letzte Blatt nieder. Er wandte sich an den Gefangenen. »Sind diese Dinge wahr? Antworte.«

Girolamo hob den Kopf. Verkrustet die Lippen, grau spannte sich die Haut über die Wangenknochen, jede Glut war in den Augenhöhlen erloschen. »Alles, was ich geschrieben habe, ist wahr.«

»Wort für Wort?«, vergewisserte sich der Advokat.

Leise kam die Antwort: »Wort für Wort. Gott erbarme sich meiner.«

»So unterschreibe.«

Girolamo schleppte sich zum Tisch. Für diesen Moment hatte der Henker sorgsam den rechten Arm geschont. Zittrig fassten die knochigen Finger nach der Feder... Und Fra Girolamo, der Bußprediger von San Marco, der Stellvertreter Christi im göttlichen Königreich Florenz, setzte seinen Namenszug unter das Geständnis.

»Vater!« Einer der Mitbrüder aus San Marco drängte sich an seine Seite: »Dann war alles Lüge?«

Girolamo starrte nur vor sich hin.

Der alte Mönch drohte ihm verzweifelt mit der Faust. »Auf dein Wort hin glaubte ich. Und nun sage ich dir: Auf dein Wort hin verleugne ich dich.«

Ein Aufschrei unterbrach jedes Gespräch in Florenz. »Der Frate ist ein Betrüger!« Herolde schlugen die Schelle an jeder Straßenecke, auf allen Plätzen. Mit lauter Stimme verlasen sie Teile des Geständnisses. Handwerker verließen ihre Werkstätten, Kaufherren ihre Kontore. In den Küchen vergaßen Mägde die brodelnde Suppe vom Feuer zu ziehen. »Wir sind belogen worden. Ich hab's eben gehört. Der Frate ist kein Prophet, er ist ein Scharlatan, sonst nichts.«

Einige Gelehrte und hoch gestellte Patrizier aber wollten nicht als Verführte dastehen, sie fürchteten sich vor dem Spott. »Das Geständnis ist eine Fälschung.«

Im Palazzo della Signoria nahm der Gonfaloniere gelassen ihre Eingaben entgegen. Papst Alexander hatte für Folter und Verhör den Segen erteilt, mehr noch, Seine Heiligkeit zeigte sich höchst erfreut über Umsicht und Fleiß, mit denen die Regierenden gegen den falschen Mönch zu Werke gingen.

Das Todesurteil war insgeheim längst beschlossen. Jedoch um die Kritiker zu befriedigen, gab der Hohe Rat bekannt: »... Da Zweifel an der Glaubwürdigkeit des Verhörs laut wurden, wir aber Recht und Gesetz unparteiisch vertreten, wird eine zweite Untersuchung angeordnet ...«

Erneut ließen die Henkersknechte mit Hilfe des Flaschenzuges den Strick vom Querbalken nieder. Drei Tage Schmerz. Weitere Verbrechen gestand Girolamo ein und bekannte zerstört an Leib und Wille: »Alles ist wahr ...«

Fra Silvester heulte: »Nie war ich sein Freund!« Nicht allein Himmelfahrt und Höllensturz, auch die verschärfte Tortur blieb ihm nicht erspart. Spanische Stiefel zerquetschten die Beine, glühende Eisen versengten seine Fußsohlen. »Girolamo hat mich verführt!« Er schrie im Wahnsinn und spuckte den Namen des Führers aus. »Ich sage Euch, Ihr Herren, er hat Euch alle betrogen!«

Nur der Bär im Kleid des heiligen Dominikus blieb standhaft. Kein Schmerz vermochte seinen Glauben an den Propheten zu erschüttern. »Unser Herr und Gott, Jesus Christus, weiß, dass ich, Fra Domenico, in keinem Punkte lüge'«, so überschrieb er sein Geständnis. »... Drei Dinge sind mir das Liebste auf Erden: das allerheiligste Sakrament, die Heilige Schrift und Girolamo ...'« Er wusste nichts von Waffen im Kloster; er nannte die kahl geschorenen Engel eine heilige Armee frommer Knaben, die allein dem Aufbau und Erhalt des Gottesstaates dienten. »... Ihr Herren Richter dürft mir ruhig glauben; denn ich spreche, als müsste ich sterben ... denn ich bin völ-

lig zerschunden … Nie kam mir der leiseste Zweifel, der Frate meinte
es nicht ehrlich …«

Auch dieser Prozess hatte keine neuen Erkenntnisse gebracht. Im
ersten Stockwerk des Bargello erhoben sich die Richter von ihren Stühlen und setzten die samtroten Barette auf. »Im Namen der Republik
Florenz …« Doffo Spinni weidete sich an seinem Triumph. Noch einmal gab er den Zuhörern Einblick in die Abgründe der schändlichen
Verbrechen. »… aber wir haben der Wahrheit zum Licht verholfen.
Und sie erschüttert jeden rechtschaffenen Bürger. Bis zur Verkündung
des Urteils sind die drei Delinquenten in ihren Kerkern anzuketten.«

L aodomia folgte dem Duft. Wie eine schwere, süße Spur
führte er sie durch den Flur des Schneiderhauses, und beim
Öffnen der Tür wurde sie in eine Parfümwolke eingehüllt.
»Liebchen, endlich. Wir haben auf dich gewartet.«

Nicht nur draußen in den Gärten, auch hier in der Werkstatt
blühte der Mai. Über den langen Arbeitstisch verstreut bauschten sich
rote, gelbe, grüne Stoffproben. In einer Ecke drapierten blaue Seiden-
bahnen, vom Himmelshell bis zum Nachtviolett, die ausgefächerten
Wände des Paravents. Jede Kleiderpuppe trug Brokat oder purpurnen
Samt, und inmitten der Blumenwiese stand Fioretta, nur bekleidet
mit einem schlichten weißen Hemd. »Lass dich küssen.« Sie umarmte
die Freundin. »Was für ein Tag. Und die Entwürfe des Meisters, o
Liebchen, einfach wundervoll.«

Beim Nahen der rot bemalten, vollen Lippen roch Laodomia, welches Zaubermittel der überschwänglichen Stimmung nachgeholfen
hatte. »Entschuldige. Ich wäre früher gekommen, aber gerade vor
Ladenschluss musste ich noch drei Kundinnen bedienen.«

»Ach, du Ärmste«, Fioretta hob seufzend den Busen. »So hart um
das tägliche Brot kämpfen würde mir schwer fallen. Aber sobald die
Anprobe beendet ist, erholen wir uns.« Wie eine Verschwörerin blin-
zelte sie der Freundin zu. »Ich sage nur: Wein und Kuchen. Meine
Zofen decken drüben in der Küche schon den Tisch. Unser lieber
Belconi hat nichts dagegen. Und weißt du …«

866

Ein Hüsteln unterbrach ihr Geplapper. »Falls du mich suchen solltest, Mädchen. Hier bin ich.«

Laodomia wandte sich um. Der Schneidermeister stand neben dem Fenster, klein, leicht nach vorn gebeugt, ein Schmunzeln erhellte das faltige Gesicht. »Verzeih, Vater.« Schnell ging sie zu ihm. »Fühlst du dich wohl?«

»Ich lebe auf. Seit Signora Gorini mit all den Stoffen meine Werkstatt betreten hat, komme ich mir vor, als wäre ein Schmetterling zu Besuch, dem ich bunt schillernde Flügel schneidern soll.«

Wie vertraut war ihr die feingliedrige Hand, sein Blick. »Jetzt, da der Mönch im Kerker liegt«, sagte sie leise, »glaube auch ich wieder an den Frühling.«

»Er hat uns viele Wunden beigebracht. Nicht nur Petruschka, dir und der Signora, sondern …« Meister Belconi zögerte. »Nein, Trübsinn gehört zur Trauerkleidung, bei Festkleidern stört er nur.«

Fioretta bestimmte die Reihenfolge. Während der Schneider die Tuche bereitlegte, führte sie zunächst seine gezeichneten Entwürfe der Freundin vor. Jedes Blatt zeigte einen anderen Traum. »O Madonna«, flüsterte Laodomia und war verliebt in jedes der vier Gewänder. »Also, ich könnte mich nicht entscheiden. Welches hast du dir ausgesucht?«

»Wieso? Alle natürlich.«

»Ist das nicht …?« Laodomia zog sie hastig zum Fenster. »Entschuldige. Und der Preis? Hast du mit Vater Belconi schon verhandelt?«

»Aber Liebchen«, gurrte Fioretta. »Ich bezahle doch nicht selbst. Dafür habe ich meinen edlen Ritter. Du kennst ihn. Der alte Signore Gondi. Als wir alle wegen der Pest weg mussten, hat er mich doch auf sein Landgut eingeladen.« Sie tätschelte ihre Hüfte. »Seitdem ruht er sich hin und wieder bei mir aus, wenn du verstehst, was ich meine. Und weil das Glockenspiel bei ihm nicht mehr so recht klingelt, will er mich entschädigen. Ach Liebchen, er ist so ein feiner alter Herr, warum soll ich mich nicht von ihm verwöhnen lassen?« Voller Unschuld senkte sich der schwarz getuschte Wimpernvorhang. »Und da ist noch sein Sohn. Ein schmucker Kerl, sage ich dir. Den lade ich zu meinem ersten Fest ein.«

»Du willst ein Fest geben?«

»Aber ja, ein großes Essen. Mit Musikanten, Lampions, und getanzt wird bis in den Morgen.«

»Und wann?«

»Na, so in einem Monat. Ich dachte, am Abend vor der großen Prozession zu Ehren unseres heiligen Johannes. Bis dahin ist der Holzzwerg von San Marco endgültig abgeschafft, und wenigstens zwei meiner Kleider sind fertig. Aber jetzt müssen wir uns beeilen. Nein, zu spät. Meine Kehle ist ganz ausgetrocknet.« Sie schwebte im weißen Hemd wie eine Elfe durch die Werkstatt. »Bester Meister, wir verschieben das Maßnehmen auf morgen.«

»Sollte meine Schwiegertochter bei den Farben der Stoffe nicht mit entscheiden?«

Mit einer flatternden Handgeste änderte Fioretta den Plan. »Ich verlasse mich ganz auf Euren Geschmack.«

Sie war bereits an der Tür, rief nach ihren Zofen und entschwand mit ihnen hinter dem Wandschirm. »Geht schon in die Küche. Sobald ich angekleidet bin, komme ich nach.«

Vater Belconi begleitete seine Schwiegertochter hinaus. »Die Signora gleicht wirklich einem Schmetterling.«

»Ich hab sie gern«, seufzte Laodomia und dachte, neidisch bin ich auch. Hätte ich nur etwas von dieser Leichtigkeit. Wenn ihr Schlimmes zustößt, rollen dicke Tränen, dann aber dreht Fioretta sich um und sieht einfach wieder nach vorn.

Am Fuß der Treppe berührte der Schwiegervater ihren Arm. »Er liegt oben in der Kammer.«

Sofort versteifte sie den Rücken. »Raffaele?«

»Aber Mädchen! Wer sonst? Willst du nicht wenigstens einmal nach ihm sehen?«

»Bitte, Vater, bedränge mich nicht.«

Zwei Tage nach dem Sturm auf San Marco hatte sie von der Verwundung ihres Sohnes erfahren. In erster Angst war Laodomia hinüber zum Schneiderhaus gerannt. Sie begegnete dem Arzt auf der Stiege. »Ich bin die Mutter. Ist es ernst?«

»Kein Grund zur Besorgnis. Euer Sohn hat Glück gehabt. Die Wunde an der Wange eitert nicht. Auch das Ohr bleibt ihm erhalten. Allerdings wird eine hässliche Narbe zurückbleiben.«

»Danke.« Sie hetzte weiter die Stufen hinauf. Vor der Tür seiner Dachkammer aber zögerte Laodomia. Sie sah wieder die Striemen auf Fiorettas Rücken, das blau und grün verquollene Gesicht. Sie hörte Raffaele im Gewürzladen brüllen: »Im Namen Jesu Christi …!« Und Zorn besiegte die mütterliche Sorge. Auf dem Absatz war sie umgekehrt.

Seitdem hatte Laodomia nur an den Putztagen von Petruschka oder dem Schwiegervater über die Genesung ihres Sohnes etwas erfahren. Es ging ihm besser, mehr aber wollte sie nicht wissen.

Laodomia sah in das gütige Gesicht des alten Schneiders. »Urteile nicht zu hart über mich. Raffaele hat mir sehr wehgetan, und ich … Verflucht, vielleicht bin ich wirklich eine schlechte Mutter. Ich kann ihm nicht verzeihen.«

Behutsam strich ihr Vater Belconi über die Stirn. »Lass nur, Mädchen. Bevor du damals als junge Witwe unser Haus verlassen hast, sagte ich zu dir: Ich vertraue deinem Herzen, weil es einen Mantel vom feinsten Tuch hat und jede Naht mit Kreuzstichen gearbeitet ist. Meine Meinung hat sich bis heute nicht geändert.« In den Augenfalten spielte ein Lächeln. »Komm. Ehe sich unser bunter Falter auf den Weinkrug setzt, möchte ich dir noch etwas zeigen.«

In der Küche nahm er das hölzerne Geldkästchen aus dem Wandbord und reichte es ihr. »Sieh nach.«

Laodomia klappte den Deckel hoch. Dunkelrot funkelten Rubine, das Gold schimmerte. Sie schluckte heftig, erst nach einer Weile gelang es ihr zu sprechen. »Meine Hochzeitskette. Wie kann das sein?«

»Unser kahl geschorener Engel brachte sie einige Tage vor Carneval her. Ich sollte sie aufbewahren. Sprach's und flog wieder nach San Marco zurück.«

Wärme entstieg den Edelsteinen, schnell schloss Laodomia sie ein und stellte die Holzschachtel ins Regal zurück. »Nein, das genügt mir nicht.« Sie stampfte mit dem Fuß auf. »Verflucht! Raffaele ist kein Kind mehr. Er wusste genau, was er tat. Wenn es ihm besser geht, kann er sich bei mir entschuldigen. Aber er soll sich nicht einbilden, ich wartete mit offenen Armen auf ihn.«

Verwundert betastete der Schneider seinen Kopf. »Seltsam, wenn Violante früher zornig wurde, befiel mich sofort mein altes Leiden.

Aber kein Ohrwind heute. Jedes Wort von dir habe ich genau verstanden.«

»Vater!« Laodomia drohte ihm mit dem Finger, atmete tief und ließ die Hand sinken. »Du kennst mich zu gut. Das ist dein Fehler.«

»Den Fehler ertrage ich gern.«

Die Tür flog auf. Fioretta rauschte herein. »Liebchen. Welch eine Wonne.« Sie war schon am Tisch. »Wir haben Wein und Kuchen. Was wollen wir mehr?«

Papst Alexander drehte sinnend den Fischerring an seiner Hand. Bis auf Kardinal Caraffa hatte er gerade alle Ratgeber hinausgeschickt. Die Entscheidung war gefallen, das Breve an die Signoria von Florenz diktiert, nun blieb nur noch die Siegelung des Schreibens. »Lieber Freund, haben wir wirklich alles bedacht? Ein Fehler im letzten Moment wäre nicht nur fatal, sondern äußerst lästig. Ich will meine Zeit nicht länger an diesen Sündenwurm vergeuden.«

Caraffa verneigte sich. »Wenn es Eure Heiligkeit beruhigt, werde ich gerne noch einmal die Sachlage ausführlich erläutern.«

»Gott bewahre.« Kaum gelang es dem Oberhirten, die tief hängenden Lider zu öffnen. »Ich bin nicht beunruhigt«, protestierte er, »nur sehr erschöpft.«

Die Höflichkeit verbot es Caraffa, darauf einzugehen. Von den Flurwachen wusste er, dass Giulia Farnese, der Liebesengel mit dem Goldhaar, erst in den Morgenstunden die Privatgemächer verlassen hatte. »Erlaubt, Euch in aller Kürze die Fakten darzulegen: Savonarola und seine beiden Mitstreiter sind verhört und verurteilt. Aufgrund Eures Einflusses hat das florentinische Gericht bei den übrigen Tätern und Anhängern Milde walten lassen …«

»So setzt Euch doch. Und bitte sprecht leiser, mein Gehör verträgt heute keine durchdringenden Stimmen.«

Der Kardinal lächelte teilnahmsvoll, während er sich vor dem Schreibtisch niederließ. »Ich werde mich auf das Wichtigste beschränken: Nach reiflichem Abwägen der Kurie soll das Todesurteil nicht in Rom vollstreckt werden, sondern in Florenz selbst.«

»Nur ungern gestehe ich der Arnostadt diese Gnade zu.«

»Verzeiht, Heiligkeit, sie entspricht ganz unserer Strategie der sauberen Hand: Fra Girolamo wird an der Stätte seiner Verbrechen hingerichtet. Mit dem schier unglaublichen Geständnis hat er sich selbst vernichtet. Noch lodert der Volkszorn. Wie schnell könnte er erkalten, wenn wir den Mönch uns ausliefern ließen, um ihn hier zu richten? Heiligkeit, bedenkt: Abgeurteilte Sünder werden aus der Ferne sehr rasch zu Märtyrern. Dies muss unbedingt verhindert werden.«

»Wartet, werter Fuchs. Ehe Ihr fortfahrt, will ich meine Lebensgeister wecken.« Alexander betätigte das silberne Tischglöckchen, ließ sich ein Tuch und die Waschschüssel mit kaltem Wasser bringen. Nachdem er die Augen benetzt, sich den kühlenden Lappen an die Stirn gepresst hatte, nickte er dem Ratgeber zu. »Savonarola ein Märtyrer? Nicht auszudenken. Dann werden wir ihn nie los.«

»Im Moment sehe ich keine Gefahr. Selbst die Mitbrüder von San Marco haben ihn verdammt und auf ewig aus ihrem Konvent ausgeschlossen.« An der Halskette ließ Caraffa das goldene Kreuz vor seiner Brust treiseln. »Heiligkeit, seid getrost. Unsere Vorgehensweise bewahrt die Würde der Kurie und zerreibt gleichzeitig das letzte Ansehen Savonarolas.«

»Also, wir bestehen nicht länger auf einer Auslieferung, verlangen aber einen weiteren Prozess, in Anwesenheit zweier päpstlicher Gesandter.« Alexander befeuchtete das Tuch und erfrischte damit seinen wulstigen Nacken. »Wen aber schicken wir nach Florenz? Denkt Ihr etwa an Augustinergeneral Fra Mariano, diesen unsäglichen Geiferer?«

»Nein, Heiligkeit, auch nicht an den erklärtesten Feind des Mönches, Fra Francesco Mei. Gerade weil diese dritte Verhandlung nur eine Posse sein wird, sollten wir zwei untadelige Würdenträger mit allen Vollmachten ausstatten.«

»Ihr seid umsichtig wie eh und je.«

»Damit diene ich Euch, Heiligkeit, und nicht zuletzt auch mir.« Caraffa drückte das Kreuz sanft an die Purpurbrust. »Euer Bild in der Öffentlichkeit hat während der ganzen Jagd keinen Schaden erlitten. Und was meine Person betrifft?« Die Mundwinkel zuckten spöttisch. »Nun, selbst kluge Männer glauben, dass ich stets auf der Seite Savonarolas stand.«

Trotz der nächtlichen Mühsal lachte Alexander vergnügt. »Gut, nur zu gut. Rühren wir an keiner dieser Meinungen.« Feierlich streifte er den Fischerring vom Finger. »Lieber Freund, nein, lieber geachteter Fuchs, Ihr habt mir damals das Siegel durch eine List entwendet und damit dem Sohn der Sünde zum Aufstieg verholfen. Nun soll er durch Euch auch stürzen. Siegelt Ihr das Breve.«

Kardinal Caraffa erhob sich, und nach einer demütigen Verbeugung ging er dem Heiligen Vater zur Hand.

Welch eine Gnade war ihm zuteil geworden! Er durfte schreiben. Licht spendete das schmalhohe Kerkerfenster, die Stunden horchte er dem Schlagen der Glocke ab.

Welche eine Milde! Seit dem letzten Verhör, seit drei Wochen lag Girolamo im Verlies, und keine Eskorte hatte ihn zur Folter abgeholt. Stattdessen umgaben ihn freundliche Männer. Er zollte seinen neuen Herrschern großen Respekt und Dankbarkeit: Der Herr Wächter mistete Tag für Tag den Kot aus und streute frisches Stroh. Hin und wieder kam der Herr Bader hinauf, um den Bart abzuschaben.

Gäste wechselten sich ab: Trauer, Hoffnung und Reue. Weil seine Schirmbrille im Kloster zurückgeblieben war, antwortete er ihnen mit großer Schrift: »›Der Abgrund des Elends ruft den Abgrund des Erbarmens an …‹«

Seine Füße waren im Block eingeschlossen.

»›O Gott, schaffe mich neu und tröste mich, damit du allen Menschen zeigest, dass Du Deinen Worten gerecht wirst …‹«

Der schmerzende linke Arm zog den Propheten zurück ins Tränental. »›O Jesus, vergib mir meine Schwäche …‹« Schneller kratzte die Feder über das Blatt. »›Auch Petrus hat dich verleugnet … Was aber hätte er getan, wenn die Juden zur Folter geschritten wären? … Er hätte weiter geleugnet, geschworen und abgestritten, bis er den Händen der Knechte entgangen wäre … Herr, lasse mich nicht im Stich … Denn wenn selbst Petrus, dem du so viele Gaben gewährt hast, so schmachvoll gefallen ist, wie sollte ich stark bleiben?‹«

Samstag, der 19. Mai. Eine Abordnung des Hohen Rates begrüßte die beiden päpstlichen Gesandten. Der vierundachtzigjährige General des Dominikanerordens, Torriani, ließ die Ansprache teilnahmslos über sich ergehen. Sichtlich von den Reisestrapazen ermattet bat er: »Führt mich ins Kloster Santa Maria Novella. Dort will ich bei den Brüdern ausruhen.« Seine zittrige Hand tätschelte den Arm des Begleiters. »Der ehrenwerte Richter Rommolino ist noch jung...« Das Denken benötigte Zeit, bis es in Worte umgesetzt war. »... und vor allem ist er versiert in den Rechtsdingen der Kirche. Ihm vertraue ich, weil... ja, richtig, weil er auch das volle Vertrauen unseres Heiligen Vaters genießt... So ist es... Er wird das Verhör des Sünders ohne meine Hilfe durchführen... Weil ich zu erschöpft... Aber das sagte ich schon.« Zum Abschied vergab der Greis noch ein Lächeln an die Ratsherren. »Bis zum Tage der Hinrichtung bin ich wieder erfrischt.«

Francesco Rommolino wurde ein großzügiges Quartier nahe des Regierungsgebäudes überlassen. Kaum hatte er es bezogen, als Diener ihm Blumen, Obstkörbe und Marzipangebäck brachten. »Ein kleiner Willkommensgruß des Signore Doffo Spinni. Er bittet Euch heute Abend zu einem festlichen Mahl in den Palazzo Pitti.«

Mit Freuden willigte der Richter ein.

Kerzenflammen spiegelten sich in geschliffenen Weinpokalen. Musik begleitete fette Kapaune, gesottene Wachteln und duftende Pasteten auf dem kurzen Weg in die Mägen. An nichts ließen es die versammelten Companacci ihrem Ehrengast fehlen.

Nach dem Mahle hob Doffo Spinni das Glas: »Tod dem Frate!« Begeistert übernahmen seine Gefolgsleute den Trinkspruch: »Tod dem Frate!« In einem Zug leerten sie die Kristallkelche, gefüllt mit dunklem Rebenblut.

Richter Rommolino wischte sich das Kinn. »Ihr Herren. Danke für Eure Bewirtung. Als ich den Auftrag erhielt, fürchtete ich nicht die ernste Pflicht, die mit ihm verbunden ist. Meine größte Sorge war, einige Tage in dem vom Ketzerterror farb- und freudlosen Florenz verbringen zu müssen, fern aller Fröhlichkeit und Lebensart. Ihr Herren habt mich in wenigen Stunden schon eines Besseren belehrt.«

Er wartete, bis Lobrufe und Klatschen verebbten. »Ich möchte Euren Trinkspruch mit der Weisung des Heiligen Vaters beantworten, die er mir mitgab: ›Sterben muss Savonarola, selbst wenn er ein zweiter Johannes der Täufer wäre.‹« Erneut rollte Rebenblut durch die Kehlen.

Am Kopf der Tafel neigte sich Doffo Spinni dem Richter zu und raunte hinter vorgehaltener Hand: »Wir haben bei der Untersuchung jede Sorgfalt angewandt. Es könnte dennoch sein, dass Eurer Verhör ein anderes Ergebnis bringt. Was dann?«

Ebenso leise gab Rommolino zurück: »Seid unbesorgt. Der Frate wird in jedem Falle sterben. Ich habe das Todesurteil schon in der Tasche.«

»Ihr seid unser Mann. Ich werde Euch jeden Wunsch erfüllen.«

»Jeden?«

Ein Kopfnicken war die Antwort.

Spät in der Nacht brachten Diener einen hübschen Knaben zum Quartier nahe des Palazzo della Signoria.

Rommolino empfing ihn leicht verärgert. »Ich hatte etwas anderes erwartet. Du kannst wieder gehen.«

»Verzeiht, Herr.« Die kleinen Finger nestelten an den Hemdschlaufen. »Schaut her. Ich bin eine Überraschung.« Schnell fielen die Beinkleider, und sogleich hob sich die Laune des Richters. Ein Mädchen, kaum älter als zehn, stand nackt vor ihm. »Komm zu mir, schönes Kind.«

Bei den Verhören blieb Fra Girolamo zwei Tage lang standhaft.

Wieder und wieder stellte ihm Rommolino die eine Frage: »Woher hast du deine Visionen?«

»Gott selbst gab sie mir. Wenn dies nicht die Wahrheit ist, so will ich verdammt sein!«

Voller Zorn sprang einer der Beisitzer auf und schlug ihm die Faust ins Gesicht.

Rommolino winkte dem Henker. »Immer noch beherrscht Satanas seinen Körper. Geh ans Werk, und verhelfe der Wahrheit ans Licht.«

Himmelfahrt und Höllensturz. Weil der linke Arm abzureißen drohte, wickelten die Folterknechte das Seil um den rechten.

Girolamo brabbelte nach der Marter: »Alles ist wahr ... Jesus hilf mir ... Ich habe doch unterschrieben ... Mein Geständnis ist wahr ... Ich flehe Euch an, fügt mir keine Qual mehr zu ...«

Später lag er in seiner Zelle auf dem Stroh, wimmerte vor Schmerzen. Schritte näherten sich auf der Treppe. Durch einen roten Nebel sah Girolamo zwei Gestalten in der geöffneten Tür stehen. »Wer seid ihr?«, flüsterte er.

Sie waren im Auftrag des Gerichts erschienen, so viel verstand er, was sie aber untersuchen sollten, begriff der Gemarterte nicht.

»Du bist verdächtigt, ein Hermaphrodit zu sein«, wiederholte eine der Stimmen. »Wir müssen der Sache auf den Grund gehen.«

»Niedertracht«, keuchte er. »Diese Schande werdet Ihr und Eure Auftraggeber niemals abwaschen können.«

»O doch, Prophet, verlass dich drauf. Die Hände reinigen wir uns später.«

Sie knieten sich über ihn. Einer hielt die Kerze, der andere schob dem Hilflosen das verdreckte Kleid des heiligen Dominikus bis zum Nabel hoch. Girolamo sträubte sich nicht, als ihm die dürren Schenkel gespreizt wurden, Finger den Hodensack anhoben und unterhalb des Afters nach einer feuchten Spalte suchten.

»Nichts. Er hat nur ein Geschlecht.« Während sie hinausgingen, hörte er den einen sagen: »Zugetraut hätt ich es ihm.«

Die Tür schlug zu. Der dumpfe Knall zerbrach in ihm den ausgeleerten Kelch aller Bitternis. Girolamo konnte nicht mehr weinen. Als Streiter Gottes war er ausgezogen, nun lag er auf dem Schlachtfeld, würdelos, ohnmächtig, und kein Märtyrerlied sang mehr in ihm.

Der kleine Filippo stürzte atemlos in den Gewürzladen. »Tante, du musst mir helfen. Petruschka hört überhaupt nicht zu, wenn ich was frage.«

»Und was möchtest du von ihr?« Laodomia reckte sich und befestigte ein Bund frisch gepflückter Wachholderzweige an der Trockenschnur.

»Gestern gab es Honigkuchen.« Gründlich zog er die Nase hoch. »Und davon ist noch etwas übrig. Aber Petruschka antwortet gar nicht. Sie heult bloß noch.«

Sofort unterbrach Laodomia ihre Arbeit und kauerte sich zu ihm. »Was sagst du? Sie weint?«

Der Zehnjährige nickte. »Im Hof. Die ganze Zeit hackt sie Holz, und ganz nass ist ihr Gesicht. Ich hab's genau gesehen. Aber wenigstens den Kuchen hätte sie mir doch geben können. Tante, frag du sie doch.«

Jähe Sorge befiel Laodomia. Vor einigen Stunden war das Todesurteil über den Frate und seine Mitstreiter von Herolden in der Stadt bekannt gegeben worden. Morgen schon sollte es vollstreckt werden. Sicher hatte auch Petruschka die Ausrufer gehört. O heilige Mutter, hilf! Laodomia zwang sich, die immer stärker pochende Unruhe vor dem Jungen zu verbergen. »Na komm, du Naschkater. Mal sehen, ob ich bei ihr ein Stück erbetteln kann.«

Hastig schloss sie den Laden ab und eilte durch die schmale Straße. Filippo hüpfte neben ihr her. »Vielleicht rückt Petruschka auch zwei Stücke raus.« Die Vorstellung beflügelte ihn, großzügig erklärte er: »Eins würde ich dann mit dir teilen. Ehrenwort.«

In der Küche befahl Laodomia. »Bleib hier bei den Mägden. Hörst du? Ich gehe allein zu ihr raus.«

»Verstehe.« Der Naschkater blinzelte, da es ihm nicht gelang, nur ein Auge zu schließen, nahm er den Finger zu Hilfe. »Du bist meine liebste Tante.«

»Dann gehorche und warte, bis ich zurück bin.«

Kaum hatte Laodomia den Hof betreten, vernahm sie das heftige Zuschlagen, das Zersplittern von Holz. Langsam ging sie weiter. Hinter dem Schuppen entdeckte sie die Freundin. Petruschka stand mit dem Rücken zu ihr vor dem Hauklotz. Eine Riesin, die Kittelärmel aufgekrempelt, weit schwang sie die Axt über dem Haarturm zurück. Der Hieb spaltete das runde Baumholz, Scheite flogen nach rechts und links. Gleich legte die Russin das nächste Stück zurecht, und die Axtklinge fuhr nieder.

Laodomia näherte sich dem Holzplatz, bis sie von der Seite das aufgelöste Gesicht sehen konnte. Doch Petruschka nahm keine Notiz von ihr, bückte sich, schwang die Axt, bückte sich, und wieder blitzte die scharfe Klinge.

Laodomia passte den Moment ab während die Freundin nach dem nächsten Baumstück griff, sprang sie entschlossen vor und setzte sich auf den Hauklotz.

»Wer soll denn so viel Feuerholz verbrennen?«

»Lass mich allein.« Die hellen Augen waren gerötet, ohne Halt quollen Tränen über die Wangen. »Bitte geh, Kleines.«

»Ich gehöre zu dir.«

Mit einem Mal wich die Kraft, der Axtstiel entglitt der Hand. Schluchzend sank Petruschka auf den Haufen frisch geschlagener Scheite. »Kleines, ich weiß nicht weiter...« Sie beugte ihren Kopf über die Knie. »Wie kann ich denn jetzt weiterleben?«

Heilige Maria, lass mich das Richtige sagen, flehte Laodomia stumm, gib mir Kraft. Meine arme Petruschka darf nicht verzweifeln. Erst nach einer langen Pause fasste sie Mut. »Der Frate hat sein Urteil verdient. Bei all dem, was er uns angetan hat, können wir doch froh sein. Oder?«

Petruschka ballte die Faust, das ›R‹ ertrank in ihrer Kehle. »Es ist mir längst egal, ob der Mönch hingerichtet wird. Ja, verdient hat er's. So viele Lügen. Alles war falsch.« Gequält richtete sie den Oberkörper auf. »Aber... aber in mir drin tut es so weh.« Mit beiden Händen fasste die Russin ihre mächtigen Brüste und zerrte sie auseinander. »Verstehst du, so ist mir. Als ob Blut rausfließt.« Vor ihrer Brust riss der Kittelstoff.

»Nicht!« Angstvoll rutschte Laodomia vom Hauklotz, war bei der Unglücklichen und umarmte sie. »Bitte, füg dir nicht selbst noch mehr Schmerzen zu. Nein, ich hab's nicht begriffen. Wenn es nicht seine Hinrichtung ist, warum bist du so verzweifelt?«

»Weil... weil...« Neue Tränenströme flossen. »Weil ich... Ach, Kleines. Ich bin sicher einfach nur zu dumm.« Langsam versickerte das Schluchzen, schließlich zog sie ihr Schnupftuch aus der Tasche und schnäuzte sich prustend. »Es ist...« Ihre Stimme wurde dunkel, stiller. »Heute früh bin ich zu meiner Madonna gegangen. Da hab ich mich hingekniet, weil ich das immer so mache.« Sie fasste Hilfe suchend nach Laodomias Hand: »Ich hab's verlernt. So ist es eben. Wenn ich früher zur Madonna ging, da hat sie mir einfach ins Herz geschaut, ich hab ihr alles gesagt und konnte fröhlich zurück in die Küche gehen. Dann kam der Frate, und ich hab nur noch auf ihn gehört. Bin immer nach San Marco rüber. Der Prophet weiß die fromme Wahrheit besser als alle, davon war ich überzeugt. Und jetzt?« Petruschka flüsterte vor sich hin. »Jetzt weiß ich auf einmal nicht mehr, wie glauben geht.«

Ich hab es noch nie so richtig gewusst, dachte Laodomia. Sanft wiegte sie den Kopf der großen Frau an ihrer Schulter. »Aber du kannst es doch versuchen. Ich meine, wieder neu lernen. Gott sieht das ein. Und er ist bestimmt nicht nachtragend, wenn man sich mal geirrt hat.«

Petruschka streichelte ihren Arm. »Das hab ich ganz vergessen: Gott kann ja auch entschuldigen, wenn ich meine Madonna drum bitte. Ach, Kleines, du tust mir so gut. Jetzt weiß ich wenigstens, wo ich anfangen soll.«

Die Schwere löste sich etwas. Laodomia fügte hinzu: »Und ich könnte ja mitlernen.«

»Sag das nicht einfach so.« Ein Lächeln huschte über das verweinte Gesicht. »Kleines, ich nehm dich beim Wort.« Petruschka stand auf. Zwar gelang ihr die Heiterkeit nicht, aber ihre Stimme nahm bereits wieder den kraftvollen Ton an: »Schluss mit Holzhacken und Heulen. Sonst gibt's heute nichts auf den Tisch. Komm, Kleines, gib mir die Hand, ich helf dir hoch.«

»Ehe ich es vergesse.« Laodomia wollte die neu gewonnene Hoffnung wärmen und spielte mit. »Ein Naschkater erwartet dich in der Küche. Er sagte etwas von einem Honigkuchen.«

»Der junge Herr Filippo?« Petruschka runzelte die Stirn. »Er hat heute Morgen schon ein Stück bekommen. Und jetzt schiebt er dich vor, um noch eins zu erbetteln?«

»Wenn ich ihn richtig verstanden habe …« Laodomia hob zwei Finger. »Davon will er eines allerdings mit mir teilen.«

»Nichts da. Bei zu viel Süßem wird kein Mann aus ihm. Das hab ich dem Schlingel schon hundertmal gesagt.« Jäh wieder ernst, legte die große Frau den Arm um die schlanke Schulter. »Geh nie weg von mir, Kleines. Bitte. Sonst bin ich ganz allein.«

Laodomia sah zu ihr auf. »Ganz gleich, wer auch noch in Zukunft kommen mag, er wird uns nicht trennen können.«

Mittwoch, 23. Mai. In der Nacht war linder Regen über Florenz niedergegangen. Mit den ersten Strahlen der Morgensonne verflüchtete sich der Nebelhauch auf der Piazza della Signoria. Rein gewaschen von allem Staub der vergangenen Wochen glänzten die Pflasterquader. Der Tag roch frisch und unberührt.

Hufschlag. Stadtsoldaten in wehenden blauen Umhängen sprengten quer über den Platz. Keiner von ihnen beachtete die Hinrichtungsstätte. Sie hatten ihre Befehle. Bald blinkten ihre Helme an jeder Straßen-, jeder Gasseneinmündung. Die Weide des Todes war abgeriegelt.

In der Kapelle des Palazzos kniete Fra Girolamo vor dem Altar, und wie Flügel eines Engels entwuchsen seinem Rücken die engsten Freunde Fra Domenico und Fra Silvester. Ein Benediktiner feierte mit ihnen die heilige Messe: *»... Misereris omnium, Domine, et nihil odisti eorum quae fecisti...«* Du erbarmst dich über alle, o Herr, und hassest keines Deiner Geschöpfe...

Bunte Hauben, Schleier, Hüte und Samtmützen. Mehr und mehr Bürger drängten aus allen Stadtteilen zu den Absperrungen. Die Wachen ließen Frauen, Männer und Familien mit ihren sittsam gekleideten Sprösslingen passieren. Schnarrer und Pfeifer wurden noch zurückgehalten. Kein wütender Protest entstand unter den Zerlumpten, sie feixten, schwenkten gut gefüllte Steinbeutel und warteten. Jeder Einzelne von ihnen wusste, dass seine Stunde der Lust kommen würde.

Der Benediktiner hielt die Hände über den Silberteller: *»Hanc igitur oblationem servitutis nostrae...«*

Er legte die letzte Wegzehrung den beiden Mitverurteilten auf die Zunge. Fra Girolamo aber bat den Priester, die Hostie noch ein Mal in die Hand nehmen zu dürfen. Unter qualvollen Schmerzen hob er sie vor die Stirn. »O Herr, ich weiß, Du bist der wahre Gott, Schöpfer der Welt und der menschlichen Natur... Ich bitte Dich, o mein Tröster, dass Dein so kostbares Blut nicht umsonst für mich vergossen sei... Und so bitte ich Dich um Verzeihung für alles, womit ich diese Stadt und das ganze Volk beleidigt habe... Deine Güte, o Herr, zwinge Dich, unsere Sünden durch Schonung zu überwinden und unser Ver-

langen zu stillen, vor dich hintreten zu dürfen. Amen.« Hiernach
führte er die Oblate selbst zum Munde, spendete sich selbst das heilige Sakrament.

Draußen wogte Gemurmel, gedämpftes Lachen. Die Herde hatte sich
zum Fest eingefunden, wollte den falschen Hirten und seine beiden
Hüter endlich sterben sehen. Für gute Sicht war gesorgt: Von der gezimmerten Bühne am Portal des Palazzos führte eine mannshohe
Brücke bis zum Galgengerüst in der Platzmitte. Kein Pardon. Mit aller
Strenge hatten Stadtsoldaten den Bereich zwischen Regierungsgebäude und Säulenhalle von Neugierigen gesäubert. Die ansteigende Tribüne in der offenen Loggia war allein den Stadträten und Gelehrten,
den Künstlern und Ehrengästen vorbehalten. Fioretta Gorini trug
einen tiefroten Traum. Huldvoll thronte sie zwischen dem greisen
Signore Gondi und seinem kühn dreinblickenden Sohn. Unter dem
rechten Arkadenboden, nahe der äußersten Säule, saß Rodolfo Cattani; wie abwesend sah er zu den dicht besetzten Fenstern und Häu-
sergiebeln auf der Nordseite hinüber. Der Platz an seiner Seite war
leer.

Sechs Büttel betraten die Kapelle. Ungeduld in den Mienen. Am Altar
hob der Priester seine Rechte und sprach hastig die Formel der Lossprechung von allen Sünden: »*Deinde, ego te absolvo a peccatis tuis; in
nomine Patris et Filii et Spiritus Sancti. Amen.*«

Keine Zeit. Sofort griffen die Wächter nach den Gefangenen.

Noch im Inneren des Palazzos, am Fuße der Marmortreppe, traten ihnen zwei Dominikanermönche von Santa Maria Novella in den
Weg. »Auf Befehl unseres Vater Generals Torriani: Legt die Kutten ab.«

Silvester und Domenico gehorchten wortlos. Weil Girolamo die
Arme nicht schnell genug heben konnte, rissen sie ihm das Ordens-
habit roh vom Leib. Seine Finger ertasteten noch einen Zipfel: »O
heiliges Kleid. Wie heiß ersehnte ich dich. Gott hat mir dich verliehen …«, rief er gequält, dann entglitt es für immer.

Barfuß, im verdreckten knielangen Hemd wurden die Todgeweihten nach draußen geführt. Kein Jubel empfing sie.

Jäh verebbte jeder Lärm, als ihnen ein Pater das Messgewand, die

Stola und alle Sinnbilder eines Priesters anlegte. Wie alles entsteht, so soll es wieder vergehen. Der Weihbischof nahm Girolamo den liturgischen Rock. »Ich scheide dich von der streitenden und triumphierenden Kirche …«

»Ihr irrt Euch, Monsignore«, unterbrach ihn Girolamo, nach einem heftigen Schnauber berichtigte er: »Die Formel lautet nur: von der streitenden Kirche. Denn von der triumphierenden Kirche vermögt Ihr mich nicht zu scheiden.«

Von jedem Zeichen der höheren und niederen Weihen wurden die Mönche entblößt, ihre gesalbten Daumen und Zeigefinger mit einer Glasscherbe abgekratzt, Stola und Manipel entfernt; so standen sie wieder da, nur noch im knielangen Hemd, und zum Abschluss schabte ein Bader den Entweihten die Tonsur von den Schädeln.

Nach dieser Schmach fesselten Büttel ihnen die Hände auf den Rücken und stießen sie wenige Schritte weiter vor die päpstlichen Gesandten. Der senile Ordensgeneral Torriani versuchte aufzustehen, zog es aber dann doch vor, dem kirchlichen Urteilsspruch sitzend zu folgen. Richter Rommolino genoss die Öffentlichkeit: »Im Namen der Kirche …«, begann er und verlas mit laut schallender Stimme alle Anklagepunkte.

Langeweile breitete sich unter den Bürgern aus. Die Mittagshitze lag brütend über dem Platz. Nahe dem Galgenkreuz beschwerte sich ein Junge bei seinen Eltern: »Wann geht's denn endlich los? Ich will was essen, und Durst hab ich auch.« Um ihn still zu halten, zog die Mutter das Tuch vom gut gefüllten Korb. Das Beispiel weckte den Hunger der Umstehenden, bald ließen sich viele nieder, kauten Brot und Käse, tranken Wein aus Lederbeuteln.

Laodomia hatte den Knecht Rodolfos lange vor der Ladentür warten lassen. Seit dem Aufstehen fürchtete sie sich. Ruhelos war sie hin und her gelaufen, wollte Ordnung schaffen, nahm einen Krug und stellte ihn wenig später wieder an dieselbe Stelle zurück. Dann hatte sie beschlossen, noch rasch nach Petruschka zu sehen.

Der Freundin jedoch ging es heute besser als ihr. »Kleines, du musst dich beeilen«, ermahnte die Russin und walzte Brotteig auf dem Küchentisch. »Ich darf hier nicht weg. Hab keine Angst, unterwegs achtet der Knecht drauf, dass dir nichts geschieht. Und dann bist du ja bei deinem Beschützer.« Die großen Hände kneteten den Fladen zu einem Ball und hieben ihn wieder flach. »Eine von uns beiden muss das Ende des Frate anschauen, Kleines. Sonst wissen wir nachher nicht, ob's wirklich stimmt.«

Laodomia hatte keine Ausrede mehr gefunden. Als die Glocke von Santissima Trinità die zweite Mittagsstunde schlug, band sie seufzend ein dunkles Tuch um und ließ sich von dem Diener zum Ehrenplatz in der Loggia führen.

»Verzeih. Ich musste noch meine Freundin trösten.«

Rodolfo berührte leicht ihre Hand. »Ich hätte auch verstanden, wenn du nicht gekommen wärst.« Damit sah er wieder zum Geschehen auf der Bühne vor dem Palazzo hinüber.

Laodomia atmete gegen das Herzpochen, verzagt folgte sie seinem Blick.

Der Sprecher des höchsten florentinischen Gerichtes fällte das weltliche Urteil: »... aufgrund ihrer eingestanden furchtbaren Verbrechen sind die Gefangenen am Strang zu hängen und im Feuer zu verbrennen ...«

Du Prophet, wie elend, klein und unscheinbar bist du geworden, dachte sie. Ein dürres Holz mit einem bleichen Knochenkopf.

Als die Prozession sich formierte, entschwand seine Gestalt aus ihrem Sichtfeld. Je zwei Benediktiner im schwarzen Habit und hohen, spitzen Kapuzen nahmen die Verurteilten in ihre Mitte.

Silvester voran. Sein Gesicht war zu einer selig lächelnden Maske erstarrt.

Obwohl Domenico sich nur mühsam aufrecht hielt, überragte er seine Begleiter. Ein Bär, dem Folter und Kerker alle Kraft genommen hatten.

Nun bist du selbst einer von deinen kahl geschorenen Engeln geworden, dachte Laodomia ohne Mitleid, geh du nur. Raffaeles Narben bleiben, und die sind schon zu viele Erinnerungen an dich.

Die vorderste Gruppe setzte sich in Bewegung. Das Signal. Auf der Piazza della Signoria sprangen die Bürger auf. Keine Siesta mehr, vergessen waren Picknickkörbe und Wein. Väter nahmen die Kleinsten auf ihre Schultern, Mütter zogen die Töchter enger an den Rock.

Stille. Der unsichtbare Vorhang schwang zur Seite. Alle Gesichter reckten sich, niemand wollte den ersten Akt des Schauspiels verpassen.

Über die Brücke führte ein Mittelpfad aus Glassplittern. Silvester ging ihn mit bloßen Füßen, strauchelte, schleppte sich weiter, ohne das Lächeln zu verlieren. Am Ende des Marterwegs wartete auf dem rund gezimmerten Balkenpodest der Henker, rot gekleidet von Kopf bis Fuß. Aus den ölgetränkten und mit Pulver versehenen Reisighaufen wuchs das riesige Kreuz. Weil jeder Vergleich mit Golgatha vermieden werden sollte, hatte er die Querarme stutzen müssen. Nun hingen Seilschlingen und Halseisen viel zu nah beieinander. Kein guter Arbeitsplatz für einen Scharfrichter, der seinen Beruf gewissenhaft und ernst ausübte.

Da Silvesters Körper zu geschwächt war für den Anstieg, schlangen ihm die Blutdiener einen Strick unter die Arme. Jetzt lösten Tränen sein Lächeln auf.

Der Meister erklomm federnd die Leiter am Hauptstamm. Er zerrte, seine Knechte schoben, so hievten sie den Hilflosen über die zweite Leiter bis unter den rechten Armstumpf des Kreuzes. Geübte Finger lösten den Haltestrick, befestigten die Schlinge. Ein kurzer Stoß.

Silvester zappelte. »Jesus!« Und wieder: »Jesus.«

Einige Gaffer zeigten nach oben. »Er pisst.« Gelächter, das Johlen der Menge nahm zu. Kot fiel aus dem After.

»Jesus«, röchelte der Sterbende. Applaus brandete zu ihm hinauf, als sich das Geschlechtsteil im Todeskrampf versteifte.

»Bravo, Henker! Gute Arbeit!«

Von seinem erhöhten Platz winkte der Meister dankend dem Volke zu.

Laodomia presste die Stirn in ihre Hand. »Ob die Leute ›Hosianna‹ oder ›Bravo, Henker‹ schreien«, flüsterte sie, »ihre Begeisterung ist die gleiche.« Ratlos sah sie Rodolfo an. »Begreifst du das?«

»Es ist so einfach, aus der Menge ein willenloses Tier zu machen. Dies hat uns der Prophet jahrelang bewiesen.«

»Aber findest du dich damit ab?«

»Niemals.« Er verschränkte die Arme. »Im Gegenteil, nach all dem, was hinter uns liegt, fürchte ich mich vor den Verführern, ob nun Politiker oder Bußprediger, aber auch vor der gefährlichen Herde, die ihnen zujubelt. Deshalb bleibe ich in Zukunft einfacher Ratsherr. Jedes höhere Amt lehne ich ab.«

Laodomia betrachtete ihn verstohlen von der Seite. Wenn es dir nur ernst damit ist, dachte sie. Ach, mein warmherziger, ungeschickter Verschwörer, du ahnst gar nicht, wie sehr ich eure Geheimtreffen gehasst habe.

Um den Richtplatz wurden Stimmen laut: »Sag was, Mönch! Predige von deiner Kanzel.«

Domenico war inzwischen vor dem Galgenkreuz angelangt. Der Haltestrick umspannte seine Brust. Von der dritten Sprosse aus wandte er sich ans Volk. Mit letzter Kraft ließ er die volle Bassstimme ertönen: »Wahrlich, ich sage euch, alle Weissagungen unseres geliebten, heiligen Fra Girolamo werden in Erfüllung gehen!«

Vergnügtes Hohngelächter war die Antwort. Schon stemmten Blutknechte einen Balken gegen den Hintern und schoben Domenico Sprosse für Sprosse dem Himmel entgegen.

Laodomia wollte seinen Tod nicht sehen. Mit dem Kopftuch schirmte sie ihr Gesicht ab und blickte zu Girolamo hinüber. Noch hatte er die Holzbrücke nicht betreten.

Seine Nase, die Wangenknochen. Du bist ein Fremder, dachte sie, nicht einmal dein Mund erinnert mich an früher. Laodomia schloss die Augen. Ferrara. Aus dem Gelärme um sie herum drang mit einem Male sein Räuspern vom Fenster gegenüber in ihre Dachkammer. Lautengezupfe. Kantig setzte die Stimme des Medizinstudenten ein: »›Wenn es nicht Liebe ist, was ist's dann, das ich fühle? / Doch wenn es Liebe ist, bei Gott, was ist und wie ist das?‹«

Geiferndes Gebrüll vom Galgen her zerschlug den Text. Laodomia hielt die Lider fest geschlossen. Hätte ich damals deinen Heiratsantrag nicht zurückgewiesen. Dich nicht so tief gekränkt. Was wäre aus uns geworden? Aus dir vielleicht ein Arzt. Aus mir aber ganz sicher eine unglückliche Frau.

Sie ballte die Faust. He, Freund, ich lasse mir von dir kein schlechtes Gewissen einreden. Ich weiß, die Canzone war von Petrarca. So ein schönes Lied hättest du gar nicht dichten können. Bastard hast du mich genannt, eine schamlose Dirne. Nein, du warst damals schon nicht ganz bei Sinnen. Mit lautem Knall klappten die Schlagläden zu.

Sie sah wieder zu ihm hinüber. Zwischen den Benediktinerpatres tappte er Schritt für Schritt über die Glassplitter, seine Miene voller Wehmut, als ginge er über den Schmerz der Erde.

Ohne dass es ihr bewusst wurde, sprach Loadima stumm die Canzone weiter. ›… Ist es ein Gut, wie kann es einen so tödlich treffen? / Ist es ein Übel, warum sind die Qualen so süß?‹

Girolamo flehte den Scharfrichter an. »Verknote mir das Hemd zwischen den Beinen.«

»Ich knüpfe nur Schlingen für den Hals. Gleich bekommst du da oben den Ehrenplatz. Wer tot ist, braucht sich nicht zu schämen.«

Die Knechte schnürten das Seil um den schmächtigen Leib und lehnten ihn an die Sprossen. Einer der Beichtväter trat vor Girolamo hin. »Stets hast du von Gottes Weisheit, von der Erneuerung der Kirche gesprochen. Du hast zur Umkehr aufgerufen. Und viele Tausende sind dir gefolgt. Willst du nicht jetzt im Angesicht des Todes noch etwas Tröstendes deiner Gemeinde sagen?«

»Nein«, krächzte er leise. »Bete für mich … und bitte meine Anhänger, sie mögen nicht an meinem Tod verzweifeln.«

Ein Rucken des Henkers am Strick, nur wenig mussten seine Knechte nachhelfen, und das knochige Menschenbündel rutschte zwischen den Leiterholmen hinauf ins Licht.

Aus der Masse höhnten bunt gekleidete Hähne ihm nach: »Savonarola! Beeil dich! Jetzt wird es höchste Zeit, ein Wunder zu vollbringen.«

Rechts und links an den Armstümpfen des Kreuzes baumelten Domenico und Silvester: abgeschlagene Engelsflügel, die Augäpfel vorgequollen, lang und bläulich hingen ihnen die Zungen aus den Mündern.

Ihr Anblick schnürte Laodomia die Kehle zu, sie flüchtete sich zurück in das Lied. ›Wenn ich freiwillig glühe, warum beklage ich mich dann …?‹

Jäher Schreck lähmte die Erinnerung.

Girolamo stürzte ins Leere, immer wieder schlug sein Körper gegen den Hauptstamm.

Das Geschrei wollte nicht aufhören, steigerte sich. Laodomia presste die Hände gegen ihre Ohren. Nur schemenhaft, durch einen wirbelnden Schleier nahm sie wahr, wie den drei Gerichteten Halsketten angelegt wurden. Vom Himmel fuhr der rot gekleidete Meister nieder. Das Tosen schmerzte heftiger. Eine Fackel. Sie wurde in die Reisigbündel gestoßen. Knallend entzündete sich das Schießpulver, grelle Lohen schossen empor, züngelten nach den Körpern.

Laodomia beugte das Gesicht tief über ihre Knie. »Bringe mich hier fort.«

»Um Gottes willen, ertrage es«, bat Rodolfo inständig. »Mich quält dieses furchtbare Drama auch. Sobald wir aber die Ehrentribüne vor den anderen verlassen, werden wir sofort verdächtigt, Anhänger des Frate zu sein. Bitte, Liebste, halte durch bis zum Schluss.«

Sie wusste, dass er die Wahrheit sagte. Langsam richtete sich Laodomia wieder auf und murmelte: »Verzeih. Ich werde vernünftig sein.«

Immer wieder bestärkte sie sich an dem Gedanken: Girolamo und seine beiden Handlanger haben dieses Schicksal verdient. Doch ihre Abscheu vor dem Marterfest war nicht zu betäuben.

Schnarrer und Pfeifer vollführten einen wilden Tanz unterhalb des Scheiterhaufens. Steinhagel prasselte gegen die brennenden Opfer. Niemand wagte ihr grausames Spiel zu verbieten. Mit Triumphgeheul wurde das Aufplatzen der Körper von den Zerlumpten begrüßt. Siedendes Blut, Eingeweide quollen heraus. Herz und Leber des Frate nahm sich die Meute zur Zielscheibe.

Mit einem Mal sang in Laodomia wieder die Canzone: ›Wenn ich freiwillig glühe, warum beklage ich mich dann? / Geschieht es wider Willen, was nützt dann das Klagen? / O lebendiger Tod, o Unheil voller Segen …‹

Schreie! Die Menge wich zurück. Nicht das schrecklichste Höllengemälde übertraf die Wirklichkeit: Langsam hob der Frate seinen rechten Arm über die Flammen, streckte zwei Knochenfinger, als wolle er das Volk segnen. Dann löste sich der Arm vom Leib, fiel herab, und die gierige Horde zertrampelte ihn unter den Füßen.

Das Galgenkreuz sackte ins Balkenpodest. Johlend stobten die Zerlumpten auseinander.

Funken, neue Lohen schlugen hoch und verschlangen die Reste der Mönche. Kein Stofffetzen, kein Knochen, nichts sollte von ihnen übrig bleiben.

Vorbei. Stadtsoldaten brachten den Karren für die Asche. Vor Laodomias Blick löste sich das Volk allmählich auf. Kaum nahm sie wahr, wie die Ehrengäste plaudernd und scherzend aus der Loggia ins Freie traten. Selbst das Winken Fiorettas bemerkte sie nicht, sah nur teilnahmslos einen tiefroten Traum zwischen zwei Rittern davonschweben.

»Wir sollten jetzt auch gehen«, hörte sie Rodolfo neben sich sagen.

Irgendwo, weit entfernt, sang noch die Canzone: ›Ich fröstele im Sommer und glühe im Winter.‹ Keine neue Strophe folgte.

Laodomia wachte auf. »Wohin?«

»Ich bringe dich zurück in den Laden.« Ruhig fasste er ihre Hand. »Nächste Woche reise ich nach Venedig.«

Also Abschied, dachte sie. Weine jetzt bloß nicht. Und doch fürchtete sie sich vor der Frage. »Bleibst du lange?«

»Einen Monat vielleicht. Meine Geschäfte …«

»Nein, bitte … Entschuldige dich nicht.‹

»Meine Tagschöne.« Rodolfo lächelte behutsam. »Ich reise nicht mehr gern allein.«

Es dauerte, bis sie den Satz begriff. »Venedig?«, flüsterte Laodomia, dann lehnte sie ihren Kopf an seine Schulter. »Ja. Venedig.«

ANHANG

PERSONEN

Zeitraum: 1470–1498
Zum Zeitpunkt der Handlung bereits verstorbene Personen in
eckigen Klammern

Alexander VI., Papst (1492–1503), vorher Rodrigo Borgia
[Alighieri, Dante, florentinischer Dichter (†1321)]
[Angelico, Beato, Fra, Mönch im Kloster San Marco zu Florenz und
Maler (†1455)]
Alfonso, Herzog, Sohn Ferrantes, später als Alfonso II. König von
Neapel (1494–95; abgedankt) (†1495)
Bandelli, Vincenzo, OP, Professor der Theologie in Bologna, Prior
des Klosters San Marco in Florenz 1482–92
Bandini, Bernardo, Schwertkämpfer, Beteiligter der Pazzi-Verschwö-
rung 1478, hingerichtet 1480
Belconi, Enzio, Hauptmann der Palastwache, Ehemann von Laodo-
mia Strozzi, getötet während der Pazzi-Verschwörung 1478
Belconi, Florinus, Schneidermeister, Vater von Enzio
Belconi, Laodomia, *siehe* Laodomia Strozzi
Belconi, Raffaele, Sohn von Enzio und Laodomia (*1477)
Belconi, Violante, Ehefrau von Florinus, Mutter von Enzio
Bertoldo, Meister, *siehe* Bertoldo di Giovanni
Bogogne, Stefano da, Pater, Beteiligter der Pazzi-Verschwörung
1478 (hingerichtet)
Borgia (eig. Borja), Rodrigo, Kardinal, später Papst Alexander VI.
Botticelli, Sandro (eig. Alessandro di Mariano Filipepi), Gold-
schmied und Maler (um 1445–1510)
Buonarroti, Michelangelo, Bildhauer, Architekt und Maler
(1475–1564)
Cattani, Rodolfo, Seidenfabrikant und Ratsherr in Florenz
Caraffa, Oliviero, Kardinal, Berater Papst Alexanders VI. (1430
bis 1511)

Cibo, Francesco, auch Franceschetto genannt, leiblicher Sohn von
Papst Sixtus IV., Ehemann von Maddalena de' Medici
Cibo, Giovanni Battista, *siehe* Innozenz VIII.
Columbus, Christoph (eig. Cristoforo Colombo, span. Cristóbal
Colón), Seefahrer aus Genua in spanischen Diensten, Entdecker
(1451–1506)
[Dante Alighieri, *siehe unter* Alighieri]
Dolci, Giovanni de', Baumeister der Sixtinischen Kapelle in Rom
Domenico, Fra, OP, Mönch im Kloster San Marco zu Florenz
Este, Ercole d', Herzog von Ferrara, Modena und Reggio seit 1471,
Sohn von Niccolò (1431–1505)
[Este, Niccolò d', Herzog von Modena und Reggio, Herr von
Ferrara, Vater von Ercole (†1441)]
Farnese, Giulia, Mätresse Papst Alexanders VI.
Ferrante (Ferdinand) I., König von Neapel seit 1458 (1431–94)
Fibonacci, Luciano, Steuereintreiber der Stadtverwaltung von
Florenz
Ficino, Marsilio, Gelehrter (1433–99)
Florinus, Fra, OP, Mönch im Kloster San Marco zu Florenz
Frescobaldi, Battista, Patrizier in Florenz, Verschwörer gegen die
Medici 1480 (hingerichtet)
Gianfigliazzi, Selvaggia, zweite Ehefrau von Filippo Strozzi
Giovanni, Bertoldo di, Bildhauer, Lehrmeister Michelangelos
Gorini, Fioretta, Geliebte von Giuliano de' Medici, Freundin von
Laodomia
Gorini, Paolo, Kaufmann zu Florenz und Pisa, Fiorettas Ehemann
Innozenz VIII., Papst (1484–92), vorher Giovanni Battista Cibo
Karl VIII., König von Frankreich (ab 1483), letzter König des
Hauses Valois, erhob als Erbe des Hauses Anjou Anspruch auf
Neapel, das er 1495 besetzte, auf Druck des Papstes und
der italienischen Stadtstaaten aber wieder räumen musste
(1470–98)
Leonardo da Vinci, *siehe unter* Vinci
Maffei, Antonio, Pater, Beteiligter der Pazzi-Verschwörung 1478
(hingerichtet)
Mariano, Benedetto da, Baumeister des Palazzo Strozzi in Florenz

Mariano, Fra, OESA, Mönch vom Kloster San Gallo zu Florenz,
Prediger

[Medici, Cosimo de', Großvater von Lorenzo, Mäzen des Klosters
San Marco (†1464)]

Medici, Giovanni de', zweiter Sohn von Lorenzo, Kardinal, später
Papst Leo X. (1475–1521)

Medici, Giuliano (auch Giulio) de', Lorenzos jüngerer Bruder
(1453–78; ermordet)

Medici, Giulio (*1478) illegitimer Sohn von Giuliano Medici und
Fioretta Gorini, später Papst Clemens VII.

Medici, Lorenzo de', genannt Seine Magnifizenz (›Il Magnifico‹),
Chef des Hauses Medici zu Florenz, Gonfaloniere, verheiratet
mit Clarice Orsini (1449–92)

Medici, Lucrezia de', Mutter von Lorenzo und Giuliano (†1482)

Medici, Maddalena de', Tochter von Lorenzo, Ehefrau von
Franceschetto Cibo

Medici, Piero de', ältester Sohn von Lorenzo, verheiratet mit Alfonsina Orsini, Nachfolger als Chef des Hauses Medici
(1452–1503)

Mei, Francesco, Fra, OP, Prior der Dominikaner in San Gimignano
zu Florenz, später Ordensprokurator in Rom

Michelangelo Buonarroti, *siehe* Buonarroti

Mohammed II., genannt der Eroberer, Sultan des Osmanischen
Reiches 1444–46 und seit 1451 (1432–81)

Montesecco, Giovanni Battista, Söldnerführer, Mitbeteiligter der
Pazzi-Verschwörung 1478 (hingerichtet)

Nero, Bernardo del, Patrizier in Florenz, zeitweise Gonfaloniere

Orsini, Alfonsina, Ehefrau von Piero de' Medici

Orsini, Clarice, Ehefrau von Lorenzo de' Medici

Pazzi, Francesco (auch Francescino, Franco) de', Sohn von Jacopo,
Leiter der Filiale des Bankhauses Pazzi im Rom, Finanzverwalter des Papstes, Rädelsführer der Pazzi-Verschwörung 1478
(1444–78; hingerichtet)

Pazzi, Jacopo de', Chef des Hauses Pazzi zu Florenz, Beteiligter der
Pazzi-Verschwörung 1478 (erschlagen)

[Petrarca, Francesco, Dichter (†1374)]

Petruschka, erst Sklavin, dann Magd im Palazzo Strozzi zu Florenz;
Freundin von Laodomia

Pico della Mirandola, Giovanni, Graf, Gelehrter (1463–94)

Pierleone, Leibarzt der Medici

Platina (eig. Sacchi), Bartolomeo, Leiter der vatikanischen Bibliothek (1421–81)

Poliziano, Angelo, Gelehrter (1454–94)

Puglia, Francesco di, Fra, OMin, Mönch vom Kloster Santa Croce
in Florenz

Pulci, Luigi, Dichter (1432–84)

Riario, Girolamo, Neffe von Papst Sixtus IV., verheiratet mit Caterina Sforza, von Galeazzo Maria Sforza in den Grafenstand
erhoben, Herr von Imola, Rädelsführer der Pazzi-Verschwörung
1478, Herr von Forli ab 1480 (1443–88; ermordet)

Riario, Pietro, OMin, Neffe von Papst Sixtus IV., Kardinal, Erzbischof von Florenz ab 1472 (1445–74)

Riario, Raffaello, Neffe von Papst Sixtus IV., Kardinal ab 1477, Erzbischof von Pisa ab 1478 (1461–1521)

Ricardo, Vater, OP, Novizenmeister im Kloster zu Bologna

Rommolino, Francesco, Richter und päpstlicher Gesandter

Rondelli, Fra, Laienbruder der Franziskaner

Rovere, Francesco della, *siehe* Sixtus IV.

Rovere, Giuliano della, Kardinal

Salviati, Francesco, vom Papst zum Erzbischof von Florenz ernannt,
dann Erzbischof von Pisa (ab 1475), Rädelsführer und Beteiligter der Pazzi-Verschwörung 1478 (hingerichtet)

Savonarola, Elena, Mutter von Girolamo

Savonarola, Girolamo, Fra, OP, Novize im Dominikanerkloster
zu Bologna, Gelübde 1476, Weihe zum Diakon 1477, Priesterweihe 1479, Student der Theologie in Ferrara, Mönch im
Kloster San Marco zu Florenz ab 1482, zeitweise (1485, 1486)
Prediger in San Gimignano, Lector principalis von San Marco
ab 1490, Prediger, Prior von San Marco ab 1492 (1452–98;
hingerichtet)

[Savonarola, Michele, Leibarzt bei Niccolò d'Este, Vater von
Niccolò]

Savonarola, Niccolò, Vater von Girolamo (†1485)

Sforza, Galeazzo (Maria), Herzog von Mailand seit 1466 (1444–76; ermordet)

Sforza, Caterina, Ehefrau von Girolamo Riario

Sforza, Lodovico, genannt der Mohr (›il Moro‹), ab 1480 im Namen seines Neffen Giangaleazzo Herrscher in Mailand, Herzog von Mailand 1494–99 (1452–1501)

Silvester, Fra, OP, Mönch im Kloster San Marco zu Florenz, zeitweise Prediger in San Gimignano

Sixtus IV., Papst (1471–84), vorher Francesco della Rovere

Soderini, Piero, Berater von Lorenzo de' Medici

Spinni, Doffo, Vorsitzender Richter im Tribunal über Savonarola

Strozzi, Alessandra, Mutter von Filippo

Strozzi, Alfonso, ältester Sohn von Filippo, sein Nachfolger

Strozzi, Fiametta, erste Ehefrau von Filippo

Strozzi, Filippo, Chef des Hauses Strozzi zu Florenz, in erster Ehe verheiratet mit Fiametta, in zweiter Ehe mit Selvaggia Gianfigliazzi

Strozzi, Giovanni Battista, jüngster Sohn von Filippo, nach dessen Tod in Filippo umbenannt

Strozzi, Laodomia, Tochter von Roberto, Ehefrau von Enzio Belconi, Geliebte von Filippo Strozzi

Strozzi, Roberto, Vater von Laodomia

Tomaso, Fra, Laienbruder im Kloster San Marco zu Florenz, Heilkundiger

Torriani, Fra, OP, General des Dominikanerordens, päpstlicher Gesandter

Valori, Francesco, Patrizier in Florenz, Gonfaloniere

Verrocchio, Andrea del, Maler, Bildhauer und Bronzegießer (†1488)

Vercelli, Georgio, Fra, OP, Prior des Klosters San Domenico in Bologna

Vespucci, Marco, Simonettas Ehemann

Vespucci, Simonetta, Bürgerin von Florenz

[Vigri, Caterina de, ehem. Äbtissin des Clarissenklosters zu Bologna, als Heilige verehrt (†1463)]

Vinci, Leonardo da, Maler, Architekt und Erfinder (1452–1519)

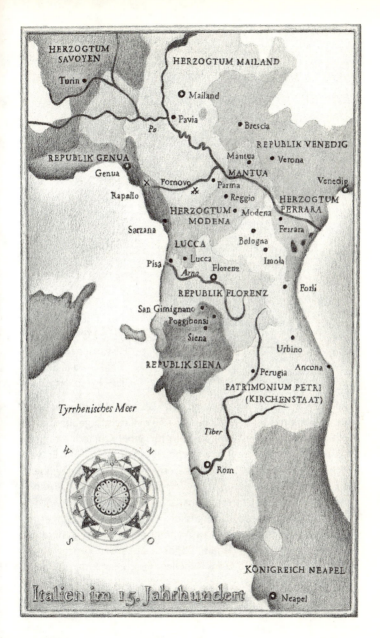

*Wer den Kopf verlieren soll, ersäuft nicht.
Eine wahre Räubergeschichte*

Tilman Röhrig
DIE BALLADE
VOM FETZER
Historischer Roman
256 Seiten
ISBN 3-404-15326-X

Seine Zeitgenossen nannten ihn den »Fetzer«. Mit bürgerlichem Namen Mathias Weber, wurde er 1778 in Grefrath geboren und 1803 auf dem Alter Markt in Köln mit einer Guillotine hingerichtet. Es war die letzte öffentliche Hinrichtung in Köln. Er war nicht nur Zeitgenosse des Schinderhannes, sondern gewissermaßen auch Kollege und weit erfolgreicher. Doch während der eitle Räuber aus dem Hunsrück zum Volkshelden wurde, hat man den Fetzer bald vergessen. Tilman Röhrig zeichnet in seinem faktenreichen Roman nicht nur ein buntes Panorama der Franzosenzeit am Rhein, sondern auch das Porträt eines Menschen, der nicht zum Rebellen taugte und darum zum Räuber wurde.

Bastei Lübbe Taschenbuch